Dorothy L. Sayers

Fünf falsche Fährten

Mord braucht Reklame

Deutsch von
Otto B...

Rowohlt

Fünf falsche Fährten
Die englische Originalausgabe erschien 1931 unter dem Titel
«The Five Red Herrings» im Verlag Victor Gollancz Ltd., London.
Die deutsche Erstausgabe erschien 1939 unter dem Titel
«Fünf rote Heringe» im Payne Verlag, Leipzig.
1977 erschien der Band in neuer Übersetzung unter dem Titel
«Fünf falsche Fährten» im Rainer Wunderlich Verlag
Hermann Leins, Tübingen.
Mord braucht Reklame
Die englische Originalausgabe erschien 1933 unter dem Titel
«Murder Must Advertise» im Verlag Victor Gollancz Ltd., London.
Die deutsche Erstausgabe erschien 1972 unter dem Titel
«Mord braucht Reklame» im Rainer Wunderlich Verlag
Hermann Leins, Tübingen.
1980 erschien der Band dort in neuer Übersetzung.

Umschlaggestaltung Barbara Hanke

Veröffentlicht im Rowohlt Taschenbuch Verlag GmbH,
Reinbek bei Hamburg, Mai 1993
Fünf falsche Fährten
Copyright © 1977 der neuen Übersetzung by Rowohlt Verlag GmbH,
Reinbek bei Hamburg
«The Five Red Herrings» Copyright © 1931 by Anthony Fleming
Mord braucht Reklame
Copyright © 1980 by Rowohlt Verlag GmbH, Reinbek bei Hamburg
«Murder Must Advertise» Copyright © 1933 by Anthony Fleming
Gesamtherstellung Clausen & Bosse, Leck
Printed in Germany
1400-ISBN 3 499 12064 x

Fünf falsche Fährten
«The Five Red Herrings»
Kriminalroman

Inhalt

Campbell	9
Campbell †	19
Ferguson	32
Strachan	39
Waters	45
Farren	56
Graham	66
Gowan	81
Mrs. McLeod	89
Sergeant Dalziel	95
Inspektor MacPherson	106
À la Ferguson	119
Lord Peter Wimsey	127
Konstabler Ross	143
Bunter	153
Chefinspektor Parker	162
Lord Peter Wimsey	169
Mrs. Smith-Lemesurier	175
À la Waters	183
À la Farren	191
À la Strachan	210
À la Graham	228
À la Gowan	244
Farren – Ferguson – Strachan	253
Graham – Gowan – Waters	267
Der Mörder	282
Lord Peter Wimsey	293
Lord Peter Wimsey	312
Lord Peter Wimsey	324

*Für meinen Freund Joe Dignam,
der Wirte allergütigsten*

Lieber Joe,

hier ist nun endlich Ihr Buch über Gatehouse und Kirkcudbright. Alle Orte sind wirkliche Orte und alle Eisenbahnen wirkliche Eisenbahnen, auch alle Landschaften sind echt, nur daß ich da und dort ein paar neue Häuser habe entstehen lassen. Aber Sie wissen besser als jeder andere, daß die Personen der Handlung keiner wirklichen Person im entferntesten ähneln und kein Künstler in ganz Galloway auch nur auf den Gedanken käme, sich zu betrinken oder seiner Frau davonzulaufen, oder einem Mitbürger den Schädel einzuschlagen. Das alles ist des Spaßes und der Spannung wegen frei erfunden.

Sollte ich nun zufällig einem üblen Charakter den Namen einer lebenden Person gegeben haben, so bitten Sie den Betroffenen in meinem Namen um Entschuldigung und versichern Sie ihm, daß solches nie meine Absicht war. Auch Bösewichter müssen nun einmal irgendwie heißen. Und bestellen Sie Herrn Oberbürgermeister Laurie, ich hätte zwar die Geschichte in der Zeit der Gaslaternen angesiedelt, wisse aber sehr wohl, daß man jetzt auch in Gatehouse mein Buch im Schein elektrischer Lampen lesen kann.

Und wenn Sie Mr. Millar vom *Ellangowan Hotel* oder den Stationsvorsteher von Gatehouse oder den Schalterbeamten von Kirkcudbright oder sonst einen der hundertundeins netten Menschen sehen, die mir so geduldig Auskunft über Eisenbahnfahrkarten und Omnibusverbindungen und die alten Bergwerke in Creetown gegeben haben, danken Sie ihnen in meinem Namen für die freundliche Hilfe und sagen Sie ihnen, daß ich mich nochmals für die viele Mühe entschuldige, die ich ihnen gemacht habe.

Grüßen Sie alle von mir, nicht zu vergessen Felix, und bestellen Sie Mrs. Dignam, daß wir nächsten Sommer wiederkommen und im *Anwoth* mehr von ihren Kartoffelplätzchen essen möchten.

Dorothy L. Sayers

Campbell

Wer in Galloway wohnt, der fischt oder malt. «Oder» ist vielleicht irreführend, denn die meisten Maler sind auch Fischer in ihrer Freizeit. Keines von beiden zu sein gilt als sonderlich, fast exzentrisch. Fisch ist Gesprächsthema Nummer eins in Kneipe und Postamt, an Tankstellen und Straßenecken und für jedermann, ob er mit drei Hardy-Ruten im Rolls-Royce ankommt oder ob er ein Leben neugieriger Beschaulichkeit führt und die Lachsnetze am Dee beobachtet. Das Wetter, in anderen Teilen des Königreichs mit den Augen des Bauern, Gärtners oder Wochenendurlaubers betrachtet, wird in Galloway an den Maßstäben Fisch und Farbe gemessen. Der Fischer-Maler schneidet nun, was das Wetter angeht, am besten ab, denn ist es den Forellen zu hell, so übergießt es seine Berge und Seen mit leuchtenden Farben; der Regen, der ihn vom Bildermalen abhält, füllt Bäche und Schleusen mit Wasser und schickt ihn hoffnungsvoll mit Rute und Reuse ins Revier; an kalten Tagen aber, wenn weder Purpur auf den Bergen liegt noch Fliegen überm Wasser schweben, geht er in eine gemütliche Kneipe, um mit Gleichgesinnten Informationen über Purpurrots und Märzfliegen zu tauschen oder sich in der hohen Kunst des Seidendarmknüpfens zu üben.

Künstlerischer Mittelpunkt von Galloway ist Kirkcudbright; dort formen die Künstler ein weitgestreutes Sternbild mit Kern in der High Street, diewiel die äußeren Sterne in abgelegenen Berghütten flimmern und ihr Licht bis nach Gatehouse-of-Fleet ausstrahlen. Da gibt es große, imposante Ateliers mit hohen, getäfelten Wänden in festen Steinhäusern voll blitzendem Messing und poliertem Eichenholz. Da gibt es Alltagsstudios – mehr sommerliche Hochsitze als feste Behausungen –, wo das ganze künstlerische Inventar aus einem guten Nordlicht und einem Sammelsurium von Pinseln und Leinwandstücken besteht. Da gibt es gemütliche kleine Malstübchen mit blauen und roten und gelben Vorhängen und allerlei Töpfchen und Schälchen, irgendwo versteckt in einem kleinen Anwesen mit Garten, wo aus dem fruchtbaren, freundlichen Boden altmodische Blumen üppig sprießen. Dann gibt es wieder Ateliers, die nichts als Scheunen sind, schön dank ihrer großzügigen Proportionen und der hohen Balkondecken und wohnlich gemacht durch einen beigestellten Kachelofen nebst Gasbrenner. Es wohnen dort Maler, die große Familien haben und sich livrierte Domestiken halten; Maler, die in möblierten Zimmern hausen und sich von Wirtinnen verwöhnen lassen; Maler, die zu zweit oder allein wohnen und eine Zugehfrau beschäftigen; Maler, die ein Eremitendasein fristen und für ihr leibliches Wohl allein sorgen. Da gibt es Ölmaler, Aquarellmaler, Pastellmaler, Radierer, Illustratoren und Bronzegießer; Künstler jeglicher Provenienz, die nur das eine gemeinsam haben – daß sie ihre Arbeit ernst nehmen und für Amateure nichts übrig haben.

In dieser fischenden, malenden Gemeinde hatte Lord Peter Wimsey freundliche, geradezu liebevolle Aufnahme gefunden. Er warf eine anständige Angel und gab nicht vor, malen zu können, so daß er, wiewohl Engländer und ein «Reingeschmeckter», nirgends anecke. Der Engländer ist in Schottland wohlgelitten, solange er nicht versucht, sich wichtig zu machen, und von dieser typisch englischen Untugend war Lord Peter löblicherweise völlig frei. Zwar war seine Aussprache affektiert und sein Betragen oft höchst würdelos, doch man hatte ihn über manche Saison hinweg gewogen und für harmlos befunden, und wenn er nun wieder einmal etwas gar zu Befremdliches tat, ging man achselzuckend mit einem nachsichtigen «Mein Gott, es ist ja nur Seine Lordschaft» darüber hinweg.

Wimsey saß an dem Abend, als der unselige Streit zwischen Campbell und Waters ausbrach, in der Bar der *McClellan Arms*. Campbell, ein Landschaftsmaler, hatte sich vielleicht ein paar Kurze mehr als unbedingt nötig hinter die Binde gegossen, mehr jedenfalls, als einem Rothaarigen guttaten, und das hatte zur Folge, daß er sein militantes Schottentum noch mehr herauskehrte als sonst. So erging er sich nun in einer langen Lobeshymne auf die Heldentaten der «Jocks» im Großen Krieg, die er nur einmal kurz unterbrach, um Waters in Klammern sozusagen mitzuteilen, daß alle Engländer von Bastardgeblüt und nicht einmal imstande seien, ihre eigene dämliche Sprache richtig auszusprechen.

Waters war Engländer aus echtem Schrot und Korn und, wie alle Engländer, durchaus bereit, alle Ausländer außer Welschen und Niggern zu bewundern und zu preisen, doch wie alle Engländer hörte er nicht gern ihr Eigenlob. Laut in aller Öffentlichkeit mit seinem Land anzugeben, fand er ungehörig – wie wenn sich einer im Rauchsalon über die körperlichen Vorzüge seiner eigenen Frau ausließ. Er hörte mit jenem nachsichtigen, versteinerten Lächeln zu, das Fremde meist – und völlig zu Recht – als Zeichen unerschütterlicher Selbstzufriedenheit deuten, die es nicht einmal für nötig hält, sich selbst zu rechtfertigen.

Campbell wies darauf hin, daß in London alle wichtigen Ämter von Schotten besetzt seien, daß es England nie gelungen sei, Schottland zu unterwerfen, und wenn Schottland seine Unabhängigkeit wünsche, dann werde es sie sich weiß Gott nehmen, und gewisse englische Regimenter aus den Fugen gegangen seien, habe man nach schottischen Offizieren rufen müssen, um sie wieder auf Vordermann zu bringen, und wenn mal eine Einheit irgendwo an der Front in die Klemme geraten sei, habe das Wissen, die Jocks an ihrer linken Flanke zu haben, ihr sofort wieder Mut gegeben. «Frag nur mal einen, der im Krieg war, mein Junge», endete er, sich somit gegenüber Waters, der erst nach Kriegsende ins wehrfähige Alter gekommen war, unfair in Vorteil bringend, «und er wird dir schon sagen, was sie von den Jocks gehalten haben.»

«Ich weiß», antwortete Waters mit niederträchtigem Grinsen. «Ich kenne den Spruch, den sie auf die Schotten gemacht haben: ‹Sie machen soviel Wind . . .›»

Da er von Natur aus höflich und zudem in der Minderheit war, sparte er sich die zweite Hälft dieses anzüglichen Spruchs, aber die konnte Campbell auch selbst ergänzen. Seine wütende Entgegnung enthielt ebenso viele nationale wie persönliche Schmähungen.

«Das Schlimmste an euch Schotten», sagte Waters, als Campbell einmal Luft holen mußte, «ist euer Minderwertigkeitskomplex.»

Er leerte gleichmütig sein Glas und lächelte Wimsey an.

Wahrscheinlich war es noch mehr dieses Lächeln als der Hohn, was Campbells Faß zum Überlaufen brachte. Er gebrauchte zuerst ein paar kurze, überaus bedauerliche Ausdrücke, dann beförderte er den Inhalt seines noch mehr als halbvollen Glases in Waters' Gesicht.

«Aber nicht doch, Mr. Campbell!» protestierte Wullie Murdoch, der solches in seiner Bar nicht gerne sah.

Aber inzwischen ließ Waters noch Betrüblicheres von sich hören als Campbell, während sich beide in Glasscherben und Sägemehl wälzten.

«Dafür breche ich dir dein wertes Genick», zischte er wütend, «du dreckiger Schottenlümmel.»

«Heda, aufhören, Waters», sagte Wimsey, indem er ihn beim Kragen packte. «Seien Sie doch nicht kindisch. Der Mann ist betrunken.»

«Los, Mann, komm weg da», sagte McAdam, der Fischer, indem er Campbell mit seinen kräftigen Armen umspannte. «Das ist doch kein Benehmen. Sei still.»

Die Kämpfer ließen keuchend voneinander ab.

«So geht das nicht», sagte Wimsey. «Wir sind hier nicht im Völkerbund. Sie sollten sich was schämen, alle beide. Haben Sie doch ein bißchen Verstand.»

«Nennt der Kerl mich einen –» knurrte Waters, während er sich den Whisky aus dem Gesicht wischte. «Das laß ich mir doch nicht bieten. Er soll mir nur ja demnächst aus dem Weg gehen.» Und er funkelte Campbell wütend an.

«Du findest mich schon, wenn du mich suchst», gab Campbell zurück. «*Ich* lauf nicht weg!»

«Aber, aber, meine Herren», flehte Murdoch.

«Kommt hierher mit seinem hämischen Grinsen . . .» schimpfte Campbell.

«Na ja, Mr. Campbell», sagte der Wirt, «Sie hätten aber auch nicht so was zu ihm sagen sollen.»

«Zu dem sag ich, was ich will», begehrte Campbell auf.

«Aber nicht in meiner Bar», erwiderte Murdoch fest.

«Ich sag ihm das in jeder Bar, wenn ich will», sagte Campbell, «und ich sag's gleich noch einmal – er ist ein –»

«Ruhe!» befahl McAdam. «Morgen tut's dir leid. Komm jetzt mit – ich fahre dich heim nach Gatehouse.»

«Scher du dich zum Teufel», sagte Campbell. «Ich hab selbst ein Auto und kann auch damit fahren. Und von der ganzen verfluchten Bande hier will ich nie mehr einen sehen.»

Er stürmte hinaus, und es war eine Weile still.

«Ach ja», seufzte Wimsey.

«Ich glaube, ich mach mich auch lieber davon», meinte Waters mürrisch.

Wimsey und McAdam wechselten einen Blick.

«Bleiben Sie doch noch was», meinte letzterer. «So eilig haben Sie es sicher nicht. Campbell ist ein Hitzkopf, und wenn er ein paar zuviel im Leib hat, sagt er Sachen, die er gar nicht so meint.»

«Rrrichtig», sagte Murdoch, «aber er hatte kein Rrrecht, Mr. Waters solche Sachen an den Kopf zu werfen, überhaupt kein Rrrecht. Eine Schande ist das – eine rrrichtige Schande.»

«Tut mir leid, wenn ich was gegen die Schotten gesagt habe», meinte Waters. «Das wollte ich nicht, aber ich kann den Burschen nun mal um alles in der Welt nicht ausstehen.»

«Ach ja, ist schon rrrecht», sagte McAdam. «Sie haben's ja nicht bös gemeint, Mr. Waters. Was möchten Sie trinken?»

«Einen doppelten Scotch», antwortete Waters mit reichlich beschämtem Grinsen.

«So ist's richtig», sagte Wimsey. «Ersäufe den Kummer im Weine des Landes.»

Ein Mann mit Namen McGeoch, der sich aus dem Tumult herausgehalten hatte, erhob sich jetzt und kam an die Bar.

«Noch ein Worthington», sagte er knapp. «Wenn dieser Campbell demnächst mal Ärger kriegt, soll's mich nicht wundern. Wie der sich benimmt, das geht auf keine Kuhhaut mehr. Haben Sie gehört, was er neulich auf der Golfbahn zu Strachan gesagt hat? Spielt sich auf, als wenn ihm das Ganze gehörte. Strachan hat gesagt, er dreht ihm den Hals um, wenn er ihn noch einmal auf dem Golfgelände antrifft.»

Die anderen nickten stumm. Der Krach zwischen Campbell und dem Vorsitzenden des Golfclubs von Gatehouse war mittlerweile schon Ortsgeschichte.

«Und ich könnte es Strachan nicht mal verdenken», fuhr McGeoch fort. «Wohnt dieser Campbell erst die zweite Saison in Gatehouse und muß sich schon mit aller Welt in den Haaren liegen. Ein Satan, wenn er betrunken ist, und ein Flegel, wenn er nüchtern ist. Eine Schande ist das. Unsere kleine Künstlergemeinde ist immer so friedlich miteinander ausgekommen, nie hat einer dem andern was Böses getan. Und heutzutage nichts als Zank und Streit, alles wegen diesem Campbell.»

«Ach ja», sagte Murdoch, «er wird mit der Zeit schon etwas rrruhiger werden. Der Mann ist nicht von hier und kennt Land und Leute nicht so gut. Außerdem ist er bei seinem ganzen Getue überhaupt kein Schotte, denn jeder weiß, daß er aus Glasgow kommt und seine Mutter aus Ulster ist, Flanagan hieß sie.»

«Das sind immer die, die am lautesten schreien», fand Murray, der Bankier, der aus Kirkwall stammte und eine tiefe und nicht immer nur stumme Verachtung für jeden hegte, der südlich von Wick geboren war. «Aber am besten beachtet man ihn gar nicht. Wenn er eines Tages mal kriegt, was er verdient, dann glaub ich nicht, daß es einer von uns hier sein wird.»

Er nickte bedeutungsvoll.

«Denken Sie vielleicht an Hugh Farren?» riet McAdam.

«Ich will keine Namen nennen», sagte Murray, «aber es ist ja bekannt, daß er sich wegen einer gewissen Dame Ärger an den Hals geholt hat.»

«Dafür kann die Dame nichts», erklärte McGeoch im Brustton der Überzeugung.

«Das hab ich ja nicht gesagt. Aber manch einer bringt sich in Schwierigkeiten, ohne daß ihm andere noch dabei helfen.»

«Ich hätte mir Campbell nie in der Rolle eines Ehebrechers vorgestellt», meinte Wimsey liebenswürdig.

«Vorstellen möcht ich mir den überhaupt nicht», grollte Waters, «aber er selbst kommt sich als Gott weiß was vor, und eines schönen Tages –»

«Langsam, langsam», unterbrach ihn Murdoch rasch. «Es stimmt ja, Campbell ist nicht gerade der beliebteste, aber am besten hält man einfach die Ohren steif und kümmert sich nicht um ihn.»

«Leicht gesagt», fand Waters.

«Und hat er nicht auch mal irgendwo Krach wegen der Angelei gekriegt?» unterbrach Wimsey. Wenn sie schon von Campbell reden mußten, sollten sie doch um jeden Preis Waters heraushalten.

«Ach ja», sagte McAdam. «Deswegen sind doch er und Mr. Jock Graham wie Hund und Katze. Mr. Graham angelt immer in dem Teich unter Campbells Haus. Gäb ja genug Teiche im Fleet, ohne daß man Campbell belästigen müßte, wenn doch der Mann nur endlich mal Frieden gäbe. Aber der Teich gehört ihm nun mal nicht, auch wenn er so tut als ob – die Flüsse sind frei –, und da kann man nun von Mr. Graham nicht verlangen, daß er auf Campbells Wünsche Rücksicht nimmt, wo er doch selbst nie auf einen anderen Rücksicht nimmt.»

«Besonders nachdem Campbell versucht hat, ihn in den Fleet zu tauchen», sagte McGeoch.

«Donnerwetter! Hat er das?» fragte Wimsey interessiert.

«Hat er, aber dabei hat er selber den Kopf gewaschen gekriegt», sagte Murdoch, noch jetzt die Erinnerung genießend. «Und seitdem fischt Graham dort jeden Abend, mit noch einem oder zwei von den anderen. Heute abend ist er auch wieder da, das möcht ich wetten.»

«Dann weiß ja Campbell, wo er sein Mütchen kühlen kann, wenn ihm danach ist», sagte Wimsey. «Kommen Sie, Waters, wir sollten uns verdrücken.»

Waters erhob sich, immer noch mürrisch, und folgte ihm hinaus. Wimsey bugsierte ihn fröhlich plaudernd zu seinem Domizil und brachte ihn zu Bett.

«Und über Campbell würde ich mich nicht so aufregen», unterbrach er Waters' Gebrummel. «Das ist er gar nicht wert. Gehen Sie jetzt schlafen und denken Sie nicht mehr daran, sonst können Sie morgen nichts arbeiten. Das hier ist übrigens hübsch», meinte er, indem er vor einer Landschaft stehenblieb, die an einer Kommode lehnte. «Sie verstehen mit dem Spachtel umzugehen, was?»

«Wer, ich?» fragte Waters. «Sie wissen ja nicht, was Sie reden. Campbell ist hier der einzige, der mit dem Spachtel umgehen kann – sagt er. Er hat sogar die Unverfrorenheit besessen, Gowan einen überlebten alten Pfuscher zu heißen.»

«Das grenzt an Hochverrat, wie?»

«Würde ich meinen, Gowan ist ein echter Maler – mein Gott, mir wird ganz heiß, wenn ich bloß daran denke. Das hat er wirklich gesagt, im Kunstverein von Edinburgh, vor ganz vielen Leuten, lauter Freunden von Gowan.»

«Und was hat Gowan dazu gemeint?»

«Och, so verschiedenes. Sie reden nicht mehr miteinander. Hol den Kerl doch der Henker. So was dürfte gar nicht leben. Sie haben doch gehört, was er zu mir gesagt hat?»

«Ja, aber ich mag's nicht noch einmal hören. Lassen Sie ihn doch in seiner eigenen Schlechtigkeit schmoren. Es lohnt sich nicht, sich seinetwegen graue Haare wachsen zu lassen.»

«Das ist allerdings wahr. Und so wunderbar malt er auch wieder nicht, daß man ihm sein viehisches Benehmen dafür durchgehen lassen könnte.»

«Kann er nicht malen?»

«Doch, malen kann er schon – so halbwegs. Er ist ein – Gowan nennt ihn einen Handelsvertreter. Auf den ersten Blick sind seine Sachen sehr eindrucksvoll, aber das ist nur eine Masche. Jeder kann's nachmachen, wenn er den Trick kennt. In einer halben Stunde könnte ich Ihnen einen einwandfreien Campbell malen. Warten Sie, ich zeig's Ihnen.»

Er warf ein Bein über den Bettrand, aber Wimsey schob es energisch wieder unter die Decke.

«Zeigen Sie mir das ein andermal. Nachdem ich seine Bilder gesehen habe. Ob eine Fälschung gut ist, kann ich schließlich erst beurteilen, wenn ich das Original kenne, nicht?»

«Stimmt. Also dann gehen Sie nur mal hin und sehen sich seine Sachen an, anschließend zeig ich's Ihnen. O Gott, mir ist vielleicht schwummrig im Kopf, so was gibt's gar nicht mehr.»

«Schlafen Sie», sagte Wimsey. «Soll ich Mrs. McLeod bestellen, daß Sie morgen durchschlafen wollen, wie man hier sagt? Und zum Frühstück soll sie Ihnen ein paar Aspirin auf Toast servieren?»

«Nein, nein, ich muß morgen ganz früh raus, das ist es ja. Aber bis dahin geht's mir schon wieder besser.»

«Na, dann tschüs, und süße Träume», sagte Wimsey.

Er machte leise die Tür hinter sich zu und wanderte nachdenklich zu seiner eigenen Behausung zurück.

Campbell zuckelte über den Hügel heimwärts, der Kirkcudbright von Gatehouse-of-Fleet trennt, und während er das Getriebe mißhandelte, ließ er seinen ganzen Hader mit der Welt in einem mißmutigen Monolog noch einmal Revue spazieren. Dieses verdammte Schwein von einem Waters mit seinem höhnischen, schmierigen Grinsen! Er hatte es doch irgendwie fertiggebracht, ihn aus seiner schönen Überlegenheit zu reißen. Wenn das Ganze wenigstens nicht vor McGeoch passiert wäre! McGeoch würde es Strachan erzählen, und Strachan würde sich in seiner guten Meinung über sich selbst nur noch bestärkt fühlen. «Seht mal», würde er sagen, «ich habe den Mann von der Golfbahn gewiesen, und nun sieht man ja, wie recht ich hatte. Der Kerl kann doch nichts weiter als sich betrinken und im Wirtshaus Streit anfangen.» Die Pest über Strachan, der einen immer in diesem Hauptfeldwebelton zur Schnecke machen mußte! Strachan mit seiner Biederkeit und Korrektheit und seinem Einfluß im Ort steckte eigentlich hinter allem Übel, wenn man sich's recht überlegte. Nach außen hin sagte er nie ein Wort, aber hintenherum streute er Gerüchte und Verleumdungen aus und hetzte den ganzen Ort gegen einen auf. Und dann war Strachan auch noch mit diesem Farren befreundet. Farren würde es erfahren und die Geschichte zum Vorwand nehmen, um noch ekliger gegen ihn zu sein. Diesen dämlichen Krach heute abend hätte es gar nicht gegeben, wenn Farren nicht gewesen wäre. Diese widerliche Szene vor dem Abendessen! Das war es doch überhaupt, was ihn, Campbell, in die *McClellan Arms* getrieben hatte. Seine Hand zögerte am Lenkrad. Warum nicht gleich umkehren und dieses Hühnchen mit Farren zu Ende rupfen?

Aber wozu das Ganze schließlich? Er hielt den Wagen an und steckte sich eine Zigarette in den Mund, die er schnell und wütend rauchte. Und wenn sie alle gegen ihn waren, er haßte sie ja auch. Nur einen einzigen anständigen Menschen gab es hier, und ausgerechnet sie war an diesen Grobian von Farren gekettet. Das Schlimme war ja, daß sie auch noch an ihm hing. Sie kümmerte sich nicht für zwei Pfennige um irgend jemand andern, wenn Farren das doch nur sähe. Er, Campbell, wußte es so gut wie jeder andere. Er wollte nichts Unrechtes. Er wollte nur, wenn er müde und verbittert und seiner eigenen, ungemütlichen vier Wände überdrüssig war, hingehen können und sich zwischen dem kühlen Grün und Blau in Gilda Farrens Wohnzimmer vom Anblick ihrer schlanken Schönheit, vom wohltuenden Klang ihrer Stimme trösten lassen. Und Farren, mit nicht mehr Verstand und Phantasie als ein Bulle, mußte da hereinplatzen, den Zauber zerstören, seine eigenen schmutzigen Schlüsse aus der Situation ziehen, die Lilien in Campbells Garten der Zuflucht zertrampeln. Kein Wunder, wenn Farrens Landschaften aussahen wie mit der Axt gemalt. Feingefühl besaß dieser Mensch ja überhaupt keins. Seine Rot- und Blautöne taten einem in den Augen weh, und er sah das Leben nur in Rot und Blau. Wenn Farren sterben würde, jetzt, wenn jemand seinen Stiernacken zwischen die Hände nähme und zudrückte, bis seine starren blauen Bullenaugen so groß waren wie – er lachte – wie Bullaugen – ein herrlicher Witz. Wie gern würde er den jetzt bei Farren anbringen und sehen, wie er darauf reagierte!

Farren war ein Teufel, ein Vieh, ein Tyrann, dessen «Künstlertemperament» nur rohe Unbeherrschtheit war! In Farrens Nähe gab es keinen Frieden. Frieden gab es überhaupt nirgendwo. Wenn er jetzt nach Gatehouse kam, wußte er schon, was ihn dort erwartete. Er brauchte nur aus dem Schlafzimmerfenster zu sehen, wo Jock Graham direkt vor seinem Haus wieder die Angel auswerfen würde – einzig und allein, um ihn zu ärgern. Warum konnte Graham ihn nicht in Ruhe lassen? Oben bei den Dämmen angelt sich's viel besser. Nichts als Schikane, das Ganze. Und es hatte auch keinen Zweck, zu Bett zu gehen und einfach keine Notiz davon zu nehmen. Sie würden ihn im frühen Morgengrauen wecken, an sein Fenster hämmern und ihm zubrüllen, wieviel sie gefangen hatten – manchmal verhöhnten sie ihn sogar noch, indem sie eine Forelle als «Geschenk» auf der Fensterbank zurückließen, ein mickriges Fischlein, nicht größer als eine Elritze, das sie von Rechts wegen wieder ins Wasser hätten werfen müssen. Er hoffte nur, Graham würde eines Nachts auf den Steinen ausrutschen, Wasser in die Stiefel bekommen und mitten zwischen seinen infernalischen Fischen ersaufen. Was ihn dabei am meisten wurmte war, daß diese allnächtliche Komödie sich unter den ergötzten Augen seines Nachbarn Ferguson abspielte. Seit dem Theater mit der Gartenmauer war dieser Ferguson einfach nicht mehr zu ertragen.

Gewiß, es stimmte ja, daß er beim Zurücksetzen gegen Fergusons Mauer gefahren war und ein Steinchen oder auch zwei gelockert hatte, aber wenn Ferguson seine Mauer anständig in Schuß gehalten hätte, wäre überhaupt nichts passiert. Dieser große Baum in Fergusons Garten hatte sein Wurzeln unter der Mauer durchgeschoben und das Fundament zerstört, und obendrein ließ er auch noch seine Schößlinge in Campbells Garten sprießen. Andauernd mußte er diese widerlichen langen Dinger ausreißen. Es hatte einfach niemand das Recht, Bäume unter Mauern anzupflanzen, daß sie schon umfielen, wenn man sie nur antippte, und dann für die Reparatur auch noch solch horrende Summe zu verlangen. Er würde Fergusons Mauer nicht reparieren! Da konnte Ferguson eher schwarz werden.

Er knirschte mit den Zähnen. Wenn er doch nur herauskönnte aus diesem erstickenden Kleingezänk, nur einmal einen von ihnen so richtig vor die Fäuste bekäme! Hätte er doch wenigstens diesem Waters das Gesicht zu Brei geschlagen – sich gehenlassen –, einmal alle Wut herausgelassen, er würde sich jetzt besser fühlen. Er konnte ja auch jetzt noch zurückfahren – oder weiterfahren –, das war egal, und sich irgend jemanden so recht nach Herzenslust vorknöpfen.

Er war so tief in Gedanken gewesen, daß er das Nahen des Wagens nicht gehört, seine auf- und abblinkenden, den Windungen der Straße folgenden Lichter nicht gesehen hatte. Das erste, was er hörte, war das Quietschen der Bremsen, dann eine wütende Stimme:

«Was machen Sie da, Sie Hornochse! Mitten auf der Straße stehenzubleiben, und direkt in der Kurve!» Und als er sich umdrehte, die Augen zusammengekniffen im grellen Licht der Scheinwerfer, um sich dieser neuen Attacke zu stellen, hörte er dieselbe aufgebrachte Stimme, jetzt fast triumphierend, sagen:

«Campbell! Natürlich. Das hätte ja auch gar niemand anders sein können.»

Campbell †

«Haben Sie wohl schon von Mr. Campbell gehört?» fragte Mr. Murdoch, der Wirt der *McClellan Arms*, indem er liebevoll ein Glas polierte, das er gleich mit Bier füllen würde.

«Wieso, was hat er sich denn seit gestern abend schon wieder für neuen Ärger eingebrockt?» fragte Wimsey zurück. Er stützte einen Ellbogen auf die Bar, empfangsbereit für alles, was man ihm bieten mochte.

«Er ist tot», sagte Mr. Murdoch.

«Tot?» konnte Wimsey vor Schreck nur wiederholen.

Mr. Murdoch nickte.

«Ganz recht. McAdam ist eben mit der Nachricht aus Gatehouse gekommen. Heute um zwei haben sie in den Bergen bei Newton Stewart die Leiche gefunden.»

«Gütiger Himmel!» rief Wimsey. «Aber woran ist er denn gestorben?»

«In den Bach ist er gefallen», antwortete Mr. Murdoch, «und ertrunken, wie sie sagen. Die Polizei wird jetzt oben sein, um ihn runterzuholen.»

«Ein Unfall, nehme ich an?»

«Na klar. Die Leute vom Borgan haben ihn heute früh um zehn noch da malen sehen, auf dem kleinen Buckel bei der Brücke, und um zwei ist Major Dougal mit seinem Angelzeug vorbeigegangen und hat die Leiche im Bach liegen sehen. Ist ziemlich glitschig da oben und jede Menge Geröll. Ich vermute, er ist da hinuntergeklettert, vielleicht um Wasser zum Malen zu holen, und ist auf den Steinen ausgerutscht.»

«Für Ölfarben braucht man kein Wasser», meinte Wimsey nachdenklich, «aber vielleicht wollte er Mostrich für seine Sandwiches anrühren oder Teewasser kochen oder seinen Whisky verdünnen. Hören Sie, Murdoch, ich glaube, ich fahr da mal hin und seh mir das an. Sie kennen ja meine Schwäche für Leichen. Wo ist denn das genau?»

«Sie müssen die Küstenstraße durch Creetown bis Newton Stewart nehmen», sagte Murdoch, «und dann rechts über die Brücke und wieder nach rechts, dem Wegweiser nach, Richtung Bargrennan, und dieser Straße immer nach, bis Sie nach rechts auf die kleine Brücke über den Cree abbiegen, und dahinter wieder nach rechts.»

«Also immer nach rechts abbiegen», sagte Wimsey. «Ich glaube, ich weiß schon, wo das ist. Da kommt man an eine Brücke und noch ein Gatter und ein Flüßchen mit Lachsen drin.»

«Ja, das ist der Minnoch, wo Mr. Dennison voriges Jahr diesen großen Brocken gefangen hat. Also, und kurz vor dem Gatter nach links ab zur Brücke.»

Wimsey nickte.

«Bin schon weg», sagte er. «Den Spaß will ich mir nicht entgehen lassen. Bis später, mein Alter. Wissen Sie was – ich wette, Campbell hat sich noch nie so beliebt gemacht. Die beste Tat in seinem Leben war, aus demselben zu scheiden, wie?»

Es war ein herrlicher Augusttag, und Wimseys Seele schnurrte vor Vergnügen, als er seinen Wagen durch die Gegend kutschierte. Die Strecke zwischen Kirkcudbright und Newton Stewart ist von einer abwechslungsreichen, schwer zu übersehenden Schönheit, und mit einem Himmel voll strahlendem Sonnenschein und aufgetürmten Wolkenbänken, den blühenden Hecken, einer gut ausgebauten Straße, einem temperamentvollen Motor und der Aussicht auf eine schöne Leiche am Ende der Reise fehlte Lord Peter nichts zu seinem Glück. Er war ein Mensch, der sich an kleinen Dingen freuen konnte.

Er kam durch Gatehouse, wo er dem Besitzer des *Anwoth Hotel* fröhlich zuwinkte, stieg unter dem schwarzdräuenden Schloß Cardoness in die Berge empor, sog zum tausendstenmal die fremdartige japanische Schönheit der Mossyard-Farm in sich hinein, die wie ein rotes Juwel unter büscheligen Bäumen am blauen Meer stand, genoß die italienische Lieblichkeit von Kirkdale mit seinen malerisch verbogenen, schlanken Bäumen, die blaue Küste von Wigtownshire, die über die Bucht herüberleuchtete. Dann das alte Grenzhaus von Barholm, umgeben von weißgekalkten Bauernhäusern; plötzlich ein leuchtender Fleck grünen Grases, wie der Rasen von Avalon, unter dem Schatten dichter Bäume. Für den wilden Knoblauch war die Zeit vorbei, aber sein Geruch hing noch wie zum Andenken in der Luft und füllte sie mit dem Schauder von Vampirflügeln und Erinnerungen an die dunklere Seite der Geschichte dieses Grenzlandes. Dann die alte Granitmühle auf dem weißen Felsvorsprung, eingehüllt in dichte Wolken von Steinstaub, den Ladebaum in den Himmel gereckt, darunter ein Schlepper vor Anker. Dann die Lachsnetze und der weite, halbkreisförmige Bogen der Bucht, wie jeden Sommer rosarot von Strandlichtnelken und rötlichbraun vom Schlick der Flußmündung, ein majestätischer Anblick, und darüber das gewaltige Cairnsmuir, das sich finster über Creetown erhob. Dann wieder die offene Landstraße voller Steigungen und Windungen – zur Linken die weiße Jagdhütte mit den darüberziehenden Wolkenschatten, die Sommerhäuschen mit dichten Rosen- und Asternbeeten vor weißen und gelben Mauern; dann Newton Stewart, ein graues Dach neben dem andern bis hinunter zum steinigen Flußbett des Cree, mit schlanken Türmchen vor dem Horizont. Über die Brücke und am Friedhof ab nach rechts, auf die Straße nach Bargrennan, windungsreich wie eine Achterbahn, und immer wieder blitzte der Cree zwischen den Baumstämmen und den großen Blüten und goldenen Farnen am Straßenrand auf. Dann die Jagdhütte und die lange Rhododendronallee – darauf ein Silberbirkenwäldchen, immer höher und höher hinauf, bis vor die Sonne. Ein paar steinige Häuschen – und dann die Brücke, das Gatter und die steinige Bergstraße, die sich dahinwand zwischen Erdhügeln so rund wie der Berg des Königs vom Elfenland, bedeckt von grünem Gras und rötlicher Heide und langgezogenen Schatten.

Wimsey bremste, als er an die zweite Brücke mit dem rostigen Gatter kam, und lenkte den Wagen ins Gras. Es standen schon andere Autos dort, und links sah er ein Grüppchen von Männern am Bachrand stehen, vierzig bis fünfzig Schritt neben der Straße. Er näherte sich ihnen über einen kleinen Viehpfad und fand sich oberhalb einer steil abfallenden Granitwand wieder, die in Stufen zu den tosenden Wassern des Minnoch hinunterführte. Gleich neben ihm, dicht am Abgrund, stand eine Staffelei mit Schemel und Palette. Und unten am Rand eines klaren braunen Tümpels, der von dichtem Weißdorngestrüpp umstanden war, lag ein armseliges Bündel, über das sich ein paar Leute beugten.

Ein Mann, vielleicht ein Kätner, sprach Wimsey mit verhaltener Erregung in der Stimme an.

«Da unten liegt er, Sir. Klar, ist ausgerutscht und runter. Da hinten ist Sergeant Dalziel mit Konstabler Ross; die untersuchen jetzt alles.»

Der Unfallhergang erschien kaum zweifelhaft. Auf der Staffelei stand ein mehr als zur Hälfte fertiges Gemälde, dessen Farben noch feucht glänzten. Wimsey konnte sich vorstellen, wie der Künstler aufgestanden und ein Stück zurückgetreten war, um sein

Werk zu begutachten – und immer weiter zurück auf den tückischen Felshang zu. Dann ein ausgleitender Absatz auf dem glitschigen Granit, ein verzweifelter Kampf ums Gleichgewicht, rutschende Ledersohlen auf kurzem, trockenem Gras, Taumeln, Überkippen, und holterdipolter die Felswand hinunter in die Schlucht, wo die spitzen Steine wie Zähne aus dem schäumenden Wasser grinsten.

«Ich kenne den Mann», sagte Wimsey. «Dumme Geschichte, wie? Ich glaube, ich geh mal runter und seh mir das an.»

«Aber passen Sie gut auf», warnte der Kätner.

«Ganz bestimmt», sagte Wimsey und kletterte im Krebsgang zwischen den Steinen und Farnen hinunter. «Ich will der Polizei ja nicht noch mehr Arbeit machen.»

Der Sergeant sah auf, als er Wimsey nahen hörte. Die beiden kannten sich, und Wimseys Interesse an Leichen, mochten die Umstände noch so gewöhnlich sein, war Dalziel nicht neu.

«Sieh an, Seine Lordschaft!» rief er gutgelaunt. «Hab mir schon gedacht, daß Sie bald aufkreuzen würden. Kennen Sie Dr. Cameron?»

Wimsey begrüßte den Arzt, einen schlaksigen Menschen mit nichtssagendem Gesicht, und fragte, wie sie vorankämen.

«Nun ja, ich hab ihn untersucht», sagte der Arzt. «Tot ist er jedenfalls – und zwar schon ein paar Stunden. Die Totenstarre ist nämlich weit fortgeschritten.»

«Ist er ertrunken?»

«Das kann ich noch nicht sicher sagen. Aber nach meiner Meinung – meiner vorläufigen Meinung, wohlgemerkt – ist er nicht ertrunken. Hier an der Schläfe ist der Schädelknochen zertrümmert, und ich würde eher sagen, er ist schon beim Sturz oder beim Aufschlag auf die Steine hier unten im Bach gestorben. Aber etwas Endgültiges kann ich natürlich erst sagen, wenn ich eine Autopsie gemacht und festgestellt habe, ob Wasser in der Lunge ist.»

«Ganz recht», sagte Wimsey. «Die Schädelverletzung könnte ihn auch nur betäubt haben, und die eigentliche Todesursache wäre dann doch Ertrinken.»

«So ist es. Als wir ihn zuerst sahen, lag er mit dem Mund unter Wasser, aber die Strömung kann ihn ebensogut umhergewälzt haben. Er hat Abschürfungen an Kopf und Händen, die zum Teil – aber das ist auch wieder nur meine vorläufige Meinung – erst *nach* seinem Ableben entstanden sind. Sehen Sie mal, hier – und hier.»

Der Doktor drehte die Leiche um, damit man die fraglichen Stellen sehen konnte. Der Körper ließ sich an einem Stück drehen, obwohl er so verrenkt und zusammengekrümmt war, als ob er mitten in dem Versuch erstarrt wäre, das Gesicht vor den grausamen Zähnen der Felsbrocken zu schützen.

«Aber der eigentliche Schlag war hier», fuhr der Arzt fort und führte Wimseys Hand an Campbells linke Schläfe, wo der Knochen unter dem sanften Druck von Wimseys Fingern nachgab.

«Die Natur hat das Gehirn an dieser Stelle schlecht geschützt», bemerkte Dr. Cameron. «Der Schädelknochen ist hier so dünn, daß ihn schon ein leichter Schlag zerbrechen kann wie eine Eierschale.»

Wimsey nickte. Seine langen, feinen Finger tasteten behutsam Kopf und Glieder des Toten ab. Der Arzt sah ihm anerkennend zu.

«Mann», sagte er. «Sie wären ein guter Chirurg geworden. Die Vorsehung hat Ihnen die Hände dafür gegeben.»

«Aber nicht den Kopf», lachte Wimsey. «Ja, er hat ganz schön was abgekriegt – was mich nicht wundert, wenn einer so mit Volldampf hier heruntersaust.»

«Das ist eine gefährliche Stelle», meinte der Sergeant. «Nun, Doktor, ich glaube, wir haben hier unten alles gesehen. Bringen wir jetzt die Leiche zum Wagen rauf.»

«Ich gehe wieder nach oben und schau mir mal das Bild an», sagte Wimsey. «Oder kann ich vielleicht tragen helfen? Ich will nur nicht im Weg stehen.»

«Nee, nee», meinte der Sergeant. «Vielen Dank für das Angebot, Mylord, aber wir schaffen's schon allein.»

Der Sergeant und ein Konstabler bückten sich und packten die Leiche. Wimsey wartete noch kurz, um zu sehen, ob sie wirklich keine Hilfe brauchten, dann stieg er wieder den Felsen hinauf.

Oben sah er sich das Bild zum erstenmal genauer an. Es war mit rascher Hand gemalt, noch ohne die letzten Feinheiten, doch auch so schon recht eindrucksvoll, kühn in der Flächenaufteilung und im Wechsel von Licht und Schatten, die Farben dick mit dem Spachtel aufgetragen. Es zeigte eine sonnige Morgenlandschaft – Wimsey erinnerte sich, daß Campbell kurz nach zehn beim Malen gesehen worden war. Die steinerne Brücke lag kühl und grau im goldenen Licht, davor die gelben und roten Beeren einer Eberesche – ein gutes Mittel gegen Hexerei –, sich spiegelnd als bunte Tupfer im Braun und Weiß des tosenden Wassers. Links stiegen die Berge in nebligen Blautönen zum dunstigen Himmel empor, und vor dem Blau leuchteten prächtige goldene Farne, in dicken Klecksen von reinem Rot und Gelb auf die Leinwand geworfen.

Ohne bestimmte Absicht nahm Wimsey Palette und Spachtel von dem Schemel, auf dem sie lagen. Campbell kam beim Malen offenbar mit wenigen Farben aus, und das gefiel ihm, denn er sah es gern, wenn mit ökonomischem Einsatz der Mittel ein reiches Resultat erzielt wurde. Auf dem Boden lag eine alte Tasche, die offenbar schon lange im Dienst war. Mehr aus Gewohnheit denn in Erwartung eines interessanten Fundes nahm er sich den Inhalt dieser Tasche vor.

Im Hauptfach fand er ein kleines, noch halbvolles Fläschen Whisky, dazu ein dickes Glas und ein Päckchen Käsebrote, acht Pinsel, eingewickelt in ein ausgefranstes Leinentuch, das einmal ein Taschentuch gewesen war und nun ein schmachvolles Dasein als Farblumpen fristete, ein Dutzend lose Pinsel, noch zwei Spachtel und einen Schaber, alles im trauten Verein mit einer Anzahl Farbtuben. Wimsey breitete sie nebeneinander auf dem Granitboden aus wie eine Reihe kleiner Leichen.

Es waren: eine Halbpfundtube Zinnoberrot, neu, sauber und fast unbenutzt; eine Ateliertube Ultramarin Nr. 2, halbvoll; eine Ateliertube Chromgelb, fast voll, und eine zweite, fast leer; eine Halbpfundtube Chromgrün, halbvoll; eine Ateliertube Kobaltblau, dreiviertel leer; eine sehr schmutzige Tube ohne Etikett, die schon manche Schlacht hinter sich zu haben schien, ohne viel von ihrem Inhalt verloren zu haben. Wimsey schraubte den Verschluß ab und identifizierte den Inhalt als Karmesinrot. Schließlich fanden sich noch eine fast leere Ateliertube Krapprosa und eine Halbpfundtube Zitronengelb, halb aufgebraucht und sehr schmutzig.

Wimsey betrachtete die Kollektion ein Weilchen, dann griff er voll Zuversicht erneut in die Tasche. Aus dem Hauptfach kam jedoch außer ein paar verdorrten Stengeln Heidekraut und ein paar Tabak- und Brotkrümeln nichts mehr zum Vorschein, und so nahm er sich die beiden Nebenfächer vor.

Im ersten fand er zunächst eine Rolle Ölpapier, an dem Pinsel abgewischt worden waren; dann eine kleine Dose, eklig verklebt um den Schraubdeckel herum und gefüllt mit Harzbinder; drittens schließlich noch einen verbogenen Spachtel, ähnlich dem, der bei der Palette gelegen hatte.

Das dritte und letzte Fach hatte mehr Abwechslung zu bieten. Zum Vorschein kamen eine Streichholzschachtel mit Zeichenkohle, eine Zigarettenschachtel, ebenfalls mit Zeichenkohle, ein paar Stückchen rote Kreide, ein kleiner Skizzenblock, reichlich ölverschmiert, ein paar Leinwandschneider, an denen Wimsey sich prompt in den Finger stach, ein paar Korken und ein Päckchen Zigaretten, Marke Gold Flakes.

Wimseys scheinbarer Gleichmut war verflogen. Seine lange, neugierige Nase zuckte wie bei einem Karnickel, als er die Tasche umdrehte und schüttelte, ob nicht doch noch etwas aus ihren verborgenen Tiefen ans Licht käme, aber vergebens. Er stand auf und suchte um Staffelei und Schemel herum aufmerksam den Boden ab.

Neben der Staffelei lag ein geschmacklos karierter Mantel. Er hob ihn auf und durchsuchte gründlich die Taschen. Er fand ein Taschenmesser mit abgebrochener Klinge, einen halben Zwieback, noch ein Päckchen Zigaretten, eine Schachtel Streichhölzer, ein Taschentuch, zwei Forellenhaken in durchsichtiger Tüte und ein Stück Schnur.

Er schüttelte den Kopf. Was er suchte war nicht dabei. Er versuchte es noch einmal, die Nase am Boden wie ein Spürhund, dann glitt er, immer noch unzufrieden, die glatten Felsen hinunter. In der Wand waren lauter Spalten und Ritzen, in die leicht etwas hineingefallen sein konnte. Farn, Heidekraut und stachliger Stechginster wuchsen darin. Er tastete in jeden Winkel hinein, stach sich dabei jedesmal in die Finger und fluchte lästerlich. Stechginsterzweige krochen ihm die Hosenbeine hinauf und in die Schuhe. Die Hitze war zum Ersticken. Kurz bevor er unten war, glitt er aus und legte die letzten Meter auf dem Hosenboden zurück, was ihn fuchste. Ein Ruf von oben ließ ihn aufblicken. Der Sergeant grinste zu ihm herunter.

«Seine Lordschaft rekonstruieren den Unfall?»

«Nicht direkt», sagte Wimsey. «Moment, warten Sie mal bitte.»

Er kraxelte wieder nach oben. Die Leiche lag inzwischen so schicklich, wie es ging, auf einer Tragbahre und wartete auf ihren Abtransport.

«Haben Sie schon seine Taschen durchsucht?» keuchte Wimsey.

«Noch nicht, Mylord. Dazu ist auf dem Revier noch Zeit. Reine Formsache, Sie verstehen?»

«Ganz im Gegenteil», sagte Wimsey. Er schob seinen Hut zurück und wischte sich den Schweiß von der Stirn. «An der Geschichte ist etwas komisch, Dalziel. Sieht zumindest so aus. Haben Sie etwas dagegen, wenn ich mir seine Habseligkeiten gleich einmal vornehme?»

«Aber natürlich nicht», antwortete Dalziel im Brustton der Überzeugung. «So eilig haben wir's auch wieder nicht. Ob wir das jetzt gleich machen oder hinterher...»

Wimsey setzte sich neben der Bahre auf den Boden, und der Sergeant stellte sich mit seinem Notizblock daneben, um den Befund schriftlich festzuhalten.

Die rechte Rocktasche enthielt noch ein Taschentuch, einen Hardy-Katalog, zwei zerknüllte Rechnungen und einen Gegenstand, bei dessen Anblick der Sergeant lachend rief: «Was ist denn das? Ein Lippenstift?»

«Leider nichts derart Pikantes», meinte Wimsey betrübt. «Das ist ein Bleistifthalter – auch noch *Made in Germany*. Aber immerhin – wo der ist, da finden wir vielleicht auch noch etwas anderes.»

Die linke Tasche gab jedoch nichts Aufregenderes preis als einen Korkenzieher und etwas Schmutz; in der Brusttasche fanden sich eine Ingersoll-Uhr, ein Kamm und ein halbleeres Briefmarkenheftchen; Wimsey nahm sich ohne große Hoffnung die Hosentaschen vor, denn eine Weste hatte der Tote nicht an.

Hier nun fand er in der rechten Tasche eine Handvoll loses Geld, Scheine und Münzen achtlos durcheinander, sowie einen Schlüsselring mit Schlüsseln. Links eine leere Streichholzschachtel und eine zusammenklappbare Nagelschere. In der Gesäßtasche ein paar zerfledderte Briefe, Zeitungsausschnitte und ein kleines Notizbuch mit nichts drin.

Wimsey richtete sich auf und sah den Sergeant an.

«Es ist nicht da», sagte er, «und das will mir überhaupt nicht gefallen, Dalziel. Passen Sie mal auf, es gibt noch eine Möglichkeit. Das Ding könnte in den Bach gerollt sein. Holen Sie um Himmels willen Ihre Leute zusammen und suchen Sie es – sofort. Verlieren Sie keine Sekunde.»

Dalziel sah den aufgeregten Engländer mit einiger Verwunderung an, und der Konstabler schob die Mütze in den Nacken und kratzte sich am Kopf.

«Und wonach suchen wir, bitte schön?» stellte er die naheliegende Frage.

(An dieser Stelle erklärt nun Lord Peter Wimsey dem Sergeant, wonach er suchen soll und warum, doch da der intelligente Leser dieses kleine Detail sicher selbst beisteuern kann, bleibt es auf dieser Seite unerwähnt.)

«Das ist also wichtig, meinen Sie?» fragte Dalziel und machte ein Gesicht wie einer, der hoffnungsvoll durch einen Wald von Finsternis den ersten fernen Schimmer des Offenkundigen erblickt.

«Wichtig?» rief Wimsey. «Und ob das wichtig ist! Unvorstellbar und über alle Maßen ungeheuer wichtig. Oder glauben Sie, ich rutsche auf diesem infernalischen Felsen herum und mache mich zum Nadelkissen, wenn es nicht wichtig ist?»

Das Argument schien dem Sergeant einzuleuchten. Er rief seine Streitmacht zusammen, damit sie den Pfad, das Ufer und den Bach nach dem vermißten Gegenstand absuchten. Wimsey spazierte indessen zu dem alten, verbeulten Morris-Viersitzer hinüber, der an der Einmündung des Viehpfades auf der Wiese stand.

«Ach ja», sagte Konstabler Ross, indem er sich aufrichtete und den Finger zum Mund führte, bevor er ihn wieder in die Dornen steckte, «das ist sein Wagen. Vielleicht finden Sie da, worauf Sie so scharf sind.»

«Glauben Sie das bitte nicht, mein Lieber», antwortete Wimsey. Dennoch unterzog er den Wagen einer gründlichen Durchsuchung, vor allem die Rücksitze. Ganz besonders interessierte ihn ein schwarzer Teerfleck auf den hinteren Sitzkissen. Er betrachtete ihn aufmerksam durch die Lupe, wobei er fortwährend leise vor sich hin pfiff. Beim Weitersuchen entdeckte er einen zweiten Fleck an der Karosserie, dicht hinterm Fahrersitz. Auf dem Wagenboden fand er eine zusammengelegte Plane. Er schüttelte sie aus und nahm sie Stückchen für Stückchen unter die Lupe. Noch ein Teerfleck und etwas Sand waren der Lohn für seine Mühe.

Wimsey zückte seine Pfeife und zündete sie nachdenklich an. Dann suchte er weiter, bis er eine Straßenkarte von dieser Gegend fand. Er setzte sich auf den Fahrersitz, breitete die Karte auf dem Lenkrad aus und versank in tiefe Meditation.

Nach einem Weilchen kam der Sergeant zu ihm, erhitzt und ganz rot im Gesicht, die Ärmel hochgekrempelt.

«Wir haben das Unterste nach oben gekehrt», sagte er, indem er sich bückte, um das Wasser aus den Hosenbeinen zu wringen, «aber wir finden das Ding nicht. Vielleicht sagen Sie uns jetzt mal, warum es so wichtig ist.»

«Oh», machte Wimsey. «Sie wirken echauffiert, Dalziel. Ich hab mich hier inzwischen ein wenig abgekühlt. Es ist also nicht zu finden?»

«So ist es», antwortete der Sergeant mit Betonung.

«In diesem Fall», meinte Wimsey, «sollten Sie lieber gleich den Untersuchungsrichter einschalten – halt, nein, ihr habt ja hier oben keine Untersuchungsrichter. Bei euch heißt der zuständige Mann Staatsanwalt. Also, gehen Sie zum Staatsanwalt und sagen Sie ihm, daß der Mann ermordet wurde.»

«Errrmorrrdet?» rief der Sergeant.

«Jawohl», sagte Wimsey. «Ganz recht. Errrmorrrdet ist genau das rrrichtige Worrrt.»

«Ross!» rief der Sergeant. «Hierher!»

Der Konstabler nahte in verhaltenem Galopp.

«Seine Lordschaft», sagte der Sergeant, «ist der Meinung, daß der Mann ermordet wurde.»

«Ach nee», fand Ross. «Na so was aber auch. Und wie kommen Seine Lordschaft wohl darauf?»

«Wegen der Leichenstarre», sagte Wimsey, «und weil ihr nicht findet, wonach ihr sucht. Dazu diese Teerflecken am Wagen und der Charakter des Verblichenen. Ihn hätte doch jeder mit dem größten Vergnügen umgebracht.»

«So, so, die Leichenstarre», sagte Dalziel. «Das ist aber doch eher Dr. Camerons Sache.»

«Ich muß zugeben», sagte der Arzt, der soeben hinzukam, «daß ich mich darüber auch schon gewundert habe. Wenn man den Mann nicht nach zehn Uhr heute morgen noch lebend gesehen hätte, würde ich nämlich sagen, daß er eher schon an die zwölf Stunden tot ist.»

«Ganz meine Meinung», sagte Wimsey. «Andererseits werden Sie gesehen haben, daß die Farbe auf dem Bild, obwohl sie mit schnelltrocknendem Kopalharz aufgetragen wurde, noch ziemlich feucht ist, trotz heißer Sonne und trockener Luft.»

«Eben», sagte der Doktor. «Das zwingt mich zu der Annahme, daß die Wassertemperatur eine vorzeitige Starre herbeigeführt hat.»

«So leicht lasse ich mich nicht bezwingen», erwiderte Wimsey. «Ich gehe lieber davon aus, daß der Mann gegen Mitternacht getötet wurde. An das Bild hier glaube ich nicht. Ich glaube nicht, daß es die Wahrheit sagt. Es ist unmöglich, daß Campbell heute morgen an dem Bild gearbeitet hat. Das weiß ich.»

«Und wieso?» fragte der Sergeant.

«Aus den Gründen, die ich Ihnen eben genannt habe», sagte Wimsey. «Und da ist noch ein Punkt, ein kleiner – an sich nicht sehr bedeutend, aber er weist in dieselbe Richtung. Das Ganze sieht ja so aus – und soll wohl so aussehen –, als ob Campbell vom Malen aufgestanden und ein paar Schritte zurückgetreten wäre, um das Bild besser begutachten zu können, wobei er dann ausgeglitten und gestürzt wäre. Aber Palette und Spachtel lagen auf dem Schemel. Dabei wäre es doch sehr viel wahrscheinlicher, daß er beim Aufstehen und Zurücktreten die Palette auf dem Daumen und den Spachtel in der Hand behalten hätte, um eventuell kleine Korrekturen sofort anbringen zu können. Ich will nicht sagen, daß er die Sachen auf keinen Fall hingelegt hätte. Mir wäre es nur natürlicher vorgekommen, wenn wir die Palette neben der Leiche und den Spachtel irgendwo in der Felswand entdeckt hätten.»

«Stimmt», meldete sich Ross. «Das hab ich bei Malern schon gesehen. Ein paar Schritte zurück, die Augen halb zu, und dann mit einem Satz wieder vor, als wenn sie das Bild mit dem Pinsel aufspießen wollten.»

Wimsey nickte.

«Nach meiner Theorie», sagte er, «hat der Mörder die Leiche heute früh in Campbells Wagen hierhergebracht. Er hatte Campbells Schlapphut auf und hier diesen häßlichen Tartanmantel an, so daß ein Vorüberkommender ihn für Campbell halten würde. Die Leiche hatte er vor der Rückbank liegen und darüber ein Fahrrad, das diese Teerflecken auf dem Polster hinterlassen hat. Über das Ganze hatte er diese Plane gedeckt, die ebenfalls Teerspuren aufweist. Dann hat er wohl die Leiche aus dem Wagen genommen, auf den Schultern den Viehpfad hinaufgetragen und in den Bach geworfen. Vielleicht hat er sie aber auch oben liegen lassen und mit der Plane zugedeckt. Dann hat er sich, immer noch in Campbells Mantel und Hut, hingesetzt und das Bild gefälscht. Nachdem er genug gemalt hatte, um den Eindruck zu erwecken, daß Campbell hier gewesen war und gemalt hatte, hat er Mantel und Hut ausgezogen, Palette und Spachtel auf den Schemel gelegt und ist mit dem Fahrrad weggefahren. Es ist einsam hier oben. Hier könnte man ein Dutzend Morde begehen, man muß nur den richtigen Zeitpunkt wählen.»

«Eine sehrrr interrressante Theorrrie», fand Dalziel.

«Sie können die Probe aufs Exempel machen», sagte Wimsey. «Wenn jemand heute morgen Campbell hier gesehen und mit ihm gesprochen hat oder wenigstens nah genug war, um sein Gesicht zu erkennen, dann ist natürlich nichts damit. Wenn man aber nur den Hut und Mantel gesehen hat, und wenn vor allem etwas Umfangreiches im Wagen lag und mit einer Plane zugedeckt war, dann steht meine Theorie. Das Fahrrad ist übrigens für diese Theorie nicht entbehrlich, nur wenn ich der Mörder wäre, hätte ich eines benutzt. Und wenn man die Teerflecken unter der Lupe betrachtet, erkennt man meines Erachtens die Spuren eines Reifenprofils.»

«Man kann nicht sagen, daß Sie unrecht hätten», meinte Dalziel.

«Sehr schön», sagte Wimsey. «Dann sehen wir uns also jetzt mal an, was unser Mörder als nächstes tun muß.» Er breitete großspurig die Landkarte aus, und die beiden Polizisten beugten sich darüber.

«Hier ist er also», sagte Wimsey, «nur mit einem Fahrrad als Hilfe oder Hemmnis, und nun muß er sich irgendwoher ein Alibi beschaffen. Vielleicht hat er sich gar nicht erst lange etwas besonders Kompliziertes ausgedacht, sondern sich nur beeilt, so schnell wie möglich von hier wegzukommen. Und ich glaube nicht, daß er sich unbedingt in Newton Stewart oder Creetown blicken lassen wollte. Im Norden hat er nicht viel Auswahl – da sind nur die Berge um Larg und die Rhinns of Kells. Er könnte nach Glen Trool hinauf, aber das hätte auch nicht viel Sinn; da müßte er nur denselben Weg wieder zurückkommen. Natürlich könnte er auch auf dem Ostufer des Cree bis nach Minnigaff fahren und auf diese Weise Newton Stewart meiden, um sich dann querfeldein in Richtung New Galloway zu halten, aber das ist ein weiter Weg, und er bliebe zu lange zu nah am Tatort. In meinen Augen führe er am besten zur Straße zurück und dann nach Nordwesten, über Bargrennan, Cairnderry, Creeside und Drumbain, dann könnte er in Barrhill den Zug nehmen. Das sind neun bis zehn Meilen Straße. Wenn er schnell fährt, kann er sie in einer Stunde schaffen, oder in eineinhalb Stunden, weil die Straße schlecht ist. Sagen wir, er hat um elf mit Malen aufgehört, dann war er um halb eins in Barrhill. Von dort kann er einen Zug nach Stranraer und Port Patrick oder auch nach Glasgow genommen haben; oder falls er sich des Fahrrads entledigt hätte, könnte er auch irgendwohin mit dem Bus gefahren sein. Ich an Ihrer Stelle würde mal in dieser Richtung suchen lassen.»

Der Sergeant sah seine Kollegen an und las Zustimmung in ihren Blicken.

«Und wer käme Ihrer Ansicht nach, Mylord, am ehesten für die Tat in Frage?» erkundigte er sich.

«Nun», meinte Wimsey, «ich wüßte ein halbes Dutzend Leute mit erstklassigen Motiven. Aber der Mörder muß ein Künstler sein, und zwar ein gescheiter, denn das Gemälde hier muß ja als ein Campbell durchgehen können. Er muß Auto fahren können und ein Fahrrad besitzen, oder zumindest wissen, wie er an eines herankommt. Er muß ziemlich kräftig sein, sonst hätte er die Leiche nicht dort hinaufschleppen können, und Schleifspuren kann ich nirgends sehen. Er muß gestern abend später als Viertel nach neun mit Campbell zusammen gewesen sein, denn um diese Zeit habe ich selbst ihn noch quicklebendig in den *McClellan Arms* gesehen. Er muß Land und Leute ziemlich gut kennen, denn offenbar hat er gewußt, daß Campbell für sich allein lebt und nur eine Zugehfrau hat, so daß sein Verschwinden heute früh niemandem auffiel. Entweder führt er selbst so ein Leben, oder er hatte einen guten Vorwand, heute schon vor dem Frühstück auszugehen. Wenn Sie einen finden, auf den das alles paßt, haben Sie wahrscheinlich den richtigen. Seine Eisenbahnfahrkarte – falls er mit der Eisenbahn gefahren ist – müßte sich zurückverfolgen lassen. Möglicherweise komme ich ihm aber auch noch selbst auf die Schliche, und zwar auf einem ganz anderen Weg und sehr viel müheloser.»

«Ach nee», meinte der Sergeant. «Aber wenn Sie ihn haben, sagen Sie uns Bescheid, ja?»

«Abgemacht», sagte Wimsey. «Obwohl das ziemlich unerfreulich für mich sein wird, denn ich wette zehn gegen eins, daß es einer ist, den ich kenne und viel besser leiden kann als Campbell. Aber es gehört sich nun einmal nicht, Leute zu ermorden, und wenn sie noch so widerlich sind. Ich will mich bemühen, ihn in Fesseln zu schlagen – sofern er mir nicht vorher den Schädel einschlägt.»

Ferguson

Auf dem Rückweg nach Kirkcudbright fiel Wimsey ein, daß es allerhöchste Zeit zum Tee war und es außerdem keine schlechte Idee wäre, Campbells Cottage einen Besuch abzustatten. Er fuhr also am *Anwoth Hotel* vor, und während er sich gierig mit Kartoffelplätzchen und Ingwerkuchen vollstopfte, stellte er eine provisorische Liste der Verdächtigen zusammen.

Nach dem Essen sah die Liste folgendermaßen aus:

Wohnhaft in Kirkcudbright:

1. Michael Waters, 28 Jahre, 1,78 groß, ledig, möbliert wohnend. Landschaftsmaler – gibt an, Campbells Stil fälschen zu können. Am Abend zuvor Streit mit Campbell – hat gedroht, ihm das Genick zu brechen.

2. Hugh Farren, 35 Jahre, 1,75 groß, Figuren- und Landschaftsmaler, sehr kräftig gebaut, verheiratet, bekanntlich auf Campbell eifersüchtig. Lebt allein mit Ehefrau, die offenbar sehr an ihm hängt.

3. Matthew Gowan, 46 Jahre, 1,85 groß, Figuren- und Landschaftsmaler, auch Kupferstecher, ledig, bewohnt Haus mit Dienerschaft, wohlhabend. Ist von Campbell in aller Öffentlichkeit beleidigt worden; spricht nicht mehr mit ihm.

Wohnhaft in Gatehouse-of-Fleet:

4. Jock Graham, 36 Jahre, 1,80 groß, ledig, wohnhaft im *Anwoth Hotel*, Porträtmaler, begeisterter Angler, Luftikus. Fehde mit Campbell ortsbekannt; soll ihn bei einem Handgemenge in den Fleet getaucht haben.

5. Henry Strachan, 38 Jahre, 1,88 groß, verheiratet, ein Kind, ein Dienstmädchen. Porträtmaler und Illustrator, Vorsitzender des Golfclubs. Hat Campbell nach Streit vom Golfgelände gewiesen.

Bis hierher war die Liste gediehen, als der Wirt des *Anwoth Hotel* hereinkam. Wimsey berichtete ihm das Neueste über den Fall Campbell, ohne allerdings die Mordtheorie zu erwähnen, und ließ die Bemerkung fallen, daß er zu Campbells Haus fahren und sich mal erkundigen wolle, ob dort jemand über seine Pläne Bescheid gewußt habe.

«Glaub nicht, daß Sie da viel erfahren», sagte der Wirt. «Mrs. Green, die ihm den Haushalt führt, ist wieder nach Hause gegangen, aber sie weiß so gut wie nichts, nur daß Campbell schon weg war, wie sie heute früh um acht gekommen ist, um Ordnung zu machen. Und Mr. Ferguson, der nebenan wohnt, war schon mit dem ersten Zug nach Glasgow gefahren.»

«Ferguson?» fragte Wimsey. «Ich glaube, den kenne ich. Hat er nicht irgendwo Wandgemälde für ein Rathaus gemacht?»

«Ja, ja, und ein sehrrr guter Maler ist er. Sie haben ihn sicher schon in seinem kleinen Austin rumflitzen sehen. Hat sein Atelier gleich neben Campbell, jeden Sommer.»

«Ist er verheiratet?»

«Ja, aber seine Frau ist gerade zu Besuch bei Freunden in Edinburgh. Ich glaube, die beiden verstehen sich nicht besonders.»

«Wer – Ferguson und Campbell?»

«Nein – Mr. und Mrs. Ferguson. Aber das andere stimmt auch. Er und Campbell haben sich mal schrrrecklich in den Haaren gelegen, weil Campbell Fergusons Gartenmauer mit dem Wagen umgefahren hat.»

Ich frage mich langsam, ob's im ganzen Landkreis noch einen einzigen Menschen gibt, mit dem er keinen Krach hatte, dachte Wimsey und ergänzte seine Liste:

6. John Ferguson, ca. 36 Jahre, ca. 1,78 groß, Strohwitwer. Landschaften und Figuren. Streit wegen Mauer.

«Übrigens», fragte er weiter, «ist Jock Graham irgendwo in der Gegend?»

«Jock – nee, der ist weg. Letzte Nacht ist er überhaupt nicht nach Hause gekommen. Hat gesagt, er will zum Angeln rauf nach Loch Trool.»

«Oho!» rief Wimsey. «Zum Loch Trool ist er? Wie ist er da denn hingekommen?»

«Keine Ahnung. Der Verwalter wird ihn eingeladen haben. Vielleicht ist er über Nacht in Newton Stewart geblieben und morgens mit dem Verwalter hingefahren. Vielleicht hat er aber auch die ganze Nacht dort geangelt.»

«So, so, hat er das?» meinte Wimsey. Das gab dem Fall ja wieder einen völlig neuen Aspekt. Ein gesunder und kräftiger Mann konnte die Leiche zum Minnoch gefahren haben und dann zu Fuß nach Newton Stewart zurückgekehrt sein, um seine Verabredung einzuhalten, falls der Zeitpunkt dafür nicht zu früh lag. Aber das ging natürlich nur bei einer Angelpartie bei Tag, und Jock Graham arbeitete gern bei Nacht.

«Kommt er heute abend wieder, Joe?»

«Da hab ich nun gar keine Ahnung», sagte der Wirt und machte Wimseys Hoffnungen so mit einem Schlag zunichte. «Die bleiben vielleicht auch zwei Nächte oben, wenn die Fische gut beißen.»

«Hm», machte Wimsey. «Wie schön für die beiden. Na ja, aber ich muß jetzt weiter.»

Er bezahlte, und der Wirt begleitete ihn nach unten.

«Wie geht's Andy?» fragte er beiläufig.

«Ach, ganz gut», antwortete der Wirt. «Nur heute ist er fuchsteufelswild. Hat ihm doch irgend so ein Kerl sein Fahrrad geklaut. Und zu allem Unglück hatte er eben erst neue Reifen auf beide Räder montiert.»

Wimsey, den Daumen schon am Anlasser, hielt wie elektrisiert inne.

«Wie denn das?»

«Selber schuld. Immer läßt er es einfach herumstehen. Wahrscheinlich hat so ein Tippelbruder oder Teppichhändler es mitgehen lassen. In Gatehouse würde so was keiner machen.»

«Wann hat er es denn vermißt?»

«Heute früh, als er zur Schule wollte. Ein Glück, daß es nicht das Motorrad war, das er immer von mir gekauft haben will.»

«Ich wette, das hat sich nur jemand ausgeliehen», sagte Wimsey.

«Wird wohl so sein. Vielleicht taucht es wieder auf. Also dann, einen schönen Tag noch, Mylord.»

Wimsey fuhr nicht über die Brücke, sondern die Straße hinauf zum Bahnhof. Er passierte die Abzweigung nach links, die an der Alten Kirche von Anwoth vorbei zur Straße nach Creetown führt, und folgte dem Lauf des Fleet bis zu einem schmalen Weg, der nach rechts abbog. Der Weg endete vor zwei kleinen, einzeln nebeneinanderstehenden Sommerhäusern, die auf einen tiefen kleinen Tümpel blickten – den berühmten Tümpel des Anstoßes, in den Jock Graham den verblichenen Campbell getaucht haben sollte.

Normalerweise hätte Wimsey erwartet, beide Haustüren vertrauensselig unverschlossen vorzufinden, aber heute war das untere Cottage, in dem Campbell wohnte, zugeschlossen, wahrscheinlich von der Polizei. Wimsey sah nacheinander durch alle Fenster des Erdgeschosses. Alles wirkte friedlich und ordentlich, wie die Zugehfrau es morgens zurückgelassen hatte. Vorn befand sich ein Wohnzimmer im Junggesellenstil, hinten eine Küche – das Übliche, mit einem Schlafzimmer darüber. An die Küche war ein Atelier mit Glasdach angebaut worden. Rechts der Schuppen, in dem Morris gestanden hatte, war leer, und zwei frische Reifenspuren im Staub zeigten, wo der Wagen morgens hinausgefahren worden war. Gleich dahinter führte ein Holzgatter in einen verwilderten kleinen Garten. An das Atelier schloß sich eine Gartenmauer aus rohen Steinen an, die Hof und Garten vom Nachbargrundstück trennte, und Wimsey sah die Bresche in der Mauer und den Schutthaufen, wo Campbell beim Einfahren in die Garage so ungeschickt zurückgesetzt und Anlaß zu solch unnachbarlichen Gefühlen gegeben hatte.

Fergusons Cottage war mit Campbells genau identisch, nur daß der Garten gepflegt und die nagelneue Garage – o Schande – aus Wellblech war. Wimsey stieß die Garagentür auf und stand vor einem blitzenden neuen Zweisitzer einer beliebten Marke.

Das wunderte ihn im ersten Augenblick. Ferguson war mit dem Frühzug nach Glasgow gefahren, und der Bahnhof von Gatehouse lag sechseinhalb Meilen außerhalb des Orts. Warum war Ferguson nicht mit dem Wagen gefahren? Er hätte ihn ohne weiteres bis zu seiner Rückkehr am Bahnhof stehen lassen können. Aber der Wagen schien ein neues Spielzeug zu sein; vielleicht wollte er ihn nicht gern in fremder Obhut wissen. Oder hatte er vielleicht die Absicht, länger fortzubleiben? Oder –?

Wimsey klappte nachdenklich die Motorhaube auf. Ja, das war die Erklärung. Eine Lücke und ein paar lose Anschlüsse zeigten, daß der Magnetzünder herausgenommen worden war. Ziemlich wahrscheinlich hatte Ferguson ihn zur Reparatur mit nach Glasgow genommen. Aber wie war Ferguson dann zum Bahnhof gekommen? Hatte ihn jemand mitgenommen? War er mit dem Bus gefahren? Mit dem Fahrrad? Das einfachste wäre, hinauszugehen und zu fragen. Auf einem kleinen ländlichen Bahnhof bleibt kein Fahrgast unbemerkt, und es konnte sowieso nicht schaden, wenn Lord Peter sich vergewisserte, ob Ferguson wirklich diesen Zug genommen hatte.

Wimsey klappte die Haube zu und schloß die Garagentür fest hinter sich. Die Haustür war unverschlossen, also ging er hinein und sah sich um. Alles war ordentlich und so unpersönlich wie nur eben möglich. Mrs. Green hatte überall gefegt, abgestaubt und aufgeräumt, sogar im Atelier, denn wenn der Künstler nicht im Hause ist, stürzt die Zugehfrau sich stets auf seine Farbtöpfe, und keine Zurechtweisung oder Belehrung kann das verhindern. Wimsey betrachtete ein paar Figurenstudien, die aufgereiht an der Wand standen, warf einen Blick auf eine dekorative, sehr kunstvoll und kultiviert gemalte Landschaft, die noch auf der Staffelei stand, und stellte nebenbei fest, daß Ferguson seinen Malereibedarf bei Robertson's bezog. Er sah flüchtig eine Reihe Kriminalromane auf dem Bücherregal im Wohnzimmer durch und probierte den Deckel des Schreibsekretärs. Er war unverschlossen, und unter dem Deckel kamen ein paar ordentlich aufgeräumte Fächer zum Vorschein. Wimsey stufte Ferguson als einen Menschen von fast pathologischer Ordnungsliebe ein. Nichts hier, was auf Campbells Tod ein Licht hätte werfen können, aber um so größeren Wert legte Wimsey jetzt darauf, Ferguson in die Finger zu bekommen. Die beiden Häuser standen so nebeneinander – einzeln zwar, aber mit einem gemeinsamen Eingangshof –, daß nichts, was in dem einen geschah, im andern hätte unbemerkt bleiben können. Wenn also bei Campbell in der letzten Nacht etwas Ungewöhnliches vorgegangen war, mußte Ferguson es irgendwie mitbekommen haben. Wenn andererseits Ferguson nichts mitbekommen hatte, konnte auch sonst niemand etwas bemerkt haben, denn die beiden Häuser standen abseits und versteckt am Ende eines holprigen, beiderseits zugewachsenen Weges und die Gärten endeten am Fleet. Sollte Jock Graham wirklich letzte Nacht hier an diesem Tümpel, einer Verbreiterung des Fleet, gefischt haben ... aber nein, er war ja angeblich zum Loch Trool gefahren! Ferguson war der Mann. Es war gewiß kein Fehler, sich ganz schnell auf seine Spur zu setzen.

Wimsey kehrte zu seinem Wagen zurück und machte sich auf den Weg über die lange Bergstraße hinauf zum Bahnhof von Gatehouse, der an den Ausläufern der Berge von Galloway liegt und zur einen Seite über das Fleet-Tal und den Viadukt blickt, während von der anderen Seite die hohen Gipfel der Clints of Dromore finster auf ihn herabschauen.

Um zum Bahnhof von Gatehouse zu kommen, muß man durch eines dieser im Grenzland so zahlreichen Viehgatter, die für streunende Tiere vielleicht ein gewisses Hemmnis sind, für den eiligen Automobilisten indessen ein fortwährendes Ärgernis. Aber wie immer an dieser Stelle erschien aus einem der Häuser am Wegrand ein freundlicher alter Herr und ließ Wimsey durch.

Gleich hinter diesem Gatter gabelt sich die Straße nach links und rechts in einen holprigen Schotterweg, der links auf Umwegen nach Creetown führt, rechts in Richtung Dromore verläuft und vor dem Viadukt abrupt endet. Wimsey kreuzte diesen Weg und fuhr geradeaus weiter eine kleine, steile Zufahrt hinunter, die zwischen dichten Rhododendronbüschen zum Bahnhof führt.

Die Strecke von Castle Douglas nach Gatehouse ist eingleisig, doch um der höheren Bequemlichkeit der Reisenden willen und um die Durchfahrt anderer Züge zu ermöglichen, nennt der Bahnhof von Gatehouse zwei Gleise sein eigen. Wimsey näherte sich dem Stationsvorsteher, der eine Pause zwischen zwei Zügen benutzte, um in seinem Büro das *Glasgow Bulletin* zu studieren.

«Ich versuche Mr. Ferguson aufzutreiben», sagte Wimsey nach den üblichen Begrüßungsfloskeln, «um mich mit ihm zu einer Angeltour nach Loch Skerrow zu verabreden, aber man sagte mir, daß er heute mit dem Neun-Uhr-acht-Zug weggefahren ist. Stimmt das?»

«Das stimmt. Ich hab ihn selbst gesehen.»

«Wann er wohl zurückkommt? Wissen Sie zufällig, ob er nach Glasgow oder nur nach Dumfries gefahren ist?»

«Er hat so was gesagt, daß er nach Glasgow wollte», antwortete der Stationsvorsteher, «aber vielleicht kommt er heute abend schon wieder zurück. Angus wird Ihnen sicher sagen können, ob er eine Rückfahrkarte gelöst hat.»

Der Schalterbeamte, der das Büro mit dem Stationsvorsteher teilte, erinnerte sich sehr gut an Mr. Ferguson, weil er eine Rückfahrkarte erster Klasse nach Glasgow gelöst hatte, ein bei dem Künstlervolk etwas ungewöhnlicher Luxus.

«Aber», meinte Wimsey, «die Karte gilt ja drei Monate. Er muß also nicht unbedingt heute zurückkommen. Hat er wohl sein Auto hier abgestellt?»

«Er ist nicht mit dem Auto gekommen», antwortete der Eisenbahner. «Er hat mir gesagt, daß der Magnetzünder kaputt ist, darum hat er den Zug von hier aus nehmen müssen, anstatt nach Dumfries zu fahren.»

«Aha, dann ist er sicher mit dem Fahrrad gekommen», warf Wimsey ganz nebenbei ein.

«Nein, nein», erwiderte der Stationsvorsteher, «er muß mit dem Campbell's-Bus gekommen sein, denn ungefähr um diese Zeit ist er hier eingetroffen, nicht wahr, Angus?»

«Stimmt genau. Er hat sich mit Rabbie McHardy unterhalten, als er hier reinkam. Vielleicht hat er dem gesagt, wie lange er in Glasgow bleiben will.»

«Danke», sagte Wimsey. «Dann rede ich mal mit Rabbie. Ich

wollte nämlich für morgen ein Boot chartern, aber wenn Ferguson nicht da ist, hat's ja nicht viel Sinn, oder?»

Er plauderte noch ein Minütchen mit den beiden und gab ihnen einen sorgsam redigierten Bericht über den Stand der Campbell-Angelegenheit, dann verzog er sich. Viel weiter war er nicht gekommen, höchstens daß es nun so aussah, als ob er Ferguson wieder von seiner Verdächtigenliste streichen könnte. Natürlich würde er ihn sich noch vorknöpfen und sich vergewissern müssen, daß er auch wirklich in Glasgow angekommen war. Das war vielleicht nicht ganz einfach, aber für Dalziel und seine Schergen konnte es eigentlich nur Routine sein.

Wimsey sah auf die Uhr. Im Augenblick schien Jock Graham der verheißungsvollste Anwärter auf kriminelle Ehren zu sein, doch da er verschollen war, konnte man zur Zeit in dieser Richtung nichts unternehmen. Für eine kleine Unterredung mit Strachan allerdings war noch Zeit, und damit wollte Wimsey seine Ermittlungen in Gatehouse abrunden.

Strachan

Strachan bewohnte ein hübsches mittelgroßes Haus, das bequemerweise etwas außerhalb von Gatehouse am Weg zur Golfbahn lag. Das adrette Dienstmädchen, das öffnen kam, lächelte den Besucher freundlich an und sagte, der Meister sei zu Hause und Seine Lordschaft möge doch bitte eintreten.

Seine Lordschaft trat also ins Wohnzimmer. Dort traf er Mrs. Strachan an, die am Fenster saß und ihr Töchterchen Myra in der Kunst des Häkelns unterwies.

Wimsey entschuldigte sich für seinen späten Besuch so kurz vor dem Dinner und erklärte, er sei gekommen, um mit Strachan ein Viererspiel zu verabreden.

«Nun, ich weiß nicht recht», sagte Mrs. Strachan ein wenig skeptisch. «Ich glaube kaum, daß Harry an den nächsten ein, zwei Tagen überhaupt wird spielen können. Er hat so ein ärgerliches – ach was! Ich weiß es einfach nicht. Myra, lauf doch mal zu Daddy und sag ihm, Lord Peter ist da und möchte mit ihm reden. Wissen Sie, ich treffe nicht gern Verabredungen für Harry – dabei mache ich doch *immer* etwas falsch.»

Sie kicherte. Das Kichern gehörte offenbar zu ihrer Natur. Nervosität, vermutete Wimsey. Strachan hatte so eine kurz angebundene Art, die einen schon nervös machen konnte, und außerdem hielt Wimsey ihn, gelinde gesagt, für einen kleinen Haustyrannen.

Er sagte irgend etwas Unverbindliches, wie daß er nicht stören wolle.

«Aber Sie *stören* doch nicht», sagte Mrs. Strachan, ohne den unsicheren Blick von der Tür zu wenden, «ganz im *Gegenteil*! Wir freuen uns *immer* so, Sie zu sehen. Wie haben Sie denn diesen wunderschönen Tag heute verbracht?»

«Ich war am Minnoch, um mir die Leiche anzusehen», antwortete Wimsey fröhlich.

«Die Leiche?» rief Mrs. Strachan mit einem kleinen Schreckensschrei. «Das klingt ja schrecklich. Wie *meinen* Sie das? Sprechen Sie vielleicht von einem toten Lachs?»

«Nein, nein», sagte Wimsey. «Campbell – Sandy Campbell – haben Sie noch nichts davon gehört?»

«Nein, was denn?» Mrs. Strachan riß die großen babyblauen Augen ganz, ganz weit auf. «Ist Mr. Campbell etwas zugestoßen?»

«Mein Gott», sagte Wimsey, «ich dachte, alle Welt weiß es schon. Er ist tot. In den Minnoch gestürzt und dabei umgekommen.»

Mrs. Strachan ließ einen schrillen Schreckensruf ertönen.

«Umgekommen? Wie furchtbar! Ist er ertrunken?»

«Das weiß ich nicht genau», antwortete Wimsey. «Ich nehme an, er hat sich den Schädel eingeschlagen, aber er kann ebensogut ertrunken sein.»

Mrs. Strachan schrie noch einmal. «Wann ist denn das passiert?»

«Nun ja», antwortete Wimsey vorsichtig, «man hat ihn um die Mittagszeit gefunden.»

«Du meine Güte! Und wir wissen überhaupt nichts davon. Harry –» als die Tür aufging – «*stell* dir doch mal vor! Eben sagt mir Lord Peter, daß der arme Mr. Campbell oben am Minnoch umgekommen ist!»

«Umgekommen?» meinte Strachan. «Was heißt das, Milly? Hat ihn einer umgebracht?»

Mrs. Strachan schrie zum drittenmal auf, diesmal noch lauter.

«Das meine ich natürlich nicht, Harry. So ein Unsinn, und wie schrecklich dazu! Er ist abgestürzt und hat sich am Kopf verletzt und ist ertrunken.»

Strachan trat zögernd näher und begrüßte Wimsey mit einem Kopfnicken. «Was ist denn da los, Wimsey?»

«Es stimmt», sagte Wimsey. «Man hat Campbell gegen zwei Uhr tot im Minnoch gefunden. Anscheinend hat er dort gemalt, ist auf dem Granit ausgerutscht und hat sich auf den Steinen den Schädel eingeschlagen.»

Er sprach ein wenig geistesabwesend. Es war gewiß nicht nur Einbildung, daß sein Gastgeber überaus blaß und erregt wirkte, und als Strachan jetzt das Gesicht voll ins Licht des Fensters drehte, sah man deutlich, daß er einen kräftigen Bluterguß am Auge hatte – ein schönes, vollerblühtes Veilchen von satter Farbe und vollkommener Kontur.

«Ach!» rief Strachan. «Na ja, wundern tut's mich eigentlich nicht. Das ist eine gefährliche Stelle da oben. Ich hab's ihm erst am Sonntag gesagt, und er hat mich zum Dank einen Trottel genannt.»

«Was denn, war er am Sonntag auch schon da?» fragte Wimsey.

«Ja. Um eine Skizze anzufertigen oder so etwas Ähnliches. Weißt du nicht mehr, Milly? Gleich gegenüber von unserem Picknickplatz, auf der anderen Seite vom Bach.»

«Gütiger Himmel!» rief Mrs. Strachan aus. «War *das* die Stelle? Nein, wie entsetzlich! Da geh ich nie mehr hin, nie mehr. Du kannst sagen, was du willst. Keine zehn Pferde kriegen mich da jemals wieder hin.»

«Sei doch nicht albern, Milly. Natürlich brauchst du da nicht wieder hinzugehen, wenn du nicht magst.»

«Ich hätte immer Angst, daß Myra hineinfällt und umkommt», sagte Mrs. Strachan.

«Also schön», meinte ihr Gatte ungehalten. «Dann gehst du eben nicht mehr hin. Erledigt. Wie ist denn das alles zugegangen, Wimsey?»

Lord Peter erzählte die Geschichte noch einmal, mit so viel Einzelheiten, wie er für angebracht hielt.

«Das sieht Campbell wieder mal ähnlich», fand Strachan. «Rennt einfach in der Gegend herum – das heißt, rannte –, die Augen auf der Leinwand und den Kopf in der Luft, ohne im mindesten darauf zu achten, wohin er trat. Ich hab ihm am Sonntag noch zugerufen, er soll aufpassen – er konnte aber nicht hören, was ich rief, oder hat zumindest so getan, und schließlich bin ich sogar noch rüber auf die andere Seite gerannt und hab ihn gewarnt, wie glitschig es da ist. Aber er hat mich zum Dank für meine Mühe nur angemotzt, und da hab ich ihn eben gelassen. Na ja, nun hat er's einmal zu oft getan, und aus.»

«Bitte, sprich doch nicht so gefühllos», flehte Mrs. Strachan. «Der arme Mann ist tot, und wenn er auch kein besonders netter Mensch war, muß er einem doch leid tun.»

Strachan ließ sich herab, sein Bedauern auszudrücken und zu betonen, er habe dem Mann ja nie etwas Schlechtes gewünscht. Er legte die Stirn in die Hand, als hätte er ganz schlimmes Kopfweh.

«Sie sind ja anscheinend auch ein bißchen unter die Räder gekommen», bemerkte Wimsey.

Strachan lachte. «Ja», sagte er, «das war vielleicht eine dämliche Geschichte. Ich war schon nach dem Frühstück auf der Golfbahn, da schlägt doch so ein Obertrottel den Ball ein paar Meilen weit aus der Richtung und mir, platsch, genau aufs Auge.»

Wieder entfuhr Mrs. Strachan ein spitzer Schrei der Überraschung.

«Oh!» machte sie, verstummte aber schnell, als Strachan sein buntschillerndes Auge warnend auf sie richtete.

«Wie ärgerlich», fand Wimsey. «Wer war denn dieser Tölpel?»

«Keine Ahnung», meinte Strachan wegwerfend. «Ich war im Augenblick vollkommen weg, und als ich wieder zu mir kam und mich etwas in der Gegend umschaute, hab ich nur noch ein paar Männer in der Ferne verschwinden sehen. Mir war noch viel zu schwummrig, als daß ich mich groß darum gekümmert hätte; ich wollte nur noch ins Clubhaus und einen Schluck trinken. Den Ball hab ich jedenfalls – ein Silver King. Wenn mal einer danach fragt, werde ich ihm schon heimleuchten.»

«Ein böser Schlag», sagte Wimsey mitfühlend. «Das Veilchen ist ein Prachtexemplar, aber wahrscheinlich auch sehr schmerzhaft? Ganz schön geschwollen. Wann genau ist das denn passiert?»

«Hm, ziemlich früh», antwortete Strachan. «Gegen neun, würde ich sagen. Ich bin im Clubhaus in mein Zimmer gegangen und hab mich für den Rest des Vormittags hingelegt, so elend war mir. Anschließend bin ich gleich nach Hause gekommen, daher hatte ich auch von der Geschichte mit Campbell noch nichts gehört. Hol's der Henker, das gibt jetzt wohl auch noch eine Beerdigung. Reichlich peinlich. Normalerweise würden wir ja vom Club aus einen Kranz schicken, aber unter den gegebenen Umständen weiß ich nicht genau, was zu tun ist, denn als er das letzte Mal hier war, habe ich ihn aufgefordert, seinen Austritt zu erklären.»

«Ein hübsches Problemchen», meinte Wimsey. «Aber ich meine, ich würde trotzdem einen schicken. Versöhnliche Geste und so. Heben Sie sich Ihre Rachegelüste für den auf, der Ihr Gesicht so zugerichtet hat. Mit wem haben Sie denn übrigens gespielt? Hätte er den Attentäter nicht identifizieren können?»

Strachan schüttelte den Kopf. «Ich habe ja nur eine Übungsrunde für mich allein gespielt», sagte er. «Sogar meine Schläger habe ich selbst getragen, also mit Zeugen ist nichts.»

«Ach so. Aber Ihre Hände sehen auch ziemlich zerschunden aus. Sie scheinen sich eine Zeitlang im dicksten Kampfgetümmel aufgehalten zu haben. Na ja, aber eigentlich war ich gekommen, um zu fragen, ob Sie morgen mit Waters, Bill Murray und mir einen Vierer spielen möchten, aber solange Ihr sicheres Auge sozusagen aus der Form ist...»

«Kaum», sagte Strachan mit grimmigem Lächeln.

«Dann mach ich mich jetzt mal wieder auf», sagte Wimsey und erhob sich. «Adieu, Mrs. Strachan, adieu, alter Knabe. Bitte bemühen Sie sich nicht, ich finde schon allein zur Tür.»

Strachan ließ es sich jedoch nicht nehmen, ihn bis ans Gartentor zu begleiten.

An der Straßenecke überholte Wimsey Miss Myra Strachan und ihr Kindermädchen auf dem Abendspaziergang. Er hielt an und fragte, ob sie nicht ein bißchen mitfahren möchten.

Myra stimmte begeistert zu, und ihre Aufpasserin hatte nichts einzuwenden. Wimsey setzte die Kleine neben sich, das Kindermädchen packte er auf den Rücksitz, und dann ließ er seinen Daimler zeigen, was unter der Motorhaube steckte.

Myra war außer sich vor Entzücken.

«So schnell fährt Daddy nie», sagte sie, als sie die baumüberwachsene Kuppe bei Cally Lodge nahmen und wie ein Flugzeug ins freie Land hinuntersegelten.

Wimsey warf einen Blick auf die Tachometernadel, die um die 85 Meilen spielte, und nahm die Kurve mit einem sehenswerten Schleudermanöver.

«Das ist aber ein schönes Veilchen, das dein Daddy da auf dem Auge hat», meinte er.

«Ja, nicht? Ich hab ihn gefragt, ob er sich geprügelt hat, und er hat gesagt, ich soll nicht so frech sein. Ich finde Prügeln schön. Bobby Craig hat *mir* mal ein Veilchen geschlagen. Aber ich hab ihm die Nase blutig gehauen, und da haben sie seinen Anzug in die Reinigung geben müssen.»

«Junge Damen sollten sich nicht prügeln», tadelte Wimsey. «Auch moderne junge Damen nicht.»

«Warum nicht? Ich finde Prügeln schön. Oooh! Sieh mal, die Kühe!»

Wimsey trat schnell auf die Bremse und brachte den Daimler auf ein sittsames Tempo herunter.

«Ich glaub aber doch, daß er sich geprügelt hat», fuhr Myra fort. «Er ist die ganze Nacht nicht heimgekommen, und Mummy hat sich solche Sorgen gemacht. Sie hat nämlich Angst vor unserem Auto, weil es so schnell fährt, aber so schnell wie deins kann es nicht fahren. Will die Kuh uns vielleicht umschmeißen?»

«Na klar», antwortete Wimsey. «Sie hält uns für einen Pfannkuchen und will uns auf die andere Seite drehen.»

«Quatsch! Kühe essen doch keinen Pfannkuchen, die essen Ölkuchen. Ich hab auch mal davon gegessen, aber der war eklig; mir ist ganz schlecht geworden.»

«Geschieht dir recht», sagte Wimsey. «Ich setze euch hier jetzt besser ab, sonst bist du zum Schlafengehen nicht rechtzeitig daheim. Oder ich fahre euch lieber ein Stückchen zurück.»

«Au ja, bitte», sagte Myra. «Dann können wir die Kühe jagen, daß sie rennen wie verrückt.»

«Das wäre aber sehr ungezogen», erwiderte Wimsey. «Es tut Kühen nicht gut, so schnell zu laufen. Du bist ein freches, blutdürstiges, gieriges und unfreundliches Persönchen und wirst eines Tages eine richtige Gefahr für die Gesellschaft sein.»

«Prima! Dann hab ich eine Pistole und ein schickes Abendkleid und kann die Leute in Opiumhöhlen locken und abstechen. Dich sollte ich wohl besser heiraten, weil du so ein schnelles Auto hast. Das wäre nämlich sehr nützlich.»

«Und ob», pflichtete Wimsey ernsthaft bei. «Ich werd's mir mal vormerken. Aber am Ende magst du mich später gar nicht mehr heiraten, weißt du?»

Waters

Es gefiel Lord Peter, hier in Kirkcudbright ein Leben der Schlichtheit zu führen. Sehr zum Leidwesen der Hoteliers hatte er es dieses Jahr vorgezogen, ein kleines Studio ganz am Ende eines schmalen, gepflasterten Hofs zu mieten, dessen leuchtendblaues Gartentor es zur High Street hin als Bleibe einer Künstlerseele auswies. Er selbst erklärte dieses exzentrische Betragen damit, daß es ihm Spaß mache, seinen überaus korrekten Diener unter einem auf dem Hof befindlichen Wasserhahn Forellen ausnehmen und Kartoffeln waschen und gelegentliche Besucher mit vollendeter Westendetikette empfangen zu sehen.

Als er jetzt an den Fahrrädern vorbei, die den Eingang nahezu versperrten, über den Hof klapperte, sah er diesen tüchtigen Menschen mit einem zwar beherrschten, doch fast schon ungeduldig zu nennenden Gesichtsausdruck auf der Türschwelle warten.

«Hallo, Bunter!» rief Seine Lordschaft gutgelaunt. «Was gibt's denn zum Abendessen? Ich verspüre ganz ungebührlichen Appetit. Oben bei Creetown gibt's eine wunderschöne Leiche.»

«Ich hatte bereits angenommen, daß Eure Lordschaft sich in die Ermittlungen eingeschaltet haben würden. Da ich nicht sicher war, wann Eure Lordschaft nach Hause kommen würden, habe ich es für ratsam gehalten, zum Abendessen ein Gericht aus Schmorbraten, eingedickter Soße und Gemüsebeilagen vorzubereiten, da es sich notfalls auch warmhalten läßt, ohne zu zerkochen.»

«Ausgezeichnet», sagte Seine Lordschaft.

«Vielen Dank, Mylord. Wie ich vom Fleischer erfahren habe, nennt man den Teil des Tiers, den ich als Kalbsfuß zu bezeichnen gewohnt bin, hierzulande – äh – Hachse.»

«Ich glaube, Sie haben recht, Bunter.»

«Ich habe dem Mann aber nicht einfach geglaubt», sagte Bunter mit melancholischer Würde. «Ich habe den Tierkörper inspiziert und mich vergewissert, daß auch das richtige Stück abgeschnitten wurde.»

«Sie sind immer so gründlich», sagte Wimsey anerkennend.

«Ich versuche mein Bestes, Mylord. Wünschen Mylord, daß ich für die Dauer des Aufenthalts in diesem Land das erwähnte Lebensmittel ebenfalls – äh – Hachse nenne?»

«Es wäre ein taktvolles Zugeständnis an das schottische Nationalgefühl, Bunter, wenn Sie sich dazu durchringen könnten.»

«Sehr wohl, Mylord. Dann darf ich annehmen, daß auch die Hammelkeule, wie schon anläßlich des letzten Besuchs Eurer Lordschaft in diesem Land, wiederum Gigot heißen wird?»

«Jiggot, Bunter. Nicht Gigot.»

«Jawohl, Mylord.» Bunter seufzte tief. «Wie auch immer. Ich werde mich bemühen, zu Eurer Lordschaft Zufriedenheit stets das Korrekte zu tun.»

«Danke, Bunter. Wir sollten immer und unter allen Umständen korrekt bleiben.»

«Jawohl, Mylord. Das Dinner wird in zwanzig Minuten aufgetragen, sowie die Kartoffeln gar sind.»

«Wunderbar!» sagte Seine Lordschaft. «Ich laufe nur mal rasch über den Hof und halte bis zum Essen ein kleines Schwätzchen mit Miss Selby.»

«Verzeihung, Mylord. Soviel ich weiß, sind die Damen verreist.»

«Verreist?» rief Wimsey bestürzt.

«Jawohl, Mylord. Ich habe von der jungen Person, die ihnen aufwartet, erfahren, daß sie nach Glasgow gereist sind.»

«Ach so», sagte Wimsey, «nach Glasgow sind sie gefahren. Das heißt aber doch wahrscheinlich, daß sie nur heute fort sind. Es bedeutet nicht, wie bei uns im Süden, daß sie ihre Siebensachen gepackt haben und für längere Zeit verreist sind. Na, dann will ich mich mal zu Mr. Waters aufmachen. Ich möchte ganz gern mit ihm sprechen. Vielleicht bringe ich ihn auch zum Dinner mit.»

«Sehr wohl, Mylord.»

Wimsey überquerte die High Street und klopfte an die Tür von Waters' Behausung. Die Wirtin öffnete und gab auf Wimseys Frage die Auskunft, daß «Mr. Waters gerade nicht da» sei.

«Wann kommt er denn wieder?»

«Kann ich nicht sagen, Mylord, aber ich glaube, er bleibt über Nacht in Glasgow.»

«Alle Welt scheint nach Glasgow gefahren zu sein», meinte Wimsey.

«Aber ja. Die wollen alle zur Ausstellung. Mr. Waters ist schon mit dem ersten Zug weg.»

«Was! Mit dem um Viertel vor neun?» rief Wimsey ungläubig.

Nach dem Eindruck, den er gestern abend noch von Waters gehabt hatte, würde er ihm so viel Energie kaum zugetraut haben.

«Jawohl», antwortete die Zimmerwirtin seelenruhig. «Er hat um acht gefrühstückt und ist mit Miss Selby und Miss Cochran fortgefahren.»

Wimsey fiel ein Stein vom Herzen. Im ersten Augenblick hatte er schon finstere Gründe für diese frühmorgendliche Aktivität befürchtet. Aber unter den Fittichen der Damen Selby und Cochran konnte Waters schwerlich etwas ausgefressen haben. Wieder schien einer seiner sechs Verdächtigen aus dem Schneider zu sein. Er trug der Wirtin noch auf, daß er Waters gern sprechen möchte, sowie er wieder daheim sei, dann kehrte er ins Cottage zum Blauen Gartentor zurück.

Er hatte den saftigen Schmorbraten verzehrt und genoß soeben ein herrliches Käsesoufflé, als auf dem Hofpflaster schwere Stiefeltritte ertönten, gefolgt von einer Stimme, die laut nach Seiner Lordschaft verlangte.

«Hallo!» rief Wimsey. «Sind Sie das, Dalziel?»

«Ja, Mylord.» Der Sergeant zwängte sich durch den Eingang und trat zur Seite, um seinen Begleiter durchzulassen. «Ich habe den Fall Sir Maxwell Jamieson gemeldet, und der Herr Polizeipräsident war so freundlich, gleich mitzukommen, um mit Eurer Lordschaft ein Wörtchen zu reden.»

«Ausgezeichnet!» sagte Wimsey herzlich. «Sehr erfreut, Sie beide hier zu sehen. Wir sind uns noch nie begegnet, Sir Maxwell, aber das heißt nicht, daß ich Ihren Ruf nicht kenne, wie Sie den meinen wahrscheinlich auch. Voriges Jahr, glaube ich, hat's mal eine kleine Geschichte wegen Schnellfahrens gegeben, in der Justitia sich mehr als gnädig gezeigt hat. Darf ich Ihnen etwas zu trinken anbieten?»

«Also», sagte Dalziel, nachdem Wimseys Gastfreundschaft mit geziemenden Ausdrücken der Dankbarkeit angenommen worden war, «ich habe mich im Sinne der Theorie mal telefonisch erkundigt, aber so richtig überzeugt bin ich weder in der einen noch in der anderen Richtung. Als erstes muß ich Ihnen aber sagen, daß ich die Leute von Borgan ausgefragt habe, und die haben mir gesagt, daß der junge Jock unseren Mr. Campbell um zehn Minuten nach zehn hat dasitzen und malen sehen, als er nach Clauchaneasy gegangen ist, weil er dort einer Frau etwas bestellen mußte, und wie er um fünf nach elf wieder zurückkam, hat Campbell noch immer dagesessen. Das heißt, der Mann kann da frühestens ein paar Minuten nach elf weggegangen sein.»

«Wenn Sie sagen, er habe Campbell gesehen, heißt das, er hat Campbell erkannt, oder hat er nur geglaubt, daß er's ist?»

«Er kennt doch Campbell gar nicht, aber er hat einen Mann mit großem schwarzem Hut und einem Tartanmantel gesehen, wie Campbell ihn getragen hat. Und er meint, daß neben Campbell eine Decke oder ein großer Lumpen gelegen hat.»

«Dann kann es der Mörder gewesen sein.»

«Kann, aber ich will Sie ja nur auf die Zeit aufmerksam machen. Ob Mörder oder nicht, er kann jedenfalls erst nach elf von da weggegangen sein.»

«Das dürfte eindeutig feststehen.»

«Also dann kommen wir jetzt zu dem, was wir bei der Eisenbahn erfahren haben. Es verkehren am Tag nicht sehr viele Züge zwischen Stranraer und Girvan, die in Pinwherry oder Barrhill halten.»

Der Sergeant holte einen Fahrplan der London, Midlands and Scottish Railway aus der Tasche und knallte ihn auf den Tisch.

«Nehmen wir zuerst die Züge nach Stranraer. Der Mörder könnte ja daran gedacht haben, von Stranraer aus mit dem Schiff zu entkommen, und dann müßten wir in Irland nach ihm suchen.»

Er nahm einen dicken Bleistift und schrieb die Zeiten auf ein Blatt Papier.

Girvan	10.45	14.16
Pinmore	11.01	14.31
Pinwherry	11.08	14.39
Barrhill	11.18	14.50
Glenwhilly	11.33	15.06
New Luce	11.41	15.13
Dunragit	11.52	15.26
Castle Kennedy	12.00	15.33
Stranraer	12.07	15.39

Wimsey schüttelte den Kopf.

«Den ersten Zug kann er nicht gekriegt haben – jedenfalls nicht mit dem Fahrrad. Barrhill ist die nächstgelegene Station, und wenn man ihm nur schon fünf Minuten gibt, um seine Siebensachen zusammenzupacken und aufzubrechen, bleiben ihm ganze acht Minuten für rund zehn Meilen. Man könnte sich gerade noch vorstellen, daß einer das mit dem Auto schafft, wenn er rast wie ein Irrer und der Zug Verspätung hat, aber wie soll er das zweite Auto dort hinaufgeschafft haben? Er könnte natürlich auch irgendwo in den Bergen die Zeit totgeschlagen und den Zug um 14 Uhr 50 genommen haben, oder er ist noch weiter gefahren und hat diesen Zug von einem anderen Ort aus genommen, aber damit hätte er ein sehr mageres Alibi.»

«So ist es, Mylord», sagte Dalziel, «an die Möglichkeit hab ich auch gedacht. Und hier haben wir nun die Aussage des Stationsvorstehers von Pinwherry, daß dort ein Herr den Zug um 14 Uhr 39 genommen hat. Der Mann ist ihm besonders aufgefallen, weil er ein Fremder war und furchtbar nervös und aufgeregt.»

«Bis wo hat er gelöst?»

«Das ist ja das Interessante – er hat eine Fahrkarte bis Stranraer genommen –»

«Na klar», sagte Wimsey, den Blick auf dem Fahrplan. «Das erklärt, warum er auf diesen Zug gewartet hat. Es ist der einzige, mit dem er Anschluß an das Schiff nach Larne hat. Eine elend schlechte Verbindung übrigens – über drei Stunden Aufenthalt in Stranraer –, aber es ist anscheinend die einzige überhaupt.»

«Was ich eben noch sagen wollte», fuhr der Sergeant fort. «Der Mann hat sich sehr besorgt nach dem Anschluß erkundigt und schien sehr enttäuscht zu sein, daß vor sieben Uhr kein Schiff mehr ging.»

«Das paßt ganz gut», sagte Wimsey. «Komisch ist nur, daß er sich nach der Schiffsverbindung nicht früher erkundigt hat, als er sein Verbrechen in allen Einzelheiten plante. Was war denn das für einer?»

«Ein jüngerer Mensch, mit grauem Anzug und weichem Hut, sagen die, und mit einer Aktentasche. Eher groß als klein, mit einem dunklen Schnurrbärtchen. Der Stationsvorsteher würde ihn wiedererkennen.»

«Hat er sich noch irgendwie näher geäußert?»

«Er hat gemeint, daß er sich im Fahrplan geirrt und geglaubt hat, es fährt auch um 15 Uhr 50 ein Schiff.»

«Das ist sehr gut möglich», sagte Wimsey. «Sehen Sie, hier sind unten auf der Seite drei Striche, die zeigen die Schiffsverbindungen von Stranraer nach Larne und Belfast, und gleich darüber sind drei andere Striche, die zeigen die Zugverbindungen zwischen Stranraer, Colfin und Port Patrick. Die kann man leicht miteinander verwechseln. Aber hören Sie mal, Dalziel, wenn er wirklich kein Schiff vor sieben Uhr abends kriegen konnte, hätten Sie doch rechtzeitig da sein können, um ihn abzufangen.»

«Das ist richtig, Mylord, und sowie ich die Meldung hatte, hab ich auch gleich die Polizei von Stranraer angerufen, damit sie ihn sucht. Aber die Antwort hab ich erst bekommen, kurz bevor ich hierher kam, und zwar, daß sich keine Person auf dem Schiff befunden hat, die auf diese Beschreibung paßt.»

«Verflixt!» sagte Wimsey.

«Sie suchen jetzt in Stranraer, für den Fall, daß er sich da versteckt hält, und halten alle Autos an, die in die Stadt hinein oder aus ihr raus wollen, und natürlich werden sie auch das Schiff von morgen unter die Lupe nehmen. Aber es ist nicht undenkbar, daß der Kerl gar nicht nach Larne will. Es könnte ja auch nur eine Finte gewesen sein.»

«Ist er wirklich bis Stranraer gefahren?»

«Scheint so. Die Fahrkarten sind nachgeprüft worden, und die in Pinwherry gelöste Karte dritter Klasse ist ordnungsgemäß in Stranraer abgegeben worden. Leider war der Beamte, der die Karte abgenommen hat, kein guter Beobachter und kann uns nicht sagen, wie der Mann aussah, der sie ihm gegeben hat.»

«Nun, Sie haben ja in dieser Richtung ganz gute Arbeit geleistet, vor allem wenn man die Kürze der Zeit berücksichtigt», sagte Wimsey. «Und wie es aussieht, könnte da wirklich etwas zu holen sein. Übrigens, hat der Stationsvorsteher von Pinwherry erwähnt, ob der Mann ein Fahrrad bei sich hatte?»

«Nein, ein Fahrrad hatte er nicht. Ich hab gefragt, wie er denn am Bahnhof angekommen ist, aber keiner hat ihn kommen sehen. Anscheinend ist er nur einfach so in den Bahnhof spaziert.»

«Klar, wenn er das Schiff nach Irland nehmen wollte, hat er zuerst mal das Fahrrad loswerden müssen. Er hatte ja Zeit genug, es in den Bergen zu verstecken. Schön – das sieht also recht erfreulich aus. Aber allzusehr dürfen wir uns darin nicht verbeißen. Was ist mit den Zügen in die andere Richtung – nach Glasgow?»

Dalziel blätterte ein paar Seiten um, leckte den dicken Bleistift an und stellte einen zweiten Fahrplan auf.

Stranraer	ab	11.35	12.30 (ab Hafen Stranraer)	16.05
Castle Kennedy		11.42	.....	16.12
Dunragit		11.52	12.42	16.20
New Luce		12.07	.....	16.33
Glenwhilly		12.19	.....	16.45
Barrhill		12.35	.....	17.00
Pinwherry		12.43	.....	17.08
Pinmore		12.56	.....	17.18
Girvan	an	13.06	13.37	17.28
	ab	13.11	13.42	15.36

«Auch da gibt's Möglichkeiten», sagte Wimsey. «Wie wär's mit dem um 12 Uhr 35? Den hätte er leicht erreichen und bis Glasgow damit fahren können, und von dort aus kann er überallhin.»

«Richtig. Das hab ich mir auch schon gesagt. Ich hab also den Stationsvorsteher von Barrhill angerufen, aber es sind nur vier Leute in den Zug gestiegen, und die kannte er alle persönlich.»

«Aha!» sagte Wimsey. «Ich verstehe. Dann wäre das also erledigt.»

«Ja. Aber da ist noch was. Ich hab mich damit nicht zufriedengegeben, sondern auch noch bei anderen Bahnhöfen an der Strecke nachgefragt, und da bin ich auf einen Herrn mit Fahrrad gestoßen, der in Girvan den Zug um 13 Uhr 11 genommen hat.»

«Wirklich? Potztausend!» Wimsey holte seine Landkarte von diesem Gebiet und studierte sie aufmerksam.

«Es wäre zu machen, Dalziel, es wäre zu machen! Barrhill liegt 9 Meilen vom Tatort entfernt, und bis Girvan sind es noch einmal 12 Meilen – sagen wir insgesamt 21 Meilen. Wenn er um 11 Uhr 10 aufgebrochen ist, hatte er zwei Stunden Zeit, das heißt gut 10 Meilen pro Stunde – ein Leichtes für einen guten Radfahrer. War der Zug übrigens pünktlich?»

«Das war er. Doch, er könnte es geschafft haben.»

«Hat der Stationsvorsteher den Mann beschrieben?»

«Er sagt, der Schalterbeamte hat den Mann als einen normalen Dreißig- bis Vierzigjährigen beschrieben, mit grauem Anzug und karierter Mütze, die er tief in die Augen gezogen hatte. Glattrasiert, oder wenigstens fast, mittelgroß, und er trug eine große Brille mit getönten Gläsern.»

«Das ist verdächtig», fand Wimsey. «Meinen Sie, ob der Schalterbeamte ihn identifizieren kann?»

«Doch, das glaub ich schon. Er hat gesagt, der Mann spricht wie ein Engländer.»

«So, so?» Wimsey ließ im Geiste seine sechs Verdächtigen Revue spazieren. Waters war Londoner und sprach reinstes Internatsenglisch. Strachan war Schotte, sprach aber meist mit einem englischen Akzent, da er in Harrow und Cambridge erzogen worden war. Er war aber auffallend groß und konnte es daher kaum gewesen sein. Gowan sprach mit Wimsey Englisch, mit den Einheimischen breitestes Schottisch – andererseits wurde aber Gowans mächtiger Rauschebart, der nie ein Rasiermesser gesehen hatte, den Besuchern von Kirkcudbright als örtliche Sehenswürdigkeit gepriesen. Graham war vollkommen londonisiert und konnte mit seinem Englisch jederzeit in Oxford bestehen. Seine

frappierend blauen Augen waren der einzig auffällige Zug an ihm
– war das der Grund für die getönten Brillengläser? Farren – sein
Schottisch war nicht zu verleugnen; kein Mensch würde ihn für
einen Engländer halten. Im übrigen war seine ganze Erscheinung
auffallend – die kantigen breiten Schultern, das füllige Blondhaar,
die merkwürdig hellen Augen, der launische Schmollmund und
das kräftige Kinn. Auch Ferguson war Schotte dem Akzent, aber
nicht der Ausdrucksweise nach, und äußerlich hätte er als alles
gelten können.

«Hat nun dieser Herr etwas Näheres über sich gesagt?» erwachte Wimsey ziemlich plötzlich aus seiner Gedankenabwesenheit.

«Nein, er ist erst in den Bahnhof gekommen, als der Zug schon am Bahnsteig stand, hat aber irgend so etwas gesagt, daß er zu spät von Ballantrae aufgebrochen sei. Er hat eine Karte nach Ayr gelöst, und sein Fahrrad hat einen entsprechenden Anhänger bekommen.»

«Dann können wir das vielleicht aufspüren», meinte Wimsey.

«Ja, ganz recht. Ich hab schon eine Anfrage nach Ayr und Glasgow geschickt. Vielleicht erinnern die sich daran.»

«Vielleicht auch nicht», sagte Wimsey. «Nun gut, Dalziel. Aber auch ich war, wie die Dame sagt, nicht faul.»

Er legte seine Verdächtigenliste auf.

«Wohlgemerkt», warnte er, «diese Liste muß nicht vollständig sein. Aber wir wissen, daß der Mann, den wir suchen, ein Maler ist; das engt den Kreis erheblich ein. Und von allen diesen sechs Leuten weiß man, daß sie mit Campbell auf die eine oder andere Art Krach hatten, auch wenn die Motive manchmal ein bißchen dürftig erscheinen.»

Der Sergeant betrachtete nachdenklich die Liste, Sir Maxwell ebenfalls. Die Zuständigkeit des letzteren erstreckte sich über die beiden Grafschaften Kirkcudbright Shire und Wigtown Shire, und er kannte die Künstler alle mehr oder weniger gut, wenn auch keinen von ihnen intim, denn seine Interessen lagen mehr auf militärischem und sportlichem Gebiet.

«Also», sagte Wimsey, «zwei von diesen Leuten haben ein Alibi. Ferguson hat man um 9 Uhr 08 in Gatehouse in den Zug steigen sehen. Er hatte kein Fahrrad bei sich und hat ein Billett nach Glasgow gelöst. Dort ist zur Zeit eine Bilderausstellung, und da wollte er sicher hin. Waters ist ebenfalls um 8 Uhr 45 von Kirkcudbright aus nach Glasgow gefahren, und zwar in Begleitung von Miss Selby und Miss Cochran. Wenn die sich alle auf der Ausstellung getroffen haben, können sie sich sogar gegenseitig ihre Alibis bestätigen. Strachan war die ganze Nacht außer Haus und ist erst gegen Mittag mit einem blauen Auge nach Hause gekommen, und was das Schönste ist, er erzählt ein Märchen, wie er darangekommen sei.» Er gab eine Zusammenfassung seiner Unterredung mit Strachan und Myra.

«Das sieht bös aus», meinte Dalziel.

«Eben. Wir dürfen uns nicht allzusehr auf den Radfahrer in Girvan und den geheimnisvollen Passagier in Pinwherry konzentrieren. Das können ganz harmlose Reisende sein. Strachan könnte ohne weiteres um elf am Minnoch gesessen und gemalt haben und gegen Mittag nach Hause gefahren sein. Es sind nur 22 Meilen bis Gatehouse. Das wäre zwar gefährlich gewesen, weil ihn jemand hätte erkennen können, aber wer einen Mord begeht, muß ein paar Risiken auf sich nehmen. Außerdem könnte er sein Auto schon am Tag zuvor irgendwo am Weg versteckt, es auf dem Heimweg abgeholt und das Fahrrad mitgenommen haben. Habe ich übrigens schon erwähnt, daß vom *Anwoth Hotel* in Gatehouse ein Fahrrad verschwunden ist?»

Dalziel schüttelte den Kopf.

«Das ist ein Fall mit vielen, vielen Möglichkeiten», sagte er. «Immer vorausgesetzt, daß es ein Fall *ist*. Wir haben die Meinung des Doktors noch nicht gehört.»

«Die erfahren wir vermutlich morgen?»

«Ja. Der Staatsanwalt ist mit der Sache befaßt worden und hat eine Autopsie angeordnet. Heute abend wird Campbells Schwester erwartet – scheint seine einzige Verwandte zu sein –, und da wollen sie vielleicht noch warten, bis sie die Leiche gesehen hat; außerdem hat der Doktor morgen früh besseres Licht.»

Nachdem der Sergeant und sein Begleiter gegangen waren, blieb Wimsey noch ein Weilchen rauchend sitzen und dachte nach. Er machte sich Sorgen um Waters. Gestern abend hatte er ihn in gefährlicher Stimmung zurückgelassen. Der letzte Zug aus Glasgow kam um 21 Uhr in Kirkcudbright an. Wenn Waters wirklich zu dieser Ausstellung gefahren war, konnte man ihn vernünftigerweise nicht schon heute abend zurückerwarten. Er wäre erst um 14 Uhr 16 in Glasgow angekommen und hätte um 17 Uhr 30 schon wieder aufbrechen müssen. Niemand würde so eine weite Reise machen, um ganze drei Stunden in der Stadt zu bleiben. Höchstens um sich ein Alibi zu verschaffen. Aber konnte man denn auf diese Weise ein Alibi konstruieren?

Wimsey nahm sich noch einmal den Fahrplan vor. Abfahrt Kirkcudbright um 8 Uhr 45. Dafür gab es wahrscheinlich Zeugen. Ankunft Tarff um 8 Uhr 53, Brig-of-Dee 9 Uhr 02 – von dort aus war nichts zu machen, höchstens per Auto. Castle Douglas 9 Uhr 07. Das war etwas anderes; Castle Douglas war ein Anschlußbahnhof, von dem aus man wieder in Richtung Newton Stewart zurückfahren konnte. Ja, da fuhr auch ein Zug. Natürlich war das Ganze lächerlich, denn Waters war ja mit den beiden Damen gefahren, aber schaden konnte es nicht, wenn man es einmal durchrechnete. Ab Castle Douglas 9 Uhr 14, an Newton Stewart 10 Uhr 22. Wimsey seufzte erleichtert auf. Wenn der Mörder um 10 Uhr beim Malen gesehen worden war, schied Waters aus. In der Zeit wäre er nicht einmal bis nach Newton Stewart gekommen.

Das alles aber stand und fiel mit dem Bericht des Arztes. Wenn er und Wimsey sich von der Starre hatten täuschen lassen, war es durchaus möglich, daß Campbell selbst noch bis fünf nach elf am Minnoch gesessen und gemalt hatte. Und in diesem Falle – Wimsey blätterte erneut den Fahrplan durch.

In diesem Falle kam ein Zug, der um 10 Uhr 22 in Newton Stewart eintraf, dem angehenden Mörder sehr gelegen – vorausgesetzt, der Mörder hatte gewußt, daß Campbell an diesem Tag am Minnoch malen wollte. Mit dem Auto konnte er von Newton Stewart aus in 20 Minuten am Tatort sein – mehr als Zeit genug. Und wenn Waters auch kein Auto besaß – so etwas konnte man mieten. Natürlich lag darin ein Risiko, denn in ländlichen Gegenden kennt einer den andern, und wer würde da schon einem Unbekannten ein Auto zum Selbstfahren vermieten, ohne sich eingehend zu erkundigen? Wenn aber andererseits die Kaution hoch genug war, würde manch einer es doch riskieren. Allzu vorschnell war Waters also nicht von der Verdächtigenliste zu streichen.

An diesem Punkt schalt Wimsey sich einen Narren. Es war doch so sicher wie das Amen in der Kirche, daß Waters friedlich unter den Augen seiner Freundinnen nach Glasgow gefahren war und ebenso friedlich anderntags mit ihnen zurückkommen würde.

Er sah auf die Uhr. Natürlich war es gar nicht möglich, daß Waters schon mit dem Neun-Uhr-Zug zurückgekommen war, aber schaden konnte es auch nicht, hinzugehen und sich zu vergewissern.

Er ging die High Street entlang. Waters' Wohn- und Schlafzimmer, die beide zur Straße lagen, waren dunkel. Die Wirtin würde ihn für verrückt halten, wenn er noch einmal fragen ginge. Waters' Atelier, eine große, umgebaute Scheune, lag in einem Nebenweg der Tongland Road. Wenn er zurückgekommen war, würde er um diese Stunde sicher nicht dort sein und arbeiten. Aber wenn einer unruhig ist, erscheint ihm kein Vorwand für einen kleinen Spaziergang zu weit hergeholt.

Wimsey ging am Schloß vorbei, die kleine Treppe hinauf und über den Anger beim Hafen. Die Flut lief aus, und die langen Schlickbänder in der Flußmündung schimmerten schwach in der fahlen Mittsommernacht. Die Yacht, die am Morgen eingelaufen war, lag immer noch an der Hafenmauer und bildete mit ihren Masten und Wanten einen kühnen Vordergrund von horizontalen und vertikalen Strichen vor den triumphierenden Bögen der häßlichen Betonbrücke. Wimsey überquerte den freien Platz, auf dem sich tagsüber die Omnibusse versammelten, ging das Gäßchen am Gaswerk hinunter und kam hinter dem Bahnhof auf die Tongland Road.

Er überquerte die Straße, bog wieder nach rechts ab und fand sich in einer regelrechten Einöde mit einer altertümlichen, oberschlächtigen Wassermühle, ein paar Häuschen mit viel freiem Land dazwischen, verwilderten Wiesen, verfallenen Schuppen und Außengebäuden wieder.

Zu Waters' Atelier kam man über einen verwilderten kleinen Pfad zwischen Büschen und hohem Gras. Er drückte das Gartentor auf und probierte die Haustür. Sie war verschlossen, und nichts Lebendiges rührte sich. Die Stille war bedrückend. Er hörte ein kleines Tier im Gras rascheln und das unaufhörliche Plätschern aus der Wasserrinne über den Schaufeln des Rads; irgendwo weit weg im Dorf bellte heiser ein Hund.

Wimsey wandte sich zum Gehen. Während seine Schritte auf dem steinigen Pfad knirschten, wurde plötzlich die Tür zu einem der kleinen Häuschen aufgerissen, und ein langer Lichtstreifen fiel über den Boden. Im Türrahmen sah er die Umrisse einer Frau, die besorgt in die silberne Finsternis spähte.

Wimsey fiel plötzlich ein, daß dies Farrens Haus war. Er wollte schon stehenbleiben und etwas sagen, doch während er noch zögerte, legte plötzlich jemand die Hand auf die Schulter der Frau, zog sie ins Haus zurück und schloß die Tür. Das Ganze geschah so rasch und hatte so etwas von Heimlichkeit an sich, daß Wimsey seinen schon halb gefaßten Entschluß wieder aufgab. Die zweite Gestalt war ein Mann gewesen, aber größer und kräftiger als Farren. Wimsey war sicher, daß es nicht Farren war, und selbst wenn er jetzt angeklopft hätte, wäre ihm die Tür wohl nicht geöffnet worden.

Farren

Sir Maxwell Jamieson war kein Mann der überstürzten Tat. Überlegt, zurückhaltend und als wortkarg bekannt, zog er es stets vor, erst einmal genau zu wissen, woran er war, bevor er durch ärgerliche Fragen einen Skandal heraufbeschwor. So war er nicht sonderlich entzückt, am nächsten Morgen kurz nach dem Frühstück einen zappeligen Wimsey vor seiner Haustür zu sehen, kaum daß er Zeit gehabt hatte, erst einmal die Zeitung zu lesen.

Er war zu klug, Wimsey und seine Theorien einfach zu ignorieren. Er wußte, daß Lord Peter eine unheimliche Nase für Verbrechen hatte und seine Hilfe von unschätzbarem Wert sein konnte, aber diese englische Art, sich mit lautem Trara kopfüber in so eine Geschichte hineinzustürzen, lag ihm nicht. Andererseits legte Wimsey doch einen gewissen Takt an den Tag, indem er zu ihm kam. Er hatte kein Telefon im Cottage zum Blauen Gartentor, und wenn er schon das Neueste brühwarm erfahren mußte, war es immerhin besser, er ließ es sich unter vier Augen erzählen, als daß er Sergeant Dalziel über das Telefon einer Hotelbar ausfragte.

Aber Sir Maxwell war ja noch längst nicht überzeugt, daß es hier überhaupt ein Verbrechen aufzuklären gab. Dieses Gerede von fehlenden Gegenständen und vermißten Fahrrädern war ja schön und gut, für so ein bedrohliches Gebäude von Verdächtigungen aber eine allzu schmale Basis. Wenn man nur sorgfältiger suchte, würden diese Dinge sich bestimmt finden, und dann brach die ganze Mordtheorie in sich zusammen. Gewiß gab es da noch diesen unerfreulichen Punkt mit der Leichenstarre, doch während Sir Maxwell die Seiten des *Taylor and Glaister* umblätterte, wiegte er sich in der Überzeugung, daß es nun einmal nicht möglich sei, für das Einsetzen der *rigor mortis* feste und verläßliche Regeln aufzustellen.

Er dachte stirnrunzelnd an Wimseys Verdächtigenliste – ein unerfreuliches Dokument, fand er, das auch noch stark nach übler Nachrede roch. Alle diese Leute waren hochangesehene Bürger. Gowan zum Beispiel – einer der tonangebenden Einwohner von Kirkcudbright seit über fünfzehn Jahren, wohlbekannt und wohlgelitten trotz seiner kleinen Eitelkeiten und seiner etwas arroganten Art. Er war wohlhabend, führte ein gutes Haus mit Dienstboten und einem englischen Butler und besaß zwei Autos, für die er sich sogar einen Chauffeur hielt. War es denkbar, daß er einem Künstlerkollegen den Schädel einschlug und seine Leiche in der Nachbargrafschaft in ein Lachsgewässer warf? Was für ein Motiv hätte er denn haben können? Gewiß, es war von Meinungsverschiedenheiten über ein Bild die Rede gewesen, doch nach Sir Maxwells Erfahrung waren Künstler über Bilder immer verschiedener Meinung, was aber höchstens zur Folge hatte, daß der eine den andern eine Zeitlang schnitt oder sich Cliquen bildeten. Dann Waters – so ein sympathischer junger Mann, auch wenn er den Nachbarn mit seinem südländischen Gehabe manchmal ein bißchen auf die Nerven ging. Bedauerlich, daß er sich mit Campbell überworfen haben sollte, aber sicher war er nicht der Mann, der sich wegen eines vorschnellen Worts am Biertisch gleich mit Mordgedanken tragen würde. Und Farren –

Hier hielt Sir Maxwell inne, um Wimsey Gerechtigkeit widerfahren zu lassen. Wenn Frauen im Spiel waren, wußte man nie. Campbell war im Cottage an der alten Mühle ein recht häufiger Gast gewesen. Es hieß – vielmehr man munkelte –, es seien Drohungen ausgesprochen worden. Wenn da etwas dran war, konnte sich die Wahrheitsfindung schwierig gestalten. Wahrscheinlich waren Farrens Verdächtigungen völlig unbegründet gewesen, denn wer Mrs. Farren nur einmal sah, konnte nicht mehr schlecht von ihr denken. Doch immerhin – Ehefrauen lügen und geben selbst dem unvernünftigsten Gatten noch ein Alibi, und je tugendhafter die Frau, desto hartnäckiger wird sie gerade unter derartigen Bedingungen leugnen. Mit größtem Unbehagen mußte Sir Maxwell sich eingestehen, daß er nicht behaupten konnte, die Farrens seien von vornherein über jeden Verdacht erhaben.

Und dann natürlich noch diese Leute aus Gatehouse. Jock Graham – ein Windbeutel und Raufbold, wie er im Buche stand. Und intelligent dazu. Wenn es galt, den Mann zu suchen, der den Grips und die Kaltblütigkeit besaß, ein geniales Verbrechen auszudenken und durchzuführen, kam Graham dafür jederzeit in Frage. Graham besaß reiche Erfahrung im Aushecken von Streichen und konnte einem mit dem treuesten Blick und engelhafter Unschuldsmiene die dicksten Lügen auftischen. Von Ferguson wußte man, daß er mit seiner Frau nicht auf allerbestem Fuß stand. Sonst hätte Sir Maxwell nichts Nachteiliges über ihn zu sagen gewußt, doch in seiner aufrichtigen presbyterianischen Gesinnung merkte er sich diesen Umstand als abträglich. Strachan – also Strachan war Vorsitzender des Golfclubs und eine Respektsperson. Strachan kam so wenig in Frage wie Gowan.

Das Telefon läutete. Wimsey spitzte die Ohren. Sir Maxwell nahm aufreizend langsam den Hörer ab. Er sprach; dann wandte er sich an Wimsey.

«Das ist Dalziel. Am besten hören Sie am zweiten Apparat gleich mit.»

«Sind Sie's, Sir Maxwell? ... Ja, wir haben den Bericht vom Doktor ... O ja, er untersützt die Mordtheorie. Überhaupt kein Wasser in der Lunge. Der Mann war schon tot, als er in den Bach fiel. Der Schlag auf den Kopf war's. Die Knochensplitter sind direkt ins Hirn gedrungen. Ja, ja, die Wunde hat er vor dem Tod abbekommen, und er muß auf der Stelle gestorben sein. Er hat noch ein paar andere Wunden an Kopf und Körper, aber der Doktor meint, daß sie zum Teil erst nach dem Tod entstanden sind, vielleicht als er die Böschung hinuntergepurzelt und unten über die Steine geschlittert ist.»

«Und der Zeitpunkt des Todes?»

«Ja, darauf komme ich sofort, Sir Maxwell. Der Doktor sagt, daß Campbell mindestens sechs Stunden tot war, als er die Leiche zum erstenmal sah, eher sogar schon zwölf oder dreizehn. Dann läge der Zeitpunkt des Mordes mitten in der Nacht oder am frühen Morgen – jedenfalls irgendwann zwischen Mitternacht und neun Uhr morgens. Sehr verdächtig und aufschlußreich ist auch, daß der Mann nichts im Magen hatte. Er ist umgebracht worden, bevor er gefrühstückt hatte.»

«Aber», mischte Wimsey sich in das Gespräch ein, «wenn er sehr früh gefrühstückt hätte, könnte der Magen doch bis Mittag schon wieder leer gewesen sein.»

«Rrrichtig. Aber die Nahrung wäre noch nicht ganz aus ihm raus gewesen. Der Doktor sagt, daß er innen so hohl war wie 'ne Trommel, und er steht mit seinem Ruf als Fachmann dafür ein, daß Campbell seit dem Abend vorher nichts mehr gegessen hatte.»

«Er muß es ja wissen», meinte Wimsey.

«Genau, Mylord. Das sind doch Sie, Mylord? Sie können ja mit dieser Bestätigung Ihrer Mordtheorie sehr zufrieden sein.»

«Es mag ja eine Genugtuung sein», sagte Jamieson, «aber mir wär's lieber, das Ganze wäre nicht passiert.»

«Sehrrr rrrichtig, Sir Maxwell. Aber nun läßt sich kaum bezweifeln, daß es passiert ist, und wir müssen das Beste daraus machen. Da ist übrigens noch ein bemerkenswerter Umstand, nämlich daß wir auf dem ganzen Malzeug überhaupt keine erkennbaren Fingerabdrücke finden können, und das sieht so aus, als ob der Benutzer mit Handschuhen gemalt hätte. Auch das Lenkrad im Wagen ist blitzblank geputzt. Doch, ich glaube, der Mordverdacht ist ausrrreichend errrhärrrtet. Halten Sie es für angebracht, Sir Maxwell, wenn wir publik machen, daß es sich um Morrrd handelt?»

«Wie soll ich das wissen, Sergeant? Was meinen Sie denn selbst? Haben Sie sich schon mit Inspektor MacPherson in Verbindung gesetzt?»

«Ja, Sir, er meint, wir müßten für unsere Ermittlungen schon triftige Gründe angeben... Natürlich, wir machen das am besten ganz vorsichtig... aber die Leute reden ja schon über den Streit mit Waters... ja, und mit Farren... jawohl, ja... und es geht auch ein Gerücht um, daß Strachan in der Nacht des Verbrechens in Creetown gewesen ist und sich nach Farren erkundigt hat... Glaube kaum, daß wir die Sache für uns behalten können.»

«Verstehe. Nun gut, wir sollten vielleicht sagen, daß ein Verbrechen nicht auszuschließen ist – daß wir aber noch nicht sicher sind und so weiter. Aber was der Arzt über die Todeszeit gesagt hat, das sollten wir doch lieber für uns behalten. Ich komme gleich mal rüber und rede mit dem Staatsanwalt. Inzwischen lasse ich die Polizei von Kirkcudbright ein paar Erkundigungen einziehen.»

«Jawohl, Sir, es wird besser sein, wenn die das in ihrem Bereich selbst machen. Ich habe hier eine Meldung aus Stranraer, um die ich mich persönlich kümmern werde. Man hat einen jungen Burschen aufgegriffen, der auf das Schiff nach Larne wollte... jawohl, ich rufe später noch mal an, Sir Maxwell.»

Der Polizeipräsident legte den Hörer auf und wandte sich mit säuerlichem Lächeln an Wimsey.

«Das sieht allerdings aus, als ob Sie recht hätten», gab er widerstrebend zu. «Aber», fuhr er schon zuversichtlicher fort, «nachdem man jetzt diesen Mann in Stranraer festgenommen hat, wird der Fall ja noch heute früh geklärt werden.»

«Vielleicht», sagte Wimsey, «obwohl ich eigentlich bezweifle, daß einer, der den Unfall so raffiniert vorgetäuscht hat, auf der anderen Seite so dumm ist, sich durch eine verspätete Flucht nach Irland zu verraten. Finden Sie nicht auch?»

«Stimmt», sagte Jamieson. «Wenn er fliehen wollte, hätte er das Schiff gestern vormittag nehmen können. Und wenn er den Unschuldigen spielen wollte, hätte er das am besten zu Hause getan.»

«Hm», machte Wimsey. «Wissen Sie, ich glaube, daß es an der Zeit ist, über das eine oder andere mit Farren und Gowan und Waters zu reden – nur daß er verschwunden ist –, überhaupt mit allen braven Bürgern von Kirkcudbright. So ein bißchen Klatsch und Tratsch, wissen Sie, von einem netten, freundlichen und vor allem neugierigen Zeitgenossen wie mir kann in der Krise Wunder wirken. Es ist gar nichts Ungewöhnliches dabei, wenn ich meine Morgenrunde durch die Ateliers mache. Von mir läßt sich keiner stören. Stellen Sie sich vor, ein paar von ihnen habe ich schon so gut dressiert, daß sie mich sogar beim Malen zuschauen lassen. Eine Amtsperson wie Sie würde sie vielleicht befangen machen, aber an mir ist so gar nichts Amtliches dran. Ich wäre wahrscheinlich die allerletzte Respektsperson in ganz Kirkcudbright. Ich bin schon mit einem dämlichen Gesicht auf die Welt gekommen und werde tagtäglich in jeder Beziehung dußliger. Sehen Sie, Herr Polizeipräsident, sogar Sie lassen zu, daß ich hierherkomme, auf Ihren Amtsstühlen herumsitze und meine Pfeife rauche und betrachten mich höchstens als einen liebenswerten Störenfried – stimmt's etwa nicht?»

«Sie haben da vielleicht gar nicht so unrecht», pflichtete Jamieson ihm bei, «aber gehen Sie bitte auf jeden Fall diskret vor. Das Wörtchen ‹Mord› braucht überhaupt nicht zu fallen.»

«Versteht sich», sagte Wimsey. «Das sollen die anderen zuerst aussprechen. Also dann, gehabt Euch wohl!»

Wimsey mochte äußerlich nicht viel von einer Respektsperson an sich haben, aber die Art, wie er im Hause Farren empfangen wurde, strafte seine Behauptung Lügen, daß sich «niemand von ihm stören» lasse. Die Tür wurde von Mrs. Farren geöffnet, die bei seinem Anblick mit einem Seufzer, der vielleicht nur Überraschung war, aber mehr nach Schrecken klang, gegen die Wand zurücktaumelte.

«Hallo!» sagte Wimsey, indem er wie selbstverständlich über die Schwelle trat. «Wie geht's Ihnen denn so, Mrs. Farren? Hab Sie ja seit Ewigkeiten nicht mehr gesehen – na ja, erst seit Freitag abend bei Bobbie, aber mir kommt's wie eine Ewigkeit vor. Alles wohlauf und kreuzfidel? Wo ist denn Farren?»

Mrs. Farren, bleich wie ein Gespenst, von Burne-Jones in einem seiner vorraffaelitischen Momente gemalt, reichte ihm eine eiskalte Hand.

«Mir geht's gut, danke. Aber Hugh ist nicht da. Äh – treten Sie doch ein.»

Wimsey, der längst drin war, nahm die Einladung allerherzlichst dankend an.

«Das ist aber sehr lieb von Ihnen – störe ich denn auch wirklich nicht? Sie sind doch wahrscheinlich beim Kochen, oder nicht?»

Mrs. Farren schüttelte den Kopf und führte ihn in das kleine Wohnzimmer mit den meergrünen und blauen Vorhängen und den Vasen voller orangefarbener Ringelblumen.

«Oder ist heute die Weberei dran?» Mrs. Farren webte nämlich selbstgesponnene Wolle zu durchaus hübschen Mustern. «Darum beneide ich Sie ja wirklich, müssen Sie wissen. Kommt einem so ein bißchen vor wie die Dame von Shalott. Der Fluch ist über mich gekommen und dergleichen. Sie haben mir versprochen, mich eines Tages auch mal ans Spinnrad zu lassen.»

«Ich fürchte, heute bin ich ziemlich faul», sagte Mrs. Farren mit dünnem Lächeln. «Ich war gerade – nur eben – entschuldigen Sie mich bitte einen Augenblick.»

Sie ging hinaus, und Wimsey hörte sie mit jemandem sprechen hinterm Haus – wahrscheinlich mit dem Mädchen, das zum Putzen kam. Er sah sich im Zimmer um, und sein flinkes Auge bemerkte gleich die eigenartig verzweifelte Atmosphäre. Es herrschte nicht gerade Unordnung; nichts zeugte von offener Feldschlacht; aber die Kissen waren zerdrückt, hier und da war eine von den Blumen verwelkt; ein dünner Staubfilm lag auf der Fensterbank und dem Tisch. In den Wohnungen mancher seiner Freunde hätte das bloße Nachlässigkeit bedeutet, auch eine gewisse Erhabenheit über so triviale Dinge wie Staub und Unordnung, aber bei Mrs. Farren war es ein Phänomen von weittragender Bedeutung. Für sie war die Schönheit eines geordneten Lebens mehr als bloße Phrase; sie war ein Dogma, das es zu predigen galt, ein mit Leidenschaft und Hingabe zu übender Kult. Wimsey, der über genügend Phantasie verfügte, erblickte in diesen schwachen Spuren die Zeugen einer bangen Nacht, eines Morgens voller Schrecken; er erinnerte sich an die ängstliche Gestalt an der Tür, an den Mann – ja. Da war ein Mann gewesen. Und Farren war nicht da. Und Mrs. Farren war eine sehr schöne Frau, wenn einem der Typ gefiel – ovales Gesicht mit großen grauen Augen und einer Überfülle kupferfarbenen Haares, das in der Mitte gescheitelt und im Nacken zu einem dicken Knoten zusammengerollt war.

Schritte huschten unterm Fenster vorbei – Jeanie mit einem Korb am Arm. Mrs. Farren kam wieder herein und nahm in dem hohen, schmalrückigen Sessel Platz, wobei sie an ihm vorbei zum Fenster hinausschaute wie eine verzweifelte Bettlermaid, die sich langsam fragt, ob König Kophetua nicht so etwas wie eine Familienplage war.

«Und wohin», fragte Wimsey mit stumpfer Taktlosigkeit, «ist Farren verschwunden?»

Die großen Augen verdunkelten sich plötzlich vor Angst oder Schmerz. «Er ist ausgegangen – irgendwohin.»

«So ein Loser», sagte Wimsey. «Oder arbeitet er etwa?»

«Ich – weiß es nicht genau.» Mrs. Farren lachte. «Sie wissen doch, wie das hier so ist. Da geht einer weg und sagt, er ist zum Essen wieder da, aber dann trifft er einen andern oder jemand erzählt ihm, daß irgendwo die Lachse springen, und schon ist er über alle Berge.»

«Ich weiß – es ist schändlich», meinte Wimsey mitfühlend. «Heißt das, er ist nicht einmal an die heimische Krippe gekommen?»

«Ach nein – ich habe nur ganz allgemein gesprochen. Natürlich war er zum Essen hier.»

«Und danach ist er gleich wieder verduftet, nehme ich an, angeblich nur für zehn Minuten, um Zigaretten zu holen. Es ist schon eine Gemeinheit, wie wir uns benehmen. Ich bin selbst so ein rücksichtsloser Egoist, allerdings bedrückt es mein Gewissen nicht so sehr. Schließlich wird Bunter dafür bezahlt, daß er's bei mir aushält. Es ist nicht so, als ob ich ein liebendes Weib hätte, das mir die Pantoffeln wärmt und alle fünf Minuten zur Tür hinausspäht, ob ich nicht endlich heimzukommen gedenke.»

Mrs. Farren sog scharf die Luft ein.

«Ja, das ist schrecklich, nicht?»

«Schrecklich. Doch, ich meine es wirklich. Ich finde es unfair. Schließlich weiß man doch nie, was einem Menschen zustoßen kann. Denken Sie nur an den armen Campbell.»

Diesmal konnte es keinen Zweifel geben. Mrs. Farren entfuhr ein erschrockener Seufzer, der fast ein Schrei war; aber sie fing sich sofort wieder.

«Bitte, Lord Peter, erzählen Sie mir doch, was nun *wirklich* passiert ist. Jeanie ist mit so einer fürchterlichen Geschichte nach Hause gekommen, daß er umgekommen sei. Aber sie regt sich immer so auf und redet so ein breites Schottisch, daß ich sie wirklich nicht genau verstanden habe.»

«Leider ist es wahr», sagte Wimsey ernst. «Man hat ihn gestern nachmittag mit eingeschlagenem Schädel im Minnoch gefunden.»

«Mit eingeschlagenem Schädel? Heißt das etwa – ?»

«Nun, es ist schwer zu sagen, wie das nun wirklich passiert ist. Sehen Sie, der Bach ist voller Steine –»

«Ist er hineingefallen?»

«Sieht so aus. Er lag im Wasser. Aber er ist nicht ertrunken, sagt der Arzt. Der Schlag auf den Schädel hat ihn getötet.»

«Wie furchtbar!»

«Daß Sie davon nicht schon früher gehört haben», meinte Wimsey. «Er war doch ein guter Freund von Ihnen, nicht wahr?»

«Ja – doch – wir haben ihn recht gut gekannt.» Sie verstummte, und Wimsey glaubte schon, sie werde gleich in Ohnmacht fallen. Er sprang auf.

«Warten Sie mal – ich glaube, der Schreck war zu groß für Sie. Ich hole Ihnen ein Glas Wasser.»

«Nein – nein –» Sie streckte abwehrend die Hand nach ihm aus, aber er war schon ins Atelier verschwunden, wo er sich erinnerte, einmal einen Wasserhahn mit Becken gesehen zu haben. Als erstes sah er hier Farrens Malkasten offen auf dem Tisch, die Farben wild durcheinandergewürfelt, die Palette achtlos dazwischen. Hinter der Tür hing ein alter Malerkittel, den Wimsey einigermaßen gründlich von innen wie von außen untersuchte, ohne aber offenbar etwas zu finden, was seiner Aufmerksamkeit wert gewesen wäre. Er ließ ein Glas unter dem Wasserhahn vollaufen, während seine Augen unablässig durch den Raum schweiften. Die Staffelei stand an ihrem Platz, eine halbfertige Leinwand darauf. Die kleine, tragbare Staffelei lehnte zusammengeschnürt am Waschbecken. Farren war offenbar nicht zum Malen fortgegangen.

Das Wasser lief ihm über die Finger und erinnerte ihn daran, weswegen er angeblich hier war. Er wischte das Glas ab und wollte das Atelier verlassen, als sein Blick auf Farrens Angelausrüstung fiel, die in einer Ecke hinter der Tür stand. Zwei Forellenruten, eine Lachsrute, Netz, Reuse, Fischhaken und Wasserstiefel. Natürlich konnte Farren noch eine vierte Rute besitzen, und schließlich kann man auch ohne Wasserstiefel und Reuse zum Angeln gehen, aber wie die Sachen dort standen, machten sie den Eindruck geruhsamer Vollständigkeit.

Er kehrte ins Wohnzimmer zurück. Mrs. Farren wehrte das Glas Wasser ungehalten ab.

«Danke – das brauche ich nicht. Ich hab's Ihnen doch gleich gesagt. Mir fehlt nichts.»

Ihre verängstigten und übernächtigen Augen straften sie Lügen. Wimsey war sich seiner Roheit voll bewußt, aber irgendwer mußte hier bald diese Fragen stellen. Das kann ich ebensogut wie die Polizei, dachte er.

«Ihr Gatte müßte ja bald wieder hier sein», sagte er. «Mittlerweile wird sich die Nachricht über das ganze Land verbreitet haben. Es wundert mich, ehrlich gesagt, daß er nicht längst schon hier ist. Sie haben gar keine Ahnung, wo er steckt?»

«Nicht die mindeste.»

«Ich meine, ich würde ihm ja gern eine Nachricht von Ihnen bringen oder irgend so etwas.»

«Warum sollten Sie? Trotzdem vielen Dank. Aber wirklich, Lord Peter, Sie reden, als wäre dieser Todesfall in meiner Familie. Gewiß, wir haben Mr. Campbell sehr gut gekannt, aber darum besteht doch jetzt für mich kein Grund zum Heulen und Wehklagen... Das mag vielleicht gefühllos klingen –»

«Aber nicht doch. Ich fand nur, Sie sahen ein wenig mitgenommen aus. Freut mich, wenn es ein Irrtum war. Vielleicht ein Mißverständnis –»

«Vielleicht», sagte sie mit müder Stimme. Dann schien sie sich wieder einmal einen Ruck zu geben und wandte sich fast hitzig aufs neue an ihn.

«Mr. Campbell hat mir immer leid getan. Er war hier sehr unbeliebt, und das hat er bitterer empfunden, als es die Leute wahrhaben wollten. Immerzu hat er mit allen im Hader gelegen. Damit macht man sich nicht beliebt. Und je mehr nun einer die Welt dafür haßt, daß sie ihn haßt, desto unbeliebter macht er sich und desto mehr hassen ihn wieder die anderen. Ich habe das verstanden. Gefallen hat der Mann mir auch nicht. Das war wohl nicht möglich. Aber ich habe versucht, fair zu sein. Ich möchte annehmen, daß die Leute das mißverstanden haben. Aber man kann nicht einfach aufhören, das Rechte zu tun, nur weil die Leute einen mißverstehen könnten, oder?»

«Nein», sagte Wimsey. «Wenn Sie und Ihr Mann –»

«Oh!» rief sie. «Hugh und ich haben einander verstanden.»

Wimsey nickte. Sie lügt, dachte er. Farrens Abneigung gegen Campbell war stadtbekannt. Aber sie gehörte zu der Sorte Frauen, die sich einmal in den Kopf gesetzt haben, Schönheit und Licht zu verbreiten, und an dieser ihrer Mission verbissen festhalten. Er betrachtete den etwas vollen, launischen Mund und die schmale, entschlossene Stirn. Das war das Gesicht einer Frau, die nur sah, was sie sehen wollte – die glaubte, man könne das Böse aus der Welt vertreiben, indem man so tue, als ob es nicht da sei. Dinge zum Beispiel wie Eifersucht oder Kritik an ihrer Person. Eine gefährliche, weil dumme Frau. Dumm und gefährlich wie Desdemona.

«Nun ja», sagte er obenhin. «Wollen wir hoffen, daß der Herumtreiber bald wieder aufkreuzt. Er hat mir doch versprochen, mir ein paar von seinen Sachen zu zeigen. Ich kann's kaum erwarten, sie zu sehen. Möchte wetten, daß ich ihn bei meinen Spritztouren übers Land noch irgendwo treffe. Wie immer mit dem Fahrrad unterwegs, wie?»

«Ja, o ja, er hat sein Fahrrad mitgenommen.»

«Ich glaube, in Kirkcudbright gibt's mehr Fahrräder pro Kopf der Bevölkerung als in jeder anderen Stadt, wo ich schon war», sagte Wimsey.

«Das kommt daher, daß wir alle so fleißig und arm sind.»

«Ganz recht. Nichts ist so tugendhaft wie ein Fahrrad. Man kann sich gar nicht vorstellen, daß ein Radfahrer ein Verbrechen begehen könnte, nicht? Außer natürlich Mord und Mordversuch.»

«Wieso Mord?»

«Na ja, wie die immer so in Rudeln auf der falschen Straßenseite fahren, und immer ohne Bremsen, Klingel und Licht. Ich nenne es Mord, wenn sie einen fast in den Straßengraben zwingen. Oder Selbstmord.»

Er sprang mit einem Ausruf der Besorgnis auf. Diesmal war Mrs. Farren wirklich in Ohnmacht gefallen.

Graham

Lord Peter Wimsey ließ Mrs. Farren, nachdem er ihr erste Hilfe geleistet hatte, schön entspannt auf der Couch ihres Wohnzimmers liegen und ging auf die Suche nach Jeanie. Er fand sie im Fischgeschäft und schickte sie mit der Maßgabe, daß ihre Herrin krank sei, auf schnellstem Wege nach Hause.

«Ach ja», meinte Jeanie versonnen, «das wundert mich gar nicht. Sie macht sich so Sorgen um Mr. Farren. Ist ja auch kein Wunder, wenn einer so 'nen Krach veranstaltet und dann einfach abhaut, um zwei Nächte nicht wiederzukommen.»

«Zwei Nächte?» fragte Wimsey.

«Ja. Vorgestern abend ist er mit seinem Fahrrad weg, und geflucht hat er gottserbärmlich und keinen Ton gesagt, wohin er fährt und was er vorhat.»

«Dann war er also gestern abend nicht zum Essen da?»

«Er? Zum Essen da? Aber ganz bestimmt nicht, und auch sonst den ganzen Tag über nicht. Am Montagabend war's, da ist er heimgekommen und hat Mr. Campbell im Haus angetroffen und achtkantig rausgeschmissen, und dann hat's vielleicht einen Tanz gegeben, sag ich Ihnen, daß die Frau von meinem Bruder vor Schreck fast 'nen Anfall gekriegt hat, und dabei ist sie doch kurz vor ihrer Zeit. Und dann ist er rausgerannt und weg, und Mrs. Farren hinter ihm her zur Tür hinaus, und geheult hat sie. Ich versteh sowieso nicht, warum sie an dem Mann so hängt. Ich würd ihn laufenlassen und weg mit Schaden, wo er immer so eifersüchtig und launisch ist.»

Wimsey begriff allmählich, warum man Jeanie so eilig zum Einkaufen geschickt hatte. Natürlich war das töricht, denn man konnte von dem Mädchen nicht erwarten, daß es sich so einen saftigen Klatsch entgehen ließ. Früher oder später wäre die Geschichte doch irgendwie herausgekommen. Schon jetzt bemerkte er die neugierigen Blicke, die ihnen die Straße hinunter folgten.

Er stellte noch ein paar Fragen. Nein, die Frau von Jeanies Bruder habe nicht genau sagen können, worum es bei dem Streit ging, aber sie habe alles von ihrem Schlafzimmerfenster aus beobachtet.

Mr. Campbell sei gegen sechs Uhr abends gekommen, und dann sei Mr. Farren gekommen, und Mr. Campbell sei gleich darauf abgehauen. Sie könne nicht sagen, ob es zwischen Farren und Campbell einen Wortwechsel gegeben habe. Aber Mr. und Mrs. Farren hätten dann noch eine Stunde lang im Wohnzimmer weitergeredet, und Mr. Farren sei immerzu im Zimmer auf und ab gelaufen und habe mit den Händen gefuchtelt, und Mrs. Farren habe geweint. Dann habe es ein großes Gebrüll und einen Krach gegeben, und Mr. Farren sei aus dem Haus gerannt gekommen, den Hut über die Augen gezogen, und habe sich sein Fahrrad geschnappt. Und Mrs. Farren sei hinterhergerannt gekommen und habe ihn aufzuhalten versucht, aber er habe sie grob abgeschüttelt und sei weggefahren. Seitdem sei er auch nicht wiedergekommen, denn die Frau von Jeanies Bruder habe die Augen nach ihm offengehalten, weil es sie interessiert habe, wie es weitergehen würde.

Das war also Montag abend gewesen, und heute war Mittwoch; und am Dienstag hatte man Campbell tot im Minnoch gefunden.

Wimsey sagte Jeanie auf Wiedersehen, nicht ohne sie zu ermahnen, sie solle nicht zuviel über die Angelegenheiten ihrer Herrschaft reden, und machte sich auf den Weg zum Polizeirevier. Dann überlegte er es sich anders. Wozu schon Stunk machen, bevor es nötig war? Die Dinge konnten sich noch ganz anders entwickeln. Vielleicht wäre es nicht schlecht, einmal nach Gatehouse zu fahren. Er wollte Mrs. Green, die bei Campbell saubermachte, so gern eine Frage stellen. Außerdem hatte man in Campbells Haus vielleicht etwas gefunden – Briefe, Papiere oder was sonst noch. Jedenfalls würde eine kleine Spazierfahrt im Wagen ihm nicht schaden.

Als er nun mit dieser Absicht über die Brücke in Gatehouse fuhr, wurde sein Blick von einem Hünen vor dem *Anwoth Hotel* gefangen, der sich dort mit einem Konstabler der örtlichen Polizei unterhielt. Der sehr nachlässig in einen uralten Regenmantel, verschlissene Knickerbockers, unansehnliche Schnürstiefel mit Gamaschen gekleidete Mann mit einem Rucksack auf dem Rücken riß heftig die Hand zum Gruß hoch. Wimsey riß den Wagen forsch an den Straßenrand, wobei er fast die Hotelkatze überfuhr, und winkte ebenso heftig zurück.

«Hallo-allo-allo!» rief er. «Wo hat man Sie denn laufenlassen, alter Ganove?»

«Das wollen heute alle von mir wissen», antwortete der Schmuddelige und streckte ihm eine große, grobknochige Hand entgegen. «Anscheinend kann ich mich nicht mal irgendwo verdrücken, ohne daß gleich eine Großfahndung nach mir veranstaltet wird. Was soll das Ganze eigentlich?»

Wimsey sah den Konstabler an, der geheimnisvoll den Kopf schüttelte.

«Da ich den Auftrag bekommen habe, Nachforschungen zu betreiben –» begann der Polizist.

«Sie haben aber nicht den Auftrag bekommen, Geheimniskrämerei zu betreiben, oder?» unterbrach ihn der Schmuddelige. «Was ist los? Soll ich vielleicht was ausgefressen haben? Wenn ja, was? Volltrunkenheit oder Erregung öffentlichen Ärgernisses? Oder ohne Rücklicht Fahrrad gefahren? Hab ich gegen Verkehrsregeln gefrevelt, oder was?»

«Also, Sir, Mr. Graham – was das Fahrrad angeht, Sir, da würde ich schon gern wissen –»

«Unschuldig diesmal», antwortete Mr. Graham prompt. «Ausgeliehen ist außerdem nicht dasselbe wie gestohlen, oder?»

«Sie leihen sich Fahrräder aus?» fragte Wimsey interessiert. «Das sollten Sie nicht. Üble Angewohnheit. Fahrräder sind der Fluch dieses Landes. Erstens liegt ihr Schwerpunkt viel zu hoch, zweitens sind ihre Bremsen nie in Ordnung.»

«Ich weiß», sagte Graham. «Eine Schande ist das. Jedes Fahrrad, das ich mir ausleihe, ist schlechter als das vorherige. Da muß ich oft ganz deutlich werden. Neulich hab ich mir mit Andys Karre doch fast das Genick gebrochen.»

«Ah!» sagte der Wirt, der während dieser Unterhaltung hinzugekommen war. «Dann waren Sie das, Mr. Graham, der das Fahrrad von dem Jungen genommen hat? Dürfen Sie ja gern, ich sag ja gar nichts dagegen, aber der Junge war ganz schön aus dem Häuschen, weil er nicht wußte, wo das Ding geblieben war.»

«Ist es denn schon wieder weg?» fragte Graham. «Aber ich sag ja, diesmal bin ich unschuldig. Sie können Andy bestellen, daß ich mir sein Fahrrad nie wieder ausleihe, solange er nicht die Güte hat, es mal zu reparieren. Und wer's diesmal genommen hat – ich kann nur sagen, Gott steh ihm bei, denn wahrscheinlich wird man ihn irgendwo tot im Straßengraben finden.»

«Das mag ja sein, Mr. Graham», sagte der Konstabler, «aber jetzt wäre ich froh, wenn Sie mir mal sagten –»

«Zum Kuckuck aber auch!» rief Jock Graham. «Nein, ich sage Ihnen nicht, wo ich war. Warum sollte ich auch?»

«Passen Sie mal auf, mein Alter, das ist so», sagte Wimsey. «Sie haben in Ihrer geheimnisvollen Abgeschiedenheit vielleicht schon gehört, daß man Campbell gestern nachmittag tot in einem Bach gefunden hat.»

«Campbell? Großer Gott, nein! Davon weiß ich nichts. So, so, so. Hoffentlich werden ihm seine Sünden vergeben. Was hat er denn gemacht? Wieder mal zuviel gepichelt und in Kirkcudbright über die Hafenmauer spaziert?»

«Das nicht. Wie es aussieht, ist er beim Malen ausgerutscht und hat sich auf den Steinen den Schädel eingeschlagen.»

«Schädel eingeschlagen? Also nicht ertrunken?»

«Nein, nicht ertrunken.»

«Soso. Nun, ich hab ihm ja schon immer gesagt, er ist nur zum Aufhängen geboren, aber jetzt hat er sich anscheinend auf andere Weise davongeschlichen. Immerhin ist er nicht ertrunken, insofern hatte ich recht. Na ja, armer Teufel, nun ist er futsch. Auf den Schrecken sollten wir mal reingehen und einen trinken, glaub ich. Auf daß die liebe Seele Ruhe findet. Gemocht hab ich den Kerl ja nie, aber irgendwie tut's mir leid, daß ich ihn jetzt nicht mehr ärgern kann. Trinken Sie einen mit uns, Konstabler?»

«Vielen Dank, Sir, aber wenn Sie jetzt so freundlich wären –»

«Überlassen Sie das mir», flüsterte Wimsey, indem er den Konstabler am Arm zupfte und Graham in die Bar folgte.

«Wie haben Sie's nur fertiggebracht, noch nichts davon gehört zu haben, Jock?» fragte er, nachdem sie ihre Getränke hatten. «Wo haben Sie denn die letzten beiden Tage gesteckt?»

«Das wäre gepetzt. Sie sind ja genauso neugierig wie unser Freund hier. Ich habe einfach ein Leben der Zurückgezogenheit geführt – kein Klatsch, keine Zeitungen. Aber erzählen Sie mir doch mal von Campbell. Wann ist das passiert?»

«Man hat seine Leiche um zwei Uhr nachmittags gefunden», sagte Wimsey. «Um fünf nach elf hat man ihn anscheinend noch quicklebendig beim Malen gesehen.»

«Das ist ja dann diesmal schnell gegangen. Wissen Sie, ich hab mir schon oft gedacht, da oben in den Bergen könnte mal einer verunglücken und wochenlang verschollen bleiben. Aber die Stelle da am Minnoch ist doch ziemlich besucht – jedenfalls in der Angelsaison. Ich nehme doch nicht an –»

«Und darf ich fragen, Sir, woher Sie wissen, daß der Unfall sich am Minnoch ereignet hat?

«Woher ich –? Oho! Also, um eine überaus wohlanständige und züchtig gekleidete Dame zu zitieren, die ich mal zufällig in der Theobald's Road im Gespräch mit einer Freundin belauscht habe: Da steckt mehr drunter, als das bloße Auge sieht. Diese neugierigen Fragen alle, wo ich gesteckt habe, und Campbells eingeschlagener Schädel – verstehe ich recht, Konstabler, daß ich verdächtigt werde, dem guten Mann eins übergezogen und ihn in den Bach geworfen zu haben, wie der fremde Ritter in der Ballade?»

«Nun ja, Sir, nicht direkt, aber im Zuge der Ermittlungen –»

«Aha!»

«Aber nicht doch!» rief der Wirt, dem das Licht etwas langsamer aufging. «Sie wollen doch nicht sagen, daß der arme Mann errrmorrrdet worrrden ist?»

«Das wollen wir mal dahingestellt sein lassen», meinte der Konstabler.

«Genau das will er aber sagen», stellte Graham fest. «Ich lese es in seinen ausdrucksvollen Augen. Das ist ja eine schöne Geschichte – so was in unserer friedlichen Landgemeinde.»

«Schrecklich wäre das!» rief der Wirt.

«Na los, Jock», sagte Wimsey. «Erlösen Sie uns schon von unserer Qual. Sie sehen doch, wie die Spannung an uns nagt. Woher wußten Sie denn, daß Campbell am Minnoch war?»

«Telepathie», antwortete Graham mit breitem Grinsen. «Ich lese eure Gedanken, und vor meinen Augen formt sich das Bild – ein Bachbett voller spitzer Steine – der steile Granithang – die Brücke – die Bäume und das dunkle Wasser darunter – und ich sage: ‹Beim Zeus, der Minnoch!› Ganz einfach, Watson.»

«Wußte gar nicht, daß Sie Gedankenleser sind.»

«Ein verdächtiger Umstand, nicht? Aber ich bin ja gar keiner. Ich wußte, daß Campbell gestern zum Minnoch wollte, weil er's mir gesagt hat.»

«Ihnen gesagt?»

«Mir gesagt. Warum denn nicht? Manchmal hab ich sogar mit Campbell gesprochen, ohne ihm meine Stiefel nachzuschmeißen. Am Montag hat er mir erzählt, daß er anderntags zum Minnoch fahren und die Brücke malen wollte. Er hat sie sogar für mich skizziert – ächzend und stöhnend, ihr kennt ihn ja.»

Graham holte ein Stück Kreide aus der Tasche und fing an, auf der Theke herumzumalen, das Gesicht zu einer lebensechten Karikatur von Campbells kräftigem Kinn und den wulstigen Lippen verzogen, während seine Hand mit Campbells schnellen, fahrigen Strichen die Konturen zog. Vor ihren Augen entstand das Bild mit der gespenstischen Geschwindigkeit einer Trickzeichnung auf der Filmleinwand – der Bach, die Bäume, die Brücke und die weißen Wolkenmassen: dem echten Bild so ähnlich, das Wimsey auf der Leinwand hatte stehen sehen, daß er bis ins Mark erschrak.

«Sie sollten sich Ihr Geld als Imitator verdienen, Jock.»

«Das ist ja mein Kreuz. Zu vielseitig. Kann in jedermanns Stil malen, nur nicht in meinem eigenen. Die Kritiker irritiert das ganz schön: ‹Mr. Graham noch immer auf der Suche nach einem individuellen Stil› – etwa in der Art. Aber Spaß macht's. Paßt mal auf, jetzt kommt Gowan.»

Er wischte die Skizze weg und malte dafür eine lebendige Kreideimpression von einem typischen Gowan – trutziger Grenzturm, weite Küste, im Vordergrund ein Boot mit kräftigen Fischern über ihren Netzen.

«Und nun Ferguson – ein einzelner Baum mit dekorativem Wurzelwerk, Spiegelbild desselben im Wasser – dunstig-blaue Ferne; überhaupt alles Blau in Blau – ein Steinhaufen wegen der Symmetrie. Hier ist ein Farren – Blick über die Dächer von Kirkcudbright mitsamt Markthalle, wie Noahs Arche aus Ziegelsteinen – Zinnoberrot, Neapelgelb, Ultramarin – kunstvolle *Naiveté*, und ohne Schatten. Waters – ‹keiner von diesen Scharlatanen macht sich noch die Mühe, zu zeichnen› – Vogelperspektive von einem Steinbruch, jede Einzelheit erkennbar – Pferdefuhrwerk stark verkürzt unten auf der Sohle, nur um zu zeigen, daß er's kann. Ach was –» Er schüttete etwas Bier auf die Theke und wischte die ganze Galerie mit einem zerlumpten Ärmel weg. «Die ganze Bande hat nur eines gemeinsam, und das ist es, was mir fehlt – ihre Einseitigkeit, dem Himmel sei's geklagt. Ihnen ist alles vollkommen ernst, mir nicht – das ist der Unterschied. Ich sag Ihnen mal was, Wimsey: Die Hälfte von allen Porträts, für die ich von den Leuten Geld kriege, sind Karikaturen – nur merken's die Idioten nicht. Wenn sie's wüßten, würden sie eher sterben als mir einen Scheck ausschreiben.»

Wimsey lachte. Wenn Graham auf Zeitgewinn spielte, spielte er gut. Wenn er den Verdacht von seiner gefährlichen Imitationsgabe ablenken wollte, wie hätte er das besser tun können als durch diese unbekümmerte Offenheit? Und seine Erklärung war durchaus plausibel – warum hätte Campbell nicht ihm oder irgend jemand anderem sagen sollen, wohin er gehen wollte?

Der Konstabler verriet Ungeduld.

«Im Zuge der Ermittlungen...» druckste er.

«Puh!» stöhnte Graham. «Der Kerl muß eine Bulldogge im Stammbaum haben.»

«Offenbar», sagte Wimsey. «Wie St. Gengulphus, bei dem sie auch immer riefen: ‹Herrjäh, wie zäh!› Hilft alles nichts, mein Alter. Der Mann will seine Antwort haben.»

«Der Ärmste», sagte Graham. «Entbehrung sei sein Meister, wie die Kindermädchen in der guten alten Zeit vor Montessori immer sagten. Ich war nicht am Minnoch. Aber wo ich war, ist meine Angelegenheit.»

«Also, Sir», meinte der Konstabler verlegen. Zwischen Gesetzen, Dienstvorschriften, seiner persönlichen Abneigung, von Mr. Graham schlecht zu denken, und seinem Wunsch, einen großen Coup zu landen, sah er sich in einer immer schwierigeren Position.

«Lauf zu, Jungchen», sagte Graham freundlich. «Du verschwendest nur deine Zeit. Mich braucht einer doch nur anzusehen, um zu wissen, daß ich keiner Fliege was zuleide tun kann. Während wir uns hier beim Bier kleine Nettigkeiten an den Kopf werfen, verschwindet der Mörder über alle Berge.»

«Ich muß also daraus schließen», sagte der Konstabler, «daß Sie sich strrrikt weigern, auszusagen, wo Sie letzten Montag abend waren, Sir?»

«Endlich hat er's begriffen!» rief Graham. «Sie sehen, Wimsey, wir kapieren hierzulande langsam, aber sicher. Ganz rrrecht, ich weigere mich strrrikt, kategorisch, rundum und *in toto*. Schreiben Sie sich das auf, mein Junge, falls Sie's vergessen.»

Dies tat der Konstabler, umständlich und ernst.

«Ach ja», seufzte er. «Das muß ich natürlich nach oben melden.»

«Recht so», sagte Graham. «Dann werde ich mit denen da oben mal ein Wörtchen reden.»

Der Konstabler schüttelte verständnislos den Kopf und entfernte sich langsam und widerstrebend.

«Armer Teufel», meinte Graham. «Man sollte sich was schämen, ihn so aufzuziehen. Noch ein Bier, Wimsey?»

Wimsey lehnte ab, und Graham brach mit den Worten, er müsse in seinem Atelier noch was erledigen, ziemlich abrupt auf.

Der Wirt des *Anwoth Hotel* blickte ihm lange nach.

«Was steckt denn da nur hinter?» fragte Wimsey obenhin.

«Och, wahrscheinlich irgend so 'ne Geschichte», antwortete der Wirt. «Graham ist nun mal ein vollkommener Gentleman und sehr beliebt bei den Damen.»

«Richtig», sagte Wimsey. «Da fällt mir ein, Rob, ich hab einen neuen Limerick für Sie.»

«Ach, wirklich?» meinte der Wirt und schloß vorsichtig die Tür zwischen Restaurant und Bar.

Nachdem Wimsey seinen Limerick losgeworden war und sich

verabschiedet hatte, richtete er seinen Sinn wieder auf den Ernst des Lebens.

Mrs. Green, Campbells Zugehfrau, wohnte nicht weit in einem kleinen Cottage. Sie backte gerade Haferküchlein, als Wimsey kam, doch nachdem sie das Mehl von den Händen gestaubt und die Küchlein auf dem Backblech deponiert hatte, war sie gern bereit, über den plötzlichen Tod ihres Schützlings zu sprechen.

Sie sprach ein breites Schottisch und war von erregbarer Natur, doch wenn Wimsey seine Fragen zwei- und dreimal stellte, verstand er nach und nach ihre Antworten.

«Hat Mr. Campbell noch gefrühstückt, bevor er Dienstag früh aufbrach?»

Ja, das habe er. Auf dem Tisch hätten noch die Reste von seinem Speck und Ei sowie die Teekanne und eine benutzte Tasse gestanden. Außerdem habe gegenüber dem Abend zuvor etwas Brot und Butter gefehlt, und vom Schinken seien ein paar Scheiben abgeschnitten gewesen.

«War das Mr. Campbells übliches Frühstück?»

Ja, Speck und Ei zum Frühstück habe er regelmäßig gegessen. Zwei Eier und zwei gebratene Scheiben Speck, und das habe er auch an diesem Morgen gegessen, denn Mrs. Green habe nachgezählt.

«Hat Mr. Ferguson an diesem Morgen auch sein Frühstück zu sich genommen?»

Ja, Mr. Ferguson habe ein geräuchertes Heringsfilet und eine Tasse Kaffee zu sich genommen. Mrs. Green habe ihm persönlich zwei Räucherheringe am Samstag mitgebracht, und er habe den einen am Sonntag früh und den zweiten am Dienstag früh gegessen. In beiden Häusern sei ihr nichts Ungewöhnliches aufgefallen, und das habe sie auch dem Polizisten gesagt, als er bei ihr gewesen sei.

Wimsey ließ sich das alles auf der Rückfahrt nach Kirkcudbright durch den Kopf gehen. Der ärztliche Obduktionsbefund ließ die beiden Spiegeleier und Speckscheiben höchst verdächtig erscheinen. Jemand hatte in Campbells Cottage gefrühstückt, und wer konnte das am leichtesten tun, wenn nicht Ferguson? Wenn Ferguson es aber nicht gewesen war, konnte Ferguson den Täter doch gesehen haben. Wie unfreundlich von Ferguson, so einfach nach Glasgow zu verschwinden!

Nun zu Graham: Am Loch Trool war er offensichtlich nicht gewesen. Sein Schweigen konnte ein halbes Dutzend Gründe haben. Der nächstliegende waren «die Damen». Es wäre schon in Grahams Interesse feststellenswert, ob er ein Liebchen in der Gegend hatte. Vielleicht hatte er aber auch nur ein abgelegenes, forellenreiches Flüßchen entdeckt und wollte es gern für sich allein behalten. Oder er machte das Ganze einfach zum Spaß. Schwer zu sagen. Unter seiner oberflächlichen Exzentrizität hatte dieser Graham durchaus seine fünf Sinne beieinander. Trotzdem war es in einer ländlichen Gegend, wo jeder jeden kannte, nahezu unmöglich, seine Schritte auf Dauer geheimzuhalten. Jemand mußte Graham gesehen haben – das heißt, falls sich jemand bereit fand, zu reden. Das aber war ebenso zweifelhaft wie alles andere an diesem Fall, denn der Landbewohner ist ein Meister des vielsagenden Schweigens.

Wimsey suchte Sir Maxwell Jamieson auf, um ihm über das Speck-und-Ei-Frühstück zu berichten, doch seine Meldung wurde nur mit einem trockenen «Soso» aufgenommen. Dalziel hatte noch nichts wieder von sich hören lassen, und so fuhr Wimsey nach Hause, nicht ohne zuvor noch einmal gegenüber anzuklopfen, um sich zu vergewissern, daß Waters noch nicht zurück war.

Bunter begrüßte ihn respektvoll wie immer, aber er wirkte irgendwie so, als ob er etwas auf dem Herzen hätte. Auf Nachfrage stellte sich jedoch heraus, daß es sich nur wieder einmal um eine neuentdeckte Untugend der Schotten handelte, die so bar jeden Anstands seien, daß sie eine Schüssel einen Kumpf nannten – offenbar doch nur in der Absicht, Fremde zu verwirren, damit sie sich vorkamen wie die Elefanten im Porzellanladen.

Wimsey drückte sein Mitgefühl aus, und um Bunters Gedanken von diesem haarsträubenden Erlebnis abzulenken, erwähnte er seine Begegnung mit Jock Graham.

«Tatsächlich, Mylord? Auch ich wurde schon von Mr. Grahams Wiedererscheinen in Kenntnis gesetzt. Soviel ich gehört habe, Mylord, war er am Montagabend in Creetown.»

«Donnerwetter! Woher wissen Sie das?»

Bunter hüstelte.

«Nach der Unterredung mit dieser jungen Person im Porzellangeschäft, Mylord, bin ich für eine Minute in die *McClellan Arms* gegangen. Nicht in die Bar, Mylord, sondern in den Salon nebenan. Während ich dort war, habe ich zufällig ein paar Leute in der Bar davon sprechen hören.»

«Was waren das für Leute?»

«Nachlässig gekleidete Personen, Mylord. Ich vermute sehr, daß sie der Zunft der Fischer angehörten.»

«War das alles, was sie gesagt haben?»

«Ja, Mylord. Bedauerlicherweise hat einer von ihnen einen Blick in den Salon geworfen und meine Gegenwart entdeckt, und von da an haben sie über die Angelegenheit nicht mehr gesprochen.»

«Wer war es denn, wissen Sie das?»

«Ich habe mich bemüht, das vom Wirt in Erfahrung zu bringen, aber er hat nur gesagt, daß es ein paar Burschen vom Hafen gewesen seien, mehr nicht.»

«Aha. Und mehr werden Sie da auch nicht herauskriegen. Hm. Haben Sie vielleicht einen von ihnen gesehen?»

«Nur den einen, der zur Tür hereinschaute, und auch ihn nur für einen kurzen Augenblick. Die anderen saßen mit dem Rücken zur Tür, als ich hinausging, Mylord, und ich wollte nicht naseweis erscheinen.»

«Natürlich nicht. Nun – Creetown liegt am Weg nach Newton Stewart, aber es ist noch recht weit von dort bis zum Minnoch. Haben die Leute die Zeit erwähnt, um die sie Mr. Graham gesehen haben?»

«Nein, Mylord, aber da sie darauf anspielten, wieviel Mr. Graham getrunken haben soll, nehme ich an, daß es um die Polizeistunde herum gewesen sein muß.»

«Aha!» sagte Wimsey. «Das könnte eine Umfrage in den Kneipen von Creetown klären. Sehr schön, Bunter. Ich glaube, ich werde heute nachmittag ausgehen und mir bei einer Runde Golf das Gehirn auslüften. Um halb acht hätte ich dann gern ein Grillsteak mit Pommes frites.»

«Sehr wohl, Mylord.»

Wimsey spielte seine Runde Golf mit dem Bürgermeister, doch ohne viel davon zu haben, außer daß er ihn haushoch schlug. Er deutete seinen Sieg dahingehend, daß der Bürgermeister wohl nicht recht bei der Sache war, aber er brachte ihn einfach nicht auf den Fall Campbell zu sprechen. Das Ganze sei «ein unglückseliger Vorfall», und nach Ansicht des Bürgermeisters könne «wohl noch ein Weilchen hingehen, bis Licht in die Sache» komme – und damit lenkte er die Unterhaltung energisch auf das Ringwerfen in Gatehouse, die zurückliegende Regatta in Kirkcudbright, die Lachsknappheit und die Missetaten der Fischdiebe in der Cree-Mündung sowie die Probleme der Abwassereinleitung in Gezeitengewässer.

Abends um halb zehn – Wimsey hatte gerade sein Grillsteak und ein Rhabarbertörtchen verdrückt und saß verträumt über ein paar alten Nummern des *Gallovidian* – riß ihn plötzlich lautes Füßetrappeln auf dem Hof aus seiner Beschaulichkeit. Er wollte gerade aufstehen und aus dem Fenster sehen, da klopfte es an die Tür. Eine fröhliche Frauenstimme rief: «Dürfen wir eintreten?»

Miss Selby und Miss Cochran bewohnten zwei nebeneinanderliegende Häuschen, und man sah sie ständig abwechselnd im Wohnzimmer der einen oder anderen zusammen Tee trinken oder am Strand von Loch Doon baden. Miss Selby war groß, dunkel, etwas eckig gebaut und auf irgendwie unnahbare Weise auch recht hübsch, und sie malte ziemlich gute, kräftige, eckige und hübsche Figurenstudien in Öl. Miss Cochran war rundlich, fröhlich, humorvoll und grauhaarig. Sie illustrierte Zeitschriftenromane in Tusche und Farbe. Wimsey mochte beide, weil sie so gar nichts Gekünsteltes an sich hatten, und sie mochten Wimsey aus dem gleichen Grunde und weil sie Bunter so überaus belustigend fanden. Es schmerzte Bunter immer zutiefst, sie ihre Mahlzeiten selbst kochen und ihre Wäsche selbst aufhängen zu sehen. Dann eilte er ihnen mit vorwurfsvoller Miene zu Hilfe, nahm ihnen mit einem höflichen «Sie gestatten, Miss» Hammer und Nägel aus der Hand und bot ihnen zuvorkommend an, während ihrer Abwesenheit auf ihre Stews und Aufläufe aufzupassen. Sie belohnten ihn mit Gemüse- und Blumengeschenken aus ihrem Garten – Geschenke, die Bunter mit einem respektvollen «Vielen Dank, Miss, Seine Lordschaft wird Ihnen sehr verbunden sein», entgegennahm. Während Wimsey nun seine Gäste begrüßte, nahte Bunter unaufdringlich und nutzte die erste Gesprächspause, um sich zu erkundigen, ob die Damen nach ihrer Reise vielleicht einen Imbiß wünschten.

Die Damen entgegneten, sie hätten bereits gespeist, aber ein paar kleine Nachfragen ergaben, daß sie in Wahrheit seit dem Tee nur mehr ein paar kleine Sandwiches im Zug zu sich genommen hatten. Wimsey ließ sofort ein paar Omelettes zubereiten und eine Flasche Bordeaux nebst dem Rest der Rhabarbertorte bringen, und nachdem Bunter sich zurückgezogen hatten, um diese Speisen zu besorgen, meinte er: «Na, dann haben Sie ja die ganze Aufregung hier verpaßt.»

«Man hat es uns schon am Bahnhof gesagt», antwortete Miss Cochran. «Was ist denn nun eigentlich los? Stimmt es, daß Mr. Campbell tot ist?»

«Es stimmt. Man hat ihn im Bach gefunden –»

«Und jetzt heißt es sogar, er soll ermordet worden sein», warf Miss Selby ein.

«Soso, heißt es das schon? Aber das stimmt auch.»

«Großer Gott!» rief Miss Selby.

«Und wer soll es getan haben?» erkundigte sich Miss Cochran.

«Das weiß man noch nicht», sagte Wimsey, «aber es hat den Anschein, als ob die Sache geplant gewesen sei.»

«Aber wieso denn?» fragte Miss Cochran ohne Umschweife.

«Gewisse Anzeichen weisen eben in diese Richtung, und ein Raubüberfall oder so etwas scheint nicht vorzuliegen – und überhaupt noch so einiges.»

«Und natürlich wissen Sie wieder einmal mehr, als Sie glauben, uns sagen zu dürfen. Na ja, zum Glück haben wir ja ein Alibi, nicht wahr, Margaret? Wir waren seit gestern früh in Glasgow. Es ist doch am Dienstag passiert, nicht wahr?»

«Scheint so», sagte Wimsey. «Aber sicherheitshalber wird auch noch nachgeprüft, wo sich alle Welt seit Montag abend aufgehalten hat.»

«Wer ist ‹alle Welt›?»

«Nun – Leute, die Campbell sehr gut gekannt haben und so weiter.»

«Aha. Nun, Sie wissen ja, daß wir am Montagabend hier waren, denn wir haben Ihnen noch gute Nacht gesagt, als Sie heimkamen, und gestern früh sind wir um Viertel vor neun mit dem Zug fortgefahren und haben jede Menge Zeugen dafür, daß wir seitdem bis jetzt in Glasgow waren. Wir dürften also schon einmal ausscheiden. Außerdem wären schon kräftigere Leute als Mary und ich vonnöten gewesen, um mit Mr. Campbell fertig zu werden. Wie gut, zu wissen, daß wir nicht als Verdächtige in Frage kommen!»

«Richtig – Sie beide und Mr. Waters sind wahrscheinlich fein heraus.»

«Ach! Wo war denn Mr. Waters?»

«War er nicht mit Ihnen zusammen?»

«Mit uns?»

Sie sahen einander groß an. Wimsey entschuldigte sich.

«Verzeihung – aber Mrs. Dingsda, seine Zimmerwirtin – wie heißt sie noch gleich? –, hat mir gesagt, Waters sei mit Ihnen nach Glasgow gefahren.»

«Das muß sie in den falschen Hals gekriegt haben. Er hat am Sonntagabend bei Bob Anderson gesagt, daß er vielleicht mitfährt, aber als er nicht da war, haben wir angenommen, daß er sich's anders überlegt hat. Eigentlich haben wir auch gar nicht mit ihm gerechnet, nicht wahr, Mary?»

«Nein. Aber ist er denn nicht hier, Lord Peter?»

«Eben nicht – das ist es ja!» rief Lord Peter entgeistert.

«Nun ja, er wird schon irgendwo sein», versuchte Miss Cochran zu trösten.

«Natürlich», sagte Wimsey, «aber fest steht nun einmal, daß er gestern früh um halb neun fortgegangen ist und gesagt hat, er wolle nach Glasgow. Oder zumindest hat er diesen Eindruck hinterlassen.»

«Also zum Bahnhof ist er jedenfalls nicht gekommen», stellte Miss Selby entschieden fest. «Und auf der Ausstellung war er, soweit ich sehen konnte, an beiden Tagen auch nicht. Aber vielleicht hat er einfach was Besseres zu tun gehabt.»

Wimsey kratzte sich am Kopf.

«Ich muß wohl noch einmal mit dieser Frau reden», sagte er. «Da muß ich etwas mißverstanden haben. Aber sehr sonderbar ist das schon. Warum soll er so früh aufgestanden und fortgegangen sein, wenn er nicht nach Glasgow wollte? Besonders –»

«Besonders was?» fragte Miss Cochran.

«Nun ja, ich hätte das jedenfalls nicht erwartet», sagte Wimsey. «Er war am Abend zuvor ein bißchen benebelt, und Waters kriegt man ja normalerweise schon nur mit Gewalt aus dem Bett. Das ist gar nicht schön. Aber bevor er wieder auftaucht, können wir nicht viel tun.»

«Wir?» fragte Miss Selby.

«Ich meine die Polizei», sagte Wimsey und wurde ein wenig rot.

«Und vermutlich helfen Sie der Polizei», meinte Miss Cochran. «Ich hatte Ihren Ruf als Sherlock Holmes schon ganz vergessen. Tut mir leid, daß wir anscheinend nicht weiterhelfen können. Am besten fragen Sie mal Mr. Ferguson. Vielleicht ist er Mr. Waters irgendwo in Glasgow begegnet.».

«Ach, Ferguson war also da?»

Wimsey hatte die Frage achtlos hingeworfen, aber nicht achtlos genug, um Miss Cochran zu täuschen. Sie warf ihm einen verschmitzten Blick zu.

«Ja, der war da. Ich glaube, ich kann Ihnen sogar die genaue Uhrzeit sagen, wann wir ihn gesehen haben.» (Je mehr Miss Cochran sich jetzt hineinsteigerte, desto schottischer wurde ihr Akzent. Sie pflanzte die stämmigen Beine fest auf den Boden und beugte sich vor, die Hände auf die Knie gestützt wie ein streitbarer Arbeiter in der Straßenbahn.) «Dieser Zug von uns ist um 14 Uhr 16 angekommen – ein schlechter Zug, hält an jedem Bahnhof, und wir hätten besser den um 13 Uhr 46 in Dumfries genommen, aber wir wollten ja noch Margarets Schwester Kathleen und ihren Mann treffen, und die wollten mit dem Vier-Uhr-Zug nach England fahren. Sie haben uns am Bahnhof abgeholt, und dann sind wir ins Hotel gegangen und haben eine Kleinigkeit zu Mittag gegessen, denn wir hatten seit acht Uhr früh nichts mehr gehabt – in diesem Zug kriegt man ja nichts –, und schließlich konnten wir uns im Hotel genausogut unterhalten wie anderswo. Um vier haben wir sie dann zum Zug gebracht, und dann haben wir noch ein bißchen hin und her überlegt, ob wir gleich zu meiner Kusine gehen sollten, bei der wir wohnen würden, oder ob wir uns zuerst mal die Ausstellung ansehen wollten. Ich hab gesagt, es sei zu spät, um noch was zu unternehmen, aber Margaret hat gemeint, man könnte doch ruhig schon mal hingehen und sich ansehen, wo die einzelnen Sachen hängen, dann könnte man am nächsten Tag wiederkommen und alles genauer besichtigen; ich fand die Idee dann gut und hab zugestimmt. Wir haben also die Straßenbahn genommen und sind so um halb fünf herum oder auch ein paar Minuten früher in der Galerie angekommen, und gleich im ersten Raum, wem begegnen wir da? Mr. Ferguson, der gerade herauskommt. Wir haben uns natürlich mit ihm unterhalten, und er hat uns erzählt, daß er alle Räume schon einmal gründlich durchgemacht hat und anderntags wiederkommen will. Aber er ist dann noch einmal mit uns durchgegangen.»

Wimsey, der die ganze Zeit versucht hatte, Fahrpläne und Zeitangaben im Kopf zu behalten und Ankunfts- und Abfahrtszeiten rasch durchzurechnen, unterbrach sie an dieser Stelle.

«Ich darf doch annehmen, daß er wirklich schon einmal durch die Ausstellung gegangen war?»

«O ja. Er hat uns ja schon immer im vorhinein gesagt, wo was hängt und was ihm besonders gefallen hat. Er war mit demselben Zug angekommen wie wir – nur daß er wohl direkt zur Ausstellung gegangen ist.»

«Mit Ihrem Zug – Ankunft 14 Uhr 16. Ja, natürlich, er ist in Dumfries zugestiegen. Der Zug fährt dort um 11 Uhr 22 ab, stimmt's? Doch, ja. Haben Sie ihn in Dumfries gesehen?»

«Nein, aber das heißt ja nicht, daß er nicht dort war. Er wird sowieso im Raucherabteil gereist sein, und wir haben uns ein schön altmodisches Damenabteil gesucht, weil wir vom Rauchen in geschlossenen Räumen nicht viel halten. Jedenfalls hat er uns in Glasgow gesehen, wenn wir ihn schon nicht gesehen haben, denn als wir ihn trafen, hat er gleich als erstes gesagt: ‹Ich hab Sie am

Bahnhof gesehen, aber Sie mich nicht. War das Kathleen mit ihrem lieben Mann, die da bei Ihnen war?› Und dann hat er gesagt, daß er mit demselben Zug gekommen ist.»

«Sehr schön», sagte Wimsey. «Aber wie Sie schon sagten, wir werden mal mit Ferguson sprechen müssen – das heißt, die Polizei muß mit ihm sprechen.»

Miss Cochran schüttelte den Kopf.

«Mir machen Sie nichts vor», meinte sie. «Sie stecken doch bis über beide Ohren mit drin. Wenn die Wahrheit je ans Licht käme, würde ich fast behaupten, Sie waren es selbst.»

«Nein», sagte Wimsey. «Dies ist so ungefähr der einzige Mord, den ich unmöglich begangen haben könnte. Dazu fehlen mir einige technische Fähigkeiten.»

Gowan

Inspektor MacPherson gehörte zu jenen pedantischen und phantasielosen Menschen, für die keine Hypothese zu weit hergeholt ist, um ihr nicht doch nachzugehen. Er liebte handfeste Fakten. Mit so trivialen Überlegungen wie psychologischer Unwahrscheinlichkeit gab er sich nicht ab. Der Polizeipräsident hatte ihm die gesicherten Erkenntnisse im Zusammenhang mit Campbells Tod unterbreitet, und er sah, daß sie auf die Täterschaft eines Künstlers hindeuteten. Sie gefielen ihm. Am besten gefiel ihm der ärztliche Befund; das mit der Totenstarre und dem Verdauungstrakt war greifbares Material, mit dem sich etwas anfangen ließ. Auch die Sache mit den Eisenbahnen und Fahrplänen gefiel ihm; so etwas konnte man in tabellarischer Form erfassen und nachprüfen. Das mit dem Bild fand er schon weniger zufriedenstellend: Da waren technische Dinge im Spiel, von denen er selbst nichts verstand, aber er war aufgeschlossen genug, in solchen Fällen die Expertenmeinung zu akzeptieren. Zum Beispiel hätte er in Fragen der Elektrotechnik die Meinung seines Vetters Tom akzeptiert oder in bezug auf Damenunterwäsche auf seine Schwester Alison gehört, und so wollte er auch bereitwillig zugeben, daß ein Herr wie Wimsey von Künstlern und ihrer Welt vielleicht etwas mehr verstand als er.

Demzufolge sah er ein, daß im vorliegenden Falle alle Künstler als verdächtig zu gelten hatten, mochten sie noch so reich, angesehen oder als friedfertig bekannt sein und mit Campbell im Streit gelegen haben oder nicht. Kirkcudbright war sein Bereich, und seine Aufgabe war es, Alibis und Informationen von allen Künstlern in Kirkcudbright einzuholen, jung und alt, männlich und weiblich, tugendhaft und verrucht, ohne Unterschied. Er ging überaus gewissenhaft vor und ließ weder Marcus McDonald aus, der bettlägerig war, noch Mrs. Helen Chambers, die sich erst kürzlich in Kirkcudbright niedergelassen hatte, noch den alten John Peterson, der aus dem Ersten Weltkrieg mit einem Holzbein zurückgekehrt war. Waters' und Farrens Abwesenheit nahm er zur Kenntnis, aber er bekam aus Mrs. Farren nicht so viel heraus wie Lord Peter; und im Laufe des Nachmittags fand er sich nun vor Mr. Gowans Haustür ein, Notizbuch in der Hand, Rechtschaffenheit auf der Stirn. Er hatte sich Gowan bis zuletzt aufgespart, weil bekannt war, daß Gowan gern vormittags arbeitete und Störungen vor dem Lunch übelnahm, und Inspektor MacPherson hatte nicht das Bedürfnis, sich seine Aufgabe selbst noch schwerer zu machen.

Der englische Butler öffnete die Tür und bemerkte in Beantwortung der Frage des Inspektors kurz und bündig:

«Mr. Gowan ist nicht zu Hause.»

Der Inspektor erklärte, er sei in Amtsgeschäften da, und verlangte erneut eine Unterredung mit Mr. Gowan.

Der Butler entgegnete von oben herab: «Mr. Gowan ist h'ausgegangen.»

Der Inspektor begehrte zu wissen, wann Mr. Gowan denn wieder da sein werde.

Der Butler ließ sich zu einer weiteren Erklärung herab: «Mr. Gowan ist verreist.»

Für den Schotten hat dieser Ausdruck nicht die gleiche Endgültigkeit wie für den Engländer. Deshalb fragte der Inspektor, ob Mr. Gowan denn abends wieder daheim sein werde.

Der Butler, somit zu präziseren Angaben genötigt, verkündete ungerührt: «Mr. Gowan ist nach London gereist.»

«Ach, so ist das?» meinte der Inspektor, ärgerlich auf sich, weil er seinen Besuch so lange hinausgeschoben hatte. «Wann ist er gefahren?»

Der Butler schien diese Fragerei ungehörig zu finden, antwortete aber desungeachtet: «Mr. Gowan ist am Montagabend nach London gereist.»

Das überraschte den Inspektor.

«Wann am Montagabend?»

Der Butler schien einen schweren inneren Kampf bestehen zu müssen, dennoch antwortete er mit größter Selbstbeherrschung:

«Mr. Gowan hat den Zug um h'acht h'Uhr fünfundvierzig ab Dumfries genommen.»

Der Inspektor dachte einen Augenblick nach. Wenn das stimmte, setzte es Gowan völlig außer Verdacht. Aber das mußte natürlich erst noch nachgeprüft werden.

«Ich glaube», sagte er, «ich sollte besser auf einen Augenblick reinkommen.»

Der Butler schien zu zögern, doch als er sah, daß schon ein paar Bewohner des gegenüberliegenden Anwesens vor die Tür getreten waren und zu ihm und dem Inspektor herüberschauten, gab er gnädig nach und führte MacPherson in die hübsch getäfelte Eingangsdiele.

«Ich ermittle nämlich», erklärte der Inspektor, «in der Angelegenheit des Todes von Mr. Campbell.»

Der Butler neigte stumm den Kopf.

«Ich will Ihnen ohne Umschweife sagen, daß der Mann mehr als wahrscheinlich ermordet worden ist.»

«Das», antwortete der Butler, «h'ist mir bereits bekannt.»

«Und da ist es eben wichtig», fuhr MacPherson fort, «daß wir so viele Informationen wie möglich von Leuten bekommen, die Campbell in letzter Zeit gesehen haben.»

«Ganz recht.»

«Und da gehört es eben auch dazu, daß wir von jedem einzelnen wissen, wo er um die Zeit war, als die traurige Geschichte passierte.»

«Genau», sagte der Butler.

«Und wenn Mr. Gowan zu Hause wäre», setzte der Inspektor nach, «würde er sich zweifellos bemühen, uns nach besten Kräften zu unterstützen.»

Der Butler war überzeugt, daß Mr. Gowan darüber nur allzu glücklich sein würde.

Der Inspektor klappte sein Notizbuch auf.

«Ihr Name ist Halcock, ja?» begann er.

Der Butler verbesserte ihn. «H'Alcock», sagte er tadelnd.

«H, a, *zwei* l?» riet der Inspektor.

«H'Ohne H, junger Mann. Der h'erste Buchstabe ist h'A, und danach nur ein h'l.»

«Ich bitte sehr um Vergebung», sagte der Inspektor.

«Gewährt», antwortete Mr. Alcock.

«Also, Mr. Alcock, es sind nur ein paar Formalitäten, Sie verstehen. Um welche Zeit hat Mr. Gowan am Montagabend Kirkcudbright verlassen?»

«Das muß kurz nach h'acht gewesen sein.»

«Wer hat ihn gefahren?»

«Hammond, der Chauffeur.»

«Ammond?» fragte der Inspektor.

«Hammond», verbesserte der Butler würdevoll. «H'Albert Hammond ist sein Name. Mit H.»

«Verzeihung», sagte der Inspektor.

«Gewährt», sagte Mr. Alcock. «Möchten Sie vielleicht mit Hammond sprechen?»

«Nachher», sagte der Inspektor. «Können Sie mir sagen, ob Mr. Gowan Mr. Campbell am Montag überhaupt gesehen hat?»
«Das wüßte ich nicht zu sagen.»
«Stand Mr. Gowan mit Mr. Campbell auf gutem Fuß?»
«Das könnte ich nicht sagen.»
«War Mr. Campbell in letzter Zeit hier zu Gast?»
«Mr. Campbell war meines Wissens noch nie hier zu Gast.»
«Soso? Hm.» Der Inspektor wußte so gut wie Mr. Alcock, daß Gowan sich von der übrigen Künstlergemeinde abseits hielt und selten jemanden einlud, höchstens dann und wann einmal zu einer sittsamen Bridgepartie, aber er hielt es für seine Pflicht, diese Fragen offiziell zu stellen. Er bohrte gewissenhaft weiter.
«Also dann, ich muß das nun mal bei allen Bekannten von Mr. Campbell klären, Sie verstehen. Können Sie mir sagen, was Mr. Gowan am Montag gemacht hat?»
«Mr. Gowan ist wie gewohnt um neun Uhr aufgestanden und hat um halb zehn gefrühstückt. Dann hat er seine Gartenrunde gemacht und sich danach wie üblich in sein Atelier zurückgezogen. Seinen Lunch hat er um die gewohnte Zeit zu sich genommen, nämlich um halb zwei. Nach dem Lunch hat er sich wieder seiner künstlerischen h'Arbeit gewidmet, bis um vier Uhr in der Bibliothek der Tee serviert wurde.»
Der Butler machte eine Pause.
«Na?» versuchte der Inspektor ihn zu ermuntern.
«Nach dem Tee», fuhr der Butler, jetzt langsamer, fort, «ist er im Kabriolett ausgefahren?»
«Hat Hammond ihn gefahren?»
«Nein. Wenn Mr. Gowan das Kabriolett nimmt, fährt er gewöhnlich selbst.»
«Aha? Soso. Und wohin ist er gefahren?»
«Das wüßte ich nicht zu sagen.»
«Na schön. Wann ist er wiedergekommen?»
«Gegen sieben h'Uhr.»
«Und dann?»
«Dann hat Mr. Gowan die Bemerkung gemacht, daß er die h'Absicht habe, in dieser Nacht nach London zu fahren.»
«Hatte er davon auch schon früher gesprochen?»
«Nein. Mr. Gowan hat die h'Angewohnheit, hin und wieder in die Stadt zu fahren.»
«Ohne vorher was zu sagen?»
Der Butler neigte den Kopf.
«Das ist Ihnen also gar nicht ungewöhnlich vorgekommen?»

«Selbstverständlich nicht.»

«Aha, soso. Hat er vor seiner Abfahrt noch zu Abend gegessen?»

«Nein. H'ich habe Mr. Gowans Worten h'entnommen, daß er im Zug zu speisen gedenke.»

«Im Zug? Sie sagen, er hat den um Viertel vor neun ab Dumfries genommen?»

«So wurde es mir zu verstehen gegeben.»

«Aber Mann, wissen Sie denn nicht, daß der Zug um 20 Uhr 45 überhaupt keinen Anschluß nach London hat? Er ist um 21 Uhr 59 in Carlisle, also schon ziemlich spät, um noch ein Dinner zu bekommen, und der nächste Zug nach London geht dann erst um fünf nach zwölf. Warum hat er nicht noch hier zu Abend gegessen und den Zug um 23 Uhr 08 ab Dumfries genommen?»

«Das wüßte ich nicht zu sagen. Mr. Gowan hat mich nicht h'informiert. Vielleicht hatte Mr. Gowan in Carlisle noch Geschäfte zu tätigen.»

Der Inspektor sah in Mr. Alcocks großes weißes, unerschütterliches Gesicht und meinte: «Na ja, mag sein. Hat Mr. Gowan gesagt, wie lange er fortbleibt?»

«Mr. Gowan hat h'erwähnt, daß er vielleicht h'eine Woche bis zehn Tage h'abwesend sein werde.»

«Hat er Ihnen eine Adresse hinterlassen?»

«Er hat gewünscht, daß die Post an seinen Club weitergeleitet wird.»

«Und das wäre?»

«Der Mahlstick Club. Piccadilly.»

Der Inspektor notierte sich die Adresse, dann fragte er: «Haben Sie von Mr. Gowan seit seiner Abreise wieder gehört?»

Der Butler hob die Augenbrauen. «Nein.» Er legte eine kleine Pause ein, dann fuhr er weniger frostig fort: «Mr. Gowan pflegt nicht zu schreiben, sofern er nicht die Gelegenheit wahrnimmt, besondere h'Anweisungen zu h'erteilen.»

«Ach, so ist das. Dann hält Mr. Gowan sich also Ihres Wissens zur Zeit in London auf.»

«Mir ist nichts Gegenteiliges bekannt.»

«Aha. Schön, also – dann möchte ich jetzt mal ein Wörtchen mit Hammond reden.»

«Sehr wohl.» Mr. Alcock läutete, worauf ein junges und recht hübsches Dienstmädchen erschien.

«Betty», sagte Mr. Alcock, «teilen Sie bitte Hammond mit, daß der Herr h'Inspektor ihn hier zu sehen wünscht.»

«Moment noch», sagte der Inspektor. «Betty, Kindchen, um wieviel Uhr ist Mr. Gowan am Montag hier weggefahren?»

«Ungefähr um acht, Sir», sagte das Mädchen rasch mit einem kleinen Seitenblick zum Butler.

«Hat er gegessen, bevor er aufbrach?»

«Ich – daran kann ich mich im Moment nicht erinnern, Sir.»

«Aber, aber», sagte Mr. Alcock gebieterisch, «das müssen Sie doch noch wissen. Sie brauchen sich nicht zu fürchten.»

«N-n-nein, Mr. Alcock.»

«Nein», sagte Mr. Alcock. «Das wissen Sie ganz genau. Mr. Gowan hat am Montagabend nicht zu Hause gespeist?»

«Nein.»

Mr. Alcock nickte.

«Dann laufen Sie jetzt und sagen Sie bitte Hammond Bescheid – es sei denn, der Herr h'Inspektor möchte Sie noch mehr fragen?»

«Nein», sagte MacPherson.

«Ist – was passiert?» fragte Betty mit zittriger Stimme.

«Gar nichts, gar nichts», antwortete der Butler. «Der Herr h'Inspektor führt nur Routineermittlungen durch, wenn ich ihn recht verstanden habe. Und Sie, Betty, überbringen Hammond jetzt nur diese Nachricht und kommen gleich wieder zurück. Keine lange Unterhaltung, bitte. Der Herr h'Inspektor hat ebenso seine Arbeit zu tun wie Sie und ich.»

«Ja – ich meine, nein, Mr. Alcock.»

«Ein braves Mädchen», sagte der Butler, als Betty davoneilte, «nur etwas langsam im Begreifen, wenn Sie verstehen.»

«Schon recht», meinte Inspektor MacPherson.

Hammond, der Chauffeur, war ein eingebildeter kleiner Kerl. Sein Dialekt hatte von allem etwas, aber das ursprüngliche Londoner Cockney war deutlich herauszuhören. Der Inspektor drosch seine Eröffnungsphrase von wegen Routineermittlungen noch einmal herunter und kam zur Sache.

«Haben Sie vorigen Montag Mr. Gowan irgendwohin gefahren?»

«Hab ich. Nach Dumfries.»

«Um wieviel Uhr?»

«Um acht, für den Zug um 20 Uhr 45.»

«Mit dem Kabriolett?»

«Nee, mit der Limousine.»

«Wann ist Mr. Gowan mit dem Kabriolett zurückgekommen?»

«Gegen Viertel nach sieben, vielleicht ein bißchen früher oder später. Ich hab um halb acht zu Abend gegessen, und als ich herkam, stand der Riley in der Garage.»

«Hat Mr. Gowan irgendwas an Gepäck mitgenommen?»

«Eine Tasche. So was wie 'ne Aktentasche – ungefähr so lang.» Er zeigte eine Spanne von einem guten halben Meter.

«Aha. So. Haben Sie ihn in den Zug steigen sehen?»

«Nee. Er ist in den Bahnhof gegangen und hat gesagt, ich soll nach Hause abschwirren.»

«Um welche Uhrzeit war das?»

«Ziemlich genau um 20 Uhr 35.»

«Und Sie sind geradewegs nach Kirkcudbright zurückgekommen?»

«Klar. Halt, Moment, nee. Ich hab unterwegs noch was abgeholt.»

«So? Und was war das?»

«Zwei Bilder von Mr. Gowan, die einem Herrn in Dumfries gehören. Der Chef wollte nicht, daß sie mit der Eisenbahn geschickt werden, da hab ich sie bei dem Mann zu Hause abgeholt. Lagen schon fix und fertig da, brauchte sie nur noch zu nehmen.»

«Dorthin sind Sie also gefahren, nachdem Sie Mr. Gowan am Bahnhof abgesetzt hatten?»

«Richtig. Phillips heißt der Mann. Wollen Sie seine Adresse?»

«Ja – die könnten Sie mir geben.»

Der Chauffeur gab sie ihm.

«Hat Mr. Gowan vielleicht erwähnt, wohin er fahren wollte?»

«Er hat nur gesagt, er will den Zug nach Carlisle kriegen.»

«Carlisle?»

«Genau.»

«Hat er nicht ‹London› gesagt?»

«Zu mir nicht. Den Zug nach Carlisle, hat er gesagt.»

«So, so – und wann hat er Ihnen das zum erstenmal gesagt?»

«Mr. Alcock ist runtergekommen, wie ich beim Abendessen saß, und hat gesagt, Mr. Gowan will die Limousine um acht vor dem Haus stehen haben und nach Dumfries gefahren werden. ‹Geht klar›, hab ich gesagt, und: ‹Dann kann ich ja auch gleich die Bilder abholen›, hab ich gesagt. So war's, und so haben wir's dann ja auch gemacht.»

«Aha. Sehr schön. Das war eine klare Aussage. Danke, Mr. Hammond. Es steckt nichts weiter dahinter, müssen Sie wissen. Alles nur Formsache.»

«Ist schon recht. Finni?»

«Wie bitte?»

«Finni, hab ich gesagt. Sind wir fertig? Schluß? Feierabend?»
«Ach so, ja, mehr will ich im Moment nicht von Ihnen.»
«Gut. Dann also ade!» sagte der Chauffeur.
«Möchten Sie auch noch Mrs. Alcock sprechen?» erkundigte sich der Butler höflich, wenn auch mit Duldermiene.
«Ach, nee – das wird wohl nicht nötig sein. Haben Sie vielen Dank, Mr. Alcock.»
«Keine Ursache», sagte der Butler. «Ich hoffe, daß Sie den Bösewicht bald am Schlafittchen haben. Es hat mich sehr gefreut, Ihnen zu Diensten zu sein. Zur Tür geht es zwei Stufen hinauf. Ein wundervoller h'Abend, nicht wahr? Dieser Himmel ist ein wahres Gedicht. Guten h'Abend, Herr h'Inspektor.»
«Trotzdem», sagte der Inspektor bei sich, «kann es kein Fehler sein, sich mal in Dumfries zu erkundigen. Gowan mit seinem großen schwarzen Bart können sie ja noch nicht vergessen haben. Komisch schon, daß er so plötzlich die Lust verspürt haben soll, in Carlisle zwei bis drei Stunden auf den nächsten Zug nach London zu warten. Genausogut könnte er sich einen Wagen gemietet haben, der ihn wieder nach Hause brachte.»
Er grübelte ein bißchen nach, während er bedächtig den Weg zum Polizeirevier einschlug.
«Außerdem», fuhr er fort, «war dieses Mädchen mit seinen Antworten nicht so fix bei der Hand wie die anderen beiden.»
Er schob die Mütze zurück und kratzte sich am Kopf.
«Aber das macht nichts», sagte er unverdrossen. «Das krieg ich schon noch raus.»

Mrs. McLeod

Im Cottage zum Blauen Gartentor ging es an diesem Abend recht lebhaft zu. Wimsey hatte seine Besucherinnen an ihre Haustüren geleitet und wollte sich gerade wieder ins Nest begeben, als plötzlich das blaue Tor aufflog und die Schmerzensschreie eines Mitmenschen ihn veranlaßten, dem Polizeipräsidenten zu Hilfe zu eilen, der sich hoffnungslos in den Fahrrädern im schmalen Zugang verfangen hatte.

«Ich gestehe Ihnen freimütig», erklärte Sir Maxwell, nachdem er sicher und geborgen in Wimseys Sessel saß und mit einem Scotch getröstet war, «daß mich dieser Fall doch sehr beunruhigt. Wenn ich doch nur irgendwo einen roten Faden darin sähe, wäre mir schon viel wohler. Selbst angenommen, Ihre Verdächtigenliste schließe alle Möglichkeiten ein (was ich im Augenblick, wohlgemerkt, noch nicht als erwiesen ansehe) –, selbst dann wüßte ich einfach nicht, wo ich mit den Ermittlungen beginnen sollte. Daß der eine oder andere von ihnen kein hieb- und stichfestes Alibi hat, ist ja nur allzu selbstverständlich – aber daß sie genaugenommen allesamt für die Tat in Frage kommen, das bestürzt mich aufrichtig.»

«Weiß Gott!» sagte Wimsey.

«Graham und Strachan», fuhr der Polizeipräsident fort, «waren beide die ganze Nacht fort, wie Sie wissen, und können es nicht hinreichend erklären. Bei Ferguson scheint nach Ihren Feststellungen ja alles klar zu sein, aber er muß erst noch vernommen werden, und nach den heutigen Erfahrungen zweifle ich langsam, ob auch nur eine von ihren Geschichten der Nachprüfung standhält. Farrens Verschwinden ist so verdächtig, daß ich sofort einen Fahndungsbefehl nach ihm herausgeben würde, wenn nicht das Verhalten der anderen ebenso undurchsichtig wäre. Gowan –»

«Gowan etwa auch noch?»

«Gowan ist nach England abgereist, und in Inspektor MacPhersons Bericht ist so einiges –»

«Den kenne ich noch nicht.»

«Nein?» Der Polizeipräsident gab Wimsey eine Zusammenfassung vom Gespräch des Inspektors mit den Dienstboten. Er schloß:

«Da sind so ein paar Punkte, die jedenfalls nachgeprüft werden müssen. Und nun kommt diese ganz und gar üble Geschichte mit Waters.»

«Sprechen Sie sich nur aus», sagte Wimsey. «Geteiltes Leid ist halbes Leid.»

«Also», begann Sir Maxwell, «als Waters heute abend nicht mit den beiden Damen von gegenüber nach Hause gekommen ist, hat Inspektor MacPherson sich noch einmal Mrs. McLeod vorgenommen, die Sie offenbar – allerdings unabsichtlich, wie ich glaube und hoffe – in die Irre geführt hat. Und seine Nachforschungen haben einen sehr merkwürdigen Umstand an den Tag gebracht. Wie es aussieht, hat Waters darum gebeten, am Dienstag früh geweckt zu werden, und dabei scheint er erwähnt zu haben, daß er eventuell nach Glasgow fahren wolle. Am Montagabend hat Mrs. McLeod ihn noch mit Ihnen nach Hause kommen und zu Bett gehen hören. Sie sind dann wieder fortgegangen. Als Uhrzeit dafür gibt sie halb elf an. Ist das richtig?»

«Was? Daß ich um halb elf wieder gegangen bin? Ja, das kann ungefähr stimmen.»

«Gut. Irgendwann zwischen elf und zwölf Uhr hat Mrs. McLeod dann gehört, wie jemand Steinchen an Waters' Schlafzimmerfenster warf. Sie schläft im übernächsten Zimmer, und beide Zimmer haben ein Fenster zur High Street. Sie hat hinausgeschaut und unten einen Mann stehen sehen. Besonders gut hat sie ihn nicht erkennen können, aber er scheint klein und breit und fest in Mantel und Schal gehüllt gewesen zu sein. Sie wollte gerade hinunterrufen, er solle gefälligst still sein, als Waters' Fenster aufging, und dann hat Waters wütend gerufen: ‹Zum Teufel, was willst du?›

Der Mann auf der Straße hat etwas geantwortet, was sie nicht verstehen konnte, und dann hat Waters gesagt: ‹Mach doch wenigstens nicht solchen Lärm. Ich komme runter.›

Sie hat sich dann weiter hinausgebeugt und ein paar Schritte weiter die Straße hinunter einen Viersitzer stehen sehen. Kurz darauf ist Waters in legerer Kleidung – Pullover und Hose glaubt sie – unten erschienen, und er und der Mann sind in Waters' Wohnzimmer gegangen. Dort haben sie eine Weile geredet, und Mrs. McLeod ist wieder zu Bett gegangen. Kurz darauf ist jemand in Waters' Schlafzimmer hinauf- und wieder hinuntergelaufen, dann ist die Haustür auf- und wieder zugegangen. Mrs.

McLeod hat wieder aus dem Fenster geschaut und die beiden Männer in den Wagen steigen und wegfahren sehen. Ungefähr nach einer dreiviertel Stunde – mittlerweile war sie hellwach – hat sie wieder die Tür aufgehen und jemanden auf Zehenspitzen in Waters' Schlafzimmer hinaufschleichen hören.

Weiter ist dann nichts mehr passiert, und um halb acht hat sie, wie vereinbart, mit dem Rasierwasser an Waters' Tür geklopft, und um acht hat sie im Wohnzimmer sein Frühstück serviert. Darauf ist sie nach hinten ins Haus gegangen, um irgendwelche Hausarbeiten zu erledigen, und als sie um zwanzig nach acht wiederkam, hatte Waters das Frühstück nur eben angerührt und war schon wieder weg.

Nun kommen noch zwei interessante Punkte. Erstens ist Waters – angeblich zum Besuch der Ausstellung in Glasgow – in einem alten Pullover, einer grauen Flanellhose, Tennisschuhen und einem alten Regenmantel fortgegangen. Und zweitens hat er sein Fahrrad mitgenommen.»

«Was?» rief Wimsey.

«Er hat sein Fahrrad mitgenommen. Oder um es genauer zu sagen: Sein Fahrrad, das gleich hinter der Haustür zu stehen pflegt, hat dort am Montagabend gestanden, andertags um zwanzig nach acht aber nicht mehr. Es besteht also Grund zu der Annahme, daß Waters es mitgenommen hat.»

«Gütiger Himmel!»

«Was schließen Sie daraus?» fragte der Polizeipräsident.

«Sie möchten wohl von mir die Schlußfolgerung hören», sagte Wimsey langsam, «daß dieser Mann auf der Straße Campbell war, der wiedergekommen war, um seinen Streit mit Waters fortzusetzen. Daß sie zusammen fortgefahren sind, um sich zu prügeln. Daß Campbell bei dieser Prügelei eins über den Schädel bekommen hat. Daß Waters dann die Leiche irgendwo versteckt hat. Daß er wieder nach Hause gekommen ist, damit alles so normal wie möglich aussah. Daß er sich dann den Plan zur Vertuschung ausgedacht hat und morgens zur angekündigten Zeit fortgegangen ist, Leiche und Fahrrad in Campbells Wagen verfrachtet hat und auf schnellstem Wege zum Minnoch gefahren ist, um den Unfall vorzutäuschen.»

«Welche Erklärung hätten Sie denn sonst dafür?»

«Ich *hätte* mindestens fünfzig», sagte Wimsey, «aber um mich nicht meinerseits der Verdunklung schuldig zu machen, muß ich wohl zugeben, daß die Umstände zur Tat zu passen scheinen. Bis auf einen Punkt vielleicht.»

«Ja, daran habe ich auch schon gedacht. Was hat er zwischen Mitternacht und acht Uhr früh mit der Leiche gemacht?»

«Das nicht», sagte Wimsey. «Nein – da sehe ich keine Schwierigkeit. Er brauchte nur die Leiche ins Auto zu legen und damit zu seinem Atelier zu fahren. Da ist Platz genug, wo die Leute oft ihre Autos und Kutschen abstellen, und niemand würde von einem alten Wagen mit Gerümpel darin und einer Decke darüber Notiz nehmen. Es ist ja nicht so, als ob er ihn auf dem Piccadilly Circus hätte stehenlassen. Hier lassen die Leute oft ihren Wagen die ganze Nacht an der Straße stehen, und niemand stört sich daran. Nein, nein, das ist es nicht, was mir Rätsel aufgibt.»

«Was dann?»

«Nun, wenn das alles stimmt, wo ist dann Waters? Er hätte gestern hier sein und frech seine Unschuld demonstrieren müssen. Wozu so raffiniert einen Unfall vortäuschen und dann durch die Flucht doch den Verdacht auf sich lenken?»

«Vielleicht hat er kalte Füße bekommen, nachdem er es getan hatte. Ihr Einwand trifft im übrigen auf alle zu, außer vielleicht auf Strachan und Ferguson.»

«Stimmt auch wieder. Nun, Sir Maxwell, ich glaube, dann werden Sie die Jagd auf Waters freigeben müssen.»

«Muß ich wohl. Bedeutet das die Einschaltung von Scotland Yard, was meinen Sie?»

«Sie werden auf jeden Fall Hilfe brauchen, um die Leute überall im Land aufzustöbern. Die können ja sonstwo sein. Aber ich glaube eigentlich, daß sich die Vertrautheit mit den örtlichen Gegebenheiten in diesem Falle noch am ehesten auszahlt. Ich bin natürlich nicht der Mann, der Ihnen da hineinreden könnte, versteht sich.»

«Mir wäre es selbstverständlich lieber, wenn wir das unter uns erledigen könnten. MacPherson ist ein tüchtiger Mann, und Dalziel auch.»

«Da fällt mir ein», sagte Wimsey, «was ist mit dem jungen Mann, den sie in Stranraer geschnappt haben?»

Sir Maxwell stöhnte auf.

«Ein Schlag ins Wasser. Der Mann hat sich als vollkommen ehrbarer Fremdling entpuppt. Er arbeitet in einer Wäschefabrik in Larne und hatte anscheinend Urlaub, um seine Familie zu besuchen, die irgendwo auf einem abgelegenen Gehöft bei Pinwherry lebt. Er hatte ein langes Wochenende, das am Montagabend zu Ende ging. Dann hat es offenbar am Montagabend irgendeine Fete gegeben, und man hat den Burschen überredet, noch zu bleiben. Als er am Dienstag wieder zu sich kam, ist er Hals über Kopf zum Bahnhof gerannt, weil er glaubte, er könne es noch bis zum Nachmittag schaffen, aber dann hat er sich im Fahrplan geirrt und schließlich feststellen müssen, daß vor sieben Uhr abends kein Schiff mehr abging.»

«Nachdem er das Morgenschiff natürlich verpaßt hatte.»

«Genau. Das hatte er natürlich ursprünglich kriegen wollen, aber wegen der Fete hat er's nicht gekriegt. Na ja, und nachdem er nun einmal in Stranraer saß, hat er sich gesagt, daß es wohl keinen Sinn habe, noch am Abend zurückzufahren, daß er ebensogut das Schiff am Mittwoch früh um 6 Uhr 10 nehmen könne. Folglich hat Dalziels Mitteilung an die Polizei von Stranraer ihn in dem Moment erwischt, als er am Morgen aufs Schiff wollte. Dalziel hat den ganzen Tag geschuftet wie ein Irrer, um ihn von seiner Familie, dem Stationsvorsteher von Pinwherry und den Leuten in Larne identifizieren zu lassen, mit dem Ergebnis, daß seine Geschichte von vorn bis hinten stimmt und er sich nichts weiter hat zuschulden kommen lassen, als daß er zu betrunken war, um am Montagabend an seinen Arbeitsplatz zurückzukehren. Soll ihn der Henker holen! Er hat unserem besten Mann einen ganzen Arbeitstag gestohlen, und wir stehen genau wieder dort, wo wir angefangen haben. Ich kann nur hoffen, daß sie ihn rausschmeißen.»

«Nur nicht so rachsüchtig», sagte Wimsey. «Er hat ja nicht wissen können, was für Umstände er uns machen würde. Er muß jedenfalls zu Tode erschrocken sein, wie der Mann in Ian Hays Buch es von den Läusen in seiner Bettdecke behauptet.»

Der Polizeipräsident knurrte etwas.

«Gibt's was Neues von dem Mann mit dem Fahrrad, der in Girvan in den Zug gestiegen ist?»

«Nein. Nur die Überprüfung der Fahrkarten hat ergeben, daß er tatsächlich bis Ayr gefahren ist.»

«Und das Fahrrad?»

«Die Fahrradkarte scheint auch zurückgegeben worden zu sein, aber wir können den Beamten nicht ausfindig machen, der Näheres darüber wissen könnte. Es wäre viel leichter, wenn wir wenigstens wüßten, wie das Fahrrad aussieht, das wir suchen.»

«Hm, ja. Ein paar genaue Beschreibungen wären nicht schlecht. Mrs. McLeod müßte doch wissen, wie Waters' Fahrrad aussieht. Und Andy kann uns seine Karre bestimmt bis auf den letzten Kratzer im Lack beschreiben. Sein Fahrrad hat übrigens neue Reifen. Das müßte auch schon weiterhelfen.»

«Und dann noch Farrens Fahrrad.»

«Ganz recht. Und hier auf dem Hof steht auch eine hübsche Kollektion von Fahrrädern, männlich wie weiblich. Wer in Gatehouse oder Kirkcudbright mal ein Fahrrad braucht, dürfte keine allzu großen Schwierigkeiten haben. Und sie sehen einander auch noch alle so ähnlich – lauter biedere, fleißige Drahtesel und so alt wie Methusalem. Jedenfalls könnte das Fahrrad des Mörders, falls er ein Mörder war und ein Fahrrad benutzt hat, inzwischen längst wieder friedlich zu Hause stehen.»

«Das ist allerdings wahr», meinte der Polizeipräsident. «Wir werden die Beschreibung aber trotzdem rundgehen lassen.»

Sergeant Dalziel

Sergeant Dalziel erwachte am Donnerstagmorgen unerfrischt und gereizt. Er hatte sich auf diesen jungen Mann in Stranraer ziemlich verlassen. Dienstags um die Mittagszeit einen Mord gemeldet zu bekommen und am nächsten Morgen um halb sieben den Mörder zu haben, das wäre für seine Begriffe wirklich einmal gute Arbeit gewesen. Nun mußte er ganz von vorn anfangen. Die voluminösen, widersprüchlichen und verwirrenden Meldungen aus Kirkcudbright bereiteten ihm Kopfzerbrechen. Gar nicht zufrieden war er auch mit dem Radfahrer von Girvan. Es mußte doch gewiß möglich sein, ihm und seinem Fahrrad auf die Spur zu kommen. Diese Nachforschungen per Telefon waren nie ganz das Wahre. Er sah wohl keine andere Möglichkeit, als sich selbst hinzubemühen. Unter vergrätztem Brummen zwängte er sich in sein armseliges Auto, holte Konstabler Ross ab, den er als Adjutanten mitnehmen wollte, und zog aus, Beschreibungen zu besorgen.

Mit dem *Anwoth Hotel* fing er an. Hier hatte er den Vorteil, mit dem erbosten Besitzer des abhanden gekommenen Gefährts selbst zu sprechen. Die Informationen flossen in Fülle. Er müsse nach einem sechs Jahre alten Raleigh-Fahrrad mit zwei neuen Dunlop-Reifen suchen. Der Rahmen sei schwarz lackiert; einer der Griffe an der Lenkstange sei leicht angebrochen; die Klingel fehle und die Bremsen seien defekt. In einer alten Werkzeugtasche befinde sich ein Reparatursatz; an der Mittelstange sei eine Luftpumpe und hinten ein Gepäckträger. Der Sergeant schrieb sich die Einzelheiten auf, versprach, die Augen offen zu halten und zog weiter.

Bei Waters zu Hause war es schwieriger. Mrs. McLeod hatte das Fahrrad zwar Woche um Woche im Hauseingang stehen sehen, doch wie die meisten Menschen ihrer Art und ihres Geschlechts hatte sie von seinem Aussehen nur die allerverschwommenste Vorstellung. Es sei «ein altes Ding», von der «üblichen Farbe», an das Zubehör könne sie sich «einfach nicht erinnern», aber sie glaube, es sei eine Lampe daran, oder zumindest daran gewesen, denn einmal habe sie sich über Öltropfen auf dem Boden beschweren müssen. Nach der Marke zu schauen sei ihr noch nie in den Sinn gekommen.

Ihr Söhnchen hingegen erwies sich als der bessere Beobachter. Es sei ein uraltes Humber-Fahrrad gewesen, erklärte er, sehr verrostet und ohne Klingel, Lampe oder Pumpe. «Aber auf 'nem kleinen Gepäckanhänger steht Mr. Waters' Name», fügte er an, glücklich, so einen nützlichen Hinweis geben zu können.

«Na schön, aber der dürfte wohl jetzt nicht mehr dran sein», meinte der Sergeant.

Er fuhr weiter zur Mrs. Farren. Hier zog er zunächst eine komplette Niete. Mrs. Farren «hatte nicht die allermindeste Ahnung», von welcher Marke das Fahrrad ihres Mannes sei. Sie entschuldigte sich für ihre Unbedarftheit in solch praktischen Dingen und ließ den Sergeant fühlen, daß derlei Trivialitäten unter dem Niveau eines Künstlers seien. «Ich fürchte», fügte sie an, «ich kann Ihnen nicht einmal sagen, von welcher Marke mein eigenes ist.»

«Hm», machte der Sergeant, dem plötzlich eine Idee kam. «Könnten Sie mich wohl mal einen Blick auf Ihr Fahrrad werfen lassen, Madam?»

«Aber gewiß.» Sie führte ihn zu einem Schuppen und zeigte auf ein sauberes, gut gepflegtes Sunbeam-Fahrrad, nicht mehr neu, aber wohlgeölt und allgemein in gutem Zustand.

«Sie halten es aber schön in Orrrdnung», lobte Dalziel.

«Ich habe eben alles gern schön ordentlich und sauber», sagte Mrs. Farren. «Der Ordnung und Sauberkeit wohnt eine wahre Schönheit inne. Selbst unbelebte Dinge können so etwas wie Anmut atmen, wenn man sie hegt und pflegt. Finden Sie nicht?»

«Zweifellos, Mrs. Farren, zweifellos. Könnte es wohl sein, daß Ihr und Mr. Farrens Fahrrad zur gleichen Zeit gekauft worden sind?»

«O nein – seines ist neuer als meins.»

«Aha», sagte Dalziel enttäuscht. «So, so. Nun ja, aber Mr. Farren wird ganz bestimmt auf kurz oder lang wieder auftauchen. Sie haben wohl noch nichts von ihm gehört?»

«Nein. Aber das überrascht mich eigentlich nicht. Er verschwindet manchmal so und bleibt dann tagelang fort. Sie wissen doch, wie die Männer sind – besonders Künstler und Angler.»

«Ach ja», pflichtete Dalziel ihr tröstend bei. «Jedenfalls, wenn wir Ihrem Mann begegnen, werden wir ihm sagen, daß er daheim erwartet wird. Kann ich noch kurz mit dem Mädchen sprechen? Vielleicht kennt sie die Marke.»

«Jeanie? Aber natürlich – obwohl ich kaum glaube, daß sie viel darüber weiß. Ich sage ihr immer, sie soll die Augen besser offen halten – aber ich gebe da wohl selbst ein schlechtes Beispiel, fürchte ich. Übrigens, Sergeant, würden Sie mir wohl verraten, warum –»

Sie unterbrach sich und griff an ihren Hals, als ob die Worte schwer auszusprechen wären, oder als ob sie sich, wenngleich sie die Frage stellen zu müssen glaubte, vor der Antwort fürchtete.

«Warum was, wollten Sie fragen?»

«Warum dieser Aufwand um das Fahrrad meines Mannes?»

Der Sergeant sah sie einen Augenblick durchdringend an, dann wandte er den Blick ab und antwortete liebenswürdig:

«Ach, nichts weiter. Hier sind nur in letzter Zeit ein paar Fahrräder fortgekommen, und wir haben einen Händler in Castle Douglas aufgestöbert, der bei ein paar von seinen Dingern die Herkunft nicht besonders gut nachweisen kann. Und nun machen wir eben die Runde durch den ganzen Bezirk, um zu sehen, ob jemand eines davon identifizieren kann. Sind Sie übrigens völlig sicher, daß Mr. Farren sein Fahrrad bei sich hat?»

«Soviel ich weiß, ja. Warum nicht? Er – ist damit weggefahren. Aber – das weiß ich natürlich nicht – er könnte es irgendwo liegengelassen haben – wie soll ich das wissen? Es könnte ihm auch seit Montag gestohlen worden sein, irgendwo, von irgendwem. Ich – haben Sie es denn irgendwo gefunden?»

Sie stammelte und stotterte unter Dalziels festem Blick.

«Ich möchte wetten», sagte Dalziel zu sich selbst, «sie weiß genau, daß es mit dem Fahrrad etwas Wichtiges auf sich hat, aber sie weiß nicht, ob sie sagen soll, daß ihr Mann es bei sich hat. Wer könnte ihr das gesagt haben? Lord Peter sicher nicht, denn dazu ist er bei all seinem vielen Gerede zu intelligent. Und MacPherson auch nicht, der würde kein Sterbenswörtchen verraten. Aber irgendwer rechnet anscheinend damit, daß dieses Fahrrad irgendwo an einem merkwürdigen Ort auftaucht, darauf möchte ich wetten.»

Jeanie wußte über das Fahrrad in der Tat so wenig, wie zu erwarten gewesen war, und konnte auch sonst nichts beisteuern, außer daß Mr. Farren sich um die Fahrräder selbst zu kümmern pflegte und «sich ganz schön Arbeit damit» machte. Ein Mann, der offenbar sein Werkzeug in Ordnung hielt und es in bestimmten Dingen sehr genau nahm, obwohl er ein Künstler war.

Ein Fahrradgeschäft in der Stadt konnte besser helfen. Es handle sich um ein Raleigh-Fahrrad, nicht mehr neu, aber in sehr gutem Zustand, schwarz mit verchromter Lenkstange. Erst vor ein paar Wochen habe man in dem Laden einen neuen Dunlop-Reifen aufs Hinterrad montiert; der Vorderreifen sei von derselben Marke und ungefähr ein halbes Jahr alt. Klingel, Bremsen, Lampen und Gabeln seien in einwandfreiem Zustand.

Mit diesen Angaben bewaffnet, begab sich der Sergeant zum Bahnhof Girvan. Hier traf er den zuständigen Bahnbeamten an, einen Mann mittleren Alters mit Namen McSkimming, der ihm etwas detaillierter die Geschichte wiederholte, die er bereits dem Bahnhofsvorsteher erzählt hatte.

Der Zug aus Stranraer treffe fahrplanmäßig um 13 Uhr 06 ein, und an dem betreffenden Dienstag sei er sehr pünktlich gekommen. Eben sei er in den Bahnhof eingefahren, als ein Herr sehr eilig gekommen sei, der ein Fahrrad führte. Er habe McSkimming zu sich gerufen, und dabei sei ihm der hohe, affektierte englische Tonfall aufgefallen. Der Mann habe ihn beauftragt, das Fahrrad schnell als Reisegepäck nach Ayr aufzugeben, und er habe es daraufhin zu dem Kästchen geschoben, in dem die Gepäckanhänger lägen. Während er den Anhänger ausgefüllt habe, sei der Mann gekommen und habe einen Riemen gelöst, mit dem eine Ledertasche auf dem Gepäckträger festgeschnallt gewesen sei, wobei er gesagt habe, er wolle sie mit ins Abteil nehmen. Da die Zeit knapp gewesen sei, habe er eine Geldbörse aus der Tasche genommen und McSkimming losgeschickt, ihm eine Fahrkarte dritter Klasse und einen Gepäckschein für das Fahrrad nach Ayr zu besorgen. Als er mit den Billetts zurückgeeilt sei, habe er seinen Fahrgast an der Tür eines Raucherabteils in der dritten Klasse stehen sehen. Er habe ihm die Karten überreicht, sein Trinkgeld in Empfang genommen und das Fahrrad im Gepäckwagen verstaut. Unmittelbar darauf sei der Zug abgefahren.

Nein, auf das Gesicht des Mannes habe er nicht besonders geachtet. Er habe einen grauen Flanellanzug und eine karierte Mütze angehabt und sei sich immer wieder mit dem Taschentuch durchs Gesicht gefahren, als ob er vom Radfahren in der Sonne sehr erhitzt gewesen sei. Bei der Übergabe des Trinkgeldes habe er ungefähr gesagt, daß er froh sei, den Zug noch erreicht zu haben, und es sei doch von Ballantrae ein strammes Stück. Er habe eine leicht getönte Brille aufgehabt – so eine, wie man sie zum Schutz der Augen vor der grellen Sonne trage. Vielleicht sei er glattrasiert gewesen, vielleicht habe er aber auch einen kleinen Schnurrbart gehabt. McSkimming habe keine Zeit gehabt, sich solche Einzelheiten zu merken, außerdem habe er an dem Tag furchtbare Leibschmerzen gehabt und sich sehr unwohl gefühlt. Heute fühle er sich eher noch schlechter als besser, und ob das Herumschleppen schwerer Gepäckstücke dafür gut sei, wisse er auch nicht.

Dalziel bedauerte ihn und fragte, ob er glaube, den Mann und das Fahrrad wiedererkennen zu können, wenn er sie sähe.

Das wisse er nicht – er glaube nein. Das Fahrrad sei alt und verstaubt gewesen. Die Marke habe er sich nicht gemerkt. So was gehe ihn nichts an. Seine Aufgabe sei es gewesen, das Fahrrad nach Ayr aufzugeben, und er habe den Gepäckanhänger ausgefüllt und das Rad in den Gepäckwagen getan und Schluß.

Soweit, so gut. Das Fahrrad hatte also einen Gepäckträger gehabt, aber den hatten viele Fahrräder. Es hatte alt ausgesehen und war daher nicht sehr wahrscheinlich das von Farren, konnte aber jedem der beiden anderen gehören. Festzustehen schien, daß Fahrgast und Fahrrad, wer oder was auch immer sie waren, mit dem Dreizehn-Uhr-elf-Zug wohlbehalten nach Ayr gefahren waren.

Dalziel dankte, entlohnte den Beamten und ging zu seinem Wagen zurück. Der Fahrplan belehrte ihn, daß der Zug bis Ayr nur einmal hielt, und zwar in Maybole. Es war sicher kein Fehler, dort einmal anzufahren und sich zu erkundigen, ob der Fahrgast wohl zufällig dort ausgestiegen sei, statt nach Ayr weiterzufahren.

In Maybole sprach er mit dem Bahnhofsvorsteher und erfuhr, daß aus dem Dienstagszug aus Stranraer nur zwei Passagiere ausgestiegen seien, beides Frauen und beide ohne Fahrrad. Anderes hatte er auch eigentlich nicht erwartet. Der Bahnhofsvorsteher fügte hinzu, daß die Fahrkarten aller Reisenden nach Ayr in dem fraglichen Zug in Maybole eingesammelt würden. Acht Dritter-Klasse-Billetts seien abgegeben worden – was eine Nachfrage beim Schalterbeamten bestätigte –, darunter eines aus Girvan. Jede Unstimmigkeit zwischen der Anzahl der ausgegebenen und zurückgenommenen Karten werde im Rechnungsprüfungsamt in Glasgow festgestellt und binnen dreier Tage gemeldet; wenn also mit diesen Karten etwas nicht stimme, würden sie wohl bis morgen davon hören. Das Fahrradbillett eines Reisenden nach Ayr werde nicht in Maybole eingezogen, sondern der Reisende behalte es, bis er in Ayr das Fahrrad wieder ausgehändigt bekomme.

Dalziel hinterließ die Anweisung, Unstimmigkeiten bei den Fahrkarten vom Dienstag an ihn weiterzumelden, dann machten die beiden Polizisten sich auf den Weg nach Ayr.

Ayr hat einen ansehnlichen Bahnhof, wo mehrere Eisenbahnstrecken zusammenlaufen. Die Hauptstrecke von Stranraer nach Glasgow führt direkt durch den Bahnhof. An der Ostseite der Gleise befindet sich der Bahnsteig mit Fahrkartenschalter, Zeitungskiosk, Bahnhofseingang und Anschlüssen für die Zweigstrecken.

Hier legte Dalziel den Schwerpunkt seiner Nachforschungen auf den Fahrradgepäckschein. Ein Blick in die Bücher ergab, daß ein in Girvan ausgestellter Gepäckschein für eine Strecke von 25 Meilen richtig in Ayr zurückgegeben worden war. Die nächste Frage war, wem der Schein übergeben wurde. Da die Fahrkarten bereits in Maybole eingesammelt worden waren, war um diese Zeit die Sperre nicht besetzt gewesen. Der Fahrgast hatte also vermutlich seinen Gepäckschein dem Bahnbeamten gegeben, der das Fahrrad aus dem Gepäckwagen geholt hatte.

Dalziel und Ross nahmen sich nach und nach das ganze Personal vor, aber alle waren vollkommen sicher, daß sie am Dienstag kein Fahrrad aus dem Zug aus Stranraer genommen hatten. Einer jedoch erinnerte sich, daß da etwas mit einem Gepäckschein gewesen war. Nachdem er etlichen Reisenden aus dem Zug geholfen hatte, war er nach hinten gegangen, um sich um das Gepäck zu kümmern. Dort habe ihm der Schaffner einen Fahrradgepäckschein gegeben und gesagt, er gehöre einem Herrn, der sein Fahrrad selbst abgeholt habe und fortgefahren sei. Er, der Dienstmann, habe das für einen gemeinen Trick gehalten, mit dem der Reisende sich ums Trinkgeld habe drücken wollen, aber er nehme jetzt an, daß es der Reisende wohl eilig gehabt habe, denn der Schaffner habe ihn das Fahrrad schnell in Richtung Ausgang schieben sehen. Inzwischen war der Reisende gewiß längst aus dem Bahnhof heraus gewesen. Die Leute seien ja oft so knauserig mit dem Trinkgeld, vor allem Radfahrer. Die Zeiten seien so hart und das Geld so knapp, daß man heutzutage kaum noch zwei Pence bekomme, wo man früher einen halben oder sogar einen ganzen Shilling bekommen habe. Und so was nenne sich nun eine sozialistische Regierung. Für den Arbeiter sei das Leben schwerer denn je, und Jimmy Thomas, der habe sich sowieso mit Haut und Haaren an die Kapitalisten verkauft. Wenn er (der Dienstmann) nur die richtige Behandlung erfahren hätte, wäre er längst was Besseres als ein kleiner Dienstmann, aber wenn immer alle auf einmal über einen herfielen...

Dalziel schnitt die Jeremiade ab, indem er fragte, ob derselbe Schaffner wohl heute wieder diesen Zug begleite. Ja, sagte der Dienstmann, und Dalziel beschloß, zu warten und ihn bei der Ankunft auszufragen. In der Zwischenzeit, fand er, könnten er und Ross etwas zu Mittag essen und sich dann auf die Suche nach jemandem machen, der den Radfahrer den Bahnhof hatte verlassen sehen.

Bei einem hastigen Mahl im Wartesaal besprachen die beiden Polizisten ihr Vorgehen. Es würde zeitraubend sein, die Spur ihres Opfers nach Verlassen des Bahnhofs von Ayr zu verfolgen, und Dalziel müsse unbedingt so früh wie möglich wieder nach Newton Stewart zurück, um mit MacPherson in Verbindung zu bleiben. In Glasgow gäbe es eine Menge Erkundigungen einzuziehen, und er finde auch, es wäre ratsam, sich Fotografien von den zur Zeit unter Verdacht stehenden Personen zu besorgen, damit der Radfahrer nach Möglichkeit identifiziert werden könne. Da es sich um lauter wohlbekannte Künstler handle, sei anzunehmen, daß man nur einmal bei den führenden Nachrichtenagenturen in Glasgow anzufragen brauche, was sehr viel besser sei, als sich die Bilder direkt in Gatehouse und Kirkcudbright zu besorgen, denn damit erreiche man nur, daß die Verdächtigen auf der Hut seien. Sie beschlossen also, daß Dalziel in den Zug aus Stranraer steigen solle, wenn er komme, und auf der Fahrt nach Glasgow den Schaffner befragen werde. Ross solle den Wagen behalten und die Ermittlungen je nach Lage der Dinge fortsetzen, sich aber von Zeit zu Zeit in Newton Stewart melden. Wenn er auf die Spur des Radfahrers stoße, solle er ihr folgen, wohin sie führe, und nötigenfalls den Mann festnehmen, wenn er ihn finde.

Um 13 Uhr 48 kam der Zug, und Dalziel stieg ein, nachdem er sich vergewissert hatte, daß der Schaffner auch wirklich derselbe war, der den Zug am Dienstag begleitet hatte. Während der Zug aus dem Bahnhof rollte, beobachtete er Ross im Gespräch mit dem Zeitungsverkäufer. Ross war ein Mann voll Schwung und Energie, und der Sergeant war überzeugt, daß er bei seinen Ermittlungen nicht locker lassen werde. Er wünschte, er hätte es vor sich selbst rechtfertigen können, diesen abenteuerlichen und unterhaltsameren Teil der Ermittlungen selbst zu übernehmen, aber schließlich, überlegte er dann, bestand ja gar keine Gewißheit, daß der geheimnisvolle Radfahrer überhaupt etwas mit dem Verbrechen zu tun hatte, und es hätte ihm in seiner Position nicht gut zu Gesicht gestanden, sich Ewigkeiten mit einer Spur zu befassen, die sich als blind erweisen konnte.

Der Schaffner erinnerte sich an den Vorfall mit dem Fahrrad noch sehr genau. Der Zug habe kaum gestanden, als schon ein Passagier – ein jüngerer Mann mit karierter Mütze und grauem

Flanellanzug und getönter Brille – den Bahnsteig entlang zum Gepäckwagen gelaufen gekommen sei. Er habe den Schaffner angesprochen und gesagt, er brauche unbedingt sofort sein Fahrrad, denn er habe keine Zeit zu verlieren. Die Dienstmänner seien alle weiter vorn beschäftigt gewesen, und da habe also er, der Schaffner, selbst den Gepäckwagen geöffnet und das Fahrrad herausgegeben, nachdem er zuerst auf den Anhänger geschaut und sich vergewissert habe, daß es das richtige sei. Auf dem Anhänger sei richtig Ayr angegeben gewesen, und er erinnere sich, daß es in Girvan aufgegeben worden sei. Der Herr habe ihm das Billett zusammen mit einem Shilling Trinkgeld in die Hand gedrückt und sich dann gleich mit dem Fahrrad in Richtung Ausgang entfernt. Der Schaffner erinnerte sich des weiteren, daß der Fahrgast eine kleine Aktentasche gehabt habe. Er habe ihn nicht noch aus dem Bahnhof hinausgehen sehen, weil er sich um das Ankuppeln des Speisewagens habe kümmern müssen, der in Ayr angehängt werde. Vor der Abfahrt habe er das Billett einem Dienstmann gegeben, damit es auf dem üblichen Weg an die Direktion geschickt werden konnte.

Dalziel bat als nächstes um eine Personenbeschreibung des Reisenden. Die war nicht so einfach zu bekommen. Der Schaffner hatte ihn nur für eine halbe Minute gesehen. Er glaubte sich zu erinnern, daß der Mann zwischen dreißig und vierzig gewesen sei, mittelgroß und entweder glattrasiert oder mit einem kleinen hellen Schnurrbart. Kein dunkler Schnurrbart jedenfalls, denn daran, meinte der Schaffner, würde er sich bestimmt erinnern. Von den Haaren war unter der Mütze fast nichts zu sehen gewesen, aber nach dem allgemeinen Eindruck des Schaffners müsse der Mann blond gewesen sein, mit heller Haut. Hellbraun oder sandfarben hätten seine Haare sein müssen. Seine Augen hinter den Brillengläsern seien jedenfalls nicht auffallend dunkel gewesen – blau, grau oder haselnußbraun. Besonders war dem Schaffner, wie dem Dienstmann in Girvan, der hohe, affektierte englische Tonfall aufgefallen. Er glaube den Mann auf einer Fotografie wiedererkennen zu können, aber ganz sicher sei er da nicht. Alles an dem Mann, vielleicht mit Ausnahme der Stimme und der Brille, sei nur als unauffällig zu bezeichnen. Das Fahrrad sei alt und schäbig gewesen. Auf die Marke habe der Schaffner nicht geachtet, aber ihm sei aufgefallen, daß die Reifen ziemlich neu gewesen seien.

Dalziel nickte. Er wußte natürlich, daß er keine identifizierbare Beschreibung von einem Mann mit Mütze und Brille bekommen konnte, den ein beschäftigter Beamter in einem Bahnhof nur für wenige Sekunden gesehen hatte. Er ging in sein Abteil zurück und vertrieb sich die Zeit mit Notizen zu dem Fall, bis der Zug nach nur einem kurzen Zwischenhalt am Gilmour Street-Bahnhof in Paisley in den St. Enoch-Bahnhof einfuhr.

Hier gab es für ihn nichts weiter zu tun, als nachzufragen, ob alle am Dienstag eingesammelten Fahrkarten bereits ans Rechnungsprüfungsamt geschickt worden seien. Nachdem ihm versichert worden war, dies sei der Fall, begab er sich ebendorthin und sah sich bald dem leitenden Beamten dort unter vier Augen gegenüber.

Seine Aufgabe hier bestand einfach darin, die am Dienstag zwischen Gatehouse und St. Enoch bzw. zwischen Kirkcudbright und St. Enoch ausgegebenen und wieder eingesammelten Karten nachzuprüfen. Er fand sie bereits geordnet und in vollkommener Übereinstimmung mit den von den Bahnhöfen eingeschickten Unterlagen vor. Wimseys Hinweis, daß Waters vielleicht mit einem Billett nach Glasgow von Kirkcudbright aufgebrochen sein und sich unterwegs abgesetzt haben könne, war augenscheinlich nicht richtig. Selbst wenn er, ohne von den Damen Selby und Cochran und dem Bahnhofspersonal gesehen worden zu sein, mit dem Zug um 8 Uhr 45 von Kirkcudbright aufgebrochen war, mußte er bis zu irgendeinem Zwischenbahnhof gelöst haben. Aber es bestand ja gar kein Grund zu der Annahme, daß er überhaupt mit diesem Zug gefahren war. Waters war schlicht und ergreifend verschwunden und hatte sein Fahrrad mitgenommen. War dies nun oder war es nicht das Fahrrad, das nach Ayr gereist war? Der Sergeant erinnerte sich daran, daß der junge Andrew erst vor kurzem neue Reifen aufgezogen hatte, und neigte eher zu der Annahme, daß es das Fahrrad aus dem *Anwoth Hotel* gewesen war. Andererseits wußte er natürlich nicht, in welchem Zustand die Reifen an Waters' Fahrrad waren.

Er erkundigte sich nach Fergusons Fahrkarte, die als einzige Erster-Klasse-Fahrkarte an diesem Tag zwischen Gatehouse und Glasgow leicht zu identifizieren war. Sie war, wie es sich gehörte, in Maxwelltown zwischen Gatehouse und Dumfries sowie in Hurlford und Mauchline zwischen Dumfries und St. Enoch gelocht worden und somit der endgültige Beweis dafür, daß Ferguson die ganze Reise gemacht hatte, wie er es vorgab.

Damit nicht zufrieden, verlangte Dalziel eine Überprüfung sämtlicher Fahrkarten, die am Dienstag auf sämtlichen Strecken in einem Fünfzig-Meilen-Umkreis um Newton Stewart ausgegeben worden waren, nur für den Fall, daß sich irgendwo eine interessante Unstimmigkeit ergab, dann begab er sich zum Polizeipräsidium von Glasgow.

Dort veranlaßte er Nachforschungen nach einem Radfahrer, der am Dienstag in der Zeit von 11 Uhr bis 13 Uhr 11 auf der Straße zwischen Bargrennan und Girvan gesehen worden sei, sowie nach einem Radfahrer, den man am Dienstagnachmittag oder Mittwoch in der Umgebung von Ayr gesehen oder in irgendeinem Zug ab Ayr oder einem der Nachbarbahnhöfe festgestellt habe. Denn ihm war eingefallen, daß dieser Radfahrer ja zu einem der Nachbarbahnhöfe geradelt und dort in einen anderen Zug gestiegen sein konnte, vielleicht sogar, nachdem er zuvor sein Aussehen verändert hatte. Dann fiel ihm auch noch ein, daß der Mann das verräterische Fahrrad an einer geeigneten Stelle zurückgelassen haben konnte, und er veranlaßte des weiteren, daß auf allen Bahnhöfen nach herrenlosen Fahrrädern gesucht sowie jedes in der Umgebung von Ayr an der Straße gefundene Fahrrad gemeldet werde. Er hinterließ eine allgemeine Beschreibung der drei vermißten Fahrräder, bat jedoch, die Meldungen nicht auf diese Fahrräder zu beschränken, sondern ihm jedes Fahrrad zu melden, das in dem genannten Zeitraum irgendwo verlassen aufgefunden worden sei.

Nachdem er solchermaßen die Mühlen des Gesetzes in Bewegung gesetzt hatte, richtete er sein Augenmerk auf die Beschaffung der Fotografien. Er bekam ohne weitere Schwierigkeiten, was er brauchte, in den Redaktionen der Zeitungen in der Stadt, und um sechs hatte er eine hübsche Kollektion von Konterfeis aller sechs Künstler. Dann stellte er fest, daß er den letzten Zug nach Newton Stewart verpaßt hatte, und seine einzige Hoffnung, heute abend noch nach Hause zu kommen, darin bestand, nach Girvan oder Lockerbie und von dort nach Hause zu fahren.

Sein eigener Wagen stand bekanntlich in Ayr. Müde ging der Sergeant zum Telefon und rief die Polizeistation von Ayr an, um zu fragen, ob Ross noch in der Stadt sei. Aber das Glück hatte ihn verlassen. Konstabler Ross hatte sich gemeldet und die Nachricht hinterlassen, er folge einem Hinweis in Richtung Kilmarnock und werde wieder von sich hören lassen.

Mit dem Schicksal hadernd – wenn auch etwas besänftigt durch die Hoffnung auf einen Hinweis –, rief Dalziel darauf in Kirkcudbright an. Inspektor MacPherson war am Apparat. Jawohl, es seien zahlreiche neue Hinweise aufgetaucht. Ja, der Inspektor halte es für besser, wenn Dalziel nach Möglichkeit noch heute nach Hause komme. So ein Pech, daß er soeben den Zug um 18 Uhr 20 nach Girvan versäumt habe. (Sergeant Dalziel knirschte mit den Zähnen.) Aber da sei nun einmal nichts zu machen. Er solle den um 19 Uhr 30 nehmen, der um 21 Uhr 51 ankomme, dann werde man ihm einen Wagen schicken.

Der Sergeant antwortete mit einer gewissen grimmen Genugtuung, daß der Zug um 21 Uhr 51 nur samstags und der um 21 Uhr 56 nur mittwochs fahre und man ihn, da heute Donnerstag sei, wohl oder übel um 20 Uhr 55 in Ayr abholen müsse. Der Inspektor erwiderte, in diesem Falle solle er sich besser ein Auto mieten. Nachdem er also sah, daß alles nichts nutzte, ließ Sergeant Dalziel die Hoffnung auf einen gemütlichen Abend mit Essen, Kino und Bett in Glasgow fahren und begab sich widerwillig in den Wartesaal, um ein frühes Abendessen zu sich zu nehmen und den Zug um 19 Uhr 30 zu erreichen.

Inspektor MacPherson

In der Polizeizentrale zeigte die Indizienbörse mittlerweile einen Aufwärtstrend. Zumindest belebte sich, wie Wimsey gegenüber dem Polizeipräsidenten bemerkte, das Geschäft nach allen Richtungen hin.

Für die erste Überraschung sorgte ein junger Bauer, der sich auf dem Polizeirevier von Kirkcudbright meldete und schüchtern um eine Unterredung mit Inspektor MacPherson nachsuchte.

Wie sich zeigte, hatte er am Montagabend in den *Murray Arms* in Gatehouse noch einen getrunken, als plötzlich Mr. Farren mit wildem Blick in die Bar gestürzt sei und laut und gebieterisch gerufen habe: «Wo ist dieser Sch...-Campbell?» Nachdem er gesehen habe, daß Campbell nirgends im Hause war, habe er sich wieder etwas beruhigt und kurz hintereinander zwei oder drei Glas Whisky bestellt. Der Zeuge habe herauszufinden versucht, worum es denn gehe, habe jedoch aus Farren nichts als ein paar unbestimmte Drohungen herausbekommen. Bald habe Farren dann wieder nach Campbell zu fragen angefangen. Der Zeuge, der erst kurz zuvor aus Kirkcudbright gekommen sei und genau gewußt habe, daß Campbell sich dort in den *McClellan Arms* aufhielt, habe gesehen, daß Farren sich in einer gefährlichen Gemütsverfassung befand, und um eine Begegnung der beiden zu verhindern, habe er wahrheitswidrig gesagt, er habe Campbell mit seinem Wagen in Richtung Creetown fahren sehen. Farren habe dann noch so etwas Ähnliches vor sich hin gebrummt wie «krieg ich noch», gefolgt von einigen Verbalinjurien, aus denen der Zeuge geschlossen habe, daß der Streit etwas mit Mrs. Farren zu tun haben müsse. Er (Farren) sei dann aus der Bar gerannt und der Zeuge habe ihn fortfahren sehen, nicht jedoch in Richtung Creetown, sondern auf Kirkcudbright zu. Dem Zeugen sei das nicht recht gewesen, und er sei ihm nachgelaufen. Auf Höhe des Kriegerdenkmals aber sei Farren dann nach links auf den Weg zum Golfgelände abgebogen. Der Zeuge habe mit den Schultern gezuckt und den Vorfall dann vergessen.

Am Mittwoch aber, nachdem durch die Aktivitäten der Polizei

klar geworden sei, daß man Campbell für das Opfer eines Mordes halte, sei ihm der Vorfall in einem trüberen Licht erschienen. Er (der Zeuge) habe sich mit dem Barkellner in den *Murray Arms* und mit noch ein paar Männern beraten, die während Farrens Besuch mit ihm zusammen in der Bar gewesen waren, und man habe beschlossen, die Polizei zu verständigen. Man habe den Zeugen zum Sprecher bestimmt, und nun sei er hier. Der Zeuge habe Mr. Farren höchst ungern in Schwierigkeiten bringen wollen, aber Mord sei Mord, und damit basta.

MacPherson dankte dem Bauern und setzte sofort eine Umfrage in Creetown in Gang, um festzustellen, ob Farren wohl doch noch dieser falschen Spur gefolgt war. Daß er zum Golfgelände abgebogen sein sollte, war schon merkwürdig. Er hatte Campbell zuletzt vor drei Stunden in Kirkcudbright gesehen, da war doch eher anzunehmen, daß er, nachdem er ihn in Gatehouse nicht gefunden hatte, umkehren und auf der Straße nach Kirkcudbright nach ihm suchen würde. Aber warum zum Golfgelände? Es sei denn –

Es sei denn, er hatte Strachan besuchen wollen. Man wußte, daß Strachan und Farren sehr gute Freunde waren. War da eine gemeinsame Sache im Spiel? War Strachan am Montagabend zwischen neun und zehn Uhr zu Hause gewesen? Das war noch halbwegs leicht festzustellen. Der Inspektor telefonierte nach Gatehouse, bat um Nachforschungen und wartete.

Dann kam die zweite Überraschung des Tages – konkreter und hoffnungsvoller. Sie präsentierte sich in Gestalt eines sehr schüchternen kleinen Mädchens von ungefähr zehn Jahren, angeschleppt von einer zu allem entschlossenen Mutter, die ihren Sprößling abwechselnd schüttelte und mit der Drohung, ihr «das Fell über die Ohren zu ziehen», wenn sie nicht tue, was man ihr sage, zum Reden zu bringen versuchte.

«Ich hab ihr gleich angesehen», sagte die Mutter, «daß sie was ausgefressen hatte, und ich hab keine Ruhe gegeben, bis ich's aus ihr raushatte. (Putz dir die Nase und sprich höflich mit dem Herrn Inspektor, sonst sperrt er dich ein!) Ein böses Mädchen ist das, zieht mit den Jüngelchen in der Gegend herum, wenn sie eigentlich ins Bett gehört. Aber die hören ja heutzutage nicht mehr auf ihre Mutter. Mit denen ist gar nichts anzufangen.»

Der Inspektor drückte sein Mitgefühl aus und fragte die Dame nach dem Namen.

«Ich bin Mrs. McGregor, und wir haben ein Cottage zwischen Gatehouse und Kirkcudbright – Sie kennen die Stelle – in der Nähe von Auchenhaye. Ich und mein Mann, wir waren am Montagabend nach Kirkcudbright, und Helen war allein daheim. Und kaum sind wir weg, schon ist sie aus dem Haus und läßt die Tür hinter sich auf, daß jeder reingehn kann –»

«Moment mal», sagte der Inspektor. «Die junge Dame ist dann also Helen?»

«Ja, das ist Helen. Ich hab gedacht, es ist das beste, ich bring sie her, wo doch dieser arme Mr. Campbell totgemacht worden ist, wie der Briefträger sagt. Und da sag ich also zu George, wenn Mr. Campbell sich am Montagabend auf der Straße geprügelt hat, dann muß man das der Polizei sagen. Und George sagt –»

Der Inspektor unterbrach von neuem.

«Wenn Ihre kleine Helen uns etwas über Mr. Campbell sagen kann, möchten wir es sehr gern hören. Also, Mrs. McGregor, lassen Sie die Kleine mal die ganze Geschichte von vorn erzählen. Komm mal her, Helen, hab keine Angst. Erzähl mal.»

Solchermaßen ermutigt, begann Helen mit ihrer Erzählung, die dank ihrer eigenen Erregung und der dauernden Unterbrechung mütterlicherseits ein bißchen wirr ausfiel. Aber mit Hilfe geduldiger Ermunterung und einer Tüte Bonbons, die ein Konstabler schnell holen mußte, gelang es dem Inspektor schließlich, etwas Ordnung in das Durcheinander zu bringen.

Mr. und Mrs. McGregor waren am Montagabend mit dem Auto eines Nachbarn nach Kirkcudbright gefahren, um Freunde zu besuchen, und Helen hatten sie mit der strikten Anweisung zu Hause gelassen, die Haustür zu verschließen und ins Bett zu gehen. Statt dessen aber war das mißratene Kind nach draußen gegangen, um mit ein paar kleinen Jungen von einem Nachbarhof zu spielen. Sie waren die Straße entlang etwa eine halbe Meile weit zu einer Wiese gegangen, wo die Jungen höchst illegale Karnickelschlingen auslegen wollten.

Der Inspektor schüttelte darob leicht den Kopf, versprach jedoch, daß den Frevlern nichts Schlimmes widerfahren werde, und Helen, die davor mehr Angst gehabt zu haben schien als vor den Strafandrohungen ihrer Mutter, fuhr jetzt etwas zusammenhängender mit ihrer Geschichte fort.

Der Ort, wo sie den Karnickeln nachstellen wollten, lag etwa auf halbem Weg zwischen Gatehouse und Kirkcudbright an einer Stelle, wo die Straße zwischen zwei Steinwällen eine scharfe und gefährliche S-Kurve macht. Es war ein schöner Abend, nicht dunkel, nur dämmerig, mit dünnen Nebelstreifen über den Hügeln. Die Jungen waren weit in die Wiesen hinaufgegangen und hatten vor, noch lange dort zu bleiben, doch Helen war gegen Viertel vor zehn eingefallen, daß ihre Eltern bald nach Hause kommen würden, hatte die Jungen alleingelassen und sich über die Straße auf den Heimweg gemacht. Daß es Viertel vor zehn war, wußte sie, weil einer der Jungen eine neue Uhr besaß, die sein Großvater ihm geschenkt hatte.

Sie ging quer über die Wiesen und wollte gerade über den Steinwall auf die Straße klettern, als sie einen Mann in einem Wagen sitzen sah, der am Straßenrand stand, mit der Schnauze in Richtung Gatehouse. Der Motor lief, und gerade in diesem Augenblick lenkte der Fahrer das Auto quer über die Straße, als ob er wenden wollte. Im selben Moment hörte sie aus Richtung Gatehouse ein anderes Auto kommen.

Sie beschrieb die Stelle sehr genau. Es war nicht die schärfste und gefährlichste Stelle in der Kurve, wo die Wälle auf beiden Seiten am höchsten waren, sondern sozusagen der untere Bogen des S, der näher auf Kirkcudbright zu lag. Die Kurve war hier nicht so scharf und etwas breiter, und auf der Seite, wo das Mädchen stand, war der Steinwall halb eingesunken und von Brombeerranken und anderem Gestrüpp überwachsen. Das nahende Auto kam schnell durch den oberen Bogen des S gefahren, gerade als das erste Auto mitten auf der Straße stand und den Weg blockierte. Bremsen quietschten laut, und das zweite Auto kam wild schleudernd zum Stehen. Ein wahres Wunder, daß es keinen Zusammenstoß gab. Dann hatte der Fahrer etwas gerufen, und der erste Mann hatte geantwortet, und dann hatte der Fahrer des zweiten Wagens laut und wütend gerufen: «Campbell, natürlich! Das kann ja nur Campbell sein» – oder so etwas Ähnliches.

Dann waren Schimpfwörter hin und her geflogen, und Campbell hatte den Motor abgestellt und war ausgestiegen. Sie hatte ihn auf das Trittbrett des anderen Wagens springen sehen. Es gab ein Handgemenge, und im nächsten Augenblick wälzten sich beide Männer prügelnd auf der Straße. Schläge und Kraftausdrücke prasselten nur so. Helen konnte nicht genau sehen, was vor sich ging, da die beiden Männer sich hinter den Autos prügelten. Sie lagen beide am Boden und schienen sich übereinander und umeinander zu wälzen. Sie konnte auch nicht sagen, was es für Autos waren, nur daß Campbells Auto ein Viersitzer und das andere ein großer Zweisitzer mit sehr hellen Lichtern war.

Nachdem der Kampf eine Weile getobt hatte, bekam sie es mit der Angst zu tun. Plötzlich flog ein großer Schraubenschlüssel durch die Luft. Er verfehlte ihren Kopf um Haaresbreite und landete dicht neben ihr. Sie duckte sich wieder hinter den Wall, einerseits zu verängstigt zum Dableiben, andererseits zu neugierig zum Fortlaufen. Schreckliche Geräusche drangen an ihre Ohren, als ob jemand erschlagen und erdrosselt würde. Nach einer kleinen Weile wagte sie wieder aufzublicken, und was sie da sah, erschreckte sie noch mehr. Ein Mann erhob sich am Straßenrand, und auf den Schultern hatte er den Körper eines anderen Mannes. Dieser baumelte so schlaff herunter, daß sie dachte, der Mann müsse tot sein. Sie schrie nicht, weil sie fürchtete, daß dieser schreckliche Mann sie dann hören und auch umbringen würde. Er trug den andern zu dem Zweisitzer und warf ihn auf den Beifahrersitz. Das war der Wagen, der näher auf Gatehouse zu stand. Sie sah das Gesicht des lebenden Mannes nicht, denn sein Kopf war unter der Last, die er trug, ganz nach unten gebeugt, aber als er vor den Scheinwerfern des Viersitzers vorbeiging, um zu dem anderen Wagen zu kommen, sah sie das Gesicht des Toten, und das sah ganz schrecklich und weiß aus. Beschreiben konnte sie es nicht, aber sie glaubte, es sei glattrasiert und die Augen geschlossen gewesen. Der schreckliche Mann hatte sich dann hinters Steuer gesetzt und den Zweisitzer rückwärts durch die Kurve in Richtung Gatehouse gefahren. Sie hatte den Motor an- und abschwellen hören und die Lichter hin- und herwandern sehen, als ob der Wagen gewendet würde. Dann hatte sie ihn weiterfahren hören, bis der Motorlärm nach und nach erstarb.

Als der Wagen fort war, kletterte sie über den Steinwall und wollte sich den Viersitzer ansehen, der noch immer halb quer über die Straße stand, die Schnauze in Richtung Gatehouse und die Scheinwerfer auf die gegenüberliegende Straßenseite gerichtet. Bevor sie ihn sich aber ansehen konnte, hörte sie aus Richtung Gatehouse Schritte nahen. Zuerst hoffte sie, es sei vielleicht jemand, der sie schützen und nach Hause begleiten könne, plötzlich aber kam ihr ohne bestimmten Grund der Gedanke, daß dies der böse Mann sei, der zurückkam, um sie zu töten. Sie bekam schreckliche Angst und rannte los, so schnell sie konnte. Dann hörte sie einen Motor anspringen und versteckte sich im Gebüsch, weil sie glaubte, der böse Mann verfolge sie mit dem Auto. Es kam jedoch nichts, und nach einer Weile wagte sie sich wieder hervor und eilte nach Hause. Gerade als sie durchs Gartentor war, kam ein Auto mit rasender Geschwindigkeit in Richtung Kirkcudbright vorbeigefahren. Sie erreichte das Haus, gerade als die Küchenuhr zehn schlug. Sie rannte ins Schlafzimmer, warf sich so, wie sie war, ins Bett und zog die Decke über den Kopf.

Von hier an setzte Mrs. McGregor die Erzählung fort. Sie und ihr Mann seien um halb elf nach Hause gekommen und hätten das Kind zitternd und weinend in voller Kleidung im Bett vorgefunden. Sie sei so verschreckt gewesen, daß sie überhaupt nichts aus ihr herausbekommen hätten. Sie hätten sie lediglich ausschimpfen, ausziehen und anständig ins Bett legen können, ihr etwas Heißes zu trinken gegeben und gewartet, bis sie vor Erschöpfung eingeschlafen sei. Den ganzen nächsten Tag habe sie sich geweigert, ihnen etwas zu sagen, aber in der Nacht darauf seien sie dreimal von ihr geweckt worden, weil sie im Schlaf geschrien habe, der böse Mann komme und wolle sie töten. Am Mittwochabend habe der Vater, der das Kind viel zu sehr verwöhne, endlich die Geschichte aus ihr herausbekommen, und als der Name Campbell gefallen sei, hätten sie beschlossen, die Polizei zu verständigen. Auf eine Frage des Inspektors antwortete Mrs. McGregor, daß ihre Küchenuhr fünf bis sechs Minuten nachgehe.

Der Inspektor dankte beiden sehr herzlich – mit dem Gefühl, wirklich allen Grund zur Dankbarkeit zu haben. Er sagte zu Helen, daß sie ein tapferes Mädchen sei, bat die Mutter, sie angesichts der großen Wichtigkeit ihres Berichts nicht zu bestrafen und beendete das Gespräch mit der eindringlichen Ermahnung, die Geschichte nur ja nicht weiterzuerzählen.

Nachdem sie gegangen waren, machte er sich's bequem, um nachzudenken. Die Zeiten paßten gut zum Befund des Arztes, nur daß er jetzt den tatsächlichen Zeitpunkt des Mordes noch früher annehmen mußte, als er erwartet hatte. Nach seiner Interpretation des Gehörten hatten also Campbell und der andere sich getroffen, hatten Streit bekommen und bei der Prügelei war Campbell getötet worden. Der Mörder mußte dann Campbells Leiche im Zweisitzer verstaut und diesen irgendwo neben der Straße versteckt haben. Dann war er zurückgekommen, um Campbells Wagen zu holen und nach Gatehouse zu bringen, wo er ihn natürlich brauchte, um den Unfall vorzutäuschen. Irgendwann später mußte er dann zurückgekommen sein und seinen eigenen Wagen mit der Leiche darin geholt haben und – ja, was nur? Ihn nach Gatehouse gefahren?

Der Inspektor knurrte. Hier gab es Schwierigkeiten. Warum in aller Welt hatte der Mörder Campbells Leiche nicht sofort in Campbells Morris geladen und war damit weggefahren? Warum hätte er mit dem Schicksal spielen sollen, indem er den Toten an der Straße zurückließ, wo ihn jeder finden konnte, während er mit dem Morris nach Gatehouse fuhr und mit dem Fahrrad zurückkam? Denn er mußte entweder mit einem Fahrrad oder zu Fuß zurückgekommen sein, wenn er seinen Wagen abholen wollte. Ein Fahrrad zu benutzen war das Nächstliegende, und er konnte es ohne weiteres auf dem Notsitz des Zweisitzers zurückgebracht haben. Blieb immer noch die Frage: Warum hatte er die Leiche zurückgelassen?

Möglich wär's, dachte MacPherson – o ja, das war sogar mehr als möglich –, daß der Mörder den Plan für sein Alibi und den vorgetäuschten Unfall zu diesem Zeitpunkt noch nicht gefaßt hatte. Vielleicht war das die Erklärung. Er hatte einfach wegfahren wollen, als ob nichts gewesen wäre, und erst hinterher, nachdem er seinen raffinierten Plan ausgetüftelt hatte, war er zurückgekommen, um die Leiche zu holen. Aber nein! Das ging auch nicht. Er war ja in Campbells Wagen weggefahren. Die einzige Erklärung dafür war, daß er sich den falschen Unfall im Geiste schon zurechtgelegt hatte. Aber das war doch einfach unglaublich. Nahm man den Bericht des Kindes als zuverlässig an, und das schien er ja zu sein, so war offensichtlich, daß Campbell und der andere Mann sich rein zufällig begegnet waren. Und in den paar Sekunden nach dem Kampf hatte der Mörder sich schwerlich seinen raffinierten Plan ausdenken können.

Aber – war die Begegnung denn wirklich reiner Zufall gewesen? Bei Licht betrachtet ließ Campbells Verhalten doch auf das genaue Gegenteil schließen. Er hatte sein Auto genau an der Stelle der Straße geparkt, wo zwei Wagen am schwersten aneinander vorbeikamen, und als er den anderen Wagen kommen hörte, war er sogar mitten auf die Straße gefahren und hatte sie ganz blockiert. Ziemlich hirnverbrannt allerdings, denn dabei provozierte er eher einen tödlichen Unfall als eine Begegnung irgendwie anderer Art. Andererseits wußte man aber, daß Campbell um diese Zeit ziemlich betrunken gewesen war, und das mochte ihn für die Gefahr eines Zusammenstoßes blind gemacht haben.

Aber wenn man der Zeugin trauen konnte (und hier hatte er schließlich keine Wahl, konnte nicht hier etwas glauben und da etwas nicht glauben, ganz wie es in seine Theorie paßte), stand eines fest: Wer auch immer mit der Begegnung gerechnet hatte, es war nicht der Mörder. Und wenn der Mörder die Begegnung nicht vorhergesehen hatte, konnte er das Verbrechen nicht geplant und also auch das falsche Alibi nicht im vorhinein ausgetüftelt haben.

«Ach ja», dachte der Inspektor bei sich, «aber das folgt daraus nun auch wieder nicht. Er kann sich sehr wohl das Alibi vorweg ausgedacht haben, und das Verbrechen wollte er ganz woanders begehen. Als er dann so unverhofft mit Campbell zusammenstieß, hat er seinen schurkischen Plan eben gleich an Ort und Stelle in die Tat umgesetzt.»

Trotz allem blieb der Widerspruch mit dem Wagen. Und nicht zu vergessen der Mann, der kurz nach dem Vorfall in Richtung Kirkcudbright gerast war. War das der Mörder gewesen? Unmöglich, wenn der Mörder erst Campbells Wagen nach Gatehouse brachte. Wenn es aber jemand anders gewesen war, wer konnte es sein? Er mußte dem Mörder auf der Straße begegnet sein. Man mußte ihn ausfindig machen. Nach einigem weiteren Nachdenken schob der Inspektor diesen Teil des Problems als momentan unlösbar beiseite und wandte sich einem anderen Gesichtspunkt zu.

Wie paßte diese Geschichte, falls überhaupt, mit den Erkenntnissen über Farren zusammen? Und hier nun ließ der Inspektor mit einemmal die flache Hand auf den Tisch sausen. Natürlich! Die Zeiten stimmten genau, und hier lag auch die Erklärung dafür, warum Farren auf den Weg zur Golfbahn abgebogen war. Offenbar hatte er die wohlgemeinte Lüge des jungen Bauern, der ihn nach Creetown schicken wollte, durchschaut. Er hatte in Gatehouse nach Campbell gesucht, und als er ihn nicht fand, war er zu dem Schluß gekommen, daß er noch in Kirkcudbright sein müsse. Daraufhin war er schnell zu Strachan gefahren, wahrscheinlich um sich Strachans Wagen auszuleihen. Ob Strachan nun sein Komplice war, konnte man noch nicht sagen. Wahrscheinlich nicht. Nein! Wieder ließ eine Erleuchtung die Hand des Inspektors auf den Tisch knallen. Das erklärte alles – warum er den falschen Wagen genommen und die Leiche zurückgelassen hatte und alles. Farrens erster Gedanke war gewesen, Strachan den Mord in die Schuhe zu schieben. Man sollte die Leiche in Strachans Wagen finden und daraus schließen, Strachan habe Campbell fortgelockt und ermordet.

Ein miserabler Plan, gewiß. Strachan würde sofort berichten, wie er Farren sein Auto geliehen habe. Wahrscheinlich konnte er für diese Transaktion Zeugen aufbieten. Überdies sähe das Ganze von vornherein sehr unglaubwürdig aus. Wer wäre schon dumm genug, sein eigenes Auto mit einem Ermordeten darin einfach in der Gegend stehen zu lassen? Dieser Punkt war dem Inspektor sofort aufgefallen, und wenn Farren anschließend über seine Tat nachgedacht hatte, mußte er gesehen haben, wie unüberlegt sein erster Plan gewesen war. Aber während er dann Campbells Wagen nach Gatehouse fuhr, hatte er Zeit gehabt, über alles nachzudenken. Etwas Besseres war ihm eingefallen – diesen Unfall am Minnoch vorzutäuschen. Was dann? Was würde er dann getan haben?

Zuerst hätte er natürlich Campbells Wagen zurückgebracht und in die Garage gestellt. Dann wäre er zu Strachans Haus gegangen und hätte sein Fahrrad geholt. Um diese Nachtzeit wäre ihm das ein Leichtes gewesen, ohne dabei gesehen zu werden, wenn man davon ausging, daß er die Mühle – und das war ja möglich – an einem geeigneten Ort abgestellt hatte, etwa gleich hinterm Gartentor.

In höchster Erregung zog der Inspektor einen Schreibblock zu sich und begann einen Zeitplan aufzukritzeln, dem er die verwegene Überschrift gab: «Die Beweise gegen Hugh Farren.»

Montag

18.00 Uhr	Farren kommt nach Hause und trifft Campbell an. Wirft ihn hinaus. (Aussage von Jeanies Schwägerin.)
19.00 Uhr	Nach Streit mit seiner Frau, in dem sie vermutlich ein abträgliches Eingeständnis in bezug auf Campbell macht, fährt Farren mit dem Fahrrad weg.
21.00 Uhr	Farren betrit *Murray Arms*, erkundigt sich nach Campbell. (Aussage des Bauern.)
21.15 (ca.)	Farren fährt zu Strachans Haus und leiht sich Auto.
21.45 Uhr	Trifft Campbell auf Straße nach Kirkcudbright. Ermordet Campbell. (Aussage Helen McGregor.)
21.55 Uhr	Farren lädt Leiche in Strachans Auto.
22.00 Uhr	(ungefähr) Farren fährt in Campbells Wagen zurück.
22.10 Uhr	Farren trifft in Gatehouse ein (ca. 5 Meilen) und stellt Campbells Auto in die Garage.
22.30 Uhr	Farren kommt zu Fuß zu Strachans Haus und holt Fahrrad.
23.00 Uhr	Farren trifft mit Fahrrad am Tatort ein.
23.10 Uhr	Farren kommt mit Leiche zu Campbells Haus. Versteckt sie in Haus oder Garage.
23.20 Uhr	Farren bringt Wagen zu Strachans Haus zurück.
23.40 Uhr	Farren ist wieder in Campbells Haus und erweckt Anschein, als ob Campbell dort übernachtet und gefrühstückt habe.

Der Inspektor betrachtete seinen Zeitplan mit Wohlgefallen. Manche Zeiten waren natürlich nur geschätzt, aber im wesentlichen paßten die Punkte gut zueinander und ließen sogar Raum für die Möglichkeit, daß Farren schlecht zu Fuß war oder sich bei diesem oder jenem länger als nötig aufgehalten hatte. Es blieb ihm trotz allem Zeit genug, bis Dienstag morgen alle diese Schritte zu unternehmen.

Das gab dem Inspektor Mut, seine Theorie zu einem vorläufigen Ende zu entwickeln.

Nach Aussage des «jungen Jock» in Borgan hatte man den falschen Campbell am Dienstag um 10 Uhr 10 am Minnoch sitzen sehen. Daraus ergab sich der letztmögliche Zeitpunkt für Farrens Ankunft an dieser Stelle. In Wirklichkeit, dachte der Inspektor, muß das noch früher gewesen sein. Farren war sicher nicht das Risiko eingegangen, sich noch am Spätvormittag in Campbells Haus aufzuhalten. Bis acht Uhr, wenn Mrs. Green kommen mußte, war er sicher längst fort gewesen. Andererseits war er Fergusons wegen bestimmt auch nicht zu lachhaft früher Stunde aufgebrochen. Wenn Ferguson Campbells Auto fortfahren hörte, mußte er unbedingt hinterher beschwören können, daß er zu einer halbwegs vernünftigen Zeit fortgefahren war. Dementsprechend schrieb der Inspektor aufs Geratewohl hin:

Dienstag
07.30 Uhr   Farren verläßt Campbells Haus in Campbells Hut und Mantel. Leiche auf Wagenboden versteckt, darüber Fahrrad, darüber Tuch.
08.35 Uhr   (ungef.) Farren trifft am Minnoch ein, versteckt Leiche und beginnt zu malen.
10.10 Uhr   Farren (als Campbell verkleidet) wird zum erstenmal von Jock gesehen.
11.05 Uhr   Farren wird zum zweitenmal von Jock gesehen.

Hier hielt der Inspektor unsicher inne. Waren zweieinhalb Stunden für das Malen eines Bildes zu lang? Er verstand nicht viel von den schönen Künsten, und das Ding war ihm noch ziemlich roh und skizzenhaft erschienen. Da mußte er jemanden fragen, der sich auskannte.

Aber halt! Was war er doch für ein Trottel! Natürlich würde Farren erst mit Malen angefangen haben, nachdem er gutes Licht hatte. Er verstand zwar nicht viel davon, aber soviel wußte er.

Er schüttelte nachdenklich ein paar Tropfen aus dem Füllfederhalter und schrieb weiter.

Es kam ihm jetzt wahrscheinlich vor, daß Farren dieser Passagier in Girvan gewesen war. Der Zeitplan ging folglich weiter:

Dienstag
11.10 Uhr   Farren wirft Leiche in Fluß, zieht Mütze und Mantel an und fährt mit Fahrrad in Richtung Girvan.
13.07 Uhr   Trifft in Girvan ein. Gibt Fahrrad nach Ayr auf.
13.11 Uhr   Nimmt Zug nach Ayr.
13.48 Uhr   Kommt in Ayr an.

Hier endeten vorläufig die Schlußfolgerungen des Inspektors. Er wußte, daß Dalziel die Spur des Fahrrads verfolgte. Besser erst mal Dalziels Bericht abwarten, bevor er weiterspekulierte.

Aber so schlecht war das Bisherige gar nicht. Immerhin hatte er jetzt den Tatverdacht auf nur eine Person konzentriert und einen plausiblen Zeitplan aufgestellt, nach dem man vorgehen konnte. Glücklicherweise war er sogar in einigen Punkten nachprüfbar.

Er sah den Plan noch einmal durch.

Wenn Farren abends zwischen acht Uhr und Viertel nach neun in Gatehouse nach Campbell gesucht hatte, mußte es dafür noch Zeugen in anderen Wirtshäusern außen den *Murray Arms* geben. Man mußte sich im *Angel* und im *Anwoth* erkundigen. Aber bevor Farren in den Wirtschaften suchen ging, hatte er es sicher zuerst bei Campbell zu Hause versucht. In diesem Fall war es fast nicht möglich, daß ihn niemand gesehen hatte. Zum einen hätte er zweimal über die Brücke gemußt, und es gab keine Tageszeit, zu der die Brücke von Gatehouse nicht von mindestens einem Müßiggänger besetzt war. Die Brücke war nun einmal Treffpunkt für die Bevölkerung von Gatehouse, wo man Klatschgeschichten austauschen, vorbeifahrende Autos und springende Forellen zählen und die Lokalpolitik diskutieren konnte. Und selbst wenn wundersamerweise die Brücke beide Male leer gewesen sein sollte, blieb immer noch die lange Bank vor dem *Anwoth Hotel*, wo Fischer zu sitzen pflegten und Knoten knüpften, Nero streichelten und Felix fragten, wie viele Ratten er denn heute schon zur Strekke gebracht habe. Und schließlich, sollte Farren tatsächlich an beiden Stellen unbemerkt geblieben sein, bestand immer noch die Möglichkeit, daß Ferguson zu Hause gewesen war und ihn zu Campbells Haus hatte gehen sehen.

Als nächstes: Wenn Strachans Auto geholt worden war, wußte bestimmt jemand davon. Strachan selbst mochte die Aussage verweigern oder dem Freund zuliebe hartnäckig leugnen, aber dann blieben immer noch Mrs. Strachan, das Kind und das Mädchen. Die konnten ja schließlich nicht alle an dem Komplott beteiligt sein. Nach MacPhersons Zeitplan war Farren dreimal bei Strachan gewesen – um Viertel nach neun, um sich den Wagen auszuleihen; gegen zwanzig vor elf, um das Fahrrad zu holen; gegen halb zwölf, um den Wagen zurückzubringen. Zumindest der erste und der letzte dieser drei Besuche mußten irgendwelche Spuren hinterlassen haben.

Dann die drei nächtlichen Besuche in Campbells Haus – der erste, um den Wagen in die Garage zu stellen; der zweite, um die Leiche zu bringen; der dritte zu Fuß, um das Verdunklungsmanöver einzuleiten. Halt, das mußte nicht unbedingt stimmen. Vielleicht waren es nur zwei Besuche gewesen. Wahrscheinlicher war, daß er den Wagen beim erstenmal irgendwo hatte stehen lassen, um ihn beim letzten Besuch abzuholen. Das würde das Risiko beträchtlich senken. Ja, er konnte die Leiche sogar irgendwo an einem stillen Plätzchen in Campbells Wagen umgeladen haben, damit er nicht zweimal mit je einem anderen Wagen zu Campbells Haus fahren mußte – denn das wäre mit Sicherheit aufgefallen. Natürlich konnte das Umladen nicht in Gatehouse selbst erfolgt sein – das wäre die Tat eines Irren gewesen. Aber irgendwo zwischen Kirkcudbright und Gatehouse oder sogar an einem wenig befahrenen Straßenstück zwischen dem Kriegerdenkmal und Strachans Haus wäre es ohne weiteres zu machen gewesen. Oder wenn Strachan wirklich mitgemacht haben sollte, hätte er es noch geruhsamer sogar vor Strachans Haus machen können.

Der Inspektor fügte ein paar kleine Änderungen in seinen Zeitplan ein, die der neuen Theorie gerecht wurden, und notierte sich, daß er eine Anzeige aufgeben und darin fragen mußte, ob vielleicht ein Passant irgendwo an der Strecke einen Morris mit Campbells Nummernschild hatte stehen sehen.

Schließlich und endlich konnte nun auch die Fahrt vom Dienstagmorgen nachgeprüft werden. Wenn seine Berechnungen stimmten, mußte Campbells Wagen kurz nach halb acht durch Gatehouse gefahren sein; durch Creetown kurz nach acht und durch Newton Stewart gegen Viertel nach acht. Unzweifelhaft mußte ihn jemand gesehen haben. In der Tat ging auch die Polizei von Newton Stewart bereits dieser Frage nach, aber nun, da er ihren ungefähre Zeiten angeben konnte, würde die Aufgabe leichter sein.

Inspektor MacPherson rief zuerst in Newton Stewart und dann in Gatehouse an, dann ging er mit neugeschärftem Appetit wieder an sein Problem heran.

Und da fiel es ihm mit einemmal wie Schuppen von den Augen, was er bei der Ausarbeitung seines Zeitplans zunächst übersehen hatte: daß er ja ein überaus wichtiges Beweisstück zur Hand hatte. Mit etwas Glück hatte er sogar die Mordwaffe!

Der schwere Schraubenschlüssel, der durch die Luft geflogen war und beinahe die arme Helen getötet hätte – was konnte er anderes sein als das stumpfe Instrument, das Campbells Schädel zertrümmert hatte? Merkwürdig mochte sein, daß er dann keine offene, blutende Wunde hinterlassen hatte, aber das kam ja auch sehr darauf an, was für eine Art Schraubenschlüssel es war. Jedenfalls mußte er unbedingt sichergestellt werden. Der Arzt würde ihm dann sagen können, ob er als Tatwaffe in Frage kam. Ein Glück, daß der Tote noch nicht unter der Erde war! Er sollte anderntags beigesetzt werden. Dieser Schraubenschlüssel mußte auf der Stelle her. Der Inspektor kochte innerlich vor unterdrückter Erregung, als er seine Mütze aufsetzte und hinaus zu seinem Wagen eilte.

À la Ferguson

Am selben Dienstag morgen, der Sergeant Dalziel und Konstabler Ross nach Ayr führte und Inspektor MacPherson an seinem Zeitplan arbeiten sah, fand Lord Peter Wimsey sich vor dem zweiten der beiden Häuschen am Fleet ein.

Die Tür wurde von Mr. Ferguson persönlich geöffnet, Palette in der Hand, angetan mit einer angejahrten Flanellhose, offenem Hemd und einem fassonlosen, viel zu weiten Jackett. Er schien vom Anblick eines frühen Besuchers nicht sonderlich erbaut zu sein. Wimsey beeilte sich, eine Erklärung abzugeben.

«Ich weiß nicht, ob Sie sich noch an mich erinnern. Mein Name ist Wimsey. Ich glaube, wir sind uns einmal bei Bob Anderson begegnet.»

«Aber ja, natürlich. Treten Sie ein. Als ich Sie klopfen hörte, hab ich Sie zuerst für einen Vertreter oder den Mann vom Krämerladen gehalten. Ich fürchte, es ist ein bißchen durcheinander hier. Ich war ein paar Tage fort, und Mrs. Green hat gleich die Gelegenheit ergriffen, um aufzuräumen, mit dem Erfolg, daß ich ein paar Stunden gebraucht habe, wieder etwas Unordnung hineinzubringen.» Er wies auf ein Sammelsurium von Leinwandstücken, Lappen, Pinseln, Flaschen und anderen Utensilien. «In einem aufgeräumten Atelier finde ich nie, was ich brauche.»

«Und jetzt platze ich auch noch hier rein und störe Sie, wo Sie gerade an die Arbeit gehen wollen.»

«Nicht die Spur. Sie stören mich gar nicht. Etwas zu trinken?»

«Danke, nein, ich hatte vorhin erst einen. Machen Sie ruhig weiter, als ob ich gar nicht da wäre.»

Wimsey räumte ein paar Bücher und Zeitungen von einem Stuhl und setzte sich, während Ferguson sich wieder der Betrachtung einer großen Leinwand widmete, auf die Wimsey einen typischen Ferguson nach Grahams boshafter Beschreibung wiedererkannte – Baum mit knorrigen Wurzeln, Spiegelbild, Steinhaufen, blaue Ferne und eine allgemeine Atmosphäre dekorativer Unwirklichkeit.

«Sie waren in Glasgow, nicht?»

«Ja. Bin mal hingefahren, um die Ausstellung zu sehen.»

«Ist sie gut?»

«Nicht schlecht.» Ferguson drückte etwas grüne Farbe auf seine Palette. «Craig hat ein paar hübsche Studien da hängen, und ein guter Donaldson ist da. Natürlich auch die übliche Menge Schund. Eigentlich war ich hingefahren, um die Farquharsons zu sehen.»

Er fügte dem Halbkreis von Farbklecksen noch einen Tupfer Zinnoberrot hinzu und schien nun der Ansicht zu sein, daß seine Palette vollständig sei, denn er nahm etliche Pinsel zur Hand und begann ein paar von den Farben zusammenzumischen.

Wimsey stellte noch Fragen nach der Ausstellung, dann ließ er wie nebenbei fallen:

«Nun haben Sie also Ihren Nachbarn verloren.»

«Ach ja. Ich denke nicht allzuviel darüber nach. Campbell und ich waren nicht gerade die besten Freunde, aber – na ja, ich hätte ihm schon einen anderen Abgang gewünscht.»

«Ziemlich komisch, das Ganze», meinte Wimsey. «Sie hatten doch sicher schon die Polizei im Haus, mit den üblichen Fragen.»

«Aber ja. Scheint ganz gut zu sein, daß ich ein Alibi hatte. Sagen Sie, Wimsey – Sie wissen doch sicher mehr darüber –, es steht wohl jetzt fest, daß er – daß es kein Unfall war?»

«Ich fürchte, so ist es.»

«Wie kommen die darauf?»

«Je, nun, sehen Sie, ich bin nur ein Außenstehender, und die Polizei legt natürlich ihre Karten nicht auf den Tisch. Aber ich glaube, es hat damit zu tun, daß er tot gewesen sein soll, bevor er in den Fluß fiel, und was weiß ich sonst noch alles.»

«Aha. Ich hab was von einem Schlag auf den Kopf gehört. Wie stellen die sich das vor? Daß sich einer von hinten angeschlichen und ihn niedergeschlagen hat, um ihm sein Geld wegzunehmen?»

«Irgend so was, würde ich sagen. Obwohl die Polizei natürlich nicht sagen kann, ob er beraubt worden ist, bevor sie nicht weiß, wieviel er bei sich hatte. Sie erkundigen sich jetzt bei der Bank und so, denke ich.»

«Ziemlich komisch, daß sich ausgerechnet hier ein Landstreicher herumtreiben soll, nicht?»

«Na, ich weiß nicht. Es könnte ja einer da oben in den Bergen geschlafen haben.»

«Hm. Kann er sich denn nicht einfach den Schädel eingerannt haben, als er auf die Steine fiel?»

Wimsey stöhnte innerlich. Diese ewigen bohrenden Fragen

wurden allmählich lästig. Einer nach dem anderen wollten sie alle dasselbe wissen. Er antwortete ausweichend: «Kann ich nicht sagen. Dürfte alles in allem die wahrscheinlichste Erklärung sein. An Ihrer Stelle würde ich den Medizinmann fragen.»

«Der sagt's mir so wenig wie Sie.»

Ferguson tupfte eine Zeitlang schweigend Farbe auf seine Leinwand. Wimsey bemerkte, daß er anscheinend recht systemlos dabei vorging, und war nicht überrascht, als er plötzlich die Palette auf den Tisch warf, sich umdrehte und unvermittelt fragte: «Hören Sie, Wimsey. Sagen Sie mir eines. Sie brauchen mir gar nicht vorzumachen, Sie wüßten nichts, denn Sie wissen genau Bescheid. Gibt es irgendeinen Zweifel daran, daß Campbell am Morgen desselben Tages gestorben ist, an dem er gefunden wurde?»

Wimsey fühlte sich, als ob er plötzlich einen Schlag in die Magengrube bekommen hätte. Was veranlaßte den Mann, diese Frage zu stellen – wenn es nicht der Selbstverrat eines schlechten Gewissens war? Da er nicht recht wußte, was er antworten sollte, stellte er ganz einfach die Frage, die er sich eben selbst gestellt hatte. «Wie kommen Sie auf diese Frage?»

«Und warum in aller Welt können Sie mir keine gerade Antwort geben?»

«Nun ja», meinte Wimsey, «weil mir die Frage so arg komisch vorkommt. Ich meine – ach so, natürlich –, hat man Ihnen vielleicht noch nichts von dem Bild erzählt?»

«Von was für einem Bild?»

«Dem Bild, an dem Campbell gemalt hatte. Die Farbe darauf war noch feucht. Er muß also an dem Morgen noch gelebt haben, sonst hätte er ja nicht malen können, oder?»

«Ach so!» Ferguson atmete lange aus, als ob ihm eine große Sorge von der Seele genommen worden wäre. Er nahm die Palette wieder zur Hand. «Nein, davon hat mir keiner was gesagt. Das erklärt natürlich alles.» Er trat ein paar Schritte zurück und betrachtete die Leinwand, den Kopf schiefgelegt, die Augen halb geschlossen.

«Aber wie kamen Sie auf die Frage?»

«Na ja», sagte Ferguson. Er nahm den Spachtel und kratzte die ganze Farbe wieder weg, die er eben aufgetragen hatte. «Sehen Sie – die Polizei hat solche Fragen gestellt. Da hab ich mich gefragt – nun –» sein Gesicht war ganz dicht vor dem Gemälde, und er schabte und schabte, ohne Wimsey anzusehen – «vielleicht können Sie mir sagen, was ich damit anfangen soll.»

«Womit?» fragte Wimsey.

«Mit der Polizei. Als erstes hat sie von mir wissen wollen, wo ich überall gewesen war, angefangen mit Montag abend. Mit dem Dienstag war's ja noch leicht, weil ich da um 9 Uhr 08 nach Glasgow gefahren und den ganzen Tag dageblieben bin. Aber ich mußte zugeben, daß ich den ganzen Montag abend hier gewesen war, und da wurden sie – ganz vertrackt neugierig.»

«Wirklich? Na so was!»

«Darum hab ich das wissen wollen, verstehen Sie? Es wäre überaus unangenehm, wenn – na ja, wenn eben Zweifel daran beständen, daß Campbell am Dienstagmorgen noch gelebt hat.»

«Ja, das verstehe ich. Nun, soweit ich weiß – aber wohlgemerkt, ich kann nicht so tun, als ob ich alles wüßte –, jedenfalls, soviel ich weiß, hat einer, der für Dienstag morgen ein vollständiges Alibi hat, nichts zu fürchten.»

«Da bin ich aber froh. Nicht so sehr für mich selbst, obwohl natürlich keiner gern in einen Verdacht gerät. Aber es ist einfach so, Wimsey, ich hab nicht recht gewußt, was ich den Leuten sagen sollte.»

«Ach!» sagte Wimsey, dessen Augen überall waren. «Wissen Sie was, das da drüben gefällt mir, das mit den weißen Hütten und der Heide im Vordergrund. Hebt sich wunderschön vor diesem Berghang ab.»

«Ach ja. Hab schon Schlechteres gemalt. Ich will Ihnen mal was sagen, Wimsey; nachdem Sie mir das erzählt haben, macht es mir nicht mehr soviel aus – das heißt, als diese Kerle hier waren, hab ich gedacht, es könnte vielleicht was dran sein, und da hab ich – ich hab mich sozusagen etwas zurückgehalten. Aber ich glaube, ich sollte Ihnen mal alles beichten, und Sie sagen mir dann, ob ich es weitersagen soll. Ich bin wirklich nicht scharf darauf, Unfrieden zu stiften. Aber sehen Sie, andererseits möchte ich mich auch nicht bei irgend etwas mitschuldig machen.»

«Soweit meine Meinung maßgeblich ist», sagte Wimsey, «würde ich sagen, spucken Sie's aus. Wenn schließlich jemand den armen Teufel hingemacht hat, sollte man eigentlich dafür sorgen, daß es rauskommt und so weiter.»

«Sollte wohl, obwohl man ja leider einen Menschen nicht wieder lebendig machen kann. Wenn man das könnte, gäb's natürlich kein Zögern. Aber –»

«Außerdem», sagte Wimsey, «weiß man nie, in welche Richtung ein Indiz weisen wird. Manchmal halten Leute Informationen zurück, weil sie sich in den Kopf gesetzt haben, ihren Mann oder Sohn oder ihr Liebchen zu schützen; sie machen der Polizei einen Haufen Scherereien, und wenn es dann schließlich doch herauskommt, zeigt sich, daß es das einzige auf der Welt war, was den Betreffenden noch vor dem Galgen retten konnte – ich meine Mann oder Sohn oder Liebchen, versteht sich.»

Ferguson nickte zufrieden.

«Wenn ich doch nur wüßte, warum die sich so für den Montagabend interessieren», sagte er langsam.

«Sie wollen den finden, der den Mann zuletzt lebend gesehen hat», antwortete Wimsey ohne zu zögern. «Das macht man immer so. Gehört ganz einfach zum Geschäft, nachzulesen in allen Detektivromanen. Natürlich war derjenige, der ihn zuletzt gesehen hat, nie der Mörder. Das wäre zu einfach. Eines Tages werde ich mal ein Buch schreiben, in dem man zwei Männer in eine Sackgasse hineingehen sieht, und plötzlich fällt ein Schuß, der eine Mann wird ermordet aufgefunden, während der andere mit einer Pistole in der Hand wegrennt, und nach zwanzig Kapiteln mit tausend falschen Fährten stellt sich heraus, daß der mit der Pistole wirklich der Mörder war.»

«Na ja, in neun von zehn Fällen war er's ja auch – im wirklichen Leben, meine ich. Oder vielleicht nicht? Ich weiß es nicht.»

«Aber was *haben* Sie denn nun der Polizei erzählt?» fragte Wimsey ein wenig unwirsch, dieweil er nervös mit einer Tube weißer Farbe spielte.

«Ich hab gesagt, ich wäre den ganzen Abend zu Hause gewesen, und sie fragten, ob ich nebenan irgend etwas Verdächtiges gehört oder gesehen hätte. Ich hab nein gesagt, und, sehen Sie, ich könnte auch nicht direkt das Gegenteil behaupten. Sie haben gefragt, ob ich Campbell habe heimkommen sehen, und ich hab gesagt, nein, aber ich hätte seinen Wagen kommen hören. Das war kurz nach zehn gewesen. Ich hatte die Uhr schlagen gehört und es an der Zeit gefunden, in die Falle zu kriechen, weil ich am nächsten Morgen meinen Zug kriegen mußte. Ich hatte noch einen letzten Schluck getrunken und aufgeräumt und mir ein Buch zum Lesen herausgesucht und war gerade die Treppe raufgestiegen, als ich ihn kommen hörte.»

«Und das war das letzte, was Sie von ihm gehört haben?»

«J–a. Nur daß ich so ein verschwommenes Gefühl hatte, kurz darauf noch einmal die Tür auf- und wieder zugehen zu hören, als ob er noch einmal fortgegangen wäre. Aber ich kann's nicht sicher sagen. Wenn er fortgegangen ist, muß er aber später wiedergekommen sein, denn ich hab ihn morgens mit dem Wagen wegfahren sehen.»

«Na, das ist doch schon etwas. Um wieviel Uhr war das?»

«Irgendwann zwischen halb und Viertel vor acht – ganz genau kann ich's nicht sagen. Ich war gerade beim Anziehen, mußte mir noch mein Frühstück machen, Sie verstehen, damit ich den Bus zum Bahnhof noch kriegte. Es sind schließlich sechseinhalb Meilen bis da draußen.»

«Sie haben tatsächlich Campbell in seinem Wagen gesehen?»

«Ja natürlich, ganz genau. Das heißt, wenn ich vor Gericht als Zeuge aussagen müßte, könnte ich nur seine Kleidung und das allgemeine Aussehen beschwören. Sein Gesicht habe ich nicht gesehen. Aber es war ohne jeden Zweifel Campbell.»

«Aha.» Wimseys Herz, das schon einen Schlag übersprungen hatte, beruhigte sich wieder. Er hatte Ferguson bereits in Handschellen gesehen. Wenn er geschworen hätte, Campbell zu einem Zeitpunkt noch lebend gesehen zu haben, zu dem er nach Wimseys sicherem Wissen längst tot war –! Aber so leicht wurden einem Detektiv nun mal die Dinge nicht gemacht.

«Was hatte er an?»

«Natürlich diesen scheußlichen Tartanmantel und seinen berühmten Hut. Die kann man einfach nicht verwechseln.»

«Nein. Also, und was haben Sie der Polizei nun *nicht* gesagt?»

«Ein paar Kleinigkeiten. Erstens – obwohl ich mir nicht vorstellen kann, daß da ein Zusammenhang besteht – hat es am Montagabend so gegen acht einen kleinen Spektakel gegeben.»

«Was Sie nicht sagen. Oh, das tut mir leid – Ferguson, ich hab Ihnen eine nagelneue Winsor & Newton-Tube ruiniert. Das ist meine ewige Zappelei. Jetzt ist sie völlig zerdrückt.»

«So? Ach, das macht nichts. Rollen Sie sie von hinten zusammen. Hier ist ein Lappen. Haben Sie was auf Ihren Anzug bekommen?»

«Nein. Danke. Noch mal gutgegangen. Was für ein Spektakel?»

«Da ist einer gekommen und hat gegen Campbells Tür gehämmert und geschimpft. Campbell war nicht da – ein Glück, denn ich glaube, das hätte eine saftige Prügelei gegeben.»

«Wer war denn das?»

Ferguson warf Wimsey einen Blick zu, dann sah er wieder auf seine Leinwand und sagte leise: «Um ehrlich zu sein, ich fürchte, es war Farren.»

Wimsey stieß einen Pfiff aus.

«Ja, ja. Ich hab den Kopf zum Fenster rausgestreckt und ihm zugerufen, er soll nicht solchen Lärm veranstalten, und er hat mich gefragt, wo dieser soundso Campbell steckte. Ich hab ihm geantwortet, ich hätte Campbell den ganzen Tag noch nicht gesehen und er soll verschwinden. Da hat er erst mal ein langes Lamento angestimmt, wie daß er diesen Dingsda immerzu bei sich zu Hause anträfe, und jetzt wollte er ihn sich vorknöpfen, und wenn er den Kerl je in die Finger kriegte, würde er ihm wer weiß was antun. Ich hab das natürlich nicht weiter beachtet. Farren übertreibt ja immer etwas, und Hunde, die bellen, beißen nicht. Ich hab Farren gesagt, er soll sich nichts draus machen, worauf er mir alles mögliche an den Kopf geschmissen hat, und mittlerweile hatte ich so die Nase voll von ihm, daß ich ihm geantwortet hab, er soll verschwinden und sich aufhängen, und er darauf, das habe er sowieso vor, aber zuerst müsse er noch Campbell erschlagen. Soll mir recht sein, hab ich geantwortet, aber deswegen brauche er arbeitsame Menschen nicht zu belästigen. Er hat sich dann noch ein Weilchen herumgedrückt und sich schließlich verzogen.»

«Auf zwei Beinen?»

«Nein, auf einem Fahrrad.»

«Ach ja, natürlich. Er konnte ja schlecht den ganzen Weg von Kirkcudbright gelaufen sein. Sagen Sie, Ferguson, wieviel ist an der Geschichte mit Mrs. Farren überhaupt dran?»

«Überhaupt nichts, wenn Sie mich fragen. Ich glaube, daß Campbell auf seine Art in sie verliebt war, aber sie ist ja viel zu edel, um sich in Schwierigkeiten zu bringen. Sie spielt gern die mütterliche Freundin – Inspiration und so, der Einfluß der reinen Frau. Tue Gutes und laß die schnöde Welt denken, was sie will. Güte und Schönheit des Lebens und lauter so 'n Schmus. Hol's der Kuckuck! Was hab ich mit dem Kobaltblau gemacht? Hab diese Frau nie ausstehen können, müssen Sie wissen. Ah, in die Tasche hab ich's gesteckt, wie immer. Ja. Wie Sie vielleicht wissen, leben meine Frau und ich nicht zusammen, und Gilda Farren hat es sich zur Aufgabe gemacht, mich zu bekehren. Jetzt hab ich sie endlich abgewimmelt, aber einmal hat sie doch die Impertinenz besessen, uns ‹zusammenbringen› zu wollen. Hol sie der Henker! War das vielleicht eine peinliche Situation! Spielt natürlich jetzt auch keine Rolle mehr. Aber ich kann nun mal diese Weiber nicht ausstehen, die sich mit den besten Absichten überall einmischen müssen. Na ja, wenn sie mir jetzt irgendwo begegnet, blickt sie mir traurig und vergebungsvoll in die Augen. Ich kann mit diesem Quatsch nichts anfangen.»

«Widerlich», pflichtete Wimsey bei. «Genau wie die Leute, die immer für einen beten wollen. Ist Farren dann ganz weggegangen, oder ist er zufällig noch einmal wiedergekommen?»

«Ich weiß es nicht. Das ist es ja. Es *ist* später jemand gekommen.»

«Wann?»

«Kurz nach Mitternacht, aber ich bin nicht aufgestanden, um zu sehen, wer es war. Es hat jemand an die Tür geklopft, und kurz darauf ist dann derjenige ins Haus gegangen, aber ich bin nicht extra aufgestanden, um nachzusehen. Und dann bin ich eingeschlafen.»

«Und Sie haben diesen Jemand nicht wieder weggehen hören?»

«Nein. Ich habe keine Ahnung, wie lange er – oder sie – geblieben ist.»

«Sie?»

«Ich sagte er oder sie, weil ich wirklich nicht die leiseste Ahnung habe, wer oder was das war. Ich glaube aber nicht, daß es Farren war, denn ich bilde mir ein, einen Wagen gehört zu haben. Sie könnten mir mal diesen Lappen wiedergeben, wenn Sie ihn nicht mehr brauchen. Ich kann wirklich schrecklich wenig über die Geschichte sagen. Um ehrlich zu sein, ich hab gedacht, es ist Jock Graham, der wieder seine Spielchen treibt.»

«Das könnte durchaus sein. Hm. Also wenn ich Sie wäre, Ferguson, ich glaube, ich würde es sagen.»

«Was? Nur das mit dem mitternächtlichen Besuch, meinen Sie? Oder auch das mit Farren?»

«Auch das mit Farren. Aber vor allem das mit dem mitternächtlichen Besuch. Schließlich war das offenbar derjenige, der Campbell als letzter lebend gesehen hat.»

«Wie meinen Sie das? Ich hab ihn doch morgens noch gesehen.»

«Gesehen und mit ihm gesprochen, meine ich», sagte Wimsey. «Er könnte der Polizei wertvolle Hinweise geben, wenn sie ihn erst hätte.»

«Warum meldet er sich denn nicht?»

«Ach Gott, das kann hundert Gründe haben. Vielleicht hat er geklauten Lachs verkauft, oder, wie Sie sagen, er war eine Sie. Wer weiß?»

«Stimmt. Also gut. Ich mache reinen Tisch, wie man so sagt. Am besten tue ich's gleich, sonst meinen die noch, ich wüßte mehr, als ich sage.»

«Ja», sagte Wimsey. «Ich würde keine Zeit verlieren.»

Er verlor selbst keine, sondern fuhr auf kürzestem Weg nach Kirkcudbright zurück, wo er Inspektor MacPherson begegnete, wie er gerade in sein Auto steigen wollte.

Lord Peter Wimsey

«He, hallo!» rief Wimsey. «Wo soll's denn hingehen? Ich hab was für Sie!»

Der Inspektor stieg wieder aus und begrüßte Wimsey herzlich.

«Soso», meinte er. «Ich hab Ihnen auch was zu zeigen. Kommen Sie einen Augenblick mit rein?»

Der Inspektor hatte nicht das mindeste dagegen, daß jemand seinen schönen Zeitplan bewunderte, und Wimsey sparte nicht mit Applaus. «Und das Schönste ist», meinte er, «ich kann Ihnen noch ein paar Lücken füllen helfen.»

Er ließ seine Neuigkeiten vom Stapel, während der Inspektor dabeisaß und sich die Lippen leckte.

«Tja», sagte der letztere, «die Sache ist klar wie der Tag. Armer Farren – muß der in einer Verfassung gewesen sein, daß er hingeht und so was macht. Schade, daß wir so viel Zeit verloren haben. Hundert zu eins, daß er jetzt längst außer Landes ist.»

«Oder gar nicht mehr am Leben», warf Wimsey ein.

«Tja, stimmt leider auch. Er hat gesagt, daß er mit Campbell abrechnen und sich dann selbst was antun will. Das sagen die Leute oft und tun's dann doch nicht, aber manch einer tut's wirklich.»

«So ist es», sagte Wimsey.

«Ich denke mir», fuhr MacPherson fort, «es wäre sicher nicht verkehrt, einen Suchtrupp in die Berge hinter Creetown zu schicken. Sie erinnern sich vielleicht noch an die traurige Geschichte vor ein, zwei Jahren, als diese arme Frau sich in eine von den alten Bleiminen gestürzt hat. Wo es solche Scherereien einmal gegeben hat, da kann es sie auch ein zweites Mal geben. Wäre schrecklich, wenn der arme Mann tot irgendwo da oben läge und wir ihn nicht fänden. Ach ja. Wissen Sie, Mylord, ich glaube, genau das fürchtet Mrs. Farren auch, sie mag's nur nicht sagen.»

«Ganz Ihrer Meinung», sagte Wimsey. «Sie glaubt wahrscheinlich, daß ihr Mann sich umgebracht hat, und sagt's nur nicht, weil sie den Verdacht hat, daß er auch den Mord begangen hat. Schikken Sie nur mal gleich Ihre Spürhunde los, Inspektor, und wir beide machen uns dann auf die Suche nach dem Schraubenschlüssel.»

«Es gibt schrecklich viel Arbeit», sagte MacPherson. «Ich glaube kaum, daß wir für alle diese Ermittlungen genug Leute haben.»

«Nur Mut», versuchte Wimsey ihn aufzumuntern. «Sie haben doch die Geschichte jetzt ganz schön im Griff, oder?»

«Schon», erwiderte der Inspektor vorsichtig, «aber so ganz verlaß ich mich da lieber nicht darauf. Da ist noch manche schwache Stelle, und ich will die anderen Verdächtigen vorerst noch nicht aus den Augen lassen.»

Klein Helen hatte den Ort der Begegnung zwischen Campbell und dem Mann im Auto so genau beschrieben, daß sie nicht mitgenommen werden mußte, um ihnen die Stelle zu zeigen. «Ist bequemer und besser, wenn wir unter uns sind», bemerkte MacPherson, indem er sich mit einem Seufzer des Wohlbehagens auf den Beifahrersitz von Wimseys großem Daimler wuchtete. In gut sechs Minuten waren sie bei der Kurve. Hier setzte Wimsey den Inspektor ab, und nachdem er den Wagen irgendwo abgestellt hatte, wo er andere Verkehrsteilnehmer nicht störte, ging er zurück und beteiligte sich an der Suche.

Laut Helens Erzählung hatte sie hinter dem halbversunkenen Steinwall auf der, von Kirkcudbright aus gesehen, linken Straßenseite Position bezogen. Wimsey und MacPherson begannen darum von den beiden Enden her und suchten, aufeinander zugehend, einen mehrere Meter breiten Streifen hinter dem Steinwall ab. Es war ein Fest für die Bandscheiben, so im Gras herumzustochern, und während Wimsey den Rücken beugte und streckte, dichtete er nach Art der Wanze auf der Mauer vor sich hin:

> Vor der Nase, tief im Grase
> liegt ein Schraubenschlüssel.
> Seht euch diesen Schlüssel an,
> wie der Schlüssel schrauben kann.
> Vor der Nase, tief im Grase,
> liegt ein Schraubenschlüssel.

Er richtete sich auf und dehnte den Rücken.

«Nicht sehr schön hier», maulte er. «Eher was für ein Bild von Heath Robinson.»

> Schraubenschlüssel, komm doch her,
> laß uns nicht so suchen.
> Komm heraus, ich krieg dich doch,
> lägst du auch im tiefsten Loch.

> Und nun fällt mir nichts mehr ein,
> was sich reimt auf Suchen.

«Ich hätte Bunter mitbringen sollen. Das ist knechtische Arbeit. Wirklich unter der Würde eines Menschen, wenn man mal von Napoleons Heer absieht, das ja nach allgemeinem Volksglauben auf dem Bauch marschiert sein soll. Ei, ei, was haben wir denn da!»

Sein Spazierstock – den er überall mit sich herumschleppte, selbst im Auto für den Fall, daß ein ungnädiges Geschick ihn zwingen könnte, ein paar Schritte auf eigenen Beinen zurückzulegen – war gegen etwas gestoßen, was einen metallischen Ton von sich gab. Er bückte sich, schaute und ließ einen wilden Schrei ertönen.

Der Inspektor kam im Galopp heran.

«Da hätten wir dich ja», sagte Wimsey mit verlegenem Stolz.

Es war ein großer Schraubenschlüssel, etwas angerostet vom Tau. Er lag nur ein paar Fußbreit vom Steinwall entfernt.

«Haben Sie ihn auch nicht angerührt?» fragte der Inspektor besorgt.

«Wofür halten Sie mich?» fragte Wimsey gekränkt zurück.

MacPherson kniete nieder, brachte ein Bandmaß zum Vorschein und maß mit feierlicher Miene die Entfernung zwischen Schraubenschlüssel und Steinwall. Dann warf er einen Blick über den Wall auf die Straße und fertigte eine genaue Lageskizze an. Danach nahm er ein großes Taschenmesser und steckte es zwischen die Steine des Walls, um die Stelle noch genauer zu markieren, und erst nachdem er alle diese Zeremonien hinter sich gebracht hatte, hob er ganz vorsichtig den Schraubenschlüssel auf, die Finger unter einem großen weißen Taschentuch, dessen Enden er behutsam um das Werkzeug legte.

«Könnten nämlich Fingerabdrücke darauf sein», erklärte er.

«Ja, könnten», pflichtete Wimsey bei.

«Und dann brauchten wir nur noch Farrens Fingerabdrücke und könnten sie miteinander vergleichen. Wie kriegen wir die?»

«Rasiermesser», sagte Wimsey, «Spachtel, Bilderrahmen, Töpfe – alles, was in seinem Atelier ist. In Ateliers wird nie abgestaubt. Ich glaube, die eigentliche Prügelei hat sich auf der anderen Straßenseite abgespielt. Jetzt werden davon nur nicht mehr viele Spuren übrig sein, fürchte ich.»

Der Inspektor schüttelte den Kopf.

«Nicht sehr wahrscheinlich bei dem vielen Vieh, das hier entlanggetrieben wird. Es ist ja auch kein Blut geflossen, und dieses trockene Gras nimmt erst recht keine Spuren an. Aber wir können ja trotzdem mal nachsehen.»

Die Straße selbst verriet nichts, und die Eindrücke im Gras waren so unscharf, daß nichts damit anzufangen war. Doch schon bald entfuhr Wimsey, der zwischen Brombeer- und Farngestrüpp herumstocherte, ein leiser Aufschrei der Überraschung.

«Was gibt's?» fragte MacPherson.

«Tja, was wohl?» sagte Wimsey. «Mal wieder so ein Problem, Inspektor. Haben Sie schon mal die Geschichte von den Kilkenny-Katzen gehört, die so lange kämpften, bis nur noch die Schwänze von ihnen übrig waren? Da prügeln sich also zwei Männer, der eine hinüber, der andere auf und davon, und zurück bleibt ein Büschel Haare. Außerdem noch von der falschen Farbe. Wie finden Sie das?»

Er hielt ein lockiges schwarzes Büschel in die Höhe, das an assyrische Wandmalereien erinnerte.

«Das ist merkwürdig», sagte MacPherson.

«Abgeschnitten, nicht ausgerissen», sagte Wimsey. Er nahm ein Vergrößerungsglas aus der Tasche und studierte die Trophäe von allen Seiten. «Weich und geschmeidig und am distalen Ende noch nie gekürzt worden; könnte von einem dieser süßen, altmodischen Mädchen mit langen Haaren stammen, nur daß es dafür ein bißchen grob ist. Also, wo das herkommt, das wird uns ein Fachmann sagen müssen.»

Der Inspektor nahm das Beweisstück vorsichtig zur Hand und begutachtete es durch die Lupe, im Gesichtsausdruck das Äußerste an Intelligenz, was er momentan zuwege brachte.

«Wie kommen Sie darauf, daß es noch nie geschnitten wurde?» fragte er.

«Sehen Sie, wie sich die Spitzen verengen. Gibt es ein Weibchen hierzuland', des' Schwarzhaar nicht Schere noch Eisen gekannt? Ob die beiden sich am Ende um ein Liebespfand geprügelt haben, Inspektor? Aber von wem? Nicht von Mrs. Farren, oder sie hätte sich über Nacht von einer Burne-Jones in eine Rossetti verwandeln müssen. Wenn aber nicht Mrs. Farren, Inspektor, wo bleibt dann unsere Theorie?»

«Ach was!» meinte der Inspektor. «Das muß mit unserem Fall überhaupt nichts zu tun haben.»

«Wie verständig Sie doch sind», fand Wimsey, «und wie unbeirrbar. Die Ruhe und Beherrschtheit selbst, kein Schäumen, kein Überlaufen. Apropos, wann öffnen die Kneipen? Hoppla, da ist ja gleich noch ein Büschel Haare! Schönes Liebespfand! Wissen Sie was, wir begeben uns damit mal zu mir nach Hause und zeigen es Bunter. Ich hab so das Gefühl, daß es ihn interessieren wird.»

«Meinen Sie?» fragte MacPherson. «Keine schlechte Idee vielleicht. Aber ich glaube, wir sollten doch erst mal nach Newton Stewart. Dort müssen wir den Doktor auftreiben und den Bestattungsunternehmer veranlassen, den Sarg zu öffnen. Ich möchte doch zu gern sehen, wie der Schraubenschlüssel in die Schädelverletzung paßt.»

«Sehr gut», fand Wimsey. «Ich auch. Aber einen kleinen Moment noch. Wir sollten uns einmal umtun und feststellen, was mit der Leiche geschehen ist. Der Mörder hat sie in seinen Wagen gestopft und ist damit in Richtung Gatehouse weggefahren. Weit kann er aber nicht gefahren sein, weil er schon bald darauf wiedergekommen ist, um Campbells Morris zu holen. Demnach müßte hier irgendwo ein Gatter sein, und ich glaube sogar eines gesehen zu haben.»

Die Suche dauerte nicht lange. Schon fünfzig Meter hinter der Kurve fanden sie ein rostiges Eisengatter auf der rechten Straßenseite. Es führte auf einen grasüberwachsenen Weg, der nach etwa dreißig Metern abrupt nach links abbog und dann hinter ein paar Büschen versteckt lag.

«Das ist die Stelle», sagte Wimsey. «Hier ist in letzter Zeit ein Wagen gefahren. Man sieht noch, wo die Kotflügel die Pfosten gestreift haben. Das Gatter ist nur mit Haken und Kette gesichert – man kriegt's leicht auf. Er muß den Wagen rückwärts dort um die Biegung gefahren haben. Wenn er dann noch die Lichter löschte, war von der Straße aus nichts mehr zu sehen. Da gab's keine Schwierigkeiten, und ein anderes Versteck ist im Umkreis von mindestens einer Meile nicht zu finden, da bin ich ganz sicher. Nun, das finde ich außerordentlich befriedigend. Ich frohlocke, sagte der Schlaufuchs. Nichts wie zurück zum Wagen, Inspektor. Spucken Sie in die Hände und halten Sie sich gut fest. Ich fühle mich zu großen Taten aufgelegt und gedenke zwischen hier und Newton Stewart sämtliche Rekorde zu brechen.»

Dr. Cameron war an dem Schraubenschlüssel über alle Maßen interessiert und konnte so schwer die Finger davon lassen, daß man es für das beste hielt, ihn zuerst nach Fingerabdrücken zu untersuchen, bevor man irgend etwas anderes tat. Dies geschah in Gemeinschaftsarbeit zwischen der Polizei, dem örtlichen Fotografen und Lord Peter Wimsey. Nach Bestäuben mit Quecksilberpulver erschien ein prächtiger Daumenabdruck, von dem ein einwandfreies Negativ «gesichert» wurde, um das Lieblingswort der Journalisten zu gebrauchen.

In der Zwischenzeit hatte ein Konstabler den Bestattungsunternehmer aufgetrieben, der im Zustand höchster Erregung eintraf, die Reste seines Nachmittagstees noch in den Backentaschen. Eine weitere kleine Verzögerung ergab sich daraus, daß jemandem einfiel, man müsse vielleicht den Staatsanwalt verständigen. Der Staatsanwalt war zum Glück in der Stadt und gesellte sich zu ihnen, und während sie zum Leichenschauhaus fuhren, erklärte er Wimsey, daß dies der heikelste Fall seiner ganzen Praxis sei, und dabei sei ihm die Überlegenheit des schottischen Rechts gegenüber dem englischen in diesen Dingen so recht bewußt geworden. «Denn», sagte er, «das Aufsehen, das durch eine öffentliche gerichtliche Untersuchung erregt wird, muß doch für die Verwandtschaft unnötig schmerzhaft sein, das aber wird durch unser System der stillen Ermittlung vermieden.»

«Sehr wahr», antwortete Wimsey höflich, «nur dürfen Sie nicht vergessen, wieviel Unterhaltung wir dadurch aus den Sonntagszeitungen beziehen, für die das die saftigsten Bissen sind.»

«Wir begaben uns dann», lautete Inspektor MacPhersons Bericht zu diesem Vorgang, «zum Leichenschauhaus, wo der Sarg im Beisein des Staatsanwalts, Dr. Camerons, Mr. James McWhans (Bestatter), Lord Peter Wimseys und meiner Person geöffnet und der Leichnam Campbells herausgenommen wurde. Beim Vergleich des oben erwähnten Schraubenschlüssels mit den Verletzungen am Kopf der Leiche vertrat Dr. Cameron die Ansicht, daß die gequetschte Stelle am linken Wangenknochen genau die Konturen der Gabel besagten Schraubenschlüssels wiedergebe und in aller Wahrscheinlichkeit von diesem oder einem ähnlichen Werkzeug herrühre. Bezüglich der größeren Verletzung an der Schläfe, die den Tod herbeigeführt hat, konnte Dr. Cameron nicht mit Sicherheit eine Aussage machen, stellte jedoch fest, daß nach der äußeren Erscheinung der Verletzung besagter Schraubenschlüssel als Urheber in Betracht komme.»

Nach dieser triumphalen Eintragung, die von ernsthaftem literarischem Bemühen zeugte, folgt eine zweite:

«Auf eine Anregung Lord Peter Wimseys» (der Inspektor war ein gerechter Mann, der Ehre gab, wem Ehre gebührte, mochte sein Stolz auch verletzt sein) «wurden dann Fingerabdrücke von dem Toten genommen.» (Dieser letzte Satz ist gestrichen und durch eine schönere Formulierung ersetzt:) «... wurden Abbildungen von den Fingerabdrücken des Toten sichergestellt. Beim Vergleich dieser Abbildungen mit dem auf dem Schraubenschlüssel gefundenen Daumenabdruck wurde völlige Identität festgestellt. Auf Anweisung schickte ich beide Abbildungen zur Expertenbegutachtung nach Glasgow.»

In diesem würdevollen Absatz steht nichts von der herben Enttäuschung, die der Inspektor empfand. Hatte er doch mit diesem Daumenabdruck in Händen den Fall schon abgeschlossen geglaubt, und nun war er mit einemmal wieder emporgerissen und in die Vorhölle der Ungewißheit und des Zähneknirschens geschleudert worden. Sein Verhalten jedoch war untadelig bis zum letzten.

«Es ist wirklich ein Glück», sagte er zu Wimsey, «daß Eure Lordschaft auf die Idee gekommen ist, das machen zu lassen. Mir wär das gar nicht eingefallen. Wir hätten auf Grund dieses trügerischen Fingerabdrucks womöglich alle sechs Verdächtigen ausgeschieden. Das war eine prima Idee von Ihnen, Mylord, eine ganz prima Idee.»

Er seufzte tief.

«Kopf hoch», sagte Wimsey. «So geht's nun mal im Leben. Kommen Sie, wir essen in den *Galloway Arms* zusammen zu Abend.»

Das war nun allerdings ein unglücklicher Vorschlag.

Die Zusammenkunft in Bob Andersons Atelier war an diesem Abend gut besucht. Bob war ein Künstler, für dessen Herzensgüte am besten die Tatsache spricht, daß niemand, der mit dem Mordfall zu tun hatte, auch nur für einen Augenblick auf den Gedanken gekommen war, er könne Campbell gehaßt oder ihm Schaden zugefügt haben oder auch nur am Rande in die Angelegenheit verwickelt gewesen sein. Er wohnte schon fast so lange in Kirkcudbright wie Gowan und war allseits beliebt, nicht nur bei allen Künstlerkollegen, sondern auch bei den Einheimischen, vor allem bei den Fischern und den Leuten, die im Hafen arbeiteten. Er besuchte selten jemanden, zog es vor, jeden Abend der Woche zu Hause zu sein, und alle Neuigkeiten des Städtchens fanden auf kurz oder lang den Weg durch Bob Andersons Atelier.

Als Wimsey an diesem Donnerstagabend die lange Nase durch die Tür streckte, fand er schon alle versammelt. Miss Cochran und Miss Selby waren da, versteht sich, und Jock Graham (in bemerkenswertem Aufzug, bestehend aus einem Fischerpullover, einem Gepäckriemen, einer Reithose und Segelschuhen) sowie Ferguson (ziemlich überraschend, denn er pflegte eigentlich abends nie auszugehen), der Hafenmeister, der Doktor, Strachan (dessen Veilchen fast verblüht war), eine Mrs. Terrington, die in Metall arbeitete, ein langer, dünner und schweigsamer Mann namens Temple, über den Wimsey lediglich wußte, daß er beim Golf auf der St. Andrews-Bahn ein Handicap von fünf hatte, und schließlich Mrs., Miss und der junge Mr. Anderson. Das Stimmendurcheinander war zum Davonlaufen.

Wimseys Eintreten wurde mit einem allgemeinen Begeisterungsschrei begrüßt.

«Da kommt er ja! Da kommt er! Kommen Sie schon rein. Da ist der Mann, der uns alles sagen kann!»

«Worüber?» fragte Wimsey, der es nur zu genau wußte. «Über das Wetter von morgen?

«Pfeif aufs Wetter. Natürlich über die Geschichte mit dem armen Campbell. Es ist ja schrecklich, wie die Polizei andauernd bei einem rein- und rausgeht. Man fühlt sich keine Sekunde mehr sicher. Zum Glück habe ich ein gußeisernes Alibi, sonst würde ich schon langsam glauben, ich sei selbst ein Verbrecher.»

«Sie doch nicht, Bob», sagte Wimsey.

«Na, das weiß man heutzutage nie. Aber es trifft sich gut, daß ich am Montagabend beim Bürgermeister zum Essen war und erst um Mitternacht nach Hause gekommen bin, und am Dienstagmorgen bin ich in aller Öffentlichkeit auf der St. Cuthbert's Street spazierengegangen. Aber nun sagen Sie uns mal, Wimsey, wo Sie doch mit der Polizei Hand in Hand arbeiten –»

«Ich darf doch nichts sagen», erklärte Wimsey weinerlich. «Führt mich bitte nicht in Versuchung. Das ist nicht nett. Ich könnt' Euch, Bob, nicht so sehr lieben, liebt' ich die Ehre nicht noch mehr. Schließlich soll ich etwas rauskriegen, nicht mein Wissen unter die Leute bringen.»

«Bitte, was wir wissen, dürfen Sie gern erfahren», sagte Miss Selby.

«Wie schön», fand Wimsey. «Dann sagen Sie mir mal gleich, wieviel hundert Leute außer Jock wußten, daß Campbell am Dienstag zum Minnoch wollte.»

«Fragen Sie lieber, wer nicht», meinte der Doktor. «Am Sonntagabend hat er's hier gesagt. Er hatte nachmittags schon mal eine Skizze angefertigt. Am Montag wollte er an irgendeinem wunderschönen Wasser angeln gehen, das er aber keinem verraten wollte –»

«Ich weiß aber doch, wo es ist», warf Graham ein.

«Sie natürlich. Und am Dienstag wollte er den Minnoch malen gehen, wenn das Wetter schön blieb. Das haben Sie doch auch gehört, nicht wahr, Sally?»

«Stimmt», antwortete Miss Cochran.

«Ich war auch hier», sagte Ferguson, «und ich erinnere mich genau. Ich glaube, ich hab auch am Montagmorgen Farren etwas davon gesagt, denn er hatte für Dienstag eine Teegesellschaft oder so was Ähnliches in Brighouse Bay geplant und hat gemeint, hoffentlich begegnet er da nicht Campbell.»

«Ich hab's auch gewußt», sagte Strachan. «Meine Frau und ich haben ihn am Sonntag dort getroffen, wie ich Wimsey schon erzählt habe, glaube ich.»

Wimsey nickte. «Campbell scheint gesprächiger gewesen zu sein als sonst», bemerkte er.

«Ach», meinte Bob, «so schlimm war Campbell gar nicht, wenn man ihn richtig zu nehmen wußte. Er hatte so eine aggressive Art, aber ich glaube, die kam mehr aus dem Gefühl heraus, daß er von allem ausgeschlossen war. Er hat sich dann mit den Leuten furchtbar gestritten –»

«Er war ein starrköpfiger Mensch», sagte der Hafenmeister.

«Richtig. Aber das machte ja alles nur noch komischer. Man durfte Campbell einfach nicht ernst nehmen.»

«Wahrhaftig nicht», fand Graham.

«Gowan hat ihn aber ernst genommen», sagte der Doktor.

«Ja, aber Gowan nimmt alles sehr ernst, am meisten sich selbst.»

«Trotzdem», meinte Mrs. Anderson. «Campbell hätte von Gowan nicht so sprechen dürfen.»

«Gowan ist verreist, nicht? Nach London, hat man mir gesagt. Übrigens, Wimsey, was ist eigentlich mit Waters los?»

«Keine Ahnung. Nach allem, was ich feststellen kann, müßte er in Glasgow sein. Haben Sie ihn vielleicht gesehen, Ferguson?»

«Nein. Das hat die Polizei mich schon gefragt. Muß ich annehmen, daß Waters verdächtigt wird, etwas ausgefressen zu haben?»

«Waters war am Sonntagabend hier», bemerkte der Doktor, «aber er ist nicht mehr lange geblieben, nachdem Campbell dazugekommen war.»

«Sie wissen immer alles so genau, Doktor. Aber wenn Waters in Glasgow war, kann er nicht am Minnoch gewesen sein.»

«Das Komische ist nur», meinte Miss Selby, «daß ihn in Glasgow niemand gesehen hat. Er hätte mit unserem Zug fahren sollen, ist er aber nicht, oder vielleicht doch, Mr. Ferguson?»

«Gesehen hab ich ihn nicht. Aber ich hab auch nicht besonders nach ihm ausgeschaut. Ich hab Sie beide in Dumfries zusteigen sehen, und dann hab ich Sie wieder am St. Enoch-Bahnhof mit diesen Leuten gesehen. Aber ich mußte ziemlich eilig weg, weil ich noch was zu erledigen hatte, bevor ich zur Ausstellung ging. Eine ziemlich ärgerliche Geschichte war das übrigens. An meinem Magnetzünder war was kaputt, sonst wäre ich doch einfach früh aufgestanden und nach Dumfries rübergefahren, um den Express um halb acht zu bekommen, statt auf diesen schrecklichen Elf-Uhr-zweiundzwanziger warten zu müssen, der an jeder Milchkanne hält.»

«Anstatt mit so einem ausgesprochenen Bummelzug zu fahren», meinte Wimsey, «hätte ich doch noch ein bißchen gewartet und den Zug um 13 Uhr 46 genommen.»

«Also zuerst mit dem um 10 Uhr 56 ab Gatehouse?»

«Oder mit dem Elf-Uhr-Bus. Da wären Sie um 12 Uhr 25 in Dumfries gewesen.»

«Nein, das klappt nicht», sagte Strachan. «Der fährt nur sonntags. Werktags fährt er schon um zehn.»

«Na ja, das wäre sowieso nicht gegangen», sagte Ferugson, «weil ich um Viertel nach drei auf der Ausstellung mit jemandem verabredet war, und der Zug um 13 Uhr 46 ist erst um 16 Uhr 34 in Glasgow. Ich mußte also in den sauren Apfel beißen. Im Hotel lag dann eine Nachricht für mich, daß der Mann zu einem kranken Verwandten gerufen worden war.»

«Kranke Verwandte sollten gesetzlich verboten sein», meinte Wimsey.

«Sehr richtig; ich war vielleicht sauer. Na ja, jedenfalls hab ich dann meinen Magnetzünder genommen und zu Sparkes & Crisp gebracht, und da liegt er heute noch, daß ihn der Teufel hole. Irgendwas mit der Spule, soweit ich die verstanden habe – aber ich glaube, die wußten's selbst nicht. Dabei ist der Wagen so gut wie neu; erst ein paar Tausend drauf. Ich verlange jedenfalls Garantie.»

«Das ist doch schön», tröstete Wimsey. «Nun kann Sparkes & Crisp Ihnen ein wunderschönes Alibi geben.»

«Das ja; ich weiß zwar nicht mehr genau, wann ich dort war, aber das werden die ja wissen. Ich bin mit der Straßenbahn hingefahren. Da müßte ich wohl so gegen drei angekommen sein. Der Zug war natürlich eine Viertelstunde zu spät, wie immer.»

«Es waren eher schon zwanzig Minuten», warf Miss Selby heftig ein. «Wir haben uns furchtbar geärgert. Das ging doch von unserer Zeit mit Kathleen ab.»

«Bummelzüge haben immer Verspätung», sagte Wimsey. «Das gehört zum Fahrplan. Der ist eigens so angelegt, daß der Lokführer und der Schaffner bei jedem Halt aussteigen und den Garten des Bahnhofsvorstehers bewundern können. Sie kennen doch diese Gärtnerpreisausschreiben, die sie immer im Eisenbahner-Magazin veranstalten. So werden die nämlich durchgeführt. Der Schaffner steigt in Kirkgunzeon oder in Brig o'Dee aus und mißt mit dem Zollstock den dicksten Kürbis, dann sagt er: ‹Zwei Fuß vier Zoll – das rrreicht nicht, Mr. McGeoch. In Dalbeattie ham sie einen, der ist noch zwei Zoll dicker. He, George, komm doch mal rrrüber!› Dann geht also der Lokführer auch, noch hin und sagt: ‹Och ja, hm, tja, dem geben Sie am besten mal 'n Fußbad aus Guano flüssig und Aspidistramilch.› Und dann fahren sie weiter nach Dalbeattie und erzählen dort, daß der Kürbis in Kirkgunzeon mit Riesenschritten aufholt. Da braucht ihr gar nicht zu lachen. Ich weiß, daß es so zugeht. Wozu würden die denn sonst immer Ewigkeiten auf diesen Bummelbahnhöfchen stehenbleiben?»

«Sie sollten sich was schämen», fand Miss Anderson. «Solchen Unsinn daherzureden, wo der arme Mr. Campbell gerade erst tot ist.»

«Morgen wird er doch begraben, oder?» kam es plötzlich taktlos von Jock Graham. «In Gatehouse. Geht einer hin? Ich hab keinen Hochzeitsanzug.»

«Ach du meine Güte!» rief Bob. «Da hab ich gar nicht daran gedacht. Wir werden wohl hin müssen. Sähe sonst komisch aus. Außerdem möchte ich dem armen Kerl wirklich die letzte Ehre erweisen. Wir können doch sicher so hingehen, wie wir sind.»

«Sie können nicht in diesem schreußlichen Tweedanzug hingehen, Bob», sagte Miss Selby.

«Warum nicht?» fragte Bob. «Ich kann in einem karierten Anzug genauso trauern wie in einem Frack, der nach Mottenkugeln riecht. Ich gehe in meiner normalen Arbeitskleidung hin – natürlich mit schwarzer Krawatte. Könnt ihr euch mich mit Zylinder vorstellen?»

«Papa, du bist scheußlich», fand Miss Anderson.

«Mein Gott!» rief Wimsey. «Hoffentlich hat Bunter daran gedacht, einen Kranz zu bestellen Aber er wird wohl. Er denkt ja immer an alles. Haben Sie schon entschieden, ob Sie vom Club aus einen schicken, Strachan?»

«Ja, ja», sagte Strachan. «Wir fanden alle, daß es doch richtiger wäre.»

«Das Schlimmste an Campbell», sagte ganz unerwartet der

Mann mit dem Fünfer-Handicap, «war, daß er so schlecht verlieren konnte. Einmal aus der Bahn geschlagen oder ein verpatzter Annäherungsversuch, und aus war's für den ganzen Nachmittag.»

Nachdem er sich diese Kritik von der Seele geredet hatte, hüllte er sich wieder in Schweigen und sprach kein einziges Wort mehr.

«Er sollte diesen Sommer in London eine Ein-Mann-Ausstellung haben, nicht?» meinte Ferguson.

«Die wird wahrscheinlich seine Schwester durchziehen», sagte der Doktor. «Dürfte ein großer Erfolg werden.»

«Ich verstehe nie, was der Doktor mit seinen Bemerkungen immer meint», sagte der junge Anderson. «Wie ist die Schwester überhaupt? Hat sie schon mal einer gesehen?»

«Sie war gestern hier», sagte Mrs. Anderson. «Eine nette, stille Person. Mir gefällt sie.»

«Was hält sie von der Geschichte?»

«Mein Gott, Jock, was soll sie schon davon halten? Sie wirkte sehr bedrückt, wie man sich ja vorstellen kann.»

«Eine Ahnung, wer's getan haben könnte, hatte sie wohl auch nicht?» erkundigte sich Wimsey.

«Nein – soweit ich sie verstanden habe, hat sie ihren Bruder seit Jahren nicht mehr gesehen. Sie ist in Edinburgh mit einem Ingenieur verheiratet, und wenn sie auch nicht viel gesagt hat, könnte ich mir doch vorstellen, daß die beiden Männer sich nicht besonders verstanden haben.»

«Das ist alles so unangenehm und rätselhaft», sagte Mrs. Anderson. «Ich kann nur hoffen, daß es sich schließlich als blinder Alarm herausstellt. Ich kann nicht wirklich glauben, daß irgend jemand hier ein Verbrechen begangen haben könnte. Die Polizei ist sicher nur auf eine Sensation aus. Wahrscheinlich war es am Ende doch ein Unfall.»

Der Doktor öffnete den Mund, doch dann fing er Wimseys Blick und schloß ihn wieder.

Wimsey nahm an, daß sein Kollege in Newton Stewart etwas gesagt haben mußte, und beeilte sich, die Unterhaltung in ein Fahrwasser zu manövrieren, das einerseits eine Warnung ermöglichte, andererseits vielleicht auch brauchbare Informationen ans Tageslicht förderte.

«Es kommt sehr darauf an», sagte er, «wie lange Campbell am Dienstag tatsächlich am Minnoch gesessen hat. Wir wissen – oder Ferguson zumindest weiß –, daß er gegen halb acht aufgebrochen ist. Es sind rund 27 Meilen – sagen wir also, er war zwischen halb und Viertel vor neun da. Wie lange würde er brauchen, um seine Skizze anzufertigen?»

«Wenn er von vorne anfängt?»

«Gerade das weiß man nicht. Aber nehmen wir an, er hat mit einer leeren Leinwand angefangen.»

«Was er wahrscheinlich hat», sagte Strachan. «Er hat mir am Montag seine Rohskizze auf dem Skizzenblock gezeigt, und am Montag war er nicht oben.»

«Soweit wir wissen», sagte Ferguson.

«Richtig. Soweit wir wissen.»

«Nun, also?» fragte Wimsey.

«Wir haben das Bild nicht gesehen», sagte Bob. «Wie sollen wir da etwas sagen?»

«Passen Sie mal auf», sagte Wimsey. «Ich wüßte, wie wir das ungefähr herausbekommen können. Nehmen wir mal an, Sie alle hier fangen mit einer Leinwand von entsprechender Größe und einer rohen Kohleskizze an – könnten Sie da irgend etwas zusammenpinseln, so gut wie möglich in Campbells Stil, während ich mit einer Stoppuhr dabeistehe? Dann könnten wir die Durchschnittszeit nehmen und hätten einen ungefähren Anhaltspunkt.»

«Rekonstruktion des Verbrechens?» lachte der junge Anderson.

«Gewissermaßen.»

«Aber Wimsey, das ist ja alles schön und gut. Nur, keine zwei Leute malen gleich schnell, und wenn ich zum Beispiel wie Campbell mit dem Spachtel malen wollte, käme ein ganz schönes Geschmiere heraus, und einbringen würde das gar nichts.»

«Kann sein – aber Ihre Stile sind sich eben sehr unähnlich, Ferguson. Jock dagegen kann jeden imitieren, das weiß ich, und Waters hat gesagt, es sei ganz leicht, einen völlig glaubwürdigen Campbell zu fälschen. Und Bob ist ein Experte mit dem Spachtel.»

«Ich spiele mit, Lord Peter», meldete sich zu seiner Überraschung Miss Selby. «Wenn es wirklich etwas nützen kann, macht es mir nichts aus, mich zum Narren zu machen.»

«Das ist die richtige Einstellung», sagte Graham. «Ich bin dabei, Peter.»

«Ich könnte mich auch mal daran versuchen», meinte Strachan.

«Also gut», sagte Bob. «Wir machen alle mit. Müssen wir uns dazu an den Ort der Tragödie begeben, Alter?»

«Um halb acht aufbrechen?» fragte Miss Selby.

«Es bringt nichts, wenn wir zu früh dort sind», wandte Strachan ein. «Wegen des Lichts.»

«Das ist ja auch so ein Punkt, den wir nachprüfen wollen», sagte Wimsey, «wie früh er überhaupt hat anfangen können.»

«Puh», machte Bob Anderson, «es geht entschieden gegen meine Prinzipien, in aller Herrgottsfrühe aufzustehen.»

«Macht doch nichts», sagte Wimsey. «Bedenken Sie mal, wie nützlich das sein kann.»

«Na ja – hatten Sie an morgen früh gedacht?»

«Je eher, desto besser.»

«Fahren Sie uns hin?»

«Mit äußerstem Komfort. Und Bunter wird für heißen Kaffee und Sandwiches sorgen.»

«Das wird Spaß machen», freute sich Miss Selby.

«Wenn es also sein muß –» sagte Bob.

«Ich finde es gräßlich», sagte Ferguson. «Da in ganzen Wagenladungen hinzufahren und ein Picknick zu veranstalten. Was sollen die Leute von uns denken?»

«Ist es denn wichtig, was sie von uns denken?» erwiderte Graham. «Ich finde, Sie haben völlig recht, Wimsey. Herrgott noch mal, wir sollten doch wirklich tun, was wir können. Ich bin jedenfalls dabei. Kommen Sie schon, Ferguson, lassen Sie uns nicht im Stich.»

«Ich komme ja mit, wenn ihr wollt», lenkte Ferguson ein, «aber widerlich finde ich's trotzdem.»

«Miss Selby, Bob, Strachan, Ferguson, Graham und ich als Zeitnehmer. Kaffee und Spachtel für sechs. Strachan, am besten nehmen Sie Ferguson und Graham mit, und ich übernehme das Kontingent aus Kirkcudbright. Außerdem nehme ich noch einen Polizisten als Zeugen mit. Sehr gut.»

«Ich habe den Eindruck, Ihnen macht das Spaß, Lord Peter», sagte Mrs. Terrington. «Sie hat wohl so richtig das Jagdfieber gepackt.»

«Solche Ermittlungen sind immer interessant», gab Wimsey zu. «Jeder Mann begeistert sich für seinen Beruf, hab ich nicht recht, Mr. Doulton?» wandte er sich an den Hafenmeister.

«Ganz rrrecht, Mylord. Ich weiß noch, wie ich mal so was Ähnliches machen mußte, viele Jahre ist das her, da ist ein Segelschiff in der Mündung auf Grund gelaufen und dann im Sturm auseinandergebrochen. Die Versicherungsfritzen dachten, der Unfall war nicht ganz astrein. Wir haben uns dann die Mühe gemacht, zu beweisen, daß bei den herrschenden Wind- und Flutverhältnissen das Boot längst weit vor der Küste hätte sein müssen, wenn die zu der Zeit aufgebrochen wären, wie sie behauptet haben. Wir haben den Prozeß verloren, aber meine Meinung habe ich nie geändert.»

«Diese Flußmündung kann tückisch sein, wenn man die Fahrrinnen nicht kennt», sagte Bob.

«Ja, das schon. Aber ein Mann von Erfahrung wie dieser Skipper hätte so einen Fehler nicht machen dürfen, falls er zu der Zeit nicht wirklich betrunken war.»

«So was kann jedem passieren», meinte Wimsey. «Wer waren denn diese Kerle, die am Wochenende die Stadt so auf den Kopf gestellt haben?»

«Och, bloß ein paar Herren aus England, von der kleinen Yacht, die am Doon vor Anker lag», antwortete der Hafenmeister selbstzufrieden. «Die waren völlig harmlos. Sehrrr nette, gastfreundliche Menschen, Vater und Sohn. Und mit dem Boot verstanden sie umzugehen. Sie haben Dienstag früh abgelegt und wollten an der Westküste rauf nach Skye, wie sie mir gesagt haben.»

«Nun, schönes Wetter haben sie ja dafür», meinte der Doktor.

«Tja, schon, aber ich glaube, heute nacht wird's umschlagen. Der Wind dreht sich, und von Irland kommt eine Tiefdruckzone herüber.»

«Die sollen ihre Tiefdruckzonen gefälligst dort behalten», knurrte Wimsey, denn er dachte an sein Experiment.

Erst um elf Uhr ging die Versammlung auseinander. Als Wimsey auf die Straße trat, fühlte er sofort den Wetterumschwung. Mildfeuchte Luft legte sich an seine Wangen, und ein dichter Wolkenvorhang zog über den Himmel.

Er wollte gerade zum Cottage zum Blauen Gartentor einbiegen, da sah er weit weg am Ende der Straße das rote Rücklicht eines Wagens. Es war schwirig, in dieser Finsternis Entfernungen zu schätzen, aber sein Instinkt schien ihm sagen zu wollen, daß der Wagen vor Gowans Haus stand. Von Neugier gepackt, ging er weiter die Straße entlang darauf zu. Er strengte Augen und Ohren an und glaubte bald leises Stimmengemurmel zu vernehmen und zwei verhüllte Gestalten den Gehweg überqueren zu sehen.

«Da tut sich was!» sagte er bei sich und begann auf lautlosen Gummisohlen zu laufen. Jetzt hörte er deutlich genug einen Motor anspringen. Er verdoppelte sein Tempo.

Etwas stieß gegen seine Füße – er stolperte und fiel längelang hin, nicht ohne sich gehörig weh zu tun. Als er sich wieder hochrappelte, verschwand das rote Rücklicht um die Ecke.

Plötzlich tauchte der Hafenmeister neben ihm auf und half ihm aufstehen.

«Ein rrrichtiger Skandal ist das», schimpfte der Hafenmeister, «wie sie diese Treppen dirrrekt bis an den Rinnstein bauen. Haben Sie sich weh getan, Mylord? Da muß die Stadtverwaltung mal was gegen tun. Ich weiß noch, als ich ein junger Mann war –»

«Entschuldigen Sie mich», sagte Wimsey. Er rieb sich Knie und Ellbogen. «Nichts passiert. Sie sind mir nicht böse, nein? Ich hab eine Verabredung.»

Er rannte in Richtung Polizeirevier davon und ließ den Hafenmeister höchst verdutzt hinter ihm dreinblicken.

Konstabler Ross

Der folgende Tag dämmerte wild und stürmisch. Schwerer Regen und heftige Böen aus Südwest zwangen zu einer Verschiebung von Wimseys Malerpicknick. Desungeachtet verlief der Tag nicht ganz ereignislos. Das erste, was passierte, war Konstabler Ross' plötzliche Rückkehr aus Ayr mit einer erstaunlichen Geschichte.

Er war am Abend zuvor nach Kilmarnock gefahren, um die Spur eines Radfahrers im Regenmantel zu verfolgen, den man kurz nach 13 Uhr 48 den Bahnhof Ayr hatte verlassen sehen. Die Spur verlief jedoch im Sande. Er fand den Mann ohne die allerkleinste Schwierigkeit. Es war ein ganz und gar unschuldiger und achtbarer junger Bauer, der zum Bahnhof gekommen war, um sich nach einer auf dem Transport verlorengegangenen Fracht zu erkundigen.

Ross hatte sich dann in und um die Stadt herum weiter erkundigt, mit dem folgenden Ergebnis:

Der Verkäufer am Zeitungsstand hatte den Fahrgast in Grau um 13 Uhr 49 am Kiosk vorbeigehen sehen, Richtung Ausgang. Er hatte ihn nicht aus dem Bahnhof hinausgehen sehen, weil eine Ecke des Zeitungsstandes ihm den Blick zum Ausgang versperrte.

Ein Taxifahrer, der unmittelbar vor dem Bahnhofsausgang stand, hatte einen jungen Mann mit Regenmantel und Fahrrad herauskommen sehen. (Das war der Bauer, den Ross daraufhin aufgesucht hatte.) Außerdem hatte er einen jüngeren Mann mit Mütze und grauem Flanellanzug herauskommen sehen, der eine Aktentasche bei sich hatte, aber kein Fahrrad. Dann war ein Fahrgast zugestiegen, und er war weggefahren, glaubte sich aber zu erinnern, er habe den Mann in Grau in eine kleine Nebenstraße einbiegen sehen. Das müsse so ungefähr zwei Minuten nach Einlaufen des Zugs aus Stranraer gewesen sein, etwa um zehn vor zwei.

Gegen zwanzig nach zwei bemerkte ein Dienstmann, der gerade einen Gepäckkarren zum 14.25-Uhr-Zug nach Carlisle schob, ein Herrenfahrrad, das an einer Anschlagtafel mit Fahrplänen und Eisenbahnplakaten auf der zu den Schaltern hin gelegenen Seite des Bahnsteigs lehnte. Beim näheren Hinsehen entdeckte er, daß es einen Gepäckanhänger nach Euston hatte. Er wußte nichts von dem Fahrrad, glaubte sich aber dunkel zu erinnern, daß es schon eine ganze Weile dort gestanden hatte. Da er annahm, daß es einem seiner Kollegen anvertraut worden war und einem Reisenden gehörte, der seine Fahrt in Carlisle unterbrechen wollte, ließ er es stehen. Als es aber um 17 Uhr noch immer dastand, fragte er seine Kollegen danach. Keiner von ihnen erinnerte sich, das Fahrrad in der Hand gehabt oder den Gepäckanhänger daran befestigt zu haben, doch da es nun einmal da war und einen ordnungsgemäßen Anhänger hatte, tat er seine Pflicht und lud es in den 17.20-Uhr-Express nach Euston. Wenn der Fahrgast, dem es gehörte, mit dem Zug um 14 Uhr 25 gefahren war, würde das Fahrrad mit demselben Zug wie er in Euston ankommen, denn der 14.25er fuhr nicht nach Euston, und Reisende nach London mußten in Carlisle umsteigen und zweieinviertel Stunden warten, bis sie mit dem 17.20er weiterfahren konnten.

Dieser Dienstmann, dessen Augenmerk nun direkt auf das Fahrrad gelenkt worden war, hatte es sich recht genau angesehen. Es war ein Raleigh, nicht mehr neu und auch nicht in besonders gutem Zustand, aber mit guten Reifen vorn und hinten.

Ross machte einen Luftsprung, als er diese Beschreibung hörte, und befragte nun eifrig alle Dienstmänner. Es gelang ihm jedoch nicht, den ausfindig zu machen, der den Gepäckanhänger nach Euston daran befestigt hatte, geschweige etwas über den Eigentümer in Erfahrung zu bringen.

Der Schalterbeamte hatte für den 14.25-Uhr-Zug nach Carlisle zehn Fahrkarten verkauft – drei Einzelfahrkarten dritter Klasse, drei Rückfahrkarten dritter Klasse, eine Einzelfahrkarte erster Klasse und eine Rückfahrkarte erster Klasse – sowie zwei Einzelfahrkarten dritter Klasse nach Euston. Er hatte weder für diesen Zug noch für den um 17 Uhr 20, in den in Ayr acht Reisende zugestiegen waren, einen Fahrradgepäckschein für eine weitere Strecke ausgestellt. Ein Dienstmann, nicht derselbe, der das Fahrrad in den Express nach Euston geladen hatte, erinnerte sich, einen Herrn mit grauem Anzug gesehen zu haben, der mit dem 14.25-Uhr-Zug ohne Gepäck nach Carlisle gefahren sei; er habe ihn gefragt, welche Strecke der Zug fahre, nämlich über Mauchline. Dieser Mann habe weder eine Brille aufgehabt noch etwas von einem Fahrrad gesagt, ebensowenig einer der Passagiere des Expresszugs um 17 Uhr 20.

Konstabler Ross versuchte als nächstes die Spur des Mannes im grauen Anzug zu verfolgen, der in der Nebenstraße verschwunden war, doch ohne Erfolg. Es war mehr ein Gäßchen denn eine Straße und bot nichts weiter als die Hinterausgänge einiger Läden sowie eine öffentliche Toilette.

Der erneut befragte Zeitungsverkäufer glaubte sich an einen Mann mit Filzhut und Regenmantel zu erinnern, der gegen 13 Uhr 53 mit einem Fahrrad aus Richtung der Schalter an seinem Kiosk vorbeigekommen sei, aber er habe nicht weiter darauf geachtet. Sonst hatte überhaupt niemand diese Person bemerkt, denn der Zug aus Stranraer fuhr um diese Zeit weiter nach Glasgow, und viele Passagiere hatten sich beeilen müssen, um ihn noch zu bekommen.

Zwei Dienstmänner, die das letzte Gepäck in den 13.54-Uhr-Zug nach Glasgow geladen hatten, schworen Stein und Bein, daß sich in keinem der beiden Gepäckwagen ein Fahrrad befunden habe.

Konstabler Ross wußte nicht recht, was er mit alldem anfangen sollte. Die Beschreibung des Fahrrads paßte fast haargenau auf das Rad, das vom *Anwoth Hotel* verschwunden war, etwas weniger schon auf Farrens Fahrrad. Aber wie war es an den Gepäckanhänger nach Euston gekommen? Das in Girvan aufgegebene Fahrrad war von dem Dienstmann mit einem Anhänger nach Ayr versehen worden, und das wurde von dem Schaffner bestätigt, der es in Ayr ausgeladen hatte. Es war schlechthin unmöglich, daß es in den sechs Minuten Aufenthalt, die dieser Zug in Ayr hatte, einen neuen Gepäckanhänger bekommen haben konnte, denn in der ganzen Zeit hatte immer einer der Dienstmänner an dem Kästchen mit Gepäckanhängern gestanden, und alle waren bereit, zu schwören, daß dieses Fahrrad nicht durch ihre Hände gegangen war.

Die einzige Möglichkeit war, daß es einen neuen Anhänger bekommen hatte, nachdem der Zug nach Glasgow fort war; auf keinen Fall hatte es ihn von einem der Dienstmänner bekommen, denn keiner von ihnen erinnerte sich daran.

Was war aus dem Mann im grauen Anzug geworden?

Wenn er mit dem Mann im Regenmantel identisch war, den der Zeitungsverkäufer gegen 13 Uhr 53 ein Fahrrad am Kiosk hatte vorbeischieben sehen, mußte er den Regenmantel irgendwo draußen (vielleicht in der öffentlichen Toilette?) angezogen haben und von der Schalterseite her zurückgekommen sein. Was war dann weiter aus ihm geworden? Hatte er sich bis 14 Uhr 25 beim Bahnhof aufgehalten? Wenn ja, wo? In den Erfrischungsraum war er nicht gegangen, denn das Mädchen dort war sicher, niemanden

gesehen zu haben, der so aussah. Er war weder in den Wartesälen noch auf dem Bahnsteig gesehen worden. Wahrscheinlich hatte er das Fahrrad an der Fahrplantafel stehenlassen und war wieder hinausgegangen oder hatte einen anderen Zug genommen.
Aber welchen?
Er war nicht mit dem 13.54-Uhr-Zug nach Glasgow gefahren, denn mit Sicherheit hatte das Fahrrad vor Abfahrt dieses Zugs keinen neuen Gepäckanhänger bekommen.
Blieben der 13.56-Uhr-Zug nach Muirkirk, der 14.12- und der 14.23-Uhr-Zug nach Glasgow, der um 14 Uhr 30 nach Dalmellington, der um 14 Uhr 35 nach Kilmarnock und der um 14 Uhr 45 nach Stranraer – natürlich außer dem 14.25-Uhr-Zug selbst.
Von diesen Möglichkeiten konnte Ross die Züge um 13 Uhr 56, 14 Uhr 30 und 14 Uhr 35 gleich aussondern. Niemand, auf den die Beschreibung auch nur im entferntesten gepaßt hätte, war mit diesen Zügen gefahren. Den Zug um 14 Uhr 45 nach Stranraer glaubte er auch unberücksichtigt lassen zu können. Er hatte zwar den Vorteil, daß er den Mörder (falls es der Mörder war) wieder in seine heimischen Gefilde führte – und Ross vergaß nicht Wimseys Bemerkung, daß der Mörder wahrscheinlich so schnell und unauffällig wie möglich wieder zu Hause hatte auftauchen wollen –, aber es erschien doch praktisch ausgeschlossen, daß einer sich die Mühe machte, bis nach Ayr zu fahren, nur um ein Fahrrad loszuwerden, das er viel einfacher irgendwo im näheren Umkreis hätte wegwerfen können.
Blieben die beiden Züge nach Glasgow und der um 14 Uhr 25. Der 14.12-Uhr-Zug nach Glasgow war ein recht langsamer Zug, der um 15 Uhr 30 ankam; der um 14 Uhr 23 war der Schiffszug aus Stranraer, der um 15 Uhr 29 in Glasgow war. Der erstere hatte den Vorteil, daß er den Reisenden eher von diesem Bahnhof fortbrachte. Er erkundigte sich nach beiden Zügen und erhielt in beiden Fällen mehrere ungefähre Beschreibungen von Männern in Regenmänteln und grauen Anzügen. Es bedrückte ihn, daß diese Art, sich zu kleiden, so häufig zu sein schien. Er spielte ein wenig mit dem Gedanken, daß dem Gesuchte sich vielleicht umgezogen haben könnte, bevor er Ayr wieder verließ, aber das konnte er sich gleich aus dem Kopf schlagen. Er konnte in der kleinen Aktentasche nicht einen neuen Anzug *und* einen Regenmantel gehabt haben, und er konnte auch nicht gut in die Stadt gegangen sein, sich einen neuen Anzug gekauft und dann ein Zimmer gemietet haben, um sich umzuziehen. Das heißt, er *konnte*, aber das wäre ein unnötiges Risiko gewesen. In diesem Fall hätte er erst mit einem viel

späteren Zug von Ayr fortfahren können, und je länger er sich in Ayr aufhielt, desto wertloser wurde sein Alibi. Und wenn er sich gar kein Alibi hatte aufbauen wollen, welchen Sinn hätte dann das raffinierte Vorgehen am Minnoch gehabt? Wenn er dann weiter nach Glasgow gefahren war, konnte er dort frühestens um 15 Uhr 29 angekommen sein, und später war er nach aller Wahrscheinlichkeit nicht gefahren.

Blieb der Zug um 14 Uhr 25. Er konnte der graugekleidete Reisende nach Euston gewesen sein. Aber wenn ja, warum hätte er dann das Fahrrad mitgenommen, offiziell oder inoffiziell? Ebensogut hätte er es in Ayr auf dem Bahnhof stehenlassen können.

Aber nein! Vielleicht war es sogar das beste, was er tun konnte, es mitzunehmen. Er wußte ja, daß man vielleicht danach suchen würde – zumindest als gestohlenes Fahrrad, wenn nicht als mögliches Beweisstück in einem Mordfall. Euston war größer und weiter vom Tatort entfernt als Ayr. In London konnte einem sehr leicht ein Fahrrad abhanden kommen, und solange ihn niemand damit sah, konnte er leugnen, irgend etwas damit zu tun zu haben.

Konstabler Ross war mit keiner dieser Erklärungen so recht zufrieden. Es war durchaus möglich, daß der Mann mit gar keinem Zug weitergefahren war. Er konnte jetzt noch in Ayr herumlaufen. Er konnte ein Auto gemietet oder mit einem Bus irgendwohin gefahren sein. Er fand, daß die Geschichte für einen allein zu kompliziert wurde. Also beschloß er, mit seinem Bericht nach Newton Stewart zurückzukehren und sich weitere Anweisungen zu holen.

Die erste Aufgabe bestand zweifellos darin, festzustellen, was aus dem Fahrrad geworden war, sollte es je in London angekommen sein. Dalziel fragte in Euston an. Eine Stunde später kam die Antwort. Ein Fahrrad, auf das die Beschreibung paßte, war richtig am Mittwoch früh um fünf Uhr angekommen. Da es von niemandem abgeholt wurde, hatte man es zur Gepäckaufbewahrung gebracht, wo es auf seinen Besitzer wartete. Es war ein Raleigh und entsprach der durchgegebenen Beschreibung.

Die Polizisten kratzten sich erst einmal am Kopf, dann wiesen sie den Bahnhof an, das Fahrrad dazubehalten, bis jemand käme, um es zu identifizieren. Die Londoner Polizei wurde gebeten, in diesem Falle Amtshilfe zu leisten, obgleich man kaum damit rechnete, denn wenn es sich wirklich um das gestohlene Fahrrad handelte, müßte einer schon sehr dumm sein, es auch noch abholen zu wollen.

«Er würd's gar nicht kriegen, wenn er's holen wollte», sagte Konstabler Ross. «Ohne Gepäckschein rrrücken die das nicht rrraus.»

«Ach nee?» meinte Sergeant Dalziel. «Und wenn der Kerl ausgestiegen ist und sich in einem anderen Bahnhof einen Gepäckschein besorgt hat? Vielleicht in Carlisle oder Crewe oder Rugby?»

«Stimmt auch wieder», gab Ross zu. «Aber dann hätte er es sicher eher abgeholt. Je länger er es dort läßt, desto rrriskanter wird's für ihn.»

«Wir sollen froh sein, daß es nicht schon weg ist», sagte Dalziel.

«Hm», machte Ross, sehr mit sich zufrieden.

Auch Inspektor MacPherson war mit sich zufrieden. Er war schon früh nach Newton Stewart gefahren, um Sergeant Dalziel seinen Zeitplan vorzulegen, und warf sich mächtig in die Brust.

«Paßt alles prrrima in meine Theorie», sagte er. «Wenn das nicht Farrens Fahrrad ist, frrreß ich meine Mütze.»

Inzwischen wartete auf Sergeant Dalziel ein herber Schlag. Voll Stolz über seine eigene schnelle Tüchtigkeit hatte er gestern abend auf der Rückfahrt von Ayr einen Satz Fotografien in der Polizeistation Girvan hinterlassen und veranlaßt, daß sie dem Dienstmann McSkimming vorgelegt würden, sowie er am nächsten Morgen zur Arbeit käme, um zu sehen, ob er den Mann im grauen Anzug vielleicht identifizieren könne. Jetzt rief die Polizei von Girvan an und berichtete, daß der Dienstmann in der Nacht ins Krankenhaus gebracht worden sei; seine schlimmen Bauchschmerzen hätten sich als akute Blinddarmentzündung entpuppt. Ein Anruf im Krankenhaus ergab, daß der Mann in eben diesem Augenblick operiert werde und in nächster Zeit mit Sicherheit noch keine Aussage werde machen können. Beunruhigende Einzelheiten wie «Durchbruch» und «drohende Bauchfellentzündung» und «unbefriedigende Herzleistung» rundeten die Hiobsbotschaft ab. Dalziel fluchte und schickte Ross auf der Stelle mit einem zweiten Satz Fotografien los, um sie dem Bahnhofspersonal in Ayr zu zeigen.

Der nächste Schlag traf Inspektor MacPherson, und zwar genau in die Magengrube.

«Wenn das nicht Farrens Fahrrad ist», hatte er gesagt, «frrreß ich meine Mütze.»

Die Worte hatten kaum seinen Mund verlassen, da klingelte das Telefon.

«Hier Polizeistation Creetown», meldete sich eine Stimme. «Wir haben das Fahrrad von diesem Mr. Farren verlassen in den Bergen bei Falbae gefunden. Es ist zweifellos sein Fahrrad, denn auf einem Anhänger an der Lenkstange steht sein Name.»

Man wird sich erinnern, daß der Inspektor am Abend zuvor eine Mannschaft losgeschickt hatte, die Umgebung bestimmter ausgedienter Bleiminen abzusuchen, wo sich zwei Jahre vorher ein tragisches Unglück ereignet hatte. Diese Minen bestanden aus einem halben Dutzend oder mehr enger Schächte, die ein paar Meilen östlich von Creetown in das Granitgestein der Berge geschnitten worden waren. Man erreichte sie, wenn man der Straße bis zur Falbae-Farm folgte. Von dort führten ein paar Viehpfade zu den Minen, die zwischen zehn und höchstens zwölf Meter tief waren, ausschließlich für den Tagebau angelegt. Einige von den Stützbalken der Förderkörbe waren noch vorhanden, sonst aber waren alle Gerätschaften längst verschwunden. Die Minen standen in einem schlechten Ruf, vor allem nachdem eine unglückliche Frau sich in eine von ihnen gestürzt hatte, und niemand ging in ihre Nähe, höchstens mal ein Schafhirte. Die Leute von der Farm hatten selten Gelegenheit, diesen Ort aufzusuchen, und die Straße endete bei der Farm. Obwohl diese Minen also der Zivilisation recht nahe waren, hätten sie doch praktisch irgendwo mitten in einer Wüste liegen können, so einsam und verlassen waren sie.

An diesem übelbeleumundeten Ort hatte man nun Farrens Fahrrad gefunden. MacPherson, der sofort hinfuhr, um nach dem Rechten zu sehen, traf den Polizisten von Creetown und eine Anzahl freiwilliger Helfer um den Einstieg einer der Minen herum an. Einer der Männer band sich gerade ein Seil um die Taille, um hinunterzusteigen. Das Fahrrad lag noch da, wo man es gefunden hatte – ein paar hundert Meter vom Bauernhof, ungefähr eine halbe Meile von der nächsten Mine entfernt. Es war in gutem Zustand, wenn auch die blanken Teile leicht angerostet waren, denn immerhin hatte es vier Nächte im Gebüsch gelegen. Für einen Unfall oder Gewalttakt gab es keinerlei Anzeichen. Das Fahrrad schien einfach hingeworfen und liegengelassen worden zu sein, wo der Pfad für die Weiterfahrt zu holprig und steil wurde.

«Die Leiche habt ihr noch nicht?» fragte MacPherson.

Nein, sie hatten bisher weder Leiche noch Kleidungsstücke gefunden, doch es erschien nur allzu wahrscheinlich, daß der unglückliche Farren auf der Sohle einer dieser Gruben lag. Sie hatten vor – denn so war es ihnen aufgetragen worden –, die Schächte nacheinander zu erkunden. Das konnte eine schwierige Arbeit werden, denn ein paar von ihnen standen zum Teil unter Wasser. MacPherson sagte ihnen, sie sollten fortfahren und sich sofort melden, wenn sie etwas fänden. Dann trat er, zutiefst enttäuscht und zerknirscht, den traurigen Heimweg nach Kirkcudbright an.

Dem Polizeipräsidenten fiel die unerfreuliche Aufgabe zu, Mrs. Farren über die Befürchtungen zu informieren, die sie wegen ihres Gatten hegten. Sie empfing ihn lächelnd an der Tür und wirkte heiterer als in den letzten Tagen, was es Sir Maxwell nur noch schwerer machte, seine Botschaft vorzubringen. Sie nahm es im großen und ganzen gut auf. Er legte besonderen Wert auf die Feststellung, daß bisher nichts zwingend auf einen Selbstmord schließen lasse und die Suche lediglich eine Vorsichtsmaßnahme sei.

«Ich verstehe vollkommen», sagte Mrs. Farren, «und das ist sehr freundlich von Ihnen. Wirklich sehr nett. Ich kann nicht wirklich glauben, daß Hugh so etwas Schreckliches täte. Es ist alles sicher nur ein Mißverständnis. Sie wissen ja, er ist ziemlich exzentrisch, und ich bin überzeugt, daß er viel wahrscheinlicher nur irgendwohin gewandert ist. Aber natürlich müssen Sie die Minen absuchen, das sehe ich vollkommen ein.»

Der Polizeipräsident erkundigte sich noch so taktvoll wie möglich nach diesem und jenem.

«Nun ja – wenn Sie es doch schon wissen –, ich muß zugeben, daß er ziemlich wütend war, als er fortging. Hugh ist leicht erregbar, und er hat sich so furchtbar über etwas aufgeregt, was beim Abendessen passiert ist. Meine Güte, nein, mit Mr. Campbell hatte das überhaupt nichts zu tun. Die Vorstellung ist ja lachhaft!»

Sir Maxwell fand, er könne das nicht durchgehen lassen. Er erklärte so freundlich wie möglich, daß man Farren an dem betreffenden Abend ein paar überaus unglückliche Feststellungen in bezug auf Campbell habe treffen hören.

Mrs. Farren gab daraufhin zu, daß ihr Mann in der Tat gegen Campbells häufige Besuche aufbegehrt hatte.

«Aber sowie er wieder ruhig darüber nachdenken konnte», sagte sie, «hat er bestimmt eingesehen, daß er mir unrecht getan hatte. Er würde nie soweit gehen und Hand an sich legen – oder an jemand anderen. Sir Maxwell, Sie *müssen* mir glauben. Ich *kenne* meinen Mann. Er ist impulsiv, aber dafür ist so etwas bei ihm auch schnell wieder verraucht. Ich weiß so sicher, wie ich hier stehe, daß er lebt und wohlauf ist und nichts Unbesonnenes getan hat. Selbst wenn – selbst wenn Sie seine Leiche finden sollten, würde nichts mich davon abbringen können, daß es lediglich ein Unfall war. Alles andere ist unvorstellbar – und es kann gar nicht lange dauern, da werden Sie zu mir kommen und sagen, daß ich recht hatte.»

Sie sprach mit so viel Überzeugung, daß Jamieson in seinem Glauben erschüttert wurde. Er sagte, er hoffe sehr, daß die Entwicklung ihr recht geben werde, dann verabschiedete er sich. Als er ging, fuhr Strachans Auto an der Wegeinbiegung an ihm vorbei, und als er über die Schulter zurückschaute, sah er es vor Mrs. Farrens Haus anhalten.

«Was immer mit Farren los sein mag», sagte er, «Strachan steckt jedenfalls bis zum Hals mit drin.»

Er zögerte eine Sekunde, dann machte er kehrt. Er erinnerte sich, daß MacPherson in Gatehouse noch nicht hatte in Erfahrung bringen können, wo Strachan sich am Montagabend gegen Viertel nach neun aufgehalten hatte.

«Hallo, Mr. Strachan!» rief er.

«Hallo, guten Morgen, Sir Maxwell.»

«Ich wollte Sie nur mal schnell was fragen. Ich weiß nicht, ob Sie schon diese – äh – beunruhigende Neuigkeiten über Farren gehört haben.»

«Nein, was ist mit ihm?»

Sir Maxwell erklärte ihm, wo man das Fahrrad gefunden habe.

«Oh!» machte Strachan. «Tja – hm – soso – das sieht ja ziemlich schlimm aus, nicht? Farren ist ein jähzorniger Mensch, müssen Sie wissen. Hoffentlich ist da nichts dran. Weiß Mrs. Farren es schon?»

«Ja. Ich hatte es für besser gehalten, sie vorzubereiten – nur für den Fall, daß –»

«Hm. Ist sie sehr erregt?»

«Nein, sie hat es sehr tapfer aufgenommen. Übrigens, gestern abend haben meine Leute versucht, Sie ausfindig zu machen.»

«So? Das tut mir leid. Wir waren alle zusammen nach Sand Green gefahren, und das Mädchen hatte seinen freien Abend. Was wollten Sie denn von mir?»

«Nur fragen, ob Sie am Montagabend um Viertel nach neun zu Hause waren.»

«Montag abend? Mal überlegen. Nein, war ich nicht. Nein, ich war zum Angeln oben in Tongland. Warum?»

«Man hat Farren in die Laurieston Road hineinfahren sehen, und da dachten wir, er hat vielleicht bei Ihnen angeklopft.»

«Nicht daß ich wüßte», sagte Strachan. «Ich werde mal meine

Frau fragen. Sie wird es wissen, oder wenn nicht sie, dann das Mädchen. Aber sie haben mir nichts dergleichen gesagt, demnach wird er wohl nicht bei uns angefahren sein. Armer Teufel! Ich würde es mir nie verzeihen, wenn ich denken müßte, daß er mich gesucht hat und ich ihn vielleicht daran hätte hindern können. – Aber wir wissen ja noch nicht, ob ihm wirklich etwas zugestoßen ist.»

«Natürlich nicht», sagte der Polizeipräsident. «Jedenfalls hoffen wir das Beste.»

Er wandte sich heimwärts.

«Ein undurchsichtiger Kerl», brummelte er vor sich hin. «Ich traue ihm nicht. Aber es kann natürlich sein, daß Farren mit alldem nichts zu tun hat. Diese haarsträubende Geschichte, die Wimsey mir da aufgetischt hat ...»

Denn Wimsey hatte ihm vor ungefähr einer Stunde einen Schock versetzt, gegen den die anderen Schicksalsschläge alle nur ein harmloses Kitzeln waren.

Bunter

Es war ein Tiefschlag erster Güte, der auch dadurch nichts von seiner Wirkung verlor, daß er mit Ausdrücken des allermindesten Tadels übermittelt wurde. Mit gesenktem Kopf stemmte Wimsey sich gegen den Sturm, nach dessen Abklingen er so klein geworden war, daß er sich willig seines grauen Flanells entkleiden und in schwarzer Trauerkleidung mit Zylinder und schwarzen Ziegenlederhandschuhen zu Campbells Beerdigung schicken ließ, sehr zum Befremden seiner Freunde und zur uneingeschränkten Bewunderung Mr. McWhans.

Geschehen war dies: Am Donnerstagmorgen hatte Bunter um Ausgang für einen Kinobesuch gebeten, der ihm gestattet worden war. Da Wimsey mit Inspektor MacPherson in Newton Stewart zu Abend aß und anschließend gleich zu den Andersons ging, sah er Bunter erst wieder, als er nachts zwischen zwölf und ein Uhr nach seinem Besuch auf dem Polizeirevier heimkehrte.

Seine ersten Worte waren:

«Bunter! Bei Mr. Gowan zu Hause tut sich was.»

Worauf Bunter erwiderte:

«Ich stand soeben im Begriff, Eurer Lordschaft eine ähnliche Mitteilung zu machen.»

«Jemand hat sich dort eben im Mondschein davongeschlichen», sagte Wimsey. «Ich bin schon hingegangen und hab's der Polizei erzählt. Das heißt», verbesserte er sich, «von Mondschein kann keine Rede sein, weil der Mond nicht scheint, sondern es ist ganz unverschämt dunkel, so daß ich sogar über so eine verflixte Treppe gestürzt bin, aber es läuft im Prinzip auf dasselbe hinaus, und ich hoffe, daß wir wenigstens Arnika im Haus haben.»

Bunters Antwort war denkwürdig:

«Mylord, ich habe es bereits auf mich genommen, Sir Maxwell Jamieson in Eurer Lordschaft Abwesenheit von Mr. Gowans Fluchtplänen zu unterrichten. Ich habe allen Grund zu der Annahme, daß man ihn in Dumfries oder Carlisle festnehmen wird. Wenn Mylord die Güte hätten, sich zu entkleiden, könnte ich mich um Mylords Blessuren kümmern.»

«Um Himmels willen, Bunter!» rief Lord Peter, indem er sich in einen Sessel warf. «Könnten Sie sich nicht deutlicher ausdrükken?»

«Als Eure Lordschaft die Güte hatten», begann Bunter, «mich mit den Ergebnissen von Inspektor MacPhersons Ermittlungen im Hause Gowan vertraut zu machen, ist mir der Gedanke gekommen, daß ein Diener wie ich vielleicht mehr Informationen aus Mr. Gowans Hauspersonal herausholen vermöchte als ein Vertreter des Gesetzes. Mit diesem Vorhaben hatte ich Eure Lordschaft um die Erlaubnis gebeten, heute abend in die Lichtspiele gehen zu dürfen. In Mr. Gowans Haushalt befindet sich nämlich –» Bunter hüstelte – «eine junge Person namens Elizabeth, von der ich gestern gesprächsweise erfahren hatte, daß sie heute abend Ausgang habe. Ich habe sie eingeladen, in meiner Gesellschaft die kinematographische Vorstellung zu besuchen. Den Film hatte ich zwar schon in London gesehen, aber für sie war er eine Neuheit, und sie nahm die Einladung mit sichtlicher Freude an.»

«Das glaube ich», sagte Wimsey.

«Während der Vorstellung habe ich es nun verstanden, unsere Beziehungen auf eine etwas vertrautere Basis zu stellen.»

«Bunter, Bunter!»

«Eure Lordschaft brauchen keine Befürchtungen zu hegen. Um es kurz zu sagen, die junge Person vertraute mir an, daß sie Anlaß zur Unzufriedenheit mit ihrer augenblicklichen Situation habe. Mr. Gowan sei freundlich, Mrs. Alcock sei freundlich und Mr. Alcock auch, doch in den letzten Tagen hätten sich gewisse Umstände ergeben, die in ihr einige schlimme Ängste geweckt hätten. Ich habe mich natürlich nach der Art dieser Umstände erkundigt, worauf sie mir zu verstehen gab, daß ihre Ängste durch die Gegenwart eines geheimnisvollen Fremden im Haus geweckt würden.»

«Ich hänge an Ihren Lippen!»

«Danke, Mylord. Ich habe die junge Dame bedrängt, mir nähere Einzelheiten zu berichten, doch sie schien zu fürchten, an so einem öffentlichen Ort könne man sie belauschen. Ich habe deshalb bis nach der Vorstellung gewartet, die um zehn Uhr zu Ende war, und sie dann noch zu einem Spaziergang ums Städtchen herum eingeladen.

Um Sie nicht mit einer langen Geschichte zu plagen, Mylord: Ich habe im Laufe des Gesprächs das Folgende aus ihr herausgeholt. Die geheimnisvollen Vorgänge, über die sie sich beklagt, müssen vorigen Monat begonnen haben, als sie abends Ausgang hatte, um eine kranke Verwandte zu besuchen. Bei der Heimkehr um halb elf wurde sie davon in Kenntnis gesetzt, daß Mr. Gowan plötzlich nach London gerufen worden und mit dem Zug um Viertel vor neun nach Carlisle gefahren sei. Sie sagt, sie würde sich gar nichts dabei gedacht haben, wenn nicht der Butler und die Haushälterin sich solche Mühe gegeben hätten, ihr das einzuschärfen.

Anderen Morgens habe ihr eine neue Überraschung geblüht, als Mrs. Alcock ihr verboten habe, einen bestimmten Flur in der obersten Etage zu betreten. Dieser Flur führt zu einigen unbenutzten Räumen, und es würde ihr unter normalen Umständen nie eingefallen sein, ihn zu betreten. Da sie indessen dem weiblichen Geschlecht angehört, erweckte das Verbot augenblicklich eine unbezähmbare Neugier in ihr, und so begab sie sich bei der ersten sich bietenden Gelegenheit, als sie das übrige Personal im unteren Geschoß beschäftigt glauben durfte, in den verbotenen Flur und lauschte. Sie hörte zwar nichts, doch zu ihrem Schrecken bemerkte sie einen schwachen Geruch nach Desinfektionsmitteln – einen Geruch, den sie in ihrer Phantasie sogleich mit der Vorstellung von Tod verband. Das erinnert mich daran, Mylord, daß man sich um die Verletzungen Eurer Lordschaft –»

«Lassen Sie meine Verletzungen. Erzählen Sie weiter.»

«Das erschrockene junge Mädchen bekam einen noch größeren Schrecken, als plötzlich Schritte die Treppe heraufkamen. Um nicht bei einem Akt des Ungehorsams ertappt zu werden, versteckte sie sich rasch in einer kleinen Besenkammer am oberen Treppenende. Dort konnte sie durch einen Spalt hinausspähen und beobachten, wie Alcock mit einer Schüssel heißen Wassers und einem Rasierapparat den Flur entlangging und ein Zimmer an dessen Ende betrat. Überzeugt, daß eine Leiche im Haus sei und Alcock sie waschen und rasieren und so fürs Begräbnis vorbereiten wollte, rannte sie nach unten und ließ im Anrichteraum ihrer Hysterie freien Lauf. Zum Glück war Mrs. Alcock nicht in der Nähe, und nach einiger Zeit hatte sie dann ihre Gefühle wieder unter Kontrolle und konnte in gewohnter Manier ihren Pflichten nachgehen.

Gleich nach dem Lunch wurde sie mit irgendeinem Auftrag fortgeschickt, aber sie hatte zuviel Angst, um ihren Verdacht jemandem mitzuteilen. Nach ihrer Rückkehr wurde sie von den verschiedensten Aufgaben in Anspruch genommen und war auch nie außer Sichtweite des einen oder anderen ihrer Domestikenkollegen, bis sie zu Bett ging. Die Nacht verbrachte sie in einem Zustand nervöser Ängstlichkeit, in dem sie vergeblich den Mut zusammenzuraffen versuchte, diesen geheimnisvollen Korridor noch einmal zu erforschen.

Bis zum frühen Morgen hatte sie sich dann zu der Entscheidung durchgerungen, daß die gräßlichste Gewißheit immer noch den quälenden Vermutungen vorzuziehen sei. Sie stand auf, schlich vorsichtig am Schlafzimmer der Alcocks vorbei und ging wieder in die obere Etage. Sie hatte sich schon ein Stückchen den Korridor entlanggewagt, als ein hohles Stöhnen sie auf der Stelle erstarren ließ.»

«Wirklich, Bunter», sagte Wimsey, «ihr Erzählstil würde dem *Schloß von Otranto* alle Ehre machen.»

«Vielen Dank, Mylord. Ich kenne das erwähnte Werk zwar nur vom Hörensagen, aber es scheint sich zu seiner Zeit großer Beliebtheit erfreut zu haben. Jedenfalls, das Mädchen Elizabeth war sich noch nicht schlüssig, ob sie schreien oder fortlaufen solle, als sie plötzlich mit den Fuß auf eine lose Diele trat, die laut knarrte. Da sie fürchtete, das Geräusch könnte die Alcocks geweckt haben, wollte sie sich gerade wieder in die Besenkammer flüchten, als die Tür am anderen Ende des Korridors vorsichtig geöffnet wurde und ein schreckliches Gesicht sie daraus anstarrte.»

Bunter legte eine Kunstpause ein, um die Wirkung seiner Erzählkunst zu genießen.

«Ein schreckliches Gesicht», sagte Wimsey. «Schön, schön, ich hab verstanden. Ein schreckliches Gesicht. Weiter, bitte.»

«Das Gesicht war, wenn ich recht verstanden habe», fuhr Bunter fort, «in Grabtücher gehüllt. Das Kinn war hochgebunden, die Züge waren häßlich und die Lippen von den vorstehenden Zähnen zurückgezogen, und die Erscheinung war von einer gespenstischen Blässe.»

«Hören Sie mal, Bunter», sagte Wimsey, «könnten Sie nicht ein paar von den phantasievollen Adjektiven weglassen und einfach sagen, was es für ein Gesicht war?»

«Ich hatte selbst keine Gelegenheit, das Gesicht zu sehen», wies Bunter ihn zurecht, «aber der Eindruck, den die Beobachtungen des jungen Mädchens in mir hervorriefen, war der eines dunkelhaarigen, glattrasierten Mannes mit vorstehenden Zähnen, der unter den Folgen irgendwelcher körperlicher Einwirkungen litt.»

«Oh, ein Mann war's also?»

«Das war Elizabeths Meinung. Unter den Verbänden war eine Haarlocke zu sehen. Die Augen schienen geschlossen oder zum Teil geschlossen zu sein, denn obwohl Elizabeth direkt vor seinen

Augen stand, fragte der Mann mit gedämpfter Stimme: ‹Sind Sie das, Alcock?› Sie antwortete nicht, und gleich darauf zog sich die Erscheinung in ihr Zimmer zurück und schloß die Tür. Dann hörte sie wie wild die Glocke läuten. Sie rannte in blinder Angst die Treppe hinunter und begegnete Alcock, der aus seinem Schlafzimmer kam. Viel zu erschrocken, um darüber nachzudenken, was sie tat, stieß sie hervor: ‹Was war das? Was war das?› Und Alcock antwortete: ‹Das müssen diese verfluchten Mäuse sein, die mit den Klingeldrähten spielen. Gehen Sie wieder zu Bett, Betty.› Da fiel ihr ein, daß sie ja eigentlich Schelte verdiente, weil sie den oberen Flur betreten hatte, und verzog sich in ihr Zimmer, um den Kopf unter der Bettdecke zu verbergen.»

«Das Beste, was sie tun konnte», sagte Wimsey.

«Sehr richtig, Mylord. Als sie dann im Laufe des Vormittags noch einmal über alles nachdachte, kam sie zu dem sehr vernünftigen Schluß, daß es sich bei der Person, die sie gesehen hatte, vielleicht doch nicht um eine lebende Leiche, sondern lediglich um einen kranken Mann handelte. Sie war jedoch völlig sicher, daß sie das Gesicht dieses Mannes noch nie in ihrem Leben gesehen hatte. Jetzt bemerkte sie auch, daß bei jeder Mahlzeit mehr Lebensmittel verschwanden, als sie selbst und die Alcocks verzehrten, und das fand sie sehr tröstlich, denn, wie sie dazu bemerkte, Tote essen nicht.»

«Wie wahr», meinte Wimsey. «Schon Chesterton sagte: ‹Lieber lebendig als tot.›»

«Sehr wohl, Mylord. Ich habe dem jungen Mädchen so gut zugeredet, wie ich konnte, und ihr angeboten, sie bis zu Mr. Gowans Haus zu begleiten. Sie erklärte mir jedoch, daß man ihr erlaubt habe, die Nacht bei ihrer Mutter zu verbringen.»

«Wahrhaftig?» fragte Wimsey.

«So ist es. Ich habe sie also nach Hause begleitet und bin dann in die High Street zurückgekehrt, wo ich Mr. Gowans Limousine vor der Tür stehen sah. Das war um fünf vor elf. Ich hatte den Eindruck gewonnen, Mylord, daß irgend jemand im Begriff stand, heimlich Mr. Gowans Haus zu verlassen, und daß Elizabeth nur deshalb für die Nacht beurlaubt worden war, damit sie nicht Zeugin der Vorgänge würde.»

«Ich halte diesen Schluß für zulässig, Bunter.»

«Ja, Mylord. Ich habe mir die Freiheit genommen, mich an der Straßenecke nahe bei Mr. Gowans Haus zu verstecken, wo eine kleine Treppe zum Fluß hinunterführt. Bald darauf kam eine große Gestalt, dicht verhüllt in Schal und Mantel und den Hut tief ins

Gesicht gezogen, aus dem Haus. Von dem Gesicht konnte ich überhaupt nichts sehen, aber ich bin sicher, daß es die Gestalt einer männlichen Person war. Er wechselte leise ein paar Worte mit dem Chauffeur, und dabei drängte sich mir der Eindruck auf, daß der Sprecher Mr. Gowan persönlich war.»

«Gowan? Wer ist denn dann der geheimnisvolle Fremde?»

«Kann ich nicht sagen, Mylord. Das Auto fuhr fort, und ich sah auf die Uhr und stellte fest, daß es drei Minuten nach elf war.»

«Hm», machte Wimsey.

«Ich war zu dem Schluß gekommen, Mylord, daß Mr. Gowan doch nicht am Montagabend von Kirkcudbright abgereist war, wie von Alcock behauptet, sondern daß er sich in seinem eigenen Haus versteckt gehalten und sich um den Kranken gekümmert hat, den Elizabeth gesehen hatte.»

«Das wird ja immer sonderbarer», fand Wimsey.

«Ich bin hierher zurückgeeilt», sagte Bunter, «und habe im Fahrplan nachgesehen und festgestellt, daß um zwei Minuten nach zwölf von Dumfries ein Zug nach Carlisle und weiter nach Süden fuhr. Es erschien mir denkbar, daß Mr. Gowan ihn entweder in Dumfries oder in Castle Douglas nehmen wollte.»

«Haben Sie gesehen, daß Gepäck herausgebracht wurde?»

«Nein, Mylord; aber das könnte ja schon vorher in den Wagen geladen worden sein.»

«Könnte es natürlich. Haben Sie die Polizei benachrichtigt?»

«Ich hielt es für das beste, Mylord, mich in Anbetracht der etwas delikaten Umstände direkt mit Sir Maxwell Jamieson in Verbindung zu setzen. Ich bin in die *Shelkirk Arms* gelaufen und habe von dort aus angerufen.»

«Da müssen Sie an mir vorbeigelaufen sein», sagte Wimsey. «Ich war gerade zum Polizeirevier gerannt, aber Inspektor Mac-Pherson war nicht da.»

«Ich bedaure außerordentlich, Eure Lordschaft verfehlt zu haben. Ich habe Sir Maxwell von den Vorgängen in Kenntnis gesetzt und ihn dann so verstanden, daß er sofort in Castle Douglas und Dumfries anrufen wollte, um ihn abzufangen, falls er an einem dieser beiden Orte auftauchen sollte, und daß er auch eine Beschreibung des Wagens und seines Fahrers herausgeben wollte.»

«So, so, so», meinte Wimsey. «Für ein stilles Landstädtchen erfreut sich Kirkcudbright einer quirligen Einwohnerschaft. Die Leute verschwinden und erscheinen wieder wie die Cheshire-Katzen. Ich geb's auf. Bringen Sie die Arnika und einen Whisky-Soda, und dann nichts wie zu Bett. Ich weiß nur, daß es vollkommen sinnlos ist, wenn ich mal was herauszukriegen versuche. Immer sind Sie mir eine Nasenlänge voraus.»

Das eigentlich dicke Ende dieser Geschichte kam erst am nächsten Tag. Inspektor MacPherson besuchte ihn nach dem Lunch in gereizter Stimmung. Nicht nur, daß man seine Nachtruhe gestört hatte, weil irgendwo am Ortsrand Einbrecher gewesen sein sollten, die sich dann als reines Phantasieprodukt entpuppten, und nicht nur, daß er dadurch den Knüller mit Gowan verpaßt hatte, nein, nun hatte der Polizeipräsident die Geschichte auch noch irgendwie verpfuscht. Obwohl er (sagte er wenigstens) sofort telefonisch eine Beschreibung des Wagens und seiner Insassen nach Castle Douglas, Dumfries und Carlisle und an alle Zwischenstationen bis nach Euston durchgegeben hatte, war nirgends auch nur eine Spur von ihnen gesehen worden. Nachforschungen in Richtung Stranraer hatten sich als ebenso nutzlos erwiesen.

«Es ist doch einfach lächerlich», sagte der Inspektor. «Kann ja sein, daß der Wagen nur bis zum Ortsrand von Castle Douglas oder Dumfries gefahren ist, um Gowan zu Fuß zum Bahnhof laufen zu lassen, aber daß sie Gowan übersehen haben sollen, ist einfach unvorstellbar – wo er so auffällig ist mit seinem großen schwarzen Bart und allem.»

Wimsey jaulte plötzlich auf.

«Inspektor! Inspektor! Er hat uns reingelegt! Was sind wir doch für Tröpfe und Gimpel! Und dieses dämliche Foto ist jetzt wohl auch schon übers ganze Land verteilt. Zeigen Sie Bunter die Haarprobe, Inspektor. Ich hab Ihnen doch gleich gesagt, das hätten wir vor allem anderen tun sollen. Das ist unser Tod! Wie sollen wir uns je wieder erhobenen Hauptes blicken lassen! Die Haare, Inspektor, die Haare!»

«Mein Gott», sagte der Inspektor, «ich glaube, Eure Lordschaft haben rrrecht. Das muß man sich vorstellen! Und ich war so sicher, daß es Farren war!»

Er nahm sein Notizbuch heraus und reichte Bunter das Büschel lockigen schwarzen Haars.

«Mylord», sagte letzterer vorwurfsvoll, «es ist wirklich bedauerlich, daß ich das nicht früher zu sehen bekommen habe. Ohne mich einen Experten nennen zu wollen, darf ich doch sagen, daß ich schon mehrere Male Gelegenheit hatte, den Bart einer Person mohammedanischen Bekenntnisses zu begutachten. Ihnen ist sicher bekannt, Mylord, daß die strengen Anhänger dieser Sekte es als ungesetzlich ansehen, ihr Gesichtshaar zu schneiden, was zur

Folge hat, daß ihre Bärte von extrem seidiger Beschaffenheit sind und jedes Haar noch seine natürliche Spitze hat.»

Wimsey reichte Bunter wortlos die Lupe.

«Eure Lordschaft haben zweifellos schon bemerkt», sprach Bunter weiter, «daß dieses Muster in jeder Beziehung dieser Beschreibung entspricht, und da ich Mr. Gowans Bart schon gesehen habe, zögere ich nicht, der persönlichen Meinung Ausdruck zu geben – vorbehaltlich gegenteiliger Belehrung durch Experten –, daß man Mr. Gowan nun ganz oder teilweise seines Gesichtsschmucks beraubt finden wird.»

«Ich fürchte, Sie haben recht, Bunter», sagte Wimsey traurig. «Jetzt wissen wir also, wer der geheimnisvolle Fremde war und woran er litt. Inspektor, Sie werden Ihren Zeitplan umschreiben und Gowan die Hauptrolle darin geben müssen.»

«Ich muß sofort los und eine berichtigte Beschreibung herausgeben», sagte der Inspektor.

«Ganz recht», meinte Wimsey. «Aber haben Sie auch nur die allermindeste Vorstellung, wie Gowan ohne Bart aussieht? Inspektor, ich wage die Behauptung, daß es ein Schock für Sie sein wird. Wenn ein Mann sich einen solchen Salat im Gesicht wachsen läßt, bis zu den Wangenknochen hinauf und bis über die halbe Brust hinunter, hat er gewöhnlich etwas zu verbergen. Ich habe schon Offenbarungen erlebt –» Er seufzte. «Ist Ihnen klar, mein Lieber, daß Sie von Gowan noch nie etwas anderes gesehen haben als seine Augen und die etwas zu lang geratene Nase?»

«Aber an der Nase packen wir ihn», sagte der Inspektor ohne jeden humoristischen Hintergedanken.

Und fort war er.

«Bunter», sagte Wimsey, «dieser Fall ähnelt einer Romanhandlung von Wilkie Collins, in der alles, was die Geschichte zu einem vorzeitigen glücklichen Ende bringen könnte, immer um Sekunden zu spät geschieht.»

«Ja, Mylord.»

«Das Ärgerliche daran ist dies, Bunter: Es wirft unsere Theorie völlig über den Haufen und setzt offenbar Farren außer Verdacht.»

«Ganz recht, Mylord.»

«Und sofern Ihre Freundin Betty nicht lügt, ist auch Gowan entlastet.»

«Dies scheint der Fall zu sein, Mylord.»

«Denn wenn er sich den ganzen Montag abend und Dienstag vormittag zu Hause versteckt gehalten und an den Folgen eines

Unfalls darniedergelegen hat, kann er nicht am Minnoch gesessen und Bilder gemalt haben.»

«Verstehe vollkommen, Mylord.»

«Aber erzählt diese Betty uns die Wahrheit?»

«Auf mich machte sie den Eindruck eines ehrlichen jungen Mädchens, Mylord. Aber Sie erinnern sich vielleicht, daß sie ja erst am Dienstag nach dem Lunch gesehen hat, wie Alcock des Blaubarts Zimmer betrat, falls mir der neckische Ausdruck gestattet ist, und daß sie den Kranken ja persönlich erst am Mittwochmorgen gesehen hat.»

«Stimmt», sagte Wimsey nachdenklich. «Wir haben keinerlei Anhaltspunkte dafür, daß er am Dienstag überhaupt zu Hause war. Man muß Alcock noch einmal ausfragen. Und nach meinem Eindruck ist Alcock ein Mann von großem Listenreichtum und Scharfsinn.»

«So ist es, Mylord. Und was hinzukommt: Alcock ist auch verschwunden.»

Chefinspektor Parker

Das Geheimnis des Autos löste sich auf völlig einfache Weise. Der Wagen wurde vor einem kleinen Hotel in Brig of Dee gemeldet, einem Dorf wenige Meilen von Castle Douglas entfernt, mehr auf Kirkcudbright zu. Als die Polizei hinkam, traf sie die Herren Alcock und Hammond friedlich beim Lunch an. Ihre Geschichte war unkompliziert. Mr. Gowan habe ihnen von London aus geschrieben, sie sollten doch in seiner Abwesenheit einen Tag Urlaub machen, und er habe ihnen erlaubt, den Wagen zu benutzen. Sie hätten sich auf einen kleinen Angelausflug geeinigt, und auf dem seien sie nun. Sie seien spät aufgebrochen, da Hammond noch etwas am Motor habe reparieren müssen. Die vermummte Person, die in den Wagen stieg, sei Alcock persönlich gewesen. Selbstverständlich könne der Inspektor Mr. Gowans Brief sehen. Hier sei er, geschrieben von Mr. Gowans Club aus, dem Mahlstick Club, auf Briefpapier des Clubs und aufgegeben am Mittwoch in London.

Bunters Geschichte wurde von Alcock rundweg abgestritten. Diese Betty sei eine einfältige und hysterische junge Person, die sich ziemlich viel Unsinn einbilde. Es sei schon wahr, daß Mrs. Alcock ihr verboten habe, den unbenutzten Teil des Hauses zu betreten. Betty vertrödle dort allzugern ihre Zeit. In einer Rumpelkammer da oben würden viele alte Illustrierte aufbewahrt, und immer schleiche sich das Mädchen dorthin, um darin zu lesen, statt seinen Pflichten im Haushalt nachzugehen. Mrs. Alcock habe sie deswegen schon früher zur Rede stellen müssen. Am Dienstag, ja, da sei er (Alcock) wirklich mit heißem Wasser oben gewesen. Einer von den Hunden habe sich in einer Karnickelschlinge verletzt. Er habe ihm in dem unbenutzten Zimmer ein Lager gemacht und die Wunden mit Desinfektionsmittel ausgewaschen. Mrs. Alcock werde der Polizei den Hund zeigen, wenn sie Wert darauf lege. Was die angebliche Erscheinung am Mittwochmorgen angehe, sei es ja offensichtlich, daß hier das Mädchen einem Alptraum zum Opfer gefallen sei, ausgelöst durch seine lächerlichen Phantastereien von Leichen. Es gebe keinen Kranken und habe auch nie einen gegeben. Mr. Gowan sei, wie schon einmal gesagt, am Montagabend mit Wagen von Kirkcudbright fortgefahren, um den Zug um 20 Uhr 45 zu bekommen. Die Person, die Bunter am Donnerstagabend in den Wagen habe steigen sehen, sei Alcock gewesen. Hammond und Mrs. Alcock könnten das alles bestätigen.

Sie konnten es und taten es. Der verletzte Hund wurde vorgeführt und litt in der Tat an einer häßlichen Abschürfung am Bein, und Betty mußte bei eingehender Befragung zugeben, daß sie schon öfter Ärger bekommen habe, weil sie in der Rumpelkammer die Illustrierten las.

Dagegen wiederum stand die Aussage eines Garagenbesitzers in Castle Douglas, daß ein Herr, der seinen Namen mit Rogers angegeben habe, ihn gestern abend angerufen habe, er brauche einen schnellen Wagen, um den Express zwei Minuten nach Mitternacht in Dumfries zu erreichen. Er habe einen Vierzehn-PS-Talbot bereitgemacht, der ein neues und schnelles Auto sei, und gegen zwanzig nach elf sei der Herr in die Garage gekommen. Er sei groß und dunkeläugig gewesen und habe, so der Garagenbesitzer, ein «Karnickelgesicht» gehabt. Er selbst habe Mr. Rogers nach Dumfries gefahren und genau um vier Minuten vor zwölf am Bahnhof abgesetzt.

Der Schalterbeamte in Dumfries bestätigte dies bis zu einem gewissen Punkt. Er erinnerte sich, einem Herrn, der kurz vor Mitternacht hereingekommen war, ein Erster-Klasse-Billett nach Euston verkauft zu haben. Sehr genau erinnerte er sich an diesen Herrn jedoch nicht – er sei wie viele gewesen, aber er gab zu, daß er eine ziemlich große Nase und vorstehende Zähne gehabt habe.

Der Fahrkartenkontrolleur im Zug konnte nicht weiterhelfen. Die Herren Reisenden in den Nachtzügen seien meist schläfrig und zugeknöpft. Einige Herren seien um zwei Minuten nach Mitternacht in Dumfries in die erste Klasse zugestiegen. Mit Bestimmtheit habe er niemanden gesehen, der Gowans Foto auch nur im entferntesten ähnele. Ob jemand so ausgesehen habe wie Gowan, wenn er glattrasiert sei? Je nun, das sei doch wohl ein bißchen viel verlangt. Ob denn der Herr Inspektor sich vorstellen könne, wie ein Igel ohne Stacheln aussehe? Nein, und das könne wahrscheinlich auch sonst keiner. Er sei Fahrkartenkontrolleur und kein Bilderrätselexperte. Der Schalterbeamte in Dumfries gab eine ähnliche, noch etwas drastischer formulierte Antwort.

Inspektor MacPherson, den diese trostlose Ermittlungsarbeit bis nach Euston geführt hatte, richtete nun sein Augenmerk auf den Club, von dem aus Gowan angeblich geschrieben hatte. Was er hier erfuhr, war schon etwas erfreulicher. Nein, Mr. Gowan wohne ganz bestimmt nicht hier. Es seien ein paar Briefe für ihn angekommen und von einem Herrn abgeholt worden, der Mr. Gowans Karte präsentiert habe. Der Herr habe dafür quittiert. Ob der Inspektor die Quittung sehen dürfe? Selbstverständlich. Die Unterschrift lautete J. Brown. Der Inspektor fragte sich, wie viele J. Browns es wohl in der Vier-Millionen-Stadt London gab, und wandte die müden Schritte zu Scotland Yard.

Hier fragte er nach Chefinspektor Parker, der ihn mit mehr als kollegialer Herzlichkeit empfing. Wer ein Freund von Wimsey war, hatte ein Anrecht auf Parkers uneingeschränkte Aufmerksamkeit, und so wurde die verworrene Geschichte von Gowan und dem Schraubenschlüssel, Farren, Strachan und den beiden Fahrrädern voll Anteilnahme angehört.

«Wir werden Gowan schon für Sie finden», sagte Parker aufmunternd. «Mit diesen genauen Angaben, die Sie uns machen konnten, dürfte es nicht einmal gar zu lange dauern. Was sollen wir denn mit ihm machen, wenn wir ihn gefunden haben?»

«Ach je, nun, Mr. Parker», antwortete der Inspektor ehrerbietig, «meinen Sie denn, wir haben genug Beweise, um ihn zu verhaften?»

Parker wägte das sorgfältig ab.

«Wenn ich richtig verstanden habe», sagte er, «gehen Sie davon aus, daß Gowan diesem Campbell auf der Straße zwischen Kirkcudbright und Gatehouse begegnet ist und ihn im Streit erschlagen hat. Dann hat er Angst bekommen und beschlossen, diesen Unfall vorzutäuschen. Sein erster Schritt war, diesen sehr auffallenden Bart abzurasieren, in der Hoffnung wahrscheinlich, in Gatehouse zumindest schon einmal unerkannt zu bleiben. Muß ein ganz schönes Stück Arbeit gewesen sein. Aber immerhin könnte er es so hinbekommen haben, daß man ihn für jemanden halten konnte, der sich seit vierzehn Tagen nicht mehr rasiert hatte. Dann hat er alles das gemacht, was Sie ursprünglich von Farren angenommen haben. Er hat die Leiche in dem Nebenweg versteckt und Campbells Wagen nach Gatehouse gefahren. Aber warum hätte er das eigentlich tun sollen?»

«Tja!» sagte der Inspektor. «Das ist das grrroße Problem. Warum hat er die Leiche nicht einfach mitgenommen? Das war ja noch verständlich, solange wir annahmen, daß der Mörder Farren war, in Strachans Wagen, denn da haben wir uns überlegt, daß er zunächst vielleicht vorhatte, Strachan den Morrrd in die Schuhe zu schieben, aber wozu hätte Gowan so etwas Dummes tun sollen?»

«Nun, dann wollen wir mal sehen», meinte Parker. «Er mußte irgendwie Campbells Wagen zurückbringen. Ferguson hätte es merken können, wenn der falsche Wagen vorfuhr. Aber er hat die Leiche auf dieser Fahrt nicht mitgenommen, weil wiederum Ferguson oder jemand anders ihn damit hätte sehen können. Gowans Wagen war ein Zweisitzer. Vielleicht war der Kofferraum nicht groß genug, um darin die Leiche ordentlich verstecken zu können. Er findet, daß es das kleinere Risiko ist, als mit einem Toten auf dem Beifahrersitz ganz offen durch Gatehouse zu fahren. Schön. Und nun muß er an den Tatort zurück. Wie? Zu Fuß? – Nein, ich vermute, jetzt kommt das Fahrrad ins Spiel, das vor dem Soundso-Hotel geklaut wurde.»

«Sehr wahrscheinlich», sagte der Inspektor.

«Sie müssen hier vielleicht Ihre Zeiten ein wenig ändern, aber es bleibt dann immer noch genug Spielraum. Sie hatten 22 Uhr 20 als Ankunftszeit für Campbells Wagen vor Campbells Haus angenommen. Gut. Ihr Mann muß jetzt den Weg zurück mit dem Fahrrad machen. Er braucht aber keine Zeit zu verlieren, indem er zuerst zu Fuß zu Strachans Haus geht. Er trifft also eher noch etwas früher wieder am Tatort ein, als wir angenommen hatten. Er holt seinen Wagen, verstaut das Fahrrad hinter den Sitzen – dieses Zugeständnis muß er wohl machen –, aber inzwischen ist es ja ziemlich dunkel, so daß es wahrscheinlich keiner merkt. Übrigens, ich sehe hier, daß dieser Ferguson sagt, Campbells Wagen sei kurz nach zehn gekommen. Das paßt ja gut in Ihren ersten Zeitplan. Es bedeutet, daß der Täter den Wagen gleich nach dem Mord nach Hause gebracht hat. Aber ich sehe, daß Sie hier eine Änderung gemacht haben.»

«Ja», sagte MacPherson, «wir dachten, er hat Campbells Auto irgendwo am Weg abgestellt und die Leiche auf der zweiten Fahrt umgeladen. Wär ja verdächtig, wenn ein zweites Auto zu Campbells Haus gekommen wäre.»

«Stimmt; aber wenn Ferguson mit den angegebenen Zeiten recht hat, kann das nicht sein. Ist Ferguson ein sehr genauer Mensch?»

«O ja; soll ein grrroßarrrtiges Gedächtnis für Details haben.»

«Dann muß der Mörder ein zweites Mal gekommen sein, und zwar mit der Leiche in seinem eigenen Wagen. Merkwürdig, daß Ferguson den zweiten Wagen weder kommen noch wegfahren gehört haben soll.»

«Ja, das ist rrrichtig.»

«Der zweite Wagen – wann könnte er gekomen sein? 5 bis 6 Meilen mit dem Fahrrad – sagen wir eine halbe Stunde. Dann wäre es 22 Uhr 50. Fahrrad hinter die Sitze und 5 bis 6 Meilen zurück in einem schnellen Wagen – sagen wir höchstens 15 Minuten. Das ergibt für die zweite Ankunft 23 Uhr 05. Ferguson sagt, er sei kurz nach zehn ins Bett gegangen. Er muß einfach geschlafen haben. Und immer noch geschlafen haben, als der Wagen wieder fortfuhr – ich meine den Wagen des Mörders. Nein, das geht nicht. Wie und wann hat Gowan – wenn er der Mörder ist – seinen Wagen nach Kirkcudbright zurückgebracht? Er mußte ja in Gatehouse sein, um die Leiche zu bewachen und sein Täuschungsmanöver für den nächsten Morgen vorzubereiten. Ich nehme an, er *könnte* den Wagen in den frühen Morgenstunden nach Kirkcudbright gefahren haben und dann zu Fuß oder mit dem Fahrrad nach Gatehouse zurückgekehrt sein.»

«Ja, gekonnt hätte er das sicher, aber nötig gewesen wär's nicht. Hammond, sein Chauffeur, hätte ihn nämlich auch zurückfahren können.»

«Allerdings. Und das würde Hammond zum Komplicen machen. Aber dagegen spricht nichts. Wenn Gowan den Mord begangen hat, lügen seine Dienstboten, bis auf Betty, sowieso wie Ananias, und da kommt es auf ein bißchen Schuld mehr oder weniger auch nicht an. Gut, damit wäre das geklärt, und wir brauchen nur noch anzunehmen, daß Gowan den Rest genau nach Plan durchgeführt hat, in Ayr in den Zug nach London umgestiegen ist und sich nur in London herumtreibt, bis sein Bart nachgewachsen ist. Und das erklärt zugleich – ansonsten wäre es nämlich etwas komisch gewesen –, warum er, nachdem er den Unfall getürkt hatte, nicht jeden Verdacht zerstreut hat, indem er sich offen in Kirkcudbright zeigte.»

«Ach was!» rief MacPherson erregt. «Sehen Sie denn nicht, daß damit garrr nichts geklärt ist? Es paßt nicht zu der Beschreibung des Mannes im grauen Anzug, der das Fahrrad nach Ayr gebracht hat. Es erklärt nicht, was Betty zu Bunter gesagt hat, es erklärt nicht den vermummten Mann, der mitten in der Nacht aus Gowans Haus geschlichen ist, und nicht den Mann mit dem Karnickelgesicht im Zug von Castle Douglas nach Euston. Und was ist mit dem Mann, der am Montag um Mitternacht an Campbells Tür geklopft hat?»

Parker strich sich nachdenklich übers Kinn.

«Das mit der Beschreibung des Mannes ist wirklich komisch»,

sagte er. «Vielleicht hat Gowan es fertiggebracht, sich irgendwie zu verkleiden, mit falschem blondem Bart oder so. Und was das Mädchen erzählt hat, kann zum Teil Einbildung sein, genau wie Alcock sagt. Gowan könnte am Dienstagnachmittag nach Kirkcudbright zurückgekehrt sein, anstatt gleich nach London zu fahren, obwohl ich eigentlich nicht wüßte, warum, und der Brief aus dem Mahlstick Club läßt eindeutig darauf schließen, daß er am Mittwoch in London war. Und das Karnickelgesicht kann jemand völlig anderer gewesen sein. Und bei dem Mann, der um Mitternacht angeklopft hat, neige ich sowieso zu der Ansicht, daß es ein ganz anderer war.»

«Aber», wandte der Inspektor ein, «wenn er doch ins Haus reingegangen ist und Campbell tot und Gowan dabei gefunden hat, warum ist er dann nicht zu uns gekommen und hat's gemeldet?»

«Vielleicht führte er nichts Gutes im Schilde», mutmaßte Parker. «Oder er war, wie Sie zuvor schon gemeint haben, eine Sie. Immerhin muß ich zugeben, daß die Geschichte noch ein paar ärgerliche schwache Stellen hat. Ich glaube, wir setzen uns am besten auf die Spur von Gowan *und* dem Karnickelgesicht und versuchen herauszufinden, wo Gowan nun wirklich gewesen ist. Und wenn wir Gowan haben, ist es vielleicht besser, wir verhaften ihn nicht, sondern laden ihn nur vor, mit der Begründung, daß er uns Informationen geben kann. Sehen Sie, Inspektor, letzten Endes wissen wir ja nicht einmal mit Bestimmtheit, daß es Gowan war, dem Campbell auf der Straße begegnet ist. Es gibt vielleicht noch andere Leute mit schwarzen Bärten.»

«Aber *keinen* Künstler mit einem schwarzen Bart wie seinem», erwiderte MacPherson eigensinnig. «In unserem ganzen Bezirk nicht.»

«Ach ja, Himmel!» sagte Parker. «Der Mann muß ja ein Künstler sein, natürlich. Na ja, jedenfalls werden wir Gowan jetzt vorladen.»

Inspektor MacPherson dankte ihm.

«Und nun dieser Farren», fuhr Parker fort. «Wollen Sie ihn auch haben? Angenommen, er liegt nicht in einem Schacht?»

«Ich denke, der müßte sich finden lassen», meinte der Inspektor. «Man hat ihn Drohungen ausstoßen hören – außerdem ist er verschwunden, was ja für seine Familie und Freunde schon schlimm genug ist.»

«Eben. Wir lassen ihn mal als vermißt suchen, das kann nichts schaden. Aber ich wette, er steckt noch irgendwo in Ihrer Gegend.

Wen haben wir sonst noch? Dieser Engländer – wie heißt er gleich? – Waters. Was ist mit ihm?»

«Waters hab ich ganz vergessen», antwortete MacPherson ehrlich. «Ich kann mir auch nicht vorstellen, wie er was damit zu tun hat.»

«Ich auch nicht», sagte Parker. «Also lassen wir ihn mal weg. Und natürlich werden wir dieses Fahrrad im Bahnhof Euston beobachten, falls jemand so dumm ist, es abzuholen. Sie sollten auch jemanden schicken, der es identifizieren kann, denn am Ende ist es gar nicht das richtige. Wäre das alles? Wie wär's, wenn wir nach dem vielen Reden jetzt einen trinken gingen? Ach, können Sie mir übrigens sagen, auf welche Schule Gowan gegangen ist? Nein? Macht auch nichts. Steht wahrscheinlich alles in den einschlägigen Lexika.»

Der Inspektor wirkte immer noch nicht ganz glücklich.

«Was gibt's denn?» fragte Parker.

«Sie haben –» begann er. Dann rückte er impulsiv damit heraus: «Wenn wir nicht bald was finden, ich glaube, dann hören Sie demnächst offiziell von unserem Polizeipräsidenten.»

«Aha!» machte Parker. «Aber dafür sehe ich gar keine Notwendigkeit. Sie haben keine Zeit verloren, und nach meinem Eindruck kommen Sie gut voran. Wir müssen Ihnen hier bei uns natürlich helfen, wie Sie mir ja auch helfen würden, wenn eines meiner Schäfchen sich nach Schottland flüchtete – aber es besteht sicher kein Anlaß, daß wir den Fall übernehmen. Das dürfte eher eine Angelegenheit sein, wo der Mann am Ort alle Vorteile auf seiner Seite hat.»

«Schon», meinte der Inspektor, «aber ein dickes Ding ist das doch.» Er seufzte schwer.

Lord Peter Wimsey

«Strachan!» sagte Lord Peter Wimsey. Mr. Strachan erschrak so heftig, daß er beinahe seine Leinwand und sich selbst in einen Tümpel gekippt hätte. Er saß ein wenig unbequem auf einem Granitbrocken an der Carrick-Küste und malte eifrig die Isles of Fleet. Es wehte ein kräftiger Wind, aus dem sich ein Sturm zusammenzubrauen drohte, und das ergab einige interessante Wolkeneffekte über seiner rastlos wirkenden See.

«Ach, Wimsey! Hallo», sagte Strachan. «Wie sind denn Sie in aller Welt hierhergekommen?»

«Gefahren», antwortete Wimsey. «Frische Luft und so.» Er setzte sich auf einen bequemen Stein, zog sich den Hut fester auf den Kopf und kramte seine Pfeife hervor, das alles mit der Miene eines Mannes, der zu guter Letzt noch eine Bleibe gefunden hatte.

Strachan runzelte die Stirn. Er mochte keine Zuschauer, wenn er beim Malen war, aber Wimsey werkelte seelenruhig in seinem Tabakbeutel herum und schien auch für die Winke mit dem Zaunpfahl völlig unempfänglich zu sein.

«Sehr windig, nicht?» meinte Strachan, nachdem die Stille eine Weile angedauert hatte.

«Ja, sehr», sagte Wimsey.

«Aber es regnet nicht», fuhr Strachan fort.

«Noch nicht», sagte Wimsey.

«Besser als gestern», sagte Strachan und erkannte sofort, daß er da etwas Dummes von sich gegeben hatte. Wimsey wandte sogleich den Kopf und meinte strahlend:

«Um Ellen besser! Wirklich, man sollte ja meinen, die haben gestern das Wasserwerk in Gang gesetzt, nur um mir mein schönes Malerpicknick zu verderben.»

«Ach so, ja», sagte Strachan.

«Na ja, vielleicht war's sowieso nur eine verrückte Idee», fand Wimsey, «aber mir gefiel sie nun mal. Das ist aber recht hübsch», fügte er hinzu. «Wie lange malen Sie schon daran?»

«Etwa eine Stunde», sagte Strachan.

«Sie benutzen sehr breite Pinsel. Großzügiger, schwungvoller

Stil und so. Sandy Campbell hat viel mit dem Spachtel gearbeitet, nicht?»

«Ja.»

«Arbeitet sich's schnell mit dem Spachtel?»

«Im allgemeinen, ja.»

«Arbeiten Sie so schnell wie Campbell?»

«Ich würde mit dem Spachtel sicher nicht so schnell arbeiten wie er, falls Sie das meinen, weil es zuerst wohl ein ziemliches Geschmiere gäbe, bis ich Übung darin hätte. Aber mit meiner eigenen Methode habe ich eine Skizze wahrscheinlich fast genauso schnell fertig wie er.»

«Aha. Was würden Sie eine normale Zeit für eine fertige Skizze nennen?»

«Nun – welche Größe?»

«Ungefähr die Größe, die Ihr Bild jetzt hat.»

«Für das, was ich hier noch machen will, dürfte ich wohl noch eine halbe Stunde brauchen, vielleicht auch etwas länger. Sofern mir der ganze Kram nicht vorher davonfliegt», fügte er hinzu, als eine frische Bö vom Meer herübergejagt kam, daß die Staffelei zitterte und wackelte, obwohl ihre Beine zwischen schweren Steinen eingeklemmt waren.

«Sie haben ja gut beschwert. Aber daß Sie an einem Tag wie heute keine Skizzenbox verwenden –?»

«Tja, das weiß ich auch nicht; aber ich habe eben nie damit gearbeitet und bin's nicht gewöhnt. Man hat so seine Angewohnheiten.»

«Sicherlich.»

«Ich bin im Grunde ein sehr methodischer Mensch», sagte Strachan. «Ich könnte mein Handwerkszeug im Dunkeln finden. Manche Menschen lieben die Unordnung und stopfen ihre Sachen einfach wahllos in einen Sack. Ich breite alles vor mir aus, bevor ich anfange – die Farbtuben immer in derselben Reihenfolge auf dem Tablett, Pinsel immer hier, Ersatzpinsel da –, sogar meine Palette ist immer in derselben Ordnung hergerichtet, natürlich nicht immer mit denselben Farben. Aber im großen und ganzen richtet sich die Reihenfolge sozusagen nach dem Spektrum.»

«Verstehe», sagte Wimsey. «Ich selbst bin gar kein methodischer Mensch, aber ich bewundere Methode. Mein Diener Bunter ist in der Beziehung ein Wundertier. Es schmerzt ihn richtig, meine Taschen immer von allem möglichen Krimskrams ausgebeult zu sehen oder die unmöglichsten Sachen in den Schubladen zu finden.»

«O je, mit Schubladen hat's auch bei mir seine Not», sagte Strachan. «Meine Ordnungsliebe beginnt und endet bei der Malerei. Wie gesagt, es ist nur Gewohnheit. Ich bin nicht von Natur aus ordentlich.»

«Wirklich nicht? Haben Sie etwa auch kein gutes Gedächtnis für Daten, Zahlen, Fahrpläne und dergleichen?»

«Nicht im mindesten. Hoffnungslos unachtsam. Ich habe nicht einmal ein gutes visuelles Gedächtnis. Andere Leute kommen von irgendwoher zurück und malen ein Bild davon, auf dem kein Haus und kein Baum fehlt, während ich die Dinge vor mir haben muß, wenn ich sie malen soll. Auf eine Art ist das ein Nachteil.»

«Oh, das könnte ich auch», sagte Wimsey. «Das heißt, wenn ich malen könnte. Zum Beispiel – nehmen Sie die Straße von Gatehouse nach Kirkcudbright. Ich könnte Ihnen auf der Stelle einen Plan davon aufzeichnen, mit jeder Biegung, jedem Haus, fast jedem Baum und jedem Gatter an dieser Straße. Oder wenn Sie mich mit verbundenen Augen diese Straße entlangführen, könnte ich Ihnen jeden Augenblick sagen, wo wir sind.»

«Das könnte ich nicht», sagte Strachan. «Ich bin natürlich schon hundertmal da entlanggefahren, aber jedesmal sehe ich wieder etwas, was ich bis dahin noch nie gesehen habe. Das hat natürlich den Vorteil, daß ich immer wieder überrascht sein kann.»

«Gewiß; gegen Langeweile sind Sie gefeit. Aber manchmal hat ein Blick fürs Detail auch seine Vorteile. Zum Beispiel wenn man jemandem eine schöne, plausible, weitschweifige Lüge auftischen will.»

«Oh!» machte Strachan. «Doch, in diesem Fall ja – unter solchen Umständen.»

«Nehmen wir doch nur mal Ihre kleine Geschichte mit dem Golfball», sagte Wimsey. «Wieviel glaubhafter wäre sie gewesen, wenn sie mit ein paar soliden, nachprüfbaren, wohldosierten Details garniert gewesen wäre. Es war natürlich von vornherein keine besonders gute Lüge, weil wirklich ein viel zu langer Zeitraum darin offenblieb, aber nachdem Sie sich nun darauf eingelassen hatten, hätten Sie wirklich mehr daraus machen sollen.»

«Ich weiß nicht, was Sie meinen», sagte Strachan steif. «Wenn Sie an meinen Worten zweifeln –»

«Natürlich zweifle ich daran. Ich glaub's Ihnen keine Sekunde. Und da bin ich nicht allein. Erstens haben Sie nämlich Ihrer Frau nicht die gleiche Geschichte erzählt wie mir. Das war unvorsichtig. Wenn Sie schon lügen, sollte es wenigstens immer dieselbe Lüge sein. Dann haben Sie zu erwähnen vergessen, an welchem Loch sie gerade spielten, als es passierte. Es hat noch nie einer eine Golfgeschichte zum besten gegeben, ohne sie mit allen geographischen und historischen Details abzusichern. Das war psychologisch schwach von Ihnen. Drittens haben Sie behauptet, Sie wären den ganzen Vormittag auf dem Golfgelände gewesen, ohne daran zu denken, daß es jede Menge Zeugen geben könnte, die aussagen würden, daß von Ihnen weit und breit nichts zu sehen war, ja daß Sie sogar Tom Clark angewiesen hatten, an diesem Morgen die Grüns zu walzen. Er war genau zwischen zehn und elf am neunten Grün und kann beschwören, daß Sie nicht da waren, und falls Sie später hingegangen wären, hätten Sie das kaum ‹nach dem Frühstück› genannt. Außerdem –»

«Hören Sie mal», sagte Strachan mit gerunzelter Stirn. «Was zum Teufel denken Sie sich eigentlich dabei, so mit mir zu reden?»

«Ich frage mich ja nur», sagte Wimsey, «ob Sie für Ihr blaues Auge vielleicht doch noch eine andere Erklärung anbieten möchten. Ich meine, wenn Sie es mir jetzt erzählen möchten und es handelte sich um – na, sagen wir, um eine kleine häusliche Auseinandersetzung oder so, dann – äh – müßte ich es ja nicht unbedingt weitererzählen, Sie verstehen?»

«Nein, ich verstehe überhaupt nichts», sagte Strachan. «Das ist eine bodenlose Unverschämtheit.»

«Sagen Sie so was nicht», flehte Wimsey. «Hören Sie, alter Freund, Ihre mitternächtlichen Umtriebe gehen mich gar nichts an. Wenn Sie vielleicht auf Abwegen waren oder so –»

«Wenn Sie weiter in diesem Ton mit mir reden, drehe ich Ihnen den Hals um!»

«Um Himmels willen!» rief Wimsey. «Nun drohen Sie doch nicht schon wieder!»

Strachan stierte ihn an, und langsam färbte sich sein Gesicht von der Stirn bis zum Hals puterrot.

«Wollen Sie mir etwa unterstellen», fragte er gepreßt, «daß ich etwas mit dem Mord an Campbell zu tun hätte?»

«Ich unterstelle niemandem, daß er ihn ermordet hat», sagte Wimsey begütigend, «noch nicht.» Er sprang plötzlich auf und stand unbeweglich auf dem Felsen, den Blick von Strachan abgewandt und übers Meer gerichtet. Die Wolken hatten sich zu einer drohenden Masse zusammengeballt, und die Wogen wälzten sich grün und gelb heran und zeigten kleine weiße Zähne aus Schaum. «Aber ich unterstelle Ihnen», sagte er, indem er sich plötzlich wieder umdrehte und sich gegen den Wind stemmte, um das Gleichgewicht zu behalten, «ich unterstelle Ihnen, daß Sie sehr viel mehr darüber wissen, als Sie der Polizei gesagt haben. Halt! Tun Sie das nicht! Sie Narr, *Sie machen sich doch unglücklich!*»

Er fing Strachans Handgelenk, als die Faust an seinem Ohr vorbeizischte.

«Mann, Strachan, hören Sie doch mal zu. Ich weiß ja, daß ich ein verlockender Anblick bin, wenn ich hier so stehe. Himmel noch mal, deswegen hab ich mich doch hierhergestellt. Ich bin zwar kleiner als Sie, aber ich könnte Sie mit einer einzigen Handbewegung ins Jenseits befördern. Stehen Sie still! So ist es besser. Denken Sie niemals zwei Minuten weiter? Glauben Sie wirklich, Sie könnten auf diese plumpe Art alles aus der Welt schaffen, mit roher Gewalt? Stellen Sie sich vor, Sie hätten mich da hinuntergestoßen, und ich hätte mit gebrochenem Schädel unten gelegen, wie Campbell! Was dann? Wären Sie dann besser daran gewesen oder schlechter? Was hätten Sie mit der Leiche gemacht, Strachan?»

Der Maler sah ihn an und schlug mit einer Geste der Verzweiflung den Handrücken vor die Stirn.

«Mein Gott, Wimsey», sagte er, «Sie sind ein Satan!» Er ging zurück und ließ sich bebend auf seinen Schemel sinken. «Ich hab Sie wirklich umbringen wollen. Ich bin so jähzornig. Warum haben Sie das nur getan?»

«Ich wollte sehen, wie jähzornig Sie sind», antwortete Wimsey kühl. «Und im Grunde wissen Sie doch», fuhr er fort, «wenn Sie mich wirklich umgebracht hätten, wären Sie kaum ein Risiko eingegangen. Sie hätten nur wegzufahren und mich liegenzulassen brauchen. Man hätte meinen Wagen hier gefunden. Alle hätten angenommen, daß mich der Wind von den Füßen gerissen und in die Tiefe geschleudert hätte, so ähnlich wie bei Campbell. Was hätte man Ihnen denn beweisen können?»

«Wahrscheinlich gar nichts», meinte Strachan.

«Glauben Sie das?» fragte Wimsey. «Wissen Sie, Strachan, ich wünschte fast, ich hätte mich hinunterstoßen lassen, nur um zu sehen, was Sie dann gemacht hätten. Na ja, lassen wir das. Es fängt an zu regnen. Wir sollten einpacken und heimfahren.»

«Ja», sagte der andere. Er war noch immer sehr blaß, aber er stand gehorsam auf und begann sein Malzeug zusammenzupacken. Wimsey sah, daß er trotz seiner offensichtlichen Erregung schnell und ordentlich dabei zu Werke ging und jeden Handgriff nach einer feststehenden Reihenfolge vorzunehmen schien. Er befestigte die noch feuchte Leinwand in einem Transportbehälter, wobei er die Nadeln ganz mechanisch einsteckte und die Riemen anzog, dann legte er die Pinsel in einen Blechkasten und die Palette in eine Schachtel und sammelte die Farbtuben von der unteren Leiste der Staffelei ein.

«Hoppla!» rief er plötzlich.

«Was gibt's?» fragte Wimsey.

«Das Kobaltblau ist weg», sagte Strachan mürrisch, «es muß runtergefallen sein.»

Wimsey bückte sich.

«Hier ist es», sagte er, indem er die Tube zwischen ein paar Büscheln Heidekraut hervorholte. «Ist das jetzt alles?»

«Das ist alles», sagte Strachan. Er tat die Tuben in den Kasten, klappte die Staffelei zusammen und stand da, als ob er auf Befehle wartete.

«Dann sollten wir mal losziehen», meinte Wimsey und schlug den Kragen hoch, denn es begann jetzt richtig zu gießen.

«Hören Sie», sagte Strachan, der unbeweglich im Regen stehenblieb, «was haben Sie jetzt vor?»

«Nach Hause zu fahren», sagte Wimsey. «Es sei denn –» er schaute Strachan fest an – «es sei denn, Sie möchten mir noch etwas sagen.»

«Eines will ich Ihnen sagen», antwortete Strachan. «Eines Tages gehen Sie zu weit und jemand bringt Sie wirklich um.»

«Das würde mich nicht im allermindesten überraschen», sagte Lord Peter liebenswürdig.

Mrs. Smith-Lemesurier

In dieser ganzen Zeit gab es nun jemanden, der sich sehr gekränkt und vernachlässigt fühlte, und das war der junge Konstabler, der bei der Vernehmung Mr. Jock Grahams solch einzigartigen Mißerfolg gehabt hatte. Dieser junge Mann, der auf den Namen Duncan hörte, nahm seinen Beruf sehr ernst, und er war sich schmerzlich bewußt, daß man ihm keine angemessene Chance gab. Graham hatte ihn ausgelacht; Sergeant Dalziel, der wichtigtuerisch Jagd auf Fahrräder und Eisenbahnfahrkarten machte, hatte seine Vorschläge schnöde ignoriert und ihn sich weiter mit Betrunkenen und Verkehrsrüpeln herumschlagen lassen. Niemand zog Konstabler Duncan ins Vertrauen. Dann würde Konstabler Duncan eben eigene Wege gehen. Wenn er ihnen erst gezeigt hatte, was er konnte, würde es ihnen vielleicht leid tun.

Konstabler Duncan hegte nicht den allergeringsten Zweifel, daß Jock Grahams Tun und Lassen der näheren Betrachtung bedurfte. Es gab da so Gerüchte. In den Bars fielen Andeutungen. Man hatte Fischer einander anstoßen und plötzlich verstummen sehen, wenn Grahams Name genannt wurde. Unglücklicherweise ist es dem Ortspolizisten in einem Landstädtchen kaum möglich, herumzuschnüffeln und wie ein Sherlock Holmes den Leuten die Informationen aus der Nase zu ziehen. Man kennt seine Physiognomie. Er ist ein Gezeichneter. Duncan spielte ein wenig mit dem Gedanken, sich (in der dienstfreien Zeit) als alternder Priester oder bretonischer Zwiebelverkäufer zu verkleiden, aber ein Blick auf sein strammes Spiegelbild mit den runden rosigen Wangen nahm ihm schnell sein Selbstvertrauen. Wie beneidete er doch den Detektiv von Scotland Yard, der, verloren in der großen Menge, hinter sich eine starke Macht, unerkannt und undurchdringlich herumlaufen, mit Dieben im Ostend zusammenstecken oder in Mayfair mit Herzögen und Millionären in Nachtclubs sitzen konnte. Ach ja! Und in Creetown und Newton Stewart brauchte er nur die Nase durch die Tür zu stecken, schon kannte und mied man ihn.

Er stellte beharrlich seine Fragen, schmeichelte oder drohte gar dem einen oder anderen, der mehr zu wissen schien, als er wissen sollte. Zum einen Unglück hat der schottische Bauer ein bemerkenswertes Talent, zu schweigen, wenn er will, und zum anderen Unglück war Jock Graham in der Gegend sehr beliebt. Nach mehreren Tagen solcher Ermittlungen aber konnte Duncan endlich eine handfeste Information zutage fördern: Ein Bauer, der am Dienstagvormittag um halb zwölf mit einem Karren in Richtung Bargrennan gefahren war, hatte auf dem anderen Ufer des Cree einen Mann gehen sehen, als ob er vom Ort des Verbrechens käme. Der Mann war sofort in Deckung gegangen, als wollte er nicht erkannt werden, aber da hatte der Bauer ihn bereits mit Bestimmtheit als Jock Graham erkannt. Ansonsten aber gelang es Duncan nur noch, Gerüchte zu vernehmen – und in die Welt zu setzen. Ein Journalist vom *Glasgow Clarion*, dem er etwas voreilig mehr erzählt hatte, als er sollte, brachte einen überaus ungeschickten Artikel, und Konstabler Duncan bekam von seinen geplagten Vorgesetzten einen schweren Rüffel.

«Und wenn Graham so schuldig wäre wie die Sünde selbst», sagte Sergeant Dalziel wütend – es war nämlich derselbe Tag, an dem der Dienstmann aus Girvan Blinddarmentzündung bekommen hatte, und der Sergeant war durchaus nicht abgeneigt, an jemandem die Wut auszulassen –, «warum müssen Sie ihm auf die Nase binden, daß er verdächtigt wirrrd, damit er sich noch schnell ein Alibi verschaffen kann? Hier, sehen Sie sich das mal an!» Er wedelte mit dem *Clarion* vor Duncans unglücklichen Augen herum. ‹‹Grrrund zu der Annahme, daß die Tat von einem Künstler begangen wurrrde.› Wollten wir nicht gerade das den Verdächtigen *nicht* auf die Nase binden? ‹Bekannter Künstler von unserem Korrespondenten interviewt.› Wer hat Ihnen gesagt, Sie sollen diesen Kerrrl bei Grrrraham rrrumspionieren schicken? Wenn Sie nicht lernen können, den Mund zu halten, Charlie Duncan, dann sehen Sie sich mal lieber nach einem anderen Berrruf um!»

Die Indiskretion hatte allerdings Folgen. Am Samstagmorgen saß Sergeant Dalziel in seinem Büro, als eine Dame hereingeleitet wurde, dezent in Schwarz gekleidet und mit engsitzendem Hut. Sie lächelte den Sergeant nervös an und flüsterte, daß sie eine Aussage im Zusammenhang mit dem Mord an Campbell zu machen wünsche.

Dalziel erkannte die Dame recht gut. Es war Mrs. Smith-Lemesurier, eine «Zugereiste», seit etwa drei Jahren wohnhaft in Newton Stewart. Sie gab sich als Witwe eines afrikanischen Kolonialbeamten aus, lebte einfach und bescheiden in einem umgebauten kleinen Cottage mit einem französischen Dienstmädchen. Ihre Art war etwas weinerlich und naiv, ihr Alter etwas höher, als es den ersten Anschein hatte, so daß junge Männer, die es nicht besser wußten, in ihr leicht die erfrischende Offenbarung unergründlicher Weiblichkeit erblickten. Warum sie sich ausgerechnet hier am Ende der Welt niedergelassen hatte, konnte niemand so recht erklären. Mrs. Smith-Lemesurier pflegte dazu zu sagen, daß die Mieten in Schottland so niedrig seien und sie mit ihrem bescheidenen kleinen Einkommen so gut zurechtkommen müsse wie eben möglich. Es spiele ohnehin keine Rolle, wo sie wohne, fügte sie dann traurig an; seit dem Tod ihres Gatten stehe sie auf der Welt ganz allein da. Lord Peter Wimsey war ihr vor einem Jahr anläßlich eines kleinen Basars der Episkopalkirche vorgestellt worden. Er hatte hinterher gefühllos gemeint, die Dame sei «auf Beutefang». Das war undankbar, denn Mrs. Smith-Lemesurier hatte sich ihm einen ganzen Nachmittag lang, der für ihn sehr langweilig gewesen sein mußte, überaus liebevoll gewidmet und ihm ein Sachet aus grüner Seide verkauft, auf das sie eigenhändig das Wort «Pyjamas» gestickt hatte. «Geld kann ich nicht geben», hatte sie, schüchtern zu ihm auflächelnd, gesagt, denn sie war eine zierliche kleine Person, «aber ich gebe meine Arbeit, und auf die gute Absicht kommt es schließlich an, nicht wahr?»

Sergeant Dalziel bot seiner Besucherin einen Stuhl an und milderte seinen rauhen Ton, als er sie fragte, womit er ihr dienen könne.

Mrs. Smith-Lemesurier kramte eine Weile in ihrem Handtäschchen herum und brachte endlich den Ausschnitt aus dem *Glasgow Clarion* zum Vorschein, der Konstabler Duncan soviel Umstände und Vorwürfe eingetragen hatte.

«Ich wollte nur fragen», sagte sie, indem sie ihre vergißmeinnichtblauen Augen bittend zu dem Polizistengesicht aufschlug, «ob es für diese – schrecklichen Unterstellungen hier – irgendeine Grundlage gibt.»

Sergeant Dalziel las den Artikel so gründlich durch, als ob er ihn zum erstenmal sähe, und antwortete vorsichtig: «Tja, hm, das könnte schon sein.»

«Sehen Sie», sagte Mrs. Smith-Lemesurier, «hier steht, daß der M-m-mord von einem Künstler begangen worden sein muß. W-w-wie kommen sie dazu, so etwas zu schreiben?»

«Nun ja», meinte der Sergeant, «ich will nicht sagen, daß nicht das eine oder andere wirklich für diese Annahme sprechen könnte.»

«Ach!» machte die Dame. «Ich hatte gehofft – ich dachte – ich hab mir vorgestellt, daß dieser Reporter sich das alles vielleicht nur aus den Fingern gesaugt hat. Das sind doch so schreckliche Leute. Hat er diesen Hinweis wirklich – von der Polizei bekommen?»

«Das würde ich nicht unbedingt sagen», antwortete der Sergeant. «Er kann es vielleicht von irgendeiner anderen verantwortungslosen Person aufgeschnappt haben.»

«Aber die Polizei vermutet das?» ließ sie nicht locker.

«Das würde ich nicht sagen», meinte Sergeant Dalziel, «aber wenn man bedenkt, daß der Verstorbene selbst ein Künstler war und die meisten seiner Bekannten Künstler sind, ist die Möglichkeit natürlich immer gegeben.»

Mrs. Smith-Lemesurier spielte mit dem Verschluß ihres Handtäschchens herum.

«Und dann», sagte sie, «ist auch noch von Mr. Graham die Rede.»

«So ist es», sagte der Sergeant.

«Aber es ist doch gewiß nicht –» die blauen Augen suchten wieder den Blick des Sergeant – «es kann doch nicht sein – daß Sie wirklich Mr. Graham für so etwas Schreckliches im Verdacht haben?»

Sergeant Dalziel räusperte sich.

«Ach, nee, das nicht», sagte er. «Es ist natürlich immer verdächtig, wenn ein Verbrechen geschehen ist und einer nicht sagen will, wo er um die Zeit war. Ich will nicht sagen, daß hier, wie man so sagt, ein starrrkes Verrrdachtsmoment vorrrliegt, aber ein allgemeiner Verdacht ist sozusagen nicht auszurrräumen.»

«Ach so. Sagen Sie bitte, Mr. Dalziel – wenn jemand – angenommen, jemand kann diesen – allgemeinen Verdacht gegen Mr. Graham ausräumen – es müßte doch nicht sein, daß – daß diese Aussage an die Öffentlichkeit gebracht wird?»

«Das kommt ganz darauf an», sagte Dalziel und nahm seine Besucherin etwas näher in Augenschein, «was für eine Art von Aussage das ist. Wenn es so ist, daß die Möglichkeit einer Beteiligung des betrrreffenden Herrrn dadurch ausgeschaltet wird, und wenn es Beweise dafür gibt, und wenn die Sache dadurch nie vor Gerrricht kommt – dann brauchte davon garrr nichts an die Öffentlichkeit zu kommen.»

«Aha! Also dann, in diesem Falle – Mr. Dalziel, ich kann mich doch gewiß auf Ihre Diskretion verlassen? Es ist so schwer, es Ihnen sagen zu müssen – stellen Sie sich nur vor –, aber Sie werden sicher verstehen – wenn jemand so allein ist wie ich, daß – ach Gott! Ich weiß nicht, wie ich es ausdrücken soll.»

Mrs. Smith-Lemesurier nahm ein hauchdünnes Taschentüchlein zur Hand und verhängte vorübergehend das Licht der Vergißmeinnichtaugen.

«Ach je», meinte der Sergeant freundlich, «Sie brauchen sich nun wirrrklich nicht zu genieren. In unserem Beruf kommt uns so vieles zu Ohren, da denken wir uns garrr nichts dabei. Außerdem», fügte er hilfreich hinzu, «ich bin ein verheirateter Mann.»

«Ich weiß nicht, ob das es nicht noch schlimmer macht», blökte Mrs. Smith-Lemesurier. «Aber ich glaube», fuhr sie mit einem verstohlenen Blick über den Rand des Taschentuchs fort, «daß Sie bestimmt ein freundlicher und verständnisvoller Mensch sind und es nicht schwerer für mich machen werden, als unbedingt sein muß.»

«Bestimmt», sagte der Sergeant. «Genieren Sie sich nur nicht, Mrs. Smith-Lemesurier. Erzählen Sie mir's nur, ganz als wenn ich Ihr Vater wäre.»

«Danke, das will ich tun. Mr. Graham würde natürlich nie einen Ton sagen, dazu ist er viel zu ritterlich. Mr. Dalziel, er – konnte Ihnen nicht sagen, wo er am Montagabend war – weil er – bei mir war.»

Mrs. Smith-Lemesurier verstummte mit einem kleinen Seufzer. Sergeant Dalziel, für den das Geständnis zu diesem Zeitpunkt kein Element der Überraschung mehr enthielt, nickte väterlich.

«Aha, ja, wenn das so ist. Das wäre natürlich ein guter Grund für ihn, den Mund zu halten, ein sehr überzeugender Grund. Können Sie mir sagen, Mrs. Smith-Lemesurier, um welche Zeit Mr. Graham zu Ihnen gekommen und wann er wieder gegangen ist?»

Die Dame zerknüllte das dünne Taschentüchlein zwischen kleinen, plumpen Händen.

«Gekommen ist er zum Abendessen, so gegen acht Uhr, und gegangen ist er nach dem Frühstück. Das muß kurz nach neun gewesen sein.»

Der Sergeant machte sich Notizen auf einem Blatt Papier.

«Und hat ihn niemand kommen oder gehen sehen?»

«Nein. Wir waren – sehr vorsichtig.»

«So. Wie ist er gekommen?»

«Ich glaube, er hat gesagt, daß ihn ein Freund nach Newton Stewart mitgenommen hat.»

«Welcher Freund war das?»

«Ich weiß nicht – das hat er nicht gesagt. O Mr. Dalziel, müssen Sie das denn wissen? Mein Mädchen kann Ihnen sagen, wann er gekommen ist. Muß diese andere Person da wirklich noch hineingezogen werden?»

«Vielleicht nicht», sagte der Sergeant. «Und gegangen ist er wieder nach neun Uhr? Das kann Ihr Mädchen auch bezeugen, nehme ich an?»

«Ja, natürlich.»

«Und er war die ganze Zeit bei Ihnen im Haus?»

«Er war – die ganze Zeit unter meinen Augen», ächzte Mrs. Smith-Lemesurier, erneut von der Peinlichkeit ihres Geständnisses übermannt.

Der Sergeant betrachtete die zuckenden Schultern der Dame und gab sich einen Ruck.

«Und wie kommen Sie auf die Idee, Madam, daß diese Geschichte Mr. Graham ein Alibi für den Mord an Campbell gibt, der mit eingeschlagenem Schädel am Dienstag um zwei Uhr nachmittags gefunden wurde?»

Mrs. Smith-Lemesurier gab einen kleinen Schrei von sich.

«Oh!» Sie starrte ihn mit wildem Blick an. «Das hab ich nicht gewußt. Ich dachte – sehen Sie doch mal diese schreckliche Zeitung an. Da steht, daß Mr. Graham nicht sagen wollte, wo er die Nacht davor war. Ich hab gedacht – o nein, sagen Sie mir jetzt nicht, daß ihm das am Ende gar nicht hilft!»

«Soweit will ich nicht gehen», sagte der Sergeant, «aber Sie sehen ja selbst, daß damit noch lange nicht alles klar ist. Mr. Graham war zwei Tage weg. Sie wissen nicht, wohin er von Ihnen aus gegangen ist?»

«Nein – nein, ich habe keine Ahnung. O mein Gott! Warum bin ich überhaupt hierhergekommen? Ich war so sicher, daß Sie für den Montag abend ein Alibi von ihm haben wollten.»

«Je nun, es ist natürlich alles zu was gut», tröstete der Sergeant. «Sehr wahrscheinlich wird er uns, wenn er hört, daß die Geschichte von Montag nacht heraus ist, auch den Rest erzählen. So, und jetzt bringe ich Sie mit meinem Wagen nach Hause und rede mal mit Ihrem Mädchen, nur so zur Bestätigung. Trocknen Sie Ihre Augen, Madam. Ich werde kein Wort mehr als nötig sagen. War sehrrr tapfer von Ihnen, daß Sie mit Ihrer Geschichte zu mir gekommen sind, und Sie können sich auf meine Diskrrretion verlassen.»

Die Aussage des Mädchens deckte sich Wort für Wort mit der ihrer Herrin – wie der Sergeant auch nicht anders erwartet hatte.

Die Frau gefiel ihm nicht recht – so ein verschlagenes ausländisches Wesen, fand er –, aber er konnte ihre Aussage nicht in einem einzigen wichtigen Punkt erschüttern.

Das Ganze war besorgniserregend. Kaum war dieser infernalische Artikel in der Zeitung erschienen, da hatte er schon damit gerechnet, daß ihm ein Alibi präsentiert würde. So etwas hatte er auch zu dem Unglücksraben Duncan gesagt. Aber warum gerade dieses Alibi? Was die Frau erzählt hatte, war an sich nicht unwahrscheinlich, weder was Jock Graham noch was Mrs. Smith-Lemesurier betraf, aber – wozu ein Alibi nur für Montag abend? Er las noch einmal den Zeitungsausschnitt. «– Mr. J. Graham, der bekannte Künstler, der sich lachend weigerte, zu sagen, wo er sich zwischen Montag abend und Mittwoch morgen aufgehalten hatte.» Nein, daraus konnte niemand ableiten, daß der Montag abend der entscheidende Zeitraum war. Wimsey mußte geredet haben. Der Himmel wußte, was er im Laufe seiner inoffiziellen Ermittlungen alles ausgequasselt hatte. Oder wenn es nicht Wimsey war –

Wenn es nicht Wimsey gewesen war, konnte nur schuldiges Wissen dieses Alibi ersonnen haben, das so schön den Zeitpunkt von Campbells Tod deckte. Wenn aber Jock Graham über schuldiges Wissen verfügte, was wurde dann aus der schönen Theorie mit Farren und der hübschen Verwicklung mit dem Fahrrad?

Der Sergeant stöhnte laut. Er hätte noch tiefer gestöhnt, wenn er gewußt hätte, daß Inspektor MacPherson und Chefinspektor Parker genau in diesem Augenblick damit beschäftigt waren, die schöne Farren-Theorie zugunsten einer Gowan-Theorie fallenzulassen.

Sein Blick fiel auf einen Gegenstand, der auf seinem Schreibtisch lag. Es war ein grauer Filzhut – der einzige Schatzfund, den der Suchtrupp bisher von Falbae zurückgebracht hatte. Es war nicht Farrens Hut. Mrs. Farren und Jeanie hatten dies beide bestritten. Ein Name stand nicht darin. Noch so ein Rätsel. Er drehte den Hut unzufrieden in den Händen.

Das Telefon klingelte. Sergeant Dalziel hob den Hörer ab. Der Anrufer war der Polizeidirektor von Glasgow.

«Wir haben hier einen Mann, der sich als Mr. Waters aus Kirkcudbright ausgibt. Suchen Sie ihn noch? Er wollte gerade in den Zug nach Dumfries steigen.»

«Was sagt er, wo er gewesen ist?»

«Er sagt, er kommt von einer Segeltour. Hat nicht versucht, seine Identität zu leugnen. Was sollen wir mit ihm machen?»

«Festhalten!» rief Sergeant Dalziel verzweifelt. «Ich komme mit dem nächsten Zug.

Ich laß mich auf kein Rrrisiko mehr ein», knurrte er vor sich hin, während er hastige Vorbereitungen für seine Reise traf. «Und wenn ich die ganze Bande errrst mal einsperrren muß.»

À la Waters

Zu seiner großen Überraschung mußte der Sergeant feststellen, daß Wimsey schon vor ihm im Polizeipräsidium Glasgow war. Er saß selbstzufrieden im Dienstzimmer des Polizeidirektors, die Hände über dem Spazierstock zusammengefaltet und das Kinn auf den Händen, und er begrüßte den Sergeant mit geradezu empörender Fröhlichkeit.

«Hallo-allo-allo!» rief er. «Na, da sind wir ja wieder.»

«Und wie kommen Sie hierher?» fauchte Dalziel in einem derart ungereinigten Galloway-Tonfall, daß jedes Wort wie eine Drohung für sich allein klang.

«Auf etlichen Umwegen», sagte Wimsey, «aber, ganz allgemein gesprochen, mit der Eisenbahn. Ich habe die letzte Nacht in Campbells Haus verbracht. 14 Uhr 16 in Glasgow angekommen, um Bilderausstellung zu sehen. Verzweifelter Landsmann kabelt nach Kirkcudbright, daß er sich in den Fängen der Kinder Amaleks befindet und ich kommen und ihn befreien soll. Getreuer Diener schickt Kabel weiter an Bildergalerie. Aufgeweckter Bediensteter in Galerie identifiziert mich und stellt Telegramm zu. Ich fliege gleich einer Adlermutter an den Ort, wo verzweifelter Landsmann gleich verwundetem Nestling in seinem Blute liegt, bildlich gesprochen. Kennen Sie schon meinen Freund, Polizeidirektor Robertson?»

«O ja», sagte der Polizeidirektor, «Sergeant Dalziel war in dieser Angelegenheit schon einmal hier. Also, Sergeant, wahrscheinlich wollen Sie diesen Waters gleich sehen. Uns hat er seine Geschichte schon erzählt, aber Sie hören sie am besten von ihm selbst. Forbes, bringen Sie Waters noch einmal her.»

Wenig später ging die Tür auf und ließ einen ungemein zerzausten und ungemein wütenden Waters ein, angetan mit schmierigem Regenmantel, schmierigem Pullover, schmieriger Flanellhose. Sein unordentliches Haar war von einem weißen Verband, der sein eines Auge halb bedeckte und ihm ein verwegenes Piratenaussehen gab, zu einem liederlich wirkenden Hahnenkamm hochgeschoben.

«Großer Gott!» rief Wimsey aus. «Mann, was haben Sie denn bloß mit sich angestellt?»

«Ich mit mir angestellt?» fauchte Waters zurück. «Was zum Teufel treibt denn ihr alle hier? Was soll dieser ganze Quatsch? Was ist das für ein Blödsinn mit diesem Campbell? Was denken sich diese Idioten in drei Teufels Namen dabei, mich zu verhaften? Was hat das, zum Kuckuck noch mal, überhaupt mit mir zu tun?»

«Aber mein Lieber», mischte Wimsey sich rasch ein, bevor der Sergeant etwas sagen konnte, «Ihre Eloquenz ist wirklich eindrucksvoll, aber kaum eindrucksvoller als Ihr Aussehen, das man, wenn ich so sagen darf, als überaus malerisch bezeichnen kann. Ihre Abwesenheit von Ihren gewohnten Jagdgründen hat Ihren Freunden allerlei Kopfzerbrechen bereitet – ein Kopfzerbrechen, das auch durch die Art und Weise Ihrer Rückkehr nicht eben gelindert wird. Bevor wir uns also hier in eine Diskussion über Campbell oder sonstige fernliegende Themen vertiefen, sollten Sie so nett sein und einen mitfühlenden Landsmann aus der Hölle des Zweifels erlösen, indem Sie ihm erzählen, wo Sie gesteckt haben, warum Sie nicht geschrieben haben und wieso Sie sich allem Anschein nach in einen wilden Faustkampf eingelassen haben, sehr zum Nachteil für Ihre sonst so vorteilhafte Erscheinung.»

«Ich hab noch nie soviel Theater um nichts und wieder nichts erlebt», grollte Waters. «Ich war mit einem Freund beim Segeln, das ist alles – mit Tom Drewitt vom Trinity College, genauer gesagt. Wir sind an der Westküste hinaufgefahren, und er wollte mich am Donnerstag in Gourock absetzen, nur sind wir dann in ein Unwetter geraten, mußten übersetzen und uns ein paar Tage lang vor der irischen Küste herumtreiben, bis der Sturm sich ausgetobt hatte. Ich weiß nicht, ob's Ihnen Spaß machen würde, in einem Südweststurm an einer Leeküste zu kleben, die voller Felsen ist. Ich kann nur sagen, uns hat's keinen Spaß gemacht. Klar, daß ich ein bißchen außer Façon bin – das wären Sie auch nach fünf Tagen auf Toms schmuddeligem kleinem Appelkahn. Ich hab keine Haut mehr an den Händen, und daß ich noch lebe, ist nicht das Verdienst von dem jungen Burschen, den Tom an Bord hatte. Er hat plötzlich die Hosen voll gekriegt – Tom hätte selbst am Ruder bleiben sollen. Der Baum kam rüber und hätte mir fast den Schädel eingeschlagen. Tom wollte, daß ich heute morgen noch mit ihm rauf nach Skye segle, aber mir hat's gereicht. Ich hab ihm gesagt, er soll mich gefälligst in Gourock absetzen, und wenn ich je wieder mit ihm segeln sollte, dann höchstens, wenn dieses Jüngelchen erst ersoffen ist und keinen Schaden mehr anrichten kann.»

«Nun passen Sie mal auf», warf Sergeant Dalziel dazwischen. «Daß wir uns nur ja richtig verstehen. Sie sagen, Sie sind auf diesem Drewitt seiner Yacht gewesen. Wann sind Sie an Bord gegangen, Sir?»

«Also hören Sie, was soll das?» wandte Waters sich hilfesuchend an Wimsey.

«Sagen Sie ihm lieber, was er wissen will», antwortete Wimsey. «Ich erklär's Ihnen später.»

«Na schön, wenn Sie es sagen. Also dann will ich mal ganz genau erzählen, wie das war. Letzten Montag nachts lag ich im Bett und schlief, als da plötzlich irgendso ein Trottel kleine Steinchen an mein Fenster warf. Ich bin runtergegangen, und da stand Drewitt. Erinnern Sie sich noch an Drewitt, Wimsey? Oder war das vor Ihrer Zeit?»

«Ich hab nie einen vom Trinity gekannt», sagte Wimsey. «Die Juden wollen mit den Samaritern nichts zu tun haben.»

«Ach ja. Sie waren natürlich auf dem Balliol. Na ja, macht nichts. Jedenfalls, ich hab Drewitt reingelassen und ihm was zu trinken gegeben. Das war so gegen elf Uhr, glaube ich, und ich war ziemlich wütend über die nächtliche Störung, weil ich doch mit dem Zug um Viertel vor neun nach Glasgow wollte und meinen Schönheitsschlaf brauchte. Außerdem war mir recht elend. Sie wissen's ja noch, Wimsey – dieses Gerangel mit Campbell in den *McClellan Arms*. Übrigens, was hat's nun eigentlich auf sich mit dieser Geschichte wegen Campbell?»

«Erzähl ich Ihnen später. Nur weiter.»

«Also, ich hab Drewitt gesagt, daß ich nach Glasgow wollte, und er hat gemeint, da wüßte er was Besseres. Warum ich nicht mit ihm käme? Er segle auch in diese Richtung, und wenn ich's nicht eilig hätte, könne ich gleich mit ihm fahren und unterwegs ein bißchen angeln und frische Seeluft schnuppern. Das Wetter sei schön, und sein Boot, die *Susannah*, wie er es nennt, könne die Strecke in zwei bis drei Tagen schaffen, oder wenn wir Lust hätten, könnten wir auch ein bißchen länger herumbummeln, und wenn der Wind uns im Stich ließe, könnten wir auf den Hilfsmotor zurückgreifen. Na ja, das klang ganz gut, und mir war's ja eigentlich egal, wann ich nach Glasgow kam, also hab ich gesagt, ich überleg's mir mal. Darauf er, ich könne doch sowieso mal eben mit ihm fahren und mir die *Susannah* ansehen. Er habe sie vor dem Doon liegen.»

«Das stimmt», sagte Wimsey zu Dalziel. «Da lag am Montagabend ein Boot, und das ist am Dienstag früh in See gestochen.»

«Sie scheinen ja genau Bescheid zu wissen», sagte Waters. «Na ja, ich fand jedenfalls, die Fahrt könne ich ruhig machen. Es schien auch der beste Weg zu sein, Drewitt aus dem Haus zu bekommen, also hab ich mir einen Mantel übergezogen und bin mit ihm losgefahren. Er hatte irgendwo einen Wagen gemietet, und darin hat er mich mitgenommen. Er wollte auch, daß ich mit an Bord gehe und seinen Welpen kennenlerne, aber das wollte ich nicht. Ich hatte mich nämlich noch nicht entschieden. Also hat er mich wieder zurückgebracht und an der Ecke abgesetzt, wo die Straße nach Borgue abbiegt. Er hätte mich auch ganz nach Hause gebracht, aber das wollte ich nicht, denn ich wußte ja, dann hätte ich ihn wieder hereinbitten und ihm wieder was zu trinken geben müssen, und ich hatte wirklich die Nase voll. Ich bin also zu Fuß nach Kirkcudbright hereingekommen, und mit ihm war ich so verblieben, daß ich es mir noch einmal überlegen wollte, und wenn ich nicht um halb zehn an Bord wäre, sollte er nicht länger warten, denn dann käme ich nicht mehr, und er würde noch die Flut zum Auslaufen verpassen.

Also, eigentlich wollte ich ja gar nicht, aber dann hab ich mich ins Bett gelegt und gut geschlafen, und als Mrs. McLeod mich morgens wecken kam, war das Wetter so schön, daß ich mir sagte, warum eigentlich nicht? Ich hab also gefrühstückt, mein Fahrrad genommen und mich auf den Weg gemacht.»

«Und Sie haben Mrs. McLeod nicht gesagt, wohin Sie fuhren?»

«Nein, das war ja nicht nötig. Sie wußte, daß ich nach Glasgow wollte und ein paar Tage wegbleiben würde, und wie ich hinkam, ging sie ja nichts an. Sie war überhaupt irgendwo hinten im Haus, und ich hab sie gar nicht gesehen. Ich bin also zum Doon geradelt, hab Drewitt gewinkt, und er hat mich an Bord geholt.»

«Was haben Sie denn mit dem Fahrrad gemacht?» fragte Wimsey.

«Ich hab's einfach in einen kleinen Schuppen geschoben, der dort steht, so zwischen Bäumen. Da hab ich's schon oft hingestellt, wenn ich vor dem Doon gemalt oder gebadet habe, und es ist nie was drangekommen. Also, das war's. Aber wie gesagt, wir hatten dann Pech mit dem Wetter und noch ein paar anderen Sachen und sind erst heute früh nach Gourock gekommen.»

«Sie haben nicht mal irgendwo Rrrrast gemacht?»

«Doch – ich kann Ihnen die genaue Reiseroute geben, wenn Sie wollen. Wir sind mit der Morgenflut die Flußmündung hinuntergefahren und irgendwann vor zehn am Leuchtturm Ross vorbeigekommen. Dann sind wir über die Wigtown Bay hinüber, ziemlich dicht am Burrow Head vorbei. Wir hatten einen guten Südostwind und haben den Mull of Galloway bis zur Teezeit geschafft. Dann sind wir der Küste hinauf nach Norden gefolgt, haben gegen sieben Uhr Port Patrick passiert und sind in der Lady Bay kurz vor Loch Ryan für die Nacht vor Anker gegangen. Genauere Angaben kann ich Ihnen nicht machen, weil ich kein Segler bin. Das war Dienstag. Am Mittwoch sind wir ein bißchen herumgedümpelt und haben gefischt, und als gegen Mittag der Wind nach Südwesten umschlug, hat Drewitt gemeint, wir sollten lieber rüber nach Larne fahren und nicht nach Gourock, wie wir eigentlich vorhatten. In Larne sind wir für die Nacht an Land gegangen und haben Bier und sonst so einiges an Bord genommen. Am Donnerstag war's wieder schön, wenn auch noch sehr windig, und da sind wir nach Ballycastle hinaufgefahren. Muß sagen, der Ort macht seinem dämlichen Namen alle Ehre. Ich fand allmählich, daß ich meine Zeit verplemperte. Seekrank war ich auch. Der Freitag war ein ganz widerlicher Tag, mit Regen und Sturm. Aber Tom Drewitt fand das Wetter anscheinend gerade recht zum Auslaufen. Der Wind sei ihm egal, hat er gemeint; Hauptsache, er hat genug freie See um sich oder so ähnlich. Wir sind also nach Arran rüber, und mir war immerzu schlecht. An dem Tag hab ich auch diesen Baum an den Kopf gekriegt, hol ihn der Henker. Ich hab von Tom verlangt, er soll irgendwo in den Windschatten der Insel gehen, und in der Nacht hat sich dann Gott sei Dank der Wind gelegt. Heute morgen sind wir in Gourock eingelaufen, und ich konnte endlich den Staub von diesem vermaledeiten Boot von den Füßen schütteln. Mir können Segelboote von jetzt an gestohlen bleiben. Wer sich mal gründlich langweilen und obendrein einen flauen Magen haben will, braucht nur mal im Sturm auf ein kleines Segelboot zu gehen. Haben Sie mal versucht, auf einem dreckigen kleinen Ölofen Fisch zu kochen, mit den Knien über dem Kopf? Na ja, Ihnen macht so was vielleicht Spaß. Mir nicht. Vier Tage hintereinander nur Fisch und Cornedbeef – meine Vorstellung von Vergnügen ist das nicht. Von wegen noch weiter die Küste hinauf! Nicht mit zehn Pferden, hab ich zu ihm gesagt. Ich bin von diesem blöden Kahn runter, so schnell ich konnte, und dann mit dem Zug weiter nach Glasgow, wo ich als erstes ein heißes Bad genommen und mich rasiert habe – weiß Gott, ich hatte beides nötig! Und gerade wollte ich los, um den Zug um 17 Uhr 20 nach Dumfries zu kriegen, da kommen diese Schwachköpfe von der Polizei daher und nehmen mich fest. So, und würden Sie jetzt endlich die Güte haben, mir zu sagen, was eigentlich los ist?»

«Haben Sie die ganzen vierrr Tage keine Zeitung gelesen?»

«Wir haben am Dienstagmorgen in Larne eine *Daily Mail* gesehen, und heute nachmittag hab ich mir hier in Glasgow einen *Express* gekauft, aber ich kann von beiden nicht behaupten, daß ich sie sehr aufmerksam gelesen hätte. Warum?»

«Die Geschichte geht eigentlich auf, wie?» meinte Wimsey, indem er dem Sergeant zunickte.

«Ja, schon, aufgehen tut sie, nur daß dieser Drewitt das alles noch bestätigen muß.»

«Den müssen wir natürlich noch finden», sagte der Polizeidirektor aus Glasgow. «Wo könnte er denn jetzt sein, Mr. Waters?»

«Ach, das weiß der Himmel», antwortete Waters müde. «Irgendwo bei Kintyre, könnte ich mir vorstellen. Glauben Sie mir denn nicht?»

«Doch, natürlich; wieso auch nicht?» meinte der Polizeidirektor. «Aber sehen Sie, Sir, wir sind verpflichtet, für Ihre Version wenn möglich eine Bestätigung einzuholen. Hat Mr. Drewitt eigentlich ein Funkgerät an Bord?»

«Funkgerät? Auf diesem Kahn war nicht mal eine Bratpfanne zuviel», sagte Waters verstimmt. «Und dürfte ich jetzt erfahren, was mir zur Last gelegt wird?»

«Ihnen wird gar nichts zur Last gelegt», sagte der Sergeant. «Andernfalls», fügte er schlau hinzu, «hätte ich Sie nämlich belehren müssen, daß Sie auf meine Fragen nicht zu antworrrten brauchen.»

«Wimsey, ich sehe an dem Ganzen weder Hand noch Fuß. Um Himmels willen, was bedeutet diese Geheimniskrämerei?»

«Also», sagte Wimsey, nachdem er den Polizeidirektor fragend angesehen und mit einem Kopfnicken Sprecherlaubnis erhalten hatte, «das ist nämlich so, alter Knabe. Vergangenen Dienstag morgen hat man Campbell tot im Minnoch gefunden, mit einem häßlichen Schädelbruch, der von einem stumpfen Gegenstand stammte. Und da man nun Sie zuletzt mit allen zehn Fingern an seiner Kehle gesehen hat und Sie dabei gedroht haben, ihn umzubringen, sehen Sie, da haben wir uns natürlich alle gefragt, wo Sie wohl abgeblieben sein könnten.»

«Mein Gott!» sagte Waters.

«Also», sagte Sergeant Dalziel einige Zeit später zu Wimsey, nachdem Waters sich zurückgezogen hatte, um Brandbriefe und

Telegramme an die *Susannah* in allen möglichen und unmöglichen Häfen zu richten, «das ist ja nun als Beweis sehrrr unbefriedigend. Natürlich werrrden wir diesen Drewitt finden, und natürlich werrrden ihre Aussagen sich haargenau decken. Aber selbst wenn wir annehmen, daß Waters am Doon an Borrrd gegangen ist, wie er sagt – und wer sagt uns, daß es so ist? –, kann er überall wieder abgesetzt worden sein.»

«Moment mal», sagte Wimsey. «Was ist mit der Leiche? Er kann sie nicht gut mit an Bord genommen haben.»

«Ja, das stimmt. Sehrrr rrrichtig. Aber angenommen, Drewitt hat ihn in der Nacht zum Minnoch rrraufgefahren?»

«Nein», sagte Wimsey. «Sie vergessen eines. Der Mann, der Steine ans Fenster geworfen hat, kann Campbell gewesen sein, oder es war Drewitt. Beides geht nicht. Und jemand ist nachts in Waters' Schlafzimmer hinaufgegangen und hat morgens sein Frühstück gegessen. Das kann nicht Campbell gewesen sein, und daß es Drewitt war, ist höchst unwahrscheinlich, also muß es Waters gewesen sein. Er kann aber unmöglich zum Minnoch hinaufgefahren und in der Zeit wieder zurückgekommen sein.»

«Aber Drewitt könnte die Leiche für ihn weggeschafft haben.»

«Kommt darauf an. Er hätte die Gegend sehr gut kennen müssen, um im Dunkeln den richtigen Platz zu finden. Und wann ist das alles geplant worden? Wenn der Mann am Fenster Campbell war, wie hat Waters dann Verbindung mit Drewitt bekommen? War Drewitt der Mann am Fenster, wann und wo wurde dann Campbell ermordet? Man kann es drehen wie man will, Sergeant, aber beides zugleich können Sie nun mal nicht haben. Wenn Waters um die Zeit an Bord gegangen ist, wie er sagt, hat er sein Alibi. Andererseits gebe ich natürlich gern zu, daß da noch einige schwache Stellen darin sind. Es ist durchaus möglich, daß die *Susannah* ihn am Dienstagabend irgendwo aufgelesen hat. Nehmen wir zum Beispiel an, Waters wußte im voraus, daß Drewitt an diesem Abend in der Lady Bay sein würde. Er hätte irgendwo ein Auto mieten und die *Susannah* dort einholen können, und den Rest der Geschichte könnten die beiden dann zusammen ausgeheckt haben. Was Sie beweisen müssen ist, daß Waters am Dienstagmorgen auf die *Susannah* gegangen ist. Am Doon stehen ein paar Häuser. Irgend jemand muß ihn da mit Sicherheit gesehen haben.»

«Stimmt», sagte der Sergeant.

«Und das Fahrrad müßte auch dort sein.»

«Ach ja», meinte Dalziel resigniert. «Ich sehe schon, Kirche ist morgen früh für mich nicht drin. Schrrrecklich, was in so einem Fall für Arbeit steckt. Und heute nacht fährt kein Zug mehr nach Newton Stewart zurück.»

«Nicht ein einziger mehr», sagte Wimsey. «Das Leben besteht aus lauter Ärgernissen.»

«So ist es», sagte Sergeant Dalziel.

À la Farren

Gilda Farren saß aufrecht wie ein Lilienstengel auf dem hochlehnigen Stuhl und spann Wolle. Sie war gekleidet wie ein mittelalterliches Fräulein, mit enger Taille und weitem langem Rock bis dicht über den Boden, worunter ihr Fuß auf der Tretkurbel friedlich auf und ab wippte. Das Kleid hatte einen viereckigen Ausschnitt und lange, enganliegende Ärmel und war aus feiner cremefarbener Serge, was ihr ein Fluidum erhabener Reinheit verlieh. Daneben hatte es den Vorteil, daß man die weißen Wollflusen nicht so gut darauf sah, die eine Spinnerin über und über zu bedecken pflegen, so daß sie aussieht, als ob sie in den Kleidern geschlafen hätte. Lord Peter Wimsey, der ziemlich nah neben ihr saß, um dem Luftzug des wirbelnden Spinnrads zu entgehen, nahm dieses Detail ironisch anerkennend zur Kenntnis.

«Also, Mrs. Farren», meinte er gutgelaunt, «nun dürften wir den pflichtvergessenen Gatten ja bald wieder hier haben.»

Ihre langen Hände, die die Flocke zur Spindel führten, stockten ganz kurz, und der Faden wurde dünn und dann wieder dick.

«Warum glauben Sie das?» fragte Mrs. Farren, ohne auch nur den rotgoldenen Kopf zu wenden.

«Großfahndung», sagte Wimsey, indem er sich eine neue Zigarette anzündete. «Nichts weiter Aufregendes. Besorgte Freunde und Angehörige und dergleichen.»

«Das», sagte Mrs. Farren, «ist eine sehr große Unverschämtheit.»

«Ich muß zugeben», sagte Wimsey, «daß Sie nicht übermäßig besorgt aussehen. Wenn die Frage nicht ungehörig ist, warum nicht?»

«Ich finde die Frage ungehörig», sagte Mrs. Farren.

«Das tut mir leid», sagte Wimsey, «aber die Frage bleibt. Warum sind Sie so wenig besorgt? Verlassen aufgefundenes Fahrrad – gefährliche alte Mine – rastlose Polizei mit Seilen und Enterhaken – leerer Stuhl – verlassenes Heim – und eine Dame des Hauses, die dasitzt und einen gleichmäßigen Faden spinnt. Das könnte einer doch komisch finden.»

«Ich habe ja schon gesagt», erwiderte Mrs. Farren, «daß ich dieses ganze Gerede von Minen und Selbstmord lächerlich finde. Für die albernen Ideen von Dorfgendarmen bin ich nicht verantwortlich. Und mich stört dieses Herumgeschnüffel in meinen Privatangelegenheiten über die Maßen. Der Polizei kann ich verzeihen, Lord Peter, aber was haben Sie eigentlich damit zu schaffen?»

«Überhaupt nichts», antwortete Wimsey fröhlich. «Nur, wenn Sie mir die Wahrheit sagen wollten, könnte ich vielleicht die Wogen glätten.»

«Welche Wahrheit?»

«Sie könnten mir zum Beispiel sagen», erklärte Wimsey, «woher der Brief kam.»

Die rechte Hand stockte und verhaspelte sich in ihrer Arbeit. Der Faden entwischte dem linken Daumen und Zeigefinger und wickelte sich viel zu fest um die Spindel. Mrs. Farren stieß einen kurzen Schrei der Entrüstung aus, hielt das Rad an und wickelte den Faden wieder los.

«Verzeihung», sagte sie, nachdem sie den Fehler wieder in Ordnung gebracht hatte. Sie setzte das Rad mit einer leichten Handbewegung wieder in Gang. «Was hatten Sie vorhin gesagt?»

«Ich sagte, Sie möchten mir bitte sagen, woher der Brief kam.»

«Was für ein Brief?»

«Der Brief, den Ihr Mann Ihnen am Donnerstag geschrieben hat.»

«Wenn die Polizei in meiner Korrespondenz gewühlt hat», sagte Mrs. Farren, «kann sie Ihnen wahrscheinlich alles sagen, was Sie wissen wollen – es sei denn, sie kann auch keine Einmischungen leiden.»

Ihr Atem kam stoßweise und zornig.

«Nun», meinte Wimsey, «wie die Dinge liegen, hat die Polizei diese kleine Vorsichtsmaßnahme außer acht gelassen. Aber da Sie schon einmal die Existenz des Briefes zugeben –»

«Ich gebe gar nichts dergleichen zu.»

«Aber ich bitte Sie», sagte Wimsey. «Sie sind im Lügen kein Naturtalent, Mrs. Farren. Bis Donnerstag waren Sie aufrichtig besorgt und in Angst um Ihren Mann. Am Freitag haben Sie noch besorgt getan, waren es aber nicht. Heute mutmaße ich, daß Sie am Freitagmorgen einen Brief von Ihrem Mann bekommen haben, und Sie schließen daraus gleich, daß die Polizei sich Ihrer Korrespondenz angenommen habe. Also haben Sie einen Brief erhalten. Warum leugnen Sie?»

«Warum sollte ich Ihnen etwas darüber sagen?»

«Ja, warum wohl? Ich brauche doch nur einen oder zwei Tage zu warten, dann bekomme ich die Antwort von Scotland Yard.»

«Was hat Scotland Yard damit zu tun?»

«Aber Mrs. Farren, Sie müssen doch wissen, daß Ihr Mann ein wichtiger Zeuge im Falle Campbell ist oder sein könnte.»

«Wieso?»

«Sehen Sie, er ist von hier weggegangen, um Campbell zu suchen. Zuletzt hat man ihn in Gatehouse nach Campbell fragen hören. Es wäre doch interessant, zu erfahren, ob er Campbell getroffen hat – oder nicht?»

«Lord Peter Wimsey!» Mrs. Farren hielt das Spinnrad an und wandte sich entrüstet zu ihm um. «Haben Sie sich schon einmal klar gemacht, wie verachtenswert Sie sind? Wir haben Sie hier in Kirkcudbright als Freund aufgenommen. Jeder ist immer nur nett zu Ihnen gewesen. Und Sie lohnen es uns, indem Sie als Polizeispitzel in die Häuser Ihrer Freunde gehen. Wenn es etwas Gemeineres gibt als einen Mann, der eine Frau in die Falle zu locken und zu bedrohen versucht, damit sie ihren Mann verrät, dann ist es die Frau, die in die Falle geht!»

«Mrs. Farren.» Wimsey erhob sich, weiß im Gesicht. «Wenn es darum geht, Ihren Mann zu verraten, dann bitte ich um Vergebung. Ich werde der Polizei weder von dem Brief noch von dem, was Sie eben gesagt haben, etwas sagen. Aber in diesem Falle kann ich nur noch einmal sagen – und diesmal als Warnung –, daß man von London aus eine Großfahndung ausgelöst hat und daß von heute an Ihre Korrespondenz in der Tat überwacht werden wird. Indem ich Ihnen das sage, verrate ich womöglich ein Amtsgeheimnis und mache mich de facto zum Mitschuldigen in einem Mordfall. Jedoch –»

«Wie können Sie es wagen?»

«Um ehrlich zu sein», sagte Wimsey, die Frage wörtlich nehmend, «ich glaube nicht, daß ich mich zu weit vorwage. Andernfalls wäre ich vielleicht vorsichtiger.»

«Wagen Sie es etwa zu behaupten, daß ich meinen Mann für einen Mörder halte?»

«Wenn ich darauf schon antworten muß – doch, ich glaube, Sie haben an die Möglichkeit gedacht. Ich bin nicht sicher, ob Sie es jetzt nicht mehr glauben. Aber ich hatte es für möglich gehalten, daß Sie ihn für unschuldig hielten, und je eher er in diesem Fall zurückkommt und sagt, wo er war, um so besser für ihn und alle anderen.»

Er nahm seinen Hut und wandte sich zum Gehen. Er hatte die Hand schon an der Klinke, als sie ihn zurückrief.

«Lord Peter!»

«Denken Sie nach, bevor Sie reden», sagte er schnell.

«Sie – sind völlig im Unrecht. Ich bin überzeugt, daß mein Mann unschuldig ist. Es gibt einen anderen Grund –»

Er sah sie an.

«Ach so!» sagte er. «Wie dumm von mir. Ihren Stolz wollen Sie jetzt schützen.» Er kam gemächlichen Schrittes ins Zimmer zurück und legte seinen Hut auf den Tisch. «Meine liebe Mrs. Farren, werden Sie mir glauben, wenn ich Ihnen sage, daß alle Männer – die besten wie die schlechtesten – solche Augenblicke des Aufbegehrens und Satthabens kennen? Das bedeutet gar nichts. So etwas erfordert Verständnis und – wenn ich so sagen darf – Einfühlungsvermögen.»

«Ich bin», sagte Gilda Farren, «zu verzeihen bereit –»

«Tun Sie das ja nicht», sagte Wimsey. «Verzeihen ist die einzige unverzeihliche Sünde. Dann schon eher eine Szene machen – obwohl», fügte er nachdenklich an, «das vom Temperament des Burschen abhängt.»

«Ich werde mit Sicherheit keine Szene machen», sagte Mrs. Farren.

«Nein», sagte Wimsey. «Das sehe ich.»

«Ich werde gar nichts tun», sagte Mrs. Farren. «Beleidigt zu werden hat genügt. Desgleichen verlassen zu werden –» Ihr Blick war hart und zornig. «Wenn er zurückkommen möchte, werde ich ihn natürlich aufnehmen. Aber was er mit sich anfangen will, geht mich nichts an. Was Frauen zu erdulden haben, läßt sich nicht ermessen. Ich würde zu Ihnen nicht davon sprechen, wenn –»

«Wenn ich es nicht schon wüßte», warf Wimsey dazwischen.

«Ich habe so zu tun versucht, als ob nichts wäre», sagte Mrs. Farren. «Ich wollte gute Miene machen. Schließlich will ich meinen Mann nicht vor seinen Freunden bloßstellen.»

«Ganz recht», meinte Wimsey. «Außerdem», fuhr er unbarmherzig fort, «hätte es ja so aussehen können, als ob Sie auf irgendeine Art versagt hätten.»

«Ich habe immer meine Pflicht als seine Frau getan.»

«Allzu wahr», sagte Wimsey. «Er hat Sie auf einen Sockel gestellt, und seitdem hocken Sie da oben. Was hätten Sie mehr tun können?»

«Ich war ihm immer treu», sagte Mrs. Farren immer heftiger. «Ich habe gearbeitet und ihm ein schönes Heim gemacht und –

und dafür gesorgt, daß er hier einen Ort der Entspannung und Inspiration hatte. Ich habe alles getan, um ihn künstlerisch zu fördern. Ich habe meinen Anteil an den Haushaltungskosten getragen –» Hier schien ihr plötzlich bewußt zu werden, daß sie ins Lächerliche abglitt, und sie sagte schnell: «Für Sie ist das alles vielleicht nichts, aber es bedeutet Opfer und harte Arbeit.»

«Das weiß ich», antwortete Wimsey ruhig.

«Ist es meine Schuld, daß – nur weil dies hier so ein friedliches und schönes Heim war – dieser unglückliche Mann hierherkam und mir von seinen Sorgen berichtete? Ist das vielleicht ein Grund, mich mit Verdächtigungen zu kränken? Glauben *Sie,* daß an meinen Empfindungen für Sandy Campbell mehr war als reines Mitleid?»

«Nicht eine Sekunde», sagte Wimsey.

«Warum konnte denn dann mein Mann es glauben?»

«Weil er Sie liebte.»

«Das ist nicht die Art von Liebe, die ich als Liebe anerkenne. Wenn er mich liebte, hätte er mir vertrauen müssen.»

«Im Grunde», sagte Wimsey, «bin ich da ganz Ihrer Meinung. Aber jeder hat nun mal von Liebe seine eigene Vorstellung, und Hugh Farren ist ein anständiger Mann.»

«Ist es anständig, von anderen Schlechtes zu glauben?»

«Nun – ich fürchte, das eine fällt oft mit dem anderen zusammen. Ich meine, tugendhafte Menschen sind in solchen Dingen im allgemeinen dumm. Aus diesem Grunde haben schlechte Männer immer die anhänglichsten Frauen – weil sie nicht dumm sind. Ebenso ist es mit schlechten Frauen – meist führen sie ihren Mann an der Leine. So sollte es vielleicht nicht sein, aber so ist es.»

«Halten Sie sich selbst für anständig, wenn Sie so reden?»

«Meine Güte, nein», sagte Wimsey. «Ich bin ja auch nicht dumm. Darüber würde meine Frau sich nicht zu beklagen haben.»

«Anscheinend glauben Sie, daß Untreue nur etwas Belangloses ist im Vergleich mit –»

«Mit Dummheit. Das will ich nicht unbedingt sagen. Aber das eine kann so viel Verdruß bereiten wie das andere, und das Schlimme ist, Dummheit ist unheilbar. Sie gehört zu den Dingen, mit denen man sich abfinden muß. Ich werde meiner Frau nicht unbedingt untreu sein, aber ich weiß genug über Untreue, um sie zu erkennen und nicht fälschlicherweise für etwas anderes zu halten. Wenn ich zum Beispiel mit Ihnen verheiratet wäre, wüßte ich, daß Sie mir unter gar keinen Umständen je untreu sein würden. Erstens haben Sie dazu gar nicht das Temperament. Zweitens würden Sie nie geringer von sich denken wollen, als Sie es tun.

Drittens ginge es gegen Ihre ästhetischen Begriffe. Und viertens gäbe es anderen Leuten etwas gegen Sie in die Hand.»

«Wahrhaftig», sagte Mrs. Farren, «die Gründe, die Sie anführen, sind noch beleidigender als die Verdächtigungen meines Mannes.»

«Da haben Sie vollkommen recht», sagte Wimsey. «Sie sind es.»

«Wenn Hugh hier wäre», sagte Mrs. Farren, «würde er Sie aus dem Fenster werfen.»

«Wahrscheinlich», sagte Wimsey. «Sie sehen, nachdem ich es Ihnen ins rechte Licht gerückt habe, verstehen auch Sie, daß seine Haltung Ihnen gegenüber eher ein Kompliment ist als das Gegenteil.»

«Gehen Sie doch zu ihm», sagte Mrs. Farren heftig. «Sagen Sie ihm, was Sie eben zu mir gesagt haben – wenn Sie es wagen –, und dann warten Sie ab, was er Ihnen erzählt.»

«Mit Vergnügen», sagte Wimsey, «wenn Sie mir seine Adresse geben.»

«Ich kenne sie nicht», antwortete Mrs. Farren knapp. «Aber abgestempelt war der Brief in Brough in Westmoreland.»

«Danke», sagte Wimsey, «ich werde ihn finden, und – übrigens, ich werde der Polizei hiervon nichts sagen.»

Am Montag zur frühen Morgenstunde fuhr ein großer schwarzer Daimler mit übergroßer Motorhaube und Rennkarosserie ruhig und leise die Hauptstraße von Brough hinunter. Der Fahrer, der sorglos nach links und rechts durch sein Monokel spähte, schien gerade am ersten Hotel des Ortes vorfahren zu wollen, plötzlich aber überlegte er es sich anders, gab wieder Gas und hielt schließlich vor einer kleineren Herberge, die durch das Bildnis eines schnaubenden Bullen gekennzeichnet war, der wild über eine smaragdgrüne Wiese unter strahlendem Sommerhimmel dahinstob.

Er stieß die Tür auf und trat ein. Der Wirt stand gläserputzend hinter der Bar und entbot ihm höflich einen guten Morgen.

«Ein wunderschöner Morgen», sagte der Reisende.

«Kann man wohl sagen», bestätigte der Wirt.

«Können Sie mir ein Frühstück machen?»

Der Wirt schien diese Frage sorgfältig abzuwägen.

«He, Mutter!» brüllte er endlich, zu einer Innentür gewandt. «Kannst du dem Herrn ein Frühstück machen?»

Die Frage rief eine anmutige Mittvierzigerin auf den Plan, die, nachdem sie den Herrn eingehend betrachtet und begutachtet hatte, wohl der Meinung war, sie könne, falls dem Herrn ein Frühstück bestehend aus Eiern und Cumberland-Schinken recht sei.

Der Herr konnte sich gar nichts Besseres vorstellen, und so wurde er in einen Salon voller Plüschsessel und ausgestopfter Vögel geführt und gebeten, Platz zu nehmen. Nach einer Pause erschien eine stämmige junge Frau, um den Tisch zu decken. Nach einer weiteren Pause kam eine große, dampfende Teekanne, nebst selbstgebackenem Brot, einem Teller Korinthenbrötchen, einem großen Klecks Butter und zwei Sorten Marmelade. Zuletzt erschien die Wirtin, die den Schinken mit Ei persönlich hereinleitete.

Der Motorist beglückwünschte sie ob des ausgezeichneten Frühstücks und erwähnte, daß er eben von Schottland herunterkomme. Er machte ein paar verständige Bemerkungen über das Räuchern von Schinken und schilderte sachkundig die in Ayrshire gängige Methode. Vor allem erkundigte er sich nach einem bestimmten Käse, der eine Spezialität dieser Gegend sei. Die Wirtin – bei der das Monokel zunächst einige Zweifel geweckt hatte – gelangte allmählich zu der Ansicht, daß ihr Gast ein sehr viel umgänglicherer Mensch sei, als es den ersten Anschein hatte, und bot willfährig an, das Mädchen in den Laden an der Ecke zu schicken und ihm einen solchen Käse zu besorgen.

«Ich sehe, Sie kennen unsere Stadt, Sir», meinte sie.

«O ja – ich bin schon oft hier durchgefahren, wenn ich auch, soviel ich weiß, noch nie hier eingekehrt bin. Sieht sehr ordentlich aus hier – wie ich sehe, haben Sie den alten Bullen neu streichen lassen.»

«Ach so, das haben Sie bemerkt, Sir? Ja, der ist erst gestern fertig geworden. Ein richtiger Maler hat das gemacht. Da kommt am Donnerstag ein Herr hier rein und sagt zu George: ‹Herr Wirt›, sagte er, ‹Ihr Schild könnte mal 'n bißchen Farbe vertragen. Wenn ich Ihnen einen schönen neuen Bullen male, krieg ich dann ein billiges Zimmer?› Also, George hat ja gar nicht gewußt, was er denken soll, aber da hat dieser Herr gesagt: ‹Passen Sie mal auf›, hat er gesagt, ‹ich mache Ihnen ein faires Angebot. Hier ist mein Geld. Sie geben mir Kost und Logis, und ich male einen Bullen, so gut ich kann, und wenn er fertig ist und Ihnen gefällt, lassen Sie mir von der Rechnung nach, soviel Sie wollen.› Auf der Walz hat er gesagt, daß er ist, und so eine kleine Kiste mit lauter Farben drin hat er bei sich gehabt, daran haben wir gesehen, daß er ein Künstler war.»

«Ulkig», fand der Motorist. «Hatte er Gepäck bei sich?»

«So was wie 'ne kleine Tasche. Nicht viel. Aber daß er ein Herr war, das konnte man sehen. Na ja, und George hat nicht gewußt, was er denken sollte.»

Nach allem, was der Reisende bisher von George gesehen hatte, kam ihm das sehr wahrscheinlich vor. George hatte so etwas unbeirrbar Würdevolles an sich, was den Gedanken nahelegte, daß er sich ungern aus der Ruhe bringen ließ.

Doch dann hatte der geheimnisvolle Künstler mit einem Stückchen Kohle einen Bullen auf die Rückseite eines Briefumschlags gemalt, so wild, so feurig und voller Lebenskraft, daß er Georges agrarische Instinkte über die Maßen stark ansprach. Nach kurzer Diskussion war man sich handelseinig. Der alte Bulle wurde heruntergeholt und die Farben ausgepackt. Am Donnerstag war der Bulle auf der einen Seite des Schildes in Erscheinung getreten, Kopf gesenkt und Schwanz erhoben, mit dampfenden Nüstern, und der Künstler hatte dazu erklärt, dies gebe die Stimmung des hungrigen Reisenden wieder, der nach Futter brülle. Am Freitag entstand auf der anderen Seite des Schildes ein zweiter Bulle, glänzend, schön und sichtlich zufrieden, nachdem er gesättigt und aufs beste bedient worden war. Am Samstag war das Schild zum Trocknen ins Waschhaus gekommen. Am Sonntag hatte der Maler beide Seiten mit Firnis überzogen und das Bild wieder ins Waschhaus gestellt. Am Sonntagabend war der Firnis, wenngleich noch ein bißchen klebrig, doch offenbar so trocken, daß das Schild an seinen Platz gehängt werden konnte, und da hing es nun. Der Künstler war am Sonntagnachmittag zu Fuß weitergezogen. George war von dem Bullen so angetan, daß er von dem Herrn kein Geld nehmen wollte, und statt dessen hatte er ihm eine Empfehlung an einen Freund in einem Nachbardorf mitgegeben, dessen Wirtshausschild ebenfalls der Erneuerung bedurfte.

Der Motorist hörte diese Geschichte mit großem Interesse an und erkundigte sich nebenbei nach des Malers Namen. Die Wirtin brachte das Gästebuch.

«Da steht's», sagte sie. «Mr. H. Ford aus London, aber der Aussprache nach hätte man ihn ja eher für einen Schotten gehalten.»

Der Motorist blickte ins Buch, und ein kleines Lächeln spielte um die Winkel seines breiten Mundes. Dann nahm er einen Füllfederhalter aus der Tasche und schrieb unter Mr. H. Fords Unterschrift:

Peter Wimsey, Kirkcudbright. Viel Spaß bei der Bullenhatz.

Dann stand er auf, schnallte den Gürtel seines Ledermantels fest und meinte freundlich: «Wenn Freunde von mir hierherkommen und sich nach Mr. Ford erkundigen sollten, zeigen Sie ihnen unbedingt das Gästebuch, und sagen Sie, ich lasse Mr. Parker aus London schön grüßen.»

«Mr. Parker?» wiederholte die Wirtin verwundert, doch beeindruckt. «Sie können sich darauf verlassen, ich sag's ihnen, Sir.»

Wimsey bezahlte und ging. Als er anfuhr, sah er sie mit dem Buch in der Hand unter dem Schild stehen und den Bullen betrachten, der so wacker auf leuchtend grüner Wiese tollte.

Das Dorf, von dem die Wirtin gesprochen hatte, lag nur sechs Meilen von Brough entfernt und war über eine Abzweigung zu erreichen. Es hatte nur ein einziges Gasthaus, und das Gasthaus besaß statt eines Schildes nur eine leere Eisenstange. Wimsey lächelte wieder, hielt den Wagen vor der Tür an, trat an die Bar und bestellte einen Krug Bier.

«Wie heißt denn Ihr Gasthaus?» fragte er bald.

Der Wirt, ein fixer Engländer, grinste breit.

«*Hund und Büchse*, Sir. Unser Schild ist gerade unten und wird renoviert. Ein Herr sitzt hinten im Garten und malt. Einer von diesen Wandermalern, aber ein Herr. Kommt von drüben aus Schottland, der Aussprache nach. Der gute George Wetherby vom *Bullen* in Brough hat ihn mir geschickt. Da soll er gute Arbeit geleistet haben. Will sich bis nach London hinuntermalen, soweit ich verstanden habe. Sehr netter Herr. Richtiger Künstler – malt Bilder für die Ausstellungen in London, zumindest sagt er das. Meinem Schild kann ein bißchen Farbe nicht schaden – und die Kinder haben ihren Spaß daran, ihn da herumpinseln zu sehen.»

«Ich kenne auch kein schöneres Vergnügen», meinte Wimsey, «als zuzuschauen, wie andere arbeiten.»

«Wie? Ja, ganz recht, Sir. Wenn Sie in den Garten gehen, Sir, können Sie ihn sehen.»

Wimsey lachte und ging hinaus, den Krug in der Hand. Er tauchte unter einem kleinen, von verwelkten Kletterrosen überwachsenen Bogen hindurch, und richtig, da saß auf einem umgedrehten Eimer, das Schild von *Hund und Büchse* vor sich auf einem Küchenstuhl, der schmerzlich vermißte Hugh Farren und pfiff vergnügt vor sich hin, während er Farben auf seine Palette drückte.

Farren saß mit dem Rücken zu Wimsey und drehte sich auch nicht um. Drei Kinder sahen fasziniert zu, wie die dicken Farben auf das Brett quollen.

«Was ist das, Mister?»
«Das ist das Grün für den Rock von dem Mann. Nein – nicht draufdrücken, du machst dich ganz voll. Ja, du darfst den Deckel draufschrauben. Richtig, damit die Farbe nicht eintrocknet. Ja, leg's in die Kiste... Das ist Gelb. Nein, ich weiß, daß auf dem Bild kein Gelb vorkommt, aber ich will es unters Grün mischen, damit es heller wird. Du wirst schon sehen. Vergiß den Deckel nicht. Wie? Ach, einfach irgendwohin in die Kiste. Weiß – ja, das ist eine große Tube, nicht? Man muß nämlich in die meisten Farben ein bißchen Weiß mischen – warum? Na ja, sonst kommen sie nicht richtig raus. Das wirst du sehen, wenn ich den Himmel male. Wie bitte? Du willst den Hund ganz weiß haben? Nein, ich kann hier nicht deinen Scruggs malen. Warum nicht? Na, weißt du, Scruggs ist eigentlich kein Hund, den man mit auf die Jagd nimmt. Eben weil er keiner ist, darum. Hier muß ein Retriever her. Also gut, dann male ich einen weiß-braunen Spaniel. O ja, das ist ein hübscher Hund mit langen Ohren. Doch, sicher so einer wie der von Oberst Amery. Nein, ich kenne Oberst Amery nicht. Hast du den Deckel wieder aufs Weiß geschraubt? Himmel, wenn du immer so die Sachen verlierst, muß ich dich wieder zu deiner Mutter schicken, da kriegst du dann was hintendrauf. Was? Nun, der Mann hat einen grünen Rock an, weil er ein Jäger ist. Kann ja sein, daß der Wildhüter von Oberst Amery keinen hat, aber der hier hat einen an. Nein, ich weiß auch nicht, warum Jäger grüne Röcke anhaben – damit sie nicht frieren, nehme ich an. Nein, so braune Farbe wie die von dem Baumstamm habe ich nicht. Die muß ich aus anderen Farben zusammenmischen. Nein, jetzt habe ich alle Farben, die ich brauche. Du kannst sie wegtun und die Kiste zumachen. O ja, ich weiß immer ziemlich genau, wieviel ich brauchen werde, bevor ich anfange. Das Messer hier heißt Spachtel. Nein, das soll auch gar nicht scharf sein. Man macht damit nur die Palette sauber und so weiter. Manche malen auch mit dem Spachtel. Ja, er wackelt schön hin und her, aber lange hält er das nicht aus, was du da machst, mein Junge. Doch, natürlich kann man mit einem Spachtel malen, wenn man will. Du kannst sogar mit den Fingern malen, aber versuchen würde ich's an deiner Stelle nicht. Ja, doch, die Oberfläche wird dann rauher, und überall stehen dicke Farbkleckse. Na schön, ich zeig's dir gleich mal. Ja, ich fange mit dem Himmel an. Warum? Na, was meinst du denn wohl? Richtig, weil der Himmel oben ist. Na klar ist das Blau zu dunkel, aber ich tue ja etwas Weiß hinein. Ja, *und* etwas Grün. Das hast du nicht gewußt, daß der Himmel auch ein

bißchen grün ist? Ha, und ob. Und manchmal auch ein bißchen rot und rosa. Nein, ich male keinen roten und rosa Himmel. Der Mann und die Hunde sind doch gerade erst losgezogen. Auf dem Bild ist früher Morgen. Ja, ich weiß, auf der anderen Seite kommen sie mit vielen Vögeln und anderen Sachen nach Hause, da male ich dann auch einen schönen roten und rosa Sonnenuntergang hinein, wenn du jetzt brav bist und nicht zuviel fragst. Nein, sei ein liebes Mädchen und reiß nicht so an meinem Arm herum. Ach du meine Güte!»

«Hallo, Farren», sagte Wimsey. «Finden Sie nicht auch, daß die junge Generation ein bißchen zu neugierig ist?»

«Mein Gott!» sagte der Maler. «Wimsey, bei allem was heilig ist! Wie kommen Sie denn hierher? Sagen Sie nicht, daß meine Frau Sie geschickt hat!»

«Nicht direkt», sagte Wimsey. «Aber jetzt, wo Sie's sagen, glaube ich schon, daß sie so was Ähnliches wollte.»

Farren seufzte.

«Na los schon», sagte er. «Spucken Sie's aus, damit wir's hinter uns haben. Ab zu Mutter, ihr Gören. Ich habe mit diesem Herrn zu reden.»

«So», sagte Wimsey, nachdem sie allein waren, «zuallererst möchte ich klarstellen, daß ich nicht das mindeste Recht habe, Fragen zu stellen. Aber ich würde mich riesig freuen, wenn Sie mir möglichst genau erklärten, wo Sie seit Montag abend überall gesteckt haben.»

«Ich nehme an, mein Betragen wird in Kirkcudbright bitter kritisiert», meinte Farren. «Von zu Hause fortzulaufen und so.»

«Nun, das nicht», sagte Wimsey. «Ihre Frau bleibt steif und fest dabei, daß an Ihrem Verschwinden überhaupt nichts ungewöhnlich ist. Aber – um es gleich zu sagen – die Polizei sucht Sie überall.»

«Die Polizei? Warum in aller Welt –?»

«Ich denke, ich werde mir ein Pfeifchen anzünden», sagte Wimsey. «Also sehen Sie, wo Sie doch so wild herumgeredet haben von wegen Selbstmord und so, wissen Sie nicht mehr? Und dann findet man Ihr Fahrrad in der Nähe der alten Bleimine hinter Creetown. Das – stimmt doch nachdenklich, nicht?»

«Ach! Das Fahrrad hab ich ganz vergessen. Na ja, aber Gilda wird doch – ich hab ihr doch geschrieben.»

«Deswegen macht sie sich jetzt keine Sorgen mehr.»

«Da muß sie ja einen ordentlichen Schrecken gekriegt haben. Ich hätte ihr früher schreiben sollen. Aber – ach was! Ich hab einfach nicht daran gedacht, daß die das finden könnten. Und – ach du liebes bißchen! Der gute Strachan muß ja was durchgemacht haben.»

«Wieso gerade Strachan?»

«Also – hat er das denn nicht den Leuten erzählt?»

«Hören Sie mal, Farren, wovon sprechen Sie eigentlich, in drei Teufels Namen?»

«Von Montag abend. Der arme Strachan! Der muß ja gedacht haben, ich bin wirklich hingegangen und hab's getan.»

«Wann haben Sie denn Strachan gesehen?»

«Na eben, in dieser Nacht, bei den Minen. Wußten Sie das nicht?»

«Ich weiß überhaupt nichts», sagte Wimsey. «Ich schlage vor, Sie erzählen mir die ganze Geschichte mal von Anfang an.»

«Bitte. Mir soll's recht sein. Daß ich an dem Abend einen kleinen Krach mit Campbell hatte, wissen Sie ja sicher schon. Ach so! Dabei fällt mir etwas ein, Wimsey. Hab ich da nicht so was Komisches über Campbell in der Zeitung gelesen? Daß man ihn tot gefunden hätte oder so?»

«Er ist ermordet worden», sagte Wimsey ohne Umschweife.

«Ermordet? Davon habe ich nichts gelesen. Aber ich habe seit Tagen keine Zeitung mehr gesehen. Ich hab nur gelesen – wann war denn das? –, am Mittwochmorgen, glaube ich – so was Ähnliches wie ‹Bekannter schottischer Maler tot im Bach gefunden›.»

«Ach ja, da war's noch nicht raus. Aber die Wahrheit ist, daß er irgendwann zwischen Montag abend und Dienstag früh kaltgemacht worden ist – oben am Minnoch.»

«So? Geschieht ihm recht, dem Miststück. Ach so, ich glaube, mir schwant jetzt was. Soll ich das vielleicht gewesen sein, Wimsey?»

«Weiß ich nicht», antwortete Wimsey wahrheitsgemäß. «Aber man hält es allgemein für wünschenswert, daß Sie heimkommen und uns was erzählen. Immerhin haben Sie ja am Montagabend nach ihm gesucht.»

«Ja, hab ich. Und wenn ich ihn gefunden hätte, wäre ein Mord fällig gewesen. Aber ich hab ihn nun mal nicht gefunden.»

«Können Sie das beweisen?»

«Na ja – das weiß ich nicht, wenn es dazu kommt. Das ist doch nicht ernst gemeint, oder?»

«Ich weiß es nicht. Erzählen Sie doch mal, Farren.»

«Verstehe. Gut. Also, ich bin am Montagabend gegen sechs nach Hause gekommen und finde dieses Ekel bei meiner Frau.

Mir hat's gereicht, Wimsey. Ich hab ihn achtkantig rausgeschmissen, und dann hab ich mich wohl ein bißchen dämlich benommen.»

«Moment mal. Haben Sie wirklich Campbell gesehen?»

«Er wollte gerade fort, als ich reinkam. Ich hab ihm gesagt, er soll verschwinden, und dann bin ich rein und hab meine Meinung gesagt. Ich hab zu Gilda gesagt, daß ich den Kerl nicht mehr sehen will. Sie hat ihn verteidigt, und das hat mich geärgert. Sehen Sie, Wimsey, ich sag ja gar nichts gegen Gilda, nur daß sie nicht verstehen kann und will, daß Campbell ein ganz hinterhältiger Hund ist – war –, und sie mich zum Gespött machte. Sie hat sich in den Kopf gesetzt, immer gut und mitfühlend zu sein, und sie sieht nicht, daß so was bei Burschen wie Campbell nicht funktioniert. Hol's der Henker, ich *weiß*, daß der Kerl verrückt nach ihr war. Und als ich ihr ganz freundlich klarzumachen versuchte, daß sie sich zum Narren machte, da ist sie aufs hohe Roß gestiegen und – verdammt noch mal, Wimsey, ich mag nicht wie ein Schwein über meine Frau reden, aber es ist nun mal wahr, daß sie viel zu gut und voller Ideale ist, um zu begreifen, was ein Durchschnittsmann ist. Verstehen Sie, was ich meine?»

«Vollkommen», antwortete Wimsey.

«Meine Frau ist nämlich wirklich eine wunderbare Frau. Nur – na ja, ich glaube, ich habe viele dumme Sachen gesagt.»

«Ich weiß genau, was Sie so gesagt haben», bemerkte Wimsey. «Sie hat's mir nicht erzählt, aber ich kann es mir vorstellen. Sie haben herumgetobt, und sie hat gesagt, Sie sollen nicht so etwas Gemeines denken, dann wurden Sie immer hitziger, sie wurde immer kühler, und dann haben Sie Dinge gesagt, die Sie gar nicht so meinten, sozusagen in der Hoffnung, sie damit in Ihre Arme zu bringen; dann hat sie gesagt, Sie wären beleidigend, und ist in Tränen ausgebrochen, und Sie haben sich so hineingesteigert, daß Sie selbst schon halb glaubten, was Sie ihr eigentlich nur gesagt hatten, um sie zu ärgern, und schließlich sind Sie unter Mord- und Selbstmorddrohungen aus dem Haus gerannt und haben sich betrunken. Du lieber Himmel, Sie sind nicht der erste Mann und werden nicht der letzte sein.»

«Na ja, so ungefähr stimmt's», sagte Farren. «Nur daß ich es derzeit wirklich schon zu glauben anfing. Zumindest war ich überzeugt, daß Campbell nur darauf aus war, so viel Unheil wie möglich anzurichten. Ich hab mich betrunken. Erst hab ich mir in Kirkcudbright ein paar hinter die Binde gegossen, dann bin ich nach Gatehouse gerast, um Campbell zu suchen.»

«Wie haben Sie ihn denn in Kirkcudbright verfehlen können? Er war die ganze Zeit in den *McClellan Arms*.»

«Daran hab ich überhaupt nicht gedacht. Ich bin nur noch nach Gatehouse abgezogen. In seinem Haus war er nicht, und Ferguson hat mich angeschnauzt. Zuerst wollte ich mich schon gleich mit Ferguson prügeln, aber so betrunken war ich nun doch wieder nicht. Dann bin ich weg und hab noch ein paar getrunken. Jemand hat mir erzählt, er hätte Campbell nach Creetown fahren sehen, da bin ich ihm nach.»

«Nein, das sind Sie nicht», sagte Wimsey. «Sie sind auf die Straße zum Golfgelände abgebogen.»

«So? Ach ja, stimmt. Ich wollte zu Strachan, aber der war nicht zu Hause. Ich glaube, ich hab ihm eine Nachricht dagelassen; ehrlich gesagt, ich erinnere mich daran nur verschwommen. Aber ich glaube, ich hab ihm mitgeteilt, daß ich nach Creetown fahren und Campbell erschlagen und mir dann selbst die Kehle aufschneiden wollte. Irgend so 'n Quatsch... Menschenskind, der arme Strachan! Muß der was durchgemacht haben! Hat er diesen Zettel der Polizei gezeigt?»

«Nicht daß ich wüßte.»

«Ach was, er doch nicht. Strachan ist ein feiner Kerl. Na ja, ich bin also nach Creetown gefahren. Die Kneipen waren zu, als ich hinkam, aber ich bin hingegangen und hab mir da einen gegriffen – Himmel, nein! Der wird sich natürlich auch nicht gemeldet haben. Na ja, vergessen wir den Mann – ich will ihn nicht in Schwierigkeiten bringen. Die Sache ist die, ich hab ihm nach der Polizeistunde eine Flasche Whisky abgekauft.»

«Und?»

«Also, an das Folgende erinnere ich mich nicht sehr genau, aber ich weiß noch, daß ich in die Berge hinaufgefahren bin, mit der verschwommenen Absicht, mich in eine der Minen zu stürzen. Ich bin umhergelaufen. Ich weiß noch, wie ich das blöde Fahrrad querfeldein geschoben habe – und dann, Herrgott noch mal, bin ich an eine von diesen Minen gekommen. Bin fast hineingefallen. Dann hab ich mich auf den Rand gesetzt und eine Zeitlang herumphilosophiert, mit Hilfe des Whiskies natürlich. Ich muß schwer betrunken gewesen sein. Ich weiß nicht, wie lange das ging. Jedenfalls hab ich dann plötzlich jemanden schreien hören und hab zurückgeschrien. Mir war ganz danach. Jemand kam und fing an zu reden. Es war der gute Strachan. Zumindest hab ich den Eindruck, daß es Strachan war, aber ich gebe offen zu, daß ich die Dinge vielleicht ein bißchen durcheinanderbringe. Ich weiß noch, daß er geredet und geredet und mich zu packen versucht hat, und ich hab mich gewehrt und mich mit ihm geschlagen. Es war eine herrliche Prügelei, das weiß ich noch. Dann hab ich ihn niedergeschlagen und bin gerannt. Gerannt wie der Teufel. Gott, war das schön! Der Whisky steigt mir nämlich in den Kopf, wissen Sie, aber meine Beine sind immer in Ordnung. Ich bin leichtfüßig über die Heide gehüpft, und die Sterne immer mit mir. Du lieber Gott! Daran erinnere ich mich. Ich weiß nicht, wie lange ich gelaufen bin. Aber dann hab ich mal danebengetreten und bin irgendwo einen Abhang hinuntergerollt. Ich nehme an, daß ich mich unten wieder gefangen habe, denn als ich aufwachte, war schon heller Morgen, und ich lag schön warm und gemütlich in einer Art Mulde zwischen Farnen und hatte nicht mal Kopfweh.

Ich wußte nicht, wo ich war. Interessierte mich aber auch nicht. Ich hatte nur noch das Gefühl, daß alles egal sei. Nach Hause wollte ich nicht. Campbell war mir völlig schnurz. Mir war nur, als ob alle Sorgen der Welt von mir abgefallen wären und mich allein im Sonnenschein zurückgelassen hätten. Ich bin immer geradeaus gegangen. Inzwischen war ich ganz schön hungrig, denn ich hatte ja nicht zu Abend gegessen, aber es gab da oben nicht einmal eine Schäferhütte. Ich bin gewandert und gewandert. Es flossen viele kleine Bäche da, zu trinken hatte ich also genug. Nach Stunden bin ich an eine Straße gekommen und ihr gefolgt, ohne jemandem zu begegnen. Und irgendwann gegen Mittag bin ich dann an eine Brücke gekommen und wußte, wo ich war. Der Ort heißt New Brig o' Dee und liegt an der Straße nach New Galloway. So besonders weit war ich also gar nicht gekommen. Wahrscheinlich bin ich irgendwie im Kreis gelaufen, obwohl ich mir einbildete, die Sonne die ganze Zeit rechts von mir zu haben.»

«Ach ja, die Sonne bewegt sich nämlich», sagte Wimsey. «Scheinbar wenigstens.»

«Ja – ich glaube nicht mal, daß ich wußte, wie lange ich gelaufen war. Jedenfalls war ich nun da und bin in Richtung New Galloway weitergegangen. Unterwegs bin ich ein paar Schafen, Kühen und Pferdefuhrwerken begegnet, und schließlich hat mich dann einer mit einem Lastwagen überholt. Er hat mich bis New Galloway mitgenommen, und da hab ich dann auch etwas zu essen bekommen.»

«Um wieviel Uhr war das?» fragte Wimsey schnell.

«Also, das muß schon so gegen drei gewesen sein. Dann hab ich überlegt, was ich mit mir anfangen sollte. Ich hatte ungefähr 10 Pfund in der Tasche und wußte nur eines: daß ich nicht nach

Hause wollte. Ich war erledigt. Fertig. Ich wollte herumzigeunern. Dann hab ich einen leeren Lastwagen gesehen, auf dem der Name einer Glasgower Firma stand, und hab mit dem Fahrer verhandelt, daß er mich nach Dumfries mitnahm. In diese Richtung fuhr er nämlich.»

«Wie hieß diese Firma?»

«Wie? Äh – das weiß ich nicht. Waren jedenfalls zwei nette Kerle in dem Wagen. Wir haben uns über Fische unterhalten.»

«Wo hat man Sie abgesetzt?»

«Kurz bevor wir nach Dumfries kamen. Sehen Sie, ich wollte ein bißchen nachdenken. Die Frage war, ob ich dort in den Zug steigen oder in eine Kneipe gehen sollte. Ich hatte Angst, am Bahnhof irgendwelchen Leuten über den Weg zu laufen. Außerdem hätten mich einige von den Eisenbahnern dort gekannt. Ich komme oft nach Dumfries. Das wäre auch das Problem bei dem Gasthaus gewesen... Ich weiß nicht, ob ich Ihnen erklären kann, was in mir vorging. Es war, als ob ich vor irgend etwas davongelaufen wäre und Angst gehabt hätte – nun, eingefangen zu werden. Ich meine, wenn ich jemanden getroffen hätte, der mich kannte, hätte ich mir eine Ausrede ausdenken müssen, etwas mit Fischen oder Malen, damit es möglichst natürlich geklungen hätte, und dann wäre ich nach Hause gefahren. Nicht wahr, es wäre doch nicht mehr dasselbe gewesen, wenn ich mir erst ein raffiniertes Täuschungsmanöver hätte ausdenken müssen. Man ist nicht mehr frei, wenn man lügen muß, um zu entkommen. Das ist es nicht wert. Ich kann Ihnen das unmöglich begreiflich machen.»

«Warum nicht?» meinte Wimsey. «Es wäre so, wie wenn man sich einen Talmiring für die Wochenendehe kauft.»

«Ja – genauso spießig, als wenn's 22 Karat wären. Und sich ins Gästebuch eintragen und überlegen, ob's der Portier einem wohl glaubt. Wimsey, Sie sind reich, und nichts kann Sie davon abhalten, zu tun, was Sie wollen. Warum geben Sie sich die Mühe, anständig zu sein?»

«Eben weil mich nichts davon abhält, zu tun, was ich will, vermute ich. Da macht's mir dann Spaß.»

«Das weiß ich», sagte Farren, indem er ihn fragend von oben bis unten musterte. «Es ist komisch. Sie erwecken die Illusion der Freiheit. Liegt das am Geld? Oder daran, daß Sie ledig sind? Aber es gibt doch genug unverheiratete Männer, die nicht –»

«Kommen wir nicht ein bißchen vom eigentlichen Thema ab?»

«Vielleicht. Also – ich bin in eine kleine Pinte gegangen – ein winziges Ding – und hab an der Theke einen getrunken. Da war so ein junger Bursche mit Motorrad und Seitenwagen, der sagte, er fahre durch Carlisle. Da ist mir eine Idee gekommen. Ich hab ihn gefragt, ob er mich mitnehme, und er hat ja gesagt. War ein netter Kerl, der keine Fragen stellte.»

«Wie hieß er?»

«Das hab ich ihn nicht gefragt und er mich auch nicht. Ich hab ihm erzählt, ich sei auf einer Wanderung und meine Sachen warteten in Carlisle auf mich. Es schien ihm aber auch egal zu sein. Ich bin noch nie einem vernünftigeren Menschen begegnet.»

«Was war er von Beruf?»

«Soviel ich verstanden habe, hat er etwas mit Gebrauchtwagenhandel zu tun und hatte dieses Motorrad für irgendwas in Zahlung genommen. Ich wüßte das auch nicht, wenn er sich nicht dafür entschuldigt hätte, daß der technische Zustand zu wünschen übrigließe. Unterwegs ist dann was kaputtgegangen, und ich mußte ihm mit einer Taschenlampe leuchten, während er es reparierte. Außer Zündkerzen und dergleichen schien er nichts weiter im Kopf zu haben. Viel geredet hat er nicht, nur gesagt, daß er schon 36 Stunden unterwegs sei, aber deswegen brauche ich mir keine Sorgen zu machen, er könne auch noch im Schlaf fahren.»

Wimsey nickte. Er kannte die Heloten des Gebrauchtwagenhandels. Finstere, schweigsame, zynische Männer, zu jeder Stunde und bei jedem Wetter unterwegs und an Enttäuschungen und Katastrophen gewöhnt. Gewöhnt auch, ihre Klapperkisten schnell an den Kunden zu bringen und zu verschwinden, bevor er eine unangenehme Entdeckung machte; mit ihren Wundertüten aus altem Eisen nach Hause zu knattern, bevor der geflickte Kühlschlauch platzte oder die Kupplung ausfiel – das war ihre einzige Sorge. Immer hundemüde und schmutzig und auf das Schlimmste gefaßt, meist knapp bei Kasse und verdrießlich – so einer stellte gestrandeten Reisenden, die fürs Mitgenommenwerden bezahlen wollten, gewöhnlich keine Fragen.

«So sind Sie also nach Carlisle gekommen?»

«Ja. Ich hab die halbe Zeit geschlafen, außer natürlich, als ich die Lampe halten mußte. Wenn ich zwischendurch mal wach war, hat's mir Spaß gemacht. Daß ich nicht wußte, wer er war, machte es noch schöner. Sehen Sie, ich hatte noch nie in einem Beiwagen gesessen. Es ist nicht dasselbe wie im Auto. Autos faszinieren mich auch, obwohl ich bei meinen bisherigen zwei, drei Fahrversuchen nicht viel Spaß hatte. Ich *lasse* mich gern fahren – und diese Beiwagengeschichte hat es mir angetan. Die Kraft sitzt außerhalb von einem und zieht einen weiter, sozusagen im Schlepptau. Wie wenn man entführt würde. Anscheinend nimmt man die Kraft des Motors mehr wahr als in einem Auto. Wie kommt das nur?»

Wimsey schüttelte den Kopf.

«Vielleicht hab ich mir alles auch nur eingebildet. Na ja, jedenfalls sind wir morgens in Carlisle angekommen, und ich hab in so einer Art Teestube was gegessen. Dann mußte ich natürlich zu einer Entscheidung kommen. Als erstes habe ich mir mal ein sauberes Hemd, Socken und Zahnbürste und dergleichen gekauft, mit Rucksack, um die Sachen reinzutun. Und da erst hab ich dann an Geld gedacht. Ich würde irgendwo einen Scheck einlösen müssen. Aber damit hätte ich verraten, wo ich war. Ich meine, die Bank hätte in Kirkcudbright anrufen müssen und so weiter. Irgendwie fand ich es lustiger, mich durchzumalen. Ich hatte noch genug bei mir, um Farben zu kaufen, da bin ich also in ein Kunstgeschäft gegangen und hab mir einen Kasten und eine Palette gekauft, ein paar Pinsel, Farben –»

«Winsor & Newton, wie ich sehe», sagte Wimsey.

«Ja. Die kriegt man nämlich fast überall. Meist besorge ich mir meine Sachen aus Paris, aber Winsor & Newton ist eine vollkommen zuverlässige Firma. Ich hab mir vorgestellt, ich könnte bis runter ins Seengebiet und kleine Bildchen für Touristen und dergleichen malen. Das ist furchtbar einfach. Man schafft zwei bis drei davon an einem Tag – Berge und Wasser und Nebel, Sie verstehen –, und die Idioten zahlen einem 10 Shilling das Stück, wenn's nur kitschig genug ist. Ich hab mal einen gekannt, der hat auf diese Weise immer seinen Urlaub finanziert. Hat natürlich nicht mit seinem eigenen Namen signiert. Es ist ja eine Art Massenproduktion.»

«Daher die Idee mit Mr. H. Ford?»

«Ach, Sie waren also im *Bullen* in Brough? Ja – die Vorstellung hat mich gereizt. Und nachdem ich also die Farben gekauft hatte, war gerade noch Geld genug übrig, um noch einmal einen Lastwagenfahrer zu bestechen. Hab ich dann aber nicht getan. Ich hab einen Mann mit einem Riley aufgetrieben – Dozent in Oxford –, ein unwahrscheinlich netter Kerl. Er fuhr in Richtung Süden und meinte, ich könne mitfahren, so weit ich Lust hätte, und mein Geld könne ich mir an den Hut stecken. Er hat ziemlich viel geredet. Sein Name war John Barrett, und er fuhr nur so zum Vergnügen durch die Gegend. Wußte gar nicht, wohin er wollte. Er hatte seit kurzem ein neues Auto und wollte mal sehen, was unter der Haube steckte. Mann, das hat er dann auch getan. Ich hab mein Lebtag noch nicht solche Angst gehabt.»

«Wo wohnt er?»

«Ach Gott, irgendwo in London. Er hat's mir gesagt, aber jetzt fällt's mir nicht wieder ein. Er hat auch viel gefragt, und ich hab ihm erzählt, ich sei ein wandernder Maler, was er für einen unheimlich guten Witz hielt. Mir hat's nichts ausgemacht, ihm das zu sagen, denn zu der Zeit stimmte es ja. Er hat mich gefragt, was man denn da verdienen könne, und ich hab ihm alles das erzählt, was ich von meinem Bekannten gehört hatte, und als er mich fragte, wo ich zuletzt gewesen sei, hab ich gesagt, in Galloway. So einfach war das. Aber als wir dann durch Brough kamen, hab ich gesagt, ich möchte aussteigen. Ich fand, ich war noch zu jung zum Sterben – wo ich doch gerade auf das große Abenteuer ging. Er war ein bißchen enttäuscht, aber dann hat er mir viel Glück gewünscht und so. Ich bin zum *Bullen* gegangen, weil er nicht so vornehm aussah wie das andere Gasthaus, und da ist mir dann die Idee mit dem Schild gekommen. War auch gut so, denn anderntags wurde das Wetter häßlich, und daran hatte ich überhaupt nicht gedacht, als ich meine Pläne mit den Bergen und Seen und so weiter schmiedete. So war das also, und nun bin ich hier.»

Farren ergriff seine Pinsel und machte sich wieder über seinen *Hund und Büchse* her.

«Sehr drollig», meinte Wimsey. «Aber sehen Sie mal, im Grunde läuft es doch nur darauf hinaus, daß Sie keinen einzigen Zeugen aufbieten können, der sagt, wo Sie zwischen Montag abend und Dienstag nachmittag drei Uhr gewesen sind.»

«Oh! Also – das hab ich ganz vergessen. Aber ich meine, das Ganze ist doch gar nicht ernst, oder? Und schließlich habe ich für alles eine vollkommen natürliche und plausible Erklärung.»

«Für mich klingt sie vielleicht plausibel», sagte Wimsey, «aber ob die Polizei das auch so sieht –»

«Die Polizei soll mich mal! Hören Sie, Wimsey –»

Der Schatten von etwas Kaltem, Tödlichem schlich sich in die Augen des Malers.

«Heißt das, ich muß zurück, Wimsey?»

«Ich fürchte, ja», sagte Wimsey. «Ich fürchte sogar –» Er blickte über Farrens Schulter hinweg zur Hintertür des Gasthauses, aus der zwei vierschrötige Männer in Tweedanzügen traten. Farren fühlte sich von seiner Unruhe angesteckt und drehte sich um.

«Mein Gott», sagte er. «Jetzt ist alles aus. Geschnappt, gefangen, Kittchen.»

«Ja», sagte Wimsey fast unhörbar. «Und diesmal kommen Sie nicht davon – nie.»

À la Strachan

«Fahrräder?» sagte Inspektor MacPherson. «Bleiben Sie mir vom Leib mit Fahrrädern. Ich kann schon das Wort nicht mehr hören. Würden Sie glauben, daß zwei, drei Fahrräder einem solche Umstände machen können? Da steht nun eines in Euston, ein zweites in Creetown, und als wenn das nicht genug wäre, ist auch noch Waters' Fahrrad verschwunden, und nun weiß keiner, ob wir Waters wegen Morrrdes verhaften oder nach einem Fahrrraddieb suchen sollen!»

«Das ist schon ärgerlich», gab Wimsey zu. «Und wahrscheinlich hat niemand Waters vor dem Doon an Bord gehen sehen?»

«Wenn ihn einer gesehen hätte», antwortete der Inspektor ingrimmig, «würde ich mich dann vielleicht so aufregen? Ein Mann sagt, er hat einen anderen Mann über den Strand waten sehen, aber er war eine halbe Meile weit weg, und wer will da schon sagen, daß es Waters war?»

«Ich muß doch sagen», meinte Wimsey, «daß ich in meinem ganzen Leben noch nicht so viele fadenscheinige Alibis gehört habe. Übrigens, haben Sie Fergusons Angaben überprüft?»

«Ferguson?» wiederholte der Inspektor im Ton eines Schulbuben, der sich mit zuviel Hausaufgaben überlastet fühlt. «O nein, wir haben Ferguson nicht vergessen. Ich bin zu Sparkes & Crisp gegangen und hab die Angestellten ausgefragt. Zwei konnten sich noch gut an ihn erinnern. Der Burrrsche unten im Verkaufsraum konnte sich bei der Uhrzeit nicht festlegen, aber er hat Ferguson nach dem Foto als den Mann erkannt, der am Montagnachmittag den Magnetzünder gebracht hat. Er hat gesagt, daß dafür Mr. Saunders zuständig sein muß, und nachdem er übers Haustelefon Mr. Sparkes angerufen hatte, kam der junge Mann dann auch. Saunders ist so ein ganz Schlauer. Er hat sofort das richtige Foto aus den sechs herausgefunden, die ich ihm vorgelegt hatte, und schon hatte er auch die Eintragungen über den Magnetzünder im Tagebuch.»

«Konnte er mit Bestimmtheit die Zeit angeben, wann Ferguson gekommen war?»

«Genau auf die Minute konnte er's nicht sagen, aber er meint, er sei eben vom Lunch gekommen, und da habe Ferguson schon auf ihn gewartet. Seine Mittagspause gehe von halb zwei bis halb drei, aber er sei an dem Tag ein bißchen spät dran gewesen, und Mr. Ferguson habe sicher schon eine ganze Weile gewartet. Er meint, es müsse ungefähr zehn Minuten vor drei gewesen sein.»

«Das ist ja genau, was Ferguson auch sagt.»

«Ziemlich.»

«Hm. Klingt so, als ob's stimmte. War das alles, was Saunders zu sagen hatte?»

«Ja. Nur daß er sagt, er verstehe nicht recht, was mit dem Magnetzünder los sei. Er sagt, es sehe so aus, als ob da einer absichtlich was dran kaputtgemacht hätte.»

«Das ist aber komisch. Natürlich muß das erst ein Fachmann feststellen. Haben Sie mit dem Mechaniker gesprochen?»

Der Inspektor mußte zugeben, daß er daran nicht gedacht habe, da er sich nicht vorstellen könne, was das mit dem Fall zu tun habe.

«Denken Sie vielleicht», fragte er, «irgendso ein Schurke hatte ein Interesse daran, daß Ferguson morgens nicht mit seinem Wagen wegfuhr?»

«Inspektor, Sie sind ein Gedankenleser», sagte Wimsey. «Genau daran habe ich gedacht.»

Farren war wieder in Kirkcudbright. Sein Traum von Freiheit war dahin. Seine Frau hatte ihm vergeben. Seine Abwesenheit wurde als unbedeutende kleine Exzentrizität erklärt. Gilda Farren saß aufrecht und heiter am Spinnrad und spann die weiße Flocke zu einem festen Faden, der sich unaufhaltsam um die wirbelnde Spindel wickelte. Farren hatte seine Geschichte der Polizei erzählt. Sir Maxwell Jamieson schüttelte darüber den Kopf. Wenn sie Farren nicht gleich verhaften wollten, mußten sie ihm die Geschichte abnehmen, andernfalls sie widerlegen. Und sie konnten Farren nicht gut verhaften, ohne Waters und Gowan und Graham oder sogar Strachan gleich mitzuverhaften, denn ihre Aussagen waren ebenso ungereimt und verdächtig. Es wäre jedoch lachhaft gewesen, fünf Leute für ein einziges Verbrechen zu verhaften.

Der Dienstmann von Girvan lag immer noch schwerkrank darnieder. Er hatte sich – aus purer Gemeinheit, versteht sich – eine Bauchfellentzündung zugezogen. Das Fahrrad in Euston war einwandfrei als Eigentum des jungen Andrew vom Anwoth Hotel identifiziert worden, aber woher wußte man, ob es mit dem Fall Campbell überhaupt etwas zu tun hatte? Wenn Farren der Mörder war, hatte es zu dem Fall offenbar keine Verbindung, denn Farren konnte nicht den Zug in Girvan genommen haben und um drei Uhr in New Galloway gewesen sein. Und dieser Teil von Farrens Aussage stimmte, das hatten sie nachgeprüft. Nein, man konnte Farren – wie den anderen auch – noch nicht den Strick um den Hals legen. So saß also Farren schmollend in seinem Atelier, und im Wohnzimmer mit den kühlen blauen Vorhängen saß Mrs. Farren und spann – keinen Strick vielleicht, aber zumindest schon die Fußfesseln.

Der Polizeichef persönlich übernahm die Befragung Strachans, der ihn höflich, doch ohne jede Begeisterung empfing.

«Wir haben eine Aussage von Mr. Farren erhalten», sagte Sir Maxwell, «die sich auf seine Schritte von Montag abend bis Dienstag vormittag bezieht, und dafür brauchen wir Ihre Bestätigung.»

«Selbstverständlich», sagte Strachan. «Inwiefern?»

«Aber hören Sie», sagte der Polizeipräsident, «Sie wissen sehr gut, inwiefern. Wir wissen aus Mr. Farrens Aussage, daß Sie uns über Ihre eigenen Schritte in der fraglichen Zeit nicht alles gesagt haben. Nachdem nun aber Mr. Farren sich geäußert hat, besteht für Sie kein Grund mehr zur Zurückhaltung.»

«Ich verstehe von alldem überhaupt nichts», sagte Strachan. «Soviel ich gehört habe, hat Mr. Farren eine Urlaubsreise nach England unternommen und ist zurückgekehrt. Warum sollte ich mich zu seinen Angelegenheiten äußern? Worauf soll diese Befragung hinaus?»

«Mr. Strachan», sagte der Polizeipräsident, «ich muß Sie sehr ernst bitten, diese Haltung aufzugeben. Sie bringt nichts ein und ist lediglich geeignet, Komplikationen zu schaffen und, wenn ich es so sagen darf, Argwohn zu erregen. Sie wissen sehr gut, daß wir die Umstände der Ermordung Campbells ermitteln, und dazu brauchen wir unbedingt Informationen über alle Personen, die Mr. Campbell noch kurz vor seinem Tod gesehen haben. Mr. Farren hat ihn Montag vor acht Tagen abends um sechs gesehen, und von diesem Zeitpunkt an hat er uns über alle seine Schritte Rechenschaft abgelegt. Seine Aussage erfordert Ihre Bestätigung. Wenn Sie die geben können, warum sollten Sie sich weigern?»

«Die Sache ist doch so», sagte Strachan, «daß Mr. Farren frei herumläuft, also haben Sie vermutlich nichts gegen ihn in der Hand. In diesem Falle bin ich nicht verpflichtet, aufdringliche Fragen über sein Benehmen oder seine Privatangelegenheiten zu beantworten. Wenn Sie auf der anderen Seite ihm oder mir ein Verbrechen zur Last legen, ist es Ihre Pflicht, dies zu sagen und uns darüber zu belehren, daß wir auf Ihre Fragen nicht zu antworten brauchen.»

«Natürlich», sagte Sir Maxwell, nur mühsam seinen Ärger unterdrückend, «sind Sie in keiner Weise verpflichtet, zu antworten, wenn Sie sich selbst zu belasten glauben. Aber Sie können uns nicht hindern, daraus natürlich Schlüsse zu ziehen.»

«Ist das eine Drohung?»

«Selbstverständlich nicht. Es ist eine Warnung.»

«Und wenn ich Ihnen für die Warnung danke und mich immer noch weigere, auszusagen?»

«Nun, in diesem Falle –»

«In diesem Falle können Sie mich nur noch verhaften und unter die Anklage des Mordes oder der Mitwisserschaft stellen. Sind Sie bereit, soweit zu gehen?»

Der Polizeipräsident war keineswegs bereit, soweit zu gehen, dennoch erwiderte er knapp: «Dieses Risiko werden Sie eingehen müssen.»

Strachan schwieg, seine Finger klopften nervös auf den Tisch. Die Uhr auf dem Kaminsims tickte laut, und aus dem Garten ertönte die Stimme Myras, die mit ihrer Mutter und dem Kindermädchen spielte.

«Also gut», sagte Strachan endlich. «Was hat Farren von sich gegeben, das meiner Bestätigung bedarf?»

Sir Maxwell Jamieson mußte sich von neuem ärgern über die Offensichtlichkeit dieser Falle.

«So geht das nun leider nicht, Mr. Strachan», meinte er ein wenig bissig. «Ich glaube, es ist besser, wenn Sie mir alles von Anfang an erzählen und die Ereignisse aus Ihrer Sicht schildern.»

«Was nennen Sie von Anfang an?»

«Fangen Sie damit an, wo Sie am Montagnachmittag waren.»

«Montag nachmittag? Da war ich draußen. Habe gemalt.»

«Wo?»

«Bei Balmae. Wollen Sie einen Beweis dafür? Ich kann Ihnen das Bild zeigen, aber dem sieht man natürlich nicht an, daß es am Montag gemalt worden ist. Allerdings hat bestimmt jemand den Wagen gesehen. Ich hab ihn auf einer Wiese abgestellt und bin zu Fuß bis zu den Klippen weitergegangen. Gegenstand des Gemäldes: die Insel Ross, Preis nach Fertigstellung: 50 Guineen.»

«Wann sind Sie dort weggefahren?»

«Ungefähr um halb acht.»

«Hatten Sie bis dahin noch gutes Licht?»

«Ach du liebes bißchen!» rief Strachan. «Besitzt die Polizei seit neuestem auch noch Kunstverstand? Nein, ich hatte bis dahin kein Licht mehr. Aber ich hatte mir mein Abendbrot mitgenommen, bestehend aus kaltem Braten, Brötchen, braunem Brot, Käse, Tomaten und einer Flasche Worthington. Um mir während dieser Orgie die Zeit zu vertreiben, hatte ich ein Buch bei mir – ein sehr hübsches Buch über einen Mord, der in dieser Gegend hier passiert ist. *Sir John Magills letzte Reise,* von einem gewissen Mr. Crofts. Sollten Sie mal lesen. In dem Buch läßt die Polizei ihre Probleme von Scotland Yard lösen.»

Sir Maxwell nahm diese Information entgegen, ohne mit der Wimper zu zucken, und fragte lediglich: «Sind Sie dann nach Gatehouse zurückgefahren?»

«Nein. Ich bin nach Tongland gefahren.»

«Durch Kirkcudbright gekommen?»

«Da ich kein Flugzeug hatte, mußte ich wohl oder übel durch Kirkcudbright.»

«Ich meine, um wieviel Uhr?»

«Etwa gegen acht.»

«Hat Sie jemand gesehen?»

«Das bezweifle ich kaum. Nach meiner Erfahrung kommt man nie durch Kirkcudbright oder irgendeinen anderen Ort, ohne wenigstens von einem halben Dutzend Menschen gesehen zu werden.»

«Angehalten haben Sie nirgends?»

«Nein.»

«Sie sind also nach Tongland gefahren. Und dort?»

«Dort habe ich geangelt. Gesamte Ausbeute: eine Forelle, dreiviertel Pfund schwer, noch eine Forelle, 200 Gramm, und drei, die noch zu klein waren, um ihre Heimat zu verlassen.»

«Haben Sie dort jemanden gesehen?»

«Nicht daß ich wüßte. Der Wirt kennt mich, aber er war nicht da. Irgendein Naseweis wird mich aber bestimmt gesehen haben.»

«Wann sind Sie in Tongland weggefahren?»

«Ich schätze, so ungefähr gegen elf. Die Fische schienen die rechte Lust verloren zu haben, und ich auch.»

«Und dann?»

«Dann bin ich als braves Bübchen nach Hause gefahren. Dort bin ich um Mitternacht herum angekommen.»

«Dafür können Sie natürlich Zeugen aufbieten?»

«Natürlich. Meine Frau und mein Dienstmädchen. Aber die beschwören selbstverständlich alles, was ich ihnen sage.»

«Gewiß», sagte Sir Maxwell, von Strachans Sarkasmus völlig ungerührt. «Wann dann?»

«Dann bin ich wieder mit dem Wagen weggefahren.»

«Warum?»

«Um Farren zu suchen.»

«Wie kamen Sie dazu?»

«Zu Hause lag für mich eine Nachricht von ihm.»

«Haben Sie die Nachricht noch?»

«Nein, ich habe den Zettel verbrannt.»

«Was stand darauf?»

«Daß er die Absicht habe, sich umzubringen. Ich hab gedacht, ich sollte ihm wohl nachfahren und ihn davon abhalten.»

«Hat er denn gesagt, wohin er wollte?»

«Nein, aber ich hab mir gedacht, daß er wahrscheinlich in die Berge bei Creetown fahren würde. Wir hatten verschiedene Male über das Problem des Selbstmords diskutiert, und die alten Bleiminen da oben schienen eine gewisse Anziehungskraft auf ihn auszuüben.»

«Aha. Sie sind direkt nach Creetown gefahren?»

«Ja.»

«Sind Sie ganz sicher, Mr. Strachan?»

«Aber natürlich.»

Sir Maxwell war ein vorsichtiger Mann, aber etwas Zurückhaltendes in Strachans Ton warnte ihn, daß dies eine Lüge sei, und eine plötzliche Erleuchtung ließ ihn einen Bluff wagen.

«Dann wären Sie bestimmt sehr überrascht, wenn ich Ihnen sagte, daß Ihr Wagen zwischen zwölf Uhr und halb eins auf der Straße zwischen Campbells Behausung und dem *Anwoth Hotel* gesehen worden ist?»

Darauf war Strachan offensichtlich nicht vorbereitet.

«Ja», sagte er, «das würde mich überraschen.»

«Es ist auch überraschend», entgegnete der Polizeipräsident, «aber, wie Sie selbst sagen, irgendein Naseweis ist immer unterwegs. Und nachdem Sie nun darauf aufmerksam gemacht wurden, erinnern Sie sich jetzt vielleicht, daß Sie in diese Richtung gefahren sind?»

«Hm, ja. Das hatte ich im Moment ganz vergessen; ich bin – ich dachte –»

«Sie sind zu Campbells Haus gefahren, Mr. Strachan. Genauer gesagt, Sie sind dort gesehen worden. Warum waren Sie dort?»

«Ich dachte, ich fände dort vielleicht Farren.»

«Wieso?»

«Je nun, ja – er konnte Campbell nicht besonders gut leiden, und ich dachte – mir war so der Gedanke gekommen, daß er es sich vielleicht in den Kopf gesetzt haben könnte, sich von Campbell eine Erklärung oder dergleichen zu holen.»

«War das nicht ein etwas komischer Gedanke, der Ihnen da gekommen ist?»

«Nicht sehr. Schließlich hat's ja keinen Zweck, so zu tun, als ob er und Campbell sich besonders gut verstanden hätten. Sie hatten an diesem Abend Streit gehabt –»

«Schon, aber das wußten Sie um diese Zeit doch noch gar nicht, Mr. Strachan. Sie haben mir vorhin erzählt, Sie seien von Balmae direkt nach Tongland gefahren, ohne in Kirkcudbright anzuhalten oder mit jemandem zu sprechen.»

«Gewiß, das stimmt. Aber wenn doch Farren sich umbringen wollte, schließlich kann ich zwei und zwei zusammenzählen.»

«Ach so. Dann war das nur eine Vermutung. Mr. Farren hatte Ihnen in seiner Nachricht nichts davon mitgeteilt, daß er vielleicht noch zu Mr. Campbell wollte?»

«Überhaupt nichts dergleichen.»

«Mr. Strachan, ich muß Sie darauf aufmerksam machen, daß Sie sich große Unannehmlichkeiten machen können, wenn Sie weiter wie bisher mit der Wahrheit zurückhalten. Wir wissen, was auf dem Zettel stand.»

«Ach!» Strachan hob die Schultern. «Na bitte, wenn Sie's wissen, warum fragen Sie mich?»

«Wir wollen von Ihnen eine unabhängige Bestätigung haben, Mr. Strachan, und ich muß sagen, daß Sie es mit Ihrem Verhalten für Mr. Farren und für sich selbst sehr schwermachen.»

«Na schön, wenn Farren es Ihnen gesagt hat – also gut, auf dem Zettel stand etwas von Campbell, und ich bin hingefahren, um zu sehen, ob Farren dort war, andernfalls, um Campbell zu warnen.»

«Ihn zu warnen? Dann haben Sie also Mr. Farrens Drohungen sehr ernst genommen?»

«Na ja, nicht sehr. Aber beide sind nun einmal sehr hitzig, und da dachte ich, wenn sie in dieser Stimmung aufeinandertreffen, kann das unerfreulich werden, eventuell sogar ernst ausgehen.»

«Haben Sie Ihre Warnung an den Mann gebracht?»

«Das Haus war leer. Ich habe ein paarmal geklopft, und als alles dunkel blieb, bin ich hineingegangen.»

«Die Tür war also offen?»

«Nein, aber ich wußte, wo ich den Schlüssel finden konnte.»

«Wußte das jeder?»

«Woher soll ich das denn wissen? Ich wußte nur, daß ich Campbell schon oft nach dem Abschließen den Schlüssel an einen bestimmten Nagel hinter der Regenrinne hatte hängen sehen.»

«Verstehe. Sie sind also hineingegangen.»

«Ja. Drinnen sah alles ganz sauber und aufgeräumt aus und machte nicht den Eindruck, als ob Campbell da gewesen wäre. Es stand kein Geschirr vom Abendessen und dergleichen herum, und im Bett war er auch nicht, denn ich bin hinaufgegangen, um nachzusehen. Da habe ich ihm einen Zettel auf den Tisch gelegt, bin wieder hinausgegangen, hab die Tür zugeschlossen und den Schlüssel wieder an seinen Nagel gehängt.»

Der Polizeipräsident vermochte nur mit allergrößter Selbstbeherrschung zu verbergen, wie sehr ihn diese Neuigkeit vom Sockel riß. Es gelang ihm, in sachlichem Ton zu fragen: «Was haben Sie auf diesen Zettel geschrieben?» Und als Strachan zu zögern schien, fügte er selbstsicherer, als ihm zumute war, hinzu: «Versuchen Sie sich diesmal etwas genauer zu erinnern, Mr. Strachan. Wie Sie sehen, können wir solche Dinge manchmal nachprüfen.»

«Ja», sagte Strachan. «Eigentlich habe ich mich ja schon gewundert, warum ich von dem Zettel nicht schon früher gehört habe.»

«So? Haben Sie nicht angenommen, daß Campbell ihn gefunden und vernichtet haben könnte?»

«Zuerst schon», sagte Strachan. «Darum habe ich ja auch das Theater wegen Montag abend für so unnötig gehalten. Wenn Campbell nach Hause gekommen ist, nachdem ich dort war, dann hat er noch gelebt, lange nachdem ich ihn zuletzt gesehen hatte. Er hat ja noch gefrühstückt, oder? Wenigstens habe ich das so verstanden – und da habe ich eben angenommen, daß er den Zettel gefunden und irgendwie vernichtet hatte.»

«Jetzt glauben Sie das aber nicht mehr?»

«Sehen Sie, wenn Sie den Zettel haben, hat er ihn ja offenbar nicht vernichtet. Und wenn Sie ihn bei seiner Leiche gefunden hätten, würden Sie es gewiß schon früher erwähnt haben.»

«Ich habe ja nicht gesagt», erklärte Sir Maxwell geduldig, «*wann* wir in den Besitz des Zettels gekommen sind.»

Aus irgendeinem Grund schien diese Bemerkung Strachan zu entnerven. Er schwieg.

«Also, nun», sagte der Polizeichef, «würden Sie mir jetzt bitte sagen, was auf dem Zettel stand? Sie hatten ja Zeit genug, darüber nachzudenken.»

«Etwas zu erfinden, meinen Sie? Nein, ich werde mir nichts zusammenreimen, aber ich bekomme es natürlich nicht mehr Wort für Wort zusammen. Ich glaube, ich habe so etwas geschrieben wie: ‹Lieber Campbell, ich bin in großer Sorge um F. Er ist ziemlich aufgedreht und droht, Ihnen etwas anzutun. So sehr er Grund haben mag, sich über Ihr Verhalten zu beklagen – und darüber wissen Sie ja am besten Bescheid –, halte ich es für besser, Sie vor ihm zu warnen.› So ähnlich war es, und unterzeichnet habe ich mit meinen Initialen.»

«Sie haben es also für angezeigt gehalten, diese Mitteilung über einen Freund von Ihnen an einen Mann zu schreiben, den Sie persönlich nicht mochten – und dann sagen Sie immer noch, Sie hätten Farrens Drohungen nicht ernst genommen?»

«Nun, man weiß ja nie. Ich habe mehr an Farren als an Campbell gedacht. Ich wollte nicht, daß er sich in Schwierigkeiten brachte – eine Anzeige wegen tätlichen Angriffs oder so etwas.»

«Immerhin erscheint mir dieser Schritt doch sehr weitgehend, Mr. Strachan. Wie oft hat Farren denn ernsthaft gedroht, Campbell etwas anzutun?»

«Er hat sich mitunter ein wenig verwegen ausgedrückt.»

«Hat er ihn je angegriffen?»

«N-nein. Es hat mal ein kleines Theater gegeben –»

«Ich glaube mich zu erinnern, einmal etwas von einem Streit gehört zu haben – vor etwa einem halben Jahr, nicht wahr?»

«So ungefähr. Aber das hat sich im Sande verlaufen.»

«Jedenfalls hielten Sie aber die Sache für wichtig genug, diese Warnung an einen Mann zu schreiben, der so notorisch taktlos und launisch ist wie Campbell. Das spricht doch für sich selbst, nicht wahr? Wie ging es dann weiter?»

«Ich bin mit meinem Wagen nach Creetown gefahren und auf die Straße in die Berge abgebogen. Kurz hinter Falbae, wo die Straße endet, habe ich den Wagen stehen lassen und bin zu Fuß weitergegangen, wobei ich immerzu nach Farren gerufen habe. Es stand kein Mond am Himmel, aber die Sterne schienen hell, und eine Taschenlampe hatte ich auch bei mir. Ich kenne diesen Weg ziemlich gut. Eigentlich ist es ja nicht einmal ein Weg, sondern nur ein Hirtenpfad. Als ich in die Nähe der alten Minen kam, habe ich dann sorgfältig zu suchen angefangen. Bald glaubte ich eine Bewegung zu sehen und habe wieder gerufen. Dann sah ich, daß da wirklich ein Mann war. Er lief weg, aber ich bin hinterhergelaufen und hab ihn eingeholt. ‹Mensch, Farren, bist du das?› hab ich gerufen, und er: ‹Zum Teufel, was willst du?› Da hab ich ihn dann gepackt.»

«Und es war Farren?»

Strachan schien wieder zu zögern, antwortete dann aber schließlich: «Ja, er war's.»

«Und?»

«Nun, ich habe eine Weile auf ihn eingeredet und ihn zu überreden versucht, wieder mit nach Hause zu kommen. Er hat sich rundweg geweigert und wollte wieder weglaufen. Ich hab ihn am Arm gepackt, aber er hat mit mir gekämpft und mich in dem Durcheinander mit einem Schlag ins Gesicht niedergeschlagen. Bis ich mich wieder hochgerappelt hatte, war er schon weg, und ich hörte ihn in einiger Entfernung über ein paar Steine klettern. Ich ihm nach. Es war ziemlich dunkel, aber der Himmel war ja klar, und dadurch konnte man bewegliche Gegenstände als graue Schatten sehen. Dann und wann sah ich ihn, wenn er über dem Horizont auftauchte. Sie kennen ja die Gegend; lauter Mulden und Bodenwellen. Ich kam ganz schön außer Atem, aber ich dachte an ihn und achtete kaum darauf, wohin ich lief. Dann bin ich über irgendwas gestolpert und stürzte kopfüber – über den Rand der Welt, so kam es mir vor. Ich knallte ein paarmal gegen etwas – wie Holzbalken fühlte es sich an, und schließlich schlug ich irgendwo auf. Ich war natürlich vollkommen weg. Jedenfalls, als ich dann wieder zu mir kam, sah ich, daß ich auf dem Grund von irgend etwas sehr Tiefem lag, denn ringsum erhoben sich schwarze Wände, und über mir war ein Stückchen Sternenhimmel zu sehen. Ich habe ganz vorsichtig um mich herumgetastet und dann aufzustehen versucht, aber kaum war ich auf den Beinen, wurde mir übel und schwindlig, und ich verlor wieder das Bewußtsein. Ich weiß nicht, wie lange es dann diesmal gedauert hat. Es müssen jedenfalls etliche Stunden gewesen sein, denn als ich zu mir kam, war es heller Tag, und jetzt konnte ich auch sehen, wo ich war.»

«In einem der alten Schächte, wie?»

«Ja. Mein Gott, war das ein Ort! Ich glaube nicht, daß er mehr als zwölf Meter tief war, aber mir hat's gereicht. Senkrechte Wände, wie ein Kamin, und ganz oben ein Fleckchen Licht, das aussah, als wär's eine Meile weit weg. Zum Glück war der Schacht sehr schmal. Wenn ich Arme und Beine spreizte, konnte ich mich gegen die Wände stemmen und mich zentimeterweise hochschieben, aber es ging langsam voran, und mir war so schwindlig im Kopf, und meine Beine waren so schwach, daß ich bei den ersten zwei, drei Versuchen einfach wieder abgestürzt bin. Ich hab gerufen und gebrüllt, in der sinnlosen Hoffnung, daß mich einer hören könnte, aber es war so still wie im Grab. Ich hatte ja noch unwahrscheinliches Glück gehabt, daß ich mir keinen Arm oder ein Bein gebrochen hatte, sonst läge ich wahrscheinlich jetzt noch dort.»

«Nein», sagte der Polizeichef. «Am Freitag oder Samstag hätten wir Sie rausgeholt.»

«Ha! – bis dahin wäre ich wahrscheinlich nicht mehr imstande gewesen, mir noch etwas daraus zu machen. Na ja, nachdem ich mich ein wenig länger ausgeruht hatte, war ich dann wieder so weit Herr meines Kopfes und meiner Beine, daß ich mich nach und nach hocharbeiten konnte. Es ging langsam, denn die Wände waren sehr glatt und gaben Füßen und Händen nicht viel Halt, und manchmal bin ich einfach ausgeglitten und wieder ein Stückchen hinuntergerutscht. Zum Glück standen da und dort ein paar Querbalken aus den Wänden heraus, und wenn ich die zu fassen bekam, konnte ich ein wenig verschnaufen. Und immerzu hab ich gehofft, die Leute von der Farm würden mein Auto sehen und nach mir suchen kommen, aber wenn sie es gesehen haben, müssen sie gedacht haben, ich sei irgendwo beim Angeln oder Picknick, und haben nicht weiter darauf geachtet. Ich hab mich förmlich mit den Fingernägeln emporgearbeitet – zum Glück bin ich ja groß und einigermaßen kräftig – und endlich – mein Gott, war das eine Wohltat! – war ich oben und konnte mich mit einer Hand schon mal am wunderschönen Gras festhalten. Es war noch ein schwerer Kampf auf dem letzten Meter – ich hab schon gedacht, ich komme nie mehr über den Rand –, aber irgendwie hab ich's dann doch geschafft. Ich hab die Beine hinter mir herausgezogen, die sich anfühlten wie aus massivem Blei, und dann hab ich mich nur noch herumgewälzt und keuchend dagelegen. Puh!»

Strachan hielt inne, und der Polizeipräsident gratulierte ihm.

«Also, ich hab dort eine Weile gelegen. Es war ein prächtiger Tag mit viel Wind und Sonne, und ich kann Ihnen sagen, ich fand die Welt eine Zeitlang wunderschön. Ich habe gebibbert wie ein Wackelpudding, und Hunger und Durst hatte ich – beim Zeus!»

«Was glauben Sie, um wieviel Uhr das war?»

«Das weiß ich nicht genau, weil meine Uhr stehengeblieben war. Es ist eine Armbanduhr, und sie muß bei dem Sturz etwas abbekommen haben. Ich habe mich etwas ausgeruht – vielleicht eine halbe Stunde – und mich dann hochgerappelt und festzustellen versucht, wo ich mich befand. Diese Minen verteilen sich ja über ein recht großes Gelände, und ich kannte die Stelle nicht. Bald hab ich dann jedenfalls einen Bach gefunden und konnte etwas trinken und mal den Kopf ins Wasser stecken. Danach war mir wohler, nur entdeckte ich dabei auch, daß ich mir ein prächtiges Veilchen zugezogen hatte, als Farren mir ins Gesicht schlug, und natürlich hatte ich Prellungen und Abschürfungen von Kopf bis Fuß. Am Hinterkopf hab ich immer noch eine Beule so groß wie ein Hühnerei; wahrscheinlich ist das der k. o.-Schlag gewesen. Als nächstes galt es, meinen Wagen zu finden. Ich hab mir ausgerechnet, daß ich mich ungefähr zwei Meilen von Falbae entfernt haben mußte, und dachte, wenn ich dem Bachlauf folgte, müßte das ungefähr die richtige Richtung sein, also hab ich mich auf den Weg bachabwärts gemacht. Es war teuflisch heiß, und ich hatte meinen Hut verloren. Haben Sie den übrigens gefunden?»

«Ja, aber wir wußten nichts damit anzufangen. Er muß Ihnen bei Ihrem Handgemenge mit Farren vom Kopf gefallen sein, und zuerst dachten wir, es wäre seiner, aber Mr. Farren sagte nein, und da wußten wir nicht mehr, was wir davon halten sollten.»

«Na, nun wissen Sie's. Und daß Sie ihn dort gefunden haben, müßte Ihnen doch meine Geschichte bestätigen, finden Sie nicht?»

Der Polizeipräsident hatte soeben genau dasselbe gedacht, aber nun durchzuckte ihn bei diesem deutlich triumphierenden Ton in Strachans Stimme neuer Zweifel. Was wäre einfacher gewesen, als irgendwann zwischen Dienstag und Freitag einen Hut an geeigneter Stelle wegzuwerfen, als Beweisstück für diese hochdramatische Geschichte?

«Was ich finde, tut nichts zur Sache, Mr. Strachan», sagte er. «Fahren Sie fort. Was haben Sie als nächstes getan?»

«Ich bin weiter bachabwärts gegangen, und nach einer Weile kamen die Straße und mein Wagen in Sicht. Er stand noch genau dort, wo ich ihn abgestellt hatte, und die Uhr auf dem Armaturenbrett zeigte Viertel nach zwölf.»

«Haben Sie auf dem Rückweg niemanden gesehen?»

«Doch, das schon – einen Mann hab ich gesehen. Aber ich – nun ja, ich bin in Deckung gegangen, bis er vorbei war.»

«Warum?»

Strachan machte ein recht betretenes Gesicht.

«Weil – also, ich war nicht gerade in der Stimmung, Fragen zu beantworten. Ich wußte ja nicht, was aus Farren geworden war. Schließlich sah ich aus, als ob ich aus dem Krieg gekommen wäre, und wenn man nun Farrens Leiche irgendwo in so einem Loch gefunden hätte – das hätte doch reichlich komisch für mich ausgesehen.»

«Aber hören Sie mal –»

«Ja, ich weiß schon, was Sie sagen wollen. Wenn ich das gedacht habe, hätte ich doch auf jeden Fall jemandem Bescheid sagen und einen Suchtrupp losschicken müssen. Aber verstehen Sie denn nicht, es war doch sehr gut möglich, daß Farren wieder zu Verstand gekommen und in aller Stille nach Hause gegangen war. Es wäre rein idiotisch gewesen, so einen Riesenskandal wegen nichts und wieder nichts aufzurühren. Ich habe es für das beste gehalten, erst mal ganz still nach Hause zu fahren und mich zu erkundigen, was wirklich los war. Es war nicht einfach, den Wagen anzuwerfen. Ich hatte nachts das Licht angelassen, um leichter zum Wagen zurückzufinden, und nun war die Batterie leer. Ich mußte den Motor mit der Kurbel starten, und das war eine Heidenarbeit. Dieser Chrysler 70 hat einen ziemlich starken Motor. Na ja, aber nach einer Viertelstunde lief er endlich –»

«Sie hätten sich doch Hilfe vom Bauernhof holen können.»

Strachan winkte ungeduldig ab.

«Hab ich Ihnen nicht eben erst gesagt, daß ich kein Aufsehen erregen wollte? Ich habe sogar die ganze Zeit Angst gehabt, daß jemand mich hören und herkommen würde, um zu sehen, was los war. Aber es kam keiner. Wahrscheinlich waren sie alle beim Essen. Ich hatte eine alte Mütze und einen Automantel im Wagen, da habe ich mich so gut hergerichtet, wie es ging, und hab mich auf den Rückweg gemacht – über die Straße durch Knockeans. Sie überquert den Skye-Bach gleich hinter Glen und kommt an der Alten Kirche von Anwoth heraus. Ungefähr um halb zwei war ich dann zu Hause.»

Der Polizeipräsident nickte.

«Hat Ihre Familie sich Sorgen gemacht, weil Sie die ganze Nacht fort waren?»

«Nein. Ich vergaß zu sagen, als ich Farrens Nachricht erhielt, bin ich hinaufgegangen und habe meiner Frau Bescheid gesagt, daß ich fortgerufen worden sei, und ich wolle nicht, daß darüber gesprochen werde.»

«Aha. Was haben Sie wieder gemacht, nachdem Sie dann zu Hause waren?»

«Ich habe die *McClellan Arms* in Kirkcudbright angerufen und sie freundlich gebeten, eine Nachricht zu den Farrens zu schikken, nämlich daß Farren mich wegen einer Verabredung zum Angeln anrufen solle. Der Anruf kam nach einer halben Stunde, nachdem ich ein Bad genommen hatte und mich etwas besser fühlte. Mrs. Farren war am Apparat und sagte, Hugh sei nicht zu Hause, und ob sie ihm etwas ausrichten könne? Ich habe ihr eingeschärft, im Augenblick zu niemandem ein Wort zu sagen, und ich würde nach dem Mittagessen zu ihr kommen, um ihr etwas Wichtiges mitzuteilen. Sie erschrak hörbar, und ich fragte, ob Hugh vergangene Nacht nach Hause gekommen sei, sie solle darauf nur mit ja oder nein antworten, und sie sagte nein. Dann habe ich gefragt, ob es irgendwelchen Ärger wegen Campbell gegeben habe, und sie sagte ja. Da habe ich ihr aufgetragen, auch darüber nichts zu sagen, und ich würde zu ihr kommen, sobald ich könnte.»

«Wieviel haben Sie Ihrer Frau von alldem erzählt?»

«Nur daß Farren einen Tobsuchtsanfall bekommen und das Haus verlassen hatte und daß sie um keinen Preis zu irgend jemandem etwas davon sagen solle, auch nicht davon, daß ich so spät und in diesem Zustand nach Hause gekommen sei. Nachdem ich mich wieder einigermaßen präsentabel gemacht hatte, habe ich einen Lunch zu mir genommen. Den konnte ich mittlerweile auch brauchen.»

«Das glaube ich. Sind Sie dann tatsächlich nachmittags nach Kirkcudbright gefahren?»

«Nein.»

«Warum nicht?»

Etwas an diesem beharrlichen «Warum?» und «Warum nicht?» des Polizeipräsidenten war ebenso aufreizend wie zermürbend. Strachan rutschte unruhig auf seinem Stuhl herum.

«Ich hatte es mir anders überlegt.»

«Warum?»

«Ich wollte natürlich hin.» Strachan schien im Augenblick den Faden zu verlieren und nahm einen neuen Anlauf. «Wir pflegen unserer Tochter wegen um die Mittagsstunde zu essen. Wir hatten gebratene Hammelkeule. Der Braten war erst um zwei Uhr fertig. Das war für unsere Verhältnisse zwar ungewöhnlich spät, aber sie hatten eben gewartet, ob ich nicht noch käme. Ich hatte mir die Hammelkeule gewünscht, und da wollte ich das Dienstmädchen nicht mißtrauisch machen. Darum haben wir uns also beim Mittagessen Zeit gelassen und waren erst so gegen drei Uhr fertig. Bis ich mich startbereit gemacht hatte, war es dann schon Viertel nach drei. Ich ging hinaus, um das Tor zum Hinausfahren zu öffnen, da sah ich Tom Clark vom Golfgelände kommen. Genau gegenüber meinem Gartentor traf er mit dem Polizisten von Gatehouse zusammen. Wegen der Hecke konnten die beiden mich nicht sehen.»

Der Polizeipräsident vermied jeden Kommentar, und Strachan schluckte einmal kräftig und fuhr fort: «Der Konstabler sagte: ‹Ist der Bürgermeister auf der Golfbahn?› Clark antwortete: ‹Ja, er ist da.› Darauf der Konstabler: ‹Er wird gebraucht. Mr. Campbell ist in Newton Stewart tot aufgefunden worden.› Danach gingen sie weiter die Straße hinauf, und ich konnte sie nicht mehr hören. Da bin ich wieder ins Haus gegangen, um nachzudenken.»

«Was haben Sie denn darüber gedacht?»

«Ich konnte mich nicht entscheiden, was ich darüber denken sollte. Ich konnte mir zwar nicht vorstellen, inwiefern das mir etwas anhaben könnte, aber ich fand, es war nicht der richtige Augenblick, um zu den Farrens zu gehen. Das hätte doch Gerede gegeben. Zumindest wollte ich Zeit zum Nachdenken gewinnen.»

«War dies das erste Mal, daß Sie von Campbell hörten?»

«Natürlich. Die Nachricht war doch eben erst eingetroffen.»

«Hat es Sie überrascht?»

«Natürlich.»

«Aber Sie sind nicht, wie jeder andere es getan haben würde, hinausgestürzt und haben nach näheren Einzelheiten gefragt?»

«Nein.»

«Warum nicht?»

«Zum Kuckuck, was meinen Sie mit ‹Warum nicht?›. Ich hab nicht gefragt, fertig.»

«Verstehe. Als Lord Peter Wimsey dann abends später kam, waren Sie noch immer nicht in Kirkcudbright gewesen?»

«Nein.»

«Er hat Ihrer Frau die Nachricht von Campbells Tod gebracht. Hatte sie schon vorher davon gehört?»

«Nein. Ich wußte ja nichts Genaues und hab es für besser gehalten, erst gar nicht was zu sagen.»

«Haben Sie Lord Peter gesagt, daß Sie schon Bescheid wußten?»

«Nein.»

«Warum nicht?»

«Ich dachte, meine Frau würde es dann komisch finden, daß ich ihr nichts davon gesagt hatte.»

«Wurde über Ihr blaues Auge gesprochen?»

«Ja. Ich – habe mir eine Erklärung zusammengereimt.»

«Warum?»

«Ich wußte nicht, was das Wimsey anging.»

«Und was hat Ihre Frau von dieser Erklärung gehalten?»

«Ich wüßte nicht, was das Sie angeht.»

«Waren Sie zu irgendeinem Zeitpunkt der Meinung, daß Farren einen Mord begangen hatte?»

«Zu dem Zeitpunkt war von Mord noch nicht die Rede.»

«Stimmt genau, Mr. Strachan. Und gerade das läßt Ihr Verhalten ja so merkwürdig erscheinen. Sie sind dann noch spät am Abend zu Mrs. Farren gefahren?»

«Ja.»

«Was haben Sie ihr gesagt?»

«Ich habe ihr über die Ereignisse der vergangenen Nacht berichtet.»

«War das alles? Sie haben ihr zum Beispiel nicht gesagt, daß Sie mit einer Mordanklage gegen Farren rechneten, und sie solle sehr vorsichtig mit dem sein, was sie der Polizei sage?»

Strachan kniff die Augen zusammen.

«Ist das nicht so eine von den Fragen, die Sie nicht stellen dürfen und die ich nicht zu beantworten brauche?»

«Ganz wie Sie wollen, Mr. Strachan.» Der Polizeipräsident erhob sich. «Sie scheinen sich ja in den Gesetzen recht gut auszukennen. Dann wissen Sie zum Beispiel auch, daß Beihilfe zur Vertuschung eines Mordes ebenso bestraft wird wie die eigentliche Tat?»

«Gewiß weiß ich das, Sir Maxwell. Und ich weiß auch, daß Sie bei einer Zeugeneinvernahme keine Drohungen aussprechen dürfen, weder offen noch versteckt. Kann ich sonst noch etwas für Sie tun?»

«Danke, nein», antwortete der Polizeipräsident höflich.

Nein, Strachan hat wirklich schon genug getan, dachte er auf dem Rückweg nach Kirkcudbright. Wenn das mit dem Zettel stimmte, den er auf Campbells Tisch gelegt haben wollte – und er neigte dazu, das zu glauben –, dann hatte Strachan die ganze schöne Theorie der Polizei über den Tathergang zerstört. Denn das bedeutete ganz klar folgendes: Entweder war Campbell nach Strachans Besuch noch am Leben gewesen – in diesem Fall hatte es an der Straße zwischen Gatehouse und Kirkcudbright keinen Mord gegeben –, oder jemand anders, ein bisher Unbekannter, hatte Campbells Haus nach Mitternacht betreten, und dieser Jemand mußte zweifellos der Mörder sein.

Natürlich gab es auch noch die Möglichkeit, daß es so einen Zettel nie gegeben hatte, daß Strachan vielmehr Campbell zu Hause angetroffen und getötet hatte. Das paßte zu Fergusons Aussage. Aber warum hätte er in diesem Fall diesen Zettel überhaupt erfinden sollen? Doch höchstens um Farren zu belasten, und das war lächerlich, denn die einzige vernünftige Erklärung für Strachans sonstiges Verhalten war doch, daß er entweder Farren deckte oder sogar mit ihm im Bunde stand.

Irgendwer anders – irgendwer anders. Aber wer? Fergusons Aussage hatte sich bisher in allen Punkten bestätigt. Die erste Ankunft des Wagens mit der Leiche, die zweite Ankunft von Strachan – wenn noch eine dritte Person gekommen war, wie schade, daß Ferguson nichts davon gehört haben sollte! Ferguson –

Tja, wie stand's mit Ferguson?

Von allen war er derjenige, der am ehesten unbemerkt in Campbells Cottage gelangen konnte. Er brauchte nur ums Haus zu gehen und die Tür mit dem Schlüssel öffnen, den er Campbell bestimmt schon unzählige Male hatte verstecken sehen.

Aber das war auch wieder absurd. Ferguson hatte nicht nur ein Alibi – der Polizeipräsident maß Alibis keinen übertriebenen Wert bei –, nein, diese Theorie ließ auch eine ganz große Frage offen: *Wo war Campbell gewesen, als Strachan kam?*

Wenn Strachan ihn dort gefunden hatte, warum hätte er es nicht sagen sollen?

Angenommen, Strachan hatte Campbell tot vorgefunden – von Ferguson zu irgendeinem früheren Zeitpunkt getötet. Was dann? Stand Strachan mit Ferguson im Bunde?

Ja, das war doch endlich mal eine Idee. Alle Schwierigkeiten waren bisher aus der Annahme erwachsen, daß an dem Verbrechen nur einer der Künstler beteiligt war. Ferguson konnte den Mord begangen und sich ein Alibi verschafft haben, indem er nach Glasgow fuhr, während Strachan zu Hause blieb und den Unfall vortäuschte und das Bild malte.

Diese ganze Geschichte von der Prügelei mit Farren und dem Sturz in den Schacht war doch allzu dünn. Strachan war die ganze Zeit in Newton Stewart gewesen. Seine Rückfahrt über die Nebenstraße von Creetown nach Anwoth ließ sich bestimmt nachprüfen und entsprach einigermaßen der Zeit, die er gebraucht haben mochte, um die Leiche zum Minnoch zu bringen, das Bild zu malen und sich davonzumachen.

Nur – warum dann Farren ins Spiel bringen? Hätte Strachan sich keine bessere Erklärung dafür ausdenken können, daß er die ganze Nacht fort gewesen war, anstatt seinen besten Freund hineinzuziehen? Einen Freund, der obendrein schon selbst verdächtig war? Das setzte ein Maß an kaltblütiger Gemeinheit voraus, das man bei Strachan kaum erwarten würde.

Aber ein schlauer Bursche war er. Schon bevor man eine Frage gestellt hatte, wußte er, worauf sie hinauslief. Scharfsinnig, gewitzt und vorsichtig. Er wäre durchaus der Mann, sich so einen Plan von vornherein auszudenken.

Schlau von ihm, diesen Hut nach Falbae zu bringen und am Rande eines Bleiminenschachts liegenzulassen. Daran hatte er gedacht, aber dann hatte er seinen Triumph zu deutlich gezeigt.

Der Polizeipräsident war so zufrieden wie schon seit geraumer Zeit nicht mehr. Er ließ sich sogar so weit herab, daß er Wimsey aufsuchen und ihm das Neueste erzählen wollte. Aber Wimsey war nicht zu Hause.

À la Graham

«Ich wünschte wirklich, Wimsey», sagte Waters gereizt, «Sie fänden endlich was zu tun. Gehen Sie doch mal angeln, oder machen Sie eine Spritztour mit dem Wagen. Ich kann einfach nicht anständig malen, wenn Sie hier die ganze Zeit herumschnüffeln. Das bringt mich ganz aus dem Konzept.»

«Entschuldigung», sagte Wimsey. «Aber mich fasziniert das nun mal. Für mich ist es das Schönste im Leben, herumzustreunen und anderen bei der Arbeit zuzusehen. Sehen Sie doch nur mal, welcher Beliebtheit sich die Leute erfreuen, die zur Zeit ganz London mit elektrischen Bohrern aufwühlen. Herzogssöhne, Domestikensöhne, Söhne aller Klassen und Schichten – alle können sie stundenlang dastehen und zusehen, obwohl ihnen die Trommelfelle dabei platzen – und warum? Nur weil es solchen Spaß macht, nichts zu tun, während andere arbeiten müssen.»

«So wird's wohl sein», antwortete Waters. «Aber zum Glück können sie vor lauter Lärm nicht hören, was die Arbeiter dazu sagen. Wie würden Sie sich denn vorkommen, wenn ich dabeisäße und Ihnen bei Ihrer Detektivarbeit zuschaute?»

«Das ist was anderes», meinte Wimsey. «Das Wesen der Detektivarbeit ist, daß sie sich in der Stille vollzieht. Zuschauer haben dabei nichts verloren. Aber Sie dürfen mir ruhig zusehen, wenn Sie wollen.»

«Prima! Dann gehen Sie jetzt mal und spielen Detektiv, und wenn ich mit meinem Bild hier fertig bin, komme ich Ihnen zusehen.»

«Sie brauchen sich gar nicht so anzustrengen», antwortete Wimsey freundlich. «Schauen Sie mir nur hier gleich zu. Es kostet nichts.»

«Ach! Sie spielen auch hier Detektiv?»

«Und wie. Wenn Sie mir die Schädeldecke abnehmen könnten, sähen Sie die Rädchen sausen.»

«Aha. Dann hoffe ich nur, daß Sie es nicht auf mich abgesehen haben.»

«Das hoffen immer alle.»

Waters sah ihn argwöhnisch aus zusammengekniffenen Augen an und legte die Palette beiseite.

«Hören Sie mal, Wimsey – Sie wollen mir doch damit nichts unterstellen? Ich habe Ihnen alles erzählt, was ich gemacht habe, und daß Sie mir glauben, will ich doch annehmen. Der Polizei mag man's ja noch verzeihen, wenn sie nur das Offenkundige sieht, aber Ihnen hatte ich immerhin etwas mehr Verstand zugetraut. Wenn ich Campbell ermordet hätte, würde ich mir doch bestimmt ein besseres Alibi ausgedacht haben.»

«Das kommt ganz darauf an, wie schlau Sie sind», entgegnete Wimsey ungerührt. «Kennen Sie Poes Erzählung *Der entwendete Brief*? Ein sehr dummer Mörder kümmert sich überhaupt nicht um ein Alibi. Der etwas schlauere Mörder sagt sich: ‹Wenn ich den Verdacht von mir ablenken will, brauche ich ein gutes Alibi.› Aber ein Mörder, der noch schlauer ist, sagt sich vielleicht: ‹Jeder erwartet von einem Mörder, daß er ein erstklassiges Alibi vorweist; je besser also mein Alibi, desto stärker wird man mich im Verdacht haben. Ich mache es noch besser: Ich bringe ein Alibi, das offensichtlich unvollkommen ist. Dann werden die Leute sagen, daß ich im Falle meiner Schuld bestimmt ein besseres Alibi aufzuweisen hätte.› So würde ich selbst es machen, wenn ich ein Mörder wäre.»

«Dann würde es wahrscheinlich ein schlimmes Ende mit Ihnen nehmen.»

«Kann schon sein; die Polizei wäre nämlich womöglich so dumm, daß sie bei ihren Überlegungen nicht über den ersten Schritt hinauskäme. Das mit Ihrem Fahrrad ist doch wirklich ein Jammer, nicht?»

Waters nahm seine Palette wieder zur Hand.

«Über diesen Schwachsinn möchte ich mich nicht länger unterhalten.»

«Ich auch nicht. Malen Sie nur weiter. Was Sie für viele Pinsel haben! Benutzen Sie die alle?»

«Aber nein!» antwortete Waters ironisch. «Die hab ich nur zum Angeben.»

«Haben Sie immer alle Ihre Sachen in diesem Sack? Da sieht's ja aus wie in einer Damenhandtasche. Kraut und Rüben.»

«Ich finde immer, was ich suche.»

«Campbell hatte auch so einen Sack.»

«Das war ja dann direkt etwas Verbindendes zwischen uns.» Waters riß Wimsey den Sack einigermaßen ungeduldig aus den Händen, fischte eine Tube Krapprosa heraus, drückte etwas Farbe auf seine Palette, verschloß die Tube wieder und warf sie in den Sack zurück.

«Sie benutzen Krapprosa?» fragte Wimsey neugierig. «Manche sagen, das sei eine schwierige Farbe.»

«Manchmal kommt sie einem gerade recht – wenn man sie anzuwenden versteht.»

«Gilt diese Farbe nicht als irgendwie unecht?»

«Doch – ich benutze sie auch nicht viel. Haben Sie etwa einen Malkurs mitgemacht?»

«So etwas Ähnliches. Die verschiedenen Methoden studiert und so. Das ist sehr interessant. Mir tut's leid, daß ich nie Campbell bei der Arbeit gesehen habe. Er –»

«Um Himmels willen, reiten Sie doch nicht immerzu auf Campbell herum!»

«Nein? Dabei erinnere ich mich so gut, daß Sie gesagt haben, Sie könnten eine vollkommene Campbell-Imitation malen, wenn Sie wollten. Das war kurz bevor er kaltgemacht wurde – wissen Sie nicht mehr?»

«Davon erinnere ich mich an gar nichts mehr.»

«Na ja, Sie waren in dem Augenblick ein bißchen aufgedreht und haben es wahrscheinlich gar nicht ernst gemeint. Im *Sunday Chronicle* von dieser Woche steht was über ihn. Ich hab's doch irgendwo. Ach ja – hier steht, daß er ein großer Verlust für die Welt der Malerei ist. ‹Sein unnachahmlicher Stil›, schreiben die. Na ja, irgendwas müssen sie ja schreiben. ‹Höchst individuelle Technik›; das ist eine schöne Phrase. ‹Bemerkenswert machtvolle Vision und einmaliger Farbensinn stellten ihn sogleich in die erste Reihe.› Ich stelle fest, daß Leute, die plötzlich sterben, anscheinend immer in der ersten Reihe gestanden haben.»

Waters schnaubte.

«Ich kenne den Burschen, der diese Sachen für den *Sunday Chronicle* schreibt. Einer von der Hambledon-Clique. Aber Hambledon *ist* ein Maler. Campbell hat Hambledons schlechteste Tricks genommen und zu einem Stil verarbeitet. Ich sage Ihnen –»

Die Tür zum Atelier flog auf, und atemlos stürzte Graham herein.

«Hör mal, ist Wimsey hier? Entschuldigung, Waters, aber ich muß mit Wimsey sprechen. Nein, ist schon gut, ich will ihn gar nicht mitnehmen. Menschenskind, Wimsey, ich sitze vielleicht in der Patsche! Es ist zu schlimm. Haben Sie schon davon gehört? Mich hat der Schlag eben erst getroffen.»

«Ei, ei, Ihr habt erfahren, was Ihr nicht solltet», sagte Wimsey. «Wasch deine Hände, leg dein Nachtkleid an; sieh nicht so blaß aus. Ich sag es dir noch einmal, Campbell ist tot; er kann aus seiner Gruft nicht heraus.»

«Ich wollte, er könnte.»

«Klopf Duncan aus dem Schlaf? O könntest du's.»

«Mann, hören Sie doch auf zu albern, Wimsey. Es ist wirklich schändlich.»

«O Grausen, Grausen!» deklamierte Wimsey weiter und taumelte ganz realistisch in eine Ecke. «Zung und Herz faßt es nicht, nennt es nicht! Sagt an, was blickt Ihr wie ein Gänserich?»

«Gänserich trifft den Nagel auf den Kopf», sagte Graham. «Genauso stehe ich nämlich jetzt da.»

«Gänse sind zum Rupfen da», meinte Wimsey, ihn belauernd, «und Ihnen scheint man auch an die Federn zu wollen.»

«War das jetzt Zufall, oder haben Sie das wirklich so gemeint?»

«Worum geht's hier eigentlich?» fragte Waters übellaunig.

«Meinetwegen dürfen Sie's auch erfahren», sagte Graham. «In Kürze weiß es sowieso das ganze Land, wenn hier nichts geschieht. Mein Gott!» Er wischte sich die Stirn ab und ließ sich schwer auf den nächsten Stuhl fallen.

«Je nun», meinte Wimsey.

«Hören Sie! Sie kennen doch dieses ganze Theater um Campbell. Dieser Konstabler, dieser Duncan –»

«Hab ich doch gesagt, daß da irgendwo ein Duncan darin vorkommt.»

«Klappe! Dieser Idiot kam doch neulich Fragen stellen, wo ich am Dienstag gewesen sei und so weiter. Sie wissen ja, ich hab das Ganze nie ernst genommen. Ich hab ihm gesagt, er soll rausgehen und spielen. Dann ist da was in die Zeitung gekommen –»

«Ich weiß, ich weiß», sagte Wimsey. «Diesen Teil können wir als gelesen voraussetzen.»

«Na schön. Also – Sie kennen doch dieses Frauenzimmer da, aus Newton Stewart – die Smith-Lemesurier?»

«Ich hab sie mal kennengelernt.»

«Gott! Ich auch. Sie hat mich heute früh zu fassen gekriegt –»

«Jock, Jock!»

«Ich hab ja zuerst überhaupt nicht kapiert, worauf sie hinauswollte. Erst hat sie mich immer so hintergründig und schmachtend angelächelt, und dann hat sie gemeint, was ich auch getan hätte, an ihrer Freundschaft für mich würde das nichts ändern, und dann hat sie von Ehre und Opfer und Gott weiß was gefaselt, bis ich's am Ende regelrecht aus ihr rausschütteln mußte. Wissen Sie, was dieses Weib getan hat?»

«O ja», antwortete Wimsey bester Laune. «Es ist alles heraus. Einer Dame Leumund wurde auf dem Altar der Liebe geopfert. Aber mein Lieber, wir machen Ihnen doch gar keine Vorwürfe. Wir wissen, bevor Sie eine edle Frau kompromittierten, würden Sie eher aufs Schafott steigen, die Lippen verschlossen in ritterlichem Schweigen. Ich weiß nicht, welches die edlere Seele – die Frau, die ihrer selbst nicht denkend –, ich glaube, jetzt werde ich auch noch poetisch.»

«Mein lieber Wimsey, nun sagen Sie nicht, Sie hätten auch nur für eine Sekunde geglaubt, daß da ein wahres Wort daran ist.»

«Ehrlich gesagt, nein. Ich hab Sie schon so manches Unüberlegte tun sehen, aber ich hab Ihnen immer zugetraut, daß Sie Mrs. Smith-Lemesurier durchschauen würden.»

«Das will ich auch hoffen. Aber was soll ich jetzt um Himmels willen machen?»

«Peinlich, peinlich», meinte Wimsey. «Wenn Sie nicht zugeben wollen, wo Sie in der betreffenden Nacht wirklich waren, wird Ihnen nichts anderes übrigbleiben, als das Opfer anzunehmen, und mit dem Opfer die Dame. Und ich hege die starke Befürchtung, daß hier Dame gleich Ehe ist. Immerhin, so ähnlich ergeht es ja den meisten von uns, und die meisten überleben's.»

«Erpressung ist das», ächzte Graham. «Und was hab ich schließlich getan, womit ich das verdient hätte? Ich sag Ihnen, außer einem Kompliment mal so im Vorübergehen hab ich nie – ach, hol's der Kuckuck!»

«Nicht mal ein verstohlener Händedruck?»

«Na ja, vielleicht hab ich ihr mal die Hand gedrückt. Ich meine, man ist ja schließlich höflich.»

«Oder auch ein Küßchen – in Ehren?»

«O nein, Wimsey. Soweit bin ich nie gegangen. Ich mag ja ein loser Vogel sein, aber ich habe immer noch so etwas wie einen Selbsterhaltungstrieb. Also wirklich!»

«Na ja, tragen Sie's mit Fassung», tröstete Wimsey. «Vielleicht stellt sich die Liebe noch nach der Eheschließung ein. Wenn Sie die Dame über die Kaffeekanne hinweg anblicken und sich sagen: ‹Dieser edlen Frau und ihrer reinen Liebe danke ich Leben und Freiheit›, wird Ihr Herz Sie noch ob Ihrer Kälte schelten.»

«Zum Teufel mit Leben und Freiheit! Seien Sie doch kein Narr. Können Sie sich überhaupt vorstellen, wie fürchterlich das war? Ich mußte richtig brutal werden, um wegzukommen.»

«Haben Sie die liebe kleine Frau vielleicht zurückgewiesen?»

«Ja, das hab ich. Ich hab ihr gesagt, sie soll sich nicht so idiotisch aufführen, und sie ist in Tränen ausgebrochen. Es ist zum Davonlaufen. Was die Leute dort jetzt denken –»

«Was für Leute wo?»

«Im Hotel. Sie ist da reingekommen und hat nach mir gefragt, und ich hab sie heulend auf dem Sofa im Salon sitzenlassen. Weiß der Himmel, was sie jetzt den Leuten erzählt! Ich hätte sie wenigstens noch nach draußen begleiten sollen, aber ich – mein Gott, Wimsey, sie hat mir angst gemacht. Ich bin um mein Leben gerannt. Szenen in der Öffentlichkeit müßten bestraft werden. Dieser alte Pater, der dort wohnt, ist mitten hineingeplatzt, gerade als das Wasserwerk voll in Betrieb war. Ich muß hier wegziehen!»

«Sie scheinen Ihre Karten nicht sehr gut gespielt zu haben.»

«Ich muß natürlich jetzt hingehen und bei der Polizei reinen Tisch machen. Aber was nützt das? Kein Mensch wird mir glauben, daß da nicht doch etwas daran war.»

«Wie wahr! Und was werden Sie der Polizei erzählen?»

«Na ja, ich werd ihr sagen müssen, wo ich war. Der Teil geht in Ordnung. Aber sehen Sie denn nicht – der bloße Umstand, daß die Frau dieses Märchen in die Welt gesetzt hat, wird doch aller Welt als Beweis dafür gelten, daß ich Anlaß dazu gegeben habe. Sie hat mich komplett hereingelegt. Schottland ist nicht mehr groß genug für uns beide. Ich werde nach Italien oder sonstwohin auswandern müssen. Je mehr ich beweise, daß sie gelogen hat, desto klarer wird allen sein, daß sie dieses Märchen nicht hätte auftischen können, wenn wir nicht wirklich die allerintimsten Beziehungen zueinander unterhielten.»

«Ist das Leben nicht schwer?» meinte Wimsey. «Da sieht man wieder mal, wie sehr man achtgeben sollte, daß man der Polizei bei der ersten Gelegenheit alles erzählt. Wären Sie offen gegenüber diesem eifrigen jungen Konstabler gewesen, hätten Sie sich das alles sparen können.»

«Ich weiß, aber ich wollte doch niemandem Schereien machen. Sehen Sie, Wimsey, das war doch so: Ich war mit Jimmy Fleeming oben bei Bargrennan. Wir wollten uns einen Spaß machen und haben den Weiher unterhalb des Wasserfalls abgefischt.»

«So, so. Das Wasser gehört aber dem Earl of Galloway.»

«Eben. Wir waren die ganze Montagnacht draußen. Es war herrlich, nur daß ich mehr Whisky getrunken habe, als ich vertrug. Aber das tut nichts zur Sache. Dort oben steht so eine Art Hütte. Sie gehört einem der Leute vom Gut. Dort haben wir campiert. Ich hab mich am Dienstag nicht so besonders wohl gefühlt, darum bin ich oben geblieben, und am Dienstagabend sind wir dann noch mal rangegangen, denn am Montag hatten wir mehr gelacht als Fische gefangen. Am Dienstag haben wir dann ganz schön was rausgeholt. Ein paar von denen sind so richtig prima Kerle. Mit denen kann ich viel mehr anfangen als mit dem, was man so unsere Klasse nennt. Jimmy Fleeming hat jede Menge Pfundsgeschichten auf Lager. Und was man da für einen Einblick in das Leben wohlanständiger Bürger bekommt! Außerdem wissen solche Leute so einiges mehr als ein gewöhnlicher Gebildeter. Was die nicht über Fisch, Fleisch und Geflügel wissen, lohnt sich auch nicht zu wissen. Und es sind alles gute Freunde von mir. Es macht mich krank, wenn ich mir vorstelle, sie der Polizei zu verraten.»

«Sie sind ein Esel, Graham», sagte Wimsey. «Warum in aller Welt sind Sie nicht gleich zu mir gekommen und haben mir das erzählt?»

«Sie hätten es der Polizei weitererzählen müssen.»

«Ach ja, ich weiß – aber das hätte man schon regeln können. Sind diese Burschen denn jetzt bereit, auszusagen?»

«Ich hab ihnen noch gar nichts gesagt. Wie könnte ich auch? Himmel, ich bin doch nicht so ein Schwein, daß ich hingehen und sie fragen würde. Natürlich würden sie mich rauspauken, aber ich kann das nicht von ihnen verlangen. Das ist nicht drin.»

«Ich sag Ihnen, was Sie am besten tun», sagte Wimsey. «Sie gehen zu Sir Maxwell Jamieson und beichten ihm alles. Er ist ein feiner Kerl und wird bestimmt dafür sorgen, daß Ihren Freunden nicht viel geschieht. Übrigens, sind Sie auch sicher, daß die Männer sowohl für den Dienstag wie für Montag abend für Sie bürgen können?»

«Aber ja. Jimmy und noch ein anderer sind fast den ganzen Dienstag morgen immer wieder da gewesen. Aber das spielt doch überhaupt keine Rolle. Was ich geklärt haben will, ist diese Geschichte von Montag abend.»

«Ich weiß. Aber die Polizei interessiert sich für den Dienstag vormittag.»

«Mein Gott, Wimsey – dieser Quatsch wegen Campbell ist doch in Wirklichkeit gar nicht ernst gemeint, oder?»

«Das sag ich ja auch», mischte Waters sich ingrimmig ein. «Wir beide scheinen im selben Boot zu sitzen, Graham. Ich soll ein Alibi gefälscht und Freunde angestiftet und auch sonst allerlei ausgefressen haben. Soweit ich sehe, Wimsey, ist Graham genau so ein schlauer Mörder wie ich. Aber zweifellos sind Sie ja hier der Superdetektiv, der durch uns beide hindurchsehen kann. Jedenfalls können wir's ja nun nicht beide gewesen sein.»

«Warum nicht? Was mich betrifft, können Sie beide Komplicen sein», meinte Wimsey. «Natürlich spräche das ein wenig gegen Ihre Schlauheit, denn die besten Mörder haben keine Komplicen, aber man kann ja nicht immer Vollkommenheit erwarten.»

«Jetzt aber mal ganz ehrlich und aufrichtig, Wimsey, was beweist denn überhaupt, daß es Mord war, falls es einer war? Alles ergeht sich in geheimnisvollen Andeutungen, aber von keinem kriegt man raus, warum es ein Mord gewesen sein soll und wann er passiert ist, oder womit oder warum er begangen worden sein soll und überhaupt nichts – nur daß es laut den Zeitungen ein Künstler getan haben soll. Wie kommen die darauf? Hat der Täter vielleicht Fingerabdrücke in Farbe hinterlassen oder was?»

«Das kann ich Ihnen nicht sagen», antwortete Wimsey. «Aber soviel darf ich Ihnen verraten, daß viel davon abhängt, wie schnell Campbell diese Skizze gemalt haben könnte. Wenn ich diesen geplanten Malausflug hätte machen können –»

«Himmel, ja! Das Spielchen haben wir ja auch noch nicht gemacht», sagte Graham.

«Paßt mal auf, wir machen's jetzt», sagte Wimsey. «Sie und Waters behaupten doch beide, Campbells Stil nachahmen zu können. Fangen Sie jetzt an, malen Sie irgend etwas, und ich stoppe die Zeit. Ganz kleinen Augenblick noch, ich laufe nur mal eben zur Polizeistation und leihe mir die Skizze aus, die Sie dann kopieren. Das wird zwar nicht ganz dasselbe, aber einen Anhaltspunkt wird es uns wenigstens geben.»

Inspektor MacPherson rückte das Bild klaglos, aber auch ohne Begeisterung heraus. Er wirkte in der Tat so bedrückt, daß Wimsey einen Augenblick blieb, um zu fragen, was mit ihm los sei.

«Alles ist los», sagte MacPherson. «Wir haben einen Mann gefunden, der Campbells Wagen am Dienstag zum Minnoch hat fahren sehen, und der ganze Zeitplan ist beim Teufel.»

«Nein!» rief Wimsey.

«Doch. Das ist einer von den Männern, die an der Straße von Newton Stewart arbeiten, und der hat den Wagen mit Campbell darin gesehen – das muß die Person sein, die sich als Campbell verkleidet hatte –, wie er zwischen Creetown und Newton Stewart an der Abzweigung nach New Galloway vorbeigefahren ist, und zwar 25 Minuten vor 10 Uhr. Er kannte Campbell nicht, aber er hat den Wagen und den Hut und den Mantel genau beschrieben, denn darauf hat er besonders geachtet, weil der Wagen so schnell fuhr und ihn beinahe über den Haufen gefahren hätte, wie er auf seinem Fahrrad ankam, um dem Vorarbeiter etwas mitzuteilen.»

«Fünfundzwanzig Minuten vor zehn», meinte Wimsey nachdenklich. «Das ist allerdings ein bißchen spät.»

«Eben. Wir waren davon ausgegangen, daß er um halb acht in Gatehouse aufgebrochen ist.»

«Das kümmert mich weniger», meinte Wimsey. «Er muß sich verdrückt haben, bevor Mrs. Green kam, und dann die Leiche irgendwo abgestellt haben, obwohl ich nicht weiß, warum er ein solches Risiko hätte eingehen sollen. Mir macht das andere Ende der Geschichte Kopfzerbrechen. Auf diese Weise kann er nicht lange vor zehn Uhr am Minnoch gewesen sein. Wir haben ausgerechnet, daß er ungefähr um zehn nach elf wieder vom Minnoch aufgebrochen sein muß, wenn er den Zug in Girvan erreichen wollte. Da müßte er das Bild aber sehr schnell gemalt haben.»

«Stimmt, das müßte er. Aber da ist ja noch was. Wir haben einen Mann gefunden, der diesem Radfahrer auf dem Weg nach Girvan begegnet ist, und es ist vollkommen unmöglich, daß er den Zug überhaupt gekriegt haben kann.»

«Nun werden Sie nicht albern», sagte Wimsey. «Er muß ihn gekriegt haben, denn er hat ihn ja gekriegt.»

«Richtig, aber das muß ein ganz anderer gewesen sein.»

«Na schön», meinte Wimsey. «Wenn es ein ganz anderer war, dann war's eben nicht unser Mann. Denken Sie doch mal logisch.»

Der Inspektor schüttelte den Kopf, eben als ein Konstabler klopfte, den Kopf durch die Tür steckte und meldete, Sergeant Dalziel sei mit Mr. Clarence Gordon da und wolle den Inspektor sprechen.

«Das ist der Mann», sagte MacPherson. «Sie bleiben am besten hier und hören sich an, was er zu erzählen hat.»

Mr. Gordon war ein untersetzter kleiner Herr mit einem betonten Gesichtswinkel, der bei Wimseys Anblick hastig den Hut zog.

«Bleiben Sie bedeckt», meinte dieser gnädig. «Ich könnte mir vorstellen, daß man Sie bitten wird, Ihre Aussage zu beeiden.»

Mr. Gordon spreizte bittend die Hände von sich.

«Aber gewiß doch», erwiderte er höflich, «is bin nur su gern bereit, der Polisei in jeder Besiehung su helfen, und will auch alles beschwören, was nötis ist. Aber is bitte Sie, meine Herren, denken Sie an meinen Gesäftsausfall. Is bin unter großen Opfern von Glasgow hierhergekommen –»

«Gewiß, gewiß, Mr. Gordon», sagte der Inspektor. «Das ist ja auch sehrrr frrreundlich von Ihnen.»

Mr. Gordon setzte sich, breitete vier dicke Finger der linken Hand auf seinem Knie aus, als ob er den schönen Rubinring gut zur Geltung kommen lassen wollte, hob die rechte Hand, um seiner Aussage Nachdruck zu verleihen, und begann:

«Mein Name ist Clarence Gordon. Is bin Vertreter der Firma Moss & Gordon, Glasgow – Damenbekleidung und Strumpfwaren. Hier ist meine Karte. Is reise jeden sweiten Montag durß diesen Besirk, übernachte in Newton Stewart und fahre am Dienstag über Bargrennan nach Girvan und Ayr, wo is viele gute Kunden habe. Lesten Dienstag vor einer Woche bin is wie immer nach einem frühen Lunch mit meiner Limousine von Newton Stewart aufgebrochen. Kurs nach halb eins bin is durß Barrhill gekommen. Is weiß noch, daß is den Sug aus dem Bahnhof habe fahren sehen, kurs bevor is dort war. Daher weiß is, wieviel Uhr es war. Is war gerade durß den Ort gefahren, als is einen Radfahrer mit grauem Anzug sehr snell vor mir her fahren sah. Is hab noch gedacht: ‹Da fährt einer, der es sehr eilig hat, mitten auf der Straße, da muß is gans laut hupen.› Er ist immer so von einer Seite auf die andere getaumelt, wissen Sie, und hatte den Kopf gans unten. Is hab wieder bei mir gedacht: ‹Wenn er nist aufpaßt, gibt es ein Unglück.› Is habe sehr laut gehupt, und er hat mis gehört und ist an die Seite gefahren. Is hab ihn überholt und sein Gesißt dabei gesehen, gans weiß. Das ist alles. Is habe ihn nist wiedergesehen, und er war der einsige Radfahrer, den is auf der gansen Straße bis Girvan gesehen habe.»

«Halb eins», meinte Wimsey. «Nein – später – der Zug fährt um 12 Uhr 35 in Barrhill ab. Sie haben recht, Inspektor, das kann nicht unser Mann sein. Es sind gut 12 Meilen von Barrhill bis Girvan, und der Mann mit dem grauen Anzug – *unser* Mann, meine ich – war um 13 Uhr 07 dort. Nicht einmal ein guter Radfahrer kann 12 Meilen weit auf dieser Straße mit 24 Meilen pro Stunde fahren – jedenfalls nicht auf dem Fahrrad vom *Anwoth Hotel.* Dazu brauchte man einen durchtrainierten Mann auf einem Rennrad. Sind Sie ganz sicher, Mr. Gordon, daß Sie nicht woanders auf der Straße einen zweiten Radfahrer gesehen haben?»

«Nist einen einsigen», antwortete Mr. Gordon sehr ernst, indem er mit sämtlichen Fingern protestierend die Luft durchschnitt, «nist eine Mensenseele auf einem Fahrrad. Is hätte es bestimmt gemerkt, denn is bin ein vorsistiger Fahrer, und is mag keine Radfahrer leiden. Nein, is habe keinen gesehen. Is habe natürlis damals nist auf den Mann geachtet. Aber am Sonntag hat meine Frau su mir gesagt: ‹Clarence, da ist eine Durßsage im Radio gekommen, ob ein Reisender auf der Straße über Bargrennan am Dienstag leste Woche einen Radfahrer gesehen habe. Hast du das gehört?› Is sage: ‹Nein, is fahre die ganse Woche herum und kann nist immer Radio hören.› Na, und da hat meine Frau mir ersählt, was los ist, und is hab gesagt: ‹Gut, wenn is Seit habe, gehe is sur Polisei und sag ihr, was is gesehen habe. Und da bin is. Es kommt mir sehr ungelegen und ist nist gut fürs Gesäft, aber es ist meine Pflißt als Staatsbürger. Is sag es meiner Firma, der Sef ist mein Bruder – und er sagt: ‹Clarence, das mußt du der Polisei sagen. Das ist nists su machen.› Da bin is hergekommen, und hier bin is, und das ist alles, was is weiß.»

«Vielen Dank, Mr. Gordon; Sie haben uns ein paar wichtige Informationen gegeben, und wir sind Ihnen sehr verbunden. Jetzt wäre nur noch eines. Könnten Sie uns sagen, Sir, ob der Mann, den Sie gesehen haben, einer von denen hier ist?»

Der Inspektor breitete die sechs Fotos auf dem Tisch aus, und Mr. Clarence Gordon beugte sich mit zweifelnder Miene darüber.

«Wissen Sie, is hab den Mann ja kaum gesehen», meinte er, «und er hat eine Brille aufgehabt, und hier ist kein Foto mit Brille dabei. Is glaube aber nist, daß es der war.» Er schob Strachans Bild beiseite. «Der Mann sieht so militäris aus, und is würde sagen, daß er ein sehr großer und schwerer Mann ist. Das war aber kein sehr großer Mann, der Mann, den is gesehen habe. Und er hatte keinen Bart. Nun *der* hier –» Mr. Gordon betrachtete Grahams Foto sehr eingehend – «der Mann hat sehr auffallende Augen, aber mit Brille kann er aussehen wie jeder. Verstehen Sie? Eine Brille wäre eine gute Verkleidung für ihn. Der hier könnte es auch sein, aber der hat einen Snurrbart – is weiß nist mehr, ob der Mann, den is gesehen habe, einen hatte. Es war kein großer, wenn er einen hatte. Der könnte es gewesen sein, und der und der auch. Nein, is kann es nist sagen.»

«Macht nichts, Mr. Gordon, Sie haben uns sehr geholfen, und wir sind Ihnen sehr dankbar.»

«Kann is jest gehen? Is muß mis um mein Gesäft kümmern.»

Der Inspektor entließ ihn und wandte sich wieder Wimsey zu.

«Nicht Strachan und nicht Gowan», sagte er. «Gowan ist sehrrr grrroß.»

«Offenbar war's überhaupt nicht der Mörder», sagte Wimsey. «Wieder ein Schlag ins Wasser, Inspektor.»

«Wo man hinschlägt, nichts als Wasser», klagte Inspektor MacPherson. «Aber für mich ist es ein Wunder, daß dieses Fahrrad bis nach Euston gefahren ist und nichts mit dem Verbrechen zu tun haben soll. Das geht gegen alle Vernunft. Wo kam der Mann in Girvan her? Und er hatte den grauen Anzug an und die Brille auf und alles. Aber – 12 Meilen in 30 Minuten – ich frag mich, ob es nicht doch möglich ist. Wenn einer von unseren Männern ein durchtrainierter Sporrrtler wäre –»

«Schauen Sie mal im *Wer ist wer* nach», riet Wimsey, «es könnte das eine oder andere Licht auf ihre finstere Vergangenheit werfen. Aber ich muß jetzt laufen. Zwei Künstler reißen ungeduldig an der Leine. Mord rufen und des Krieges Hund entfesseln! Was ich doch heute für eine poetische Ader habe. Wahrscheinlich kommt's daher, daß sonst mein Kopf so leer ist.»

Als er zurückkam, hatte Waters Graham schon mit Leinwand, Palette, Spachtel und Pinseln versorgt und diskutierte mit ihm gutgelaunt über die jeweiligen Vor- und Nachteile zweier verschiedener Staffeleien.

Wimsey baute Campbells Skizze auf einem Tisch vor ihnen auf.

«So, das ist dasjenige, welches?» meinte Graham. «Hm. Sehr typisch. Fast schon übertypisch, finden Sie nicht, Waters?»

«Es ist genau das, was man von den Campbells dieser Welt erwarten kann», fand Waters. «Der Kunstgriff degeneriert zum Manierismus, bis sie nur noch Karikaturen ihres eigenen Stils malen können. Das kann übrigens jedem passieren. Sogar Corot, um ein Beispiel zu nennen. Ich bin mal auf einer Corot-Ausstellung gewesen, und, bei meiner Seele, nachdem ich dort an die hundert Corots auf einem Haufen gesehen hatte, kamen mir so einige Zweifel. Dabei *war* er ja nun ein Meister.»

Graham nahm das Bild und ging damit ans Licht. Er runzelte die Stirn und rieb nachdenklich mit dem Daumen über die Oberfläche.

«Komisch», sagte er, «die Ausführung ist überhaupt nicht... Wie viele Leute haben das schon gesehen, Wimsey?»

«Bisher nur die Polizei und ich. Und natürlich der Staatsanwalt.»

«Aha! – Tja! Wissen Sie, ich würde sagen – wenn ich nicht wüßte, was es ist –»

«Ja?»

«Ich würde fast annehmen, ich hab's selbst gemalt. Es hat so etwas ganz leicht Imitiertes an sich. Und dann ist da so etwas wie – sehen Sie sich doch nur mal diese Steine im Wasser an, Waters, und den Schatten unter der Brücke. Irgendwie ist das für Campbells üblichen Stil zu kalt und kobaltig.» Er hielt das Bild auf Armlänge von sich ab. «Sieht aus, als wenn er experimentiert hätte. Es fehlt irgendwie die Freiheit. Finden Sie nicht?»

Waters ging hin und sah ihm über die Schulter.

«Na, ich weiß nicht recht, Graham. Doch, ich verstehe schon, was Sie meinen. Es wirkt da und dort etwas unbeholfen. Nein, das auch wieder nicht. Ein wenig zögernd. Das ist auch nicht das richtige Wort. Unernst. Aber das ist es ja gerade, was ich an Campbells sämtlichen Bildern auszusetzen habe. Es hat durchaus seine Wirkung, aber wenn man sich genauer damit beschäftigt, hält es einer näheren Betrachtung nicht stand. Ich nenne das typisch Campbellsches Stückwerk. Ein schlechter Campbell, wenn Sie so wollen, aber voller Campbellismen.»

«Ich weiß», sagte Graham. «Das erinnert mich daran, was die gute Frau über *Hamlet* gesagt hat – nichts als Zitate.»

«Chesterton sagt», mischte Wimsey sich ein, «daß die meisten Menschen mit einem vollentwickelten Stil mitunter etwas schreiben, was wie eine schlechte Parodie ihrer selbst klingt. Als Beispiel nimmt er Swinburne: ‹Von der Tugend Lilie und Leere, zu des Lasters Rose und Lust.› Das ist bei Malern wohl nicht anders. Aber davon verstehe ich natürlich überhaupt nichts.»

Graham sah ihn an, öffnete den Mund zum Sprechen und schloß ihn wieder.

«So, jetzt aber Schluß damit», sagte Waters. «Wenn wir das Mistding kopieren sollen, fangen wir besser an. Können Sie von dort was sehen? Ich lege die Farben hier auf den Tisch. Und schmeißen Sie sie nicht einfach auf den Boden, wie das sonst so Ihre ferkelige Art ist.»

«Tu ich gar nicht», erwiderte Graham entrüstet. «Ich leg sie immer schön säuberlich in meinen Hut, wenn ich ihn nicht aufhabe, und wenn ich ihn aufhabe, lege ich sie ordentlich ins Gras. Wenigstens muß ich nicht immer in einem Sack zwischen meinen Butterbroten danach fischen. Ein Wunder, daß Sie nicht Ihre Farben aufessen und die Sardellenpaste auf die Leinwand schmieren.»

«Ich habe nie Butterbrote in meinem Malersack», entgegnete Waters. «Die stecke ich in die Rocktasche. Und zwar immer in die linke. Sie halten mich vielleicht nicht für ordentlich, aber ich weiß jedenfalls immer, wo ich alles finde. Ferguson, der steckt die Tuben immer in die Tasche, darum sehen seine Taschentücher auch aus wie Farblappen.»

«Immer noch besser, als mit Krümeln in der Tasche rumlaufen», meinte Graham. «Ganz zu schweigen von damals, als Mrs. McLeod meinte, mit der Kanalisation sei was nicht in Ordnung, bis sie Ihren alten Malerkittel als die Geruchsquelle ausmachte. Was war das eigentlich? Leberwurst?»

«Das kann mal passieren. Oder soll ich vielleicht herumlaufen wie Gowan, mit einem Mittelding aus Picknickkorb und Skizzenbox, wo für jede Tube ein Fach und daneben noch Platz für den Teekessel ist?»

«Ach, bei Gowan ist das nichts als Angeberei. Wissen Sie noch, wie ich ihm den Kasten mal geklaut und in die Fächer lauter kleine Fischchen getan hab?»

«Au, das war ein Spaß!» rief Waters erinnerungsselig. «Er hat die Box wegen des Fischgeruchs eine ganze Woche nicht benutzen können. Und malen konnte er auch nicht, weil es ihn so erregt hat, daß seine Sachen durcheinander waren. Hat er wenigstens gesagt.»

«O ja, Gowan ist ein Mann von Methode», sagte Graham. «Ich bin wie ein Waterman-Füller – funktioniere in jeder Lage. Aber er muß immer alles so und nicht anders haben. Na ja, was soll's. Ich bin doch hier wie ein Fisch auf dem Trockenen. Mir gefällt Ihr Spachtel nicht, mir gefällt Ihre Palette nicht, und für die Staffelei habe ich nur Verachtung übrig. Aber glauben Sie ja nicht, daß solche Kleinigkeiten mich abhalten können. Im Leben nicht. Fangen wir an. Wollen Sie mit der Stoppuhr dabeistehen, Wimsey?»

«Ja. Sind Sie soweit? Ein, zwei, drei – los!»

«Ach, übrigens, Sie werden uns sicher nicht verraten, ob es das Ziel dieser Übung ist, uns zu überführen? Ich meine, sollen wir dafür gehängt werden, ob wir schnell oder langsam malen?»

«Das weiß ich selbst noch nicht», sagte Wimsey, «aber eines kann ich Ihnen sagen: Je weniger Sie trödeln, desto lieber ist es mir.»

«Ein fairer Vergleich ist das sowieso nicht», meinte Waters, während er sein Blau und Weiß zur Farbe eines Morgenhimmels zusammenmischte. «So ein Bild zu kopieren ist ja nicht dasselbe, wie wenn man's direkt malt. Das muß ja schneller gehen.»

«Langsamer», widersprach Graham.

«Jedenfalls anders.»

«Das Lästige daran ist die Technik», fand Graham. «Alles mit dem Spachtel, das ist nicht mein Fall.»

«Meiner schon», meinte Waters. «Ich arbeite selbst viel damit.»

«Ich früher auch mal», sagte Graham. «Aber das hab ich vor einiger Zeit aufgegeben. Wir müssen doch sicher nicht jedes Strichchen genau nachpinseln, Wimsey?»

«Wenn Sie das versuchen», sagte Waters, «geht's auf alle Fälle langsamer.»

«Das will ich Ihnen erlassen», meinte Wimsey. «Ich möchte nur, daß Sie ungefähr die gleiche Menge Farbe auf die Leinwand schmieren.»

Die beiden arbeiteten eine Zeitlang schweigend weiter, während Wimsey zappelig im Atelier umherging, da etwas aufhob und dort etwas wieder hinstellte und zusammenhanglose Fetzen Bach vor sich hin pfiff.

Nach einer Stunde war Graham etwas weiter als Waters, aber verglichen mit der Vorlage war sein Bild auch noch ziemlich unvollständig.

Nach weiteren zehn Minuten bezog Wimsey hinter den beiden Malern Aufstellung und beobachtete sie mit geradezu entnervender Aufmerksamkeit. Waters wurde unruhig, kratzte etwas weg, was er gerade gemalt hatte, malte es neu, fluchte und sagte:

«Ich wollte, Sie würden verschwinden.»

«Nachlassende Nerven unter Anspannung», konstatierte Wimsey leidenschaftslos.

«Was ist denn los, Wimsey? Sind wir in Zeitverzug?»

«Noch nicht», antwortete Wimsey, «aber sehr bald.»

«Also, was mich betrifft, dürfen Sie sich noch ein halbes Stündchen gedulden», meinte Graham, «und wenn Sie mich anzutreiben versuchen, dauert's wahrscheinlich noch länger.»

«Lassen Sie sich nicht stören, machen Sie's, wie es sich gehört. Wenn Sie meine Berechnungen durcheinanderbringen, macht das auch nichts. Ich komme schon irgendwie über die Runden.»

Die halbe Stunde ging schleppend zu Ende. Graham schaute von der Vorlage zur Kopie und meinte: «Besser kann ich's nicht.» Damit warf er die Palette hin und streckte sich. Waters warf einen Blick zu seinem Werk hinüber und sagte: «Sie waren jedenfalls schneller», ohne mit Malen abzusetzen. Er malte noch eine Viertelstunde weiter, dann sagte auch er, daß er fertig sei. Wimsey spazierte hinüber und begutachtete die Resultat. Graham und Waters erhoben sich und taten desgleichen.

«Nicht schlecht, im großen und ganzen», meinte Graham, indem er die Augen halb zusammenkniff und es sich plötzlich auf Wimseys Zehen bequem machte.

«Das Zeug auf der Brücke haben Sie sehr gut hingekriegt», sagte Waters. «Durch und durch campbellianisch.»

«Ihr Bach ist besser als meiner und im übrigen auch besser als Campbells», antwortete Graham. «Aber wie ich es verstehe, sind wahre künstlerische Verdienst in diesem speziellen Falle nicht so wichtig.»

«Kein bißchen», sagte Wimsey. Seine Laune schien sich plötzlich sehr gebessert zu haben. «Ich bin Ihnen beiden über die Maßen dankbar. Kommen Sie, wir trinken einen. Ein paar. Mir ist nach Feiern.»

«Was denn?» fragte Waters, dessen Gesicht sehr rot und plötzlich wieder ganz weiß wurde.

«Warum?» fragte Graham. «Heißt das, Sie haben Ihren Mann? Soll es einer von uns sein?»

«Ja», sagte Wimsey. «Ich meine, ich habe den Mann, glaube ich. Ich hätte es schon längst wissen müssen. Eigentlich habe ich auch nie sehr gezweifelt. Aber jetzt weiß ich es mit Sicherheit.»

À la Gowan

«Ein Anruf für Sie, aus London», sagte der Konstabler.

Inspektor MacPherson nahm den Hörer.

«Ist dort Inspektor MacPherson in Kirk-cud-bright?» fragte London in vornehmem Tonfall.

«Ja», sagte Inspektor MacPherson.

«*Einen* Augenblick, bitte.»

Pause. Dann: «Ich verbinde», und darauf eine amtliche Stimme: «Ist dort Polizeistation Kirkcudbright? Inspektor MacPherson am Apparat? Hier ist Scotland Yard. *Einen* Augenblick, bitte.»

Neue Pause. Dann: «Ist dort Inspektor Macpherson? Ah, guten Morgen, Inspektor. Hier Parker – Chefinspektor Parker von Scotland Yard. Wie geht's Ihnen?»

«Gut, Sir, danke, und Ihnen?»

«Prächtig, vielen Dank. Also, Inspektor, wir haben den Mann gefunden. Er hat uns eine sehr unterhaltsame Geschichte aufgetischt, aber nicht unbedingt die Geschichte, die Sie hören wollen. Wichtig auf jeden Fall. Wollen Sie herkommen und ihn sich ansehen, oder sollen wir ihn zu Ihnen schicken, oder Ihnen nur seine Aussage schicken und ihn im Auge behalten?»

«Nun, was sagt er denn?»

«Er gibt zu, daß er Campbell in der betreffenden Nacht auf der Straße begegnet ist und sich mit ihm geprügelt hat, aber er sagt, er hat ihn nicht umgebracht.»

«Das war ja zu erwarten. Was sagt er denn, was er mit ihm gemacht hätte?»

Ein langes Lachen vibrierte durch die 400 Meilen Draht.

«Er sagt, er hat gar nichts mit ihm gemacht. Er sagt, Sie liegen vollkommen falsch. Er sagt, *er* war die Leiche im Wagen.»

«Was!»

«Er sagt, er war die Leiche – er, Gowan.»

«Ach, so ein Blödsinn!» rief der Inspektor gegen alle Etikette.

Parker mußte wieder lachen.

«Er sagt, Campbell hat ihn k.o. geschlagen und dort liegen lassen.»

«So, Sir, sagt er das? Na, dann glaube ich, ich komme am besten doch mal rrrunter und seh ihn mir an. Können Sie ihn festhalten, bis ich da bin?»

«Wir tun, was wir können. Sie wollen doch nicht, daß wir ihn verhaften?»

«Nein, verhaften besser nicht. Der Polizeipräsident hat sich eine völlig neue Theorie ausgedacht. Ich komme mit dem nächsten Zug.»

«Gut. Ich glaube nicht, daß er was dagegen hat, hier auf Sie zu warten. Soweit ich feststellen kann, hat er nur vor einem Angst, und zwar nach Kirkcudbright zurückgeschickt zu werden. Also gut, wir erwarten Sie. Wie geht's Lord Peter Wimsey?»

«Ach, der ist gerade furchtbar beschäftigt mit dem und jenem. Ein richtiger Schlaumeier ist das ja.»

«Aber Sie können ruhig auf ihn hören», sagte Parker.

«Das weiß ich schon, Sir. Soll ich ihn mitbringen?»

«Wir sehen ihn hier immer gern», sagte Parker. «Er ist wie ein Sonnenstrahl in diesem alten Gemäuer. Laden Sie ihn auf alle Fälle ein. Ich glaube, er würde Gowan ganz gern sehen.»

Lord Peter nahm jedoch die Einladung nicht an.

«Ich käme ja so gern mit», sagte er, «aber ich habe das Gefühl, das wäre reine Genußsucht. Ich glaube nämlich, ich kenne die Geschichte schon, die er uns erzählen wird.» Er grinste. «Da wird mir sicher was entgehen. Aber ich glaube, ich kann hier nützlicher sein – sofern ich überhaupt von Nutzen bin. Grüßen Sie Parker schön von mir und sagen Sie ihm, ich habe das Rätsel gelöst.»

«Sie haben das Rätsel gelöst?»

«Ja. Das Geheimnis ist kein solches mehr.»

«Möchten Sie mir nicht erzählen, was dabei rausgekommen ist?»

«Noch nicht. Es ist noch nichts bewiesen. Vorerst bin ich mir nur selbst ganz sicher.»

«Und Gowan?»

«Oh, ich vergesse Gowan nicht. Er ist überaus wichtig. Und denken Sie daran, daß Sie den Schraubenschlüssel mitnehmen.»

«Ihrer Meinung nach ist es also Gowans Schraubenschlüssel?»

«Ganz recht.»

«Und diese Spuren an der Leiche?»

«Ach ja, das ist schon richtig. Sie können durchaus davon ausgehen, daß die von dem Schraubenschlüssel stammen.»

«Gowan sagt –» begann der Inspektor.

Wimsey sah auf die Uhr.

«Ab mit Ihnen, damit Sie Ihren Zug kriegen», sagte er vergnügt. «Und am Ende der Reise erwartet Sie eine Überraschung.»

Als Inspektor MacPherson in Parkers Zimmer geführt wurde, saß ein niedergeschlagen dreinblickender Mann auf einem Stuhl in der Ecke. Parker begrüßte den Inspektor herzlich, dann wandte er sich an besagten Herrn und sagte: «Nun, Mr. Gowan, Sie kennen ja schon Inspektor MacPherson. Er möchte sehr gern von Ihnen selbst hören, was Sie zu berichten haben.»

Der Mann hob das Gesicht, das Gesicht eines verdrießlichen Karnickels, und Inspektor MacPherson, der plötzlich zu ihm herumgewirbelt war, fuhr mit einem überraschten Schnauben zurück.

«Der? Das ist er nicht!»

«Nein?» meinte Parker. «Er sagt aber, daß er's ist.»

«Das ist nicht Gowan», sagte MacPherson, «er sieht ihm nicht mal im entferntesten ähnlich. Mein Lebtag hab ich noch keinen Menschen mit so einem Frettchengesicht gesehen.»

Das war nun mehr, als der in Rede stehende Herr noch als zumutbar empfand.

«Seien Sie nicht kindisch, MacPherson», sagte er.

Beim Klang dieser Stimme schien der Inspektor ein schweres inneres Erdbeben durchzumachen. Der Mann stand auf und trat einen Schritt vor ins Licht. MacPherson starrte in sprachloser Verwunderung auf das kurzgeschorene schwarze Haar, die kräftige Nase, die dunklen Augen, die mit einem Ausdruck blanken Erstaunens unter einer von Augenbrauen entblößten Stirn hervorschauten, den kleinen, zusammengekniffenen Mund, dessen obere Zähne über die Unterlippe hinausragten, und das schwächliche kleine Kinn, das hilflos zu einem langgestreckten Hals mit vorstehendem Adamsapfel zurückfloh. Der Gesamteindruck dieser Erscheinung wurde nicht eben verbessert durch einen zehn Tage alten schwarzen Stoppelbart, der dem Ganzen noch einen Hauch von Schmutz und Ungepflegtheit gab.

«Das ist tatsächlich Gowans Stimme», gab der Inspektor zu.

«Ich glaube», sagte Parker, der seine Erheiterung nur mit Mühe verbergen konnte, «Sie finden die Entfernung des Barthaars irreführend. Setzen Sie mal Ihren Hut auf, Mr. Gowan, und schlagen Sie sich Ihren Schal ums Kinn. Vielleicht wird dann –»

Der Inspektor sah dieser Metamorphose sichtlich erschauernd zu.

«Tatsächlich», sagte er. «Sie haben rrrecht, Sir, und ich hatte unrecht. Aber – hol's der Kuckuck! Ich bitte um Vergebung, Sir, aber ich konnte nicht glauben –»

Ohne eine Sekunde den Blick zu wenden, spazierte er um den Gefangenen herum, als könne er noch immer seinen eigenen Augen nicht trauen.

«Wenn Sie sich genug zum Narren gemacht haben, MacPherson», sagte Gowan kalt, «möchte ich Ihnen meine Geschichte erzählen und wieder gehen. Ich habe Besseres zu tun, als meine Zeit auf Polizeirevieren zu verplempern.»

«Das mag ja sein», sagte der Inspektor. Er hätte nie in diesem Ton zu dem großen Mr. Gowan aus Kirkcudbright gesprochen, aber vor diesem liederlichen Fremden empfand er keinerlei Respekt. «Sie haben uns einen Haufen Scherereien gemacht, Mr. Gowan, und diese Dienstboten von Ihnen werden es auch noch mit dem Staatsanwalt zu tun bekommen, wegen Behinderung der Polizei bei der Erfüllung ihrer Aufgaben. Jetzt bin ich hier, um Ihre Aussage aufzunehmen, und es ist meine Pflicht, Sie zu belehren –»

Gowan winkte unwirsch ab, und Parker sagte: «Die Belehrung hat er schon, Inspektor.»

«Sehrrr gut», sagte MacPherson, der mittlerweile seine angestammte Selbstsicherheit wiedergewonnen hatte. «Also, Mr. Gowan, würden Sie mir nun mal sagen, wann und wo Sie den verstorbenen Mr. Campbell zuletzt gesehen haben und warum Sie verkleidet aus Schottland geflüchtet sind?»

«Es macht mir überhaupt nichts aus, Ihnen das zu sagen», antwortete Gowan ungehalten, «abgesehen davon, daß Sie kaum imstande sein werden, es für sich zu behalten. Ich hatte im Fleet geangelt –»

«Augenblick, Mr. Gowan. Ich nehme an, Sie sprechen von den Ereignissen des Montags?»

«Selbstverständlich. Ich hatte also im Fleet geangelt und fuhr so gegen Viertel vor zehn von Gatehouse nach Kirkcudbright zurück, als ich in dieser S-Kurve kurz hinter der Stelle, wo die Straße nach Kirkcudbright mit der Hauptstraße von Castle Douglas nach Gatehouse zusammenläuft, beinahe auf diesen dämlichen Campbell drauffuhr. Ich weiß nicht, was der Mann sich dabei gedacht hatte, aber sein Wagen stand genau quer auf der Straße. Zum Glück war es nicht die gefährlichste Stelle der Kurve, sonst hätte es wahrscheinlich ganz häßlich gekracht. Es war die zweite Hälfte des S, wo die Kurve nicht mehr so scharf ist. Auf der einen Seite ist eine Mauer und auf der anderen ein eingesunkener Steinwall.»

Inspektor MacPherson nickte.

«Ich habe gesagt, er soll sich aus dem Weg machen, aber er hat sich glatt geweigert. Er war unzweifelhaft betrunken und ganz miserabler Laune. Entschuldigung, ich weiß, daß er tot ist, aber das ändert nichts daran, daß er schon immer ein Schwein allererster Güte war, und an diesem Abend war er ganz besonders schlimm. Er stieg aus dem Auto und kam auf mich zu, wobei er sagte, er sei gerade zu einer Prügelei aufgelegt, und ich könne gern eine Abreibung haben. Er sprang auf mein Trittbrett und beschimpfte mich mit den übelsten Ausdrücken. Ich wußte nicht, was das alles sollte. Ich hatte nichts getan, um ihn zu provozieren, nur daß ich verlangt hatte, er solle seinen vermaledeiten Wagen aus dem Weg schaffen.»

Gowan zögerte einen Augenblick.

«Sie müssen wissen», fuhr er fort, «daß der Mann betrunken, gefährlich und – wie ich im Augenblick annahm – halb von Sinnen war. Er war ein großer, breitschultriger und kräftiger Kerl, und ich saß hinterm Steuerrad eingeklemmt. Ich hatte einen schweren Schraubenschlüssel neben mir in der Werkzeugtasche – und den hab ich mir geschnappt, nur zur Selbstverteidigung. Ich hatte wirklich nur die Absicht, ihn damit einzuschüchtern.»

«Ist es der hier?» unterbrach ihn MacPherson, indem er den Schraubenschlüssel aus seiner Manteltasche holte.

«Kann schon sein», sagte Gowan. «Ich gebe nicht vor, einen Schraubenschlüssel vom andern unterscheiden zu können wie ein Hirte seine Schafe, aber so ähnlich sah er auf alle Fälle aus. Wo haben Sie ihn denn gefunden?»

«Fahren Sie bitte mit Ihrer Aussage fort, Mr. Gowan.»

«Sie sind sehr vorsichtig. Campbell hatte meine Wagentür aufgerissen, und ich hatte nicht die Absicht, ruhig dazusitzen und mich zu Mus schlagen zu lassen, ohne mich zu verteidigen. Ich bin vom Steuer weg auf den Beifahrersitz gerutscht und aufgestanden, den Schraubenschlüssel in der Hand. Er wollte nach mir schlagen, und ich hab ihm eins mit dem Schraubenschlüssel verpaßt. An der Wange hab ich ihn erwischt, nicht sehr kräftig, weil er dem Schlag auswich, aber ich glaube doch, daß er ein Andenken davon hatte», fügte der Sprecher mit Genugtuung an.

«Das hat er», sagte MacPherson verdrießlich.

«Ich kann nicht behaupten, daß ich das ungern höre. Ich hab ihn angesprungen, aber er hat mich bei den Beinen zu fassen bekommen, und wir lagen beide auf der Straße. Ich habe nach Leibeskräften mit dem Schraubenschlüssel um mich geschlagen, aber er war dreimal so stark wie ich; er hat mich bei der Kehle gepackt, während wir miteinander rangen, und ich dachte schon, er wolle mich erwürgen. Schreien konnte ich nicht, und meine einzige Hoffnung war, daß jemand vorbeikäme. Aber zu meinem großen Pech war die Straße an diesem Abend wie tot. Er ließ meine Kehle gerade noch rechtzeitig los, bevor er mich ganz erwürgt hatte, und setzte sich auf meine Brust. Ich habe noch einmal versucht, mit dem Schraubenschlüssel nach ihm zu schlagen, aber er hat ihn mir aus der Hand gerissen und weggeworfen. Ich war noch dadurch sehr behindert, daß ich die ganze Zeit meine Autohandschuhe anhatte.»

«Aha!» sagte der Inspektor.

«Aha was?»

«Das erklärt so einiges, nicht wahr?» meinte Parker.

«Ich kann Ihnen nicht folgen.»

«Macht nichts, Mr. Gowan. Nur weiter.»

«Nun, danach –»

Gowan schien jetzt beim widerwärtigsten Teil seiner Geschichte angelangt zu sein.

«Ich war inzwischen schon ziemlich übel zugerichtet», erklärte er entschuldigend. «Halberstickt, müssen Sie wissen. Und immer wenn ich mich zu wehren versuchte, schlug er mir ins Gesicht. Na ja – und dann – hat er eine Nagelschere genommen – und die ganze Zeit hat er mich mit den schmutzigsten Ausdrücken beschimpft – und dann hat er mit seiner Nagelschere –»

Ein Funkeln – ununterdrückbar – glomm in den Augen des Inspektors auf.

«Ich glaube, wir können uns schon denken, was dann geschah, Mr. Gowan», sagte er. «Außerdem haben wir ein hübsches Büschel schwarzer Barthaare neben der Straße gefunden.»

«Dieses Tier!» schimpfte Gowan. «Er hat sich nicht mit dem Bart begnügt. Die Haare hat er auch noch abgeschnitten, Augenbrauen, alles. Ich hab's genaugenommen erst hinterher gemerkt. Mit dem letzten Schlag hat er mich nämlich k. o. geschlagen.»

Er fuhr sich sanft über den Kinnbacken.

«Als ich wieder zu mir kam», erzählte er weiter, «fand ich mich in meinem eigenen Wagen auf einer Art Feldweg wieder. Zuerst konnte ich gar nicht erkennen, wo ich war, aber nach einer Weile hab ich dann gesehen, daß er den Wagen in einen Feldweg neben der Straße gefahren hatte. Man kommt durch ein Eisengatter dahin. Sie kennen die Stelle wahrscheinlich.»

«Ja.»

«Also – ich war in einem fürchterlichen Zustand. Ich fühlte

mich hundselend, und obendrein – wie sollte ich mich so in Kirkcudbright blicken lassen? Ich wußte nicht, was ich tun sollte, aber irgend etwas mußte ich tun. Ich habe meinen Hut tief ins Gesicht gezogen, mir den Schal um die untere Gesichtshälfte gewickelt und bin wie der Teufel nach Hause gerast. Ein Glück, daß ich keinem begegnet bin, denn ich war so zerschlagen – ich hatte den Wagen nicht mehr in der Hand. Jedenfalls, ich bin zu Hause angekommen – das muß so gegen Viertel nach zehn gewesen sein, denke ich.

Alcock war großartig. Natürlich mußte ich ihm alles erzählen, und er hat sich dann den Plan ausgedacht. Er hat mich erst mal zu Bett gebracht, ohne daß seine Frau oder das Mädchen mich sahen; dann hat er meine Wunden versorgt, mir ein heißes Bad eingelassen und schließlich vorgeschlagen, wir sollten so tun, als ob ich nach Carlisle gereist sei. Zuerst hatten wir sagen wollen, ich sei krank, aber das hätte Besucher und alles mögliche Theater bedeutet, und wir hätten den Arzt kommen lassen und einweihen müssen. An dem Abend haben wir also beschlossen, so zu tun, als ob ich mit dem Zug um 23 Uhr 08 ab Dumfries nach Carlisle gereist sei. Natürlich hatten wir da noch nicht mit irgendwelchen Ermittlungen gerechnet und hielten es folglich auch nicht für notwendig, extra den Wagen fortzuschicken. Die Haushälterin wurde in das Komplott eingeweiht, aber wir hielten es für besser, dem Mädchen nicht zu vertrauen. Sie hätte bestimmt nicht den Mund gehalten. Zufällig war es ihr freier Abend, also brauchte sie weder zu erfahren, wann ich nach Hause gekommen war, noch sonst etwas. Der einzige, der Bescheid wußte, war demnach Campbell. Natürlich hätte er es herumerzählen können, aber das mußten wir riskieren, denn immerhin hätte er sich ja, sobald er wieder zu Verstand kam, auch sagen können, daß er sich eine Anzeige wegen Körperverletzung einhandeln würde, wenn er nicht aufpaßte. Überhaupt war schon alles besser, als in Kirkcudbright herumzulaufen und sich bedauern zu lassen.»

Gowan zappelte auf seinem Stuhl herum.

«Ganz recht, ganz recht», versuchte Parker ihn zu beruhigen. Er fuhr, während er sprach, mit dem Daumenrücken gedankenlos über sein eigenes Profil. Es war nicht eben regelmäßig, aber das Kinn stand wohltuend kräftig vor. Er war glattrasiert und fand, daß er das durchaus vertragen konnte.

«Anderntags», sagte Gowan, «erfuhren wir von Campbells Tod. Natürlich haben wir nie an etwas anderes als an einen Unfall gedacht, aber es war uns durchaus klar, daß möglicherweise jemand kommen und fragen könnte, ob ich ihn am Abend zuvor noch gesehen hätte. In diesem Moment hatte Alcock seine großartige Idee. Hammond war ja wirklich am Abend zuvor gegen Viertel vor neun in Dumfries gewesen, um etwas zu erledigen, und Alcock riet nun, er solle aller Welt erzählen, daß ich mit dem Zug um 20 Uhr 45 nach Carlisle gefahren sei. Hammond war ohne weiteres gewillt, diese Version zu bestätigen, und da gewiß ein paar Leute den Wagen hatten wegfahren sehen, sah das alles ganz plausibel aus. Natürlich bestand die Gefahr, daß mich jemand noch nach dieser Zeit hatte nach Hause fahren sehen, aber das glaubten wir dann als Verwechslung hinstellen zu können. Offenbar ist diese Frage gar nicht aufgetaucht?»

«So komisch es klingt, nein», sagte MacPherson. «Oder wenigstens erst sehr viel später.»

«Aha. Also, Alcock war großartig. Er riet mir, am Dienstag mit der Nachmittagspost einen Brief an einen Freund in London zu schicken – Sie wissen ja, Chefinspektor: Major Aylwin, durch den Sie auf meine Spur gekommen sind –, und diesem Brief einen Brief von mir an Alcock beizulegen, mit der Bitte, ihn sofort abzuschicken. Der Brief war von meinem Club aus geschrieben, und es stand darin, daß Alcock und Hammond die Limousine nehmen und sich einen schönen Tag machen sollten, da ich noch eine Zeitlang in London aufgehalten würde. Gedacht war das so, daß sie mich mit dem Wagen fortschmuggeln und rechtzeitig außerhalb von Castle Douglas absetzen sollten, damit ich den Zug nach London erreichte. Natürlich wußte ich, daß mich zwar dort ohne Bart niemand erkennen würde, während Hammond oder der Wagen aber sehr wohl von jemandem identifiziert werden konnten. Der Brief kam richtig am Donnerstag mit der zweiten Post bei Alcock an, und wir haben dann den übrigen Plan noch am selben Abend in die Tat umgesetzt. Hat's geklappt?»

«Nicht ganz», sagte MacPherson trocken. «Diesen Teil haben wir ziemlich genau rekonstruiert.»

«Natürlich hatte ich die ganze Zeit nicht die allermindeste Ahnung, daß Campbell ermordet worden war. Alcock muß es wohl gewußt haben, und es wäre besser gewesen, wenn er's mir gesagt hätte. Aber er wußte natürlich auch, daß ich nichts damit zu tun gehabt haben konnte, und ich glaube nicht, daß ihm je der Gedanke gekommen ist, ich könnte verdächtigt werden. Ich hatte Campbell ja so offensichtlich bei rüdester Gesundheit zurückgelassen.»

Er grinste verlegen.

«Sonst gibt es nicht viel zu erzählen. Ich habe mich den ganzen

Dienstag und Mittwoch furchtbar elend gefühlt und hatte das ganze Gesicht voller Schürfwunden. Dieser Rohling hatte mich ja einfach auf der Straße herumgewälzt, hol ihn der Kuckuck! Alcock war eine wunderbare Krankenschwester. Er hat die Wunden gereinigt und Heilsalbe daraufgetan. Richtig wie gelernt, als alter Pfadfinder, der er ist. Immer hat er sich die Hände mit Lysol gewaschen, bevor er mich anfaßte – dreimal am Tag Fieber gemessen und so weiter. Ich glaube, es hat ihm richtig Spaß gemacht. Am Donnerstagabend war alles so gut wie verheilt, und ich war ohne weiteres reisefähig. Ich bin ohne Schwierigkeiten nach London gekommen und wohne seitdem bei Major Aylwin, der ganz außerordentlich nett zu mir war. Ich kann nur hoffen, daß ich im Augenblick nicht in Kirkcudbright benötigt werde. Als Mr. Parker heute morgen aufkreuzte – übrigens, Mr. Parker, wie haben Sie mich eigentlich ausfindig gemacht?»

«Ziemlich leicht», sagte Parker, «nachdem wir an Ihre alte Schule geschrieben und ein Foto von Ihnen ohne Bart bekommen hatten. Wir haben den Dienstmann gefunden, der in Euston Ihr Gepäck ausgeladen hat, den Taxifahrer, der Sie zu Major Aylwins Wohnung gefahren hat, und den Hausmeister, und alle haben Sie wiedererkannt. Tja, und danach brauchten wir nur noch zu klingeln und einzutreten.»

«Ach du lieber Himmel!» rief Gowan. «An diese alten Fotos hätte ich nie gedacht.»

«Die Leute haben zuerst alle ein bißchen gezögert», sagte Parker, «bis wir die glorreiche Idee hatten, auch Ihre Augenbrauen wegzuretuschieren. Das machte Ihr Aussehen so – verzeihen Sie – auffällig, daß alle Sie sofort mit einem leisen Aufschrei der Befriedigung erkannt haben.»

Gowan errötete. «Na ja», sagte er. «Das wäre also meine Aussage. Kann ich jetzt gehen?»

Parker warf MacPherson einen fragenden Blick zu.

«Wir werden die Aussage noch schriftlich festhalten», sagte er, «und Sie werden sie dann vielleicht noch unterschreiben. Anschließend wüßte ich nicht, warum Sie nicht wieder zu Major Aylwin gehen sollten, aber wir müssen Sie bitten, mit uns in Verbindung zu bleiben und nicht die Wohnung zu wechseln, ohne es uns wissen zu lassen.»

Gowan nickte, und später, nachdem die Aussage abgetippt und unterschrieben war, verabschiedete er sich, wenn auch immer noch mit dem gleichen erschrockenen Ausdruck im augenbrauenlosen Gesicht.

Farren – Ferguson – Strachan

Der Staatsanwalt hatte einen Kriegsrat einberufen. Sir Maxwell Jamieson hatte Lord Peter mitgebracht. Inspektor MacPherson war kraft seines Amtes da, desgleichen Sergeant Dalziel. Dr. Cameron war anwesend, um aufzupassen, daß nichts unterstellt wurde, was dem medizinischen Befund widersprochen hätte. Zusätzlich waren noch Konstabler Ross und Konstabler Duncan anwesend, was für die Großherzigkeit ihrer Vorgesetzten sprach, denen Duncan doch immerhin einige Scherereien einzubrocken vermocht hatte, aber es herrschte allgemein die Ansicht vor, daß in so einem verwirrenden und schwierigen Fall selbst die Meinung eines Subalternen des Anhörens wert sein könne.

Zur Eröffnung der Diskussion bat der Staatsanwalt den Polizeipräsidenten, seine Ansicht darzulegen, dieser jedoch verzichtete. Er meinte, die Polizei könne vielleicht ihre Theorien unbefangener vortragen, wenn sie nicht durch das Anhören seiner Meinung voreingenommen sei. Die Folge davon war ein höfliches Gerangel um Platz zwei zwischen MacPherson und Dalziel, das MacPherson mit der Begründung gewann, die Leiche sei schließlich im Bezirk Newton Stewart gefunden worden und Dalziel habe sozusagen ein Erstrecht darauf.

Dalziel räusperte sich nervös.

«Also dann, Mylord, Herr Staatsanwalt, Sir Maxwell, meine Herrren», begann er, in seiner Eröffnung offenbar beeinflußt von der wohlbekannten Prozedur bei Vereinsfesten seines Fußballclubs, «es dürrrfte hier unumstrrritten sein, daß dieser arme Mann im Laufe des Montagabends den Tod fand, und zwar durch einen Schlag mit einem stumpfen Gegenstand, und daß die Leiche anschließend an den Orrrt gebracht wurde, wo wir sie gefunden haben. Außerdem sind wir, glaube ich, einer Meinung, daß derjenige, der ihn getötet hat, ein Künstler sein muß, nachdem Lord Peter Wimsey darauf hingewiesen hat, daß dieses schöne Bild, das wir am Orrrt des Verbrrrechens vorgefunden haben, vom Mörrrder selbst gemalt worrrden sein muß. Dank der sorgfältigen Ermittlungen Inspektor MacPhersons können wir feststellen, daß alle im Bezirk wohnhaften Künstler für den Zeitrrraum des Verbrrrechens ausscheiden, außer fünfen, vielleicht sechsen, als da sind Mr. Farren, Mr. Gowan, Mr. Waters in Kirkcudbright und Mr. Strachan, Mr. Graham und möglicherweise Mr. Ferguson in Gatehouse. Diese sechs Künstler hatten alle ein Motiv, den Verblichenen umzubringen, indem man von ihnen weiß, daß sie Drohungen gegen ihn ausgestoßen haben, und darüber hinaus will es ein errrstaunlicher Zufall, daß nicht einer von ihnen für den ganzen in Rrrede stehenden Zeitrrrraum ein zufriedenstellendes Alibi aufzuweisen hat.

Alle diese sechs haben Aussagen gemacht, die sie entlasten können, und wenn wir also davon ausgehen, daß der Schuldige unter ihnen zu suchen ist, müssen einer oder mehrere von ihnen gelogen haben.

Unter Berrrücksichtigung aller dieser Umstände bin ich nun der Meinung, daß wir unsere Ermittlungen auf Mr. Farren konzentrieren sollten, und warum? Weil er ein viel stärrrkeres Motiv für den Morrrd hatte als alle andern. Er scheint der Ansicht gewesen zu sein, daß der Verblichene sich zu sehr für Mrs. Farren interessierte. Ich will kein Worrrt gegen die Dame gesagt haben, aber dieser Farren hatte sich das nun mal in den Kopf gesetzt. Ich kann einfach nicht glauben, daß irrrgend jemand einen Mord begehen würde wegen ein paar dummer Worrrte über ein Bildchen oder für eine kleine Meinungsverschiedenheit bei einer Golfpartie, oder wegen ein paar Forellen oder einem Streit wegen der Nationalität. Aber wenn ein Mann sein häusliches Glück bedroht sieht, hat er in meinen Augen ein sehrrr gutes Morrrdmotiv.

Wir wissen genau, daß Farren an diesem Abend mit der festen Absicht von Kirkcudbright aufgebrochen ist, Campbell zu finden und ihm was Schrrrecklisches anzutun. Er ist zu Campbells Haus gegangen, wo ihn Mr. Ferguson gesehen hat; und dann ist er zu Mr. Strachans Haus gegangen, und nach seinem eigenen Eingeständnis hat er dort eine Nachricht hinterlassen, daß er Campbell finden und mit ihm abrrrrechnen wolle. Von da an ist er verschwunden, und wir finden ihn wieder am Dienstagnachmittag um drei Uhr auf der Strrraße nach New Galloway.

Nun haben der Inspektor und ich zuerst gedacht, daß Farren Campbell an der Straße zwischen Gatehouse und Kirkcudbright umgebracht hat, und wir haben uns gewundert, wie er dahin gekommen ist und warum er diese komischen Sachen mit Campbells Auto gemacht haben soll. Wir mußten Mr. Strachan mit ins Spiel bringen. Aber jetzt wissen wir, daß alle diese Kaprrriolen überhaupt nicht nötig waren. Wir wissen, daß es Mr. Gowan war, der Campbell auf der Straße begegnet und von ihm angegriffen worden ist, und daß Campbell mit seinem eigenen Wagen nach Hause gefahren ist, wie man ja wohl annehmen kann. Wir wissen außerdem durch Mr. Fergusons und Mr. Strachans Aussagen, daß entweder Campbell nach Mitternacht noch am Leben war oder irgendein anderer noch sein Haus betreten hat. Meiner Ansicht nach war diese andere Person Farren, der Campbell in der Umgebung seines Hauses aufgelauert hat.»

«Einen Augenblick», warf Sir Maxwell dazwischen. «Ich verstehe also richtig, daß Sie Strachans Aussage akzeptieren, soweit sie die Nachricht und seinen anschließenden Besuch in Campbells Haus betrifft?»

«Jawohl, Sir. Da er mit Mr. Farren befreundet ist, wird er so ein Märrrchen kaum erfunden haben, und es paßt ja auch gut zu Farrens eigener Aussage. Ich will Ihnen schildern, wie sich das Ganze in meinen Augen abgespielt hat. Ich hab's mir hier auf einem Blatt Papier notiert.»

Der Sergeant focht einen Kampf mit seiner Rocktasche aus und brachte ein dickes Notizbuch zum Vorschein, dem er ein ziemlich schmuddeliges, ganz klein zusammengefaltetes Blatt Papier entnahm. Dieses breitete er auf dem Tisch aus, glättete es mit breiter Hand und reichte es, solchermaßen zur Ordnung gestaucht, dem Staatsanwalt, der seine Brille auf der Nase zurechtrückte und mit lauter Stimme vorlas:

Der Fall Farren

Montag

18.00 Uhr	Farren in Kirkcudbright. Findet Campbell im Haus. Streit mit Mrs. Farren.
19.00 Uhr	Farren fährt mit Fahrrad nach Gatehouse.
20.00 Uhr	Farren kommt zu Campbells Haus und fragt nach Campbell. Wird von Ferguson gesehen.
20.00 bis 21.15 Uhr	Farren in verschiedenen Wirtshäusern, stößt Drohungen gegen Campbell aus.
21.15 Uhr	Farren fährt zu Strachans Haus (mit Fahrrad) und hinterläßt Nachricht.
21.15 bis Dunkelheit	Farren hält sich versteckt, vermutlich Nähe Lauriston oder Castramont Road.
21.45 Uhr	Campbell begegnet Gowan auf Heimweg von Kirkcudbright.

22.20 Uhr	Campbell kommt mit Wagen nach Hause. Wird von Ferguson gehört.
22.20 bis 24.00 Uhr	In diesem Zeitraum begibt sich Farren per Fahrrad zu Campbells Haus. Verschafft sich Einlaß und tötet Campbell. Versteckt Leiche. (Anmerkung: Ferguson vermutlich eingeschlafen.) Farren verläßt Haus, verschließt Tür. Hält sich weiter versteckt, vielleicht in Garage.
24.00 Uhr	Strachan kommt mit Wagen (von Ferguson gehört). Zutritt mit Schlüssel. Hinterläßt Warnung und fährt weiter.

Dienstag

00.00 bis 07.30 Uhr	Farren geht wieder ins Haus, vernichtet Strachans Nachricht, lädt Leiche in Auto, arbeitet Fluchtplan aus, lädt Fahrrad und Malzeug in Auto, macht Campbells Frühstück und ißt es.
07.30 Uhr	Farren, als Campbell verkleidet, bricht in Campbells Auto von Gatehouse auf. Wird von Ferguson gesehen.
09.35 Uhr	Farren in Campbells Auto wird von Arbeiter an Abzweigung nach New Galloway zwischen Creetown und Newton Stewart gesehen.
10.00 Uhr	Farren kommt mit Leiche am Minnoch an.
10.00 bis 11.30 Uhr	Farren malt Bild.
11.30 Uhr	Farren wirft Leiche in Minnoch und bricht mit Fahrrad auf, benutzt Nebenstraße von Bargrennan nach Minnigaff. (Anmerkung: Vermutung, bisher keine Zeugen.) Acht bis neun Meilen.
12.30 Uhr	Farren kommt in Falbae an. Entledigt sich des Fahrrads in der Nähe alter Bleimine.
12.30 bis 15.00 Uhr	Farren folgt zu Fuß Straße nach New Galloway bis Brig o' Dee; elf Meilen. Könnte aber ebensogut von vorbeikommendem Kraftfahrer mitgenommen worden sein.

Weitere Schritte Farrens gemäß seiner eigenen Aussage.

«Das», sagte der Staatsanwalt, indem er über den Brillenrand in die Runde blickte, «scheint mir eine sehr plausible und meisterhafte Rekonstruktion zu sein.»

«Wirklich ausgezeichnet», sagte Wimsey.

«In der Tat», meinte Sir Maxwell, «scheint darin alles berücksichtigt zu sein, so daß ich mich schon fast in meiner eigenen Überzeugung erschüttert fühle. Es ist so wunderschön einfach.»

«Ist es nicht», fragte MacPherson, «ein ganz kleines bißchen zu einfach? Gar nicht darin berücksichtigt ist die merkwürdige Geschichte mit dem Fahrrad, das von Ayr nach Euston geschickt wurde.»

Sergeant Dalziel, bescheiden stolz gemacht vom Applaus der drei erlauchtesten Personen in der Runde, fühlte sich ermutigt, der Meinung des Ranghöheren zu widersprechen.

«Ich wüßte nicht», sagte er, «warum wir das Fahrrad überhaupt in unsere Überlegungen einbeziehen sollten. Ich sehe keine Notwendigkeit, es mit dem Fall Campbell in Verbindung zu bringen. Wenn jemand das Fahrrad vom *Anwoth Hotel* gestohlen hat, und wenn es durch irrrgendein Mißverständnis nach London geschickt wurde, ist das eine Sache, aber warum sollten wir annehmen, daß der Mörrrder sich solche Mühe mit diesem ganzen Unfug gemacht hat, wenn es ansonsten eine so schöne und einfache Erklärung dafür gibt?»

«Schon», sagte der Staatsanwalt, «aber warum sollte sich einer die Mühe machen, in Gatehouse ein Fahrrad zu stehlen, um damit nach Ayr zu fahren, wenn er die ganze Strecke viel einfacher mit dem Zug hätte fahren können? Ich kann nicht leugnen, daß die Geschichte mit dem Fahrrad für mich noch etwas Rätselhaftes hat.»

«Eben», sagte MacPherson, «und wie erklären Sie die ungewöhnlich lange Zeit, die er von Gatehouse bis zur Abzweigung nach New Galloway gebraucht hat? Das sind doch mit allem Drum und Dran nur 17 Meilen auf der Landstraße.»

Dalziel wirkte darob ein wenig verlegen, aber Wimsey kam ihm zu Hilfe.

«Farren hat mir erzählt, daß er erst zwei-, dreimal im Leben ein Auto gefahren hat», sagte er. «Er könnte unterwegs Schwierigkeiten gehabt haben – sagen wir, das Benzin ist ihm ausgegangen oder der Vergaser war verstopft. Zuerst hätte er dann wahrscheinlich versucht, selbst etwas zu tun – mit dem Anlasser gespielt oder hoffnungsvoll unter die Motorhaube geguckt –, bevor er es über sich brachte, jemanden um Hilfe zu bitten. Vielleicht ist ihm nur das Benzin ausgegangen, und er mußte den Wagen irgendwo in einen Seitenweg schieben und zur nächsten Tankstelle laufen. Oder er ist über die alte Straße am Bahnhof Gatehouse vorbeigefahren und dort in Schwierigkeiten geraten. Ein unerfahrener Fahrer kann viel Zeit verlieren.»

«Möglich ist es», meinte MacPherson mit allen Zeichen der Unzufriedenheit. «Möglich ist es. Weiter will ich nicht gehen.»

«Übrigens, Dalziel», sagte der Polizeipräsident, «wie bringen Sie in Ihrer Theorie Strachans Hut und seine Aussage unter, daß er Farren bei Falbae getroffen hat? Wenn Ihre Version nämlich stimmt, müßte das reine Erfindung sein.»

«So erkläre ich es auch», sagte Dalziel. «Ich halte es für ausgemacht, daß Mr. Strachan bei Falbae nach Farren gesucht hat, wie er sagt, aber er hat nicht Haut noch Haar von ihm gefunden. Und es kann durchaus sein, daß er in die alte Mine gestürrrzt ist, wie er sagt. Aber ich glaube, nachdem er ihn nicht gefunden hatte, hat er Angst bekommen, Farren könnte was ausgefressen haben, und als er hörte, daß man Campbells Leiche gefunden hatte, hat er seine Geschichte eben noch um ein paar Kleinigkeiten angereichert, um Farren so ein Alibi zu verschaffen. Ich sehe sogar einen guten Beweis für meine Theorrrie darin, daß Strachan immer noch Farren verdächtigt, wie's scheint. Sie wissen ja selbst, Sir Maxwell, wie vorsichtig er Ihnen seine Geschichte erzählt hat, und daß er Ihnen kein Worrrt von Farrens Nachricht an ihn erzählt hätte, wenn Sie ihm nicht weisgemacht hätten, Sie wüßten schon darüber Bescheid.»

«Tja», sagte der Polizeipräsident, «dazu habe ich allerdings eine eigene Deutung.»

«Nun, dann lassen Sie uns Ihre Deutung doch hören, Sir Maxwell», sagte der Staatsanwalt.

«Eigentlich», sagte Sir Maxwell, «wollte ich ja zuerst meine Beamten ihre Vorstellungen entwickeln lassen, aber vielleicht paßt meine Version jetzt ganz gut an diese Stelle. Natürlich war das erste, was mir auffiel, die offenkundige Absprache zwischen Farren und Strachan, etwas zu vertuschen, nur daß ich etwas anderes darin gesehen habe. Meiner Ansicht nach war Strachan derjenige, der das Wissen des Schuldigen besaß, und sein größtes Problem war, wie er sich selbst entlasten konnte, ohne Farren allzusehr zu belasten. Farrens Verhalten, seine Drohungen und sein Verschwinden gaben Strachan eine fast vollkommene Deckung, und ich glaube, man muß es ihm sehr zur Ehre anrechnen, daß er so zögernd davon Gebrauch gemacht hat.

Nun, der schwache Punkt Ihrer Theorie, Dalziel, falls ich so sagen darf, scheint mir im Zeitpunkt des Mordes selbst zu liegen. Wenn er, wie Sie annehmen, zwischen Mitternacht und Morgen in Campbells Haus geschehen ist, kann ich mir einfach nicht vorstellen, daß Ferguson nichts davon gemerkt haben soll. Campbell war ein kräftiger Mann, und wenn er nicht gerade im Schlaf erschlagen wurde, muß es einen Kampf mit viel Lärm gegeben haben. Bei Berücksichtigung der Charaktere aller Beteiligten kann ich nicht glauben, daß dies ein mitternächtlicher Mordanschlag war, bei dem der Täter sich heimlich in Campbells Schlafzimmer geschlichen und ihn mit einem einzigen Schlag gefällt hat, noch ehe er einen Schrei ausstoßen konnte. Ganz besonders irrig wäre es, dies von Farren anzunehmen. Wenn es auf der anderen Seite zu einem lauten Kampf gekommen ist, verstehe ich nicht, daß Ferguson nichts davon gehört hat. Es war August, die Fenster standen vermutlich weit offen, und so oder so hätte es außer dem eigentlichen Kampfeslärm noch ein beträchtliches Hin und Her in der Nacht gegeben, um die Leiche in den Wagen zu laden und so weiter – jedenfalls hätte Ferguson das unmöglich überhören können.

Meine Theorie ist folgende: Ich halte Farrens Aussage für wahr. Die Geschichte ist viel zu grotesk und komisch, um nicht wahr zu sein, und alle die dummen Sachen, die er gemacht haben will, entsprechen genau dem, was man ihm auch zutrauen würde. Ich bin sicher, daß Farren nicht der Typ ist, der sich so eine raffinierte Täuschung ausdenken und die Leiche dort draußen deponieren und das Bild malen würde. Der Mann, der das getan hat, war vollkommen kaltblütig und unemotional und hätte sich gehütet, sich hinterher auf so verdächtige Weise aus dem Staub zu machen. Nein. Verlassen Sie sich darauf, daß der Mann, der das Verbrechen begangen hat, bei der ersten sich bietenden Gelegenheit wieder in seinen gewohnten Jagdgründen aufgetaucht ist.

Ich sehe die Sache so. Strachan hat die Nachricht von Farren erhalten und ist zu Campbells Haus gefahren, wie er angibt. Nachdem er dort war, ist eines von zwei Dingen passiert, und ich bin nicht ganz sicher, welches. Ich denke, Campbell hat ihm die Tür geöffnet, und er ist eingetreten und hat mit Campbell gesprochen, was dann in Streit und Prügelei ausartete. Ich denke, Ferguson wurde von dem Lärm geweckt und kam gerade in dem Augenblick dazu, als Strachan Campbell niedergeschlagen und getötet hatte. Oder er kam hinzu, als Strachan und Campbell kämpften, und führte selbst den Schlag, der Campbell tötete. Es gibt noch die dritte Möglichkeit, daß es genau umgekehrt war und Strachan dazukam, wie Ferguson sozusagen mit Blut an den Händen über dem toten Campbell stand. Das halte ich aber aus einem

Grund, den ich später erklären werde, für weniger wahrscheinlich.

Jedenfalls bestand meiner Überzeugung nach diese Situation – die beiden Männer mit dem toten Campbell in Campbells Haus, und mindestens einer von ihnen ist derjenige, der ihn getötet hat. Was tun? Falls nur einer von ihnen seinen Tod verschuldet hat, ist es durchaus denkbar, daß der andere gedroht hat, die Polizei zu verständigen, aber hier könnte es Schwierigkeiten geben. Von beiden war schließlich bekannt, daß sie mit Campbell im Streit lagen, und so hätte der Beschuldigte mit einer Gegenbeschuldigung drohen können. Jedenfalls glaube ich, daß beide sich darüber im klaren waren, in welch äußerst unangenehmer Situation sie sich befanden, worauf sie beschlossen, einander so gut wie möglich aus der Patsche zu helfen.

Wer von beiden nun die Idee hatte, den Unfall vorzutäuschen, weiß ich natürlich nicht, aber ich könnte mir vorstellen, daß es Strachan war. Er ist der Mann mit einem besonders schnellen und scharfen Verstand – genau der Typ, der vorausdenken und die Folgen seiner Handlungen vorhersehen kann. Der erste Entwurf der Idee stammt wahrscheinlich von ihm, aber Ferguson mit seinem bemerkenswerten Gedächtnis für Einzelheiten hat zweifellos geholfen.

Sie werden natürlich gehofft haben, daß die ganze Geschichte als Unfall angesehen würde, haben aber auch bestimmt daran gedacht, daß sie für alle Fälle, nämlich wenn ein Mord dahinter vermutet würde, beide ein Alibi brauchten, das die ganze Zeit zwischen Mitternacht und dem folgenden Mittag abdeckte. Daß sie nun nicht beide ein Alibi für die ganze Zeit haben konnten, war klar, aber ebensogut konnten sie sich die Zeit auch teilen. Schließlich kamen sie überein, daß Strachan sich ein Alibi für die Nachtstunden verschaffen sollte, während Ferguson alle notwendigen Vorbereitungen mit der Leiche traf, und Ferguson sollte dann sein Alibi für den folgenden Vormittag bekommen, während Strachan das Bild malte.»

Der Polizeipräsident verstummte und blickte in die Runde, um zu sehen, wie sein Publikum das aufnahm. Ermutigt durch allgemeine Äußerungen zustimmender Überraschung fuhr er dann fort: «Den Grund, warum sie es auf diese Weise gemacht haben, sehe ich darin, daß Ferguson bereits seine Absicht allgemein bekanntgemacht hatte, am nächsten Morgen nach Glasgow zu fahren, und ein plötzlicher Sinneswandel wäre vielleicht merkwürdig erschienen. Jetzt mußten sie sich ein Alibi ausdenken, das Strachan für diese Nacht glaubhaft vortragen konnte, und da fiel ihnen als beste Möglichkeit ein, daß er seine ursprüngliche Absicht weiterverfolgte, nämlich Farren zu suchen.»

«Aber», unterbrach der Staatsanwalt, «war denn das nicht eine sehr schwierige und unzuverlässige Sache? Es stand doch hundert zu eins, daß er Farren *nicht* begegnen würde. Wäre es nicht einfacher gewesen, irgend jemanden unter einem passenden Vorwand aufzusuchen? Zum Beispiel hätte er jemandem seine Befürchtungen wegen Farren mitteilen, ja, den Betreffenden sogar als Zeugen für sein Alibi mit auf die Suche nehmen können.»

«Das glaube ich nicht», sagte Sir Maxwell. «Gewiß ist mir dieser Gedanke auch gekommen, aber bei näherem Hinsehen bin ich zu dem Schluß gekommen, daß Strachans Plan der beste war, den sie unter den gegebenen Umständen fassen konnten. Zum einen wäre es für ihn wahrscheinlich ziemlich peinlich gewesen, sich in der Öffentlichkeit zu zeigen, denn ich glaube, daß er zu diesem Zeitpunkt schon das blaue Auge hatte, für das er hinterher eine soviel andere Erklärung abgab. Aus diesem Grund bin ich ja auch ziemlich sicher, daß Strachan in den Kampf mit Campbell verwickelt war, wenn er auch den tödlichen Schlag nicht unbedingt selbst geführt haben muß. Außerdem, stellen Sie sich doch einmal vor, er hätte wirklich jemanden aus dem Bett getrommelt, um sich nach Farren zu erkundigen, und stellen Sie sich vor, dieser Jemand hätte sich freundlich erboten, ihn auf der Suche zu begleiten. Zwar hätte er dann, wie der Staatsanwalt ganz richtig sagt, einen unanfechtbaren Zeugen für sein Alibi gehabt – ganz gewiß. Aber was dann, wenn er diesen Zeugen nicht rechtzeitig losgeworden wäre, um die sehr wichtige Arbeit zu besorgen, die er am Morgen zu tun hatte? Welchen Grund hätte er praktisch dafür angeben können, daß er die Suche nach Farren einstellte und stehenden Fußes nach Newton Stewart eilte? Und wie hätte er verhindern sollen, daß Leute erfuhren, wohin er sich begab, wenn er erst Alarm geschlagen hatte? Was immer geschah, er mußte frühmorgens zum Minnoch, und zwar heimlich.

Alles in allem glaube ich nicht, daß die Ausführung des Plans dann wirklich so verlief wie beabsichtigt. Ja, er wäre beinahe sogar völlig schiefgegangen. Ich glaube sicher, daß es seine ursprüngliche Absicht war, Farren zu finden und nach Hause zu bringen – entweder nach Kirkcudbright oder zu sich nach Hause in Gatehouse. Sein blaues Auge hätte er dann als Folge eines Sturzes während der Suchaktion bei Falbae erklären können.»

«Aber», widersprach jetzt Wimsey, der dieser ganzen Diskussion mit einer Aufmerksamkeit gefolgt war, die seine halbgeschlossenen Augen nur schlecht verhüllten, «er hätte dann immer noch andern Morgens zum Minnoch abdampfen müssen, stimmt's oder hab ich recht?»

«Richtig», sagte Sir Maxwell. «Aber nachdem er Farren in Kirkcudbright abgesetzt hatte, konnte er sofort wieder von da losfahren. Kein Mensch hätte von ihm erwartet, daß er da geblieben und Zeuge der ehelichen Wiedervereinigung geworden wäre. Er hätte dann fahren können, wohin er wollte – vielleicht nachdem er eine beruhigende Mitteilung an Mrs. Strachan hinterlassen hatte. Oder andersherum, wenn er Farren zu sich nach Hause gebracht hatte, konnte er mit der vorgeblichen Absicht wegfahren, Mrs. Farren wegen ihres Gatten zu beruhigen. Wenn er erst einmal fort war, konnte er irgendwo aufgehalten werden – durch eine Motorpanne oder dergleichen. Da sehe ich keine großen Schwierigkeiten.»

«Alles klar», sagte Wimsey. «Das lasse ich durchgehen. Woge weiter, tiefer, dunkelblauer Ozean, nur weiter.»

«Also, Strachan fuhr dann fort, um Farren zu suchen, während Ferguson da blieb, um die Leiche zu verstauen und im Haus alles Nötige vorzubereiten. Und im übrigen möchte ich an dieser Stelle sagen, daß Sie alle, meine ich, diesen Dingen, die im Haus geschahen, nicht genug Beachtung geschenkt haben. Der Mann, der das getan hat, muß über Campbells Lebensgewohnheiten sehr genau Bescheid gewußt haben. Er muß zum Beispiel genau gewußt haben, wann Mrs. Green kommen würde und wie Campbell sich in seinen vier Wänden benahm – ob er ordentlich oder unordentlich war, was er gewöhnlich zum Frühstück aß und dergleichen mehr. Sonst hätte Mrs. Green bemerken können, daß hier etwas außerhalb des Gewohnten vorgegangen war. Nun, und woher hätten Farren oder Waters, Gowan oder Graham alle diese privaten Einzelheiten kennen können? Der Mann, der sie kennen konnte, war Ferguson, der nicht nur nebenan wohnte, sondern überdies dieselbe Zugehfrau beschäftigte. Er ist derjenige, der Campbell sicher oft beim Frühstück beobachten oder im Haus herumwerkeln sehen konnte; und was er nicht aus eigener Beobachtung wußte, erfuhr er mit Sicherheit von Mrs. Green, wenn sie ihre tägliche Klatschrunde machte.»

«Sehr gut, seeehr gut, Herr Polizeipräsident», sagte Wimsey im blasierten Ton eines Eton-Schülers, der dem guten Schlag des Kapitäns der Harrow-Mannschaft applaudierte. «Verteufelt gut. Natürlich war Mrs. Green ein unerschöpflicher Informationsquell. ‹Oh, dieser Mr. Campbell, wie der mit seinem Schlafanzug umgeht! Gestern läßt er ihn im Kohlenkasten liegen, und dabei war er frisch aus der Reinigung, und heute finde ich ihn im Atelier zwischen den Farblappen.› Man erfährt so einiges über seine Nachbarn, wenn man Küchengesprächen lauscht.»

«Stimmt schon», meinte MacPherson ein wenig zweifelnd.

Sir Maxwell lächelte. «Ja», sagte er, «dieser Punkt drängte sich mir beim Nachdenken geradezu auf. Aber nun weiter mit Strachan. Fest steht, daß er Farren gefunden hat, und da hatte er ziemliches Glück, das muß ich zugeben, wenn ich auch seine Chance nicht unbedingt mit eins zu hundert ansetzen würde. Immerhin hatte er eine ziemlich genaue Vorstellung, wo Farren vermutlich zu finden war, und er kennt die Gegend um Falbae sehr gut.»

«Das ist wohl wahr, Sir», sagte Dalziel, «aber was hätte er gemacht, wenn Farren sich nun wirklich in einen Schacht gestürzt hätte?»

«Ich gebe zu, das wäre Pech für ihn gewesen», sagte der Polizeipräsident. «In diesem Fall hätte er sein Alibi für die frühen Morgenstunden fahrenlassen müssen. Er hätte lediglich irgend etwas in der Umgebung von Falbae liegenlassen können, um zu beweisen, daß er da gewesen war – seinen Hut zum Beispiel, oder seinen Mantel. Dann hätte er seine Malerei am Minnoch so früh wie möglich hinter sich gebracht und dann nach seiner Rückkehr Alarm geschlagen und eine Suche nach Farren ausgelöst. Er hätte sagen können, daß er inzwischen noch woanders gesucht habe. Das wäre nicht ganz so gut gewesen, aber doch einigermaßen, besonders da die spätere Entdeckung der Leiche Farrens ein sehr gutes Zeugnis für die Wahrheit seiner Aussage gewesen wäre. Aber er hat ja Farren gefunden, also brauchen wir uns darüber keine Gedanken zu machen.

Unglücklicherweise jedoch ging nun an diesem Punkt der Plan daneben. Anstatt sich stillschweigend heimführen zu lassen, lief Farren davon, und Strachan stürzte in einen Schacht. Beinahe hätte ihn das daran gehindert, seinen Teil des Komplotts überhaupt durchzuführen. Er ist also hineingefallen, er hat eine Weile gebraucht, sich wieder zu befreien – wenn es ihn auch sicher nicht so viel Zeit gekostet hat, wie er angibt –, und daher ist er erst so spät zum Minnoch gekommen. Wäre alles glatt nach Plan verlaufen, so hatte er sicher gehofft, gegen drei Uhr morgens mit Farren wieder zu Hause zu sein und dann gleich losfahren zu können, um das Auto mit der Leiche dort abzuholen, wo Ferguson es für ihn bereitgestellt hatte.»

«Und wo würde das gewesen sein?» fragte der Staatsanwalt.

«Das kann ich nicht genau sagen, aber die Absicht war wohl, daß Ferguson Campbells Wagen an einer geeigneten Stelle deponierte – sagen wir an der alten Straße vom Bahnhof Gatehouse nach Creetown –, wo Strachan ihn abholen konnte. Ferguson wäre dann auf einem Fahrrad zurückgekehrt –»

«Mit was für einem Fahrrad?» fragte Wimsey.

«Irgendeinem», antwortete der Polizeipräsident, «nur natürlich nicht mit dem vom *Anwoth Hotel,* von dem wir so viel gehört haben. Es ist nicht schwer, sich hier ein Fahrrad zu leihen, und er hatte ja Zeit genug, es wieder dorthin zurückzubringen, wo er es weggenommen hatte. Ferguson wäre so gegen sieben Uhr wieder zu Hause gewesen, gerade rechtzeitig, um sein Frühstück zu verzehren und den Omnibus zum Bahnhof Gatehouse zu erreichen.»

«Er muß inzwischen bis obenhin voll mit Frühstück gewesen sein», bemerkte der Staatsanwalt, «nachdem er Campbells ja auch schon verzehrt hatte.»

«Mein lieber Mann», antwortete der Polizeipräsident ein wenig ungehalten, «wenn Sie einen Mord begangen hätten und der Entdeckung entgehen wollten, würden Sie das nicht an einem lächerlichen zweiten Frühstück scheitern lassen.»

«Wenn ich einen Mord begangen hätte», erwiderte der Staatsanwalt, «hätte ich nicht einmal Appetit auf *ein* Frühstück.»

Der Polizeipräsident gab seinen Empfindungen ob dieser frivolen Bemerkung keinen Ausdruck. MacPherson, der die ganze Zeit in seinem Notizbuch herumgekritzelt hatte, mischte sich jetzt in die Diskussion.

«Wenn ich Sie richtig verstanden habe, Sir, wäre dies also Ihr Zeitplan für den Ablauf des Verbrechens.»

Der Fall Ferguson und Strachan

Montag
21.15 Uhr Farren hinterläßt Nachricht bei Strachan zu Hause.
22.20 Uhr Campbell kommt nach Begegnung mit Gowan nach Hause.
24.00 (ca.) Strachan kommt nach Hause und findet Nachricht.

Dienstag
00.10 (ca.) Strachan fährt zu Campbells Haus. Ferguson kommt hinzu. Mord wird ausgeführt.
00.10 bis Plan für vorgetäuschten Unfall wird entwickelt.

00.45 (ca.)	Strachan fährt nach Falbae, nimmt Campbells Hut, Mantel und Malzeug im Wagen mit.
02.00 bis 03.00 Uhr	In diesem Zeitraum trifft Strachan Farren, und Farren flieht.
03.30 (ca.)	Strachan fällt in Mine.
04.00 (ca.)	Ferguson trifft in Campbells Auto mit Leiche und Fahrrad irgendwo an alter Straße zwischen Bahnhof Gatehouse und Creetown ein. Versteckt Auto.
05.00 bis 06.00 Uhr	Ferguson fährt mit Fahrrad über alte Straße nach Gatehouse zurück.
09.00 Uhr	Strachan befreit sich aus Mine, findet sein Auto.
09.08 Uhr	Ferguson nimmt Zug nach Dumfries.
09.20 Uhr	Strachan kommt zum Treffpunkt, steigt in Campbells Wagen um. Versteckt eigenen Wagen. Verkleidet sich.
09.35 Uhr	Strachan, als Campbell verkleidet, wird von Arbeiter an Abzweigung nach New Galloway gesehen.
10.00 Uhr	Strachan kommt zum Minnoch. Wirft Leiche in Bach, malt Bild.
11.15 Uhr	Strachan vollendet Bild.

Hier hielt MacPherson inne.

«Wie soll Strachan zu seinem Wagen zurückgekommen sein, Sir? Das sind gut 14 Meilen. Er kann sie nicht gelaufen sein.»

«Mit Farrens Fahrrad», antwortete der Polizeipräsident prompt. «Sie müssen ihn das in Falbae holen lassen. Natürlich, wenn sein ursprünglicher Plan nicht schiefgelaufen wäre, hätte er sich ein anderes Fahrrad leihen können oder Zeit genug gehabt, zu Fuß zu gehen, aber wie die Dinge lagen, hat er sich Farrens Fahrrad zunutze gemacht, das so praktisch dalag.»

«Ja, Sir, Sie haben aber auch auf alles eine Antwort.» MacPherson schüttelte gelassen den Kopf und widmete sich wieder seinem Zeitplan.

12.45 Uhr	Strachan kehrt mit Farrens Fahrrad nach Creetown zurück; entledigt sich Fahrrads. Steigt in eigenen Wagen um.
13.15 Uhr	Strachan fährt über Straße am Skyeburn nach Gatehouse zurück.

«Das», sagte der Staatsanwalt, der den Zeitplan genau mit dem Bericht des Polizeipräsidenten über sein Gespräch mit Strachan verglichen hatte, «stimmt gut mit Strachans Aussage überein.»

«So ist es», antwortete Sir Maxwell, «und, was noch wichtiger ist, es deckt sich mit den Fakten. Wir haben einen Mann gefunden, der sich erinnert, Strachan zwischen 13 Uhr und 13 Uhr 20 auf der Straße am Skyeburn gesehen zu haben. Überdies haben wir seinen Anruf zu den *McClellan Arms* nachgeprüft, und das Gespräch wurde Punkt 13 Uhr 18 vermittelt.»

«Ihnen ist ja klar», sagte Wimsey, «daß Sie ihm nur eineinviertel Stunden gegeben haben, um das Bild zu malen. Ich habe zwei fixe Leute von hier das Bild kopieren lassen, und der schnellere von beiden hat anderthalb Stunden gebraucht.»

«Stimmt», sagte der Polizeipräsident verbissen, «aber der mußte auch nicht um sein Leben malen.»

«Wenn ich da nur ganz sicher sein könnte», sagte eine Stimme. Alle schauten überrascht auf. Duncan hatte so still dabei gesessen, daß sie seine Gegenwart schon fast vergessen hatten.

«So?» meinte der Polizeipräsident. «Nun, Duncan, Sie sind ja hier, um uns Ihre Meinung zu sagen. Hören wir sie uns doch gleich einmal an.»

Der Beamte rutschte auf seinem Stuhl herum und warf einen unsicheren Blick zu Dalziel. Er hatte das ungute Gefühl, sich womöglich eine Standpauke einzuhandeln, aber er blieb mannhaft am Geschütz und eröffnete das Feuer mit einem Trommelwirbel.

Graham – Gowan – Waters

«Diese zwei Theorrrien», begann Konstabler Duncan, «sind ja schön und gut, da sag ich garrr nichts gegen, aber Mannomann, sind die kompliziert! Mir dreht sich schon der Kopf, wenn ich nur dran denke. Ich will mich ja nicht vordrängen, aber ich wüßte schon gern, wie Sir Maxwell sich das vorstellt, daß die so einen Plan in einer dreiviertel Stunde ausgeheckt haben.»

«Nun», meinte Sir Maxwell, «diese Zeiten sind elastisch. Solange wir Strachan nach Falbae bekommen, bevor es zu hell ist, um in die Mine zu stürzen, ist es gleich, wie spät Sie ihn aufbrechen lassen wollen.»

«Aber davon abgesehen», sprach der Staatsanwalt dazwischen, als er sah, daß Duncan ein wenig entmutigt dreinblickte, «wenn Sie eine bessere und einfachere Idee haben, sollten Sie uns die unter allen Umständen vortragen.»

«Tja, ich hab mir nur gedacht», sagte Duncan, «und da bitte ich um Entschuldigung, Doktor, aber wäre es nicht eben doch möglich, daß der Mann am selben Tag getötet wurde, an dem wir ihn gefunden haben? Nichts für ungut, Doktor.»

«Aber bitte, bitte», sagte Dr. Cameron jovial. «Sprechen Sie nur aus, was Sie denken. Die Feststellung des genauen Todeszeitpunktes ist sowieso nicht so einfach, wie man nach der Lektüre von Kriminalromanen glauben möchte. Nach meiner Erfahrung ist der Mediziner mit zunehmendem Alter immer weniger bereit, Feststellungen *ex cathedra* zu treffen. Er hat nämlich gelernt, daß die Natur ihre eigenen Methoden hat, allzu selbstgefällige Propheten zu widerlegen.»

«Ja, ja», sagte Duncan, «ich lese nämlich gerade ein kleines Buch darrrüber. Das ist ein prrrima Buch, das hat mir mein Vater zum letzten Geburtstag geschenkt. Mein Vater war ein sehrrr gebildeter Mann für seine Stellung im Leben und hat mir immer wieder gesagt, daß Studierrren der Weg zum Erfolg ist.»

Er legte ein großes, in braunes Papier gewickeltes Paket auf den Tisch, während er sprach, und knüpfte langsam die kräftige Schnur auf, die es zusammenhielt.

«Das hier», sagte er, als der letzte Knoten sich ergab und unter dem Papier das «kleine Buch» zum Vorschein kam – ein ansehnlicher Band, zwanzig Zentimeter hoch, fünfzehn breit und entsprechend dick, «das hier heißt *Gerichtsmedizin und Toxikologie,* von Dixon Mann, und für einen in unserm Berrruf steht da eine Menge drin. Und da ist nun ein Absatz, über den ich gerrrn Ihre Meinung hören würde, Doktor. Ich hab doch ein Zettelchen an der Stelle reingetan – ach ja, da ist es. Seite 37. Das ist über die Todesstarre.»

«*Rigor mortis*», sagte der Doktor.

«Das ist gemeint, aber hier heißt es Lei-chen-star-re. *Rigor mortis* ist nur das Fremdworrrt dafür. Und nun schreibt hier dieser Mann, der ja sicher ein Experrrte ist, denn mein Vater hat eine Menge Geld für das Buch hingelegt – also, dieser Mann schreibt hier: ‹Unter normalen Umständen beginnt die Skelettmu-› o Gott! – ‹die Skelettmuskulatur vier bis zehn Stunden nach Eintritt des Todes zu errrstarrren.› Vier bis zehn Stunden. Das gibt uns aber doch sozusagen sechs Stunden Spielrrraum, um die wir uns schon mal irren können. Ist das rrrichtig, Doktor?»

«Unter sonst gleichen Voraussetzungen», sagte der Doktor, «ja.»

«Eben. Und hier weiter: ‹Voll entwickelt ist sie› – gemeint ist die Starre, klar? – ‹nach zwei bis drei Stunden.› Das gibt also noch mal einen Spielraum von einer Stunde.»

«Nun ja.»

«So. ‹Dieser Zustand dauert über einen Zeitraum zwischen einigen Stunden und sechs bis acht Tagen an.› Das ist ja nun mächtig ein Unterschied, nicht wahr, Doktor?»

«Stimmt», sagte Dr. Cameron mit feinem Lächeln, «aber es gilt ja neben der *rigor mortis* noch so einiges andere in Betracht zu ziehen. Sie werden nicht sagen wollen, die Leiche sei sechs bis acht Tage alt gewesen?»

«Natürrrlich nicht, Doktor. Aber hier steht weiter: ‹24 bis 48 Stunden können als durchschnittliche Dauer der Leichenstarre angesehen werden.› Sie sehen vielleicht schon, daß diese große Kapazität sich nicht so ganau auf zwei, drei Stunden festlegt. Also, Doktor, als Sie die Leiche um drei Uhr nachmittags gesehen haben, wie steif war sie da?»

«Ziemlich steif», antwortete der Doktor. «Das heißt, um es in der Terminologie Ihrer großen Kapazität auszudrücken, die Leichenstarre war voll entwickelt. Das machte es wahrscheinlich, daß der Mann seit mindestens sechs Stunden tot war, wahrscheinlich aber – wenn man das Aussehen seiner Verletzungen mit berücksichtigt – sehr viel länger. Wenn man Mr. Dixon Manns Feststellungen zur Grundlage der Diagnose macht, sehen Sie demnach, daß der Tod sogar schon dreizehn Stunden früher eingetreten sein kann – zehn Stunden bis zum Beginn der Starre, weitere drei Stunden bis zu ihrer vollen Entwicklung. Das heißt, der Tod könnte erst um neun Uhr vormittags oder bereits um Mitternacht eingetreten sein, und die Leiche wäre in beiden Fällen nachmittags um drei Uhr steif gewesen, ohne daß man unbedingt eine Anomalität bei der Einsetzung oder Entwicklung der *rigor mortis* annehmen müßte.»

«Ja, aber –» begann MacPherson schnell.

«Ja, das ist doch genau, was ich –» begann Duncan.

«Einen Moment», sagte der Doktor. «Ich weiß, was Sie sagen wollen, Inspektor. Sie meinen, ich lasse die Möglichkeit außer acht, daß die Leichenstarre schon seit einiger Zeit voll entwickelt war, als ich den Toten zum erstenmal sah. Angenommen, die Starre hat sich langsam entwickelt und war schon um ein Uhr voll da, dann wäre es möglich, daß der Tod schon um zehn Uhr abends eingetreten ist. Wie ich Ihnen schon einmal sagte, unmöglich ist das nicht.»

MacPherson grunzte zufrieden.

«Campbell war ein Mann von strotzender Gesundheit», fuhr der Doktor fort, «und ist durch plötzliche äußerliche Gewaltanwendung gestorben. Wenn Sie bei Ihrer Kapazität ein bißchen weiter hinten nachschlagen, Duncan, werden Sie dort lesen, daß unter diesen Bedingungen die *rigor mortis* meist langsam einsetzt.»

«Das schon, Doktor», beharrte der Konstabler, «aber da steht auch, wenn der Betrrreffende erschöpft und nicht im Vollbesitz seiner Körrrperkrrräfte ist, kann die Starre sehr schnell eintreten. Nun hab ich mir gedacht, daß dieser Campbell doch einen sehr anstrengenden Abend hinter sich gehabt haben muß. Erst hat er sich so gegen neun Uhr mit Mr. Waters geprügelt, dann hat er sich um Viertel vor zehn mit Mr. Gowan geprügelt, und außerdem war er bis oben voll mit Whisky, dessen entkrrräftende Wirkung ja bekannt ist – das heißt», fügte er rasch hinzu, als er Wimsey grinsen sah, «nachdem die anfängliche Hochstimmung abgeklungen ist. Dann ist er früh am Morgen rrraus, ohne Frühstück, wie sich bei der Untersuchung seiner Innereien rausgestellt hat, und ist mit seinem Wagen 27 Meilen weit gefahren. Ob der nach alldem nicht erschöpft genug war, um ganz schnell steif zu werden, nachdem er errrmorrrdet wurrrde?»

«Sie scheinen sich ja gründlich Gedanken gemacht zu haben, Duncan», sagte der Doktor. «Ich sehe, ich muß mich vorsehen, sonst erwischen Sie mich noch. Ich will nur das eine sagen. Die durchschnittliche Dauer der *rigor mortis* liegt zwischen 24 und 48 Stunden. Campbells Leiche war starr, als ich sie am Dienstagnachmittag um drei zum erstenmal sah, und sie war am Mittwochabend noch steif, als sie eingesargt wurde. Am Donnerstag, als ich sie in Anwesenheit einiger von Ihnen, meine Herren, untersuchte, war die Starre völlig abgeklungen. Das ergibt eine einigermaßen durchschnittliche Dauer der Starre. Im allgemeinen folgt auf ein rasches Einsetzen eine kurze Dauer, auf ein langsames Einsetzen eine lange Dauer. Im vorliegenden Fall war die Dauer durchschnittlich bis lang, und ich folgere daraus, daß auch das Einsetzen durchschnittlich bis lange gedauert hat. Aus diesem Grund bin ich schließlich zu dem wohlüberlegten Urteil gelangt, daß der wahrscheinlichste Todeszeitpunkt irgendwo um Mitternacht herum gelegen hat, was auch mit dem allgemeinen Erscheinungsbild der Leiche und ihrer Verletzungen übereinstimmte.»

«Wie steht es mit dem Mageninhalt?» fragte Sir Maxwell.

«Der Mageninhalt bestand aus Whisky», meinte der Arzt trokken, «aber ich will mich nicht darauf festlegen, wie lange der Verstorbene am Montagabend wohl noch Whisky getrunken hat.»

«Aber», sagte Duncan, «wenn der Mord nun doch erst am Dienstag um neun begangen wurde, verkürzt das doch die Dauer der Starre.»

«Ja, natürlich», gab der Arzt zur Antwort. «Wenn er erst am Montag früh gestorben ist, verkürzt das die Dauer der *rigor mortis* auf etwas über 36 Stunden. Ich kann mich nur auf die Zeit zwischen Dienstag 15 Uhr und Mittwoch 19 Uhr beziehen, als ich den Toten dem Leichenbestatter übergab.»

«Nun, die Frage scheint ja wohl die zu sein», sagte der Staatsanwalt, «ob Sie sich, obwohl die Anzeichen auf einen Todeszeitpunkt um Mitternacht hindeuten, um eine Stunde nach oben oder unten geirrt haben könnten.»

«Durchaus.»

«Könnten Sie sich auch um acht bis neun Stunden geirrt haben?»

«Das würde ich nicht annehmen», antwortete der Doktor vorsichtig, «aber ich würde es auch nicht als unmöglich bezeichnen. In der Natur sind nur wenige Dinge unmöglich, und zu denen gehört nicht die irrtümliche Diagnose.»

«Also», meinte Dalziel, indem er seinen Untergebenen etwas

ungnädig beäugte, «Sie haben gehört, was der Doktor gesagt hat. Er sagt nicht, daß es unmöglich ist, und das ist mehr, als Sie verlangen können, wo Sie hier seine große Erfahrung in Frage stellen, Sie mit Ihrer *rigor mortis* und Ihrem alten Vater und dem kleinen Buch und so. Hoffentlich können Sie für diese Anmaßung wenigstens einen guten Grrrrund angeben. Sie dürfen es ihm nicht übelnehmen, Doktor. Duncan ist ein guter Kerl, nur etwas übereifrig.»

Duncan, puterrot im Gesicht nach dieser Ermunterung, setzte von neuem an.

«Also, meine Herren, ich bin von folgendem ausgegangen. Wir können keinem von den sechs Verdächtigen beweisen, daß er in der Nähe der Stelle war, wo die Leiche gefunden wurde, außer Mr. Graham. Von Mr. Graham wissen wir aber, daß er tatsächlich am Mordtag bei Bargrennan gesehen worden ist. Und was das schönste ist, er gibt es auch noch zu.»

«Das stimmt», sagte der Staatsanwalt. «Sie haben hier in Ihren Aufzeichnungen stehen, daß dieser Brown am Dienstag um halb zwölf Graham gesehen hat, wie er kurz unterhalb von Bargrennan am Cree entlangging. Er sagt, daß Graham flußaufwärts ging und schnell die Böschung hinuntergesprungen sei, als er Brown kommen sah, ganz als wollte er nicht gesehen werden. Das könnte einem tatsächlich verdächtig vorkommen.»

«Eben!» rief Duncan erregt. «Und was sagt Graham, als er gefragt wird? Zuerst will er überhaupt nicht sagen, wo er gewesen ist, und das, wohlgemerrrkt, bevor noch der Verdacht geäußert wird, daß Campbells Tod mehr als ein Unfall war. Das ist das eine. Zweitens, kaum wird durch die Zeitung bekannt, daß es ein Mord sein könnte, schon kommt er mit einem falschen Alibi an, aber nur für Montag abend.»

«Einen Augenblick, Duncan», sagte Sir Maxwell. «Wenn doch Graham, wie Sie annehmen, den Mord erst am Dienstagmorgen begangen hat, war es doch sinnlos für ihn, uns ein Alibi für den Montag abend zu bringen. Er mußte doch wissen, daß ihn das nicht deckte.»

«Ja, ganz rrrecht», erwiderte Duncan, das treuherzige Gesicht zu einem Ausdruck konzentriertester Schläue zusammengekniffen, «aber da war ja diese Dame, die mit dem Alibi gekommen ist, und warum? Weil einer – ich will nicht sagen, wer – herumerzählt hat, daß der Morrrd sehrrr wahrscheinlich am Montagabend begangen wurde. Woraufhin die Dame – die genau weiß, daß es Graham war, nur über die Zeit ist sie nicht so gut informiert –

Hals über Kopf in die Falle tappt. Sie sagt: ‹Er kann es nicht gewesen sein; er war bei mir.› Mr. Dalziel fragt sie scharf und plötzlich: ‹Wie lange war er bei Ihnen?› Sie sagt: ‹Bis nach neun.› Sie weiß nämlich genau, wenn sie sagt bis zwölf Uhr oder so, kommt gleich die Frage, ob ihn keiner aus dem Haus hat gehen sehen – was ja sehr wahrscheinlich wäre, nachdem die ganze Stadt erst mal auf den Beinen ist. Sehr gut. Dann hört Graham davon und sagt sich: ‹Das muß ich besser machen. Höchstwahrscheinlich hat mich sowieso dieser Kerl da oben erkannt. Ich sag einfach, ich war die ganzen zwei Tage und Nächte oben bei Bargrennan und hab mit Jimmy Fleeming Fische geklaut, und Jimmy haut mich raus.› Und daraufhin kommt er also mit seinem zweiten Alibi.»

«Jimmy Fleeming haut ihn wirklich raus, soweit ich sehe», bemerkte der Staatsanwalt, indem er in seinen Unterlagen blätterte.

«Na klar», sagte Duncan, «Jimmy Fleeming ist der größte Lügenbold in der ganzen Grafschaft, und außerdem ist Graham bei diesen Fischdieben sehr beliebt. Da ist keiner drunter, der nicht falsch schwören würde, um Graham zu decken.»

«Das stimmt allerdings», sagte MacPherson. «Und die brauchten nicht mal so besonders groß zu lügen. Die werden die halbe Nacht gewildert und den halben Tag geschlafen haben. Wer hätte Graham hindern sollen, wegzugehen und den Mord zu begehen – ja, und auch noch das Bild zu malen –, ohne daß die es überhaupt merkten? Er hätte ihnen vielleicht erzählt, daß er ein bißchen spazieren war. Oder sie haben geschlafen und gar nicht bemerkt, wie er wegging und wiederkam.»

«Nach Ihrer Ansicht, Duncan, ist also Campbell zum Minnoch gekommen – wann genau?»

«Das ist doch klar», sagte Wimsey. «Wir können uns auf Fergusons Angaben stützen, denn unter dieser Annahme bestände ja kein Grund, an ihnen zu zweifeln. Wenn er um halb acht aufgebrochen und mit halbwegs normaler Geschwindigkeit gefahren ist, kann er die 27 Meilen in nicht viel weniger als einer Stunde geschafft haben. Sagen wir, er kommt um halb neun an, setzt sich hin und packt seine Malsachen aus. Graham kommt auf seinem Morgenspaziergang um – sagen wir Viertel vor neun – dort vorbei. Sie geraten in Streit, Campbell stürzt in den Bach und ist tot. Um neun Uhr – Sommerzeit – könnte Graham durchaus mit dem Bild angefangen haben. Er braucht anderthalb Stunden. Das wissen wir, weil wir es ihn haben tun sehen – ich zumindest. Damit wäre es halb elf. Wir wissen aber, daß er um fünf nach elf noch dort war, also müssen wir ihm die Zeit noch geben. Das ist auch durchaus denkbar, denn als ich ihn malen sah, hat er ja demnach nur sein eigenes Bild kopiert, was wahrscheinlich schneller ging als beim ersten Versuch. Sowie er fertig ist und die Straße frei von neugierigen Passanten zu sein scheint, spaziert er zu seinen schlafenden Freunden zurück, die hinterher zu schwören bereit sind, daß sie ihn die ganze Zeit nicht eine Sekunde aus den Augen gelassen haben. Das ist Ihre Theorie, nicht wahr, Duncan?»

«Jawohl, das ist sie», sagte Duncan dankbar.

«Und sie ist soweit nicht einmal schlecht», fuhr Seine Lordschaft fort, ganz als äußerte er sich zu einer Kostprobe von einem alten Portwein. «Sie hat mindestens drei Haken, aber ich würde sagen, daß man die mit etwas gutem Willen ausräumen kann. Zum ersten müßte sich unser Doktor bei seinen Berechnungen gründlich geirrt haben, aber da er daran keinen Anstoß nimmt, brauchen wir das auch nicht. Zum zweiten, wer hat Campbells Frühstück aufgegessen? Nun, wir könnten vermuten, daß er nach dem vielen Whisky am Abend vorher zwar noch tapfer seine Speckscheiben und Eier gebraten hat, aber als sie fertig waren, konnte er sie nicht mehr sehen und hat sie ins Feuer geworfen. Oder wir könnten annehmen – das nur ungern –, daß Mrs. Green die Sachen selbst aufgegessen hat und es abstreitet. Oder wir können annehmen, daß Campbell sein Frühstück gegessen hat, sich prompt übergeben mußte und die Leere mit Whisky gefüllt hat. Das würde doch alles mit dem übereinstimmen, was Sie bei der Untersuchung vorgefunden haben, nicht wahr, Doktor?

Dann wären da die Teerspuren in Campbells Morris, die unserer Ansicht nach von Fahrradreifen stammen, aber sie könnten auch durchaus von etwas anderem herrühren. Ich habe als erster auf sie aufmerksam gemacht, aber ich hänge nicht unbedingt an ihnen. Um eine Theorie zu widerlegen, ist ihre Bedeutung nicht groß genug.

Der große Haken an Duncans genialer Rekonstruktion ist der Mann, der um Viertel vor zehn den Wagen an der Abzweigung nach New Galloway gesehen hat. Ich fürchte, den hat Duncan nicht berücksichtigt. Immerhin könnten wir sagen, daß der Mann sich geirrt hat. Wenn ein Arzt sich irren kann, dann auch ein ehrbarer Arbeiter. Er hat die Autonummer nicht gesehen, also kann es ein ganz anderer Morris gewesen sein.»

«Aber das aufgetürmte Zeug unter der Decke hinten drin», sagte der Polizeipräsident, «und die auffällige Kleidung des Fahrers. Daran kommen Sie nicht vorbei.»

«So?» meinte Wimsey. «Da kennen Sie mich schlecht. Ich komme auch an einem galoppierenden Spritzenwagen vorbei. Sie haben in Ihrer Anzeige nach einem Morris gefragt, gefahren von einem Mann in einem schreienden Mantel und mit einem Haufen Gepäck hinten, nicht wahr? Aber Sie wissen ja, wie das zugeht, wenn man nach so etwas fragt. Einer sieht etwas, was zum Teil dieser Beschreibung entspricht, und erfindet den Rest dazu. An diesem Morgen sind wahrscheinlich zwanzig Morris über die Hauptstraße von Castle Douglas nach Stranraer gefahren, und wahrscheinlich hatte die Hälfte Gepäck hintendrin. Einige wurden auch wahrscheinlich von Herren gefahren, deren Kleidung mehr schreiend denn einmalig war. Ihr Mann hatte keinen besonderen Grund, sich den Wagen zu diesem Zeitpunkt zu merken, außer daß er ganz plötzlich auf ihn zugeschossen kam. Die Wahrheit sieht womöglich so aus, daß der Mann selbst unvorsichtig gefahren ist. Der Wagen ist ihm in die Quere gekommen und hat ihn geärgert, und wenn er sich jetzt sagen darf, daß er einem Desperado begegnet ist, der auf der Flucht vor dem Arm des Gesetzes war, wird er sich nicht lumpen lassen und sich gern an ein paar Kleinigkeiten erinnern, die er gar nicht gesehen hat. Es gibt genug Leute, die sich immer an mehr erinnern, als überhaupt da war.»

«Das ist leider wahr», seufzte MacPherson.

«Ich will Ihnen mal sagen, was mir an dieser Theorie von Duncan gefällt», sagte der Staatsanwalt. «Ihr zufolge scheint die Tat nicht geplant gewesen zu sein. Es ist sehr viel wahrscheinlicher, daß Graham plötzlich Campbell begegnet ist und ihn im Streit erschlagen hat, als daß einer sich den komplizierten Plan ausgedacht hat, einen Toten diese vielen Meilen weit zu transportieren und an einer so schwierigen Stelle zu deponieren.»

«Wurde die Stelle nicht aber dem Mörder mehr oder weniger aufgezwungen, nämlich durch Campbells erklärte Absicht, an diesem Tag dort zu malen?»

«Man hätte ja ohne weiteres annehmen können, daß er sich's noch anders überlegt hat, Sir Maxwell.»

«Einem Unschuldigen», sagte MacPherson scharfsinnig, «würde diese Annahme keinerlei Schwierigkeiten bereiten. Aber ein Mörder könnte es sehr wohl übergenau nehmen, bis hin zu dem Punkt, daß er sich seinen ganzen Plan durch Übergenauigkeit verdirbt.»

«Nun, Inspektor», sagte der Polizeipräsident, «ich sehe, daß Sie mit keiner unserer Theorien rundum zufrieden sind. Lassen Sie uns mal Ihre hören.»

Die Miene des Inspektors erhellte sich. Das war seine Stunde.

Er war überzeugt, daß er und kein anderer das richtige Schwein an den Ohren hatte, und so war er Dalziel, Sir Maxwell und Duncan äußerst dankbar, daß sie solch minderwertige Tiere angeschleppt und ihm den Markt nicht verdorben hatten.

«Der Sergeant hat eben gesagt», begann er, «daß Jimmy Fleeming der größte Lügner in der Grafschaft sei. Also, ich kenne drei, die noch größere Lügner sind, und das sind Gowan und seine englischen Domestiken. Und sie sind, wohlgemerkt, die einzigen, die ihre Verlogenheit mit eigenem Mund unter Beweis gestellt haben, abgesehen von Strachan mit seinem kleinen Märchen vom Golfball.

Ich glaube, daß Gowan Campbell erschlagen hat, als sie sich auf der Straße begegnet sind, und von der Geschichte mit seinem Bart nehme ich ihm kein Worrrt ab.

Nun habe ich hier den Ablauf der Ereignisse, wie ich ihn sehe, aufgeschrieben, und möchte Sie bitten, Herr Staatsanwalt, ihn vorzulesen, weil Sie besser in der Öffentlichkeit sprechen können als ich.»

Mit diesen Worten überreichte ihm der Inspektor ein säuberliches Manuskript, das er seiner Brusttasche entnahm, und lehnte sich mit dem schüchternen Lächeln eines Poeten zurück, der einer öffentlichen Lesung seiner Werke beiwohnt.

Der Staatsanwalt rückte sich die Brille zurecht und trug mit klarer Stimme vor, was der Gerechtigkeit harrte als –

Der Fall Gowan

Nach Aussage des Mädchens Helen McGregor traf Campbell am Montagabend gegen 21 Uhr 45 auf der Straße von Gatehouse nach Kirkcudbright mit einem anderen Autofahrer zusammen, der inzwischen als Matthew Gowan identifiziert wurde und die Begegnung zugegeben hat. Es kam zu einem Handgemenge, und einer der Kontrahenten lud danach den leblosen Körper des anderen Kontrahenten in den Zweisitzer und fuhr damit in Richtung Gatehouse davon. Das Mädchen bekam daraufhin Angst und lief nach Hause. Die Aussage wurde im folgenden bestätigt durch den Fund eines Schraubenschlüssels, der die Fingerabdrücke Campbells trug, in der Nähe des angegebenen Tatorts sowie durch die Entdeckung von Wagenspuren, die zeigten, daß ein Wagen etwa 50 Meter vom genannten Tatort entfernt durch ein Gatter auf einen Feldweg gefahren wurde.

Nach meiner Ansicht kann das Verbrechen folgendermaßen rekonstruiert werden:

Nachdem Gowan Campbell im Kampf erschlagen hatte, war seine erste Überlegung, die Leiche an einen Ort zu verbringen, wo sie von einem Vorüberkommenden nicht gesehen würde. Dies besorgte er, indem er die Leiche in seinen eigenen Wagen lud, ans Gatter fuhr und den Toten hinüberwarf. Er nahm zu diesem Zweck seinen eigenen Wagen, weil er näher auf Gatehouse zu stand und er ihn leichter manövrieren konnte. Hätte er den Leichnam sofort in Campbells Wagen geladen, so hätte er zuerst seinen eigenen Wagen fortfahren müssen, um mit dem anderen vorbeizukommen, und währenddessen hätte jemand des Weges kommen können. Wenn ein solcher Jemand die Straße von Campbells Auto versperrt gefunden und bei näherem Hinsehen festgestellt hätte, daß sich eine Leiche darin befand, würde er dies als einen sehr verdächtigen Umstand vermerkt haben.

Danach holte er Campbells Wagen, fuhr ihn durch das Gatter, lud die Leiche hinein und ließ den Wagen ein Stück weiter den Weg hinauf stehen. Er ging dann zu Fuß zu seinem eigenen Wagen zurück und fuhr damit nach Kirkcudbright. Diese Strecke konnte er, wenn er *wie der Teufel* sehr waghalsig fuhr, in knapp fünf Minuten zurücklegen. Etwa bis um 22 Uhr 10. Das Mädchen Helen hat ihn gesehen, als er an ihrem Haus vorbeifuhr.

Zu Hause traf er Hammond an und überredete ihn, sofort mit ihm zurückzufahren. Nach Ankunft am Tatort, etwa um 22 Uhr 20, begab er sich zu Fuß zu dem Morris, holte ihn aus dem Feldweg und fuhr ihn nach Gatehouse, während Hammond den Zweisitzer nach Kirkcudbright zurückfuhr.

Gowan dürfte etwa gegen 22 Uhr 30 mit dem Morris an Campbells Haus angekommen sein. (Anmerkung: Ferguson gibt die Zeit mit 22 Uhr 15 an, aber mit der ausdrücklichen Einschränkung «ungefähr».)

Gowan faßte dann den Plan, einen Unfall Campbells vorzutäuschen. Da sein schwarzer Bart es ihm unmöglich machen würde, Campbell zu spielen, rasierte er ihn mit Campbells Rasiermesser ab (welches er anschließend gründlich reinigte) und vernichtete die Haare im Feuer, bis auf einen Teil, den er für einen anderen Zweck aufbewahrte.

Als Strachan kam, versteckte sich Gowan irgendwo, wahrscheinlich in der Garage. Nachdem Strachan wieder fort war, stahl er sich ins Haus zurück, vernichtete den Zettel und traf weiter seine Vorbereitungen.

Um halb acht brach er, als Campbell verkleidet, mit dessen Wagen auf, in dem sich der Leichnam, Malzeug und das Fahrrad befanden, das er vom *Anwoth Hotel* gestohlen haben mußte. Nun zu der langen Zeit, die er bis zur Abzweigung nach New Galloway brauchte, wo er von dem Arbeiter gesehen wurde. Meiner Ansicht nach hat er von irgendeiner Ortschaft aus, die wir noch nicht festgestellt haben, Hammond angerufen und ihm aufgetragen, mit dem Zweisitzer zu einer bestimmten Stelle zu kommen. Meiner Ansicht nach müßte dies eine Örtlichkeit in der Umgebung von Pinwherry sein. Es wurden Nachforschungen in die Wege geleitet, um diesen Telefonanruf in einem Bereich von 30 Meilen um Gatehouse herum festzustellen.

Hier unterbrach der Polizeipräsident die Lesung.

«Könnte dieser Anruf nicht leichter von Kirkcudbright aus festgestellt werden?» erkundigte er sich.

«Nein, nein», sagte Wimsey, noch ehe MacPherson etwas erwidern konnte. «Hammond hatte sicher die Anweisung, diesen Anruf ganz woanders zu erwarten. Ein verzweifelter Mensch wie Gowan wird sich doch nicht all diese Mühe machen, um dann über so eine Lappalie wie einen Telefonanruf zu stolpern, was, MacPherson?»

«Ganz rrrecht», sagte der Inspektor. «Genau das wollte ich auch gerade sagen.»

«Warum hat er denn Hammond nicht gleich gesagt, was er tun soll, als sie zusammen waren? Dann hätte er gar nicht erst anzurufen brauchen», bohrte der Polizeipräsident.

«Da hatte er doch seinen Plan noch nicht», sagte Wimsey. «Was seid ihr Leut nur ungeduldig! Laßt doch dem Mann etwas Zeit zum Nachdenken. Sein erster Gedanke war: ‹Weg mit der Leiche von dieser Straße, von der man weiß, daß ich hier langgefahren bin. Ich bringe sie irgendwohin. Wohin, weiß ich noch nicht. Das denke ich mir noch aus, und morgen früh um acht Uhr rufe ich Sie an. Fahren Sie nach Lauriston oder Twynholm (oder Kamtschatka oder Timbuktu, was gerade am praktischsten liegt), und von dort rufe ich Sie an.› Schließlich müssen Sie ja den Aufenthalt unterwegs irgendwie erklären. Ferguson lügt, Strachan ist in einen Schacht gefallen, Farren – Moment, ja – Farren versteht nichts vom Autofahren und Gowan hat von unterwegs angerufen. Fahren Sie bitte mit der Vorlesung fort, Herr Staatsanwalt.»

«Gowan fuhr dann zu der Stelle am Minnoch und malte sein Bild. Damit war er bis gegen halb zwölf beschäftigt. Dann stieg er aufs Fahrrad und fuhr die Straße nach Pinwherry und Girvan entlang bis zu der Stelle, die er ausgesucht hatte. Kurz hinter Barrhill muß er dann von Mr. Clarence Gordon gesehen worden sein. Laut Mr. Gordons Aussage soll der Radfahrer nicht sehr groß gewesen sein, aber so groß wird Gowan nicht ausgesehen haben, wenn er über die Lenkstange gebeugt saß und schnell in die Pedale trat. Ohne seinen Bart war Gowan von der Fotografie her nicht zu erkennen. Hammond traf ihn mit dem Zweisitzer irgendwo zwischen Barrhill und Girvan und hatte wahrscheinlich alles Notwendige bei sich, um das Fahrrad auf dem Wagen zu befestigen. Sie fuhren dann zusammen bis Girvan, wo Hammond ausstieg, das Fahrrad nahm und nach Ayr weiterfuhr, wo er entweder absichtlich oder zufällig das Fahrrad auf dem Bahnhofsgelände verlor. Es sei daran erinnert, daß die Person, die mit dem Fahrrad kam, wie ein Engländer gesprochen haben soll. Gowan fuhr weiter mit dem Wagen zu einer Stelle, von wo aus er seinen Brief an Major Aylwin absenden konnte. Da er sich ohne seinen Bart nicht in Kirkcudbright sehen lassen wollte, kehrte er wahrscheinlich erst spät abends nach Hause zurück. Es wird noch versucht, die Bewegungen des Wagens in der Zwischenzeit zurückzuverfolgen.

Zu den Bartteilen, die an der Straße Gatehouse–Kirkcudbright gefunden wurden: Gowan und seinen Spießgesellen muß der Gedanke gekommen sein, daß man einen Mord vermuten und auch seine (Gowans) Schritte überprüfen.könne. In diesem Falle hätten der abrasierte Bart und sein Verschwinden nach London ihn verdächtig gemacht. Sie dachten sich deshalb eine entsprechende Geschichte aus und deponierten die abgeschnittenen Haare neben der Straße, um die Geschichte glaubhaft zu machen. Diese Geschichte, die wegen ihres hohen Gehalts an Einzelwahrheiten sehr irreführend war, wurde dann auch von Gowan bei Scotland Yard zum besten gegeben. Gowans Flucht aus Kirkcudbright hat sich genauso abgespielt wie in seiner Aussage beschrieben. Soweit das Ergebnis meiner Überlegungen im Falle Gowan.

(Unterschrift) *John MacPherson*
Polizei-Inspektor»

«Eines genialer als das andere», stellte Wimsey fest. «Es gilt zwar noch eine Menge Einzelheiten nachzuprüfen, aber im ganzen klingt das wirklich sehr hübsch. Was für schreckliche Schurken diese englischen Diener doch sind! Nicht einmal Mord läßt sie ihre treue Ergebenheit gegenüber dem vergessen, des Brot sie verzehren.»

Der Inspektor errötete.

«Jetzt versuchen Sie mich lächerlich zu machen, Mylord», sagte er vorwurfsvoll.

«Aber ganz und gar nicht», entgegnete Seine Lordschaft. «Eines an Ihrer Geschichte gefällt mir ganz besonders, und zwar, daß Sie tapfer die Sache mit dem Fahrrad in Euston in Angriff genommen haben, um die sich alle anderen schamhaft drücken.»

In diesem Augenblick räusperte sich Konstabler Ross so unüberhörbar, daß alle sich nach ihm umdrehten.

«Ich entnehme Ihrem Verhalten, Ross», sagte Seine Lordschaft, «daß auch Ihnen das Wort Fahrrad nicht bar jeder Bedeutung ist. Wenn es die anderen Herren gestatten, würde ich mit größtem Vergnügen auch Ihre Version von den Ereignissen hören.»

Der Konstabler sah Zustimmung heischend den Polizeipräsidenten an, und als dieser nickte, begann er mit dem Vortrag seiner Theorie.

«Was mir die ganze Zeit im Kopf herumgeht», sagte er, «das ist dieser Waters. Er hat ein sehrrr schlechtes Alibi, und das läßt sich noch nicht mal nachprüfen. Bisher haben wir noch keine Verbindung mit diesem Drewitt und seinem Segelboot –»

«Moment mal, Ross», unterbrach ihn der Polizeipräsident. «Wir haben heute morgen ein Telegramm von ihm aus Arisaig bekommen. In Oban hatten wir ihn knapp verpaßt. Er telegrafiert: ‹Waters Dienstag abend vor Doon eingeschifft 20 Uhr 30, Samstag Gourock von Bord. Brief folgt.› Er hat also, wie ich es sehe, der Polizei eine Bestätigung gegeben.»

«Na ja», meinte Ross völlig unbeeindruckt, «kann schon sein. Aber wir wissen doch gar nicht, was für einer dieser Drewitt ist. Wie ich mir das vorstelle, wird er Waters in jedem Fall decken. Er wird schwören, bis er schwarz im Gesicht ist, daß Waters vorm Doon an Bord gegangen ist, aber Tatsache bleibt, daß ihn dabei niemand gesehen hat, und sein Fahrrad ist glatt verschwunden. Meiner Meinung nach liegt dieses Fahrrad irgendwo im tiefen Wasser zwischen Arran und Stranraer, und wir sehen es frühestens, wenn es zum Jüngsten Gericht auftaucht, um Zeugnis abzulegen. Es sei denn –» fügte er unter Verzicht auf weitere bildhafte Vergleiche hinzu – «Sie fischen mit einem Tiefseenetz danach.»

«Welche Vorstellung haben Sie denn, Ross?»

«Sehen Sie, Sir Maxwell, das ist so, und für mich ist das vollkommen klar und einfach. Da ist einmal Campbell, voll wie eine Strandhaubitze und auf Streit aus. Er hat sich mit Waters geprügelt, und das rrreicht ihm noch nicht. Wie er nach Gatehouse fährt, trifft er Gowan und macht ihn fertig. ‹Schön›, denkt er, ‹heute ist für mich die Nacht der Nächte.› Zu Hause angekommen, trinkt er weiter und denkt sich: ‹Eigentlich könnte ich doch gleich dieses Schwein› (Verzeihung) ‹von einem Waters aus dem Bett holen und ihn auch fertigmachen.› Er holt den Wagen wieder raus und fährt weg. Ferguson schläft und hört nichts davon. Er sagt ja selbst, daß er Strachan nicht hat wegfahren hören, wieso hätte er dann Campbell hören sollen? Er fährt also nach Kirkcudbright und wirft Steine an Waters' Fenster. Waters schaut rrraus, sieht ihn und denkt: ‹Wir können uns nicht gut auf der Straße prügeln.› Er läßt ihn rein, sie reden eine Weile, und dann sagt einer von den beiden: ‹Wir gehn ins Atelier und rechnen da ab.› Das tun sie, und Campbell kommt dabei um.

Waters sitzt bös in der Patsche und weiß nicht, was er machen soll. Er kommt völlig verzweifelt aus seinem Atelier und trifft seinen Freund Drewitt, der mit einem Mietwagen gekommen ist und ihn besuchen will. ‹Drewitt›, sagt er, ‹ich hab einen umgebracht›, sagt er, ‹und weiß nicht, was ich machen soll. Es war ein ehrlicher Kampf›, sagt er, ‹aber sie werden einen Mord draus machen und mich aufhängen.› Dann stecken sie die Köpfe zusammen und hecken einen Plan aus. Drewitt geht zu Mrs. McLeods Haus, um Waters zu spielen. Und Sie erinnern sich», fügte Ross mit Nachdruck an, «daß Mrs. McLeod ihren Mieter ja nicht mehr gesehen hat, seit er kurz nach Mitternacht wegging. Sie hat ihn die Treppe raufkommen *gehört*, und sie hat ihn rrrauskommen *hören*, nachdem sie ihm sein Wasser gebracht hatte, und als sie später hinterm Haus wieder reinkam, hatte er sein Frühstück gegessen und war weg.»

«Da wäre Drewitt aber ein großes Risiko eingegangen», sagte MacPherson.

«Schon, aber Mörrrder müssen was rrriskieren», sagte Ross. «In der Zwischenzeit ist Waters mit Campbells Wagen und seinem Fahrrad weggefahren, während Drewitt ins Haus ging. Dann hat er alles so gemacht, wie wir es bei den anderen Verdächtigen auch angenommen haben. Er fährt um halb acht mit der Leiche weg. Ich denke, er wird die alte Straße über Bahnhof Gatehouse genommen haben, und vielleicht hatte er einen Motorschaden oder eine Rrreifenpanne und mußte das Rad wechseln. Ist eine schlechte Straße, voller Rinnen und Schlaglöcher. Jedenfalls kommt er um fünf nach halb zehn an der Abzweigung nach New Galloway vorbei und ist um zehn am Minnoch. Er malt das Bild, wirft die Leiche in den Bach und macht sich mit dem Fahrrad davon. Zeit hat er genug, denn den Rest seines Plans kann er erst nach Anbruch der Dunkelheit ausführen. Er versteckt sich in den Bergen, und hier beißt er sich erst mal vor Wut in den Bauch, weil er die Butterbrote mitzunehmen vergessen hat, die wir in Campbells Malersack gefunden haben. Bis es Abend ist, wird er halb verhungert sein. Sobald er sich wieder hervorwagen kann, fährt er mit dem Fahrrad zu der verabredeten Stelle, wo er Drewitt trifft.

Drewitt ist inzwischen die Küste rrraufgefahren, wie er gesagt hat. Der Mann, den da einer vor dem Doon hat an Borrrd gehen sehen, wird Drewitt gewesen sein, und danach wird der Weg, den das Segelboot genommen hat, genau mit Waters' Aussage übereinstimmen. Am Abend fährt Drewitt von Lady Bay nach Finnart Bay rrrüber und nimmt Waters an Bord, der über die Straße von Pinwherry rrruntergekommen ist. Sie nehmen das Fahrrad an Bord und setzen wieder nach Lady Bay über und machen dort fest. Anschließend brauchen sie nur nach ihrem alten Plan zu segeln und Waters am Samstag in Gourock von Bord zu lassen, nachdem sie das Fahrrad irgendwo versenkt haben, wo es nicht so leicht zu finden ist. Das ist doch alles so klar wie dicke Tinte.»

«Ja, aber –» sagte der Polizeipräsident.

«Ja, aber –» sagte der Inspektor.

«Ja, aber –» sagte der Sergeant.

«Ja, aber –» sagte Konstabler Duncan.

«Hm», machte der Staatsanwalt. «Diese Theorien sind ja alle sehr interessant, meine Herren, aber doch rein spekulativ. Ich beglückwünsche Sie alle zu Ihrer Findigkeit und Ihrem Fleiß, aber sagen zu müssen, welche Theorie die wahrscheinlichste ist, fällt mir schwerer als die Wahl zwischen Porzias Kästchen. Mir scheint, daß sie es alle wert sind, ihnen nachzugehen, und der nächste Schritt wäre jetzt, Ermittlungen zu führen, die geeignet sind, die eine oder andere zu bestätigen. Die Bewegungen aller Autos im Bezirk müßten mit der größten Sorgfalt überprüft werden. Wir müssen diesen Drewitt eingehend vernehmen, und die Leute, die um Finnart Bay und Lady Bay herum wohnen, müssen gefragt werden, ob sie irgendwelche Bewegungen dieses Segelboots beobachtet haben. Wenigstens können wir einigermaßen sicher sein, daß eine der fünf uns vorliegenden Theorien die richtige sein muß, und das ist auch schon etwas. Meinen Sie nicht, Lord Peter?»

«Ja, Wimsey», sagte der Polizeipräsident. «Sie haben dem Inspektor doch neulich gesagt, daß Sie das Rätsel gelöst hätten. Können Sie die alles entscheidende Stimme abgeben? Wer von unseren Verdächtigen ist der Mörder?»

Der Mörder

«Dies ist», sagte Lord Peter Wimsey, «der stolzeste Augenblick meines Lebens. Endlich fühle ich mich wahrhaft wie Sherlock Holmes. Ein Polizeipräsident, ein Polizeiinspektor, ein Polizeisergeant und zwei Konstabler rufen mich als Schiedsrichter zwischen ihren Theorien an, und ich kann mich, die Brust geschwellt wie ein Täuberich, in meinen Sessel zurücklehnen und sagen: ‹Meine Herren, Sie liegen alle falsch.›»

«Unsinn!» rief der Polizeipräsident. «Wir können doch nicht *alle* unrecht haben.»

«Sie erinnern mich», sagte Wimsey, «an den Schiffssteward, der auf dem Ärmelkanal zu dem Passagier sagte: ‹Sie können sich hier nicht übergeben.› Sie können alle unrecht haben, und das haben Sie.»

«Aber wir haben doch jetzt jeden verdächtigt», sagte Sir Maxwell. «Hören Sie, Wimsey, Sie werden uns jetzt nicht damit kommen, daß Mrs. Green oder der Milchmann oder sonst einer der Mörder war, von dem wir noch gar nichts gehört haben. Das läge in der schlechtesten Tradition minderwertigster Kriminalromane. Außerdem haben Sie selbst gesagt, der Mörder müsse ein Künstler sein, und Sie selbst haben diese sechs Künstler ausgewählt. Wollen Sie jetzt einen Rückzieher machen?»

«Nein», sagte Wimsey, «etwas derart Gemeines würde ich denn doch nicht tun. Ich muß meine Behauptung von vorhin etwas abschwächen. Sie haben alle unrecht, aber einer von Ihnen hat etwas weniger unrecht als die übrigen. Trotzdem hat keiner von Ihnen den richtigen Mörder, und keiner von Ihnen hat den ganzen Ablauf richtig rekonstruiert, einige von Ihnen wohl aber Teile davon.»

«Nun spannen Sie uns mal nicht so auf die Folter, Wimsey», sagte Sir Maxwell. «Die Sache hat ja auch noch eine ernste Seite. Wenn Sie über Informationen verfügen, die wir nicht haben, sollten Sie uns das sagen. Überhaupt hätten Sie uns das von Anfang an sagen sollen, statt unsere Zeit so zu vergeuden.»

«Ich hab's Ihnen von Anfang an gesagt», antwortete Wimsey.

«Schon am Tag des Verbrechens habe ich es Ihnen gesagt, Sie vergessen das nur die ganze Zeit. Und ich habe eigentlich wirklich nichts im Ärmel behalten. Schließlich mußte ich warten, bis alle Verdächtigen vernommen worden waren, bevor ich mir meiner Theorie sicher sein konnte, denn jeden Augenblick hätte etwas auf den Tisch kommen können, was sie zunichte machte. Und ich habe auch jetzt noch nichts direkt bewiesen, obwohl ich es jederzeit zu versuchen bereit bin, wann immer Sie wünschen.»

«Nun los schon, los», sagte der Staatsanwalt, «sagen Sie uns bitte, was Sie beweisen wollen, und Sie bekommen jede Gelegenheit dazu.»

«Wunderbar! Ich werde gut sein. Nun müssen wir mal zurückgehen bis auf die Entdeckung der Leiche. Dort lag nämlich schon der Hase im Pfeffer, und ich habe Sie darauf aufmerksam gemacht, Dalziel. Es war nämlich dasjenige, was uns von Anfang an überzeugt hat, daß Campbells Tod kein Unfall, sondern ein Mord war.

Sie erinnern sich, wie wir die Leiche gefunden haben. Sie lag im Wasser, kalt und steif, und auf der Staffelei oben stand ein Bild, halbfertig, mitsamt Palette, Malersack und Malerspachtel. Wir haben uns alle Habseligkeiten des Toten vorgeknöpft, und ich hab zu Ihnen gesagt: ‹Da fehlt was, und wenn wir es nicht finden, heißt das Mord.› Erinnern Sie sich daran, Dalziel?»

«Sehr gut, Lord Peter.»

«Wir haben in Campbells Malersack neun Tuben Ölfarben gefunden – Zinnoberrot, Ultramarin, zweimal Chromgelb, Chromgrün, Kobaltblau, Karmesinrot, Krapprosa und Zitronengelb. Aber Schieferweiß war keins da. Wie ich Ihnen nun damals erklärt habe, kann ein Ölmaler unmöglich ein Bild malen, ohne Schieferweiß zu benutzen. Es ist ein Grundmedium, das er in andere Farben hineinmischt, um verschiedene Licht- und Schattentöne herauszubekommen. Selbst ein Mann wie Campbell, der viele reine Farben benutzte, wäre so wenig ohne eine Tube Schieferweiß zum Malen gegangen wie Sie ohne Angel zum Fischen. Auf jeden Fall war ja schon durch das Bild selbst bewiesen, daß Campbell an diesem Morgen Schieferweiß benutzt hatte, denn es waren gewaltige Wolkenmassen darauf, frisch aufgetragen und noch naß.

Das bestätigte auch ein Blick auf die Palette. Es waren sieben Farbkleckse darauf, und zwar in der Reihenfolge: Weiß, Kobalt, Chromgrün, Zinnoberrot, Ultramarin, Chromgelb und Krapprosa.

Nun, Sie wissen ja, wie wir nach der fehlenden Farbtube gesucht haben. Wir haben Campbells Taschen umgedreht, wir haben jeden Zentimeter Boden abgesucht, und wir haben – vielmehr Sie haben, denn ich hatte mich vernünftigerweise verdrückt – jeden Stein in diesem vermaledeiten Bach umgedreht bis hin zur Brücke. Ich hatte Ihnen gesagt, daß die Tube wahrscheinlich groß sei, aber fast leer und dadurch ziemlich leicht sein könne. Wenn sie dort irgendwo gewesen wäre, könnten wir, glaube ich, davon ausgehen, daß Sie sie gefunden hätten.»

«Jawohl», sagte Dalziel, «das können wir mit Sicherheit annehmen, Mylord.»

«Sehr gut. Also. Es bestand natürlich die entfernte Möglichkeit, daß nach Campbells Tod jemand gekommen war und die Tube mitgenommen hatte, aber den Gedanken haben wir für zu phantastisch gehalten, um ihm weiter nachzugehen. Warum hätte einer gerade das stehlen sollen und sonst nichts? Und dann ließ ja der Zustand der Leiche vermuten, daß der Tod schon erheblich früher eingetreten war, als die getane Arbeit an dem Bild einen glauben machen sollte. Übrigens, Doktor, ich kann Sie beruhigen und schon gleich sagen, daß Ihre Berechnung der Todeszeit trotz Duncans genialem und sachkundigem Plädoyer vollkommen richtig war.»

«Freut mich zu hören.»

«So. Die Frage war nun, was aus dem Schieferweiß geworden war. Unter Berücksichtigung aller sichtbaren Tatsachen kam ich zu dem Schluß, daß a) Campbell ermordet wurde, b) der Mörder das Bild gemalt und c) aus einem unerfindlichen Grund die Tube Schieferweiß mitgenommen hatte.

Warum hätte er sie aber mitnehmen sollen? Es war doch das Dümmste, was er tun konnte, weil das Fehlen dieser Tube sofort Verdacht erregen würde. Er mußte sie also versehentlich mitgenommen haben, und das hieß, er mußte sie automatisch dahin gesteckt haben, wohin er beim Malen immer seine Farbtuben zu stecken pflegte. Er hatte sie an keinen der üblichen Plätze getan – auf den Boden, in eine Schachtel, in den Sack oder auf eine Ablage an der Staffelei. Er mußte sie irgendwo an seinem Körper untergebracht haben, und eine Tasche war da der wahrscheinlichste Ort. Von der Sekunde an war ich der Meinung, wir sollten nach einem Maler suchen, der die unmanierliche Angewohnheit hatte, Farbtuben in die Taschen zu stecken.»

«Davon haben Sie nichts gesagt», schmollte Dalziel.

«Nein, weil ich fürchtete – entschuldigen Sie –, aber wenn ich das gesagt hätte, wären Sie womöglich hingegangen und hätten sich erkundigt, und wenn der Mörder erst einmal auf diese seine unglückselige Angewohnheit aufmerksam gemacht worden wäre, wär's Schluß mit der Angewohnheit und mit den Ermittlungen gewesen. Außerdem konnten mehrere Maler diese Angewohnheit haben. Oder ich konnte mich in der ganzen Sache vollkommen geirrt haben – es war ein mageres Indiz, und womöglich hatte ich zuviel daraus gemacht. Da dachte ich mir, am besten wär's, wenn ich ein bißchen in den Ateliers herumschnüffelte, die Leute beim Arbeiten beobachtete und ihre Angewohnheiten ausspionierte. Das war offensichtlich eine Arbeit, die ich als Privatmann viel besser machen konnte als jeder Beamte. Aber ich hatte Ihnen den Hinweis gegeben, Dalziel, und Sie haben ihn in Ihren Bericht aufgenommen. Jeder hätte zu dem gleichen Schluß kommen können wie ich. Warum ist keiner darauf gekommen?»

«Egal, warum, Wimsey», sagte Sir Maxwell. «Erzählen Sie weiter.»

«Die nächste Frage war», fuhr Wimsey fort, «warum dieses raffinierte Täuschungsmanöver mit dem Bild? Warum sollte ein Mörder sich unnötig lange am Ort seines Verbrechens herumtreiben und Bilder malen? Offenbar doch nur, um zu vertuschen, daß Campbell schon um – na, eben um die Zeit getötet worden war, als er tatsächlich getötet wurde. Sagen wir, am Abend vorher. Das hieß, daß der Mörder für den vorigen Abend – oder wann sonst – kein gutes Alibi hatte. Aber wenn er es so aussehen lassen wollte, als ob Campbell erst morgens getötet worden wäre, mußte er sich für diesen Morgen ein gußeisernes Alibi geschaffen haben. Ich kam also zu dem Ergebnis, daß ich über den Mörder schon vier Dinge wußte: 1. er war ein Künstler, sonst hätte er das Bild nicht malen können; 2. er hatte die Angewohnheit, Farbtuben in die Taschen zu stecken; 3. er hatte ein schwaches Alibi für die tatsächliche Todeszeit; und 4. er würde ein gutes Alibi für den Dienstagmorgen haben.

Dann wurden die Teerspuren am Wagen entdeckt. Das ließ vermuten, daß in dem Alibi ein Fahrrad eine Rolle spielen mußte. Weiter kam ich aber nicht, weil ich nicht wußte, wann Campbell gestorben war, wann er zum Minnoch aufgebrochen sein sollte, wie lange man brauchte, um so ein Bild zu malen und andere Einzelheiten dieser Art. Was ich aber wußte, war, daß Campbell ein streitsüchtiger Kerl war und daß mindestens sechs Maler in der Umgebung ihm schon mal irgendwann an den Kragen wollten.

Das Verwirrende an dem Fall war nun, daß von den sechs Malern fünf verschwunden waren. Es ist natürlich nicht im mindesten ungewöhnlich, daß fünf Maler gleichzeitig aus der Gegend weg sind. In Glasgow war eine Ausstellung, zu der einige Leute gefahren waren, unter ihnen Ferguson. Es war Angelsaison, da blieben die Leute oft die ganze Nacht weg – es gab einfach hunderterlei ganz harmlose Dinge, mit denen sie hätten beschäftigt sein können. Tatsache aber war, daß diese fünf Leute nicht zur Vernehmung zur Verfügung standen. Und man kann nicht dasitzen und einem Maler bei der Arbeit zusehen, wenn man nicht weiß, wo er ist. Der einzige, den ich sofort zu fassen bekam, war Strachan, und als ich mich mit ihm etwas näher beschäftigte, schien es, daß sein Alibi alles andere als zufriedenstellend war, nicht nur für Montag abend, sondern ebenso für Dienstag vormittag; ganz zu schweigen von seinem blauen Auge und der auch sonst recht mitgenommenen Erscheinung.

So also standen die Dinge: Graham verschwunden, Farren verschwunden, Waters verschwunden, Gowan nach London gereist, Ferguson nach Glasgow gefahren, Strachan zu Hause, aber offenbar die Wahrheit verschweigend.

Strachan, das darf ich sagen, habe ich fast sofort freigesprochen, obgleich ich es für möglich hielt, daß er mehr wußte, als er sagte. Ich suchte einen Mörder mit einem guten Alibi, und Strachans Alibi war an Unbeholfenheit nicht mehr zu überbieten. Graham, Farren und Waters mußten warten; sie würden möglicherweise mit hervorragenden Alibis wiederkommen; das konnte ich nicht sagen. Nur hatte ich mit etwas Offensichtlicherem, Unmittelbarerem gerechnet. Die beiden verdächtigsten Personen waren in meinen Augen Ferguson und Gowan, denn sie hatten Alibis, die von Dritten bestätigt wurden. Wenn aber Gowans Alibi recht war, deckte es die Nacht so gut wie den Morgen; folglich war der Mann, der alle Bedingungen am besten erfüllte, Ferguson. Er hatte ein Alibi von genau der Art, die ich erwartet hatte. Es deckte nur den Vormittag; es war an jeder Naht absolut wasserdicht; und es wurde bestätigt von Leuten wie Stationsvorstehern und Busschaffnern, die keinen erkennbaren Anlaß zum Lügen gehabt hätten. Wenn Ferguson wirklich mit dem Neun-Uhr-acht-Zug von Gatehouse nach Dumfries gefahren war, *konnte* er das Bild *nicht* gemalt haben.

Schön, und dann tröpfelten so nach und nach die übrigen ein. Graham kam und hatte überhaupt keine Erklärung. Er hat mir einen bösen Schrecken versetzt, denn Graham ist der eine von den sechsen, der nicht nur Phantasie hat, sondern auch noch genau *meine* Phantasie. Ich sah Graham förmlich diesen Gedankengang bezüglich des Alibis nachvollziehen und sich sagen, daß jedes Alibi verdächtig sein würde und der beste Unschuldsbeweis folglich sei, gar kein Alibi zu haben. Ich glaube, in diesem Moment habe ich Graham stärker verdächtigt als alle anderen. Er sagte, er könne Campbells Stil nachahmen – hat sich förmlich darum gerissen, es mir zu demonstrieren. Ich hatte das ungute Gefühl, wir würden Graham nie auf etwas festlegen können. Sein Auftritt war fehlerlos. Er hat die Sache genau von der richtigen Seite angepackt. Und er war fest entschlossen, sich auf nichts einzulassen, bevor er wußte, worum es ging.

Dann kam Ferguson zurück und konnte jede Menge Zeugen dafür aufbieten, daß er wirklich in Glasgow gewesen war, und er hat uns eine Geschichte erzählt, die uns wenigstens ein paar sichere zeitliche Anhaltspunkte gab. Ich bin sicher, daß alle seine Zeitangaben vollkommen korrekt sind und daß er weder eingeschlafen ist noch etwas überhört hat. Ich hab ihn mal überfallen und seine Methode beim Malen studiert und dergleichen, und dabei habe ich mir ein Urteil über ihn gebildet.

Das war an dem Tag, an dem wir anfingen, hinter die Geschichte mit dem Fahrrad in Ayr zu kommen. Ich will ja niemandem zu nahe treten, aber ich finde, das mit dem Fahrrad hätte in allen Deutungsversuchen des Verbrechens berücksichtigt werden müssen. Diese ganze Affäre war so überaus merkwürdig, daß es sich kaum um ein Versehen oder einen Zufall gehandelt haben konnte. Natürlich ließ das noch lange nicht auf die Person des Mörders schließen, denn das Fahrrad stammte aus Gatehouse und bedeutete lediglich, daß das Verbrechen von Gatehouse aus durchgeführt wurde, was sowieso höchst wahrscheinlich war. Es war jammerschade, daß dieser unglückliche Dienstmann in Girvan ausgerechnet da krank werden mußte. Wenn er eines dieser Fotos hätte identifizieren können, hätte er uns vielleicht eine Menge Kummer erspart.

Donnerstag – was hab ich eigentlich am Donnerstag gemacht? Ja, natürlich – da haben wir die Geschichte von der Prügelei an der Straße Gathouse–Kirkcudbright gehört, dann das mit dem Schraubenschlüssel und den schwarzen Haaren. Da haben wir uns ziemlich an der Nase herumführen lassen, MacPherson. Wenn wir ein bißchen schneller gewesen wären, hätten wir Gowan noch erwischen können, bevor er auf und davon war, und das hätte uns einiges Fahrgeld nach London gespart. Das war meine Schuld, weil ich mich so in meine Idee mit der Malerei verbissen hatte, daß ich abends zu Bob Anderson ging, um diesen Malausflug zum

Minnoch vorzuschlagen. Ich wollte einen Wagenvoll Maler dorthin fahren und sie dort nach Campbells Manier malen lassen, um zu sehen, wie lange sie brauchten. Strachan, Graham und Ferguson waren da, und alle drei waren bereit, mitzumachen, nur daß Ferguson die Idee nicht sehr geschmackvoll fand. Aber dann hat das Wetter diesen Plan durchkreuzt.

Wie ging's dann weiter? Ach ja. Ich bin an die Carrick-Küste gefahren und habe Strachan beim Malen zugesehen. Er wollte mich schon ins Meer stürzen, hat sich's dann aber doch noch anders überlegt. Inzwischen war völlig klar, daß er entweder etwas verschwieg oder jemanden decken wollte, und aller Wahrscheinlichkeit nach hatte er etwas mit Farrens Verschwinden zu tun gehabt. Ich hatte ihn nämlich am Dienstagabend bei Mrs. Farren gesehen, müssen Sie wissen – als ich Waters' Atelier besichtigte und dabei feststellte, wie praktisch der Weg dahin sich zum Unterstellen eines Wagens anbot.

Am Samstag habe ich nicht viel getan, nur daß Waters wieder auftauchte und Mrs. Smith-Lemesurier uns ihre erstaunliche Geschichte erzählen kam. Ich war mir bei Graham noch immer nicht sicher. Die Geschichte war viel zu dumm, als daß er sie hätte erfinden können, aber wie Duncan ja schon sagte, konnte auch die Dame den Kopf verloren und sich das ausgedacht haben, ohne ihn zu fragen.

Am Sonntag habe ich Mrs. Farren so lange geärgert, bis sie mir sagte, wo ihr Mann zu finden sei. Am Montag habe ich ihn aufgespürt und mir schnell noch seine Malmethode ansehen können, bis die beamteten Spürhunde angehetzt kamen. Jetzt brauchte ich mir also nur noch drei von meinen Malern vorzuknöpfen. Danach erhielt der Polizeipräsident Strachans Aussagen, aber inzwischen wußte ich über Strachan schon alles, was ich brauchte.

Meine letzte Aufgabe bestand darin, mir Graham und Waters zu greifen und sie Campbells Bild abmalen zu lassen. Das schlug gleich vier Fliegen mit einer Klappe. Erstens zeigte es mir, wie sie beide mit ihren Farben umgingen, zweitens gab es mir den Zeitfaktor, den ich noch brauchte, um meine Theorie zu vervollständigen, und schließlich ergab es sich so, daß sie mir im Laufe ihrer Unterhaltung alle gewünschten Informationen über Gowan lieferten. Darum sagte ich Ihnen auch, Inspektor, daß ich nicht mehr hinzufahren und mir Gowan anzusehen brauchte.

Nun lechzen Sie sicher alle schon, das eine zu erfahren: Was haben die sechs Leute mit ihren Farben angestellt?

Gowan schien schon einmal ein furchtbar penibler Mensch zu

sein. Er konnte nicht malen, wenn nicht alles ganz genau so und nicht anders war. Er hatte einen Platz für jedes Ding und jedes Ding an seinem Platz. Er wäre der letzte Mensch auf Erden, der eine Farbtube in die Hosentasche stecken würde. Außerdem, wenn ich ehrlich sein soll, traue ich ihm nicht zu, daß er Campbell so imitieren könnte. Er ist viel zu festgefahren in seinem eigenen Stil. Auch traue ich ihm den Grips nicht zu, so ein Verwirrspiel von Anfang bis Ende durchzuziehen. Sein ganzes raffiniertes Verschwinden wurde von Alcock geplant und gelenkt, der allerdings das Zeug zum Ränkeschmiedemeister hat.

Waters hat die Angewohnheit, seine Farben in einen Malersack zu werfen, und da Campbells Malersack ja dalag, hätte er sie wie von selbst dahinein getan. Und wenn er auch damit geprahlt hat, Campbell imitieren zu können, war er doch beim Kopieren recht langsam, und seine Kopie war nicht besonders gut. Immerhin war sie aber auch wieder nicht so schlecht, daß es so aussah, als ob er absichtlich schlecht gearbeitet hätte. Und weder er noch Graham machten den Eindruck, als ob sie mit dem Bild etwas Unangenehmes in Verbindung brächten.

Graham – nun, Graham ist sehr intelligent. *Er* hat auch sofort gesehen, daß das Bild nicht von Campbell stammte. Er hat es nicht direkt gesagt, nicht so ausdrücklich, aber er hat Abweichungen im Stil festgestellt und eine dementsprechende Bemerkung gemacht. Das hätte natürlich der Gipfelpunkt seiner Machenschaften sein können, mit denen er mich übers Ohr zu hauen versuchte, aber das hielt ich nicht für sehr wahrscheinlich. Seine Verblüffung und sein Argwohn wirkten echt. Er erwähnte auch, daß er beim Malen im Freien seine Farben entweder auf den Boden oder in seinen Hut lege, und Waters bestätigte das. Weder Graham noch Waters zeigten die geringste Neigung, Farben in die Taschen zu stecken. Ich habe beide eineinhalb Stunden lang beobachtet und sie nicht bei einer einzigen unbedachten Bewegung erwischt.

Farren benutzt eine Skizzenbox und nimmt es sehr genau, daß er jede Tube nach Gebrauch auch ja sofort wieder an ihren Platz tut. Ich weiß nicht, was er machen würde, wenn er keine Skizzenbox zur Hand hätte, aber als ich bei Mrs. Farren war, habe ich die Taschen seines alten Malerkittels inspiziert und keine Tuben darin gefunden, auch keine Farbrückstände im Futter. Außerdem habe ich Farren sofort eliminiert, als ich feststellte, daß er für Dienstag vormittag kein Alibi hatte, und der Sinn der ganzen Bilderfälscherei war es ja, ein Alibi aufzubauen. Sonst hätte sie überhaupt keinen Wert gehabt.

Strachan legt seine Farben auf eine Ablage an seiner Staffelei, und zwar immer in derselben Reihenfolge, und er bereitet auch seine Palette immer in derselben Art vor – in der Reihenfolge des Spektrums. Campbells Palette war aber keineswegs so aufgemacht, und die Farbtuben waren alle im Sack – natürlich außer dem Schieferweiß. Während ich Strachan zusah, habe ich die Gelegenheit ergriffen, eine Tube Kobaltblau verschwinden zu lassen, aber er hat sie sofort vermißt, als es ans Einpacken ging, obwohl er da wegen so einiger Dinge, die ich ihm gesagt hatte, völlig aus dem Häuschen war. Er ist nicht der Mann, der mit einer verräterischen Tube Schieferweiß in der Tasche davonspazieren würde.

Und nun kommen wir zu Ferguson. Ferguson steckt immerzu Farben in die Taschen; ich hab's selbst gesehen. Ferguson bezieht seine Farben von Robertson's, aber auf dem Tisch lag eine Pfundtube Winsor & Newton; ich hab sie gesehen und in der Hand gehabt. Fergusons Schwäche für eine bestimmte bläuliche Schattierung war es, was Graham bei dem gefälschten Bild verdutzte. Ferguson und sonst niemand hat dieses Bild gefälscht und das Alibi aufgebaut.

Moment noch. Ich möchte zu Ferguson noch ein paar Dinge anmerken. Er ist der Mann mit genau dem Alibi, das mit Hilfe des gefälschten Bildes aufzubauen Ziel und Absicht des Mörders war. Er ist bekannt für sein erstaunliches visuelles Gedächtnis. Ferguson war der einzige, der gegen den Malausflug zum Minnoch aufbegehrte. Und ich ziehe meinen Hut vor Sir Maxwell Jamieson, der entgegen aller Wahrscheinlichkeit bestätigt hat, daß Ferguson derjenige war, der über die Detailkenntnisse verfügte, um in Campbells Haus alles so herrichten zu können, daß Mrs. Green getäuscht wurde.»

Es trat eine kurze Stille ein, nachdem Wimsey diese lange Rede beendet hatte, die er in völlig ungewohnter Sachlichkeit vorgetragen hatte. Dann sagte Sir Maxwell:

«Das ist ja sehr schön, Wimsey, und klingt auch sehr überzeugend, aber solange Sie Fergusons Alibi nicht knacken könnten, bringt es uns überhaupt nichts ein. Wir wissen, daß er – oder jemand anders – mit dem Neun-Uhr-acht-Zug von Gatehouse nach Dumfries und weiter nach Glasgow gefahren ist. Die Fahrkarte wurde unterwegs dreimal kontrolliert und in Glasgow abgegeben. Außerdem wurde Ferguson in Glasgow von diesen Magnetzündermenschen sowie von Miss Selby und Miss Cochran gesehen. Wollen Sie sagen, daß er einen Komplicen hatte, der ihn gedoubelt hat, oder was?»

«Nein, einen Komplicen hatte er nicht. Aber er ist ein eifriger Leser von Kriminalliteratur. Ich will Ihnen jetzt mal sagen, was ich vorhabe – mit Ihrer Erlaubnis. Morgen ist wieder Dienstag, und da werden alle Züge wieder genauso fahren wie am Tag des Alibis. Wir begeben uns heute abend zu Campbells Cottage und werden den ganzen Ablauf der Ereignisse von Anfang bis Ende rekonstruieren. Ich will versuchen, Ihnen genau zu zeigen, wie es gemacht wurde. Wenn ich an irgendeiner Stelle nicht weiterkomme, ist meine Theorie dahin. Wenn ich es aber schaffe, werde ich nicht nur beweisen, daß es so hätte gemacht werden *können*, sondern auch, daß es so gemacht *wurde*.»

«Das ist ein faires Angebot», sagte Inspektor MacPherson.

«Der einzige Haken ist nur», sagte Wimsey, «daß wir Ferguson aus dem Weg schaffen müssen. Wenn er sieht, was wir tun, haut er ab.»

«Soll er doch», ließ MacPherson sich grimmig vernehmen. «Wenn er abhaut, wissen wir, daß er's war.»

«Gute Idee», sagte Wimsey. «Und nun aufgepaßt. Wir brauchen einen nicht zu großen, schwer gebauten Mann, der Campbell spielt. Ihr Polizeifiguren seid alle zu groß. Ich fürchte, Sie werden herhalten müssen, Sir Maxwell.»

«Ich habe nichts dagegen», antwortete der gestandene Soldat mannhaft, «vorausgesetzt, Sie werfen mich nicht wirklich in den Minnoch.»

«Das werde ich schon nicht tun, aber leider werden Sie ein ganzes Stück recht unbequem Auto fahren müssen. Dann brauchen wir zwei Beobachter, nämlich einen, der bei der Leiche bleibt, und einen, der mich nicht aus den Augen läßt. Die beiden haben eine anstrengende Arbeit vor sich. Wie wär's mit Ihnen, Herr Staatsanwalt?»

«Aber nicht doch», meinte dieser. «Ich bin zu alt, um über Stock und Stein zu springen.»

«Dann nehmen wir dazu besser Inspektor MacPherson und Sergeant Dalziel. Sie können, wenn Sie wollen, einfach als Gast mitkommen, Herr Staatsanwalt. Dann brauchen wir ein Fahrrad, da ja das echte Fahrrad noch geduldig in Euston harrt, ob jemand so dumm ist, es abholen zu wollen; Speck und Ei für alle und noch einen Extrawagen für die Beobachter.»

Der Inspektor erbot sich, alles Notwendige zu besorgen.

«Ross und Duncan», fügte er hinzu, «können Ferguson im Auge behalten. Sie verstehen. Wohin er geht, werden sie ihn beschatten, und wenn er zu fliehen versucht, nehmen sie ihn fest.»

«So lobe ich's mir», sagte Wimsey. «Sir Maxwell, Sie brechen von Kirkcudbright auf, wenn die Wirtshäuser schließen, und werden um Viertel vor zehn an der S-Kurve warten. MacPherson, Sie nehmen den Beobachterwagen und spielen in diesem Akt Gowans Rolle, nur daß Sie anschließend nicht nach Kirkcudbright fahren, sondern dem Polizeipräsidenten nach Gatehouse folgen, um dort zum gegebenen Zeitpunkt Strachans Rolle zu übernehmen. Sie, Dalziel, heften sich an meine Fersen und behalten mich im Auge wie die Katze das Mauseloch. Sie, Herr Staatsanwalt, tun, wozu Sie Lust haben. Und bevor wir anfangen, werden wir alle ein gutes Abendessen zu uns nehmen, denn wir haben ein anstrengendes Stück Arbeit vor uns.»

Lord Peter Wimsey

«Hallo!» sagte Ferguson.

«Hallo», sagte Wimsey. «Dieser Herr hier ist der Staatsanwalt, und das hier ist Sergeant Dalziel aus Newton Stewart, den Sie ja wahrscheinlich schon kennen. Wir wollen ein kleines Experiment im Zusammenhang mit Campbells Tod machen, und dazu möchten wir Ihr Haus benutzen, wenn wir dürfen. Sie wissen ja, von hier aus kann man alles schön beobachten.»

«Ich will nicht hoffen, daß wir Sie aus dem Haus treiben, Mr. Ferguson», fügte der Staatsanwalt höflich hinzu.

«Nicht im mindesten», sagte Ferguson. «Treten Sie ein. Was haben Sie denn so im einzelnen vor?»

«Wir wollen die Ereignisse vom Montag abend rekonstruieren», sagte Wimsey, «und Sie sollen uns sagen, ob wir an irgendeiner Stelle etwas falsch machen.»

«Gewiß, mit Vergnügen. Wann soll die Vorstellung beginnen?»

Wimsey sah auf die Uhr.

«Um acht. Ich sollte jetzt mal anfangen. Wollen Sie Farren spielen, Dalziel, oder soll ich? Besser Sie, denn dann kann ich hier unter den Augen des Staatsanwalts bleiben.»

«Sehrrr gut», fand Dalziel und machte sich davon.

«Wo haben Sie gesessen, Ferguson, als Farren ankam?»

«Hier», sagte Ferguson und zeigte auf einen Sessel neben dem Feuer.

«Gut; dann setzen Sie sich jetzt wieder dorthin und tun genau dasselbe wie an jenem Abend. Der Staatsanwalt setzt sich in die gegenüberliegende Ecke und ich hier zwischen Sie beide.»

«Wen stellen Sie denn dar?» fragte Ferguson mit höflichem Interesse.

«Bisher noch niemanden. Erst später. Ich werde der Mörder sein. So was hab ich mir doch schon immer mal gewünscht. Hoppla! Das klingt, als ob es losginge.»

Eine Reihe schwerer Schläge zeugte von Dalziels gewissenhaftem Angriff auf Campbells Tür.

«Machen Sie weiter, Ferguson», sagte Wimsey.

Ferguson, dessen Gesicht im Licht der Öllampe ein wenig angespannt und blaß wirkte, ging ans Fenster und zog den Vorhang zurück.

«Wer ist denn da?» rief er. «Machen Sie doch um Himmels willen nicht so einen widerlichen Lärm. Ach, Sie sind's, Farren. Was ist denn los?»

«Wo ist dieser... Campbell?» röhrte der Sergeant aus vollem Hals. «Verzeihung, Sir, aber ich soll ja das Gespräch genauso rekonstruieren wie berichtet. Wo ist Campbell hin?»

«Campbell? Hab ich heute den ganzen Tag noch nicht gesehen. Keine Ahnung, wo er ist. Was wollen Sie denn von ihm?»

«Den Hals will ich ihm umdrehen!» brüllte der Sergeant mit Genuß. «Ich will dieses Sch... nicht mehr um meine Frau herumscharwenzeln sehen. Sag mir, wo ich den drrreckigen... finde, und ich hau ihm die Birne zu Brei.»

«Sie sind ja betrunken», sagte Ferguson.

«Ob ich betrunken bin oder nicht», antwortete Dalziel voller Elan, «geht dich überhaupt nichts an. Ich bin jedenfalls nicht so betrunken, daß ich nicht mehr sehe, wenn so eine Drecks... mit meiner Frrrau rrrumpoussiert. Wo ist der Hund?»

«Machen Sie sich nicht lächerlich, Farren. Sie wissen ganz genau, daß Campbell das nicht tut. Reißen Sie sich zusammen und vergessen Sie's. Gehen Sie Ihren Rausch ausschlafen.»

«Du kannst mich doch mal!» schrie der Sergeant. «Das kann ich dir sagen, ihr seid alle beide, du und er, zwei ganz gemeine – das weißt du schon selbst!»

«Mensch, geh dich doch aufhängen!» sagte Ferguson.

«Ja, genau das mach ich auch», antwortete Dalziel. «Ich will mich gerade aufhängen gehen, aber vorher muß ich noch diesen Campbell kaltmachen.»

«Na klar, einverstanden, häng dich auf alle Fälle auf, aber mach nicht solchen Lärm dabei. Geh und mach's in Gottes Namen woanders.»

Pause. Ferguson blieb am Fenster.

Dann fragte eine zaghafte Stimme von draußen: «Was muß ich jetzt tun, Sir? Nach meinen Anweisungen soll ich mich noch ein Weilchen hier rumtreiben.»

«Hauen Sie kräftig gegen die Tür», antwortete Ferguson, «und gehen Sie ums Haus und machen Sie auch hinten Lärm. Dann kommen Sie zurück, lassen noch eine Serie von Kraftausdrücken vom Stapel und fahren mit Ihrem Fahrrad davon.»

«Ist das richtig so, Sir?»

«So ungefähr», sagte Ferguson. «Ausgezeichnet gespielt. Ich gratuliere.»

«Fahre ich jetzt weg?»

«Stellen Sie das Fahrrad an seinen Platz», sagte Wimsey, indem der zu Ferguson ans Fenster trat, «und kommen Sie wieder hierher.»

«Sehrrr gut», sagte Dalziel. Sein rotes Rücklicht entfernte sich zum Gatter hin und verschwand hinter der Hecke.

«Unser werter Sergeant scheint sich zu amüsieren», meinte Ferguson. «Aber seine Wortwahl ist nicht ganz so schön wie die von Farren.»

«Wahrscheinlich hemmt unsere Gegenwart seinen Stil», meinte Wimsey. «Viertel nach acht. Der nächste Akt beginnt erst um zehn. Was sollen wir so lange machen? Karten spielen oder Geschichten erzählen? Oder soll ich Ihnen etwas vorlesen? Ferguson hat eine hübsche Sammlung Kriminalromane.» Er spazierte zu den Bücherregalen hinüber. «He, Ferguson, wo ist denn dieses Buch von Connigton, *Das Geheimnis der zwei Fahrkarten*? Das wollte ich eben unserem Staatsanwalt empfehlen. Es würde ihm sicher gefallen.»

«Das hab ich dem Pater im *Anwoth Hotel* geliehen», erwiderte Ferguson.

«Wie schade! Aber macht nichts. Hier wäre Austin Freeman. Bei ihm kann man sehr viel lernen. Wie wär's hiermit? *Das Auge des Osiris*. Wunderbar. Handelt von einer Mumie. Oder Kennedys *Die Leiche auf der Matte* – das ist hübsch und leicht und lustig, wie der Titel. Oder wenn Sie von Morden die Nase voll haben, versuchen Sie den neuen Cole: *Einbruch in Bucks*.»

«Danke», sagte der Staatsanwalt mit gestrenger Stimme, die von dem Blinzeln hinter seinen Brillengläsern Lügen gestraft wurde. «Ich habe mir die neueste Ausgabe des *Blackwood* mitgebracht, um mir die Zeit zu vertreiben.»

«Schon wieder abgeblitzt!» sagte Wimsey. «Ah, da kommt Dalziel. Kommen Sie, Sergeant, ich fordere Sie zu einer Partie Domino zu einem halben Penny den Punkt heraus. Ich bin ein großer Domino-Experte.»

Ferguson nahm sich ein Buch und setzte sich ans Feuer.

Wimsey holte ein Schächtelchen Dominosteine aus der Tasche und verstreute sie auf dem Tisch. Der Sergeant zog sich einen Stuhl heran. Der Staatsanwalt blätterte die Seiten des *Blackwood* um.

Die Stille wurde bedrückend. Das Rascheln der Blätter, das

Klicken der Dominosteine und das Ticken der Uhr klangen unnatürlich laut. Es schlug neun. Wimsey zahlte dem Sergeant vier Pence, und das Spiel ging weiter.

Es schlug zehn.

«Um diese Zeit machen Sie sich fertig zum Zubettgehen, nicht wahr, Ferguson?» meinte Wimsey, ohne die Augen vom Tisch zu heben.

«Ja.» Ferguson stieß seinen Stuhl zurück und stand auf. Er ging im Zimmer umher, räumte da eine Zeitung, dort ein Buch weg. Hin und wieder ließ er etwas fallen und mußte es wieder aufheben. Er ging zum Bücherregal und suchte ein Buch heraus, dann schenkte er sich ein Glas Whisky-Soda ein. Das trank er langsam aus, während er neben dem Kamin stand.

«Soll ich das Licht ausmachen?» fragte er, nachdem er ausgetrunken hatte.

«Haben Sie damals das Licht ausgemacht?»

«Ja.»

«Dann machen Sie's aus.»

Ferguson drehte die Öllampe aus. Die Flamme wurde kleiner und verlosch. Der Kamin schimmerte noch ein paar Sekunden rötlich, dann wurde er nach und nach dunkler.

«Soll ich ins Bett gehen?» kam seine Stimme aus der Dunkelheit.

«Sind Sie damals ins Bett gegangen?»

«Ja.»

Fergusons Schritte entfernten sich langsam aus dem Zimmer und gingen die Treppe hinauf.

«Mein Gott», sagte Wimsey leise. «Ich hatte schon meinen Revolver bereit. Horcht!»

Das Brummen eines Autos ertönte den Weg herunter. Es kam näher, wurde lauter. Der Wagen bog durchs Gatter ein. Die Scheinwerfer huschten übers Fenster und vorbei. Wimsey stand auf.

«Hören Sie das, Ferguson?» rief er die Treppe hinauf.

«Ja.»

«Dann gehen Sie zu Bett.»

«Was ist es?»

«Campbells Auto.»

«Können Sie es sehen?»

«Ich schaue nicht hin. Aber ich kenne das Geräusch des Motors.»

Wimsey ging in den Hof hinaus. Der Motor lief noch laut, und der Fahrer schien gewisse Schwierigkeiten zu haben, rückwärts in den Schuppen zu setzen.

«Zum Teufel, was treiben Sie da, Campbell?» schrie Wimsey. «Passen Sie doch auf, was Sie tun, Sie besoffener Kerl. Gleich fahren Sie mir wieder gegen die Mauer.»

Die Antwort bestand aus einem Ausbruch sehr militärischer Ausdrücke. Wimsey blieb nichts schuldig, und es folgte ein schönes Schimpfduell. Sergeant Dalziel, der sich auf Strümpfen nach oben schlich, fand Ferguson mit Kopf und Schultern aus dem Schlafzimmerfenster hängen.

Die Stimmen der unten streitenden Männer tönten laut herauf. Plötzlich ein Sprung und Füßescharren. Zwei dunkle Körper schwankten vor- und rückwärts. Dann ein Krachen und ein schwerer Fall, gefolgt von einem sehr realistischen Stöhnen.

«War es so, Mr. Ferguson?»

Ferguson fuhr so plötzlich herum, daß er mit dem Kopf laut gegen den Fensterrahmen krachte.

«Mann, haben Sie mich erschreckt!» sagte er. «Nein, nicht im entferntesten. Ich habe nichts dergleichen gehört. Etwas Derartiges ist überhaupt nicht passiert.»

«Nun ja», meinte der Sergeant philosophisch, «dann haben wir uns eben geirrt. Davon abgesehen, Mr. Ferguson, ich sollte Sie bitten, jetzt noch nicht zu Bett zu gehen, weil wir das Zimmer zu Beobachtungszwecken brauchen.»

«Und was soll ich tun?»

«Sie kommen einfach rrrunter und setzen sich zum Staatsanwalt ins Hinterzimmer.»

«Ich weiß zwar nicht, worauf Sie hinauswollen», sagte Ferguson, gab jedoch der Hand des Sergeants auf seinem Arm nach, «aber Sie liegen da völlig schief. Und wenn ich heute nacht nicht zum Schlafen kommen soll, fahre ich wohl besser zum *Anwoth Hotel* und miete mir da ein Bett.»

«Das wäre keine schlechte Idee, Sir», antwortete der Sergeant, «aber wir müssen Sie bitten, noch bis zwölf Uhr hierzubleiben. Ich laufe mal eben zum Hotel und sag, daß man Sie dorrrt erwarrrten soll.»

«Och, das kann ich selbst machen, Sergeant.»

«Ich will Ihnen doch keine Arrrbeit machen, Sir», erwiderte Dalziel höflich. Er hatte die Taschenlampe angeknipst, um ihnen den Weg die Treppe hinunterzuleuchten, und nun führte er sein Opfer ins Atelier, wo der Staatsanwalt wieder friedlich bei Kerzenschein im *Blackwood* blätterte.

«Setzen Sie sich, Sir», meinte er freundlich. «Ich bin gleich wieder da. Ah, da kommt ja auch Inspektor MacPherson mit dem Beobachterwagen. Der kann Ihnen Gesellschaft leisten.»

Sekunden später trat der Inspektor ein.

«Wie ist es gegangen?» fragte der Sergeant begierig.

«Seine Lordschaft bemüht sich sehr um die Leiche», antwortete der Inspektor grinsend. «Er versucht sie mit Whisky wiederzubeleben.»

«Bleiben Sie mal einen Moment hier, Inspektor, während ich schnell zum *Anwoth* rrrüberlaufe und ein Zimmer für Mr. Ferguson bestelle?»

MacPherson blickte von der gebrechlichen Gestalt des Staatsanwalts zu Ferguson, der mit feuchten Händen auf seinem Taschentuch herumknetete. Dann nickte er. Der Sergeant ging hinaus. Dann trat eine lange Stille ein.

Sergeant Dalziel ging nicht weiter als bis zum Gatter, wo er seine Taschenlampe kurz aufblitzen ließ. Konstabler Ross' stämmige Gestalt trat lautlos aus der Hecke. Dalziel schickte ihn mit einem geflüsterten Auftrag zum *Anwoth Hotel*, dann ging er nachsehen, was sich auf dem Hof tat.

Hier fand er den Polizeipräsidenten flach auf dem Boden ausgestreckt, über ihm Wimsey, der ihm verzweifelt erste Hilfe zu leisten versuchte.

«Ist er schon tot?» fragte Dalziel mitfühlend.

«Mausetot», antwortete der Mörder betrübt. «Ich würde sagen, wir hätten den Schlachtenlärm noch etwas länger ausdehnen sollen, aber tot ist tot. Wieviel Uhr haben wir? Halb elf. Auch ganz gut. Er hat noch ein paar Minuten geröchelt, und dann, tja, dann ist er gestorben. Wie hat Ferguson es aufgenommen?»

«Schlecht», antwortete der Sergeant, «aber er leugnet es.»

«Versteht sich.»

«Er will ins *Anwoth* ziehen, damit er Ruhe hat.»

«Dann kann ich ihm nur einen guten Schlaf wünschen. Aber bis zwölf brauchen wir ihn noch hier.»

«Das hab ich schon erledigt.»

«Gut. Machen Sie jetzt weiter. Ich soll mir ja meinen Fluchtplan ausdenken.»

Der Sergeant wartete noch, bis Ross wieder da war, dann ging er in Fergusons Haus zurück und meldete, daß alles in Ordnung sei.

«Wie ist es bei Ihnen gegangen?» fragte er den Inspektor.

«Sehr gut – die Zeiten haben genau hingehauen. Wir hatten

fünf Minuten für den Kampf und fünf Minuten fürs Haareschneiden angesetzt.»

«Ist wer vorbeigekommen?»

«Keine Menschenseele.»

«Glück. Na ja, ich geh mal wieder raus zu seiner Lordschaft.»

«Gut.»

«Aber das ist doch alles falsch, Inspektor», protestierte Ferguson. «Wenn so was passiert wäre, müßte ich es doch gehört haben.»

«Es könnte sich ja auf der Straße abgespielt haben», sagte der Inspektor diplomatisch, «aber es ist besser, wir machen das hier in aller Stille.»

«Ach so.»

Der Sergeant trat in den Hof und traf Wimsey an, wie er mühevoll den Polizeipräsidenten auf seine Schultern wuchtete. Er schleppte den leblosen Körper in die Garage und ließ ihn ziemlich schwer auf den Boden plumpsen.

«He!» sagte die Leiche.

«Ruhe», sagte Wimsey. «Sie sind tot, mein Herr. Ich konnte Sie nicht hier reinschleifen. Das hätte Spuren hinterlassen.»

Er sah auf die Leiche hinunter.

«Kein Blut», sagte er, «Gott sei Dank kein Blut. Ich werd's machen. Ich muß es machen. Nachdenken muß ich, sonst nichts. Nachdenken. Ich könnte so tun, als wenn ich zum Angeln wäre. Aber das taugt nichts. Ich brauche einen Zeugen. Wenn ich ihn nun einfach hier liegen lasse und so tue, als ob es Farren gewesen sei? Aber Farren könnte längst wieder zu Hause sein. Er kann vielleicht beweisen, daß er nicht hier war. Außerdem möchte ich ja Farren nicht in Schwierigkeiten bringen, wenn es sich vermeiden läßt. Kann ich es nicht wie einen Unfall aussehen lassen?»

Er ging hinaus zum Wagen.

«Den stell ich lieber rein», sagte er. «Farren könnte ja wiederkommen. Wenn er kommt, hab ich ihn. Oder er mich. So oder so. Nein, das geht nicht. Darauf zählen kann ich sowieso nicht. Ein Unfall muß her. Und ein Alibi. Moment!»

Er setzte den Wagen rückwärts in die Garage und knipste die Lichter aus.

«Der nächste Schritt heißt Whisky, denke ich», sagte er. Er holte die Flasche, von wo er sie zurückgelassen hatte. «Wahrscheinlich hab ich ja das Denken im Haus besorgt, Dalziel, aber im Moment tu ich's lieber in der Garage. Ich hole nur schnell ein paar Gläser und den Wasserkrug.»

Ein gedämpfter Aufschrei in der Garage zeigte an, daß an dieser Stelle die Leiche unruhig wurde.

«Schon gut, Leiche», rief Wimsey fröhlich, «ich hole uns nur was zu trinken.»

Er holte Gläser und Wasser, Dalziel immer wie ein Hund auf seinen Fersen, und brachte alles zusammen wieder in die Garage.

«Wir wollen alle einen Schluck trinken», sagte er. «Leiche, Sie dürfen sich setzen. Jetzt aufgepaßt. Es ist schwierig für mich, den Plan laut auszudenken, weil ich ja schon weiß, was herauskommen soll. Aber als ich zum erstenmal dahinterkam, habe ich eine Stunde gebraucht, um den Grundplan zu erarbeiten, und dann noch eine Weile für die Details. Diese ganze Zeit werden wir Ferguson also zur Verfügung stellen. Gegen halb zwölf mache ich mich dann an die Arbeit. In der Zwischenzeit werde ich mal eine Liste von allem aufstellen, was ich tun muß. Es wäre tödlich, etwas zu vergessen.»

Er knipste das Licht an, dann wieder aus.

«Das lasse ich lieber bleiben. Kann's nicht riskieren, daß die Batterie sich leert. Leihen Sie mir mal Ihre Taschenlampe, Dalziel. Ich will das nicht im Haus unter Fergusons Augen machen. Natürlich könnte er sich verraten und alles gestehen, vielleicht aber auch nicht. Außerdem wär's mir eigentlich lieber, er tät's nicht. Ich hab mein Herz so an diese Rekonstruktion gehängt.»

Er holte ein Notizbuch aus der Tasche und begann zu schreiben. Der Polizeipräsident und der Sergeant reichten sich die Whiskyflasche hin und her und unterhielten sich flüsternd. Vom Kirchturm schlug es elf. Wimsey schrieb weiter. Um Viertel nach elf las er seine Notizen noch einmal aufmerksam durch und steckte sie in die Tasche zurück. Nach weiteren zehn Minuten stand er auf.

«So, um diese Zeit sollte mein Plan stehen», sagte er. «Mehr oder weniger. Jetzt muß ich mich an die Arbeit machen. Ich muß heute nacht in zwei Betten schlafen, also fange ich schon mal mit Fergusons an. Dalziel, Sie müssen sich bereit machen, Strachan zu spielen.»

Der Sergeant nickte.

«Und die Leiche sollte lieber hierbleiben. Prost, Leute. Laßt mir auch noch ein Schlückchen in der Flasche.»

Die Leiche und der Sergeant standen noch ein Weilchen an der Garagentür und sahen Wimseys dunkler Gestalt nach, die über den Hof ging. Es war finster, aber nicht stockfinster, so daß sie ihn zur Tür hineinschlüpfen sahen. Bald darauf flackerte im

Schlafzimmer das Licht einer Kerze auf. Dalziel entfernte sich, stieg in den Beobachterwagen und fuhr davon.

«Ferguson!»

Wimseys Stimme klang ein wenig heiser. Ferguson stand auf und ging zum Fuß der Treppe.

«Kommen Sie mal rauf.»

Ferguson ging etwas zögernd hinauf, wo er Wimsey in Socken und Hemdsärmeln neben dem Bett stehen sah.

«Ich lege mich jetzt hier etwas hin und halte ein Nickerchen. Und dann möchte ich, daß Sie bei mir bleiben, bis etwas passiert.»

«Ein dämliches Spiel ist das.»

«Das fürchte ich auch. Aber Sie werden's ja bald überstanden haben.»

Wimsey legte sich ins Bett und zog die Decken über sich. Ferguson setzte sich auf einen Stuhl beim Fenster. Kurz darauf hörte man einen Wagen näher kommen. Er blieb am Tor stehen, und eilige Schritte kamen über den Hof.

Klopf, klopf, klopf.

Wimsey sah auf die Uhr. Zehn Minuten nach Mitternacht. Er stieg aus dem Bett und stellte sich dicht hinter Ferguson, fast auf Tuchfühlung.

«Schauen Sie bitte aus dem Fenster.»

Ferguson gehorchte. Eine dunkle Gestalt stand vor Campbells Tür. Sie klopfte wieder, trat einen Schritt zurück und sah zu den Fenstern hinauf, dann ging sie einmal ums Haus und kam wieder nach vorn an die Tür. Sie bewegte sich zur Seite und schien etwas hinter dem Fensterladen zu suchen. Dann hörte man, wie ein Schlüssel ins Schloß geschoben wurde. Die Tür ging auf, und die Gestalt trat ein.

«Ist das so richtig?»

«Ja.»

Sie beobachteten weiter. Ein Licht huschte über das Seitenfenster des unteren Zimmers. Dann ging es weiter und erschien kurz darauf im Schlafzimmer, dessen Fenster gegenüber dem von Ferguson lag. Es bewegte sich so, als ob das Zimmer rundum abgeleuchtet würde; dann verschwand es. Wenig später erschien es wieder im unteren Zimmer und hielt still.

«Ist das richtig?»

«Nicht ganz. Es waren Streichhölzer, keine Taschenlampe.»

«Aha. Woher wissen Sie das übrigens? Ich dachte, Sie hätten die Person nur kommen hören und überhaupt nichts gesehen.»

Er hörte Ferguson scharf durch die Nase atmen. Dann: «Hab

ich das gesagt? Diesen Eindruck wollte ich eigentlich nicht erwecken. Ich habe die Tür unten aufgehen hören und das Licht oben gesehen. Ich habe nur nicht gesehen, wer da eigentlich gekommen war.»

«Und Sie haben ihn auch nicht hinausgehen sehen?»

«Nein.»

«Hatten Sie keine Ahnung, wer es war?»

«Nein.»

«Und Sie haben in dieser Nacht auch sonst niemanden gesehen?»

«Keinen.»

«Und am nächsten Morgen um halb acht haben Sie Campbell in seinem Wagen davonfahren sehen?»

«Ja.»

«Gut. Dann können Sie jetzt abhauen, wenn Sie wollen.»

«Na, ich glaube schon, daß ich will ... hören Sie mal, Wimsey!»

«Ja?»

«Ach, nichts. Gute Nacht.»

«Gute Nacht. Jetzt hätte er's mir beinahe gesagt», sagte Wimsey. «Armer Teufel!»

Ferguson ging aus dem Haus und zum Tor hinaus. Zwei heimliche Gestalten lösten sich von der Hecke und folgten ihm.

Wimsey wartete am Fenster, bis er Dalziel das Haus nebenan verlassen, schließen und den Schlüssel wieder in sein Versteck legen sah. Als das Motorengeräusch in der Ferne erstarb, lief er hastig die Treppe hinunter, über den Hof und in die Garage.

«Leiche!» rief er.

«Hier, Sir!» antwortete die Leiche zackig.

«Während dieser garstige Quälgeist hier herumschnüffelte, ist mir – in meiner Rolle als Mörder, Sie verstehen – ein furchtbarer Gedanke gekommen. Die ganze Zeit werden Sie mir immer steifer. Wenn ich Sie so hier liegen lasse, schaffe ich's nie mehr, Sie in den Wagen zu laden. Kommen Sie mal hervor, Sir, damit ich Sie schön malerisch zurechtkramen kann.»

«Laden Sie mich nicht schon früher ins Auto?»

«Nein, dann sähen Sie ja nicht natürlich aus. Ich krame Sie auf dem Boden zurecht und lasse Sie so steif werden. Nanu, wo bleibt denn dieser lästige Dalziel? Hoffentlich ist er in seinem Eifer nicht nach Falbae durchgebraust. Ah, nein, da kommt er. Dalziel, helfen Sie mir mal, die Leiche genauso zurechtzubiegen, wie sie aussah, als wir sie fanden. Sie hatte die Arme vorn übereinandergeschlagen, glaube ich, und den Kopf heruntergezogen. Nein, nicht so weit! – wir dürfen die Wunde an der Schläfe nicht verdecken. Die ist hier. Jetzt die Beine seitlich angezogen. Gut. Bleiben Sie so. Wunderschön.»

«Soll ich so die ganze Nacht liegen?» erkundigte sich Sir Maxwell gequält.

«Nein – aber merken Sie sich die Stellung. Die brauchen wir morgen früh wieder. Das wollen wir als erledigt betrachten. Jetzt schließen wir die Garagentür zu und ziehen den Schlüssel ab, aus Angst vor weiteren Besuchern. Und dann gehen wir in Campbells Haus. Hallo, Herr Staatsanwalt! Wollen Sie nicht rüberkommen und sich den Spaß anschauen? Und Sie, MacPherson? So ist's recht.

Jetzt finden wir den Schlüssel und öffnen die Tür, schließen sie aber wieder hinter uns ab, denke ich. Wir schließen die Laden und machen Licht. Gott! Was ist denn das? Ein Zettel. *Nehmen Sie sich vor F. in acht!* Großer Josaphat! Ach nein – der meint natürlich nicht mich, sondern Farren. Also, benutze ich den oder soll ich ihn vernichten? Besser vernichten. Wir spielen ja Unfall, nicht Mord. Außerdem kann das Farren nichts antun. Campbell ist morgen früh um halb acht noch am Leben, also hat er den Zettel gefunden und gelesen. Aber wann ist er heimgekommen? Nach zwölf natürlich, weil Strachan sagen kann, daß er früher nicht hier war. Tja, aber woher will ich wissen, wie viele Leute ihn um Viertel nach zehn haben kommen sehen? Ich muß entweder das eine oder das andere sagen. Lieber sag ich, er war hier und ist dann wohl wieder fortgegangen, während ich schlief. Zu Fuß vielleicht, so daß ich deshalb den Wagen nicht gehört habe. Verflixter Strachan! Was wollte der überhaupt, daß er hier seine Nase reinstecken mußte?

Na ja – und nun Campbells Bett und Campbells Pyjama. Anziehen muß ich den wohl nicht. Ich schüttle ihn aus – Dienstag ist Waschtag, da hat er ihn schon eine Woche angehabt; ich brauch ihn nur noch auf den Boden zu schmeißen, dann sieht es ganz natürlich aus. Becken – schmutziges Wasser – Hände und Gesicht waschen. Das reicht und macht auch das Handtuch schmutzig. Bett. Da muß ich rein. Scheußlich, im Bett liegen zu müssen, wenn man nicht schlafen kann und nicht darf, aber was sein muß, muß sein. Und dabei kann man nachdenken. Lesen kann man auch. Ich hab mir Lesestoff besorgt. Eben aus Fergusons Wohnung mitgebracht. Fahrplan der London-Midland-Scotland-Railway. Großes Werk der Weltliteratur. Stil leicht telegrammartig, aber gespickt mit Spannung. Desgleichen Straßenkarte, ebenfalls von nebenan. Sieht das Bett genug zerwühlt aus? Nein, ich geb ihm noch eine halbe Stunde – eine ziemlich unruhige halbe Stunde, fürchte ich.»

Nach der unruhigen halben Stunde stieg der Mörder aus dem Bett, wobei er das halbe Laken mitzog.

«Ich glaube, das ist halbwegs überzeugend. So. Jetzt das schmutzige Wasser in den Abwasserkübel und frische Ladung verdrecken. Rasierpinsel? Zahnbürste? Himmel, nein, das muß ich später machen, sonst trocknen sie aus. Aber ich kann schon mal runtergehen und das Malzeug einpacken und zwei Frühstücksgedecke auflegen. Und die ganze Zeit denke ich mir natürlich weiter meinen Plan aus. Im Moment ist da noch ein gräßliches Loch darin, außerdem eine Stelle, wo ich einfach auf mein Glück vertrauen muß. Übrigens, das kann ich Ihnen schon sagen, habe ich gegenwärtig die Absicht, den Zug um 12 Uhr 35 in Barrhill zu erreichen. Aber das hängt voll und ganz davon ab, ob ich rechtzeitig vom Minnoch weg kann. Beten wir, daß sich da nicht zu viele Leute in der Gegend herumtreiben.»

«Aber Sie sind doch gar nicht nach Barrhill gefahren.»

«Nein; ich glaube, da ist was dazwischengekommen, was mich meinen Plan hat ändern lassen.» Wimsey hantierte eifrig mit Geschirr. «Sie erinnern sich, daß es für mich vor allem anderen wichtig ist, nach Glasgow zu kommen. Ich habe die Absicht geäußert, hinzufahren, und der Gedanke an eine Abänderung dieses Vorhabens macht mich nervös. Wenn Sie wüßten, wie es in diesem Augenblick in meinem Kopf arbeitet! So! Campbells Frühstück wäre fertig: Teekanne, Tasse und Untertasse, zwei Teller, Messer, Gabel, Brot, Butter, Zucker. Milch! Ich muß daran denken, morgen früh Campbells Milch hereinzunehmen; wann sie kommt, weiß ich ja. Eier, Speckscheiben und Bratpfanne in der Küche bereit. Jetzt rüber in mein Haus. Dort das gleiche. Ich glaube, ich hatte in Wirklichkeit geräuchertes Heringsfilet zum Frühstück, aber das ist egal. Ich will mir mal lieber ein Ei kochen.»

Er schwatzte weiter, während er die Frühstücksutensilien bereitlegte. Plötzlich ließ er, als ob ihm mit einemmal ein Gedanke gekommen sei, den Kochtopf zu Boden fallen.

«Zum Kuckuck aber auch! Das hätte ich beinahe vergessen. Das ganze Alibi steht und fällt doch damit, daß ich ab Gatehouse mit dem Zug fahre. Ich hab aber gestern aller Welt erzählt, daß ich nach Dumfries fahren und dort den Zug um 7 Uhr 35 nehmen will. Warum hab ich's mir anders überlegt? Wird komisch aussehen. Der Wagen! Irgendwas am Wagen kaputt. Etwas, womit die

Hiesigen nicht so ohne weiteres fertig werden. Na klar – der Magnetzünder. Doch – das läßt sich machen, und das untermauert auch gleich mein Alibi. Nur die Ruhe, alter Junge. Jede Menge Zeit. Mach ja immer eines fertig, bevor du was Neues anfängst. Recht so. Frühstück fertig. Also dann. Mein Bett ist versorgt, aber das mit dem Wasser und so hab ich noch nicht gemacht. Tu's jetzt gleich. Pyjama – da! Eine Portion schmutziges Wasser. Zwei Portionen schmutziges Wasser. Gute Idee. Saubere Socken und Hemd, um nach Glasgow zu fahren, und anständiger Anzug. Ihr müßt euch vorstellen, daß ich das alles wirklich tue. Muß ein grauer Flanellanzug sein, damit er zu den Pluderhosen von Campbell paßt. Da hängt er ja sogar. Ich werde ihn nicht anziehen, aber wir könnten einen Blick in die Taschen werfen. Hallo, MacPherson, da sind Sie ja! Sehen Sie den weißen Farbklecks hier im Futter der linken Jackentasche? Leichtsinnig, leichtsinnig Ein bißchen Benzin wäscht uns von dieser Schuld rein. Junge, Junge, Junge.»

Er spielte mit schnellen Bewegungen Kleiderwechsel, während die Polizisten befriedigt die graue Flanelljacke inspizierten. Diese ganze Schauspielerei war ja gut und schön, aber das hier sah nach einem handfesten Beweis aus.

Kurz darauf gab Wimsey zu verstehen, daß der Kleiderwechsel nun vollzogen sei.

«Ich werde die Nacht in Glasgow verbringen», fuhr er fort, «darum muß ich eine Tasche packen. Da ist sie. Sauberer Schlafanzug, Rasierzeug, Zahnbürste. Lieber jetzt gleich rasieren, das spart Zeit. Fünf Minuten zum Rasieren. Erledigt. Was noch? Ach ja, ein Regenmantel. Absolut lebenswichtig. Aber den werde ich zuerst benutzen müssen. Und einen weichen Filzhut. *Voilà!* Sauberen Kragen, klar. Da ist er. Und der Magnetzünder muß hinein. Damit dürfte die Tasche ungefähr voll sein. Jetzt gehen wir mal wieder rüber.»

Er führte sie wieder zurück in Campbells Haus, wo er, nachdem er ein Paar Handschuhe angezogen hatte, sorgfältig alles prüfte und wieder einpackte, was bei Campbells Malutensilien gewesen war, die Dalziel zu diesem Zweck vom Polizeirevier hierhergebracht hatte.

«Campbell würde sicher ein paar Fressalien mitnehmen», überlegte der Mörder bedächtig. «Ich mache lieber was zurecht. Dort im Schrank ist Schinken. Brot, Butter, Schinken, Mostrich. Und ein Flachmann für Whisky, den er netterweise weithin sichtbar stehengelassen hat. Kann nicht verkehrt sein, wenn ich den auffülle. Großartig. Jetzt gehen wir raus und bauen den Magnetzünder aus dem Wagen. Schön vorsichtig. Ah, da kommt er. Jetzt müssen wir ihn irgendwie kaputtmachen. Ich werd's nicht wirklich tun, aber wir nehmen an, ich hätte es getan. Schön in braunes Packpapier wickeln. Ein umsichtiger Mann, dieser Ferguson. Hat immer irgendwas an Schnüren, Packpapier und Schreibzeug da, für alle Fälle. So. Jetzt tun wir das gleich in die Tasche, damit wir es nicht vergessen. Wir brauchen noch eine zweite Mütze für nachher, wenn wir nicht mehr Campbell sind. Die stecken wir in Campbells Manteltasche. Ach ja. Und diese Brille hier hilft auch, mich unkenntlich zu machen. Sie gehört Campbell, ist aber zum Glück nur getöntes Fensterglas, das geht also in Ordnung. Die stecken wir in die Tasche. So, und damit wären wir reisefertig.

Jetzt kommt der Augenblick, wo ich auf mein Glück vertrauen muß. Wir müssen losziehen und uns ein Fahrrad suchen. Das kann etwas dauern, aber sehr wahrscheinlich steht schon eines wenn nicht im ersten Hof, dann im zweiten. Licht aus. Beide Türen abschließen und Schlüssel einstecken. Wir können uns keine Strachans mehr leisten, die uns in unserer Abwesenheit besuchen.»

Den Worten folgte die Tat. Wimsey verließ die Häuser und ging forschen Schrittes die Straße hinunter, seine Beobachter dicht auf den Fersen. «Ich hab Ihnen ja gesagt, daß wir marschieren müssen», sagte Wimsey. «Sie sollten lieber den Wagen nehmen. Ich habe ja auf dem Rückweg das Fahrrad.»

Als der Zug vor dem *Anwoth Hotel* eintraf, kam ihnen eine kräftige Gestalt vorsichtig entgegen.

«Er ist drin, alles klar», sagte Konstabler Ross. «Duncan beobachtet den anderen Eingang, und der Polizist von Gatehouse sitzt hinten im Garten und paßt auf, daß er nicht aus dem Fenster steigt. Hier ist Ihr Fahrrad, Mylord.»

«Hervorragend!» sagte Wimsey. «Gleich auf Anhieb eines gefunden. Man sollte meinen, es wäre da mit Absicht hingestellt worden. Nein –» als der Konstabler beflissen ein Streichholz anzündete – «kein Licht. Ich stehle das Fahrrad schließlich. Gute Nacht – oder vielmehr guten Morgen. Drücken Sie uns die Daumen.»

Es war kurz nach zwei, als Wimsey mit dem Fahrrad zu den Häusern zurückkam.

«So», sagte er, nachdem er das Fahrrad in der Garage untergestellt hatte, «jetzt können wir uns etwas Ruhe gönnen. Bis gegen fünf Uhr passiert nichts mehr.»

Also wickelten die Verschwörer sich in Decken und Mäntel

und machten es sich auf Sesseln und Kaminvorlegern bequem, dieweil der Staatsanwalt mit dem Recht des Älteren die Couch in Beschlag nahm.

Der Polizeipräsident als alter Soldat schlief sofort fest ein. Er wurde kurz vor fünf durch das Klappern von Pfannen und Töpfen geweckt.

«Das Frühstück für die Beobachter wird in der Küche serviert», drang Wimseys Stimme an sein Ohr. «Ich gehe rauf und lege letzte Hand an die Schlafzimmer.»

Um Viertel nach fünf war seine Arbeit getan. Campbells Zahnbürste und Rasierpinsel sowie in beiden Häusern die Seife und Handtücher waren naß, und der richtige Eindruck war geweckt. Wimsey kam dann, um einsam und allein seinen Schinken mit Ei in Campbells vorderem Zimmer zu verzehren. Die Teekanne blieb zum Warmhalten auf dem Kamineinsatz.

«Nun weiß ich nicht, ob er die Feuer angelassen oder neu angezündet hat», sagte Wimsey. «Eines von beiden hat er getan, und es ist nicht die Spur von einem Unterschied. So, Leiche, jetzt wird's Zeit, daß ich Sie in den Wagen packe. Wahrscheinlich hab ich das schon früher getan, aber das wäre zu unbequem für Sie gewesen. Kommen Sie, nehmen Sie wieder mal Leichenhaltung an, und vergessen Sie nicht, daß Sie inzwischen stocksteif sind.»

«Für Sie mag das spaßig sein», grollte Sir Maxwell, «aber es ist mein Tod.»

«Sehr wahr», meinte Wimsey. «Macht aber nichts. Fertig? Auf geht's!»

«Mann!» sagte MacPherson, als Wimsey den verkrampften und unnachgiebigen Körper des Polizeipräsidenten packte und mit Schwung auf den Rücksitz des Morris beförderte. «Für Ihre Größe sind Ihre Lordschaft aber ganz schön kräftig.»

«Man muß nur den Bogen raushaben», meinte Wimsey, während er sein Opfer gnadenlos zwischen Rücksitz und Boden stopfte.

«Hoffentlich tragen Sie keine bleibenden Schäden davon, Sir. Halten Sie's aus?» fragte er, als er die Handschuhe anzog.

«Machen Sie nur weiter», antwortete die Leiche mit gedämpfter Stimme.

Wimsey warf die Malausrüstung ins Auto – Schemel, Malersack und Staffelei –, ließ Campbells Mantel und Hut folgen und deckte das Fahrrad obendrüber, das er mit einem Seil, das er in einer Ecke der Garage fand, festband, und die ganze wacklige Ladung deckte er mit einer großen Plane ab.

«Die Staffelei lassen wir ein Stück herausschauen», kommentierte er. «Das sieht so unschuldig aus und erklärt die übrige Ladung. Richtig? Wieviel Uhr ist es?»

«Viertel vor sechs, Mylord.»

«Gut; dann können wir jetzt starten.»

«Aber Sie haben Fergusons Frühstück noch nicht gegessen.»

«Nein, das kommt später. Moment noch. Wir sollten lieber die Türen wieder abschließen. Alles klar!»

Er zog eine Stoffmütze fest ins Gesicht, hüllte sich unkenntlich in einen Regenmantel mit Schal und setzte sich hinters Steuer.

«Fertig? Gut. Bahn frei!»

Der Wagen rollte langsam mit seiner Last hinaus ins fahle Morgenlicht. Am Ende des Weges bog er nach rechts ab und schlug die Richtung zum Bahnhof Gatehouse ein. Der Beobachterwagen folgte ihm brav.

Höher und immer höher stieg die Straße hinauf, kletterte triumphierend vorbei an der bewaldeten Schönheit von Castramont und noch höher hinauf über das liebliche Fleettal. Zwischen Bäumen hindurch und hinauf an den Rand des Hochmoors, während zur Rechten wogende Hügel die nebligen Köpfe reckten. Am Steinbruch vorbei und immer noch höher hinauf ins weite Heide- und Weideland. Schafe starrten sie vom Wegrand an und rannten verdutzt über die Straße. Rebhühner genossen die letzten Wochen der Sicherheit und stoben schwirrend und lärmend aus dem Heidekraut auf. Drüben im Nordosten schimmerten bläßlich und weiß im Morgenlicht die schwungvollen Bögen des Fleet-Viadukts. Und vorn erhob sich grimmig und stirnrunzelnd die große Wand der Clints of Dromore, narbig und schroff und granitgrau, das Tor zur Wildnis und Wachtturm am Fleet zugleich.

Die kleine Hütte am schienengleichen Bahnübergang schien noch zu schlafen, und das Gatter stand offen. Die Wagen überquerten das Gleis, ließen den Bahnhofseingang rechts liegen und bogen scharf nach links ab, der alten Straße nach Creetown folgend. Hier war der Weg eine ziemliche Strecke weit rechts und links von Steinwällen gesäumt, aber nach einigen hundert Metern endeten diese Mauern. Wimsey hob warnend die Hand, bremste, wendete den Wagen unter einigem Gepolter im Gras und fuhr in den Schutz der Mauer auf der linken Seite. Der Polizeiwagen hielt mitten auf der Straße an.

«Was nun?» fragte MacPherson.

Wimsey stieg aus und spähte vorsichtig unter die Plane.

«Leben Sie noch, Sir Maxwell?»

«Nur noch fast.»

«Ich denke, Sie dürfen jetzt mal herauskommen und sich strekken. Sie werden bis neun Uhr nicht mehr gebraucht. Sie können sich's mit dem Staatsanwalt bequem machen und ein Pfeifchen rauchen.»

«Und was machen die anderen?»

«Die marschieren mit mir nach Gatehouse», antwortete Wimsey finster lächelnd.

«Können wir den Wagen nicht mitnehmen?» fragte MacPherson enttäuscht.

«Sie können, wenn Sie wollen, aber netter wär's von Ihnen, wenn Sie mir etwas Gesellschaft leisteten. Himmel noch mal, ich *muß* zu Fuß gehen!»

Man einigte sich schließlich darauf, daß MacPherson mit Lord Peter zu Fuß gehen sollte, während Dalziel für den Fall, daß der Bahnhofsomnibus überfüllt war, mit dem Wagen hinterherkam. Wimsey schärfte dem Staatsanwalt ein, dafür zu sorgen, daß die Leiche sich nicht daneben benahm, winkte noch einmal gutgelaunt und machte sich mit MacPherson auf die sechseinhalb Meilen Weg zurück nach Gathouse.

Die letzte Meile war die anstrengendste, denn die Straße belebte sich, und sie mußten ständig über Mauern springen und unter Hecken durchkriechen, um nicht gesehen zu werden. Im letzten Moment wären sie noch beinahe auf dem Weg zum Haus von einem Zeitungsjungen erwischt worden, der pfeifend einen Fußbreit an ihnen vorbeifuhr, während sie sich hinter einen Weißdornstrauch am Wegrand duckten.

«Blöder Kerl», schimpfte Wimsey. «Ferguson hat natürlich mit ihm gerechnet. Außerdem hat er das Ganze wahrscheinlich schon früher gemacht, aber ich wollte unsere Leiche nicht die ganze Nacht draußen lassen. Viertel vor acht. Ziemlich knapp geschafft. Macht aber nichts. Los jetzt.»

Sie legten den Rest des Weges im Laufschritt zurück, schlossen Campbells Haustür auf, versteckten den Schlüssel, holten die Milch herein und schütteten einen Teil davon in den Ausguß, holten Zeitungen und Briefe herein und öffneten sie, dann rannten sie zu Fergusons Haus hinüber. Hier holte Wimsey auch Fergusons Milch herein, kochte sein Ei, machte Tee und setzte sich mit sichtlichem Behagen zum Frühstück hin.

Um acht Uhr sah man Mrs. Greens rundliche Gestalt den Weg herunterkommen. Wimsey sah aus dem Fenster und winkte ihr freundlich zu.

«Sie sollten die gute Frau warnen, MacPherson», sagte er. «Wenn sie in Campbells Haus geht, trifft sie der Schlag.»

MacPherson eilte hinaus, und man sah ihn mit Mrs. Green im Nebenhaus verschwinden. Kurz darauf kam er breit grinsend wieder heraus.

«Sehrrr gut, Mylord», sagte er. «Sie sagt, es ist alles haarrrgenau so wie an dem Morgen, an dem Campbell verschwunden ist.»

«Schön», sagte Wimsey. Er aß sein Frühstück zu Ende, packte den Regenmantel in die Tasche und machte noch eine Inspektionsrunde durchs Haus, um sich zu vergewissern, daß auch ja nichts verdächtig aussah. Mit Ausnahme der geheimnisvollen Überreste von vier zusätzlichen Frühstücken schien alles ganz normal. Er ging hinaus, traf Mrs. Green im Vorgarten, wechselte ein paar Worte mit ihr, erwähnte, daß er den Bahnhofsbus bekommen müsse und begab sich den Weg entlang zur Straße.

Kurz nach halb acht hörte man den Omnibus keuchend nahen. Wimsey stoppte ihn und stieg ein. Der Polizeiwagen fuhr hinterdrein, nicht ohne die Neugier der übrigen Fahrgäste zu wecken. Um neun Uhr oder kurz danach fuhren Bus und Polizeiauto auf den Bahnhofsvorplatz. Wimsey stieg aus und ging zum Wagen.

«Sie, Inspektor, kommen jetzt mit mir an den Zug. Wenn der Zug abgefahren ist, kommen Sie wieder hier heraus zu Dalziel. Dann fahren Sie beide die Straße entlang und holen den anderen Wagen.»

Die beiden Beamten nickten, und Wimsey spazierte in den Bahnhof, den Inspektor auf den Fersen. Er sprach mit dem Stationsvorsteher und dem Schalterbeamten und löste ein Rückfahrbillett erster Klasse nach Glasgow. Minuten später wurde der Zug angesagt, und ein allgemeiner Auszug zum gegenüberliegenden Bahnsteig setzte ein. Der Stationsvorsteher, Signalstab unterm Arm, stolzierte hinüber, desgleichen der Signalbeamte, der sein luftiges Stellwerk verließ, um die Pflichten eines Dienstmanns wahrzunehmen. Die Omnibusfahrgäste strömten über die Gleise, hinterdrein der Busschaffner in Erwartung aussteigender Passagiere mit schwerem Gepäck. Der Schalterbeamte zog sich in sein Büro zurück und nahm eine Zeitung zur Hand. Wimsey und der Inspektor begaben sich mit den anderen Reisenden zum Zug.

Der Zug fuhr ein. Wimsey drückte dem Inspektor so herzlich die Hand, als sollte er ihn nie wiedersehen, wenigstens für einen Monat; dann stieg er ins Erster-Klasse-Abteil, dessen Tür der Dienstmann beflissen für ihn aufhielt. Der Stationsvorsteher wechselte mit dem Zugschaffner die Stäbe und ein paar Nettigkeiten. Ein Korb voller Geflügel wurde herangekarrt und in den Gepäckwagen geladen. Plötzlich fiel MacPherson ein, daß doch da etwas nicht stimmte. Er hätte mit Wimsey reisen müssen. Er rannte zum Abteilfenster und sah hinein. Das Abteil war leer. Eine Pfeife schrillte. Der Schaffner schwenkte seine Fahne. Der Dienstmann beschwor MacPherson mit viel Getue, zurückzutreten. Der Zug verließ den Bahnhof. MacPherson stand einsam auf dem Bahnsteig, schaute hinauf und hinunter und begriff allmählich, daß er leer war.

«Mein Gott!» sagte MacPherson und schlug sich auf den Schenkel. «Auf der einen Seite rein, auf der andern raus. Der älteste Trrrick in der ganzen Kiste.»

Er rannte Hals über Kopf über die Gleise zurück und kam bei Dalziel an.

«Dieser schlaue H...!» rief er stolz. «Er hat's geschafft! Haben Sie ihn rrrauskommen sehen?»

Dalziel schüttelte den Kopf.

«So hat er's also gemacht? Hach! Der Bahnhof steht zwischen uns! Hinten führt ein Weg durch den Garten des Stationsvorstehers. Da wird er durchgegangen sein. Wir müssen uns beeilen.»

Sie fuhren am Bahnhofseingang vorbei und bogen auf die Straße ein. Vor ihnen ging mit schnellen Schritten eine kleine graue Gestalt. Es war inzwischen zehn Minuten nach neun.

Lord Peter Wimsey

Die Leiche wurde wieder in den Wagen gepackt. Wimsey zog Campbells Hut und Mantel an und wickelte wieder einen Schal fest ums Kinn, damit unter der breiten, herunterhängenden Krempe so wenig wie möglich von seinem Gesicht zu sehen war. Er setzte den Wagen wieder auf die Straße und fuhr sanft in Richtung Creetown davon. Die Straße war steinig, und Wimsey wußte, daß seine Reifen ziemlich abgefahren waren. Eine Reifenpanne wäre verhängnisvoll gewesen. So bemühte er sich, vorsichtige 20 Meilen die Stunde einzuhalten. Wie nervtötend mußte dieses langsame Vorankommen für Ferguson gewesen sein, dachte er beim Fahren, wo Zeit doch für ihn so kostbar war. Mit einer echten Leiche hintendrin mußte er unwiderstehlich versucht gewesen sein, auf jedes Risiko hin Vollgas zu geben.

Die Straße war vollkommen verlassen, wenn man von dem kleinen Bächlein absah, das friedlich neben ihr her plätscherte. Einmal mußte Wimsey aussteigen, um ein Gatter zu öffnen. Der Bach verließ die rechte Straßenseite, floß unter einer kleinen Brücke hindurch und tauchte auf der linken Seite wieder auf, rieselte über Steine hinunter und schlängelte sich unter einer Baumgruppe dahin. Die Sonne wurde heller.

Zwischen 20 und 25 nach neun kamen sie die kurze, steile Gefällstrecke nach Creetown hinunter, genau gegenüber dem Uhrturm. Wimsey lenkte den Wagen nach rechts auf die Hauptstraße und begegnete dem erstaunten Blick des Besitzers vom *Ellangowan Hotel*, der sich mit einem Motoristen an der Benzinsäule unterhielt. Für einen kurzen Augenblick machte er ein Gesicht, als ob er einen Geist gesehen hätte – dann fiel sein Blick auf MacPherson und Dalziel, die mit dem Staatsanwalt im zweiten Wagen folgten, und hob mit verstehendem Lächeln die Hand.

«Erster nicht eingeplanter Zwischenfall», sagte Wimsey. «Es macht einen stutzig, daß Ferguson an dieser Stelle nicht gesehen worden sein soll – besonders wo er doch sehr wahrscheinlich gesehen werden wollte. Aber so ist das Leben. Wenn man etwas unbedingt will, kriegt man's nicht.»

Er trat aufs Gaspedal und nahm jetzt die Straße mit guten 35 Meilen die Stunde. Fünf Meilen weiter passierte er die Abzweigung nach New Galloway. Es war kurz nach halb zehn.

«Ziemlich nah dran», sagte Wimsey zu sich selbst. Er ließ den Fuß hart auf dem Gaspedal und jagte über den schönen neuen, griffigen Straßenbelag dahin, der erst frisch aufgetragen war und in kurzer Zeit die Straße zwischen Creetown und Newton Stewart zu einer der sichersten und schönsten in den drei Königreichen machen würde. Kurz hinter Newton Stewart mußte er die Fahrt wieder verlangsamen, um an den Straßenbaumaschinen und den Arbeitern vorbeizufahren, die mit der Straßenerneuerung bis hierher gekommen waren. Nach kurzer Verzögerung beim Holpern über den frischen Schotter konnte er wieder Gas geben, doch anstatt der Hauptstraße weiter zu folgen, bog er kurz vor Erreichen der Brücke auf eine Straße dritter Klasse ab, die parallel zur Hauptstraße über Minnigaff führte und dem linken Ufer des Cree folgte. Sie verlief durch einen Wald und an den Lachsfallen des Cree vorbei, durch Longbaes und Borgan und kam in das einsame Hügelland, wo grüner Hügel auf grünen Hügel folgte, rund wie der Berg des Königs vom Elfenland; noch eine scharfe Rechtsbiegung, und er sah sein Ziel vor sich – die Brücke, das rostige Eisengatter, die steile Granitwand, die über dem Minnoch hing.

Er fuhr den Wagen ins Gras und stieg aus. Der Polizeiwagen fuhr in den Schutz eines kleinen Steinbruchs auf der anderen Seite. Als die Beobachter zu Wimsey kamen, war dieser schon dabei, die Plane zu entfernen und das Fahrrad abzuladen.

«Sie sind eine gute Zeit gefahren», bemerkte der Inspektor. «Es ist gerade zehn Uhr.»

Wimsey nickte. Er lief auf die Anhöhe und spähte über die Straße und die Hügel rechts und links. Keine Menschenseele zu sehen – nicht einmal eine Kuh oder Schafe. Obwohl sie sich kaum ein paar Schritte von einer Hauptstraße und nur wenige hundert Meter von einem Bauernhof entfernt befanden, war es hier so still und verlassen wie mitten in einer Wüste. Er lief wieder zum Wagen hinunter, warf das Malzeug ins Gras, öffnete die Tür zu den Rücksitzen und packte grob die zusammengekrümmte Gestalt des Polizeipräsidenten, der, nach dieser widerwärtigen Fahrt mehr tot als lebendig, die Steifheit kaum zu spielen brauchte, die ihm in allen Gliedern saß. Ein elendes Bündel auf Wimseys Rücken, trat er das letzte schwankende Stück seiner Reise an und wurde mit schwerem Plumps auf den harten Granit geworfen, hart am Rande des Abgrunds.

«Warten Sie hier», sagte Wimsey drohend, «und rühren Sie sich nicht, sonst fallen Sie in den Fluß.»

Der Polizeipräsident grub die Finger in ein Büschel Heidekraut und betete stumm. Einmal öffnete er die Augen, sah den Granithang jäh unter ihm abfallen und schloß sie schnell wieder. Ein paar Minuten später fühlte er sich mit einer muffigen, erstickenden Plane zugedeckt. Eine erneute Pause trat ein, in der er Stimmen und herzloses Lachen hörte. Dann wurde er von neuem allein gelassen. Er versuchte sich vorzustellen, was da vor sich ging, und riet ganz richtig, daß Wimsey das Fahrrad irgendwo versteckte. Dann kamen die Stimmen zurück, und ein paar gedämpfte Flüche ließen erahnen, daß da jemand mit ungeübter Hand eine Staffelei aufbaute. Dann wurde die Plane zurückgeschlagen, und Wimseys Stimme verkündete: «Sie dürfen jetzt rauskommen.»

Sir Maxwell zog sich vorsichtig auf Händen und Knien vom Abgrund zurück, der seinem voreingenommenen Auge mindestens 50 Meter tief vorkam, rollte sich herum und setzte sich auf.

«O Gott», stöhnte er, indem er sich die Beine rieb. «Womit hab ich das alles nur verdient?»

«Bedaure, Sir», sagte Wimsey. «Wissen Sie, wenn Sie wirklich tot gewesen wären, hätten Sie nichts davon gemerkt, aber so weit wollte ich nicht gehen. So, wir haben jetzt eineinhalb Stunden Zeit. Ich müßte das Bild malen, aber da dies meine Fähigkeiten übersteigt, schlage ich vor, wir machen ein Picknick. Drüben im anderen Wagen ist was zu essen. Er wird gerade geholt.»

«Ich könnte was zu trinken brauchen», sagte Sir Maxwell.

«Sollen Sie haben. Hoppla! Da kommt wer. Dem jagen wir einen Schrecken ein. Schnell wieder unter die Plane, Sir.»

Von fern drang das Geratter eines landwirtschaftlichen Fahrzeugs an ihr Ohr. Der Polizeichef zog rasch die Plane über sich und erstarrte. Wimsey setzte sich vor die Staffelei und nahm Palette und Pinsel zur Hand.

Bald tauchte der Wagen über der Brücke auf. Der Fahrer warf in natürlicher Neugier einen Blick zu der Stelle hinüber, wo das Unglück sich ereignet hatte, sah plötzlich die Staffelei, den schwarzen Hut und den auffälligen Mantel, ließ einen Angstschrei ertönen und rammte den Fuß hart aufs Gaspedal. Das Fahrzeug machte einen Satz und raste, nach rechts und links Steine spritzend, in wilder Fahrt davon. Wimsey lachte. Der Polizeipräsident sprang auf, um zu sehen, was los war, und lachte ebenfalls. Ein paar Minuten später kamen auch die übrigen hinzu und konnten vor Lachen kaum die Pakete halten, die sie trugen.

«Auwei!» rief Dalziel. «War das ein Ding! Das war der junge Jock. Habt ihr den Quiekser gehört? Jetzt ist er ab nach Clauchaneasy und erzählt da den Leuten, daß der Geist vom alten Campbell am Minnoch sitzt und malt.»

«Hoffentlich kommt der arme Kerl nicht mit seinem Lastwagen zu Schaden», meinte der Staatsanwalt. «Für meinen Geschmack fuhr er sehr unvorsichtig.»

«Um den machen Sie sich keine Sorgen», antwortete der Polizeipräsident. «Ein Bursche wie der hat neun Leben. Aber ich weiß nicht, wie's mit Ihnen steht, ich jedenfalls sterbe vor Hunger und Durst. Halb sechs ist schon eine unchristliche Frühstückszeit.»

Es war ein fröhliches Picknick, wenn auch ein wenig gestört durch die Rückkehr Jocks, der mit einem ganzen Pulk von Freunden wiederkam, um das Phänomen eines Gespenstes am hellichten Tage zu besichtigen.

«Das artet zu einer öffentlichen Veranstaltung aus», meinte Wimsey.

Sergeant Dalziel knurrte etwas und machte sich auf, die Zuschauer zu verscheuchen, ohne daß seine kräftigen Kinnbacken, zwischen denen ein ansehnliches Stück Kalbfleischpastete steckte, dabei das Kauen vergaßen. In die Berge zog wieder die gewohnte Ruhe ein.

Um 11 Uhr 25 erhob sich Wimsey mit Ausdrücken des Bedauerns.

«Leichenstunde», sagte er. «Dies ist der Augenblick, da Sie, Sir Maxwell, holterdipolter ins Wasser purzeln.»

«So?» meinte der Polizeipräsident. «Da spiel ich aber nicht mehr mit.»

«Sie wollen uns ja auch sicher nicht das Picknick verderben. Gut, nehmen wir an, es sei vollbracht. Packt euch, ihr faulen Aristokraten, macht's euch in eurem Rolls-Royce bequem, dieweil ich auf diesem vermaledeiten Fahrrad keuche und schwitze. Den Morris und die übrigen Sachen nehmen wir besser mit. Es hätte keinen Sinn, sie hierzulassen.»

Er zog Campbells Mantel aus und vertauschte den schwarzen Hut gegen seine eigene Mütze, dann holte er das Fahrrad aus dem Versteck und lud die Reisetasche auf den Gepäckträger. Mit einer Grimasse setzte er die Sonnenbrille auf, warf das Bein über den Sattel und strampelte eilig davon. Die anderen stiegen gemütlich in die beiden Autos, und die Prozession setzte sich in Richtung Bargrennan in Bewegung.

Nach neuneinhalb Meilen im Kielwasser des Fahrrads kamen

sie nach Barrhill. Kurz vor dem Dorf gab Wimsey das Zeichen zum Anhalten.

«Passen Sie mal auf», sagte er. «An dieser Stelle muß ich jetzt raten. Ich vermute, daß Ferguson hier den Zug um 12 Uhr 35 kriegen wollte, aber irgendwas ist schiefgegangen. Es ist jetzt 12 Uhr 33, und ich könnte es gerade schaffen. Zum Bahnhof geht's nur noch hier diese Seitenstraße hinunter. Aber er muß zu spät aufgebrochen sein und ihn verpaßt haben. Warum, weiß ich auch nicht. Horcht! Da kommt er.»

Während er sprach, kam die Rauchfahne des Zugs in Sicht. Sie hörten ihn in den Bahnhof einfahren. Wenige Minuten später fuhr er keuchend wieder hinaus.

«Ganz pünktlich», sagte Wimsey. «Na ja, aber verpaßt ist verpaßt. Bis Girvan fährt er als Bummelzug, dann verwandelt er sich in einen Express und hält bis Ayr nur noch einmal in Maybole. Dort bekommt er noch einen Speisewagen angehängt und hat von da an nur noch Verachtung für die Welt, fährt geradewegs durch bis Paisley und Glasgow. Sie sehen, unsere Lage ist ziemlich hoffnungslos. Wir können nur noch weiter durchs Dorf fahren und auf ein Wunder warten.»

Er stieg wieder auf und radelte weiter. Hin und wieder warf er einen Blick über die Schulter zurück. Schon bald ließ sich ein überholendes Auto vernehmen. Ein alter Daimler, vollgepackt mit Kleiderkartons, schnurrte mit mäßigen 22, höchstens 23 Meilen pro Stunde vorbei. Wimsey ließ ihn überholen, dann setzte er ihm mit tief gesenktem Kopf und wild strampelnden Beinen nach. Sekunden später bekam er den hinteren Fensterrahmen zu fassen und ließ sich gemütlich mitziehen. Der Fahrer wandte nicht den Kopf.

«Aaah!» entfuhr es MacPherson. «Himmel, das ist doch unser Freund Clarence Gordon! Und uns erzählt er noch, daß er den Mann auf der Straße überholt hat. Hm, und es war sogar mehr oder weniger die Wahrheit. Hoffen wir, daß Seine Lordschaft nicht dabei verunglückt.»

«Dem passiert nichts», sagte der Polizeipräsident, «solange nur die Reifen halten. Er ist ein umsichtiger junger Mann, wenn er auch noch so viel daherschwätzt. Bei dem Tempo überholen wir tatsächlich den Zug. Wie weit ist es bis Girvan?»

«Ungefähr 12 Meilen. In Pinmore müßten wir ihn einholen. Dort kommt er um 12 Uhr 53 an.»

«Hoffen wir, daß Clarence Gordon das Gasgeben nicht vergißt. Langsam, MacPherson. Wir wollen ihn doch nicht überholen.»

Clarence Gordon war ein vorsichtiger Fahrer, aber er enttäuschte die Erwartungen seiner Verfolger nicht. Hinter Pinwherry legte er sogar einen richtigen Spurt ein, und als sie die starke Steigung nach Pinmore in Angriff nahmen, sahen sie das schwarze hintere Ende des Zugs, der sich den parallel neben der Straße herlaufenden Gleiskörper hinaufmühte. Als sie den Berg erklommen und den Zug hinter sich hatten, schwenkte Wimsey seine Mütze durch die Luft. So fuhren sie fröhlich durch die Lande, wandten sich nach links und kurvten die Serpentinen hinunter dem Meer entgegen. Um fünf nach eins erhoben sich ringsum die ersten Häuser von Girvan. Den Verfolgern schlug das Herz bis zum Hals, als jetzt der Zug rechts von ihnen aufholte und an ihnen vorbei dem Bahnhof Girvan entgegeneilte. Am Ende des Städtchens ließ Wimsey den Wagen los und spurtete wie um sein Leben nach rechts die Bahnhofstraße hinunter. Um acht Minuten nach war er auf dem Bahnsteig, noch drei Minuten zu früh. Die Polizeitruppe konnte sich wie das Heer der Toskana kaum einen Hochruf verkneifen. Während Dalziel zurückblieb und für die sichere Unterbringung der Wagen sorgte, rannte MacPherson zum Schalter und löste drei Erster-Klasse-Fahrkarten nach Glasgow. Als er an Wimsey auf dem Bahnsteig vorbeikam, sah er ihn die Reisetasche abschnallen und hörte ihn in übertriebenem englischem Tonfall einem Dienstmann zurufen, daß er das Fahrrad nach Ayr aufgeben solle. Und als er sich vom Schalter umdrehte, tönte die ungeduldige Stimme des Dienstmanns an sein Ohr: «Einmal errrster und Fahrrrad nach Ayr, und mach zu, Junge, ich muß wieder zu meinem Kunden.»

Sie stürzten auf den Bahnsteig hinaus. Das Fahrrad wurde in den Gepäckwagen geworfen. Sie sprangen in ihr Abteil. Die Pfeife schrillte. Sie fuhren.

«Puh!» machte Wimsey und wischte sich über die Stirn. Und dann: «Himmel, das Ding klebt wie ein Fliegenfänger.»

In der linken Hand, versteckt unter der Mütze, die er der Kühlung wegen abgenommen hatte, hielt er etwas, was er jetzt grinsend zeigte. Es war ein Gepäckanhänger nach Euston.

«So leicht wie Erbsenschälen», erklärte er lachend. «Ich hab's geklaut, während er das Fahrrad zum Gepäckwagen schob. Fix und fertig gummiert sogar. Bei der Eisenbahn werden Nägel mit Köpfen gemacht. Zum Glück waren die Fächer beschriftet, da brauchte ich nicht mal lange zu suchen. So, das wär's. Jetzt können wir ein bißchen verschnaufen. Bis wir in Ayr sind, passiert nichts weiter.»

Nach einem Aufenthalt in Maybole, wo die Fahrkarten eingesammelt wurden, zuckelte der Zug weiter nach Ayr. Kaum daß er anhielt, war Wimsey schon draußen. Er rannte zum Gepäckwagen, MacPherson hinter ihm drein.

«Geben Sie mir mal schnell mein Fahrrad raus», sagte er zum Schaffner. «Sie sehen's schon dort. Mit Anhänger nach Ayr. Hier ist der Gepäckschein.»

Der Schaffner – derselbe übrigens, den Ross zuvor schon einmal ausgefragt hatte – starrte Wimsey an und schien zu zögern.

«Geht in Ordnung, Schaffner», sagte MacPherson. «Ich bin von der Polizei. Geben Sie dem Herrn ruhig, was er verlangt.»

Der Schaffner überreichte mit verständnislosem Blick das Fahrrad und bekam dafür den Gepäckschein. Wimsey drückte ihm einen Shilling in die Hand und eilte mit dem Fahrrad den Bahnsteig entlang bis zu einer Stelle nahe dem Bahnhofsausgang, wo eine Ecke des Zeitungsstandes ihn vor den Blicken sowohl des Schaffners als auch des Schalterbeamten verbarg. Dalziel sah, daß MacPherson damit beschäftigt war, den Schaffner aufzuklären, also ging er Wimsey ruhig nach und kam gerade noch rechtzeitig, um zu sehen, wie er mit langer Zunge den Gepäckanhänger nach Euston anleckte und über den nach Ayr klebte. Nachdem dies getan war, eilte Wimsey, die Reisetasche in der Hand, zum Bahnhof hinaus, bog in die kleine Nebenstraße und betrat die Bedürfnisanstalt. Keine Minute später war er wieder draußen, ohne Brille, mit weichem Filzhut statt Mütze und in den Regenmantel gehüllt. Fahrgäste eilten jetzt durch die Schalterhalle, um den Zug nach Glasgow zu erreichen. Wimsey mischte sich unter sie und löste ein Dritter-Klasse-Billett nach Glasgow. Dalziel, der ihm keuchend auf den Fersen folgte, löste vier. Bis er sie bezahlt hatte, war Wimsey verschwunden. Der Polizeipräsident und der Staatsanwalt, die an der Fahrplantafel am Ende der Nebengleise warteten, sahen Wimsey augenzwinkernd näher kommen und das Fahrrad an die Fahrplantafel lehnen. Sie waren wahrscheinlich die einzigen Menschen, die von diesem Manöver etwas bemerkten, denn inzwischen war der Speisewagen angehängt, und auf dem Bahnsteig drängten sich Reisende, Dienstmänner und Gepäck. Wimsey, die Hände vorm Gesicht, dieweil er sich eine Zigarre anzündete, spazierte ans vordere Ende des Zugs. Türen schlugen. Dalziel und MacPherson stiegen in ein Abteil. Wimsey folgte, desgleichen der Polizeipräsident und der Staatsanwalt. Der Schaffner rief: «Zurrrücktrrreten!», und der Zug verließ den Bahnhof wieder. Das Ganze hatte genau sechs Minuten gedauert.

«Schon wieder ein schönes Fahrrad futsch», sagte Wimsey.

«O nein», sagte MacPherson. «Ich hab gesehen, was Sie vorhatten, da hab ich einem Dienstmann gesagt, er soll es nach Gatehouse zurückschicken. Es gehört dem Konstabler, und der möchte es sicher wiederhaben», fügte er fürsorglich hinzu.

«Ausgezeichnet. Menschenskind – bisher ist doch alles gut gelaufen, finden Sie nicht?»

«Zauberhaft», meinte der Staatsanwalt, «aber Sie vergessen hoffentlich nicht, Lord Peter, daß dieser Zug erst um fünf vor drei in St. Enoch einfährt, daß aber Mr. Ferguson nach Aussage dieser Motorleute – äh – Sparkes & Crisp – schon um zehn vor drei in ihrem Laden war.»

«Das sagen die», antwortete Wimsey, «aber Ferguson hat es nicht gesagt. Er hat gesagt: ‹Gegen drei.› Ich denke, daß wir mit etwas Glück diese beiden Aussagen miteinander in Einklang bringen können.»

«Und was ist mit der anderen Fahrkarte, die Sie da haben?» wollte Sir Maxwell wissen. «Darüber zerbreche ich mir nämlich die ganze Zeit den Kopf. Ich meine die Karte von Gatehouse nach Glasgow.»

«*Mir* macht sie keine Kopfschmerzen», antwortete Wimsey zuversichtlich.

«Bitte sehr», meinte der Polizeipräsident, «wenn Sie zufrieden sind, sind wir's natürlich auch.»

«Mir hat schon lange nichts mehr solchen Spaß gemacht», meinte der Staatsanwalt, der sein Vergnügen an diesem Ausflug kaum für sich behalten konnte. «Eigentlich sollte ich es bedauern, mit ansehen zu müssen, wie das Netz sich um diesen armen Mr. Ferguson zusammenzieht, aber ich muß zugeben, daß ich im Augenblick nichts als gespannt bin.»

«Doch – um Ferguson tut's mir auch leid», antwortete Wimsey. «Hätten Sie mich doch nicht daran erinnert, Sir! Aber da ist nichts zu machen. Noch mehr täte es mir leid, wenn es zum Beispiel Farren wäre. Der arme Kerl! Diese Geschichte legt ihn jetzt auf ewig an die Kette, fürchte ich. So eine Gelegenheit kommt nicht wieder. Nein, das einzige, was mir jetzt wirklich Sorgen macht, ist, daß dieser Zug Verspätung haben könnte.»

Der Zug jedoch war dankenswerterweise pünktlich. Auf die Minute um fünf vor drei rollte er in den Bahnhof. Wimsey war sofort draußen und führte seine Reisegesellschaft mit großen Schritten den Bahnsteig entlang.

Als sie am Eingang zum Bahnhofshotel vorbeikamen, wandte er

sich an Sir Maxwell: «Ich vermute», sagte er, «obwohl ich das absolut nicht weiß, daß Ferguson hier Miss Cochran und Miss Selby mit ihrer Begleitung gesehen hat. Sie kamen wahrscheinlich gerade vom Lunch, und er hat einfach geraten, daß ihre Freunde sie in Glasgow vom Zug abgeholt hatten.»

Er unterbrach sich, um wie wild nach einem Taxi zu winken. Sie drängten sich zu ihrer fünft hinein, und Wimsey wies den Fahrer an, ihn in der Straße abzusetzen, wo die Firma Sparkes & Crisp ihre Geschäftsräume habe.

«Und fahren Sie wie der Blitz», fügte er hinzu.

Um fünf nach drei klopfte er an die Trennscheibe. Der Fahrer hielt, und sie stiegen alle zusammen aus. Wimsey bezahlte das Taxi und ging schnell auf das wenige Meter entfernte Geschäft für Autozubehör zu. «Wir sollten nicht alle auf einmal hineingehen», sagte er. «Kommen Sie mit mir, Sir Maxwell, die anderen kommen nach.»

Die Firma Sparkes & Crisp hatte die üblichen Geschäftsräume voller großer Glasvitrinen, wo ein junger Mann ernst mit einem Kunden über die jeweiligen Vorzüge zweier verschiedener Stoßdämpfer diskutierte. Durch einen Bogengang sah man eine glitzernde Kollektion von Motorrädern und Beiwagen. Eine Milchglastür links schien zu irgendwelchen Büroräumen zu führen.

Wimsey trat mit Sir Maxwell stumm in den Laden und verschwand hinter einer Vitrine. Der junge Mann und der Kunde diskutierten weiter. Nach einer Minute kam Wimsey wieder zum Vorschein und ging zornig auf den Verkaufstisch zu.

«Hören Sie mal, junger Mann», sagte er gebieterisch, «wollen Sie nun heute noch ein Geschäft machen oder nicht? Ich habe eine Verabredung und kann hier nicht den ganzen Nachmittag herumstehen.» Er schaute auf die Uhr. «Ich bin schon seit zehn Minuten hier.»

«Ich bitte um Entschuldigung, Sir. Was kann ich für Sie tun?»

Wimsey holte das braune Päckchen aus der Tasche.

«Sie führen diese Magnetzünder?»

«Jawohl, Sir. Dafür ist unser Mr. Saunders zuständig. Eine Sekunde, Sir, ich rufe ihn herunter.»

Der junge Mann verschwand durch die Milchglastür und ließ Wimsey schutzlos den wütenden Blicken des Stoßdämpferexperten ausgeliefert.

«Würden Sie mir bitte folgen, Sir?»

Wimsey forderte mit einem Blick seine Begleitung auf, ihm zu folgen, und trat durch die Milchglastür. Der junge Mann führte ihn in ein Büro, wo «unser Mr. Saunders» nebst einer Stenotypistin saß.

Mr. Saunders war ein junger Mann mit frischem Gesicht und Eton-und-Oxford-Manieren. Er begrüßte Wimsey wie einen alten Schulfreund, den er nach Jahren wiedersah. Dann fiel sein Blick auf Sergeant Dalziel, der hinter Wimsey stand, und seine Begeisterung schien einen kleinen Rückschlag zu erleiden.

«Hören Sie mal zu, mein Lieber», sagte Wimsey, «ich nehme an, Sie haben diesen Magnetzünder schon mal gesehen?»

Mr. Saunders betrachtete hilflos den Magnetzünder und seine Seriennummer und meinte:

«Doch, doch, o ja, ganz bestimmt. Nummer XX/47302. Doch. Wann ist Nummer XX/47302 durch unsere Hände gegangen, Miss Madden?»

Miss Madden sah in einer Kartei nach.

«Er ist vor vierzehn Tagen zur Reparatur hereingekommen, Mr. Saunders. Er gehört Mr. Ferguson aus Gatehouse. Er hat ihn selbst gebracht. Defekt an der Spule. Vorgestern an den Kunden zurückgegangen.»

«Ja – genau. Unsere Leute in der Werkstatt haben einen Defekt an der Spule gemeldet. Ganz recht. Ich hoffe doch, daß jetzt alles in Ordnung ist, Mr. – äh –»

«Danach», fuhr Wimsey fort, «erinnern Sie sich vielleicht, daß Sie Besuch von meinem Freund hier hatten, Sergeant Dalziel.»

«Aber ja, gewiß», antwortete Mr. Saunders. «Alles klar bei Ihnen, hoffe ich, Sergeant?»

«Sie haben ihm erzählt», sagte Wimsey, «daß Mr. Ferguson ungefähr um zehn vor drei hier hereingekommen sei.»

«Hab ich das? Ach ja, ich erinnere mich. Mr. Crisp hat mich zu sich gerufen. Sie erinnern sich, Miss Madden? Ja. Aber das hab ich nicht gesagt. Birkett hat das gesagt – der junge Mann unten im Laden. Er hat gesagt, der Kunde hätte schon zehn Minuten gewartet. Ich hab den Mann ja nicht gesehen, als er reinkam. Ich hab ihn erst getroffen, als ich vom Lunch zurückkam. Ich war an dem Tag ein bißchen spät dran, glaube ich. Ah, ja. War mit einem Kunden zum Essen. Geschäfte und dergleichen. Ich weiß noch, daß Mr. Crisp mir ziemlich die Hölle heißgemacht hat. Haha!»

«Und wann genau *sind* Sie vom Essen gekommen, Mr. Saunders?» fragte der Inspektor barsch.

«Nun ja – das muß so gegen drei gewesen sein, fürchte ich. Ja. Eine halbe Stunde Verspätung. Geschäftlich natürlich. Mr. Crisp –»

«Werrrden Sie jetzt vielleicht mal die Wahrheit sagen, Mann?» verlangte Inspektor MacPherson ärgerlich.

«Nun ja – genaugenommen könnte es zwei Minuten später gewesen sein. Wann bin ich gekommen, Miss Madden?»

«Um Viertel nach drei, Mr. Saunders», antwortete Miss Madden präzise. «Ich erinnere mich sehr genau daran.»

«Himmel, ist das wahr? Also ich hab gedacht, es muß um drei oder ganz kurz danach gewesen sein. Was Sie doch für ein Gedächtnis haben, Miss Madden!»

Miss Madden lächelte matt.

«Da haben wir's, Inspektor», sagte Wimsey. «Der Unterschied zwischen fünf Minuten vor und fünf Minuten nach. Der alles entscheidende Unterschied.»

«Kann sein, daß Sie das vor Gericht beschwören müssen, Mr. Saunders», sagte der Inspektor grämlich. «Ich warne Sie also, es nicht noch einmal zu vergessen.»

«Ach nein, wirklich?» fragte Mr. Saunders ziemlich erschrocken. «Hören Sie, muß ich da etwa auch sagen, mit wem ich zum Lunch war? Denn genaugenommen war's nicht rein geschäftlich. Zumindest war's ein privates Geschäft.»

«Das ist Ihre Sache, Mr. Saunders. Es wird Sie vielleicht interessieren, daß wir in einem Mordfall ermitteln.»

«Na so was! Das hab ich natürlich nicht gewußt. Mr. Crisp hat mich nur gefragt, wann ich von der Mittagspause gekommen sei, und ich hab gesagt gegen drei – denn das stimmte ja auch mehr oder weniger. Wenn ich das natürlich gewußt hätte, wäre ich zu Miss Madden gegangen und hätte sie gefragt. Sie hat für solche Einzelheiten ein wunderbares Gedächtnis.»

«Tja», meinte der Inspektor, «da würde ich Ihnen raten, sich auch so eines zuzulegen. Guten Morgen allerseits.»

Die Herren wurden von Mr. Saunders unter ständigem, wenig überzeugendem Gebrabbel über den Flur hinausgeleitet.

«Diesen Birkett auch noch zu fragen, bringt wohl nicht viel ein», meinte Sir Maxwell. «Er hat wahrscheinlich in völlig gutem Glauben ausgesagt. Auch heute würde er bestimmt beschwören, daß er Sie habe warten lassen, Wimsey.»

«Sehr wahrscheinlich. Also, meine Herren, wir müssen um vier auf der Ausstellung sein. Viel Zeit ist nicht. Aber ich habe auf dem Weg hierher eine kleine Druckerei gesehen. Ich glaube, da finden wir, was wir noch suchen.»

Er führte sie eilig die Straße entlang und trat in die kleine Druckerwerkstatt.

«Ich möchte ein paar Metalltypen kaufen», sagte er. «Ungefähr wie die hier. Die Größe muß es sein, und die Schriftart so ähnlich wie möglich.» Er kramte ein Blatt Papier hervor.

Der Mister kratzte sich am Kopf.

«Das sind fünf Punkte», meinte er. «Am nächsten käme da wohl Egyptienne halbfett heran. Doch, die kann ich Ihnen geben, wenn Sie nicht gleich ein paar Zentner wollen.»

«Du liebes bißchen, nein! Ich möchte nur fünf Buchstaben – S, M, L, A und D, und einen kompletten Satz Ziffern.»

«Reichen Monotype-Lettern?»

«Gußbuchstaben wären mir lieber, wenn Sie welche haben. Ich will damit eine Kennzeichnung auf eine Lederarbeit schlagen.»

«Sehr gut.» Der Meister ging zu einem Kasten voller Typen, holte die gewünschten Buchstaben und Ziffern heraus, wickelte sie fest in ein Stückchen Papier und nannte einen bescheidenen Preis.

Wimsey bezahlte und steckte das kleine Päckchen in die Tasche.

«Übrigens», fragte er, «war hier vor vierzehn Tagen mal ein Herr, der genau das gleiche gekauft hat?»

«Nein, Sir, das wüßte ich genau. Nee, das ist nämlich ein ziemlich ungewöhnlicher Wunsch. Nach so was hat mich noch keiner gefragt, seit ich in dem Laden hier arbeite, und das sind nächsten Januar zwei Jahre.»

«Na gut, macht auch nichts. Vielen Dank. Guten Morgen. – Besorgen Sie sich mal ein Branchenverzeichnis, Inspektor, und suchen Sie alle Druckereien raus. Und – ja, Moment – auch alle, die Buchbindereibedarf verkaufen. Ferguson muß so was gehabt haben – falls er nicht die Typen schon mitgebracht hat, und das ist nicht sehr wahrscheinlich.»

Dalziel machte sich mit diesem Auftrag auf die Beine, während die übrigen ein Taxi nahmen und zur Ausstellung fuhren, wo sie kurz vor vier ankamen. Hier machten sie bis halb fünf einen hastigen Rundgang durch alle Räume und merkten sich in jedem ein bis zwei ins Auge springende Bilder.

«So», sagte Wimsey, als sie wieder durch die Drehtür hinausgingen. «Wenn wir jetzt am Eingang einigen neugierigen Freunden begegnen, können wir sie davon überzeugen, daß wir die ganze Ausstellung gesehen und uns was dabei gedacht haben. Und nun sollten wir ein ruhiges Plätzchen aufsuchen. Ich schlage ein Hotelzimmer vor.»

Lord Peter Wimsey

In einem abgelegenen Zimmer eines der führenden Glasgower Hotels wickelte Wimsey die Typen aus, nebst Fergusons Sicherheitsrasierapparat und einem kleinen Hammer, den er unterwegs gekauft hatte. Dann nahm er, nachdem er sein Publikum um sich versammelt hatte, die äußere Hälfte seines Erster-Klasse-Billetts von Gatehouse nach Glasgow aus der Tasche.

«Nun, meine Herren», sagte er, «kommen wir zum entscheidenden Teil unserer Rekonstruktion.

Wenn Sie dieses ausgezeichnete Buch von Mr. Connington gelesen hätten, auf das ich Ihre Aufmerksamkeit gelenkt habe, hätten Sie darin geschildert gefunden, wie ein Herr mit Hilfe einer Nagelschere eine Lochmarkierung an seiner Fahrkarte fälschte.

Das war an einer englischen Strecke. Die schottischen Eisenbahnbehörden geben sich nun – vielleicht aus reiner Bosheit, vielleicht aber auch mit der löblichen Absicht, Fälschern den Beruf zu erschweren – nicht mit einem schlichten dreieckigen Loch zufrieden.

Ich bin neulich – unter großen Unbequemlichkeiten – mit dem 9.08-Uhr-Zug von Gatehouse nach Glasgow gereist und habe dabei festgestellt, daß diese herzlosen Fahrkartenkontrolleure meinem armen kleinen halben Billett doch tatsächlich drei ungeschlachte Kontrollmarkierungen aufprägten. Das erste Mal in Maxwelltown, wo sie ihm eine scheußliche Kombination aus Buchstaben und Zahlen aufdrückten, nämlich so: $^{LMS}_{42D}$. In Hulford begnügte man sich damit, ein großes Stück von der Karte abzubeißen – nicht etwa nur ein kleines Dreieck, sondern ein häßliches Ding von der Form einer gedrungenen Eins. Ferguson hat diese Markierungen sicher oft gesehen, und als Künstler mit einem hervorragenden visuellen Gedächtnis konnte er sie sicher aus dem Kopf reproduzieren. Ich selbst habe vorsichtshalber die von der Lochzange hinterlassene Markierung abgemalt. Hier ist sie: ⊓. Dann, in Mauchline, wurden sie wieder ganz mißtrauisch und verunstalteten das Billett mit noch einem Kodestempel: $^{LMS}_{23A}$. Und nun, meine Herren, werde ich mit Ihrer Erlaubnis und mit Hilfe dieser Werkzeuge die Kontrollmarkierungen auf dieser Fahrkarte fälschen.»

Er nahm den Rasierapparat, holte die Klinge heraus, legte die Fahrkarte auf die Marmorplatte des Waschtischs und machte sich daran, das in Hurlford gelochte Zeichen aus dem Karton zu schneiden.

Nachdem dies getan war, legte er die Karte auf die Löschunterlage, die das Hotel zur Verfügung stellte, setzte die Type mit der Ziffer 2 sorgfältig über dem Kartenrand an und schlug einmal forsch mit dem Hammer darauf. Die Zahl erschien, als die Type weggenommen wurde, scharf eingeprägt auf der Oberseite der Karte, wohingegen beim Umdrehen auf der Unterseite eine dickere, gröbere und spiegelverkehrte Version derselben zu sehen war.

«Mannomann!» rief MacPherson. «Sie sind wirklich zu schlau, um ein ehrlicher Mensch zu sein!»

Wimsey fügte eine 3 und ein A hinzu, immer schön darauf achtend, daß die Lettern auf gleicher Höhe saßen – was dadurch leicht zu bewerkstelligen war, daß er den Bart der Type mit dem Kartonrand in Übereinstimmung brachte. Dann schlug er über die 23A, wiederum sorgfältig auf Abstand und Linie achtend, die Buchstaben LMS auf den Karton. Die Kontrollmarkierung von Mauchline war komplett. An einer dritten Stelle fälschte er noch das $^{LMS}_{42D}$ von Maxwelltown, dann legte er mit einem befriedigten Seufzer sein Werkzeug aus der Hand.

«Ein bißchen wacklig da und dort», sagte er, «aber bei flüchtigem Hinsehen müßte es durchgehen. So, und nun ist noch eines zu tun, nämlich die Karte wieder in die Hände der Eisenbahngesellschaft zu legen. Dazu nehme ich besser nur einen Zeugen mit. Wir wollen ja kein Aufsehen erregen.»

Auf den Inspektor fiel die Wahl, ihn zu begleiten, und so fuhren sie mit dem Taxi zum St. Enoch-Bahnhof. Hier erkundigte sich Wimsey nach dem Beamten, der um 14 Uhr 16, als der Zug aus Dumfries einlief, an der Sperre gesessen hatte. Man zeigte ihm den Mann an einem der Ausgänge. Wimsey kramte seine Gesichtszüge zu einem sauertöpfischen Lächeln und näherte sich dem Beamten mit einer Miene besorgten Wohlwollens.

«Ah, guten Abend. Ich glaube, Sie waren an der Sperre, als ich heute um 14 Uhr 16 hier ankam. Sagen Sie mal, wissen Sie, daß Sie mich durchgelassen haben, ohne mir mein Billett abzunehmen? Doch, doch, haha! Ich hätte genausogut die Gesellschaft betrügen können und so weiter. Sie sollten wirklich besser aufpassen. Jawohl, ich bin nämlich Aktionär der Gesellschaft, und ein

Vetter von mir ist hier Direktor, und ich finde, das ist einfach eine Schlamperei. Ja, natürlich würde es eine Untersuchung geben, wenn nachher bei der Abrechnung ein Billett fehlte, aber, haha! – aber bis dahin wäre ich ja längst über alle Berge, nicht wahr? Kein Wunder, daß die Dividende immer kleiner wird. Aber ich will Ihnen ja keine Schereréien machen, mein guter Mann, darum bringe ich Ihnen hier das Billett, und wenn ich Sie wäre, würde ich es einfach zwischen die andern stecken und kein Wort darüber verlieren. Aber in Zukunft passen Sie gefälligst besser auf, ja?»

Während dieser Tirade, die er in einem einzigen Atemzug abspulte, um keine Gelegenheit zu einer Erwiderung zu geben, hatte sich der Gesichtsausdruck des Beamten von müder Höflichkeit in Erstaunen und von Erstaunen in Zorn verwandelt.

«Heda, Sir!» sagte er, kaum daß er eine Gelegenheit sah, auch mal ein Wort anzubringen. «Ich weiß ja nicht, was Sie damit bezwecken, aber ich laß mich doch nicht zweimal in vierzehn Tagen so hereinlegen!»

Hier mischte sich Inspektor MacPherson ein.

«Hören Sie mal, mein Bester», sagte er, «ich bin von der Polizei und muß Sie bitten, mir Rede und Antwort zu stehen. Ist Ihnen das gleiche schon einmal passiert?»

Der Schalterbeamte, dem der Schreck jetzt gründlich in die Glieder gefahren war, entschuldigte sich stotternd und gab dann die Geschichte zum besten.

Er hatte vor vierzehn Tagen genau um dieselbe Zeit Dienst gehabt. Da war ein Herr gekommen, genau wie vorhin Wimsey, hatte ihm ein Billett gegeben und erklärt, er sei irgendwie durch die Sperre geschlüpft, ohne es abgeben zu müssen. Er (der Beamte) habe das Billett geprüft und gesehen, daß es ordnungsgemäß in Maxwelltown, Hurlford und Mauchline entwertet worden war, und darum habe er keinen Anlaß gesehen, an der Aussage des Reisenden zu zweifeln. Um sich keinen Tadel wegen Unaufmerksamkeit einzuhandeln, habe er sich bei dem Herrn bedankt und das Billett ins Büro gebracht, wo ein Angestellter gerade die Fahrkarten des Tages für die Übergabe an das Rechnungsamt vorbereitet habe. Dieser habe bereitwillig die Fahrkarte in das entsprechende Bündel gesteckt, und seitdem habe er nichts mehr davon gehört. Es tue ihm leid, aber da die Fahrkarte allem Anschein nach vollkommen in Ordnung gewesen sei, habe er sich nichts Böses dabei gedacht. Als MacPherson ihm Fergusons Foto zeigte, bestätigte der Beamte ein wenig zögernd, daß dies der Reisende gewesen sei, der ihm das Billett gebracht habe.

Der Büroangestellte bestätigte die Erzählung des Sperrbeamten, und so blieb nur noch ein Besuch im Rechnungsamt, um einen Blick auf die Fahrkarte selbst zu werfen. Da diese schon einmal Gegenstand einer polizeilichen Untersuchung gewesen war, existierte sie zum Glück noch. Eine gewissenhafte Überprüfung ergab eine geringfügige Abweichung der Typenform von den ordnungsgemäß entwerteten übrigen Karten im selben Bündel, und außerdem lautete die Buchstabenkombination des angeblichen Stempels von Mauchline $_{23A}^{LMS}$, während die anderen alle die Kombination $_{23B}^{LMS}$ trugen. Der Buchstabe hinter den Ziffern, so wurde ihnen erklärt, sei das Kennzeichen des jeweiligen Beamten, der die Karten im Zug entwertet habe. Jeder habe seine eigene Zange, und die Kennzeichen von Mauchline reichten von 23A bis 23G. Obwohl also das Zeichen $_{23A}^{LMS}$ für Mauchline vollkommen in Ordnung sei, könne es als verdächtig angesehen werden, daß der Beamte mit dem Kennzeichen A von allen Fahrkarten in diesem Zug nur die eine entwertet haben solle. Bei den voraufgegangenen Ermittlungen sei es allerdings nur darum gegangen, ob die Fahrkarte tatsächlich in Glasgow eingegangen sei, und so habe man auf die Kontrollmarkierungen nicht weiter geachtet. Nun allerdings sei hinreichend erwiesen, daß die Markierungen gefälscht seien, und zwar sehr gut.

Bei ihrer Rückkehr ins Hotel wurden Wimsey und der Inspektor schon von Dalziel mit weiterem Beweismaterial erwartet. Ein Mann, der auf Fergusons Beschreibung paßte, sei an dem fraglichen Dienstag in einen Laden für Buchbindereibedarf gekommen und habe einen Satz Prägebuchstaben verlangt, die in Größe und Form denen auf den Fahrkarten entsprachen. Er habe erklärt, daß Buchbinderei sein Steckenpferd sei, und er wolle damit die Buchrücken einiger Bände mit den Bezeichnungen SAMUEL 1, 2, 3 und 4 beschriften – darin waren alle Buchstaben und Zahlen enthalten, die er zur Fälschung der Kontrollmarkierungen benötigte. Der Fall Ferguson war komplett.

Wimsey war recht still, als sie mit dem letzten Zug von Glasgow zurückfuhren.

«Wissen Sie», sagte er, «ich habe Ferguson eigentlich recht gern gehabt, während ich Campbell um keinen Preis ausstehen konnte. Ich wünschte –»

«Nichts zu machen, Wimsey», sagte der Polizeipräsident. «Mord ist Mord und bleibt Mord.»

«Nicht immer», sagte Wimsey.

Als sie nach Hause kamen, war Ferguson schon verhaftet. Er hatte seinen Wagen holen wollen, und als er sah, daß der Magnetzünder fehlte, hatte er Hals über Kopf zum Bahnhof rennen wollen. Ross und Duncan hatten sich daraufhin zum Eingreifen bemüßigt gesehen. Er hatte nichts gesagt, als sie ihn festnahmen und über seine Rechte belehrten, und nun saß er auf dem Polizeirevier von Newton Stewart und erwartete sein Verhör. Als man ihm die gefälschte Fahrkarte zeigte, gab er auf und erklärte sich trotz der Rechtsbelehrung zur Aussage bereit.

«Es war kein Mord», sagte er. «Ich schwöre vor Gott, es war kein Mord. Es war die reine Wahrheit, als ich Ihnen sagte, daß es sich nicht im entferntesten so abgespielt hat, wie Sie es rekonstruiert haben.

Campbell kam um Viertel nach zehn nach Hause, genau wie ich gesagt habe. Er kam direkt zu mir hereingeplatzt und prahlte, was er mit Gowan angestellt habe und was er mit Farren noch machen wolle. Er hatte noch weiter getrunken, nachdem er gekommen war. Dann fing er an, mich wüst zu beschimpfen, und sagte, er wolle jetzt mit mir ein für allemal abrechnen. Er war sehr beleidigend. Ich sage Ihnen, es war kein Mord. Campbell glaubte seine große Nacht zu haben, und was ihm passiert ist, hat er sich selbst zuzuschreiben.

Ich habe ihm gesagt, er soll mein Haus verlassen. Er ging nicht, und da habe ich versucht, ihn mit Gewalt hinauszudrängen. Er hat mich angegriffen, und es kam zum Kampf. Ich bin stärker, als ich aussehe, und er war nicht nüchtern. Es gab eine Prügelei, und ich habe ihm einen kräftigen Kinnhaken verpaßt. Er taumelte hintenüber und schlug mit dem Kopf gegen die abgerundete Ecke des Ofens im Atelier. Als ich hinging und ihn aufheben wollte, war er tot. Das war um elf.

Nun, ich war erschrocken. Ich wußte ja, daß ich oft gedroht hatte, ihn fertigzumachen, und ich hatte keine Zeugen. Da lag er nun in meinem Haus und war tot, und zweifellos war ich als erster gewalttätig geworden.

Dann kam mir der Gedanke, daß ich es als Unfall hinstellen könnte. Ich brauche nicht ins einzelne zu gehen, da Sie ja anscheinend schon alles wissen. Mein Plan klappte wie am Schnürchen, mit einer Ausnahme, aber darüber bin ich auch hinweggekommen, und das hat mir, ehrlich gesagt, gut getan. Ich hatte von Barrhill aus fahren wollen, aber dort habe ich den Zug verpaßt, und dann habe ich mich an diesen Klinkenputzer drangehängt, was ja mein Alibi noch viel besser machte, denn auf den ersten

Blick mußte es unmöglich erscheinen, daß ich rechtzeitig nach Girvan gekommen war, besonders als ich durch Jock Graham erfuhr, daß Sie wußten, daß ich frühestens um halb zwölf vom Minnoch aufgebrochen sein konnte.

Pech war natürlich, daß die Leiche so früh gefunden wurde. Ich wußte, daß es da Schwierigkeiten mit der Todesstarre geben würde. War es das, wodurch Sie zum erstenmal auf die Idee gekommen sind, daß es Mord gewesen sein könnte?»

«Nein», sagte Wimsey. «Das war Ihre Angewohnheit, Farben in die Tasche zu stecken. Ist Ihnen aufgefallen, daß Sie Campbells Schieferweiß mitgenommen haben?»

«Ich hab's erst gemerkt, als ich zu Hause war. Aber ich hätte nie gedacht, daß einer das merken würde. Das schlaue Kerlchen waren doch sicher Sie, Wimsey? Ich hätte das Ding zum Minnoch gebracht und dort irgendwo weggeworfen, aber dann hatten Sie es schon gesehen, als Sie zu mir ins Atelier kamen. Da habe ich den ersten richtigen Schrecken bekommen. Aber hinterher habe ich mir dann gedacht, daß ich mich auf mein Alibi verlassen könnte. Auf den gefälschten Fahrschein war ich richtig stolz; und ich hatte gehofft, daß Sie die Möglichkeit mit diesem Klinkenputzer übersehen würden.»

«Ich begreife nur eines nicht», sagte der Polizeipräsident. «Warum sind Sie nicht früher vom Minnoch aufgebrochen? Es war doch gar nicht nötig, soviel an dem Bild herumzumalen.»

Ferguson lächelte matt.

«Das war ein schwerer Patzer. Sie haben ja die Ereignisse der Nacht rekonstruiert und wissen, wieviel ich zu tun hatte. Tja – und dabei habe ich eines vergessen. Ich hab vergessen, meine Uhr aufzuziehen, was ich normalerweise beim Zubettgehen tue. Ich wollte gerade meine Malsachen zusammenpacken, nachdem ich schon ganz schön was geschafft hatte, als ich einen Lastwagen kommen hörte. Ich hab gewartet, bis er vorbei war, und dabei auf die Uhr gesehen. Halb elf. Ich hab gedacht, da kann ich leicht noch eine halbe Stunde zugeben. Ich wollte mich nämlich nicht zu lange in Barrhill aufhalten, weil mich dort jemand hätte erkennen können. Nach ungefähr einer halben Stunde hab ich dann wieder auf die Uhr gesehen. Es war immer noch halb elf.

Da hat mich die Panik gepackt. Ich hab die Leiche in den Abgrund gestoßen und meine Sachen gepackt, als wenn der Teufel hinter mir her wäre. Dadurch muß ich auch die Tube Schieferweiß übersehen haben. Dann bin ich losgeradelt, so schnell ich konnte, aber dieses Fahrrad, das ich mir geliehen hatte, war viel zu klein für mich und ziemlich klein übersetzt. Ein Mistding. Ich hab den Zug um Haaresbreite verpaßt – er fuhr gerade aus dem Bahnhof, als ich in die Bahnhofstraße einbog. In meiner Verzweiflung bin ich weitergefahren – und dann kam dieses Auto, und ich glaubte, ich sei gerettet. Das war aber offenbar ein Irrtum.

Es tut mir leid. Ich habe Campbell nicht umbringen wollen. Und ich sage immer noch und sag's wieder: Es war kein Mord.»

Wimsey stand auf.

«Wissen Sie, Ferguson», sagte er, «es tut mir furchtbar leid, und ich hab mir auch immer gedacht, daß es eigentlich kein Mord sein konnte. Können Sie mir verzeihen?»

«Ich bin ja froh», sagte Ferguson. «Ich habe mich die ganze Zeit hundeelend gefühlt. Lieber will ich's hinter mich bringen. Ich will aller Welt sagen, daß es kein Mord war. Sie glauben es mir doch, ja?»

«Ja», sagte Wimsey, «und wenn die Geschworenen halbwegs vernünftige Leute sind, werden sie auf Notwehr oder unbeabsichtigten Totschlag erkennen.»

Die Geschworenen entschieden sich, nachdem sie Mr. Gowans Schilderung gehört hatten, für ein Mittelding zwischen Mord und Notwehr. Ihr Spruch lautete auf Körperverletzung mit Todesfolge und stellte den Angeklagten der Gnade des Gerichts anheim, da der Getötete sein Schicksal zweifelsohne provoziert hatte. Also war Samsons Bart doch nicht ganz umsonst geopfert worden.

Karte von Galloway zu
«Fünf falsche Fährten»

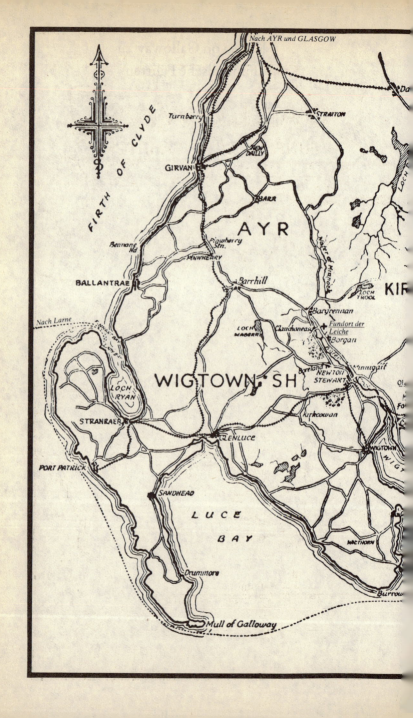

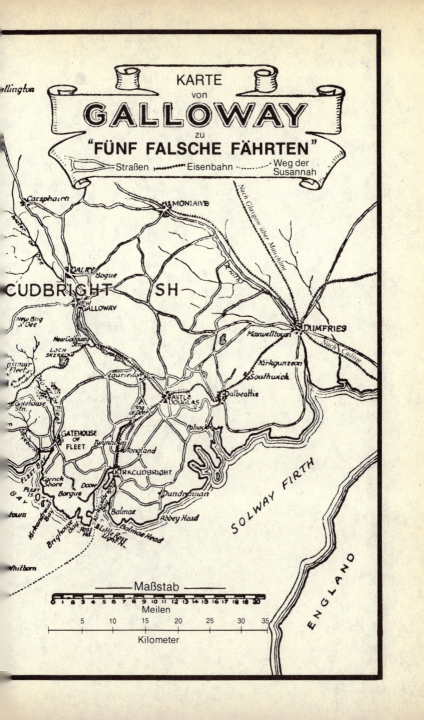

Mord braucht Reklame

«Murder Must Advertise»
Kriminalroman

Inhalt

1 Der Tod kommt zu Pyms Werbedienst 7
2 Ärgerliche Indiskretion zweier Stenotypistinnen 24
3 Neugierige Fragen eines neuen Texters 35
4 Erstaunliche Kunststücke eines Harlekins 48
5 Überraschende Metamorphose des Mr. Bredon 72
6 Einmalige Unbeflecktheit einer tödlichen Waffe 89
7 Bestürzendes Erlebnis eines Chefinspektors 104
8 Schwerste Erschütterung einer Werbeagentur 118
9 Herzlose Maskerade eines Harlekins 142
10 Alarmierende Zuspitzung eines Bürokrachs 155
11 Unverzeihliche Störung einer herzoglichen Gesellschaft 176
12 Unverhoffte Errungenschaft eines jungen Reporters 192
13 Peinliche Verstrickung eines Gruppenleiters 209
14 Hoffnungsvolle Konspiration zweier schwarzer Schafe 225
15 Plötzliches Hinscheiden eines befrackten Herrn 234
16 Exzentrisches Verhalten einer Postdienststelle 256
17 Heiße Tränen eines Herzogsneffen 269
18 Unerwartetes Ende eines Cricketspiels 287
19 Doppeltes Auftreten einer berüchtigten Person 304
20 Angemessener Abgang eines ungeübten Mörders 316
21 Der Tod verläßt Pyms Werbedienst 328

Vorbemerkung der Verfasserin

Ich kann mir nicht denken, daß es auf der Welt eine harmlosere und gesetzestreuere Sorte Menschen gibt als die Experten der britischen Werbewirtschaft. Die Vorstellung, daß in diesem Umfeld je ein Verbrechen geschehen könnte, ist so abwegig, daß sie nur der ungezügelten Phantasie eines Kriminalschriftstellers entspringen kann, der es gewohnt ist, die Tat dem jeweils Unverdächtigsten in die Schuhe zu schieben. Sollte sich in diese frei erfundene Geschichte irgendwo ein Name oder Werbespruch eingeschlichen haben, von dem man auf eine wirkliche Person, Firma oder Ware schließen könnte, so wäre dies reiner Zufall und keineswegs in der Absicht geschehen, auch nur den kleinsten Schatten auf eine existierende Ware, Firma oder Person zu werfen.

I

Der Tod kommt zu
Pyms Werbedienst

«Ach, übrigens», sagte Mr. Hankin zu Miss Rossiter, die gerade aufstehen und gehen wollte, «wir bekommen heute einen neuen Texter.»

«Ja, Mr. Hankin?»

«Bredon heißt er. Viel kann ich Ihnen nicht über ihn sagen; Mr. Pym hat ihn persönlich eingestellt; aber Sie werden bitte dafür sorgen, daß man sich um ihn kümmert.»

«Ja, Mr. Hankin.»

«Er bekommt Mr. Deans Büro.»

«Ja, Mr. Hankin.»

«Ich würde meinen, daß Mr. Ingleby sich seiner annehmen und ihm zeigen könnte, was er zu tun hat. Sie könnten Mr. Ingleby mal zu mir schicken, wenn er einen Augenblick Zeit hat.»

«Ja, Mr. Hankin.»

«Das wär's. Und – ach ja! Bitten Sie Mr. Smayle, mir die Dairyfield-Kladde zu überlassen.»

«Ja, Mr. Hankin.»

Miss Rossiter klemmte sich ihren Stenogrammblock unter den Arm, zog die verglaste Tür geräuschlos hinter sich zu und trippelte flink den Korridor entlang. Bei einem verstohlenen Blick durch eine andere Glastür sah sie Mr. Ingleby auf einem Drehstuhl sitzen, die Füße auf dem kalten Heizkörper, und sich angeregt mit einer jungen Frau in Grün unterhalten, die auf der Schreibtischkante saß.

«Verzeihung», sagte Miss Rossiter, um der Höflichkeit Genüge zu tun. «Mr. Hankin läßt fragen, ob Sie einen Augenblick Zeit für ihn haben, Mr. Ingleby.»

«Wenn's wegen Tomboy-Toffees ist», antwortete Mr. Ingleby abwehrend, «das wird gerade getippt. Hier, nehmen Sie die zwei Dinger lieber mit, damit die kühne Behauptung einen gewissen Anstrich von Wahrhaftigkeit –»

«Es geht nicht um Tomboy-Toffees, es geht um einen neuen Texter.»

«Was, jetzt schon?» rief die anwesende junge Frau. «Bevor die Schuh' verbraucht! Mein Gott, der kleine Dean ist erst am Freitag beerdigt worden.»

«Das ist das Tempo der modernen Zeit», sagte Mr. Ingleby. «Sehr betrüblich für so einen altehrwürdigen, vornehmen Laden. Vermutlich darf ich mal wieder das Knäblein abrichten. Warum nur immer ich?»

«Quatsch!» meinte die junge Frau. «Sie brauchen ihm nur einzuschärfen, daß er das Direktionsklo nicht benutzen und nicht die Eisentreppe runterfallen darf.»

«Sie sind die Herzlosigkeit in Person, Miss Meteyard. Na ja, solange sie den Kerl nicht auch noch zu mir reinsetzen –»

«Da können Sie beruhigt sein, Mr. Ingleby. Er bekommt Mr. Deans Büro.»

«Aha! Was ist er für einer?»

«Mr. Hankin sagt, er weiß es auch nicht. Mr. Pym hat ihn eingestellt.»

«Ach du lieber Himmel! Ein Günstling der Direktion», stöhnte Mr. Ingleby.

«Dann habe ich ihn schon gesehen, glaube ich», sagte Miss Meteyard. «Farblos, wirkt ziemlich eingebildet. Ich bin ihm gestern über den Weg gelaufen, wie er aus Pymies Büro kam. Hornbrille. Kreuzung zwischen Ralph Lynn und Bertie Wooster.»

«Tod, wo ist dein Stachel? Na ja, dann sollte ich mal Leine ziehen und mich um ihn kümmern.»

Mr. Ingleby nahm die Füße vom Heizkörper, rekelte sich langsam zur vollen Höhe empor und trottete unglücklich davon.

«Na, das bringt wenigstens ein bißchen Abwechslung», meinte Miss Meteyard.

«Finden Sie nicht, daß wir davon in letzter Zeit eher etwas zuviel hatten? Übrigens, könnte ich wohl Ihren Obolus für den Kranz haben? Ich sollte Sie daran erinnern.»

«Ach ja, natürlich. Wieviel macht's? Einen Shilling? Hier haben Sie zweieinhalb, davon können Sie dann gleich meinen Einsatz mit abziehen.»

«Heißen Dank, Miss Meteyard. Hoffentlich ziehen Sie diesmal ein Pferd.»

«Wird höchste Zeit. Ich bin schon fünf Jahre in diesem Laden und habe noch nie einen Platz gezogen. Ich glaube, ihr mogelt bei der Auslosung.»

«Bestimmt nicht, Miss Meteyard, sonst würden wir die Pferde

nicht immer in die Druckerei gehen lassen. Wollen Sie nicht mal selbst ziehen? Miss Parton tippt gerade die Namen.»

«Na schön.» Miss Meteyard ließ sich langbeinig von der Schreibtischkante gleiten und folgte Miss Rossiter ins Schreibzimmer.

Das Schreibzimmer war eine kleine, ungemütliche Zelle und im Augenblick zum Bersten voll. Ein pummeliges junges Mädchen mit Brille, den Kopf zurückgelegt und die Augen zusammengekniffen, um den Rauch ihrer Zigarette nicht hineinzubekommen, hämmerte auf einer Schreibmaschine die Namen der für das Rennen gemeldeten Pferde herunter, assistiert von einer Freundin, die ihr aus dem *Morning Star* diktierte. Ein gelangweilter junger Mann in Hemdsärmeln schnitt die Namen der Tototeilnehmer von einer vorgetippten Liste und drehte die Zettel zu geheimnisvollen kleinen Rollen zusammen. Ein magerer, lebhafter junger Mann, der auf einem umgedrehten Papierkorb saß, blätterte in den Durchschlägen in Miss Rossiters Ablagekorb und gab ironische Kommentare zu den Texten ab, während der stämmige, dunkelhaarige junge Mann mit Brille, an den seine Bemerkungen gerichtet waren, in einen Roman von P. G. Wodehouse vertieft saß und aus einer großen Dose Kekse stibitzte. An den Türpfosten lümmelten sich, so daß sie den Eingang versperrten, ein junges Mädchen und ein weiterer junger Mann, anscheinend Besucher aus einer anderen Abteilung, und unterhielten sich rauchend über Tennis.

«Hallo, ihr Süßen!» rief Miss Rossiter fröhlich. «Miss Meteyard nimmt heute die Ziehung vor. Und wir kriegen einen neuen Texter.»

Der stämmige junge Mann sah kurz auf, sagte: «Armer Teufel!» und vertiefte sich wieder in sein Buch.

«Einen Shilling für den Kranz und sechs Pence fürs Toto», fuhr Miss Rossiter fort und kramte in einer Blechdose herum. «Kann mir einer zwei Shilling wechseln? Wo ist die Liste, Parton? Streich Miss Meteyard durch, ja? Hab ich Ihren Beitrag schon, Mr. Garrett?»

«Bin pleite bis Samstag», sagte der Wodehouse-Leser.

«Hört euch den an!» rief Miss Parton entrüstet. «Man sollte uns glatt für Millionäre halten, wenn wir hier immer die Abteilung finanzieren müssen.»

«Zieht mir mal einen Gewinner», antwortete Mr. Garrett, «dann könnt ihr's nachher davon abziehen. Ist der Kaffee noch immer nicht da?»

«Sehen Sie mal nach, Mr. Jones», sagte Miss Parton zu dem jungen Mann am Türpfosten, «ob der Laufjunge nicht bald kommt. Und du geh noch mal die Pferde mit mir durch, Kindchen. Meteor Bright, Tooralooral, Pheidippides II, Roundabout –»

«Roundabout ist gestrichen», sagte Mr. Jones. «Und da kommt der Laufjunge.»

«Gestrichen? Nein, wann denn? Wie schade. Auf den hab ich doch beim *Morning Star*-Wettbewerb gewettet. Wer sagt das?»

«Der *Evening Banner*. Extraausgabe. Im Stall ausgerutscht.»

«Mist!» sagte Miss Rossiter kurz und bündig. «Da geht mein Tausender flöten! Ach ja, so ist das Leben. Danke, mein Kleiner. Stell's auf den Tisch. Hast du an die Gurke gedacht? Brav. Wieviel? Einen Shilling, fünf Pence? Leih mir mal 'nen Penny, Parton. Hier, bitte. Moment noch, Mr. Willis, ja? Ich brauche mal 'nen Bleistift und Radiergummi für den Neuen.»

«Wie heißt er?»

«Bredon.»

«Wo kommt er her?»

«Weiß Hankie auch nicht. Aber Miss Meteyard hat ihn schon gesehen. Bertie Wooster mit Hornbrille, sagt sie.»

«Aber älter», sagte Miss Meteyard. «Guterhaltener Vierziger.»

«Du liebes bißchen! Wann kommt er?»

«Heute morgen. Ich an seiner Stelle hätte noch bis morgen gewartet und wäre zum Rennen gegangen. Ah, da kommt Mr. Ingleby. Der wird's wissen. Kaffee, Mr. Ingleby? Haben Sie schon was gehört?»

«Star of Asia, Twinkletoes, Sainte-Nitouche, Duke Humphrey...»

«Zweiundvierzig», sagte Mr. Ingleby. «Danke, keinen Zukker. War noch nie in der Werbung. Balliol College.»

«O Gott!» stöhnte Miss Meteyard.

«Sie sagen es. Wenn etwas noch widerwärtiger ist als alles andere, dann ist es Balliolität», pflichtete Mr. Ingleby ihr bei, denn er hatte am Trinity studiert.

*«Bredon ging aufs Balliol
Und saß zu Füßen von Gamaliel»*,

sang Mr. Garrett, indem er sein Buch zuklappte.

*«Um nichts er sich scherte,
Ganz wie sich's gehörte»*,

ergänzte Miss Meteyard. «Wetten, daß Sie jetzt keinen Reim mehr auf Balliol finden?»
«Flittermouse, Tom Pinch, Fly-by-Night...»

«Und seine Sprache war universiell.»

«Welch klassische Verskunst!»
«Man tut, was man kann.»
«Dreh die Zettel ganz fest zusammen, Kindchen. Leg sie in den Deckel der Keksdose. Zum Teufel! Das ist Mr. Armstrongs Summer. Stell eine Untertasse auf meinen Kaffee. Wo ist mein Stenoblock?»
«Zwei Doppelfehler hintereinander, und da hab ich gesagt...»
«Ich finde die Durchschläge von Magnolia nicht...»
«Angefangen mit fünfzig zu eins...»
«Wer hat meine Schere eingesteckt?»
«Entschuldigen Sie, Mr. Armstrong möchte seine Nutrax-Durchschläge...»
«Und gut durchschütteln...»
«Mitgegangen, mitgefangen, mitgehangen...»
«Mr. Ingleby, haben Sie einen Augenblick Zeit für mich?»
Bei Mr. Hankins leicht sarkastischem Ton löste das Gruppenbild sich wie von Zauberhand auf. Die Pfostensteher und Miss Partons Busenfreundin verzogen sich unauffällig auf den Korridor; Mr. Willis, den Ablagekorb in der Hand, sprang hastig auf, riß wahllos einen Durchschlag heraus und starrte ihn zürnend an; Miss Partons Zigarette fiel ohne großes Aufheben zu Boden; Mr. Garrett, der seine Kaffeetasse nicht schnell genug loswerden konnte, lächelte geistesabwesend und machte ein Gesicht, als habe er sie nur zufällig in die Hand genommen und wisse gar nicht, daß sie da war; Miss Meteyard legte die Lose geistesgegenwärtig auf einen Stuhl und setzte sich darauf; Miss Rossiter, die Mr. Armstrongs Durchschläge in der Hand hielt, benutzte diesen glücklichen Umstand, um beschäftigt auszusehen; nur Mr. Ingleby verschmähte allen Schein: Mit leicht unverschämtem Grinsen stellte er seine Kaffeetasse hin und näherte sich gehorsam seinem Vorgesetzten.
«Das», sagte Mr. Hankin, indem er taktvoll die allseitige Verlegenheit übersah, «ist Mr. Bredon. Sie werden – äh – ihm zeigen, was er zu tun hat. Ich habe die Dairyfield-Kladde in sein Büro schicken lassen. Sie könnten ihm zunächst die Margarine

geben. Äh, ich glaube nicht, daß Mr. Ingleby zu Ihrer Zeit in Oxford war, Mr. Bredon, er war am Trinity. An Ihrem Trinity, meine ich, nicht an unserem.» (Mr. Hankin hatte in Cambridge studiert.)

Mr. Bredon streckte eine gepflegte Hand aus. «Guten Tag.»
«Guten Tag», echote Mr. Ingleby.

Sie musterten einander mit der Reserviertheit zweier Katzen bei ihrer ersten Begegnung. Mr. Hankin lächelte sie beide an.

«Und wenn Ihnen zur Margarine etwas eingefallen ist, Mr. Bredon, kommen Sie damit zu mir, damit wir es uns ansehen.»

«Abgemacht», antwortete Mr. Bredon schlicht.

Mr. Hankin lächelte wieder und trottete friedlich davon.

«Na, dann mache ich Sie am besten mal erst mit allen bekannt», sagte Mr. Ingleby schnell. «Miss Rossiter und Miss Parton sind unsere beiden Schutzengel – sie tippen unsere Texte, verbessern unser Englisch, versorgen uns mit Bleistiften und Papier und füttern uns mit Kaffee und Kuchen. Miss Parton ist die Blonde und Miss Rossiter die Brünette. Die Herren der Schöpfung bevorzugen im allgemeinen blond, aber ich persönlich finde sie beide gleich engelhaft.»

Mr. Bredon verneigte sich.

«Miss Meteyard – Somerville College. Eine der strahlenderen Zierden unserer Abteilung. Sie dichtet die ordinärsten Limericks, die je in diesen keuschen Mauern erklungen sind.»

«Dann werden wir uns gut verstehen», versicherte Mr. Bredon in herzlichem Ton.

«Mr. Willis zu Ihrer Rechten, Mr. Garrett zu Ihrer Linken – beides Leidensgefährten. Das wäre schon die ganze Abteilung, außer Mr. Hankin und Mr. Armstrong, die allerdings Direktoren sind, und Mr. Copley, einem Mann von Gewicht und Erfahrung, der nicht zum Herumalbern ins Schreibzimmer kommt. Er nimmt seinen Elf-Uhr-Imbiß außer Haus ein und wähnt sich über uns stehend, was ihm indessen nicht zukommt.»

Mr. Bredon ergriff die Hände, die sich ihm entgegenstreckten, unter höflichem Murmeln.

«Möchten Sie sich an unserem Renntoto beteiligen?» erkundigte sich Miss Rossiter mit einem Blick zur Geldbüchse. «Sie kommen gerade noch zur Ziehung zurecht.»

«O ja, bitte», sagte Mr. Bredon. «Was kostet das?»

«Sechs Pence.»

«Ja, bitte. Ich meine, furchtbar nett von Ihnen. Natürlich, klar – man muß doch beim Renntoto mitmachen, wie?»

«Damit beträgt der erste Preis genau ein Pfund», sagte Miss Rossiter mit einem dankbaren Seufzer. «Ich hatte schon Angst, ich müßte selbst zwei Lose kaufen. Schreib ein Los für Mr. Bredon aus, Parton. B-R-E-D-O-N – wie ‹Sommer auf dem Bredon-Berg›, ja?»

«Ganz recht.»

Miss Parton tippte gehorsam den Namen und legte eine weitere Niete in die Keksdose.

«Na, dann sollte ich Sie mal gleich in Ihre Hundehütte führen», meinte Mr. Ingleby mit Leichenbittermiene.

«Aber ja!» sagte Mr. Bredon. «O ja, natürlich.»

«Wir sind alle auf diesem Flur», fuhr Mr. Ingleby fort, indem er voranging. «Sie werden sich mit der Zeit schon zurechtfinden. Hier ist Mr. Garretts Zimmer, und hier ist das von Mr. Willis, und da ist Ihres, zwischen Miss Meteyards und meinem. Diese Eisentreppe gegenüber führt ein Stockwerk tiefer; da sind hauptsächlich Gruppenleiter und Konferenzräume. Fallen Sie da übrigens nicht runter. Der Mann, dessen Zimmer Sie bekommen, ist vorige Woche runtergepurzelt und war tot.»

«Was, wirklich?» rief Mr. Bredon bestürzt.

«Genick gebrochen und Schädel eingeschlagen», sagte Mr. Ingleby. «An einem dieser Knöpfe.»

«Was haben Knöpfe auf einem Treppengeländer verloren?» entrüstete sich Mr. Bredon. «Damit die Leute sich den Schädel daran einschlagen? Das gehört sich nicht.»

«Allerdings nicht», sagte Miss Rossiter, die mit Notizblöcken und Löschblättern beladen hinzukam. «Angeblich sollen sie verhindern, daß die Laufjungen auf dem Geländer runterrutschen, aber es ist die Treppe selbst, die so – hoppla, gehen Sie lieber weiter. Da kommt Mr. Armstrong. Die Firma hört es nicht gern, wenn allzuviel über die Eisentreppe gesprochen wird.»

«So, und hier sind Sie zu Hause», sagte Mr. Ingleby in Befolgung dieses Rats. «Nicht viel anders als die andern, außer daß die Heizung nicht besonders gut funktioniert. Aber das soll im Augenblick nicht Ihre Sorge sein. Hier hat Dean gearbeitet.»

«Der die Treppe runtergefallen ist?»

«Ja.»

Mr. Bredon sah sich in der kleinen Zelle um, die einen Tisch, zwei Stühle, einen wackligen Schreibtisch und ein Bücherregal enthielt, und sagte:

«Oh!»

«Es war wirklich schrecklich», sagte Miss Rossiter.

«Muß es wohl», stimmte Mr. Bredon ihr aus vollem Herzen zu.

«Ich war gerade bei Mr. Armstrong zum Diktat, als wir diesen *entsetzlichen* Krach hörten. Er hat gesagt: ‹Großer Gott, was ist denn das?› Und ich hab gedacht, das ist einer von den Laufjungen, denn letztes Jahr ist einer von ihnen mal mit einer Schreibmaschine da runtergefallen, und das hat sich genauso angehört, nur noch schlimmer. Und da hab ich gesagt: ‹Ich glaube, da muß einer von den Jungen die Treppe runtergefallen sein, Mr. Armstrong›, und er darauf: ‹Kann wohl nicht aufpassen, der Kerl›, und dann hat er weiterdiktiert, und mir hat die Hand so gezittert, daß ich kaum noch einen geraden Strich machen konnte, und dann ist Mr. Ingleby vorbeigelaufen, und Mr. Daniels' Tür ist aufgegangen, und dann haben wir einen fürchterlichen Schrei gehört, und Mr. Armstrong hat gesagt: ‹Gehen Sie besser mal nachsehen, was da los ist›, und da bin ich rausgegangen und hab runtergeguckt, aber sehen konnte ich nichts, weil da unten so viele Leute standen, und dann ist Mr. Ingleby raufgerannt gekommen, mit *so* einem Gesicht – Sie waren weiß wie ein Blatt Papier, Mr. Ingleby, wirklich.»

«Schon möglich», meinte Mr. Ingleby ein wenig pikiert. «Drei Jahre in diesem abstumpfenden Beruf haben mir noch nicht jede menschliche Regung nehmen können. Aber das wird schon noch kommen.»

«Mr. Ingleby hat gesagt: ‹Er hat sich erschlagen!› Und ich hab gefragt: ‹Wer?› – ‹Mr. Dean›, sagt er, und ich darauf: ‹Das ist doch nicht wahr!› Und er: ‹Leider doch›, und da bin ich wieder zu Mr. Armstrong reingegangen und hab gesagt: ‹Mr. Dean hat sich erschlagen!› Und er hat gemeint: ‹Was heißt das – sich erschlagen?› Und da ist Mr. Ingleby reingekommen, und Mr. Armstrong hat ihn nur angesehen und ist rausgegangen, und ich bin die andere Treppe runtergegangen und hab gesehen, wie sie Mr. Dean ins Konferenzzimmer getragen haben, und sein Kopf hing ganz schief herunter.»

«Passiert so was öfter?» erkundigte sich Mr. Bredon.

«Nicht mit solch katastrophalen Folgen», antwortete Mr. Ingleby, «aber diese Treppe ist und bleibt eine Todesfalle.»

«Ich bin ja selbst mal runtergefallen», sagte Miss Rossiter, «und hab mir die Absätze von beiden Schuhen gerissen, und das war furchtbar unangenehm, weil ich doch kein zweites Paar bei mir hatte, und –»

«Kinder, ich hab ein Pferd gezogen!» verkündete Miss Meteyard, indem sie ohne Umstände eintrat. «Sie hatten leider kein Glück, Mr. Bredon.»

«Ich war schon immer ein Unglücksrabe.»

«Beschäftigen Sie sich erst mal einen Tag mit Dairyfields Margarine, dann wissen Sie, was Unglück ist», sagte Mr. Ingleby düster. «Für mich wohl auch nichts, wie?»

«Ich fürchte nein. Natürlich hat Miss Rawlings wieder mal den Favoriten gezogen – wie immer.»

«Hoffentlich bricht das Vieh sich die Beine», sagte Mr. Ingleby. «Kommen Sie nur rein, Tallboy, kommen Sie rein. Wollen Sie was von mir? Sie dürfen Mr. Bredon ruhig stören, er wird sich schon noch daran gewöhnen, daß sein Zimmer ein öffentlicher Versammlungsraum im wahrsten Sinne des Wortes ist. Das ist Mr. Tallboy, Gruppenleiter für Nutrax und noch ein paar so komische Sachen. Mr. Bredon, unser neuer Texter.»

«Guten Tag», sagte Mr. Tallboy knapp. «Sehen Sie mal her, dieser halbseitige Zweispalter für Nutrax – könnten Sie da nicht vielleicht noch drei Zeilen rauskürzen?»

«Nein, kann ich nicht», sagte Mr. Ingleby. «Ich hab das Ding sowieso schon bis auf die blanken Knochen zusammengestrichen.»

«Sie werden aber leider müssen. Bei einem zweizeiligen Untertitel ist einfach kein Platz mehr für all den Quatsch.»

«Da ist Platz genug.»

«Eben nicht. Wir müssen doch noch den Geschenkcoupon für die Schlaguhren unterbringen.»

«Hol der Teufel die Schlaguhren und den Coupon! Was glauben die, wie ich das alles in einem Zweispalter unterbringen soll?»

«Weiß ich auch nicht, aber sie wollen es so haben. Hören Sie mal, könnten wir dieses ‹Wenn die Nerven Ihnen Streiche spielen› nicht rausnehmen und anfangen mit ‹Nerven brauchen Nutrax›?»

«Armstrong fand das mit dem Streichespielen gut. Menschliches Verständnis und so. Nein, nehmen wir lieber den patentierten Sprungdeckel raus.»

«Den werden sie sich nie rausnehmen lassen», wandte Miss Meteyard ein. «Auf die Erfindung sind sie doch so stolz.»

«Glauben die vielleicht, die Leute kaufen Nutrax wegen des Sprungdeckels? Ach was! Ich kann's nicht jetzt gleich machen. Geben Sie her.»

«Die Druckerei will es spätestens um zwei haben», wandte Tallboy unsicher ein.

Mr. Ingleby wünschte die Druckerei zum Teufel, nahm das Blatt Papier und begann unter leisen Verwünschungen den Text zu kürzen.

«Von allen gräßlichen Tagen der Woche ist der Dienstag der gräßlichste», bemerkte er. «Da gibt es keine Ruhe, bis wir diesen vermaledeiten halbseitigen Zweispalter vom Hals haben. So! Jetzt habe ich zwei Zeilen raus, und damit müssen Sie sehen, wie Sie zurechtkommen. Sie können dieses ‹mit› noch in die obere Zeile reinquetschen und damit die ganze restliche Zeile einsparen.»

«Na gut, ich werd's versuchen», gab Mr. Tallboy nach. «Alles um des lieben Friedens willen. Sieht aber wohl ein bißchen voll aus da oben.»

«Ich gäbe was drum, wenn *ich* voll wäre», sagte Mr. Ingleby. «Nehmen Sie um Himmels willen das Ding und verschwinden Sie damit, bevor ich zum Mörder werde.»

«Ich geh ja schon, geh ja schon», meinte Mr. Tallboy und zog sich eilig zurück.

Miss Rossiter hatte sich während des Streitgesprächs bereits entfernt, und Miss Meteyard verabschiedete sich nun mit den Worten: «Wenn Pheidippides gewinnt, gibt's für alle Kuchen und Tee.»

«So, und nun wollen wir Ihnen mal auf die Sprünge helfen», meinte Mr. Ingleby. «Hier ist die Kladde. Blättern Sie die mal durch, damit Sie eine Vorstellung bekommen, worum es geht, und dann denken Sie sich ein paar Überschriften aus. Im Text sollte natürlich rauskommen, daß Dairyfields ‹Grüne Aue›-Margarine alles das ist, was Butter sein sollte, aber nur Pence das Pfund kostet. Und dann hätten die noch gern eine Kuh im Bild.»

«Wieso? Wird Margarine aus Rinderfett gemacht?»

«Wenn Sie mich fragen, ja, aber sagen dürfen Sie das nicht. Das würde den Leuten nicht gefallen. Die Kuh erinnert eben nur unterschwellig an Butter. Und der Name – ‹Grüne Aue› – läßt einen gleich an Kühe denken, verstehen Sie?»

«Ich denke dabei eher an dieses Theaterstück, das mit den Negern», meinte Mr. Bredon.

«Lassen Sie Neger aus dem Spiel», entgegnete Mr. Ingleby. «Und vor allem die Religion. Keine Anspielungen auf Psalm 23, bitte. Gotteslästerung.»

«Aha. Also etwas wie ‹Besser als Butter und halb so teuer›. Spricht das Portemonnaie an.»

«Schon, aber Sie dürfen nichts gegen Butter sagen. Die verkaufen nämlich auch Butter.»

«Oh!»

«Sie können sagen: ‹So gut wie Butter.›»

«Aber wenn das so ist», begehrte Mr. Bredon auf, «was kann man dann noch zugunsten von Butter sagen? Ich meine, wenn das andere Zeug genauso gut ist und weniger kostet, gibt es kein Argument mehr, Butter zu kaufen.»

«Sie brauchen keine Argumente, um Butter zu kaufen. Das ist ein natürlicher menschlicher Instinkt.»

«Aha, verstehe.»

«Machen Sie sich jedenfalls über Butter keine Gedanken. Konzentrieren Sie sich auf ‹Grüne Aue›-Margarine. Wenn Sie was fertig haben, lassen Sie's tippen und schwirren damit ab zu Mr. Hankin. Klar? Kommen Sie zurecht?»

«Ja, danke», sagte Mr. Bredon mit gründlich verwirrtem Gesichtsausdruck.

«Und gegen eins schaue ich mal wieder rein und zeige Ihnen, wo man hier am anständigsten essen kann.»

«Besten Dank.»

«Tja, bis dann!» Mr. Ingleby verzog sich in sein eigenes Zimmer.

Der hält hier nicht lange durch», sagte er bei sich. «Aber einen guten Schneider hat er. Möchte nur wissen –»

Er hob die Schultern und setzte sich hin, um einen Hochglanz-Prospekt über Sliders Bürostahlmöbel zu entwerfen.

Mr. Bredon, alleingelassen, nahm nicht sogleich die Margarine in Angriff. Wie eine Katze, mit der er in seiner behutsamen Neugier eine gewisse Ähnlichkeit hatte, machte er sich zuerst einmal mit seiner neuen Behausung vertraut. Besonders viel gab es hier allerdings nicht zu sehen. In seiner Schreibtischschublade fand er ein eingekerbtes, tintenfleckiges Lineal, ein paar zerbissen aussehende Radiergummis, etliche kleine Zettelchen mit tiefschürfenden Gedanken über Tee und Margarine und einen kaputten Füllfederhalter. Auf dem Bücherregal standen ein Wörterbuch, ein abstoßend wirkender Band mit dem Titel *Direktoren von A bis Z*, ein Roman von Edgar Wallace, eine hübsch aufgemachte Broschüre mit dem Titel *Alles über Kakao*, *Alice im Wunderland*, Bartletts *Zitaten-Handbuch*, die Globe-Edition der Werke von William Shakespeare und fünf wahllose Nummern der *Kinderenzyklopädie*. Das Innere des Stehpults hatte mehr Erforschenswertes zu bieten; es war angefüllt mit alten, verstaubten Papieren, darunter ein Regierungsbericht über das Gesetz zur Beschränkung von Konservierungszusätzen in Lebensmitteln von 1926, eine Anzahl (in jedem Sinne) derber Zeichnungen von ungeübter Hand, ein Bündel Probeabzüge von Anzeigen für Dairyfield-Erzeugnisse, ein paar private Briefe und ein paar alte Rechnungen. Mr. Bredon rieb sich den Staub von den verwöhnten Fingern, ließ von diesem Behältnis ab und inspizierte einen Haken nebst Kleiderbügel an der Wand sowie einen ramponierten Ordner mit Zeitungsausschnitten in einer Ecke, dann setzte er sich auf den Drehstuhl vor dem Schreibtisch. Nachdem er hier kurz einen Leimtopf, eine Schere, einen neuen Bleistift, eine Löschrolle, zwei Notizblöcke und einen schmutzigen Kartondeckel voller Krimskrams begutachtet hatte, schlug er die Dairyfield-Kladde auf und begann die Meisterwerke seines Vorgängers zum Thema ‹Grüne Aue›-Margarine zu studieren.

Eine Stunde später drückte Mr. Hankin die Tür auf und sah zu ihm herein.

«Na, wie geht's voran?» erkundigte er sich freundlich.

Mr. Bredon sprang auf.

«Nicht besonders, fürchte ich. Anscheinend habe ich die Atmosphäre noch nicht ganz in mich aufgenommen, wenn Sie verstehen.»

«Das kommt schon noch», sagte Mr. Hankin. Er war ein hilfsbereiter Mensch und vertrat die Auffassung, daß neue Texter nur der Ermunterung bedurften. «Lassen Sie mich mal sehen, was Sie da machen. Sie fangen mit den Überschriften an? Ganz richtig. Eine gute Schlagzeile ist die halbe Werbeschlacht. WENN SIE EINE KUH WÄREN – nein, nein, das geht nicht, wir können die Kunden nicht mit Kühen vergleichen. Außerdem hatten wir fast die gleiche Schlagzeile schon einmal vor – Augenblick – ich glaube, so um 1923 herum. Die hatte Mr. Wardle sich ausgedacht; Sie finden sie in der viertletzten Kladde. Sie lautete: SELBST WENN SIE SICH EINE KUH IN DER KÜCHE HALTEN, bekommen Sie keinen besseren Brotaufstrich als ‹Grüne Aue› und so weiter. Das war gut. Fiel ins Auge, gab ein treffendes Bild und sagte alles Nötige in einem Satz.»

Mr. Bredon neigte den Kopf wie einer, der das Gesetz des Propheten vernahm. Der Cheftexter wanderte mit nachdenklichem Bleistift über die hingekritzelten Schlagzeilen und hakte eine von ihnen an.

«Die gefällt mir:

BESSERES BUTTRIGES
GUT FÜR IHR GELD

Das ist der richtige Ton. Dazu könnten Sie einen Text verfassen, und vielleicht auch noch hierzu:

SIE WÜRDEN WETTEN,
ES IST BUTTER –

Obwohl ich mir da nicht ganz sicher bin. Die Leute bei Dairyfield sind ein bißchen zugeknöpft, was das Wetten angeht.»
«So? Schade! Ich hatte noch ein paar von der Art. RISKIEREN SIE EIN BISSCHEN – ... Gefällt Ihnen das nicht?»
Mr. Hankin schüttelte bedauernd den Kopf.
«Zu direkt, fürchte ich. Stiftet die Arbeiterklasse zur Geldverschwendung an.»
«Aber das tun sie doch sowieso – die Frauen lieben alle so ein bißchen Nervenkitzel.»
«Ich weiß, ich weiß. Aber unser Kunde macht da bestimmt nicht mit. Sie werden bald merken, daß der Kunde immer das größte Hindernis für eine gute Werbung ist. Die haben alle ihren Tick. So eine Schlagzeile wäre für Darlings gerade richtig, aber nicht für Dairyfield. Wir hatten 1926 mal eine erfolgreiche Schlagzeile mit sportlicher Note – SETZEN SIE AUFS RICHTIGE PFERD – AUF DARLINGS UNVERWÜSTLICHEN HANDTUCHHALTER – die haben in der Ascot-Woche 80 000 Stück verkauft. Das war allerdings teilweise auch Zufall, denn wir hatten im Text ein richtiges Pferd mit Namen genannt, das dann mit 50 zu 1 herauskam, und alle Frauen, die darauf gesetzt hatten, sind hingegangen und haben aus Dankbarkeit Darlings unverwüstliche Handtuchhalter gekauft. Die Leute sind schon komisch.»
«O ja», pflichtete Mr. Bredon ihm bei. «Muß wohl so sein. Ich glaube, hinter der Werbung steckt doch mehr, als man mit bloßem Auge sieht.»
«Und ob», sagte Mr. Hankin ein wenig grimmig. «Also, dann schreiben Sie mal ein paar Texte dazu und kommen damit zu mir. Sie wissen, wo Sie mich finden?»
«O ja – am Ende des Korridors, neben der Eisentreppe.»
«Nein, da liegt Mr. Armstrongs Zimmer. Am anderen Ende des Korridors, neben der anderen Treppe – nicht der eisernen. Übrigens –»
«Ja?»

«Ach, nichts», sagte Mr. Hankin unsicher. «Das heißt – nein, nichts.»

Mr. Bredon sah der sich entfernenden Gestalt nach und schüttelte nachdenklich den blonden Kopf. Dann wandte er sich seiner Aufgabe zu, schrieb ziemlich schnell ein paar Absätze zum Lob der Margarine und ging damit aus dem Zimmer. Er wandte sich nach rechts, blieb vor der Tür zu Mr. Inglebys Zimmer stehen und betrachtete unentschlossen die Eisentreppe. Während er noch dastand, ging eine Glastür auf der gegenüberliegenden Seite des Korridors auf und ein Mann mittleren Alters kam herausgeschossen. Als er Bredon sah, stoppte er auf seinem eiligen Weg zur Treppe und fragte:

«Suchen Sie irgendwas oder irgendwen?»

«Oh, vielen Dank! Nein – ich meine, ja. Ich bin der neue Texter. Ich suche das Schreibzimmer.»

«Am andern Ende.»

«Aha, ja, herzlichen Dank. Das ist ziemlich verwirrend hier. Wohin führt denn diese Treppe?»

«Runter, zu einigen anderen Abteilungen. Hauptsächlich sind da die Gruppenleiter und Konferenzzimmer und Mr. Pyms Zimmer und einige Direktorenzimmer und die Druckerei.»

«Ah, ja. Nochmals danke. Wo kann man sich hier die Hände waschen?»

«Auch unten. Ich kann es Ihnen zeigen, wenn Sie wollen.»

«O ja, danke – allerherzlichsten Dank.»

Der andere raste die steile, klappernde Wendeltreppe hinunter wie von einer Sehne geschnellt. Bredon folgte ihm etwas vorsichtiger.

«Ein bißchen steil hier, wie?»

«Ja, schon. Seien Sie lieber vorsichtig. Einer aus Ihrer Abteilung hat sich hier neulich erschlagen.»

«Nein, wirklich?»

«Genick gebrochen. War schon tot, als wir ihn fanden.»

«Na so was! Aber wie ist denn das passiert? Hat er vielleicht nicht gesehen, wohin er trat?»

«Ausgerutscht, nehme ich an. Muß zu schnell gelaufen sein. Die Treppe ist eigentlich ganz in Ordnung. Mir ist noch nie was passiert. Sie ist auch sehr gut beleuchtet.»

«Gut beleuchtet?» Mr. Bredon betrachtete gedankenverloren das Oberlicht und den Flur, der wie der obere rechts und links von Glastüren gesäumt war. «Doch, ja, das kann man sagen. Sehr gut beleuchtet. Natürlich, er wird wohl ausgerutscht sein.

Wie leicht kann man auf einer Treppe ausrutschen! Hatte er Nägel unter den Schuhsohlen?»

«Weiß ich nicht. Auf seine Schuhe habe ich nicht geachtet. Ich hatte nur einen Gedanken – die Reste aufzusammeln.»

«Haben Sie ihn gefunden?»

«Na ja, ich habe den Krach gehört, wie er da runtergerauscht ist, und bin gleich hingerannt und war einer von den ersten, die dazukamen. Übrigens, mein Name ist Daniels.»

«Ach ja? Daniels, soso. Aber ist denn bei der Untersuchung nicht von den Schuhen die Rede gewesen?»

«Nicht daß ich wüßte.»

«Aha. Na, dann wird er wohl keine Nagelschuhe angehabt haben. Ich meine, wenn er welche angehabt hätte, wäre sicher darüber gesprochen worden. Ich meine, das wäre ja sozusagen eine Entschuldigung, nicht?»

«Entschuldigung für wen?» wollte Daniels wissen.

«Für die Firma. Ich meine, wenn man eine Treppe hinbaut, und da fällt einer runter, dann will doch die Versicherung meist wissen, warum. Heißt es wenigstens. Ich bin selbst noch nie eine Treppe hinuntergefallen – auf Holz klopfen.»

«Das versuchen Sie auch lieber nicht», wich Daniels der Frage nach der Versicherung aus. «Zum Waschraum geht es durch diese Tür und links den Gang hinunter.»

«Herzlichen Dank.»

«Keine Ursache.»

Mr. Daniels stürzte davon in einen Raum voller Schreibtische und ließ Mr. Bredon allein mit der schweren Schwingtür fertig werden.

Im Waschraum fand er Ingleby.

«Oh!» sagte dieser. «Sie haben schon selbst den Weg gefunden. Den hätte ich Ihnen noch zeigen sollen, hab's aber vergessen.»

«Mr. Daniels hat mich hergeführt. Wer ist das?»

«Daniels? Ein Gruppenleiter. Er ist für einige Kunden zuständig – Sliders und Harrogate Brothers und noch ein paar. Sorgt für das Layout und schickt die Klischees an die Zeitungen und so weiter. Kein übler Kerl.»

«Er ist auf die Eisentreppe nicht gut anzusprechen, scheint mir. Ich meine, er war ganz freundlich, bis ich andeutete, daß die Versicherung sich wohl mit diesem Unfall befassen würde, da wurde er mit einemmal ganz eisig.»

«Er ist schon lange bei der Firma und hat es nicht gern, wenn jemand ein schlechtes Licht auf sie wirft. Schon gar nicht, wenn ein Neuer das tut. Es ist überhaupt besser, sich nicht zu wichtig zu machen, bevor man nicht mindestens zehn Jahre hier arbeitet. Das wird nicht gern gesehen.»

«Oh! Vielen Dank für den Hinweis.»

«Diese Firma wird ganz im Stil einer staatlichen Behörde geführt», fuhr Mr. Ingleby fort. «Eile ist unerwünscht, und Initiative und Neugier bekommen höflich die Tür gewiesen.»

«Das stimmt», mischte sich ein kampflustig dreinblickender, rothaariger Mann ein, der sich gerade die Finger mit Bimsstein schrubbte, als wollte er die Haut gleich mit abscheuern. «Ich wollte neulich 50 Pfund für eine neue Linse haben – und was hab ich zur Antwort bekommen? Sparsamkeit, bitte, in allen Abteilungen – wie bei der Regierung –, und dabei bezahlen sie Leute wie euch dafür, daß ihr den Leuten weismacht, je mehr sie ausgäben, desto mehr könnten sie sparen! Jedenfalls werde ich hier nicht mehr alt, das ist schon ein Trost.»

«Das ist Mr. Prout, unser Fotograf», sagte Ingleby. «Er ist seit fünf Jahren drauf und dran, uns zu verlassen, aber wenn es ernst wird, sieht er ein, daß wir ohne ihn nicht auskommen, und läßt sich von unseren Bitten und Tränen erweichen.»

«Tja!» sagte Mr. Prout.

«Die Direktion hält Mr. Prout für einen so wertvollen Mitarbeiter», fuhr Mr. Ingleby fort, «daß sie ihm ein ganz großes Zimmer gegeben hat –»

«– in dem man sich nicht umdrehen kann», sagte Mr. Prout. «Und ohne Lüftung. Mord ist das, was die hier machen. Wie die schwarzen Löcher von Kalkutta, und Treppen, auf denen man sich das Genick bricht. Was wir in diesem Land mal brauchten, wäre ein Mussolini, der Ordnung schafft. Aber was nützt alles Reden? Trotzdem, eines schönen Tages, Sie werden es erleben.»

«Mr. Prout ist unser zahmer Revolutionär», bemerkte Mr. Ingleby nachsichtig. «Kommen Sie mit rauf, Bredon?»

«Ja. Ich muß das Zeug hier noch tippen lassen.»

«Ganz recht. Hier lang, bitte. Die Treppe neben dem Aufzug hinauf, durch den Versand, und da sind wir schon – hinter dieser Tür finden Sie Englands ganze Schönheit versammelt. Kinder, Mr. Bredon bringt euch was Schönes zum Abtippen.»

«Geben Sie her», sagte Miss Rossiter, «und – ach ja, Mr. Bredon! Schreiben Sie doch mal bitte Ihren Namen und Adresse auf diese Karte – die brauchen das unten für die Personalakten.»

Bredon nahm gehorsam die Karte.

«Bitte in Druckschrift», fügte Miss Rossiter hinzu, nachdem

sie einen gequälten Blick auf die soeben empfangenen Manuskripte geworfen hatte.

«Ach, gefällt Ihnen etwa meine Handschrift nicht? Ich finde sie eigentlich ganz leserlich. Sauber, aber nicht protzig. Na ja, wenn Sie meinen –»

«Druckschrift», wiederholte Miss Rossiter bestimmt. «Hallo! Da ist ja Mr. Tallboy. Er will sicher was von Ihnen, Mr. Ingleby.»

«Was, schon wieder?»

«Nutrax hat den Zweispalter gestrichen», verkündete Mr. Tallboy finster triumphierend. «Sie haben uns eben frisch aus einer Konferenz heraus mitgeteilt, daß sie etwas speziell als Gegengewicht zur Slumbermalt-Kampagne haben wollen, und Mr. Hankin sagt, Sie möchten sich bitte etwas einfallen lassen und es ihm in einer halben Stunde vorlegen.»

Ingleby stieß einen gellenden Schrei aus, und Bredon legte seine Personalkarte hin und starrte ihn offenen Mundes an.

«In Teufels Küche mit Nutrax!» rief Mr. Ingleby. «Und sollen alle ihre Direktoren die Elefantenkrankheit, lokomotorische Ataxie und eingewachsene Zehennägel kriegen!»

«Sehr richtig», sagte Tallboy. «Sie bringen uns also was, ja? Wenn ich es bis drei Uhr durchkriege, kann die Druckerei – Heda!»

Mr. Tallboy, der seinen Blick ziellos im Zimmer hatte umherschweifen lassen, hatte Bredons Karteikarte gesehen. Miss Rossiters Blick folgte dem seinen. Auf der Karte stand in säuberlichen Druckbuchstaben nur ein Wort:

DEATH

«Seht euch das mal an!» sagte Miss Rossiter.

«Oho!» machte Ingleby, der ihr über die Schulter sah. «Sie sind also der Tod, Bredon? Na, ich kann nur sagen, da müßten Sie eigentlich bei jedem ankommen. Das hat so was Allgemeingültiges.»

Mr. Bredon lächelte bedauernd.

«Sie haben mich so erschreckt», sagte er. «Mir derart in die Ohren zu brüllen.» Damit nahm er die Karte und füllte sie fertig aus:

DEATH BREDON
12 A Great Ormond Street
London W. C. 1

2

Ärgerliche Indiskretion zweier Stenotypistinnen

Zum zwanzigstenmal studierte Mr. Death Bredon den gerichtlichen Untersuchungsbericht über den Tod Victor Deans.

Da war die Aussage Mr. Prouts, des Fotografen:

«Es war ungefähr um die Teezeit. Der Tee kommt so gegen halb vier. Ich kam gerade aus meinem Zimmer im oberen Stockwerk, mit Kamera und Stativ in der Hand. Mr. Dean ging an mir vorbei. Er kam sehr schnell den Korridor entlang und eilte auf die Eisentreppe zu. Er lief nicht gerade – aber er ging sehr schnell. Unter einem Arm hatte er ein großes, schweres Buch. Ich weiß jetzt, daß es der *Times-Atlas* war. Ich wandte mich in dieselbe Richtung wie er. Ich sah ihn die Eisentreppe hinuntergehen; es ist eine recht steile Wendeltreppe. Er hatte vielleicht ein halbes Dutzend Stufen hinter sich, als er plötzlich regelrecht in sich zusammenfiel und meinem Blick entschwand. Es gab einen gewaltigen Krach. Man könnte es ein Poltern nennen – ein in die Länge gezogenes Krachen. Ich setzte mich in Trab, als Mr. Daniels' Tür aufging und er herauskam und gegen mein Stativ stieß. Während wir noch so ineinander verheddert waren, lief Mr. Ingleby an uns vorbei den Flur entlang. Von unten hörte ich einen schrillen Schrei. Ich legte die Kamera hin, und Mr. Daniels und ich liefen zusammen zur Treppe. Noch ein paar andere kamen dazu – Miss Rossiter, glaube ich, und ein paar von den Textern und Sekretären. Wir sahen Mr. Dean zu einem Knäuel zusammengesunken unten am Fuß der Treppe liegen. Ich konnte nicht einmal sagen, ob er die Treppe hinunter oder durchs Geländer gefallen war. Die Treppe bildet eine rechtsdrehende Spirale und macht eine volle Umdrehung. Die Stufen bestehen aus perforierten Stahlplatten. Auf dem Geländer befinden sich mehrere eiserne Knöpfe, etwa walnußgroß. Die Stufen sind ein bißchen rutschig. Die Treppe ist gut beleuchtet. Über ihr befindet sich ein Oberlicht, und außerdem bekommt sie noch Licht durch die Glastür zu Mr. Daniels' Zimmer sowie durch die Glastüren auf dem unteren Korridor. Ich habe hier ein Foto, das ich persönlich gestern um halb vier gemacht habe – also am Tag nach dem Unglück. Es zeigt den oberen Anfang der Treppe. Das Bild wurde bei normalem Tageslicht aufgenommen. Die Platte war eine Actinax Special Rapid mit der H&D-Nummer 450. Die Belichtungszeit war ⅕ Sekunde, Blende 16. Die Lichtverhältnisse waren ähnlich wie zur Zeit von Mr. Deans Tod. Beide Male schien die Sonne. Der Korridor verläuft ungefähr in Nord-Süd-Richtung. Der Verunglückte ist die Treppe hinuntergegangen und bekam das Licht von oben und hinten; daß ihm die Sonne in die Augen geschienen haben könnte, ist unmöglich.»

Es folgte Mr. Daniels' Aussage:

«Ich stand an meinem Schreibtisch und sprach mit Mr. Freeman über das Layout einer Annonce. Plötzlich hörte ich ein Krachen. Ich dachte, da muß wieder einer von den Laufjungen die Treppe hinuntergefallen sein. Da ist nämlich schon mal so ein Junge runtergefallen. Ich halte die Treppe nicht für gefährlich. Ich nehme an, daß der Junge zu schnell gelaufen war. Ich kann mich nicht erinnern, Mr. Dean über den Flur gehen gehört zu haben. Gesehen habe ich ihn auch nicht. Ich stand mit dem Rücken zur Tür. Es gehen dauernd Leute über den Flur, darauf achtet man gar nicht mehr. Als ich den Sturz hörte, bin ich schnell hinausgegangen. Ich begegnete Mr. Prout und stolperte über sein Stativ. Gefallen bin ich nicht direkt, aber gestolpert, so daß ich mich an ihm festhalten mußte, um nicht zu fallen. Sonst war niemand auf dem Korridor, als ich hinauslief, nur Mr. Prout. Das kann ich beschwören. Mr. Ingleby kam dann an uns vorbei, während wir uns nach dem Zusammenstoß erst wieder aufrappelten. Er kam nicht aus seinem Zimmer, sondern vom anderen Ende des Korridors. Er ging die Eisentreppe hinunter, und Mr. Prout und ich liefen ihm nach, so schnell wir konnten. Ich hörte unten jemanden schreien. Ich glaube, das war kurz bevor oder kurz nachdem ich gegen Mr. Prout rannte. Ich war in diesem Moment ziemlich durcheinander und kann das nicht mit Bestimmtheit sagen. Wir sahen Mr. Dean unten am Fuß der Treppe liegen. Es standen ziemlich viele Leute herum. Dann kam Mr. Ingleby die Treppe sehr schnell wieder heraufgerannt und rief: ‹Er ist tot!› oder ‹Er hat sich erschlagen.› Seine genauen Worte kann ich nicht beschwören. Zuerst wollte ich es gar nicht glauben. Ich dachte, er übertreibt. Dann bin ich selbst die Treppe hinuntergegangen. Mr. Dean lag zusammengekrümmt da, den Kopf nach unten. Seine Beine waren zum Teil noch auf der Treppe. Ich glaube, daß schon jemand versucht hatte, ihn aufzuheben, bevor ich unten war. Ich habe mit Toten und Verwundeten einige Erfahrung; ich war Krankenträger im Krieg. Ich habe ihn untersucht und gesagt, daß er meiner Meinung nach tot sei. Ich glaube, Mr. Atkins war schon zu derselben Überzeugung gekommen. Ich habe geholfen, die Leiche hochzuheben und ins Konferenzzimmer zu tragen. Dort haben wir ihn auf den Tisch gelegt und uns bemüht, ihm Erste Hilfe zu geben, obwohl ich keinen Augenblick zweifelte, daß er bereits tot war. Wir sind nicht auf den Gedanken gekommen, ihn liegen zu lassen, wo er lag, bis die Polizei kam, denn es hätte natürlich sein können, daß er doch nicht tot war, und da konnten wir ihn nicht mit dem Kopf nach unten an der Treppe liegen lassen.»

Als nächster hatte Mr. Atkins ausgesagt und erklärt, daß er Gruppenleiter sei und in einem der unteren Räume arbeite.

«Ich kam gerade aus meinem Zimmer, von dessen Tür aus man die Eisentreppe sehen kann. Es liegt nicht direkt der Treppe gegenüber, aber man kann ihre untere Hälfte überblicken. Wer diese Treppe herunterkommt, wendet mir den Rücken zu, wenn er von der letzten Stufe tritt. Ich hörte ein lautes Krachen und sah den Mann kopfüber die Treppe herunterstürzen. Er schien überhaupt keinen Versuch zu machen, sich zu fangen. Er hatte ein großes Buch unterm Arm. Das ließ er im Fallen nicht einmal los. Er schien von einer Seite der Treppe gegen die andere zu schlagen und fiel sozusagen wie ein Kartoffelsack. Unten schlug er mit dem Kopf auf. Ich hatte ein Tablett mit lauter Glasgefäßen in den Händen. Das habe ich abgestellt und bin hingelaufen. Ich wollte ihn aufheben, aber in dem Moment, als ich ihn anfaßte, war ich sicher, daß er tot war. Meiner Ansicht nach hatte er sich das Genick gebrochen. Zu der Zeit war Mrs. Crump auf dem Korridor. Mrs. Crump hat unseren Aufwartedienst unter sich. Ich sagte zu ihr: ‹Großer Gott, er hat sich das Genick gebrochen!› Und sie stieß einen lauten Schrei aus. Gleich darauf erschienen noch etliche andere auf der Szene. Einer sagte: ‹Vielleicht hat er sich's nur verrenkt.› Mr. Daniels sagte zu mir: ‹Wir können ihn nicht so liegen lassen.› Ich glaube, es war Mr. Armstrong, der dann den Vorschlag machte, ihn ins Konferenzzimmer zu tragen. Ich habe geholfen, ihn dorthin zu tragen. Der Tote hielt das Buch so fest unterm Arm, daß wir es ihm nur mit Mühe wegnehmen konnten. Er hatte sich seit dem Sturz nicht mehr bewegt und nicht zu sprechen versucht.

Ich zweifelte keinen Augenblick, daß er nach dem Sturz auf der Stelle tot war.»

Mrs. Crump bestätigte diese Aussage nach bestem Wissen. Sie sagte: «Ich bin Oberaufwärterin bei Pyms Werbedienst. Zu meinen Pflichten gehört es, jeden Nachmittag gegen halb vier mit dem Teewagen durch die Büros zu fahren. Das heißt, ich trete die Runde um Viertel nach drei an und beende sie um Viertel vor vier. Ich war im Untergeschoß fast fertig und wollte gerade zum Aufzug zurück, um den Tee in den ersten Stock zu bringen. Demnach muß es etwa halb vier gewesen sein. Ich kam den Flur entlang und hatte die Eisentreppe vor mir. Da sah ich Mr. Dean herunterfallen. Er fiel wie ein Bündel. Es war schrecklich. Er schrie nicht und gab im Fallen nicht einen Ton von sich. Er plumpste einfach herunter wie ein toter Gegenstand. Mir blieb fast das Herz stehen. Ich war so erschlagen, daß ich mich eine ganze Zeit nicht rühren konnte. Dann kam Mr. Atkins angelaufen, um ihn aufzuheben. Er sagte: ‹Er hat sich das Genick gebrochen›, und da habe ich einen Schrei von mir gegeben. Ich konnte nicht anders, ich war einfach fertig. Ich finde, daß diese Treppe ein heimtückisches, gefährliches Ding ist. Immerzu warne ich die anderen Frauen davor. Wenn man da mal ausrutscht, kann man sich kaum noch irgendwo festhalten, besonders wenn man etwas in den Händen hat. Den ganzen Tag laufen da Leute rauf und runter, und dadurch werden die Stufen so glatt, das glaubt man gar nicht, und manche sind an den Kanten schon richtig abgetreten.»

Das ärztliche Gutachten stammte von Dr. Emerson. «Ich wohne am Queen's Square in Bloomsbury. Von meinem Haus bis zur Werbeagentur Pym in der Southampton Row geht man fünf Minuten. Ich erhielt den Anruf um 15 Uhr 40 und ging sofort hin. Der Verunglückte war bei meiner Ankunft tot. Ich kam zu dem Ergebnis, daß er seit etwa einer Viertelstunde tot sein müsse. Sein Genick war am vierten Wirbel gebrochen. Zudem hatte der Tote eine Quetschwunde an der rechten Schläfe, wo auch der Schädel zertrümmert war. Jede dieser beiden Verletzungen war eine hinreichende Todesursache. Ich würde sagen, daß der Mann unmittelbar nach dem Sturz gestorben ist. Außerdem war das rechte Schienbein gebrochen, wahrscheinlich weil er damit im Treppengeländer hängengeblieben war. Natürlich hatte er auch noch etliche Schürfungen und Quetschungen. Die Kopfwunde könnte der Form nach daher rühren, daß er im Fallen gegen einen der Knöpfe am Geländer geschlagen ist. Ob diese Wunde oder der gebrochene Nackenwirbel die eigentliche Todesursache war, kann ich nicht sagen, aber in beiden Fällen wäre der Tod auf der Stelle eingetreten. Ich gebe zu, daß diese Frage nicht von großer Bedeutung ist. Ich habe keine Hinweise auf ein Herzleiden oder eine sonstige Krankheit gefunden, die den Schluß nahelegen könnte, daß der Verstorbene an Schwindel- oder Ohnmachtsanfällen litt. Für Alkohol oder Drogensucht habe ich keine Anzeichen gefunden. Ich habe die Treppe gesehen und finde, daß man sehr leicht darauf ausrutschen kann. Soweit ich es beurteilen kann, schien die Sehkraft des Verstorbenen normal zu sein.»

Miss Pamela Dean, die Schwester des Verstorbenen, hatte ausgesagt, daß ihr Bruder zur Zeit des Unfalls bei guter Gesundheit gewesen sei und niemals irgendwelche Schwächeanfälle oder dergleichen gehabt habe. Er sei nicht kurzsichtig gewesen. Gelegentlich habe er unter Leberbeschwerden gelitten. Er sei ein guter Tänzer gewesen und gewöhnlich sehr sicher und flink auf den Beinen. Einmal habe er sich als Junge einen Knöchel verstaucht, aber soweit sie wisse, sei von daher keine dauernde Gelenkschwäche zurückgeblieben.

Es wurden auch Aussagen dahingehend gemacht, daß schon öfter Personen auf dieser Treppe verunglückt seien; andere Zeugen meinten, die Treppe sei nicht gefährlich, wenn der Benutzer gebührende Vorsicht walten lasse. Die Geschworenen erkannten auf Tod durch Unfall und merkten in der Begründung an, daß ihrer Meinung nach die Eisentreppe durch eine massivere Konstruktion ersetzt werden solle.

Mr. Bredon schüttelte den Kopf. Dann nahm er ein Blatt Papier von dem vor ihm liegenden Stoß und schrieb:

1. Er schien in sich zusammenzufallen.
2. Er machte keinen Versuch, sich zu fangen.
3. Er ließ das Buch nicht los.
4. Er schlug mit dem Kopf auf dem Boden auf.
5. Genickbruch, Schädelbruch: jede dieser Verletzungen für sich allein tödlich.
6. Gute Gesundheit; gute Augen; guter Tänzer.

Er stopfte sich eine Pfeife und starrte eine Zeitlang auf diese Liste. Dann kramte er in einer Schublade und fand ein Blatt Papier, das ein angefangener Brief oder der weggelegte Entwurf eines Briefes zu sein schien.

«Sehr geehrter Mr. Pym,
ich halte es für richtig, Sie wissen zu lassen, daß in dieser Agentur Dinge vorgehen, die höchst unerfreulich sind und zu ernsten –»

Nach nochmaligem längerem Nachdenken legte er dieses Schriftstück wieder fort und schrieb etwas auf ein anderes Blatt Papier, radierte und schrieb emsig wieder von vorn. Bald spielte ein zögerndes Lächeln um seine Lippen.

«Möchte wetten, daß da was dran ist», sagte er leise. «Und zwar etwas ziemlich Großes. Die Frage ist nur, wie man so was macht. Irgendwie muß man an das Geld herankommen – aber wo kommt es überhaupt her? Von Mr. Pym wohl kaum. Er dürfte selbst nichts damit zu tun haben, und man kann nicht eine ganze Belegschaft erpressen. Trotzdem frage ich mich... Wahrscheinlich würde er sich's doch etwas kosten lassen, zu verhindern, daß –»

Er versank in Schweigen und Meditation.

«Und», fragte Miss Parton, indem sie das nächste Schokoladeneclair aufspießte, «was hältst du von unserem Mr. Bredon?»

«Pyms Schoßhündchen?» fragte Miss Rossiter zurück. «Du wirst noch ein Pfund ums andere zulegen, wenn du weiter so viel von diesem süßen Zeug futterst, Schätzchen. Also ich finde ihn nett, und seine Hemden sind einfach hinreißend. Diesen Stil wird er sich von Pyms Gehalt nur nicht lange leisten können, Bonus hin, Bonus her. Und die seidenen Socken auch nicht.»

«Das stimmt; wahrscheinlich ist er in Samt und Seide aufgewachsen», pflichtete Miss Parton ihr bei. «Einer der neuen Armen, stelle ich mir vor. Sein ganzes Geld bei einer Fehlspekulation verloren oder so.»

«Oder seine Familie hatte es satt, ihn durchzufüttern, und hat ihn vor die Tür gesetzt, damit er selbst nach Futter scharrt», meinte Miss Rossiter. Sie nahm es mit der schlanken Linie ernster als ihre Kollegin und neigte weniger zu Sentimentalität. «Ich habe ihn neulich mal quasi gefragt, was er getan hat, bevor er zu uns kam, und er hat gemeint, so dies und das, und mit Motoren will er ziemlich viel zu tun gehabt haben. Wahrscheinlich war er einer von diesen Silberzungen, die Autos in Kommission verkauften, und als an diesem Geschäft nichts mehr zu verdienen war, mußte er sich Arbeit suchen – sofern man das Texteschreiben Arbeit nennen kann.»

«Ich halte ihn für sehr gescheit», sagte Miss Parton. «Hast du diese irre Schlagzeile gesehen, die er gestern für die Margarine ausgetüftelt hat? ‹Alles in Butter mit Grüne-Aue-Margarine.› Hankie hat sich fast totgelacht. Ich glaube ja, Schoßhündchen wollte ihn nur auf den Arm nehmen. Aber ich meine, er würde auf so was Verrücktes nie kommen, wenn er keinen Grips hätte.»

«Aus ihm wird schon noch ein Texter», erklärte Miss Rossiter entschieden. Sie hatte so viele neue Texter kommen und wie ein Schiff in der Nacht wieder verschwinden sehen, daß sie sich ein ebenso sicheres Urteil erlauben konnte wie die Chefs der Textabteilung. «Er hat das Flair, wenn du verstehst, was ich meine. Der bleibt.»

«Hoffentlich», sagte Miss Parton. «Er hat so gute Manieren. Er wirft einem das Zeug nicht einfach hin, als wenn man ein Stück Dreck wäre, wie der junge Willis. Und er bezahlt seine Teerechnung ganz wie ein Gentleman.»

«Noch ist nicht aller Tage Abend», fand Miss Rossiter. «Bisher hat er *eine* Teerechnung bezahlt. Ich kriege richtig Bauchkrämpfe, wenn ich mir ansehe, was einige für ein Theater darum machen. Etwa dieser Garrett! Richtig ungezogen war der, wie ich am Samstag hingegangen bin. Er hat mir fast vorgeworfen, ich *verdiente* am Tee. Anscheinend findet er das lustig. Ich aber nicht.»

«Das hat er nur im Scherz gemeint.»

«O nein. Nicht nur. Und ewig hat er was zu knurren. Ob es Krapfen oder Cremeschnitten gibt, immer ist was nicht in Ordnung damit. Ich hab gesagt: ‹Mr. Garrett›, hab ich zu ihm gesagt, ‹wenn *Sie* Lust haben, jeden Tag *Ihre* Mittagszeit zu opfern, um herumzusuchen und nach Möglichkeit etwas zu finden, was *jedem* recht ist, dann dürfen Sie es *herzlich* gern machen.› – ‹Aber nicht doch›, sagt er, ‹ich bin doch kein Laufjunge.› – ‹Und was glauben Sie, was ich bin?› frag ich. ‹Vielleicht das Laufmädchen?› Da hat er gemeint, ich soll mich nicht gleich so aufregen. Ist ja alles gut und schön, aber man kriegt es langsam über, besonders bei dieser Hitze, immer herumzurennen für andere.»

Miss Parton nickte. Der Tee war ein ständiger Zankapfel.

«Freund Bredon», sagte sie, «macht jedenfalls keine Schwierigkeiten. Jeden Tag einen trockenen Keks und eine Tasse Tee. Das ist seine Bestellung. Und dann hat er gesagt, er ist gern bereit, genausoviel zu bezahlen wie alle andern, obwohl ihm ja eigentlich ein Nachlaß von 6 Pence zusteht. Ich hab's gern, wenn ein Mann großzügig ist und höflich mit einem redet.»

«O ja, seine Zunge läuft auf Kugellagern», sagte Miss Rossiter. «Und wie man hört, ist er ein Naseweis.»

«Das sind sie doch alle», antwortete Miss Parton. «Aber sag mal, weißt du schon, was ich gestern gemacht habe? Es war fürchterlich. Bredon kam rein und fragte nach Mr. Hankins Durchschlägen. Ich war furchtbar in Eile mit so einem Quatsch vom alten Copley – der will ja immer alles in fünf Minuten fertig haben –, und da hab ich eben gesagt: ‹Bedienen Sie sich.› Na, und was meinst du? Zehn Minuten später wollte ich irgendwas vom Regal holen, und da sah ich, daß er Mr. Hankins *Privatordner* mitgenommen hatte. Er muß blind sein, denn da steht doch in großen roten Buchstaben PRIVAT darauf. Hankie hätte natürlich Zustände gekriegt, wenn er's erfahren hätte. Ich also nichts wie hin zu Bredon, und da saß er da und blätterte seelenruhig in Hankies Privatkorrespondenz, also bitte! Ich sag: ‹Sie haben den falschen Ordner, Mr. Bredon.› Und er wurde nicht mal ein bißchen verlegen! Er gab ihn mir nur grinsend zurück und sagte: ‹Allmählich hatte ich auch den Eindruck. Es ist aber sehr interessant, zu sehen, was alle so verdienen.› Meine Güte, er hatte Hankies Personalliste gelesen! Ich sagte: ‹Aber Mr. Bredon, das dürfen Sie doch nicht lesen. Das ist streng vertraulich.› Und da sagt er nur drauf: ‹So?› und macht ein ganz erstauntes Gesicht.»

«So ein Esel!» meinte Miss Rossiter. «Hoffentlich hast du ihm gesagt, er soll es wenigstens für sich behalten. Bei ihrem Gehalt sind sie doch alle *so* empfindlich. Dabei weiß ich wirklich nicht, wieso. Aber alle wollen um ihr Leben gern wissen, was die andern verdienen, und haben eine Heidenangst, jemand könnte rauskriegen, was sie selbst bekommen. Wenn Bredon jetzt damit hausieren geht, wird's einen ganz schönen Aufruhr geben.»

«Ich hab's ihm eingeschärft», sagte Miss Parton, «und er schien das alles nur komisch zu finden und hat mich gefragt, wie lange er wohl brauchen wird, bis er auf Deans Gehalt kommt.»

«Mal sehen. Wieviel hat Dean denn gekriegt?»

«Sechs Pfund die Woche», antwortete Miss Parton, «und viel mehr war er in meinen Augen auch nicht wert. Ohne ihn wird in der Abteilung jedenfalls ein besseres Klima herrschen, das muß ich sagen. Der konnte einem ja manchmal auf den Wecker gehen!»

«Wenn du mich fragst», sagte Miss Rossiter, «finde ich es nicht gut, daß man die Studierten mit den anderen zusammenwürfelt. Die von der Uni, die können austeilen und einstecken, und keiner bleibt dem anderen etwas schuldig, aber die anderen passen da irgendwie nicht rein. Die fühlen sich immer auf den Schlips getreten.»

«Am meisten regt Ingleby sie auf. Der nimmt ja nie etwas ernst.»

«Das tun die eben alle nicht», legte Miss Rossiter ihren erfahrenen Finger zielsicher auf die offene Wunde. «Für die ist alles nur ein Spiel, aber für Copley und Willis ist alles todernst. Wenn Willis metaphysisch wird, rezitiert Ingleby Limericks. Ich persönlich bin ja tolerant. Mir gefällt das eigentlich sogar. Und die Uni-Leute streiten sich nicht so wie die anderen. Wenn Dean nicht die Treppe runtergefallen wäre, hätte es zwischen ihm und Willis noch mal einen schweren Krach gegeben.»

«Ich habe nie begriffen, worum es dabei ging», bemerkte Miss Parton, wobei sie bedächtig in ihrem Kaffee rührte.

«*Ich* glaube, daß es was mit einem Mädchen zu tun hatte», sagte Miss Rossiter. «Willis und Dean waren an Wochenenden immer viel zusammen, und plötzlich war's aus damit. Im März hatten sie mal einen fürchterlichen Krach. Da hat Miss Meteyard sie in Deans Zimmer herumbrüllen hören.»

«Hat sie auch gehört, worum es ging?»

«Nein. Und wie sie nun mal ist, mußte sie an die Wand klopfen und dann hingehen und ihnen sagen, sie sollen doch den Mund halten. Anderer Leute Privatangelegenheiten interessieren sie nicht. Komische Frau. Na, ich glaube, wir verdrücken uns jetzt langsam nach Hause, sonst ist morgen früh überhaupt nichts mit uns anzufangen. War ein ganz guter Film, nicht? Wo ist die Rechnung? Du hast zwei Stück Kuchen mehr gegessen als ich. Deins macht einen Shilling und einen Penny, meins macht neun Pence. Wenn ich dir einen Shilling gebe, und du gibst mir zwei Pence und der Kellnerin zwei Pence und gehst an der Kasse bezahlen, sind wir quitt.»

Die beiden jungen Frauen verließen das Café durch den Ausgang Coventry Street, wandten sich nach rechts und überquerten den Piccadilly Circus, um zur U-Bahn hinunterzusteigen. Als sie das gegenüberliegende Trottoir erreichten, packte Miss Rossiter Miss Parton am Arm.

«Sieh mal! Schoßhündchen! Und groß in Schale!»

«Ach, geh!» erwiderte Miss Parton. «Das ist nicht Schoßhündchen. Doch, er ist es! Sieh dir nur mal diesen Umhang an, und die Gardenie, und – *meine Güte!* – das Monokel!»

Ohne von diesen Kommentaren etwas zu ahnen, kam der Herr, von dem die Rede war, nachlässig eine Zigarette rauchend auf sie zugeschlendert. Als er mit ihnen auf gleicher Höhe war, setzte Miss Rossiter ein fröhliches Grinsen auf und sagte: «Hallo!»

Der Mann lüftete mechanisch den Hut und schüttelte den Kopf, ohne die höfliche Miene zu verziehen. Miss Rossiters Wangen liefen feuerrot an.

«Er ist es nicht! Wie *peinlich*!»

«Und dich hat er für eine Dirne gehalten», sagte Miss Parton, ein wenig verlegen, aber nicht ganz ohne Genugtuung.

«Das ist doch nicht zu fassen», stammelte Miss Rossiter perplex. «Ich hätte schwören können –»

«Aber aus der Nähe sieht er ihm gar nicht ähnlich», meinte Miss Parton, im nachhinein klüger. «Ich habe dir ja gleich gesagt, daß er's nicht ist.»

«Dann hast du gesagt, er ist es doch.» Miss Rossiter warf einen Blick über die Schulter, gerade rechtzeitig, um einen merkwürdigen kleinen Zwischenfall zu beobachten.

Aus Richtung Leicester Square kam eine Limousine angerollt und fuhr gegenüber der *Criterion Bar* dicht an den Randstein. Der Mann im Abendanzug ging darauf zu und richtete ein paar Worte an den Insassen, wobei er die Zigarette fortwarf und eine Hand auf den Türgriff legte, als wollte er einsteigen. Doch noch ehe er dazu kam, traten plötzlich zwei Männer stumm aus einem Geschäftseingang. Der eine von ihnen sprach mit dem Chauffeur, der andere legte dem eleganten Herrn die Hand auf den Arm. Es wurden ein paar kurze Sätze gewechselt; dann stieg der eine Mann neben dem Chauffeur ein, während der zweite die Tür zum Fond öffnete. Der Mann im Abendanzug stieg ein, der andere folgte, und die ganze Gesellschaft fuhr davon. Das Ganze war so schnell gegangen, daß alles schon so gut wie vorüber war, ehe Miss Parton sich auf Miss Rossiters erstaunten Ausruf hin umdrehen konnte.

«Verhaftet!» hauchte Miss Rossiter mit glänzenden Augen. «Das waren zwei Detektive. Was mag unser Monokelfreund wohl verbrochen haben?»

Miss Parton war ganz aufgeregt.

«Und wir haben ihn sogar noch angesprochen und gedacht, es ist Bredon.»

«*Ich* habe ihn angesprochen», verbesserte Miss Rossiter. Jetzt plötzlich konnte Miss Parton sich damit brüsten, und dabei hatte sie sich vor ein paar Minuten erst ausdrücklich von dem peinlichen Zwischenfall distanziert; beides konnte man ihr ja nun nicht zubilligen.

«Also gut, du», räumte Miss Parton ein. «Ich muß mich ja doch über dich wundern, Rossie – einfach mit so einem Edelganoven abziehen zu wollen! Jedenfalls, wenn Bredon morgen nicht aufkreuzt, wissen wir, daß er es doch war.»

Aber es konnte kaum Mr. Bredon gewesen sein, denn der erschien am nächsten Morgen wie immer zur Arbeit. Miss Rossiter fragte ihn, ob er einen Doppelgänger habe.

«Nicht daß ich wüßte», sagte Mr. Bredon. «Einer meiner Vettern sieht mir allerdings etwas ähnlich.»

Miss Rossiter erzählte ihm von dem Zwischenfall, wenn auch in leicht abgewandelter Form. Bei näherer Betrachtung fand sie es doch besser, nichts davon zu sagen, daß man sie für ein leichtes Mädchen gehalten hatte.

«Oh, das war bestimmt nicht mein Vetter», antwortete Mr. Bredon. «Er ist ein furchtbar anständiger Mensch. Geht im Buckingham-Palast aus und ein und so weiter.»

«Mir können Sie viel erzählen», sagte Miss Rossiter.

«Ich bin das schwarze Schaf der Familie», sagte Mr. Bredon. «Auf der Straße würde der mich nicht einmal sehen. Das muß also jemand ganz anderes gewesen sein.»

«Heißt Ihr Vetter auch Bredon?»

«O ja», sagte Mr. Bredon.

3

*Neugierige Fragen
eines neuen Texters*

Mr. Bredon arbeitete seit einer Woche bei Pyms Werbedienst und hatte bereits das eine und andere gelernt. Er hatte gelernt, wie viele Wörter durchschnittlich auf zehn Zentimeter Textraum passen; daß man Mr. Armstrong mit einem sorgfältig ausgearbeiteten Satzspiegel beeindrucken konnte, Mr. Hankin es dagegen als Zeitverschwendung für einen Texter ansah, sich auch noch darum zu kümmern; daß es gefährlich war, das Wörtchen «rein» zu benutzen, weil es bei leichtfertigem Gebrauch den Auftraggeber einer möglichen Strafverfolgung aussetzte, wohingegen Wörter wie «höchste Qualität», «beste Zutaten» und «unter optimalen Bedingungen verpackt» keinerlei juristische Bedeutung hatten und daher ungefährlich waren; daß es ein Unterschied war, ob man von einem Produkt behauptete, es gebe «Tausenden britischer Arbeiter in unserer Musterfabrik da-und-da Brot und Arbeit» oder ob man es als «durch und durch britische Arbeit» bezeichnete; daß man im Norden Englands die Butter und Margarine gesalzen vorzog, im Süden hingegen frisch; daß der *Morning Star* keine Inserate annahm, in denen das Wort «heilen» vorkam, aber keine Einwände gegen Ausdrücke wie «lindern» oder «bessern» erhob, und daß ferner ein Produkt, das etwas zu «heilen» vorgab, möglicherweise als Medikament patentiert und mit einem teuren Siegel versehen werden mußte; daß der überzeugendste Werbetext stets mit einem Augenzwinkern geschrieben wurde, eine echte Überzeugung vom Wert der Ware jedoch – aus unerfindlichen Gründen – zu einem dürftigen, flachen Stil führte; daß eine noch so weit hergeholte unanständige Nebenbedeutung eines Satzes stets diejenige sei, die von der breiten britischen Öffentlichkeit hineingelesen werde; daß die Graphiker es einzig und allein darauf abgesehen hatten, den Text vollständig aus der Anzeige hinauszudrängen, während umgekehrt der Texter ein heimtückischer Bube war, dessen einziges Bestreben es war, den Anzeigenraum so mit Text vollzupfropfen, daß für Illustrationen kein Platz mehr blieb; daß der Layouter, ein armes Würstchen zwischen diesen Mühlsteinen, seine liebe Not hatte, die beiden streitenden Parteien miteinander zu versöhnen; daß ferner alle Abteilungen sich einig waren in ihrem Haß gegen den Auftraggeber, der es nicht lassen konnte, ein gutes Layout immer wieder mit eingerückten Coupons, Geschenkangeboten, Verzeichnissen örtlicher Agenturen und realistischen Abbildungen ebenso häßlicher wie uninteressanter Verpackungen zu verderben, sehr zum Schaden seiner eigenen Interessen und zum Ärger aller Beteiligten.

Er lernte auch, sich ohne Hilfe in den beiden von der Werbeagentur gemieteten Etagen zurechtzufinden, bis hinauf zum Dach, wo die Botenjungen unter den Augen eines Betreuers ihre tägliche Gymnastik absolvierten, und von wo man an klaren Tagen einen schönen Blick über London haben konnte. Er machte die Bekanntschaft mehrerer Gruppenleiter und wußte manchmal sogar auf Anhieb, wer von ihnen welche Kunden betreute, während er zu den meisten Angehörigen seiner eigenen Abteilung schon bald ein durchaus herzliches Verhältnis hatte. Die beiden Abteilungschefs, Mr. Armstrong und Mr. Hankin, waren jeder auf seine Art genial und hatten jeder seine ganz persönlichen Schwächen. Mr. Hankin konnte zum Beispiel keine Schlagzeile durchgehen lassen, in der das Wort «großartig» vorkam. Mr. Armstrong hingegen mochte es nicht, wenn in einer Anzeige auf einen Richter oder Juden Bezug genommen wurde, und als die Hersteller von Whifflets Zigaretten eine neue Tabakmischung mit dem Namen «Guter Richter» auf den Markt brachten, war er so gründlich irritiert, daß er den ganzen Auftrag mit Sack und Pack und Esel an Mr. Hankin übergeben mußte. Mr. Copley, ein älterer Mann von ernster Natur, der den Werbeberuf ergriffen hatte, bevor dieser neumodische Trend zu akademisch gebildeten Werbetextern einsetzte, war berühmt für seinen empfindlichen Magen und seine unnachahmlich appetitanregenden Werbetexte für konservierte Lebensmittel. Alles, was aus einer Dose oder Schachtel kam, war für ihn Gift, und er ernährte sich ausschließlich von halbgaren Beefsteaks, Obst und Vollkornbrot. Das einzige, was er ausgesprochen gern schrieb, waren Werbetexte für Bunburys Vollkornmehl, und jedesmal war er zutiefst geknickt, wenn seine ausgefeilten Lobeshymnen, gespickt mit nützlichen medizinischen Details, irgendwelchen Albernheiten aus Inglebys Feder weichen mußten, etwa in der Art, daß Bunburys Vollkornmehl «dem Backen das Bauchweh nehme». Aber bei Ölsardinen und Dosenlachs war er unschlagbar.

Inglebys Spezialität waren hochnäsige Sprüche über Twentymans Tee («Was man in besseren Kreisen trinkt»), Whifflets Zigaretten («Auf der königlichen Tribüne in Ascot, im königlichen Yacht Club in Cowes – da finden Sie die Kenner, die Whifflets rauchen») und Farleys Schuhe («Ob beim Halali, ob beim Walzer – mit Farleys stehen Sie auf gesunden Füßen»). Er wohnte in Bloomsbury, war Kommunist im literarischen Sinne und trug fast ausschließlich Pullover und graue Flanellhosen. Er war frühzeitig und gründlich desillusioniert und einer der vielversprechendsten Werbetexter, die Pyms Werbedienst je hervorgebracht hatte. Wenn er gerade einmal von Whifflets und modischem Schuhwerk abließ, konnte er sich über nahezu jedes Thema amüsant unterhalten, und schließlich hatte er eine Begabung für «witzige» Texte, wo Witz nicht fehl am Platz war.

Miss Meteyard war von ähnlicher geistiger Verfassung und konnte über fast alles schreiben, nur nicht über Damenartikel, die hingegen bei Mr. Willis oder Mr. Garrett in besten Händen waren. Ersterer vor allem konnte Mieder und Gesichtscremes mit einem melancholischen Charme anpreisen, für den er sein Gehalt mehr als verdiente. Die Textabteilung insgesamt arbeitete fröhlich zusammen; einer schrieb hilfreich des anderen Schlagzeilen und suchte jederzeit des anderen Zimmer auf. Die einzigen Männer, zu denen Bredon kein herzliches Verhältnis herzustellen vermochte, waren Mr. Copley, der auf Distanz hielt, und Mr. Willis, der ihm mit einer Zurückhaltung begegnete, auf die er sich keinen Reim machen konnte. Ansonsten fand er die Abteilung ausgesprochen nett.

Und es wurde geredet. Bredon war noch nie so vielen Leuten auf einmal begegnet, die so fleißige Zungen und offenbar auch so viel Zeit und Muße für ein Schwätzchen hatten. Es war geradezu ein Wunder, daß hier auch noch gearbeitet wurde, aber irgendwie wurde die Arbeit immer fertig. Er fühlte sich an seine Studentenzeit in Oxford erinnert, wo Aufsätze sich zwischen Versammlungen und Sportveranstaltungen auf geheimnisvolle Weise von selbst schrieben und ausgerechnet die mit den besten Examina sich damit brüsteten, nie mehr als drei Stunden täglich gearbeitet zu haben. Jedenfalls sagte ihm das Klima hier durchaus zu. Er war ein geselliger Mensch, und nichts freute ihn mehr, als wenn ein Kollege, dem die Arbeit bis oben und der Sinn nach einem Schwätzchen stand, ihn bei seinen Lobreden auf Sopo («Macht den Montag zum Schontag») oder Husch-Staubsauger («Ein Husch, und alles ist sauber») stören kam.

«Sieh mal einer an!» sagte Miss Meteyard eines Morgens. Sie hatte nur mal eben hereingeschaut, um Bredon zu fragen, was ein «Schlenzer» sei – Tomboy Toffee hatte eine Anzeigenserie in Auftrag gegeben, die an Cricket anlehnte und jeweils von Ausrufen wie «Kinder, ist das 'ne Kerze!» oder «Prima, dieser Praller!» auf allerlei Umwegen zu den Vorzügen von Tomboy Toffees überleitete – und nun war eben «Schlau, so ein Schlenzer!» an der Reihe. Bredon hatte ihr mit Bleistift und Papier erklärt, was ein Schlenzer war, und es ihr dann auf dem Korridor mit einer kleinen runden Tabaksdose (Marke «Guter Richter») vorgemacht, wobei er um ein Haar Mr. Armstrong am Kopf getroffen hätte, und schließlich hatte er sich auch noch auf eine Diskussion über die Tauglichkeit solcher Schlachtrufe für Annoncenschlagzeilen eingelassen, aber Miss Meteyard machte noch immer keine Anstalten, zu gehen. Sie hatte sich an Bredons Tisch gesetzt und angefangen, Karikaturen zu zeichnen, was sie sogar recht geschickt machte, und gerade suchte sie in der Bleistiftschale nach einem Radiergummi, als sie den oben erwähnten Ausruf von sich gab: «Sieh mal einer an!»

«Was?»

«Das ist doch Deans Skarabäus. Den hätte man seiner Schwester zurückschicken müssen.»

«Ach, das da! Ja, ich wußte, daß er da war, aber ich hatte keine Ahnung, wem er gehörte. Gar nicht so übel, das Ding. Echter Onyx – aber natürlich nicht ägyptisch, nicht einmal besonders alt.»

«Wohl kaum, aber Dean hing daran. Für ihn war er eine Art Talisman. Hatte ihn immer bei sich in der Westentasche oder vor sich auf dem Schreibtisch, wenn er arbeitete. Wenn er ihn an dem Tag bei sich gehabt hätte, wäre er sicher nicht die Treppe hinuntergestürzt – das würde er selbst jedenfalls sagen.»

Bredon setzte sich den kleinen Käfer auf den Handteller. Er war etwa so groß wie ein Daumennagel, schwer, nur oberflächlich bearbeitet und bis auf eine abgesprungene Stelle an der Seite völlig glatt.

«Was war dieser Dean überhaupt für einer?»

«Na ja, *de mortuis* und so weiter, aber er war nicht unbedingt mein Fall. Ich fand ihn ziemlich unbekömmlich.»

«Inwiefern?»

«Zum Beispiel gefielen mir die Leute nicht, mit denen er herumzog.»

Bredon ließ eine fragende Augenbraue hochzucken.

«Nein», sagte Miss Meteyard, «nicht was Sie meinen. Das heißt, darüber könnte ich Ihnen selbst nichts sagen. Aber er war viel mit der de Momerie-Clique unterwegs. Fand er wahrscheinlich schick. Zu seinem Glück war er wenigstens nicht in der berüchtigten Nacht dabei, als diese Punter-Smith sich umgebracht hat. Pyms Werbedienst hätte nie mehr den Kopf hoch tragen können, wenn einer seiner Mitarbeiter in so eine zwielichtige Sache verstrickt gewesen wäre. Da ist man hier sehr eigen.»

«Was sagten Sie noch, wie alt der Junge war?»

«Sechs- oder siebenundzwanzig, schätze ich.»

«Wie ist er eigentlich hierhergekommen?»

«Das Übliche. Brauchte wahrscheinlich Geld. Mußte irgendeine Arbeit annehmen. Von nichts kann man sich kein süßes Leben leisten. Und er war ja nicht irgendwer. Sein Vater war Bankdirektor oder so was, und als der gestorben war, mußte Klein Victor sich nach irgendwas umsehen, wovon er leben konnte. Aber er wußte schon für sich zu sorgen.»

«Wie ist er denn an diese Clique geraten?»

Miss Meteyard grinste ihn an.

«Da wird ihn wohl mal eine abgeschleppt haben. Auf seine Art sah er ja ganz gut aus. Es gibt nicht nur eine *nostalgie de la banlieue*, sondern auch *de la boue*. Und Sie nehmen mich auf den Arm, Mr. Death Bredon, denn das wissen Sie alles genausogut wie ich.»

«Soll das ein Kompliment für meine Bildung oder eine Anspielung auf meine Moral sein?»

«Wie *Sie* hierhergekommen sind, ist um einiges interessanter, als wie Victor Dean hierhergekommen ist. Unerfahrenen neuen Textern zahlt man hier ein Anfangsgehalt von 4 Pfund die Woche – etwa so viel, wie ein Paar von Ihren Schuhen kostet.»

«Ah!» sagte Bredon. «Da sieht man wieder, wie der Schein doch trügen kann! Aber es ist offenkundig, meine Verehrteste, daß Sie Ihre Einkäufe nicht im wahren West End tätigen. Sie gehören jenem Bevölkerungsteil an, der bezahlt, was er kauft. Bei aller Hochachtung gedenke ich Sie nicht zu imitieren. Leider gibt es gewisse Dinge, die man nur gegen bar bekommt. Eisenbahnfahrkarten zum Beispiel oder Benzin. Aber es freut mich, daß Ihnen meine Schuhe gefallen. So etwas bekommt man bei Rudge in der Arcade, und im Gegensatz zu Farleys Schuhmoden sieht man sie wirklich in Ascot und überall dort, wo verwöhnte Leute zusammenkommen. Die haben auch eine Damenabteilung, und wenn Sie hingehen und meinen Namen fallenlassen –»

«Allmählich verstehe ich, wie Sie auf die Werbung als Unterhaltsquelle gekommen sind.» Der Anflug von Zweifel wich aus Miss Meteyards eckigem Gesicht, und an seine Stelle trat so etwas wie Spott. «Na ja, dann gehe ich jetzt mal wieder zu meinen Tomboy Toffees zurück. Danke für die Nachhilfe im Cricket.»

Bredon schüttelte betrübt den Kopf, als die Tür hinter ihr zuging. «Leichtsinnig», murmelte er. «Hätte mich beinahe verraten. Na ja, am besten stürze ich mich jetzt in die Arbeit und versuche so echt wie möglich zu wirken.»

Er zog eine Kladde voll eingeklebter Nutrax-Anzeigen zu sich und blätterte sie nachdenklich durch. Lange blieb er aber nicht ungestört, denn kurz darauf kam Mr. Ingleby hereinspaziert, eine stinkende Pfeife unter Volldampf und die Hände tief in den Hosentaschen.

«Sagen Sie, ist der Brewer hier?»

«Kenne ich nicht. Aber», fügte Bredon mit einer lässigen Handbewegung hinzu, «Sie haben die Genehmigung, alles zu durchsuchen. Priestergang und Geheimtreppe stehen zu Ihrer Verfügung.»

Ingleby kramte vergeblich im Bücherschrank herum.

«Den muß jemand geklaut haben. Na ja, aber wie schreibt man Chrononhotonthologos?»

«Ha, das weiß ich! Und Aldiborontophoscophornio auch. Kreuzworträtsel? Torquemada?»

«Nein, Schlagzeile für ‹Guter Richter›. Puh, ist das heiß! Und anscheinend dürfen wir jetzt auch noch eine Woche lang Staub und Gehämmer ertragen.»

«Wieso?»

«Das Urteil ist gesprochen. Die Eisentreppe wird liquidiert.»

«Wer sagt das?»

«Die Direktion.»

«Menschenskind! Das dürfen die nicht machen.»

«Wie meinen Sie das?»

«Schuldanerkenntnis, oder?»

«Wird ja auch Zeit.»

«Stimmt auch wieder.»

«Sie haben so ein erschrockenes Gesicht gemacht, daß ich schon dachte, Sie fühlten sich persönlich betroffen.»

«Großer Gott, nein, wieso denn? Es geht nur ums Prinzip. Außer daß die Treppe ja auch ihre Verdienste um die Ausmerzung der Untauglichen hat. Wie ich höre, war der selige Victor Dean nicht allseits beliebt.»

«Ich weiß nicht. Mir kam er nicht so schlimm vor, nur daß er nicht besonders solide und vom Pymschen Geiste durchdrungen war. Die Meteyard hat ihn natürlich zutiefst verachtet.»

«Warum?»

«Tja, sie ist ja sonst ganz in Ordnung, aber Kompromisse kennt sie nicht. Mein Motto ist: leben und leben lassen, aber dabei die eigenen Interessen wahren. Wie kommen Sie mit Nutrax voran?»

«Da habe ich mich noch gar nicht rangetraut. Ich suche noch die ganze Zeit nach einem Namen für Twentymans Ein-Shilling-Tee. Wenn ich Hankin richtig verstanden habe, ist das einzig Empfehlenswerte an ihm der niedrige Preis; ansonsten wird er aus dem Abfall anderer Teemischungen gemacht. Der Name soll solide Qualität und Biederkeit suggerieren.»

«Nennen Sie ihn doch ‹Haushaltsmischung›. Nichts klingt so zuverlässig, und erst recht erinnert nichts so sehr an muffige Sparsamkeit.»

«Gute Idee. Ich werd's ihm vorschlagen.» Bredon gähnte. «Ich hab zuviel zu Mittag gegessen. Meiner Meinung nach sollte niemand gezwungen sein, nachmittags um halb drei zu arbeiten. Das ist wider die Natur.»

«In diesem Beruf ist alles wider die Natur. O Gott, da kommt schon wieder ein Tablett! Gehen Sie bloß weiter! Gehen Sie!»

«Tut mir leid», entgegnete Miss Parton strahlend, indem sie mit dem Tablett eintrat, auf dem in sechs Untertassen eine graue Masse dampfte. «Mr. Hankin sagt, Sie möchten bitte alle von diesem Porridge kosten und sagen, was Sie davon halten.»

«Meine Allerverehrteste, wissen Sie, wieviel Uhr es ist?»

«Ja, ich weiß, es ist schrecklich. Die Proben sind mit A, B und C gekennzeichnet, und hier ist der Fragebogen, und geben Sie mir dann bitte die Löffel zurück, damit ich sie für Mr. Copley spülen kann.»

«Mir wird ganz schlecht», stöhnte Ingleby. «Von wem kommt das Zeug? Peabody?»

«Ja – die bringen jetzt ein Porridge in Dosen heraus. ‹Hochland-Porridge›. Kein Kochen, kein Umrühren – einfach die Dose erhitzen. Achten Sie auf den Dudelsackpfeifer auf dem Etikett.»

«Wissen Sie was», sagte Ingleby, «versuchen Sie doch mal Ihr Glück bei Mr. McAllister.»

«Hab ich schon, aber sein Kommentar ist nicht druckreif. Hier sind Zucker und Salz und ein Kännchen Milch.»

«Was wir im Dienste der Öffentlichkeit leiden müssen!» Mr. Ingleby schnupperte angewidert an dem Brei und tauchte zögernd den Löffel hinein. Bredon ließ die Proben genüßlich auf der Zunge zerlaufen und hinderte Miss Parton am Weggehen.

«Moment, schreiben Sie das gleich auf, solange es noch frisch ist. Probe A: Feines, blumiges, leicht nußartiges Bukett voll ausgereift; ein großer, männlicher Porridge. Probe B: Extra trokken, edel, elegant im Charakter, bedarf nur noch –»

Miss Parton ließ ein entzücktes Kichern ertönen, und Ingleby, dem Kichern auf die Nerven ging, suchte das Weite.

«O sagt mir, zeitlose Schönheit», fragte Mr. Bredon, «was war eigentlich mit meinem vielbeweinten Vorgänger los? Warum konnte Miss Meteyard ihn nicht leiden, und warum singt Mr. Ingleby sein Lob mit leisen Verwünschungen?»

Das war für Miss Parton kein Problem.

«Na ja, weil er sich nicht an die Spielregeln hielt. Er hat immer in anderer Leute Zimmern herumspioniert und ihre Ideen geklaut, um sie hinterher als seine eigenen auszugeben. Wenn ihm jemand eine gute Schlagzeile lieferte, und Mr. Armstrong oder Mr. Hankin gefiel sie, hat er nie gesagt, von wem sie stammte.»

Diese Erklärung schien Mr. Bredon zu interessieren. Er machte sich auf den Weg über den Flur und sah zu Mr. Garrett hinein. Garrett füllte gerade verbissen seinen Porridge-Bericht aus und sah mit einem Grunzer auf.

«Hoffentlich störe ich Sie nicht in einem Augenblick der Verzückung», tönte Bredon. «Ich will Sie nämlich nur etwas fragen. Ich meine, es geht um ein Problem der Etikette, verstehen Sie, sozusagen um eine Benimmfrage. Ich meine – passen Sie auf. Hankie hat mich beauftragt, mir ein paar schöne Namen für einen billigen Tee auszudenken, und was ich bisher hatte, war einfach schlecht, und da kam Ingleby, und ich hab ihn gefragt: ‹Wie würden Sie diesen Tee nennen?› Einfach so, und er hat gemeint: ‹Nennen Sie ihn Haushaltsmischung!› Ich fand, damit war der Nagel genau auf den Kopf getroffen. Das Ei des Kolumbus.»

«Na und?»

«Na ja, und nun hab ich mich vorhin mit Miss Parton über diesen Dean unterhalten, der die Treppe hinuntergefallen ist – Sie wissen schon –, und warum hier ein paar Leute nicht so begeistert von ihm waren, und sie meinte, das komme daher, daß er anderer Leute Ideen stibitzt und als seine eigenen ausgegeben hat. Und nun möchte ich einfach wissen, ob es sich vielleicht nicht schickt, andere zu fragen. Ingleby hat ja nichts gesagt, aber wenn ich womöglich ins Fettnäpfchen getreten bin –»

«Also, das ist so», sagte Mr. Garrett. «Es gibt so etwas wie ein ungeschriebenes Gesetz – jedenfalls an unserem Ende des Korridors. Man läßt sich helfen, wo man kann, legt auch das Ergebnis unter eigenem Namen vor, aber wenn dann Mr. Armstrong oder irgendwer sonst sich vor Begeisterung überschlägt und Blumen auf die Bühne wirft, wird erwartet, daß man einen Hinweis fallenläßt, von wem die Idee eigentlich stammt, und daß sie einem selbst eben auch gefallen hat.»

«Aha, so. Vielen herzlichen Dank. Und umgekehrt, wenn er in die Luft geht und sagt, daß ihm so was Dämliches seit 1919 nicht mehr unter die Augen gekommen ist, steckt man sich das vermutlich selbst an den Hut.»

«Natürlich. Wenn es so dumm war, hätte man ja selbst so schlau sein können, es gar nicht erst vorzulegen.»

«Klar.»

«Das Ärgerliche bei Dean war, daß er den Leuten ihre Ideen klaute, ohne was zu sagen, und sie dann auch noch bei Mr. Hankin um die wohlverdienten Lorbeeren betrog. Aber hören Sie mal, an Ihrer Stelle würde ich bei Copley oder Willis nicht zu oft um Hilfe bitten. Die sind nicht dazu erzogen worden, andere die Hausaufgaben abschreiben zu lassen. Sie hängen noch an dieser Klippschulmoral, daß jeder seinen Kahn gefälligst selbst rudern soll.»

Bredon bedankte sich erneut bei Garrett.

«Und wenn ich Sie wäre», fuhr Garrett fort, «würde ich mit Willis schon gar nicht über Dean sprechen. Da gab es irgendwelche Mißhelligkeiten – ich weiß auch nicht, weswegen. Jedenfalls wollte ich Sie mal gewarnt haben.»

Bredon bedankte sich fast überschwenglich.

«Man kann ja so leicht irgendwo ins Fettnäpfchen treten, wenn man neu ist, nicht? Ich bin Ihnen wirklich sehr zu Dank verpflichtet.»

Offenbar war Mr. Bredon aber ein Mensch ohne jedes Zartgefühl, denn eine halbe Stunde später stand er in Mr. Willis' Zimmer und kam prompt auf den verblichenen Mr. Dean zu sprechen. Die Folge war eine unmißverständliche Aufforderung an Mr. Bredon, sich um seine eigenen Angelegenheiten zu kümmern. Mr. Willis war keineswegs gewillt, über Mr. Dean zu sprechen. Überdies glaubte Bredon zu bemerken, daß Willis unter einer akuten und schmerzhaften Verlegenheit litt, fast als ob das Gespräch eine Wende zum Unanständigen genommen hätte. Das verdutzte ihn, aber er ließ nicht locker. Nachdem Willis eine Zeitlang in düsterem Schweigen verharrt und mit einem Bleistift gespielt hatte, sah er schließlich auf.

«Wenn Sie auf Deans Tour reisen wollen», sagte er, «sollten Sie lieber machen, daß Sie wegkommen. Ich bin nicht interessiert.»

Er vielleicht nicht, aber Bredon. Seine lange Nase zuckte vor Neugier.

«Was für eine Tour? Ich habe Dean gar nicht gekannt. Nie von ihm gehört, bevor ich hierherkam. Worum geht's denn?»

«Wenn Sie Dean nicht gekannt haben, warum reden Sie dann von ihm? Er hatte mit einer Sorte von Leuten zu tun, die mir nicht lag, das ist alles, und wie Sie aussehen, würde ich sagen, Sie gehören zur selben Clique.»

«Sie meinen die de Momerie-Clique?»

«Sie brauchen nicht erst so zu tun, als wenn Sie nichts darüber wüßten, wie?» meinte Willis mit höhnischem Grinsen.

«Ingleby sagt, daß Dean mit dieser Sippschaft zu tun hatte», antwortete Bredon sanft. «Ich selbst bin noch nie einem von denen begegnet. Die würden mich auch furchtbar altmodisch finden. Doch, wirklich. Außerdem finde ich ihre Bekanntschaft nicht so erstrebenswert. Einige von denen sind eine echte Plage. Wußte Mr. Pym eigentlich, daß Dean diesem süßen Leben frönte?»

«Das glaube ich kaum, sonst hätte er ihn wohl hochkantig rausgeschmissen. Was geht dieser Dean Sie überhaupt an?»

«Nicht das mindeste. Ich habe mir nur so meine Gedanken über ihn gemacht. Er scheint hier so etwas wie ein Außenseiter gewesen zu sein. Nicht ganz vom Pymschen Geist durchdrungen, wenn Sie verstehen, was ich meine.»

«Nein, das war er nicht. Und wenn Sie auf meinen Rat hören, lassen Sie die Finger von Dean und seinen lieben Freunden, sonst machen Sie sich hier auch nicht allzusehr beliebt. Daß Dean diese Treppe hinuntergefallen ist, war das Beste, was er in seinem ganzen Leben getan hat.»

«Nichts stand in seinem Leben ihm so gut, als wie er es verlassen hat? Kommt mir trotzdem ein bißchen hart vor. Irgendwer muß ihn doch geliebt haben. ‹Auch er war einer Mutter Sohn›, wie es in dem schönen alten Lied heißt. Hatte er keine Familie? Zumindest eine Schwester lebt doch noch, oder?»

«Was zum Teufel geht Sie seine Schwester an?»

«Nichts. War ja nur eine Frage. Na ja, jetzt verzieh ich mich wohl besser mal. Ich habe unsere kleine Unterhaltung sehr genossen.»

Mr. Willis quittierte diese Abschiedsfloskel mit finsterer Miene, und Mr. Bredon brach auf, sich seine Informationen anderswo zu holen. Wie üblich wußte das Schreibzimmer bestens Bescheid.

«Nur die Schwester», sagte Miss Parton. «Sie hat irgendwie mit Silkanette-Strümpfen zu tun. Sie und Victor hatten eine Wohnung zusammen. Todschick, aber ein bißchen dumm, fand ich bei unserer ersten und einzigen Begegnung. Ich habe das Gefühl, unser Mr. Willis war mal eine Zeitlang in dieser Richtung aktiv, aber anscheinend ist nichts daraus geworden.»

«Aha», sagte Mr. Bredon sehr erleuchtet.

Er kehrte in sein Zimmer und zu seinen Kladden zurück. Aber er konnte sich nicht konzentrieren. Er ging auf und ab, setzte sich, stand wieder auf, starrte aus dem Fenster, kehrte von neuem an den Schreibtisch zurück. Dann zog er aus einer Schublade ein Blatt Papier. Es trug eine Liste von Daten aus dem Vorjahr, jedes Datum mit einem Buchstaben des Alphabets versehen, nämlich so:

7. Jan. G
14. Jan. O
21. Jan. A
28. Jan. P
5. Febr. G

Es lagen noch andere Papiere in der Schublade, alle mit derselben – vermutlich Victor Deans – Handschrift, aber diese Liste schien ihn über die Maßen zu interessieren. Er studierte sie mit einer Aufmerksamkeit, die kaum gerechtfertigt schien, dann faltete er sie behutsam zusammen und steckte sie ein.

«Wer hat wen wie oft an was um die Mauern von wo geschleift?» wandte Mr. Bredon sich an die Welt im allgemeinen. Dann lachte er. «Wahrscheinlich irgendeine hinterlistige Methode, den Einfältigen Sopo zu verkaufen», meinte er und setzte sich nun endgültig hin, um an seinen Entwürfen zu arbeiten.

Mr. Pym, der Spiritus rector der Werbeagentur, ließ üblicherweise etwa eine Woche dahingehen, bevor er neue Mitarbeiter zu einem Gespräch bat. Nach seiner Theorie war es wenig sinnvoll, Leuten etwas über ihre Arbeit zu erzählen, bevor sie eine ungefähre Vorstellung davon hatten, welcher Art diese Arbeit war. Als gewissenhafter Mann war er sich stets und vor allem der Notwendigkeit eines guten menschlichen Verhältnisses mit jedermann in seiner Firma bewußt, angefangen bei den Abteilungsleitern bis hinunter zum letzten Botenjungen, und da ihm eine natürliche Leutseligkeit und leichte Gesellichkeit nicht gegeben waren, hatte er, um dieser Notwendigkeit nachzukommen, ein starres Schema ersonnen. Am Ende einer runden Woche schickte er nach dem neuen Rekruten, erkundigte sich nach seiner Arbeit, seinen Interessen und ließ dann seine berühmte Rede über den Dienst in der Werbung vom Stapel. Wenn er diese schreckliche Folter, unter der man schon junge Stenotypistinnen hatte zusammenbrechen und kündigen sehen, überlebte, kam er auf die Liste für den monatlichen Tee-Empfang. Dieser fand im kleinen Konferenzzimmer statt. Zwanzig ausgewählte Personen aus allen Rängen und Abteilungen versammelten sich unter Mr. Pyms amtlichem Blick, um den gewöhnlichen Bürotee, angereichert mit Schinkensandwichs aus der Kantine und Keksen, die von Dairyfields Ltd. zum Selbstkostenpreis geliefert wurden, zu sich zu nehmen und einander genau eine Stunde lang zu unterhalten. Diese Einrichtung sollte das Zusammengehörigkeitsgefühl zwischen den Abteilungen stärken, und zugleich wurde auf diese Weise die gesamte Belegschaft, einschließlich der Außendienstmitarbeiter, alle sechs Monate einmal in Augenschein genommen. Zusätzlich zu diesen Vergnügungen gab es noch für Abteilungs- und Gruppenleiter gelegentliche informelle Abendessen in Mr. Pyms Privatwohnung, bei denen jeweils sechs Opfer abgefertigt wurden und an deren Ende sich jedesmal zwei Bridgetische unter Vorsitz von Mr. und Mrs. Pym bildeten. Gruppensekretäre, subalterne Texter und Graphiker wurden zweimal jährlich zu einem Hausball eingeladen, wo zu den Klängen einer Kapelle bis 22 Uhr getanzt werden durfte; von den höheren Chargen wurde erwartet, daß sie diese Festlichkeiten mit ihrer Gegenwart beehrten und dabei als Kellner fungierten. Für die Büroangestellten gab es eine Gartenparty mit Tennis und Federball und für die Botenjungen eine Weihnachtsfeier. Im Mai fand für die gesamte Belegschaft ein Betriebsfest mit Essen und Tanz statt; bei dieser Gelegenheit wurde die Höhe der Jahresprämie bekanntgegeben und inmitten begeisterter Loyalitätserklärungen auf Mr. Pyms Wohl getrunken.

Gemäß Punkt eins dieses beschwerlichen Programms wurde Mr. Bredon an seinem zehnten Arbeitstag von Mr. Pym zur Audienz gebeten.

«Nun, Mr. Bredon», sagte Mr. Pym, indem er ein automatisches Lächeln aufsetzte und mit nervöser Plötzlichkeit wieder absetzte, «wie kommen Sie zurecht?»

«Danke, Sir, ganz gut.»

«Finden Sie die Arbeit schwer?»

«Es ist ein bißchen schwierig», räumte Bredon ein, «bis man sozusagen den Dreh heraus hat. Ein wenig verwirrend, wenn Sie verstehen.»

«Durchaus, durchaus», sagte Mr. Pym. «Kommen Sie gut mit Mr. Armstrong und Mr. Hankin aus?»

Mr. Bredon sagte, er finde beide sehr freundlich und hilfsbereit.

«Beide berichten mir auch sehr Gutes über Sie», sagte Mr. Pym. «Sie sind beide der Meinung, daß Sie einmal einen guten Texter abgeben werden.» Er lächelte wieder, und Bredon grinste schamlos zurück.

«Das ist ja auch ganz gut so, unter den gegebenen Umständen, nicht?»

Mr. Pym erhob sich plötzlich und stieß die Tür auf, die sein Zimmer von dem kleinen Sekretariat nebenan trennte.

«Miss Hartley, könnten Sie vielleicht einmal zu Mr. Vickers gehen und ihn bitten, mir die Unterlagen über den Darlings-Etat herauszusuchen? Sie können gleich darauf warten und sie mitbringen.»

Miss Hartley sah, daß sie um den Genuß herumkommen sollte, Mr. Pyms Ausführungen über den Dienst in der Werbung zu hören, die ihr – dank der dünnen Holzwand und Mr. Pyms volltönender Stimme – bestens vertraut waren; sie erhob sich gehorsam und ging. Das bedeutete für sie die Gelegenheit zu einem netten kleinen Schwätzchen mit Miss Rossiter und Miss Parton, solange Mr. Vickers die Unterlagen zusammensuchte. Und besonders eilig würde sie es auch nicht haben. Miss Rossiter hatte angedeutet, daß Mr. Willis alle möglichen Andeutungen über Mr. Bredon gemacht habe, und darüber wollte sie gern Näheres wissen.

«Also», sagte Mr. Pym, indem er sich hastig mit der Zunge über die Lippen fuhr und den Anschein erweckte, als wappne er sich für ein sehr unerfreuliches Gespräch. «Was haben Sie mir zu sagen?»

Mr. Bredon stützte ungeniert die Ellbogen auf den Tisch seines Arbeitgebers und redete eine Zeitlang mit leiser Stimme, während Mr. Pyms Wangen blasser und blasser wurden.

4

Erstaunliche Kunststücke eines Harlekins

Es war schon die Rede davon, daß der Dienstag in der Textabteilung der Agentur Pym ein Tag des allgemeinen Heulens und Zähneknirschens war. Verursacher desselben waren die Herren Toule & Jollop, die Hersteller von Nutrax, Maltogen und Jollops Rindfleischkonzentrattabletten für Reisende. Anders als die meisten Kunden, die zwar ebenfalls auf ihre Art lästig waren, ihre Lästigkeit aber per Post und aus vernünftiger Entfernung sowie in vernünftigen Abständen zur Geltung brachten, suchten die Herren Toule & Jollop jeden Dienstag Pyms Werbedienst zu einer wöchentlichen Konferenz heim. In der Zeit ihrer Anwesenheit begutachteten sie die geplanten Annoncen für die kommende Woche, warfen die in der letzten Woche gefaßten Beschlüsse über den Haufen, überfielen die Herren Pym und Armstrong mit neuen Plänen, hielten diese beiden wichtigen Männer stundenlang im Konferenzraum fest, was den Arbeitsablauf empfindlich störte, und machten sich allseits unbeliebt. Einer der Punkte, die in der dieswöchigen Séance diskutiert wurden, war die zweispaltige Nutrax-Anzeige für den *Morning Star* vom Freitag, die in dieser führenden Tageszeitung eine bedeutende Position in der rechten oberen Ecke der Regionalseite innehatte, gleich neben der Freitagsglosse. Danach nahm sie natürlich auch noch andere Positionen in anderen Blättern ein, aber der *Morning Star* vom Freitag war das, worauf es eigentlich ankam.

Der Ablauf der Ereignisse um diese ärgerliche Anzeige war für gewöhnlich folgender: Etwa jeden dritten Monat sandte Mr. Hankin ein SOS an die Textabteilung des Inhalts, daß weitere Texte für Nutrax-Anzeigen dringend benötigt würden. Mit vereinter Geisteskraft produzierte die Abteilung etwa zwanzig Anzeigentexte und legte sie Mr. Hankin vor, unter dessen überaus kritischem Blaustift sie auf ein rundes Dutzend zusammenschmolzen. Diese wurden ins Atelier geschickt und dort entsprechend ausgelegt und mit Illustrationen versehen. Dann schickte oder überreichte man sie den Herren Toule & Jollop, die bis auf ein halbes Dutzend alles mürrisch ablehnten und den Rest durch törichte Änderungen und Zusätze weiter verdarben. Die Texter wurden dann angetrieben, noch einmal zwanzig Entwürfe anzufertigen, von denen nach einem ähnlichen Auslese- und Überarbeitungsprozeß wiederum ein halbes Dutzend die kritische Prüfung überlebte, so daß nunmehr die erforderlichen zwölf Doppelspalten für die nächsten drei Monate vorhanden waren. Die Textabteilung atmete vorübergehend auf, die Entwürfe bekamen den blauen Stempel «Vom Kunden genehmigt», und die vorgesehene Reihenfolge ihres Erscheinens wurde notiert.

Am Montag jeder Woche holte Mr. Tallboy, der Gruppenleiter für Nutrax, einmal tief Luft und machte sich an die Aufgabe, den Doppelspalter für Freitag sicher in den *Morning Star* zu bringen. Er suchte den für die Woche vorgesehenen Text heraus und schickte ins Atelier nach der fertigen Illustration. Wenn die fertige Illustration wirklich fertig war (was selten vorkam), schickte er sie zusammen mit dem Text und einem sorgfältig gezeichneten Layout in die Klischieranstalt. Die Klischeehersteller fertigten unter Murren, daß man ihnen für diese Arbeit nie Zeit genug gebe, ein Klischee von der Illustration an. Das Ganze ging dann in die Setzerei, wo man die Schlagzeile und den Text absetzte, ein Namensklischee von der falschen Größe einfügte, das Ergebnis in eine Druckform schloß, einen Probeabzug machte und diesen wieder an Mr. Tallboy zurückschickte, versehen mit der kritischen Anmerkung, die Anzeige sei anderthalb Zentimeter zu lang. Mr. Tallboy berichtigte die Druckfehler, wünschte die Setzer wegen des falschen Namensklischees zum Teufel, machte ihnen klar, daß sie die Schlagzeilen in der falschen Type gesetzt hatten, schnitt den Abzug in Stücke, klebte diese in der richtigen Größe wieder zusammen und schickte alles zurück. Inzwischen war es meist schon Dienstagmorgen 11 Uhr, und Mr. Toule oder Mr. Jollop oder beide saßen bereits mit Mr. Pym und Mr. Armstrong im Konferenzzimmer und verlangten laut und wiederholt nach ihrem Doppelspalter. Sowie der neue Probeabzug aus der Setzerei kam, schickte Mr. Tallboy ihn durch einen Laufjungen ins Konferenzzimmer und schlich sich, wenn er konnte, zu seinem Elf-Uhr-Imbiß davon. Mr. Toule oder Mr. Jollop machte dann Mr. Pym und Mr. Armstrong auf die zahlreichen Schwachstellen sowohl in der Illustration als im Text aufmerksam. Mr. Pym und Mr. Armstrong schlossen sich unterwürfig der Meinung des Kunden an, gestanden ihre Ratlosigkeit und baten Mr. Toule (oder Mr. Jollop) um Ratschläge. Letzterer verstand sich, wie die meisten Kunden, besser auf destruktive als auf konstruktive Kritik; er gab seinem Geist die Sporen, bis er überhaupt keinen zusammenhängenden Gedanken mehr fassen konnte, und in diesem Zustand völliger Leere war er Mr. Pyms und Mr. Armstrongs hypnotischen Überredungskünsten hilflos ausgeliefert. Nach halbstündiger geschickter Behandlung fand Mr. Jollop (oder Mr. Toule) dann mit einem großen Gefühl der Erleichterung und Erfrischung zu dem eben noch geschmähten Entwurf zurück und entdeckte, daß dieser eigentlich fast genau das war, was er haben wollte. Er bedurfte nur noch einer Änderung in diesem oder jenem Satz und der Einrückung eines Geschenkgutscheins. Mr. Armstrong schickte das Layout dann wieder zu Mr. Tallboy hinauf mit der Bitte, die notwendigen Änderungen zu veranlassen. Mr. Tallboy stellte zu seiner großen Freude fest, daß diese nichts Schlimmeres bedeuteten als die Anfertigung eines völlig neuen Layouts und ein komplettes Umschreiben des Textes, und suchte den Texter auf, dessen Initialen auf dem Originalentwurf standen, um ihm den Auftrag zu geben, drei Zeilen herauszustreichen und die Änderungswünsche des Kunden einzufügen, während er selbst die ganze Anzeige noch einmal neu aufteilte.

Wenn das alles geschehen war, ging der neue Entwurf wieder in die Setzerei und wurde neu gesetzt, der neue Satz wanderte in die Klischieranstalt, dort wurde von der gesamten Anzeige ein komplettes Klischee angefertigt und von diesem ein neuer Probeabzug gemacht. Wenn es nun ein glücklicher Zufall wollte, daß diesem Klischee keine Mängel mehr anhafteten, gingen die Materngießer an die Arbeit und fertigten die erforderliche Anzahl von Matern an, die zusammen mit je einem Probeabzug an die verschiedenen Zeitungen geschickt werden sollten, in denen die Nutrax-Anzeige erscheinen würde. Am Donnerstagnachmittag wurden die Matern vom Versand per Boten an die Londoner Zeitungen, per Post und Bahn an die Provinzblätter verschickt, und wenn alles gutging, erschien die Anzeige planmäßig am Freitag im *Morning Star* und an den vorgesehenen Tagen in den übrigen Zeitungen. So lang und beschwerlich ist der Weg, den diese freundlichen Aufforderungen, die Nerven mit Nutrax zu nähren, hinter sich haben, ehe sie dem Leser, wenn er im Zug zwischen Gidea Park und Liverpool Street seinen *Morning Star* aufschlägt, ins Auge springen.

An diesem einen Dienstag war nun das Heulen und Zähneknirschen besonders arg. Erstens herrschte an diesem Tag ungewöhnlich drückende Schwüle mit Gewitterneigung, und das obere Stockwerk der Werbeagentur Pym glich unter dem breiten Bleidach und den großen, gläsernen Oberlichtern einem bei kleiner Flamme heizenden Backofen. Zweitens erwartete man den Besuch zweier Direktoren der Brotherhood Ltd., jener überaus altmodischen und frommen Firma, die Bonbons und alkoholfreie Getränke herstellte. Es war die allgemeine Warnung ausgegeben worden, daß alle weiblichen Mitarbeiter sich des Rauchens zu enthalten und alle Probeabzüge von Bier- oder Whiskyreklame zu verschwinden hätten. Die erstere Beschränkung war besonders hart für Miss Meteyard und die Schreibdamen der Textabteilung, deren Zigaretten von der Direktion vielleicht nicht gutgeheißen, aber normalerweise wohlwollend übersehen wurden. Miss Parton, zusätzlich irritiert durch Mr. Hankins zarte Andeutung, daß sie für die sittlichen Empfindungen der Herren Direktoren von Brotherhood Ltd. etwas zu viel Arm und Hals sehen lasse, hatte aus reinem Trotz das anstößige Fleisch mit einem dicken Pullover verhüllt und schwitzte nun demonstrativ vor sich hin und knurrte und fauchte jeden an, der ihr zu nahe kam. Mr. Jollop, eher noch etwas pedantischer als Mr. Toule, war heute zur wöchentlichen Nutrax-Konferenz besonders früh erschienen und hatte sich dadurch hervorgetan, daß er mit fester Hand nicht weniger als drei Anzeigen exekutierte, die Mr. Toule zuvor genehmigt hatte. Das hieß, daß Mr. Hankin sein SOS fast einen Monat früher als sonst aussenden mußte. Mr. Armstrong hatte Zahnschmerzen und war mit Miss Rossiter ungewöhnlich kurz angebunden, und irgend etwas war an Miss Rossiters Schreibmaschine kaputtgegangen, so daß auf ihre Buchstaben- und Zeilenabstände kein Verlaß mehr war.

Zu Mr. Ingleby, der schwitzend über seiner Kladde saß, kam der verhaßte Mr. Tallboy, ein Blatt in der Hand.

«Ist das von Ihnen?»

Mr. Ingleby streckte eine träge Hand aus, nahm das Blatt, warf einen Blick darauf und reichte es zurück.

«Wie oft muß ich euch elenden Nichtskönnern noch sagen», fragte er liebenswürdig, «daß die Initialen auf dem Textentwurf stehen, damit man an ihnen den Verfasser erkennen kann? Wenn Sie DB für meine Initialen halten, müssen Sie blind oder verkalkt sein.»

«Wer ist denn DB?»

«Der Neue, Bredon.»

«Wo ist er?»

Mr. Ingleby wies mit dem Daumen zum Nebenzimmer.

«Leer», meldete Mr. Tallboy nach kurzem Erkundungsausflug.

«Dann suchen Sie ihn eben!» rief Ingleby.

«Gewiß, aber sehen Sie mal her», meinte Mr. Tallboy beschwichtigend. «Ich will ja nur einen Rat haben. Was sollen um Himmels willen die Graphiker hiermit anfangen? Sie wollen doch nicht etwa sagen, daß Hankin diese Schlagzeile genehmigt hat?»

«Es ist anzunehmen», antwortete Ingleby.

«Na, und wie stellt er oder Bredon oder sonstwer sich die Illustration dazu vor? Hat der Kunde das gesehen? Die lassen das nie durchgehen! Dazu brauche ich gar nicht erst das Layout zu machen! Ich verstehe nicht, wie Hankin das zulassen konnte.»

Ingleby streckte noch einmal die Hand aus.

«Kurz, klar und christlich», meinte er. «Was ist damit?»

Die Schlagzeile lautete:

———————!

WENN DEIN LEBEN LEER IST

NIMM NUTRAX

«Und überhaupt», murrte Tallboy, «würde der *Morning Star* das nie annehmen. Die drucken nichts, was auch nur entfernt nach einem Fluch aussehen könnte.»

«Ihre Ansicht», sagte Ingleby. «Fragen Sie doch erst mal.»

Tallboy murmelte etwas Unhöfliches.

«Und wenn Hankin seinen Segen gegeben hat», sagte Ingleby, «werden Sie das Layout sowieso machen müssen. Die Graphiker werden bestimmt – oh, hallo! Da ist ja Ihr Mann. Belästigen Sie ihn lieber selbst damit. Bredon!»

«Hier!» sagte Bredon. «Vollzählig angetreten!»

«Wo haben Sie sich vor Tallboy versteckt? Sie müssen gewußt haben, daß er hinter Ihnen her war.»

«Auf dem Dach war ich», gab Bredon bedauernd zu. «Kühler und so. Was gibt's? Was habe ich verbrochen?»

«Also, hier diese Schlagzeile von Ihnen, Mr. Bredon – wie stellen Sie sich die Illustration dazu vor?»

«Weiß ich nicht. Das habe ich dem Genie der Graphiker überlassen. Ich bin immer dafür, der Phantasie anderer Leute ein Betätigungsfeld zu lassen.»

«Wie sollen die um Himmels willen eine Leere zeichnen?»

«Indem sie ein Los der irischen Lotterie abmalen», warf Ingleby dazwischen, «da ist nie was darauf.»

«Ich stelle mir das so ähnlich vor wie eine Vielheit», schlug Bredon vor. «Sie wissen ja, Lewis Carroll. Haben Sie schon mal eine Vielheit gemalt gesehen?»

«Seien Sie doch nicht so albern!» grollte Tallboy. «Irgendwas müssen wir ja nun damit anfangen. Halten Sie das wirklich für eine gute Schlagzeile, Mr. Bredon?»

«Die beste, die ich je geschrieben habe!» rief Bredon begeistert. «Bis auf diesen einen herrlichen Text, den Hankie nicht durchgehen lassen wollte. Könnten die nicht einen Menschen zeichnen, der innerlich leer aussieht? Oder einfach ein leeres Gesicht, ähnlich wie in diesen Annoncen: ‹Gehören diese fehlenden Gesichtszüge Ihnen?›»

«Na ja, das *könnten* sie wohl», räumte Tallboy unzufrieden ein. «Ich sag's ihnen jedenfalls mal. Danke», fügte er dann etwas verspätet hinzu und stürzte hinaus.

«Ganz schön sauer, wie?» meinte Ingleby. «Das macht die fürchterliche Hitze. Nun sagen Sie mir bloß mal, was Sie auf dem Dach gemacht haben? Da muß es doch so heiß sein wie auf einem Grillrost.»

«Stimmt, aber ich dachte, ich probier's mal. Um ehrlich zu sein, ich habe von oben mit Pennys nach dieser Blaskapelle geworfen. Zweimal habe ich die Baßtuba getroffen. Das gibt ein lautes ‹Peng!›, und wenn sie alle gucken, wo das herkommt, duckt man sich schnell hinter die Brüstung. Die Brüstung ist ja mächtig hoch, was? Ich glaube, die wollten das Gebäude noch höher aussehen lassen als es ist. Dabei ist es sowieso schon das höchste in der ganzen Straße. Von da oben hat man eine schöne Aussicht. ‹Erde hat dir zu zeigen Schönres nicht.› Und gleich wird es junge Hunde regnen. Sehen Sie mal, wie schwarz es da rüberkommt.»

«Sie sind mir aber auch ganz schön schwarz rübergekommen», fand Ingleby. «Sehen Sie sich mal Ihren Hosenboden an.»

«Sie verlangen nicht wenig», klagte Bredon, indem er sein Rückgrat besorgniserregend verrenkte. «Es ist etwas rußig da oben. Ich habe auf dem Oberlicht gesessen.»

«Sie sehen aus, als wenn Sie an einem Regenrohr raufgeklettert wären.»

«Na ja, ich bin an einem runtergeklettert. Nur an einem – aber ein schönes Rohr. Es hat mich gleich fasziniert.»

«Sie müssen verrückt sein», sagte Ingleby. «Bei dieser Hitze an Regenrohren herumzuturnen. Wie kommen Sie dazu?»

«Mir war etwas runtergefallen», klagte Mr. Bredon. «Da bin ich auf das Glasdach vom Waschraum hinuntergestiegen. Fast wäre ich da durchgetreten. Da hätte der gute Smayle nicht schlecht gestaunt, wenn ich vor seinen Augen ins Waschbecken geplumpst wäre, was? Und dann mußte ich feststellen, daß ich gar nicht an dem Rohr hätte hinunterklettern müssen; zurückgekommen bin ich nämlich über die Treppe – die Tür zum Dach war auf beiden Etagen offen.»

«Bei Hitze läßt man die meist beide offen», sagte Ingleby.

«Wenn ich das nur gewußt hätte. Jetzt könnte ich was zu trinken brauchen.»

«Bitte, versuchen Sie mal ein Gläschen Pompagner.»

«Was ist denn das?»

«Eines von Brotherhoods alkoholfreien Erfrischungsgetränken», erklärte Ingleby grinsend. «Aus besten Devonäpfeln, frisch und spritzig wie Champagner. Absolut antirheumatisch und nichtberauschend. Ärztlich empfohlen.»

Bredon schüttelte sich. «Ich finde unseren Beruf zutiefst unmoralisch. Wirklich. Stellen Sie sich nur mal vor, wie wir den Leuten den Magen verderben.»

«Ja, schon – aber vergessen Sie nicht, wie wir uns auf der anderen Seite bemühen, das wieder auszugleichen. Mit der einen Hand ruinieren wir ihnen die Gesundheit, mit der anderen stellen wir sie wieder her. Die Vitamine, die wir beim Konservieren zerstören, geben wir ihnen mit Revito zurück; die Ballaststoffe, die wir aus Peabodys Hochlandporridge herausholen, stellen wir ihnen schön verpackt als Bunburys Frühstückskleie wieder auf den Tisch; die Mägen, die wir ihnen mit Pompagner verderben, kurieren wir mit Peplets Verdauungstabletten. Und indem wir das dumme Volk doppelt bezahlen lassen – einmal für die Entmannung ihrer Nahrung und dann für die Wiederherstellung der Vitalität –, halten wir die Räder der Wirtschaft in Gang und verschaffen Tausenden Arbeitsplätze – einschließlich Ihnen und mir.»

«Eine herrliche Welt!» Bredon seufzte verzückt. «Was würden Sie sagen, wie viele Poren die menschliche Haut hat, Ingleby?»

«Keinen Schimmer. Warum?»

«Schlagzeile für Sanfect. Könnte man sagen – grob über den Daumen – neunzig Millionen? Eine schöne runde Zahl.

‹Neunzig Millionen offene Türen für Keime und Bazillen – Verschließen Sie diese Türen mit Sanfect.› Klingt doch überzeugend, finden Sie nicht? Oder so: ‹Würden Sie Ihr Kind in einer Löwengrube liegenlassen?› Das müßte die Mütter ansprechen.»

«Gäbe auch eine gute Illustration – Hoppla! Da kommt das Gewitter, aber wie!»

Ein Blitz, gefolgt von einem gewaltigen Donner, ohne jede Vorwarnung, direkt über ihren Köpfen.

«Hab ich kommen sehen», sagte Bredon. «Darum habe ich ja diesen Dachspaziergang gemacht.»

«Wie meinen Sie das – darum?»

«Ich habe nach ihm Ausschau gehalten», erklärte Bredon. «Und bitte sehr, da ist es. Hui! Der konnte sich hören lassen. Ich liebe Gewitter ja so. Übrigens, was hat Willis eigentlich gegen mich?»

Ingleby runzelte die Stirn und zögerte.

«Er scheint der Ansicht zu sein, daß ich kein guter Umgang bin», erklärte Bredon.

«Nun – ich hab Sie ja gewarnt, mit ihm über Victor Dean zu sprechen. Jetzt scheint er sich in den Kopf gesetzt zu haben, daß Sie ein Freund von Dean sind oder so was.»

«Aber was *war* denn so schlimm an Victor Dean?»

«Er verkehrte in schlechten Kreisen. Wieso interessieren Sie sich überhaupt so für Dean?»

«Sagen wir, ich bin von Natur aus neugierig. Hab mich schon immer für andere Leute interessiert. Zum Beispiel für Botenjungen. Die treiben auf dem Dach Gymnastik, nicht? Ist das die einzige Zeit, zu der sie aufs Dach dürfen?»

«Während der Arbeitszeit sollten sie sich da oben lieber nicht von ihrem Betreuer erwischen lassen. Wieso?»

«Hab mir nur was überlegt. Die haben doch sicher immer Streiche im Kopf – wie alle Jungen. Ich mag sie ja. Wie heißt dieser Rothaarige? Der sieht ziemlich helle aus.»

«Das ist Joe – sie nennen ihn natürlich Rotfuchs. Was hat er verbrochen?»

«Och, nichts. Aber hier laufen doch sicher viele Katzen herum, oder?»

«Katzen? Hab noch nie welche gesehen. Außer in der Kantine, da ist eine, soviel ich weiß, aber hier herauf kommt sie anscheinend nicht. Was wollen Sie mit einer Katze?»

«Nichts – aber jede Menge Spatzen muß es doch da oben geben, nicht?»

Ingleby glaubte allmählich, daß die Hitze Bredon auf den Verstand geschlagen haben mußte. Seine Antwort ging in einem krachenden Donner unter. Es folgte eine Stille, in der die Straßengeräusche von draußen dünn heraufdrangen; dann begannen schwere Tropfen gegen die Scheiben zu klatschen. Ingleby stand auf und schloß das Fenster.

Es goß wie aus Eimern. Donnernd prasselte der Regen aufs Dach. Er tanzte und toste in den bleiernen Dachrinnen und schoß in kleinen Wildbächen in die Abflüsse. Mr. Prout, der aus seinem Zimmer gerannt kam, geriet in einen Wasserfall, der vom Dach herunterkam, und rief nach einem Laufjungen, der das Oberlicht schließen sollte. Der Druck der Schwüle hob sich von den Gemütern wie eine abgeworfene Daunendecke. Bredon stand am Fenster seines Büros und beobachtete die eiligen Passanten, die sechs Stockwerke tiefer ihre Schirme der Sintflut entgegenhielten oder, wenn es sie schutzlos überrascht hatte, schnell in Geschäftseingängen verschwanden. Ein Stockwerk tiefer, im Konferenzzimmer, lächelte Mr. Jollop plötzlich und ließ drei Annoncen und einen dreifarbigen Prospekt passieren, ließ sich sogar zu einem Verzicht auf die 56 geschenkten Schlaguhren im dieswöchigen Zweispalter bewegen. Harry, der Fahrstuhlführer, geleitete eine tropfnasse junge Frau in den schützenden Käfig, drückte ihr sein Mitgefühl für ihre mißliche Lage aus und bot ihr an, sie mit einem Staubtuch abzutrocknen. Die junge Frau lächelte ihn an und versicherte ihm, sie brauche dergleichen nicht, aber ob sie bitte Mr. Bredon sprechen könne? Harry übergab sie Tompkin, dem Mann am Empfang, der sagte, er werde nach oben schicken, und wen er, bitte sehr, melden dürfe?

«Miss Dean – Miss Pamela Dean – in einer privaten Angelegenheit.»

Der Mann war sofort die Anteilnahme selbst.

«Die Schwester unseres Mr. Dean, Miss?»

«Ja.»

«Ach ja, Miss. Eine schlimme Geschichte, das mit Mr. Dean, Miss. Es hat uns allen so leid getan, ihn auf diese Weise zu verlieren. Wenn Sie einen Augenblick Platz nehmen wollen, Miss, werde ich Mr. Bredon sagen, daß Sie da sind.»

Pamela Dean setzte sich und sah sich um. Die Empfangshalle lag in der unteren Etage der Agentur und enthielt lediglich den halbkreisförmigen Empfangstisch, zwei harte Stühle, eine harte

Bank und eine Uhr. Sie nahm den gleichen Raum ein wie ein Stockwerk höher die Versandabteilung. Gleich vor der Tür befanden sich der Fahrstuhl und die Haupttreppe, die sich um den Fahrstuhlschacht wand und bis zum Dach führte, während der Fahrstuhl selbst im obersten Stock endete. Auf der Uhr war es Viertel vor eins, und schon passierte ein Strom von Angestellten die Halle oder kam aus dem höheren Stockwerk rasch zum Händewaschen herunter, bevor es zum Essen ging. Von Mr. Bredon kam die Nachricht, er werde gleich da sein, und Pamela Dean vertrieb sich die Zeit, indem sie die diversen Mitarbeiter der Firma im Vorbeigehen musterte. Ein flotter, adretter junger Mann mit makelloser Frisur aus welligem braunem Haar, einem winzigen dunklen Schnurrbart und sehr weißen Zähnen (Mr. Smayle, Gruppenleiter für Dairyfield Ltd., wenn sie's gewußt hätte); ein großer, kahlköpfiger Mann mit rötlichem, glattrasiertem Gesicht und Freimaurerabzeichen (Mr. Harris von der Außenabteilung); ein Mann von etwa Fünfunddreißig mit leicht verdrießlichem, aber gutem Aussehen und unruhigen, hellen Augen (Mr. Tallboy, tief in Gedanken über die Unzulänglichkeiten der Herren Toule & Jollop); ein magerer, gezierter älterer Herr (Mr. Daniels); ein rundlicher kleiner Mann mit gutmütigem Grinsen und blondem Haar, der sich mit einem energisch aussehenden, stupsnasigen rothaarigen Mann unterhielt (Mr. Cole, Gruppenleiter für Harrogate Brothers, die Seifenfirma, und Mr. Prout, der Fotograf); ein gutaussehender, sorgenvoll dreinblickender grauhaariger Mittvierziger in Begleitung eines wohlhabend aussehenden Kahlkopfes mit Mantel (Mr. Armstrong, der Mr. Jollop zu einem besänftigenden und teuren Lunch ausführte); ein unordentlicher, schwermütiger Mensch mit beiden Händen in den Hosentaschen (Mr. Ingleby); ein dünner, raubvogelhafter Mann mit gebeugter Gestalt und gelbsüchtigen Augäpfeln (Mr. Copley, der sich sorgte, ob das Essen ihm bekommen werde); dann ein hagerer, blonder, sorgenvoll dreinblickender junger Mann, der bei ihrem Anblick mitten im Schritt stockte, errötete und weiterging. Das war Mr. Willis. Miss Dean schenkte ihm einen Blick und ein kühles Nicken, das ebenso kühl erwidert wurde. Tompkin am Empfangstisch, dem nichts entging, sah das Stocken, das Erröten, den Blick und das Nicken und fügte seinem Fundus an nützlichem Wissen im stillen einen weiteren Posten hinzu. Dann kam ein schlanker Mann von etwa vierzig Jahren, mit langer Nase und strohblondem Haar, Hornbrille und einer gutgeschneiderten grauen Hose, die allerdings in jüngster Zeit arg mißhandelt worden zu sein schien; er trat auf Pamela Dean zu und sagte, mehr im Ton einer Feststellung als einer Frage:

«Miss Dean.»

«Mr. Bredon?»

«Ja.»

«Sie hätten nicht herkommen sollen», sagte Mr. Bredon mit mißbilligendem Kopfschütteln. «Sie verstehen, das ist ein bißchen indiskret. Aber – hallo, Willis, wollen Sie was von mir?»

Es war eindeutig nicht Mr. Willis' Glückstag. Er hatte seine nervöse Aufregung besiegt und mit der offenbaren Absicht kehrtgemacht, Pamela anzusprechen – gerade um zu sehen, daß Bredon ihm zuvorgekommen war. Er antwortete: «O nein, nein, keineswegs» – und es kam mit solch offenkundiger Aufrichtigkeit aus ihm heraus, daß Tompkin sich wieder still eine Notiz machen konnte und sogar schnell hinter seinen Tisch tauchen mußte, damit man sein strahlendes Gesicht nicht sah. Bredon grinste liebenswürdig, und nach kurzem Zögern flüchtete Willis zur Tür hinaus.

«Entschuldigen Sie», sagte Miss Dean. «Ich wußte nicht –»

«Macht nichts», sagte Bredon, und dann lauter: «Sie sind gewiß wegen der Sachen Ihres Bruders gekommen, nicht? Ich habe sie hier; ich arbeite nämlich in seinem Zimmer. Sagen Sie, äh – wie wär's, äh – würden Sie mir die Ehre geben, eine Kleinigkeit mit mir essen zu gehen?»

Miss Dean war einverstanden. Bredon holte seinen Hut, und sie gingen.

«Oho!» sagte Tompkin im Vertrauen zu sich selbst. «Oho! Was spielt sich denn da ab? Eine schicke Biene ist sie ja, doch, doch. Hat dem Jungen den Laufpaß gegeben, und nun würd's mich nicht wundern, wenn sie's auf den andern abgesehen hätte. *Und* ich könnte es ihr nicht mal verdenken.»

Mr. Bredon und Miss Dean begaben sich gemessen und schweigend nach unten. Harry, der Fahrstuhlführer, spitzte vergebens die aufmerksamen Ohren. Doch als sie auf die Southampton Row hinaustraten, wandte die junge Dame sich an ihren Begleiter:

«Ich war doch etwas erstaunt, als ich Ihren Brief bekam ...»

Mr. Willis, der im Eingang eines Tabakladens nebenan auf der Lauer lag, hörte die Worte und runzelte die Stirn. Dann zog er sich den Hut bis zu den Augenbrauen hinunter, knöpfte seinen Regenmantel bis obenhin zu und nahm die Verfolgung auf.

Sie gingen durch den nachlassenden Regen bis zum nächsten Taxistand und stiegen in ein Taxi. Mr. Willis wartete schlau, bis sie losgefahren waren, dann sprang er in den nächsten Wagen.

«Folgen Sie diesem Taxi», sagte er wie in einem Kriminalroman. Und der Fahrer, lässig wie von Edgar Wallace erdacht, antwortete: «Wird gemacht, Sir!» und ließ die Kupplung springen.

Die Verfolgungsjagd verlief wenig aufregend und endete in der denkbar sittsamsten Weise vor Simpsons Speiserestaurant an der Strand. Mr. Willis bezahlte sein Taxi und stieg im Kielwasser des verfolgten Pärchens in jenen oberen Saal hinauf, in dem es Damen gnädig erlaubt war, sich unterhalten zu lassen. Die Verfolgten fanden einen Tisch am Fenster. Mr. Willis ignorierte die Bemühungen des Obers, ihn in ein stilles Eckchen zu lotsen, und setzte sich kurzerhand an den Nebentisch, wo ihm ein Mann und eine Frau, die offensichtlich allein speisen wollten, indigniert Platz machten. Aber gut placiert war er auch so nicht, denn er konnte Bredon und seine Begleiterin zwar sehen, doch sie hatten ihm den Rücken zugewandt, so daß er von ihrer Unterhaltung kein Wort mitbekam.

«Am nächsten Tisch ist noch reichlich Platz, Sir», versuchte der Ober ihm begreiflich zu machen.

«Ich sitze hier ganz gut», entgegnete Willis gereizt. Sein Nachbar verschoß wütende Blicke, und der Ober reichte ihm mit einer Miene, als wollte er sagen: ‹Übergeschnappt – aber was soll man da machen?›, die Speisekarte. Willis bestellte geistesabwesend Hammelrücken mit Johannisbeerkompott und Kartoffeln und starrte auf Bredons schlanken Rücken.

«... heute sehr gut, Sir.»

«Wie?»

«Der Blumenkohl, Sir – sehr gut heute.»

«Wie Sie meinen.»

Der kleine schwarze Hut und der geschniegelte gelbe Kopf schienen sehr dicht beieinander zu sein. Bredon hatte irgendeinen kleinen Gegenstand aus der Tasche genommen und zeigte ihn ihr. Einen Ring? Willis strengte die Augen an –

«Was wünschen Sie zu trinken, Sir?»

«Ein Lager», sagte Willis, ohne zu überlegen.

«Pilsener, Sir, oder Barclay's Londoner Lager?»

«Äh – Pilsener.»

«Hell oder dunkel, Sir?»

«Hell – dunkel – nein, ich meine hell.»

«Ein großes helles Pilsener, Sir?»

«Ja, ja.»

«Im Steinkrug, Sir?»

«Ja, nein – zum Kuckuck! Bringen Sie es mir in irgendwas, Hauptsache es hat oben ein Loch.» Wie viele Fragen konnte man denn wegen eines Biers noch stellen? Die junge Frau hatte den Gegenstand genommen und tat irgend etwas damit. Was? Um Himmels willen, was?

«Röstkartoffeln oder frische Salzkartoffeln, Sir?»

«Frische.» Gott sei Dank, der Mann war endlich fort. Bredon hielt Pamela Deans Hand – nein, er drehte nur den Gegenstand um, der auf ihrem Handteller lag. Die Frau, die Willis gegenübersaß, streckte sich nach dem Zuckerschälchen – ihr Kopf versperrte ihm die Sicht, absichtlich, schien es ihm. Jetzt zog sie sich zurück. Bredon begutachtete noch immer den Gegenstand.

Ein großer Servierwagen stand neben ihm, beladen mit dampfenden Fleischstücken unter großen Silberdeckeln. Ein Deckel wurde angehoben – der Duft gebratenen Hammels schlug ihm ins Gesicht.

«Noch ein wenig Fett, Sir? Möchten Sie das Fleisch nicht ganz durchgebraten?»

Großer Gott! Was für Riesenportionen sie einem in diesem Laden auftischten! Was war Hammelbraten doch für ein ekelhaftes Zeug! Wie abstoßend diese runden gelben Kartoffelbälle waren, die der Ober ihm unablässig auf den Teller häufte! Wie widerlich Blumenkohl sein konnte – Schrumpelgemüse! Willis schnippelte angewidert an Londons bestem Hammelrücken herum und fühlte seinen Magen zu einem kalten, schweren Klumpen werden. Seine Füße kribbelten.

Das verhaßte Mahl schleppte sich dahin. Das indignierte Paar verzehrte seine Stachelbeertorte zu Ende und ging beleidigt seiner Wege, ohne auf den Kaffee zu warten. Jetzt konnte Willis besser sehen. Die anderen beiden lachten jetzt und unterhielten sich angeregt. In einer kurzen Stille wehten ein paar Worte von Pamela zu ihm zurück: «Es soll ein Maskenball sein, da können Sie sich ohne weiteres hineinmogeln.» Dann sprach sie wieder leiser.

«Möchten Sie noch etwas Braten, Sir?»

Willis hätte beim besten Willen nichts mehr hinuntergebracht. So blieb er einfach sitzen und wartete, bis Bredon, mit einem Blick auf die Uhr, sich und seine Begleiterin daran zu erinnern schien, daß Werbetexter ab und zu auch arbeiten mußten. Willis war bereit. Seine Rechnung war bezahlt. Er brauchte sich nur noch hinter der mitgebrachten Zeitung zu verstecken, bis sie an ihm vorbei waren, und dann – was? Ihnen nach draußen folgen? Wieder in einem Taxi hinter ihnen herfahren und sich die ganze Zeit ausmalen müssen, wie sie sich aneinanderschmiegten, was sie einander sagten, welche Verabredungen sie trafen, was für neue Teufeleien noch immer auf Pamela warteten, nachdem Victor Dean aus dem Weg war, und was er als nächstes tun wollte oder konnte, damit sie in dieser Welt sicher leben durfte?

Die Entscheidung blieb ihm erspart. Als die beiden an ihm vorbeigingen, reckte Bredon plötzlich den Kopf über die Mittagsausgabe des *Evening Banner* und meinte gutgelaunt:

«Hallo, Willis! Hat's Ihnen geschmeckt? Ausgezeichneter Hammelrücken, nicht? Aber Sie hätten die Erbsen probieren sollen. Kann ich Sie mit zurücknehmen in die Tretmühle?»

«Danke, nein», grollte Willis; dann ging ihm auf, daß er mit einem «Ja, bitte» wenigstens ein heißes Tête-à-tête im Taxi hätte verhindern können. Aber im selben Taxi mit Pamela Dean und Bredon fahren, das brachte er nicht fertig.

«Miss Dean muß uns leider verlassen», fuhr Bredon fort. «Sie könnten ruhig mitkommen, um mich zu trösten und mir die Hand zu halten.»

Pamela war schon halb aus dem Speisesaal. Willis hätte nicht sagen können, ob sie wußte, mit wem ihr Begleiter sich unterhielt, und ihm mit Bedacht aus dem Weg gegangen war, oder ob sie annahm, Bredon spreche mit einem ihr unbekannten Freund. Ganz plötzlich entschloß er sich.

«Nun ja», sagte er, «es ist schon etwas spät geworden. Wenn Sie ein Taxi nehmen wollen, können wir es uns ja teilen.»

«So war es auch gedacht», sagte Bredon.

Willis stand auf, und zusammen folgten sie Pamela.

«Ich nehme an, Sie kennen unseren Mr. Willis?»

«O ja.» Pamela setzte ein dünnes, frostiges Lächeln auf. «Victor und er waren früher einmal gute Freunde.»

Die Tür. Die Treppe. Der Ausgang. Endlich waren sie draußen.

«Ich muß jetzt gehen. Vielen Dank für die Einladung, Mr. Bredon. Und Sie vergessen es nicht?»

«Ganz bestimmt nicht. Das sähe mir gar nicht ähnlich.»

«Guten Tag, Mr. Willis.»

«Guten Tag.»

Fort war sie, hurtig ausschreitend in ihren kleinen, hochhakkigen Schuhen. Die brausende Strand verschluckte sie. Ein Taxi hielt neben ihnen.

Bredon nannte die Adresse und ließ Willis zuerst einsteigen.

«Nettes Ding, Deans Schwester», bemerkte er gutgelaunt.

«Hören Sie mal, Bredon. Ich weiß ja nicht, worauf Sie es abgesehen haben, aber nehmen Sie sich in acht. Ich hab es Dean gesagt, und ich sag's jetzt Ihnen – wenn Sie Miss Dean in Ihre schmutzigen Geschichten hineinziehen –»

«Was für schmutzige Geschichten?»

«Sie wissen genau, was ich meine.»

«Vielleicht. Und was dann? Bekomme ich das Genick gebrochen wie Victor Dean?» Bredon drehte sich bei diesen Worten um und sah Willis hart in die Augen.

«Sie bekommen –» Willis besann sich. «Tut nichts zur Sache», sagte er finster, «aber Sie kriegen, was Ihnen zukommt, dafür werde ich sorgen.»

«Ich bezweifle nicht, daß Sie sehr gründlich dafür sorgen werden», antwortete Bredon. «Aber würde es Ihnen etwas ausmachen, mir zu sagen, was Sie überhaupt damit zu schaffen haben? Soweit ich sehe, scheint Miss Dean von Ihrem Schutz nicht allzusehr erbaut zu sein.»

Willis wurde dunkelrot.

«Es geht mich natürlich nichts an», fuhr Bredon in leichtem Plauderton fort, während das Taxi ungeduldig in einer Verkehrsstockung an der U-Bahnstation Holborn tuckerte, «aber auf der anderen Seite scheint es Sie doch auch wieder nichts anzugehen, oder?»

«Es geht mich etwas an», versetzte Willis. «Es geht jeden anständigen Menschen etwas an. Ich habe gehört, wie Miss Dean sich mit Ihnen verabredet hat», fuhr er wütend fort.

«Was für ein Detektiv Sie wären!» sagte Bredon bewundernd. «Aber Sie sollten, wenn Sie jemanden beschatten, wirklich darauf achten, daß er nicht gegenüber einem Spiegel oder irgendeiner spiegelnden Fläche sitzt. Vor dem Tisch, an dem wir saßen, hing ein Bild, in dem sich der halbe Raum spiegelte. Eine Grundregel, mein lieber Watson. Aber mit ein bißchen Übung werden Sie es sicher besser machen. Na ja, jedenfalls ist an dieser Verabredung gar nichts Geheimnisvolles. Wir gehen am Freitag zu einem Maskenball. Ich treffe Miss Dean um 20 Uhr im *Boulestin* zum Essen, und von dort gehen wir hin. Vielleicht hätten Sie Lust, uns zu begleiten?»

Der Polizist ließ den Arm sinken, und das Taxi schoß vorwärts in die Southampton Row.

«Sehen Sie sich lieber vor», knurrte Willis. «Ich könnte Sie beim Wort nehmen.»

«Ich persönlich wäre entzückt», erwiderte Bredon, «und ob Sie Miss Dean in eine peinliche Situation bringen oder nicht, wenn Sie sich uns anschließen, müssen Sie selbst entscheiden. So, und hier sind wir nun wieder zu Hause. Wir werden unsere allerliebste kleine Neckerei einstellen und uns wieder mit Sopo und Pompagner und Peabodys Hochland-Porridge befassen müssen. Eine vergnügliche Beschäftigung, wenn auch ein wenig ereignisarm. Aber wir wollen uns nicht beklagen. Wir dürfen Kampf, Mord und plötzlichen Tod nicht öfter als einmal wöchentlich erwarten. Wo waren Sie übrigens, als Victor Dean die Treppe hinunterfiel?»

«Auf der Toilette», sagte Willis kurz angebunden.

«Was, tatsächlich?» Bredon musterte ihn noch einmal aufmerksam. «Auf der Toilette? Sie interessieren mich immer mehr.»

Um die Teezeit war die Atmosphäre in der Textabteilung schon viel weniger gespannt. Die Herren Brotherhood waren dagewesen und wieder gegangen und hatten nichts gesehen, was ihr Anstandsgefühl verletzt hätte; Mr. Jollop, durch den Lunch besänftigt, hatte mit nahezu leichtsinniger Bereitwilligkeit drei große Plakatentwürfe genehmigt; er saß zur Zeit bei Mr. Pym und war drauf und dran, den Etat für die Herbstkampagne zu erhöhen. Der vielgeplagte Mr. Armstrong, seiner Pflicht entbunden, sich Mr. Jollops annehmen zu müssen, hatte sich zu seinem Zahnarzt begeben. Als Mr. Tallboy zu Miss Rossiter kam, um von ihr eine Briefmarke für seine Privatkorrespondenz zu kaufen, verkündete er voll Freude, daß der Nutrax-Zweispalter in die Druckerei gegangen sei.

«Ist das diese ‹Kribbel-Krabbel›-Anzeige?» fragte Mr. Ingleby. «Das wundert mich aber. Da hatte ich bestimmt mit Schwierigkeiten gerechnet.»

«Die gab's auch, glaub ich», sagte Tallboy. «Ob das nicht zu kindlich sei, und ob die Leute es auch verstehen würden? Oder ob es nicht so aussähe, als ob wir den Kunden Ungeziefer andichteten? Und ob die Illustration nicht etwas zu modernistisch sei? Aber irgendwie hat Armstrong sie durchgebracht. Kann ich diesen Brief in Ihren Ausgangskorb legen, Miss Rossiter?»

«Selbstverfreilich», antwortete die Dame mit gütigem Humor und nahm den Brief auf dem dargereichten Korb entgegen. «Alle Liebesbriefe werden von uns mit Vorzug behandelt und sofort auf dem schnellsten und kürzesten Weg dem Empfänger zugestellt.»

«Lassen Sie mal sehen», sagte Garrett. «Wetten, daß der an eine Dame ist – und so was ist ein verheirateter Mann! Nein, Finger weg, Tallboy, alter Schwerenöter – werden Sie wohl stillhalten? Sagen Sie uns, an wen er ist, Miss Rossiter.»

«K. Smith, Esq.», sagte Miss Rossiter. «Sie haben die Wette verloren.»

«Betrug! Aber das ist sowieso alles nur Tarnung. Ich habe Tallboy im Verdacht, daß er sich irgendwo einen Harem hält. Diesen gutaussehenden Männern mit den blauen Augen kann man nicht trauen.»

«Klappe halten, Garrett. Im übrigen», sagte Mr. Tallboy, indem er sich aus Garretts Griff befreite und ihm einen spielerischen Schlag in die Magengrube versetzte, «habe ich noch nie in meinem ganzen Leben eine solche Bande von Naseweisen gesehen wie hier in eurer Abteilung. Nichts ist euch heilig, nicht einmal die Geschäftskorrespondenz eines Kollegen.»

«Wie sollte Werbeleuten etwas heilig sein?» fragte Ingleby, indem er sich vier Stück Zucker angelte. «Wir verbringen unsere Tage damit, wildfremden Menschen die intimsten Fragen zu stellen; soll dabei unser Feingefühl vielleicht nicht abstumpfen? ‹Mutter! Ist dein Kind auch wirklich schon sauber?› – ‹Haben Sie ein Völlegefühl nach dem Essen?› – ‹Sind Sie mit Ihrem Abfluß zufrieden?› – ‹Sind Sie *sicher*, daß Ihr Toilettenpapier keimfrei ist?› – ‹Ihre intimsten Freunde würden Sie das nicht fragen.› – ‹Haare an den verkehrten Stellen?› – ‹Lassen Sie sich gern auf die Finger gucken?› – ‹Haben Sie sich je gefragt, was Sie gegen Körpergeruch tun können?› – ‹Wenn Ihnen etwas zustoßen sollte – sind Ihre Lieben gesichert?› – ‹Warum so viel Zeit in der Küche vertun?› – ‹Sie halten diesen Teppich für sauber – aber ist er es?› – ‹Machen Schuppen Sie zum Märtyrer?› Also wirklich, manchmal frage ich mich, warum die leidgeprüfte Öffentlichkeit sich nicht einmal erhebt und uns totschlägt.»

«Die weiß gar nichts von unserer Existenz», meinte Garrett. «Alle Leute glauben, Anzeigen schrieben sich von allein. Wenn ich einem erzähle, daß ich in der Werbebranche arbeite, fragt er mich unweigerlich, ob ich Plakate male – an die Texte denkt keiner.»

«Sie denken, die schreibt der Hersteller selbst», sagte Ingleby.
«Dabei sollten sie mal sehen, was die uns manchmal liefern, wenn sie sich selbst als Werbetexter versuchen.»
«Das sollten sie wirklich.» Ingleby grinste. «Dabei fällt mir was ein. Erinnert ihr euch an diese dämlichen Dinger, die sie neulich bei Darlings herausgebracht haben – diese Luftkissen für Reisende, mit einer Puppe darauf, die ein ‹Besetzt›-Schild in den Händen hält?»
«Wozu denn das?» fragte Bredon.
«Ach Gott, gedacht war das so, daß man das Kissen im Eisenbahnabteil auf einen Platz legt und die Puppe jedem sagt, daß der Platz besetzt ist.»
«Das kann doch das Kissen auch ohne die Puppe.»
«Klar, aber Sie wissen ja, wie die Leute sind. Sie lieben das Überflüssige. Na ja, jedenfalls haben sie – Darlings, meine ich – auf eigene Faust eine Anzeige dafür fabriziert und waren furchtbar stolz darauf. Wir sollten die Annonce für sie placieren, bis Armstrong so unverschämt lachte, daß sie ganz rote Köpfe kriegten.»
«Was war denn los damit?»
«Ein Bild von einem hübschen jungen Mädchen, das sich bückt, um so ein Kissen auf einen Eckplatz im Abteil zu legen. Text dazu: HÄNDE WEG VON MEINER SITZFLÄCHE!»
«Toll!» sagte Mr. Bredon.

Der neue Texter war an diesem Tag erstaunlich fleißig. Er saß noch immer in seinem Zimmer und schwitzte über Sanfect (‹Wo Schmutz ist, da lauert Gefahr!› – ‹Skandal im WC› – ‹Meuchelmörder im Spülbecken!› – ‹Tödlicher als Kanonenkugeln – Keime!›), als Mrs. Crump mit ihrer weiblichen Armee anrückte, um einen Angriff auf des Tages angesammelten Schmutz zu führen, bewaffnet – man mag es kaum sagen – nicht mit Sanfect, sondern mit gewöhnlicher Schmierseife und Wasser.
«Kommen Sie nur, treten Sie ein!» rief Mr. Bredon leutselig, als die gute Dame ehrerbietig in der Tür stehenblieb. «Kommen Sie und fegen Sie mich mitsamt meiner Arbeit und dem übrigen Unrat hinaus!»
«Aber nicht doch, Sir», sagte Mrs. Crump, «ich brauche Sie wirklich nicht bei der Arbeit zu stören.»
«Ich bin ja schon fertig, wirklich», sagte Mr. Bredon. «Ich nehme an, hier gibt es am Tag so einiges für Sie wegzuschaffen, was?»

«O ja, Sir – Sie machen sich gar keine Vorstellung davon. Papier – also, Papier muß ja wirklich billig sein, wenn man sieht, was davon verschwendet wird. Sackweise, sag ich Ihnen, sackweise geht das hier jeden Abend raus. Sicher, es kommt dann wieder in die Papiermühle, aber es muß trotzdem eine schöne Stange Geld kosten. Und die Schachteln und Kartons und dies und das – Sie würden manchmal staunen, was wir hier so alles finden. Manchmal habe ich den Eindruck, die Herrschaften bringen ihre ganzen Abfälle von zu Hause mit, um sie hier wegzuwerfen.»

«Das würde mich nicht wundern.»

«Und meist fliegt das Zeug einfach auf den Boden», erwärmte Mrs. Crump sich immer mehr für das Thema, «kaum einmal in die Papierkörbe, und dabei sind die weiß Gott groß genug.»

«Das muß Ihnen eine Menge Arbeit machen.»

«Ach Gott, Sir, dabei denken wir uns schon nichts mehr. Wir fegen einfach alles zusammen und schicken die Säcke mit dem Fahrstuhl runter. Nur manchmal, da müssen wir doch lachen, was wir so alles finden. Ich sehe mir das Zeug ja meist kurz an, damit nicht aus Versehen mal etwas Wertvolles mit weggeworfen wird. Einmal habe ich bei Mr. Ingleby zwei Pfund-Noten auf dem Fußboden gefunden. Er ist aber auch wirklich unordentlich. Und es ist noch gar nicht so lange her – es war genau an dem Tag, an dem der arme Mr. Dean so traurig verunglückt ist –, da lag auf dem Korridor so etwas wie ein geschnitzter Stein herum – sah aus wie irgend so ein Glücksbringer oder ein Amulett. Das muß aber dem armen Mr. Dean aus der Tasche gefallen sein, glaube ich, denn Mrs. Doolittle sagte, sie hat es mal in seinem Zimmer gesehen, darum hab ich's hierhergebracht, Sir, und da in die kleine Schachtel gelegt.»

«War es das hier?» Bredon faßte in seine Westentasche und holte den Skarabäus aus Onyx hervor, den er Miss Dean unerklärlicherweise zurückzugeben vergessen hatte.

«Das war es, Sir. Sieht das Ding nicht komisch aus? Als wenn es ein Käfer oder so was sein sollte. Lag in einer dunklen Ecke unter der Eisentreppe, und ich hab zuerst gedacht, es ist nur so ein Kieselstein wie dieser andere.»

«Welcher andere?»

«Nun ja, Sir, ein paar Tage früher hatte ich an genau derselben Stelle einen runden Kieselstein gefunden. Ich hab mir damals noch gesagt, nanu, wie kommt denn der hierher, das ist aber komisch. Aber der muß aus Mr. Atkins Zimmer gewesen sein, denn Mr. Atkins hatte dieses Jahr schon früh seinen Urlaub genommen und war ans Meer gefahren, weil er doch krank gewesen war, und Sie wissen ja, wie die Leute sich an der See immer die Taschen vollstopfen mit Muscheln und Kieselsteinen und so.»

Bredon fischte wieder in seiner Westentasche.

«War es so einer?» Er zeigte ihr einen glatten, vom Wasser rundgeschliffenen Kiesel, etwa so groß wie ein Daumennagel.

«Ja, so ein ganz ähnlicher war das, Sir. Haben Sie den auch auf dem Korridor gefunden, Sir, wenn ich fragen darf?»

«Nein – auf dem Dach.»

«Aha!» sagte Mrs. Crump. «Dann sind das also die Jungen, die da oben Unsinn treiben. Wenn ihr Aufseher sie auch nur einen Moment aus den Augen läßt, weiß man nie, was sie treiben.»

«Die machen da oben ihre Gymnastik, nicht? Feine Sache. Stählt die Muskeln und sorgt für eine stramme Figur. Wann machen sie das? In der Mittagspause?»

«O nein, Sir. Mr. Pym würde nie zulassen, daß sie nach dem Essen da herumrennen. Er sagt, das ruiniert ihre Mägen, und sie kriegen Bauchschmerzen davon. Mr. Pym nimmt das sehr genau. Regelmäßig um halb neun müssen sie da sein, in Unterhemd und Hose. Zwanzig Minuten haben sie, und dann Umziehen zum Dienst. Nach dem Essen sitzen sie in ihrem Aufenthaltsraum und lesen was oder spielen irgendwas Ruhiges. Aber in ihrem Zimmer müssen sie bleiben, Sir; Mr. Pym läßt nicht zu, daß in der Mittagspause einer in den Büros herumläuft, Sir, natürlich bis auf den einen, der mit dem Desinfektionsmittel rumgeht, Sir.»

«Ah ja, natürlich! Sei sicher mit Sanfect.»

«Richtig, Sir, nur daß sie hier ‹Jeyes flüssig› nehmen.»

«Aha», sagte Mr. Bredon, von neuem erstaunt über die merkwürdige Unlust von Werbefirmen, die Artikel auch zu benutzen, von deren Lob sie leben. «Tja, Mrs. Crump, ich glaube, man ist hier sehr um unser Wohlergehen besorgt, was?»

«O ja, Sir, Mr. Pym ist sehr auf unsere Gesundheit bedacht. Und so ein freundlicher Mensch ist er, Sir. Nächste Woche, Sir, da haben wir unten in der Kantine ein Teekränzchen für die Putzfrauen, mit Eierlaufen und anderen Spielen, wo wir die Kinder mitbringen können. Die kleinen Mädchen von meiner Tochter freuen sich immer schon darauf, Sir.»

«Das glaube ich gern», sagte Mr. Bredon, «und sie würden

sich gewiß auch über ein paar neue Haarschleifen oder dergleichen freuen –»

«Das ist sehr lieb von Ihnen, Sir», sagte Mrs. Crump hocherfreut.

«Nicht der Rede wert.» Ein paar Münzen klimperten. «Na, dann will ich mich mal trollen und Sie an die Arbeit lassen.»

Ein richtig netter Herr, fand Mrs. Crump, und überhaupt nicht eingebildet.

Es kam genauso, wie Mr. Willis erwartet hatte. Er hatte seine Opfer vom *Boulestin* aus verfolgt, und diesmal war er ganz sicher, daß man ihn nicht entdeckt hatte. Sein Kostüm – er ging als Geheimbündler, mit schwarzem Kittel und schwarzer Kapuze mit Augenschlitzen – war leicht über seinen Alltagsanzug zu ziehen. In einen alten Regenmantel gehüllt, hatte er am Covent Garden hinter einem bequemerweise dort stehenden Lieferwagen Wache gehalten, bis Bredon und Pamela Dean das Restaurant verließen; sein Taxi hatte er um die Ecke warten lassen. Seine Aufgabe wurde ihm dadurch erleichtert, daß die beiden anderen diesmal nicht mit einem Taxi fuhren, sondern in einer riesengroßen Limousine, die Bredon selbst steuerte. Der Verkehrsansturm der Theaterbesucher war längst vorbei, als die Jagd begann, so daß er es nicht nötig hatte, der Limousine verdächtig nah auf den Fersen zu bleiben. Die Fahrt ging in westlicher Richtung, durch Richmond und immer weiter nach Westen, bis sie vor einem großen, freistehenden Haus am Flußufer endete. Auf dem letzten Abschnitt der Fahrt hatten sie Gesellschaft von anderen Autos und Taxis bekommen, die in dieselbe Richtung fuhren; und bei der Ankunft fanden sie die Zufahrt von unzähligen parkenden Autos zugestellt. Bredon und Miss Dean gingen geradewegs ins Haus, ohne einen Blick hinter sich zu tun.

Willis, der sich im Taxi sein Kostüm angezogen hatte, rechnete mit Schwierigkeiten beim Eintritt, aber es gab keine. In der Halle trat nur ein Diener auf ihn zu und fragte ihn, ob er Mitglied sei. Willis bejahte das kühn und gab seinen Namen als William Brown an, was ihm eine ebenso geniale wie plausible Erfindung zu sein schien. Offenbar wimmelte es in diesem Club von William Browns, denn der Diener machte keine Umstände, und Willis wurde geradewegs in einen schön möblierten Raum geleitet. Unmittelbar vor ihm, am äußeren Rand einer cocktailtrinkenden Menschenansammlung, stand Bredon in dem schwarzweißen Harlekinkostüm, mit dem er schon aufgefallen war, als er nach dem Essen in seinen Wagen stieg. Neben ihm stand Pamela Dean in einem Federkostüm, das eine Puderquaste darstellte. Aus dem Raum dahinter drangen vereinzelte Töne eines Saxophons.

«Dieses Haus», sagte Mr. Willis bei sich, «ist eine Höhle des Lasters.» Und diesmal hatte Mr. Willis nicht ganz unrecht.

Was ihn hier nur erstaunte war die Laschheit der Organisation. Ohne Fragen oder Zögern wurde ihm jede Tür geöffnet. Es wurde gespielt. Der Alkohol floß in Strömen. Man tanzte. Auch was Mr. Willis unter der Bezeichnung «Orgien» geschildert bekommen hatte, fehlte nicht. Und hinter allem spürte er noch etwas, was er aber nicht ganz verstand. Er wurde nicht direkt davon ausgeschlossen, aber irgendwie hatte er einfach nicht den Schlüssel dazu.

Natürlich war er ohne Partnerin, aber schon bald fand er sich von einer Gruppe übertrieben ausgelassener junger Menschen aufgesogen und durfte den Verrenkungen einer «Tänzerin» zusehen, deren Splitternacktheit durch den Zylinder, das Monokel und die Lacklederstiefel, die sie trug, noch betont und gesteigert wurde. Er bekam zu trinken – manchmal bezahlte er dafür, aber das meiste bekam er einfach in die Hand gedrückt, und plötzlich wurde er sich bewußt, daß er sicher einen besseren Detektiv abgegeben hätte, wenn er das Durcheinandertrinken mehr gewöhnt gewesen wäre. In seinem Kopf begann es zu hämmern, und er hatte Bredon und Pamela aus den Augen verloren. Er wurde geradezu besessen von der Idee, daß sie sich in eine dieser dunklen kleinen Nischen zurückgezogen hatten, die er gesehen hatte – verhängt mit schweren Vorhängen und mit je einer Couch und einem Spiegel bestückt. Er riß sich von der ihn umgebenden Gruppe los und hastete suchend durchs Haus. Sein Kostüm war heiß und schwer, und unter den erstickenden schwarzen Falten seiner Kapuze lief ihm der Schweiß in Strömen übers Gesicht. Er kam in einen Wintergarten voll liebestoller, betrunkener Pärchen, aber das Paar, das er suchte, war nicht dabei. Er stieß eine Tür auf und fand sich im Garten wieder. Ein Kreischen und Plätschern lockte ihn an. Er stürzte einen nach Rosen duftenden Laubengang entlang und kam auf einen freien Platz mit einem runden Bassin in der Mitte.

Ein Mann mit einem Mädchen in den Armen torkelte an ihm vorbei, erhitzt und glucksend vor Lachen, seinen Leopardenfellumhang halb von der Schulter gerissen, mit Weinlaub im Haar, das beim Laufen hinter ihm her wehte. Das Mädchen kreischte wie eine Dampfmaschine. Der Mann war breitschultrig, und seine Rückenmuskeln glänzten im Mondlicht, als er seine zappelnde Bürde einmal um sich schwenkte und mit Kostüm und allem ins Wasser schleuderte. Gellendes Gelächter belohnte sein Tun und hob von neuem an, als das Mädchen, zerzaust und tropfnaß, über dem Rand des Wasserbeckens auftauchte und eine Schimpfkanonade losließ. Dann sah Willis den schwarz-weißen Harlekin.

Der Harlekin kletterte an der Gruppe in der Mitte des Bassins hinauf – einem kunstvollen Gebilde aus ineinander verschlungenen Meerjungfern und Delphinen, die ein weiteres Bassin trugen, in dem eine Amorette kauerte und aus einer Muschel eine tanzende Fontäne hoch in die Luft spritzte. Immer höher hinauf stieg die schlanke, schwarz-weiß gewürfelte Gestalt, tropfend und glitzernd wie ein dem Meer entstiegenes Fabelwesen. Er faßte mit den Händen über den Rand des oberen Beckens, ließ sich ein paarmal hin und her schwingen und zog sich hinauf. Selbst in diesem Augenblick fühlte Willis einen Stich widerstrebender Bewunderung. Es waren die leichten, schnörkellosen Bewegungen eines Turners, ein Schauspiel von Muskelkraft, gleitend und mühelos. Dann hatte er sein Knie auf dem Beckenrand. Ein letzter Schwung, und oben war er und kletterte weiter an der bronzenen Amorette hinauf. Augenblicke später kniete er auf den gebeugten Schultern der Figur – richtete sich auf und stand kerzengerade inmitten der glitzernden Gischt der Fontäne.

«Mein Gott», dachte Willis. «Der Mann ist ein Seiltänzer – oder zu betrunken, um zu fallen.» Bravorufe ertönten, und ein Mädchen begann hysterisch zu schreien. Dann drängte sich eine sehr hochgewachsene Frau in einem Traum aus austernfarbenem Atlas, die stets in der ausgelassensten Gruppe auf dem Fest der Mittelpunkt gewesen war, an Willis vorbei und stellte sich auf den Beckenrand; die blonden Haare umgaben ihr lebhaftes Gesicht wie ein matter Heiligenschein.

«Spring!» rief sie. «Mach einen Kopfsprung! Ich verlange es! Spring!»

«Sei still, Dian!» Einer von den nüchterneren Männern faßte sie um die Schultern und hielt ihr den Mund zu. «Das Becken ist zu flach – er bricht sich das Genick.»

Sie stieß den Mann fort.

«Sei du still. Er soll springen. Ich will es. Geh zum Teufel, Dickie. Du würdest dich nicht trauen, aber er wird.»

«Das würde ich bestimmt nicht. Hör auf damit.»
«Los, Harlekin, spring!»
Die schwarz-weiße Gestalt hob die Arme über den maskierten Kopf und stand reglos da.
«Sei kein Idiot, Mann!» schrie Dickie.
Aber die anderen Frauen waren von der Idee angesteckt, und ihr Kreischen erstickte seinen Ruf.
«Spring, Harlekin, spring!»
Die schlanke Gestalt schoß durch die Gischt, tauchte fast ohne einen Spritzer ins Wasser und glitt durchs Becken wie ein Fisch. Willis hielt den Atem an. Das war ein Meisterstück. Das war vollkommen. Er vergaß seinen wütenden Haß auf den Mann und klatschte mit den übrigen Beifall. Das Mädchen Dian eilte hin und packte den Schwimmer, als er auftauchte.
«Oh, du bist großartig, du bist großartig!» Sie klammerte sich an ihn und störte sich nicht daran, daß ihr Kleid dabei naß wurde.
«Bring mich nach Hause, Harlekin – ich bewundere dich!»
Der Harlekin beugte sein maskiertes Gesicht zu ihr hinunter und küßte sie. Der Mann namens Dickie versuchte ihn wegzuziehen, bekam aber flink ein Bein gestellt und flog unter grölendem Gelächter in das Bassin. Der Harlekin warf sich die hochgewachsene Frau über die Schulter.
«Der Siegerpreis», verkündete er stolz. «Der Siegerpreis.»
Dann stellte er sie mit einer Leichtigkeit wieder auf die Füße, als wäre es gar nichts, und ergriff ihre Hand. «Lauf!» rief er. «Los! Wir laufen weg, und die sollen uns kriegen, wenn sie können!»
Wie auf Kommando stampfte alles los. Willis sah Dickies wütendes Gesicht, wie er an ihm vorbeitaumelte, und hörte ihn fluchen. Jemand faßte seine Hand. Keuchend rannte er durch den Laubengang. Sein Fuß blieb irgendwo hängen, so daß er stolperte und hinfiel. Seine Begleiterin ließ ihn im Stich und lief johlend weiter. Er setzte sich auf und versuchte seinen Kopf aus der Kapuze zu befreien.
Eine Hand berührte seine Schulter.
«Kommen Sie, Mr. Willis», sagte eine spöttische Stimme ihm ins Ohr. «Mr. Bredon hat gesagt, ich soll Sie nach Hause begleiten.»
Endlich bekam er die schwarze Kapuze vom Kopf und erhob sich schwerfällig.
Neben ihm stand Pamela Dean. Sie hatte ihre Maske vom Gesicht genommen, und in ihren Augen blitzte der Schalk.

5

Überraschende Metamorphose des Mr. Bredon

Lord Peter Wimsey war zu Besuch bei Chefinspektor Charles Parker von Scotland Yard, seinem Schwager.

Er saß in einem großen, bequemen Sessel in der Wohnung des Chefinspektors in Bloomsbury. Ihm gegenüber auf dem weichen Sofa saß seine Schwester, Lady Mary Parker, und strickte fleißig an einem Kinderjäckchen. Und am Fenster, die Hände um die Knie geschlungen und eine Pfeife im Mund, saß Mr. Parker selbst. Auf einem Tischchen in bequemer Reichweite standen ein paar Karaffen und ein Soda-Siphon. Vor dem Kamin lag eine große Tigerkatze. Es war eine fast übertrieben friedvolle und häusliche Szene.

«Du bist also unter die werktätigen Menschen gegangen, Peter», sagte Lady Mary.

«Ja; ich beziehe solide 4 Pfund die Woche. Ein umwerfendes Gefühl. Das erste Mal in meinem Leben, daß ich je einen Penny verdient habe. Jedesmal, wenn ich am Wochenende meine Lohntüte bekomme, strahle ich vor ehrlichem Stolz.»

Lady Mary lächelte und warf einen Blick zu ihrem Mann, der vergnügt zurückgrinste. Die Schwierigkeiten, die es im allgemeinen gibt, wenn ein armer Mann eine reiche Frau heiratet, waren in ihrem Falle durch ein kluges Arrangement gütlich vermieden worden; danach wurde Lady Marys ganzes Vermögen von ihren Brüdern treuhänderisch für künftige kleine Parkers verwaltet; darüber hinaus mußten die Treuhänder ihr vierteljährlich eine Summe auszahlen, die genau dem Einkommen ihres Mannes im selben Zeitraum entsprach. So wurde zwischen den beiden Parteien ein angemessenes Gleichgewicht gewahrt, und die kleine Kuriosität am Rande, daß Chefinspektor Parker, verglichen mit dem kleinen Charles Peter und der noch kleineren Mary Lucasta, die beide jetzt friedlich oben in ihren Bettchen lagen und schliefen, ein Bettler war, störte niemanden im geringsten. Mary genügte es nicht nur, daß sie ihr gemeinsames bescheidenes Einkommen verwalten durfte, es tat ihr darüber hinaus sogar sehr gut. Ihren reichen Bruder behandelte sie zur Zeit mit der Herablassung und Überlegenheit, die ein Arbeiter gegenüber dem empfindet, der nur Geld hat.

«Aber worum *geht's* denn in diesem Fall überhaupt?» wollte Parker wissen.

«Keine Ahnung», gab Wimsey ehrlich zu. «Ich bin da durch Freddy Arbuthnots Frau hineingeraten – Rachel Levy, du weißt ja. Sie kennt den alten Pym, und einmal hat sie ihn irgendwo beim Abendessen getroffen, und er hat ihr von diesem Brief erzählt, der ihm Sorgen mache, worauf sie gemeint hat, er solle doch mal jemanden darauf ansetzen, und als er fragte, wen denn, hat sie gesagt, sie kenne da jemanden – meinen Namen hat sie dabei aber nicht erwähnt –, und er hat gemeint, ob ich nicht mal kurz hinflitzen könnte, also bin ich hingeflitzt, und nun bin ich da.»

«Dein Erzählstil», sagte Parker, «ist bei aller Rasanz doch ein wenig weitschweifig. Könntest du nicht einfach am Anfang anfangen und bis zum Ende weitererzählen und dann, wenn's geht, aufhören?»

«Ich will es versuchen», sagte Seine Lordschaft, «aber den Teil mit dem Aufhören finde ich immer am schwierigsten. Also, paß auf! An einem Montagnachmittag – es war der 25. Mai, um es genau zu sagen – stürzte ein junger Mann namens Victor Dean, seines Zeichens Werbetexter im Dienste der Agentur Pym Ltd., von einer eisernen Wendeltreppe innerhalb der Räumlichkeiten besagter Agentur, die ihr Domizil im oberen Teil der Southampton Row hat, und starb auf der Stelle an den Folgen der dabei erlittenen Verletzungen, welche waren: je ein Genickbruch, ein Schädelbruch, ein Beinbruch sowie mehrere unbedeutendere Platz- und Quetschwunden. Zeitpunkt des Unglücks, soweit feststellbar: halb vier Uhr nachmittags.»

«Hm», machte Parker. «Ziemlich viele und schwere Verletzungen für so einen Sturz.»

«Das habe ich auch gedacht, bis ich die Treppe sah. Weiter. Einen Tag nach diesem Ereignis schickt die Schwester des Verstorbenen an Mr. Pym das Fragment eines angefangenen Briefs, den sie auf dem Schreibtisch ihres Bruders gefunden hat. Darin wird Mr. Pym vor irgendwelchen anrüchigen Vorgängen in seinem Betrieb gewarnt. Der Brief ist rund zehn Tage vor seinem Tod datiert, als ob der Schreiber ihn erst mal wieder beiseite gelegt hätte, um die Formulierungen noch etwas sorgfältiger zu überdenken. Sehr schön. Nun ist Mr. Pym ein Mann von starrer

Moral – abgesehen natürlich von seinem Beruf, der im wesentlichen darin besteht, für Geld möglichst überzeugend zu lügen –»

«Wie steht's denn mit der Wahrheit in der Werbung?»

«Natürlich steckt in der Werbung auch ein bißchen Wahrheit. Im Brot ist Hefe, aber aus Hefe allein kann man kein Brot bakken. Die Wahrheit in der Werbung», fuhr Wimsey in belehrendem Ton fort, «ist dem Sauerteige gleich, welchen ein Weib nahm und verbarg ihn unter drei Scheffel Mehls. Er erzeugt eine entsprechende Menge Gas, um eine unansehnliche Rohmasse in eine Form zu blähen, die der Öffentlichkeit mundet. Das bringt mich nebenbei auf den feinen, aber bedeutsamen Unterschied zwischen den Wörtern ‹mit› und ‹aus›. Wenn du zum Beispiel für Limonade wirbst, oder sagen wir, um nicht allzu gehässig zu werden, für Birnenmost, und du schreibst: ‹Unser Birnenmost ist nur aus frischgepflückten Birnen gemacht›, dann muß er auch nur aus Birnen gemacht sein, sonst kann die Behauptung strafrechtliche Konsequenzen haben; sagst du einfach: ‹Aus Birnen›, ohne das ‹nur›, kannst du davon ausgehen, daß er vorwiegend aus Birnen gemacht ist; wenn du aber sagst: ‹Mit Birnen›, dann heißt das im allgemeinen, daß auf eine Birne eine Tonne Rüben kommt, aber das Gesetz kann dir nichts anhaben – dies sind die Feinheiten unserer Sprache.»

«Merk dir, Mary, daß du beim nächsten Einkauf nichts nimmst, wo nicht ‹nur aus› draufsteht. Erzähl weiter, Peter – aber weniger von den Feinheiten unserer Sprache.»

«Bitte sehr. Also, da ist ein junger Mann, der einen Warnbrief anfängt. Bevor er ihn fertigschreiben kann, fällt er eine Treppe hinunter und ist tot. Ist das nun ein höchst verdächtiger Umstand oder nicht?»

«So verdächtig, daß es wahrscheinlich reiner Zufall ist. Aber da du nun einmal gern dramatisierst, wollen wir den Umstand verdächtig nennen. Wer hat das Unglück gesehen?»

«Einer sah, wie's geschah – ich meine, ein Mr. Atkins und eine Mrs. Crump haben den Sturz von unten beobachtet und ein Mr. Prout von oben. Ihre Aussagen sind alle recht interessant. Mr. Prout sagt, die Treppe sei gut beleuchtet gewesen, und der Verunglückte sei nicht besonders schnell hinuntergegangen, während die anderen sagen, er sei plötzlich umgefallen wie ein Sack, vornüber, und den *Times-Atlas* habe er dabei so festgehalten, daß sie ihn nachher nur mit Schwierigkeiten aus seinen Fingern hätten ziehen können. Was würdest du daraus schließen?»

«Nur daß der Tod auf der Stelle eingetreten ist, was bei einem Genickbruch meist der Fall ist.»

«Ich weiß. Aber nun sieh doch mal. Du gehst eine Treppe hinunter und rutschst plötzlich aus. Was passiert? Kippst du um wie ein Sack und fällst kopfüber die Treppe hinunter? Oder sitzt du plötzlich auf dem Allerwertesten und legst die restlichen Stufen auf diesem Körperteil zurück?»

«Kommt darauf an. Wenn ich wirklich ausrutsche, lande ich wahrscheinlich auf den vier Buchstaben. Wenn ich stolpere, stürze ich mit Sicherheit vornüber. Man kann's nicht sagen, ohne genau zu wissen, wie es passiert ist.»

«Na schön. Du weißt ja immer eine Antwort. Aber jetzt – hältst du das, was du in den Händen trägst, mit tödlichem Griff fest – oder läßt du's fallen und versuchst dich abzufangen, indem du nach dem Geländer greifst?»

Mr. Parker überlegte. «Wahrscheinlich letzteres», sagte er langsam, «es sei denn, ich hätte ein Tablett mit Geschirr oder dergleichen in der Hand. Aber selbst dann... Ich weiß nicht. Vielleicht hält man instinktiv fest, was man hat. Aber es dürfte ebenso ein Instinkt sein, sich irgendwo festzuhalten. Ich weiß es nicht. Dieses ganze Überlegen, was du oder ich oder irgendein vernünftiger Mensch täte, führt uns nicht weiter.»

Wimsey stöhnte. «Sagen wir's einmal so herum, du ungläubiger Thomas. Wenn das krampfhafte Festhalten eine Folge der sofortigen Todesstarre war, muß er so schnell tot gewesen sein, daß er gar nicht mehr daran denken konnte, sich festzuhalten. Nun haben wir zwei mögliche Todesursachen – das gebrochene Genick, das er sich zugezogen haben muß, als er mit dem Kopf auf dem Boden aufschlug, und die Schlagwunde an der Schläfe, die man darauf zurückführt, daß er im Fallen mit dem Kopf gegen einen der Knöpfe am Geländer geschlagen sei. Aber ein Sturz von einer Treppe ist nicht dasselbe wie ein Sturz von einem Dach – man fällt in Raten und hat Zeit zum Nachdenken. Wenn er sich am Geländer erschlagen hat, muß er zuerst gefallen und dann mit dem Kopf ans Geländer gestoßen sein. Das gleiche gilt erst recht für den Genickbruch. Warum hat er, als er merkte, daß er fiel, nicht alles losgelassen und versucht, sich irgendwo festzuhalten?»

«Ich weiß, was du hören möchtest», sagte Parker. «Daß er zuerst eins auf den Schädel bekommen hat und schon tot war, als er fiel. Aber ich sehe es nicht so. Ich sage, daß er mit dem Fuß irgendwo hängengeblieben und vornübergefallen sein kann und dabei sofort mit dem Kopf angeschlagen und dabei gestorben ist. Daran ist nichts Unmögliches.»

«Dann versuche ich's noch mal. Wie ist denn das? Am selben Abend fand Mrs. Crump, die Oberaufwärterin, auf dem Korridor diesen Skarabäus aus Onyx, direkt unter der Eisentreppe. Er ist, wie du sehen kannst, rund und glatt und schwer für seine Größe, die etwa die gleiche ist wie die der Eisenknöpfe am Treppengeländer. Außerdem ist, wie du sehen kannst, an einer Seite eine Ecke herausgeschlagen. Der Skarabäus gehörte dem Toten, der ihn für gewöhnlich in der Westentasche bei sich trug oder bei der Arbeit vor sich auf dem Tisch sitzen hatte. Nun?»

«Ich würde sagen, er ist ihm beim Fallen aus der Tasche gefallen.»

«Und die herausgeschlagene Ecke?»

«Wenn sie nicht schon vorher da war –»

«War sie nicht; seine Schwester ist da ganz sicher.»

«Dann ist es beim Fallen passiert.»

«Glaubst du?»

«Ja.»

«Vermutlich solltest du das auch glauben. Aber weiter: Ein paar Tage vorher hatte Mrs. Crump auf demselben Korridor am Fuß derselben Eisentreppe einen glatten Kiesel gefunden, etwa von der gleichen Größe wie der Skarabäus.»

«So?» meinte Parker. Er erhob sich langsam von seinem Fensterplatz und näherte sich dem Tischchen mit den Karaffen. «Was sagt sie dazu?»

«Sie sagt, man würde kaum glauben, was für komische Sachen sie dauernd findet, wenn sie die Büros reinigt. Der Stein stammt ihrer Ansicht nach von Mr. Atkins, der wegen Krankheit seinen Urlaub an der See etwas früher genommen hat.»

«Nun», sagte Parker, indem er den Hebel des Soda-Siphons losließ, «und warum nicht?»

«Eben, warum nicht? Dieser Kiesel, den ich dir hier zeige, wurde von mir auf dem Dach über dem Waschraum gefunden. Ich mußte an einem Regenrohr hinunterklettern, um ihn mir zu besorgen, und habe mir dabei eine Flanellhose ruiniert.»

«Soso.»

«Schon gut, Käptn. Jedenfalls habe ich ihn da gefunden. Und außerdem habe ich am Oberlicht eine Stelle gefunden, an der die Farbe abgesprungen war.»

«An was für einem Oberlicht?»

«Es ist das Oberlicht direkt über der Eisentreppe. So ein spitz zulaufendes Ding, wie ein junges Gewächshaus, mit Fenstern zum Öffnen auf allen Seiten – du weißt, welche Art ich meine –, die man bei Hitze offen läßt. Und es war heiß, als der kleine Dean von dieser Welt Abschied nahm.»

«Du meinst also, daß jemand durch das Oberlicht einen Stein nach ihm geworfen hat?»

«Du sagst es, Chef. Oder genauer gesagt, nicht *einen* Stein, sondern *den* Stein. Das heißt, den Skarabäus.»

«Und was ist mit den anderen Steinen?»

«Übungsschüsse. Ich habe mich vergewissert, daß der Bürotrakt während der Mittagspause immer so gut wie menschenleer ist. Aufs Dach geht kaum jemand, nur die Botenjungen morgens um halb neun zu ihrer Gymnastik.»

«Wer im gläsernen Oberlicht wohnt, sollte nicht mit Steinen werfen. Willst du etwa sagen, daß man einem Menschen den Schädel zertrümmern und das Genick brechen kann, indem man ihm so einen kleinen Stein nachwirft?»

«Natürlich nicht, indem man ihn nur wirft. Aber wie wär's mit einer Schleuder?»

«Nun, in diesem Falle brauchst du ja nur die Leute in den umstehenden Bürohäusern zu fragen, ob sie jemanden beobachtet haben, der auf Pyms Dach ein bißchen David und Goliath geübt hat, schon hast du ihn!»

«So einfach ist es nicht. Das Dach ist ein schönes Stück höher als alle anderen Dächer ringsum und hat auf allen Seiten eine steinerne Brüstung von knapp einem Meter Höhe – damit das Haus noch größer und erhabener aussieht, nehme ich an. Um durch das Oberlicht einen Stein auf die Eisentreppe zu schießen, muß man sich in einer ganz bestimmten Stellung zwischen diesem und dem nächsten Oberlicht hinknien und ist dadurch von nirgendwo zu sehen – außer es steht jemand *auf* der Treppe und schaut zu einem hoch –, was offensichtlich nicht der Fall war, wenn man von dem armen Victor Dean absieht. Eine bombensichere Sache.»

«Na schön. Dann versuch herauszubekommen, ob einer von der Belegschaft häufig zur Mittagspause im Haus geblieben ist.»

«Bringt nichts. Die Leute lassen sich zwar morgens registrieren, wenn sie kommen, aber mittags kümmert sich keiner darum, wer wann kommt oder geht. Auch der Mann vom Empfang geht zu Mittag essen, und einer von den älteren Laufjungen nimmt dann seinen Platz ein, aber nur für den Fall, daß irgendein Brief oder Paket ankommt, und auch der ist nicht unbedingt die ganze Zeit da. Dann hätten wir noch den Jungen, der durch die Räume geht und ‹Jeyes flüssig› versprüht, aber der geht nicht bis aufs Dach. Es gibt nichts, was einen hindern könnte, beispielsweise um halb eins aufs Dach zu gehen, dort zu bleiben, bis die Arbeit getan ist, und einfach über die Treppe wieder herunterzukommen. Der Fahrstuhlführer oder sein Statthalter ist zwar immer im Dienst, aber man braucht sich nur auf der blinden Seite des Fahrstuhls zu halten, wenn man vorbeigeht, und er kann einen unmöglich sehen. Außerdem kann der Fahrstuhl ja auch unten im Erdgeschoß sein. Der Täter braucht nur den richtigen Augenblick abzuwarten, bis er hervorkommt. Gar nicht schwierig. Ebenso am Tag des Unglücks. Er geht zum Waschraum, der neben der Treppe liegt. Sobald die Luft rein ist, steigt er aufs Dach. Dort legt er sich auf die Lauer, bis er sein Opfer die Eisentreppe hinuntergehen sieht, worauf er nicht lange zu warten braucht, denn da läuft jeder so an die fünfzigmal am Tag hinunter. Während sich dann alles aufgeregt um die Leiche versammelt, kommt unser Freund ganz unschuldig vom Waschraum her. Ein Kinderspiel.»

«Würde es nicht auffallen, wenn einer so lange nicht in seinem Zimmer wäre?»

«Mein lieber Mann, da kennst du Pyms Werbedienst schlecht! Da ist nie einer in seinem Zimmer. Wenn er nicht gerade in der Textabteilung einen Plausch hält oder mit den Stenotypistinnen herumalbert, ist er entweder im Atelier und reklamiert ein Klischee, oder in der Druckerei, um sich über einen Prospekt zu beschweren, oder in der Presseabteilung, um sich nach irgend etwas zu erkundigen, oder im Archiv, um ein paar alte Belege einzusehen, oder wenn er da nirgendwo ist, dann eben woanders – vielleicht hat er sich zu einem heimlichen Kaffee oder zum Friseur geschlichen. Das Wörtchen Alibi hat in so einem Betrieb nicht die mindeste Bedeutung.»

«Dann steht dir ja eine lustige Zeit bevor, soweit ich sehe», sagte Parker. «Aber was für Unregelmäßigkeiten, die schließlich zum Mord führen, könnten denn in so einer Firma vorkommen?»

«Jetzt kommen wir auf den springenden Punkt. Victor Dean pflegte mit der de Momerie-Clique herumzuziehen –»

Parker stieß einen Pfiff aus.

«Da hat er wohl über seine Verhältnisse gesündigt?»

«Und wie. Aber du kennst ja Dian de Momerie. Spießbürger auf die schiefe Bahn zu bringen ist ihr schönster Nervenkitzel –

es macht ihr Spaß, sie mit ihrem kleinen Gewissen ringen zu sehen. Ein durch und durch verdorbenes Gör. Ich muß es wissen, denn ich habe sie gestern abend nach Hause gebracht.»

«Aber Peter!» sagte Lady Mary. «Einmal abgesehen von deiner Moral, die ich erschreckend finde – wie bist du in diese Bande hineingekommen? Ich könnte mir vorstellen, daß die sich eher mit Charles oder dem Polizeipräsidenten persönlich einlassen würden als mit dir.»

«Ich war natürlich inkognito da. Es war ein Maskenball. Und um meine Moral brauchst du dich nicht zu sorgen. Die junge Dame hat sich auf dem Heimweg so sinnlos betrunken, daß ich sie nur noch in ihrer niedlichen kleinen Maisonette an den Garlic Mews abzuladen und in ihrem Wohnzimmer auf die Couch zu legen brauchte, wo ihr Mädchen sie am anderen Morgen gefunden und sich sehr gewundert haben dürfte. Aber sie wundert sich wahrscheinlich über gar nichts mehr. Das Wichtige ist aber, daß ich einiges über Victor Dean herausbekommen habe.»

«Augenblick», unterbrach ihn Parker. «War er rauschgiftsüchtig?»

«Anscheinend nicht, obwohl das ganz bestimmt nicht Dians Verdienst wäre. Laut seiner Schwester war er dafür zu willensstark. Möglicherweise hat er's einmal probiert und sich danach so elend gefühlt, daß es ihn nach keinem zweiten Mal gelüstete. Ja – ich weiß, was du meinst. Wenn er unter Drogeneinfluß gestanden hätte, wäre er möglicherweise ganz von allein die Treppe hinuntergefallen. Aber ich glaube, das bringt uns hier nicht weiter. Solche Dinge haben die Angewohnheit, bei der Obduktion ans Tageslicht zu kommen. Die Frage wurde ja auch gestellt ... nein, das war's nicht.»

«Hat Dian dazu eine Meinung geäußert?»

«Sie fand, daß er ein Spielverderber war. Trotzdem scheint sie ihn von etwa Ende November bis Ende April im Schlepptau gehabt zu haben – fast ein halbes Jahr, für Dian eine lange Zeit. Möchte wissen, was sie an ihm fand. Wahrscheinlich hatte der Grünschnabel doch irgend etwas Anziehendes an sich.»

«Sagt das seine Schwester?»

«Ja, aber sie sagt auch, Victor habe ‹große Ambitionen› gehabt. Ich weiß nicht recht, was sie sich darunter vorstellt.»

«Sie wird doch gewußt haben, daß Dian seine Geliebte war – oder?»

«Das muß sie gewußt haben. Aber nach meinem Eindruck glaubte sie wohl, daß er sich mit Heiratsabsichten trug.»

Parker lachte.

«Immerhin», sagte Lady Mary, «hat er seiner Schwester offenbar nicht alles erzählt.»

«Herzlich wenig, könnte ich mir denken. Über das Gelage gestern abend war sie ehrlich schockiert. Auf der Party, zu der Dean sie einmal mitgenommen hat, ist es wohl nicht so heiß hergegangen. Warum hat er sie überhaupt mitgenommen? Das ist die zweite Frage. Ihr hat er gesagt, er wolle sie Dian vorstellen, und höchstwahrscheinlich hat die Kleine sich eingebildet, ihre künftige Schwägerin kennenzulernen. Aber Dean – man sollte meinen, er habe seine Schwester da heraushalten wollen. Er kann nicht wirklich die Absicht gehabt haben, sie zu verderben, wie Willis meint.»

«Wer ist Willis?»

«Willis ist ein junger Mann, der Schaum um den Mund bekommt, wenn er Victor Deans Namen hört, früher einmal Victor Deans bester Freund war, in Victor Deans Schwester verliebt und auf mich sinnlos eifersüchtig ist; er glaubt, ich sei mit demselben Pinsel geteert wie Victor Dean, und hechelt mir mit der Unfähigkeit und dem Eifer von fünfzig Watsons auf Schritt und Tritt nach. Er schreibt Anzeigentexte für Gesichtscremes und Korsagen, ist der Sohn eines Textilhändlers aus der Provinz, hat ein Gymnasium besucht und trägt, wie ich zu meinem großen Bedauern sagen muß, eine zweireihige Weste. Aber das ist auch schon der finsterste Zug an ihm – außer daß er zugibt, auf der Toilette gewesen zu sein, als Victor Dean die Treppe hinunterfiel, und die Toilette liegt, wie gesagt, gleich neben der Treppe zum Dach.»

«Wer war dort sonst noch?»

«Das habe ich ihn noch nicht gefragt. Wie könnte ich? Es ist furchtbar hinderlich für die Detektivarbeit, wenn man angeblich kein Detektiv ist, weil man dann nicht allzuviel fragen darf. Andererseits, wenn derjenige, der es war, wüßte, daß ich ein Detektiv bin, könnte ich fragen, soviel ich wollte und würde keine Antworten bekommen. Das wäre nicht so schlimm, wenn ich wenigstens eine verschwommene Ahnung hätte, hinter wem oder was ich her bin, aber unter rund hundert Leuten nach dem Urheber eines noch unbekannten Verbrechens zu suchen, ist ziemlich schwierig.»

«Ich dachte, du suchtest einen Mörder.»

«Schon richtig – aber ich glaube nicht, daß ich den Mörder bekommen werde, solange ich nicht weiß, warum der Mord begangen wurde. Außerdem hat Pym mich engagiert, um diese Unregelmäßigkeit in seiner Firma aufzudecken. Gewiß ist Mord eine Unregelmäßigkeit, aber eben nicht die, auf die ich angesetzt bin. Und der einzige, bei dem ich ein Motiv für den Mord feststellen kann, ist Willis – aber das ist wieder nicht die Art Motiv, die ich suche.»

«Wie kam der Krach zwischen Willis und Dean zustande?»

«Die dümmste Geschichte der Welt. Willis pflegte Dean an Wochenenden zu Hause zu besuchen. Dean hatte, nebenbei bemerkt, eine gemeinsame Wohnung mit seiner Schwester – keine Eltern oder dergleichen. Willis verliebt sich in Schwester. Schwester ist sich über ihn nicht ganz klar. Dean nimmt Schwester mit auf eine von Dians heißen Parties. Willis kommt dahinter. Willis ist ein Dussel und sagt Schwester die Meinung. Schwester nennt Willis einen widerwärtigen, eingebildeten dummen Spießer. Willis macht Dean Vorwürfe. Dean schickt Willis zum Teufel. Lauter Krach. Schwester mischt sich ein. Vereinte Familie Dean sagt Willis, er soll sich begraben lassen. Willis sagt zu Dean, wenn er (Dean) nicht davon abläßt, seine (Deans) Schwester zu verderben, wird er (Willis) ihn wie einen Hund erschießen. Seine eigenen Worte, wie man mir sagt.»

«Dieser Willis», sagte Mary, «scheint in Klischees zu denken.»

«Natürlich – darum schreibt er auch so gute Reklame für Korsagen. Jedenfalls, so sah es aus. Dean und Willis drei Monate lang mit Messern zwischen den Zähnen. Dann stürzte Dean die Treppe hinunter. Jetzt hat Willis mich aufs Korn genommen. Ich habe Pamela Dean gestern abend geschickt, ihn nach Hause zu bringen, aber ich weiß nicht, was daraus geworden ist. Ich habe ihr erklärt, daß solche Gelage wirklich gefährlich sind und in Willis' Tollheit durchaus Methode ist, wenn er auch ein taktloser Obertrottel ist und nichts von Frauen versteht. Es war furchtbar komisch, den guten Willis in so einer Art Ku-Klux-Klan-Aufzug hinter uns dreinschleichen zu sehen – unvorstellbar heimlich, mit denselben Schuhen an den Füßen wie im Büro und mit einem Siegelring am kleinen Finger, den man von hier bis zur London Bridge erkennen würde.»

«Armer Kerl! Dann war es wohl nicht Willis, der Freund Dean die Treppe hinuntergestoßen hat?»

«Ich glaube es nicht, Polly – aber man kann nie wissen. Er ist so ein gefühlsduseliger Esel. Vielleicht würde er es für eine ruhmreiche Sünde halten. Aber ich traue ihm nicht den Grips zu, so etwas bis ins einzelne zu planen. Und wenn er's getan hätte, wäre er vermutlich geradewegs zur Polizei gegangen, hätte sich laut an die zweireihige Weste geschlagen und verkündet: ‹Ich tat es für die Sache der Reinheit.› Aber dagegen spricht die unbestrittene Tatsache, daß Deans Beziehungen zu Dian & Co im April ihren endgültigen Abschluß gefunden hatten – warum hätte er also bis Ende Mai warten sollen, bevor er seinen Schlag ausführte? Der Krach mit Dean war im März.»

«Vielleicht hat dich aber auch seine Schwester an der Nase herumgeführt, Peter. Die Beziehungen waren vielleicht doch nicht zu dem Zeitpunkt zu Ende, den sie angibt. Oder sie hat sie von sich aus aufrechterhalten. Sie könnte selbst rauschgiftsüchtig sein oder so etwas Ähnliches. Das weiß man nie.»

«Gewiß nicht; aber meist kann man sich da seinen Teil denken. Nein, ich glaube nicht, daß bei Pamela Dean etwas in dieser Art vorliegt. Ich könnte beschwören, daß ihr Abscheu gestern abend echt war. Es war auch ganz schön happig, das muß ich sagen. Übrigens, Charles, woher zum Teufel kriegen diese Leute ihren Stoff? Was da gestern abend unterwegs war, hätte genügt, um eine ganze Stadt zu vergiften.»

«Wenn ich das wüßte», sagte Mr. Parker verdrießlich, «würde ich einen Orden bekommen. Ich kann dir nur sagen, daß es in ganzen Schiffsladungen irgendwoher kommt und in großem Stil von irgendeinem Punkt aus verteilt wird. Die Frage ist, wo? Natürlich könnten wir uns schon morgen ein halbes Hundert von den kleinen Wiederverkäufern greifen, aber was würde das nützen? Die wissen selbst nicht, woher es kommt und wer es weitergibt. Sie erzählen alle dieselbe Geschichte. Es wird ihnen auf der Straße von Männern übergeben, die sie noch nie gesehen haben und auch nicht wiedererkennen würden. Oder es wird ihnen im Omnibus in die Tasche gesteckt. Es ist nicht immer so, daß sie es nur nicht sagen wollen; sie wissen es wirklich nicht. Und wenn man den Kerl erwischte, der in der Hierarchie unmittelbar über ihnen steht, dann wüßte der auch nichts. Es ist zum Verzweifeln. Irgendwer muß daran Millionen verdienen.»

«O ja. Aber zurück zu Victor Dean. Hier ist noch ein Problem. Er hat bei Pym 6 Pfund die Woche verdient. Wie kann man von 300 Pfund im Jahr bei der de Momerie-Clique mithalten? Auch wenn er ein ‹Spielverderber› war und nicht alles mitgemacht hat – von nichts konnte er nicht mal das.»

«Wahrscheinlich hat er sich von Dian aushalten lassen.»

«Zuzutrauen wär's dieser kleinen Wanze. Andererseits habe

ich da eine Idee. Angenommen, er glaubte wirklich eine Chance zu haben, in die Aristokratie einzuheiraten – oder was er sich unter Aristokratie vorstellte. Immerhin ist Dian eine de Momerie, auch wenn die Familie ihr die Tür gewiesen hat, was man ihr nicht verdenken kann. Nehmen wir an, daß er weit mehr Geld ausgab, als er sich leisten konnte, nur um mitzuhalten. Nehmen wir an, daß es länger dauerte, als er gedacht hatte, und er sich bis über den Hals verschuldete. Und dann sag mir mal, was im Lichte dieser Theorie von diesem halbfertigen Brief an Mr. Pym zu halten ist.»

«Nun», begann Parker.

«Mein Gott, macht's doch nicht so spannend!» rief Mary dazwischen. «Es muß euch beiden Helden einen Riesenspaß machen, stundenlang um die Sache herumzureden. Natürlich Erpressung. Das liegt doch auf der Hand. Ich sehe das schon seit einer Stunde kommen. Dieser Dean sieht sich nach einer zusätzlichen Einnahmequelle um und entdeckt, daß in der Firma Pym einer etwas tut, was er nicht sollte – der Oberbuchhalter frisiert die Bilanz, ein Botenjunge erleichtert die Portokasse, irgend etwas. Und er sagt: ‹Wenn du nicht mit mir teilst, sage ich es Pym›, und fängt schon einmal einen Brief an. Höchstwahrscheinlich wollte er den Brief natürlich gar nicht an Mr. Pym schicken; es war nur eine Drohung. Der andere stopft ihm für den Augenblick den Mund, indem er ihm einen Vorschuß zahlt. Dann denkt er: ‹So geht's nicht weiter, ich sollte diese Laus lieber zertreten.› Das tut er. Und damit hat sich's.»

«So einfach ist das», sagte Wimsey.

«Natürlich ist es so einfach, nur ihr Männer macht so gern ein großes Rätsel daraus.»

«Und Frauen ziehen gern voreilige Schlüsse.»

«Hört auf mit diesen Verallgemeinerungen», sagte Parker, «die verleiten nur zu Denkfehlern. Welche Rolle habe ich in dem Spiel?»

«Du gibst mir Ratschläge und hältst dich bereit, mit deinen Myrmidonen einzugreifen, wenn es Radau gibt. Übrigens kann ich dir die Adresse dieses Hauses nennen, in dem wir gestern abend waren. Rauschgift und Glücksspiel frei für jedermann, von unsäglichen Orgien ganz zu schweigen.»

Er nannte die Adresse, und der Chefinspektor notierte sie sich. «Viel können wir da allerdings nicht machen», räumte er ein. «Es ist ein Privathaus und gehört einem Major Milligan. Wir haben schon seit einiger Zeit ein Auge darauf. Und selbst wenn wir hineinkämen, würde uns das wahrscheinlich nicht näher an unser Ziel bringen. Ich glaube nicht, daß ein einziger in dieser Bande weiß, woher das Zeug kommt. Aber es ist immerhin schon etwas, schlüssige Hinweise darauf zu haben, wohin es geht. Übrigens, wir haben dieses Pärchen, bei dessen Verhaftung du uns neulich geholfen hast, mitsamt der Ware erwischt. Sieben Jahre dürften sie bekommen.»

«Gut. Aber beinahe hätte es mich diesmal selbst erwischt. Zwei Stenotypistinnen aus der Werbeagentur trieben sich da herum und haben mich erkannt. Ich habe mich dumm und taub gestellt und ihnen am anderen Morgen erklärt, daß ich einen Vetter habe, der mir sehr ähnlich sieht. Natürlich dieser berüchtigte Wimsey. Es ist doch nicht gut, wenn man zu bekannt ist.»

«Wenn die de Momerie-Clique dir erst auf die Schliche kommt, geht's dir schlecht», sagte Parker. «Wie hast du dich überhaupt an Dian herangemacht?»

«Bin von einem Springbrunnen in ein Fischbassin gesprungen. Reklame macht sich eben bezahlt. Sie hält mich für das achte Weltwunder. Der Hummer im Frackhemd.»

«Brich dir dabei nur nicht mal den Hals», meinte Mary nachsichtig. «Wir haben dich nämlich alle ganz gern, weißt du, und Klein Peter könnte auf seinen Lieblingsonkel nicht verzichten.»

«Jedenfalls wird es dir sehr, sehr gut tun», bemerkte sein Schwager hartherzig, «einmal einen wirklich schwierigen Fall zu haben. Wenn du dich erst eine Weile mit einem Todesfall herumgeplagt hast, den irgendwer aus irgendeinem beliebigen Grund auf dem Gewissen haben könnte, wirst du dich vielleicht nicht mehr so hochnäsig über die paar Morde im Lande mokieren, mit denen die notorisch unfähige Polizei nicht zu Rande kommt. Hoffentlich wird's dir eine Lehre sein. Noch ein Schlückchen?»

«Nein, danke; ich will versuchen, daraus zu lernen. Und inzwischen werde ich weiter die Öffentlichkeit verdummen und als Mr. Bredon unter eurer Adresse zu erreichen sein. Und halte mich über alle Entwicklungen bei der de Momerie-Milligan-Bande auf dem laufenden.»

«Gut. Möchtest du dich an einer unserer nächsten Rauschgift-Razzien beteiligen?»

«Klar. Wann ist es soweit?»

«Wir haben Informationen über Kokainschmuggel an der Küste von Essex erhalten. Das Dümmste, was die Regierung je getan hat, war die Abschaffung der Küstenwache. Das macht uns die Arbeit doppelt schwer, besonders wo so viele private Motorboote herumtuckern. Wenn du dich mal einen Abend amüsieren möchtest, komm einfach vorbei – und du könntest deinen Wagen mitbringen. Er ist schneller als die unseren alle zusammen.»

«Aha, daher weht der Wind. Aber gut, ich bin dabei. Schick mir eine Zeile, wenn es soweit ist. Ich habe um halb sechs Feierabend.»

Währenddessen litten drei Herzen um Mr. Death Bredons willen.

Miss Pamela Dean wusch in ihrer einsamen Wohnung ein Paar Seidenstrümpfe.

«Der gestrige Abend war ja einfach herrlich ... Wahrscheinlich hätte ich gar keinen Spaß daran haben dürfen, wo der arme Victor gerade erst unter der Erde ist, der Gute ... aber im Grunde bin ich ja nur seinetwegen hingegangen ... ob dieser Detektiv etwas darüber herausfinden wird? ... Gesagt hat er nicht viel, aber ich glaube, er findet an Victors Tod irgend etwas merkwürdig ... jedenfalls hatte Victor den Verdacht, daß irgend etwas nicht stimmte, und würde *wünschen*, daß ich alles in meiner Macht Stehende tue, um es herauszubekommen ... Ich wußte gar nicht, daß Privatdetektive so sind ... hab sie mir immer als aufdringliche, verschlagene kleine Wichte vorgestellt ... schmierig ... ich mag seine Stimme ... und seine Hände ... o Gott, da ist ja eine Laufmasche! ... die muß ich aufnehmen, bevor sie oben ist ... und so gute Manieren, nur war er, glaube ich, ein bißchen böse auf mich, weil ich zu Pyms Werbedienst gekommen war ... er muß unglaublich sportlich sein, so an diesem Springbrunnen hinaufzuklettern ... schwimmt wie ein Fisch ... mein neuer Badeanzug ... Sonnenbaden ... Gott sei Dank habe ich einigermaßen gute Beine ... ich muß mir wirklich mehr Strümpfe zulegen, diese hier machen es nicht mehr lange ... Wenn ich doch nur nicht so ausgelaugt aussähe in Schwarz ... Armer Victor! ... Wenn ich nur wüßte, was ich mit Alec Willis anfangen soll ... wenn er doch nur nicht so ein Spießer wäre ... Bei Mr. Bredon finde ich nichts dabei ... er hat ganz recht, daß diese Leute nichts taugen, aber er weiß wenigstens, wovon er redet, und es ist nicht alles nur Vorurteil ... Warum muß Alec so eifersüchtig und lästig sein? ... Und wie albern er aussah in diesem schwarzen Ding ... einem so nachzuschleichen ... Ein Stümper – ich mag Leute, die tüchtig sind ... Mr. Bredon wirkt ungemein tüchtig ... nein, er wirkt nicht eigentlich so, aber er ist es... er sieht aus, als wenn er sein Lebtag nichts anderes täte als auf Dinnerparties gehen... wahrscheinlich müssen erstklassige Privatdetektive so aussehen... Alec wäre ein miserabler Detektiv... ich mag keine launischen Männer... Was mag wohl passiert sein, nachdem Mr. Bredon mit Dian de Momerie weggegangen ist?... Schön ist sie ja... zum Kuckuck, hinreißend ist sie... sie trinkt unheimlich viel... es heißt, das macht einen vorzeitig alt... man bekommt einen groben Teint... mein Teint ist vollkommen in Ordnung, aber ich bin nicht der modische Typ... Dian de Momerie hat absolut einen Narren gefressen an Leuten, die verrückte Dinge tun... ich mag diese Silberblonden nicht... ob ich meine Haare silberblond bleichen lassen könnte...?»

Alec Willis lag in seinem möblierten Zimmer und fand keinen Schlaf. Mit den Fäusten versuchte er sein hartes Kissen in eine bequemere Form zu bringen.

«Mein Gott, hatte ich einen Kopf heute morgen... dieser verdammte, aalglatte Kerl!... da läuft doch was zwischen Pamela und ihm... von wegen er hilft ihr nur in einer Angelegenheit mit Victor!... Der führt nichts Gutes im Schilde... und dann mit diesem superblonden Luder abzuziehen... eine Beleidigung war das... aber Pamela würde ihm natürlich die Stiefel lecken... Frauen... die lassen sich doch alles gefallen... wenn ich doch nur nicht soviel getrunken hätte... zum Teufel mit diesem Bett! Zum Teufel mit dieser Drecksbude... ich muß weg von der Agentur... da ist man nicht mehr sicher... Mord?... Wer mir bei Pamela in die Quere kommt... Pamela... wollte sich nicht von mir küssen lassen... dieses Schwein Bredon... die Eisentreppe hinunter... an der Kehle packen... schöne Aussichten! Verdammter Akrobat, der er ist... Pamela... ich würd's ihr so gern zeigen... Geld, Geld, Geld... wenn ich nur nicht so knapp bei Kasse wäre... Dean war ja doch nur eine kleine Laus... ich habe ihr bloß die Wahrheit gesagt... zum Teufel mit allen Frauen! Auf die größten Schweinehunde fliegen sie... Ich habe diesen letzten Anzug noch nicht bezahlt... oh, hol's der Henker! Hätte ich doch nur nicht soviel getrunken... hab vergessen, mir Natron zu besorgen... diese Schuhe sind noch nicht bezahlt... all diese nackten Frauen in dem Schwimmbassin... schwarz und silbern... erkannt hat er mich, hol der Teufel seine Augen!... ‹Hallo, Willis›, heute morgen, kalt wie ein Fisch... macht Kopfsprünge wie ein Fisch... Fische machen keine Kopfsprünge... Fische schlafen nicht... oder doch?... Ich kann nicht schlafen... ‹Macbeth mordet den Schlaf›... Mord... die Eisentreppe hinunter... an der Kehle packen... o verdammt, verdammt, verdammt!...»

Dian de Momerie tanzte.
«Mein Gott, wie ich mich langweile... Geh von meinen Füßen runter, du Trampeltier... Geld, tonnenweise Geld... aber ich langweile mich so... Können wir nicht mal was anderes tun?... Diese Musik widert mich an... alles widert mich an... Jetzt steigert er sich wieder in seine Sentimentalität hinein... ich bring's am besten gleich hinter mich... Mensch, war ich gestern abend besäuselt... wo mag nur dieser Harlekin hingegangen sein?... Möchte wissen, wer er war... Pamela Dean, diese dumme kleine Gans... diese Frauen... ich werde mich wohl an sie heranmachen müssen, wenn ich seine Adresse bekommen will... jedenfalls hab ich ihn ihr gestern abend schon mal weggeschnappt, egal wie... wenn ich doch nur nicht so blau gewesen wäre... ich weiß gar nicht mehr... den Springbrunnen hinauf... schwarz und silbern... eine gute Figur hat er... ich glaube, er könnte mich schwach machen... mein Gott, wie ich mich langweile... er ist aufregend... ein bißchen geheimnisvoll... ich muß Pamela Dean schreiben... dumme kleine Gans... wird mich sicher hassen... eigentlich schade, daß ich den kleinen Victor zum Teufel gejagt habe... die Treppe hinuntergefallen und sich das Genick gebrochen... weg mit Schaden... muß sie anrufen... sie hat bestimmt kein Telefon... so provinziell, daß sie nicht mal Telefon hat... wenn diese Musik noch lange spielt, schreie ich... die Getränke bei Milligan sind abscheulich... wozu geht man da überhaupt hin?... Muß etwas tun... Harlekin... weiß nicht einmal seinen Namen... Weedon... Leader... irgend so was... ach, zum Teufel! Vielleicht weiß Milligan ihn... ich halte das nicht mehr lange aus... schwarz und silbern... Gott sei Dank, das wäre vorbei!»

Überall in London flimmerten Lichter an und aus, forderten die Öffentlichkeit auf, etwas Gutes für ihren Körper und ihren Geldbeutel zu tun: SOPO MACHT DAS SCHEUERN ÜBERFLÜSSIG – FÜR DIE NERVEN NIMM NUTRAX – KNABBERKEKSE SIND KNUSPRIGER – GUTEN APPETIT MIT HOCHLAND-PORRIDGE – TRINKT POMPAGNER – EIN

HUSCH, UND ALLES IST SAUBER – HMMM! TOMBOY TOFFEES – NUTRAX GIBT DEN NERVEN NAHRUNG – FARLEYS SCHUHE BRINGEN SIE WEITER – DARLINGS SIND UNS LIEB UND GAR NICHT TEUER – ALLES FÜR DEN HAUSHALT BEI DARLINGS – SEI SICHER MIT SANFECT – DER FASZINIERENDE WHIFFLET-DUFT. Die Druckpressen jagten donnernd und brüllend dieselben Botschaften millionenfach in die Welt hinaus: FRAGEN SIE IHREN EINZELHÄNDLER – FRAGEN SIE IHREN ARZT – FRAGEN SIE JEDEN, DER ES SCHON VERSUCHT HAT – MÜTTER, GEBT ES EUREN KINDERN! – HAUSFRAUEN, SPART GELD! – MÄNNER, IST EUER LEBEN VERSICHERT? – FRAUEN, WISST IHR SCHON? – SAG NICHT SEIFE, SAG SOPO! Tu nicht dies, tu jenes! Kauf nicht das, kauf was anderes! Laß dich gesund und reich machen! Laß nie nach! Geh nie schlafen! Sei nie zufrieden! Sobald du dich zufrieden gibst, ist alles aus. Mach immer weiter – und wenn du nicht mehr kannst, nimm Nutrax für die Nerven!

Lord Peter Wimsey ging nach Hause und legte sich schlafen.

6

Einmalige Unbeflecktheit einer tödlichen Waffe

«Wissen Sie», sagte Miss Rossiter zu Mr. Smayle, «unser neuester Texter ist total verrückt.»

«Verrückt?» Mr. Smayle entblößte seine sämtlichen Zähne zu einem einladenden Lächeln. «Was Sie nicht sagen, Miss Rossiter. Wie verrückt denn?»

«Einfach behämmert», erklärte Miss Rossiter. «Verdreht, plemplem. Spielt die ganze Zeit oben auf dem Dach mit einer Schleuder herum. Ich frage mich, was Mr. Hankin dazu sagen würde, wenn er's wüßte.»

«Mit was für einer Schleuder?» Mr. Smayle verzog schmerzlich das Gesicht. «Das scheint mir doch nicht ganz das Wahre zu sein. Aber wir, die wir in anderen Sphären leben, Miss Rossiter, beneiden ja sozusagen stets den fröhlich-kindlichen Geist unserer Textabteilung. Und der», fuhr Mr. Smayle fort, «ist zweifellos auf den charmanten Einfluß der Damen zurückzuführen. Darf ich Ihnen noch ein Täßchen Tee besorgen?»

«Aber gern, vielen herzlichen Dank.» Die monatliche Teegesellschaft war in vollem Gange, und der kleine Konferenzsaal war über die Maßen voll und stickig. Mr. Smayle drängte sich todesmutig durch das Gewühl, um Tee zu holen, und wurde vor dem langen Tisch, an dem Mrs. Johnson (jene nimmermüde Dame, die über den Versand, die Botenjungen und das Erste-Hilfe-Schränkchen herrschte) das Kommando führte, von Mr. Harris von der Außenabteilung angerempelt.

«Pardon», sagte Mr. Smayle.

«Gewährt», antwortete Mr. Harris. «So einem faszinierenden jungen Mann wie Ihnen gebührt immer und überall der Vortritt. Ha-ha-*ha!* Hab Sie eben Miss Rossiter schöne Augen machen sehen – immer ran wie die Feuerwehr, was?»

Mr. Smayle feixte abwehrend.

«Möchten Sie nicht dreimal raten, worüber wir uns unterhalten haben?» meinte er. «Einen mit Milch ohne Zucker, Mrs. Johnson, und einen mit Milch und Zucker, bitte.»

«Dreimal ist zuviel», antwortete Mr. Harris. «Ich kann's Ihnen gleich sagen. Sie haben sich über Miss Rossiter und Mr. Smayle unterhalten, stimmt's? Das schönste Gesprächsthema der Welt – für Mr. Smayle und Miss Rossiter, wie?»

«Falsch geraten», triumphierte Mr. Smayle. «Wir haben uns über ein anderes Mitglied dieser Gemeinde unterhalten. Genauer gesagt, über den neuen Texter. Miss Rossiter sagt, er ist total verrückt.»

«In dieser Abteilung sind sie alle verrückt, wenn Sie mich fragen», erklärte Mr. Harris mit wackelndem Doppelkinn. «Wie die Kinder. In der Entwicklung stehengeblieben.»

«So sieht es aus», stimmte Mr. Smayle ihm zu. «Daß sie Kreuzworträtsel lösen, wundert einen ja nicht, denn das tut jeder; oder daß sie Witzbildchen malen wie Schulkinder – aber auf dem Dach mit einer Schleuder zu spielen, ist nun wirklich kindisch. Obwohl, wenn Miss Meteyard ihr Jo-Jo mit ins Büro bringt –»

«Ich will Ihnen mal was sagen, Smayle», erklärte Mr. Harris gewichtig, indem er seinen Kollegen am Revers packte und mit dem Zeigefinger auf ihn einstach, «das liegt alles an der Universitätsausbildung. Denn was tut die Universität? Sie nimmt so einen jungen Mann – oder ein junges Mädchen – und führt ihn an der Leine auf den Spielplatz, während er längst auf dem Acker der Wirklichkeit seine Furchen ziehen müßte... Hallo, Mr. Bredon! War das Ihr Fuß? Dann bitte ich um Verzeihung. Dieser Raum ist für solche Gesellschaften eben zu klein. Ich höre, Sie sind die offenen Weiten des Dachs gewöhnt.»

«O ja. Frische Luft und so weiter, Sie wissen ja. Bewegung. Neulich habe ich mit einer Schleuder auf Spatzen geschossen. Ausgezeichnetes Training fürs Auge und so. Kommen Sie doch irgendwann mal mit, dann schießen wir um die Wette.»

«Nichts für mich, vielen Dank», antwortete Mr. Harris. «Für solche Sachen bin ich zu alt. Aber ich weiß noch, wie ich als Junge mal meiner alten Tante das Glas auf dem Frühbeet kaputtgeschossen habe. O Gott, war das ein Theater!»

Mr. Harris blickte mit einemmal ganz wehmütig drein.

«Ich glaube, ich habe schon dreißig Jahre keine Schleuder mehr in der Hand gehabt», fügte er hinzu.

«Dann sollten Sie allmählich wieder anfangen.» Mr. Bredon zog augenzwinkernd eine Astgabel mit Gummibändern aus der Jackentasche und steckte sie mit einer Grimasse rasch wieder ein, denn soeben kam Mr. Pym in Sicht, der sich herablassend mit einem kürzlich neueingestellten jungen Mann unterhielt. «Unter uns gesagt, Mr. Harris, finden Sie es hier nicht auch manchmal ein bißchen mühselig?»

«Mühselig?» mischte Mr. Tallboy sich ein, indem er sich aus dem Gedränge am Tisch befreite und Mr. Smayle dabei fast die beiden Teetassen aus der Hand stieß, die dieser endlich ergattert hatte. «Mühselig? Ihr wißt doch alle nicht, was das heißt. Nur ein Layout-Zeichner weiß, wie einem Layout-Zeichner zumute ist.»

«Sie sollten kommen und mit uns übermütig sein», riet Mr. Bredon. «Wenn die Arbeit dich schafft, schöpf neue Kraft beim Spiel der Texter auf dem Dach. Heute früh habe ich einen Star erlegt.»

«Was heißt, einen Star erlegt?»

«Vater, ich kann nicht lügen. Ich war's, mit meiner kleinen Schleuder hier. Aber wenn man ihn findet», fuhr Mr. Bredon in ernstem Ton fort, «wird man sicher die Kantinenkatze verdächtigen.»

«Ist die Katze auf dem Dach, schreit der Vogel weh und ach», dichtete Mr. Harris und sah Mr. Tallboy erwartungsvoll an, aber der schien überhaupt keinen Sinn für Poesie zu haben, denn er machte ein noch abweisenderes und mürrischeres Gesicht als sonst, worauf Mr. Harris es gleich noch einmal versuchte:

«Ist der Vogel totgemacht, gerät die Katze in Verdacht. Na, wie finden Sie das?»

«Wie, was haben Sie gesagt?» fragte Mr. Tallboy mit angestrengt gerunzelter Stirn.

«– gerät die Katze in Verdacht», wiederholte Mr. Harris. «Kapiert?»

«Ach so, ja. Sehr gut. Haha!» sagte Mr. Tallboy.

«Ich weiß noch einen», fuhr Mr. Harris fort. «Steigt der Kater auf –»

«Schießen Sie gut mit der Schleuder, Tallboy?» fragte Bredon rasch dazwischen, als müsse er schleunigst für eine Ablenkung sorgen, bevor hier etwas explodierte.

«Dafür hab ich kein Auge.» Mr. Tallboy schüttelte bedauernd den Kopf.

«Kein Auge wofür?» erkundigte sich Miss Rossiter.

«Zum Schießen – mit der Schleuder.»

«Na, nun hören Sie aber auf, Mr. Tallboy! Sie, der große Tennismeister!»

«Das ist nicht unbedingt dasselbe», erklärte Mr. Tallboy.

«Auge ist Auge. Wer ein Auge für den Ball hat, der hat auch eins zum Zielen!»

«Im Auge Klarheit, im Herzen Wahrheit», gab Mr. Harris zum besten. «Haben Sie's schon einmal mit Pfeilwerfen versucht, Mr. Bredon?»

«Ich habe drei Jahre hintereinander den Pokal in der *Kuhtränke* gewonnen», erwiderte der Angesprochene stolz. «Verbunden mit dem Anrecht auf einen Eimer Freiwasser – ich meine einen Krug Freibier –, jeden Freitagabend, ein ganzes Jahr lang. Aber das war eine teure Angelegenheit, denn jedesmal, wenn ich mir mein Freibier holen ging, mußte ich einem guten Dutzend Zuschauer eins ausgeben. Ich habe mich daher aus dem Wettbewerb zurückgezogen und veranstalte nur noch Schauwerfen.»

«Ich höre hier gerade was von Pfeilwerfen.»

Mr. Daniels hatte sich herangepirscht. «Haben Sie den jungen Binns schon mal Pfeile werfen sehen? Alle Achtung, wirklich.»

«Ich hatte noch nicht das Vergnügen, Mr. Binns' Bekanntschaft zu machen», gestand Mr. Bredon. «Es ist eine Schande, aber ich muß gestehen, daß es in diesem Hause noch immer Mitarbeiter gibt, die ich höchstens vom Sehen kenne. Welches von den vielen fröhlichen Gesichtern, die ich dauernd durch die Gänge huschen sehe, gehört Mr. Binns?»

«Ich glaube kaum, daß Sie ihn schon mal gesehen haben», sagte Miss Rossiter. «Er hilft Mr. Spender im Archiv. Sie können ja irgendwann mal hingehen und sich ein paar alte Nummern einer obskuren Zeitschrift heraussuchen lassen, dann wird man Mr. Binns danach schicken. Auf Spiele aller Art versteht er sich wie kein zweiter.»

«Außer Bridge», schränkte Mr. Daniels stöhnend ein. «Ich hatte ihn bei einem Turnier als Partner gezogen – Sie erinnern sich vielleicht noch, Miss Rossiter, das war bei der Weihnachtsfeier vor drei Jahren, da hat er einen ‹3 Ohne› geboten, mit dem blanken Pik-As und fünf Herzen zu König und Dame –»

«Was Sie für ein Gedächtnis haben, Mr. Daniels! Diesen ‹3 Ohne› werden Sie ihm nie vergeben und vergessen. Armer Mr. Binns! Mr. Dean muß ihm sehr fehlen – sie sind oft zusammen zum Lunch gegangen.»

Mr. Bredon schien dieser Bemerkung mehr Aufmerksamkeit zu schenken, als sie verdiente, denn er sah Miss Rossiter an, als wollte er sie jeden Moment etwas fragen, aber da wurde das

Konklave durch die hinzukommende Mrs. Johnson gestört, die es nun, nachdem sie den Tee ausgeschenkt und die Kanne der Kantinenköchin übergeben hatte, an der Zeit fand, sich in den geselligen Teil der Veranstaltung zu stürzen. Sie war eine beleibte, stattliche Witwe mit auffallend fülligem kastanienbraunem Haar und rötlichem Teint, und daß eine Frau von solch königlicher Anmut nicht mit ihrem Charme geizte, sollte niemand wundernehmen.

«Na, na», sagte sie strahlend, «und wie geht es unserem Mr. Daniels heute?»

Mr. Daniels, der diese Anredeform seit fast zwölf Jahren ertrug, machte gute Miene und begnügte sich mit der Antwort, daß es ihm leidlich gehe.

«Sie sind zum erstenmal auf einer unserer monatlichen Gesellschaften, Mr. Bredon», fuhr die Witwe fort. «*Eigentlich* sollen Sie dabei die übrige Belegschaft kennenlernen, aber wie ich sehe, haben Sie sich noch nicht weit von Ihrer eigenen Abteilung fortgewagt. Aber so ist das – wir rundlichen Vierziger –» hier mußte Mrs. Johnson kichern – «können von den Herren der Schöpfung nicht mehr die gleiche Aufmerksamkeit erwarten wie diese jungen Dinger.»

«Ich versichere Ihnen», erwiderte Mr. Bredon, «daß nichts als mein übergroßer Respekt vor Ihrer Autorität mich bisher davon abgehalten hat, Ihnen meine aufdringlichen Huldigungen darzubringen. Die Wahrheit ist, daß ich etwas ausgefressen habe und fürchte, von Ihnen eins auf die Finger zu bekommen, wenn Sie es erfahren.»

«Nur wenn Sie mir meine Jungen verderben», antwortete Mrs. Johnson. «Diese Lausebengel! Sowie man ihnen den Rücken kehrt, haben sie nichts als Unfug im Sinn. Stellen Sie sich vor, dieser kleine Bengel, den sie alle Rotfuchs nennen, hat doch neulich sein Jo-Jo mit zur Arbeit gebracht und in der Mittagspause ‹Um die Welt› geübt und dabei das Fenster im Aufenthaltsraum der Jungen eingeschlagen. Aber das wird ihm vom Lohn abgezogen!»

«Wenn ich ein Fenster kaputtmache, werde ich es bezahlen», versprach Mr. Bredon artig. «Ich werde kommen und sagen: ‹Ich war's – ich tat's mit meiner kleinen Schleuder.›»

«Schleuder!» rief Mrs. Johnson. «Davon kann ich schon bald nichts mehr hören. Dieser Rotfuchs, noch keinen Monat ist es her – aber ich hab ihm gesagt, er soll sich nur ja nicht noch einmal von mir damit erwischen lassen!»

Mr. Bredon holte mit schuldbewußt hochgezogenen Brauen sein Spielzeug hervor.

«Sie waren an meinem Schreibtisch, Mr. Bredon!»

«Ganz bestimmt nicht – das würde ich nie wagen!» begehrte der Beschuldigte auf. «Ich wäre viel zu reinen Sinnes, um in den Schreibtisch einer Dame einzubrechen.»

«Das will ich auch hoffen», sagte Mr. Daniels. «Mrs. Johnson bewahrt dort nämlich ihre ganze Verehrerpost auf.»

«Jetzt ist es aber genug, Mr. Daniels. Nein, ich hatte im ersten Moment wirklich gedacht, es sei Joes Schleuder, aber jetzt sehe ich, daß sie ein wenig anders aussieht.»

«Haben Sie etwa immer noch die Schleuder dieses armen Jungen? Sie sind eine hartherzige Frau!»

«Das muß ich sein.»

«Unser aller Pech», sagte Mr. Bredon. «Sagen Sie, könnten Sie dem Jungen die Schleuder nicht zurückgeben? Er gefällt mir nämlich. Er sagt immer in einem Ton ‹Guten Morgen, Sir›, daß ich mir richtig etwas darauf einbilde. Außerdem mag ich rote Haare. Tun Sie's *mir* zu Gefallen, Mrs. Johnson, geben Sie dem Kind seine tödliche Waffe zurück.»

«Na ja», lenkte Mrs. Johnson ein. «Also, ich werde sie *Ihnen* geben, Mr. Bredon, und wenn nachher wieder ein Fenster kaputt ist, sind Sie dafür verantwortlich. Kommen Sie nach dem Tee kurz zu mir. Aber jetzt muß ich mich auch mal mit dem anderen Neuen unterhalten gehen.»

Sie eilte geschäftig davon – zweifellos, um Mr. Newbolt, Mr. Hamperley, Mr. Sidebotham, Miss Griggs und Mr. Woodhurst von den Verschrobenheiten dieser Texter zu berichten. Die Teestunde näherte sich dem festgesetzten Ende, und Mr. Pym, den Blick auf dem Zifferblatt der auf Greenwich-Zeit synchronisierten elektrischen Uhr an der Wand, strebte der Tür zu, ein nichtssagendes, der Allgemeinheit geltendes Lächeln auf den Lippen. Die zwanzig Auserwählten, von ihrem Leiden erlöst, folgten ihm auf den Korridor hinaus. Mrs. Johnson entdeckte neben sich Mr. Bredons schlanke Gestalt in demütig gebeugter Haltung.

«Soll ich mir die Schleuder nicht lieber gleich holen kommen, bevor wir es beide vergessen?»

«Wenn Sie wollen; *Sie* haben es aber eilig», meinte Mrs. Johnson.

«So verlängere ich mir den Genuß Ihrer Gesellschaft um ein paar Minuten», sagte Mr. Bredon.

«Sie *sind* mir ein Schmeichler», sagte Mrs. Johnson, gar nicht unangenehm berührt. Schließlich war sie nicht so sehr viel älter als Mr. Bredon, und dralle Witwenschaft hatte auch ihre Reize. Sie führte ihn die Treppe hinauf in die Versandabteilung, holte einen Schlüsselbund aus ihrer Handtasche und schloß eine Schublade auf.

«Ich sehe, Sie passen gut auf Ihre Schlüssel auf. Geheimnisse in der Schublade und so, wie?»

«Nur die Portokasse, sonst nichts», sagte Mrs. Johnson, «und so dies und das, was ich konfiszieren mußte. Das heißt nicht, daß keiner an die Schlüssel herankäme, wenn er's darauf anlegte, denn ich lasse meine Handtasche öfter mal auf dem Schreibtisch stehen. Aber die Jungen, die wir hier haben, sind alle sehr ehrlich.»

Sie nahm ein Löschblatt und eine Geldkassette aus der Schublade und begann in deren hinterem Teil herumzukramen. Mr. Bredon hielt sie davon ab, indem er seine linke Hand auf die ihre legte.

«Was für einen schönen Ring Sie da tragen!»

«Gefällt er Ihnen? Er gehörte meiner Mutter. Granat, wie Sie sehen. Altmodisch, aber hübsch, finden Sie nicht auch?»

«Wirklich ein sehr hübscher Ring, passend zu Ihrer Hand», erklärte Mr. Bredon galant. Geistesabwesend behielt er ihre Hand in der seinen. «Gestatten Sie?» Damit schob er seine rechte Hand in die Schublade und holte die Schleuder heraus. «Das also scheint das Zerstörungswerkzeug zu sein – eine gute, kräftige Schleuder, das sieht man auf den ersten Blick.»

«Haben Sie sich in den Finger geschnitten, Mr. Bredon?»

«Ach, nichts weiter; ich bin mit dem Taschenmesser ausgerutscht, und die Wunde ist wieder aufgegangen. Aber ich glaube, sie hat jetzt zu bluten aufgehört.»

Mr. Bredon wickelte das Taschentuch von seiner rechten Hand, legte es gedankenlos um die Schleuder und steckte beides in die Tasche. Mrs. Johnson inspizierte den Finger, den er ihr hinstreckte.

«Da sollten Sie lieber ein Heftpflaster drauftun», erklärte sie. «Warten Sie einen Augenblick, ich hole Ihnen eins aus dem Verbandsschränkchen.» Sie nahm ihren Schlüsselbund und entfernte sich. Mr. Bredon sah sich leise durch die Zähne pfeifend um. Auf einer Bank an der gegenüberliegenden Wand des Zimmers saßen vier Botenjungen und warteten, bis jemand sie zu irgendeiner Besorgung losschickte. Zwischen ihnen fiel ein roter Haarschopf auf, der gebannt über den Seiten des neuesten *Sexton Blake* hing.

«Rotfuchs!»

«Ja, Sir?»

Der Junge kam angesprungen und baute sich erwartungsvoll vor dem Schreibtisch auf.

«Wann hast du heute Feierabend?»

«Gegen Viertel vor sechs, Sir, wenn wir die Briefe runtergebracht und hier aufgeräumt haben, Sir.»

«Komm doch dann mal in mein Zimmer. Ich hab eine kleine Arbeit für dich. Du brauchst aber niemandem etwas davon zu sagen. Es ist eine Privatangelegenheit.»

«Ja, Sir.» Rotfuchs grinste verständnisinnig. Ein Briefchen an eine junge Dame, sagte ihm seine Erfahrung. Mr. Bredon winkte ihn auf die Bank zurück, als Mrs. Johnsons Schritte näher kamen.

Das Heftpflaster wurde an die vorgesehene Stelle geklebt.

«Und nun», meinte Mrs. Johnson kokett, «müssen Sie aber schnell weglaufen, Mr. Bredon. Ich sehe, daß Mr. Tallboy mir wieder etwas zu tun bringt, und ich habe noch 50 Klischees zu verpacken und zu versenden.»

«Hier, das muß ganz dringend in die Druckerei», sagte Mr. Tallboy, der sich mit einem großen Umschlag in der Hand näherte.

«Cedric!» rief Mrs. Johnson.

Ein Junge kam angerannt. Ein anderer, der von der Treppe kam, lud einen großen, flachen Korb voller Druckstöcke auf dem Schreibtisch ab. Das Zwischenspiel war vorüber. Mrs. Johnson wandte sich entschlossen der wichtigen Aufgabe zu, dafür zu sorgen, daß der richtige Druckstock an die richtige Zeitung abging und daß sie alle sicher in Wellpappekartons verpackt und korrekt frankiert wurden.

Punkt Viertel vor sechs meldete sich Joe, der Rotfuchs, in Mr. Bredons Büro. Das Haus war schon fast leer; die Reinemachefrauen hatten ihre Runde begonnen, und das Klappern von Eimern, das Platschen von Wasser und Seife und das Heulen der Staubsauger hallte durch die verlassenen Korridore.

«Komm rein, Joe. Ist das deine Schleuder?»

«Ja, Sir.»

«Die ist gut. Selbstgemacht?»

«Ja, Sir.»

«Schon viel damit geschossen?»

«Es geht, Sir.»

«Möchtest du sie wiederhaben?»

«O ja, bitte, Sir.»

«Gut, aber laß im Augenblick noch die Finger davon. Erst möchte ich mal sehen, ob du ein Junge bist, dem man eine Schleuder anvertrauen kann.»

Rotfuchs grinste ein wenig verschämt.

«Warum hat Mrs. Johnson sie dir weggenommen?»

«Wir sollen so was nicht in der Uniformtasche herumtragen, Sir. Mrs. Johnson hat mich erwischt, wie ich sie den anderen Jungen gezeigt habe, Sir, und hat sie konfilziert.»

«Konfisziert.»

«Konfisziert, Sir.»

«Aha. Hast du hier im Haus damit herumgeschossen, Joe?»

«Nein, Sir.»

«Hm. Du bist aber der Schlaumeier, der das Fenster eingeschlagen hat, nicht?»

«Ja, Sir. Aber das war nicht mit der Schleuder, Sir, das war mit dem Jo-Jo.»

«Ganz recht. Weißt du genau, daß du hier im Haus nie mit einer Schleuder geschossen hast?»

«Ja, Sir, noch nie, Sir.»

«Wozu hast du das Ding überhaupt hierher mitgebracht?»

«Also, Sir –» Rotfuchs stand verlegen auf einem Bein. «Ich hab doch den anderen erzählt, wie ich den Kater von meiner Tante Emily damit erschossen hab, Sir, und sie wollten sie mal sehen, Sir.»

«Du bist ja ein gefährlicher Bursche, Joe. Nichts ist vor dir sicher. Kater, Fenster und alte Tanten – du erwischst sie alle, was?»

«Ja, Sir.» Rotfuchs faßte die letzte Bemerkung als Scherz auf und gluckste vergnügt.

«Wann hat dich denn dieser tragische Verlust ereilt?»

«Meinen Sie Tante Emilys Kater, Sir?»

«Nein, ich meine, wie lange ist es her, daß die Schleuder konfisziert wurde?»

«Bißchen mehr als einen Monat muß das her sein, Sir.»

«Also ungefähr Mitte Mai?»

«Stimmt, Sir.»

«Und seitdem hast du sie nicht mehr in der Hand gehabt?»

«Nein, Sir.»

«Hast du noch eine andere Schleuder?»

«Nein, Sir.»
«Hat einer von den anderen Jungen eine Schleuder?»
«Nein, Sir.»
«Oder irgend etwas anderes, womit man Steine verschießen kann?»
«Nein, Sir. Wenigstens nicht hier, Sir. Tom Faggott hat eine Erbsenpistole zu Hause, Sir.»
«Ich sagte Steine, nicht Erbsen. Hast du mit dieser oder einer anderen Schleuder jemals auf dem Dach geschossen?»
«Hier auf dem Dach über den Büros, Sir?»
«Ja.»
«Nein, Sir.»
«Oder weißt du es von jemand anderem?»
«Nein, Sir.»
«Bist du ganz sicher?»
«Ich wüßte wirklich nicht, Sir.»
«Nun paß mal auf, mein Junge. Ich habe den Eindruck, daß du ein gerader Kerl bist, der einen Kumpel nicht gern verpfeifen will. Bist du ganz sicher, daß es über diese Schleuder absolut nichts zu sagen gibt, was du zwar weißt, mir aber nicht erzählen möchtest? Das würde ich nämlich voll und ganz verstehen, und dann würde ich dir genau erklären, warum es trotzdem besser wäre, wenn du es mir sagtest.»
Joe riß bestürzt die Augen ganz weit auf.
«Ehrenwort, Sir», sagte er mit feierlichem Ernst, «ich weiß von gar keinen Schleudern was, nur daß Mrs. Johnson mir die hier weggenommen und in ihre Schublade gesperrt hat. Hand aufs Herz, und tot will ich umfallen, Sir.»
«Schön. Was war das für ein Buch, in dem ich dich vorhin lesen sah?»
Rotfuchs, dem diese komische Angewohnheit der Erwachsenen nicht fremd war, die Jugend nach allen Nebensächlichkeiten auszufragen, die ihnen gerade in den Sinn kamen, antwortete wie aus der Pistole geschossen:
«*Der blutrote Stern,* Sir, über Sexton Blake; das ist nämlich ein Detektiv, Sir. Ein prima Buch, Sir.»
«Magst du Detektivgeschichten, Joe?»
«O ja, Sir. Die lese ich viel. Und später will ich selbst mal Detektiv werden, Sir. Mein ältester Bruder ist bei der Polizei, Sir.»
«So? Großartig. Aber das erste, was ein Detektiv lernen muß, ist Schweigen. Wußtest du das?»
«Klar, Sir.»

«Wenn ich dir jetzt etwas zeige, wirst du es für dich behalten können?»

«Ja, Sir.»

«Sehr schön. Hier hast du 10 Shilling. Lauf damit in die nächste Apotheke und hol mir etwas graues Pulver und einen Insufflator.»

«Was für Pulver, Sir?»

«Graues Pulver – Quecksilberpulver –, der Mann weiß schon Bescheid. Und einen Insufflator. Das ist ein kleiner Gummibalg mit einer Art Rüssel daran.»

«Ja, Sir.»

Rotfuchs sauste davon.

«Ein Verbündeter», sagte Mr. Bredon bei sich. «Ein Verbündeter – unverzichtbar, wie ich fürchte, aber ich glaube, ich habe mir den richtigen ausgesucht.»

Rotfuchs war in Rekordzeit wieder da, ganz außer Atem; er witterte ein Abenteuer. Inzwischen hatte Mr. Bredon einen diskreten Vorhang aus braunem Packpapier vor der Glasscheibe seiner Tür angebracht. Mrs. Crump wunderte sich darüber nicht im mindesten. Dergleichen kannte sie. Für gewöhnlich bedeutete es, daß der betreffende Herr auszugehen wünschte und in sittsamer Ungestörtheit die Hose wechseln wollte.

«So», sagte Mr. Bredon, indem er die Tür schloß, «nun wollen wir mal sehen, ob deine Schleuder uns etwas über ihre Abenteuer erzählen kann, seit sie zuletzt in deiner Hand war.» Er füllte den Insufflator mit dem grauen Pulver und stäubte probehalber eine kleine Ecke der Schreibtischplatte damit ein. Nachdem das überschüssige Pulver fortgeblasen war, wurde eine erstaunliche Menge fettiger Fingerabdrücke sichtbar. Rotfuchs war überwältigt.

«Mann!» stieß er ehrfürchtig hervor. «Wollen Sie die Schleuder nach Fingerabdrücken untersuchen, Sir?»

«So ist es. Es dürfte sehr interessant sein, wenn wir welche finden, und noch interessanter, wenn wir keine finden.»

Rotfuchs kullerten fast die Augen aus dem Kopf, während er den Vorgang beobachtete. Die Schleuder hatte vom vielen Gebrauch eine glänzend polierte Oberfläche, die ideale Grundlage für Fingerabdrücke – wenn welche dagewesen wären, doch obwohl sie jeden Quadratzentimeter der dicken Gabel mit Pulver einstäubten, blieb das Ergebnis negativ. Joe macht ein enttäuschtes Gesicht.

«Aha!» sagte Bredon. «Nun wollen wir mal sehen, ob es nicht

reden kann oder ob es nicht will. Das müssen wir genau wissen. Du nimmst jetzt mal die Schleuder so in die Hand, als ob du damit schießen wolltest, Joe.»

Rotfuchs gehorchte. Entschlossen packte er mit seinen fettigen Fingern zu.

«Damit», sagte sein neuer Freund, «dürften wir die ganzen Innenseiten aller vier Finger auf dem Griff und den Daumen auf der Gabelung haben. Versuchen wir's also noch einmal.»

Der Insufflator trat wieder in Aktion, und diesmal wurde ein kompletter Satz deutlicher Abdrücke sichtbar.

«Rotfuchs», sagte Mr. Bredon, «was würdest du als Detektiv daraus schließen?»

«Mrs. Johnson muß sie abgewischt haben, Sir.»

«Hältst du das für sehr wahrscheinlich?»

«Nein, Sir.»

«Dann denk mal weiter nach.»

«Jemand anders muß sie abgewischt haben, Sir.»

«Und warum hätte jemand anders das tun sollen?»

Hier kannte Rotfuchs sich bestens aus.

«Damit die Polizei ihm nichts anhängen kann, Sir.»

«Die Polizei, ja?»

«Nun ja, Sir – die Polizei – oder ein Detektiv – oder vielleicht so einer wie Sie, Sir.»

«Ich entdecke keinen Fehler in deinen Schlußfolgerungen, Rotfuchs. Könntest du nun noch weitergehen und mir sagen, warum der unbekannte Schleuderschütze sich diese Mühe gemacht haben sollte?»

«Nein, Sir.»

«Nur Mut, Joe.»

«Na ja, Sir, er hat sie ja nicht gestohlen – und außerdem ist sie nichts wert.»

«Das nicht; aber es sieht doch so aus, als hätte einer sie sich ausgeliehen, wenn schon nicht gestohlen. Wer könnte das gewesen sein?»

«Weiß ich nicht, Sir. Mrs. Johnson hat die Schublade immer abgeschlossen.»

«Stimmt. Glaubst du, daß Mrs. Johnson selbst mal ein bißchen Schleuderschießen geübt hat?»

«Bestimmt nicht, Sir. Frauen verstehen nichts von Schleudern.»

«Wie recht du hast! Also, nehmen wir an, jemand hätte Mrs. Johnsons Schlüssel gemopst, die Schleuder aus der Schublade genommen und ein Fenster oder dergleichen damit kaputtgeschossen und hätte nun Angst, erwischt zu werden?»

«Hier im Haus ist aber nichts kaputtgegangen, seit Mrs. Johnson meine Schleuder hat, bloß das Fenster, und das war ja ich mit dem Jo-Jo. Und wenn einer von den anderen Jungen sich die Schleuder genommen hätte, Sir, der hätte bestimmt nicht an die Fingerabdrücke gedacht.»

«Das weiß man nie. Vielleicht hat er Einbrecher gespielt und der Spannung wegen die Fingerabdrücke abgewischt, wenn du verstehst, wie ich das meine.»

«Ja, Sir», meinte Rotfuchs wenig überzeugt.

«Vor allem wenn er etwas richtig Schlimmes damit angerichtet hätte. Aber es könnte auch *nicht* nur wegen des Nervenkitzels gewesen sein. Ist dir eigentlich klar, Joe, daß man mit so einem Ding ohne weiteres jemanden umbringen kann, wenn man ihn an der richtigen Stelle trifft?»

«Einen umbringen? Wirklich, Sir?»

«Ich würde es jedenfalls nicht gern darauf ankommen lassen. Der Kater deiner Tante war doch tot, nicht?»

«Ja, Sir.»

«Das waren neun Leben auf einen Streich, Rotfuchs, und ein Mensch hat nur eines. Bist du vollkommen sicher, mein Junge, daß an dem Tag, an dem Mr. Dean die Treppe hinuntergefallen ist, hier niemand mit dieser Schleuder herumgeschlichen ist?»

Rotfuchs wurde zuerst rot, dann blaß, aber offenbar nur vor Aufregung. Sein Stimmchen klang ganz heiser, als er antwortete.

«Nein, Sir. Ich will tot umfallen, Sir, wenn ich einen damit gesehen habe. Meinen Sie, daß einer Mr. Dean erschossen hat, Sir?»

«Detektive ‹meinen› nie etwas», antwortete Mr. Bredon tadelnd. «Sie sammeln Fakten und ziehen daraus Schlüsse – Gott verzeih mir!» Die letzten drei Worte waren ein geflüstertes Lippenbekenntnis zur Wahrheit. «Kannst du dich erinnern, wer zufällig in der Nähe gewesen oder vorbeigegangen sein könnte, als Mrs. Johnson dir die Schleuder wegnahm und sie in die Schublade legte?»

Rotfuchs überlegte.

«Das kann ich so nicht sagen, Sir. Ich war gerade die Treppe raufgekommen in den Versand, da hat sie das Ding gesehen. Sie war nämlich hinter mir, Sir, und es hat so aus der Tasche rausgestanden. Die ganze Treppe rauf hat sie mit mir geschimpft,

Sir, und wie wir oben waren, hat sie mir die Schleuder abgenommen und mich mit dem Korb wieder runtergeschickt zu Mr. Hornby. Ich hab gar nicht gesehen, was sie damit gemacht hat. Aber vielleicht einer von den anderen Jungen. Ich hab natürlich trotzdem gewußt, daß sie da drin war, denn alles, was sie konfilziert –»

«Konfisziert.»

«Ja, Sir – konfisziert, kommt da rein. Aber ich kann ja mal rumfragen, Sir.»

«Verrate aber niemandem, warum du fragst.»

«Nein, Sir. Kann ich nicht sagen, ich glaube, daß einer sie sich ausgeliehen und mir das Gummi kaputtgemacht hat?»

«Das ginge schon, vorausgesetzt –»

«Ja, Sir. Ich muß daran denken, das Gummi kaputtzumachen.»

Mr. Bredon, der sich heute nachmittag schon im heiligen Dienste des schönen Scheins eine Taschenmesserspitze in den Finger gestochen hatte, lächelte liebevoll auf Rotfuchs-Joe hinab.

«Du bist ein Partner, auf den man stolz sein kann», sagte er. «Aber noch etwas. Du erinnerst dich doch an den Tag, an dem Mr. Dean gestorben ist. Wo warst du um die Zeit?»

«Da hab ich im Versand auf der Bank gesessen, Sir. Ich hab ein Alibi.» Er grinste.

«Versuch mal für mich herauszukriegen, wer alles sonst noch ein Alibi hat.»

«Ja, Sir.»

«Das ist ein Haufen Arbeit, fürchte ich.»

«Ich werde mein Bestes tun, Sir. Ich werde mir schon was ausdenken, Sir, keine Bange. Das ist leichter für mich als für Sie, das sehe ich ein, Sir. Übrigens, Sir –»

«Ja?»

«Sind Sie von Scotland Yard?»

«Nein, ich bin nicht von Scotland Yard.»

«Oh! Entschuldigen Sie die Frage, Sir. Aber ich hab gedacht, wenn Sie von Scotland Yard wären, könnten Sie – entschuldigen Sie, Sir –, aber dann hätten Sie vielleicht ein gutes Wort für meinen Bruder einlegen können.»

«Das kann ich vielleicht auch so, Joe.»

«Danke, Sir.»

«Ich habe *dir* zu danken», sagte Mr. Bredon mit der Höflichkeit, die ihn stets auszeichnete. «Und keine Silbe, klar?»

«Aus mir kriegen keine zehn Pferde nix raus», erklärte Rotfuchs mit einer Entschiedenheit, die ihn schlagartig alle Grammatik vergessen ließ, die eine fürsorgliche Nation ihm auf Steuerzahlers Kosten eingepaukt hatte. «Keine zehn wilden Pferde kriegen aus mir nix raus, wenn ich nich will, das geb ich Ihnen schriftlich.»

Er rannte davon. Mrs. Crump, die eben mit ihrem Besen über den Korridor kam, wunderte sich, ihn noch im Haus anzutreffen. Sie stellte ihn zur Rede, erhielt eine unverschämte Antwort und ging kopfschüttelnd ihres Weges. Eine Viertelstunde später verließ Mr. Bredon seine Klause. Er war, wie sie erwartet hatte, im Abendanzug und sah, fand sie, wie ein richtiger Herr aus. Sie bediente entgegenkommend den Aufzug für ihn, und Mr. Bredon, der stets Höfliche, klappte während der Abfahrt seinen Zylinder aus und setzte ihn sich auf den Kopf, offenbar zu dem einzigen Zweck, ihn beim Aussteigen vor ihr zu ziehen.

In einem Taxi nach Westen nahm Mr. Bredon seine Brille ab, kämmte den Seitenscheitel aus, klemmte sich ein Monokel ins Auge und war, bevor sie den Piccadilly Circus erreichten, wieder Lord Peter Wimsey. Mit verträumtem Blick sah er zu den flimmernden Lichtreklamen empor, als wüßte er, ein weltfremder Astronom, nichts von den schöpferischen Händen, die diese minderen Sterne zur Herrschaft über die Nacht gesetzt hatten.

Bestürzendes Erlebnis eines Chefinspektors

In derselben Nacht, oder besser gesagt in den frühen Morgenstunden, hatte Chefinspektor Parker ein höchst unangenehmes Erlebnis. Es war für ihn um so ärgerlicher, als er nun wirklich nichts getan hatte, um solches zu verdienen.

Er hatte einen langen Tag beim Yard hinter sich – keine Aufregungen, keine interessanten Entdeckungen, keine erregenden Besucher, nicht einmal ein ent-juwelter Maharadscha oder ein finsterer Chinese – nur 21 durchzulesende und auszuwertende Berichte von Gesprächen mit Polizeispitzeln, 513 Briefe aus der Bevölkerung als Reaktion auf eine über den Rundfunk gesendete Fahndungsmeldung und ein bis zwei Dutzend anonyme Zuschriften, alle wahrscheinlich von Irren verfaßt. Obendrein hatte er auf einen Anruf von einem Inspektor warten müssen, der nach Essex gefahren war, um ein Auge auf gewisse sonderbare Bewegungen von Motorbooten in der Blackwater-Mündung zu werfen. Falls das Ergebnis positiv war, erforderte es unverzügliches Handeln, aus welchem Grunde Mr. Parker es für besser gehalten hatte, den Anruf in seinem Büro abzuwarten, statt nach Hause zu gehen und sich ins Bett zu legen, um gegen ein Uhr früh dort wieder herausgeholt zu werden. So saß er also treu und brav in seinem Dienstzimmer, verglich Informationen und stellte gerade einen Plan für die Arbeit des morgigen Tages auf, als wie erwartet das Telefon klingelte. Er warf einen Blick auf die Uhr und sah, daß sie zehn Minuten nach eins zeigte. Die Nachricht war kurz und unbefriedigend: Es gab nichts zu berichten; das verdächtige Boot war mit dieser Flut nicht eingelaufen; es gab nichts zu unternehmen; Chefinspektor Parker durfte nach Hause gehen und wenigstens noch die kurzen Morgenstunden verschlafen.

Mr. Parker nahm Enttäuschungen mit der philosophischen Gelassenheit jenes Herrn in Brownings Gedicht hin, der sich der Mühe unterzog, Musikstunden zu nehmen, nur für den Fall, daß die Dame seines Herzens von ihm ein Lied mit Lautenobligato verlangte. Vertane Zeit, wie sich zeigte, aber – es hätte ja sein können. So etwas gehörte eben dazu. Der Chefinspektor räumte seine Papiere ordentlich fort, schloß den Schreibtisch ab, verließ das Gebäude, ging zur Embankment, nahm eine verspätete Bahn zur Theobald's Road und begab sich von dort gemessenen Schrittes in die Great Ormond Street.

Er schloß die Haustür mit dem Schlüssel auf und trat ein. Es war dasselbe Haus, in dem er lange eine bescheidene Junggesellenwohnung gehabt hatte, doch nach seiner Heirat hatte er die Wohnung darüber noch dazugemietet, so daß er jetzt genaugenommen eine siebenzimmrige Maisonette bewohnte, abgesehen davon, daß eine kleinliche Vorschrift der Stadtverwaltung es ihm verbot, die beiden Etagen durch eine ins Treppenhaus einzubauende Tür gegen das übrige Haus abzusetzen, denn den Bewohnern der ersten Etage mußte im Brandfalle der Weg zum Dach offenstehen.

Die für alle Bewohner gemeinsame Eingangsdiele lag im Dunkeln, als er eintrat. Er knipste das Licht an und fischte in dem kleinen, verglasten Briefkasten, auf dem «Wohnung 3 – Parker» stand, nach Post. Er fand eine Rechnung und eine Drucksache und schloß daraus völlig richtig, daß seine Frau den ganzen Abend zu Hause und zu müde oder zu faul gewesen war, um nach unten zu gehen und die Halb-zehn-Uhr-Post heraufzuholen. Er wollte sich schon zur Treppe wenden, als ihm einfiel, daß im Briefkasten 4 ein Brief für Wimsey unter dem Namen Bredon sein könnte. Normalerweise wurde dieser Briefkasten natürlich nicht benutzt, aber als Wimsey inkognito in die Werbeagentur Pym eingetreten war, hatte sein Schwager ihm einen passenden Schlüssel dazu besorgt und den Briefkasten eigenhändig mit dem Namen «Bredon» beschriftet, damit der Postbote sich zurechtfand.

In diesem Kasten war tatsächlich ein Brief, so einer, wie ihn die Romanschreiber gern als «zarte Botschaft» bezeichnen – das heißt, der Umschlag war lila getönt mit Goldrand und trug eine schwungvolle weibliche Handschrift. Parker nahm den Brief heraus, steckte ihn in die Tasche, um ihn morgen früh zusammen mit einer kleinen Mitteilung an Wimsey zu schicken, und ging die Treppe in den ersten Stock hinauf. Dort schaltete er das Dielenlicht aus, das wie die Treppenbeleuchtung eine Zweiwegschaltung hatte, und stieg weiter in den zweiten Stock mit der Wohnung drei, die aus Parkers Wohnzimmer, Eßzimmer und Küche bestand. Hier zögerte er kurz, fand dann aber sehr zu seinem Pech, daß es ihn weder nach einem Teller Suppe noch nach einem Sandwich gelüstete, weshalb er das Licht für die untere Treppe ausknipste und gleichzeitig auf den Schalter drückte, der nun der oberen Treppe hätte Licht spenden sollen. Nichts geschah. Parker knurrte, wunderte sich aber nicht. Die Treppenhausbeleuchtung war Sache des Hauswirts, und der hatte die knauserige Angewohnheit, die billigsten Birnen zu kaufen und diese so lange darinzulassen, bis der Glühfaden durchgebrannt war. Auf diese Weise verscherzte er sich die Zuneigung seiner Mieter und gab obendrein mehr Geld für Strom aus, als er an den Birnen sparte, aber so war er nun mal. Parker kannte die Treppe so gut wie die Gewohnheiten seines Hauswirts; er ging im Dunkeln hinauf und zündete nicht einmal ein Streichholz an.

Ob nun dieser kleine Zwischenfall sein professionelles Unterbewußtsein auf den Plan gerufen hatte, oder ob der Hauch einer Bewegung oder ein Atemgeräusch ihn in letzter Sekunde gewarnt hatte, wußte er später nicht zu sagen. Er hatte den Schlüssel in der Hand und wollte ihn gerade ins Schloß stecken, als er plötzlich instinktiv nach rechts auswich, und im selben Sekundenbruchteil landete der Schlag mit mörderischer Wucht auf seiner linken Schulter. Er hörte sein Schlüsselbein krachen, während er sich herumwarf, um sich der mordlüsternen Dunkelheit zum Kampf zu stellen, und dachte noch in diesem Moment: «Wäre ich nicht ausgewichen, hätte meine Melone den Schlag gebremst, und mein Schlüsselbein wäre heil geblieben.» Seine rechte Hand ertastete eine Kehle, die aber durch einen dicken Schal und einen hochgeschlagenen Kragen geschützt war. Verzweifelt versuchte er seine Finger durch dieses Hindernis zu wühlen, während er gleichzeitig mit dem nur noch halb brauchbaren linken Arm den zweiten Schlag abwehrte, den er auf sich herabsausen fühlte. Er hörte seinen Gegner keuchen und fluchen. Dann gab der Widerstand plötzlich nach, und ehe er noch loslassen konnte, flog er vornüber, während ein hochgerissenes Knie ihm mit brutaler Gewalt in die Magengrube stieß, daß ihm die Luft wegblieb. Er taumelte, dann krachte die Faust des Gegners gegen sein Kinn. In der letzten Sekunde des Bewußtseins, kurz bevor sein Kopf auf den Boden schlug, dachte er an die Waffe in der Hand des anderen und gab alle Hoffnung auf.

Der Niederschlag hatte ihm wahrscheinlich das Leben gerettet. Sein dumpfer Fall weckte Lady Mary auf. Im ersten Augenblick wußte sie gar nicht, was sie geweckt hatte. Dann flogen ihre Gedanken zu den Kindern, die im Zimmer nebenan schliefen. Sie knipste das Licht an und rief gleichzeitig nach drüben, ob etwas passiert sei. Als sie keine Antwort bekam, sprang sie aus dem Bett, warf sich einen Morgenmantel um und lief ins Nebenzimmer. Dort war alles friedlich. Verwundert stand sie da und glaubte schon, den Krach nur geträumt zu haben. Da hörte sie jemanden in großer Hast die Treppe hinunterlaufen. Sie rannte ins Schlafzimmer zurück, packte den Revolver, der stets geladen in der Nachttischschublade lag, und riß die Wohnungstür auf. Der Lichtschein aus dem Flur fiel auf die zusammengesunkene Gestalt ihres Mannes, und während sie noch mit weit aufgerissenen Augen vor diesem bestürzenden Anblick stand, hörte sie unten die Haustür laut zuschlagen.

«Du hättest», sagte Mr. Parker bissig, «dich nicht um mich kümmern, sondern zum Fenster rennen und versuchen sollen, den Kerl zu sehen, als er die Straße hinunterlief.»

Lady Mary lächelte nachsichtig über diese aberwitzige Bemerkung und wandte sich an ihren Bruder.

«Das wäre also alles, was ich dir darüber sagen kann; er kann sehr von Glück reden, daß er überhaupt noch lebt, und sollte dankbar sein, statt zu murren.»

«Du würdest genauso murren, wenn du das Schlüsselbein gebrochen hättest», sagte Parker, «und Kopfschmerzen wie sonst was und ein Gefühl, als wenn dir eine Herde wilder Stiere auf dem Bauch herumgetrampelt wäre.»

«Ich werde nie begreifen», meinte Wimsey, «was diese Polizisten immer für ein Theater wegen des kleinsten Wehwehchens machen. In dem *Sexton Blake,* den mein Freund Rotfuchs mir geliehen hat, wird der große Detektiv mit einem Bleirohr niedergeschlagen und sechs Stunden lang so zusammengeschnürt liegengelassen, daß die Fesseln ihm das Fleisch bis auf die Knochen durchschneiden; dann bringt man ihn in einer stürmischen Nacht mit einem Boot zu einem abgelegenen Haus an der Küste, wirft ihn eine Steintreppe hinunter in einen Steinkeller, wo er sich aber in dreistündiger Arbeit mit Hilfe einer zerbrochenen Weinflasche von seinen Fesseln befreien kann, bis der Bösewicht merkt, was sich da tut, und den Keller unter Gas setzt. In der 59. Minute der elften Stunde wird er durch einen überaus glücklichen Zufall gerettet, nimmt sich gerade so viel Zeit, um ein paar Schinkenbrote zu vertilgen und eine Tasse starken Kaffee hinunterzuschütten, und begibt sich sofort mit einem Flugzeug auf die lange Jagd nach den Mördern, wobei er noch auf die Tragfläche hinausklettern und mit einem Kerl kämpfen muß, der dort soeben an einem Seil gelandet ist und sich anschickt, eine Handgranate in die Pilotenkanzel zu werfen. So, und hier liegt mein eigener Schwager – ein Mann, den ich schon fast zwanzig Jahre kenne – und läßt sich in Verbände wickeln und jammert und stöhnt, nur weil so ein Dreigroschenganove ihm auf seiner eigenen gemütlichen Treppe aufgelauert und eine Tracht Prügel verabreicht hat.»

Parker grinste verdrießlich.

«Ich zerbreche mir nur den Kopf darüber, wer das gewesen sein könnte», sagte er. «Ein Einbrecher oder dergleichen war es nicht – es war ein geplanter Mordversuch. Die Glühbirne war vorsätzlich entfernt worden, und dann hat er sich stundenlang im Kohlenverschlag versteckt gehalten. Seine Fußspuren sieht man noch. Jetzt frage ich mich in Gottes Namen, wen ich mir derart zum Feind gemacht habe. Es kann eigentlich nicht Gentleman-Jim oder Hundskopf-Dan gewesen sein, denn das ist nicht ihr Stil. Wenn es vorige Woche passiert wäre, hätte es Boxer-Wally gewesen sein können – der arbeitet mit einem Totschläger –, aber den haben wir eben deswegen letzten Samstagabend im Limehouse auf Nummer Sicher gesetzt. Dann gibt's da noch so ein paar hoffnungsvolle Bürschchen, die mich auf dem Kieker haben, aber eigentlich traue ich es denen auch nicht ganz zu. Ich weiß lediglich, daß der Betreffende, egal wer's war, vor elf Uhr abends im Haus gewesen sein muß, denn da schließt der Hauswirt die Tür ab und löscht das Licht am Eingang. Er hätte höchstens einen Nachschlüssel haben müssen, aber das ist unwahrscheinlich. Leider war er nicht so entgegenkommend, uns etwas zu hinterlassen, woran wir ihn erkennen könnten, außer einem Bleistift von Woolworth.»

«Ach, einen Bleistift hat er zurückgelassen?»

«Ja – einen Drehbleistift – keinen hölzernen –, mach dir also keine Hoffnung, daß er uns einen schönen Abdruck seiner Schneidezähne oder so was geliefert hätte.»

«Zeig mal her, zeig», drängte Wimsey.

«Bitte sehr; wenn du willst, kannst du ihn dir ansehen. Ich habe ihn schon auf Fingerabdrücke untersucht, aber nicht viel gefunden – nur ein paar verschmierte Flecken. Unser Experte hat sie sich angesehen, kann aber offenbar nichts damit anfangen. Hol deinem kleinen Bruder doch mal den Drehbleistift, Mary. Ach ja, da fällt mir ein, daß ich einen Brief für dich habe, Peter.

In meiner linken Manteltasche, Mary. Ich hatte ihn gerade erst aus dem Briefkasten genommen, kurz bevor es passierte.»

Mary eilte davon und kam schon bald mit dem Drehbleistift und dem Mantel wieder.

«Ich kann keinen Brief finden.»

Parker nahm den Mantel und durchsuchte mit der noch einsatzfähigen Hand sorgfältig alle Taschen.

«Komisch», sagte er. «Ich weiß genau, daß er da war. Einer von diesen feinen, langformatigen lila Umschlägen mit Goldrand und einer recht schwungvollen weiblichen Handschrift.»

«Oho!» machte Wimsey. «Der Brief ist also weg?» Seine Augen schillerten vor Erregung. «Sehr bemerkenswert. Außerdem ist dieser Drehbleistift nicht von Woolworth, Charles, sondern von Darlings.»

«Das hatte ich auch sagen wollen – ist ja das gleiche. So ein Ding kann jeder mit sich herumtragen.»

«Ha!» rief Wimsey. «An dieser Stelle wird sich nun mein Spezialwissen bezahlt machen. Darlings verkaufen diese Bleistifte nämlich nicht, sie verschenken sie. Wer für mindestens ein Pfund bei ihnen kauft, bekommt so einen Bleistift als Prämie für gutes Betragen. Wie du siehst, steht da auch nicht nur ‹Darlings› darauf, sondern ein ganzer Werbespruch: Bei ‹DARLINGS GIBT'S ALLES, WAS GUT UND GAR NICHT TEUER IST.› (Übrigens eine von Pyms erfolgreichsten Schöpfungen.) Der Sinn der Sache ist, daß man jedesmal, wenn man etwas auf seinen Einkaufszettel schreibt, daran erinnert wird, wieviel sparsamer man wirtschaften kann, wenn man seinen Bedarf bei Darlings deckt. Und die haben wirklich was zu bieten», fuhr Seine Lordschaft geradezu begeistert fort. «Sie haben das Baukastensystem zu einer schönen Kunst entwickelt. Man kann auf einem Darlings-Stuhl sitzen, der aus lauter Einzelteilen für einen oder einen halben Shilling das Stück zusammengesetzt ist und von Patentstiften für 6 Pence das Hundert zusammengehalten wird. Wenn Onkel George sich draufsetzt und ein Bein abbricht, kauft man ein neues Bein und steckt es einfach fest. Wenn du dir mehr Wäsche kaufst, als in deine Darlings-Kommode paßt, nimmst du einfach die Deckplatte ab, kaufst dir für zweieinhalb Shilling ein zusätzliches Schubfach, baust es ein und setzt den Deckel wieder drauf. Alles schön numeriert und mit den besten Empfehlungen. Und wie gesagt, wenn du genug kaufst, schenken sie dir einen Drehbleistift dazu. Wer für mindestens 5 Pfund kauft, kriegt einen Füllfederhalter.»

«Das hilft uns mächtig weiter», meinte Parker ironisch. «Einen Verbrecher zu identifizieren, der in den letzten fünf, sechs Monaten bei Darlings für mindestens ein Pfund was gekauft hat, dürfte eine Kleinigkeit sein.»

«Nicht so voreilig; ich sprach von meinem Spezialwissen. Dieser Drehbleistift – ein tiefes Rot mit Goldbeschriftung, wie du siehst – kommt aus keiner Darlings-Filiale. Den gibt es nämlich noch gar nicht. Er kann nur von drei Stellen stammen: erstens vom Hersteller, zweitens von der Darlings-Hauptverwaltung, drittens von uns.»

«Du meinst von Pyms Werbedienst?»

«So ist es. Das ist nämlich ein ganz neuartiger Drehbleistift mit verbessertem Mechanismus. Die alten schoben die Mine nur vor, der hier zieht sie auch wieder zurück, wenn du an dem Dingsda drehst. Darlings waren so freundlich, uns sechs Dutzend davon zum Ausprobieren zu verehren.»

Mr. Parker fuhr so ruckartig hoch, daß ein Schmerz ihm durch Kopf und Schulter zuckte und er laut aufstöhnte.

«Ich halte es für höchst unwahrscheinlich», fuhr Lord Peter fort, «daß du einen Todfeind in der Drehbleistiftfabrik oder in der Hauptverwaltung von Darlings hast. Mir erscheint es viel plausibler, daß der Herr mit dem Totschläger oder Schlagring oder Sandsack oder Bleirohr, kurz, mit dem stumpfen Gegenstand, aus der Werbeagentur Pym kam, geleitet von der Adresse, die du mir in deiner gewohnt freundlichen Art als die meine auszugeben erlaubt hast. Als er meinen Namen säuberlich auf den zu Wohnung vier gehörigen Briefkasten geschrieben fand, ist er hoffnungsfroh die Treppe hinaufgestiegen, bewaffnet mit dem Totschläger, Schlag-»

«Ich werde verrückt!» rief Lady Mary. «Soll das heißen, du Schuft, daß eigentlich du an Stelle meines armen, geschlagenen Mannes verwundet und verstümmelt hier liegen müßtest?»

«Ich glaube ja», antwortete Wimsey mit Genugtuung. «Ich glaube es sogar ganz sicher. Erst recht, nachdem der Attentäter auch noch mit meiner Privatkorrespondenz abgezogen zu sein scheint. Ich weiß übrigens, von wem der Brief war.»

«Von wem?» fragte Parker.

«Von Pamela Dean, ist doch klar. Deine Beschreibung des Umschlags läßt keinen Zweifel offen.»

«Von Pamela Dean? Der Schwester des Opfers?»

«Du sagst es.»

«Willis' Freundin?»

«Genau.»

«Aber wie soll er von diesem Brief gewußt haben?»

«Ich glaube nicht, daß er davon wußte. Ich führe den Überfall eher darauf zurück, daß ich gestern beim Teekränzchen ein bißchen Reklame in eigener Sache gemacht habe. Ich habe nämlich aller Welt erzählt, daß ich auf dem Dach Schießübungen mit einer Schleuder veranstaltet habe.»

«So? Und wer ist, bitte schön, ‹alle Welt›?»

«Die zwanzig Leute, die beim Tee waren, und die anderen alle, denen sie es weitererzählt haben.»

«Ein ziemlich großer Kreis.»

«Hm, ja. Ich hatte mit einer Reaktion gerechnet. Pech, daß sie nun dich und nicht mich getroffen hat.»

«Allerdings», pflichtete Mr. Parker ihm mit Nachdruck bei.

«Aber es hätte noch schlimmer kommen können. Jetzt haben wir immerhin dreierlei, woran wir uns halten können. Erstens alle, die von den Schießübungen wissen. Zweitens alle, die meine Adresse kannten oder sich danach erkundigt haben. Und drittens natürlich den Kerl, der seinen Drehbleistift verloren hat. Aber hör mal –» Wimsey unterbrach sich plötzlich und stimmte ein lautes Lachen an. «Der muß ja heute morgen einen bösen Schrecken bekommen haben, als ich gesund und munter aufkreuzte und nicht einmal ein blaues Auge hatte! Warum hast du mir das alles um Himmels willen nicht schon heute früh erzählt, dann hätte ich die Augen offenhalten können!»

«Wir hatten anderes zu tun», sagte Lady Mary.

«Außerdem sind wir nicht auf die Idee gekommen, daß es etwas mit dir zu tun haben könnte.»

«Das hättet ihr euch aber denken müssen. Wenn's irgendwo Schereeien gibt, stecke immer ich dahinter. Aber ich will es euch noch einmal nachsehen. Ihr seid genug gestraft, und niemand soll sagen, ein Wimsey könne nicht großmütig sein. Aber dieser Mistkerl – du müßtest ihm doch wenigstens ein Andenken verpaßt haben, Charles, oder?»

«Leider nein. Ich habe ihn zwar an der Kehle zu fassen bekommen, aber er war so dick vermummt.»

«Das hast du schlecht gemacht, Charles. Du hättest ihm eins überziehen sollen, aber ich verzeihe dir. Nun möchte ich nur wissen, ob unser Freund es noch einmal bei mir versuchen wird.»

«Hoffentlich nicht unter dieser Adresse», sagte Mary.

«Das will *ich* nicht hoffen. Nächstes Mal hätte ich ihn gern selbst vor Augen. Er muß ja ziemlich auf Draht sein, daß er den

Brief mitgenommen hat. Warum in aller Welt – ach so! Jetzt verstehe ich.»

«Was?»

«Daß heute morgen niemand bei meinem Anblick in Ohnmacht gefallen ist. Er muß eine Taschenlampe bei sich gehabt haben. Er schlägt dich nieder, dann knipst er die Taschenlampe an, um zu sehen, ob du auch schön tot bist. Dabei sieht er als erstes den Brief. Den schnappt er sich – warum? Weil – darauf kommen wir noch zurück. Er schnappt ihn sich jedenfalls, und dann betrachtet er deine klassischen Züge. Er sieht, daß er den falschen erwischt hat, und im selben Augenblick hört er Mary zur Attacke blasen und haut ab. Das wäre jetzt klar. Aber der Brief? Hätte er den Brief in jedem Falle mitgenommen, oder kannte er die Handschrift? Wann wurde der Brief zugestellt? Natürlich, mit der Post um halb zehn. Nehmen wir an, der Kerl war gekommen, um mich in meiner Wohnung aufzusuchen, und hat den Brief im Kasten gesehen und gleich erkannt, von wem er war. Das eröffnet uns ein weites Spekulationsfeld, vielleicht sogar ein weiteres Motiv.»

«Peter», sagte Lady Mary, «ich finde, du solltest hier nicht herumsitzen und Charles mit diesen ganzen Spekulationen aufregen. Davon steigt nachher noch sein Fieber.»

«Beim Zeus, du hast recht! Hör zu, mein Alter, es tut mir furchtbar leid, daß du die Abreibung bekommen hast, die mir zugedacht war. Das war wirklich ein elendes Pech, und ich bin froh und dankbar, daß nichts Schlimmeres passiert ist. Aber jetzt werde ich mich aus dem Staub machen. Muß sowieso weg. Bin verabredet. Tschüs.»

Wimseys erste Tat nach dem Besuch bei Parkers war ein Anruf bei Pamela Dean, die er zum Glück zu Hause erreichte. Er erklärte ihr, daß ihr Brief unterwegs verlorengegangen sei, und fragte, was darin war.

«Nur eine kleine Nachricht von Dian de Momerie. Sie möchte wissen, wer Sie sind, Sie scheinen großen Eindruck gemacht zu haben.»

«Man tut, was man kann», sagte Peter. «Was haben Sie ihr geantwortet?»

«Nichts. Ich wußte ja nicht, was Sie von mir erwarteten.»

«Meine Adresse haben Sie ihr nicht gegeben?»

«Nein. Die wollte sie zwar von mir wissen, aber ich wollte nicht noch einen Fehler machen und es lieber Ihnen überlassen.»

«Sehr richtig.»

«Und nun?»

«Sagen Sie ihr – weiß sie eigentlich, daß ich bei Pym arbeite?»

«Nein, ich habe mich gehütet, ihr überhaupt etwas von Ihnen zu erzählen. Nur Ihren Namen habe ich ihr gesagt, aber den scheint sie wieder vergessen zu haben.»

«Gut. Also hören Sie zu. Erzählen Sie der lieben Dian, daß ich ein sehr geheimnisvoller Mensch bin. Sie selbst wissen nie, wo ich anzutreffen bin. Lassen Sie durchblicken, daß ich wahrscheinlich meilenweit weg bin – in Paris oder Wien, an irgendeinem klangvollen Ort. Sie werden bestimmt den richtigen Ton anschlagen. Ein bißchen Phillips Oppenheim mit einem Schuß Ethel M. Dell und Elinor Glyn.»

«O ja, das kann ich.»

«Und Sie dürfen ihr auch sagen, daß sie mich wahrscheinlich irgendwann wiedersehen wird, wenn sie am wenigsten mit mir rechnet. Deuten Sie an, wenn es Ihnen nichts ausmacht, sich so vulgär auszudrücken, daß ich ein Windhund bin, hinter dem sie alle furchtbar her sind, ohne mich zu kriegen. Lassen Sie sich etwas einfallen. Sorgen Sie für Spannung.»

«Wird gemacht. Soll ich übrigens eifersüchtig sein?»

«Wenn Sie wollen, gern. Sie soll ruhig das Gefühl haben, Sie versuchten sie abzuwimmeln. Die Jagd ist schwer genug, da legen Sie keinen Wert auf Konkurrenz.»

«Gut. Das dürfte mir nicht schwerfallen.»

«Wie bitte?»

«Nichts. Ich habe nur gesagt, ich werd's schon schaffen.»

«Sie werden es bestimmt sehr gut machen. Ich verlasse mich voll und ganz auf Sie.»

«Danke. Wie kommen Sie mit Ihren Ermittlungen voran?»

«Soso.»

«Erzählen Sie mir irgendwann davon, ja?»

«Gern. Sowie es etwas zu erzählen gibt.»

«Kommen Sie mal an einem Samstag oder Sonntag zu mir zum Tee?»

«Es wäre mir ein Vergnügen.»

«Ich nehme Sie beim Wort.»

«O ja, bitte. Also dann, gute Nacht.»

«Gute Nacht – Windhund.»

«Adieu!»

Wimsey legte den Hörer auf. «Hoffentlich», dachte er, «macht die mir keine Geschichten. Diesen jungen Dingern ist nicht zu trauen. Von Standfestigkeit keine Spur. Höchstens dann, wenn Standfestigkeit ausdrücklich nicht gewünscht wird.»

Er verzog den Mund zu einem schiefen Grinsen und ging fort, um seine Verabredung mit einer jungen Frau einzuhalten, die ihm bisher in keiner Weise entgegenzukommen versprach, und was er bei dieser Gelegenheit sagte oder tat, hat mit unserer Geschichte nicht das allermindeste zu tun.

Rotfuchs-Joe stemmte sich vorsichtig im Bett hoch und sah sich im Zimmer um.

Sein älterer Bruder – nicht der Polizist, sondern der sechzehnjährige Bert, der Naseweis – lag beruhigend tief im Schlaf, zusammengekringelt wie ein Hund und sicher von Motorrädern träumend. Der Schein der Straßenlaterne fiel auf den unbeweglichen Buckel, den er unter der Bettdecke machte, und warf einen schwachen Schimmer auf Joes schmales Bett.

Unter dem Kopfkissen zog Joe ein Schulheft und einen Bleistiftstummel hervor. Ungestörtheit gab es in Joes Leben kaum, und so mußte er die Gelegenheiten beim Schopf packen, wie sie sich boten. Er leckte den Bleistift an, klappte das Heft auf und begann die erste Seite mit der großen, krakeligen Überschrift: BERICHT.

Hier stockte er. Er wollte mit diesem Bericht Ehre einlegen, aber die Aufsatzübungen, die er in der Schule hatte machen müssen, waren da nicht sehr hilfreich. «Mein Lieblingsbuch», «Was ich tun möchte, wenn ich einmal groß bin», «Was ich im Zoo gesehen habe» – lauter schöne Themen, aber für einen aufstrebenden jungen Detektiv nicht von großem Nutzen. Einmal war ihm die große Ehre widerfahren, einen Blick in Wallys Notizbuch werfen zu dürfen (Wally war der Polizist), und darin fingen die Berichte alle etwa so an: «Um 20.30 Uhr ging ich durch die Wellington Street» – ein guter Anfang, nur im vorliegenden Falle nicht anwendbar. Auch der Stil von *Sexton Blake*, so kraftvoll er war, eignete sich besser für die Schilderung packender Ereignisse als für eine Aufzählung von Namen und Fakten. Und über allem hing noch drohend das schwierige Problem der Orthographie – von jeher ein Stolperstein. Rotfuchs hatte das unbestimmte Gefühl, daß ein Bericht voller Rechtschreibfehler nicht sehr vertrauenerweckend sein könne.

In dieser Notsituation zog er seinen gesunden Menschenverstand zu Rate und fand in ihm einen guten Führer.

«Am besten fange ich am Anfang an», sagte er bei sich, und

damit drückte er die Bleistiftmine kräftig aufs Papier, zog die Stirn in wild entschlossene Falten und schrieb:

BERICHT
von Joseph L. Potts
(14½ Jahre)

Nach kurzem Nachdenken fand er, daß hierzu noch einige ergänzende Angaben notwendig seien, und fügte seine Adresse und das Datum hinzu. Der Bericht ging dann weiter:

«Ich hab mit den andern über die Schläu- (ausradiert) Schleuder geredet. Bill Jones sagt er weis noch wie ich im Versand gestanden bin und Mrs. Johnson mir die Schleuder weggenommen hat. Sam Tabbit und George Pyke warn auch da. Ich hab ihnen gesagt das Mr. Bredon mir die Schleuder wiedergegeben hat aber das Leder zerissen war und jetzt will ich wissen wer das war. Sie sagen alle das sie nie an Mrs. Johnsons Schuplade waren und ich glaub das sie die Wahrheit gesagt haben Sir denn Bill und Sam sind prima Kerle und George siet man immer an wenn er flunkert und er sah ganz normal aus. Ich hab dann gefragt ob es einer von den Andern gewesen sein kann und sie sagen sie haben keinen mit Schleuder gesehen und ich hab gesagt es ist eine Schande das ein Junge nicht mal seine Schleuder konfil- (gestrichen) konfistziert kriegen kann ohne das sie ihm einer kapputtmacht. Und dann ist Clarence Metcalfe gekommen, das ist der Älteste von uns und hat was zu sagen Sir, und wollte wissen was es gibt und ich habs ihm gesagt und er hat gesagt wenn einer an Mrs. Johnsons Schuplade war ist es sehr schlimm. Dann hat er sie alle gefragt und alle haben nein gesagt aber Jack Bolter ist eingefallen das Mrs. Johnson mal ihre Handtasche auf dem Schreibtisch gelassen hat und Miss Parton hat sie genommen und runter in die Kantiene gebracht. Wann frag ich? Und er sagt das war zwei Tage nachdem mir meine Schleuder (konfil-) weggenommen wurde und kurz nach dem Lunch Sir. Sie sehen Sir sie muß da eine Stunde rumgestanden haben wo keiner da war.

Und jetzt Sir, wer noch alles dagewehsen ist und gesehen hat wie sie mir weggenommen worden ist. Jetzt wo ich es mir überlege fällt mir ein das Mr. Prout an der Treppe gestanden ist und er hat noch was zu Mrs. Johnson gesagt und mich am Ohr gezogen, und dann war noch eine von den jungen Dahmen da ich glaube Miss Hartley die auf einen Botenjungen gewartet hat. Und wie ich weg war zu Mr. Hornby sagt Sam, da ist Mr. Wedderburn gekommen und Mrs. Johnson hat mit ihm Witze darüber gemacht. Aber ich glaube Sir das viele Leute bescheit wusten weil Mrs. Johnson es ihnen bestimmt in der Kantiene erzählt hat. Sie erzählt immer Geschichten über uns Jungen weil sie das glaub ich komisch findet Sir.

Das ist alles was ich über die Schleuder berichten kann Sir. Nach der andern Sache hab ich mich noch nicht erkundickt Sir weil ich meine man soll immer eins nach dem andern tun und die denken sonst nur ich frage zuviel. Aber ich hab mir schon einen Plahn dafür ausgedacht Sir.

Hochachtungsfoll
J. Potts.»

«Was zum Teufel treibst du da, Joe?»

Rotfuchs war so in seinen Bericht vertieft gewesen, daß er Bert aus den Augen gelassen hatte, und nun erschrak er heftig und stieß schnell das Heft unters Kissen.

«Nichts für dich», sagte er hastig. «Privatsache.»

«Ach nee.»

Bert warf die Bettdecke von sich und nahte in drohender Haltung. «Schreibst du Gedichte?» fragte er voller Verachtung.

«Geht dich überhaupt nichts an», versetzte Rotfuchs. «Laß mich in Ruhe.»

«Gib das Buch her!» verlangte Bert.

«Nein.«

«Ach, du willst nicht, wie?»

«Nein, ich will nicht, hau ab!»

Rotfuchs riß mit aufgeregten Fingern das Heft an sich.

«Ich will das sehen – laß los!»

Rotfuchs war ein zähes Bürschchen für sein Alter und nicht feige, aber er hatte wegen des Hefts die Hände nicht frei, und alle Vorteile hinsichtlich Größe, Gewicht und Stellung lagen bei Bert. Der Kampf war geräuschvoll.

«Laß mich los, du gemeiner Mistkerl!»

«Dir werd ich einen Mistkerl geben, du kleiner Frechdachs!»

«Au!» heulte Rotfuchs. «Nein, ich will nicht, sag ich! Es geht dich nichts an!»

Klatsch! Plumps!

«He, he!» sagte eine würdevolle Stimme. «Was ist denn hier los?»

«Wally, sag Bert, er soll mich in Ruhe lassen.»

«Dann soll er nicht so frech zu mir sein. Ich hab ja nur wissen wollen, warum er dasitzt und Gedichte schreibt, wenn er längst schlafen müßte.»

«Das ist privat», beharrte Rotfuchs. «Wirklich und ehrlich, das ist ganz unheimlich privat.»

«Kannst du denn den Jungen nicht in Ruhe lassen?» meinte Konstabler Potts in amtlichem Ton. «So einen Krach zu machen! Nachher weckt ihr noch Dad auf, und dann kriegt ihr's beide. Und jetzt marsch zurück ins Bett mit euch, alle beide, sonst muß ich euch wegen Ruhestörung einbuchten. Und du solltest längst schlafen, Joe, und nicht Gedichte schreiben.»

«Das sind keine Gedichte. Es ist etwas, das mach ich für einen Herrn in der Firma, und der hat gesagt, ich soll keinem was davon verraten.»

«Also paß mal auf», sagte Wally Potts, indem er eine große beamtete Hand ausstreckte. «Du gibst das Heft jetzt mir, verstanden? Ich leg's zu mir in die Schublade, und morgen früh kannst du es wiederhaben. Und legt euch jetzt um Gottes willen schlafen, alle beide.»

«Wirst du's auch nicht lesen, Wally?»

«Na schön, ich werd's nicht lesen, wenn du so furchtbar empfindlich bist.»

Rotfuchs gab widerstrebend, aber im Vertrauen auf Wallys Ehre, das Heft heraus.

«So ist's recht», sagte Wally, «und wenn ich jetzt noch was von euch höre, könnt ihr euch beide auf was gefaßt machen, verstanden?»

Er stolzierte davon, gigantisch in seinem gestreiften Schlafanzug.

Rotfuchs-Joe rieb sich die Körperteile, die bei dem Kampf in Mitleidenschaft gezogen worden waren, zog die Bettdecke fest um sich und tröstete sich, indem er sich eine neue Fortsetzung jener nächtlichen Erzählung vortrug, deren Autor und Held er gleichzeitig war:

«Geschunden und zerschlagen, aber ungebrochen in seinem Mut, ließ der berühmte Detektiv sich auf sein hartes Strohlager in dem rattenverseuchten Verlies zurücksinken. Trotz seiner schmerzenden Wunden war er glücklich, denn er wußte, daß die Dokumente in Sicherheit waren. Er mußte lachen, wenn er sich den verdutzten Verbrecherkönig vorstellte, wie er in seinem vergoldeten orientalischen Salon mit den Zähnen knirschte. ‹Wieder hereingelegt, Falkenauge!› knurrte der schurkische Doktor. ‹Aber nächstes Mal bin ich am Zug!› Unterdessen . . .»

Detektive haben ein schweres Leben.

8

Schwerste Erschütterung
einer Werbeagentur

Es geschah am Freitag der Woche, in der alle diese aufwühlenden Ereignisse stattfanden, daß Pyms Werbedienst von dem großen Nutrax-Krach erschüttert wurde, der das Unternehmen von den Fundamenten bis zum Dach erbeben ließ, das sonst so friedliche Haus in ein Heerlager verwandelte und fast sogar das traditionelle Cricketspiel der Belegschaft gegen die Mannschaft von Brotherhood Ltd. gefährdet hätte.

Initiator dieses Krachs war der fleißige, verdauungsgestörte Mr. Copley. Wie die meisten Unruhestifter handelte er von Anfang bis Ende mit den besten Absichten – und wirklich, wenn man aus der gelassenen Perspektive der Ferne und Unparteilichkeit auf den Aufruhr zurückblickt, fällt es schwer zu sagen, was er denn anderes hätte tun können als das, was er tat. Aber wie schon Mr. Ingleby seinerzeit bemerkte: «Es ist nicht, *was* Mr. Copley tut, sondern *wie* er es tut.» Und in der Hitze und Wut des Kampfes, wenn die Leidenschaften starker Männer erregt sind, leidet oft die Urteilsfähigkeit.

Angefangen hatte alles so:

Am Donnerstagabend um Viertel nach sechs war das Gebäude menschenleer, bis auf die Putzfrauen und Mr. Copley, der zufällig ausnahmsweise einmal Überstunden machen mußte, um eine eilige Serie von Sonderangebotsanzeigen für Jamboree-Gelees fertig zu machen. Er kam gut damit voran und hoffte, um halb sieben fertig zu werden und somit pünktlich um halb acht zum Abendessen zu Hause zu sein. Da begann im Versand das Telefon laut und beharrlich zu klingeln.

«Hol's der Kuckuck!» sagte Mr. Copley, ärgerlich über den Lärm. «Die dürften doch wissen, daß wir Feierabend haben. Oder erwarten sie von uns, daß wir die Nacht durcharbeiten?»

Er arbeitete weiter und verließ sich darauf, daß der Krach von selbst aufhören würde. Er hörte auch bald auf, und dafür hörte er Mrs. Crumps schrille Stimme, die den Anrufer belehrte, daß niemand mehr im Haus sei. Er schluckte eine Natrontablette.

Sein Satz entwickelte sich herrlich: «Der echte Fruchtgeschmack, wie frisch aus dem eigenen Garten – Aprikosen, gereift in der sonnigen Wärme eines alten ummauerten ...»

«Entschuldigung, Sir.»

Mrs. Crump war schüchtern mit ihren Stoffpantinen herangeschlurft und schob ängstlich den Kopf um den Türpfosten.

«Was gibt's denn schon wieder?» fragte Mr. Copley.

«Bitte, Sir, entschuldigen Sie, aber da ist der *Morning Star* am Telefon und fragt nach Mr. Tallboy. Ich hab schon gesagt, daß alle nach Hause gegangen sind, aber sie sagen, es ist sehr wichtig, Sir, und da hab ich gedacht, ich frag Sie lieber mal.»

«Worum geht's denn?»

«Irgendwas mit der Anzeige für morgen, Sir – da stimmt was nicht, sagen sie, und ob sie sie nun ganz weglassen sollen oder ob wir ihnen etwas anderes schicken, Sir.»

«Also gut», sagte Mr. Copley resigniert. «Dann gehe ich wohl besser mal hin und rede mit ihnen.»

«Ich weiß nicht, ob es richtig von mir war, Sir», fuhr Mrs. Crump fort, indem sie nervös hinter ihm drein trippelte, «aber ich hab gedacht, Sir, wenn noch einer von den Herren da ist, sage ich ihm besser Bescheid, denn ich kann ja nicht wissen, ob es nicht vielleicht furchtbar wichtig ist –»

«Ganz recht, Mrs. Crump, ganz recht», sagte Mr. Copley. «Ich denke, das werde ich schon regeln können.»

Er ging mit kundiger Miene ans Telefon und nahm den Hörer ab.

«Hallo!» sagte er mürrisch. «Hier Pyms Werbedienst. Was gibt's?»

«Oh!» sagte eine Stimme. «Ist dort Mr. Tallboy?»

«Nein, Mr. Tallboy ist schon nach Hause gegangen. Alle sind nach Hause gegangen. Um diese Zeit dürften Sie das doch wissen. Was gibt's denn?»

«Also», sagte die Stimme, «es geht um den Nutrax-Zweispalter für die morgige Lokalseite.»

«Was soll damit sein? Haben Sie ihn nicht bekommen?»

(Typisch Tallboy, dachte Mr. Copley. Keine Organisation. Auf diese jungen Männer war einfach kein Verlaß.)

«Doch, wir haben ihn», sagte die Stimme mit leichtem Zweifel im Ton, «aber Mr. Weekes sagt, wir können die Anzeige nicht drucken. Sehen Sie –»

«Sie können sie nicht drucken?»

«Nein. Sehen Sie mal, Mister –»

«Ich bin Mr. Copley. Und das ist nicht mein Gebiet. Ich weiß wirklich nichts davon. Was ist denn damit?»

«Also, wenn Sie die Anzeige vor sich hätten, wüßten Sie, was ich meine. Sie kennen doch die Schlagzeile –»

«Nein», bellte Mr. Copley, außer sich. «Ich sagte Ihnen doch schon, daß es mich nichts angeht und ich das Ding nie gesehen habe.»

«Oh!» sagte die Stimme mit irritierender Fröhlichkeit. «Also, die Schlagzeile lautet: HABEN SIE SICH ZU SEHR VERAUSGABT? Tja, und Mr. Weekes findet, daß da in Verbindung mit der Skizze eine etwas unglückliche Zweideutigkeit hineingelesen werden kann. Wenn Sie die Anzeige vor sich hätten, würden Sie sehen, was gemeint ist.»

«Aha», sagte Mr. Copley bedächtig. Seine fünfzehnjährige Erfahrung sagte ihm, daß dies eine Katastrophe war. Da half kein Bitten und gut Zureden. Wenn der *Morning Star* sich in den Kopf setzte, daß eine Anzeige eine versteckte Zweideutigkeit enthielt, dann druckte er sie nicht, und wenn der Himmel einstürzte. Und es war auch besser so. Fehler dieser Art brachten das angepriesene Produkt in Verruf und schadeten dem Ansehen der verantwortlichen Werbeagentur. Mr. Copley stellte sich ungern vor, wie der *Morning Star* an der Börse zu Wucherpreisen verkauft würde, damit die Schmierfinken etwas zu lachen hätten.

Doch mitten in seinem Ärger hatte er auch das Triumphgefühl des Jeremias, dessen Prophezeiungen sich erfüllten. Er hatte ja schon immer gesagt, daß diese junge Generation von Werbetextern nichts taugte. Viel zuviel von diesem neumodischen Universitätsvolk. Flatterhaft. Kein ordentlicher Geschäftssinn. Gedankenlos. Er aber verstand sich auf so etwas. Er trug den Krieg sofort ins Lager des Feindes.

«So etwas sollten Sie uns früher sagen», forderte er streng. «Es ist lächerlich, hier um Viertel nach sechs anzurufen, wenn wir längst Feierabend haben. Was erwarten Sie denn jetzt noch von uns?»

«Unsere Schuld ist das nicht», antwortete die Stimme gutgelaunt. «Das Klischee wurde erst vor zehn Minuten gebracht. Wir bitten Mr. Tallboy jedesmal, uns die Klischees früher zu schicken, eben um solche Situationen zu vermeiden.»

Mr. Copley sah seine Prophezeiungen mehr und mehr bestätigt. Schlamperei, wohin man blickte – das war es. Mr. Tallboy war pünktlich um halb sechs nach Hause gegangen. Mr. Copley hatte ihn gehen sehen. Die stierten doch alle den ganzen Tag nur auf die Uhr. Tallboy hatte nicht nach Hause zu gehen, bevor er von der Zeitung die Bestätigung hatte, daß die Klischees angekommen waren und alles seine Ordnung hatte. Und wenn außerdem der Bote das Päckchen erst um fünf nach sechs abgeliefert hatte, war er entweder zu spät losgegangen oder hatte unterwegs gebummelt. Auch hier wieder schlechte Organisation. Diese Mrs. Johnson – keine Aufsicht, keine Disziplin. Vor dem Krieg hatte es keine Frauen in der Werbung gegeben – und keine solch albernen Fehler.

Aber jetzt mußte etwas geschehen.

«Das ist sehr dumm», sagte Mr. Copley. «Also gut, ich versuche jemanden zu erreichen. Wann müssen Sie die Änderung spätestens haben?»

«Bis sieben muß sie hier sein», antwortete die Stimme unnachgiebig. «Eigentlich wartet die Gießerei schon jetzt auf die Seite. Für die Mater fehlt uns nur noch Ihre Anzeige. Aber ich habe mit Wilkes gesprochen, und er sagt, er kann noch bis sieben warten.»

«Ich rufe zurück», sagte Mr. Copley und legte auf.

Schnell ging er im Geiste die Liste der Leute durch, die diese Situation zu bereinigen imstande waren. Mr. Tallboy, der Gruppenleiter; Mr. Wedderburn, sein Gruppensekretär; Mr. Armstrong, der verantwortliche Chef der Textabteilung; der Verfasser des Anzeigentextes, wer es auch sein mochte; und als letzte Zuflucht Mr. Pym. Der Zeitpunkt war denkbar unglücklich. Mr. Tallboy wohnte in Croydon und schaukelte und schwitzte jetzt wahrscheinlich noch im Zug; Mr. Wedderburn – er hatte genaugenommen keine Ahnung, wo der wohnte, aber wahrscheinlich war es ein noch abgelegenerer Vorort. Mr. Armstrong wohnte in Hampstead; er stand nicht im Telefonbuch, aber seine Nummer war zweifellos beim Empfang registriert; es bestand eine gewisse Chance, ihn zu erreichen. Mr. Copley eilte nach unten, fand die Liste und die Nummer und rief an. Nach zwei falschen Verbindungen kam er durch. Mr. Armstrongs Haushälterin meldete sich. Mr. Armstrong sei ausgegangen. Sie wisse nicht, wohin er gegangen sei und wann er zurückkomme. Ob sie ihm etwas ausrichten könne? Mr. Copley sagte, es sei nicht wichtig, und legte auf. Halb sieben.

Er ging noch einmal das Telefonverzeichnis durch. Mr. Wedderburn stand nicht darin und hatte wahrscheinlich kein Telefon. Mr. Tallboys Name war verzeichnet. Ohne große Hoffnung ließ Mr. Copley sich mit der Nummer in Croydon verbinden, aber nur um erwartungsgemäß zu hören, daß Mr. Tallboy noch nicht zu Hause sei. Mr. Copleys Herz sank immer tiefer, als er nun noch bei Mr. Pym anrief. Mr. Pym sei in diesem Augenblick aus dem Haus gegangen. Wohin? Es sei dringend. Mr. und Mrs. Pym seien mit Mr. Armstrong im *Frascati* zum Essen verabredet. Das klang schon hoffnungsvoller. Mr. Copley rief im *Frascati* an. O ja, Mr. Pym habe einen Tisch für halb acht bestellt. Er sei noch nicht da. Ob man ihm etwas ausrichten könne, wenn er komme? Mr. Copley hinterließ die Bitte, Mr. Pym oder Mr. Armstrong möchten ihn möglichst vor sieben Uhr in der Firma anrufen, obwohl er im Innersten überzeugt war, daß dabei nichts herauskommen würde. Zweifellos waren die feinen Herren Direktoren zuvor auf irgendeiner Cocktailparty. Er sah auf die Uhr. Viertel vor sieben. Im selben Augenblick klingelte wieder das Telefon.

Es war, wie erwartet, der *Morning Star*, der ungeduldig auf Instruktionen wartete.

«Ich kann niemanden erreichen», erklärte Mr. Copley.

«Was sollen wir denn tun? Die Anzeige weglassen?»

Wenn Sie, lieber Leser, einen weißen Fleck in der Zeitung finden, auf dem steht: DIESER ANZEIGENRAUM IST RESERVIERT FÜR DIE FIRMA SOUNDSO, dann denken Sie sich vielleicht nichts dabei, aber für jeden, der etwas von der Arbeit einer Werbeagentur versteht, tragen diese Worte das unauslöschliche, schändliche Brandmal der Unfähigkeit und des Versagens. Die Agentur der Firma Soundso ist ihrer Aufgabe nicht gewachsen; zu ihrer Entschuldigung ist nichts zu sagen. So etwas DARF ES NICHT GEBEN. So sehr Mr. Copley es dieser Bande von Schlampern und Hohlköpfen in seiner Wut auch gegönnt hätte, wenn der Anzeigenraum frei geblieben wäre, stieß er darum doch hastig hervor: «Nein, nein, auf keinen Fall! Bleiben Sie am Apparat. Ich will sehen, was ich tun kann.» Somit handelte er ganz, wie sich's gehörte, denn es ist das erste und nahezu einzige Gebot der Geschäftsmoral, daß die Firma an erster Stelle zu stehen hat.

Er hastete über den Korridor und stürzte in Mr. Tallboys Zimmer, das auf demselben Flur lag wie der Versand und die Textabteilung, an dem der Eisentreppe entgegengesetzten Ende. In einer Minute war er da. Nach einer weiteren Minute des Wühlens in Mr. Tallboys Schubladen hatte er, was er suchte – einen Probeabzug von diesem dämlichen Nutrax-Zweispalter. Ein einziger Blick bestätigte ihm, daß Mr. Weekes' Zweifel voll gerechtfertigt waren. Skizze und Schlagzeile, jede für sich ganz harmlos, waren in dieser Kombination mörderisch. Ohne sich erst lange zu fragen, wie so ein offenkundiger Schnitzer den Adleraugen der Abteilungsleiter entgangen sein konnte, setzte Mr. Copley sich hin und zückte seinen Bleistift. An der Skizze war nichts mehr zu ändern; sie mußte bleiben, wie sie war; seine Aufgabe war es also jetzt, eine neue Schlagzeile zu erfinden, die sowohl zu der Skizze als auch zu der ersten Zeile des Anzeigentextes paßte und die ungefähr gleich lang war wie das Original.

In großer Eile schmierte er ein paar Ideen hin und strich sie wieder durch. ARBEIT UND KUMMER ZERREN AN DEN NERVEN – das lag im Ton ungefähr richtig, war jedoch ungünstig für die Zeilenaufteilung. Es klang auch ein bißchen platt und stimmte außerdem nicht ganz. Im Text war nicht von Arbeit die Rede, sondern von Überarbeitung. SORGEN UND ÜBERARBEITUNG – nein, das klang nach nichts. ANSPANNUNG UND HEKTIK – schon viel besser, aber was kam danach, damit es nicht zu lang wurde? Die Schlagzeile füllte drei Zeilen (viel zuviel, fand Mr. Copley, für einen Zweispalter) und war so aufgeteilt:

Haben Sie sich
ZU SEHR
VERAUSGABT?

Verzweifelt kritzelte er weiter, versuchte hier einen Buchstaben und da ein Wort einzusparen. NERVEN? – NERVENKRAFT? Die Minuten flogen dahin. Aber ja, wie war's denn damit?

ANSPANNUNG
& HEKTIK
kosten Nervenkraft!

Nicht eben genial, aber richtig im Ton, unanfechtbar und ohne weiteres unterzubringen. Gerade wollte er zu seinem Telefon zurücklaufen, als ihm einfiel, daß Mr. Tallboys Apparat vielleicht noch mit der Zentrale verbunden war. Er nahm den Hörer ab; ein beruhigendes Summen sagte ihm, daß dies der Fall war. Er sprach hastig:
«Sind Sie noch dran?»
«Ja.»
«Passen Sie auf. Können Sie die Schlagzeile herausnehmen und in Goudy halbfett neu setzen?»

«J-a-a – doch, das können wir, wenn wir es sofort bekommen.»

«Ich diktiere.»

«Gut. Schießen Sie los.»

«Fangen Sie genau da an, wo es jetzt mit ‹Haben Sie sich› losgeht. Erste Zeile in Versalien, wie Sie es jetzt bei ‹ZU SEHR› in der zweiten Zeile haben. Richtig. Die Zeile heißt jetzt: ‹ANSPANNUNG› – ja, in Versalien – haben Sie das?»

«Ja.»

«Nächste Zeile. Gleiche Größe, Versalien, ein Geviert Einzug: &-Zeichen, ‹HEKTIK›. Fertig. Haben Sie?»

«Ja.»

«Jetzt dritte Zeile. Noch ein Geviert Einzug. Goudy, 24 Punkt kursiv, Gemeine: ‹kosten Nervenkraft›, Ausrufezeichen. Haben Sie's?»

«Ja, ich wiederhole: Goudy halbfett. Erste Zeile Versalien, gleicher Anfang wie im Original: ‹ANSPANNUNG›. Zweite Zeile, ein Geviert Einzug, versal: ‹& HEKTIK›. Dritte Zeile ein weiteres Geviert Einzug, Goudy 24 Punkt kursiv, Gemeine: ‹kosten Nervenkraft›, Ausrufezeichen. Zeilenabstände wie im Original. Richtig so?»

«Stimmt. Haben Sie herzlichen Dank.»

«Keine Ursache. Ich danke Ihnen. Entschuldigen Sie die Belästigung. Wiederhören.»

«Wiederhören.»

Mr. Copley ließ sich zurücksinken und wischte sich die Stirn ab. Es war geschafft. Die Firma war gerettet. Es hatten schon Leute für Geringeres einen Orden bekommen. Wenn es hart auf hart kam, wenn alle die geschniegelten Wichtigtuer von ihren Posten desertiert waren, dann war er, Mr. Copley, der altmodische, erfahrene Mann, der letzte Rückhalt, auf den Pyms Werbedienst sich noch verlassen konnte. Ein Mann, der einer Situation gewachsen war. Ein Mann, der Verantwortung nicht scheute. Ein Mann, der mit Leib und Seele seinem Beruf gehörte. Wenn er nun ebenso Punkt halb sechs nach Hause gerannt wäre wie Mr. Tallboy, ohne sich darum zu kümmern, ob die Arbeit getan war oder nicht – was dann? Pyms Werbedienst wäre blamiert gewesen. Dazu würde er morgen früh noch ein Wörtchen zu sagen haben. Hoffentlich würde es ihnen allen eine Lehre sein.

Er zog den Rolladen von Mr. Tallboys Rollpult wieder vor die schändlich unordentlichen Fächer und die wüsten Papierhaufen, die er nächtens verdeckte, und erhielt dabei einen neuerlichen Beweis für Mr. Tallboys Schlampigkeit. Aus irgendeiner geheimnisvollen Ecke, in der er festgeklemmt gewesen war, löste sich ein eingeschriebener Umschlag und fiel mit einem satten kleinen Plumps auf den Boden.

Mr. Copley bückte sich sofort danach und hob ihn auf. Er war in Blockschrift an J. Tallboy, Esq. mit seiner Croydoner Anschrift adressiert und bereits geöffnet. Und was Mr. Copley bei einem verstohlenen Blick ins Innere sah, konnte nichts anderes sein als ein ziemlich dicker Packen grüner Pfund-Noten. Einem nicht unnatürlichen Trieb folgend, nahm Mr. Copley den Pakken heraus und zählte zu seiner Verwunderung und Empörung nicht weniger als 50 Pfund.

Wenn es etwas gab, was Mr. Copley über alle Maßen als GEDANKENLOS! und UNFAIR! verabscheute (langjährige Werbepraxis hatte ihm die Angewohnheit angezüchtet, in Großbuchstaben und Ausrufezeichen zu denken), so war es diese Art, Leute IN VERSUCHUNG ZU FÜHREN. Hier lag die ungeheure Summe von 50 PFUND so sorglos ungesichert herum, daß sie beim bloßen Öffnen des Schreibtischs schon herausfiel und Mrs. Crump und ihr Putzfrauengeschwader sie finden mußten. Zweifellos waren diese Frauen alle grundehrlich, aber in diesen SCHWEREN ZEITEN hätte man es einer Arbeiterfrau nicht verdenken können, wenn sie der VERSUCHUNG erlegen wäre. Noch schlimmer, wenn dieser kostbare Umschlag mit fortgefegt und vernichtet worden wäre! Wenn er nun im Papierkorb gelandet und von dort in den Sack und schließlich in die Papiermühle gewandert wäre, oder womöglich gar in die Heizanlage? Irgendeine unschuldige Person wäre in FALSCHEN VERDACHT! geraten und diesen MAKEL ihr Leben lang nicht mehr losgeworden. Es war unverzeihlich von Mr. Tallboy. So etwas war WIRKLICH BÖSE!

Natürlich konnte Mr. Copley sich genau vorstellen, wie das passiert war. Mr. Tallboy hatte diese GROSSE SUMME bekommen (von wem? es lag kein Brief dabei; aber das ging Mr. Copley wohl kaum etwas an; vielleicht war es ein Gewinn vom Hunderennen oder etwas ähnlich Verwerfliches) und mit ins Büro gebracht, um sie bei der Metropolitan & Counties Bank an der Ekke Southampton Row einzuzahlen, wo die meisten Kollegen ihr Konto hatten. Aber irgend etwas war ihm dazwischengekommen, so daß er den Betrag nicht mehr fortbringen konnte, bevor die Bank schloß. Anstatt nun aber den Umschlag in die Tasche zu stecken, hatte er ihn einfach in seinen Schreibtisch geworfen und war, wie üblich, Schlag halb sechs Hals über Kopf nach Hause gerannt und hatte das Geld vergessen. Und wenn er seitdem noch einen Gedanken daran verschwendet hatte, dann höchstens, wie Mr. Copley sich empört ausmalte, in dem Sinne, daß «alles in bester Ordnung» sei. Dem Mann gebührte wirklich eine Lektion.

Bitte sehr, die sollte er haben. Das Geld würde in sicheren Gewahrsam genommen werden, und Mr. Copley würde Mr. Tallboy morgen früh gründlich ins Gewissen reden. Er zögerte noch einen Augenblick und überlegte, welche Möglichkeit hier wohl die beste sei. Wenn er das Geld mit nach Hause nahm, bestand die Gefahr, daß es ihm unterwegs gestohlen wurde, und das wäre sehr unangenehm. Besser nahm er das Geld mit in sein eigenes Zimmer und schloß es dort sicher in der untersten Schublade seines Schreibtischs ein. Mr. Copley gratulierte sich zu seiner weitblickenden Gewissenhaftigkeit, die ihn um eine Schublade mit einem anständigen Schloß hatte bitten lassen.

Er trug also das Geld in sein Zimmer, schob es unter einen Stapel vertraulicher Papiere, bei denen es um künftige Kampagnen für Konservennahrung und Gelees ging, räumte seinen Schreibtisch auf, schloß ihn ab, steckte den Schlüssel ein, bürstete Hut und Mantel ab und trat seinen tugendhaften Gang nach Hause an, nicht ohne beim Weg durch den Versand noch den Hörer aufzulegen.

Er trat durch den Hauptausgang auf die Straße und ging auf die andere Seite hinüber, bevor er sich nach Süden zur Straßenbahnhaltestelle Theobalds Road wandte. Drüben angekommen, schaute er zufällig noch einmal zurück und sah Mr. Tallboy auf der gegenüberliegenden Seite aus Richtung Kingsway kommen. Mr. Copley blieb stehen und sah ihm nach. Mr. Tallboy verschwand im Eingang zu Pyms Werbedienst.

«Aha!» dachte Mr. Copley bei sich. «Endlich ist ihm doch das Geld wieder eingefallen.»

An dieser Stelle wäre nun Mr. Copleys Verhalten erstmals zu kritisieren. Man sollte meinen, daß kollegiales Mitgefühl ihn veranlaßt haben würde, sich noch einmal durch den Straßenverkehr zu wagen, in die Agentur zurückzukehren, nach oben zu fahren, den besorgten Mr. Tallboy ausfindig zu machen und zu ihm zu sagen: «Hören Sie mal, mein Junge, ich habe einen eingeschriebenen Umschlag, der Ihnen gehört, herumliegen sehen und in Verwahrung genommen, und apropos, dieser Zweispalter für Nutrax –» Aber das tat er nicht.

Wollen wir uns zu seinen Gunsten ins Gedächtnis zurückrufen, daß es inzwischen halb acht war und er somit kaum noch eine Chance hatte, vor halb neun zu seinem Abendessen zu kommen; daß er ferner einen empfindlichen Magen hatte und sehr auf Regelmäßigkeit angewiesen war und daß er schließlich einen langen Arbeitstag hinter sich hatte, endend mit einer gänzlich überflüssigen Aufregung und Hektik, die zudem auf das Konto des liederlichen Mr. Tallboy ging.

«Das soll er ruhig büßen», sagte Mr. Copley grimmig. «Es geschieht ihm ganz recht.»

Er stieg in seine Bahn und trat den trostlos langen Weg in einen abgelegenen nördlichen Stadtteil an. Und während er so dahinrumpelte und -zockelte, malte er sich aus, wie er es anderntags Mr. Tallboy geben und von DENEN DA OBEN Lob und Anerkennung einheimsen würde.

Aber da war ein Faktor in Mr. Copleys Rechnung, den er im Vorgefühl seines Triumphs nicht berücksichtigt hatte, nämlich daß er, um die volle Wirkung und Pracht seines Theatercoups entfalten zu können, unbedingt vor Mr. Tallboy in der Firma sein mußte. In seinem Tagtraum hatte er das für gegeben gehalten – mit Recht, denn er war allzeit ein pünktlicher Mensch, während Mr. Tallboy meist pünktlicher ging als er kam. Mr. Copley hatte sich das so vorgestellt, daß er, nachdem er um neun Uhr Mr. Armstrong in angemessener Form informiert hätte – im Verlauf dieses Gesprächs würde dann Mr. Tallboy hinzugerufen und seinen Rüffel bekommen –, den reuigen Gruppenleiter beiseite nehmen, ihm einen Vortrag über Ordnung und Rücksicht auf andere halten und dann mit einer väterlichen Ermahnung die 50 Pfund zurückgeben würde. In der Zwischenzeit würde Mr. Armstrong die Nutrax-Geschichte den anderen Direktoren erzählen, die sich zu so einem verläßlichen, erfahrenen und treuen Mitarbeiter gratulieren würden. Die Worte fügten sich in Mr. Copleys Kopf schon zu einem kleinen Werbespruch: IN KRISEN IST AUF COPLEY STETS VERLASS.

Aber es kam ganz anders. Es fing schon damit an, daß Mr. Copleys späte Heimkehr am Donnerstagabend ihm ein häusliches Ungewitter eintrug, das bis in die Nacht dauerte und selbst am nächsten Morgen noch vernehmlich nachgrollte.

«Während du mit all diesen Leuten telefoniert hast», sagte Mrs. Copley bissig, «war es dir wohl zuviel, auch einmal an deine *Frau* zu denken. Natürlich, ich bin ja auch nicht wichtig. Was kümmert es denn *dich*, daß ich hier herumsitze und mir alles mögliche ausmale! Na gut, aber mach *mir* keinen Vorwurf, wenn jetzt das Hühnchen hart wie Stroh ist, die Kartoffeln zerkocht sind und du dir wieder Magenbeschwerden damit holst.»

Das Hühnchen *war* hart wie Stroh, die Kartoffeln *waren* zerkocht, und infolgedessen *holte* Mr. Copley sich damit heftige Magenbeschwerden, die seine Frau mit Natrontabletten, Wismut und Wärmflaschen lindern helfen mußte, nicht ohne ihm bei jeder Handreichung von neuem die Meinung zu sagen. Erst um sechs Uhr morgens fiel er in einen tiefen, wenig erholsamen Schlaf, aus dem seine Frau ihn um Viertel vor acht mit den Worten weckte:

«Wenn du heute zur Arbeit gehen willst, Frederick, solltest du allmählich aufstehen. Wenn du aber nicht gehst, sag es wenigstens, damit ich anrufen und dich entschuldigen kann. Ich habe dich schon dreimal gerufen, und dein Frühstück wird kalt.»

Wie gern hätte Mr. Copley, der scheußliche Kopfschmerzen über dem rechten Auge und einen widerwärtigen Geschmack im Mund hatte, sie ermächtigt, ihn in der Firma zu entschuldigen – wie gern hätte er sich auf dem Kissen umgedreht und seine Leiden im Schlaf begraben –, aber die Erinnerung an den Nutrax-Zweispalter und die 50 Pfund brandete wie eine Flutwelle über ihn hinweg und spülte ihn aus dem Bett. Im Licht des Morgens, begleitet von tanzenden schwarzen Punkten vor seinen Augen, verlor die Vorschau auf seinen Triumph gar manches von ihrem Glanz. Dennoch konnte er es nicht einfach bei einer telefonischen Erklärung bewenden lassen. Er mußte an Ort und Stelle sein. Er rasierte sich mit zitternder Hand und schnitt sich in der Eile. Das Blut ließ sich nicht stillen; es tropfte auf sein Hemd. Er riß sich dieses Kleidungsstück vom Leib und rief nach einem frischen. Mrs. Copley brachte es ihm – nicht ohne Vorwurf. Es schien, als ob der Wunsch nach einem frischen Hemd am Freitagmorgen den ganzen Haushalt durcheinanderbrächte. Um zehn Minuten nach acht setzte er sich endlich zum Frühstück nieder, von dem er nichts hinunterbrachte; seine Wange zierte ein lächerlicher Wattebausch, seine Ohren dröhnten von Migräne und ehelichem Gezeter.

Der Zug um 8 Uhr 15 war nicht mehr zu erreichen. Verdrießlich nahm er den nächsten um 8 Uhr 25.

Um Viertel vor neun wurde dieser Zug bei der Einfahrt in den Bahnhof King's Cross zwanzig Minuten aufgehalten, weil ein Güterzug entgleist war.

Um halb zehn schlich Mr. Copley niedergeschlagen in die Agentur und wünschte, er wäre nie geboren.

Als er aus dem Aufzug trat, begrüßte ihn der Pförtner mit der Nachricht, daß Mr. Armstrong ihn sofort zu sprechen wünsche. Mr. Copley trug wütend seinen Namen tief unterhalb des roten Strichs ein, der die Pünktlichen von den Zuspätgekommenen trennte, nickte und wünschte sofort, er hätte nicht genickt, denn ein jäher Schmerz durchzuckte seinen armen Kopf. Er stieg die Treppe empor und begegnete Miss Parton, die munter rief:

«Ah, da *sind* Sie ja, Mr. Copley! Wir hatten Sie schon verloren geglaubt. Mr. Armstrong möchte Sie sprechen.»

«Ich gehe gerade hin», antwortete Mr. Copley ungehalten. Er ging in sein Zimmer, zog den Mantel aus und überlegte, ob ein Aspirin sein Kopfweh heilen oder nur seine Magenschmerzen verschlimmern würde. Da klopfte Rotfuchs-Joe an seine Tür.

«Bitte sehr, Sir, Mr. Armstrong läßt fragen, ob Sie einen Augenblick Zeit für ihn haben.»

«Schon gut, schon gut», sagte Mr. Copley. Er torkelte auf den Korridor hinaus und fiel beinahe Mr. Ingleby in die Arme.

«Hallo!» rief dieser. «Sie werden schon gesucht, Mr. Copley! Eben wollten wir den Stadtausrufer nach Ihnen schicken. Jetzt sollten Sie sich aber schleunigst mal bei Mr. Armstrong blicken lassen. Tallboy verlangt Ihr Blut.»

«Hach!» sagte Mr. Copley.

Er schob Mr. Ingleby beiseite und machte sich auf den Weg, nur um Mr. Bredon vor der Tür zu seinem Zimmer anzutreffen, bewaffnet mit einem schwachsinnigen Grinsen und einer Maultrommel.

«Seht da kommt er, preisgekrönt!» sang Mr. Bredon und ließ der Bemerkung ein paar Töne auf seinem Instrument folgen.

«Affe!» sagte Mr. Copley, woraufhin Mr. Bredon zu seinem Entsetzen vor ihm auf dem Korridor drei saubere Räder schlug, die ihn genau bis vor Mr. Armstrongs Tür brachten, aber gerade noch außerhalb von Mr. Armstrongs Blickfeld.

Mr. Copley klopfte an die Glasscheibe, durch die er Mr. Armstrong an seinem Schreibtisch sitzen, Mr. Tallboy erzürnt und aufrecht davorstehen und Mr. Hankin in seiner gewohnten, leicht zögernden Haltung an der gegenüberliegenden Wand lehnen sah. Mr. Armstrong sah auf und winkte Mr. Copley herein.

«Ah!» sagte Mr. Armstrong. «Da ist der Mann, den wir suchen. Ein bißchen spät heute morgen, nicht wahr, Mr. Copley?»

Mr. Copley erklärte, daß es unterwegs ein Zugunglück gegeben habe.

«Wegen dieser Zugunglücke muß einmal was geschehen», sagte Mr. Armstrong. «Immer wenn Pyms Leute reisen, verunglücken die Züge. Ich muß einmal an die Eisenbahndirektion schreiben. Haha!»

Mr. Copley sah, daß Mr. Armstrong heute wieder seinen albernen Tag hatte, an dem er einem so richtig auf die Nerven gehen konnte. Er antwortete nicht.

«Also, Mr. Copley», fuhr Mr. Armstrong fort, «was war denn nun los mit diesem Nutrax-Zweispalter? Wir haben eben ein aufgeregtes Telegramm von Mr. Jollop bekommen. Ich kann den Mann beim *Morning Star* nicht erreichen – wie heißt er noch?»

«Weekes», sagte Mr. Tallboy.

«Weekes – komischer Name. Aber wie ich von jemandem gehört habe – beziehungsweise wie Mr. Tallboy gehört hat –, haben Sie gestern abend die Nutrax-Schlagzeile geändert. Ich zweifle nicht, daß Sie einen ausgezeichneten Grund dafür hatten, aber nun wüßte ich gern, was wir Mr. Jollop sagen sollen.»

Mr. Copley nahm alle Kraft zusammen und berichtete ausführlich über die Krise von gestern abend. Er hatte das Gefühl, sich selbst nicht ganz gerecht zu werden. Aus einem Augenwinkel sah er den Wattebausch albern an seiner Wange auf und nieder tanzen. Nachdrücklich und mit aller Schärfe wies er auf die überaus unglückliche Anspielung hin, die sich aus der Skizze im Zusammenhang mit der ursprünglichen Schlagzeile ergab.

Mr. Armstrong wieherte vor Lachen.

«Meine Güte!» rief er. «Da haben sie uns aber erwischt, Tallboy! Ho-ho-ho! Von wem ist die Schlagzeile? Das muß ich Mr. Pym erzählen. Teufel aber auch, wie ist Ihnen denn das entgangen, Tallboy?»

«Ich bin gar nicht auf die Idee gekommen», erklärte Tallboy mit unerklärlicherweise hochrotem Kopf.

Mr. Armstrong lachte von neuem los.

«Ich glaube, die Schlagzeile ist von Ingleby», ergänzte Mr. Tallboy.

«Ausgerechnet Ingleby!» Mr. Armstrongs Heiterkeit war nicht mehr zu bremsen. Er drückte auf einen Knopf auf seinem Schreibtisch. «Miss Parton, schicken Sie Mr. Ingleby mal zu mir.»

Als Mr. Ingleby kam, lässig und unverschämt wie immer,

schob Mr. Armstrong ihm, halb sprachlos vor Belustigung, den Abzug der Originalanzeige zu, begleitet von einem so barbarisch eindeutigen Kommentar, daß Mr. Copley rot wurde.

Mr. Ingleby, unerschrocken, krönte die Situation mit einer noch schamloseren Bemerkung, und Miss Parton, die mit einem Stenogrammblock in der Hand wartend dastand, gluckste geziert.

«Aber wissen Sie, Sir», sagte Ingleby, «das ist nicht meine Schuld. Ich hatte für die Skizze ursprünglich einen von beruflichen Pflichten überlasteten Mann vorgesehen. Wenn nun diese Unschuldslämmer im Atelier meinen wohlanständigen Vorschlag ignorieren und statt dessen einen (männliches Synonym) und eine (weibliches Synonym) malen, die aussehen, als wenn sie die Nacht durchgemacht hätten, muß ich jede Verantwortung dafür ablehnen.»

«Haha!» machte Mr. Armstrong. «Das ist typisch Barrow. Ich will doch nicht hoffen, daß Barrow –»

Die Fortsetzung dieses Satzes war mehr ein Kompliment für die Tugendhaftigkeit des Atelierleiters als für seine Männlichkeit.

Mr. Hankin brach plötzlich in brüllendes Gelächter aus.

«Mr. Barrow verwirft sehr gern die Vorschläge, die von den Textern kommen», sagte Mr. Copley. «Ich möchte nicht annehmen, daß dahinter so etwas wie innerbetriebliche Eifersucht steckt, aber Tatsache ist –»

Aber Mr. Armstrong war so guter Dinge, daß er ihm gar nicht zuhörte und statt dessen unter allgemeinem Beifall einen Limerick rezitierte.

«Ist schon gut, Mr. Copley», sagte er, nachdem er sich halbwegs wieder gefaßt hatte. «Sie haben völlig richtig gehandelt. Ich werde Mr. Jollop die Sache erklären. Den trifft der Schlag.»

«Er wird sich wundern, daß *Sie* das haben durchgehen lassen», meinte Mr. Hankin.

«Und mit Recht», stimmte Mr. Armstrong ihm fröhlich zu. «Es kommt ja nicht oft vor, daß ich eine Zweideutigkeit übersehe. Ich muß gestern nicht in Form gewesen sein. Und Sie auch nicht, Tallboy. O Gott! Mr. Pym wird dazu noch einiges zu sagen haben. Ich freue mich schon auf sein Gesicht. Wenn das Ding doch nur durchgeschlüpft wäre! Er hätte die ganze Abteilung rausgeschmissen.»

«Es wäre jedenfalls sehr unangenehm gewesen», sagte Mr. Copley.

«Natürlich. Ich bin sehr froh, daß der *Morning Star* es noch gemerkt hat. Also gut. Das wäre erledigt. Nun, Mr. Hankin, zu dieser ganzseitigen Sopo-Anzeige –»

«Ich hoffe», sagte Mr. Copley, «daß Sie mit dem zufrieden sind, was ich getan habe. Ich hatte ja nicht viel Zeit –»

«Völlig richtig, völlig richtig», sagte Mr. Armstrong. «Ich bin Ihnen sehr dankbar. Aber am Rande bemerkt, Sie hätten schon jemandem Bescheid sagen können. Ich hing heute morgen ziemlich in der Luft.»

Mr. Copley erklärte, daß er versucht habe, Mr. Pym, Mr. Armstrong, Mr. Tallboy und Mr. Wedderburn zu erreichen, aber vergebens.

«Aha, verstehe», sagte Mr. Armstrong. «Aber warum haben Sie es nicht bei Mr. Hankin versucht?»

«Ich bin immer ab sechs zu Hause», fügte Mr. Hankin hinzu, «und gehe selten aus. Und wenn ich ausgehe, hinterlasse ich immer, wo ich zu erreichen bin.» (Das war ein Seitenhieb gegen Mr. Armstrong.)

Mr. Copley packte die Verzweiflung. Er hatte Mr. Hankin glatt vergessen und wußte nur zu gut, daß Mr. Hankin bei seiner ganzen zurückhaltenden Art alles, was nach Nichtachtung roch, sehr leicht übelnahm.

«Natürlich», stammelte er. «Natürlich, ja doch, das hätte ich tun sollen. Aber da Nutrax Ihr Kunde ist, Mr. Armstrong – dachte ich – da bin ich gar nicht auf die Idee gekommen, daß Mr. Hankin –»

Das war ein schlimmer taktischer Fehler. Erstens verstieß es gegen das große Pymsche Prinzip, daß jeder in der Textabteilung bereit und in der Lage zu sein hatte, die Arbeit jedes anderen zu übernehmen, wenn Not am Mann war. Und zweitens schloß es die Andeutung ein, daß Mr. Hankin weniger wendig sei als Mr. Copley selbst.

«Nutrax», sagte Mr. Hankin leicht von oben herab, «gehört gewiß nicht zu meinen Lieblingskunden. Aber ich bin zu meiner Zeit auch damit fertig geworden.» (Dies war erneut ein Seitenhieb gegen Mr. Armstrong, der manchmal seine Launen hatte und dann unter dem Vorwand nervöser Erschöpfung alle seine Kunden Mr. Hankin aufhalste.) «Jedenfalls übersteigt es meine Fähigkeiten nicht mehr als die eines kleinen Texters.»

«Nun, nun», griff Mr. Armstrong schnell ein, bevor Mr. Hankin etwas wirklich Ungehöriges tat, nämlich einen Mitarbeiter der eigenen Abteilung vor dem Angehörigen einer anderen Abteilung herunterzuputzen. «Es ist ja nicht so wichtig, und Sie haben in einer unangenehmen Lage Ihr Bestes getan. Kein Mensch kann an alles denken. Also, Mr. Hankin –» er entließ die niederen Chargen mit einem Kopfnicken – «nun wollen wir die Sopo-Frage ein für allemal klären. Gehen Sie nicht, Miss Parton, Sie sollen noch etwas notieren. Das mit Nutrax erledige ich, Mr. Tallboy. Lassen Sie sich keine grauen Haare wachsen.»

Die Tür schloß sich hinter Mr. Copley, Mr. Ingleby und Mr. Tallboy.

«Mein Gott!» sagte Mr. Ingleby. «Was für ein Theater! Spannungsgeladen von Anfang bis Ende. Fehlte nur noch Barrow, um das Glück vollkommen zu machen. Da fällt mir ein, daß ich zu ihm muß und ihn ein bißchen auf den Arm nehmen. Das wird ihn künftig lehren, meine intelligenten Vorschläge zu verwerfen! Hallo, da ist ja die Meteyard! Der muß ich noch schnell erzählen, was Armstrong über Barrow gesagt hat.»

Er verschwand in Miss Meteyards Zimmer, aus dem schon bald ein höchst undamenhaftes Lachen erscholl. Mr. Copley, dessen Kopf sich anfühlte, als ob er voller Granitbrocken wäre, die dauernd gegen seine Schädeldecke krachten, begab sich steifbeinig in Richtung seines eigenen Reviers. Als er durch den Versand kam, hatte er eine Vision von Mrs. Crump, die in Tränen aufgelöst vor Mrs. Johnsons Schreibtisch stand, aber er achtete nicht weiter darauf. Sein einziger verzweifelter Wunsch war, Mr. Tallboy abzuschütteln, der ihm grimmig entschlossen auf den Fersen blieb.

«Oh, Mr. Tallboy!»

Mrs. Johnsons schriller Ruf war für Mr. Copley wie ein Befreiungssignal. Wie ein Kaninchen schoß er in seinen Bau. Er mußte jetzt das Aspirin nehmen und es auf die Folgen ankommen lassen. Hastig schluckte er drei Tabletten auf einmal, ohne sich zuerst auch nur ein Glas Wasser zu holen, setzte sich auf seinen Drehstuhl und schloß die Augen.

Rums, rums, rums, machten die Steine in seinem Kopf. Wenn er doch nur so sitzen bleiben könnte, ganz still, nur ein halbes Stündchen –

Die Tür wurde heftig aufgestoßen.

«Hören Sie mal, Copley», sagte Mr. Tallboy mit einer Stimme wie ein Preßluftbohrer, «als Sie gestern abend in meinem Schreibtisch gewühlt haben, hatten Sie da etwa die bodenlose Unverschämtheit, in meinen Privatsachen herumzuschnüffeln?»

«Um Himmels willen», stöhnte Mr. Copley, «machen Sie

doch nicht solchen Lärm. Ich habe einen Kopf zum Zerspringen.»

«Es ist mir schnurzpiepegal, was Sie für einen Kopf haben», erwiderte Mr. Tallboy, wobei er die Tür hinter sich zuwarf, daß es klang wie ein Kanonenschuß. «Gestern abend war in meinem Schreibtisch noch ein Umschlag mit 50 Pfund, und der ist weg, und diese alte (Beiwort) Mrs. Crump sagt, sie hat Sie in meinen Papieren herum-(ordinäres Wort) sehen.»

«Ich habe Ihre 50 Pfund hier», entgegnete Mr. Copley mit aller Würde, die er aufbieten konnte. «Ich habe sie für Sie an einem sicheren Ort aufbewahrt, und ich muß sagen, Tallboy, daß ich es äußerst rücksichtslos von Ihnen finde, Ihr Eigentum so vor den Augen der Putzfrauen herumliegen zu lassen. Das ist eine Gemeinheit. Sie sollten da etwas rücksichtsvoller sein. Und ich habe nicht in Ihrem Schreibtisch gewühlt, wie Sie es ausdrücken. Ich habe nur nach dem Bürstenabzug des Nutrax-Zweispalters gesucht, und als ich den Schreibtisch wieder zuschloß, ist dieser Umschlag herausgefallen.»

Er bückte sich, um seine Schublade aufzuschließen, und fühlte dabei einen gräßlichen Schmerz.

«Wollen Sie sagen», rief Mr. Tallboy, «daß Sie die unaussprechliche Frechheit hatten, mein Geld mit in Ihr verdammtes Zimmer zu nehmen –»

«In Ihrem Interesse», sagte Mr. Copley.

«Ich pfeife auf Ihr Interesse! Warum, zum Teufel, konnten Sie es nicht in ein Fach legen, statt Ihre Finger da hineinzustecken?»

«Ist Ihnen nicht klar –»

«Mir ist nur eines klar», sagte Mr. Tallboy, «nämlich daß Sie ein (nicht druckreif) seniler, idiotischer Schnüffler sind. Wieso Sie da Ihre Nase hineinstecken mußten –»

«Wirklich, Mr. Tallboy –»

«Was ging die Sache Sie überhaupt an?»

«Die Sache ging jeden etwas an», sagte Mr. Copley – so zornig, daß er darüber fast sein Kopfweh vergaß –, «dem das Wohl der Firma am Herzen liegt. Ich bin wesentlich älter als Sie, Mr. Tallboy, und zu meiner Zeit hätte ein Gruppenleiter sich geschämt, aus dem Haus zu gehen, bevor er Gewißheit hatte, daß mit seiner Anzeige für den nächsten Tag alles in Ordnung war. Es ist mir schon unbegreiflich, wie Sie so eine Anzeige überhaupt durchgehen lassen konnten. Dann haben Sie das Klischee zu spät geliefert. Sie wissen vielleicht noch gar nicht, daß es erst um fünf nach sechs beim *Morning Star* angekommen ist – *fünf Minuten nach sechs!* Und statt auf Ihrem Posten zu sein, um eventuelle Korrekturen vornehmen zu können –»

«Ich brauche mich von Ihnen nicht über meine Aufgaben belehren zu lassen», sagte Mr. Tallboy.

«Entschuldigung, das glaube ich aber doch.»

«Und was hat das überhaupt hiermit zu tun? Hier geht es darum, daß Sie Ihre Nase in meine Privatangelegenheiten –»

«Das habe ich nicht! Der Umschlag ist heraus –»

«Das ist eine gemeine Lüge!»

«Entschuldigung, es ist die Wahrheit.»

«Sagen Sie nicht dauernd ‹Entschuldigung› wie eine Küchenmagd.»

«Verlassen Sie mein Zimmer!» schrie Mr. Copley.

«Ich verlasse Ihr vermaledeites Zimmer nicht, bevor ich eine Entschuldigung von Ihnen höre.»

«Ich glaube, die Entschuldigung müßte *ich* von *Ihnen* bekommen.»

«*Sie*?» Mr. Tallboys Stimme überschlug sich fast. «Sie –! Wieso in drei Teufels Namen konnten Sie nicht wenigstens soviel Anstand besitzen und mich anrufen?»

«Sie waren ja nicht zu Hause.»

«Woher wissen Sie das? Haben Sie's versucht?»

«Nein, ich wußte, daß Sie nicht zu Hause waren. Ich habe Sie nämlich in der Southampton Row gesehen.»

«Sie haben mich in der Southampton Row gesehen und nicht einmal den simplen Anstand besessen, mich anzusprechen und mir zu sagen, was Sie getrieben hatten? Wahrhaftig, Copley, ich glaube, Sie wollten mich unbedingt hereinreißen. Und das Geld wollten Sie womöglich auch gleich für sich behalten.»

«Wie können Sie es wagen, so etwas zu behaupten?»

«Und dann Ihr ganzer Quatsch von wegen Rücksicht auf die Putzfrauen! Das ist doch die blanke Heuchelei. Natürlich habe ich gedacht, eine von ihnen hätte es genommen. Ich habe zu Mrs. Crump gesagt –»

«Sie haben Mrs. Crump beschuldigt?»

«Ich habe sie nicht beschuldigt, ich habe ihr gesagt, daß ich 50 Pfund vermisse.»

«Das zeigt mir, was Sie für einer sind», begann Mr. Copley.

«Und zum Glück hatte sie gesehen, daß Sie an meinem Schreibtisch waren. Sonst hätte ich von meinem Geld wahrscheinlich nie mehr was gehört.»

«Sie haben kein Recht, so zu reden.»

«Ich habe sehr viel mehr Recht, so zu reden, als Sie ein Recht hatten, das Geld zu stehlen.»

«Nennen Sie mich etwa einen Dieb?»

«Jawohl!»

«Und ich nenne Sie einen Schurken», keuchte Mr. Copley. «Einen unverfrorenen Schurken, jawohl. Und ich kann nur sagen, wenn Sie auf ehrliche Weise an dieses Geld gekommen wären, was ich bezweifle, mein Herr, was ich sehr bezweifle –»

Mr. Bredon schob seine lange Nase um den Türpfosten.

«Sagen Sie mal», blökte er besorgt, «ich mische mich ja ungern ein und so weiter, aber Hankie läßt grüßen und fragen, ob Sie sich nicht ein bißchen leiser unterhalten können. Mr. Simon Brotherhood ist bei ihm.»

Eine Pause trat ein, in der sich beide Kontrahenten der Dünne der nur aus Hartfaserplatten bestehenden Trennwand zwischen Mr. Hankins und Mr. Copleys Zimmer bewußt wurden. Dann steckte Mr. Tallboy den zurückerhaltenen Umschlag in die Tasche.

«Na schön, Copley», sagte er. «Ich werde Ihnen Ihre freundliche Einmischung jedenfalls nicht vergessen.» Damit stürzte er hinaus.

«O mein Gott, mein Gott!» stöhnte Mr. Copley und nahm den Kopf zwischen die Hände.

«Ist was los?» erkundigte sich Mr. Bredon.

«Bitte gehen Sie», flehte Mr. Copley, «mir ist so furchtbar elend.»

Mr. Bredon zog sich wie auf Katzenpfoten zurück. Sein neugieriges Gesicht strahlte vor stiller Bosheit. Er verfolgte Mr. Tallboy bis in den Versand und traf ihn dort im ernsten Gespräch mit Mrs. Johnson an.

«Sagen Sie, Tallboy», meinte er, «was ist denn mit Copley los? Er sieht schrecklich mitgenommen aus. Haben Sie ihm auf die Hühneraugen getreten?»

«Sie geht das jedenfalls nichts an», versetzte Mr. Tallboy mürrisch. «Also gut, Mrs. Johnson, ich werde Mrs. Crump aufsuchen und das in Ordnung bringen.»

«Das will ich hoffen, Mr. Tallboy, und wenn Sie das nächste Mal Wertsachen mit hierherbringen, wünschte ich, Sie gäben sie bei mir ab, damit ich sie unten im Safe einschließen kann. Solche Geschichten sind nicht sehr erfreulich, und Mr. Pym wäre sehr aufgebracht, wenn er davon erführe.»

Mr. Tallboy flüchtete sich in den Aufzug, ohne sich zu einer Antwort herabzulassen.

«Heute morgen scheint es hier ein wenig hektisch zuzugehen, Mrs. Johnson», bemerkte Mr. Bredon, indem er auf dem Schreibtisch der guten Dame Platz nahm. «Selbst die hohe Herrscherin über den Versand wirkt etwas abgekämpft. Aber so ein bißchen gerechte Empörung steht Ihnen gut. Läßt das Auge funkeln und gibt dem Teint einen rosigen Schimmer.»

«Jetzt ist es aber genug, Mr. Bredon. Was sollen denn meine Jungen von mir denken, wenn Sie mich hier zum besten halten? Aber es stimmt schon, einige von unseren Leuten hier sind wirklich etwas anstrengend. Jedenfalls muß ich mich vor meine Frauen stellen, Mr. Bredon, und vor meine Jungen. Da ist keiner darunter, dem ich nicht trauen würde, und es ist einfach nicht recht, Anschuldigungen gegen sie zu erheben, ohne etwas beweisen zu können.»

«So was ist schlicht ungehörig», gab Mr. Bredon zu. «Wer hat denn Anschuldigungen gegen wen erhoben?»

«Nun, ich weiß nicht, ob ich aus der Schule plaudern soll», sagte Mrs. Johnson, «aber es erfordert einfach die Gerechtigkeit gegenüber Mrs. Crump, wenn ich sage –»

Natürlich kannte der schmeichlerische Mr. Bredon binnen fünf Minuten die ganze Geschichte.

«Aber Sie dürfen nicht hingehen und das überall herumerzählen», sagte Mrs. Johnson.

«Natürlich nicht», versicherte Mr. Bredon. «Hallo, ist das der junge Mann mit unserem Kaffee?»

Er sprang elastisch von seinem Sitz und eilte ins Schreibzimmer, wo Miss Parton einem gebannt lauschenden Publikum soeben die saftigsten Stellen aus der morgendlichen Szene mit Mr. Armstrong erzählte.

«Das ist noch gar nichts», verkündete Mr. Bredon. «Sie kennen die neueste Entwicklung nicht.»

«Oh, und was ist das?» rief Miss Rossiter.

«Ich habe versprochen, nichts weiterzuerzählen», sagte Mr. Bredon.

«Gemeinheit, so was!»

«Na ja, ich hab's nicht direkt versprochen. Ich wurde darum gebeten.»

«Geht es um Mr. Tallboys Geld?»

«Sie wissen es also schon? So eine Enttäuschung!»

«Ich weiß, daß die arme kleine Mrs. Crump heute früh geweint hat, weil Mr. Tallboy ihr vorgeworfen hat, sie habe Geld aus seinem Schreibtisch genommen.»

«Nun, wenn Sie das schon wissen», sagte Mr. Bredon unschuldig, «dann erfordert es die Gerechtigkeit gegenüber Mrs. Crump –»

Seine Zunge lief wie geschmiert.

«Also, das finde ich wirklich zu garstig von Mr. Tallboy», sagte Miss Rossiter. «Er ist immer so ungezogen zu dem armen Mr. Copley. Eine Schande ist das. Und es ist gemein, die Putzfrauen zu verdächtigen.»

«O ja», pflichtete Miss Parton ihr bei, «aber für diesen Copley habe ich nun auch nichts übrig. Er ist ein bösartiger kleiner Petzer. Einmal hat er Hankie erzählen müssen, daß er mich mit einem Herrn beim Hunderennen gesehen hat. Als ob es ihn was anginge, was unsereiner in der Freizeit tut. Überall muß er sich einmischen. Auch als kleine Stenotypistin ist man ja noch nicht gleich eine heidnische Sklavin. Ah, da kommt Mr. Ingleby. Kaffee, Mr. Ingleby? Sagen Sie, haben *Sie* schon davon gehört, daß Copley 50 Pfund von Mr. Tallboy geklaut haben soll?»

«Was Sie nicht sagen!» rief Mr. Ingleby, indem er ein buntes Gemisch von diesem und jenem aus dem Papierkorb kippte, bevor er diesen umdrehte und sich darauf setzte. «Erzählen Sie mir's schnell! Mein Gott, ist das ein herrlicher Tag heute!»

«Also», begann Miss Rossiter, lustvoll die Berichterstattung übernehmend, «da hat jemand Mr. Tallboy 50 Pfund in einem eingeschriebenen Brief geschickt –»

«Was ist da los?» unterbrach Miss Meteyard, die mit ein paar beschriebenen Blättern in der einen und einer Tüte Pfefferminzbonbons in der anderen Hand eintrat. «Hier sind ein paar Lutscher für meine lieben Kleinen. Und jetzt erzählen Sie noch mal von Anfang an. Ich wünschte, jemand würde *mir* mal 50 Pfund in eingeschriebenen Briefen schicken. Wer war der Wohltäter?»

«Weiß ich nicht. Wissen Sie es, Mr. Bredon?»

«Keine Ahnung. Aber es war alles in kleinen Scheinen, was fürs erste schon einmal verdächtig ist.»

«Und er hat sie mit in die Firma gebracht, um sie zur Bank zu bringen.»

«Aber dann hatte er zuviel zu tun», fiel Miss Parton ein, «und hat's vergessen.»

«50 Pfund möchte ich auch mal vergessen», meinte Miss Partons Busenfreundin aus der Druckerei.

«Nun, wir sind ja auch nur arme kleine Stenotypistinnen, die für ihr Geld arbeiten müssen. 50 Pfund scheinen für Mr. Tallboy jedenfalls gar nichts zu sein. Er hat sie in seinen Schreibtisch gelegt –»

«Warum nicht in die Tasche gesteckt?»

«Weil er in Hemdsärmeln arbeitete und solche Reichtümer nicht einfach am Kleiderhaken hängen lassen wollte –»

«So was Mißtrauisches wie dieser Mann –»

«Stimmt; also in der Mittagspause hat er es vergessen. Und nachmittags mußte er feststellen, daß die Klischeehersteller etwas Dummes mit der Nutrax-Anzeige angestellt hatten –»

«War er deswegen so spät damit dran?» erkundigte sich Mr. Bredon.

«Ja, das war's. Und wißt ihr was, ich habe noch etwas herausgekriegt. Mr. Drew –»

«Wer ist Mr. Drew?»

«Dieser kleine Dicke von Cormorant Press. Er hat zu Mr. Tallboy gesagt, er findet die Schlagzeile ein bißchen heiß. Und Mr. Tallboy hat gemeint, er habe eine schmutzige Phantasie, und außerdem hätten alle die Schlagzeile genehmigt, und jetzt sei es sowieso zu spät, noch was daran zu ändern –»

«Jemine!» brach es plötzlich aus Mr. Garrett heraus. «Wie gut, daß Copley davon nichts erfahren hat! Das hätte er ihm tüchtig reingerieben. Ich muß schon sagen, ich finde auch, daß Tallboy da was hätte unternehmen sollen.»

«Wer hat Ihnen das erzählt?»

«Mr. Wedderburn. Drew hat ihn heute morgen darauf angesprochen und gemeint, sie hätten es sich ja anscheinend doch noch anders überlegt.»

«Na, nun erzählen Sie mal weiter.»

«Bevor Mr. Tallboy das Klischee korrigiert hatte, war die Bank zu. Daraufhin hat er es wieder vergessen, ist nach Hause gegangen und hat die 50 Pfund im Schreibtisch liegenlassen.»

«Macht er so was öfter?»

«Weiß der Himmel. Und Copley mußte Überstunden machen wegen seiner Gelees –»

Tratsch, tratsch. Nichts von der Geschichte ging in der Erzählung verloren.

«– die arme Mrs. Crump hat geheult wie ein Schloßhund –»

«– Mrs. Johnson hatte *so* eine Wut –»

«– einen *entsetzlichen* Krach gemacht. Mr. Bredon hat es gehört. Wie hat er ihn genannt, Mr. Bredon?»

«– hat ihm vorgeworfen, er hätte das Geld stehlen wollen –»
«– Dieb und Schurke –»
«– was Brotherhood gedacht haben muß –»
«– fliegen raus, mich würd's nicht wundern –»
«– mein Gott, wie *aufregend* es hier zugeht!»

«Und nebenbei», bemerkte Mr. Ingleby schadenfroh, «ich hab's Barrow wegen dieser Skizze ganz schön gegeben.»

«Sie *werden* ihm doch nicht erzählt haben, was Mr. Armstrong gesagt hat!»

«Nein. Wenigstens hab ich ihm nicht gesagt, daß es von Armstrong stammt. Aber ich habe ihm mit eigenen Worten so etwas angedeutet.»

«Sie sind ein schrecklicher Mensch.»

«Er will sich an der Abteilung bitter rächen – besonders an Copley.»

«Weil Copley vorige Woche wegen einer Jamboree-Anzeige zu Hankie gegangen ist und sich beschwert hat, daß Barrow sich nicht an seine Anweisungen hält, und nun meint er, diese Geschichte ist ein Komplott von Copley, um –»

«Ruhe!»

Miss Rossiter sprang an ihre Schreibmaschine und begann wie wild auf die Tasten zu hämmern.

Mitten in den bedeutungsvollen Stillstand der Zungen hinein trat Mr. Copley ins Zimmer.

«Ist dieser Jamboree-Text für mich fertig, Miss Rossiter? Hier scheint ja heute morgen nicht sehr viel gearbeitet zu werden.»

«Sie werden sich ein wenig gedulden müssen, Mr. Copley. Ich muß noch einen Bericht für Mr. Armstrong fertig schreiben.»

«Und ich werde mal mit Mr. Armstrong darüber reden müssen, wie hier gearbeitet wird», sagte Mr. Copley. «In diesem Zimmer geht es zu wie in einer Kneipe. Eine Schande ist das.»

«Warum erschrecken Sie nicht Mr. Hankin mal damit?» fuhr Miss Parton ihn ungnädig an.

«Nein, aber wirklich, Copley, alter Freund», meinte Mr. Bredon ernst. «Sie dürfen sich von solchen Kleinigkeiten nicht gleich so aufregen lassen. Das tut man doch nicht, altes Haus. Wirklich nicht. Sie müßten mal sehen, wie ich von Miss Parton bedient werde. Sie frißt mir aus der Hand. Ein paar Nettigkeiten und ein warmer Händedruck wirken bei ihr Wunder. Wenn Sie recht schön bitten, tut sie alles für Sie.»

«Ein Mann in Ihrem Alter, Bredon, sollte etwas Besseres zu tun wissen», sagte Mr. Copley, «als den ganzen Tag hier herumzulungern. Bin ich der einzige in diesem Haus, der zu arbeiten hat?»

«Wenn Sie nur wüßten», erwiderte Mr. Bredon, «wie ich hier schufte. Paßt mal auf», fügte er hinzu, als der unglückliche Mr. Copley sich verzog, «schreibt doch dem armen alten Knaben rasch sein Zeug. Es ist nicht nett, ihn so auf den Arm zu nehmen. Er war ja furchtbar grün um die Kiemen.»

«Schon recht», meinte Miss Parton liebenswürdig. «Mir macht's ja nichts aus. Ich kann es auch gleich hinter mich bringen.»

Die Schreibmaschinen klapperten wieder.

9

Herzlose Maskerade eines Harlekins

Dian de Momerie behauptete ihren Platz. Gewiß, der große Chrysler und der Bentley vor ihr hatten mehr Pferdestärken, aber der junge Spenlow war zu betrunken, um noch lange durchzuhalten, und Harry Thorne war schon immer ein miserabler Fahrer gewesen. Sie brauchte sich nur in sicherem Abstand anzuhängen und zu warten, bis sie Bruch machten. Wenn «Spot» Lancaster sie doch nur in Ruhe ließe! Es störte sie beim Fahren, wenn er mit seinen plumpen Händen nach ihren Hüften grabschte. Sie nahm die schmale Sandale ein wenig vom Gashebel und stieß ihm zornig den Ellbogen ins erhitzte Gesicht.

«Hör auf damit, du Trottel! Durch dich landen wir noch im Graben, und dann haben wir verloren.»

«He, sag mal!» protestierte Spot. «Mach so was nicht! Das tut weh.»

Sie ignorierte ihn und hielt den Blick auf der Straße. Alles stimmte heute nacht bis aufs I-Tüpfelchen. Bei Todd Milligan hatte es einen sehr anregenden und amüsanten Krach gegeben, und Todd hatte mal so einiges zu hören bekommen. Um so besser. Sie hatte Todds Herumkommandiererei satt. Sie war gerade richtig beschwipst, nicht zuviel und nicht zuwenig. Die Hecken blitzten und brüllten an ihnen vorüber; die Straße, erhellt von den tastenden Scheinwerfern, wirkte wie ein Kriegsschauplatz voller Löcher und Hügel, die sich unter den jagenden Rädern wie durch ein Wunder glätteten. Der Wagen nahm die Bodenwellen wie ein Schiff. Sie wünschte nur, es wäre ein offener Wagen, nicht Spots ordinäre, spießige Limousine.

Der Chrysler vor ihnen schlingerte bedenklich, schleuderte sein großes Heck hin und her wie ein Fisch den Schwanz. Was hatte Harry Thorne so ein Auto zu fahren, wenn er es nicht einmal auf der Straße halten konnte! Und jetzt nahte eine scharfe S-Kurve. Dian wußte das. Ihre Sinne schienen unnatürlich geschärft – sie sah die Straße vor sich ausgebreitet wie auf einer Landkarte. Thorne nahm die erste Kurve – viel zu weit –, und der junge Spenlow schnitt ihn von links. Jetzt machte sie das Rennen – nichts konnte sie mehr daran hindern. Spot trank schon wieder aus einer Reiseflasche. Sollte er doch. Ihr konnte es nur nützen. Der Chrysler, mit brutaler Gewalt auf die andere Straßenseite gerissen, erwischte den Bentley in der Innenkurve, drückte ihn gegen die Böschung und riß ihn herum, bis er quer auf der Straße stand. War da noch Platz zum Vorbeifahren? Sie scherte aus, ihre Außenräder holperten übers Grasbankett. Der Chrysler taumelte weiter, heftig schlingernd infolge des Anpralls. Er raste die Böschung hinauf und brach durch die Hecke. Sie hörte Thorne einen Schrei ausstoßen – sah den großen Wagen wie durch ein Wunder wieder auf den Rädern landen, ohne sich zu überschlagen, und antwortete mit einem Triumphschrei. Und dann war die Straße plötzlich taghell, wie im Strahl eines Suchscheinwerfers, der den Schein ihrer eigenen Lampen schluckte wie die Sonne ein Kerzenlicht.

Sie beugte sich zu Spot hinüber. «Wer ist das da hinter uns?»

«Weiß nicht», knurrte Spot, indem er vergebliche Verrenkungen ausführte, um durch das kleine Heckfenster hinauszusehen. «Irgendein komischer Trottel.»

Dian schob das Kinn vor. Zum *Teufel*, wer hatte so ein Auto? Im Rückspiegel war nur das grelle Licht des Scheinwerferpaars zu sehen. Sie trat das Gaspedal bis zum Anschlag durch, und der Wagen machte einen Satz nach vorn. Aber der Verfolger hielt mühelos mit. Sie zog zur Straßenmitte. Sollte er sie rammen, wenn er wollte. Er blieb unbarmherzig dran. Aus der Dunkelheit sprang eine schmale, bucklige Brücke auf sie zu. Sie schoß hinüber und schien über den Rand der Welt hinauszuspringen. Dann ein Dorf mit einem breiten, offenen Platz. Das war eine Chance für den Mann. Er nutzte sie. Ein großer dunkler Schatten tauchte neben ihr auf, lang, flach und offen. Aus dem Augenwinkel schielte sie nach dem Fahrer. Für die Dauer von fünf Sekunden blieb er neben ihr, Kopf an Kopf, und sie sah die schwarze Maske und Kappe und einen Blitz von Schwarz und Silber. Dann verengte sich die Straße wieder, und er zog an und setzte sich vor sie. Sie erinnerte sich, was Pamela Dean zu ihr gesagt hatte: «Du wirst ihn sehen, wenn du am allerwenigsten mit ihm rechnest.»

Was immer passierte, sie mußte dranbleiben. Er fuhr vor ihr her, leicht und kraftvoll wie ein Panther, das rote Rücklicht in neckend kurzem Abstand vor ihr. Sie hätte aufschreien mögen vor Wut. Er spielte mit ihr!

«Ist das alles, was dein dämlicher Ofen schafft?»

Spot war eingeschlafen. Sein Kopf fiel gegen ihren Arm, und sie stieß ihn unsanft weg. Zwei Meilen, und die Straße fuhr in einen Tunnel aus Bäumen ein; auf beiden Seiten Wald. Der führende Wagen schwenkte plötzlich in einen Seitenweg ab und durch ein offenes Gatter unter den Bäumen, kurvte tief in den Wald hinein und hielt plötzlich an. Alle Lichter gingen aus.

Sie trat hart auf die Bremse und sprang hinaus. Über ihr neigten sich die Baumkronen im Wind gegeneinander. Sie lief zu dem anderen Wagen. Er war leer.

Sie blickte um sich. Bis auf den Lichtkegel aus ihren eigenen Scheinwerfern herrschte ringsum ägyptische Finsternis. Zwischen Dornengestrüpp und Gras stolperte sie über ihr langes Kleid. Sie rief:

«Wo bist du? Wo hast du dich versteckt? Sei doch nicht so *albern*!»

Keine Antwort. Aber kurz darauf ertönte von weitem, wie zum Hohn, eine hohe, dünne Flötenmelodie. Kein Schlager, sondern ein Lied, das sie aus Kindertagen kannte:

Tom, Tom, des Pfeifers Sohn,
Flötete als Junge schon,
Doch er kannte nur dies Lied:
«Seht, was über die Berge zieht –»

«Das ist doch zu *dumm*!» sagte Dian.

Über die hohen Berge geschwind
Weht mein Haarschopf fort im Wind.

Der Ton war so körperlos, als komme er aus dem Nichts. Sie lief vorwärts – der Ton wurde schwächer. Eine kräftige Brombeerranke schlang sich um ihr Bein und zerriß ihr den Seidenstrumpf und den Knöchel darunter. Sie befreite sich gewaltsam und lief in eine neue Richtung. Die Flötentöne verstummten. Plötzlich bekam sie Angst vor den Bäumen und der Dunkelheit. Der Alkohol versagte ihr die beruhigende Stütze, die er ihr bisher gegeben hatte, und an deren Stelle traten Angst und Grauen. Sie dachte an Toms Schnapsflasche und begann sich zum Wagen zurückzukämpfen. Da gingen die Scheinwerfer aus, und sie stand allein zwischen den Bäumen im Wind.

Die durch Gin und ausgelassene Gesellschaft hervorgerufene

Hochstimmung überlebt keine lange Belagerung durch Dunkelheit und Einsamkeit. Sie rannte jetzt verzweifelt drauflos und schrie. Eine Wurzel griff wie eine Hand nach ihrem Knöchel und brachte sie zu Fall, und sie blieb angstvoll liegen.

Die dünne Melodie begann von neuem.

Tom, Tom, des Pfeifers Sohn –

Sie richtete sich auf.

«Die Angst, die Wald und Dunkelheit uns einflößen», sagte eine spöttische Stimme irgendwo über ihr, «wurde von den Menschen der Antike panische Angst genannt, oder die Angst vor dem großen Gott Pan. Es ist interessant, zu beobachten, daß der moderne Fortschritt es nicht ganz und gar vermocht hat, sie aus disziplinlosen Köpfen zu verbannen.»

Dian starrte nach oben. Ihre Augen gewöhnten sich an die Nacht, und in den Ästen über ihr erblickten sie einen blassen, silbernen Schimmer.

«Was wollen Sie mit diesem idiotischen Benehmen?»

«In erster Linie Reklame für mich machen. Man muß anders sein. Ich bin immer anders. Und genau aus diesem Grund, meine Verehrteste, bin ich der Verfolgte und nicht der Verfolger. Sie können es billige Effekthascherei nennen, und die ist es auch, aber für ginerweichte Gehirne genau das Richtige. Bei Leuten wie Ihnen, wenn ich das sagen darf, wären feinere Methoden für die Katz.»

«Ich wünschte, Sie kämen endlich mal da herunter.»

«Kann schon sein. Aber ich habe es lieber, wenn man zu mir aufblickt.»

«Sie können nicht die ganze Nacht da oben bleiben. Überlegen Sie mal, was Sie am Morgen für eine komische Figur abgäben.»

«Schon, aber verglichen mit Ihnen werde ich immer noch aussehen wie aus dem Ei gepellt. Mein Kostüm ist für mitternächtliche akrobatische Übungen im Wald besser geeignet als Ihres.»

«Wozu machen Sie das überhaupt?»

«Nur zu meinem Vergnügen – das ist doch der einzige Grund, der für Sie zählt.»

«Dann bleiben Sie oben und vergnügen Sie sich allein. Ich mache, daß ich nach Hause komme.»

«Ihr Schuhzeug eignet sich nicht sehr für einen langen Marsch – aber wenn es Ihnen Spaß macht, sollten Sie unbedingt gehen.»

«Wieso soll ich zu Fuß gehen?»

«Weil ich die Zündschlüssel beider Autos in der Tasche habe. Eine einfache Vorsichtsmaßnahme, mein lieber Watson. Auch wäre es nicht sehr sinnvoll, wenn Sie versuchten, Ihren Begleiter mit einer Nachricht fortzuschicken. Er liegt selig in Morpheus' Armen – das ist ein sehr alter und mächtiger Gott, wenn auch nicht so alt wie Pan.»

«Ich hasse Sie», sagte Dian.

«Dann sind Sie auf dem besten Wege, mich zu lieben – was nur natürlich ist. Wir müssen stets das Höchste lieben, das wir sehen. Können Sie mich sehen?»

«Nicht sehr gut. Ich könnte Sie besser sehen, wenn Sie runterkämen.»

«Könnten Sie mich dann auch mehr lieben?»

«Vielleicht.»

«Dann fühle ich mich sicherer, wo ich bin. Ihre Liebhaber haben es an sich, ein schlimmes Ende zu nehmen. Der junge Carmichael zum Beispiel –»

«Dafür konnte ich nichts. Er hatte zuviel getrunken. Er war ein Idiot.»

«Und Arthur Barrington –»

«Dem habe ich gesagt, daß es wenig Sinn hat.»

«Überhaupt keinen. Aber er hat es trotzdem versucht und sich das Gehirn aus dem Schädel gepustet. Wenn es auch kein besonders gutes Gehirn war – es war aber das einzige, das er hatte. Und Victor Dean –»

«Diese kleine Ratte! Das hatte mit mir überhaupt nichts zu tun.»

«Nein?»

«Wieso denn? Er ist eine Treppe hinuntergefallen, nicht?»

«Richtig, aber warum?»

«Das weiß ich doch nicht.»

«Wirklich nicht? Ich dachte, Sie wüßten es vielleicht. Warum haben Sie denn Victor Dean den Laufpaß gegeben?»

«Weil er ein blöder kleiner Langweiler war, genau wie alle anderen.»

«Sie mögen Leute, die anders sind?»

«Ich mag alles, was anders ist.»

«Und wenn Sie einen finden, der anders ist, versuchen Sie ihn zu machen wie alle anderen. Kennen Sie jemanden, der anders ist?»

«Ja, Sie.»

«Nur solange ich auf meinem Ast bleibe, Circe. Wenn ich mich zu Ihnen hinunterbegebe, bin ich genau wie alle anderen.»

«Komm doch mal runter und versuch's.»

«Ich weiß, wo ich sicher bin. Kommen Sie doch rauf zu mir.»

«Sie wissen genau, daß ich nicht zu Ihnen raufkann.»

«Natürlich nicht. Sie können nur immer tiefer sinken.»

«Wollen Sie mich beleidigen?»

«Ja. Aber es ist nicht leicht.»

«Komm runter, Harlekin. Ich will dich hier haben.»

«Das ist wohl ein ganz neues Gefühl für Sie, ja? Etwas zu wünschen, was Sie nicht haben können. Sie sollten mir dankbar sein.»

«Ich wünsche mir immer, was ich nicht haben kann.»

«Was denn?»

«Leben – Aufregung –»

«Sehen Sie, das bekommen Sie jetzt. Erzählen Sie mir alles über Victor Dean.»

«Warum wollen Sie etwas über ihn wissen?»

«Das ist ein Geheimnis.»

«Wenn ich es Ihnen erzähle, kommen Sie dann runter?»

«Vielleicht.»

«Komischer Geschmack, daß Sie über den was hören wollen.»

«Ich bin berühmt für meinen komischen Geschmack. Wie haben Sie ihn sich geangelt?»

«Wir sind mal eines Abends in irgend so ein furchtbar spießiges Tanzlokal gegangen. Wir hatten gedacht, das wird sensationell.»

«Und war's das?»

«Nein, es war ziemlich fad. Aber er war da und hat sich gleich in mich verknallt, und ich fand ihn so putzig. Das war alles.»

«Eine einfache Geschichte, in einfachen Worten wiedergegeben. Wie lange war er Ihr Hündchen?»

«Ungefähr ein halbes Jahr. Aber er war so furchtbar, furchtbar langweilig. Und so ein Spießer. Stell dir vor, Harlekin, er wurde richtig sauer und wollte mich vor den Traualtar schleppen. Lachst du, Harlekin?»

«Ich lache Tränen.»

«Er war gar nicht komisch. Ein Jammerlappen.»

«Mein Kind, Sie erzählen diese Geschichte sehr schlecht. Sie haben ihn zum Trinken verführt, und das hat sein Bäuchlein nicht vertragen. Sie haben ihn mit hohem Einsatz spielen lassen, und er hat gesagt, das könne er sich nicht leisten. Und Sie haben versucht, ihm Rauschgift zu geben, und das hat ihm nicht geschmeckt. Noch was?»

«Er war ein kleiner Schmarotzer, Harlekin. Wirklich. Er nahm mit, was er kriegen konnte.»

«Sie nicht?»

«Ich?» Dian war wirklich überrascht. «Ich bin ungeheuer großzügig. Ich habe ihm gegeben, was er haben wollte. So bin ich nun mal, wenn ich jemanden mag.»

«Er nahm, was er kriegen konnte, aber er gab es nicht aus wie ein Gentleman?»

«Genau. Weißt du, er hat sich ja sogar selbst mal als Gentleman bezeichnet. Ist das nicht zum Lachen? Wie im Mittelalter. Ein Gentleman tut so was nicht. Er meinte, wir brauchten nicht zu denken, daß er kein Gentleman sei, nur weil er als Angestellter arbeite. Ist das nicht zum Kugeln, Harlekin?»

Sie schüttelte und krümmte sich vor Heiterkeit.

«Paß mal auf, Harlekin! Ich erzähle dir etwas ganz Komisches. Eines Abends kam Todd Milligan rein, und ich hab zu ihm gesagt: ‹Das ist Victor Dean, ein Gentleman, und er arbeitet bei Pyms Werbedienst.› Worauf Todd gemeint hat: ‹Aha, Sie sind das also›, und ganz mörderisch hat er ihn dabei angeguckt. Und hinterher hat er mich auch gefragt, genau wie du, wie ich an Victor herangekommen bin. Das ist doch komisch, oder? Hat Todd dich etwa geschickt, mich danach zu fragen?»

«Nein, ich lasse mich nie schicken. Ich gehe immer, wohin ich will.»

«Also warum willst du denn nun so genau über Victor Dean Bescheid wissen?»

«Das ist doch richtig schön geheimnisvoll, nicht? Und was hat Milligan zu Dean gesagt?»

«Nicht viel, aber zu mir hat er gesagt, ich soll ihn mir warmhalten. Und später hat er dann ganz plötzlich gesagt, ich soll ihn zum Teufel jagen.»

«Und als braves kleines Mädchen haben Sie alles getan, was man Ihnen sagte?»

«Ich hatte Victor sowieso über. Und es ist nicht ratsam, sich mit Todd anzulegen.»

«Sicher nicht – er könnte den Nachschub sperren, wie? Wo kriegt er das Zeug eigentlich her?»

«Den Koks meinst du? Weiß ich nicht.»

«Stimmt vermutlich. Und Sie können es wohl auch nicht aus ihm herausbringen. Nicht mit all Ihrem Charme, Circe?»

«Oh, nicht bei Todd. Der hält dicht. Ein dreckiges Schwein ist er. Ich verachte ihn. Ich würde alles tun, um von Todd loszukommen. Aber er weiß zuviel. Und außerdem hat er den Stoff. Es haben schon viele versucht, von Todd loszukommen, aber sie sind immer wiedergekommen – freitags und samstags.»

«Da verteilt er das Zeug?»

«Meist. Aber –» sie begann wieder zu lachen – «heute abend warst du nicht da, oder? Es war zu komisch. Es muß ihm ausgegangen sein oder so was. Einen Höllenkrach hat's gegeben. Und dieses Furunkelweib, Babs Woodley, die hat das ganze Haus zusammengebrüllt. Gekratzt hat sie ihn. Hoffentlich kriegt er 'ne Blutvergiftung. Er hat versprochen, daß es morgen da ist, aber richtig idiotisch hat er ausgesehen, wie ihm das Blut so übers Kinn gelaufen ist. Sie hat gesagt, sie will ihn erschießen. Es war einfach herrlich.»

«Zweifellos eine Rabelaissche Szene.»

«Zum Glück hatte ich genug und konnte ihr wenigstens so viel geben, daß sie still war, und dann haben wir ein Autorennen beschlossen. Ich hab gewonnen – oder hätte gewonnen, wenn du nicht dazwischengekommen wärst. Wie kommst du überhaupt hierher?»

«Ach, nur so. Ich komme immer nur so.»

«Das stimmt nicht. Du kommst nur manchmal so. Du gehörst nicht zu Todds festem Kreis, oder?»

«Zur Zeit nicht.»

«Willst du vielleicht? Laß das lieber. Ich besorge dir das Zeug, wenn du möchtest. Aber Todd ist ein Tier. Von dem solltest du dich fernhalten.»

«Warnen Sie mich in meinem Interesse?»

«Ja.»

«Welche Liebe!»

«Nein, ich mein's ehrlich. Das Leben ist so schon die Hölle, aber wenn du dich mit Todd einläßt, wird's noch schlimmer.»

«Warum machen Sie dann nicht Schluß mit Todd?»

«Geht nicht.»

«Angst vor ihm?»

«Weniger vor ihm. Mehr vor den Leuten hinter ihm. Todd hat auch Angst. Er würde mich nie freigeben. Eher würde er mich töten.»

«Faszinierend! Ich glaube, ich muß Todd näher kennenlernen.»

«Am Ende hättest du dann auch Angst.»

«So? Nun, auch Angsthaben kann aufregend sein.»

«Komm mal herunter, Harlekin, dann zeig ich dir, wie das Leben auch auf andere Art aufregend sein kann.»

«Könnten Sie das?»

«Versuch's mal.»

Es raschelte im Laub, und er glitt herunter und stand neben ihr.

«Nun?»

«Heb mich hoch. Ich bin ganz verkrampft.»

Er hob sie hoch, und sie fühlte seine Hände hart wie Eisen unter der Brust. Sie war groß, und als sie den Kopf drehte, um ihn anzusehen, konnte sie seine Augäpfel auf gleicher Höhe mit den ihren blitzen sehen.

«Na, wäre ich recht?»

«Wofür?»

«Für dich.»

«Für mich? Wozu sollten Sie für mich gut sein?»

«Ich bin schön.»

«Nicht so schön, wie Sie mal waren. In fünf Jahren werden Sie häßlich sein.»

«In fünf Jahren? Fünf Jahre will ich dich nicht behalten.»

«Ich würde Sie nicht für fünf Minuten haben wollen.»

Das kalte Morgenlicht drang allmählich durch das Gezweig. Es zeigte ihr nur ein vorstehendes, unerbittliches Kinn und den dünnen Bogen eines lächelnden Mundes. Sie wollte rasch nach seiner Maske greifen, aber er war zu flink für sie. Ganz betont langsam wandte er sie zu sich um, drehte ihr beide Arme auf den Rücken und hielt sie so fest.

«Was jetzt?» fragte sie spöttisch.

«Nichts. Ich bringe Sie nach Hause.»

«Du willst also, ja? Du willst?»

«Wie schon einmal.»

«*Genau* wie schon einmal?»

«Nicht ganz genau, denn damals waren Sie betrunken. Jetzt sind Sie nüchtern. Aber abgesehen von diesem winzigen Unterschied wird das Programm nach dem gehabten Schema ablaufen.»

«Du könntest mir einen Kuß geben, Harlekin.»

«Verdienen Sie einen Kuß? Zum einen für Ihre Informationen. Zum zweiten für Ihren selbstlosen Versuch, mich vor Mr. Milligan zu retten. Und zum dritten, weil mir gerade die Laune danach steht.»

Die drei Küsse waren wie vorsätzliche Beleidigungen. Dann hob er sie auf, die Arme immer noch hinter ihrem Rücken festhaltend, und lud sie in den Fond seines offenen Wagens.

«Hier haben Sie eine Decke. Die werden Sie brauchen.»

Sie sagte nichts. Er ließ den Motor an, wendete den Wagen und fuhr langsam den Pfad hinauf. Als sie neben die Limousine kamen, beugte er sich hinüber und warf Spot Lancaster, der selig auf seinem Sitz schnarchte, den Zündschlüssel auf den Schoß. Nach wenigen Minuten waren sie aus dem Wald und auf die Straße eingebogen. Der Himmel war blaß gestreift vom gespenstischen Schimmer der trügerischen Morgendämmerung.

Dian de Momerie schlüpfte unter ihrer Decke hervor und beugte sich nach vorn. Er fuhr lässig, bequem zurückgelehnt in seinen Sitz, den schwarzverkleideten Kopf sorglos nach hinten geneigt, die Hand salopp am Steuer. Mit einem Griff könnte sie ihn und sich in den Graben steuern, und er hätte es verdient.

«Tun Sie's nicht», sagte er, ohne den Kopf zu wenden.

«Sie Teufel!»

Er hielt den Wagen an.

«Wenn Sie sich nicht benehmen, setze ich Sie hier an der Straße ab, dann können Sie auf einem Meilenstein sitzen wie das Töchterlein des Sheriffs von Islington. Oder wenn es Ihnen lieber ist, kann ich Sie auch fesseln. Was darf es also sein?»

«Sei nett zu mir.»

«Das bin ich ja. Ich habe Sie geschlagene zwei Stunden lang vor Langeweile bewahrt. Jetzt bitte ich Sie, uns nicht in das Grauen der Ernüchterung zu stoßen. Warum weinen Sie?»

«Ich bin müde – und du liebst mich nicht.»

«Mein armes Kind, nun reißen Sie sich mal zusammen. Wer würde es für möglich halten, daß Dian de Momerie auf ein Clownskostüm und eine Pennyflöte hereinfällt?»

«Das ist es ja nicht. Du bist es. Du hast etwas Unheimliches an dir. Ich habe Angst vor dir. Du denkst überhaupt nicht an mich. Du denkst an irgend etwas Schreckliches. An was? An was? Halt mal!»

Sie streckte eine kalte Hand aus und packte ihn am Arm.

«Ich sehe etwas, aber ich werde nicht richtig schlau daraus. Jetzt hab ich's. Riemen. Sie binden ihn mit Riemen an den Ellbogen fest und streifen ihm einen weißen Sack über den Kopf. Der Gehenkte. In Ihren Gedanken ist ein Gehenkter. Warum denken Sie an eine Hinrichtung?»

Sie wich vor ihm zurück und verkroch sich in die hinterste

Ecke des Wagens. Wimsey startete den Motor wieder und ließ die Kupplung kommen.

«Auf mein Wort», dachte er, «das ist die merkwürdigste Nachwirkung von Alkohol und Rauschgift, die mir je untergekommen ist. Sehr interessant. Aber nicht ganz ungefährlich. Auf eine Art jedoch auch ein Akt der Vorsehung. Vielleicht kommen wir auf diese Weise nach Hause, ohne uns den Hals zu brechen. Ich wußte gar nicht, daß ich so eine Friedhofsatmosphäre um mich verbreite.»

Dian schlief fest, als er sie aus dem Wagen hob. Sie erwachte halb und schlang die Arme um seinen Nacken.

«Es war wunderschön, Liebling.» Dann kam sie mit einem leichten Schrecken zu sich. «Wo sind wir hier? Was ist passiert?»

«Wir sind zu Hause. Wo ist Ihr Schlüssel?»

«Hier. Küß mich. Nimm die Maske ab.»

«Ab mit Ihnen ins Haus. Der Polizist da hinten findet schon, daß wir uns sehr ungebührlich benehmen.» Er schloß die Tür auf.

«Kommst du nicht mit rein?»

Sie schien die Geschichte mit dem Gehenkten ganz vergessen zu haben.

Er schüttelte den Kopf.

«Also dann, auf Wiedersehen.»

«Auf Wiedersehen.»

Er küßte sie diesmal ganz sanft und schob sie ins Haus. Der Polizist, der neugierig näher gestapft kam, zeigte ein Gesicht, das Wimsey kannte. Er mußte im stillen lächeln, als der Beamte ihn mit amtlichem Blick von oben bis unten maß.

«Guten Morgen.»

«Guten Morgen, Sir», sagte der Polizist unbewegt.

«Moffatt, Moffatt», sagte Seine Lordschaft mißbilligend, «Sie werden es nie weit bringen. Wenn Sie mich schon nicht erkennen, sollte Ihnen wenigstens mein Wagen bekannt vorkommen.»

«Du lieber Gott, Eure Lordschaft! Verzeihung, aber irgendwie hatte ich nicht damit gerechnet, Sie hier zu sehen.»

«Lassen Sie mal die Lordschaften weg, es könnte uns jemand zuhören. Sind Sie auf Ihrer Runde?»

«Gerade auf dem Heimweg, Eu – Sir.»

«Steigen Sie ein, ich fahre Sie. Haben Sie in dieser Gegend je einen gewissen Milligan gesehen?»

«Major Todd Milligan? Ja, hin und wieder. Das ist ein Halunke, wie er im Buche steht. Das Haus unten am Fluß gehört ihm. Er hat mit diesem großen Rauschgiftring zu tun, hinter dem Mr. Parker her ist. Wir könnten ihn jederzeit einbuchten, aber er ist nicht der eigentliche Großmogul.»

«Ist er's wirklich nicht, Moffatt?»

«Nein, Mylord. Dieser Wagen ist 'ne Wucht, was? *Sie* überholt unterwegs bestimmt keiner. Nein. Also, Mr. Parker will, daß er uns zu dem Mann führt, der an der Spitze von allem steht, aber groß ist die Chance da wohl nicht. Die sind schlau wie die Wiesel, diese Burschen. Ich glaube, der weiß selbst nicht, wer der andere ist.»

«Wie ist das organisiert, Moffatt?»

«Also, Mylord, soweit man uns gesagt hat, kommt das Zeug ein- oder zweimal die Woche von der Küste her und wird nach London gebracht. Wir haben schon öfter als einmal versucht, sie unterwegs abzufangen, das heißt, Mr. Parkers Sonderdezernat hat das versucht, aber sie haben uns noch immer das Nachsehen gegeben. Dann wird es irgendwohin gebracht, aber wir wissen nicht, wohin, und an die Großverteiler ausgegeben. Von denen geht es dahin und dorthin. Wir könnten dann zugreifen, aber mein Gott, was soll's? In der nächsten Woche würde es nur wieder woanders auftauchen.»

«Und an welcher Stelle kommt Milligan?»

«Wir nehmen an, daß er einer der Unterverteiler ist, Mylord. Er verteilt es in seinem Haus und anderswo weiter.»

«Zum Beispiel da, wo Sie mich vorhin getroffen haben?»

«Unter anderem.»

«Aber die Frage ist, woher bekommt Milligan seinen Nachschub?»

«Das ist es eben, Mylord.»

«Könnten Sie ihn nicht beschatten und das herauskriegen?»

«Schon, aber er holt es ja nicht selbst, Mylord! Das machen andere für ihn. Und sehen Sie, wenn wir anfingen, die Pakete zu öffnen, die er bekommt, und seine Lieferanten zu durchsuchen, würden die ihn einfach von ihrer Liste streichen, und wir wären wieder am Anfang.»

«Richtig. Wie oft gibt er in diesem Haus eigentlich seine Parties?»

«Fast jeden Abend, Mylord. Scheint ein offenes Haus zu sein.»

«Na, dann halten Sie mal an Freitag- und Samstagabenden die Augen offen, Moffatt.»

«Freitags und samstags, Mylord?»

«An diesen Abenden tut sich was.»

«Tatsächlich, Mylord? Haben Sie herzlichen Dank. Das wußten wir noch gar nicht. Das ist ein guter Hinweis. Wenn Sie mich an der nächsten Ecke absetzen, Mylord, komme ich bestens zurecht. Ich fürchte, Sie haben meinetwegen einen Umweg machen müssen, Mylord.»

«Nicht im mindesten, Moffatt, wirklich nicht. War schön, Sie zu treffen. Und nebenbei – Sie haben mich nicht gesehen. Nicht daß Sie meinen, ich fürchtete um meinen guten Ruf – aber ich habe das Gefühl, daß Major Milligan von meinem Besuch gerade in diesem Haus nicht erbaut wäre.»

«Alles klar, Mylord. Ich war sowieso nicht mehr im Dienst, da brauche ich davon auch nichts in meinem Bericht zu erwähnen. Guten Morgen, Mylord, und vielen Dank noch mal.»

Alarmierende Zuspitzung eines Bürokrachs

«Du kannst ja gut reden, Bill Jones», sagte Rotfuchs-Joe, «aber ich wette mit dir 'nen halben Shilling, wenn du mal Zeuge vor Gericht wärst, würdst du mit Glanz und Gloria eingehen. Paß auf, die würden dich zum Beispiel fragen, was du heute vor 'nem Monat gemacht hast, und was würdst du davon überhaupt noch wissen?»

«Wetten ich weiß es?»

«Überhaupt nichts weißt du.»

«Jede Wette, daß ich es weiß.»

«Wetten wenn ich 'n Kriminaler wäre –»

«Heiliger Bimbam, du wärst mir vielleicht 'n Kriminaler!»

«Wetten ich wär einer.»

«Hat die Welt schon mal 'nen rotfuchsigen Kriminaler gesehen?»

Dieser Einwand erschien Rotfuchs-Joe irrelevant. Er antwortete jedoch automatisch:

«Wetten ich wär 'n besserer Kriminaler als du.»

«Von wegen.»

«Wetten wenn ich 'n Kriminaler wär und würd dich fragen, wo du warst, wie Mr. Dean die Treppe runtergefallen ist, du hättest kein Alibi.»

«So was Blödes», erwiderte Bill Jones. «Wozu soll ich 'n Alibi brauchen, wie Mr. Dean die Treppe runtergefallen ist? Das war doch 'n Unfall.»

«Meinetwegen, Mondgesicht. Ich sag ja nur, *wenn* ich 'n Kriminaler wär und untersuchen müßte, wie Mr. Dean die Treppe runtergefallen ist, und *wenn* ich dich dann fragen tät, wo du warst und was du gemacht hast, dann hättst du keine Ahnung.»

«Wetten ich weiß es? Im Aufzug war ich, und das kann Harry beweisen. Also steck dir das hinter die Ohren und halt endlich die Klappe.»

«Soso, im Aufzug warst du? Woher weißt du, daß es grad dann war?»

«Wann?»

«Wie Mr. Dean die Treppe runtergefallen ist.»

«Weil ich kaum aus dem Aufzug raus bin, da hör ich, wie Mr. Tompkin es Sam erzählt. Stimmt's etwa nicht, Sam?»

Sam Tabbitt blickte von seiner Amateurfunkzeitschrift auf und nickte kurz.

«Das beweist gar nichts», ließ Rotfuchs nicht locker. «Dazu müßtest du wenigstens wissen, wie lange Mr. Tompkin zum Quasseln gebraucht hat.»

«Nicht lange», sagte Sam. «Ich war gerade aus dem Großen Sitzungssaal gekommen – da hatte ich Tee für Mr. Pym und zwei Kunden hingebracht – von Muggleton, wenn du's ganz genau wissen willst –, und da hab ich einen schrecklichen Schrei gehört und zu Mr. Tompkin gesagt: ‹Mann›, sag ich, ‹was is'n da los?› Und da sagt er, daß Mr. Dean die Treppe runtergefallen ist und sich den Hals gebrochen hat und daß sie gerade nach 'nem Doktor telefoniert haben.»

«Das stimmt», fügte Cyril hinzu, der für das Chefsekretariat und die Telefonvermittlung zuständige Junge. «Mr. Stanley ist Hals über Kopf angekommen bei uns und hat gerufen: ‹Mensch, Miss Fearney, Mr. Dean ist die Treppe runtergefallen, und wir glauben, daß er tot ist, und Sie müssen schnell einen Doktor rufen.› Und Miss Fearney hat zu Miss Beit gesagt, sie soll anrufen, und ich bin schnell zur andern Tür raus, wo Miss Fearney mich nicht sehen kann – das ist die Tür hinter Mr. Tompkins Empfangstisch – und sage: ‹Mr. Dean ist die Treppe runtergefallen und ist tot›, und er sagt: ‹Lauf mal nachsehen, was passiert ist, Cyril.› Da bin ich hin und sehe, wie Sam gerade aus dem Großen Konferenzraum kommt. Stimmt das, Sam?»

Sam bestätigte es.

«Und dann hab ich den Schrei gehört», fügte er an.

«Wer hat denn geschrien?»

«Mrs. Crump hat geschrien, vor dem Chefsekretariat. Sie hat gesehen, wie Mr. Dean die Treppe runtergefallen ist, sagt sie, und er ist tot, und sie bringen ihn gleich her. Da hab ich in den Flur geguckt, und da haben sie ihn gerade gebracht. Furchtbar sah der aus.»

«Und da bin ich raufgekommen», kehrte Bill wieder zur Ausgangsfrage zurück. «Ich höre, wie Mr. Tompkin es Sam erzählt, und laufe hinter Sam her und rufe zu Mr. Tompkin zurück, daß sie ihn gerade herbringen, und da kommt er und guckt auch. Die haben ihn ins Konferenzzimmer getragen, und Miss Fearney hat gesagt: ‹Müssen wir das nicht Mr. Pym sagen?›, und Mr. Tompkin sagt: ‹Der ist noch in einer Besprechung›, und sie sagt: ‹Das weiß ich, und wir wollen ja nicht, daß die Kunden das erfahren.› Da sagt Mr. Tompkin zu ihr: ‹Rufen Sie ihn lieber nur an.› Das hat sie gemacht, und dann hat sie mich geschnappt und gesagt: ‹Bill, hol mal ein Stück braunes Packpapier und lauf damit ins Konferenzzimmer und sag ihnen, sie sollen das vor die Glastür tun›, und gerade wie ich losrennen will, kommt Mr. Atkins vorbei und sagt: ‹Gibt's hier irgendwo was zum Zudecken? Er ist nämlich tot›, sagt er, ‹und wir müssen doch was über ihn legen.› Und Miss Fearney sagt ganz scharf: ‹Für so was sind wir hier nicht zuständig›, sagt sie, ‹oder wie denken Sie sich das? Gehen Sie nach oben und fragen Sie Mrs. Johnson.› Mann, das war vielleicht 'ne Aufregung, kann ich dir sagen.» Bill grinste wie einer, der sich an einen großen Festtag erinnert, an eine leuchtend grüne Oase inmitten einer Wüste der Eintönigkeit. Dann fiel ihm wieder ein, um was der Streit eigentlich gegangen war.

«Und was ist nun mit deinem blöden Alibi?» fragte er streng. «Und wo ist überhaupt deins, Rotfuchs, he?»

Mit solch hinterhältigen, aber wirkungsvollen Methoden betrieb Rotfuchs-Joe seine Ermittlungen. Die Augen eines Botenjungen sind überall, und sein Gedächtnis ist zuverlässig. Nach fünf Tagen war das gesamte Innendienstpersonal der Werbeagentur Pym durchleuchtet – und mehr war nicht nötig, denn an dem Tag, an dem Mr. Dean starb, hatten die Außendienstmitarbeiter nichts in der Agentur zu suchen gehabt.

Von den etwa neunzig Belegschaftsmitgliedern blieben zehn übrig, von denen nichts oder nur wenig bekannt war. Diese waren:

In der Textabteilung:

Mr. Willis. Er war etwa fünf Minuten nach dem Unfall von der Außentreppe hergekommen und geradewegs durch die Empfangshalle, die Treppe hinauf, durch den Versand und in sein Zimmer gegangen, ohne mit jemandem zu sprechen. Etwa eine Viertelstunde später war er in Mr. Deans Zimmer gegangen, hatte ihn nicht angetroffen und das Schreibzimmer aufgesucht, um nach Mr. Dean zu fragen. Dort hatte er die Neuigkeit erfahren, die ihn offenbar erschreckt und entsetzt hatte. (Zeuge: der Botenjunge George Pyke, der gehört hatte, wie Miss Rossiter das alles Mrs. Johnson berichtet hatte.)

Mr. Hankin. Er war ab halb drei nicht mehr in seinem Büro

gewesen, sondern in einer Privatangelegenheit fortgegangen und erst um halb fünf wiedergekommen. Harry hatte ihn sofort von der Katastrophe in Kenntnis gesetzt, und sowie er aus dem Aufzug trat, hatte Mr. Tompkin ihn gebeten, zu Mr. Pym zu gehen. (Zeugen: Harry und Cyril.)

Mr. Copley. Vermutlich war er die ganze Zeit in seinem Zimmer gewesen, aber das konnte nicht nachgeprüft werden, da er nie Tee nahm und gewöhnlich an seinem Stehpult arbeitete, das an der Innenwand stand und von Vorbeikommenden nicht eingesehen werden konnte. Er war ein emsiger Arbeiter und verließ vermutlich nie sein Zimmer, egal wieviel Krach und Gerenne auf den Korridoren herrschen mochte. Um Viertel vor fünf war er auf denkbar normale Weise ins Schreibzimmer gegangen, um zu fragen, warum seine Texte noch nicht getippt seien. Miss Parton hatte ihm recht schnippisch geantwortet, sie verstehe nicht, wie er denn erwarten könne, daß unter den gegebenen Umständen etwas fertig sei, und nachdem er von Mr. Deans tödlichem Unfall informiert worden war, hatte er sein Erstaunen und Bedauern ausgedrückt, aber hinzugefügt, daß er keinen Grund sehe, warum die Arbeit in der Abteilung nicht weitergehen solle. (Zeugen: vier Botenjungen, die zu verschiedenen Zeitpunkten mitgehört hatten, wie dieser schockierende Beweis von Gefühllosigkeit von und mit Mrs. Johnson besprochen wurde.)

Im Archiv:

Mr. Binns. Ein eleganter junger Mann, der um drei Uhr aufgebrochen war, um für Mr. Armstrong den *Connoisseur* vom letzten September zu suchen, und für diesen Auftrag aus unerfindlichen Gründen eineinhalb Stunden gebraucht hatte. (Zeuge: Sam, dessen ältere Schwester als Stenotypistin im Archiv arbeitete und die Vermutung geäußert hatte, der junge Binns sei mit seiner Liebsten zum Tee verabredet gewesen.) (Anmerkung: Mr. Binns war Mr. Bredon bereits als der Pfeilwurfexperte bekannt, der oft mit Mr. Dean zum Lunch gewesen war.)

Von den verschiedenen Gruppenleitern:

Mr. Haagedorn (Sopo und verwandte Produkte). Den ganzen Tag abwesend wegen Beerdigung einer Tante. War aber dem Vernehmen nach im Laufe des Nachmittags in einer Frühvorstellung des Adelphi-Theaters gesehen worden. (Zeugen: Jack Dennis, der Junge, der ihn gesehen zu haben glaubte, und Mr. Tompkins Anwesenheitsliste, in der Cyril nachgeschaut hatte.)

Mr. Tallboy. Genauer Aufenthaltsort zum Zeitpunkt des Geschehens nicht feststellbar. Ungefähr um halb vier war Mr.

Wedderburn ins Archiv hinuntergegangen, um nach ein paar alten Nummern der Fischhändlerzeitschrift zu fragen, wobei er angab, daß Mr. Tallboy sie ganz eilig brauche. Als er zehn Minuten später wieder hinuntergehen wollte, nachdem die Zeitungen für ihn herausgesucht worden waren, geriet er mitten in den Trubel um Mr. Dean hinein und vergaß die Zeitungen. Statt dessen befand er sich im Chefsekretariat und unterhielt sich mit Miss Fearney, als Mr. Tallboy plötzlich eintrat und fragte, ob er vielleicht die ganze Nacht auf seine Fischhändlerzeitschriften warten solle. Mr. Wedderburn erklärte ihm, daß er in der Aufregung um Mr. Dean seinen Auftrag glatt vergessen habe, und Mr. Tallboy antwortete ihm, die Arbeit müsse dessenungeachtet getan werden. (Zeugen: Horace, der Botenjunge im Archiv, und Cyril.)

Mr. McAllister. Gruppensekretär für Dairyfield Ltd., unter Mr. Smayle. Den ganzen Nachmittag abwesend wegen Zahnarztbesuchs. (Zeuge: Mr. Tompkins Liste.)

Im Atelier:

Mr. Barrow. Im Britischen Museum zum Studium griechischer Vasen im Hinblick auf ihre Verwendbarkeit in der Werbung für Klassika-Korsetts. (Zeuge: Mr. Barrows Kontrollkarte.)

Mr. Vibart. Angeblich in Westminster zwecks Anfertigung einer Skizze von der Terrasse des Unterhauses für Farleys Schuhe. («Die Füße, die an dieser historischen Stätte wandeln, sind nicht selten mit Farleys modischem Schuhwerk bekleidet.») Abwesend von halb drei bis halb fünf. (Zeugen: Mr. Vibarts Kontrollkarte und die Skizze selbst.)

Wilfred Cotterill. Klagte um drei Uhr über Nasenbluten und wurde ins Jungenzimmer geschickt, um sich hinzulegen, während die anderen Jungen die Anweisung bekamen, ihn dort in Ruhe zu lassen. Wurde von allen bis fünf Uhr vergessen und erst dann von den Jungen, die zum Umkleiden herunterkamen, fest schlafend angetroffen. Behauptete, die ganze Zeit geschlafen zu haben. (Zeugen: Sämtliche anderen Jungen.) Wilfred Cotterill war ein kleiner, blasser, leicht erregbarer Junge von vierzehn Jahren, sah aber viel jünger aus. Als man ihm erzählte, was er verpaßt hatte, bemerkte er dazu nur: «Uaaah!»

Ein sehr beachtliches Stück Arbeit von Rotfuchs-Joe, dachte Mr. Bredon – den wir während der Arbeitsstunden weiterhin so nennen wollen –, wirklich sehr beachtlich, aber es bedarf noch sehr vieler weiterer Nachforschungen. Seine eigenen Ermittlungen gingen nicht allzugut voran. Bei seiner Suche nach Darlings Drehbleistiften war er mit dem praktizierten Kommunismus des Bürolebens konfrontiert worden. Die Texter zogen zum Schreiben ihrer Rohentwürfe weiche Zeichenbleistifte Nr. 5 B oder sogar 6 B vor und interessierten sich nicht sehr für dieses Darlings-Erzeugnis, abgesehen natürlich von Mr. Garrett, der für eine Darlings-Anzeige einen Einschub entworfen hatte, in dem eigens auf dieses großzügige Drehbleistiftangebot hingewiesen wurde. Er besaß zwei Exemplare, und vier weitere befanden sich in verschiedenen Stadien des Verfalls im Schreibzimmer. Einer lag auf Mr. Armstrongs Schreibtisch. Mr. Hankin hatte keinen. Mr. Ingleby gestand, den seinen in einem Wutanfall aus dem Fenster geworfen zu haben, und Miss Meteyard meinte, sie glaube irgendwo einen zu haben, falls Mr. Bredon unbedingt einen haben wollte, aber besser frage er deswegen einmal bei Miss Parton nach. In den anderen Abteilungen war es noch schlimmer. Die Drehbleistifte waren mit nach Hause genommen, verloren oder weggeworfen worden. Mr. McAllister besaß nach eigenen Angaben nicht weniger als sechs Stück, was ebenso unerklärlich wie typisch für ihn war. Mr. Wedderburn hatte den seinen verloren, dafür aber einen anderen von Mr. Tallboy stibitzt. Mr. Prout sagte, man solle ihn damit in Ruhe lassen; der Drehbleistift sei sowieso nur eine alberne Spielerei; wenn Mr. Bredon einen richtigen Drehbleistift haben wolle, solle er sich einen Eversharp besorgen. Er (Mr. Prout) habe das Ding nicht mehr gesehen, seit er es habe fotografieren müssen, und er fügte hinzu, daß es jeden empfindsamen Menschen zum Selbstmord treiben müsse, wenn ein erstklassiger Fotograf sein Leben lang Bleistifte und Marmeladegläser fotografieren müsse. Es sei geradezu herzzerreißend.

In der Adressenfrage erhielt Mr. Bredon nur eine einzige Auskunft: Mr. Willis hatte irgendwann danach gefragt. Durch behutsames Nachbohren konnte das Datum auf einen Zeitraum von zwei Tagen vor oder nach Chefinspektor Parkers unerfreulicher Begegnung auf der Treppe eingeengt werden. Genauer konnte Miss Beit, die Telefonistin, die auch über das Adreßbuch der Firma wachte, sich nicht festlegen. Es war alles ebenso entnervend wie ärgerlich. Mr. Bredon hoffte, daß der erste fehlgeschlagene Versuch den Attentäter hinreichend erschreckt hatte, um ihn künftig von Gewalttätigkeit und stumpfen Waffen absehen zu lassen; dennoch machte er es sich zur Gewohnheit, sich jedesmal, wenn er das Gebäude verließ, vorsichtig nach eventuellen Verfolgern umzusehen. Er begab sich auf Umwegen nach Hause, und bei Erledigung seiner Tagespflichten ertappte er sich dabei, daß er die Eisentreppe mied.

In der Zwischenzeit tobte der große Nutrax-Krach mit unverminderter Wut weiter und entwickelte in seinem Verlauf ein Gewirr von Verästelungen und Verzweigungen, deren bedeutendste und erschreckendste der gewaltsame Bruch zwischen Mr. Smayle und Mr. Tallboy war.

Dieser begann auf ziemlich absurde Weise unten vor dem Aufzug, wo Mr. Tallboy und Miss Meteyard standen und darauf warteten, daß Harry wieder herunterkam und sie nach oben in ihre Tretmühle beförderte. Zu ihnen gesellte sich Mr. Smayle, aufgekratzt und lächelnd, die blitzenden Zähne wie poliert, eine rote Rosenknospe im Knopfloch, den Schirm säuberlich zusammengerollt.

«Morgen, Miss Meteyard», sagte Mr. Smayle und lüftete die Melone, um sie sich im kecken Winkel wieder auf den Kopf zu setzen. «Ein schöner Tag mal wieder, was?»

Miss Meteyard bestätigte ihm, daß es ein schöner Tag sei, und fügte hinzu: «Wenn die ihn uns nur nicht wieder mit Steuerbescheiden verderben.»

«Erinnern Sie mich nicht an Steuern», antwortete Mr. Smayle mit einem schaudernden Lächeln. «Ich habe erst heute früh zu meiner Frau gesagt: ‹Meine Liebe, wir werden dieses Jahr unseren Urlaub im Garten hinterm Haus verbringen müssen, das sehe ich schon.› Und das ist die Wahrheit. Woher das Geld für unsere gewohnte kleine Reise nach Eastbourne kommen soll, ist mir schleierhaft.»

«Es ist einfach ein Skandal», sagte Mr. Tallboy. «Wenn ich an den letzten Etat denke –»

«Ah, *Sie* müssen ja auch Supersteuern zahlen», sagte Mr. Smayle, indem er Mr. Tallboy seinen Schirm freundlich in die Rippen stieß.

«Lassen Sie das», sagte Mr. Tallboy.

«Tallboy braucht das alles nicht zu kümmern», meinte Mr. Smayle spöttisch. «Er hat so viel Geld, daß er gar nicht weiß, was er damit tun soll. Das wissen wir schließlich alle, nicht wahr, Miss Meteyard?»

«Dann geht's ihm besser als den meisten», fand Miss Meteyard.

«Er kann es sich ja sogar leisten, sein Geld fünfzigpfundweise überall im Büro herumliegen zu lassen», fuhr Mr. Smayle fort. «Möchte nur wissen, woher er's bekommt. Und das Finanzamt würde das sicher auch interessieren. Ich will Ihnen mal was sagen, Miss Meteyard. Dieser Mann ist ein stilles Wasser. Er muß heimlich mit Rauschgift handeln oder an der Börse betrügen. Sie sind mir einer, Sie», sagte Mr. Smayle, indem er einen schelmischen Zeigefinger ausstreckte und ihn Mr. Tallboy auf den zweiten Westenknopf preßte. In diesem Augenblick kam der Aufzug, und Miss Meteyard stieg ein. Mr. Tallboy stieß Mr. Smayle grob beiseite und stieg nach ihr ein.

«Na, na!» sagte Mr. Smayle. «Was sind das für Manieren? Wissen Sie, mein Lieber, Ihr Fehler ist, daß Sie keinen Scherz vertragen können», fuhr er fort. «Was nicht böse gemeint ist und hoffentlich auch nicht so aufgenommen wird.»

Damit gab er Mr. Tallboy einen Klaps auf die Schulter.

«Würd's Ihnen was ausmachen, die Finger von mir zu lassen, Smayle?» sagte Mr. Tallboy.

«Oh, schon gut, schon gut, Euer Hoheit. Er scheint mit dem falschen Bein aus dem Bett gestiegen zu sein, wie?» wandte er sich an Miss Meteyard, von der dunklen Ahnung geplagt, daß Männer sich nicht in Gegenwart einer Dame streiten sollten, weshalb er es als seine Aufgabe betrachtete, Sitte und Anstand zu wahren, indem er alles ins Lächerliche zog.

«Ich fürchte, Geld ist bei uns allen ein wunder Punkt, Mr. Smayle», antwortete Miss Meteyard. «Reden wir von etwas Erfreulicherem. Was haben Sie da für eine hübsche Rose!»

«Aus dem eigenen Garten», antwortete Mr. Smayle voller Stolz. «Meine Frau hat eine glückliche Hand für Rosen. Den Garten überlasse ich ganz ihr, natürlich bis auf das Graben und Düngen.» Sie traten aus dem Aufzug und trugen sich beim Pförtner ein. Miss Meteyard und Mr. Smayle gingen weiter durchs Vorzimmer und wandten sich wie verabredet nach links die Treppe zum Versand hinauf. Mr. Tallboy drängte sich an ihnen vorbei und schlug seinen einsamen, frostigen Weg über den Hauptkorridor ein, um über die Eisentreppe nach oben zu gehen.

«Tut mir wirklich leid», sagte Mr. Smayle, «daß Tallboy und ich uns in Ihrer Gegenwart fast gestritten hätten, Miss Meteyard.»

«Ach, das macht doch nichts. Er scheint ein wenig reizbar zu sein. Ich glaube, er hat es nicht gern, wenn über seine kleine Meinungsverschiedenheit mit Mr. Copley gesprochen wird.»

«Nein, aber wirklich», sagte Mr. Smayle und blieb vor der Tür zu Miss Meteyards Zimmer stehen, «wenn ein Mann einen harmlosen Scherz nicht mehr vertragen kann, ist es doch wirklich ein Jammer.»

«Stimmt», sagte Miss Meteyard. «Hallo! Was habt ihr denn alle hier verloren?»

Mr. Ingleby und Mr. Bredon, die mit einem Band des *Lexikons der Neuzeit* auf Miss Meteyards Heizung saßen, schauten unverfroren zu ihr auf.

«Wir lösen ein Torquemada-Kreuzworträtsel», sagte Ingleby, «und der Band, den wir dafür brauchten, war natürlich in Ihrem Zimmer. Wie üblich.»

«Ich will Ihnen noch mal verzeihen», sagte Miss Meteyard.

«Aber Sie könnten mir einen Gefallen tun und Mr. Smayle nicht hierher mitbringen», meinte Mr. Bredon. «Wenn ich ihn nur schon sehe, muß ich sofort an Grüne-Aue-Margarine denken. Sie sind doch nicht etwa gekommen, um mich wieder wegen dieses Textes zu mahnen, oder? Bitte, bitte, tun Sie's nicht. Ich habe ihn noch nicht fertig und werde ihn auch nie fertig haben. Mein Hirn ist verdorrt. Wie Sie es schaffen, den ganzen Tag mit Margarine zu leben und trotzdem immer so frisch und fröhlich auszusehen, das übersteigt mein Begriffsvermögen.»

«Ich versichere Ihnen, es ist nicht leicht», sagte Mr. Smayle, indem er seine Zähne zur Schau stellte. «Aber es ist wirklich erfrischend, euch Texter immer so nett und gutgelaunt beieinandersitzen zu sehen. Das kann man nicht von jedem behaupten.»

«Mr. Tallboy war garstig zu Mr. Smayle», erklärte Miss Meteyard.

«Ich lebe gern mit jedermann in Frieden», sagte Mr. Smayle, «aber wirklich, wenn es dahin kommt, daß einer sich einfach vor einem in den Aufzug drängt, als wenn man gar nicht vorhanden wäre, und einem dann sagt, man soll die Finger von ihm lassen, als wenn man Dreck wäre, wird man daran wohl noch Anstoß nehmen dürfen. Anscheinend hält Tallboy mich nicht für würdig, mit ihm zu sprechen, nur weil er auf einer Privatschule war und ich nicht.»

«Privatschule?» meinte Mr. Bredon. «Höre ich zum erstenmal. Auf was für einer?»

«In Dumbleton», sagte Mr. Smayle, «aber was ich sagen wollte, ich bin auf eine ganz normale staatliche Schule gegangen und schäme mich deswegen nicht.»

«Wo liegt denn Dumbleton?» fragte Ingleby. «Ich würde mir

darüber nicht den Kopf zerbrechen, Smayle. Dumbleton ist keine Privatschule, nicht im eigentlichen Sinn jedenfalls.»

«Nein?» fragte Mr. Smayle hoffnungsvoll. «Na ja, Sie und Mr. Bredon waren ja auf der Universität, Sie müssen sich da auskennen. Was nennen *Sie* denn Privatschule?»

«Eton», sagte Mr. Bredon wie aus der Pistole geschossen, «– und Harrow», fügte er großzügig hinzu, denn er war in Eton gewesen.

«Rugby», meinte Mr. Ingleby.

«Nein, nein», protestierte Bredon, «das ist ein Eisenbahnknotenpunkt.»

Ingleby ließ eine linke Gerade an Bredons Kinn schießen, die dieser sauber parierte.

«Und dann habe ich gehört», fuhr Bredon fort, «daß es in Winchester noch irgendwas halbwegs Anständiges geben soll, sofern man nicht wählerisch ist.»

«Ich habe mal einen getroffen, der war in Marlborough», überlegte Ingleby.

«Das höre ich mit Bedauern», meinte Bredon. «Da ziehen sie ein paar ganz schöne Rabauken heran. Sie können mit Ihren Bekanntschaften nicht vorsichtig genug sein, Ingleby.»

«Also», sagte Mr. Smayle, «Tallboy behauptet jedenfalls immer, daß Dumbleton eine Privatschule ist.»

«Wird's wohl auch sein – insofern als es eine private Schule mit Aufsichtsrat und so weiter ist», sagte Ingleby, «aber es ist nichts, worauf man sich was einbilden könnte.»

«Worauf kann man das überhaupt?» meinte Bredon. «Sehen Sie, Smayle, wenn Leute wie Sie doch endlich mal einsehen könnten, daß so etwas überhaupt keine Rolle spielt, dann wäre schon viel gewonnen. Wahrscheinlich haben Sie eine fünfzigmal bessere Schulbildung genossen als ich.»

Mr. Smayle schüttelte den Kopf. «O nein», sagte er, «da mache ich mir nichts vor, und ich gäbe alles darum, wenn ich die gleichen Chancen gehabt hätte wie Sie. Es gibt schon einen Unterschied, und ich weiß, daß es ihn gibt, und es macht mir nichts aus, das zuzugeben. Ich will ja auch nur sagen, daß es welche gibt, die es einen fühlen lassen und andere nicht. Ich merke zum Beispiel nichts davon, wenn ich mich mit einem von Ihnen oder mit Mr. Armstrong oder Mr. Hankin unterhalte, obwohl Sie in Oxford und Cambridge und so weiter waren. Vielleicht kommt es aber auch gerade daher, *daß* Sie in Oxford und Cambridge waren.»

Er kämpfte schwer mit diesem Problem und brachte die beiden anderen mit seinem schwermütigen Blick in Verlegenheit.

«Passen Sie mal auf», sagte Miss Meteyard, «ich verstehe schon, was Sie meinen. Aber es ist einfach so: Die beiden hier verschwenden daran keine zwei Gedanken. Das haben sie nicht nötig. Und Sie haben es auch nicht nötig. Sowie aber einer anfängt, sich darüber den Kopf zu zerbrechen, ob er auch so gut ist wie ein anderer, dann melden sich bei ihm solche überheblichen Gefühle, und dann fängt er auch an, andere zu kränken.»

«Aha», sagte Mr. Smayle. «Nun, Mr. Hankin braucht natürlich nicht erst zu beweisen, daß er besser ist als ich, weil er es ist und wir es beide wissen.»

«Besser ist nicht das richtige Wort, Smayle.»

«Gut, besser ausgebildet. Sie wissen, was ich meine.»

«Machen Sie sich darüber keine Gedanken», meinte Ingleby. «Wenn ich bei meiner Arbeit halb so gut wäre wie Sie bei Ihrer, würde ich mich jedem einzelnen in diesem dämlichen Laden überlegen fühlen.»

Mr. Smayle schüttelte den Kopf, schien aber getröstet zu sein.

«Ich wollte, die fingen mit so etwas nicht erst an», sagte Ingleby, als er gegangen war, «da weiß ich nie, was ich antworten soll.»

«Ich dachte, Sie wären Sozialist, Ingleby», meinte Bredon. «Ihnen dürfte das doch nicht peinlich sein.»

«Na und, ich bin Sozialist», antwortete Ingleby, «aber ich kann diesen Quatsch von den alten Dumbletoniern nicht mehr hören. Wenn alle die gleiche staatliche Schulausbildung hätten, könnte so was nicht passieren.»

«Wenn alle die gleichen Gesichter hätten», fand Bredon, «gäb's keine hübschen Frauen.»

Miss Meteyard schnitt eine Grimasse.

«Wenn Sie so weitermachen, bekomme ich auch noch einen Minderwertigkeitskomplex.»

Bredon sah sie ernst an.

«Ich glaube nicht, daß Sie Wert darauf legen würden, hübsch genannt zu werden», sagte er, «aber wenn ich ein Maler wäre, würde ich Sie gern porträtieren. Sie haben sehr interessante Gesichtsknochen.»

«Großer Gott!» rief Miss Meteyard. «Jetzt gehe ich aber. Sagt mir Bescheid, wenn ich wieder in mein Zimmer kann.»

Im Schreibzimmer hing ein Spiegel, vor dem Miss Meteyard neugierig ihr Gesicht studierte.

«Was ist los, Miss Meteyard?» fragte Miss Rossiter. «Kriegen Sie einen Pickel?»

«So was Ähnliches», sagte Miss Meteyard abwesend. «Interessante Knochen, o ja!»

«Wie bitte?» fragte Miss Rossiter.

«Smayle wird langsam unerträglich», murrte Mr. Tallboy bei Mr. Wedderburn. «So eine vulgäre kleine Laus. Ich kann Leute nicht ausstehen, die einem dauernd die Finger in die Rippen bohren.»

«Das meint er doch nicht böse», entgegnete Mr. Wedderburn. «Eigentlich ist er ein ganz netter Kerl.»

«Ich kann diese Zähne nicht mehr sehen», knurrte Mr. Tallboy. «Und wozu muß er sich dieses stinkende Zeug in die Haare schmieren?»

«Mein Gott, ja», meinte Mr. Wedderburn.

«Jedenfalls lasse ich ihn diesmal nicht in der Cricketmannschaft mitspielen», fuhr Mr. Tallboy gehässig fort. «Voriges Jahr hatte er weiße Wildlederschuhe mit Krokodilbesatz und einen unmöglichen Blazer mit den Farben seiner Erziehungsanstalt an.»

Mr. Wedderburn sah ziemlich erschrocken auf.

«Aber Sie werden ihn doch nicht deshalb aus der Mannschaft nehmen? Er ist ein ganz guter Schlagmann und als Feldspieler ziemlich fix am Ball.»

«Wir kommen ohne ihn aus», sagte Mr. Tallboy entschieden.

Mr. Wedderburn antwortete nicht mehr darauf. Pyms Werbedienst hatte keine reguläre Cricketelf, aber jeden Sommer wurde eine Mannschaft zusammengewürfelt, um ein paar Spiele auszutragen, und die Auswahl der Spieler wurde immer Mr. Tallboy überlassen, der voller Tatkraft war und einmal gegen Sopo 52 Läufe gemacht hatte. Seine eigentliche Aufgabe war, Mr. Hankin eine Liste der Cricketspieler zur endgültigen Entscheidung vorzulegen, aber Mr. Hankin stellte seine Wahl selten in Frage, schon aus dem einfachen Grund, weil selten mehr als elf Kandidaten zur Auswahl standen. Wichtig war nur, daß Mr. Hankin dritter Schlagmann war und als Feldspieler die Position Mitte rechts bekam. Wenn diese Punkte berücksichtigt waren, erhob er keine weiteren Einwände.

Mr. Tallboy zog seine Liste hervor.

«Ingleby», sagte er, «und Garrett. Barrow, Adcock, Pinchley, Hankin, ich. Gregory kann nicht spielen, er ist am Wochenende fort, und da nehmen wir lieber McAllister. Und Miller können wir nicht gut weglassen. Ich wünschte es zwar, aber er ist nun mal Direktor. Und Sie.»

«Lassen Sie mich raus», sagte Mr. Wedderburn. «Ich habe seit vorigem Jahr keinen Schläger mehr angefaßt, und da habe ich mich auch schon nicht besonders hervorgetan.»

«Wir haben sonst keinen, der langsame Aufsetzer mit Effet werfen kann», sagte Mr. Tallboy. «Ich setze Sie als Nummer elf ein.»

«Na schön», sagte Mr. Wedderburn, geschmeichelt von dem Lob für seine Wurftechnik, aber irrational verärgert über den Platz elf. Er hatte von seinem Kollegen erwartet, daß er sagen würde: «Na hören Sie, da waren Sie doch nur nicht in Form», und ihn höher auf die Liste gesetzt hätte. «Wie steht's mit einem Wickethüter? Grayson sagt, er macht's nicht mehr, seit ihm voriges Jahr die Schneidezähne ausgeschlagen worden sind. Er scheint die Nase restlos voll zu haben.»

«Wir werden Haagedorn nehmen. Er hat Hände wie Räucherschinken. Wer sonst noch? Ah, ja, dieser Kerl in der Druckerei – Beesely –, mit dem Schlagholz kann er zwar nicht umgehen, aber dafür wirft er einen scharfen Ball.»

«Wie wär's mit diesem Neuen von der Textabteilung? Bredon? Der war in Eton. Taugt er was?»

«Schon möglich. Ein bißchen alt ist er allerdings. Wir haben mit Hankin und Miller schon zwei Mumien drin.»

«Von wegen Mumie. Der Bursche ist ganz schön gelenkig. Ich hab ihn mal beobachtet. Mich würd's nicht überraschen, wenn der uns noch was vormachen könnte.»

«Na ja, ich kann ihn ja mal fragen. Wenn er was taugt, stelle ich ihn statt Pinchley auf.»

«Pinchley hat einen ganz schönen Schlag drauf», sagte Mr. Wedderburn.

«Mehr als hart schlagen kann er aber auch nicht. Er ist für die Feldspieler ein gefundenes Fressen. Voriges Jahr hat er ihnen zehn Chancen gegeben und wurde in beiden Durchgängen abgefangen.»

Mr. Wedderburn gab zu, daß dies so war.

«Aber er wird schwer beleidigt sein, wenn Sie ihn weglassen», meinte er.

«Ich erkundige mich mal wegen Bredon», sagte Mr. Tallboy.

Er suchte besagten Herrn auf, der zur Abwechslung einmal in seinem Zimmer war und Suppenreklamen vor sich hin sang:

*Mit Blaggs Tomatensuppe begonnen,
Bringt jede Mahlzeit himmlische Wonnen!*

*Im Nu ist jeder Ehemann versöhnt,
Den sie mit Blaggs Schildkrötensuppe verwöhnt.*

*Dem größten Feinschmecker ist alles schnuppe.
Tam-taram-tam – Blaggs Rindfleischsuppe.*

«Tam-taram-tam», sagte Mr. Bredon. «Hallo, Tallboy, was gibt's? Sagen Sie bloß nicht, bei Nutrax haben sich neue Zweideutigkeiten eingeschlichen.»
«Spielen Sie Cricket?»
«Tja, ich habe früher mal für –» Mr. Bredon hüstelte; um ein Haar hätte er «für Oxford» gesagt, aber ihm war gerade noch rechtzeitig eingefallen, daß solche Behauptungen nachprüfbar waren. «Ich habe früher ein bißchen Feld-, Wald- und Wiesen-Cricket gespielt. Aber jetzt bin ich ja schon ein Anwärter auf den Titel Veteran. Warum?»
«Ich muß eine Mannschaft für ein Spiel gegen Brotherhood zusammenkratzen. Wir spielen jedes Jahr gegeneinander. Sie schlagen uns natürlich immer, weil sie ein eigenes Spielfeld haben und regelmäßig zusammenspielen, aber Pym will es nun mal so haben. Er meint, das ist dem Zusammengehörigkeitsgefühl zwischen der Agentur und den Kunden dienlich und so weiter.»
«Oh! Wann ist es soweit?»
«Samstag in vierzehn Tagen.»
«Ich würde sagen, da könnte ich auch noch mal die Keule schwingen, wenn Sie keinen Besseren finden.»
«Sind Sie ein guter Werfer?»
«Nichts Besonderes.»
«Besser am Holz als am Leder, wie?»
Mr. Bredon verzog das Gesicht ein wenig ob dieser abgedroschenen Phrase und räumte ein, daß er allenfalls ein brauchbarer Schlagmann sei.
«Schön. Würden Sie mit Ingleby gleich als erster reingehen?»
«Lieber nicht. Setzen Sie mich irgendwo ans Ende.»
Tallboy nickte. «Wie Sie wollen.»
«Wer macht den Mannschaftskapitän?»
«Normalerweise bin ich das. Das heißt, wir fragen immer Hankin oder Miller, um ihnen eine Freude zu machen, aber sie lehnen meist dankend ab. Also gut! Ich muß noch schnell weiter

die Runde drehen und zusehen, ob es mit den anderen klappt.»

Um die Mittagsstunde hing die Mannschaftsaufstellung am Schwarzen Brett. Um zehn Minuten nach zwei begann der Ärger mit Mr. McAllister.

«Ich sehe», sagte dieser, indem er mit verdrießlichem Gesicht in Mr. Tallboys Zimmer trat, «daß Sie Smayle nicht gefragt haben, ob er mitspielen will, und ich fände es ein bißchen peinlich für mich, wenn ich mitspiele und er nicht. Ich muß den ganzen Tag unter ihm in seinem Zimmer arbeiten, und das macht meine Lage ein bißchen ungemütlich.»

«Ihre Stellung hier im Haus hat nichts mit Cricketspielen zu tun», antwortete Mr. Tallboy.

«Sicher, das wohl nicht. Aber ich mag's einfach nicht. Also tun Sie mir den Gefallen und lassen Sie mich weg.»

«Wie Sie wollen», sagte Tallboy ärgerlich. Er strich Mr. McAllister von der Liste und setzte für ihn Mr. Pinchley darauf. Der nächste Deserteur war Mr. Adcock, ein phlegmatischer junger Mann aus dem Archiv, der die Rücksichtslosigkeit besaß, zu Hause von einer Trittleiter zu stürzen, während er seiner Mutter beim Aufhängen eines Bildes half, und sich das Wadenbein zu brechen.

In dieser Notlage sah Mr. Tallboy sich gezwungen, zu Mr. Smayle zu gehen und um gut Wetter zu bitten, aber Mr. Smayle war schon zutiefst in seinen Gefühlen verletzt, weil er nicht auf der ursprünglichen Liste gestanden hatte, und zeigte keinerlei Bereitschaft zum Einlenken.

Mr. Tallboy, der sich ja wirklich ein wenig schämte, versuchte die Sache zu bereinigen, indem er so tat, als ob er Mr. Smayle nur übergangen habe, um Platz für Mr. Bredon zu schaffen, der in Oxford studiert habe und sicher ein guter Cricketspieler sei. Mr. Smayle ließ sich von diesem Ablenkungsmanöver jedoch nicht täuschen.

«Wenn Sie von vornherein zu mir gekommen wären», schmollte er, «und mir das in aller Freundschaft erklärt hätten, wäre ich ja nicht so gewesen. Ich kann Mr. Bredon gut leiden, und ich sehe auch ein, daß er Qualitäten hat, die ich nicht habe. Er ist ein sehr feiner Mensch, und ich hätte liebend gerne meinen Platz für ihn geräumt. Aber ich kann es nicht vertragen, wenn solche Dinge still und heimlich hinter meinem Rücken geschehen.»

Wenn Mr. Tallboy nun an diesem Punkt gesagt hätte: «Hören Sie, es tut mir leid, ich war ein bißchen sauer wegen unserer kleinen Auseinandersetzung und möchte mich entschuldigen» – dann hätte Mr. Smayle, der im Grunde ein durchaus liebenswürdiger Mensch war, sicher nachgegeben und alles getan, worum man ihn bat. Aber Mr. Tallboy zog es vor, einen herablassenden Ton anzuschlagen. Er sagte:

«Na, kommen Sie, Smayle. Sie sind schließlich kein Jack Hobbs.»

Selbst das wäre noch angegangen und mit Mr. Smayles Zugeständnis, daß er nicht der beste Cricketspieler Englands sei, zum Guten gewendet worden, hätte Mr. Tallboy nicht den unglückseligen Einfall gehabt, zu sagen:

«Ich weiß natürlich nicht, wie das bei *Ihnen* ist, aber *ich* bin es gewöhnt, solche Entscheidungen dem zu überlassen, der mit der Mannschaftsaufstellung betraut ist, und je nachdem zu spielen oder nicht zu spielen.»

«Aber ja», versetzte Mr. Smayle, an seiner Achillesferse getroffen, «das mußte kommen. Ich bin mir völlig darüber im klaren, Tallboy, daß ich nicht auf einer Privatschule war, aber das ist kein Grund, mich nicht mit der gleichen Höflichkeit zu behandeln wie andere Menschen. Und von Leuten, die auf einer *richtigen* Privatschule waren, werde ich so behandelt. Sie mögen sich ja viel auf Dumbleton einbilden, aber das nenne *ich* keine Privatschule.»

«Und was nennen Sie eine Privatschule?» erkundigte sich Mr. Tallboy.

«Eton», erwiderte Mr. Smayle und leierte die zuvor gelernte Lektion mit verhängnisvoller Leichtigkeit herunter. «Und Harrow, und – äh – Rugby und Winchester und solche Schulen. Wohin die besseren Leute ihre Söhne schicken.»

«So?» meinte Mr. Tallboy. «Dann werden Sie wohl Ihre Söhne nach Eton schicken.»

Bei diesen Worten wurde Mr. Smayles schmales Gesicht so weiß wie ein Blatt Papier.

«Sie Dreckskerl!» schrie er halberstickt. «Sie unaussprechliches Schwein! Raus hier, oder ich bringe Sie um!»

«Zum Teufel, was ist los mit Ihnen, Smayle?» rief Tallboy, nicht wenig überrascht.

«Raus!» schrie Mr. Smayle.

«Ich glaube, ich muß mal ein Wörtchen mit Ihnen reden, Tallboy», mischte sich jetzt Mr. McAllister ein. Er legte Mr. Tallboy eine große, haarige Hand auf den Arm und schob ihn sanft aus dem Zimmer.

«Wie konnten Sie um Gottes willen so etwas zu ihm sagen?» fragte er, kaum daß sie auf dem Flur außer Hörweite waren. «Wissen Sie nicht, daß Smayle nur den einen Sohn hat und der arme Junge schwachsinnig ist?»

Mr. Tallboy war ehrlich entsetzt. Er schämte sich fürchterlich, und wie so viele Menschen, die sich fürchterlich schämen, suchte er Zuflucht in einem Wutausbruch gegen den nächstbesten, dessen er habhaft werden konnte.

«Nein, das wußte ich nicht! Wieso erwartet man von mir, daß ich Smayles Familienverhältnisse kenne? Großer Gott! Es tut mir furchtbar leid und alles, aber wieso muß der Kerl sich auch wie so ein Esel aufführen? Das mit den Privatschulen ist ja schon eine fixe Idee bei ihm. Eton, aber wirklich! Ich wundere mich nicht, daß der Junge schwachsinnig ist, wenn er nach seinem Vater schlägt.»

Mr. McAllister war aufs äußerste schockiert. Sein schottisches Anstandsgefühl war verletzt.

«Sie sollten sich in Grund und Boden schämen», sagte er streng, indem er Mr. Tallboys Arm losließ, trat in das Zimmer zurück, das er mit Mr. Smayle teilte, und schlug die Tür laut zu.

Nun ist auf den ersten Blick nicht ganz ersichtlich, was diese Meinungsverschiedenheit zwischen Mr. Tallboy und Mr. Smayle wegen eines Cricketspiels mit der ursprünglichen Meinungsverschiedenheit zwischen ersterem und Mr. Copley zu tun hat. Gewiß, man könnte am Beginn der Ereignisse einen entfernten Zusammenhang darin sehen, daß der Krach zwischen Tallboy und Smayle durch Mr. Smayles indiskrete Anspielungen auf Mr. Tallboys 50 Pfund ausgelöst wurde. Dies ist jedoch nicht von großer Bedeutung. Wirklich von Bedeutung war hingegen, daß in dem Moment, als Mr. McAllister die Einzelheiten des Krachs zwischen Tallboy und Smayle bekanntmachte (was er tat, sowie er einen Zuhörer fand), die öffentliche Meinung, die im Streit zwischen Tallboy und Copley weitgehend auf Tallboys Seite gewesen war, total umschlug. Man fand, daß Mr. Tallboy, wenn er so ungezogen gegen Mr. Smayle sein konnte, wohl auch gegenüber Copley nicht ganz unschuldig sein könne. Die Belegschaft teilte sich wie das Rote Meer und bildete Mauern zur Rechten und zur Linken. Nur Mr. Armstrong, Mr. Ingleby und Mr. Bredon, die Zyniker, hielten sich aus allem heraus, machten sich weiter keine Gedanken darüber und schürten den Krieg zu ihrem eigenen Amüsement. Sogar Miss Meteyard, die Mr. Copley verabscheute, verspürte plötzlich eine ungewohnte Aufwallung weiblichen Mitgefühls für ihn und nannte Mr. Tallboys Benehmen unerträglich. Der alte Copley, sagte sie, möchte ja ein aufdringlicher kleiner Schnüffler sein, aber er sei kein Schwein. Mr. Ingleby sagte, er könne sich nicht vorstellen, daß Tallboy das so gemeint habe, was er zu Smayle gesagt habe. Miss Meteyard antwortete: «Diesen Bären können Sie einem anderen aufbinden.» Sprach's und fand sofort, daß dieser Satz sich gut als Werbeschlagzeile für irgend etwas machen würde. Aber Mr. Ingleby sagte: «Nein, die hatten wir schon mal.»

Miss Parton war natürlich eine Anti-Copleyanerin, die nichts wanken machen konnte, und darum lächelte sie Mr. Tallboy an, als er zufällig im Schreibzimmer erschien, um sich eine Briefmarke zu borgen. Miss Rossiter dagegen, wenngleich auf den ersten Blick etwas temperamentvoller, brüstete sich mit einer ausgewogeneren Meinung. Immerhin, sagte sie fest, habe Copley die Sache mit den 50 Pfund wahrscheinlich gut gemeint, und wenn man es genau betrachte, habe er Tallboy und allen anderen, die an Nutrax arbeiteten, aus einer sehr unangenehmen Klemme gerettet. Sie finde, daß Mr. Tallboy ein bißchen zu sehr von sich eingenommen sei, und auf jeden Fall habe er kein Recht gehabt, so mit dem armen Mr. Smayle zu reden.

«Und», sagte Miss Rossiter, «seine Freundinnen gefallen mir auch nicht.»

«Freundinnen?» fragte Miss Parton.

«Na, du weißt ja, ich rede nicht gern über andere Leute», sagte Miss Rossiter, «aber wenn du einen verheirateten Mann nach Mitternacht mit einer aus einem Restaurant kommen siehst, die eindeutig nicht seine Frau ist –»

«Nein!» rief Miss Parton.

«O ja! Und aufgetakelt wie sonst was... so ein Hütchen mit Augenschleier... zehn Zentimeter hohe Absätze, mit Juwelen besetzt... so was von schlechtem Geschmack... und Netzstrümpfe und so weiter...»

«Vielleicht seine Schwester.»

«Von wegen!... Und wo seine Frau ein Kind bekommt... Er hat mich nicht gesehen... Natürlich würde ich kein Wort sagen, aber ich meine...»

So klapperten die Schreibmaschinen.

Mr. Hankin, wiewohl offiziell neutral, war ein Tallboyaner. So genau und tüchtig er selbst war, fühlte er sich doch ständig irritiert durch Mr. Copleys Tüchtigkeit und Genauigkeit. Er argwöhnte völlig zu Recht, daß Mr. Copley die Führung der Abteilung kritisierte und selbst gern eine gewisse Autorität zugesprochen bekommen hätte. Mr. Copley hatte so eine Art, mit Vorschlägen zu ihm zu kommen: «Wäre es nicht besser, Mr. Hankin, wenn...» – «Wenn Sie mir gestatten, einen Vorschlag zu machen, Mr. Hankin, könnte man nicht eine strengere Kontrolle...?» – «Natürlich weiß ich, daß ich in einer gänzlich untergeordneten Position bin, Mr. Hankin, aber ich habe über dreißig Jahre Erfahrung in der Werbung, und meiner bescheidenen Meinung nach...» – stets hervorragende Vorschläge, die allerdings den einen Fehler hatten, daß sie entweder dazu angetan waren, Mr. Armstrong zu ärgern, oder ein hohes Maß an langweiliger und zeitraubender Aufsicht erforderten, oder die ganze eigenwillige Textabteilung in Aufruhr zu versetzen und aus dem Tritt zu bringen drohten. Mr. Hankin war es allmählich müde, zu antworten: «Ganz recht, Mr. Copley, aber Mr. Armstrong und ich finden, daß es im ganzen gesehen besser ist, so wenig wie möglich einzugreifen.» Mr. Copley hatte so eine Art, sein Verständnis dafür zu bekunden, die bei Mr. Hankin immer den Eindruck hinterließ, daß Mr. Copley ihn für schwach und unfähig hielt, ein Eindruck, den der Nutrax-Zwischenfall ihm bestätigt hatte. Als eine Lage entstanden war, in der Mr. Hankin hätte gefragt werden können und müssen, hatte Mr. Copley ihn übergangen – für Mr. Hankin ein schlüssiger Beweis, daß Mr. Copleys sämtliche guten Ratschläge in bezug auf die Arbeit der Abteilung nichts als Mache waren, die zeigen sollten, wie gut Mr. Copley war, und nicht im mindesten dafür gedacht, Mr. Hankin oder der Abteilung zu helfen. Insofern durchschaute Mr. Hankins Schläue Mr. Copleys Motive sehr viel klarer als Mr. Copley selbst. Er hatte vollkommen recht. Infolgedessen war er kaum geneigt, sich Mr. Copleys anzunehmen, dafür aber fest entschlossen, Mr. Tallboy jede notwendige Unterstützung zu geben. Die Sache mit Smayle wurde ihm natürlich hinterbracht; er machte daher keinerlei Anmerkungen zur Aufstellung der Cricket-Elf, außer daß er behutsam anfragte, warum Mr. Smayle und Mr. McAllister nicht dabei seien. Mr. Tallboy antwortete kurz und bündig, sie könnten nicht spielen, und damit war der Fall erledigt.

Mr. Tallboy hatte einen weiteren Verbündeten in Mr. Barrow, der die ganze Textabteilung aus Prinzip nicht leiden konnte, weil sie, wie er klagte, ein eingebildeter Haufen waren, die ihm ständig in sein Atelier hineinzureden versuchten und ihm die graphische Gestaltung diktieren wollten. Er räumte ein, daß im Grunde natürlich die Zeichnung den Text illustrieren solle, aber er machte (durchaus zu Recht) geltend, daß die von den Textern vorgeschlagenen Illustrationen oft völlig undurchführbar waren und die Texter unnötigerweise Anstoß an den sehr notwendigen Änderungen nahmen, die er an ihren «Rohentwürfen» machen mußte. Ferner fühlte er sich zutiefst gekränkt durch Mr. Armstrongs Bemerkungen über ihn persönlich, die ihm von Mr. Ingleby, den er verabscheute, nur allzu wortgetreu zugetragen worden waren. Er war in der Tat nahe daran, sich rundweg zu weigern, mit Mr. Ingleby in ein und derselben Mannschaft zu spielen.

«Aber hören Sie mal!» protestierte Mr. Tallboy. «Sie können mich doch nicht so sitzenlassen! Sie sind der beste Schlagmann, den wir haben.»

«Können Sie Ingleby nicht rauslassen?»

Das war mehr als knifflig, denn in Wahrheit war Mr. Barrow, obwohl er ein guter und zuverlässiger Schlagmann war, bei weitem kein so guter Schlagmann wie Mr. Ingleby. Mr. Tallboy zögerte.

«Ich wüßte nicht, wie ich das machen sollte. Er hat voriges Jahr 63 Läufe eingebracht. Aber ich mache Ihnen einen anderen Vorschlag. Ich setze ihn an vierte Stelle und lasse Sie mit noch jemand anderem den Anfang machen – sagen wir, mit Pinchley. Möchten Sie mit Pinchley das erste Paar machen?»

«Sie können Pinchley nicht als ersten nehmen. Der kann doch nur dreschen.»

«Wen hätten wir denn sonst?»

Mr. Barrow ging betrübt die Liste durch.

«Das ist ein schwacher Haufen, Tallboy. Kriegen Sie wirklich nichts Besseres auf die Beine?»

«Leider nicht.»

«Schade, daß Sie sich mit Smayle und McAllister überworfen haben.»

«Schon – aber daran läßt sich nun nichts mehr ändern. Sie *müssen* spielen, Mr. Barrow, sonst müssen wir absagen – entweder – oder.»

«Ich weiß, was Sie machen könnten. Gehen Sie selbst mit mir als erster rein.»

«Das sähen die sicher nicht gern. Sie würden es als Aufschneiderei ansehen.»

«Dann nehmen Sie Garrett.»

«Gut. Spielen Sie dann mit?»

«Ich werd's wohl müssen.»

«Sie sind eben doch ein Sportsmann, Mr. Barrow.»

Mr. Tallboy lief seufzend nach unten, um die revidierte Mannschaftsaufstellung ans Schwarze Brett zu heften:

SPIEL GEGEN BROTHERHOOD

1. Mr. Barrow
2. Mr. Garrett
3. Mr. Hankin
4. Mr. Ingleby
5. Mr. Tallboy (Kapitän)
6. Mr. Pinchley
7. Mr. Miller
8. Mr. Beesely
9. Mr. Bredon
10. Mr. Haagedorn
11. Mr. Wedderburn

Er blieb einen Augenblick davor stehen und betrachtete sie ziemlich hoffnungslos. Dann kehrte er in sein Zimmer zurück und nahm sich ein großes Blatt Papier in der Absicht vor, die Daten für einen über die nächsten drei Monate laufenden Kundenauftrag durchzuackern. Aber seine Gedanken waren nicht bei den Zahlen. Schon bald schob er das Blatt von sich und starrte geistesabwesend zum Fenster hinaus über die grauen Dächer Londons.

«Was ist los, Tallboy?» erkundigte sich Mr. Wedderburn.

«Das Leben ist eine Hölle», sagte Mr. Tallboy. Und plötzlich brach es aus ihm heraus: «Mein Gott, wie ich diesen verdammten Laden hasse! Das halten meine Nerven nicht mehr aus.»

«Es wird Zeit, daß Sie Urlaub bekommen», meinte Mr. Wedderburn sanft. «Wie geht's denn Ihrer Frau?»

«Gut», antwortete Mr. Tallboy, «aber vor September können wir nicht fort.»

«Das ist der Nachteil, wenn man Familienvater ist», entgegnete Mr. Wedderburn. «Dabei fällt mir ein: Haben Sie schon etwas wegen dieser Serie für die *Nursing Times* unternommen über ‹Nutrax für stillende Mütter›?»

Mr. Tallboy verfluchte gedankenlos die stillenden Mütter, dann rief er übers Haustelefon Mr. Hankin an und forderte mit Trauerstimme sechs viertelseitige Zweispalter zu diesem anregenden Thema an.

11

Unverzeihliche Störung
einer herzoglichen Gesellschaft

Für Lord Peter Wimsey hatten die wenigen Wochen seines Lebens, die er der Lösung des Problems mit der Eisentreppe widmete, etwas traumhaft Unwirkliches, was er seinerzeit bereits spürte, aber erst im Rückblick so richtig begriff. Die Arbeit, die er – oder vielmehr dieses Schattenbild seiner selbst, das sich allmorgendlich unter dem Namen Death Bredon in die Anwesenheitsliste eintrug – verrichtete, versetzte ihn in eine Sphäre nebelhaft geistiger Urgestalten, die mit den Dingen in der Welt der Lebenden kaum eine erkennbare Verwandtschaft aufwiesen. Hier zogen auf ihren verschlungenen Bahnen jene sonderbaren Wesen dahin – die Sparsame Hausfrau, der Mann mit Geschmack, der Scharfe Rechner und der Gute Richter, ewig jung, ewig schön, ewig tugendhaft, sparsam und aufgeschlossen, verglichen Preise und Qualität, machten Reinheitsproben, stellten einander indiskrete Fragen nach Gesundheit, Haushaltskosten, Bettfedern, Rasiercreme, Ernährung, Wascharbeit und Schuhwerk, kauften ständig, um zu sparen, und sparten, um zu kaufen, schnitten Gutscheine aus und sammelten Rabattmarken, überraschten Ehemänner mit Margarine und Ehefrauen mit Waschmaschinen und Staubsaugern, beschäftigten sich von morgens bis abends mit Waschen, Kochen, Staubwischen und Aufräumen, schützten die Kinder vor Krankheitserregern, ihre Haut vor Wind und Wetter, ihre Zähne vor Karies und ihre Mägen vor Verdauungsstörungen, und gewannen dennoch durch arbeitsparende Geräte so viele Stunden am Tag hinzu, daß sie immer noch Zeit und Muße fanden, um ins Kino zu gehen, sich an den Strand zu legen und mit Dosenwurst und Konservenobst ein Picknick zu veranstalten und (sofern verschönt durch Soundsos Seidenstrümpfe, Hinzens Handschuhe und Kunzes Schuhwerk, Krethis Gesichtscreme und Plethis Schönheitsschampoo) sogar Ranelagh, Cowes, die Tribüne in Ascot, Monte Carlo und die Gesellschaftsräume der Königin mit ihrer Anwesenheit zu beehren. Woher, fragte sich Bredon, kam das

Geld, das so vielseitig und großzügig ausgegeben werden sollte? Was würde geschehen, wenn dieser Teufelstanz von Ausgeben und Sparen und Sparen und Ausgeben einmal für einen Augenblick aussetzte? Wenn es ab morgen auf der ganzen Welt keine Werbung mehr gäbe, würden die Leute trotzdem immer mehr Seife kaufen, Äpfel essen, ihren Kindern Vitamine, Ballaststoffe, Milch, Olivenöl, Rollschuhe und Abführmittel geben, noch mehr Sprachen per Grammophon lernen, noch mehr virtuose Musik im Radio hören, ihre Häuser renovieren, sich mit alkoholfreien Getränken erfrischen, immer mehr neue, appetitanregende Gerichte kochen und sich alle diese kleinen Extras leisten, die soviel bedeuteten? Oder würde das ganze wildgewordene Karussell sich langsamer drehen, würde die erschöpfte Masse sich wieder mit schlichtem Essen und Muskelschmalz begnügen? Er wußte es nicht. Wie alle reichen Leute hatte er Reklame bisher in keiner Weise beachtet. Er hatte sich nie die enorme wirtschaftliche Bedeutung der vergleichsweise Armen klargemacht. Nicht auf den Wohlhabenden, die nur kaufen, was sie haben wollen und wann sie es haben wollen, war der gewaltige Überbau der Industrie gegründet und aufgebaut, sondern auf denen, die sich verzehrten nach einem Luxus, der außerhalb ihrer Reichweite lag, nach einer Muße, die ihnen auf ewig versagt blieb, und die man deshalb drangsalieren oder verführen konnte, ihre sauer verdienten paar Pence für Dinge auszugeben, die ihnen wenigstens für einen Augenblick die Illusion von Wohlstand und Luxus gaben. Phantasmagoria – eine Stadt des furchtbaren Tages, der rohen Formen und Farben, babelgleich aufgetürmt in einem Himmel von hartem Kobaltblau, schwankend über einem Abgrund des Bankrotts – ein Wolkenkuckucksheim, bewohnt von jämmerlichen Gespenstern, angefangen bei der Sparsamen Hausfrau, die mit Dairyfields Butterbohnen in Margarine eine Familienmahlzeit für 4 Pence zubereitete, bis hin zur Sekretärin, die durch großzügige Anwendung von Muggins Magnolia-Gesichtscreme die Liebe des Märchenprinzen gewann.

Unter diesen Phantasiegestalten war Death Bredon, wenn er seine Feder über Stapel von Papier gleiten ließ, auch nur eine Phantasiegestalt, emporgehoben aus diesem Jammertal in eine noch phantastischere Welt inmitten von Menschen, deren Ambitionen, Rivalitäten und Denkweisen ihm fremd waren, und ernst wie sonst nichts, was er aus seinem wachen Leben kannte. Und wenn die Greenwich-orientierten Uhren auf halb sechs vorgerückt waren, gab es für ihn auch keine Rückkehr in die Wirklichkeit. Dann löste sich vielmehr der illusionäre Mr. Bredon in nichts auf und verwandelte sich in den erst recht illusionären Harlekin der Träume einer Rauschgiftsüchtigen, eine Reklamefigur, greller und phantastischer als alles, was durch die Spalten des *Morning Star* geisterte; körperlos, aberwitzig, ein bloßer Schalltrichter, der abgestandene Klischees in taube Ohren ohne Gehirn blies. Von dieser abscheulichen Rolle konnte er sich aber jetzt nicht mehr freimachen, denn beim bloßen Klang seines Namens oder beim Anblick seines unmaskierten Gesichts wären alle Tore zu dieser anderen Traumstadt – der Stadt der furchtbaren Nacht – vor ihm ins Schloß gefallen.

Von einer bohrenden Sorge hatte Dian de Momeries Augenblick unerklärlicher Einsicht ihn befreit: Sie begehrte ihn nicht mehr. Eher fürchtete sie ihn wohl, doch jedesmal beim Klang seiner Penny-Flöte kam sie zu ihm und fuhr mit ihm Stunden um Stunden in dem großen schwarzen Daimler durch die Nacht, bis der neue Morgen nahte. Manchmal fragte er sich, ob sie überhaupt an seine Existenz glaubte; sie behandelte ihn, als ob er irgendeine zwar verhaßte, aber doch faszinierende Gestalt in einem Haschischtraum sei. Er fürchtete jetzt allenfalls, daß ihre unausgeglichene Phantasie sie über den Klippenrand des Selbstmordes stoßen könnte. Einmal fragte sie ihn, wer er sei und was er wolle, und er sagte ihr insoweit die nackte Wahrheit.

«Ich bin hier, weil Victor Dean tot ist. Wenn die Welt weiß, wie er gestorben ist, gehe ich wieder dahin zurück, wo ich herkomme.»

«Dahin zurück, wo du herkommst? Das habe ich doch schon einmal gehört, ich weiß nur nicht mehr wo.»

«Wenn Sie je dabei waren, wie ein Mensch zum Tode verurteilt wurde, haben Sie es da gehört.»

«Mein Gott, ja! Das war's. Ich war einmal bei einem Mordprozeß. Da war so ein furchtbarer Mann, der Richter – seinen Namen weiß ich nicht mehr. Er kam mir vor wie ein alter, bösartiger roter Papagei, und er hat das so gesagt, als wenn's ihm Spaß machte. ‹Und möge der Herr deiner Seele gnädig sein.› Haben wir eine Seele, Harlekin, oder ist das alles Unsinn? Es ist Unsinn, ja?»

«Was Sie angeht, sehr wahrscheinlich.»

«Aber was habe ich mit Victor Deans Tod zu tun?»

«Hoffentlich nichts. Das müssen Sie selbst am besten wissen.»

«Natürlich hatte ich nichts damit zu tun.»

Und vielleicht sagte sie die Wahrheit. Das war ja das Phantastischste an der ganzen Illusion – die Grenze, wo Tagtraum und Nachttraum nebeneinander in ewigem Zwielicht einhergingen. Der Mann war ermordet worden – dessen war er jetzt sicher; aber welche Hand den Schlag geführt hatte und warum, war noch jenseits aller Vermutung. Ein Gefühl riet Bredon, sich an Dian de Momerie zu halten. Sie war der Wächter an der Schattengrenze; durch sie war Victor Dean, gewiß ein prosaischer Bewohner jener grellen Stadt des Tageslichts, eingetreten in die Welt der lodernden Fackeln und schwarzen Schlünde, deren Priester Trunk und Drogen waren und deren König Tod hieß. Aber er konnte sie ausfragen, soviel er wollte, er bekam nichts aus ihr heraus. Nur eines hatte sie ihm gesagt, und wieder und wieder ließ er sich das durch den Kopf gehen und fragte sich, wie es in die Geschichte hineinpaßte. Milligan, der finstere Milligan, wußte etwas über Pyms Werbedienst, oder über jemanden, der dort arbeitete. Er hatte es schon gewußt, bevor er Dean kennenlernte, denn bei dieser ersten Begegnung hatte er zu ihm gesagt: «Ach, Sie sind das?» Welche Verbindung bestand da? Was hatte Dean in der Werbeagentur mit Milligan zu tun gehabt, bevor Milligan ihn überhaupt kannte? War es vielleicht nur, daß Dian damit angegeben hatte, in dieser respektablen Firma einen Geliebten zu haben? War Victor Dean nur gestorben, weil Dian eine Schwäche für ihn hatte?

Das konnte Wimsey nicht glauben; diese Schwäche war ja schon vorher gestorben, und danach war Deans Tod gewiß überflüssig gewesen. Außerdem, wenn die Bewohner der Nacht aus Leidenschaft morden, schmiedeten sie keine raffinierten Pläne, beseitigten keine Fingerabdrücke und hüllten sich weder vorher noch nachher in diskretes Schweigen. Brüllen und Revolverschüsse, lautes Schluchzen und weinerliche Reue waren die Zeichen und Symbole tödlicher Leidenschaft unter denen, die das süße Leben führten.

In Wahrheit hatte Dian ihm ja noch eine Information gegeben, aber im Augenblick verstand er sie nicht zu deuten, wußte nicht einmal, daß er sie besaß. Er konnte nur warten, warten wie die Katze vor dem Mauseloch, bis etwas herausgesprungen kam, dem er nachsetzen konnte. Und so verbrachte er wachsam seine Abende, fuhr im Wagen umher, spielte auf der Penny-Flöte und gönnte sich nur in den frühen Morgenstunden ein wenig Schlaf, bevor er wieder in die Pymsche Tretmühle stieg.

Wimsey deutete Dian de Momeries Gefühle für ihn völlig richtig. Er erregte und ängstigte sie, und insgesamt durchlief sie beim Klang der Penny-Flöte ein wohliger Schrecken. Aber der eigentliche Grund, weswegen sie ihn bei Laune halten zu müssen glaubte, erwuchs aus einem Zufall, von dem er nichts wissen konnte und von dem sie ihm auch nichts sagte.

Am Tag nach ihrer ersten Begegnung hatte Dian auf einen Außenseiter namens Akrobat gesetzt, und er war mit 50 zu 1 durchs Ziel gegangen. Drei Tage nach ihrem Erlebnis im Wald hatte sie auf einen anderen Außenseiter namens Harlekin gesetzt, und er war als zweiter mit 100 zu 1 eingelaufen. Seitdem stand für sie zweifelsfrei fest, daß er ein mächtiger, vom Himmel gesandter Glücksbringer war. Der Tag nach jeder Begegnung mit ihm war für sie ein Glückstag, und es stimmte einfach, daß sie an diesem Tag meist auf die eine oder andere Weise zu Geld kam. Nach den ersten beiden glänzenden Coups hatten Pferde sie enttäuscht, aber dafür hatte sie beim Kartenspiel Glück gehabt. Wieviel von diesem Glück einfach eine Folge ihres Selbstvertrauens und Siegeswillens war, hätte nur ein Psychologe beantworten können; jedenfalls gewann sie, und woran das lag, war für sie über jeden Zweifel erhaben. Sie sagte ihm nicht, daß er ihr Maskottchen war, da sie der abergläubischen Meinung war, ihr Glücksfaden werde dann reißen, aber sie war bei einer Wahrsagerin gewesen, die ihre Gedanken gelesen hatte wie ein offenes Buch und sie in ihrem Glauben bestärkt hatte, daß ein geheimnisvoller Fremder ihr Glück bringen werde.

Major Milligan lümmelte sich mit einem Whisky-Soda auf Dians Couch und richtete ein ziemlich verdrießliches Augenpaar auf sie. Er war ein großer, schwerfälliger Mann, bar jeder Moral, aber halbwegs mäßig in seinen Gewohnheiten, wie Menschen es sein müssen, die mit anderer Leute Schwächen Geschäfte machen.

«Hast du noch mal was von der kleinen Dean gehört, Dian?»

«Nein», sagte Dian gedankenabwesend. Sie hatte Milligan allmählich über und hätte gern mit ihm Schluß gemacht, wenn er nur nicht so nützlich für sie gewesen wäre und sie nicht zuviel gewußt hätte, um gefahrlos mit ihm brechen zu können.

«Du solltest mit ihr in Verbindung bleiben.»

«Mein Gott, wozu? Die Frau ist die Langeweile in Person.»

«Ich will wissen, ob sie etwas über die Firma weiß, in der Dean gearbeitet hat.»

«Die Werbeagentur? Aber Todd, wie furchtbar langweilig! Was findest du an einer Werbeagentur interessant?»

«Das laß meine Sorge sein. Ich war da hinter einer ziemlich nützlichen Sache her, sonst nichts.»

«Oh!» Dian überlegte. Das klang wieder interessant, fand sie. Vielleicht ließ sich daraus etwas machen. «Wenn du willst, kann ich sie ja mal anrufen. Sie ist nur so entsetzlich spießig. Was willst du denn von ihr wissen?»

«Das geht dich nichts an.»

«Todd, ich wollte dich schon lange etwas fragen. Warum hast du von mir verlangt, Victor aufzugeben? Nicht daß es mir um den armen Teufel leid täte, aber es hat mich eben gewundert, wo du doch zuerst gesagt hattest, ich soll ihn mir warmhalten.»

«Weil», antwortete Major Milligan, «dieses kleine Stinktier versucht hat, mich aufs Kreuz zu legen.»

«Du lieber Himmel, Todd – du solltest zum Film gehen, als Dick Bullenbeißer, der Rauschgiftkönig der Unterwelt. Rede doch mal so, daß man dich versteht.»

«Es ist ja alles schön und gut, mein Kind, aber dein kleiner Victor fing an lästig zu werden. Jemand hat ihm was erzählt – wahrscheinlich du.»

«Ich? Du bist vielleicht gut! Ich konnte ihm doch nichts erzählen, Todd. Du erzählst mir ja selbst nie was.»

«Nein – weil ich noch ein Restchen Verstand habe.»

«Wie grob du manchmal bist. Aber du siehst, ich hätte Victor gar nichts verraten können. Hast du Victor abserviert?»

«Wer sagt, daß er abserviert wurde?»

«Das hat mir ein Vögelchen gesungen.»

«Ist das dein schwarz-weiß karierter Freund?»

Dian zögerte. In einem mitteilsamen und nicht sehr nüchternen Augenblick hatte sie Todd von ihrem Abenteuer im Wald erzählt, und nun hätte sie das gern ungeschehen machen wollen. Milligan nahm ihr Schweigen als Zustimmung und fuhr fort:

«Wer ist dieser Kerl, Dian?»

«Keine Ahnung.»

«Was will er?»

«Mich jedenfalls nicht. Ist das nicht demütigend, Todd?»

«Bestimmt.» Milligan grinste. «Aber was hat er vor?»

«Ich glaube, er treibt Victors Spiel – was der auch für eins getrieben haben mag. Hat gesagt, er wäre nicht hier, wenn Victor nicht abgekratzt wäre. Richtig aufregend, findest du nicht?»

«Hm», machte Milligan. «Ich glaube, ich würde deinen

Freund gern mal kennenlernen. Wann kann man mit ihm rechnen?»

«Wenn ich das nur wüßte! Er kommt einfach. Ich glaube, Todd, an deiner Stelle würde ich nichts mit ihm zu tun haben wollen. Er ist gefährlich – irgendwie unheimlich. Ich habe so ein dummes Gefühl.»

«Dein Gehirn wird langsam weich, mein Schatz», sagte Milligan, «und er rührt kräftig darin herum, das ist alles.»

«Na ja», meinte Dian, «jedenfalls amüsiert er mich, was du nicht mehr tust. Du wirst ein bißchen fett und langweilig, Todd.» Sie gähnte und schlenderte träge zum Spiegel, um ihr Gesicht eingehend zu studieren. «Ich glaube, ich werde den Stoff aufgeben, Todd. Ich bin schon richtig aufgedunsen unter den Augen. Wäre das nicht spaßig, einmal ganz brav und anständig zu werden?»

«So spaßig wie eine Quäkerversammlung. Versucht dein Freund dich zu bekehren? Das wäre ein guter Witz!»

«Von wegen mich bekehren! Aber ich sehe heute abend aus wie ein Gespenst. Ach, zum Teufel, was soll's! Komm, wir tun irgendwas.»

«Gut. Komm mit zu Slinker. Er gibt eine Party.»

«Slinkers Parties hängen mir zum Hals raus. Paß auf, Todd, wir ziehen einfach los und laden uns irgendwo bei pikfeinen Leuten selbst ein. Wer sind die größten Spießer in London, bei denen sich heute abend was tut?»

«Weiß nicht.»

«Ich sag dir was. Wir greifen uns Slinkers Party und machen die Runde, und bei der ersten gestreiften Markise gehen wir rein.»

«Los! Ich bin dabei.»

Eine halbe Stunde später zog ein lärmender Haufen, eingezwängt in fünf Autos und ein Taxi, juchzend durch die stilleren Viertel des West-Ends. Noch heute gibt es in Mayfair ein paar Trutzburgen der Aristokratie, und Dian, die aus dem Fenster des vordersten Wagens hing, stieß plötzlich vor einem großen, altmodischen Haus, dessen Eingang mit einer gestreiften Markise, rotem Teppich und einem Spalier von Treibhauspflanzen auf der Treppe geschmückt war, einen Juchzer aus.

«Juhu! Anhalten, Jungs! Hier ist was! Wem gehört das?»

«Mein Gott!» sagte Slinker Braithwaite. «Wir haben ins Schwarze getroffen. Hier wohnt der Herzog von Denver.»

«Da kommt ihr nicht rein», sagte Milligan. «Die Herzogin ist das zugeknöpfteste Frauenzimmer in ganz London. Sieh dir nur mal den Rausschmeißer vor der Tür an. Wir suchen uns lieber was Leichteres.»

«Von wegen was Leichteres! Das erste Haus, wo was los ist, haben wir gesagt, und das ist das erste. Seid nicht so feige!»

«Also, hört zu», sagte Milligan, «dann versuchen wir's aber beim Hintereingang. Auf der anderen Seite ist ein Tor zum Garten, wo die Autos parken. Da haben wir eine größere Chance.»

Auf der anderen Seite entpuppte es sich wirklich als ein Kinderspiel. Sie ließen die Autos in einer Nebenstraße stehen, und als sie sich dem Tor näherten, sahen sie es weit offen stehen und dahinter ein großes Zelt, in dem zu Abend gegessen wurde. Eine Gruppe Gäste kam aus dem Haus, gerade als sie das Tor erreichten, während zugleich, fast auf ihren Fersen, zwei große Autos vorfuhren und eine große Gesellschaft ausspien.

«Ist mir doch schnuppe, ob ich gemeldet werde», sagte ein tadellos gekleideter Herr, «wir gehen einfach rein und drücken uns um die Botschafter.»

«Freddy, das geht doch nicht.»

«Das geht nicht? Du wirst schon sehen.» Freddy schob den Arm seiner Partnerin fest unter den seinen und ging entschlossen auf das Tor zu. «Im Garten treffen wir garantiert Peter oder sonstwen.»

Dian schnappte sich Milligans Arm, und die beiden schlossen sich den Neuankömmlingen an. Das Tor wurde passiert – aber dahinter präsentierte sich ein Diener als unerwartetes Hindernis.

«Mr. und Mrs. Frederick Arbuthnot», sagte der makellos gekleidete Herr. «Und Freunde», fügte er hinzu, wobei er mit unbestimmter Geste hinter sich deutete.

«Na also, *wir* sind jedenfalls drin», jubilierte Dian.

Helen Herzogin von Denver ließ ihren Blick befriedigt über die Gäste schweifen. Es lief wirklich alles sehr gut. Der Botschafter und seine Frau hatten sich lobend über den Wein geäußert. Die Musik war gut, die gebotenen Erfrischungen mehr als angemessen. Eine geruhsame Würde durchdrang die Atmosphäre. Sie selbst fand, daß ihr Kleid ihr gut stand, obwohl ihre Schwiegermutter, die Herzoginwitwe, etwas Bissiges über ihr Rückgrat gesagt hatte. Aber die Herzoginwitwe war ja immer etwas schwierig und unberechenbar. Man mußte mit der Mode gehen, auch wenn man sich natürlich nie in irgendeiner Weise schamlos präsentieren würde. Helen zeigte nach ihrem eigenen Urteil genau die richtige Anzahl von Rückenwirbeln, die dem Anlaß zukam. Einer weniger wäre inkorrekt gewesen, einer mehr übermodern. Sie dankte der Vorsehung, daß sie mit 45 Jahren noch immer ihre Figur hielt – was wirklich der Fall war, denn sie war zeit ihres Lebens auf beiden Seiten bemerkenswert flach gewesen.

Eben wollte sie ein wohlverdientes Glas Champagner an die Lippen heben, als sie stockte und es wieder absetzte. Irgend etwas stimmte nicht. Sie sah sich rasch nach ihrem Gatten um. Er war nicht da, aber ein paar Schritte abseits zeigten ein eleganter schwarzer Rücken und ein glatt gekämmter strohfarbener Kopf ihr die Anwesenheit ihres Schwagers Wimsey an. Sie entschuldigte sich kurz bei Lady Mendip, mit der sie die jüngsten Ungeheuerlichkeiten der Regierung diskutiert hatte, schob sich durch das Gedränge und faßte Wimseys Arm.

«Peter! Sieh mal, da drüben. Was sind das für Leute?»

Wimsey drehte sich um und sah in die vom Fächer der Herzogin angezeigte Richtung.

«Mein Gott, Helen! Diesmal hast du aber die richtigen Früchtchen erwischt. Das ist die de Momerie mit ihrem zahmen Rauschgifthändler.»

Die Herzogin erschauerte.

«Wie furchtbar! So eine widerwärtige Frau! Wie sind die nur um alles in der Welt hier hereingekommen? ... Kennst du sie?»

«Nicht offiziell.»

«Gott sei Dank! Ich hatte schon gefürchtet, du hättest sie eingelassen. Man weiß ja nie, was du gerade im Schilde führst. Du kennst so viele unmögliche Leute.»

«Diesmal bin ich unschuldig, Helen.»

«Frag doch mal Bracket, wieso er sie hereingelassen hat.»

«Ich fliege», sagte Wimsey, «Euerm Befehle zu gehorchen.»

Er trank sein Glas leer und machte sich gemächlich auf, den Diener zu suchen. Kurz darauf kam er wieder.

«Bracket sagt, sie sind mit Freddy Arbuthnot gekommen.»

«Dann such Freddy.»

Der Ehrenwerte Freddy Arbuthnot stritt, als man seiner habhaft wurde, jegliche Bekanntschaft mit den Eindringlingen ab.

«Aber am Tor war so 'n Gedränge», räumte er treuherzig ein, «und ich würde sagen, da haben sie sich mit reingemogelt. Die de Momerie, sagst du? Wo ist sie? Die muß ich mir mal ansehen. Tolles Weib, wie?»

«Nichts dergleichen werden Sie tun, Freddy. Himmel, wo ist denn nur Gerald? Hier ist er nicht. Er ist nie da, wenn man ihn braucht. Du wirst hingehen und sie hinauswerfen müssen, Peter.»

Wimsey, der inzwischen Zeit gehabt hatte, sich einen genauen Plan zurechtzulegen, wünschte sich nichts Besseres.

«Ich werde sie rausschmeißen», sagte er, «wie weiland John Smith. Wo sind sie?»

Die Herzogin, die sie nicht aus dem starren Auge gelassen hatte, wies mit strenger Hand nach der Terrasse. Wimsey entfernte sich, die Liebenswürdigkeit in Person.

«Verzeihen Sie mir, liebe Lady Mendip», sagte die Herzogin, als sie zu ihrem Gast zurückkehrte. «Ich mußte nur meinem Schwager rasch einen kleinen Auftrag geben.»

Wimsey stieg die schwach erhellten Terrassenstufen hinauf. Die Schatten eines Rosenspaliers fielen auf sein Gesicht und ließen schwarze Pünktchen über sein weißes Hemd tanzen; und im Gehen pfiff er leise: «Tom, Tom, des Pfeifers Sohn.»

Dian de Momerie griff nach Milligans Arm und fuhr herum. Wimsey hörte auf zu pfeifen.

«Äh – guten Abend», sagte er, «ich bitte um Entschuldigung. Miss de Momerie, glaube ich?»

«Harlekin!» rief Dian.

«Wie bitte?»

«Harlekin. Hier bist du also. Diesmal hab ich dich. Und jetzt werde ich auch dein Gesicht sehen, und wenn's mich das Leben kostet.»

«Ich fürchte, hier liegt eine Verwechslung vor», sagte Wimsey.

Milligan hielt den Augenblick zum Eingreifen für gekommen.

«Aha!» sagte er. «Der geheimnisvolle Fremde. Ich glaube, es wird Zeit, daß Sie und ich mal ein Wörtchen miteinander reden, junger Mann. Darf ich fragen, warum Sie dieser Dame in einem Narrenkostüm nachstellen?»

«Ich fürchte», sagte Wimsey noch nachdrücklicher, «daß Sie das Opfer eines Mißverständnisses sind, Sir, wer Sie auch immer sein mögen. Mich hat die Herzogin mit einem – verzeihen Sie – etwas unangenehmen Auftrag geschickt. Sie bedauert, nicht die Ehre der Bekanntschaft mit dieser Dame noch der Ihren zu haben, Sir, und läßt Sie durch mich fragen, auf wessen Einladung Sie hier sind.»

Dian lachte ziemlich laut.

«Du bist ja großartig, Harlekin!» rief sie. «Wir haben uns bei der alten Henne selbst eingeladen, Harlekin, genau wie du, nehme ich an.»

«So etwas hat die Herzogin vermutet», erwiderte Wimsey. «Es tut mir leid. Ich muß Sie leider bitten, diese Gesellschaft unverzüglich zu verlassen.»

«Das hab ich gern», sagte Milligan unbeeindruckt. «Aber daraus wird leider nichts. Es mag ja stimmen, daß wir uneingeladen hier sind, aber wir lassen uns nicht von einem namenlosen Zirkusclown rausschmeißen, der sich nicht mal traut, sein Gesicht zu zeigen.»

«Sie müssen mich mit einem Ihrer Freunde verwechseln», sagte Wimsey. «Sie gestatten.» Er ging zur nächststehenden Säule und betätigte einen Schalter, der diese Seite der Terrasse mit Licht überflutete. «Mein Name ist Peter Wimsey. Ich bin der Bruder des Herzogs von Denver, und mein Gesicht, so unbedeutend es ist, steht Ihnen ganz zu Diensten.»

Er klemmte sich sein Monokel ins Auge und blickte Milligan unfreundlich an.

«Aber sind Sie nicht mein Harlekin?» begehrte Dian auf. «Stell dich doch nicht so an – ich weiß, daß du's bist. Ich kenne deine Stimme genau – und deinen Mund und dein Kinn. Außerdem hast du diese Melodie gepfiffen.»

«Das ist ja sehr interessant», sagte Wimsey. «Wäre es möglich – ich fürchte, ja –, ich glaube, Sie müssen meinem unseligen Vetter Bredon über den Weg gelaufen sein.»

«So hieß der Name –» begann Dian unsicher und stockte.

«Freut mich zu hören», entgegnete Wimsey. «Manchmal gibt er nämlich meinen an, und das kann sehr peinlich werden.»

«Hör mal, Dian», mischte Milligan sich wieder ein, «ich glaube, du hast hier ins Fettnäpfchen getreten. Entschuldige dich, und dann hauen wir ab. Bedaure, daß wir hier hereingeplatzt sind –»

«Einen Augenblick», sagte Wimsey. «Darüber möchte ich doch gern Näheres erfahren. Würden Sie so freundlich sein, einen Augenblick mit ins Haus zu kommen? Bitte hierher.»

Er führte sie höflich um die Terrasse herum, einen Gartenweg hinauf und durch eine Glastür in eine kleine Diele, in der sich ein paar Tischchen und eine Bar befanden.

«Was möchten Sie trinken? Whisky? Das hätte ich mir denken können. Die abscheuliche Angewohnheit, nach Cocktails spätabends Whisky zu trinken, hat schon mehr Leuten den

Teint und den guten Ruf ruiniert als jede andere Ursache für sich allein. So manche Frau steht heute in London an den Straßenecken, weil sie Whisky auf Gin-Cocktails getrunken hat. Zwei Whisky pur, Tomlin, und einen Likör-Brandy.»

«Sehr wohl, Mylord.»

«Sie werden bemerkt haben», sagte Wimsey, indem er mit den Getränken an den Tisch zurückkehrte, «daß es der eigentliche Zweck dieser freundlichen Geste war, Ihnen durch den verläßlichen Tomlin meine Identität bestätigen zu lassen. Suchen wir uns aber jetzt ein Plätzchen, wo wir weniger gestört werden. Ich schlage die Bibliothek vor. Bitte folgen Sie mir. Mein Bruder hat als echt englischer Edelmann in jedem seiner Häuser eine Bibliothek, obwohl er nie ein Buch aufschlägt. Das nennt man Treue zu ehrwürdigen Traditionen. Aber die Stühle sind bequem. Bitte nehmen Sie Platz. Und nun berichten Sie mir ausführlich über Ihre Begegnung mit meinem anstößigen Vetter.»

«Einen Augenblick», sagte Milligan, bevor Dian noch sprechen konnte. «Ich glaube, ich kenne das Zuchtbuch ganz gut. Ich wußte gar nicht, daß Sie einen Vetter namens Bredon haben.»

«Nicht jeder Welpe wird ins Zuchtbuch eingetragen», entgegnete Wimsey gelassen, «und der ist ein weiser Mann, der alle seine Vettern kennt. Aber was soll's? Familie ist Familie, auch wenn ein Schräglinksbalken im Wappen anzeigt, daß der Betreffende nicht ganz reinen Geblüts ist oder, wie man es auch nennt, einer Ehe zur Linken entstammt. Mein bedauernswerter Vetter Bredon, der auf den einen Familiennamen nicht mehr Anspruch hat als auf den andern, benutzt sie alle der Reihe nach und beweist damit eine erfreuliche Unvoreingenommenheit. Bitte, bedienen Sie sich, wenn Sie rauchen möchten. Sie werden die Zigarren ganz annehmbar finden, Mr. – äh – »

«Milligan.»

«Ach! Der berüch-... der bekannte Major Milligan? Sie besitzen ein Anwesen am Fluß, glaube ich? Reizend, reizend. Der Ruhm dieses Etablissements erreicht mich manchmal über meinen lieben Schwager, Chefinspektor Parker von Scotland Yard. Ein hübsches, zurückgezogenes Fleckchen, soviel ich weiß.»

«Ganz recht», sagte Milligan. «Ich hatte das Vergnügen, dort eines Abends Ihren Vetter zu Gast zu haben.»

«So, hat er sich bei Ihnen auch selbst eingeladen? Das sähe ihm ähnlich. Und Sie haben sich dafür an meiner lieben Schwägerin gerächt. Natürlich nur ausgleichende Gerechtigkeit, das sehe ich vollkommen ein – obwohl die Herzogin es vielleicht mit anderen Augen sehen wird.»

«Nein, eine Dame aus meinem Bekanntenkreis hatte ihn mitgebracht.»

«Er macht sich. Major Milligan, so sehr es mich schmerzt, glaube ich doch, Sie vor diesem meinem Vetter warnen zu müssen. Er ist keine erstrebenswerte Bekanntschaft. Wenn er Miss de Momerie mit seinen Aufmerksamkeiten belästigt, hat er dabei wahrscheinlich ein weitergehendes Ziel vor Augen. Nicht daß ein Mann für solche Aufmerksamkeiten ein weitergehendes Ziel brauchte», fügte er hinzu. «Miss de Momerie ist ein Ziel an sich –»

Sein Blick wanderte mit einer kalten Abschätzigkeit, die seine Worte fast beleidigend wirken ließ, an der spärlich bekleideten und leicht berauschten Dian de Momerie auf und ab.

«Aber», nahm er den Faden wieder auf, «ich kenne meinen Vetter Bredon – nur zu gut. Kaum einer kennt ihn besser. Und ich muß gestehen, daß er der letzte ist, bei dem ich eine Zuneigung ohne Hintergedanken erwarten würde. Ich fühle mich zu meinem Kummer genötigt, ein Auge auf ihn zu haben, zu meinem eigenen Schutz, und darum wäre ich Ihnen aufs tiefste verbunden, wenn Sie mir über seine jüngsten Eskapaden Näheres berichten könnten.»

«Na gut, ich erzähl's Ihnen», sagte Dian. Der Whisky hatte sie leichtsinnig gemacht, und sie wurde plötzlich gesprächig, ungeachtet Milligans gerunzelter Stirn. Sie erzählte die ganze Geschichte ihres Abenteuers. Der Sprung vom Springbrunnen schien Wimsey sehr unangenehm zu berühren.

«Vulgäre Angeberei!» sagte er kopfschüttelnd. «Wie oft habe ich Bredon inständig gebeten, sich zurückhaltend vernünftig zu benehmen!»

«Ich fand es einfach herrlich», erwiderte Dian, und dann erzählte sie von der Begegnung im Wald.

«Er spielt immer ‹Tom, Tom, des Pfeifers Sohn›, und als Sie kamen und diese Melodie pfiffen, hab ich natürlich gedacht, daß Sie es sind.»

Wimsey machte eine sehr überzeugend finstere Miene.

«Widerwärtig», sagte er.

«Außerdem sind Sie sich so ähnlich – die gleiche Stimme und das gleiche Gesicht, soweit man etwas davon sehen kann. Aber er hat natürlich noch nie seine Maske abgenommen –»

«Kein Wunder», sage Wimsey, «kein Wunder.» Er rang sich

einen tiefen Seufzer ab. «Die Polizei interessiert sich nämlich für meinen Vetter Bredon.»

«Wie aufregend!»

«Weswegen?» fragte Milligan.

«Unter anderem, weil er sich für mich ausgegeben hat», erklärte Wimsey, der jetzt richtig in Fahrt kam. «Ich kann Ihnen in der kurzen Zeit, die uns zur Verfügung steht, gar nicht sagen, wieviel Ärger und Demütigungen ich Bredons wegen schon habe hinnehmen müssen. Aus polizeilichem Gewahrsam habe ich ihn losgekauft – auf meinen Namen ausgestellte Schecks honoriert – ihn aus Lasterhöhlen befreit – ich erzähle Ihnen alle diese peinlichen Details natürlich im Vertrauen.»

«Wir halten dicht», sagte Dian.

«Er macht sich unsere unglückliche Ähnlichkeit zunutze», fuhr Wimsey fort. «Er imitiert meine Gepflogenheiten, raucht meine Lieblingszigaretten, fährt einen Wagen wie ich, pfeift sogar meine Lieblingsmelodie – die, wie ich sagen darf, sich besonders gut für das Vorspiel auf der Penny-Flöte eignet.»

«Er muß ganz schön betucht sein», meinte Dian, «daß er so einen Wagen fahren kann.»

«*Das*», sagte Wimsey, «ist ja das Traurigste an der Geschichte. Ich habe ihn im Verdacht – aber dazu sollte ich mich vielleicht doch lieber nicht äußern.»

«O doch, erzählen Sie», drängte Dian mit vor Erregung schillernden Augen. «Es klingt einfach unwahrscheinlich aufregend.»

«Ich habe ihn im Verdacht», sagte Wimsey in ernstem, düsterem Ton, «daß er mit – *Raufgischt* – äh, ich meine, hol's der Kuckuck – mit Rauschgiftschmuggel zu tun hat.»

«Was Sie nicht sagen!» entfuhr es Milligan.

«Nun, ich kann es nicht beweisen. Aber ich bin aus einer bestimmten Ecke gewarnt worden. Sie verstehen.» Wimsey nahm sich eine neue Zigarette und stieß sie auf den Tisch wie einer, der den Sargdeckel über einem toten Geheimnis geschlossen hat und ihn gut festnagelt. «Ich will mich in keiner Weise in Ihre Angelegenheiten mischen, Major Milligan. Ich hoffe, daß ich mich nie dazu veranlaßt sehen werde.» Hier durchbohrte er Milligan erneut mit einem harten Blick. «Aber Sie werden mir gestatten, Ihnen und dieser Dame eine Warnung mit auf den Weg zu geben. Lassen Sie sich nicht zu tief mit meinem Vetter Bredon ein.»

«Jetzt verzapfen Sie aber einen schönen Mist», sagte Dian. «Den kriegen Sie nicht mal dazu, daß er –»

«Zigarette, Dian?» unterbrach Milligan sie in scharfem Ton.

«Ich sage nicht», fuhr Wimsey fort, indem er Dian langsam von oben bis unten musterte, «daß mein bedauernswerter Vetter selbst kokain- oder heroinsüchtig ist oder etwas in der Art. In gewisser Weise wäre es fast anständiger, wenn er es wäre. Sich an den Schwächen seiner Mitmenschen zu mästen, ohne diese selbst zu teilen, ist, wie ich zugeben muß, für mich das Ekelhafteste, was es gibt. Vielleicht bin ich altmodisch, aber so ist es nun mal.»

«Sehr richtig», sagte Milligan.

«Ich weiß nicht und will nicht wissen», fuhr Wimsey fort, «wie Sie dazu kamen, meinen Vetter Bredon in Ihr Haus zu lassen, oder was ihn seinerseits dorthin geführt haben könnte. Ich will lieber nicht annehmen, daß er dort außer Gastlichkeit und angenehmer Gesellschaft noch etwas anderes gefunden hat, was ihn anzog. Vielleicht halten Sie mich, Major Milligan, weil ich mich schon für bestimmte Polizeifälle interessiert habe, für einen, der sich immerzu in alles einmischen muß, aber das ist nicht der Fall. Solange ich mich nicht gezwungen sehe, mich um anderer Leute Angelegenheiten zu kümmern, lasse ich sie viel lieber in Ruhe. Aber ich halte es nur für fair, Ihnen zu sagen, *daß* ich mich gezwungen sehe, mich mit meinem Vetter Bredon zu befassen, und daß er ein Mensch ist, den zu kennen sich als – sagen wir peinlich? für jeden erweisen kann, der es vorzieht, ein ruhiges Leben zu führen. Ich glaube, mehr brauche ich nicht zu sagen, oder?»

«Keineswegs», sagte Milligan. «Ich bin Ihnen für die Warnung sehr dankbar, und das gilt gewiß auch für Miss de Momerie.»

«Natürlich, ich bin mächtig froh, das alles jetzt zu wissen», erklärte Dian. «Ihr Vetter scheint ein regelrechter Schatz zu sein. Ich liebe gefährliche Männer. Spießer sind so tödlich langweilig, nicht?»

Wimsey verbeugte sich.

«Die Wahl Ihrer Freunde, meine verehrte Dame, steht ausschließlich in Ihrem Belieben.»

«Freut mich zu hören. Ich hatte den Eindruck, daß die Herzogin nicht allzu scharf darauf ist, mich freudig in die Arme zu schließen.»

«Ah, die Herzogin – nein. Ich fürchte, da steht das Belieben ganz und gar auf der anderen Seite, wie? Wobei mir einfällt –»

«Ganz recht», sagte Milligan. «Wir haben Ihre Gastfreundschaft schon zu lange in Anspruch genommen. Wir müssen uns aufrichtig entschuldigen und uns zurückziehen. Übrigens, wir hatten noch ein paar Freunde bei uns –»

«Ich nehme an, daß meine Schwägerin sich inzwischen um sie gekümmert hat», sagte Wimsey grinsend. «Wenn nicht, werde ich es mir angelegen sein lassen, sie ausfindig zu machen und ihnen zu sagen, daß Sie nach – wohin soll ich sagen – gegangen sind?»

Dian nannte ihre Adresse.

«Kommen Sie doch auch auf ein Gläschen mit», schlug sie vor.

«Leider, leider!» sagte Wimsey. «Verpflichtungen – Sie verstehen. Ich kann meine Schwägerin nicht im Stich lassen, so sehr es mich sonst freuen würde.» Er läutete. «Sie werden mich jetzt sicher entschuldigen. Ich muß mich um unsere anderen Gäste kümmern. Porlock, geleiten Sie die Dame und den Herrn hinaus.»

Er kehrte über die Terrasse in den Garten zurück und pfiff, wie immer, wenn er zufrieden war, eine Melodie von Bach:

«Nun gehn wir, wo der Dudelsack, der Dudel-, Dudel-, Dudel-, Dudel-, Dudelsack...»

«Ob der Köder vielleicht zu aufdringlich war? Wird er nach ihm schnappen? Wir werden ja sehen.»

«Mein lieber Peter», sagte die Herzogin bekümmert, «was warst du schrecklich lange fort! Geh doch bitte und hole für Madame de Framboise-Douillet ein Eis. Und richte deinem Bruder aus, daß ich ihn sprechen möchte.»

Unverhoffte Errungenschaft
eines jungen Reporters

Eines Morgens, in aller Herrgottsfrühe, trat ein junger Reporter des *Morning Star*, für niemanden wichtig außer für sich selbst und seine verwitwete Mutter, aus dem luxuriösen neuen Verlagsgebäude dieser großen Zeitung und stolperte mitten hinein in die Angelegenheiten Chefinspektor Parkers. Der Name dieses Nichts war Hector Puncheon, und er befand sich nur deshalb noch um diese Zeit in Fleet Street, weil nachts in einem großen Kaufhaus in der City ein Feuer ausgebrochen war, bei dem enormer Sachschaden entstanden und drei Nachtwächter und eine Katze auf spektakuläre Weise von den Dächern der umliegenden Gebäude gerettet worden waren. Hector Puncheon, an den Ort des Geschehens gerufen aus dem einleuchtenden Grund, daß er im Bezirk West Central wohnte und in relativ kurzer Zeit an die Brandstelle transportiert werden konnte, hatte eine Kurzmeldung über die Katastrophe für die frühen Landausgaben, einen längeren und aufregenderen Bericht für die frühe Stadtausgabe und dann eine noch längere, mehr ins einzelne gehende Reportage mitsamt Aussagen der Nachtwächter und einiger Augenzeugen sowie einem persönlichen Interview mit der Katze für die Frühausgaben des *Evening Comet* geschrieben, das Schwesterblatt des *Morning Star*, dessen Redaktion im selben Gebäude untergebracht war.

Nach all dieser Schufterei war er hellwach und hungrig. Er suchte ein durchgehend geöffnetes Restaurant in Fleet Street auf, das den unzeitigen Bedürfnissen der Herren von der Presse gerecht zu werden gewöhnt war, und setzte sich um drei Uhr, nachdem er sich zuvor mit einem noch druckfeucht aus der Presse gerissenen *Morning Star* bewaffnet hatte, zu einem Frühstück aus gegrillten Würstchen, Kaffee und Brötchen nieder.

Er aß mit stillem Behagen, hochzufrieden mit sich und seinem glücklichen Los und zutiefst überzeugt, daß auch der berühmteste und erfahrenste Reporterkollege keine spritzigere, lebendigere und menschlich ansprechendere Reportage hätte schreiben können als die seine. Besonders rührend war sein Interview mit der Katze. Das Tier war offenbar ein gefeierter Rattenfänger, auf dessen Konto manch berühmte Heldentat ging. Und nicht nur das, sie hatte auch als erste den Brandgeruch bemerkt und durch ihr ängstliches und intelligentes Miauen die Aufmerksamkeit des Nachtwächters Nummer eins erregt, der beim Beginn der Ereignisse gerade dabei gewesen war, sich ein Täßchen Tee zu brühen. Drittens stand diese Katze, ein häßliches schwarzweißes Vieh mit geflecktem Gesicht, vor ihrer zehnten Niederkunft, und Hector Puncheon hatte die geniale Idee gehabt, dem *Morning Star* das Vorkaufsrecht für den gesamten Wurf zu sichern, auf daß ein rundes halbes Dutzend glücklicher Leser mittels eines Briefchens an ihre Lieblingszeitung, dem eine kleine Spende für die Tierklinik beigefügt war, stolze Besitzer eines Kätzchens mit vorgeburtlichem Ruhm und einem glänzenden Rattenfängerstammbaum werden konnten. Hector Puncheon fand, daß er seine Sache gut gemacht hatte. Er hatte flink und mutig gehandelt und dem Nachtwächter auf eigene Verantwortung sofort 10 Shilling geboten, als ihm die große Idee gekommen war, und der Nachtredakteur hatte den Coup genehmigt und sogar gemeint, daß damit vielleicht etwas anzufangen sei.

Wohlgefüllt mit Würstchen und Zufriedenheit nahm sich Hector Puncheon seine Zeitung vor, las beifällig die Freitagsglosse und freute sich über die politische Karikatur. Nach einer Weile faltete er das Blatt wieder zusammen, steckte es in die Tasche, gab dem Kellner ein großzügiges Trinkgeld von 6 Pence und trat wieder auf Fleet Street hinaus.

Der Morgen war schön, wenngleich ein wenig kühl, und er fand, daß ihm ein kleiner Spaziergang nach der nächtlichen Arbeit guttun würde. Frohgemut spazierte er am Griffin beim Temple Bar, am Gerichtshof und an den Kirchen St. Clement Danes und St. Mary-le-Strand vorbei und wandte sich den Kingsway hinauf. Erst als er an die Ecke zur Great Queen Street kam, hatte er plötzlich das Gefühl, daß in einem sonst recht zufriedenstellenden Universum noch etwas fehlte. Die Great Queen Street führte in den Long Acre, und abseits vom Long Acre lag Covent Garden; schon jetzt rumpelten Liefer- und Lastwagen, beladen mit Obst und Blumen, aus allen Teilen des Landes heran und rollten leer wieder fort. Lastträger luden bereits die dicken Säcke, großen Kisten, runden Körbe, zerbrechlichen Spankörbchen und länglichen Steigen ab, angefüllt mit lebendigen Düften und Farben, und schwitzten und fluchten dabei, als ob die ganze herrliche Fracht aus Fisch oder Roheisen bestände. Und zum Wohle dieser Männer waren gewiß die Kneipen geöffnet, denn Covent Garden pflegte die Londoner Polizeistundenregelung nach den Erfordernissen seiner verrückten Arbeitszeiten auszulegen. Hector Puncheon hatte eine erfolgreiche Nacht hinter sich und den Erfolg mit Würstchen und Kaffee gefeiert; aber es gab doch wohl, zum Kuckuck noch mal, zum Feiern bessere Methoden!

Wie Hector Puncheon so beschwingt in seiner praktischen grauen Flanellhose, einer Tweedjacke und einem alten Burberry darüber durch die Straßen schlenderte, wurde ihm plötzlich bewußt, daß ihm die ganze Welt gehörte, inklusive alles Bier am Covent Garden. Er bog in die Great Queen Street ein, brachte den halben Long Acre hinter sich, tauchte am Eingang zur U-Bahn-Station unter der Nase eines Karrengauls hindurch und wandte seine Schritte zum Markt, fröhlich um Kisten, Karren, Körbe und Strohballen herumkurvend, die den ganzen Gehweg füllten. Dann trat er, ein lustiges Liedchen summend, durch die Schwingtür in den *Weißen Schwan*.

Obwohl es erst Viertel nach vier war, herrschte hier schon Hochbetrieb. Hector Puncheon zwängte sich zwischen zwei riesenhaften Fuhrmännern an die Bar und wartete bescheiden, bis der Wirt seine Stammkunden bedient hatte und sich ihm zuwandte. Es wurde gerade lebhaft über die Verdienste eines Hundes namens «Kugelblitz» diskutiert. Hector, stets bereit, alles aufzuschnappen, was eine Zeitungsmeldung hergab oder zu einer gemacht werden konnte, zog seinen *Morning Star* aus der Tasche und stellte sich lesend, während er die Ohren spitzte.

«Und ich sag», erklärte Fuhrmann Nummer eins, «– noch mal dasselbe, Joe – und ich sag, wenn ein Hund, der so hochgezüchtet ist wie der, nach der halben Bahn plötzlich stehenbleibt wie abgeschossen, sag ich, dann würd ich gern mal wissen, was dahintersteckt.»

«Tja», sagte Fuhrmann Nummer zwei.

«Wohlgemerkt», sprach Fuhrmann Nummer eins weiter, «ich sag nicht, daß man sich auf Tiere immer verlassen kann. Die haben auch mal ihren schlechten Tag, genau wie du und ich, aber ich sag –»

«Das stimmt», mischte sich ein kleinerer Mann ein, der auf der anderen Seite neben Fuhrmann zwei stand, «das kann man wohl sagen. Und was die manchmal für Mucken haben! Ich hab mal 'nen Hund gehabt, der konnte keine Ziegen sehen. Oder vielleicht nicht riechen. Weiß ich nicht. Aber immer, wenn er 'ne Ziege sah, fing er zu zittern an. Konnte den ganzen Tag nicht mehr rennen. Ich weiß noch, einmal, da fuhr ich gerade mit ihm zum White City-Rennen, und da führte einer zwei Ziegen am Seil auf der Straße lang –»

«Was will einer mit zwei Ziegen?» fragte Fuhrmann zwei argwöhnisch.

«Woher soll ich wissen, was er damit wollte?» versetzte der kleine Mann entrüstet. «Waren doch nicht meine Ziegen, oder? Na ja, jedenfalls, der Hund –»

«Das ist was anderes», sagte der Fuhrmann eins. «Nerven sind Nerven, und so was wie 'ne Ziege kann jedem passieren, aber was ich sage –»

«Was wünschen Sie, Sir?» erkundigte sich der Wirt.

«Ach, ich werde mal ein Guinness trinken», sagte Hector. «Guinness tut gut – besonders am frischen Morgen. Vielleicht», fügte er hinzu, weil er mit sich und der Welt so zufrieden war, «möchten die Herrschaften mir Gesellschaft leisten.»

Die beiden Fuhrmänner und der kleine Mann drückten ihre Dankbarkeit aus und bestellten Bier.

«Ist schon eine komische Sache, das mit den Nerven», sagte der kleine Mann. «Und da gerade von Guinness die Rede ist, eine alte Tante von mir, die hatte mal 'nen Papagei. Das war vielleicht ein Vogel! Bei einem Seemann hatte er reden gelernt. Zum Glück hat die Alte die Hälfte von dem nicht gehört, was er gesagt hat, und die andere Hälfte hat sie nicht verstanden. Also, und der Vogel –»

«Sie scheinen reiche Erfahrung mit dem lieben Vieh zu haben», bemerkte Hector Puncheon.

«O ja, die hab ich», antwortete der Kleine. «Und der Vogel, das wollte ich sagen, der kriegte so nervöse Anfälle, da konnte man nur staunen. Hockte sich auf seine Stange und bibberte, daß man dachte, gleich fällt er auseinander. Und was war der Grund, na, was meinen Sie?»

«Keinen Schimmer», meinte Fuhrmann zwei. «Ihr Wohl, Sir.»

«Mäuse», sagte der kleine Mann triumphierend. «Der konnte keine Mäuse sehen. Und was meinen Sie, was wir ihm geben mußten, damit er wieder zu sich kam, he?»

«Cognac», riet Fuhrmann eins. «Geht nichts über Cognac für 'nen Papagei. Wir hatten zu Hause einen – so einen grünen. Den hatte der Bruder meiner Frau mitgebracht –»

«Die lernen nicht so gut sprechen wie die grauen», sagte Fuhrmann zwei. «In der *Rosenkrone* unten am Seven Dials, da hatten sie 'nen Papagei –»

«Cognac?» höhnte der kleine Mann. «Der nicht. Cognac hätte der nicht mal angeguckt.»

«So, hätte er nicht?» meinte Fuhrmann eins. «Also, unserm alten Vogel brauchte man nur Cognac zu zeigen, schon war er raus aus seinem Käfig wie ein Christenmensch. Nicht zuviel, das ist klar, aber so 'n bißchen in einem Teelöffel –»

«Na, jedenfalls war's kein Cognac», blieb der Kleine bei der Sache. «Der von meiner Tante war ein Antialkoholiker, jawohl. Also, und jetzt dürfen Sie dreimal raten, und wenn Sie richtig raten, geb ich 'ne Runde aus, ist das 'n Angebot?»

«Aspirin», schlug der Wirt vor, dem sehr daran gelegen war, daß jemand die Runde zahlte.

Der Kleine schüttelte den Kopf.

«Ingwerbier», sagte Fuhrmann zwei. «Vögel sind manchmal richtig scharf auf Ingwer. Regt ihre Därme an. Aber manche sagen auch, es ist zu scharf, und da kriegen sie Fieber davon.»

«Nutrax für die Nerven», warf Hector Puncheon ein bißchen aufs Geratewohl in die Debatte, nachdem sein Blick auf den Doppelspalter von heute morgen gefallen war, dessen Überschrift lautete: WARUM DER FRAU DIE SCHULD GEBEN?

«Von wegen Nutrax», schnaubte der kleine Mann, «und auch sonst nichts von diesem patentierten Gesöff. Nein. Starker Kaffee mit Cayennepfeffer drin – das mochte er, dieser Vogel. Da war er schwuppdiwupp wieder fidel. Also, ich sehe, daß die Runde diesmal nicht auf mich –»

Er machte ein trauriges Gesicht, und Hector bestellte brav noch einmal dasselbe für alle. Fuhrmann zwei kippte sein Bier in einem Zug hinunter, sagte der Gesellschaft ein pauschales Lebewohl und boxte sich zur Tür durch, und der kleine Mann schob sich näher an Hector Puncheon heran, um Platz zu machen für einen rotgesichtigen Herrn im Smoking, der gerade zur Tür hereingeschossen war und sich leicht schwankend an die Bar stellte.

«Scotch mit Soda», sagte der Herr ohne Einleitung, «'n doppelten Scotch, und nisch zuviel von dem blöden Soda.»

Der Wirt musterte ihn eingehend.

«Is schon in Ordnung», sagte der Neuankömmling. «Ich weiß, was Sie denken, altesch Hausch, aber ich bin nisch betrunken. Nisch so 'n bißchen. Bißchen mit den Nerven runter, das is alles.» Er verstummte, wohl in der Erkenntnis, daß ihm die Aussprache ein wenig außer Kontrolle geriet. «Hab bei 'nem kranken Freund Wache gehalten», erklärte er langsam und deutlich. «Geht einem ganz schön an die Nieren, so die ganze Nacht rumzusitschen. Sehr schlecht für die Konschi – Konschischuschion – 'tschuldigung – kleine Panne mit meim Gebisch, musch mal nachgucken laschen.»

Er stützte sich mit einem Ellbogen auf die Theke, stieß mit dem Fuß auf der Suche nach der Messingstange ins Leere, schob sich den Seidenhut auf den Hinterkopf und strahlte glücklich in die Runde.

Der Wirt des *Weißen Schwans* musterte ihn noch einmal mit geübtem Blick, schätzte, daß der Gast wohl noch einen Whisky-Soda vertragen konnte, ohne gleich umzukippen, und führte die Bestellung aus.

«Heischen Dank, altesch Hausch», sagte der Fremde. «Also, proschtallemitnander. Wasch trinken die Herrn?»

Hector Puncheon entschuldigte sich höflich und erklärte, er habe genug getrunken und müsse langsam nach Hause.

«Nein, nein», sagte der andere beleidigt. «Dasch gibt es nischt. Noch nisch Zeit zum Nachhausegehen. Isch noch früh am Ahmd.» Er schlang Hector zärtlich den Arm um den Hals. «Du gefällscht mir. Du bischt 'n Kerl, wie ich ihn mag. Muscht mich mal zu Hause besuchen kommen. Lauter Roschen um die Veranda und scho weiter. Hier isch meine Vischitenkarte.» Er kramte in den Taschen und holte eine Brieftasche hervor, die er auf der Theke aufklappte. Eine Anzahl kleiner Zettelchen flatterte nach allen Seiten davon.

«Verdammich», sagte der Herr im Smoking, «will sagen, verdammt.» Hector bückte sich, um die heruntergefallenen Sachen aufzuheben, aber der kleine Mann war ihm zuvorgekommen.

«Danke, danke», sagte der Herr. «Wo isch die Karte? Nein, das isch nisch die Karte, das isch die Einkaufslischte von meiner Frau – ham Sie 'ne Frau?»

«Noch nicht», gestand Hector.

«Glückschpiltsch», stellte der Fremde mit Entschiedenheit fest. «Keine Frau, keine blöde Einkaufschlischte.» Seine unstete Aufmerksamkeit blieb von der Einkaufsliste gefangen, die er mit einer Hand hochhielt und mit zusammengekniffenen Augen vergebens zu entziffern versuchte. «Musch immerschu Päckschen mit nach Hause bringen wie 'n Laufjunge. Wo hab isch jetscht mein Päckschen?»

«Sie hatten kein Päckchen, wie Sie reinkamen, Chef», sagte Fuhrmann eins. Die Frage der Getränke schien auf die lange Bank geschoben, und der ehrbare Mann fand es zweifellos an der Zeit, den Herrn daran zu erinnern, daß noch andere in der Schenke waren, nicht nur der abstinente Mr. Puncheon. «Trokkene Arbeit», sagte er, «immerzu Pakete rumfahren zu müssen.»

«Trocken, jawohl», bestätigte der verheiratete Herr. «Für mich 'n Scotch-Soda. Wasch hascht du noch gesagt, wasch du trinken willscht, Kumpel?» Von neuem umarmte er Hector Puncheon, der sich sanft befreite.

«Ich möchte wirklich nicht –» begann er, doch als er sah, daß die wiederholte Weigerung übelgenommen werden könnte, gab er nach und bestellte ein kleines Bitter.

«Aber von wegen Papageien», sagte eine dünne Stimme hinter ihnen. Hector fuhr zusammen, und als er sich umschaute, sah er einen vertrockneten alten Mann an einem Tischchen in einer Ecke der Schenke sitzen und einen Gin-Tonic schlürfen. Er muß schon die ganze Zeit da sitzen, dachte Hector.

Der Herr im Smoking warf sich so heftig nach ihm herum, daß er das Gleichgewicht verlor und sich an dem kleinen Mann festhalten mußte, um nicht hinzufallen.

«Ich habe nie von Papageien gesprochen», sagte er mit plötzlich sehr deutlicher Aussprache. «Es würde mir nicht im Traum einfallen, von Papageien zu sprechen.»

«Ich hab mal 'nen Pfarrer gekannt, der 'nen Papagei hatte», fuhr der Alte fort. «Joey hieß er.»

«Wer, der Pfarrer?» fragte der Kleine.

«Nein, der Papagei», sagte der Alte nachsichtig, «und der Papagei war noch nie weggewesen von der Pfarrersfamilie. Hat immer mitgebetet, hat er, und ‹Amen› gesagt wie ein richtiger Christenmensch. Ja, und eines Tages sieht der Pfarrer –»

Ein Andrang von Gästen, die vom Markt kamen, lenkte die Aufmerksamkeit des Wirtes ab und ertränkte die nächsten ein, zwei Sätze der Geschichte. Der Fuhrmann begrüßte ein paar Bekannte und schloß sich ihnen zu einer neuen Runde Bier an. Hector schüttelte den beschwipsten Herrn ab, der ihn soeben einzuladen schien, mit ihm zu einer gemütlichen kleinen Angelpartie nach Schottland zu fahren, und wollte gehen, sah sich aber von dem alten Mann dabei ertappt und zurückgehalten.

«– und da sieht der alte Pfarrer den Bischof vor dem Käfig sitzen, mit 'nem Stückchen Zucker in der Hand, und hört ihn sagen: ‹Los, Joey, sag's schon! Sch...sch...sch...!› Und wohlgemerkt», sagte der Alte, «das war 'n anglikanischer Bischof! Und was meinen Sie, was der Bischof dann gemacht hat, he?»

«Ich habe keine Ahnung», sagte Hector.

«Den Pfarrer hat er zum Kanonikus gemacht», endete der Alte triumphierend.

«Im Leben nicht!» rief Hector.

«Aber das ist noch gar nichts», fuhr der Alte fort. «Da hab ich doch mal einen Papagei unten in Somerset gekannt –»

Hector glaubte die Geschichte von dem Papagei unten in Somerset nicht auch noch ertragen zu können. Er zog sich höflich zurück und floh.

Als nächstes ging er nach Hause und nahm ein Bad, wonach er sich ins Bett kuschelte und bis zur gewohnten Frühstückszeit um neun Uhr selig schlief.

Er frühstückte im Morgenrock, und erst als er seine Siebensachen aus dem grauen Flanell in den marineblauen Straßenanzug umräumte, stieß er auf das kleine Päckchen. Es war in weißes Papier gewickelt und mit Siegellack verschlossen und trug die unschuldige Aufschrift: «Natriumbikarbonat.» Überrascht starrte er es an.

Hector Puncheon war ein junger Mann mit einer robusten, gesunden Verdauung. Er hatte natürlich schon von Natron und seiner wohltätigen Wirkung gehört, aber nur so, wie ein reicher Mann schon einmal etwas von Mietkauf gehört hat. Im ersten Augenblick nahm er an, er habe das Päckchen wohl versehentlich im Badezimmer in die Hand genommen und unachtsam in die Tasche gesteckt. Dann fiel ihm ein, daß er seine Jacke heute morgen nicht mit ins Badezimmer genommen hatte, und seine Taschen hatte er auch schon am Abend zuvor ausgeleert. Er erinnerte sich genau, daß er, als ihn der Ruf an die Brandstelle erreichte, nur noch eilig die paar Dinge, die er für gewöhnlich bei sich trug, in die Tasche gestopft hatte – Taschentuch, Schlüssel, Kleingeld, Bleistift und dies und das, was alles auf dem Nachttisch lag. Es war vollkommen unvorstellbar, daß sich auf seinem Nachttisch ein Päckchen Natron befunden haben könnte.

Hector Puncheon wunderte sich. Ein Blick auf die Uhr erinnerte ihn jedoch daran, daß er im Moment keine Zeit zum Wundern hatte. Er mußte um halb elf in der Kirche St. Margaret in Westminster sein, um der Hochzeit einer eleganten Schönen beizuwohnen, die dort um diese unelegante Stunde unter strengster Geheimhaltung heiraten sollte. Dann mußte er schleunigst zu einer politischen Versammlung in der Kingsway Hall eilen und von dort gleich um die Ecke zu einem Mahl, das zu Ehren eines berühmten Fliegers in den *Connaught Rooms* gegeben wurde. Falls die Ansprachen bis drei Uhr vorbei waren, mußte er Hals über Kopf zum Zug nach Esher rasen, wo eine Königliche Hoheit eine neue Schule eröffnete und mit einer Teeparty für die Kinder einweihte. Wenn er bis dahin noch lebte und es schaffte, im Zug seinen Bericht zu schreiben, konnte er diesen in der Redaktion abgeben, und dann erst hatte er Zeit zum Nachdenken.

Dieses anstrengende Programm ging mit nicht mehr als der üblichen Anzahl nervenaufreibender Pannen über die Bühne, und erst als er die letzte Zeile seiner Berichte dem Redaktionsassistenten übergeben hatte und erschöpft, aber im Bewußtsein ordentlich erfüllter Pflicht, im *Hahn* bei einem Beefsteak saß, dachte er wieder an dieses geheimnisvolle Päckchen Natron. Und je mehr er jetzt darüber nachdachte, desto eigenartiger kam ihm das Ganze vor.

Im Geiste vergegenwärtigte er sich noch einmal alles, was er in der vergangenen Nacht getan hatte. Bei dem Brand, daran erinnerte er sich ganz deutlich, hatte er seinen Regenmantel übergezogen und zugeknöpft, um seinen hellgrauen Flanellanzug vor der Flugasche und dem Wasser aus den Feuerwehrschläuchen zu schützen. Dort konnte ihm das geheimnisvolle Päckchen kaum in die Jackentasche gesteckt worden sein. Danach hatte er verschiedene Leute interviewt – darunter die Katze –, hatte seinen Bericht in der Redaktion des *Morning Star* geschrieben und dann in diesem Restaurant in Fleet Street gefrühstückt. Die Vorstellung, daß er bei einer dieser Gelegenheiten vier Unzen Natron gefunden und versehentlich eingesteckt haben könnte, erschien ihm allzu phantastisch. Es sei denn, einer seiner Reporterkollegen habe ihm einen Schabernack spielen wollen und ihm das Päckchen untergeschoben. Aber wer? Und warum?

Er dachte des weiteren an den Heimweg und an die Unterhaltung im *Weißen Schwan*. Dieser alberne Herr im Smoking gehörte nach seiner Einschätzung vielleicht zu der Sorte Menschen, die gelegentlich ein mildes Mittelchen gegen Sodbrennen und Blähungen gebrauchen konnten. Vielleicht hatte er bei einem seiner Zärtlichkeitsanfälle das Päckchen in Hectors Tasche gesteckt, die er mit der seinen verwechselte. Die beiden Fuhrmänner, dessen war Mr. Puncheon ganz sicher, trugen gewiß keine Medikamente und Drogen mit sich herum...

Drogen. Während das Wort in seinen Gedanken sich formte – denn Hector Puncheon dachte stets artikuliert und führte oft sogar ganz vernünftige, laute Gespräche mit seiner Seele –, schoß ihm plötzlich eine ungeheuerliche Frage durch den Kopf. Von wegen Natriumbikarbonat! Er war bereit, seinen Ruf als Journalist dafür aufs Spiel zu setzen, daß dies *kein* Natron war. Seine Finger suchten das Päckchen, das er wieder in die Tasche zurückgesteckt hatte, in der er es gefunden hatte, und er wollte es gerade öffnen und den Inhalt untersuchen, als ihm eine bessere Idee kam. Er ließ sein Steak halbgegessen stehen, murmelte dem erstaunten Kellner zu, daß er gleich zurück sein werde, und lief ohne Hut in die nächste Apotheke, deren Besitzer, ein Mr. Tweedle, ihn gut kannte.

Mr. Tweedles Apotheke war schon geschlossen, aber drinnen brannte noch Licht, und Hector hämmerte wie wild an die Tür, bis diese von einem Gehilfen geöffnet wurde. Ob Mr. Tweedle noch da sei? Ja, er sei da, wolle aber gerade gehen. Nachdem ihm versichert wurde, daß Mr. Puncheon Mr. Tweedle persönlich sprechen wolle, erklärte der Gehilfe sich bereit, zu sehen, was er tun könne.

Mr. Tweedle kam in Hut und Mantel aus den hinter dem Laden gelegenen Räumen, gerade als Hector die ersten Bedenken kamen, ob er nicht doch etwas voreilig gehandelt hatte und einer Schimäre nachjagte. Aber jetzt hatte er damit angefangen und mußte es auch zu Ende führen.

«Hören Sie, Tweedle», sagte er, «es tut mir leid, wenn ich Sie störe, und wahrscheinlich ist ja auch gar nichts damit, aber ich hätte gern, daß Sie sich das einmal ansehen. Ich bin nämlich auf so merkwürdige Weise darangekommen.»

Der Apotheker nahm das Päckchen und wog es kurz in der Hand.

«Was soll damit sein?»

«Ich weiß eben nicht, ob überhaupt etwas damit ist. Das möchte ich von Ihnen wissen.»

«Doppelkohlensaures Natrium», sagte Mr. Tweedle nach einem Blick auf das Etikett und die versiegelte Verpackung. «Kein Apothekername – nur das normale vorgedruckte Etikett. Sie scheinen es noch nicht geöffnet zu haben.»

«Nein, und ich möchte, daß Sie das nötigenfalls bezeugen. Es sieht doch so aus, als wenn es frisch aus der Apotheke käme, nicht?»

«Ja, gewiß, so sieht es aus», erwiderte Mr. Tweedle, nicht wenig überrascht. «Das Etikett scheint original zu sein, und die Verpackung wurde offenbar nur einmal versiegelt, falls Sie das wissen wollen.»

«Eben. Ich könnte es also nicht selbst so verschlossen haben, oder? Ich meine, es sieht fachmännisch aus.»

«Durchaus.»

«Also gut, wenn Sie davon überzeugt sind, dann öffnen Sie es jetzt bitte.»

Mr. Tweedle schob behutsam eine Messerklinge unter die eine Klappe, erbrach das Siegel und öffnete des Päckchen. Es war, wie zu erwarten, mit einem feinen weißen Pulver gefüllt.

«Was weiter?» fragte Mr. Tweedle.

«Nun, ist das Natron oder nicht?»

Mr. Tweedle schüttelte sich ein wenig von dem Pulver auf die Hand, betrachtete es eingehend, roch daran, feuchtete einen Finger an, nahm damit ein paar Körnchen auf und beförderte sie auf seine Zunge. Plötzlich veränderte sich sein Gesichtsausdruck. Er riß sein Taschentuch heraus, wischte sich den Mund ab, schüttete das Pulver vorsichtig von der Hand wieder in das Päckchen zurück und fragte:

«Wie sind Sie darangekommen?»

«Das sage ich Ihnen gleich», antwortete Hector. «Was ist es denn?»

«Kokain», sagte Mr. Tweedle.

«Sind Sie sicher?»

«Vollkommen.»

«Mein Gott!» jubelte Hector. «Ich habe was entdeckt! Was für ein Tag! Haben Sie einen Augenblick Zeit, Tweedle? Ich möchte, daß Sie mit in die Redaktion kommen und das Mr. Hawkins erzählen.»

«Wo, was?» fragte Mr. Tweedle.

Hector Puncheon verlor keine Worte, sondern packte ihn am Arm. Und so platzte zu Mr. Hawkins, dem Nachrichtenredakteur des *Morning Star*, ein aufgeregter Mitarbeiter seiner Abteilung herein, im Schlepptau einen atemlosen Zeugen, in der Hand ein Päckchen Kokain.

Mr. Hawkins war Journalist mit Leib und Seele und hatte für Sensationen durchaus etwas übrig. Allerdings hatte er in solchen Dingen, wo die Polizei benachrichtigt gehörte, auch so etwas wie ein Gewissen. Zum einen tut es nämlich einer Zeitung nicht gut, mit der Polizei auf schlechtem Fuß zu stehen, und zum andern hatte es erst kürzlich Ärger in einem anderen Fall gegeben, in dem Informationen zurückgehalten worden waren. Nachdem er also Hector Puncheons Geschichte vernommen und ihn gehörig gescholten hatte, weil er sich mit der Untersuchung des geheimnisvollen Päckchens so viel Zeit gelassen hatte, rief er bei Scotland Yard an.

Chefinspektor Parker, den Arm in einer Schlinge und mit den Nerven ziemlich am Ende, erhielt die Nachricht zu Hause, gerade als er glaubte, seine Tagesarbeit glücklich getan zu haben. Er knurrte fürchterlich; aber es hatte in letzter Zeit beim Yard einiges Theater im Zusammenhang mit Rauschgifthandel gegeben, und dabei waren Worte gefallen, die ihn wurmten. Gereizt bestellte er ein Taxi und begab sich zum Verlagsgebäude des *Morning Star*, begleitet von einem verdrießlichen Sergeant namens Lumley, der ihn nicht leiden konnte und den er nicht leiden konnte, der aber zufällig der einzige erreichbare Sergeant war.

In der Zwischenzeit war Hector Puncheons Erregung weitgehend verraucht. Nach der kurzen Nacht und dem schweren Tag wurde er langsam schläfrig und ein wenig begriffsstutzig. Er konnte sein Gähnen nicht mehr unterdrücken, und der Chefinspektor schnauzte ihn an. Auf Fragen konnte er jedoch noch einigermaßen ausführlich über sein Tun und Lassen während der Nacht und des frühen Morgens berichten.

«Sie können also», sagte Parker, nachdem er zu Ende erzählt hatte, «nicht mit Sicherheit angeben, wann Sie in den Besitz des Päckchens gekommen sind?»

«Nein, kann ich nicht», antwortete Hector böse. Er kam nicht gegen das Gefühl an, daß es doch sehr klug von ihm gewesen war, überhaupt in den Besitz des Päckchens gekommen zu sein, und daß ihm alle Welt dafür irgendwie dankbar sein müsse. Statt dessen schienen diese Leute aber zu glauben, daß er für irgend etwas Vorwürfe verdiente.

«Sie sagen, Sie haben es in der rechten Jackentasche gefunden. Haben Sie niemals vorher aus irgendeinem Grund die Hand in diese Tasche gesteckt?»

«Muß ich wohl», sagte Hector. Er gähnte. «Aber ich kann mich nicht genau erinnern.» Er gähnte wieder; er war machtlos dagegen.

«Was haben Sie für gewöhnlich in dieser Tasche?»

«Dies und das», sagte Hector. Er faßte in die Tasche und holte ein buntes Sammelsurium daraus hervor – einen Bleistift, ein Döschen Streichhölzer, eine Nagelschere, ein Stück Bindfaden, einen Flaschenöffner für Kronkorken, einen Korkenzieher, ein sehr schmutziges Taschentuch und ein paar Krümel.

«Wenn Sie sich erinnern könnten, ob Sie irgend etwas davon im Laufe der Nacht benutzt haben –» soufflierte Parker.

«Ich muß das Taschentuch benutzt haben», sagte Hector, indem er es in ziemlicher Verlegenheit ansah. «Eigentlich hatte ich mir heute morgen ein frisches nehmen wollen. Hab ich sogar. Wo ist es denn? Ah, ja, in meiner Hosentasche. Hier. Aber natürlich», fügte er hilfsbereit hinzu, «ist das nicht der Anzug, den ich gestern nacht anhatte. Da hatte ich meine alte Tweedjacke an. Ich muß das alte Taschentuch zusammen mit den anderen Sachen in diese Tasche umgeräumt haben, statt es in den Wäschekorb zu tun. Ich weiß, daß es dasselbe ist, das ich bei der Brandstelle bei mir hatte. Sehen Sie sich nur mal den Ruß an.»

«Sehr richtig», sagte Parker, «aber können Sie sich erinnern, wann Sie das Taschentuch letzte Nacht benutzt haben? Wenn Sie irgendwann in die Tasche gefaßt haben, kann Ihnen dieses Päckchen doch kaum entgangen sein, falls es schon da war.»

«O doch», erwiderte Hector strahlend. «So was würde ich nicht merken. Ich habe immer so viel Zeug in meinen Taschen. Da kann ich Ihnen leider nicht helfen, fürchte ich.»

Wieder packte ihn ein fürchterlicher Gähnanfall. Er unterdrückte ihn mannhaft, aber das Gähnen erzwang sich schmerzhaften Ausgang durch die Nase und zerriß ihm unterwegs fast die Trommelfelle. Parker musterte böse sein verzerrtes Gesicht.

«Versuchen Sie mit Ihren Gedanken bei dem zu bleiben, was ich Sie frage, Mr. Firkin», sagte er. «Wenn Sie wenigstens –»

«Puncheon», verbesserte Hector ihn beleidigt.

«Puncheon», sagte Parker. «Verzeihung, Mr. Puncheon, haben Sie zu irgendeinem Zeitpunkt –?»

«Ich weiß es nicht», unterbrach Hector ihn. «Ich weiß es ehrlich nicht. Es hat gar keinen Zweck, daß Sie fragen. Ich kann es Ihnen nicht sagen. Ich würd's ja sagen, wenn ich könnte, aber ich kann einfach nicht.»

Mr. Hawkins, der von einem zum andern sah, entdeckte plötzlich in sich einen Hauch von Menschenkenntnis.

«Ich glaube», sagte er, «ein Schluck zu trinken wäre jetzt angebracht.»

Er holte eine Flasche Johnnie Walker und ein paar Gläser aus einem Schrank und stellte sie mitsamt einem Siphon auf den Schreibtisch. Parker dankte ihm und schämte sich plötzlich seiner Gereiztheit. Er entschuldigte sich.

«Es tut mir leid», sagte er, «ich fürchte, ich war ein bißchen barsch. Ich habe mir vor kurzem das Schlüsselbein gebrochen, und das tut noch weh und macht mich abscheulich zänkisch. Gehen wir die Geschichte einmal von einer anderen Seite an. Mr. Puncheon, was glauben Sie, warum Sie jemand dazu ausersehen haben könnte, diese beträchtliche Menge Rauschgift in Verwahrung zu nehmen?»

«Ich denke, man hat mich mit jemandem verwechselt.»

«Das würde ich auch meinen. Und Sie glauben, daß dies eher in der Kneipe passiert sein könnte als woanders?»

«Ja; höchstens noch in dem Gedränge bei der Brandstelle. Denn überall sonst – ich meine, hier in der Redaktion und bei den Interviews mit den Leuten, da kannte mich ja jeder oder wußte zumindest, weshalb ich da war.»

«Das klingt plausibel», stimmte Parker zu. «Wie steht es mit diesem Restaurant, wo Sie Ihre Würstchen gegessen haben?»

«Das käme natürlich auch noch in Frage, aber ich kann mich nicht erinnern, daß mir da jemand nahe genug gekommen wäre, um mir etwas in die Tasche zu stecken. Und an der Brandstelle kann es eigentlich auch nicht gewesen sein, denn da hatte ich meinen Regenmantel an, bis obenhin zugeknöpft. Aber in der Kneipe, da hatte ich den Regenmantel offen, und da haben sich mindestens vier Leute an mich herangemacht – einer der beiden Fuhrmänner, die vor mir da waren, und ein kleiner Mann, der aussah wie ein Buchmacherspitzel, und der Betrunkene im Smoking und der alte Mann in der Ecke. Ich glaube aber nicht, daß es der Fuhrmann war, denn der sah echt aus.»

«Sind Sie schon einmal im *Weißen Schwan* gewesen?»

«Einmal, glaube ich, aber das war vor Urzeiten. Jedenfalls nicht oft. Und ich glaube, seitdem hat auch der Wirt gewechselt.»

«Also, dann», sagte Parker, «was haben Sie an sich, Mr. Puncheon, das jemanden verleitet haben könnte, Ihnen blindlings und ohne Bezahlung eine wertvolle Packung Rauschgift zu übergeben?»

«Weiß der Himmel», sagte Hector.

Das Telefon auf dem Schreibtisch summte wütend, und Mr. Hawkins riß den Hörer herunter und stürzte sich in eine lange Unterhaltung mit einem Unbekannten. Die beiden Polizisten zogen sich mit ihrem Zeugen in eine Ecke zurück und setzten das Verhör mit leiser Stimme fort.

«Entweder», sagte Parker, «müssen Sie der Doppelgänger eines gewohnheitsmäßigen Rauschgifthändlers sein, oder Sie müssen jemanden in irgendeiner Weise zu der Annahme verleitet haben, daß Sie derjenige seien, den er erwartet hatte. Worüber haben Sie sich unterhalten?»

Hector Puncheon kramte in seinem Gedächtnis.

«Über Windhunde», sagte er endlich, «und Papageien. Hauptsächlich über Papageien. Ach ja – und über Ziegen.»

«Über Windhunde, Papageien und Ziegen?»

«Wir haben Anekdoten über Papageien ausgetauscht», sagte Hector Puncheon. «Nein, warten Sie, angefangen hatte es mit Hunden. Der kleine Buchmacherspitzel erzählte, er hätte mal einen Hund gehabt, der Ziegen nicht ausstehen konnte, und darüber kamen wir auf Papageien und Mäuse (die Mäuse hatte ich vergessen) und einen Papagei, den sie mit Kaffee und Cayennepfeffer aufgeputscht haben.»

«Aufgeputscht?» fragte Parker rasch. «Ist dieses Wort gefallen?»

«Nein, nicht daß ich wüßte. Der Papagei hatte Angst vor Mäusen, und dann haben sie ihn mit Kaffee und Cayennepfeffer von dem Schrecken geheilt.»

«Wessen Papagei war das?»

«Der von dem Kleinen, oder von seiner Tante, glaube ich. Der Alte kannte auch einen Papagei, aber der gehörte einem Pfarrer, und dem hat der Bischof beibringen wollen, zu fluchen, und dann hat er den Pfarrer befördert. Ob das nun Erpressung war, oder ob er nur den Papagei mochte, weiß ich nicht.»

«Aber was haben Sie selbst zur Unterhaltung beigetragen?»

«Fast nichts. Ich habe zugehört und das Bier bezahlt.»

«Und der Mann im Smoking?»

«Ach, der hat was von der Einkaufsliste seiner Frau und von einem Päckchen gesagt – ja, da war was mit einem Päckchen, das er hätte mitbringen sollen.»

«Hat er das Päckchen vorgezeigt?»

«Nein, er hatte gar keins.»

«Na schön», sagte Parker, nachdem diese unbefriedigende Unterhaltung noch eine Weile weitergelaufen war. «Wir werden uns um die Sache kümmern, Mr. Puncheon. Wir sind Ihnen und – äh – Mr. Hawkins sehr dankbar, daß Sie uns darauf aufmerksam gemacht haben. Das Päckchen stellen wir sicher, und wenn wir noch etwas von Ihnen wissen wollen, melden wir uns.»

Er stand auf. Mr. Hawkins kam von seinem Schreibtisch herübergeschossen.

«Haben Sie alles, was Sie brauchen? Sie wollen sicher nicht, daß die Geschichte in Druck geht, wie?» fügte er bedauernd an.

«Nein. Sie dürfen im Augenblick nichts darüber verlauten lassen», sagte Mr. Parker bestimmt. «Aber wir stehen sehr in Ihrer Schuld, und wenn sich etwas daraus ergibt, bekommen Sie die Geschichte als erster, mit allen Einzelheiten, die wir Ihnen geben können. Ein faireres Angebot kann ich Ihnen nicht machen.»

Er verließ die Redaktion, Sergeant Lumley mürrisch und schweigend auf seinen Fersen.

«Es ist tausendmal schade, Lumley, daß wir diese Information nicht früher bekommen haben. Dann hätten wir für den Rest des Tages jemanden in diese Kneipe setzen können. Jetzt ist es zu spät, um noch was zu tun.»

«Ja, Sir», sagte Sergeant Lumley.

«Ich nehme stark an, daß es in der Kneipe war.»

«Sehr wahrscheinlich, Sir.»

«Es ist eine ziemlich große Menge Rauschgift. Das heißt, daß es für jemanden gedacht war, der das Zeug im großen Stil weiterverteilt. Und es wurde kein Geld dafür verlangt. Daraus schließe ich, daß der erwartete Mann nur ein Beauftragter dieses Verteilers war, der die Bezahlung zweifellos über einen anderen Kanal direkt mit dem Mann an der Spitze abwickelt.»

«Sehr gut möglich, Sir», sagte Sergeant Lumley in ungläubigem Ton.

«Die Frage ist, was können wir tun? Wir könnten natürlich dort eine Razzia machen, aber das würde ich nicht unbedingt für ratsam halten. Wahrscheinlich würden wir ja doch nichts finden, und dann hätten wir die Leute nur gewarnt, ohne etwas erreicht zu haben.»

«Das wäre nichts Ungewöhnliches», brummte der Sergeant unfreundlich.

«Wie wahr! Wir haben nichts gegen den *Weißen Schwan* vorliegen, oder?»

«Nicht daß ich wüßte, Sir.»

«Wir müssen uns da jedenfalls zuerst vergewissern. Der Wirt könnte etwas mit der Geschichte zu tun haben oder auch nicht. Sehr wahrscheinlich nicht, aber da müssen wir ganz sichergehen. Sorgen Sie dafür, daß sich mindestens zwei Mann den *Weißen Schwan* einmal vornehmen. Sie dürfen dort in keiner Weise auffallen. Sie könnten hin und wieder hineingehen und sich über Papageien und Ziegen unterhalten und abwarten, ob ihnen dabei etwas Merkwürdiges widerfährt. Und sie können versuchen, etwas über diese Leute herauszubekommen – den Kleinen, den Alten und den Kerl mit dem gestärkten Hemd. Das dürfte nicht schwer sein. Schicken Sie zwei gescheite, taktvolle Beamte hin, die keine Abstinenzler sind, und wenn sie in ein, zwei Tagen noch nichts herausbekommen haben, schicken Sie zwei andere. Und sehen Sie zu, daß man sie auch für das halten kann, was sie zu sein vorgeben. Nicht daß sie womöglich Uniformschuhe tragen oder etwas ähnlich Dummes.»

«Jawohl, Sir.»

«Und machen Sie um Gottes willen mal ein freundlicheres Gesicht, Lumley», sagte der Chefinspektor. «Ich sehe es gern, wenn jemand seine Pflicht freudig tut.»

«Ich tue mein Bestes», erwiderte Sergeant Lumley gekränkt.

Chefinspektor Parker ging entschlossen nach Hause und legte sich schlafen.

Peinliche Verstrickung
eines Gruppenleiters

«Entschuldigung, Miss», sagte Mr. Tompkin, der Pförtner, zu Miss Rossiter, «aber haben Sie zufällig Mr. Wedderburn irgendwo gesehen? Er ist nicht in seinem Zimmer.»

«Ich glaube, ich habe ihn bei Mr. Ingleby gesehen.»

«Vielen, vielen Dank, Miss.»

Tompkins sonst heiteres Gesicht wirkte sorgenvoll; dies noch mehr, als er Mr. Inglebys Zimmer aufsuchte und dort niemanden antraf als Mr. Ingleby selbst und Mr. Bredon.

Er wiederholte seine Frage.

«Er ist wegen eines Inserats für irgendeine Illustrierte zum Breams-Haus gegangen», sagte Ingleby.

«Oh!» Mr. Tompkin machte ein so bekümmertes Gesicht, daß Ingleby fragte: «Warum? Was gibt's?»

«Tja, Sir, also, aber ganz unter uns, es ist etwas ziemlich Peinliches passiert, und ich weiß nicht genau, wie ich mich verhalten soll.»

«In allen Benimmfragen», sagte Bredon, «wenden Sie sich vertrauensvoll an Onkel Garstig. Wollen Sie wissen, wie viele Knöpfe eine Frackweste haben muß? Wie man in der Öffentlichkeit eine Orange ißt? Wie man seine erste Ex-Frau seiner dritten Zukünftigen vorstellt? Onkel Garstig hilft Ihnen in jeder Lage.»

«Nun, Sir, wenn Sie die Angelegenheit bitte vertraulich behandeln würden, Sie und Mr. Ingleby –»

«Nur Mut, Tompkin. Wir werden verschwiegen sein wie ein Stummfilm. Jede Summe zwischen 5 und 5000 Pfund erhalten Sie sofort. Postkarte genügt. Keine peinlichen Erkundigungen. Keine Sicherheiten erforderlich – oder angeboten. Was haben Sie für Kummer?»

«Es ist nicht mein Kummer, Sir. Um es direkt zu sagen, Sir, da ist eine junge Frau gekommen und fragt nach Mr. Tallboy, aber er ist in einer Konferenz mit Mr. Armstrong und Mr. Toule, und da möchte ich nicht gern so eine Nachricht reingeben.»

«Tja», meinte Mr. Ingleby, «dann sagen Sie ihr, sie soll warten.»

«Das ist es ja, Sir, das hab ich gesagt, und darauf hat sie mir vorgeworfen, ich sag es nur, um sie hinzuhalten, damit Mr. Tallboy inzwischen verschwinden kann, und sie hat sich furchtbar aufgeregt und gesagt, sie will Mr. Pym sprechen. Nun weiß ich natürlich nicht, Sir, um was es geht –» hier machte Mr. Tompkin ein betont unwissendes und unschuldiges Gesicht – «aber ich glaube nicht, daß Mr. Tallboy davon besonders erbaut wäre, und Mr. Pym auch nicht. Und da hab ich gedacht, da Mr. Wedderburn doch sozusagen derjenige ist, der am meisten mit Mr. Tallboy zu tun hat –»

«Verstehe», sagte Ingleby. «Wo ist die junge Frau?»

«Nun ja, ich habe sie vorerst mal ins Kleine Konferenzzimmer gesetzt», erklärte Mr. Tompkin mit merkwürdiger Betonung auf «gesetzt», «aber wenn sie da wieder rauskommt (woran ich sie ja nicht hindern kann) und zu Mr. Pym geht, oder schon zu Miss Fearney – Sehen Sie, Sir, wenn jemand wie Miss Fearney in einer amtlichen Stellung ist, muß sie ja sozusagen bestimmte Dinge zur Kenntnis nehmen, ob sie will oder nicht. Es ist nicht so, als wenn Sie oder ich es wären, Sir.» Tompkin sah von Ingleby zu Bredon, um das «Sir» gerecht zwischen ihnen zu teilen.

Bredon, der auf seinem Notizblock Männchen malte, sah auf.

«Was ist sie für eine?» fragte er. «Ich meine –» als Tompkin zögerte – «haben Sie den Eindruck, daß sie echte Sorgen hat, oder will sie nur Krawall machen?»

«Nun, Sir», meinte Tompkin, «wenn Sie mich so fragen, würde ich sagen, sie ist mit allen Wassern gewaschen.»

«Ich gehe mal hin und sorge dafür, daß sie sich still verhält», sagte Bredon. «Aber sagen Sie auf jeden Fall Mr. Tallboy Bescheid, sobald er frei ist.»

«Jawohl, Sir.»

«Und sehen Sie zu, daß es nicht gleich die Runde macht. Vielleicht steckt gar nichts dahinter.»

«Ja, Sir. Ich bin keine Klatschbase. Aber der Junge, der bei mir am Empfang sitzt, Sir –»

«Ach ja! Sagen Sie ihm, er soll den Mund halten.»

«Ja, Sir.»

Bredon verließ das Zimmer mit einer Miene, als ob er von der selbstgestellten Aufgabe wenig erbaut sei. Bis er jedoch die Tür zum kleinen Konferenzzimmer öffnete, stand in seinem Gesicht nur noch liebenswürdige Hilfsbereitschaft. Er trat forsch ein, und sein geübtes Auge erfaßte mit einem Blick das ganze Erscheinungsbild der jungen Frau, die bei seinem Eintreten aufsprang: von den harten Augen über den verschlagenen Mund und die blutroten, spitzen Fingernägel bis zu den übereleganten Schuhen.

«Guten Tag», sagte er munter. «Sie wollen zu Mr. Tallboy? Er wird gleich kommen, aber im Augenblick sitzt er in einer Konferenz mit ein paar Kunden, und wir können ihn da unmöglich loseisen, darum hat man mich geschickt, damit ich Ihnen Gesellschaft leiste, bis er kommt. Rauchen Sie, Miss – äh – der Pförtner hat Ihren Namen nicht erwähnt.»

«Vasavour – Miss Ethel Vasavour. Wer sind Sie? Mr. Pym?»

Bredon lachte.

«Du lieber Himmel, nein! Ich bin ein ganz unwichtiges Rädchen – ein kleiner Texter, nichts weiter.»

«Aha. Sind Sie ein Freund von Jim?»

«Von Tallboy? Nicht direkt. Ich war nur zufällig da, und da bin ich eben hergekommen. Man hat mir nämlich gesagt, da sei eine sehr hübsche junge Dame für Mr. Tallboy, und ich hab mir gedacht, oho, da solltest du gleich mal hingehen, um ihr die trübe Wartezeit zu verkürzen.»

«Das ist sicher sehr nett von Ihnen», meinte Miss Vasavour mit einem etwas schrillen Lachen. «Aber wahrscheinlich hat Jim Sie nur geschickt, damit Sie versuchen, mich rumzukriegen. Das sieht Jim ähnlich. Sicher hat er sich schon durch den Hinterausgang aus dem Staub gemacht.»

«Ich versichere Ihnen, meine Verehrteste, daß ich Tallboy heute nachmittag noch gar nicht gesehen oder gesprochen habe. Und wenn er hört, daß ich hier war und mit Ihnen geplaudert habe, wird er sogar ziemlich sauer auf mich sein. Kein Wunder. Wenn Sie zu mir gekommen wären, würde ich mich auch ärgern, wenn irgendeiner hinginge und mir dazwischenfunkte.»

«Schenken Sie sich den Schmus», versetzte Miss Vasavour. «Eure Sorte kenne ich. Ihr quasselt einem die Ohren vom Kopf. Aber das sage ich Ihnen, wenn Jim Tallboy sich einbildet, er kriegt mich rum, indem er seine geleckten Freunde zum Süßholzraspeln schickt, dann irrt er sich.»

«Liebe Miss Vasavour, kann Sie denn nichts von diesem Mißverständnis abbringen? Mit anderen Worten, Sie sehen mich völlig falsch. Ich bin nicht hier, um in irgendeiner Weise Tallboys Interessen zu vertreten – höchstens insofern, als ich mir den sanften Hinweis gestatte, daß dieses Haus vielleicht nicht der geeignete Ort für Gespräche persönlicher und vertraulicher Natur ist. Wenn ich mir erlauben dürfte, Ihnen einen Rat zu geben, wäre nicht ein Treffen an einem anderen Ort und zu anderer Zeit –?»

«Aha!» sagte Miss Vasavour. «Das hab ich mir doch gedacht. Aber wenn einer Ihre Briefe nicht beantwortet und Sie nicht besucht, und Sie wissen nicht einmal, wo er wohnt, was soll denn ein Mädchen da tun? Ich will bestimmt keinen Ärger machen.»

An dieser Stelle schluchzte Miss Vasavour leise auf und führte ein Tüchlein vorsichtig an die getuschten Wimpern.

«Mein Gott!» sagte Bredon. «Das ist wirklich nicht nett von ihm!»

«Das kann man wohl sagen», fand Miss Vasavour. «Von einem Kavalier würde man es jedenfalls nicht erwarten, oder? Aber da haben wir's! Erst erzählt so ein Kerl einem Mädchen alles mögliche, und wenn sie dann in der Tinte sitzt, ist alles nicht mehr wahr. Da ist dann plötzlich von Heiraten nicht mehr die Rede. Aber sagen Sie ihm ruhig, daß er muß, sonst schreie ich nämlich, bis ich bei Mr. Pym bin, und dann werde ich ihn zwingen. Heutzutage muß ein Mädchen zusehen, wo es bleibt. Wenn ich doch nur jemand hätte, der das für mich tut, aber seit mein armes Tantchen tot ist, habe ich keinen Menschen mehr, der für mich kämpft.»

Und wieder trat das Taschentüchlein in Aktion.

«Aber meine Liebe», sagte Bredon, «Mr. Pym mag ja noch so ein gebieterischer Herr sein, aber selbst er könnte Mr. Tallboy nicht zwingen, Sie zu heiraten. Er ist nämlich schon verheiratet.»

«Verheiratet?» Miss Vasavour ließ das Taschentuch sinken, und zum Vorschein kam ein Paar völlig trockener und sehr zorniger Augen. «Der Dreckskerl! *Darum* hat er mich also nie mit zu sich nach Hause genommen. Da tischt er mir ein Märchen auf, daß er nur ein Zimmer hat und seine Wirtin so streng ist. Aber das ist mir egal. Er muß. Seine Frau kann sich ja von ihm scheiden lassen. Grund hat sie weiß Gott genug. Ich hab seine Briefe.»

Ihr Blick wanderte unwillkürlich zu der großen, reich verzierten Handtasche. Das war ein Fehler, und sie merkte es sofort und richtete die Augen flehend auf Bredon, der aber wußte jetzt, woran er war.

«Sie haben die Briefe also bei sich? Das war sehr weitsichtig von Ihnen. Sehen Sie, Miss Vasavour, was hat es für einen Sinn, so zu reden? Sie können mir gegenüber ganz ehrlich sein. Sie wollten Tallboy drohen, daß sie diese Briefe Mr. Pym zeigen würden, falls er sich nicht fügte, stimmt's?»

«Nein, natürlich nicht.»

«Hängen Sie so sehr an Tallboy, daß Sie seine Korrespondenz ständig mit sich herumtragen?»

«Ja – nein. Ich habe nie gesagt, daß ich die Briefe bei mir habe.»

«Nein? Aber jetzt haben Sie es zugegeben. Und nun nehmen Sie einmal einen Rat von einem Mann an, der doppelt so alt ist wie Sie.» (Das war eine großzügige Schätzung, denn Miss Vasavour brachte es leicht auf 28 Jahre.) «Wenn Sie hier einen Skandal machen, erreichen Sie gar nichts, höchstens daß Tallboy seine Stelle verliert und dann überhaupt kein Geld mehr hat, weder für Sie noch für sonst jemanden. Und wenn Sie versuchen wollten, ihm die Briefe zu verkaufen – dafür gäbe es eine Bezeichnung, und die ist nicht schön.»

«Das mag ja alles sein», sagte Miss Vasavour mürrisch, «aber was ist mit mir und meiner Lage? Ich bin nämlich Mannequin. Und wenn ein Mädchen seinen Beruf aufgeben muß und für den Rest des Lebens die Figur verdorben hat –»

«Sind Sie sicher, daß Sie sich diesbezüglich auch nicht irren?»

«Natürlich bin ich sicher. Was denken Sie von mir? Halten Sie mich vielleicht für naiv?»

«Ganz gewiß nicht», sagte Bredon. «Zweifellos wird Tallboy zu einem angemessenen Arrangement bereit sein. Aber – wenn ich mir die Freiheit nehmen darf, Ihnen zu raten – keine Drohungen und keinen Skandal. Und – verzeihen Sie – es gibt noch andere Leute auf der Welt.»

«Ja, die gibt's», räumte Miss Vasavour freimütig ein, «aber die sind nicht versessen darauf, ein Mädchen mit Anhang zu nehmen, wenn Sie wissen, was ich meine. Das würden Sie ja selbst auch nicht wollen, oder?»

«Oh, ich? Von meiner Kandidatur ist nicht die Rede», sagte Bredon, vielleicht etwas prompter und betonter, als schmeichelhaft gewesen wäre. «Aber allgemein gesprochen, Sie werden es bestimmt auch günstiger finden, die Bombe nicht platzen zu lassen – wenigstens nicht hier. Ich meine, das ist nämlich hier der springende Punkt, nicht? Pyms Werbedienst ist eine von diesen altmodischen Firmen, die keine solchen Unannehmlichkeiten in ihren Mauern wünschen.»

«Eben», meinte Miss Vasavour schlau. «Darum bin ich ja hier.»

«Gewiß, aber glauben Sie mir, Sie tun sich keinen Gefallen, wenn Sie hier Theater machen. Wirklich nicht. Und – ah, da ist ja der Langersehnte! Dann werde ich mich mal verdrücken. Hallo, Tallboy – ich habe die Dame in Ihrer Abwesenheit ein wenig unterhalten.»

Tallboys Augen brannten; sein Gesicht war sehr weiß und seine Mundwinkel zuckten. Er sah Bredon ein paar Sekunden stumm an, dann sagte er:

«Vielen Dank.» Seine Stimme klang gepreßt.

«Nicht doch, danken Sie nicht mir», sagte Bredon. «Zu danken habe höchstens ich.»

Damit verließ er die beiden und zog die Tür hinter sich zu.

«Nun möchte ich doch wissen», sagte Mr. Bredon, der, während er nach oben zu seinem Zimmer zurückging, wieder in seine andere Haut als Detektiv schlüpfte, «ob es möglich ist, daß ich mich in unserem Freund Victor Dean ganz und gar getäuscht habe. Könnte es sein, daß er ein ganz gewöhnlicher Wald- und Wiesenerpresser war, der nur die menschlichen Schwächen seiner Kollegen zu seinem Vorteil ausnutzen wollte? Wäre das ein hinreichender Grund gewesen, ihm den Schädel einzuschlagen und ihn eine Eisentreppe hinunterpurzeln zu lassen? Der einzige, der mir das wahrscheinlich sagen kann, ist Willis, aber der gute Willis ist für meiner Rede wohlbekannten Zauber so taub wie eine Otter. Hat es einen Sinn, ihn noch einmal auszuhorchen? Wenn ich doch nur sicher sein könnte, daß er nicht der Herr ist, der meinem armen Schwager Charles eins übergezogen hat, und daß er nicht immer noch finstere Pläne gegen meinen unwürdigen Leib hegt. Nicht daß mir finstere Pläne gegen mich etwas ausmachten, aber ich möchte auch nicht ausgerechnet den, der es auf mich abgesehen hat, zu meinem Vertrauten machen, wie der hohlköpfige Held einer dieser Detektivgeschichten, in der sich der Detektiv als der Schurke entpuppt. Wenn ich Willis doch wenigstens irgendwann einmal bei Spiel und Sport gesehen hätte, wüßte ich besser, wie ich mit ihm dran bin, aber er scheint Bewegung und frische Luft zu verabscheuen – und das ist, wenn man's bedenkt, auch wieder irgendwo unheimlich.»

Nach kurzem weiterem Nachdenken suchte er Willis' Zimmer auf.

«Ach, Willis», begann Bredon. «Störe ich?»

«Nein. Kommen Sie nur rein.»

Willis sah von einem Blatt Papier auf, das die einnehmende Überschrift trug: «MAGNOLIA-WEISS, MAGNOLIA-WEICH – das wird man von Ihren Händen sagen.» Er wirkte niedergeschlagen und krank.

«Hören Sie, Willis», sagte Bredon, «ich brauche mal Ihren Rat. Ich weiß, daß wir beide es anscheinend nicht sehr gut miteinander können –»

«Nein, nein – das ist meine Schuld», sagte Willis. Er schien eine Sekunde lang mit sich zu kämpfen, dann brachen die Worte aus ihm heraus, als ob sie ihm mit Gewalt entrissen würden: «Ich glaube, ich muß mich bei Ihnen entschuldigen. Anscheinend war ich im Irrtum.»

«Was hatten Sie eigentlich gegen mich? Ich muß ehrlich zugeben, daß ich das nie ganz begriffen habe.»

«Ich hatte geglaubt, Sie gehörten zu Deans Kokser- und Säuferverein und wollten Pamela – Miss Dean – da wieder hineinziehen. Sie streitet das ab. Ich habe Sie aber dort mit ihr gesehen, und nun sagt sie, es ist meine Schuld, daß Sie – daß Sie – O verdammt!»

«Was *ist* denn?»

«Ich werde Ihnen sagen, was ist», erwiderte Willis heftig. «Sie haben sich an Miss Dean herangemacht – weiß der Himmel, was Sie ihr erzählt haben, und sie will es mir nicht sagen. Sie haben ihr vorgemacht, daß Sie ein Freund ihres Bruders sind oder so was – stimmt das bis hierher?»

«So wie Sie es ausdrücken, nicht ganz. Ich habe Miss Deans Bekanntschaft in einer Angelegenheit gemacht, die mit ihrem Bruder zu tun hat, aber ich bin ihm nie begegnet, und das weiß sie auch.»

«Was hatte es dann überhaupt mit ihm zu tun?»

«Das kann ich Ihnen leider nicht sagen.»

«Für mich klingt es jedenfalls ganz schön komisch», sagte Willis, während seine Miene sich argwöhnisch verfinsterte. Dann schien ihm einzufallen, daß er sich ja eigentlich entschuldigen wollte, und er fuhr fort:

«Na ja, jedenfalls sind Sie mit ihr in dieses gräßliche Haus gegangen, da unten am Fluß.»

«Das stimmt auch nicht ganz. Ich habe Miss Dean gebeten, mich dorthin zu begleiten, denn ganz ohne Einführung wäre ich da nicht hineingekommen.»

«Das ist gelogen; ich war ja auch darin.»

«Miss Dean hatte Anweisung gegeben, Sie einzulassen.»

«Oh!» Willis war momentan ein wenig aus der Fassung. «Jedenfalls hatten Sie kein Recht, ein anständiges Mädchen um so etwas zu bitten. Das ist es doch gerade, weswegen ich mit Dean aneinandergeraten bin. So ein Haus ist nicht der richtige Ort für sie, und das wissen Sie auch.»

«Stimmt; und ich bedaure, daß ich mich leider genötigt sah, sie darum zu bitten. Aber wie Sie bemerkt haben werden, habe ich dafür gesorgt, daß ihr nichts passieren konnte.»

«Davon weiß ich nichts», knurrte Willis.

«Sie sind kein sehr guter Detektiv», meinte Bredon lächelnd. «Sie müssen mir schon abnehmen, daß sie vollkommen sicher war.»

«Ihnen nehme ich zwar nichts ab, aber Pamela sagt dasselbe, und ihr werde ich wohl glauben müssen. Aber wenn Sie nicht selbst so ein Schweinehund sind, warum wollten Sie dann dorthin?»

«Das ist wieder eine Frage, die ich Ihnen nicht beantworten kann. Aber ich kann Ihnen ein paar plausible Erklärungen zur Auswahl anbieten. Zum Beispiel könnte ich ein Journalist sein, der den Auftrag hat, von innen heraus eine Reportage über diese neueste Art von Nachtclubs zu schreiben. Oder ich könnte ein Detektiv und auf einen Rauschgiftschmugglerring angesetzt sein. Oder ich könnte ein Fanatiker irgendeiner nagelneuen Religion sein und es mir zur Aufgabe gemacht haben, die sündigen Seelen der Nachkriegsgesellschaft zu retten. Oder ich könnte verliebt sein – meinetwegen in die berüchtigte Dian de Momerie – und mit Selbstmord gedroht haben, falls ich ihr nicht vorgestellt werde. Ich nenne Ihnen diese vier Möglichkeiten einfach aufs Geratewohl, und ich traue mir zu, noch weitere zu finden, wenn ich mir Mühe gebe.»

«Vielleicht sind Sie auch selbst ein Rauschgifthändler», meinte Willis.

«Sehen Sie, das war mir nicht eingefallen. Aber wenn ich einer wäre, glaube ich kaum, daß ich Miss Deans Hilfe gebraucht hätte, um in diese Kreise hineinzukommen.»

Willis brummelte etwas Unverständliches.

«Aber wenn ich recht verstehe», sagte Bredon, «hat Miss Dean mich schon von dem Verdacht gereinigt, ein ganz und gar verkommenes Subjekt zu sein. Also, wo liegt der Hund begraben?»

«Das Gemeine ist», stöhnte Willis, «daß Sie – mein Gott, Sie Schwein! – daß Sie Miss Dean sitzengelassen haben, und jetzt sagt sie, daß ich daran schuld bin.»

«So etwas sollten Sie nicht sagen, mein Lieber», antwortete Bredon aufrichtig bekümmert. «Das tut man nicht.»

«Nein – ich weiß, daß ich mich nicht wie ein Gentleman benehme. Ich war ja auch nie –»

«Wenn Sie jetzt sagen, daß Sie nie auf einer Privatschule waren», unterbrach ihn Bredon, «schreie ich. Ich habe einfach die Nase voll von den Copleys und Smayles und all den anderen Heulsusen, die in der Gegend herumrennen und ihre Minderwertigkeitskomplexe pflegen, indem sie die Vorzüge dieser oder jener Schule gegeneinander abwägen, wo das doch nicht den Hauch einer Rolle spielt. Reißen Sie sich zusammen. Niemand, egal wo er zur Schule gegangen ist, sollte so über eine Frau reden. Schon gar nicht, wenn es jeglicher Grundlage entbehrt.»

«Das tut es eben nicht!» widersprach Willis. «Sie sind sich vielleicht gar nicht darüber im klaren, aber ich bin es. Ich weiß, Mann ist Mann und so weiter, aber Leute wie Sie haben etwas in ihrem Auftreten, worauf die Frauen fliegen. Ich weiß, daß ich nicht schlechter bin als Sie, aber ich sehe nicht so aus, und das macht es.»

«Ich kann Ihnen nur versichern, Willis –»

«Ich weiß, ich weiß. Sie haben Miss Dean nie den Hof gemacht – das wollten Sie doch sagen –, Sie haben ihr weder mit Worten, Blicken oder Taten irgendwelche Hoffnungen gemacht – pah! Das weiß ich. Sie gibt es ja zu. Und das macht es nur noch schlimmer.»

«Ich habe den Eindruck», sagte Mr. Bredon, «daß Sie beide ein ziemlich albernes Pärchen sind. Und ich bin sicher, daß Sie sich in Miss Deans Gefühlen gewaltig täuschen.»

«Aber natürlich!»

«Ganz sicher. Jedenfalls hätten Sie mir davon nichts sagen dürfen. Und außerdem könnte ich daran gar nichts ändern.»

«Sie hat von mir verlangt», sagte Willis zerknirscht, «daß ich mich bei Ihnen entschuldige und dafür sorge – und Sie bitte – und die Sache wieder in Ordnung bringe.»

«Da gibt es nichts in Ordnung zu bringen. Miss Dean weiß genau, daß meine Gespräche mit ihr rein geschäftlicher Natur waren. Und Ihnen kann ich nur eines sagen, Willis – wenn Sie so einen Auftrag angenommen haben, müssen Sie ja in ihren Augen ein Waschlappen sein. Warum in aller Welt haben Sie ihr nicht geantwortet, eher würden Sie mich in der Hölle besuchen? Wahrscheinlich hat sie das nämlich von Ihnen erwartet.»

«Meinen Sie?»

«Ich bin sogar sicher», antwortete Bredon, der gar nicht sicher war, es aber für das Beste hielt, so zu tun als ob. «Sehen Sie mal, Sie dürfen nicht solch unmögliche Situationen heraufbeschwören. Das ist sehr unangenehm für mich, und ich kann mir vorstellen, daß Miss Dean sehr aufgebracht wäre, wenn sie wüßte, was Sie über sie gesagt haben. Wahrscheinlich hat sie Ihnen doch nur sagen wollen, daß Sie einen völlig falschen Eindruck von einer ganz gewöhnlichen geschäftlichen Beziehung hatten und sich unnötig auf die Hinterbeine gestellt haben, und nun wollte sie, daß Sie das in Ordnung bringen, damit keine Peinlichkeit zwischen uns steht, wenn ich sie wieder einmal um Hilfe bitten muß. Ist das nicht, mit anderen Worten ausgedrückt, was sie von Ihnen verlangt hat?»

«Doch», sagte Willis. Es war gelogen, und er wußte, daß Bredon wußte, daß es gelogen war, aber er log mannhaft. «Natürlich hat sie eigentlich nur das gesagt. Ich habe es nur falsch ausgelegt, fürchte ich.»

«Nun gut», sagte Bredon, «dann wäre das erledigt. Bestellen Sie Miss Dean, daß meine Arbeit sehr gut vorangeht und ich keine Hemmungen haben werde, sie wieder um ihre freundliche Hilfe zu bitten, wenn ich sie brauche. So, ist das alles?»

«Ja, das ist alles.»

«Sind Sie sicher – da wir einmal dabei sind –, daß es nicht noch etwas gibt, was Sie sich von der Seele reden möchten?»

«Ich – wüßte nicht was.»

«Das klang nicht sehr überzeugend. Ich nehme an, Sie wollten mir das alles schon lange einmal sagen.»

«Nicht schon lange. Erst seit ein paar Tagen.»

«Sagen wir, seit der monatlichen Teegesellschaft?»

Willis schrak fürchterlich zusammen. Bredon machte sich, ohne den wachsamen Blick von ihm zu lassen, den Vorteil zunutze.

«Sind Sie deshalb abends in die Great Ormond Street gekommen, um mir das zu sagen?»

«Woher wissen Sie davon?»

«Ich wußte es nicht. Ich habe nur geraten. Wie ich vorhin schon sagte, Sie würden keinen guten Detektiv abgeben. Sie haben bei der Gelegenheit einen Drehbleistift verloren, wenn mich nicht alles täuscht.»

Er nahm den Stift aus der Tasche und zeigte ihn Willis.

«Einen Drehbleistift? Nicht daß ich wüßte. Wo haben Sie den gefunden?»

«In der Great Ormond Street.»

«Ich glaube nicht, daß es meiner ist. Ich weiß es aber nicht. Ich glaube, ich habe meinen noch.»

«Na ja, macht nichts. Waren Sie an dem Abend gekommen, um sich zu entschuldigen?»

«Nein – das nicht. Ich war gekommen, um eine Erklärung zu verlangen. Ich wollte Ihnen die Zähne einschlagen, wenn Sie's genau wissen wollen. Kurz vor zehn war ich da.»

«Haben Sie an meiner Wohnung geläutet?»

«Nein. Ich will Ihnen auch sagen, warum. Ich habe in Ihren Briefkasten geguckt und einen Brief von Miss Dean darin gesehen und da – habe ich mich nicht mehr getraut, hinaufzugehen. Ich hatte Angst, ich könnte mich vergessen. Am liebsten hätte ich Sie nämlich umgebracht. Darum bin ich weggegangen und in der Gegend herumgelaufen, bis ich so kaputt war, daß ich nicht mehr denken konnte.»

«Aha. Sie haben also gar nicht mehr versucht, mich zu erwischen?»

«Nein.»

«So. Na, das war's dann.» Bredon wischte die Angelegenheit mit einer Handbewegung fort. «Ist schon gut. Unwichtig. Ich hatte mich nur wegen des Bleistifts ein wenig gewundert.»

«Wieso wegen des Bleistifts?»

«Tja, den habe ich nämlich auf dem obersten Treppenabsatz gefunden, vor meiner Wohnungstür. Nun verstehe ich nur nicht ganz, wie er dahin gekommen ist.»

«Durch mich nicht. Ich war nicht oben.»

«Wie lange waren Sie im Haus?»

«Nur ein paar Minuten.»

«Die ganze Zeit im Treppenhaus unten?»

«Ja.»

«So. Nun, dann kann es nicht Ihr Bleistift sein. Das ist allerdings sehr merkwürdig, denn diese Stifte sind noch nicht auf dem Markt, wie Sie wissen.»

«Vielleicht haben Sie ihn selbst verloren.»

«Vielleicht. Das scheint noch die plausibelste Erklärung zu sein, nicht? Es ist ja auch nicht wichtig.»

Es trat eine kurze, etwas peinliche Pause ein. Willis beendete sie, indem er mit gepreßter Stimme fragte:

«Was für einen Rat wollten Sie eigentlich von mir?»

«Es ist noch immer das alte Thema», sagte Bredon. «Und nachdem wir dieses klärende Gespräch hinter uns haben, fällt es Ihnen vielleicht etwas leichter, mir zu sagen, was ich wissen will. Ich habe durch die Umstände mit den Deans zu tun bekommen, und jetzt bin ich ein bißchen neugierig geworden, was den verstorbenen Victor Dean angeht. Von seiner Schwester höre ich, daß er ein guter, liebevoller Bruder war, nur leider ein wenig locker in seinen Moralvorstellungen – was vermutlich heißen soll, daß er Dian de Momerie hörig war. Wie seine Schwester sagt, hat er sie dahin und dorthin mitgenommen, um sie der lieben Dian vorzustellen; Sie haben sich eingemischt; Miss Dean hat dann die Situation begriffen und sich aus diesen Kreisen zurückgezogen, während sie gleichzeitig Ihnen die Einmischung übelnahm, was ebenso natürlich wie unlogisch ist. Und schließlich hat Dian de Momerie Victor den Laufpaß gegeben. Ist das bis hierher richtig?»

«Ja», sagte Willis, «nur glaube ich nicht, daß Dean dieser de Momerie wirklich hörig war. Ich nehme an, er hat sich geschmeichelt gefühlt und geglaubt, dort etwas für sich herausholen zu können. Er war nämlich so eine schäbige kleine Kreatur.»

«Hat sie ihm Geld gegeben?»

«O ja, aber davon hatte er nicht viel, denn es war teuer, in diesen Kreisen mitzuhalten. Es entsprach auch nicht seinem Naturell. Glücksspiele mochte er nicht, aber er mußte mitmachen, um zu ihnen zu gehören; und er war auch kein Trinker. Auf eine Weise hätte ich ihn besser verstanden, wenn er einer gewesen wäre. Rauschgift mochte er auch nicht. Wahrscheinlich hatte Miss de Momerie ihn deshalb schließlich über. Das Schlimme an dieser Gesellschaft ist ja, daß sie keine Ruhe geben kann, bevor nicht jeder, mit dem sie zu tun hat, so schlecht ist wie sie selber. Wenn die sich doch nur selbst ins Grab koksen würden, je eher, desto besser für alle Beteiligten. Mit Freuden würde ich ihnen das Zeug gleich waggonweise geben. Aber sie machen sich an anständige Menschen heran und ruinieren sie fürs Leben. Deswegen hatte ich mir solche Sorgen um Pamela gemacht.»

«Aber Sie sagen doch, daß Victor sich da heraushalten konnte.»

«Schon. Aber Pamela ist anders. Sie ist impulsiver und läßt sich leichter – nein, nicht verführen, aber leicht für etwas begeistern. Sie ist übermütig und möchte alles einmal probieren. Wenn sie einmal für eine bestimmte Sorte Menschen eingenommen ist, will sie alles genauso machen wie sie. Sie braucht jemanden – ach, lassen wir das. Ich möchte nicht über Pamela sprechen. Ich meine nur, daß Victor das genaue Gegenteil davon war. Er war selbst immer sehr vorsichtig und hatte einen guten Riecher für seinen Vorteil.»

«Sie meinen, er verstand seine Freunde auszunutzen?»

«Er war einer von denen, die nie eigene Zigaretten bei sich haben und nie da sind, wenn die Reihe an ihnen ist, einen auszugeben. Und er klaute einem natürlich auch ständig Ideen.»

«Dann muß er einen triftigen Grund gehabt haben, sich mit der de Momerie-Clique einzulassen. Denn wie Sie sagen ist das Leben in diesen Kreisen teuer.»

«Ja, er muß irgend etwas Lohnendes in Aussicht gehabt haben. Und als es dahin kam, daß er seine Schwester opfern wollte –»

«Genau. Aber das tut jetzt eigentlich nichts zur Sache. Ich wollte von Ihnen folgendes wissen: Angenommen, er hätte entdeckt, daß jemand – sagen wir in diesem Haus – vielleicht sogar Sie – eine Leiche im Keller hatte, um dieses schöne alte Bild zu bemühen – wäre Victor Dean der Mann gewesen, der – äh – diese Leiche einem Pathologen zugespielt hätte?»

«Sie reden von Erpressung?» fragte Willis unverblümt.

«Das ist ein hartes Wort. Aber ich würde es so nennen.»

«Ich weiß es nicht genau», sagte Willis nach ein paar Sekunden des Nachdenkens. «Das wäre schon eine schwerwiegende Unterstellung, nicht? Aber ich muß Ihnen sagen, daß die Frage mich nicht schockiert. Wenn Sie mir jetzt sagen würden, daß er jemanden erpreßt hätte, wäre ich nicht einmal sehr überrascht. Nur müßte er sich bei einem so schweren Verbrechen schon sehr sicher gefühlt haben, ich meine, das Opfer müßte jemand gewesen sein, der es unmöglich auf einen Prozeß ankommen lassen konnte. Wohlgemerkt, ich habe nicht den geringsten Grund zu der Annahme, daß er wirklich so etwas getan hat. Zumindest schien er nie besonders im Geld zu schwimmen. Das hätte allerdings bei einem vorsichtigen Menschen wie ihm nicht viel zu bedeuten. Bei *ihm* wäre nie ein Packen Banknoten aus dem Schreibtisch geflattert.»

«Sie meinen, daß herumliegende Banknotenbündel auf eine gewisse Unschuld schließen lassen?»

«Keineswegs. Nur auf Leichtsinn, und leichtsinnig war Dean bestimmt nicht.»

«Vielen Dank für diese offenen Worte.»

«Nichts zu danken. Aber lassen Sie um Gottes willen Pamela

nicht erfahren, was ich über Victor gesagt habe. Deswegen hatte ich schon Ärger genug.»

Bredon versicherte ihm, daß er eine solch ungeheuerliche Indiskretion nicht zu befürchten habe, und verabschiedete sich freundlich, wenn auch leicht verwirrt.

Am Ende des Korridors lauerte Mr. Tallboy schon auf ihn.

«O Bredon, ich bin Ihnen natürlich sehr dankbar. Und ich kann mich doch darauf verlassen, daß diese Geschichte sich nicht weiterverbreitet, als sie es schon ist, ja? Eine idiotische Geschichte, versteht sich. Dieser Tompkin scheint von allen guten Geistern verlassen zu sein. Ich habe ihm schon gehörig die Meinung gesagt.»

«O ja, ganz recht», meinte Bredon. «Völlig klar. Viel Lärm um nichts. Ich hätte mich da auch nicht unbedingt einmischen müssen, aber man kann ja nie wissen. Ich meine, wenn Sie noch länger aufgehalten worden wären und Miss Vasavour vom Warten die Nase voll gehabt hätte oder – Sie wissen schon, was ich meine.»

«Ja.» Tallboy leckte sich über die trockenen Lippen. «Es hätte sehr peinlich werden können. Wenn Frauen hysterisch werden, sagen sie oft Dinge, die sie eigentlich nicht sagen wollten. Ich habe eine Dummheit gemacht, wie Sie sich wohl schon gedacht haben. Aber jetzt mache ich reinen Tisch. Ich habe die Sache geregelt. Es ist natürlich unangenehm, aber kein Grund zum Verzweifeln.» Er lachte gequält.

«Sie sehen ein wenig mitgenommen aus.»

«So fühle ich mich auch. Ich war nämlich die ganze Nacht auf. Meine Frau – na ja, meine Frau hat letzte Nacht ein Kind bekommen. Das war zum Teil auch der Grund – ach was, das spielt ja keine Rolle.»

«Verstehe vollkommen», sagte Bredon. «Sehr aufreibend, so etwas. Warum haben Sie sich heute nicht frei genommen?»

«Das wollte ich nicht. Heute ist der Tag, an dem ich die meiste Arbeit habe. Es ist auch besser, man beschäftigt sich mit etwas. Außerdem bestand ja kein Anlaß. Es ist alles gutgegangen. Sie halten mich wahrscheinlich für ein ausgesprochenes Schwein.»

«Sie sind ja keineswegs der erste», sagte Bredon.

«Nein – ich glaube, es ist nicht so ungewöhnlich. Aber ich sage Ihnen, das passiert mir nicht noch einmal.»

«Es muß Sie in eine ziemlich verzwickte Lage gebracht haben – das Ganze.»

«Ja – das heißt – es war nicht so schlimm. Wie Sie sagen, ich bin nicht der erste Mann, dem so etwas passiert. Es lohnt sich nicht, sich deswegen graue Haare wachsen zu lassen. Also, wie gesagt, vielen Dank und alles – und – na, das wär's, oder?»

«Selbstverständlich. Und nichts zu danken. Na, mein Kleiner, was willst du denn?»

«Haben Sie irgendwas zur Post zu geben, Sir?»

«Danke, nein», sagte Bredon.

«Halt, Moment!» sagte Tallboy. «Ich habe was.» Er suchte in seiner Brusttasche und holte einen bereits verschlossenen Brief heraus. «Haben Sie mal was zu schreiben für mich, Bredon? Hier, mein Junge, geh mit diesem Geld zu Miss Rossiter und kauf eine Briefmarke für mich.»

Er nahm den Füller, den Bredon ihm reichte, beugte sich über den Tisch und adressierte den Umschlag hastig mit «T. Smith, Esq.». Bredon sah ihm gedankenlos dabei zu, fühlte sich ertappt und entschuldigte sich.

«Verzeihung, ich habe spioniert. Häßliche Angewohnheit. Von so was wird man im Schreibzimmer angesteckt.»

«Ist schon gut – das war nur ein Brief an meinen Börsenmakler.»

«Glücklich, wer was zum Börsenmakeln hat.»

Tallboy lachte und warf den Brief dem wartenden Jungen zu.

«Und so endet ein anstrengender Tag», meinte er.

«Hat Toule sich wieder sehr angestellt?»

«Nicht schlimmer als sonst. Hat ‹Wie Niobe, ganz Tränen› abgelehnt. Weiß angeblich nicht, wer Niobe ist, und schließt daraus, daß andere es auch nicht wissen. Aber ‹Tränen, eitle Tränen› hat er für diese Woche genehmigt, weil sein Vater ihm früher, als er noch klein war, immer Tennyson vorgelesen hat.»

«Wenigstens etwas aus dem Scherbenhaufen gerettet.»

«Doch, ja. Die Idee mit den literarischen Zitaten gefällt ihm schon. Er findet, sie geben seinen Anzeigen Niveau. Sie werden sich noch ein paar in der Art einfallen lassen müssen. Vor allem, wenn sie sich gut illustrieren lassen, mag er sie.»

«Meinetwegen. ‹Wie ein sommerlich Gewitter stürzten ihre Tränen.› Das ist auch Tennyson. Bild von der neunzigjährigen Amme mit dem Baby auf dem Schoß. Babies kommen immer gut an. (Entschuldigung, wir kommen anscheinend nicht von den Babies weg.) Der Text beginnt mit: ‹Tränen sind oft ein Ventil für überbeanspruchte Nerven, aber wenn sie zu oft, zu leicht fließen, ist es ein Zeichen, daß Sie Nutrax brauchen.› Das mache ich. Und dann: ‹Fürwahr, ich weiß nicht, was mich traurig macht.› Antonio zu Salarino und Solanio. Das Zitat wird dann im Text weiter ausgewalzt: ‹Grundlose Niedergeschlagenheit, wie bei Antonio, nimmt nicht nur den Betroffenen mit, sondern auch seine Freunde. Packen Sie das Übel an der Wurzel und stärken Sie Ihre überreizten Nerven mit Nutrax.› Davon liefere ich Ihnen, soviel Sie wollen.»

Mr. Tallboy lächelte dünn.

«Schade, daß wir uns mit unserem Patentrezept nicht selbst kurieren können, nicht?»

Mr. Bredon musterte ihn kritisch.

«Was Sie brauchen», sagte er, «ist ein gutes Abendessen und eine Flasche Schampus.»

14
Hoffnungsvolle Konspiration zweier schwarzer Schafe

Der Herr im Harlekinkostüm nahm betont langsam seine Maske ab und legte sie auf den Tisch.

«Da mein tugendhafter Vetter Wimsey die Katze schon aus dem Sack gelassen hat», sagte er, «muß ich das Ding wohl nicht mehr anbehalten. Ich fürchte –» wandte er sich an Dian – «daß meine Erscheinung Sie enttäuschen wird. Abgesehen davon, daß ich schöner bin und nicht so ein Karnickelgesicht habe wie Wimsey, hat jede Frau, die ihn gesehen hat, auch mich gesehen. Die Bürde ist schwer zu tragen, doch ich kann nichts daran ändern. Ich darf aber zu meiner Freude sagen, daß die Ähnlichkeit nicht tiefer geht als bis zur Haut.»

«Man soll es fast nicht glauben», sagte Major Milligan. Er beugte sich vor, um das Gesicht des anderen näher in Augenschein zu nehmen, aber Mr. Bredon streckte einen lässigen Arm aus und stieß ihn, scheinbar ohne jede Kraftanstrengung, auf seinen Platz zurück.

«Sie brauchen mir nicht zu nahe zu kommen», bemerkte er frech. «Selbst ein Gesicht wie Wimseys ist immer noch besser als Ihres. Sie haben Pickel. Sie essen und trinken zuviel.»

Major Milligan, der heute morgen zu seinem großen Kummer wirklich ein paar beginnende Pickel auf der Stirn entdeckt, aber gehofft hatte, sie seien nicht zu sehen, grunzte böse. Dian lachte.

«Ich nehme an», fuhr Mr. Bredon fort, «daß Sie etwas von mir wollen. Leute Ihrer Art wollen das immer. Worum geht es?»

«Ich bin nicht abgeneigt, offen mit Ihnen zu reden», antwortete Major Milligan.

«So etwas freut einen immer zu hören. Man weiß dann schon, daß gleich eine Lüge kommt. Und gewarnt ist gewappnet, nicht?»

«Wenn Sie es so sehen sollen. Aber ich glaube, Sie werden es vorteilhaft finden, mir zuzuhören.»

«Finanziell vorteilhaft?»

«Was für Vorteile gäbe es sonst noch?»

«Wie wahr! Allmählich gefällt Ihr Gesicht mir schon etwas besser.»

«Ach ja? Vielleicht gefällt es Ihnen so sehr, daß Sie mir ein paar Fragen beantworten möchten?»

«Möglich.»

«Woher kennen Sie Pamela Dean?»

«Pamela? Ein reizendes Kind, nicht wahr? Ich bin ihr einmal vorgestellt worden, von einem gemeinsamen Freund, wie die breite Masse, verführt durch das unglückliche Beispiel jenes unvergleichlichen Vulgarisators Charles Dickens, so etwas abscheulicherweise nennt. Ich muß zugeben, daß der Zweck dieser Bekanntschaft für mich ein rein geschäftlicher war; ich kann nur sagen, daß ich mir wünsche, alle geschäftlichen Bekanntschaften wären so angenehm.»

«Was waren das für Geschäfte?»

«Das Geschäft, mein lieber Freund, hatte mit einem weiteren gemeinsamen Freund von uns allen zu tun – dem seligen Victor Dean, der unter größter allgemeiner Anteilnahme auf einer Treppe starb. Ein bemerkenswerter junger Mann, nicht wahr?»

«Inwiefern?» fragte Major Milligan rasch.

«Wissen Sie das nicht? Ich dachte, Sie wüßten es. Wozu wäre ich sonst hier?»

«Ihr beiden Idioten langweilt mich», mischte sich Dian ein. «Was hat das für einen Sinn, so umeinander herumzuschleichen? Ihr aufgeblasener Vetter hat uns alles über Sie erzählt, Mr. Bredon – haben Sie übrigens auch einen Vornamen?»

«O ja. Er schreibt sich ‹Death› wie Tod. Aussprechen können Sie ihn, wie Sie wollen. Die meisten Leute, die damit geschlagen sind, sprechen ihn so aus wie Keith, aber ich persönlich finde es romantischer, wenn man ihn wie Beth ausspricht. Was hat mein liebenswerter Vetter über mich erzählt?»

«Er hat gemeint, Sie wären ein Rauschgiftschmuggler.»

«Woher mein Vetter Wimsey seine Informationen hat, möchte ich nur zu gern wissen. Manchmal stimmen sie sogar.»

«Und Sie wissen, daß man bei Todd bekommen kann, was man braucht. Warum also nicht gleich zur Sache kommen?»

«Sie haben recht, warum nicht? Ist das derjenige Aspekt meiner strahlenden Persönlichkeit, der Sie interessiert, Milligan?»

«Ist das derjenige Aspekt an Victor Deans Persönlichkeit, der *Sie* interessiert?»

«Ein Punkt für mich», sagte Mr. Bredon. «Bis zu diesem Augenblick wußte ich nicht mit Bestimmtheit, ob es ein Aspekt seiner Persönlichkeit war. Jetzt weiß ich es. Ach nein! Wie interessant das alles ist! Aber wirklich.»

«Wenn Sie genau herausfinden könnten, in welcher Weise Victor Dean mit dieser Geschichte zu tun hatte», meinte Milligan, «würde es sich wahrscheinlich für uns beide lohnen.»

«Nur heraus mit der Sprache.»

Major Milligan überlegte kurz und schien sich zu entschließen, seine Karten auf den Tisch zu legen.

«Haben Sie von Pamela Dean erfahren, welcher Arbeit ihr Bruder nachging?»

«Natürlich. Er hat in einer Werbeagentur namens Pym Anzeigentexte geschrieben. Soweit gibt es da kein Geheimnis.»

«Eben doch. Und wenn dieser unsägliche kleine Trottel nicht hingegangen und sich zu Tode gestürzt hätte, wären wir vielleicht dahintergekommen, was das für ein Geheimnis war, und dabei hätten wir ganz schön etwas für uns herausholen können. So aber –»

«Aber nun hör mal, Todd», sagte Dian. «Ich denke, es war genau umgekehrt. Hattest du nicht Angst, daß *er* zuviel herauskriegen könnte?»

«Doch», sagte Milligan mit gerunzelter Stirn. «Denn was hätte es uns genützt, wenn er's zuerst herausgekriegt hätte?»

«Jetzt komme ich nicht mehr mit», sagte Bredon. «War es denn nicht *sein* Geheimnis? Reden Sie doch nicht wie in einem Kitschroman. Warum rücken Sie nicht endlich damit heraus?»

«Weil ich glaube, daß Sie über den Kerl nicht einmal soviel wissen wie ich.»

«Stimmt. Ich habe ihn nie im Leben gesehen. Aber ich weiß eine Menge über Pyms Werbedienst.»

«Woher?»

«Ich arbeite da.»

«Was?»

«Ich arbeite da.»

«Seit wann?»

«Seit Deans Tod.»

«Sie meinen, wegen Deans Tod?»

«Ja.»

«Wie kam das?»

«Ich habe, wie die Polizeifreunde meines lieben Vetters Wimsey sagen würden, Informationen erhalten, daß Dean in der Agentur Pym hinter etwas her war, was stank. Aber wo es stinkt, da ist meist Fisch, und da habe ich mir gedacht, es kann nicht schaden, über diesem Teich mal ein paar Angeln auszuwerfen.»

«Und was haben Sie gefangen?»

«Mein lieber Milligan, Sie bringen ja die Hühner zum Lachen. Ich verschenke keine Informationen. Ich verwerte sie – mit Gewinn.»

«Ich auch.»

«Wie Sie wollen. Sie haben mich heute abend hierher eingeladen. Ich habe mich Ihnen nicht aufgedrängt. Aber eines kann ich Ihnen vielleicht sagen, weil ich es Miss de Momerie auch schon gesagt habe, nämlich daß Victor Dean vorsätzlich um die Ecke gebracht wurde, damit er nicht reden konnte. Der einzige, von dem ich bisher feststellen konnte, daß er ihn aus dem Weg haben wollte, sind Sie. Die Polizei könnte sich für diesen Umstand interessieren.»

«Die Polizei?»

«Ach ja! Ich bin ganz Ihrer Meinung. Ich mag die Polizei auch nicht. Sie bezahlt sehr schlecht und stellt eine Menge Fragen. Aber es könnte nützlich sein, sich einmal wenigstens auf ihre Seite zu stellen.»

«Das ist doch alles Quatsch», sagte Milligan. «Sie haben den falschen Hund am Schwanz. Ich habe den Kerl nicht umgebracht. Ich *wollte* nicht einmal, daß er umgebracht wurde.»

«Beweisen Sie das», versetzte der andere kalt.

Er beobachtete Milligans unbewegtes Gesicht und Milligan beobachtete seines.

«Geben Sie's auf», riet Wimsey nach einigen Minuten gegenseitigen Anstarrens. «Ich spiele so gut Poker wie Sie. Aber diesmal habe ich, wie mir scheint, die besseren Karten.»

«Also, was wollen Sie wissen?»

«Ich will wissen, was Dean Ihrer Ansicht nach hätte herausbekommen können.»

«Das kann ich Ihnen sagen. Er wollte herausfinden –»

«Hatte herausgefunden.»

«Woher wollen Sie das wissen?»

«Wenn Sie Nachhilfeunterricht in meinen kriminalistischen Methoden haben wollen, müssen Sie extra bezahlen. Ich sage, er hatte herausgefunden.»

«Meinetwegen. Er hatte also herausgefunden, wer von Pym aus die Fäden zog.»

«Die Fäden im Drogenhandel?»

«Ja. Und vielleicht hatte er auch schon entdeckt, wie es gemacht wird.»

«Gemacht *wird*?»

«Ja.»

«Es wird also immer noch genauso gemacht?»

«Soviel ich weiß.»

«Soviel Sie wissen? Sehr viel scheinen Sie nicht zu wissen.»

«Na und? Wieviel wissen denn Sie davon, wie es in Ihrem Verein gemacht wird?»

«Überhaupt nichts. Es werden Anweisungen gegeben –»

«Übrigens, wie sind Sie da hineingekommen?»

«Bedaure. Das kann ich Ihnen nicht sagen. Nicht einmal, wenn Sie extra bezahlen.»

«Woher soll ich dann wissen, ob ich Ihnen trauen kann?»

Bredon lachte.

«Vielleicht möchten Sie bei mir kaufen», sagte er. «Wenn Sie mit Ihren Zuteilungen nicht zufrieden sind, tragen Sie sich in meine Kundenliste ein. Lieferung sonntags und donnerstags. Inzwischen – sozusagen als Gratisprobe – interessieren Sie sich vielleicht einmal für meinen Rockkragen. Ist er nicht schön? Feinster Samt. Ein bißchen protzig, finden Sie vielleicht – ein bißchen viel Steifleinen? Sie haben womöglich recht. Aber sehr gut gearbeitet. Die Öffnung ist fast unsichtbar. Wir schieben vorsichtig Daumen und Zeigefinger hinein, ziehen behutsam an dem Zipfel, und zum Vorschein kommt dieses zierliche Tütchen aus imprägnierter Seide – dünn wie eine Zwiebelschale, aber erstaunlich fest. Darin werden Sie genug Inspiration für viele, viele Enthusiasten finden. Ein Zaubermantel. Aus solchem Stoff, aus dem die Träume sind.»

Milligan prüfte schweigend den Inhalt des kleinen Beutels. Es handelte sich in der Tat um einen Teil des Inhalts aus jenem berühmten Päckchen, das Hector Puncheon im *Weißen Schwan* ergattert hatte.

«Soweit in Ordnung. Woher haben Sie das?»

«Ich hab's in Covent Garden erhalten.»

«Nicht bei Pym?»

«Nein.»

Milligan machte ein enttäuschtes Gesicht.

«An was für einem Tag haben Sie es bekommen?»

«Freitag morgen. Ich bekomme meine Ware immer freitags, genau wie Sie.»

«Hören Sie», sagte Milligan, «wir beide müssen uns in dieser

Sache zusammentun. Dian, mein Kind, geh ein bißchen draußen spielen. Ich muß mit deinem Freund über Geschäfte reden.»

«Das ist vielleicht eine Art, mich in meinem eigenen Haus zu behandeln», schmollte Miss de Momerie, aber als sie sah, daß es Milligan ernst war, packte sie sich und ihre Siebensachen und zog sich ins Schlafzimmer zurück. Milligan lehnte sich über den Tisch.

«Ich will Ihnen sagen, was ich weiß», sagte er. «Wenn Sie mich aufs Kreuz legen, tun Sie's auf eigene Gefahr. Ich will keine Scherereien mit diesem komischen Vetter von Ihnen haben.»

Mr. Bredon drückte mit ein paar wohlgesetzten Worten seine Meinung über Lord Peter Wimsey aus.

«Na schön», sagte Milligan. «Ich habe Sie jedenfalls gewarnt. Also, passen Sie auf. Wenn wir herauskriegen, wer den Karren lenkt und wie er es macht, können wir ganz oben einsteigen. Auf eine Art rentiert es sich auch so schon ganz ordentlich, aber man geht ein teuflisches Risiko ein und hat eine Menge Scherereien, und teuer ist es auch. Sehen Sie sich nur mal den Laden an, den ich führen muß. Die dicken Gewinne streicht der Mann ein, der in der Mitte des Netzes sitzt. Sie und ich wissen, was wir für das Zeug bezahlen müssen, und dann kommt noch die Plackerei, es an die Idioten alle zu verteilen und das Geld dafür zu kassieren. So, und nun weiß ich folgendes: Der ganze Laden wird von dieser Werbeagentur aus geschmissen – von Pym. Das habe ich von einem erfahren, der jetzt tot ist. Ich will Ihnen nicht erzählen, wie ich an ihn gekommen bin – das ist eine lange Geschichte. Aber ich sage Ihnen, was er mir erzählt hat. Eines Abends saß ich mit ihm im *Carlton* beim Essen, und er war schon ein bißchen beschwipst. Da kam einer mit einer ganzen Gesellschaft herein, und dieser Mann fragte mich: ‹Wissen Sie, wer das ist?› – ‹Keine Ahnung›, sagte ich, und er: ‹Na, das ist doch der alte Pym, der mit der Werbeagentur.› Und dann lachte er und sagte: ‹Wenn der wüßte, was in seinem wunderschönen Laden vorgeht, würde ihn der Schlag treffen.› – ‹Wieso?› fragte ich. ‹Aber›, sagte er, ‹wissen Sie das nicht? Der ganze Handel wird von dort abgewickelt.› Natürlich habe ich da angefangen, bei ihm nachzubohren, woher er das weiß und so weiter, aber plötzlich bekam er einen Anfall von Vorsicht und tat auf einmal ganz geheimnisvoll, und ich habe kein weiteres Wort aus ihm herausbekommen.»

«Diese Art von Betrunkenen kenne ich», sagte Bredon. «Glauben Sie, er wußte wirklich, wovon er sprach?»

«Ja, das glaube ich. Am nächsten Tag habe ich ihn nämlich wiedergesehen, aber da war er nüchtern und hat den Schrecken seines Lebens bekommen, als ich ihm sagte, was er mir erzählt hatte. Er gab aber zu, daß es stimmte, und flehte mich an, den Mund zu halten. Mehr bekam ich nicht aus ihm heraus, und am selben Abend kam er unter einen Lastwagen.»

«So? Was für ein Zufall!»

«Das habe ich mir auch gedacht», sagte Milligan. «Es hat mich ein bißchen nervös gemacht.»

«Aber wie kommt nun Victor Dean ins Spiel?»

«Tja», räumte Milligan ein, «da habe ich mich böse in die Brennesseln gesetzt. Dian hatte ihn eines Abends mitgebracht –»

«Moment. Wann hatte Ihre Unterhaltung mit diesem indiskreten Freund stattgefunden?»

«Vor knapp einem Jahr. Natürlich habe ich versucht, der Sache nachzugehen, und als Dian mir dann Dean vorstellte und sagte, daß er bei Pym arbeitete, dachte ich, das muß der Mann sein. Offenbar war er's nicht. Aber ich fürchte, er ist durch mich auf einen Gedanken gebracht worden. Nach einer Weile mußte ich entdecken, daß er versuchte, in mein Geschäft einzusteigen, und da habe ich Dian gesagt, sie soll Schluß mit ihm machen.»

«Das heißt also», sagte Bredon, «Sie haben versucht, ihn auszuhorchen, wie Sie jetzt mich auszuhorchen versuchen, und mußten feststellen, daß er statt dessen Sie aushorchte.»

«So ungefähr», gestand Milligan ein.

«Und kurz danach ist er eine Treppe hinuntergefallen.»

«Ja. Aber ich habe ihn nicht hinuntergestoßen. Das brauchen Sie nicht zu denken. Ich wollte ihn gar nicht beseitigen. Er sollte mir nur zwischen den Füßen wegbleiben. Dian redet zu gern, besonders wenn sie einen sitzen hat. Das Ärgerliche ist ja, daß man vor diesen Leuten nie sicher ist. Man sollte meinen, der gesunde Menschenverstand würde ihnen raten, im eigenen Interesse den Mund zu halten, aber die haben nicht mehr Verstand als ein Käfig voller Affen.»

«Na ja», meinte Wimsey, «wenn wir sie mit diesem Zeug vollpumpen, das ihnen bekanntlich jede Selbstkontrolle nimmt, dürfen wir uns über die Konsequenzen nicht beklagen.»

«Vielleicht nicht, aber es ist manchmal doch ganz schön lästig. Auf der einen Seite sind sie schlau wie die Wiesel und auf der andern die reinsten Idioten. Und gehässig dazu.»

«Richtig. Dean wurde nie süchtig, oder?»

«Nein. Sonst hätten wir ihn besser im Griff gehabt. Aber leider war sein Kopf richtigerum aufgeschraubt. Trotzdem, er wußte recht gut, daß er für Informationen aller Art sehr gut bezahlt worden wäre.»

«Sehr wahrscheinlich. Das Dumme ist nur, daß er auch von der anderen Seite Geld genommen hat – glaube ich wenigstens.»

«Versuchen Sie dieses Spielchen nicht», sagte Milligan.

«Ich habe keine Lust, eine Treppe hinunterzufallen. Wenn ich Sie richtig verstehe, wollen Sie also wissen, wie die Geschichte funktioniert und wer dahintersteckt. Ich denke, das kann ich für Sie feststellen. Wie steht's mit den Bedingungen?»

«Meine Vorstellung ist, daß wir die Informationen benutzen, um selber in den inneren Zirkel vorzustoßen, und dort bedient sich dann jeder selbst.»

«Richtig. Und wenn das nicht klappt, schlage ich vor, wir legen dem Herrn bei Pym die Daumenschrauben an, sobald wir ihn haben, und teilen uns die Beute. In diesem Falle gedenke ich, da ich die meiste Arbeit mache und das größte Risiko trage, 75 Prozent zu nehmen.»

«So haben wir nicht gewettet. Halbe-halbe. Ich werde nämlich die Verhandlungen führen.»

«So? Sie sind gut! Wozu soll ich Sie überhaupt mit hineinbringen? Sie können doch erst verhandeln, wenn ich Ihnen sage, mit wem. Sie glauben wohl, ich sei von gestern.»

«Nein. Aber da ich weiß, was ich weiß, kann ich dafür sorgen, daß Sie schon morgen bei Pym rausfliegen. Oder meinen Sie, wenn Pym wüßte, wer Sie sind, würde er Sie auch nur noch einen Tag länger in seiner tugendhaften Firma haben wollen?»

«Also gut. Wir führen die Verhandlungen gemeinsam, und ich bekomme 60 Prozent.»

Milligan zuckte mit den Schultern.

«Lassen wir's fürs erste mal dabei. Ich hoffe, daß es dazu gar nicht kommt. Denn eigentlich wollen wir ja selbst die Zügel in die Hand bekommen, oder?»

«Sie sagen es. Und wenn wir das geschafft haben, können wir noch in Ruhe entscheiden, wer von uns beiden die Peitsche schwingt.»

Nachdem Bredon gegangen war, ging Todd Milligan ins Schlafzimmer, wo Dian in der Fensternische kniete und auf die Straße hinunterstierte.

«Hast du dich mit ihm geeinigt?»

«Ja. Er ist zwar ein Gauner, aber ich werde ihm schon noch

klarmachen, daß er besser daran tut, mit mir ein ehrliches Spiel zu treiben.»

«Du solltest lieber die Finger von ihm lassen.»

«Du redest dummes Zeug», sagte Milligan, aber er gebrauchte einen härteren Ausdruck.

Dian drehte sich um und sah ihn an.

«Ich habe dich gewarnt», sagte sie. «Nicht daß mir irgend etwas daran läge, was mit dir passiert. Du gehst mir nämlich langsam auf die Nerven, Todd. Es würde mir einen Heidenspaß machen, dich vor die Hunde gehen zu sehen. Aber laß die Finger von diesem Mann.»

«Hast du vor, mich an ihn zu verkaufen?»

«Das werde ich gar nicht nötig haben.»

«Du solltest es auch lieber bleiben lassen. Du hast wohl den Verstand an diesen hauteng gekleideten Herrn verloren, wie?»

«Warum mußt du immer so ordinär sein?» fragte sie verächtlich.

«Was ist denn sonst mit dir los?»

«Angst habe ich, das ist alles. Sieht mir gar nicht ähnlich, wie?»

«Angst vor diesem Werbeheini?»

«Wirklich, Todd, manchmal bist du richtig beschränkt. Da liegt etwas vor deiner Nase und du siehst es nicht. Wahrscheinlich ist es zu groß geschrieben, als daß du's sehen könntest.»

«Du bist ja betrunken», sagte Milligan. «Nur weil du bei diesem Komiker nicht gelandet bist –»

«Halt den Mund», sagte Dian. «Nicht gelandet? Eher würde ich mich mit dem Henker von London einlassen.»

«Das kriegtest du fertig. Jeder neue Nervenkitzel wäre dir recht. Worauf legst du es eigentlich an? Auf einen Krach? Damit kann ich dir jetzt leider nicht dienen.»

Es ist eine traurige Übereinkunft, daß dem endgültigen Zusammenbruch einer schmutzigen Liaison eine Reihe nicht minder schmutziger Zankereien vorauszugehen habe. Diesmal aber schien Miss de Momerie bereit zu sein, mit dieser Konvention zu brechen.

«Nein. Ich bin mit dir fertig, sonst nichts. Mir ist kalt. Ich gehe zu Bett. ... Todd, *hast* du Victor Dean umgebracht?»

«Nein.»

Major Milligan träumte in dieser Nacht, daß Death Bredon ihn im Harlekinkostüm wegen Mordes an Lord Peter Wimsey aufhängte.

Plötzliches Hinscheiden
eines befrackten Herrn

Chefinspektor Parker war immer noch zutiefst verstört. In Essex hatte es ein erneutes Fiasko gegeben. Ein privates Motorboot, das im Verdacht stand, etwas mit dem Rauschgiftschmuggel zu tun zu haben, war angehalten und durchsucht worden, ohne Erfolg – abgesehen von dem unerwünschten Ergebnis, daß nun alle Beteiligten gewarnt waren, falls es sie überhaupt interessierte. Außerdem hatte man einen schnellen Wagen, der durch seine häufigen mitternächtlichen Fahrten zwischen Hauptstadt und Küste aufgefallen war, mühsam bis an sein Ziel verfolgt, wo sich herausstellte, daß er einem hochstehenden Angehörigen des diplomatischen Korps gehörte, der höchst inkognito eine in einem bekannten Seebad ansässige Dame zu besuchen pflegte. Mr. Parker, der an solchen mitternächtlichen Exkursionen noch immer nicht persönlich teilnehmen konnte, blieb nur die traurige Genugtuung, sagen zu können, daß nie etwas klappte, wenn er nicht selbst dabei war. Außerdem ärgerte er sich wider alle Vernunft über Wimsey, weil dieser der eigentliche Grund für seine Dienstunfähigkeit war.

Auch die Ermittlungen im *Weißen Schwan* hatten bisher nicht viel Früchte getragen. Eine ganze Woche lang hatten taktvolle und erfahrene Beamte sich abwechselnd an die Bar gestellt und sich mit aller Welt über Windhunde, Ziegen, Papageien und andere sprachlose Freunde des Menschen unterhalten, ohne dafür irgendeinen Gegenwert in Gestalt geheimnisvoller Päckchen zu erhalten.

Der alte Mann mit der Papageiengeschichte war leicht ausfindig zu machen. Er war hier Stammgast. Jeden Morgen und jeden Nachmittag saß er da, und er verfügte über ein großes Repertoire solcher Geschichten. Die geduldigen Polizisten legten sich eine Sammlung davon an. Der Wirt – gegen den nichts Nachteiliges vorlag – kannte diesen Gast gut. Er war ein altgedienter Lastträger des Covent Garden-Markts, der jetzt von einer Altersrente lebte, und sein ganzes unschuldiges Leben war wie ein offenes Buch. Dieser verdiente alte Herr erinnerte sich auf Befragen noch an das Gespräch mit Mr. Hector Puncheon, war aber sicher, daß er keinen von den übrigen Gästen je gesehen hatte, ausgenommen die beiden Fuhrmänner, die er gut kannte. Diese Herren bestätigten, daß auch ihnen der Mann im Smoking und der Kleine mit den Windhunden gleichermaßen unbekannt seien. Es war jedoch nicht ungewöhnlich, daß Herren im Smoking – oder auch Herren ohne Smoking – sich in den *Weißen Schwan* verirrten, sozusagen zum Abschluß eines fröhlichen Abends. Nichts von alldem brachte irgendwelches Licht in die geheimnisvolle Geschichte mit dem Päckchen Kokain.

Zu einer gewissen Begeisterung fühlte Parker sich hingegen von Wimseys Bericht über sein Gespräch mit Milligan hingerissen.

«Was du doch für ein unwahrscheinliches Glück hast, Peter! Leute, die dich unter normalen Umständen meiden würden wie die Pest, kommen gerade im entscheidenden Moment uneingeladen auf deine Feste und halten dir ihre Nasen hin, damit du sie daran herumführen kannst.»

«Das war nicht nur Glück, mein Alter», sagte Wimsey. «Eher ein guter Riecher. Ich habe der schönen Dian einen anonymen Brief geschickt, in dem ich sie eindringlich vor mir warnte und ihr mitteilte, daß sie Näheres über mich im Hause meines Bruders erfahren könne. Es ist schon merkwürdig, aber die Leute *können* anonymen Briefen einfach nicht widerstehen. Das ist wie mit Gratisproben. Sie appellieren an die niederen Instinkte.»

«Du bist ein Teufelskerl», sagte Parker. «Eines schönen Tages bringst du dich noch mal in Schwierigkeiten. Wenn Milligan dich nun erkannt hätte?»

«Ich hatte ihn schon geistig auf eine verblüffende Ähnlichkeit vorbereitet.»

«Ein Wunder, daß er dich nicht durchschaut hat. Familiäre Ähnlichkeit geht selten bis zu den Zähnen und sonstigen Einzelheiten.»

«Ich habe ihn nicht so nahe an mich herangelassen, daß er Einzelheiten hätte erkennen können.»

«Das hätte ihn schon mißtrauisch machen müssen.»

«Nein. Ich war nämlich ungezogen zu ihm. Er hat mir jedes Wort geglaubt, nur weil ich ungezogen war. Wenn einer sich bemüht, einen guten Eindruck zu machen, begegnet ihm jeder mit Mißtrauen, aber Ungezogenheit wird aus irgendwelchen Gründen immer als Garantie für Ehrlichkeit genommen. Der einzige, der Ungezogenheit je durchschaut hat, war Augustinus, und ich glaube nicht, daß Milligan die *Confessiones* gelesen hat. Außerdem wollte er mir ja glauben. Er ist nämlich raffgierig.»

«Nun, du wirst zweifellos wissen, was du tust. Aber nun zu der Sache mit Victor Dean. Glaubst du wirklich, daß der Kopf dieser Drogenbande in der Werbeagentur Pym sitzt? Das klingt doch völlig unglaublich.»

«Ein ausgezeichneter Grund, es zu glauben. Ich meine nicht im Sinne von *credo quia impossibile*, sondern einfach weil die Belegschaft einer angesehenen Werbeagentur so ein hervorragendes Versteck für einen großen Verbrecher wäre. Die Werbung ist ein völlig anderes Verbrechen als der Rauschgifthandel.»

«Wieso? Soweit ich sehen kann sind Werbeleute auch nur Rauschgifthändler.»

«Richtig. O ja, wenn ich darüber nachdenke, entdecke ich eine feine Symmetrie von höchster künstlerischer Qualität. Trotzdem, Charles, ich muß gestehen, daß es auch mir schwerfällt, Milligan hier ganz und gar zu folgen. Ich habe mir das Personal von Pyms Werbedienst genau angesehen und bisher niemanden gefunden, der auch nur entfernt nach einem Napoleon des Verbrechens aussähe.»

«Andererseits bist du aber überzeugt, daß der Mord an Victor Dean von jemandem *in* der Agentur begangen wurde. Oder hältst du es jetzt für möglich, daß ein Außenstehender sich auf dem Dach versteckt und Dean beseitigt hat, weil er drauf und dran war, die Bande hochgehen zu lassen? Ich nehme doch an, daß ein Außenstehender auf das Pymsche Dach käme?»

«O ja, ganz leicht. Aber das würde die Schleuder in Mrs. Johnsons Schreibtisch nicht erklären.»

«Oder den Angriff auf mich.»

«Jedenfalls dann nicht, wenn es derselbe war, der Dean getötet und dich überfallen hat.»

«Du meinst, das könnte Willis gewesen sein? Ich glaube nicht, daß Willis dieser Napoleon des Verbrechens ist.»

«Willis ist in keiner Weise ein Napoleon. Und auch der Kerl mit der Schleuder nicht. Sonst hätte er soviel Verstand gehabt, eine eigene Schleuder zu benutzen und sie hinterher zu verbrennen. Ich sehe den Betreffenden als einen Menschen von großem Einfallsreichtum, aber begrenztem Weitblick; es ist einer, der nach allem greift, was sich ihm bietet, und das Beste daraus macht, aber ohne dieses eine zusätzliche Quentchen Überlegung, das die Sache erst zum richtigen Erfolg macht. Er lebt sozusagen von der Hand in den Mund. Ich möchte behaupten, daß ich ihn ohne große Schwierigkeiten fassen könnte – aber das ist es ja nicht, was du willst, oder?»

«Natürlich», sagte Parker mit Nachdruck.

«Das habe ich mir gedacht. Was ist bei näherem Hinsehen schon ein kleiner Mord oder Totschlag gegen eine Methode des Rauschgiftschmuggels, aus der Scotland Yard nicht schlau wird? Gar nichts.»

«So ist es wirklich», antwortete Parker ernsthaft. «Rauschgifthändler sind fünfzigmal schlimmer als Mörder. Sie morden Hunderte an Seele und Leib und verschulden nebenbei noch alle möglichen anderen Verbrechen unter ihrer Kundschaft. Dagegen ist einer, der einem unbedeutenden kleinen Würstchen den Schädel einschlägt, geradezu ein Wohltäter.»

«Ich muß sagen, Charles, für einen Mann mit deiner frommen Erziehung ist deine Einstellung geradezu aufgeklärt.»

«Und nicht einmal so unfromm. Fürchtet nicht den, der tötet, sondern den, der Macht hat, zu werfen in die Hölle. Was hältst du davon?»

«Tja, was wohl? Den einen hängen und den anderen für ein paar Wochen ins Gefängnis schmeißen – oder, wenn er eine gute gesellschaftliche Stellung hat, ihn mit Bewährung laufenlassen oder unter der Auflage guter Führung sechs Monate in Untersuchungshaft stecken.»

Parker verzog den Mund.

«Ich weiß, ich weiß. Aber was würde es nützen, die armen Opfer oder die kleinen Gauner zu hängen? Es träten schnell andere an ihre Stelle. Wir wollen die Leute an der Spitze. Nimm doch mal diesen Milligan. Er ist ein Schwein erster Güte und hat nicht die kleinste Entschuldigung, denn er ist nicht einmal selbst süchtig – aber angenommen, wir ergreifen und verurteilen ihn an Ort und Stelle. Die würden einen neuen Verteiler in ein neues Haus setzen, und was wäre damit gewonnen?»

«Stimmt genau», sagte Wimsey. «Und wieviel mehr wäre gewonnen, wenn du den Nächsthöheren über Milligan fangen könntest? Dasselbe würde passieren.»

Parker machte eine hilflose Gebärde.

«Ich weiß nicht, Peter. Es hat keinen Sinn, sich darüber den Kopf zu zerbrechen. Meine Aufgabe ist, die Köpfe dieser Banden zu fangen, wenn es geht, und danach erst von den kleinen Fischen so viele wie möglich. Ich kann nicht Städte abreißen und ihre Einwohner verbrennen.»

«Das Feuer des Jüngsten Gerichts allein vermag diesen Ort zu reinigen», deklamierte Wimsey, «seine Scholle auszuglühen und seine Gefangenen freizusetzen. Es gibt Augenblicke, Charles, da finde ich die einfallslose Anständigkeit meines Bruders und die boshafte Tugend seiner Frau geradezu bewundernswert. Mehr kann ich kaum sagen.»

«Du selbst hast eine Art von Anständigkeit, Peter», erwiderte Parker, «die mir besser gefällt, weil sie nicht negativ ist.» Und nach diesem geschmacklosen Sentimentalitätsausbruch wurde er prompt knallrot im Gesicht und beeilte sich, den Fehltritt wiedergutzumachen. «Aber im Augenblick muß ich sagen, daß du nicht besonders hilfreich bist. Du bist jetzt seit Wochen einem Verbrechen – wenn es ein Verbrechen ist – auf der Spur, und das einzige spürbare Ergebnis ist bisher ein gebrochenes Schlüsselbein meinerseits. Wenn du dich wenigstens darauf beschränken könntest, dir dein eigenes Schlüsselbein bre –»

«Das war auch schon mal gebrochen», sagte Wimsey, «und in einer nicht minder guten Sache. Was steckst du auch dein blödes Schlüsselbein in meine Angelegenheiten!»

In diesem Augenblick klingelte das Telefon.

Es war halb neun Uhr morgens, und Wimsey hatte mit seinem Schwager ein frühes Frühstück eingenommen, bevor jeder von ihnen an seinen Arbeitsplatz mußte. Lady Mary, die für ihr leibliches Wohl gesorgt und sie dann ihrem Streitgespräch überlassen hatte, nahm den Hörer ab.

«Ein Anruf vom Yard, Charles. Etwas wegen dieses Mr. Puncheon.»

Parker übernahm den Hörer und stürzte sich in eine angeregte Diskussion, die er mit den Worten beendete:

«Schicken Sie sofort Lumley und Eagles hin, und sagen Sie Puncheon, er soll mit Ihnen in Verbindung bleiben. Ich komme.»

«Was gibt's?» fragte Wimsey.

«Unser kleiner Freund Puncheon hat den Kerl im Smoking wiedergesehen», sagte Parker und versuchte fluchend, seinen Rock über die lädierte Schulter zu ziehen. «Trieb sich heute früh beim Verlagsgebäude des *Morning Star* herum und kaufte sich eine Frühausgabe oder so ähnlich. Offenbar ist Puncheon ihm seitdem auf den Fersen. Mittlerweile ist er schon in Finchley, ausgerechnet! Er sagt, er hätte nicht eher anrufen können. Ich muß weg. Bis später. Mach's gut, Mary. Tschüs, Peter.»

Und draußen war er.

«So, so», sagte Wimsey. Er stieß seinen Stuhl zurück und starrte abwesend auf die gegenüberliegende Wand, an der ein Kalender hing. Dann packte er plötzlich die Zuckerschale, leerte sie auf dem Tischtuch aus und begann mit wütend gerunzelter Stirn einen Turm aus den Würfeln zu bauen. Mary erkannte die Zeichen der Inspiration und stahl sich still hinaus zu ihren Hausfrauenpflichten.

Als sie 45 Minuten später wiederkam, war ihr Bruder fort, und die hinter ihm zuschlagende Wohnungstür hatte den Zuckerwürfelturm auf dem Tischtuch einstürzen lassen, aber sie sah noch, daß er sehr hoch gewesen sein mußte. Mary seufzte.

«Peters Schwester zu sein ist fast so, als hätte man den Henker von London in seiner Verwandtschaft», dachte sie, womit sie die Worte einer Dame wiederholte, mit der sie sonst wenig gemeinsam hatte. «Und mit einem Polizisten verheiratet zu sein ist fast noch schlimmer. Wahrscheinlich freut sich die Familie des Henkers, wenn das Geschäft blüht. Aber immerhin», dachte sie, denn sie war nicht ohne Humor, «man könnte auch an einen Bestattungsunternehmer geraten sein, dann müßte man sich über den Tod rechtschaffener Menschen freuen, und das wäre noch viel, viel schlimmer.»

Sergeant Lumley und Konstabler Eagles trafen in dem kleinen Schnellimbiß in Finchley, von wo er angerufen hatte, keinen Hector Puncheon mehr an. Dafür wartete eine Nachricht auf sie.

«Er hat gefrühstückt und ist wieder weg», lautete die hingekritzelte Meldung auf dem Zettel, der aus einem Reporternotizbuch herausgerissen war. «Ich rufe Sie hier so bald wie möglich wieder an. Ich fürchte, er hat gemerkt, daß ich ihm folge.»

«Da», sagte Sergeant Lumley verdrießlich. «Diese Amateure! Muß den Kerl natürlich merken lassen, daß er ihm nachläuft. Wenn irgend so ein Zeitungsmensch eine Schmeißfliege wäre und müßte einem Elefanten folgen, er würde ihm genau im Ohr herumsummen, damit er nur ja weiß, was los ist.»

Konstabler Eagles, von Bewunderung erfaßt ob dieses Gedankenfluges, lachte lauthals los.

«Wette zehn zu eins, daß er ihm jetzt ganz durch die Lappen geht», fuhr Sergeant Lumley fort. «Und dafür muß er uns hier rausjagen, ohne Frühstück.»

«Spricht eigentlich nichts dagegen, daß wir jetzt frühstücken, wenn wir einmal hier sind», meinte sein Untergebener, der die glückliche Veranlagung hatte, aus allem das Beste zu machen. «Wie wär's mit 'nem schönen Bückling?»

«Hab nichts dagegen», sagte der Sergeant. «Hoffentlich können wir ihn in Ruhe essen. Aber Sie werden sehen, der Kerl ruft an, bevor wir den ersten Bissen runter haben. Da fällt mir was ein. Ich rufe besser mal im Yard an und sorge dafür, daß Seine Exzellenz Mr. Parker hier nicht auch noch aufkreuzt. Den darf man nicht umsonst in der Gegend herumjagen!»

Konstabler Eagles bestellte Bücklinge und ein Kännchen Tee. Er gebrauchte seinen Mund lieber zum Essen als zum Reden. Der Sergeant erledigte seinen Anruf und kehrte an den Tisch zurück, gerade als die Mahlzeit aufgetragen wurde.

«Er sagt, wenn er von anderswoher anruft, sollen wir lieber ein Taxi nehmen», berichtete er. «Das spart Zeit, sagt er. Wie stellt er sich vor, daß wir hier ein Taxi kriegen sollen? Nichts als blödsinnige Straßenbahnen.»

«Rufen wir doch das Taxi jetzt gleich», riet Mr. Eagles mit vollem Mund, «dann sind wir für alle Fälle bereit.»

«Damit der Zähler für nichts und wieder nichts läuft? Meinen Sie, das würden die als Spesen anerkennen? Im Leben nicht. ‹Das zahlen Sie aus der eigenen Tasche, mein Lieber›, werden sie sagen, diese Pennyfuchser.»

«Na ja, essen Sie erst mal», schlug Mr. Eagles friedfertig vor.

Sergeant Lumley nahm seinen Bückling in Augenschein.

«Hoffentlich ist er wenigstens gut», brummelte er. «Sieht so fettig aus. Hoffentlich ist er durch. Wenn ein Bückling nicht richtig durch ist, riecht man den ganzen Tag danach.» Er beförderte einen großen Happen in seinen Mund, ohne vorher die Gräten zu entfernen, und verbrachte eine unangenehme Minute damit, sie mit den Fingern aus dem Mund zu klauben. «Menschenskind! Ich kapier nicht, wieso der Herrgott diesen Biestern so viele Gräten geben mußte.»

Konstabler Eagles war schockiert.

«Sie sollten dem Herrgott nicht ins Handwerk reinreden», sagte er tadelnd.

«Nur nicht so vorlaut, mein Junge», erwiderte Sergeant Lumley, womit er unfair seinen höheren Dienstgrad in die theologische Debatte brachte. «Sie sollten wissen, wie man mit einem Vorgesetzten spricht.»

«Vor Gott gibt es keine Vorgesetzten», versetzte Konstabler Eagles eigensinnig. Sein Vater und seine Schwester hatten hohe

Positionen in der Heilsarmee inne, und er selbst fühlte sich auf diesem Gebiet zu Hause. «Wenn es dem Herrgott gefällt, Sie zum Sergeant zu machen, ist das eine Sache, aber der Sergeant nützt Ihnen gar nichts, wenn Sie mal vor ihm stehen und sich dafür verantworten müssen, daß Sie ihm wegen der Bücklinge Vorschriften machen wollen. Vor seinen Augen sind Sie und ich überhaupt nur Würmer, mit gar keinen Gräten.»

«Hören Sie auf von Würmern», sagte Sergeant Lumley. «Man redet nicht von Würmern, wenn einer gerade frühstückt. Da verdirbt man einem doch den Appetit. Und eines will ich Ihnen sagen, Eagles, ob Wurm oder nicht, wenn ich von Ihnen noch mehr solche Frechheiten höre – zum Kuckuck mit dem Telefon! Was hab ich Ihnen gesagt?»

Er stapfte mit schweren Schritten zu dem schmuddeligen kleinen Kästchen, in dem das Telefon hing, und kam kurz darauf mit grimmig triumphierender Miene zurück.

«Das war er. Jetzt ist er in Kensington. Gehen Sie mal raus und besorgen Sie ein Taxi, während ich hier die Rechnung bezahle.»

«Wären wir mit der U-Bahn nicht schneller?»

«Die haben Taxi gesagt, also holen Sie jetzt gefälligst ein Taxi», sagte Sergeant Lumley. Während Eagles das Taxi holen ging, ergriff der Sergeant schnell die Gelegenheit, seinen Bückling aufzuessen und sich wenigstens auf diese Weise für die Niederlage im Religionsstreit zu entschädigen. Das besserte seine Laune so sehr, daß er sich damit einverstanden erklärte, von der nächsten erreichbaren Station aus die U-Bahn zu nehmen, und so begaben sie sich in relativer Harmonie bis zum U-Bahnhof South Kensington und von da zu dem Ort, den ihnen Hector Puncheon bezeichnet hatte, nämlich zum Eingang des Naturhistorischen Museums.

In der Eingangshalle war niemand zu sehen, der Hector Puncheon auch nur entfernt ähnlich gesehen hätte.

«Wahrscheinlich ist er schon wieder fort?» mutmaßte Konstabler Eagles.

«Wahrscheinlich», antwortete der Sergeant. «Da kann man nichts machen. Ich hab ihm gesagt, er soll in diesem Fall hier anrufen oder im Yard Bescheid geben. Mehr kann ich ja wohl nicht tun, oder? Am besten gehe ich mal rund, und Sie setzen sich hier hin und sehen, ob die wieder rauskommen. *Wenn* sie rauskommen, hängen Sie sich an den einen dran und sagen Puncheon, er soll hier auf mich warten. Und passen Sie bloß auf, daß der Kerl Sie nicht mit Puncheon reden sieht. Und wenn sie rauskommen und Sie sehen mich hinterherkommen, hängen Sie sich hintendran, bleiben aber außer Sichtweite, klar?»

Mr. Eagles sah völlig klar, denn schließlich kannte er seine Pflichten ebensogut wie Sergeant Lumley. Aber noch regte der Wurm sich in des Sergeant Brust. Mr. Eagles schlenderte hinüber zu einer Vitrine mit Kolibris und betrachtete sie mit ungeteiltem Interesse, während Mr. Lumley schwer die Treppe hinaufstapfte und sich bemühte, wie ein Tourist aus der Provinz auszusehen.

Mr. Eagles stand schon zehn Minuten in der Eingangshalle und hatte die Kolibris fast alle durch, als er im spiegelnden Glas der Vitrine etwas sah, was ihn veranlaßte, sich ein wenig zur Seite zu drehen, so daß er die Treppe im Blickfeld hatte. Dort kam soeben eine stattliche Person in Mantel und Zylinder langsam herunter, eine Hand tief in der Manteltasche, während die andere lässig an seiner Seite baumelte. Konstabler Eagles sah an ihm vorbei die Treppe hinauf, aber weder von Sergeant Lumley noch von Hector Puncheon war etwas zu sehen, und im ersten Moment war der Konstabler unsicher. Dann fiel ihm etwas ins Auge. In der linken Manteltasche des Herrn steckte ein zusammengefalteter *Morning Star*.

Nun ist es eigentlich nichts Besonderes, einen Herrn mit einem *Morning Star* zu sehen. Die Leser dieses großen Blattes schreiben regelmäßig an die Redaktion und liefern Statistiken, wie viele Fahrgäste des Acht-Uhr-fünfzehn-Zuges den *Morning Star* anderen Zeitungen vorziehen, und ihre Briefe werden abgedruckt, damit jeder sie lesen kann. Nichtsdestoweniger entschloß sich Konstabler Eagles, das Wagnis einzugehen. Er kritzelte rasch eine Nachricht auf die Rückseite eines Umschlags und ging damit zum Portier.

«Wenn Sie meinen Freund sehen, der mit mir hier hereingekommen ist», sagte er, «geben Sie ihm das bitte und sagen Sie ihm, ich kann nicht länger warten. Ich muß wieder an meine Arbeit.»

Aus dem Augenwinkel beobachtete er, wie der Herr im Mantel durch die Schwingtür hinausging. Unauffällig nahm er die Verfolgung auf.

Oben am Kopfende einer dunklen Treppe, die mit einem Seil und einem Schild mit der Aufschrift DURCHGANG VERBOTEN abgesperrt war, beugte Sergeant Lumley sich besorgt über Hector

Puncheons leblose Gestalt. Der Atem des Reporters ging schwer und hatte einen Klang, der dem Sergeant nicht gefallen wollte, und an der Schläfe hatte er eine häßliche Schlagwunde.

«Diese Amateure müssen doch immer alles verpfuschen», dachte Sergeant Lumley erbittert. «Hoffentlich hat Eagles wenigstens richtig geschaltet. Aber so ist das nun mal. Ich kann nicht überall gleichzeitig sein.»

Der Mann im Mantel ging rasch die Straße hinunter in Richtung U-Bahn-Station. Er schaute sich nicht um. Ein paar Schritte hinter ihm folgte gemächlich Konstabler Eagles, den Blick auf seine Beute geheftet. Keiner von beiden sah einen dritten Mann, der irgendwoher aus dem Nichts aufgetaucht war und ein paar Schritte hinter Konstabler Eagles herging. Keiner der Passanten würdigte die kleine Prozession auch nur eines Blickes, als sie die Cromwell Road überquerte und sich der U-Bahn-Station näherte.

Der Mann im Mantel warf einen Blick zum Taxistand; dann schien er es sich anders zu überlegen. Zum erstenmal sah er sich jetzt um. Alles, was er sah, war Konstabler Eagles, der sich eine Zeitung kaufte, und an diesem Anblick war nichts Bedrohliches. Den anderen Verfolger hätte er gar nicht sehen können, denn dieser war, wie die spanische Flotte, noch gar nicht in Sicht, aber Konstabler Eagles hätte ihn sehen können, wenn er in diese Richtung geschaut hätte. Der Mann im Mantel schien den Gedanken an ein Taxi endgültig zu verwerfen und wandte sich zum Eingang der U-Bahn-Station. Mr. Eagles, den Blick scheinbar interessiert auf eine Schlagzeile über Lebensmittelbesteuerung geheftet, schlenderte hinterdrein und kam gerade rechtzeitig, um seinem Beispiel zu folgen und eine Fahrkarte zum Charing Cross zu lösen. Verfolgter und Verfolger traten zusammen in den Aufzug, der Herr stellte sich ans gegenüberliegende Gitter, Eagles blieb bescheiden vorne stehen. Etwa ein halbes Dutzend Leute, meist Frauen, standen schon im Aufzug, und gerade als das Gitter sich schließen wollte, kam noch ein anderer Mann angerannt. Er ging an Eagles vorbei und stellte sich in die Mitte, genau zwischen die Frauen. Unten angekommen, stiegen alle gleichzeitig aus, wobei der Fremde sich ziemlich hastig an dem Mann im Mantel vorbeidrängte und als erster den Bahnsteig betrat, wo soeben ein in Richtung Osten fahrender Zug einlief.

Was dann genau geschah, durchschaute Konstabler Eagles im Augenblick des Geschehens nicht ganz, aber im Licht der darauffolgenden Ereignisse erinnerte er sich an das eine oder andere, das ihm zunächst nicht weiter aufgefallen war. Er sah den dritten Mann dicht an der Bahnsteigkante stehen, ein dünnes Spazierstöckchen in der Hand. Er sah den Mann im Mantel an ihm vorbeigehen, plötzlich stehenbleiben und taumeln. Er sah den Mann mit dem Stöckchen die Hand nach ihm ausstrecken und ihn am Arm packen, sah beide an der Bahnsteigkante schwanken und hörte den Schrei einer Frau. Dann stürzten beide zusammen unter den herannahenden Zug.

Eagles kämpfte sich durch den Menschenauflauf.

«Platz da!» sagte er. «Ich bin Polizist. Zurücktreten bitte.»

Sie traten zurück, mit Ausnahme eines Gepäckträgers und noch eines Mannes, die etwas zwischen Zug und Bahnsteigkante herauszogen. Ein Arm kam zum Vorschein, dann ein Kopf – dann der zerschundene Körper des dritten Mannes, des Mannes mit dem Spazierstock. Sie legten ihn, zerbeult und blutig, auf den Bahnsteig.

«Wo ist der andere?»

«Der ist hin, der arme Kerl.»

«Ist der hier tot?»

«Ja.»

«Nein.»

«O Betty, ich werde ohnmächtig.»

«Der lebt noch – sieh mal, er macht die Augen auf!»

«Ja, aber der andere?»

«Nicht drängeln, bitte!»

«Paß auf, das ist ein Polizist.»

«Das da unten ist doch die Stromschiene!»

«Wo ist hier ein Arzt? Holt doch einen Arzt!»

«Zurücktreten, bitte, weiter zurücktreten.»

«Warum wird die Stromschiene nicht abgeschaltet?»

«Wird ja schon. Eben ist einer weggelaufen, um das zu erledigen.»

«Wie wollen die ihn da rausziehen, ohne den Zug wegzufahren?»

«Der ist ja doch in tausend Stücke zerrissen, der arme Teufel.»

«Der hier hat versucht, ihn zu retten.»

«Sah aus, als wenn er krank wäre, oder vielleicht auch betrunken.»

«Betrunken? So früh am Morgen?»

«Man sollte ihm einen Brandy geben.»

«Schaffen Sie mal die Leute alle weg», sagte Eagles. «Der hier kommt durch. Aber der andere ist hin, glaube ich.»

«Völlig zermatscht. Entsetzlich!»

«Dann können Sie ihm sowieso nicht mehr helfen. Räumen Sie den Bahnsteig, und rufen Sie einen Krankenwagen und noch einen Polizisten.»

«Wird gemacht.»

«Der da kommt zu sich», sagte der Mann, der geholfen hatte, ihn auf den Bahnsteig zu ziehen. «Wie fühlen Sie sich denn, Sir?»

«Scheußlich», sagte der Gerettete mit schwacher Stimme. Dann schien er zu begreifen, wo er war, und fragte:

«Was ist passiert?»

«Nun, Sir, irgend so ein armer Kerl ist auf die Schienen gestürzt und hat Sie mitgerissen.»

«Ach ja, stimmt. Wie geht's ihm?»

«Ich glaube, es hat ihn böse erwischt, Sir. Ah!» Soeben kam jemand mit einer Flasche angerannt. «Trinken Sie mal einen Schluck davon, Sir. Seien Sie etwas vorsichtiger! Heben Sie seinen Kopf. Nicht so ruckartig. So, jetzt.»

«Ah!» sagte der Mann. «Das tut gut. Schon recht. Nur keine Umstände. Mein Rückgrat ist in Ordnung, und ich glaube sonst ist auch nichts Nennenswertes gebrochen.» Er bewegte versuchsweise Arme und Beine.

«Gleich wird ein Arzt hier sein, Sir.»

«Pfeif auf den Arzt. Bin selber Arzt. Gliedmaßen in Ordnung. Kopf offenbar heil geblieben, obwohl er entsetzlich weh tut. Rippen – da bin ich nicht so sicher. Ich fürchte, da ist was kaputt. Becken noch ganz – Gott sei Dank.»

«Freut mich zu hören», sagte Eagles.

«Ich glaube, das Trittbrett war's, das mich erwischt hat. Ich weiß noch, daß ich durchgewalkt worden bin wie ein Batzen Butter zwischen zwei so Dingern», sagte der Fremde, dessen beschädigte Rippen ihn überhaupt nicht beim Atmen zu behindern schienen. «Und dann sah ich die Räder des Zuges immer langsamer werden und stehenbleiben und hab gedacht: ‹Das war's. Jetzt bist du hinüber, mein Junge. Die Zeit ist stehengeblieben, und das ist die Ewigkeit.› Aber wie ich sehe war das ein Irrtum.»

«Glücklicherweise, Sir», sagte Eagles.

«Wenn ich doch nur den anderen armen Teufel noch hätte festhalten können!»

«Sie haben jedenfalls Ihr möglichstes getan, Sir», sagte Eagles und holte sein Notizbuch hervor. «Entschuldigen Sie, Sir, aber ich bin Polizist, und wenn Sie mir ein wenig berichten könnten, wie das passiert ist –»

«Das weiß ich doch selbst nicht», erwiderte der andere. «Ich weiß nur noch, daß ich ungefähr hier stand, als der Mann an mir vorbeiging.» Er machte eine kleine Pause, um Luft zu holen. «Ich bemerkte, daß er ziemlich komisch aussah. Herzkrank, würde ich sagen. Plötzlich hielt er an und taumelte, und dann kam er auf mich zu. Ich habe ihn am Arm zu fassen bekommen, und dann kippte er mit seinem ganzen Gewicht auf mich und riß mich mit. Und von da an erinnere ich mich an gar nichts mehr, nur noch an den Krach des Zuges und die ungeheuer großen Räder und dieses Gefühl, als wenn mir die Luft aus dem Leib gequetscht würde. Da muß ich ihn dann wohl losgelassen haben.»

«Kein Wunder», sagte Eagles mitfühlend.

«Mein Name ist Garfield», fuhr der Retter fort. «Dr. Herbert Garfield.» Er nannte eine Adresse in Kensington und eine in der Harley Street. «Ich glaube, da sehe ich einen meiner Kollegen kommen, der wird wahrscheinlich sagen, ich darf nicht reden.» Er grinste schwach. «Jedenfalls werde ich Ihnen wohl die nächsten Wochen zur Verfügung stehen, wenn Sie weitere Informationen wollen.»

Konstabler Eagles dankte Dr. Garfield und wandte sich der Leiche des Mannes im Mantel zu, die mittlerweile zwischen den Rädern des Zuges hervorgezogen und auf den Bahnsteig gelegt worden war. Es war ein unerfreulicher Anblick. Sogar Eagles, der schließlich an derartiges gewöhnt war, empfand einen heftigen Widerwillen gegen die notwendige Aufgabe, die Taschen des Toten nach Hinweisen auf seine Identität zu durchsuchen. Merkwürdigerweise fand er nichts in Gestalt von Visitenkarten oder Papieren. Er fand eine Brieftasche mit ein paar Pfund-Noten, ein silbernes Zigarettenetui, gefüllt mit einer beliebten Sorte Orientzigaretten, ein paar Münzen, ein Taschentuch ohne Monogramm und einen Sicherheitsschlüssel. Außerdem – und das freute ihn sehr – fand er in der Manteltasche einen kleinen Gummiknüppel, wie sie als Verteidigungswaffe gegen Straßenräuber verkauft wurden. Gerade wollte er im Frack nach dem Namensschild des Schneiders suchen, als ihn ein Polizeiinspektor des hiesigen Bezirks ansprach, der mit dem Krankenwagen gekommen war.

Eagles war sehr erleichtert, die Hilfe eines Kollegen zu bekommen. Er wußte, daß er sich mit Sergeant Lumley und Scotland Yard in Verbindung setzen mußte. Eine Stunde tatkräftiger Arbeit seitens aller Beteiligten endete mit einem fröhlichen Wiedersehen auf dem nächstgelegenen Polizeirevier, wo Lumley inzwischen auch schon eingetroffen war, nachdem er den bewußtlosen Mr. Puncheon im Krankenhaus abgeliefert hatte. Chefinspektor Parker kam schnurstracks nach Kensington heraus, hörte sich Eagles' und Lumleys Berichte an, besichtigte die Unglücksstelle und die Überreste des befrackten Herrn und war verärgert. Wenn ein Mann, auf den man mit großer Mühe in ganz London Jagd gemacht hat, die Unverschämtheit besitzt, gerade in dem Augenblick umzukommen, wenn man drauf und dran ist, ihn zu verhaften, und dann nicht einmal ein Schneideretikett in seinem Anzug hat; wenn er außerdem so rücksichtslos ist, sich sein Gesicht von einer U-Bahn so verunstalten zu lassen, daß man nicht einmal sein Foto zum Zwecke der Identifizierung herumgehen lassen kann, dann wird die ganze schöne Überzeugung, daß mit ihm etwas nicht in Ordnung ist, überlagert von dem Gedanken an die aufreibende Arbeit, die seine Identifizierung mit sich bringen wird.

«Wir haben überhaupt nichts», sagte Chefinspektor Parker, «bis auf sein Wäschezeichen, wie ich annehme. Und natürlich seine Zahnplomben, falls vorhanden.»

Zu seinem Ärger zeigte sich, daß der Tote noch ein ausgezeichnetes Gebiß und mindestens drei verschiedene Wäschezeichen hatte. Seine Schuhe halfen auch nicht weiter, denn sie waren Konfektionsware, allerdings von einer guten und durch Werbung sehr bekanntgewordenen Firma. Genauer gesagt war der unglückliche Mensch in Farleys Schuhen zu seinem Schöpfer gegangen und somit bis zuletzt der kühnen Behauptung gerecht geworden, daß man auch bei erhabensten Anlässen mit Farleys Schuhwerk weiterkommt.

In dieser höchsten Not rief Mr. Parker – angeregt vielleicht durch den Gedanken an die Inserate der Firma Farley – bei Pyms Werbedienst an und verlangte Mr. Bredon zu sprechen.

Besagter Herr befand sich soeben in einer Besprechung mit Mr. Armstrong, als der Anruf kam. Die Zigarettenfirma Whifflets machte Ärger. Die Werbemethoden der Konkurrenzfirma Puffins hatten ihren Umsatz spürbar beeinträchtigt. Bei Puffins hatte man nämlich einen Geistesblitz gehabt. Die Firma verschenkte Flugzeuge. In jeder Puffins-Packung steckte ein Bon, auf dem irgendein Bestandteil eines beliebten kleinen Sportflugzeugs bezeichnet war, das sich auch für Privatflieger eignete. Wenn man seinen vollständigen Satz Einzelteile (genau einhundert) zusammen hatte, schickte man ihn zusammen mit einem kurzen Aufsatz über die Bedeutung der Flugbegeisterung britischer Schuljungen an die Firma ein. Der Verfasser des besten Aufsatzes des Tages wurde stolzer Besitzer eines Privatflugzeugs und kam in den Genuß kostenloser Flugstunden, die ihn oder sie bis zur Pilotenprüfung brachten. Begleitet wurde diese hübsche Idee von einer großangelegten, modern und stimulierend konzipierten Werbekampagne: «Die Zukunft gehört den Flugbegeisterten» – «Ein Höhenflug moderner Zigarettenherstellung» – «Wer Puffins pafft, gelangt ans Ziel seiner höchsten Träume» – und so weiter. Wer aus Alters- oder Krankheitsgründen nicht in der Lage war, die Freude am Besitz eines Flugzeugs auszukosten, erhielt statt dessen einige Anteile an der neuen Kapitalauflage der beteiligten Flugzeugfirma. Die Kampagne wurde unterstützt von mehreren bekannten Fliegern, deren Gesichter, mit Pilotenhelmen geschmückt, einen von allen Zeitungsseiten angrinsten, und im dazugehörigen Text taten sie ihre wohlabgewogene Meinung kund, daß Puffins einen unschätzbaren Beitrag zur Schaffung einer britischen Vorherrschaft in der Luft leiste.

Die Whifflets-Leute waren außer sich. Zornig begehrten sie zu wissen, warum Pyms Werbedienst nicht zuerst auf diese grandiose Idee gekommen war. Sie schrien nach einer eigenen Flugzeugkampagne, mit einem größeren Flugzeug nebst Flugzeughalle zum Unterstellen. Mr. Armstrong wies sie darauf hin, daß dies die Öffentlichkeit nur dazu bringen werde, die beiden Zigarettenmarken miteinander zu verwechseln, die sich in Qualität und Aussehen ohnehin schon zum Verwechseln ähnlich seien.

«Sie sind alle gleich», sagte er zu Mr. Bredon, diesmal nicht auf die Zigaretten bezogen, sondern auf die Hersteller. «Sie laufen einander nach wie die Schafe. Wenn Whifflets mit Fotos von Filmstars wirbt, will Puffins größere Fotos von noch größeren Filmstars bringen. Wenn Gasperettes Armbanduhren verschenkt, zieht Puffins mit Großvateruhren und Whifflets mit Chronometern nach. Wenn Whifflets verkündet, ihre Zigaretten schadeten der Lunge nicht, behauptet Puffins, die ihren stärkten das Bronchialsystem, und Gasperettes zitiert Ärzte, die ihre Zigaretten bei Tuberkulose empfehlen. Jeder will dem andern den Knalleffekt stehlen, und was kommt dabei heraus? Die Leute rauchen die verschiedenen Marken reihum, genau wie vorher.»

«Aber ist das nicht gut für die Wirtschaft?» fragte Bredon unschuldig. «Wenn alle nur noch eine Marke rauchten, gingen die anderen bankrott.»

«Nein, nein», sagte Mr. Armstrong. «Dann würden sie fusionieren. Aber schlecht für uns wäre das, denn dann würden sie alle nur noch eine Werbeagentur in Anspruch nehmen.»

«Nun, und was jetzt?» fragte Bredon.

«Wir müssen uns was einfallen lassen. Wir müssen die Leute von den Flugzeugen wegbringen. Die Begeisterung hält sowieso nicht lange an. Das Land ist nicht bereit, sich mit Flugzeugen zudecken zu lassen, und schon jetzt fangen Familienväter an, sich zu beklagen. Selbst heute sehen nur wenige Väter es gern, wenn ihre Töchter in ruhigen Wohngebieten mit Privatflugzeugen ankommen. Wir brauchen etwas Neues, das auf der gleichen Linie liegt, aber familienfreundlicher ist. Und das Vaterland muß groß dabei herauskommen. Wir müssen eine patriotische Note hineinbringen.»

Es geschah in diesem Augenblick, zur selben Zeit, als Chefinspektor Parker sich noch mit der Telefonistin stritt, daß Mr. Death Bredon jene großartige Idee gebar, von der heutzutage noch jedermann spricht – jenen Plan, der mit dem Satz «Wir whiffeln durch das ganze Land» Berühmtheit erlangte –, den Plan, der den Whifflet-Umsatz in drei Monaten um 500 Prozent steigerte und das britische Hotelgewerbe und die Straßen- und Schienenverkehrsunternehmen zu Wohlstand brachte. Es ist hier nicht nötig, auf Einzelheiten einzugehen. Wahrscheinlich haben auch Sie gewhiffelt. Sie wissen noch, wie das ging. Man sammelte Gutscheine für alles – Eisenbahnfahrkarten, Busfahrten, Hotelübernachtungen, Theaterkarten – alles, was zu einem anständigen Urlaub gehört. Wenn man für die Zeit, die man auf Reisen verbringen wollte, genug gesammelt hatte, steckte man seine Gutscheine ein (man brauchte nichts einzuschicken, nichts auszufüllen) und ging auf die Reise. Am Bahnhof legte man seine Gutscheine vor, die zu soundsoviel Kilometern in der ersten Klasse berechtigten, und erhielt seine Fahrkarte zum gewünschten Ziel. Man suchte sich ein Hotel aus (fast sämtliche Hotels in Großbritannien schlossen sich der Aktion begeistert an) und legte dort Gutscheine für soundso viele Übernachtungen nach einem Whifflets-Spezialtarif vor. Für Omnibusausflüge, Kurpromenaden und Vergnügungen bezahlte man mit Whifflets-Gutscheinen. Alles war höchst einfach und mit keinerlei Umständen verbunden. Und es kam dem fröhlichen Hang zur Geselligkeit entgegen, der die Freude des reisenden englischen Mittelstandes ist. Wenn man an der Bar eine Packung Whifflets verlangte, fragte einen der Nachbar mit Sicherheit: «Whiffeln Sie auch?» Whiffel-Vereine whiffelten gemeinsam und tauschten Whifflets-Gutscheine untereinander aus. Der große Whiffler-Club gründete sich praktisch von selbst, und wenn Whiffler sich beim gemeinsamen Whiffeln kennen- und lieben gelernt hatten, gab es für sie Whifflets-Sondergutscheine für eine Whifflets-Hochzeit mit Whifflets-Hochzeitskuchen und Fotos in den Zeitungen. Nachdem dies einige Male vorgekommen war, wurde ein Arrangement getroffen, wonach Whiffler-Paare für ein Whifflets-Haus sammeln konnten, dessen Whifflets-Mobiliar einen repräsentativen Rauchsalon umfaßte, vollkommen werbungsfrei und vollgepfropft mit allen möglichen unnötigen Spielereien. Danach war es nur noch ein kleiner Schritt zum Whifflets-Baby. Fürwahr, diese Whifflets-Kampagne ist und bleibt das herausragendste Beispiel für das, was man in der Werbung einen großen Wurf nennt. Das einzige, was man durch Whiffeln nicht bekommen konnte, war ein Sarg; der Gedanke verbot sich, daß ein Whiffler so etwas jemals brauchen könnte.

Nun soll aber niemand glauben, diese schöne Whiffel-Welt sei in ihrer ganzen runden Vollkommenheit bereits gestiefelt und gespornt in dem einen Augenblick Mr. Bredons Gehirn entsprungen, als Mr. Armstrong das Wort «familienfreundlich» fallenließ. Da geschah nichts weiter, als daß sich in seinem Geiste eine Verbindung zu «Familienhotel» knüpfte und er irgendwo tief drinnen eine Erleuchtung in sich aufglimmen fühlte. Er antwortete bescheiden: «Ja, Sir, ich werde versuchen, mir etwas einfallen zu lassen», sammelte ein paar Blatt Papier ein, auf die Mr. Armstrong ein paar unleserliche Notizen hingeschmiert und etwas dazugemalt hatte, das aussah wie ein Igel, und entfernte sich. Er hatte auf dem Flur gerade sechs Schritte hinter sich, als die idiotische Schlagzeile von ihm Besitz ergriff: «Wenn Sie sich das wünschen, können Sie dafür whiffeln.» Zwei Schritte weiter hatte dieser häßliche Satz sich schon umformuliert in: «Whiffeln Sie sich ans Ziel Ihrer Wünsche», und auf der Schwelle zu seinem Zimmer traf ihn die erste praktische Anwendungsmöglichkeit des Whiffeltums wie ein Vorschlaghammer. Ganz Feuer und Flamme, stürzte er an seinen Schreibtisch, schnappte sich einen Block und hatte soeben das Wort «WHIFFELN» in zweieinhalb Zentimeter hohen Großbuchstaben daraufgeschrieben, als Miss Rossiter mit der Mitteilung hereinkam, daß Mr. Parker dringend von Mr. Bredon unter seiner Nummer in Whitehall angerufen zu werden wünsche. Lord Peter Wimsey steckte so fest in der Haut des Mr. Death Bredon, daß er ein lautes, von Herzen kommendes «Verdammt!» ausstieß.

Dennoch gehorchte er der Aufforderung, nahm sich unter dem Vorwand einer dringenden Privatangelegenheit frei und fuhr zu Scotland Yard, wo er die Kleidungsstücke und Habseligkeiten des befrackten Herrn in Augenschein nahm.

«Es wird uns wohl nichts anderes übrigbleiben», sagte Parker, «als mit den Wäschezeichen hausieren zu gehen. Vielleicht sollten wir auch ein Foto davon in einigen Londoner und anderen Zeitungen veröffentlichen. Ich hasse Zeitungen, aber zum Inserieren sind sie zu gebrauchen, und das eine oder andere von diesen Wäschezeichen könnte von außerhalb Londons stammen...»

Wimsey sah ihn an.

«Inserate, mein lieber Charles, mögen für Wäschereien empfehlenswert sein, aber für unsereinen existieren sie nicht. Ein Herr, der einen so gut geschneiderten Anzug trägt und dennoch seinem Schneider nicht den Ruhm dafür gönnt, gehört, wie wir, nicht zur inserierenden Spezies. Das da ist sein Zylinder, wie ich sehe, und wie durch ein Wunder unbeschädigt.»

«Er war vor dem Zug aufs Nachbargleis gerollt.»

«Eben. Und auch hier wieder wurde das goldene Etikett des Hutmachers entfernt. Wie widersinnig, Charles! Man sieht doch nicht – oder du und ich und dieser Herr zumindest tun das nicht – die Marke als Bürgen für die Qualität an. Für unsereinen bürgt die Qualität für die Marke. Es gibt nur zwei Hutmacher in London, die diesen Hut hätten machen können, und du wirst zweifellos schon bemerkt haben, daß der Zylinder ausgesprochen länglich und auch die Wölbung der Krempe charakteristisch ist. Er ist eine Idee hinter der jetzigen Mode, wurde aber zweifellos erst kürzlich angefertigt. Schick mal zu jedem dieser beiden Hutmacher einen deiner Spürhunde und laß sie nach dem Kunden mit dem länglichen Kopf fragen, der eine Vorliebe für diese Krempenform hat. Verschwende deine Zeit nicht mit der Jagd auf Wäschezeichen, die bestenfalls mühsam und schlimmstenfalls irreführend ist.»

«Danke», sagte Parker. «Ich habe mir doch gedacht, daß du

entweder den Hutmacher oder den Schneider erkennen würdest.»

Der erste Hutmacher, den sie aufsuchten, entpuppte sich schon als der richtige. Er gab ihnen die Adresse eines Mr. Horace Mountjoy, wohnhaft in Kensington. Sie bewaffneten sich mit einem Haussuchungsbefehl und begaben sich zu der angegebenen Wohnung.

Mr. Mountjoy war, wie sie vom Hausmeister erfuhren, ein Junggeselle mit ruhigen Lebensgewohnheiten, außer daß er häufig bis ziemlich spät in die Nacht außer Haus war. Er lebte allein und wurde vom hauseigenen Personal bedient.

Der Dienst des Hausmeisters begann morgens um neun. Einen Nachtportier gab es nicht. Zwischen elf Uhr abends und neun Uhr morgens war die Haustür abgeschlossen und konnte von den Mietern mit ihrem eigenen Schlüssel geöffnet werden, ohne daß sie ihn in seiner Kellerwohnung stören mußten. Er hatte Mr. Mountjoy gestern abend gegen Viertel vor acht in Frack und Zylinder ausgehen, aber nicht mehr zurückkommen sehen. Withers, der Hausdiener, könne wahrscheinlich sagen, ob Mr. Mountjoy die Nacht zu Hause verbracht habe.

Withers konnte mit Bestimmtheit sagen, daß dies nicht der Fall war. Niemand außer ihm und dem Stubenmädchen, das die Zimmer aufräumte, habe Mr. Mountjoys Wohnung betreten. Das Bett sei unberührt gewesen. Dies sei bei Mr. Mountjoy nichts Ungewöhnliches. Er sei oft die ganze Nacht fort, komme aber für gewöhnlich zum Frühstück um halb zehn nach Hause.

Parker zeigte seinen Dienstausweis, und sie gingen zu der Wohnung im dritten Stock hinauf. Withers wollte mit seinem Hauptschlüssel, den er, wie er sagte, morgens immer benutzte, um die Mieter nicht zu stören, die Wohnung aufschließen, aber Parker hielt ihn zurück und holte die beiden Schlüssel hervor, die er bei dem Toten gefunden hatte. Einer von ihnen paßte, und damit war nahezu zweifelsfrei erwiesen, daß sie hier richtig waren.

Alles in der Wohnung war in vollkommener Ordnung. Im Wohnzimmer stand ein Schreibtisch, der ein paar Rechnungen und einen Notizblock enthielt, aber die Schubladen waren alle unverschlossen und schienen keine Geheimnisse zu bergen. Auch im Schlafzimmer und dem kleinen Eßzimmer gab es nichts Besonderes. Im Bad hing ein Schränkchen mit den üblichen Toilettenartikeln und der Hausapotheke. Parker ging rasch deren

Inhalt durch und hielt sich ein paar Minuten an einem Päckchen auf, das die Aufschrift «Natriumbikarbonat» trug, aber Fingerspitzen und Zunge belehrten ihn bald, daß es genau das enthielt, was es zu enthalten vorgab. Das einzige, was in der ganzen Wohnung als ein ganz klein wenig ungewöhnlich betrachtet werden konnte, waren ein paar (ebenfalls im Badezimmerschränkchen liegende) Päckchen Zigarettenpapier.

«Hat Mr. Mountjoy sich seine Zigaretten selbst gedreht?»

«Ich habe es nie gesehen», antwortete Withers. «In der Regel hat er türkische Abdullas geraucht.»

Parker nickte und beschlagnahmte das Zigarettenpapier. Bei der weiteren Suche fand sich nirgendwo loser Tabak. Aus dem Eßzimmerbüfett wurden ein paar Zigarren- und Zigarettenschachteln sichergestellt. Sie sahen harmlos aus, und als Parker einige von ihnen aufschlitzte, enthielten sie nichts als ausgezeichneten Tabak. Parker schüttelte den Kopf.

«Sie werden alles sehr gründlich durchsuchen müssen, Lumley.»

«Ja, Sir.»

«Ist irgend etwas mit der ersten Post gekommen?»

Nichts.

«War heute schon Besuch hier?»

«Nein, Sir. Höchstens wenn Sie den Mann von der Post mitzählen.»

«Oh. Was wollte *der* denn?»

«Nichts weiter», antwortete Withers. «Nur das neue Telefonbuch bringen.» Er zeigte auf die beiden nagelneuen Bände, die auf dem Schreibtisch im Wohnzimmer lagen.

«Oh!» sagte Parker wieder. Das klang nicht vielversprechend. «Ist er ins Zimmer gekommen?»

«Nein, Sir. Er hat an die Tür geklopft, als Mrs. Trabbs und ich hier drinnen waren. Mrs. Trabbs war beim Fegen, Sir, und ich habe gerade Mr. Mountjoys Straßenanzug ausgebürstet. Ich habe die neuen Bücher angenommen und ihm die alten zurückgegeben.»

«Aha. Gut. Und außer dem Fegen und Bürsten haben Sie hier nichts verändert?»

«Nein, Sir.»

«Lag etwas im Papierkorb?»

«Das kann ich nicht sagen, Sir. Mrs. Trabbs müßte das wissen.»

Mrs. Trabbs wurde geholt und sagte, daß im Papierkorb nur

ein Weinprospekt gelegen habe. Mr. Mountjoy habe wenig geschrieben und selten Post bekommen.

Überzeugt, daß in der Wohnung nichts verändert worden war, seit ihr Bewohner sie gestern abend verlassen hatte, wandte Mr. Parker seine Aufmerksamkeit dem Kleiderschrank und der Wäschekommode zu, wo er die verschiedensten Kleidungsstücke fand, und zwar alle, wie es sich gehörte, mit dem Etikett des Schneiders oder Hemdenmachers darin. Er stellte fest, daß sie samt und sonders von Künstlern ihrer Zunft angefertigt worden waren. Im Hutfach fand sich noch ein seidener Zylinder, ähnlich dem, der jetzt bei Scotland Yard lag, nur daß sein Schweißband mit dem Etikett des Hutmachers unbeschädigt war; außerdem lagen dort noch ein paar Filzhüte und eine Melone, alle von erstklassigen Hutmachern.

«War Mr. Mountjoy ein reicher Mann?»

«Er schien in sehr guten Verhältnissen zu leben, Sir. Er hat es sich gutgehen lassen; von allem das Beste. Besonders in den letzten zwei Jahren.»

«Was war er von Beruf?»

«Ich glaube, er war ein vermögender Herr. Ich habe nie gehört, daß er einer Arbeit nachging.»

«Wußten Sie, daß er einen Zylinder hatte, aus dem der Name des Hutmachers entfernt war?»

«Ja, Sir. Darüber hat er sich sehr geärgert. Er sagte, ein Freund von ihm habe das aus Jux getan. Ich habe ihm mehrmals angeboten, den Schaden beheben zu lassen, Sir, aber nachdem sein Zorn sich gelegt hatte, hat er gemeint, es sei nicht so wichtig. Er hat den Hut nicht oft getragen, Sir. Und außerdem hat er gemeint, er sehe nicht ein, wieso er als lebende Reklame für seinen Hutmacher herumlaufen soll.»

«Wußten Sie, daß in seinem Frack ebenfalls das Schneideretikett fehlte?»

«Wirklich, Sir? Nein, das ist mir nicht aufgefallen.»

«Was war Mr. Mountjoy für ein Mensch?»

«Er war ein sehr angenehmer Herr, Sir. Es tut mir sehr leid, zu hören, daß ihm so ein trauriges Unglück zugestoßen ist.»

«Wie lange hat er hier gewohnt?»

«Sechs oder sieben Jahre, glaube ich, Sir. Ich selbst bin erst seit vier Jahren hier.»

«Wann wurde ihm dieser Streich mit dem Zylinder gespielt?»

«Vor etwa anderthalb Jahren, Sir, wenn ich mich recht erinnere.»

«Schon vor so langer Zeit? Ich hätte den Hut für neuer gehalten.»

«Nun, Sir, wie gesagt, er hat ihn höchstens ein- oder zweimal die Woche getragen. Und auf die Mode seiner Hüte hat Mr. Mountjoy nie Wert gelegt. Er liebte eine bestimmte Form und hat alle seine Hüte in dieser Art machen lassen.»

Parker nickte. Das wußte er schon von dem Hutmacher und von Wimsey, aber es war immer gut, der Sache auf den Grund zu gehen. Er hatte noch nie erlebt, daß Wimsey sich in bezug auf Kleidung geirrt hatte.

«Also gut», sagte er. «Wie Sie sich gewiß denken können, Withers, wird Mr. Mountjoys Tod noch Gegenstand einer Untersuchung sein. Sagen Sie Außenstehenden so wenig wie möglich darüber. Sie werden mir alle Wohnungsschlüssel aushändigen, und ich werde die Wohnung für ein paar Tage in die Obhut der Polizei geben.»

«Sehr wohl, Sir.»

Parker blieb noch, bis er Namen und Adresse des Hausbesitzers hatte, dann überließ er Lumley seiner Arbeit. Von dem Hausbesitzer erfuhr er sehr wenig. Mr. Mountjoy, ohne Beruf, habe die Wohnung vor sechs Jahren gemietet. Er habe regelmäßig seine Miete bezahlt. Es habe nie Klagen über ihn gegeben. Über Mr. Mountjoys Freunde und Verwandte sei nichts bekannt. Es sei bedauerlich, daß ein so guter Mieter ein so plötzliches und trauriges Ende gefunden haben solle. Es sei nur zu hoffen, daß daraus kein Skandal erwachse, denn diese Wohnungen hätten stets einen ausgezeichneten Ruf genossen.

Parkers nächster Besuch galt Mr. Mountjoys Bank. Hier begegnete er der üblichen abwehrenden Haltung, aber schließlich bekam er doch Einblick in die Bücher. Mr. Mountjoy bezog aus soliden Anlagen ein regelmäßiges Jahreseinkommen von rund tausend Pfund. Keine Unregelmäßigkeiten. Keine geheimnisvollen Geldbewegungen. Parker verließ die Bank mit dem unguten Gefühl, daß Hector Puncheon Gemseneier gefunden hatte.

Exzentrisches Verhalten einer Postdienststelle

Der Chefinspektor teilte Wimsey noch am selben Abend seine Ansicht mit. Seine Lordschaft, dessen Gedanken immer noch zwischen der Kriminalistik und der neuen Whifflets-Kampagne, die im Laufe des Nachmittags deutliche Formen angenommen hatte, geteilt waren, gab sich kurz angebunden.

«Gemseneier? Und wer hat Puncheon k. o. geschlagen? Vielleicht die Gemse?»

«Vielleicht hatte Mountjoy einfach die Nase voll. Dir ginge es auch auf die Nerven, wenn du von diesem Puncheon durch ganz London verfolgt würdest.»

«Schon möglich. Aber ich würde ihn nicht niederschlagen und seinem Schicksal überlassen. Ich würde ihn der Polizei in Gewahrsam geben. Wie geht es Puncheon überhaupt?»

«Er ist noch bewußtlos. Gehirnerschütterung. Scheint einen schweren Schlag an die Schläfe und ein böses Ding an den Hinterkopf bekommen zu haben.»

«Hm. Wahrscheinlich gegen die Wand geknallt, als Mountjoy ihm eins mit dem Totschläger überzog.»

«Da dürftest du recht haben.»

«Ich habe immer recht. Und ich hoffe, du hast ein Auge auf diesen Garfield.»

«Der käme vorerst nicht weit. Warum?»

«Nun – es ist doch merkwürdig, daß Mountjoy zu einem für dich so ungelegenen Zeitpunkt umkam.»

«Du willst doch nicht sagen, daß Garfield etwas damit zu tun hatte? Hör mal, der Mann ist beinahe selbst dabei umgekommen. Außerdem haben wir uns schon mit ihm befaßt. Er ist ein bekannter Arzt und hat eine große Praxis im West-End.»

«Vielleicht für Rauschgiftsüchtige?»

«Er ist Nervenspezialist.»

«Eben.»

Parker stieß einen Pfiff aus. «Ach, so siehst du das?»

«Paß mal auf», sagte Wimsey, «deine grauen Zellen scheinen

heute nicht so zu funktionieren, wie sie sollten. Bist du müde von der Arbeit? Leidest du unter Stumpfheit und Lethargie nach dem Essen? Versuch's mal mit Brausefrisch, der belebenden, entschlackenden Kräutersalzlösung. Manche Zufälle sind zu zufällig, um wahr zu sein. Wenn ein Herr das Schneideretikett aus seinem Frack entfernt und sich die Mühe macht, das Etikett des Hutes mit einem Rasiermesser aus dem Schweißband seines Zylinders zu trennen, danach ohne ersichtlichen Grund in Frack und Zylinder zu unchristlicher Morgenstunde von Finchley nach South Kensington ins Museum hüpft, hat er etwas zu verbergen. Wenn er dann noch seinem merkwürdigen Betragen die Krone aufsetzt, indem er ohne den kleinsten sichtbaren Anlaß vor einen Zug stürzt, muß noch jemand anderes ein Interesse daran haben, genau dasselbe zu verbergen. Und je mehr dieser Jemand bei dem Unternehmen riskiert, desto sicherer kannst du annehmen, daß es sich um etwas handelt, was das Verbergen lohnt.»

Parker sah ihn an und grinste sich eins.

«Du bist ein großer Kombinierer, Peter. Wärst du überrascht, zu hören, daß du nicht der einzige bist?»

«Nein, gar nicht. Du verschweigst mir doch etwas! Was ist es? Ein Zeuge des tätlichen Angriffs? Jemand, der auf dem Bahnsteig war? Jemand, dem du zuerst nicht recht glauben wolltest? Du alter Geheimniskrämer, ich sehe es deinem Gesicht an. Jetzt aber raus damit – wer war's? Eine Frau. Eine hysterische Frau. Eine hysterische alte Jungfer. Habe ich recht?»

«Hol dich der Kuckuck, ja.»

«Dann los. Erzähl schon.»

«Also, als Eagles auf dem Bahnsteig die Zeugenaussagen aufnahm, waren sich alle einig, daß Mountjoy ein paar Schritte an Garfield vorbeigegangen und plötzlich getaumelt sei; daß Garfield ihn am Arm gepackt habe und beide gemeinsam gestürzt seien. Aber diese Frau, eine Miss Eliza Tebbutt, 52 Jahre alt, ledig, Haushälterin, wohnhaft in Kensington, will ein paar Schritte weiter als die beiden gestanden und deutlich gehört haben, wie jemand ‹mit furchtbarer Stimme› sagte: ‹Rausch weg, du bist *dran*!› Daß Mountjoy augenblicklich wie vom Blitz getroffen stehenblieb und daß Garfield ‹mit schrecklichem Gesicht› ihn am Arm packte und zu Fall brachte. Es erhöht vielleicht dein Vertrauen in die gute Dame, wenn du erfährst, daß sie ein Nervenleiden hat, schon einmal im Irrenhaus war und überzeugt ist, daß Garfield ein prominentes Mitglied einer Bande ist, die das

Ziel hat, alle Engländer zu ermorden und in Großbritannien eine jüdische Vorherrschaft zu errichten.»

«Bleib mir mit diesem Quatsch vom Leibe. Aber wenn jemand fixe Ideen hat, muß er deswegen noch nicht grundsätzlich unrecht haben. Sie hat sich vielleicht ein Großteil von alldem eingebildet oder frei erfunden, aber so etwas Idiotisches wie ‹Rausch weg› kann sie sich weder eingebildet noch erfunden haben, das war nämlich eindeutig ein Hörfehler für ‹Mountjoy›. Garfield ist dein Mann – wenn ich auch zugeben muß, daß ihm schwer etwas nachzuweisen sein wird. Aber wenn ich du wäre, würde ich mal eine Haussuchung bei ihm machen – falls es dafür nicht schon zu spät ist.»

«Ich fürchte, es ist zu spät. Wir haben eine Stunde gebraucht, bis wir aus dieser Miss Tebbutt etwas halbwegs Vernünftiges herausbrachten, und in der Zwischenzeit hatte der tapfere Dr. Garfield natürlich schon zu Hause und in seiner Praxis angerufen, um zu erklären, was ihm passiert war. Trotzdem werden wir ein Auge auf ihn haben. Aber am meisten interessiert uns im Augenblick Mountjoy. Wer war dieser Mann? Was trieb er? Warum mußte er aus dem Weg geräumt werden?»

«Was er trieb ist ziemlich klar. Er war im Rauschgifthandel tätig und wurde beseitigt, weil er so dumm gewesen war, sich von Puncheon erkennen und beschatten zu lassen. Jemand muß ihn beobachtet haben; diese Bande scheint jeden Schritt ihrer Mitglieder zu überwachen. Oder der unglückselige Mountjoy hat womöglich um Hilfe gebeten, und da hat man ihm aus der Welt geholfen, weil damit das ganze Problem am schnellsten aus der Welt war. Schade, daß Puncheon noch nicht reden kann – er könnte uns sagen, ob Mountjoy auf seiner Irrfahrt quer durch die Stadt einmal von irgendwoher angerufen oder mit jemandem gesprochen hat. Jedenfalls hatte er einen Fehler gemacht, und Leute, die Fehler machen, dürfen nicht weiterleben. Am seltsamsten von allem erscheint es mir ja, daß du nichts von irgendwelchen Besuchen in seiner Wohnung gehört hast. Man sollte meinen, die Bande würde dort als erstes eine Durchsuchung vornehmen, um sicherzugehen. Diesem Personal ist doch hoffentlich zu trauen?»

«Ich glaube, ja. Wir haben uns erkundigt. Sie haben alle einen tadellosen Leumund. Der Hausmeister ist ein Kriegsveteran mit hervorragenden Beurteilungen. Der Hausdiener und das Stubenmädchen sind unbescholtene Leute – es liegt nicht das mindeste gegen sie vor.»

«Hm. Und du hast nichts weiter als ein Päckchen Zigarettenpapier gefunden? Das eignet sich natürlich bestens zum Verpakken kleiner Mengen Kokain, beweist aber für sich allein noch nichts.»

«Daß du die Bedeutung des Zigarettenpapiers sehen würdest, war mir schon klar.»

«Ich bin ja noch nicht blind oder schwachsinnig.»

«Aber wo ist der Koks?»

«Der Koks? Aber wirklich, Charles! Den wollte er doch gerade holen, als Freund Puncheon ihm in die Quere kam. Hast du noch immer nicht mitgekriegt, daß hier der Milligan-Haufen mit drinhängt? Und daß der Freitag der Tag ist, an dem das Zeug verteilt wird? Die Milligans bekommen es freitags und geben ihre Parties freitags und samstags abends, da wird es dann an die eigentlichen Verbraucher ausgegeben. Das hat mir Dian de Momerie gesagt.»

«Ich frage mich nur», meinte Parker, «wieso es immer derselbe Wochentag ist. Das erhöht doch das Risiko.»

«Offenbar ist es ein wesentlicher Bestandteil des ganzen Systems. Das Zeug kommt ins Land – sagen wir donnerstags. Das ist dein Teil der Geschichte. Da hast du übrigens noch nicht viel erreicht, wie's scheint. In der Nacht wird es – na ja, irgendwohin gebracht. Am nächsten Tag wird es von den Mountjoys abgeholt und an die Milligans weitergeschickt, wobei die sich untereinander höchstwahrscheinlich gar nicht kennen. Und bis Samstag ist alles verteilt, und alle feiern ein fröhliches Wochenende.»

«Klingt einleuchtend. Es erklärt jedenfalls, warum wir in Mountjoys Wohnung oder bei seiner Leiche nicht die kleinste Spur gefunden haben. Außer dem Zigarettenpapier. Übrigens, ist das richtig? Wenn Mountjoy das Zigarettenpapier hat, muß er eigentlich derjenige sein, der es an die Konsumenten verteilt.»

«Nicht unbedingt. Er selbst bekommt es en gros – getarnt als Natron oder was weiß ich. Er macht daraus kleine Portionen und verteilt sie – soundso viele an Milligan, soundso viele an den oder an jenen; wann oder wie, weiß ich nicht. Und wie die Bezahlung organisiert ist, weiß ich auch nicht.»

«Freut mich zu hören, daß du einmal etwas nicht weißt.»

«Wenn ich sage, ich weiß es nicht, heißt das nicht, daß ich es mir nicht denken kann. Aber ich will dich nicht mit Spekulationen aufhalten. Trotzdem ist es sehr verwunderlich, daß Garfield & Co. die Wohnung in Ruhe gelassen haben sollen.»

«Vielleicht wollte Garfield später noch hin, wenn er nicht selbst unter die Räder gekommen wäre.»

«Nein, das hätte er nicht so lange hinausgeschoben. Erzähl mir doch noch einmal alles über die Wohnung.»

Parker wiederholte geduldig seinen Bericht von dem Besuch in der Wohnung und den Gesprächen mit dem Personal. Noch bevor er halb fertig war, hatte Wimsey den Kopf gehoben und lauschte mit gebannter Aufmerksamkeit.

«Charles! Was sind wir für Schwachköpfe! Natürlich, das war's!»

«Was war was?»

«Das Telefonbuch natürlich. Der Mann, der die beiden neuen Bände gebracht und die alten mitgenommen hat. Seit wann gibt die Post denn beide Bände gleichzeitig heraus?»

«Beim Zeus!» rief Parker.

«Du sagst es. Ruf sofort an und frag, ob heute zwei neue Bände des Telefonbuchs an Mountjoys Adresse geschickt worden sind.»

«Es dürfte nicht leicht sein, so spät am Abend den dafür zuständigen Beamten zu erreichen.»

«Allerdings. Warte mal. Ruf in den anderen Wohnungen an und frag, ob sonst noch jemand heute morgen neue Telefonbücher bekommen hat. Nach meiner Erfahrung erledigen selbst staatliche Behörden so etwas lieber auf einmal und schicken nicht jedem Kunden die Bücher einzeln.»

Parker befolgte den Rat. Nach einigen Schwierigkeiten bekam er Verbindung mit drei weiteren Mietern des Hauses, in dem Mountjoys Wohnung lag. Alle drei gaben die gleiche Antwort: Sie hatten ihren neuen Band L–Z vor etwa vierzehn Tagen bekommen. Der neue Band A–K sei noch nicht fällig. Einer ging sogar weiter. Sein Name war Barrington, und er war erst vor kurzem eingezogen. Er hatte sich erkundigt, wann der neue Band A–K mit seiner neuen Nummer erscheinen werde, und die Auskunft erhalten, daß dieser voraussichtlich im Oktober herauskommen werde.

«Damit ist alles klar», sagte Wimsey. «Unser Freund Mountjoy hatte sein Geheimnis in den Telefonbüchern versteckt. Dieses große Werk enthält Inserate, postalische Bestimmungen und Namen und Adressen, vor allem Namen und Adressen. Können wir annehmen, daß das Geheimnis zwischen den Namen und Adressen schlummerte? Ich glaube, ja.»

«Es erscheint mir logisch.»

«Sehr logisch. Nun, und wie versuchen wir jetzt an diese Namen und Adressen heranzukommen?»

«Das wird eine Heidenarbeit. Wahrscheinlich könnten wir eine Beschreibung des Mannes bekommen, der die Bücher heute morgen abgeholt hat –»

«Um die ganze Millionenstadt London nach ihm abzusuchen? Gäb es in Fülle Welt und Zeit! Wohin kommen brave Telefonbücher, wenn sie gestorben sind?»

«Wahrscheinlich in die Papiermühle, zum Einstampfen.»

«Und der Band L–Z wurde zuletzt vor vierzehn Tagen ausgetauscht. Da haben wir die Chance, daß er noch nicht eingestampft ist. Mach dich an die Arbeit, Charles. Außerdem besteht mehr als eine Chance, daß dieses Buch mit Markierungen versehen war und die alten Markierungen jeweils in das neue Buch übertragen wurden.»

«Wozu das? Mountjoy hätte ohne weiteres den alten markierten Band behalten können.»

«Das glaube ich nicht, sonst hätten wir ihn entweder gefunden oder der Hausdiener hätte etwas davon gewußt. Der Fremde kam, die beiden derzeit gültigen Bände wurden ihm ausgehändigt, und er ging zufrieden damit weg. In meinen Augen bestand der ganze Trick darin, jeweils den neuesten Band zu benutzen, um keinen Argwohn zu erregen, nichts verstecken zu müssen und die Beweise in kürzester Zeit verschwinden lassen zu können.»

«Vielleicht hast du recht. Jedenfalls ist es eine Chance, wie du sagst. Ich setze mich morgen früh gleich mit dem Fernmeldeamt in Verbindung.

Das Glück schien sich gewendet zu haben. Am Ende eines anstrengenden Vormittags wußten sie, daß die alten Telefonbücher schon in Säcke verpackt und an die Papiermühlen abgegangen, aber bisher noch nicht eingestampft worden waren. Sechs Arbeiter, die sich übers Wochenende mit den im Postbezirk Kensington eingesammelten Bänden L–Z befaßten, brachten den erfreulichen Umstand an den Tag, daß neun von zehn Leuten irgendwelche Dinge in ihren Telefonbüchern anstrichen. Die Berichte kamen am laufenden Band. Wimsey, der mit Parker in dessen Büro bei Scotland Yard saß, studierte sie.

Am späten Sonntagabend hob Wimsey den Kopf von einem Stapel Papiere.

«Ich glaube, das ist es, Charles.»

«Was?» Parker war müde, seine Augen waren rot und entzündet, aber in seiner Stimme klang Hoffnung.

«Das hier. Da ist eine ganze Liste von Wirtshäusern in der Londoner Innenstadt abgehakt – drei in der Mitte von L, zwei am Ende von M, eins bei N, eins bei O und so weiter, und zwei in der Mitte von W. Die zwei bei W sind der *Weiße Hirsch* in Wapping und das *Weiße Roß* in der Nähe Oxford Street. Das nächste W danach ist der *Weiße Schwan* in Covent Garden. Ich wette jede Summe, daß in dem verschwundenen neuen Band der *Weiße Schwan* ebenfalls abgehakt ist.»

«Ich weiß im Moment nicht, worauf du hinaus willst.»

«Es ist eine ziemlich gewagte Vermutung, aber mir kommt es so vor: Wenn das Zeug donnerstags nach London kommt, wird es jeweils in das Wirtshaus gebracht, das nach dem Telefonbuch als nächstes an der Reihe ist. Eine Woche ist es eines mit A – etwa der *Anker*. In der nächsten Woche kommt ein B – vielleicht der *Bär* oder der *Bussard*. Dann C und so weiter bis W, X, Y, Z – sofern es da etwas gibt. Die Leute, die das Rauschgift abholen sollen, begeben sich in das betreffende Wirtshaus, wo es ihnen vom Oberverteiler und seinen Gehilfen zugesteckt wird, wahrscheinlich ohne daß der Wirt etwas davon ahnt. Und da sie nie zweimal in dieselbe Wirtschaft kommen, können deine lieben Polizisten in den *Weißen Schwan* gehen und über Papageien reden, bis sie schwarz sind. Sie hätten ins *York* oder *Yucatán* gehen sollen.»

«Gute Idee, Peter. Sehen wir uns die Liste noch einmal an.»

Wimsey reichte sie ihm.

«Du hast recht. Diese Woche war W dran, und als nächstes käme eine X-Woche. Das ist unwahrscheinlich, denn bei X gibt es nichts. Also Y. Das nächste Y nach dem zuletzt hier abgehakten ist das *Yak* in Soho. Aber Moment mal, wenn die alphabetisch vorgehen, wieso sind sie dann in einem Fall bis ans Ende von M gekommen und im andern nur bis WE?»

«Sie müssen die Ws schon einmal durchgehabt und wieder von vorn angefangen haben.»

«Ach ja – es gibt wahrscheinlich viele Ms. Aber es gibt auch Hunderte von Ws. Trotzdem, wir werden's versuchen, Peter. Was gibt's, Lumley?»

«Bericht aus dem Krankenhaus, Sir. Puncheon ist wieder bei Bewußtsein.»

Parker blätterte den Bericht durch.

«So ungefähr hatten wir es uns schon vorgestellt», sagte er, indem er Wimsey den Bericht weiterreichte. «Mountjoy scheint gemerkt zu haben, daß er verfolgt wurde. Er hat von der U-Bahn-Station Piccadilly aus angerufen und ist dann kreuz und quer durch London gezogen.»

«Und so konnte die Bande ihm schön auflauern.»

«Ja. Als er sah, daß er Puncheon nicht abschütteln konnte, hat er ihn ins Museum gelockt und ihn dort in einem stillen Eckchen niedergeschlagen. Puncheon glaubt, er sei mit irgendeiner Waffe geschlagen worden. Stimmt genau. Er hat nicht mit Mountjoy gesprochen. Eigentlich sagt dieser Bericht uns nichts, was wir nicht schon wußten, außer daß Mountjoy, als Puncheon ihn sah, sich gerade vor dem Verlagsgebäude eine Frühausgabe des *Morning Star* kaufte.»

«So? Das ist interessant. Na ja, behalte jedenfalls mal das *Yak* im Auge.»

«Und du behalte Pyms Werbedienst im Auge. Du weißt, wir wollen den Mann an der Spitze haben.»

«Das will auch Major Milligan. Der Mann an der Spitze scheint ein sehr gefragter Mensch zu sein. Also, Wiedersehen. Wenn ich nichts mehr für dich tun kann, gehe ich jetzt lieber ins Bettchen. Ich muß morgen meine Whifflets-Kampagne in Gang bringen.»

«Die Idee gefällt mir, Mr. Bredon», sagte Mr. Pym und klopfte mit dem Finger auf die vor ihm liegenden Entwürfe. «Sie hat Größe. Und Weitblick. Werbung bedarf mehr als alles andere der Größe und des Weitblicks. Das macht ihre Anziehungskraft aus. Meiner Meinung nach besitzt Ihr Plan Anziehungskraft. Natürlich ist er teuer und muß genau ausgearbeitet werden. Wenn zum Beispiel alle Gutscheine sofort eingelöst würden, stiegen die Unkosten für jede verkaufte Packung derart, daß sie durch den Gewinn nicht mehr aufgefangen werden könnten. Aber ich glaube, diese Schwierigkeit ist zu überwinden.»

«Sie werden nicht alle sofort eingelöst», sagte Mr. Armstrong. «Jedenfalls nicht, wenn wir sie richtig mischen. Die Leute werden Zeit zum Sammeln und Tauschen brauchen. Das gibt uns einen Vorsprung. Whifflets muß die Kosten dafür als Werbekosten kalkulieren. Am Anfang brauchen wir eine große Pressekampagne, und wenn die Sache erst mal läuft, genügen kleine Inserate vollkommen.»

«Schön und gut, Armstrong, aber wir müssen auch an uns selbst denken.»

«Das ist klar. Wir treffen die Arrangements mit den Hotels und der Eisenbahn und so weiter und verlangen für unsere Mühen Honorar oder Provision. Wir müssen nur dafür sorgen, daß insgesamt der monatliche Werbeetat nicht durch die eingelösten Gutscheine überschritten wird. Wenn es ein Erfolg ist, wird Whifflets gern bereit sein, den Etat zu erhöhen. Außerdem müssen wir dafür sorgen, daß alle Gutscheine ungefähr den gleichen Wert ausmachen, damit wir nicht mit dem Lotteriegesetz in Konflikt geraten. Das Ganze läuft auf die Frage hinaus, wieviel von jeder Shilling-Packung die Firma bereit ist, in die Werbung zu stecken. Wobei wir davon ausgehen, daß diese Kampagne, wenn sie richtig durchgeführt wird, alle anderen Zigaretten vorerst vom Markt fegen wird. Die Gutscheine werden dann auf diesen Wert abzüglich der Kosten für die Eröffnungskampagne gebracht. Derzeit liegt ihr Umsatz... haben wir die Unterlagen für den Umsatz?»

Die beiden Direktoren stürzten sich in eine Zahlenschlacht, und Mr. Bredons Aufmerksamkeit schweifte ab.

«Druckkosten... für eine ausreichende Streuung sorgen... Prämie für die Einzelhändler... kostenlose Schaufensterdekoration... zuerst die Hotels ansprechen... Nachrichtenwert... Der *Morning Star* kann da was daraus machen... ja, ich weiß, aber nicht zu vergessen der patriotische Anstrich... Mit Jenks werde ich mich schon einigen... Die allgemeinen Unkosten reduzieren um... sagen wir 200 Pfund täglich... das müssen Puffins die Flugzeuge kosten... große Anzeige auf der ersten Seite, gleich mit fünf Gratisgutscheinen... na ja, das sind Detailfragen...»

«Auf jeden Fall müssen wir *etwas* tun.» Mr. Armstrong entstieg der Diskussion mit leicht gerötetem Gesicht. «Es hat keinen Sinn, den Leuten zu erklären, daß die Kosten für die Werbung durch die Qualität der Ware gedeckt sein müssen. Das interessiert sie nicht. Sie wollen nur etwas umsonst haben. Bezahlung? Ja, natürlich bezahlen sie am Ende alles selbst, jemand muß es ja bezahlen. Gegen Geschenke kommt man nicht mit feierlichen Qualitätsversicherungen an. Außerdem, wenn Whifflets-Zigaretten ihren Marktanteil verlieren, verlieren sie bald auch ihre Qualität – oder wofür sind wir sonst hier?»

«Das brauchen Sie mir nicht zu erzählen, Armstrong», sagte Mr. Pym. «Ob es den Leuten gefällt oder nicht, es ist und bleibt eine Tatsache, daß man ständig den Absatz steigern muß, sonst büßt man entweder Geld ein oder muß Abstriche an der Qualität machen. Ich hoffe doch, daß wir das inzwischen gelernt haben.»

«Und was passiert», fragte Mr. Bredon, «wenn man den Absatz bis zum Sättigungspunkt gesteigert hat?»

«So was dürfen Sie nicht fragen, Bredon», sagte Mr. Armstrong amüsiert.

«Doch, ganz im Ernst. Angenommen, Sie erreichen es, daß alle Männer und Frauen in Großbritannien immer mehr rauchen, bis sie entweder aufhören oder an Nikotinvergiftung sterben müssen, was dann?»

«Davon sind wir noch weit entfernt», antwortete Mr. Pym im Brustton der Überzeugung. «Aber dabei fällt mir ein, daß die Kampagne sich besonders an die Frauen wenden sollte. ‹Für die Kinder ein Urlaub am Meer – rauchen Sie Whifflets.› In dieser Art. Wir wollen die Frauen zu echten Raucherinnen machen. Bei den meisten ist es bisher nur Spielerei. Man muß sie von dem parfümierten Zeug wegbringen und an eine gute, echte Virginia gewöhnen –»

«An den Sargnagel.»

«An Whifflets», sagte Mr. Pym. «Davon kann man am Tag noch viel mehr rauchen, ohne sich umzubringen. Und sie sind billiger. Wenn wir den Zigarettenkonsum der Frauen um 500 Prozent steigern könnten – dafür ist noch genug Spielraum vorhanden –»

Mr. Bredons Aufmerksamkeit schweifte wieder ab.

«– gut, man könnte die Gutscheine datieren. Gültigkeitsdauer drei Monate. Dann können wir jede Menge Nieten einkalkulieren. Und Whifflets muß dafür sorgen, daß die Händler immer frische Ware haben. Das ist dann übrigens auch noch ein Verkaufsargument –»

Mr. Bredon versank in einen Traum.

«– aber eine gute Pressekampagne gehört dazu. Plakate sind gut und billig, aber wenn man den Leuten wirklich etwas klarmachen will, braucht man eine Pressekampagne. Sie muß nicht unbedingt groß sein; nach dem ersten Paukenschlag genügt schon jede Woche eine gute, kurze, witzige Erinnerung –»

«Also, Mr. Bredon.» Der Vater des Whiffel-Plans schreckte aus seinem Traum empor. «Wir werden Ihren Vorschlag Whifflets unterbreiten. Könnten Sie sich schon einmal ein paar Texte einfallen lassen? Und am besten setzen Sie noch ein paar Leute zusätzlich darauf an, Armstrong. Ingleby – das ist seine Richtung. Und Miss Meteyard. Bis Ende der Woche brauchen wir etwas zum Vorzeigen. Sagen Sie Mr. Barrow, er soll alles andere stehen- und liegenlassen und sich ein paar gute, durchschlagende Illustrationen dazu ausdenken.» Mr. Pym gab das Zeichen zum Aufbruch, doch dann rief er Bredon noch einmal zurück, als ob ihm plötzlich etwas eingefallen wäre.

«Noch ein Wort mit Ihnen, Bredon. Fast hätte ich vergessen, wozu Sie eigentlich hier sind. Gibt es in dieser Angelegenheit irgendwelche Fortschritte?»

«Ja.» Die Whifflets-Kampagne trat in Lord Peter Wimseys Gedanken weit in den Hintergrund und verblaßte irgendwo in der Ferne. «Die bisherigen Ermittlungsergebnisse sind von einer solchen Tragweite, daß ich nicht einmal weiß, ob ich Sie ins Vertrauen ziehen kann.»

«Das ist doch Unsinn», sagte Mr. Pym. «Ich habe Sie engagiert –»

«Nein. Hier geht es nicht mehr darum, wer mich engagiert hat. Ich fürchte, das ist eine Sache für die Polizei.»

Die Schatten der Unruhe verdunkelten und verdichteten sich in Mr. Pyms Blick.

«Wollen Sie sagen, daß Ihr anfänglicher Verdacht, den Sie mir gegenüber einmal erwähnt haben, sich bestätigt hat?»

«Ja. Aber die Sache geht noch weiter als angenommen.»

«Ich wünsche keinen Skandal.»

«Sicher nicht. Ich weiß nur nicht, wie er vermieden werden soll, wenn es zu einem Prozeß kommt.»

«Hören Sie, Bredon», sagte Mr. Pym, «Ihr Benehmen gefällt mir nicht. Ich habe Sie hier als meinen Privatdetektiv angestellt. Ich gebe zu, daß Sie sich auch auf anderen Gebieten nützlich gemacht haben, aber Sie sind nicht unentbehrlich. Wenn Sie glauben, Ihre Befugnisse überschreiten zu müssen –»

«Sie können mich selbstverständlich hinauswerfen. Aber ob das klug wäre?»

Mr. Pym wischte sich den Schweiß von der Stirn.

«Können Sie mir folgendes beantworten?» fragte er besorgt nach einer kurzen Pause, in der er sich die Bedeutung dessen, was sein Angestellter da gesagt hatte, gründlich durch den Kopf gehen zu lassen schien. «Richtet sich Ihr Verdacht gegen eine bestimmte Person? Wäre es möglich, diese Person kurzfristig aus unserem Haus zu entfernen? Sie verstehen, was ich meine. Wenn wir, bevor es zum Skandal kommt – worum es auch immer gehen mag –, und ich finde wirklich, daß ich darüber informiert sein sollte – jedenfalls, wenn wir dann sagen können, daß der Betreffende nicht mehr zu unserem Haus gehört, sieht die Sache schon ganz anders aus. Unser Name braucht dann gar nicht hineingezogen zu werden – oder? Der gute Ruf der Firma Pym bedeutet mir sehr viel, Mr. Bredon –»

«Ich kann es Ihnen nicht sagen», antwortete Wimsey. «Vor ein paar Tagen glaubte ich es noch zu wissen, aber inzwischen sind mir andere Dinge zur Kenntnis gelangt, die es möglich erscheinen lassen, daß der Mann, den ich ursprünglich im Verdacht hatte, doch nicht derjenige ist. Und solange ich nicht genau Bescheid weiß, kann ich weder etwas tun noch etwas sagen. Im Augenblick könnte es jeder sein. Sogar Sie selbst.»

«Das ist eine Unverschämtheit!» schrie Mr. Pym. «Holen Sie sich Ihr Geld und verschwinden Sie!»

Wimsey schüttelte den Kopf.

«Wenn Sie mich zum Teufel jagen, wird die Polizei wahrscheinlich jemanden an meine Stelle setzen wollen.»

«Wenn ich die Polizei hier hätte», versetzte Mr. Pym, «wüßte ich wenigstens, woran ich bin. Ich weiß nichts über Sie, außer daß Mrs. Arbuthnot Sie empfohlen hat. Ich war von der ganzen Idee mit einem Privatdetektiv von vornherein nicht begeistert, obwohl ich Sie zuerst wirklich für etwas Besseres gehalten habe als diesen üblichen Schnüfflertyp. Aber ich kann und werde keine Unverschämtheiten dulden. Ich werde mich auf der Stelle mit Scotland Yard in Verbindung setzen und nehme an, daß die Polizei von Ihnen verlangen wird, offen zu sagen, was Sie entdeckt zu haben glauben.»

«Sie weiß es schon.»

«So? Sie scheinen nicht eben ein Muster an Diskretion zu sein, Mr. Bredon.» Er läutete. «Miss Hartley, rufen Sie bitte einmal bei Scotland Yard an, man soll uns einen zuverlässigen Beamten schicken.»

«Sehr wohl, Mr. Pym.»

Miss Hartley tänzelte davon. Das war ein gefundenes Fressen. Sie hatte ja schon immer gesagt, daß an Mr. Bredon etwas faul sein müsse, und jetzt hatte man ihn also erwischt. Vielleicht wollte er die Kasse plündern. Sie wählte die Vermittlung und verlangte Whitehall 1212.

«Einen Augenblick», sagte Wimsey, als die Tür hinter ihr zu war. «Wenn Sie wirklich Scotland Yard wollen, lassen Sie sich Chefinspektor Parker geben und sagen Sie ihm, Lord Peter Wimsey möchte ihn sprechen. Dann weiß er, worum es geht.»

«Sie sind –? Warum haben Sie mir das nicht gesagt?»

«Ich dachte, das könnte Schwierigkeiten wegen des Gehalts mit sich bringen und auch sonst peinlich werden. Ich habe diesen Auftrag angenommen, weil ich dachte, die Werbung könne ganz amüsant sein. Was sie auch ist», fügte er liebenswürdig hinzu, «was sie auch ist.»

Einzig Mr. Pym steckte den Kopf in Miss Hartleys Vorzimmer.

«Legen Sie das Gespräch zu mir herein», sagte er kurz.

Sie saßen eine Weile stumm da, bis die Verbindung hergestellt war. Mr. Pym ließ sich Chefinspektor Parker geben.

«Hier ist einer von meinen Mitarbeitern, der angibt, er sei –»

Die Unterredung war kurz. Mr. Pym gab den Hörer an Wimsey weiter.

«Er möchte mit Ihnen sprechen.»

«Hallo, Charles! Bist du das? Hast du meine Glaubwürdigkeit bestätigt? Gut... Nein, keine Schwierigkeiten, nur Mr. Pym glaubt, er müsse wissen, worum es geht... Soll ich's ihm sagen?... Unklug?... Ehrlich gesagt, Charles, ich kann mir nicht vorstellen, daß er unser Mann ist... Tja, das ist eine andere Frage... Der Chefinspektor möchte wissen, ob Sie den Mund halten können, Mr. Pym.»

«Ich wünschte nur, alle anderen könnten den Mund halten», stöhnte Mr. Pym.

Wimsey gab diese Antwort weiter. «Ich glaube, ich werd's riskieren, Charles. Wenn danach jemand im Dunkeln überfallen wird, wirst du es nicht sein, und ich kann selbst auf mich aufpassen.»

Er legte auf und wandte sich Mr. Pym zu.

«Hier ist die brutale Wahrheit», sagte er. «Jemand leitet von dieser Agentur aus einen riesigen Rauschgiftring. Wen gibt es hier, der viel mehr Geld hat, als er haben dürfte, Mr. Pym? Wir suchen einen sehr reichen Mann. Können Sie uns da helfen?»

Mr. Pym war nicht mehr imstande, jemandem zu helfen. Er war kreidebleich.

«Rauschgift? Von hier aus? Um Gottes willen, was werden unsere Kunden sagen? Wie soll ich vor den Aufsichtsrat hintreten? Diese Schlagzeilen...»

«Eine gute Schlagzeile ist die halbe Werbung», sagte Lord Peter und lachte.

*Heiße Tränen
eines Herzogsneffen*

Die Woche ging ruhig dahin. Am Dienstag genehmigte Mr. Jollop gnädig eine neue Anzeige aus der «Zitaten»-Serie für Nutrax – «Und küßten uns in Tränen» («Aber Tränen und Zank, und seien sie noch so poetisch, sind fast immer ein Zeichen für überreizte Nerven»); am Mittwoch senkte Grüne-Aue-Margarine den Preis trotz verbesserter Qualität («Man sollte es nicht für möglich halten, daß man etwas Vollkommenes noch verbessern kann, aber es ist uns gelungen!»); Sopo adoptierte eine neue Werbefigur («Susan Sopo macht die Schmutzarbeit für Sie»); Tomboy-Toffee beendete seine Cricket-Serie mit einer Großanzeige mit den Porträts einer vollständigen Elf berühmter Cricketspieler, die alle Tomboy-Toffees aßen; fünf Leute gingen in Urlaub; Mr. Prout sorgte für eine Sensation, indem er in einem schwarzen Hemd zur Arbeit erschien; Miss Rossiter verlor ihre Handtasche, in der sich ihre Prämie befand, und bekam sie auf dem Fundbüro zurück; in der Damengarderobe wurde ein Floh entdeckt und sorgte für große Unruhe, grundlose Verdächtigungen und viel Herzeleid. Im Schreibzimmer verdrängte der Floh momentan sogar das viel saftigere und ergiebigere Thema des Besuchs, den Mr. Tallboy erhalten hatte. Denn ob nun Mr. Tompkin oder der Botenjunge am Empfang oder sonst jemand (allerdings weder Mr. Ingleby noch Mr. Bredon, die sich nicht soweit vergessen hätten) den Mund nicht hatte halten können, die Geschichte war jedenfalls irgendwie durchgesickert.

«Und wie er das von seinem Gehalt macht, weiß ich auch nicht», bemerkte Miss Parton. «Ich finde jedenfalls, daß es eine Schande ist. Dabei ist seine Frau so nett. Wir haben sie voriges Jahr bei der Gartenparty kennengelernt, weißt du noch?»

«Die Männer sind alle gleich», sagte Miss Rossiter verächtlich. «Auch dein Mr. Tallboy. Ich hab dir ja gleich gesagt, Parton, daß der alte Copley in dieser anderen Sache gar nicht so allein schuld war, wie du meintest, und jetzt glaubst du's mir vielleicht. Ich meine, wenn ein Mann irgendwo etwas tut, was sich nicht gehört, tut er es auch anderswo. Und wie er das von seinem Gehalt schafft – na, was ist denn mit diesen 50 Pfund in einem Umschlag? Wohin *die* gegangen sind, ist ja wohl klar.»

«Wohin das Geld geht, ist immer klar», meinte Miss Meteyard sarkastisch. «Die Frage ist nur, woher es kommt.»

«Das hat Mr. Dean auch immer gesagt», fiel Miss Rossiter ein. «Wissen Sie noch, wie er Mr. Tallboy immer wegen seiner Börsenmakler gehänselt hat?»

«Die berühmte Firma Smith», sagte Mr. Garrett. «Smith, Smith, Smith, Smith, Smith & Smith ohne Ende.»

«Geldverleiher, wenn Sie mich fragen», sagte Miss Rossiter. «Gehen Sie zum Cricketspiel, Miss Meteyard? *Meiner* Ansicht nach sollte Mr. Tallboy als Kapitän zurücktreten und jemand anderen an seine Stelle lassen. Kein Wunder, daß keiner scharf darauf ist, unter ihm zu spielen, wenn solche Geschichten im Umlauf sind. Finden Sie nicht auch, Mr. Bredon?»

«Ganz und gar nicht», sagte Mr. Bredon. «Solange der Mann ein guter Kapitän ist, soll es mir egal sein, ob er so viele Frauen hat wie Salomon und obendrein ein Schwindler und Betrüger ist. Was macht das schon?»

«Mir würde es viel ausmachen», meinte Miss Rossiter.

«Wie weiblich sie ist», beklagte Mr. Bredon sich bei niemand im besonderen. «Immer muß sie Persönliches in die Sache mit einfließen lassen.»

«Kann schon sein», entgegnete Miss Rossiter, «aber verlassen Sie sich darauf, wenn Hankie oder Pymmie das wüßten, wär's um Mr. Tallboy bald geschehen.»

«Direktoren erfahren immer als letzte, was sich in der Belegschaft tut», sagte Miss Meteyard, «sonst könnten sie sich bei der Betriebsfeier nicht immer so schön hinstellen und glühende Reden über gute Zusammenarbeit und die große, glückliche Familie halten.»

«Familienzank, Familienzank.» Mr. Ingleby machte eine wegwerfende Gebärde. «Kindlein, liebet einander und steckt nicht überall eure kleinen Näschen rein. Was ist dir Hekubas Bankkonto, was deines ihr?»

«Bankkonto? Ach so, Sie meinen Mr. Tallboys. Also, *ich* weiß überhaupt nichts, höchstens was der kleine Dean immer gesagt hat.»

«Und woher wußte Dean soviel darüber?»

«Er hat ein paar Wochen unter Mr. Tallboy gearbeitet. Die Arbeit der anderen Abteilungen kennenlernen, nennen sie das.

Sie werden wahrscheinlich auch demnächst von Pontius zu Pilatus geschoben werden, Mr. Bredon. Da werden Sie in der Druckerei aufpassen müssen, daß Sie p und q nicht verwechseln. Mr. Thrale ist übrigens ein Tyrann. Der läßt Sie nicht einmal zu einem Täßchen Kaffee weg.»

«Dann muß ich für den Kaffee zu Ihnen kommen.»

«Vorerst wird man Mr. Bredon nicht aus seiner Abteilung weglassen», sagte Miss Meteyard. «Sie sind ja alle von dem Whifflets-Zauber so begeistert. Bei Dean haben sie immer gehofft, daß er anderswo besser zurechtkäme. Er war wie ein Lieblingsbuch – man liebte ihn so, daß man es nie erwarten konnte, ihn jemand anderem zu leihen.»

«Was sind Sie für eine bösartige Frau», bemerkte Mr. Ingleby kühl belustigt. «Mit solchen Bemerkungen bringen sich die studierten Frauen in Verruf.» Er warf einen Blick zu Willis, der sagte:

«Es ist nicht die Bosheit an sich. Es kommt daher, daß keine Feindschaft dahintersteckt. Das ist bei Ihnen allen so.»

«Sie halten es also mit Shaw – wenn du dein Kind schlägst, sei sicher, daß du es im Zorn tust.»

«Shaw ist Ire», sagte Bredon. «Willis hat den Finger auf das wahrhaft Anstößige am gebildeten Engländer gelegt – daß es ihm noch zu lästig ist, wütend zu werden.»

«Stimmt genau», sagte Willis. «Es ist diese schreckliche, öde, leere –» er winkte hilflos ab – «diese Fassade.»

«Meinen Sie Bredons Gesicht?» erkundigte Ingleby sich boshaft.

«Eisig beherrscht, wunderbar ausdruckslos», meinte Bredon, indem er sich in Miss Rossiters Spiegel betrachtete. «Eine sonderbare Vorstellung, daß hinter dieser massiven elfenbeinfarbenen Stirn eine ganze Whifflets-Kampagne siedet und sprießt.»

«Gemischte Metapher», tadelte Miss Meteyard. «Kessel sieden, Pflanzen sprießen.»

«Natürlich; es ist ja eine Blume der Rhetorik, aus dem Krätergärtlein gezupft.»

«Sinnlos, Miss Meteyard», meinte Ingleby. «Sie könnten ebensogut mit einem Aal diskutieren.»

«Apropos Aal», wechselte Miss Meteyard das Thema, «was ist mit unserer Miss Hartley los?»

«Miss Ohne-Hüften? Warum?»

«Neulich kam sie und verkündete aller Welt, daß bald die Polizei kommen und jemanden verhaften würde.»

«Was?» fragte Willis.
«Sie meinen, wen?»
«Meinetwegen, wen?»
«Bredon.»
«Mr. Bredon?» rief Miss Parton. «Was denn!»
«Sie meinen, weswegen denn? Wenn ihr Leute euch doch endlich angewöhnen könntet, zu sagen, was ihr meint!»

Miss Rossiter drehte ihren Stuhl um und starrte Mr. Bredon an, um dessen Mundwinkel es leise zuckte.

«Das ist komisch», sagte sie. «Wissen Sie, Mr. Bredon, wir haben es Ihnen ja nie gesagt, aber Miss Parton und ich haben eines Abends wirklich geglaubt, zu sehen, wie Sie verhaftet wurden; am Piccadilly Circus.»

«So?»

«Es waren natürlich *nicht* Sie.»

«Wirklich und wahrhaftig, ich war's nicht. Aber laßt den Kopf nicht hängen, was nicht ist, kann noch werden. Ich fürchte nur, daß Pymmie seine Millionen nicht hier im Firmensafe aufbewahrt.»

«Und nicht in eingeschriebenen Umschlägen», ließ Miss Meteyard beiläufig fallen.

«Sagen Sie bloß nicht, die sind hinter unserem Mr. Copley her!»

«Das wollen wir nicht hoffen. Brot und Wasser verträgt er sicher nicht.»

«Aber wofür sollte Bredon verhaftet werden?»

«Vielleicht fürs Herumlungern», sagte eine sanfte Stimme an der Tür. Mr. Hankin schob seinen Kopf um den Türpfosten und grinste ironisch. «Ich will ja nicht stören, aber wenn Mr. Bredon mir ein paar Augenblicke die Gunst seiner Aufmerksamkeit schenken könnte ... in Sachen Twentyman's Tee –»

«Bitte um Verzeihung, Sir», sagte Bredon in Habachtstellung, dann ließ er sich willig abführen.

Miss Rossiter schüttelte den Kopf.

«Denkt an meine Worte, dieser Mr. Bredon hat etwas Geheimnisvolles an sich.»

«Er ist süß», protestierte Miss Parton gefühlvoll.

«Bredon ist schon in Ordnung», meinte Ingleby.

Miss Meteyard sagte nichts. Sie ging hinunter ins Chefsekretariat und borgte sich das derzeit gültige *Who's Who*. Sie ließ den Zeigefinger an den Ws hinuntergleiten, bis sie an die folgende Eintragung kam: «WIMSEY, Peter Death Bredon (Lord);

Kriegsverdienstorden D.S.O.; geb. 1890; zweiter Sohn des Mortimer Gerald Bredon Wimsey, 15. Herzog von Denver, und der Honoria Lucasta, Tochter des Francis Delagardie von Bellingham Manor, Buckinghamshire. *Schulen:* Eton College und Balliol.» Sie las bis zum Ende.

«Da hätten wir's», sagte Miss Meteyard bei sich. «Ich hab's mir doch gedacht. Und was nun? Kann man da was machen? Ich glaube nicht. Besser die Finger davon lassen. Aber es kann nicht schaden, schon einmal die Fühler nach einer neuen Stelle auszustrecken. Man muß ja sehen, wo man bleibt.»

Ohne zu ahnen, daß sein Inkognito durchschaut war, widmete Mr. Bredon den Interessen von Twentyman's Tee nur flüchtige Aufmerksamkeit. Ergeben nahm er den Auftrag an, ein Schaufensterplakat mit zwei Spruchbändern zum Thema «Mehr Tee aus weniger Blättern» zu entwerfen, und steckte eine milde Ermahnung wegen des Herumlungerns im Schreibzimmer ein. Seine Gedanken waren in der Old Broad Street.

«Ich sehe, daß Sie am Samstag für uns spielen», bemerkte Mr. Hankin am Ende des Gesprächs.

«Ja, Sir.»

«Hoffentlich hält das Wetter. Sie haben Cricket in erstklassigen Mannschaften gespielt, glaube ich?»

«Das ist lange her.»

«Sie werden denen schon noch zeigen können, was Stil ist», meinte Mr. Hankin gutgelaunt. «Stil – heutzutage sieht man so etwas selten. Sie werden uns ganz schön stümperhaft finden, fürchte ich, und leider können ein paar unserer besten Spieler diesmal aus irgendwelchen Gründen nicht mitspielen. Schade. Aber Sie werden Mr. Tallboy sehr gut finden. Ein rundum versierter Mann und ein ausgezeichneter Feldspieler.»

Mr. Bredon sagte, auf das Feldspiel werde leider allzu selten Wert gelegt, und Mr. Hankin gab ihm recht.

«Mr. Tallboy ist in allen Sportarten gut; schade, daß er so wenig Zeit dafür hat. Ich persönlich sähe es gern, wenn die sportliche Seite unserer geselligen Aktivitäten hier etwas besser organisiert wäre. Aber Mr. Pym meint, das wäre vielleicht zu zeitraubend, und da hat er wahrscheinlich recht. Trotzdem kann ich nicht umhin, zu glauben, daß eine Pflege des Mannschaftsgeistes dieser Firma guttäte. Ich weiß nicht, ob Sie als Neuling hier schon etwas von den Spannungen bemerkt haben, die es von Zeit zu Zeit gibt –»

Bredon gestand, daß ihm etwas in der Art schon aufgefallen sei.

«Wissen Sie, Mr. Bredon», sagte Mr. Hankin ein bißchen wehmütig, «es ist für uns Direktoren manchmal schwierig, die Situation in der Belegschaft ganz zu durchschauen. Sie packen uns ein bißchen in Watte, nicht? Natürlich kann man da nichts machen, aber manchmal habe ich das Gefühl, daß da Strömungen unter der Oberfläche...»

Offenbar, dachte Bredon, hat Mr. Hankin bemerkt, daß irgendwo etwas auf Messers Schneide steht. Plötzlich hatte er Mitleid mit ihm. Sein Blick irrte zu einem Spruchband, das, mit Reißzwecken an Mr. Hankins Anschlagbrett befestigt, in grellbunten Lettern verkündete:

EINIGKEIT HERRSCHT SEIT EH UND JE
ÜBER PREIS UND GESCHMACK VON TWENTYMAN'S TEE

Nur weil in einer zerstrittenen Welt so selten über irgend etwas Einigkeit herrschte, beriefen sich die albernen Sprüche der Werbung stets so entschieden und abgeschmackt darauf. In Wahrheit gab es keine Einigkeit, weder bei so trivialen Dingen wie Tee noch in wichtigeren Punkten. Hier in diesem Haus, wo ein Chor von über hundert Mitarbeitern von morgens bis abends das Hohelied der Sparsamkeit, Tugend, Harmonie, der guten Verdauung und des häuslichen Friedens sang, herrschten hinter den Kulissen Geldsorgen, Intrigen, Unzufriedenheit, Verstopfung und eheliche Untreue. Und Schlimmeres – Mord en gros und en detail, an Seele und Leib; Mord mit Waffen und mit Gift. Solche Dinge machten nicht für sich Reklame, oder wenn doch, gaben sie sich einen anderen Namen.

Er gab Mr. Hankin eine unverbindliche Antwort.

Um ein Uhr verließ er die Werbeagentur und fuhr mit einem Taxi stadteinwärts. Er fühlte sich von einer plötzlichen Neugier gepackt und gedachte Mr. Tallboys Börsenmakler einen Besuch abzustatten.

Um zwanzig nach eins stand er auf der Old Broad Street, und sein Blut wallte vor Erregung, wie immer, wenn er eine Entdeckung machte.

Mr. Tallboys Börsenmakler residierte in einem kleinen Tabakwarenladen, und über der Tür stand nicht «Smith», sondern «Cummings».

«Eine Tarnadresse», bemerkte Lord Peter Wimsey. «Höchst

ungewöhnlich für einen Börsenmakler. Gehen wir der Sache doch etwas tiefer auf den Grund.»

Er trat in den Laden, der klein, beengt und über die Maßen düster war. Ein älterer Mann kam heraus, um ihn zu bedienen. Wimsey ging sofort aufs Ganze.

«Kann ich Mr. Smith sprechen?»

«Hier wohnt kein Mr. Smith.»

«Würden Sie mir dann freundlicherweise gestatten, eine Nachricht für ihn zu hinterlegen?»

Der ältere Mann schlug mit der flachen Hand auf die Theke.

«Ich hab's schon hundertmal gesagt, und ich sag's noch einmal», fauchte er böse. «Hier wohnt kein Mr. Smith, und meines Wissens hat auch nie einer hier gewohnt. Und wenn Sie der Herr sind, der seine Briefe immer hierherschickt, wäre ich froh, wenn Sie sich das mal gesagt sein ließen. Ich hab es bis obenhin satt, dem Postboten immerzu Briefe zurückzugeben.»

«Sie setzen mich in Erstaunen. Ich kenne Mr. Smith ja nicht persönlich, aber ein Bekannter von mir hat mich gebeten, hier eine Nachricht für ihn abzugeben.»

«Dann sagen Sie Ihrem Freund, was ich Ihnen sage. Es ist sinnlos, hierher Briefe zu schicken. Vollkommen sinnlos. Die Leute glauben wohl, ich habe nichts Besseres zu tun, als den Postboten Briefe zurückzugeben. Wenn ich nicht so ein gewissenhafter Mensch wäre, würde ich sie alle miteinander verbrennen. Jawohl, das täte ich. Verbrennen. Und wenn das noch lange so weitergeht, tu ich's auch. Das können Sie Ihrem Freund von mir bestellen.»

«Ich bitte sehr um Entschuldigung», sagte Wimsey. «Da scheint ein Irrtum vorzuliegen.»

«Irrtum?» rief Mr. Cummings zornig. «Ich glaube nicht an einen Irrtum. Ein dämlicher Streich soll das sein und sonst nichts. Und ich habe die Nase voll davon, das kann ich Ihnen sagen.»

«Wenn es ein Streich ist», sagte Wimsey, «dann bin ich das Opfer. Man hat mich einen Umweg geschickt, um jemandem eine Nachricht zu übermitteln, den es gar nicht gibt. Ich werde mir meinen Freund vorknöpfen.»

«Das täte ich an Ihrer Stelle auch», sagte Mr. Cummings. «Dumme Witze sind das. Sagen Sie Ihrem Freund, er soll mal selbst hierherkommen, verstanden? Ich weiß schon, was ich ihm erzähle.»

«Das ist eine gute Idee», sagte Wimsey. «Dann sagen Sie ihm mal tüchtig Bescheid.»

«Darauf können Sie Ihren letzten Penny wetten, Sir.» Mr. Cummings schien, nachdem er seiner Empörung ein Ventil gegeben hatte, etwas ruhiger zu werden. «Wenn Ihr Freund hier aufkreuzen sollte, Sir, welchen Namen wird er angeben?»

Wimsey, der schon im Begriff gestanden hatte, den Laden zu verlassen, hielt mitten im Schritt inne. Mr. Cummings hatte, wie er jetzt bemerkte, ein Paar sehr listige Augen hinter seinen Brillengläsern. Sofort kam ihm ein Gedanke.

«Passen Sie mal auf», sagte er, indem er sich vertraulich über die Theke lehnte. «Mein Freund heißt Milligan. Sagt Ihnen das etwas? Er hat mir gesagt, ich soll mich wegen einer gewissen Sache an Sie wenden. Sie verstehen?»

Das saß; ein rotes Aufglimmen in Mr. Cummings' Augen sagte Wimsey alles.

«Ich weiß nicht, wovon Sie reden», war jedoch alles, was Mr. Cummings sagte. «Ich habe nie von einem Mr. Milligan gehört und will auch nichts von ihm wissen. Und von Ihrer gewissen Sache schon gar nichts.»

«Nichts für ungut, mein Bester, nichts für ungut», sagte Wimsey.

«Und außerdem», sagte Mr. Cummings, «will ich von Ihnen auch nichts wissen, verstanden?»

«Verstehe», sagte Wimsey. «Verstehe vollkommen. Guten Tag.»

«Das war ein Volltreffer», dachte er. «Jetzt muß ich schnell handeln. Als nächstes zum St. Martin's-le-Grand, denke ich mir.»

Ein bißchen Druck von oben machte der Postdirektion Beine. Die für die Old Broad Street zuständigen Briefträger wurden ausfindig gemacht und verhört. Ja, es stimmte, sie brachten öfter Briefe für einen Mr. Smith in Mr. Cummings' Laden, und diese wurden ihnen jedesmal mit dem Vermerk «Empfänger unbekannt» zurückgegeben. Wohin gingen die Briefe dann? In die Abteilung für unzustellbare Sendungen. Wimsey rief bei Pym an, erklärte, daß er verhindert sei, und suchte die Poststelle für unzustellbare Sendungen auf. Nach kleiner Verzögerung fand er den Beamten, der über alles Bescheid wußte.

Die Briefe für Mr. Smith kamen regelmäßig jede Woche. Sie wurden nie, wie sonst üblich, an den Absender zurückgeschickt. Warum nicht? Weil sie keinen Absender trugen. Außerdem sei immer nur ein leeres Blatt Papier darin.

Ob sie den Brief vom letzten Dienstag noch hätten? Nein, er

wurde bereits geöffnet und vernichtet. Ob sie den nächsten, der käme, zurückbehalten und ihm schicken könnten? Da Lord Peter Wimsey, wie sie sähen, Scotland Yard hinter sich habe, ja. Wimsey dankte dem Beamten und ging nachdenklich seines Weges.

Beim Verlassen der Agentur um halb sechs ging er die Southampton Row hinunter zur Teobald's Road. An der Ecke stand ein Zeitungsverkäufer. Wimsey kaufte sich einen *Evening Comet* und blätterte geistesabwesend die Nachrichten durch. Da fiel ihm ein kurzer Absatz unter «Letzte Meldungen» ins Auge:

LEBEMANN TÖDLICH VERUNGLÜCKT

Heute nachmittag um 3 Uhr geriet ein schwerer Lastwagen auf dem Piccadilly ins Schleudern, erfaßte den auf dem Trottoir stehenden Major Todd Milligan, einen bekannten Lebemann, und verletzte ihn tödlich.

«Die arbeiten schnell», dachte er schaudernd. «Wieso in Gottes Namen laufe ich noch frei herum?» Er verwünschte seinen eigenen Leichtsinn. Er hatte sich gegenüber Cummings verraten; er war ohne jede Tarnung in seinen Laden gegangen; inzwischen wußten sie, wer er war. Schlimmer noch, sie mußten ihm zur Postdirektion und zu Pyms Werbedienst gefolgt sein. Wahrscheinlich folgten sie ihm auch jetzt. Hinter der Zeitung hervor warf er einen raschen Blick über die belebte Straße. Jeder von diesen herumstehenden Männern konnte *der* Mann sein. Phantastische, romantische Pläne schossen ihm durch den Kopf. Er würde seine Meuchelmörder an einen entlegenen Ort locken, etwa in die Blackfriars-Unterführung oder unter die Treppe von Cleopatra's Needle, sich ihnen dort entgegenstellen und sie mit bloßen Händen töten. Er würde Scotland Yard anrufen und ein paar Kriminalbeamte als Begleitschutz anfordern. Er würde mit einem Taxi («Nicht mit dem ersten, das kommt, und nicht mit dem zweiten», dachte er mit einer flüchtigen Erinnerung an Professor Moriarty) geradewegs zu seiner Wohnung fahren, sich dort verbarrikadieren und warten – worauf? Auf einen Luftangriff? ... In diesem Augenblick der Ratlosigkeit erblickte er plötzlich eine bekannte Gestalt – Chefinspektor Parker persönlich, offenbar auf einem frühen Heimweg, in der einen Hand eine Fischhändlertüte, in der andern eine Aktentasche.

Er ließ die Zeitung sinken und sagte: «Hallo!»

Parker blieb stehen. «Hallo!» antwortete er zögernd. Er war sich offenbar nicht ganz sicher, ob er von Lord Peter Wimsey oder von Mr. Death Bredon angesprochen wurde. Wimsey trat auf ihn zu und erlöste ihn von der Fischtüte.

«Das trifft sich gut. Du kommst sekundengenau aufs Stichwort, um zu verhindern, daß ich ermordet werde. Was ist das? Hummer?»

«Nein, Steinbutt», antwortete Parker gelassen.

«Ich lade mich bei euch zum Essen ein. Sie werden uns ja wohl nicht beide zusammen angreifen. Ich habe eine Dummheit gemacht und alles verraten. Also können wir uns auch gleich offen zeigen und guter Dinge sein.»

«Schön. Ich möchte so gern mal guter Dinge sein.»

«Stimmt etwas nicht? Warum gehst du so früh nach Hause?»

«Ich habe die Nase voll. Das *Yak* war ein Reinfall, fürchte ich.»

«Habt ihr eine Razzia gemacht?»

«Noch nicht. Den ganzen Vormittag ist gar nichts passiert, aber beim Mittagsandrang sah Lumley, wie ein Kerl, der aussah wie ein Schieber, einem anderen etwas zusteckte. Sie haben sich den Kerl gegriffen und durchsucht. Es kamen aber nur ein paar Wettscheine zum Vorschein. Möglicherweise ist erst für heute abend etwas geplant. Wenn nichts passiert, mache ich eine Razzia. Kurz vor der Polizeistunde dürfte die beste Zeit sein. Ich will selbst dabei sein, darum gehe ich jetzt ein bißchen früher zum Abendessen nach Hause.»

«Gut. Ich habe dir etwas zu erzählen.»

Schweigend bogen sie in die Great Ormond Street ein.

«Cummings?» meinte Parker, nachdem Wimsey ihm die Geschichte erzählt hatte. «Über den ist mir nichts bekannt. Aber du sagst, er kannte Milligans Namen?»

«Ganz gewiß. Hier ist übrigens der Beweis.»

Er zeigte Parker die Zeitungsmeldung.

«Aber dieser Tallboy – ist das der Kerl, hinter dem du her bist?»

«Ehrlich gesagt, Charles, ich verstehe das nicht. Ich kann ihn einfach nicht als den großen Drahtzieher ansehen. Sonst wäre er doch viel zu reich, um durch ein billiges Mädchen in Verlegenheit zu geraten. Und sein Geld käme auch nicht in Raten zu 50 Pfund. Aber eine Verbindung besteht. Sie muß bestehen.»

«Vielleicht ist er nur ein kleines Rädchen im Getriebe.»

«Möglich. Aber ich komme nicht um Milligan herum. Nach seinen Informationen wird der ganze Laden von Pym aus geleitet.»

«Vielleicht stimmt es. Tallboy ist womöglich nur die Marionette eines anderen. Vielleicht ist es Pym selbst – reich genug ist er ja, oder?»

«Ich glaube nicht, daß es Pym ist. Armstrong vielleicht, oder selbst der stille kleine Hankie. Natürlich könnte es reiner Bluff sein, daß Pym mich angestellt hat, aber diese Art Raffinesse traue ich ihm eigentlich nicht zu. Es wäre so unnötig gewesen. Es sei denn, er wollte durch mich herausbekommen, wieviel Dean tatsächlich wußte. In welchem Falle er Erfolg gehabt hätte», fügte Wimsey betrübt hinzu. «Aber ich kann nicht glauben, daß einer so dumm wäre, sich einem seiner eigenen Mitarbeiter in die Hand zu geben. Denk an die Möglichkeiten der Erpressung! Mit zwölf Jahren Gefängnis kann man einen Menschen ganz schön auf Trab halten. Trotzdem – Erpressung. Jemand wurde erpreßt, das steht so gut wie fest. Aber Pym kann Dean nicht erschlagen haben; er war zu der Zeit in einer Konferenz. Nein, ich glaube, wir müssen Pym freisprechen.»

«Ich sehe eines nicht ganz», sagte Lady Mary. «Wieso muß Pym überhaupt damit zu tun haben? Jemand *bei* Pym wäre eine Sache, aber wenn ihr sagt, daß der ganze Laden von Pym aus geleitet wird, heißt das eigentlich etwas ganz anderes – für mich jedenfalls. Für mich hört es sich so an, als ob Pyms Werbedienst von jemandem benutzt würde – für euch nicht?»

«Doch, schon», stimmte ihr Mann ihr zu. «Aber wie? Und warum? Was hat Reklame damit zu tun? Verbrechen brauchen im allgemeinen keine Reklame, ganz im Gegenteil.»

«Ich weiß nicht», meinte Wimsey plötzlich ganz leise. «Ich weiß nicht.» Seine Nase zuckte wie bei einem Kaninchen. «Pymmie hat heute morgen erst gesagt, daß eine Pressekampagne immer noch das beste Mittel ist, wenn man eine möglichst große Zahl von Leuten im ganzen Land in möglichst kurzer Zeit erreichen will. Moment, Polly – ich weiß nicht, ob du da nicht etwas sehr Nützliches und Wichtiges gesagt hast.»

«Was ich sage ist immer nützlich und wichtig. Denkt mal darüber nach, während ich zu Mrs. Gunner gehe und ihr erkläre, wie man Steinbutt zubereitet.»

«Und das Komische ist», sagte Parker, «daß es ihr Spaß zu machen scheint, Mrs. Gunner zu erklären, wie man Steinbutt zubereitet. Wir könnten uns ohne weiteres mehr Dienstboten leisten –»

«Mein lieber Junge», sagte Wimsey, «Dienstboten sind des Teufels. Ich nehme meinen Diener Bunter aus, weil er eine Ausnahme ist, aber für Polly ist es einfach ein Fest, die ganze Sippschaft abends aus dem Haus zu schmeißen. Hab keine Angst. Wenn sie Dienstboten will, verlangt sie welche.»

«Ich gebe zu», sagte Parker, «daß ich selbst froh war, als die Kinder so groß waren, daß sie kein ständiges Kindermädchen mehr brauchten. Aber ich glaube, Peter, im Augenblick brauchst du selbst ein ständiges Kindermädchen, damit dir nichts Häßliches zustößt.»

«Das ist es ja gerade. Hier sitze ich. Und warum? Wofür sparen die mich auf? Für etwas ganz besonders Gemeines?»

Parker ging ruhig ans Fenster und warf durch einen kleinen Spalt in der Jalousie einen Blick nach draußen.

«Da ist er, glaube ich. Ein abstoßend wirkender junger Mann mit Schottenmütze; steht drüben auf dem Trottoir und spielt mit einem Jo-Jo. Spielt sogar sehr gut, bewundert von einem Haufen Kinder. Ein großartiger Vorwand zum Herumstehen. Jetzt legt er wieder los. Dreiblättriges Kleeblatt, Über den Damm, Rund um die Welt. Einfach meisterhaft. Ich muß Mary sagen, sie soll ihn sich mal ansehen, da kann sie noch was lernen. Am besten schläfst du heute nacht hier.»

«Danke. Das glaube ich auch.»

«Und halte dich morgen vom Büro fern.»

«Da wäre ich sowieso nicht hingegangen. Ich muß gegen Brotherhood Cricket spielen. Ihr Platz ist in Romford.»

«Pfeif auf das Spiel. Halt! Das ist schön öffentlich. Sofern dich nicht der schnelle Werfer mit einem harten Ball abschießt, bist du dort so sicher wie sonstwo. Wie kommst du hin?»

«Die Firma hat einen Bus gemietet.»

«Gut. Ich lasse dich bis zur Abfahrt abschirmen.»

Wimsey nickte. Es wurde nicht mehr von Rauschgift und Gefahren gesprochen, bis das Essen vorüber war und Parker sich zum *Yak* verabschiedet hatte. Dann nahm Wimsey einen Kalender, das Telefonbuch, eine Abschrift des Berichts über den Band aus Mountjoys Wohnung, Schreibblock und Bleistift zur Hand und machte es sich mit einer Pfeife auf der Couch bequem.

«Du hast doch nichts dagegen, Polly? Ich muß etwas ausbrüten.»

Lady Mary drückte ihm einen Kuß auf die Stirn.

«Brüte nur schön. Ich werde dich nicht stören. Ich gehe ins Kinderzimmer. Und wenn das Telefon klingelt, gib acht, daß es nicht die geheimnisvolle Aufforderung ist, zu einem einsamen Lagerhaus am Fluß zu kommen oder der falsche Ruf zu Scotland Yard.»

«Schon gut. Und wenn es an der Haustür klingelt, hüte dich vor dem verkleideten Gasmann oder dem falschen Kriminalinspektor ohne Ausweis. Vor dem verfolgten blonden Mädchen oder dem schlitzäugigen Chinesen oder dem würdigen grauhaarigen Herrn mit einer Brust voller fremdländischer Orden brauche ich dich wohl nicht erst zu warnen.»

Er brütete.

Er holte aus seiner Brieftasche den Zettel hervor, den er vor Wochen aus Victor Deans Schreibtisch genommen hatte, und verglich die Daten mit dem Kalender. Es waren lauter Dienstage. Nach weiterem Nachdenken setzte er das Datum vom vorletzten Dienstag darunter, dem Tag, an dem Miss Vasavour die Werbeagentur besucht und Tallboy sich von ihm einen Füllfederhalter geliehen hatte, um einen Brief in die Old Broad Street zu adressieren. Neben dieses Datum setzte er ein T. Dann ging er in Gedanken langsam zurück und erinnerte sich, daß er an einem Dienstag in die Werbeagentur gekommen war und Tallboy sich im Schreibzimmer eine Briefmarke geholt hatte. Miss Rossiter hatte den Namen auf dem Umschlag vorgelesen – wie hatte da noch die Abkürzung des Vornamens gelautet? K, natürlich. Er schrieb das K daneben. Dann schlug er, diesmal noch zögernder, das Datum des Dienstags vor Mr. Puncheons historischem Abenteuer im *Weißen Schwan* nach und setzte daneben ein W mit Fragezeichen.

Soweit, so gut. Zwischen K und T lagen neun Buchstaben, aber es waren keine neun Wochen dazwischen gewesen. Außerdem hätte W nicht zwischen K und T kommen dürfen. Welche Regel lag dieser Buchstabenfolge zugrunde? Er zog nachdenklich an seiner Pfeife und versank in einen Traum, schwebte in einem Luftschloß aus Tabaksqualm dahin, bis ein sehr lauter, aus Geschrei und Kampfgetümmel bestehender Lärm in den oberen Zimmern ihn aufschreckte. Kurz darauf öffnete sich die Tür, und seine Schwester erschien mit leicht gerötetem Gesicht.

«Entschuldige, Peter. Hast du diesen Krach gehört? Dein kleiner Namensvetter war unartig. Er hatte Onkel Peters Stimme gehört und wollte um keinen Preis im Bett bleiben. Er will herunterkommen und dich begrüßen.»

«Sehr schmeichelhaft», sagte Wimsey.

«Aber auch sehr anstrengend», entgegnete Mary. «Ich spiele so ungern die gestrenge Mutter. Warum soll er seinen Onkel nicht sehen dürfen? Warum muß sich der Onkel mit so langweiligem Detektivkram beschäftigen, wo sein Neffe doch soviel interessanter ist?»

«Richtig», sagte Wimsey. «Das habe ich mich auch schon oft gefragt. Ich vermute, du hast dein Herz verschlossen.»

«Halb und halb. Ich habe gesagt, wenn er brav ist und wieder ins Bett geht, kommt Onkel Peter vielleicht nach oben und sagt ihm gute Nacht.»

«Und . . . war er brav?»

«Ja. Zu guter Letzt. Das heißt, er liegt im Bett. Zumindest lag er, als ich herunterkam.»

«Na schön», sagte Wimsey, indem er seine Siebensachen beiseite legte. «Dann will ich auch ein braver Onkel sein.»

Er ging gehorsam nach oben und fand Peterchen, drei Jahre alt, dem Buchstaben nach im Bett. Das heißt, er saß aufrecht darin, hatte die Decken abgeworfen und brüllte aus Leibeskräften.

«Nanu!» sagte Wimsey schockiert.

Das Gebrüll ließ nach.

«Was soll denn das heißen?» Wimsey folgte mit tadelndem Finger der Spur einer dicken, hinunterkullernden Träne. «Tränen, eitle Tränen! . . . Du lieber Himmel!»

«Onkel Peter, ich hab ein Lugzeug.» Peterchen zupfte energisch am Ärmel seines plötzlich still gewordenen Onkels. «Schau mal, mein Lugzeug, Onkel. Lugzeug! Lugzeug!»

«Entschuldige, mein Kleiner», riß Wimsey sich wieder in die Gegenwart zurück. «Ich war nicht ganz da. Ein schönes Flugzeug. Kann es auch fliegen? . . . Halt, du brauchst jetzt nicht aufzustehen, um es mir zu zeigen! Ich glaub's dir ja.»

«Mami kann das.»

Es flog sehr ordentlich und landete sauber auf der Kommode. Wimsey sah ihm mit leerem Blick nach.

«Onkel Peter!»

«Ja, mein Sohn, großartig. Hör mal, hättest du gern ein Motorboot?»

«Was ist ein Motobot?»

«Ein kleines Schiff, das auf dem Wasser fährt – tuck-tuck-tuck – so.»

«Kann es auch in meiner Badefanne fahren?»

«Natürlich, auch auf dem Teich in Kensington Garden.»
Peterchen überlegte.
«Kann ich es mit in die Badefanne nehmen?»
«Gewiß, wenn Mami es erlaubt.»
«Ich will ein Motobot für meine Badefanne.»
«Du sollst eins bekommen, mein Kleiner.»
«Wann, jetzt?»
«Morgen.»
«Wirklich morgen?»
«Ehrenwort.»
«Sag, danke, Onkel Peter.»
«Danke, Onkel Peter. Ist bald morgen?»
«Wenn du dich sofort hinlegst und schläfst.»
Klein Peter, der ein praktisch veranlagter Junge war, schloß unverzüglich die Augen, legte sich hin und wurde prompt von fester Hand zugedeckt.
«Aber Peter, du sollst ihn wirklich nicht bestechen, nur damit er schläft. Wo bleibt denn da die Disziplin?»
«Zum Teufel mit der Disziplin», sagte Peter an der Tür.
«Onkel!»
«Gute Nacht!»
«Ist schon morgen?»
«Noch nicht. Schlaf erst mal. Morgen wird es erst, wenn du geschlafen hast.»
«Warum?»
«Das gehört dazu.»
«Ah. Ich schlaf schon, Onkel Peter.»
«Gut. Dann schlaf weiter.» Wimsey zog seine Schwester aus dem Zimmer und schloß die Tür.
«Polly, ich werde nie wieder sagen, daß Kinder lästig sind.»
«Was ist los? Ich sehe doch, daß du etwas hast. Du platzt ja förmlich.»
«Ich hab's! Tränen, eitle Tränen. Der Junge hätte 50 Motorboote zur Belohnung fürs Heulen verdient.»
«O Gott.»
«Das konnte ich ihm natürlich nicht sagen, oder? Komm mal runter, ich zeige dir etwas.»
Er zerrte Mary ins Wohnzimmer, so schnell er konnte, nahm die Liste mit den Daten und stach triumphierend mit dem Bleistift darauf.
«Siehst du dieses Datum? Das ist der Dienstag vor dem Freitag, an dem der Koks im *Weißen Schwan* ausgegeben wurde. An

diesem Dienstag wurde die Nutrax-Schlagzeile für den folgenden Freitag festgelegt. Und», fragte Wimsey rhetorisch, «wie lautete die Schlagzeile?»

«Ich habe nicht die mindeste Ahnung. Ich lese nie Anzeigen.»

«Dich hätte man bei der Geburt ersticken sollen. Die Überschrift lautete: ‹Warum der Frau die Schuld geben?› Du wirst bemerkt haben, daß sie mit einem W beginnt. Verstehst du?»

«Ich glaube, ja. Es kommt mir sehr einfach vor.»

«Eben. Und nun zu diesem Datum. Da lautete die Nutrax-Schlagzeile: ‹Tränen, eitle Tränen› – das ist aus einem Gedicht.»

«Soweit kann ich folgen.»

«Das hier ist das Datum, an dem die Schlagzeile zur Veröffentlichung freigegeben wurde, verstehst du?»

«Ja.»

«Auch ein Dienstag.»

«Das habe ich schon begriffen.»

«Am selben Dienstag schickte Mr. Tallboy, der Gruppenleiter für Nutrax, einen Brief ab, adressiert an ‹T. Smith, Esq.›. Verstanden?»

«Ja.»

«Sehr gut. Diese Anzeige erschien an einem Freitag.»

«Versuchst du mir zu erklären, daß alle diese Anzeigen jeweils dienstags für den Druck freigegeben werden und jeweils freitags erscheinen?»

«Genau.»

«Warum sagst du das nicht gleich, statt dich dauernd zu wiederholen?»

«Schon gut. Und nun merket auf und gebet acht. Mr. Tallboy hat also die Angewohnheit, dienstags Briefe an einen Mr. Smith zu schicken, den es, nebenbei bemerkt, gar nicht gibt.»

«Ich weiß. Das hast du uns schon alles erzählt. Mr. T. Smith ist Mr. Cummings, aber Mr. Cummings bestreitet es.»

«Er bestreitet die Aussage, versetzte der König. Aber laß das jetzt mal beiseite. Das Entscheidende ist, daß Mr. Smith nicht immer Mr. T. Smith heißt. Manchmal ist er ein anderer Mr. Smith. Aber an dem Tag, an dem die Nutrax-Schlagzeile mit einem T anfing, war er Mr. T. Smith.»

«Und was für ein Mr. Smith war er, als die Schlagzeile mit einem W anfing?»

«Leider weiß ich das nicht. Aber ich kann mir denken, daß er da Mr. W. Smith hieß. Jedenfalls begann die Nutrax-Schlagzeile an dem Tag, als ich zu Pym kam, mit ‹Kribbel-Krabbel›. Und an diesem Tag war Mr. Smith ein –»

«Halt! Laß mich raten. Er war Mr. K. Smith.»

«So ist es. Vielleicht Kenneth oder Kirkpatrick oder Killarney. Killarney Smith wäre doch ein hübscher Name.»

«Und wurde am darauffolgenden Freitag das Rauschgift in der *Krone* ausgeteilt?»

«Darauf wette ich mein letztes Hemd. Was hältst du davon?»

«Ich fürchte, da brauchst du noch einiges mehr an Beweisen. Du hast nicht ein einziges Mal alle drei beieinander – den abgekürzten Vornamen, die Schlagzeile und das Wirtshaus.»

«Das ist der schwache Punkt», räumte Wimsey ein. «Aber sieh mal her. Dieser Dienstag, den ich jetzt aufschreibe, liegt in der Woche, in der es den großen Nutrax-Krach gab – als die Schlagzeile donnerstags abends in letzter Sekunde geändert wurde. Am Freitag dieser Woche ist irgend etwas mit dem Nachschub für Major Milligan schiefgegangen. Er hat das Zeug nie bekommen.»

«Peter, ich glaube, da bist du auf einer Spur.»

«Glaubst du, Polly? Nun, ich auch. Ich war mir nur nicht sicher, ob es noch jemand anderem außer mir einleuchten würde. Paß mal auf – da fällt mir noch ein anderer Tag ein.» Wimsey mußte lachen. «Ich weiß das Datum nicht mehr, aber da bestand die Schlagzeile nur aus einem Gedankenstrich und einem Ausrufezeichen, und Tallboy hat darüber furchtbar gemault. Ich möchte wissen, was sie in dieser Woche gemacht haben. Wahrscheinlich haben sie den ersten Buchstaben des Untertitels genommen. Was für ein Witz!»

«Aber wie funktioniert das weiter, Peter?»

«Nun, die Einzelheiten kenne ich auch nicht, aber ich stelle es mir so vor: Sobald am Dienstag die Schlagzeile festliegt, schickt Tallboy einen Umschlag an Cummings' Tabakladen, adressiert an A. Smith, Esq., B. Smith, Esq. und so weiter, je nach dem ersten Buchstaben der Annonce. Cummings wirft einen Blick darauf, schimpft und gibt dem Postboten den Brief zurück. Dann informiert er den oder die Oberverteiler. Ich weiß nicht, wie. Möglicherweise inseriert er auch, denn der große Trick an der Sache ist ja, daß zwischen den verschiedenen Leuten so wenig Kontakte wie möglich bestehen. Donnerstags wird das Zeug ins Land geschmuggelt, ein Agent nimmt es an und packt es, getarnt als Natron oder etwas ähnlich Harmloses, in kleine Päckchen ab. Dann nimmt er das Londoner Telefonbuch und sucht die nächste Wirtschaft heraus, die mit dem Buchstaben anfängt, den Cummings ihm mitgeteilt hat. Sowie das Wirtshaus am Freitag öffnet, ist er da. Die Unterverteiler, wenn wir sie mal so nennen wollen, haben inzwischen den *Morning Star* und ebenfalls das Telefonbuch studiert. Sie eilen in das betreffende Wirtshaus und bekommen dort die Päckchen zugesteckt. Der selige Mr. Mountjoy muß einer von diesen Herrschaften gewesen sein.»

«Und wie erkennen sich die Ober- und Unterverteiler?»

«Es muß irgendein Losungswort geben, und unser verprügelter Freund Hector Puncheon muß es zufällig ausgesprochen haben. Wir müssen ihn mal fragen. Er ist vom *Morning Star*, und mit dem *Morning Star* hat es möglicherweise zu tun. Mountjoy muß übrigens viel von der Morgenstunde gehalten haben, denn es schien seine Angewohnheit zu sein, sich sofort die Zeitung zu besorgen, wenn sie aus der Presse kam – womit auch erklärt ist, daß er schon morgens um halb fünf in Covent Garden war und sich eine Woche später wieder in aller Herrgottsfrühe in Fleet Street herumtrieb. Er muß das Erkennungswort gesagt haben, was es auch war; vielleicht kann Puncheon sich erinnern. Danach packte er die Ware in kleinere Portionen ab (daher sein Vorrat an Zigarettenpapier) und verteilte diese nach eigenem Geschmack und Gutdünken weiter. Natürlich weiß ich vieles noch nicht. Zum Beispiel, wie dafür bezahlt wurde. Von Puncheon hat niemand Geld verlangt. Tallboy scheint seinen Anteil in Scheinen bekommen zu haben. Aber das sind Details. Das Geniale an der Sache ist, daß der Koks nie zweimal an derselben Stelle verteilt wurde. Kein Wunder, daß Charles damit Schwierigkeiten hatte. Übrigens habe ich ihn heute in die falsche Wirtschaft geschickt. Armer Teufel; er wird mich verfluchen!»

Mr. Parker fluchte aus vollem Herzen, als er nach Hause kam.

«Es ist allein meine Schuld», meinte Wimsey vergnügt. «Ich habe dich ins *Yak* geschickt. Dabei hättest du in der *Unke* oder im *Uhu* sein müssen. Aber nächste Woche machen wir's besser – wenn wir bis dahin noch leben.»

«Wenn», sagte Parker ernst, «wir bis dahin noch leben.»

18

Unerwartetes Ende eines Cricketspiels

Der Pym-Troß füllte einen großen Autobus; außerdem fuhren noch ein paar in ihren eigenen Austins mit. Das Spiel sollte zwei Durchgänge haben und um 10 Uhr beginnen, und Mr. Pym legte Wert darauf, daß es gut besucht war. In der Agentur hielt während des Samstagvormittags nur noch eine Rumpfmannschaft die Stellung, und es wurde erwartet, daß möglichst viele von ihnen nachmittags mit dem Zug nach Romford nachkamen. Mr. Death Bredon, eskortiert von Lady Mary und Chefinspektor Parker, stieg als einer der letzten in den Bus.

Die Firma Brotherhood legte großen Wert auf ein ideales Arbeitsklima. Das war ihre bevorzugte Form von praktiziertem Christentum; außerdem machte es sich gut in ihrer Werbung und war zudem eine wirksame Waffe gegen Gewerkschaften. Natürlich hatte die Firma Brotherhood nicht das allermindeste gegen Gewerkschaften als solche einzuwenden. Man hatte lediglich erkannt, daß satte, zufriedene Menschen von Natur aus wenig zu gemeinschaftlichem Handeln in irgendeiner Form neigten – was ja auch die Eselsgeduld der Steuerzahler erklärt.

In Brotherhoods Brot-und-Spiele-Politik nahmen organisierte Sportveranstaltungen natürlich einen wichtigen Platz ein. Über dem Pavillon, von dem aus man das ganze geräumige Spielfeld überblickte, wehte eine prächtige knallrote Fahne, bestickt mit dem Firmenzeichen, zwei ineinander verschlungenen Händen. Das gleiche Emblem zierte die knallroten Blazer und Mützen der elf Brotherhood-Cricketspieler. Dagegen waren die elf Männer der Werbeagentur Pym eine mäßige Werbung für sich selbst. Mr. Bredon bildete geradezu einen leuchtenden Fleck in der Landschaft, denn seine Flanellhose war makellos, und sein etwas antiquierter Balliol-Blazer verbreitete eine Aura von Echtheit. Mr. Ingleby war ebenfalls korrekt gekleidet, wenn auch ein wenig schäbig. Mr. Hankin verdarb seine sonst tadellose Erscheinung mit einem braunen Filzhut, während Mr. Tallboy, in jeder anderen Beziehung korrekt, eine fatale Neigung zeigte, an der Taille etwas zu vertuschen, wofür zweifellos sein Schneider und Hemdenmacher gemeinsam verantwortlich zeichneten. Die Anzüge der übrigen waren verschiedene Kombinationen aus weißen Flanellhosen und braunen Schuhen, weißen Schuhen und dem falschen Hemd dazu, Tweedjacken mit weißen Leinenmützen, bis hinunter zu dem schmählichen Schauspiel, das Mr. Miller bot, der nicht einsah, warum er sich eines bloßen Spieles wegen in Schale werfen sollte, und das Auge mit einer grauen Flanellhose nebst gestreiftem Hemd und Hosenträgern beleidigte.

Der Tag begann schon schlecht, denn Mr. Tallboy hatte seinen Glücks-Shilling verloren, worauf Mr. Copley spitz bemerkte, er wolle vielleicht lieber eine Pfund-Note werfen. Das machte Mr. Tallboy nervös. Brotherhood gewann die Auslosung und beschloß, den ersten Durchgang zu bestreiten. Mr. Tallboy, immer noch nervös, baute seine Feldspieler auf, vergaß in seiner Aufregung Mr. Hankins Vorliebe für die Position Mitterechts und setzte ihn auf Halblinks ein. Bis dieser Fehler ausgebügelt war, hatte sich herausgestellt, daß Mr. Haagedorn seine Wickethüterhandschuhe vergessen hatte, und man mußte sich ein Paar vom Pavillon ausleihen. Dann stellte Mr. Tallboy fest, daß er seine beiden schnellen Werfer zusammen aufgestellt hatte. Er bereinigte dies, indem er Mr. Wedderburn vom Spielfeldrand wegholte, damit er seine «Langsamen mit Effet» werfen solle, und Mr. Barrow zugunsten von Mr. Beeseley herausnahm. Dies kränkte Mr. Barrow so, daß er sich grollend in den äußersten Winkel des Spielfelds verzog und dort offenbar ein Schläfchen halten wollte.

«Was soll diese Verzögerung?» fragte Mr. Copley.

Mr. Willis antwortete, Mr. Tallboy sei wohl ein wenig mit der Werferfolge durcheinandergeraten.

«Schlechte Organisation», sagte Mr. Copley. «Er hätte eine Liste aufstellen und sich daran halten sollen.»

Der erste Durchgang für Brotherhood verlief ziemlich ereignislos. Mr. Miller verpaßte zwei leichte Bälle, und Mr. Barrow ließ, um seine Verstimmung über seine Feldplacierung zu zeigen, einen wirklich völlig harmlosen Ball ins Aus gehen, statt ihm nachzusetzen. Der älteste Mr. Brotherhood, ein quirliger alter Herr von 75 Jahren, kam vergnügt vom Pavillon angewatschelt, um sich liebenswürdig Mr. Armstrongs anzunehmen. Er tat dies, indem er in Erinnerungen an alle großen Cricketspiele schwelgte, die er in seinem ganzen langen Leben je gesehen hatte, und da er von Kindesbeinen an diesem Spiel zugetan war und nie ein Turnier von Bedeutung verpaßt hatte, nahm das einige Zeit in Anspruch und war sehr ermüdend für Mr. Armstrong, der Cricket langweilig fand und den Spielen der Belegschaft nur mit Rücksicht auf Mr. Pyms Grillen beiwohnte. Mr. Pym, dessen Begeisterung nur noch von seiner Ahnungslosigkeit übertroffen wurde, spendete schlechten wie guten Schlägen gleichermaßen Beifall.

Schließlich ging die Brotherhood-Mannschaft mit 155 Läufen vom Platz, und die Pym-Elf kam aus allen Winkeln des Spielfelds zusammen – die Gentlemen Garrett und Barrow, beide schlecht gelaunt, um ihre Beinschoner anzulegen, die übrigen, um sich unter die Zuschauer zu mischen. Mr. Bredon, träge in seinen Bewegungen, aber gutgelaunt, legte sich Miss Meteyard zu Füßen, während Mr. Tallboy vom alten Mr. Brotherhood geangelt wurde, wodurch Mr. Armstrong erlöst war und sofort die Einladung eines jüngeren Brotherhood annahm, sich eine neue Maschine anzusehen.

Der Durchgang begann furios. Mr. Barrow, ein guter Schlagmann, wenngleich unbeständig, nahm das Wicket auf der fabrikwärtigen Seite des Spielfelds und erzielte schon gegen den ersten Werfer ein paar Zweierläufe. Mr. Garrett, listig und vorsichtig, mauerte die ersten fünf Würfe, den sechsten lenkte er so raffiniert durch das Feld, daß es für ordentliche drei Läufe reichte. Ein Einzellauf beim nächsten Ball brachte wieder Mr. Barrow ans Schlagen, und dieser legte nach dem guten Anfang einen munteren Überlegenheitskomplex an den Tag und machte sich daran, Läufe einzuheimsen. Mr. Tallboy seufzte erleichtert auf. Wenn Mr. Barrow sein Selbstvertrauen gefunden und ein paar Erfolge erzielt hatte, war er immer für ein paar Punkte gut; wurde er durch einen knapp vorbeizischenden Ball, die Sonne in den Augen oder durch eine Bewegung vor den weißen Wänden aus dem Takt gebracht, neigte er zu Defätismus und Unzuverlässigkeit. An dieser Stelle wechselte der Kapitän der Brotherhood-Mannschaft, als er sah, daß der Schlagmann die Werfer in den Griff bekommen hatte, den Mann am fabrikseitigen Ende gegen einen gedrungenen, kampflustig aussehenden Menschen mit finsteren Zügen aus, bei dessen Anblick Mr. Tallboy aufs neue verzagte.

«Sie bringen Simmonds sehr früh hinein», sagte er. «Ich hoffe nur, daß niemand zu Schaden kommt.»

«Ist das ihr Teufelswerfer?» fragte Bredon, als er sah, daß der

Wickethüter sich schleunigst auf eine respektvolle Distanz vom Wicket zurückzog.

Tallboy nickte. Der wüste Mr. Simmonds spuckte sich gehässig in die Hände, zog sich die Mütze mit einem Ruck über die Augen, fletschte haßerfüllt die Zähne, stürmte heran wie ein wilder Stier und schoß den Ball mit der Geschwindigkeit eines schweren Artilleriegeschosses in Mr. Barrows Richtung.

Wie die meisten harten Werfer hatte Mr. Simmonds kein gutes Gefühl für Entfernungen. Sein erstes Wurfgeschoß kam zu kurz, schwirrte vom Boden empor wie ein aufgescheuchter Fasan, zischte an Mr. Barrows Ohr vorbei und wurde vom Langstopper, einem Mann von unerschütterlichem Gemüt und Händen aus Leder, geschickt gefangen. Die nächsten beiden gingen zu weit. Der vierte Ball kam schnurgerade und genau richtig. Mr. Barrow nahm ihn mutig an. Die Wucht des Aufpralls wirkte auf ihn wie ein elektrischer Schlag; er mußte kurz die Augen schließen und schüttelte seine Hände, als wisse er nicht genau, ob noch alle Knochen an ihrem Platz waren. Der fünfte Wurf war leichter zu bewältigen; er schlug ihn schön davon und lief.

«Noch mal!» brüllte Mr. Garrett, schon zum zweitenmal auf halbem Wege zwischen den beiden Wickets. Also machte Mr. Barrow noch einen Lauf und stand dann wieder zum nächsten Angriff bereit. Dieser kam; der Ball sauste am Schlagholz hinauf wie ein Eichhörnchen, erwischte ihn schmerzhaft an den Fingerknöcheln, glitt im rechten Winkel davon und gab Mittelinks eine Chance, die dieser aber zum Glück vertat. Die Feldspieler wechselten die Seiten, und Mr. Barrow konnte beiseite treten und seine Verwundungen pflegen.

Mr. Garrett, der eine Politik des «Sturheit siegt» verfolgte, mauerte systematisch weiter und blockte die ersten vier Würfe nur ab. Der fünfte Wurf brachte zwei Läufe ein; beim sechsten, der weitgehend vom gleichen Kaliber war, begnügte er sich wieder mit Abblocken.

«Mir gefällt dieses Zeitlupen-Cricket nicht», beklagte sich der betagte Mr. Brotherhood. «Als ich ein junger Mann war –»

Mr. Tallboy schüttelte den Kopf. Er wußte sehr gut, daß Mr. Garrett eine gewisse Angst vor schnellen Werfern hatte. Er wußte auch, daß Garrett einigen Grund dazu hatte, denn er war Brillenträger. Aber er wußte ebensogut, wie Mr. Barrow darüber denken würde.

Der verärgerte Mr. Barrow stellte sich dem verabscheuungswürdigen Simmonds mit der Miene eines Gekränkten. Der erste

Ball war ebenso harmlos wie unbrauchbar; der zweite tat weh, aber den dritten konnte er schlagen, und das tat er. Er hieb ihn genußvoll zur Spielfeldgrenze und holte unter lautem Jubel vier Läufe. Der vierte Wurf verfehlte das Wicket nur durch Gottes Barmherzigkeit, aber den sechsten lenkte er zu einem Lauf nach rechts ab. Danach tat er es Mr. Garrett gleich und mauerte einen ganzen Wechsel lang, so daß als nächstes wieder Mr. Garrett dem Teufelswerfer gegenüberstand.

Mr. Garrett tat sein Bestes. Aber der erste Ball schoß ihm senkrecht unters Kinn und nahm ihm den Schneid. Der zweite setzte auf halbem Wege zwischen den Wickets auf und sauste ihm bedenklich dicht über den Kopf. Der dritte war besser gezielt und schien zu heulen, als er ihm entgegengerast kam. Garrett wollte ihn annehmen, verlor den Mut, zuckte zurück und wurde glatt abgeschossen.

«Ogottogott», sagte Mr. Hankin. «Es scheint, jetzt bin ich dran.» Mit nervösem Blinzeln zupfte er seine Beinschoner zurecht. Mr. Garrett trollte sich verdrießlich zum Pavillon. Mr. Hankin begab sich mit aufreizender Langsamkeit zum Wicket. Er hatte seine eigenen Methoden, mit Teufelswerfern fertig zu werden und ließ sich nicht erschrecken. Umständlich klopfte er den Rasen vor der Aufstellungslinie platt, ließ sich dreimal vom Schiedsrichter in die Position einweisen, rückte seine Mütze zurecht, bat um ein Verrücken der weißen Wand, ließ sich erneut einweisen und stellte sich Mr. Simmonds mit dem liebenswürdigsten Lächeln, sehr gerade ausgestrecktem Schlagholz, leicht vorgewinkelten Ellbogen und korrekt placierten Füßen. Die Folge war, daß der nervös gewordene Mr. Simmonds einen viel zu hohen Ball warf, der bis zur Spielfeldgrenze flog, worauf er zwei weiche, mäßig gezielte Bälle folgen ließ, die Mr. Hankin in angemessener Weise bestrafte. Das alles munterte Mr. Barrow wieder auf und gab ihm Rückhalt. Voll Selbstvertrauen schwang er die Keule, und die Zahl der Läufe stieg auf fünfzig. Der Beifall hatte sich kaum gelegt, als Mr. Hankin einen hurtigen Schritt vor das Wicket machte, um einen langsam und harmlos aussehenden Ball anzunehmen, der jedoch aus unerfindlichen Gründen unter seinem Schlagholz durchschlüpfte und ihm gegen den linken Schenkel klatschte. Der Wickethüter hob anklagend die Hände.

«Aus!» sagte der Unparteiische.

Mr. Hankin vernichtete ihn mit einem Blick und stolzierte sehr langsam und würdevoll vom Spielfeld, wo ihn ein teilnahmsvoller Chor mit einem einstimmigen «Wirklich, das war Pech, Sir» in Empfang nahm.

«Es war *allerdings* Pech», entgegnete Mr. Hankin. «Ich muß mich sehr über Mr. Grimbold wundern.» (Mr. Grimbold war der Schiedsrichter, ein älterer, ruhiger Mitarbeiter der Pymschen Außenabteilung.) «Der Ball war weit daneben. Er wäre dem Wicket nie zu nahe gekommen.»

«Er hatte ein wenig Effet», wandte Mr. Tallboy vorsichtig ein.

«Effet hatte er, das stimmt schon», räumte Mr. Hankin ein, «aber er wäre trotzdem danebengegangen. Ich glaube, mir kann niemand Unsportlichkeit vorwerfen, und wenn ich wirklich das Bein dazwischen gehabt hätte, wäre ich der erste, der es zugeben würde. Haben Sie es gesehen, Mr. Brotherhood?»

«O ja, ich hab's sehr wohl gesehen», antwortete der alte Herr mit leisem Lachen.

«Ich unterwerfe mich Ihrem Urteil», sagte Mr. Hankin. «Hatte ich das Bein dazwischen oder nicht?»

«Natürlich nicht», sagte Mr. Brotherhood. «Niemand hat je das Bein dazwischen. Ich sehe mir jetzt schon seit sechzig Jahren jedes Cricketspiel an, mein Verehrter, seit sechzig Jahren, und das geht in eine Zeit zurück, da waren Sie noch gar nicht geboren, da hat noch niemand an Sie gedacht, und ich habe noch nie erlebt, daß einer wirklich das Bein dazwischen hatte – wenn es nach ihm gegangen wäre, heißt das.» Er lachte wieder. «Ich erinnere mich noch, wie 1892...»

«Nun, Sir, ich muß mich Ihrem erfahrenen Urteil beugen», sagte Mr. Hankin. «Und jetzt gedenke ich erst mal ein Pfeifchen zu rauchen.» Er machte sich davon und setzte sich neben Mr. Pym.

«Der arme Mr. Brotherhood», sagte er, «wird auch schon sehr alt und tatterig. Wirklich, sehr tatterig. Ich weiß nicht, ob wir ihn nächstes Jahr noch einmal hier sehen werden. Das war eine sehr unglückliche Entscheidung von Grimbold. Natürlich kann man sich in solchen Sachen leicht täuschen, aber Sie haben doch sicher selbst gesehen, daß ich nicht mehr das Bein dazwischen hatte als er selbst. Sehr ärgerlich, wo ich gerade so richtig in Schwung gekommen war.»

«Dummes Pech», stimmte Mr. Pym ihm fröhlich zu. «Ah, jetzt geht Ingleby hinein. Ich sehe ihm immer gern zu. Im allgemeinen macht er seine Sache sehr gut, nicht?»

«Kein Stil», meinte Mr. Hankin mißvergnügt.

«Nein?» fragte Mr. Pym friedfertig. «Sie wissen das natürlich am besten, Hankin. Aber er schlägt den Ball immer zurück. Das sehe ich so gern, wenn ein Schlagmann den Ball zurückschlägt. Da! Guter Schlag! Guter Schlag! O Gott!»

Denn Mr. Ingleby hatte ein wenig zu eifrig geschlagen, wurde von einem Feldspieler erwischt und war schneller wieder draußen, als er hineingegangen war.

«Quakquak», machte Mr. Bredon.

Mr. Ingleby warf sein Schlagholz nach Mr. Bredon, und Mr. Tallboy murmelte schnell «Pech!» und ging, seinen Platz einzunehmen.

«So was Ärgerliches», sagte Miss Rossiter besänftigend. «Ich finde es sehr tapfer von Ihnen, daß Sie überhaupt zu schlagen versucht haben. Das war nämlich ein furchtbar schneller Ball.»

«Hm», machte Mr. Ingleby.

Mr. Inglebys vorzeitiger Hinauswurf war jedoch des schrecklichen Mr. Simmonds' Schwanengesang. Er hatte sich mit seiner eigenen Wildheit fertiggemacht kam aus dem Tritt, warf noch ungenauer als sonst und wurde nach einem teuren Wechsel gegen einen Herrn ausgetauscht, der gefährliche Aufsetzer warf. Ihm fiel Mr. Barrow zum Opfer, der sich ruhmbedeckt mit 27 Läufen vom Platz begab. An seine Stelle trat Mr. Pinchley, der sich mit einer Triumphgebärde und dem Versprechen, ihnen die Fetzen um die Ohren zu schlagen, von den Zuschauern verabschiedete.

Mr. Pinchley hielt sich an keinerlei Mätzchen wie Rasenglätten und Einweisenlassen auf. Er schritt energisch an seinen Platz, hob sein Schlagholz fast schulterhoch und stand wie ein Fels, bereit zu nehmen, was ihm der Himmel schickte. Viermal jagte er das Leder himmelhoch zur Spielfeldgrenze, dann fiel er mit einem gefährlichen Aufsetzer den Philistern in die Hände und schlenzte den Ball in die gefräßigen Handschuhe des Wickethüters.

«Kurz und schmerzlos», meinte Mr. Pinchley, als er mit einem breiten Grinsen auf dem geröteten Gesicht zurückkam.

«Vier Vierer kann man immer brauchen», sagte Mr. Bredon freundlich.

«Eben, das sage ich ja auch», bestätigte Mr. Pinchley. «Nichts wie ran, damit die Geschichte weiterläuft, das stelle ich mir unter Cricket vor. Dieses ewige Getue kann ich nicht ausstehen.»

Die Bemerkung galt Mr. Miller, dessen Spielweise sehr pedantisch war. Es folgte ein etwas mühsamer Spielabschnitt, in dem die Zahl der Läufe langsam auf 83 stieg, bis Mr. Tallboy bei einem Flugball einen etwas unvorsichtigen Schritt nach rückwärts machte, auf dem Rasen ausrutschte und sich auf sein Wicket setzte.

Innerhalb der nächsten fünf Minuten wurde Mr. Miller, tapfer einem etwas leichtsinnigen Zuruf von Mr. Beeseley folgend, mitten zwischen den Wickets erwischt und mußte hinaus, nachdem er mühsame zwölf Läufe zusammengebracht hatte. Mr. Bredon ging, während er sich gelassen zu seinem Wicket begab, mit sich selbst zu Rate. Er ermahnte sich, daß er immer noch, zumindest für die Firmen Pym und Brotherhood, Mr. Death Bredon von Pyms Werbedienst war. Eine stille, unaufdringliche Mittelmäßigkeit mußte sein Ziel sein. Nichts, was an Peter Wimsey aus der Zeit vor zwanzig Jahren erinnerte, als er einmal für Oxford in aufeinanderfolgenden Durchgängen 200 Läufe geholt hatte. Keine raffiniert angeschnittenen Bälle. Nichts Aufsehenerregendes. Andererseits hatte er von sich behauptet, einmal ein Cricketspieler gewesen zu sein. Er durfte hier also auch kein Schauspiel der Unfähigkeit liefern. Also beschloß er, zwanzig Läufe zu machen, nicht mehr und nach Möglichkeit auch nicht weniger.

Es war leicht beschlossen; indessen ward ihm die Gelegenheit nicht beschieden. Bevor er mehr als zwei Dreier und ein paar armselige Einer einheimsen konnte, ereilte Mr. Beeseley die Strafe für Voreiligkeit, und er wurde auf Mitterechts erwischt. Mr. Haagedorn, der gar nicht erst vorgab, ein Schlagmann zu sein, überstand die ersten sechs Würfe und wurde dann kurz und schmerzlos abgeschossen. Mr. Wedderburn versuchte einen tückischen Ball zu schlagen, von dem er lieber die Finger gelassen hätte, lenkte den Ball genau dem Wickethüter in die Hände, und die Pym-Elf ging mit 99 Läufen vom Platz, wobei Mr. Bredon immerhin die Genugtuung hatte, sein Holz mit vierzehn Läufen ungeschlagen in die Kabinen zu tragen.

«Gut gespielt, alle», sagte Mr. Pym. «Der eine oder andere hat ein wenig Pech gehabt, aber das gehört nun einmal zum Spiel. Wir müssen versuchen, es nach der Mittagspause besser zu machen.»

«Eines muß man ihnen lassen», bemerkte Mr. Armstrong zu Mr. Miller, «sie bewirten einen hier immer sehr gut. Das ist für meinen Geschmack das Beste an dem ganzen Tag.»

Mr. Ingleby machte Mr. Bredon ungefähr die gleiche Mitteilung. «Übrigens», fügte er hinzu, «ich finde, Tallboy sieht ziemlich elend aus.»

«O ja, und eine Flasche hat er bei sich», warf Mr. Garrett ein, der neben ihnen saß.

«Das macht ihm nichts», sagte Ingleby. «Eines muß man Tallboy lassen, er kann was vertragen. Ein Schnaps tut ihm jedenfalls besser als dieser eklige Pompagner. Davon kriegt man nur einen Blähbauch. Leute, laßt um Gottes willen die Finger davon!»

«Irgend etwas ist Tallboy aber über die Leber gekrochen», sagte Garrett. «Ich verstehe ihn nicht. Er kommt mir in letzter Zeit völlig konfus vor, schon seit diesem dämlichen Krach mit Copley.»

Mr. Bredon sagte zu alldem nichts. Ihm war nicht ganz wohl in seiner Haut. Er hatte das Gefühl, als wenn sich irgendwo ein Gewitter zusammenbraute, und war nicht sicher, ob er den Sturm noch einmal lebend überstehen würde. Er wandte sich an Simmonds, den Teufelswerfer, der links von ihm saß, und verwickelte ihn in ein Gespräch über Cricket.

«Was ist nur heute mit unserer Miss Meteyard los?» erkundigte sich Mrs. Johnson schelmisch am Besuchertisch. «Sie sind so still.»

«Ich habe Kopfweh. Es ist so heiß. Ich glaube, es gibt ein Gewitter.»

«Bestimmt nicht», sagte Miss Parton. «Es ist so ein herrlicher, klarer Tag.»

«*Ich* glaube», versicherte Mrs. Johnson, indem sie Miss Meteyards düsterem Blick folgte, «*ich* glaube, sie interessiert sich nur mehr für den *anderen* Tisch. Na, Miss Meteyard, gestehen Sie schon, wer ist es? Mr. Ingleby? Hoffentlich nicht mein Mr. Bredon. Ich *könnte* es nämlich nicht dulden, daß sich jemand zwischen uns drängt.»

Der Scherz über Mr. Bredons angebliche Schwäche für Mrs. Johnson war schon ein wenig schal, und Miss Meteyard nahm ihn entsprechend kühl auf.

«Jetzt ist sie beleidigt», erklärte Mrs. Johnson. «Ich glaube, es *ist* Mr. Bredon. Und nun wird sie auch noch rot! Wann dürfen wir gratulieren, Miss Meteyard?»

«Sagen Sie mal», meinte Miss Meteyard, plötzlich mit harter, lauter Stimme, «erinnern Sie sich an den Rat, den die alte Dame dem gescheiten jungen Mann gab?»

«Also nicht daß ich wüßte. Was war das denn?»

«Manche Menschen können witzig sein, ohne vulgär zu werden, und manche können sowohl witzig als vulgär sein. Ich würde Ihnen empfehlen, entweder das eine oder das andere zu sein.»

«So, so», machte Mrs. Johnson ausweichend. Nach kurzem Überlegen begriff sie die Bedeutung dieses alten Spottwortes; sie sagte noch einmal: «So, so!» und lief rot an. «Mein Gott, wie ungezogen wir doch sein können, wenn wir uns ein bißchen Mühe geben. Ich kann Leute nicht leiden, die keinen Spaß verstehen.»

Der zweite Durchgang für Brotherhood brachte ein wenig Balsam für die Gefühle der Pymmiter. Ob es nun am Pompagner oder an der Hitze lag («Ich glaube, Sie hatten mit dem Gewitter doch recht», bemerkte Miss Parton), jedenfalls verriet mehr als einer ihrer Schlagmänner ein unsicheres Auge und nachlassende Energie. Nur einer ihrer Leute sah wirklich gefährlich aus, nämlich ein baumlanger Kerl mit verdrießlichem Gesicht, sehnigen Armen und einem Yorkshire-Akzent; kein Wurf schien ihn zu schrecken, und dabei zeigte er noch die eklige Neigung, den Ball extrem hart durch die Lücken im Feld zu jagen. Dieser anstößige Mensch hielt verbissen seine Stellung und erzielte unter frenetischem Jubel seiner Seite 58 Läufe. Aber nicht diese Leistung allein war so besorgniserregend, hinzu kamen die Verschleißerscheinungen, die er unter den Feldspielern hervorrief.

«Ich hab – zuviel – Luft im Bauch», keuchte Ingleby, als er nach einem wilden Galopp zur Spielfeldgrenze an Garrett vorbeilief, «und der Kerl scheint bis Weihnachten durchhalten zu wollen.»

«Passen Sie auf, Tallboy», sagte Mr. Bredon, als sie wieder einmal die Seiten wechselten. «Behalten Sie den kleinen Dicken am anderen Wicket im Auge. Dem geht bald die Luft aus. Wenn dieser Yorkshire-Lümmel ihn weiter so hetzt, passiert noch was.»

Es passierte im nächsten Wechsel. Der Schlagmann jagte einen harten Ball vom fabrikseitigen Wicket aus, ein wenig zu hoch für ein sicheres Aus, aber für einen fast sicheren Dreier immer noch gut. Er spurtete los, und der Dicke spurtete los. Der Ball jagte über den Rasen, und Tallboy versuchte ihn abzufangen, während die Schlagmänner gerade auf dem Rückweg waren.

«Los!» rief der Lange, schon zum drittenmal auf halbem Wege zwischen den Wickets. Aber der Dicke hatte keine Luft mehr; bei einem Blick über die Schulter sah er, wie Tallboy sich nach dem Ball bückte. «Nein!» keuchte er und blieb wie angewurzelt stehen. Der andere sah, was sich anbahnte, und machte kehrt. Tallboy ignorierte Haagedorns und Garretts verzweifeltes Gestikulieren; jetzt wollte er's wissen. Statt den Ball an Garret weiterzuspielen, schleuderte er ihn von da, wo er stand, direkt auf das ungeschützte Wicket zu. Der Ball pfiff durch die Luft und warf die Hölzer um, während der Schlagmann, der noch über einen Meter von seiner Aufstellungslinie entfernt war, in einem verzweifelten Versuch, zu retten, was zu retten war, das Schlagholz von sich warf und längelang auf den Bauch flog.

«Oh, wunderbar, wunderbar!» jubilierte der alte Mr. Brotherhood. «Gut gemacht, Sir, gut gemacht!»

«Das war aber gut gezielt!» sagte Miss Parton.

«Was ist denn mit Ihnen los, Bredon?» fragte Ingleby, als die Mannschaft sich dankbar bei den Wickets versammelte, um auf den nächsten Schlagmann zu warten. «Sie sind ja ganz weiß. Sonnenstich?»

«Zuviel Licht in den Augen», sagte Bredon.

«Na, machen Sie sich nichts daraus», riet ihm Ingleby. «Von jetzt an haben wir nicht mehr viel Mühe mit ihnen. Tallboy ist der Held des Tages. Alle Achtung vor ihm.»

Bredon fühlte eine leichte Übelkeit.

Die restlichen Schlagmänner von Brotherhood brachten nichts Erwähnenswertes mehr zuwege und verließen schließlich mit 114 Läufen das Feld. Um vier Uhr, nach einem spektakulären Abwurf, schickte Mr. Tallboy wieder seine Schlagmänner in die Schlacht, konfrontiert mit der schweren Aufgabe, 171 Läufe erzielen zu müssen, um zu siegen.

Um halb sechs sah es durchaus noch so aus, als ob das zu schaffen wäre. Die ersten vier Schläger kamen auf 79, bevor sie abgeworfen wurden. Dann versuchte Mr. Tallboy einen Lauf zu holen, wo es keinen Lauf zu holen gab, und mußte mit ganzen sieben ausscheiden, und unmittelbar danach hieb der kraftstrotzende Mr. Pinchley, ungeachtet der eindringlichen Ermahnungen seines Kapitäns, sich vorzusehen, den Ball genau in die Hände von Linksvorn. Jetzt war der Wurm drin. Mr. Miller mauerte gewissenhaft zwei Wechsel lang, Mr. Beeseley erzielte mühsame sechs Läufe und verlor dann sein Wicket an den Herrn mit den Aufsetzern. Mit 92 Läufen und nur noch drei Schlagmännern, von denen einer der wohlmeinende, aber unfähige Mr. Haagedorn war, schien an der Niederlage kein Weg mehr vorbeizuführen.

«Na ja», meinte Mr. Copley griesgrämig, «es ist immer noch besser als voriges Jahr. Da haben sie uns um etwa sieben Wickets geschlagen. Hab ich nicht recht, Mr. Tallboy?»

«Nein», sagte Mr. Tallboy.

«Entschuldigung, ich bin mir ganz sicher», sagte Mr. Copley. «Vielleicht war's aber auch das Jahr davor. Sie müßten es ja wissen, denn ich glaube, Sie waren beide Male Kapitän.»

Mr. Tallboy beendete die Diskussion um Statistiken, indem er zu Mr. Bredon sagte: «Um halb sieben ist Schluß; versuchen Sie bis dahin durchzuhalten, wenn's geht.»

Mr. Bredon nickte. Das paßte ihm ausgezeichnet. Ein hübsches, ruhiges, defensives Spiel war das am wenigsten charakteristische für Lord Peter Wimsey. Er begab sich gemächlich ans Wicket, vergeudete ein paar kostbare Minuten mit der Aufstellung und stellte sich mit einer Miene höflicher Erwartung den Werfern.

Alles wäre wahrscheinlich nach Plan gegangen, wäre nicht der Werfer am gartenseitigen Ende ein Mann mit einer Eigentümlichkeit gewesen. Er begann seinen Anlauf irgendwo in der dunstigen blauen Ferne, stürmte bis auf einen Meter an das gartenseitige Wicket heran, bremste, machte einen Luftsprung und feuerte dann mit einer Bewegung, die an Radschlagen erinnerte, einen mittellangen, mittelschnellen, harmlos geraden Ball von phantasieloser, aber untadeliger Zielgenauigkeit ab. Als er dieses Manöver zum zweiundzwanzigstenmal vollführte, rutschte er beim Luftsprung aus, landete in einer Art Spagat, erhob sich humpelnd und rieb sich das Bein. Infolgedessen wurde er herausgenommen, und an seine Stelle kam Simmonds, der Teufelswerfer.

Der Rasen zwischen den Wickets war inzwischen nicht nur glatt und schnell, sondern auch uneben geworden. Mr. Simmonds' dritter Wurf prallte bösartig von einem Stückchen nackter Erde hoch und traf Mr. Bredon schmerzhaft am Ellbogen.

Nichts läßt einen Mann so schön rot sehen wie ein kräftiger Schlag auf den Musikantenknochen, und so geschah es in diesem Augenblick, daß Mr. Death Bredon plötzlich sich, seine Vorsicht, seine Rolle und Mr. Millers Hosenträger vergaß und sich nur noch bei schönem Wetter auf dem grünen Rasen des Ovals gegenüber der gedrungenen Majestät des Gaswerks sah. Der nächste Ball war wieder einer von Simmonds' mörderischen kurzen Aufsetzern, und Lord Peter Wimsey zog rachsüchtig die Schultern hoch, trat vor sein Wicket wie der leibhaftige Geist der Vergeltung und jagte ihn mit wuchtigem Schlag weit übers Feld. Den nächsten knüppelte er zu einem Dreier nach links, wobei er einen der Feldspieler fast erschoß und einen anderen so irritierte, daß er den Ball zur falschen Seite zurückwarf und den Pymmitern einen vierten Lauf schenkte. Mr. Simmonds' letzten Wurf strafte er mit der Verachtung, die er verdiente, indem er ihn nur leicht antippte, so daß er haarscharf am nächststehenden Feldspieler vorbeizischte und ihm einen Einer brachte.

Nun sah er sich dem Kerl mit dem Effet gegenüber. Seine ersten beiden Würfe behandelte er mit Vorsicht, den dritten jagte er zu einem Sechser über die Spielfeldgrenze. Der vierte kam gefährlich hoch an, und er stoppte ihn nur, aber der fünfte und sechste folgten dem Dritten. Beifall brandete auf, angeführt von einem Bewunderungsschrei von Miss Parton. Lord Peter grinste freundlich und richtete sich darauf ein, die Feldspieler wie die Hasen übers Rund zu scheuchen.

Während Mr. Haagedorn zwischen den Wickets hin und her raste, bewegten sich seine Lippen im Gebet: «O mein Gott, o mein Gott, mach, daß ich mich nicht blamiere!» Eine Vier wurde angezeigt, und die Feldspieler wechselten die Seiten. Er packte grimmig sein Schlagholz, entschlossen, sein Wicket bis zum letzten Blutstropfen zu verteidigen. Der Ball kam, setzte auf, stieg hoch, und er hämmerte ihn unbarmherzig in den Boden. Nummer eins. Wenn er doch nur die anderen fünf noch überlebte! Den zweiten erledigte er auf gleiche Weise. Ein gewisses Selbstvertrauen kam über ihn. Den nächsten Ball lenkte er nach links und sah sich zu seiner eigenen Verwunderung einen Lauf machen. Als die beiden Schlagmänner sich in der Mitte begegneten, hörte er seinen Kollegen rufen: «Guter Mann! Lassen Sie mich jetzt machen.»

Mr. Haagedorn wünschte sich nichts Besseres. Er würde laufen bis zum Umfallen oder stillstehen, bis er zu Marmor erstarrte, wenn er nur dazu beitragen konnte, daß dieses Wunder anhielt. Er war ein schlechter Schlagmann, aber ein Sportsmann durch und durch. Wimsey beendete den Wechsel mit einem sauber placierten Dreier, wodurch er selbst am Schlag blieb. Er begegnete Mr. Haagedorn in der Mitte.

«Ich nehme alles, was ich kann», sagte Wimsey, «aber wenn Sie doch noch einmal drankommen, mauern Sie nur. Lassen Sie mich für die Läufe sorgen.»

«Ja, Sir», antwortete Mr. Haagedorn inbrünstig. «Ich tue alles, was Sie sagen, nur machen Sie so weiter, machen Sie bitte so weiter.»

«Gern», sagte Wimsey. «Wir schlagen die Brüder noch. Nur keine Angst vor ihnen. Sie machen es genau richtig.»

Sechs Würfe später wurde Mr. Simmonds, nachdem er sechsmal hintereinander ins Aus geschlagen worden war, als allzu kostspieliger Luxus abgelöst. Für ihn kam einer, den man bei Brotherhood als den «Schlenzer» kannte. Wimsey empfing ihn mit Begeisterung und jagte seine Bälle beständig und mit Erfolg nach rechts, bis der Kapitän von Brotherhood dort seine Feldspieler zusammenzog. Wimsey sah sich den Auflauf mit nachsichtigem Lächeln an und schickte die nächsten sechs Bälle beständig und erfolgreich nach links. Als sie darauf in ihrer Verzweiflung ein enges Netz von Feldspielern um ihn zusammenzogen, jagte er alles, was sich jagen ließ, schnurgerade wieder dahin zurück, woher es kam. Auf der Tafel erschien die Zahl 150.

Den betagten Mr. Brotherhood hielt es nicht mehr auf seinem Sitz. Er geriet in Ekstase. «O herrlich, Sir! Noch einmal! Ja, Sir, gut gespielt!» Sein langer Schnurrbart flatterte wie zwei Fahnen. «Mr. Tallboy», fragte er streng, «warum in aller Welt schicken Sie diesen Mann erst als Nummer neun? Das ist ein Cricketspieler! Er ist der einzige Cricketspieler in Ihrem ganzen Haufen. Ja! Herrlich placiert!» Der Ball fegte soeben zwischen zwei aufgeregten Feldspielern hindurch, die bei dem Versuch, ihn abzufangen, fast mit den Köpfen zusammenstießen. «Sehen Sie sich das an! Immerzu sage ich den Jungs, daß eine saubere Placierung zu 90 Prozent das Spiel macht. Dieser Mann weiß es. Wer ist das?»

«Ein neuer Kollege», sagte Tallboy. «Er hat studiert und sagt, er habe früher viel Wald- und Wiesen-Cricket gespielt, aber ich hatte keine Ahnung, daß er so gut ist. Mein Gott!» unterbrach er sich, um einem besonders eleganten Schlag zu applaudieren. «So was hab ich noch nie gesehen.»

«Haben Sie nicht?» erwiderte der alte Herr streng. «Also, ich verfolge alle Cricketspiele seit sechzig Jahren, von Kindesbeinen an, und ich habe so etwas schon gesehen. Lassen Sie mich mal nachdenken. Vor dem Krieg muß das gewesen sein. Mein Gott, mein Gedächtnis für Namen scheint manchmal auch nicht mehr das zu sein, was es mal war, aber ich glaube, das war beim Universitätsturnier von 1910, oder es könnte auch 1911 gewesen sein – nein, nicht 1910, das war nämlich das Jahr, als –»

Seine dünne Stimme ging in einem Aufschrei unter, als auf der Anzeigetafel die Zahl 170 erschien.

«Noch einer, und wir haben gewonnen!» stöhnte Miss Rossiter. «Oh!» Denn in diesem Augenblick fiel Mr. Haagedorn, der für einen unseligen Augenblick die Werfer vor sich hatte, einem wirklich bösen und fast unspielbaren Ball zum Opfer, der ihm um die Beine kurvte wie ein verspieltes Kätzchen und sein Wicket zum Einsturz brachte.

Mr. Haagedorn kam fast in Tränen auf die Tribüne zurück, und Mr. Wedderburn trat zitternd vor Nervosität in die Bresche. Er hatte nichts weiter zu tun, als vier Bälle zu überstehen, dann war das Spiel, wenn nicht ein Wunder geschah, gewonnen. Der erste Ball stieg verführerisch in die Höhe, ein wenig kurz, und Mr. Wedderburn machte einen Schritt nach vorn, verfehlte ihn und huschte in letzter Sekunde zu seinem Wicket zurück. «Vorsicht, Vorsicht!» stöhnte Miss Rossiter, und der alte Mr. Brotherhood fluchte. Den nächsten Ball konnte Mr. Wedderburn ein Stückchen zurückschlagen. Er wischte sich über die Stirn. Der nächste Wurf war ein Schlenzer, und bei dem Versuch, ihn abzublocken, jagte er ihn senkrecht in die Luft. Für die Dauer einer Sekunde, die ihnen wie Stunden erschien, sahen die Zuschauer den wirbelnden Ball – die ausgestreckte Hand – dann fiel der Ball zu Boden – haarscharf vorbei.

«Ich schreie gleich», sagte Mrs. Johnson zu niemandem im besonderen. Mr. Wedderburn, jetzt vollends mit den Nerven am Ende, wischte sich erneut die Stirn ab. Zum Glück war aber auch der Werfer mit den Nerven am Ende. Der Ball rutschte ihm aus den verschwitzten Fingern und ging viel zu weit nach links.

«Finger weg! Finger weg!» schrie Mr. Brotherhood und schlug wie wild mit seinem Stock um sich. «Laß die Finger davon, du Holzkopf! Du Schwachkopf! Du –»

Mr. Wedderburn, der mittlerweile restlos den Kopf verloren hatte, hob sein Schlagholz, holte weit aus, verfehlte sein Ziel, hörte das Klatschen von Leder auf Leder, als der Ball in den Händen des Wickethüters landete, und tat das einzig mögliche. Er warf sich mit dem ganzen Körper nach hinten und landete auf dem Hosenboden im Aufstellungsraum, und im selben Moment, als er sich hinsetzte, hörte er das helle Klappern der fallenden Stäbe.

«Bitte, Sir!» ertönte die Aufforderung an den Schiedsrichter.

«Nicht aus!» lautete die Entscheidung.

«Der Dussel! Dieser hohlköpfige, begriffsstutzige Laffe!»

kreischte Mr. Brotherhood. Er hüpfte vor Wut auf und nieder. «Hätte beinahe das ganze Spiel verdorben! Weggeworfen! Der Mann ist ein Idiot! Ein Idiot, sage ich! Ein Idiot, sag ich Ihnen!»

«Nun, nun, es ist doch gutgegangen, Mr. Brotherhood», sagte Mr. Hankin begütigend. «Das heißt, für Ihre Seite ist es ja leider gar nicht gut.»

«Unsere Seite, unsere Seite!» schrie Mr. Brotherhood. «Ich bin hier, um Cricket zu sehen, kein Flohhüpfen. Es ist mir egal, wer gewinnt oder verliert, Sir, wenn hier nur Cricket gespielt wird. Na also, bitte!»

Noch fünf Minuten waren zu spielen, und Wimsey sah den ersten Ball des neuen Wechsels auf sich zugerast kommen. Es war ein Prachtwurf. Eine Gabe Gottes. Er jagte ihn davon wie Saul die Philister. Der Ball schoß in einer herrlichen Parabel in die Lüfte, landete mit einem Donner wie beim Jüngsten Gericht auf dem Pavillon, hüpfte das Blechdach hinunter, fiel in die Absperrung, hinter der die Punktrichter saßen, und zerschlug eine Limonadenflasche. Das Spiel war gewonnen.

Mr. Bredon, der um halb sechs mit 83 Läufen auf dem Konto zum Pavillon zurückgeschlendert kam, sah sich von Mr. Brotherhood dem Älteren abgefangen und festgehalten.

«Wunderbar gespielt, Sir, wirklich wunderbar gespielt», sagte der alte Herr. «Entschuldigen Sie – jetzt eben ist mir der Name wieder eingefallen. Sind Sie nicht Wimsey vom Balliol?»

Wimsey sah Tallboy, der unmittelbar vor ihm ging, mitten im Schritt stocken und sich umdrehen, ein Gesicht wie der Tod. Er schüttelte den Kopf.

«Ich heiße Bredon», sagte er.

«Bredon?» Mr. Brotherhood war sichtlich verwirrt. «Bredon? Ich erinnere mich nicht, den Namen je gehört zu haben. Aber habe ich Sie nicht 1911 für Oxford spielen sehen? Sie haben einen Schlagstil, der einmalig und unverkennbar ist, und ich hätte schwören mögen, daß ich Sie das letzte Mal 1911 auf dem Lord's habe spielen sehen, wo Sie 112 Läufe gemacht haben. Aber ich meine, der Name war Wimsey – Peter Wimsey vom Balliol – Lord Peter Wimsey – und jetzt, wo ich darüber nachdenke –»

In diesem heiklen Augenblick gab es eine Störung. Zwei Männer in Polizeiuniform, angeführt von einem dritten Mann in Zivil, kamen quer über das Spielfeld gegangen. Sie drängten sich durch die Spieler und Gäste und näherten sich der kleinen Gruppe an der Pavilloneinfassung. Einer der Uniformierten berührte Lord Peter am Arm.

«Sind Sie Mr. Death Bredon?»

«Ja», sagte Wimsey, nicht schlecht erstaunt.

«Dann müssen Sie mit uns kommen. Sie stehen unter Mordverdacht, und ich muß Sie belehren, daß alles, was Sie sagen, vor Gericht gegen Sie verwendet werden kann.»

«Mord?» stieß Wimsey hervor. Der Polizist hatte mit unnötig lauter und schneidender Stimme gesprochen, und alle Umstehenden sahen wie erstarrt zu ihm her. «Wen soll ich ermordet haben?»

«Miss Dian de Momerie.»

«Großer Gott!» sagte Wimsey. Er blickte sich um und sah, daß der Mann in Zivil Chefinspektor Parker war, der bestätigend nickte.

«Na schön», sagte Wimsey. «Ich komme mit, aber ich weiß nichts davon. Sie sollten mich lieber zum Umziehen begleiten.»

Er ging zwischen den beiden Beamten fort. Mr. Brotherhood angelte sich Parker, als dieser ihnen gerade folgen wollte.

«Sie sagen, dieser Mann heißt Bredon?»

«Ja, Sir», antwortete Parker laut und deutlich. «Bredon heißt er. Mr. Death Bredon.»

«Und Sie verhaften ihn wegen Mordes?»

«Für einen Mord an einer jungen Frau, Sir. Ein brutales Verbrechen.»

«Nun denn», sagte der alte Herr, «Sie überraschen mich. Sind Sie auch sicher, daß Sie den Richtigen erwischt haben?»

«Vollkommen sicher, Sir. Er ist der Polizei kein Unbekannter.»

Mr. Brotherhood schüttelte den Kopf.

«Nun denn», sagte er wieder, «sein Name mag ja Bredon sein. Aber er ist unschuldig. Unschuldig wie der junge Tag, mein Lieber. Haben Sie ihn spielen sehen? Er ist ein ausgezeichneter Cricketspieler und würde so wenig einen Mord begehen wie ich.»

«Das sei dahingestellt, Sir», sagte Chefinspektor Parker unerschüttert.

«Nun stellt euch das mal vor!» rief Miss Rossiter. «Ich hab ja *immer* gewußt, daß *etwas* an ihm komisch ist. Mord! Man darf gar nicht daran denken! Er hätte uns allen die Kehle durchschneiden können! Was sagen Sie, Miss Meteyard? Sind Sie überrascht?»

«Ja», sagte Miss Meteyard. «Ich war mein Lebtag noch nie so überrascht. Noch nie!»

Doppeltes Auftreten
einer berüchtigten Person

«Tatsache, Peter», sagte Parker, als der Polizeiwagen in Richtung London jagte, «Dian de Momerie wurde heute früh in einem Wald bei Maidenhead mit durchschnittener Kehle aufgefunden. Neben der Leiche lag eine Pennyflöte, und ein paar Meter weiter hing eine schwarze Maske an einem Brombeerstrauch, als ob jemand sie eilig weggeworfen hätte. Nachforschungen unter ihren Freunden ergaben, daß sie sich nachts mit einem maskierten Harlekin namens Bredon herumzutreiben pflegte. Ein schwerer Verdacht richtete sich demzufolge gegen besagten Mr. Bredon, und Scotland Yard handelte mit lobenswerter Promptheit, machte den Herrn in Romford ausfindig und bemächtigte sich seiner Person. Der Beschuldigte erwiderte auf den Vorhalt –»

«Ich habe es getan», beendete Wimsey den Satz für ihn. «Und in gewissem Sinne habe ich es auch, Charles. Wenn diese Frau mich nie gesehen hätte, wäre sie noch am Leben.»

«Es ist weiter nicht schade darum», sagte der Chefinspektor herzlos. «Ich durchschaue allmählich ihr Spiel. Sie sind noch nicht darauf gekommen, daß du nicht Death Bredon bist, und wollen dich auf diese Weise auf Eis legen, bis sie Ordnung in ihren Laden gebracht haben. Sie wissen, daß du bei Mordverdacht nicht auf Kaution freigesetzt werden kannst.»

«Verstehe. Sie scheinen jedenfalls nicht ganz so schlau zu sein, wie ich angenommen hatte, sonst hätten sie mich längst identifiziert. Wie geht's jetzt weiter?»

«Meine Idee ist, daß wir sofort etwas tun, um zu demonstrieren, daß Mr. Death Bredon und Lord Peter Wimsey nicht eine Person sind, sondern zwei. Folgt dieser Kerl uns noch, Lumley?»

«Ja, Sir.»

«Sehen Sie zu, daß er uns in dem Verkehr von Stratford nicht verliert. Wir bringen dich zur Vernehmung nach Scotland Yard, und dieser Knilch wird dich sicher hinter unseren Mauern verschwinden sehen. Ich habe dafür gesorgt, daß ein paar Zeitungsleute da sind, und denen tischen wir die Geschichte deiner Verhaftung in allen Einzelheiten nebst Anekdoten aus deiner häßlichen Vergangenheit auf. Du wirst dann als Mr. Bredon dich selbst als Lord Peter Wimsey anrufen und dich bitten, dich besuchen zu kommen und für deine Verteidigung zu sorgen. Anschließend schmuggeln wir dich durch den Hinterausgang hinaus –»

«Als Polizist verkleidet? O Charles, bitte laß mich als Polizist gehen! Das täte ich so gern mal.»

«Na ja, dir fehlen eigentlich ein paar Zentimeter an der vorgeschriebenen Größe, aber das kriegen wir schon hin. Der Helm kann vieles ausgleichen. Jedenfalls gehst du nach Hause oder in deinen Club –»

«Nicht in den Club; ich kann doch nicht als Polizist verkleidet in den *Marlborough* gehen. Aber halt mal – der *Egotists Club* –, da kann ich hin. Ich habe dort ein Zimmer, und die Mitglieder scheren sich nicht darum, was einer macht. Das gefällt mir. Weiter.»

«Gut. Du ziehst dich dort um, dann kommst du zum Yard, aufgebracht natürlich, und meckerst laut über die Schererein, die Mr. Bredon dir macht. Wenn du willst, kannst du der Presse ein Interview geben. Dann gehst du nach Hause. Die Sonntagszeitungen werden eine lange Geschichte über dich bringen, mit Fotos von euch beiden.»

«Ausgezeichnet!»

«Und am Montag erscheinst du vor dem Untersuchungsrichter und behältst dir deine Verteidigung vor. Schade, daß du nicht im Gerichtssaal sitzen und dir zuhören kannst, aber ich fürchte, das liegt nicht ganz in deiner Macht. Du kannst dich jedoch unmittelbar danach der Öffentlichkeit zeigen, bei irgend etwas Aufsehenerregendem. Du könntest im Hyde Park vom Pferd fallen –»

«Nein», sagte Wimsey. «Ich weigere mich entschieden, vom Pferd zu fallen. Es gibt Grenzen. Meinetwegen kann das Pferd mit mir durchgehen und ich mich nur durch meine bravouröse Reitkunst retten.»

«Bitte, gern. Das überlasse ich dir. Wichtig ist nur, daß du in die Zeitungen kommst.»

«Wird gemacht. Ich werde schon für mich die Werbetrommel rühren. Darauf verstehe ich mich ja. Übrigens – das heißt allerdings, daß ich am Montag nicht zur Arbeit kann.»

«Natürlich nicht.»

«Aber das geht nicht. Ich muß diese Whifflets-Kampagne ausfeilen. Armstrong ist sehr daran interessiert, ich kann ihn nicht im Stich lassen. Außerdem interessiert mich die Sache jetzt auch selbst.»

Parker sah ihn entgeistert an.

«Wäre es möglich, Peter, daß du so etwas wie Arbeitsmoral entwickelst?»

«Mein Gott, Charles, du verstehst das nicht. Es ist eine wirklich große Sache. Die größte Werbemasche seit dem Mustard Club. Aber falls dich das kalt läßt, hier ist noch etwas. Wenn ich nicht dort bin, erfährst du nächsten Dienstag die Nutrax-Schlagzeile nicht und kannst nicht dabei sein, wenn der Nachschub verteilt wird.»

«Die erfahren wir auch ohne dich, mein Lieber. Aber es nützt uns gar nichts, wenn du ermordet wirst, oder?»

«Wenig. Ich verstehe eines nicht. Warum haben sie Tallboy noch nicht umgebracht?»

«Das verstehe ich auch nicht.»

«Ich will dir sagen, was ich glaube. Ihre neuen Pläne sind noch nicht ausgereift. Sie lassen ihn noch bis Dienstagabend leben, weil sie noch einmal die alte Verteilerroute benutzen müssen. Sie glauben, solange ich aus dem Weg bin, können sie das Risiko eingehen.»

«Das kann sein. Wir müssen es jedenfalls hoffen. So, da sind wir. Raus mit dir, und versuch, so gut du kannst, wie ein ertappter Schwerverbrecher auszusehen.»

«Sofort!» sagte Wimsey und verzerrte prompt sein Gesicht zu einem widerwärtigen Feixen. Der Wagen bog in die Einfahrt zu Scotland Yard und hielt. Der Sergeant stieg aus. Wimsey folgte, sah sich um und bemerkte drei unverkennbare Zeitungsreporter, die sich auf dem Hof herumtrieben. Gerade als Parker ebenfalls aus dem Wagen stieg, versetzte Wimsey dem Sergeant einen leichten, aber wirkungsvollen Schlag unters Kinn, daß er rückwärts taumelte, stellte Parker ein Bein, als dieser vom Trittbrett sprang, und rannte wie ein Hase zum Tor. Zwei Polizisten und ein Reporter warfen sich ihm in den Weg. Er wich den Polizisten aus, rempelte den Reporter um, sauste durchs Tor und führte eine wilde Jagd durch Whitehall an. Im Laufen hörte er hinter sich lautes Rufen und Pfeifen. Passanten nahmen die Verfolgung auf; Autofahrer gaben Gas und versuchten ihm den Weg abzuschneiden; in Omnibussen drängten sich die Fahrgäste an die Fenster und glotzten. Er stürzte sich behende ins Verkehrsgewühl, rannte dreimal um das Cenotaph, lief auf der anderen Straßenseite in entgegengesetzter Richtung zurück und ließ sich schließlich mitten auf dem Trafalgar Square auf dramatische Weise ergreifen. Parker und Lumley kamen keuchend angerannt.

«Hier ist er, Mister», sagte der Mann, der ihn ergriffen hatte – ein großer, kräftiger Kanalarbeiter mit einer Werkzeugtasche. «Hier ist er. Was hat er denn angestellt?»

«Er steht unter Mordverdacht», verkündete Parker kurz und laut.

Ein Murmeln der Bewunderung erhob sich. Wimsey warf einen verachtungsvollen Blick auf Sergeant Lumley.

«Ihr Polypen seid alle viel zu fett», sagte er. «Ihr könnt ja nicht mehr laufen.»

«Schon recht», antwortete der Sergeant grimmig. «Hände her, mein Junge. Wir wollen kein Risiko mehr eingehen.»

«Bitte sehr, bitte sehr. Sind Ihre Finger auch sauber? Ich will mir nicht die Manschetten beschmutzen lassen.»

«Jetzt reicht's», sagte Parker, als die Handschellen zuklickten. «Sie machen uns keinen Ärger mehr. Mitkommen, bitte, hier geht's lang.»

Die kleine Prozession kehrte zum Yard zurück.

«Ich schmeichle mir, das recht hübsch gemacht zu haben», sagte Wimsey.

«Grr!» machte Lumley und rieb sich das Kinn. «So fest hätten Sie auch nicht gleich zuschlagen müssen, Mylord.»

«Es sollte echt wirken», sagte Wimsey, «echt. Sie waren ein Anblick für die Götter, als Sie hinflogen.»

«Grr!» machte Sergeant Lumley.

Eine Viertelstunde später verließ ein Polizist, dessen Hose ein wenig zu lang und dessen Uniformrock ein wenig zu weit war, das Gebäude des Yard durch einen Nebenausgang, stieg in einen Wagen und ließ sich die Pall Mall entlang zum diskreten Eingang des *Egotists Club* fahren. Dorthinein verschwand er und ward nie mehr gesehen, aber bald darauf trat ein makellos gekleideter Herr im Abendanzug und Seidenzylinder aus der Tür und blieb auf der Treppe stehen, um auf ein Taxi zu warten. Ein älterer Herr von militärischem Aussehen stand neben ihm.

«Sie werden mir verzeihen, Colonel? Ich bleibe nicht lange

fort. Dieser Bredon ist eine furchtbare Plage, aber was soll man machen? Ich meine, man muß ja irgend etwas unternehmen.»

«Ganz recht, ganz recht», sagte der Colonel.

«Ich hoffe nur, daß es das letzte Mal ist. Wenn er wirklich getan hat, was man ihm vorwirft, *ist* es das letzte Mal.»

«Ganz recht, mein lieber Wimsey», sagte der Colonel. «Ganz recht.»

Das Taxi kam.

«Scotland Yard», sagte Wimsey vernehmlich.

Das Taxi fuhr davon.

Am Sonntagmorgen blätterte Miss Meteyard im Bett die Zeitungen durch und sah ihre Aufmerksamkeit von riesigen Schlagzeilen gefangen:

VERHAFTUNG IM MORDFALL DE MOMERIE
BERÜHMTE HERZOGSFAMILIE VERWICKELT
INTERVIEW MIT LORD PETER WIMSEY

und dann:

DER MÖRDER MIT DER PENNYFLÖTE
MASKIERTER VERHAFTET
GESPRÄCH MIT CHEFINSPEKTOR PARKER

und noch einmal:

FLÖTENDER HARLEKIN GEFASST
DRAMATISCHE JAGD DURCH WHITEHALL
HERZOGSBRUDER BESUCHT SCOTLAND YARD

Es folgten lange, ausgeschmückte Schilderungen der Verhaftung; Bilder von der Stelle, wo die Leiche gefunden worden war; Artikel über Lord Peter Wimsey, die Familie, ihren historischen Sitz in Norfolk; über das Londoner Nachtleben und Pennyflöten. Der Herzog von Denver war interviewt worden, hatte sich aber geweigert, etwas zu sagen; Lord Peter Wimsey dagegen hatte sehr viel gesagt. Schließlich – und das wunderte Miss Meteyard sehr – sah man ein Foto, auf dem Lord Peter und Mr. Death Bredon nebeneinander standen.

«Es wäre sinnlos», sagte Lord Peter Wimsey in einem Interview, «angesichts der bemerkenswerten Ähnlichkeit zwischen uns zu leugnen, daß dieser Mann und ich miteinander verwandt sind. Er hat mir sogar schon verschiedentlich Schereien bereitet, indem er sich für mich ausgab. Wenn Sie uns zusammen sähen, würden Sie feststellen, daß er der Dunklere von uns beiden ist; natürlich gibt es auch einige kleine Unterschiede in den Gesichtszügen; wenn man uns aber einzeln sieht, kann man leicht den einen mit dem anderen verwechseln.»

Der Mr. Death Bredon auf dem Foto hatte in der Tat viel dunklere Haare als der Lord Peter Wimsey; sein Mund war zu einem unangenehmen Feixen verzogen, und er hatte diesen undefinierbaren Zug ordinärer Frechheit an sich, der das Markenzeichen des Hochstaplers ist. Der Zeitungsartikel ging dann in weitere unüberprüfbare Details:

«Bredon hat nie auf einer Universität studiert, obwohl er manchmal Oxford als seine Alma Mater angibt. Er wurde auf einer Privatschule in Frankreich erzogen, wo englische Sportarten kultiviert wurden. Er ist ein großes Naturtalent für Cricket und nahm sogar gerade an einem Cricketspiel teil, als er durch Chefinspektor Parkers schnelles und kluges Handeln verhaftet wurde. Er ist unter verschiedenen Namen in Londoner und Pariser Nachtclubs bekannt. Es heißt auch, er habe das bedauernswerte Mädchen, das er ermordet haben soll, im Hause des verstorbenen Major Milligan kennengelernt, der vor zwei Tagen am Piccadilly von einem Lastwagen tödlich überfahren wurde. Nach Vorhaltungen der Familie Wimsey wegen seines Lebenswandels hatte er vor kurzem eine Stelle in einem bekannten Unternehmen angenommen, und man hatte gehofft, daß er damit ein neues Leben beginnen würde, aber ...»

Und so weiter und so fort.

Miss Meteyard saß noch lange inmitten der verstreuten Zeitungen und rauchte eine Zigarette nach der andern, während ihr Kaffee kalt wurde. Dann ging sie hin und nahm ein Bad in der Hoffnung, dadurch einen klareren Kopf zu bekommen.

Am Montagmorgen war die Aufregung in der Werbeagentur Pym unbeschreiblich. Die ganze Textabteilung saß im Schreibzimmer versammelt und arbeitete überhaupt nicht. Mr. Pym rief an, daß er sich unwohl fühle und nicht in die Firma kommen könne. Mr. Copley war so mit den Nerven fertig, daß er drei Stunden vor einem leeren Papier saß und schließlich einen trinken ging – was er noch nie im Leben getan hatte. Mr. Willis schien am Rande eines Nervenzusammenbruchs zu stehen. Mr. Ingleby lachte über die Erregung seiner Kollegen und meinte, das sei doch für sie alle mal ein ganz neues Erlebnis. Miss Parton brach in Tränen aus, und Miss Rossiter sagte, sie habe es ja gleich gewußt. Mr. Tallboy trug dann zur weiteren Belebung der Ereignisse bei, indem er in Mr. Armstrongs Zimmer ohnmächtig wurde und dadurch Mrs. Johnson (die eine Neigung zur Hysterie verriet) eine halbe Stunde lang nützlich beschäftigte. Und Rotfuchs-Joe, der Junge mit den roten Haaren und dem sonnigen Gemüt, setzte seine Kameraden mit einem Anfall von schlechter Laune in Erstaunen und verpaßte dem armen Bill aus heiterem Himmel und ohne jeden Grund eine Kopfnuß.

Um ein Uhr ging Miss Meteyard zum Essen fort und las im *Evening Banner*, daß Mr. Death Bredon um zehn Uhr vor dem Untersuchungsrichter erschienen sei und sich seine Verteidigung vorbehalten habe. Um halb elf wäre Lord Peter Wimsey (schwülstig als «der zweite Hauptdarsteller in diesem Drama von Rauschgift und Tod» bezeichnet) bei einem Ritt im Hyde Park um Haaresbreite verunglückt, als sein Pferd, durch eine Fehlzündung eines vorbeirasenden Autos erschreckt, durchging, und Lord Peter hatte es nur seiner bravourösen Reitkunst zu verdanken, daß er dabei nicht zu schwerem Schaden gekommen war. Ein Foto zeigte Mr. Bredon im dunklen Straßenanzug und weichem Filzhut beim Betreten des Gerichtsgebäudes in der Bow Street; ein anderes Foto zeigte Lord Peter Wimsey in makellosen Reithosen und -stiefeln und Melone bei der Rückkehr von einem Ausritt. Unnötig, zu erwähnen, daß kein Foto zeigte, wie sich der eine Herr hinter den zugezogenen Gardinen eines Daimler auf einer Fahrt durch die stillen Straßen nördlich der Oxford Street in den anderen verwandelte.

Am Montagabend besuchte Lord Peter Wimsey in Begleitung einer königlichen Hoheit eine Vorstellung von *Sag wann!* im Frivolity.

Am Dienstagmorgen kam Mr. Willis zu spät und im Zustand freudiger Erregung zur Arbeit. Er strahlte jedermann an, stellte eine Vier-Pfund-Schachtel mit Süßigkeiten ins Schreibzimmer und klärte die anteilnehmende Miss Parton darüber auf, daß er sich verlobt habe. Beim Kaffee wußte man bereits, daß der Name der Glücklichen Pamela Dean lautete. Um halb zwölf erfuhr man, daß die Hochzeit so bald wie möglich stattfinden solle, und um Viertel vor zwölf begann Miss Rossiter für ein Hochzeitsgeschenk zu sammeln. Bis zwei Uhr waren die Spender bereits in zwei unversöhnliche Lager gespalten – die einen wollten eine hübsche Eß-Zimmer-Uhr mit Westminster-Schlag kaufen, die anderen setzten sich leidenschaftlich für einen versilberten elektrischen Tischkocher ein. Um vier Uhr verwarf Mr. Jollop nacheinander die Schlagzeilen «Klagt, Mädchen, klagt nicht Ach und Weh», «O trockne diese Tränen» und «Weint am Morgen, weint am Abend», die Mr. Toule zuvor genehmigt hatte, und bedachte die vorgeschlagenen Alternativen «Wofern ihr Tränen habt», «Sag an, warum du weinen mußt» und «Das Mägdlein saß seufzend am Feigenbaum früh» mit Spott und Hohn. Mr. Ingleby, aufgescheucht durch den dringenden Bedarf an neuen Schlagzeilen, geriet in einen Wutanfall, weil das Zitatenlexikon auf mysteriöse Weise verschwunden war. Um halb fünf war Miss Rossiter nach verzweifeltem Tippen mit «Ich weine und weiß nicht warum» und «In Schweigen und Leid» fertig, während der dem Wahnsinn nahe Mr. Ingleby ernsthaft «In dieser tiefen Nacht der Seele» in Erwägung zog (denn, bemerkte er dazu, «die wissen ja doch nicht, daß es Byron ist, wenn wir's ihnen nicht sagen»), da schickte Mr. Armstrong die Frohbotschaft nach oben, daß er Mr. Jollop doch noch überredet habe, den Text von « Sag an, warum du weinen mußt», kombiniert mit der Schlagzeile «Wie ekel, flach und schal», zu nehmen, und Mr. Ingleby möchte bitte nachsehen, ob es «Wie ekel, flach und schal» oder «Wie ekel, schal und flach» heiße und dann das Ganze neu tippen lassen und sofort Mr. Tallboy übergeben.

«Ist Mr. Armstrong nicht wunderbar?» meinte Miss Rossiter. «Er findet immer einen Ausweg. Hier ist es, Mr. Ingleby – ich habe nachgeschlagen –, es heißt «Wie ekel, schal und flach». Der erste Satz wird allerdings geändert werden müssen, glaube ich. Sie können dieses ‹Manchmal sind Sie vielleicht versucht, sich mit den Worten des Dichters zu fragen –› nicht stehen lassen, oder?»

«Wohl kaum», knurrte Ingleby. «Machen wir daraus: ‹Manchmal sind Sie vielleicht versucht, mit Hamlet auszurufen› – dann das komplette Zitat – und weiter mit: ‹Aber wenn Sie jemand fragen sollte –› und da knüpfen wir dann an. Das geht. *Treiben* dieser Welt, bitte, nicht Traben.»

«Ts!» machte Miss Rossiter.

«Da kommt Mr. Wedderburn und schreit nach seinem Text. Wie geht's Tallboy, Wedderburn?»

«Nach Hause gegangen», sagte Mr. Wedderburn. «Er wollte nicht, aber er ist einfach umgekippt. Wäre heute besser gar nicht erst zur Arbeit gekommen, aber er mußte ja unbedingt. Ist es das hier?»

«Ja. Jetzt wird natürlich eine neue Skizze gebraucht.»

«Natürlich», sagte Mr. Wedderburn düster. «Wie die sich vorstellen, daß je etwas fertig wird, wenn sie dauernd ändern und kürzen – na ja! Was soll das werden? Bild von Hamlet? Haben die im Atelier eine Vorlage dafür?»

«Natürlich nicht; die haben doch nie was. Wer macht die Skizzen? Pickering? Bringen Sie ihm am besten meinen illustrierten Shakespeare mit einem schönen Gruß, er soll mir bitte keine Tusche oder Gummilösung daraufschmieren.»

«Gut.»

«Und er soll mir's noch vor Weihnachten zurückgeben.»

Wedderburn grinste und trat seinen Botengang an.

Etwa zehn Minuten später bimmelte im Schreibzimmer das Telefon.

«Ja?» meldete sich Miss Rossiter mit süßer Stimme. «Wer ist am Apparat, bitte?»

«Hier Tallboy», sagte das Telefon.

«Oh!» Miss Rossiter wechselte sofort den für Direktoren und Kunden reservierten Ton gegen einen schnippischeren aus (denn sie war nicht besonders gut auf Tallboy zu sprechen), leicht gemildert nur durch ihr Mitgefühl für einen Kranken:

«So, aha! Geht's wieder besser, Mr. Tallboy?»

«Danke, ja. Ich habe versucht, Wedderburn zu erreichen, aber er scheint nicht in seinem Zimmer zu sein.»

«Wahrscheinlich ist er im Atelier und brummt dem armen Mr. Pickering Überstunden wegen einer neuen Skizze für Nutrax auf.»

«Ach ja! Das war's, was ich wissen wollte. Hat Jollop den Anzeigentext genehmigt?»

«Nein – er hat alles abgelehnt. Wir haben jetzt einen neuen – zumindest eine neue Schlagzeile mit dem Text von ‹Sag an, warum du weinen mußt›.»

«So, eine neue Schlagzeile? Wie heißt sie denn?»

«Wie ekel, schal und flach. Shakespeare, Hamlet.»

«Hm! Sehr gut! Na, ich bin ja froh, daß überhaupt etwas fertig geworden ist. Ich hatte mir schon Sorgen gemacht.»

«Alles in bester Ordnung, Mr. Tallboy.» Miss Rossiter legte auf. «Welch rührende Besorgtheit um die Firma», bemerkte sie zu Miss Parton. «Als ob die Welt aufhörte, sich zu drehen, nur weil *er* nicht hier ist!»

«Er hatte wahrscheinlich Angst, der alte Copley würde wieder dazwischenfunken», sagte Miss Parton mit einem verächtlichen Schnauben.

«Ach, der!» sagte Miss Rossiter.

«Nun, junger Mann», sagte der Polizist, «was willst *du* denn hier?»

«Ich will mit Chefinspektor Parker sprechen.»

«Oho!» sagte der Polizist. «Unbescheiden bist du ja nicht. Bist du auch sicher, daß du nicht lieber den Oberbürgermeister von London sprechen willst? Oder Mr. Ramsay MacDonald?»

«Na, sind Sie immer so witzig? Tut's vielleicht manchmal weh? Sie sollten sich mal 'n Paar neue Stiefel kaufen, sonst werden Sie noch zu groß für die Dinger, die Sie anhaben. Sagen Sie Ihrem Chefinspektor Parker, daß Mr. Joe Potts ihn sprechen will, wegen diesem Harlekin-Mord. Und 'n bißchen dalli, ich muß nämlich heim zum Abendessen.»

«Wegen des Harlekin-Mordes, so? Und was weißt du darüber?»

«Ist nicht Ihre Sache. Sagen Sie ihm bloß, was ich sage. Sagen Sie ihm, daß Joe Potts hier ist, der bei Pyms Werbedienst arbeitet, da werden Sie schon sehen, wie er mich mit 'nem roten Teppich und 'nem Blumenstrauß empfängt.»

«So, von Pyms Werbedienst bist du. Du willst uns etwas über diesen Bredon sagen, ja?»

«Ja, und jetzt los, verplempern Sie nicht so viel Zeit.»

«Komm mal gleich mit hierher, kleiner Frechdachs – und benimm dich.»

«Meinetwegen.»

Mr. Joseph Potts trat sich säuberlich die Schuhe auf der Matte ab, nahm auf einer harten Bank Platz, holte ein Jo-Jo aus der Tasche und ließ es unbekümmert ein paar hübsche Schleifen drehen, während der Polizist sich geschlagen zurückzog.

Bald kam er wieder zurück, befahl Mr. Joseph Potts streng, sein Spielzeug wegzustecken, und führte ihn durch eine Reihe von Korridoren zu einer Tür, an die er klopfte. Eine Stimme rief: «Herein!», und Mr. Potts sah sich in einem geräumigen Zimmer stehen, möbliert mit zwei Schreibtischen, ein paar bequemen Sesseln und mehreren anderen Sitzgelegenheiten von spartanischerem Aussehen. An dem entfernter stehenden Schreibtisch saß ein Mann in Zivil und schrieb, den Rücken zur Tür; an dem näheren Schreibtisch saß, mit dem Gesicht zur Tür, ein weiterer Mann im grauen Anzug, einen Stapel Akten vor sich.

«Der Junge, Sir», meldete der Polizist und verzog sich.

«Setz dich», sagte der Mann und zeigte kurz auf einen der Büßerstühle. «Also, was glaubst du uns erzählen zu müssen?»

«Entschuldigung, Sir, sind Sie Chefinspektor Parker?»

«Das ist aber ein vorsichtiger Zeuge», bemerkte der Mann in Grau, an die Welt im allgemeinen gerichtet. «Und warum willst du so ausdrücklich Chefinspektor Parker sprechen?»

«Weil es wichtig ist und vertraulich, klar?» sagte Mr. Joseph Potts patzig. «Informationen hab ich. Und ich verhandle lieber mit dem Chef, besonders wenn da einiges nicht so gemacht wird, wie's richtig wäre.»

«Oh!»

«Ich will diesem Parker sagen, daß der Fall nicht richtig angepackt wird, klar? Mr. Bredon hat nämlich nichts damit zu tun.»

«Wahrhaftig! Nun, ich bin Chefinspektor Parker. Was weißt du über Bredon?»

«Das hier.» Rotfuchs-Joe streckte einen tintenfleckigen Zeigefinger aus. «Sie sind auf dem falschen Dampfer. Mr. Bredon ist kein Lump, er ist ein großer Detektiv, und ich bin sein Assistent. Wir sind einem Mörder hart auf den Fersen, verstanden? Und das hier ist nur ein – ein abgekartetes Spiel, ich meine, das ist 'ne Falle, die diese gemeinen Gangster aufgestellt haben, hinter denen er her ist. Sie sind ganz schöne Trottel gewesen, denen so auf den Leim zu gehen, klar? Mr. Bredon ist nämlich 'n feiner Kerl, und er hat nie 'ne junge Frau umgebracht, und schon gar nicht wär er so blöd, Pennyflöten rumliegen zu lassen. Wenn Sie 'nen Mörder haben wollen, Mr. Bredon ist gerade einem auf der Spur, und Sie arbeiten bloß der Schwarzen Spinne in die Hände – ich meine dem, der das getan hat. Ich meine, der Augenblick ist gekommen, für mich – daß ich – mein Wissen preisgebe, und ich werde nicht – Himmel noch mal!»

Der Mann an dem anderen Schreibtisch hatte sich umgedreht und grinste Rotfuchs-Joe über die Stuhllehne an.

«Das genügt, Rotfuchs», sagte dieser Herr. «Wir wissen das alles schon. Ich bin dir dankbar für deine Aussage. Aber hoffentlich hast du noch nichts in andere Richtungen verlauten lassen.»

«Ich, Sir? Nein, Sir. Kein Wort habe ich gesagt, Mr. Bredon, Sir. Aber wie ich sah, daß –»

«Ist schon gut; ich glaube dir. Nun, Charles, ich glaube, das ist genau der Junge, den wir brauchen. Du kannst von ihm die Schlagzeile bekommen und dir den Anruf bei Pym sparen. Rotfuchs, wurde die Nutrax-Schlagzeile heute nachmittag herausgegeben?»

«Ja, Sir. ‹Wie ekel, schal und flach›, so heißt sie. Mein Gott, und das war vielleicht 'n Theater! Den ganzen Nachmittag haben sie dafür gebraucht, und Mr. Ingleby hat bald 'nen Anfall gekriegt.»

«Sieht ihm ähnlich», sagte Wimsey. «So, nun gehst du aber besser nach Hause, Rotfuchs, und kein Wort, verstanden?»

«Klar, Sir.»

«Wir sind dir sehr dankbar für dein Kommen», fügte Parker hinzu, «aber du siehst, wir sind nicht ganz so große Trottel, wie du geglaubt hast. Wir wissen eine ganze Menge über unseren Mr. Bredon hier. Und im übrigen darf ich dich mal kurz mit Lord Peter Wimsey bekannt machen.»

Rotfuchs-Joe kullerten fast die Augen aus dem Kopf.

«Puh! Lord Peter – und wo ist dann Mr. Bredon? Das *ist* Mr. Bredon. Sie wollen mich auf den Arm nehmen.»

«Ich verspreche dir», sagte Wimsey, «dir nächste Woche um diese Zeit alles genau zu erzählen. Und jetzt sei so nett und mach dich auf die Socken. Wir haben viel zu tun.»

Am Mittwochmorgen erhielt Mr. Parker einen Brief von der Postdirektion in St. Martin's-le-Grand. In dem amtlichen Umschlag befand sich ein zweiter, der in Tallboys Handschrift an «W. Smith, Esq.» unter Cummings' Adresse in der Old Broad Street gerichtet war.

«Da hätten wir's», sagte Wimsey. Er schlug in dem gekennzeichneten Telefonbuch nach. «Hier. Das nächste W ist die *Weiße Taube* im Drury Lane. Mach diesmal keinen Fehler.»

Erst am Donnerstagabend entschloß sich Miss Meteyard, mit Mr. Tallboy zu sprechen.

20

Angemessener Abgang
eines ungeübten Mörders

«Ist Lord Peter Wimsey zu Hause?»

Der Diener musterte den Frager mit einem raschen Blick, dem nichts entging, von den gehetzten Augen angefangen bis zu den gepflegten Schuhen mittlerer Qualität. Dann sagte er mit einer respektvollen kleinen Verneigung:

«Wenn Sie die Güte hätten, Platz zu nehmen, will ich mich vergewissern, ob Seine Lordschaft frei ist. Wen darf ich melden, Sir?»

«Mr. Tallboy.»

«Wer, Bunter?» fragte Wimsey. «Mr. Tallboy? Das ist ein bißchen unangenehm. Wie sieht er aus?»

«Er sieht aus, wenn ich mich so poetisch ausdrücken darf, Mylord, als wenn ihn sozusagen der Jagdhund des Himmels in die Enge getrieben hätte, Mylord.»

«Da haben Sie wahrscheinlich recht. Es würde mich nicht wundern, wenn auch gleich ein Jagdhund der Hölle in der Nähe wäre. Werfen Sie einen Blick aus dem Fenster, Bunter.»

«Sehr wohl, Mylord ... Ich kann niemand sehen, aber ich habe noch das deutliche Gefühl, als ob ich auf dem unteren Flur einen Schritt vernommen hätte, als ich Mr. Tallboy öffnete.»

«Durchaus denkbar. Nun, da kann man nichts machen. Führen Sie ihn herein.»

«Sehr wohl, Mylord.»

Der junge Mann trat ein, und Wimsey erhob sich zu seiner Begrüßung.

«Guten Abend, Mr. Tallboy.»

«Ich bin gekommen», begann Tallboy, dann unterbrach er sich. «Lord Peter – Bredon – um Himmels willen, wer von beiden sind Sie?»

«Beide», sagte Wimsey ernst. «Möchten Sie sich nicht setzen?»

«Danke, ich würde lieber ... ich möchte nicht ... ich bin gekommen ...»

«Sie sehen elend aus. Ich finde wirklich, Sie sollten sich hinsetzen und etwas trinken.»

Tallboys Beine schienen unter ihm nachzugeben, und er nahm ohne weitere Umstände Platz.

«Und», fragte Wimsey, während er ihm einen steifen Whisky einschenkte, «was macht die Whifflets-Kampagne ohne mich?»

«Whifflets?»

«Spielt keine Rolle. Ich habe nur gefragt, um Ihnen zu zeigen, daß ich wirklich Bredon bin. Gießen Sie das in einem Zug hinunter. Besser so?»

«Ja. Tut mir leid, daß ich mich so dämlich aufgeführt habe. Ich war gekommen, um –»

«Um zu erfahren, wieviel ich weiß?»

«Ja – nein. Ich bin hier, weil ich es einfach nicht mehr aushalte. Ich will Ihnen alles sagen.»

«Einen Augenblick. Zuerst sollte ich Ihnen etwas sagen. Ich habe die Sache nicht mehr in der Hand. Verstehen Sie? Das heißt, ich glaube nicht, daß Sie mir noch viel erzählen können. Das Spiel ist aus, mein Lieber. Es tut mir leid – es tut mir wirklich leid, denn ich glaube, Sie haben eine regelrechte Hölle hinter sich. Aber so ist der Stand der Dinge.»

Tallboy war sehr blaß geworden. Er nahm widerspruchslos noch einen Whisky an, dann sagte er: «Nun, auf eine Art bin ich eigentlich froh. Wenn meine Frau und das Kind nicht wären – o Gott!» Er schlug die Hände vors Gesicht, und Wimsey ging ans Fenster und blickte auf die Lichter des Piccadilly, die blaß durch die sommerliche Abenddämmerung schimmerten. «Ich war ein Vollidiot», sagte Tallboy.

«Das sind die meisten von uns», sagte Wimsey. «Es tut mir entsetzlich leid, alter Freund.»

Er kam zurück und sah auf ihn herab.

«Hören Sie», sagte er, «Sie brauchen mir überhaupt nichts zu erzählen, wenn Sie nicht wollen. Aber wenn Sie wollen, sollten Sie wissen, daß es im Grunde nichts mehr ändert. Ich meine, wenn Sie das Gefühl haben, sich etwas von der Seele reden zu müssen, glaube ich nicht, daß es für Sie noch irgendwelche Konsequenzen haben kann.»

«Ich möchte es Ihnen erzählen», sagte Tallboy. «Sie verstehen es vielleicht. Es ist mir klar, daß alles aus ist, irgendwie.» Er überlegte. «Sagen Sie, wie sind Sie eigentlich auf diese Sache gekommen?»

«Durch den Brief von Victor Dean. Erinnern Sie sich? Den er

Mr. Pym zu schicken gedroht hat. Er hat ihn Ihnen doch gezeigt?»

«Das kleine Schwein. Ja, er hat ihn mir gezeigt. Hat er ihn nicht vernichtet?»

«Nein.»

«Aha. Nun, ich erzähle am besten ganz von vorn. Angefangen hat die Geschichte vor etwa zwei Jahren. Ich war sehr knapp bei Kasse und wollte heiraten. Ich hatte auch Geld bei Pferderennen verloren, und es sah gar nicht gut für mich aus. Da habe ich in einem Restaurant diesen Mann getroffen.»

«In welchem Restaurant?»

Tallboy nannte den Namen. «Er war ein ganz gewöhnlicher Mann, so in mittleren Jahren. Ich habe ihn seitdem nie wieder gesehen. Aber wir kamen ins Gespräch über dies und das und wie knapp das Geld sei und so weiter, und ich erwähnte zufällig, wo ich arbeitete. Danach schien er über etwas nachzudenken und fragte mich alles mögliche, wie die Inserate zustande kämen und wie sie an die Zeitungen geschickt würden und so weiter, und ob ich in der Lage sei, die Schlagzeilen im vorhinein zu erfahren. Ich sagte, natürlich, über einige Kunden wisse ich bestens Bescheid, zum Beispiel über Nutrax, aber über andere nicht. Da erwähnte er den Nutrax-Zweispalter im *Morning Star* und fragte, wann ich die Schlagzeile davon wisse, und ich sagte, Dienstag nachmittag. Da fragte er mich plötzlich, ob ich 1 000 Pfund im Jahr nebenher gebrauchen könnte, und ich sagte: ‹Ob ich sie brauchen kann? Sagen Sie mir, wo sie liegen.› Dann kam er mit seinem Vorschlag heraus. Es klang ganz harmlos. Das heißt, es war zwar offensichtlich nicht ganz astrein, aber nichts Kriminelles, wie er es schilderte. Er sagte, wenn ich ihm jeden Dienstag den ersten Buchstaben der Überschrift für den folgenden Freitag mitteilen könnte, würde ich gut dafür bezahlt. Natürlich habe ich mich zuerst geziert und von Vertrauensbruch und so weiter gesprochen, und er hat sein Angebot auf 1 200 Pfund erhöht. Es klang sehr verführerisch, und ich konnte beim besten Willen nicht sehen, wie es der Firma schaden könnte. Also habe ich ja gesagt, und wir haben einen Code vereinbart –»

«Das weiß ich alles», sagte Wimsey. «Er war sehr raffiniert und einfach. Ich nehme an, er hat Ihnen gesagt, daß die Adresse lediglich eine Deckadresse sei.»

«Ja. War sie es nicht? Ich habe mir das Haus einmal angesehen; es ist ein Tabakwarenladen.»

Wimsey nickte. «Ich war da. Es ist nicht direkt eine Deckadresse in dem Sinne, wie Sie meinen. Hat dieser Mann Ihnen keinen Grund für seine etwas absonderliche Bitte genannt?»

«Doch, und natürlich hätte ich mich daraufhin gar nicht erst mit ihm einlassen dürfen. Er sagte, er schließe gern mit seinen Freunden alle möglichen Wetten zu diesem und jenem ab, und nun sei er auf die Idee gekommen, um den Anfangsbuchstaben des wöchentlichen Nutrax-Inserats zu wetten –»

«Ah, verstehe. Dann konnte er die Wette gewinnen, sooft er wollte. Klingt einleuchtend; nicht kriminell, nur gerade unsauber genug, um auf Diskretion zu bestehen. War es das?»

«Ja. Ich bin darauf eingegangen ... Ich saß so in der Klemme ... Es gibt keine Entschuldigung für mich. Und ich hätte mir wohl auch denken müssen, daß eigentlich mehr dahintersteckte. Aber ich wollte nicht nachdenken. Außerdem hatte ich zuerst sowieso angenommen, er wolle mich nur auf den Arm nehmen, aber da ich nichts dabei riskierte, habe ich die ersten beiden verschlüsselten Briefe abgeschickt, und nach vierzehn Tagen bekam ich meine 50 Pfund. Ich war schwer verschuldet und habe das Geld genommen. Danach – na ja, da hatte ich nicht mehr den Mut, es hinzuwerfen.»

«Nein, das wäre auch ziemlich hart gewesen, kann ich mir vorstellen.»

«Hart? Bredon – Wimsey – Sie wissen doch gar nicht, was es heißt, in Geldverlegenheit zu sein. Man wird bei Pym nicht gut bezahlt, und es gibt so einige, die möchten am liebsten fort und sich etwas Besseres suchen, aber keiner traut sich. Pym bedeutet Sicherheit – man wird anständig behandelt, und rausschmeißen tun sie einen auch nicht, wenn es sich eben vermeiden läßt –, aber man muß sich nach der Decke strecken und kann es sich nicht leisten, wegzugehen. Die Konkurrenz ist groß, und dann heiraten Sie und fangen an, Ihr Haus und die Möbel zu bezahlen, und mit den Raten müssen Sie auf dem laufenden bleiben, und Sie können nicht so viel zusammensparen, daß Sie es sich leisten können, einen Monat oder noch länger auf Stellensuche zu gehen. Sie müssen weitermachen, und wenn Sie dabei draufgehen. Ich habe also auch weitergemacht. Natürlich hoffte ich, etwas weglegen zu können und aus dieser Misere herauszukommen, aber dann wurde meine Frau krank, eines kam zum andern, und ich mußte mein Gehalt bis zum letzten Penny ausgeben und das Geld von Smith dazu. Und dann ist Dean, dieser Teufel, irgendwie dahintergekommen; weiß der Himmel, wie.»

«Das kann ich Ihnen sagen», antwortete Wimsey und erzählte es ihm.

«Aha. Nun, und dann hat er mich unter Druck gesetzt. Zuerst wollte er Halbe-halbe haben, dann hat er mehr verlangt. Das Teuflische war, daß ich nicht nur meine Stelle verloren hätte, wenn er mich verpfiff, sondern das Geld von Smith dazu, und so war meine Lage ziemlich eklig. Meine Frau erwartete ein Kind, und ich war mit der Einkommensteuer im Rückstand, und mit dieser Vasavour habe ich mich wohl überhaupt nur eingelassen, weil alles so vollkommen hoffnungslos aussah. Natürlich konnte das auf lange Sicht alles nur verschlimmern. Und dann hatte ich eines Tages das Gefühl, nicht länger damit fertig zu werden, also habe ich zu Dean gesagt, ich schmeiße den Krempel hin und er kann gefälligst tun, was er will. Und erst da hat er mir gesagt, um was es sich in Wirklichkeit handelte, und mich darauf aufmerksam gemacht, daß ich wegen Beihilfe zum Rauschgifthandel ohne weiteres zwölf Jahre bekommen könnte.»

«Gemein», sagte Wimsey. «Das ist regelrecht gemein. Und es ist Ihnen nicht in den Sinn gekommen, sich als Kronzeuge zur Verfügung zu stellen und den ganzen Laden auffliegen zu lassen?»

«Nein, anfangs nicht. Ich war so erschrocken, daß ich gar nicht richtig denken konnte. Auch wenn ich das getan hätte, wäre es noch sehr unangenehm geworden. Trotzdem, nach einer Weile bin ich auf den Gedanken gekommen, aber als ich es Dean sagte, hat er geantwortet, in dem Falle werde er mir zuvorkommen, und hat mir den Brief gezeigt, den er Pym schikken wollte. Das hat mir den Rest gegeben. Ich habe ihn gebeten, mir noch eine Woche Bedenkzeit zu geben. Was ist eigentlich dann mit dem Brief geschehen?»

«Seine Schwester hat ihn bei seinen Sachen gefunden und an Pym geschickt, und der hat mich über einen Bekannten engagiert, damit ich mich darum kümmere. Er wußte nicht, wer ich war. Ich selbst habe zunächst auch nicht viel hinter der Sache vermutet und den Posten nur um der Erfahrung willen angenommen.»

Tallboy nickte.

«Tja, Ihre Erfahrung haben Sie ja nun gemacht. Hoffentlich haben Sie nicht so schwer dafür bezahlt wie ich. Ich sah keinen Ausweg mehr –»

Er unterbrach sich und sah Wimsey an.

«Vielleicht sollte ich Ihnen den Rest erzählen», sagte dieser.

«Sie hatten darüber nachgedacht und sind zu dem Schluß gekommen, daß Victor Dean ein Lump und Schmarotzer ist und kein großer Verlust für die Welt wäre. Eines Tages kam Mr. Wedderburn lachend in Ihr Zimmer, weil Mrs. Johnson bei Rotfuchs-Joe eine Schleuder entdeckt und sie konfisziert und in ihrem Schreibtisch eingeschlossen hatte. Sie wußten, daß Sie ein großes Geschick im Umgang mit Geschossen aller Art haben – immerhin werfen Sie ein Wicket von einem Ende des Spielfeldes bis zum anderen ab –, und Sie stellten fest, wie leicht ein Mensch durch das Oberlicht abgeschossen werden konnte, wenn er die Eisentreppe hinunterging. Wenn ihn das Geschoß nicht tötete, dann vielleicht der Sturz, und das war einen Versuch wert.»

«Sie wissen also wirklich über alles Bescheid, ja?»

«Fast. Sie haben die Schleuder geklaut, indem Sie in der Mittagspause den Schreibtisch mit Mrs. Johnsons Schlüssel öffneten, und dann haben Sie täglich Schießübungen gemacht. Einmal haben Sie dabei nämlich einen Kiesel liegenlassen.»

«Ich weiß. Es kam jemand, bevor ich ihn gefunden hatte.»

«Eben. Und dann kam der Tag, Dean aus dem Weg zu räumen – ein schöner, strahlender Tag, als alle Oberlichter geöffnet waren. Sie sind ein bißchen im ganzen Gebäude herumgerannt, so daß niemand genau sagen konnte, wo Sie in einem bestimmten Augenblick gewesen waren, dann sind Sie aufs Dach gegangen. Wie haben Sie übrigens dafür gesorgt, daß Dean im richtigen Augenblick die Eisentreppe hinunterging? Ach ja, und der Skarabäus! Eine sehr gute Idee, den Skarabäus zu nehmen, denn wenn der gefunden wurde, nahm natürlich jeder an, er sei ihm bei dem Sturz aus der Tasche gefallen.»

«Ich hatte den Skarabäus nach dem Lunch auf Deans Schreibtisch gesehen. Ich wußte, daß er ihn oft dort liegen hatte. Und ich hatte den *Times-Atlas* in meinem Zimmer. Ich schickte Wedderburn wegen irgend etwas ins Archiv, dann rief ich von meinem Telefon aus Dean an und sagte, ich spräche im Auftrag von Mr. Hankin aus dem großen Konferenzraum. Er solle doch wegen des Crunchlets-Anzeigentextes einmal herunterkommen und aus meinem Zimmer den *Times-Atlas* mitbringen. Während er den holen ging, klaute ich den Skarabäus und schlich mich aufs Dach. Ich wußte, daß er eine Weile brauchen würde, den *Times-Atlas* zu finden, denn ich hatte ihn unter einen ganzen Stapel Akten gelegt, und ich war ziemlich sicher, daß er die Eisentreppe hinuntergehen würde, weil das der nächste Weg von meinem Zimmer zum großen Konferenzraum war. An diesem Punkt hätte der Plan übrigens schiefgehen können, denn er kam gar nicht diesen Weg. Er muß wegen irgend etwas noch mal in sein eigenes Zimmer zurückgegangen sein, aber das weiß ich natürlich nicht. Jedenfalls kam er dann endlich doch, und ich schoß durch das Oberlicht auf ihn, als er etwa vier Stufen die Treppe hinuntergegangen war.»

«Woher wußten Sie so genau, an welcher Stelle Sie ihn treffen mußten?»

«Zufällig ist ein jüngerer Bruder von mir durch einen Golfball ums Leben gekommen, der ihn genau an dieser Stelle traf. Aber ich bin ins Britische Museum gegangen und habe mich sicherheitshalber noch einmal in einem Buch überzeugt. Anscheinend hat er sich auch noch das Genick gebrochen; damit habe ich gar nicht gerechnet. Ich blieb auf dem Dach, bis die erste Aufregung sich gelegt hatte, und bin dann in aller Ruhe heruntergekommen. Natürlich bin ich keiner Menschenseele begegnet, denn sie standen ja alle herum und hielten Leichenschau. Als ich wußte, daß es mir gelungen war, hat es mir nichts ausgemacht. Froh war ich. Und ich sage Ihnen, wenn man mir nicht daraufgekommen wäre, würde es mir auch heute noch nichts ausmachen.»

«Das kann ich Ihnen nachfühlen», sagte Wimsey.

«Sie haben mich um einen Shilling für einen Kranz für die kleine Laus gebeten.» Tallboy lachte. «Ich hätte ihnen mit Freuden 20 Shilling gegeben, 20 Pfund sogar... Und dann kamen Sie daher... Zuerst habe ich nichts Böses geahnt... bis Sie anfingen, von Schleudern zu reden... Da habe ich einen argen Schrecken bekommen und... und da...»

«Schwamm darüber», sagte Wimsey. «Sie müssen furchtbar erschrocken sein, als Sie sahen, daß Sie den falschen niedergeschlagen hatten. Das war wohl, als Sie ein Streichholz anzündeten, um Pamela Deans Brief zu suchen?»

«Ja, ich kannte ihre Handschrift – ich hatte sie einmal in Deans Zimmer gesehen – und ihr Schreibpapier kannte ich auch. Eigentlich war ich nur gekommen, um in Erfahrung zu bringen, ob Sie wirklich etwas wußten oder nur auf den Busch geklopft hatten – oder sagen wir besser, einen Schuß ins Blaue abgegeben hatten – mit der Schleuder. Als ich aber den Brief sah, war ich fest überzeugt, daß etwas daran sein mußte. Und Willis auch – der hatte mir schon gesagt, daß Sie und Pamela Dean ein Herz und eine Seele wären. Da dachte ich, in dem Brief stände vielleicht alles über Dean und mich. Das heißt, ehrlich gesagt, ich weiß gar nicht so genau, was ich gedacht habe. Und als ich dann meinen Irrtum entdeckte, habe ich es mit der Angst bekommen und es lieber nicht noch einmal versucht.»

«Ich hatte Sie erwartet. Als nichts passierte, glaubte ich schon fast, daß Sie es doch nicht gewesen waren, sondern jemand anders.»

«Wußten Sie denn inzwischen von der anderen Sache und daß ich das war?»

«Daß Sie es waren, wußte ich nicht; Sie waren einer unter mehreren Kandidaten. Aber nach dem Nutrax-Krach und den 50 Pfund in bar –»

Tallboy sah mit einem scheuen, flüchtigen Lächeln auf.

«Wissen Sie», sagte er, «ich war die ganze Zeit so furchtbar unvorsichtig und leichtsinnig. Diese Briefe – ich hätte sie nie vom Büro aus abschicken dürfen.»

«Richtig; und dann die Schleuder. Sie hätten sich schon die Mühe machen und sich eine eigene basteln sollen. Eine Schleuder ohne Fingerabdrücke ist etwas ganz und gar Ungewöhnliches.»

«Das war es also. Ich fürchte, ich habe alles gründlich verpatzt. Nicht einmal einen gewöhnlichen Mord kriege ich hin. Wimsey – wieviel von alldem muß eigentlich an die Öffentlichkeit kommen? Alles, ja? Auch das mit der Vasavour ...?»

«Ach ja», sagte Wimsey, ohne auf die Frage zu antworten. «Reden Sie nicht von der Vasavour. Wegen der Geschichte habe ich mich die ganze Zeit wie ein Schuft gefühlt. Ich habe Ihnen ja auch gesagt, Sie sollen mir nicht danken.»

«Das stimmt, und es hat mich ziemlich erschreckt, denn es klang ernst gemeint. Jedenfalls wußte ich da, daß die Sache mit der Schleuder kein Zufall gewesen war. Aber ich hatte keine Ahnung, wer Sie waren – bis zu diesem elenden Cricketspiel.»

«Das war unvorsichtig von mir. Aber dieser vermaledeite Simmonds hatte mir eins auf den Musikantenknochen gegeben und mich in Rage gebracht. Sie sind also nicht auf meine spektakuläre Verhaftung hereingefallen?»

«O doch. Ich habe mit vollem Herzen daran geglaubt und dem Himmel inbrünstig gedankt. Ich dachte, ich wäre noch einmal davongekommen.»

«Was hat Sie denn heute abend zu mir geführt?»

«Miss Meteyard. Sie hat mich gestern abend beiseite genommen. Sie sagte, sie hat zuerst geglaubt, daß Sie und Bredon ein und derselbe sind, aber jetzt glaubt sie, daß dies nicht der Fall sein kann. Sie sagte aber zu mir, Bredon würde mich todsicher bei der Polizei verraten, um sich lieb Kind zu machen, und ich sollte lieber rechtzeitig abhauen.»

«Das hat sie gesagt? Miss Meteyard? Wollen Sie sagen, daß sie alles wußte?»

«Von der Nutrax-Geschichte wußte sie nichts. Aber von Dean.»

«Du lieber Gott!» Wimseys natürliche Eitelkeit erhielt einen vernichtenden Schlag. «Woher, um Himmels willen, *konnte* sie das wissen?»

«Sie hat es sich gedacht. Sie sagt, sie hat mich einmal beobachtet, wie ich Dean angesehen habe, als ich nicht wußte, daß sie da war – und anscheinend muß er bei ihr einmal etwas fallengelassen haben. Offenbar war Deans Tod ihr von Anfang an nicht ganz geheuer. Sie sagt, sie habe sich entschlossen, sich in keiner Weise einzumischen, aber nach Ihrer Verhaftung sei sie der Meinung gewesen, daß Sie der größere Halunke sind. Daß Lord Peter Wimsey eine ordentliche Ermittlung führte, fand sie in Ordnung, nicht aber, daß ein dreckiger Mr. Bredon mich verpfiff, um seine Haut zu retten. Sie ist eine sonderbare Frau.»

«Und ob. Am liebsten vergesse ich das wohl so schnell wie möglich. Sie scheint das Ganze aber sehr gelassen aufgenommen zu haben.»

«O ja. Sehen Sie, sie kannte Dean. Einmal hat er auch versucht, sie zu erpressen, wegen irgendeines Mannes. Sie würden es ihr nicht zutrauen, wenn Sie sie sehen, oder?» meinte Tallboy naiv. «Es war gar nicht viel dran, sagt sie, nur eben genau etwas, worauf Mr. Pym reagiert hätte wie ein Stier auf das rote Tuch.»

«Und was hat sie getan?» fragte Wimsey fasziniert.

«Sie hat ihm gesagt, er soll erzählen, was er will, und sich zum Teufel scheren. Und ich wünschte bei Gott, das hätte ich auch gesagt. Wimsey – wie lange wird das noch gehen? Ich sitze auf glühenden Kohlen – ich habe schon daran gedacht, mich zu stellen – ich – meine Frau – warum hat man mich nicht schon längst verhaftet?»

«Man wollte noch abwarten», sagte Wimsey bedächtig, denn seine Gedanken folgten gleichzeitig zwei verschiedenen Bahnen. «Sehen Sie, Sie sind ja gar nicht so wichtig wie dieser Rauschgiftring. Wenn Sie verhaftet worden wären, hätten die ihr Spielchen sofort eingestellt, und das wollten wir nicht. Ich fürchte, Sie mußten als der lebende Köder in der Tigerfalle herhalten.»

Während dieser ganzen Zeit lauschte er gebannt nach dem

Bimmeln des Telefons, das ihm sagen würde, daß die Razzia in der *Weißen Taube* erfolgreich gewesen war. Wenn erst die Verhaftungswelle angelaufen und die Bande zerschlagen war, bedeutete der unheimliche Beobachter auf der Straße keine Gefahr mehr. Er würde um sein Leben fliehen, und Tallboy würde nach Hause gehen und der Dinge harren müssen, die ihn dort erwarteten. Wenn er aber jetzt sofort ging –

«Wann?» fragte Tallboy mit flehender Stimme. «Wann?»

«Heute nacht.»

«Wimsey – Sie waren furchtbar anständig zu mir – sagen Sie mir – gibt es keinen Ausweg? Es geht nicht eigentlich um mich, vielmehr um meine Frau und das Kind. Man wird ein Leben lang mit Fingern auf sie zeigen. Es ist entsetzlich. Könnten Sie mir nicht 24 Stunden Zeit geben?»

«Sie kämen nicht aus dem Land.»

«Wenn ich allein wäre, würde ich mich stellen. Ehrlich.»

«Es gibt noch eine andere Möglichkeit.»

«Ja, ich weiß. Daran habe ich auch schon gedacht. Das ist wahrscheinlich –» er unterbrach sich plötzlich und lachte – «es ist wahrscheinlich der Ausweg, den ein wohlanständiger englischer Internatszögling nimmt. Ich – ach ja, schon gut. Das würde aber kaum Schlagzeilen machen, oder? ‹Selbstmord eines alten Dumbletoniers› – das gibt nicht viel her. Macht aber nichts, zum Teufel! Ich werde Ihnen zeigen, daß Dumbleton auch nicht schlechter ist als Eton. Warum nicht?»

«So spricht ein Mann», sagte Wimsey. «Trinken Sie noch etwas. Auf Ihr Wohl.» Er leerte sein Glas und stand auf. «Hören Sie!» sagte er. «Ich glaube, es gibt noch einen anderen Ausweg. Ihnen hilft er nicht, aber für Ihre Frau und Ihr Kind wäre es wahrscheinlich ein gewaltiger Unterschied.»

«Was ist das?» fragte Tallboy eifrig.

«Sie brauchen nie etwas davon zu erfahren. Nichts. Niemand braucht überhaupt etwas zu erfahren, wenn Sie tun, was ich sage.»

«Mein Gott, Wimsey! Was meinen Sie? Sagen Sie es mir, schnell. Ich tue alles!»

«Es wird Sie nicht retten.»

«Das spielt keine Rolle. Sagen Sie es mir.»

«Gehen Sie jetzt nach Hause», sagte Wimsey. «Gehen Sie zu Fuß, nicht zu schnell. Und schauen Sie sich nicht um.»

Tallboy starrte ihn an. Jeder Blutstropfen war aus seinem Gesicht gewichen; selbst seine Lippen waren weiß wie Papier.

«Ich glaube, ich habe verstanden ... Gut.»

«Dann schnell», sagte Wimsey. Er streckte die Hand aus. «Gute Nacht – und alles Gute.»

«Danke. Gute Nacht.»

Vom Fenster aus sah Wimsey ihn auf den Piccadilly hinaustreten und schnell in Richtung Hyde Park Corner gehen. Er sah den Schatten aus einem benachbarten Hauseingang huschen und ihm folgen.

«– und von da zur Richtstätte ... und möge der Herr deiner Seele gnädig sein.»

Eine halbe Stunde später klingelte das Telefon.

«Wir haben die ganze Bande erwischt», sagte Parkers fröhliche Stimme. «Wir haben das Zeug in die Stadt kommen lassen. Was meinst du, wie es getarnt war? Als Reisemuster – in so einem Wagen mit Vorhängen rundum.»

«Darin haben sie es dann wahrscheinlich abgepackt.»

«Ja. Wir haben unseren Mann in die *Weiße Taube* gehen sehen. Dann haben wir das Wirtshaus in Auge behalten, und sowie die Vögelchen da herauskamen, hüpften sie uns genau in die Arme, einer nach dem andern. Es lief wie am Schnürchen. Ohne die kleinste Panne. Ach, übrigens – ihr Erkennungswort. Das hätten wir uns eigentlich denken müssen. Es mußte nur irgend etwas mit Nutrax zu tun haben. Einige hatten nur den *Morning Star* bei sich, aufgeschlagen bei der Anzeige, und andere erwähnten irgendwie Nutrax für die Nerven. Einer hatte eine Flasche von dem Zeug in der Tasche, ein anderer hatte es auf seiner Einkaufsliste stehen und so weiter. Und ein ganz Genialer platzte vor Neuigkeiten über ein paar neue Bahnen für Windhundrennen. Einfacher geht's nicht mehr, oder?»

«Das erklärt die Sache mit Hector Puncheon.»

«Hector – ? Ach ja, der Zeitungsmensch. Ja. Er muß seinen *Morning Star* bei sich gehabt haben. Diesen Cummings haben wir natürlich auch. Wie sich herausstellte, war er der eigentliche Kopf des Unternehmens, und sowie wir ihn am Wickel hatten, ist er mit der ganzen Geschichte herausgerückt, der räudige kleine Köter. Dieser Arzt, der Mountjoy unter den Zug gestoßen hat, hängt auch mit darin – wir haben unumstößliche Beweise gegen ihn, und außerdem sind wir auf Mountjoys Schätze gestoßen. Er hat irgendwo ein Depot bei einer Bank, und ich glaube, ich weiß, wo ich den Schlüssel finde. Er hat eine Frau in Maida Vale ausgehalten, du meine Güte! Wir können rundum zufrieden sein. Jetzt müssen wir uns nur noch deinen Mörder greifen, diesen – wie heißt er noch? – und dann herrscht wieder eitel Freude und Sonnenschein.»

«Aber ja», sagte Wimsey mit einem Anflug von Bitterkeit in der Stimme. «Eitel Freude und Sonnenschein.»

«Was ist los mit dir? Du klingst ein bißchen verstimmt. Warte, bis ich hier Ordnung gemacht habe, dann gehen wir irgendwohin zum Feiern.»

«Heute abend nicht», sagte Wimsey, «mir ist heute nicht recht zum Feiern.»

Der Tod verläßt Pyms Werbedienst

«Sie sehen also», sagte Wimsey zu Mr. Pym, «die Sache braucht überhaupt nicht in die Zeitungen zu kommen, wenn wir achtgeben. Wir haben auch so Beweise genug gegen Cummings, da brauchen wir wegen der Einzelheiten des Verteilungssystems nicht die Öffentlichkeit ins Vertrauen zu ziehen.»

«Dem Himmel sei Dank!» sagte Mr. Pym. «Es wäre schrecklich für Pyms Werbedienst gewesen. Wie ich diese letzten Wochen durchgestanden habe, weiß ich selbst nicht. Ich nehme an, Sie werden die Werbebranche jetzt wieder verlassen?»

«Leider ja.»

«Schade. Sie wären der geborene Texter. Wenigstens werden Sie die Genugtuung haben, Ihre Whifflets-Kampagne verwirklicht zu sehen.»

«Ausgezeichnet! Ich fange sofort an, Gutscheine zu sammeln.»

«Stellt euch vor!» sagte Miss Rossiter. «Verfahren eingestellt.»

«Ich hab ja schon immer gesagt, daß Mr. Bredon ein Schatz ist», triumphierte Miss Parton. «Natürlich war der *wirkliche* Mörder einer von diesen abscheulichen Rauschgifthändlern. Das war ja viel wahrscheinlicher. Ich hab's damals gleich gesagt.»

«Davon habe ich nichts gehört», versetzte Miss Rossiter schnippisch. «Ach, Miss Meteyard, haben Sie schon das Neueste erfahren? Haben Sie gelesen, daß unser Mr. Bredon wieder frei ist und gar keinen Mord begangen hat?»

«Noch mehr als das», antwortete Miss Meteyard. «Ich habe Mr. Bredon gesehen.»

«Nein. Wo?»

«Hier.»

«*Nein!*»

«Und er ist gar nicht Mr. Bredon, er ist Lord Peter Wimsey.»

«Was???»

Lord Peter schob seine lange Nase durch die Tür.

«Habe ich meinen Namen gehört?»
«Das haben Sie. Sie sagt, Sie seien Lord Peter Wimsey.»
«Stimmt.»
«Was haben Sie denn hier gemacht?»
«Ich war hier», log Seine Lordschaft unverfroren, «wegen einer Wette. Ein Freund von mir hatte zehn gegen eins gewettet, daß ich mir nicht einen Monat lang meinen Lebensunterhalt verdienen könnte. Habe ich aber, oder nicht? Kann ich eine Tasse Kaffee bekommen?»
Sie hätten ihm mit Freuden alles gegeben.

«Übrigens», sagte Miss Rossiter, nachdem der erste Tumult sich gelegt hatte, «haben Sie schon von dem armen Mr. Tallboy gehört?»
«Ja. Armer Kerl.»
«Auf dem Heimweg niedergeschlagen und getötet – ist das nicht schrecklich? Und die arme Mrs. Tallboy mit dem kleinen Baby – das darf man sich gar nicht vorstellen! Weiß der Himmel, wovon sie leben sollen, denn – na, das wissen Sie ja. Dabei fällt mir ein – wenn Sie gerade hier sind, könnte ich Ihren Shilling für den Kranz haben? Das heißt, Sie gehen ja jetzt wahrscheinlich von der Agentur weg, aber ich nehme an, Sie möchten gern etwas dafür geben.»
«O ja, natürlich. Hier, bitte.»
«Vielen Dank! Ach ja, und – da wäre noch das Hochzeitsgeschenk für Mr. Willis. Sie wissen doch, daß er heiratet?»
«Nein, das wußte ich nicht. Hier scheint immer alles zu passieren, wenn ich gerade fort bin. Wen denn?»
«Pamela Dean.»
«Oh! Gute Arbeit. Ja, natürlich. Wieviel für Willis?»
«Die meisten hier haben 2 Shilling gegeben, wenn Sie die auch erübrigen könnten.»
«Ich glaube, 2 Shilling kann ich mir noch leisten. Was schenken wir ihm übrigens?»
«Tja», sagte Miss Rossiter, «*da* hat's allerdings ein bißchen Theater darum gegeben. Die Abteilung wollte ihm unbedingt eine Westminster-Uhr schenken, aber dann sind Mrs. Johnson und Mr. Barrow auf eigene Faust losgezogen und haben einen elektrischen Tischkocher für ihn gekauft – so etwas Dummes, denn das werden die ja doch nie benutzen. Und jedenfalls gehört Mr. Willis zu unserer Abteilung, und da hätten wir doch ein Wörtchen mitzureden gehabt, nicht? Also bekommt er jetzt zwei

Geschenke – die Belegschaft als Ganzes schenkt ihm den Tischkocher und die Abteilung noch etwas extra. Ich fürchte nur, wir werden uns kaum eine Westminster-Uhr leisten können, denn man kann von den Leuten nicht gut verlangen, daß sie mehr als 2 Shilling bezahlen, obwohl Hankie und Armstrong ja sehr anständig waren und jeder ein halbes Pfund daraufgelegt hat.»

«Dann sollte ich auch ein halbes Pfund geben.»

«O nein», sagte Miss Rossiter. «Sie sind furchtbar lieb, aber das wäre nicht gerecht.»

«Das ist durchaus gerecht», sagte Wimsey. «Ich habe ausgezeichnete Gründe, für Mr. Willis' Hochzeitsgeschenk ein bißchen tiefer in die Tasche zu greifen.»

«So? Ich dachte immer, Sie kämen nicht besonders gut mit ihm aus. Aber das war wohl wieder taktlos von mir, wie immer. Wenn Sie also wirklich – ach Gott, das hatte ich vergessen, wie *dumm* von mir! Natürlich, wenn Sie Lord Peter Wimsey sind, müssen Sie ja furchtbar reich sein, nicht?»

«Es geht», räumte Wimsey ein. «Es könnte gerade noch für einen Kuchen zum Tee reichen.»

Er sprach mit Miss Meteyard unter vier Augen.

«Wissen Sie, es tut mir leid», sagte er.

Sie hob die eckigen Schultern.

«Es ist nicht Ihre Schuld. Die Dinge müssen ihren Lauf nehmen. Sie sind einer von denen, die dafür sorgen, daß sie ihren Lauf nehmen. Ich halte mich lieber heraus. Es muß beide Sorten geben.»

«Vielleicht ist Ihre Einstellung weiser und barmherziger.»

«Nein. Ich drücke mich nur um die Verantwortung. Ich lasse alles geschehen, wie es geschieht. Ich mache es nicht zu meiner Aufgabe, einzugreifen. Aber ich mache denen keinen Vorwurf, die es tun. Im Grunde bewundere ich Sie sogar. Sie tun wenigstens etwas, auch wenn Sie nur Schaden anrichten. Unsereiner tut gar nichts. Wir nutzen anderer Leute Dummheit aus, streichen das Geld ein und machen uns über die Dummen lustig. Daran ist nichts zu bewundern. Na ja, tut nichts. Sie sollten jetzt lieber weitergehen. Ich muß eine neue Serie für Sopo entwerfen. ‹Sopo-Tag ist Kino-Tag.› – ‹Lassen Sie Ihre Wäsche sich selbst ruinieren, während Sie vor der Leinwand verblöden!› Mist ist das! Rauschgift? Und für so was gibt man mir 10 Pfund die Woche. Und trotzdem, wenn wir das nicht täten, was würde aus der Wirtschaft unseres Landes? Werbung muß sein.»

Mr. Hankin kam ihnen auf dem Korridor entgegengetrippelt.

«Sie wollen uns also verlassen, Mr. Bredon? Überhaupt, soviel ich höre, hatten wir hier einen Kuckuck im Nest.»

«Ganz so schlimm war's nicht, Sir. Ich habe noch ein paar von den ursprünglichen Nestbewohnern daringelassen.»

Miss Meteyard machte sich still davon, und Mr. Hankin fuhr fort:

«Eine traurige Geschichte. Mr. Pym ist Ihnen sehr dankbar für die Diskretion, die Sie gezeigt haben. Ich hoffe, Sie gehen eines Tages mit mir essen. Ja, Mr. Smayle?»

«Entschuldigung, Sir – es ist wegen dieses Schaufensterplakats für Grüne Aue.»

Wimsey strebte dem Ausgang zu, mechanisch Hände schüttelnd und Abschiedsworte sprechend. Vor dem Aufzug in der unteren Eingangshalle traf er Rotfuchs-Joe, die Arme voller Päckchen.

«Nun, Rotfuchs», sagte Wimsey, «ich bin fort.»

«Oh, Sir!»

«Übrigens, ich habe noch immer deine Schleuder.»

«Ich möchte, daß Sie die behalten, Sir. Sehen Sie, Sir –» Rotfuchs kämpfte mit den widerstrebendsten Emotionen – «wenn ich die Schleuder behalte, erzähle ich am Ende noch den anderen Jungen was davon und will es gar nicht. Ich meine, sie ist ja nun eigentlich historisch, nicht wahr, Sir?»

«So ist es.» Wimsey verstand die Versuchung sehr gut. Nicht jedes Jungen Schleuder wurde schon einmal zum Zwecke eines Mordes entwendet. «Gut, dann behalte ich sie, und vielen Dank für deine große Hilfe. Ich will dir was sagen – ich gebe dir etwas anderes dafür. Was wäre dir lieber, ein Modellflugzeug oder die Schere, womit der Steward der *Nancy Belle* den Kapitän und den Proviantmeister erstochen hat?»

«Uih, Sir! Sind auf der Schere noch die Spuren drauf?»

«Ja, Rotfuchs. Die echten Original-Blutflecken.»

«Dann möchte ich bitte die Schere haben, Sir.»

«Du sollst sie bekommen.»

«Vielen, vielen Dank, Sir.»

«Und du wirst zu niemandem ein Wort sagen – du weißt schon worüber?»

«Und wenn Sie mich lebendig braten, Sir!»

«So ist's recht; leb wohl, Rotfuchs.»

«Leben Sie wohl, Sir.»

Wimsey ging hinaus auf die Southampton Row. Von gegenüber starrte ihn eine lange Plakatwand an. Mitten darauf klebte ein riesenhaftes, kaleidoskopisches Plakat:

NUTRAX FÜR DIE NERVEN

Nebenan entfaltete ein Arbeiter mit Quaste und Leimtopf soeben ein noch größeres, knalligeres Plakat in Blau und Gelb:

SIND SIE EIN WHIFFLER?
WENN NICHT, WARUM NICHT?

Ein Omnibus fuhr vorbei; er hatte ein langes Spruchband an der Seitenwand:

WIR WHIFFELN DURCH DAS GANZE LAND!

Die große Kampagne hatte begonnen. Er betrachtete sein Werk mit einer Art Staunen. Mit ein paar hingeschmierten Worten auf einem Blatt Papier hatte er das Leben von Millionen beeinflußt. Zwei Männer, die vorbeikamen, blieben stehen und besahen sich das Plakat.

«Was hat es mit dieser Whiffelei eigentlich auf sich, Alf?»
«Weiß ich nicht. Irgend so 'ne Werbemasche. Zigaretten, nicht?»
«Ach so, Whifflets?»
«Anzunehmen.»
«Was denen nicht alles einfällt! Worum geht's denn da überhaupt?»
«Weiß der Himmel. Komm, wir kaufen uns ein Päckchen, dann werden wir's ja sehen.»
«Gut, meinetwegen.»
Sie gingen weiter.

Sagt es England. Sagt es der Welt. Eßt mehr Haferflocken. Gebt acht auf euern Teint. Nie wieder Krieg. Putz deine Schuhe mit Schuhglanz. Fragen Sie Ihren Händler. Kinder lieben Laxamalt. Sei bereit, deinem Gott zu begegnen. Bungs Bier ist besser. Kosten Sie Dogsbodys Würstchen. Ein Husch, und der Staub ist weg. Gebt ihnen Crunchlets. Snagsburys Suppen – das Beste für die Truppen. *Morning Star* – da sieht man klar. Ihre Stimme für Punkin, damit Ihnen von Ihrem Geld noch was bleibt. Kampf dem Schnupfen mit Snuffo. Spülen Sie Ihre Nieren mit Fizzlets. Reinigen Sie Ihren Ausguß mit Sanfect. Wolle ist der Haut sympathisch. Popps Pillen geben Schwung. Whiffeln Sie sich ins Glück.
Wirb oder stirb.

Dorothy L. Sayers

Dorothy Leigh Sayers stammte aus altem englischem Landadel. Ihr Vater war Pfarrer und Schuldirektor. Sie selbst studierte als einer der ersten Frauen überhaupt an der Universität Oxford, wurde zunächst Lehrerin, wechselte dann für zehn Jahre in eine Werbeagentur. Weltberühmt aber wurde sie mit ihren Kriminalromanen und ihrem Helden Lord Peter Wimsey, der elegant und scharfsinnig Verbrechen aufklärt, vor denen die Polizei ratlos kapituliert. Dorothy L. Sayers starb 1957 in Whitham/Essex.

Ärger im Bellona-Club
Kriminalroman
(rororo 5179)

Die Akte Harrison
Kriminalroman
(rororo 5418)

Aufruhr in Oxford
Kriminalroman
(rororo 5271)

Das Bild im Spiegel *und andere überraschende Geschichten*
(rororo 5783)

Diskrete Zeugen
Kriminalroman
(rororo 4783)

Figaros Eingebung *und andere vertrackte Geschichten*
(rororo 5840)

Fünf falsche Fährten
Kriminalroman
(rororo 4614)

Hochzeit kommt vor dem Fall
Kriminalroman
(rororo 5599)

Der Glocken Schlag *Variationen über ein altes Thema in zwei kurzen Sätzen und zwei vollen Zyklen.*
Kriminalroman
(rororo 4547)

Keines natürlichen Todes
Kriminalroman
(rororo 4703)

Der Mann mit den Kupferfingern
Lord Peter-Geschichten und andere
(rororo 5647)

Mord braucht Reklame
Kriminalroman
(rororo 4895)

Starkes Gift *Kriminalroman*
(rororo 4962)

Ein Toter zu wenig
Kriminalroman
(rororo 5496)

Zur fraglichen Stunde
Kriminalroman
(rororo 5077)

rororo Unterhaltung

Martha Grimes

Die Amerikanerin **Martha Grimes** gilt zu Recht als die legitime Thronerbin Agatha Christies. Mit ihrem Superintendant Jury von Scotland Yard belebte sie eine fast ausgestorbene Gattung neu: die typisch britische Mystery Novel, das brillante Rätselspiel um die Frage «Wer war's?».
Martha Grimes lebt, wenn sie nicht gerade in England unterwegs ist, in Maryland/USA.

Inspektor Jury küßt die Muse
Roman
(rororo 12176)
Für Richard Jury endet der Urlaub jäh in dem Shakespeare-Städtchen Stratford-on-Avon. Eine reiche Amerikanerin wurde ermordet.

Inspektor Jury schläft außer Haus
Roman
(rororo 5947)
Der Inspektor darf wieder einmal reisen – in das idyllische Örtchen Log Piddleton. Aber er weiß, daß einer der liebenswerten Dorfbewohner ein Mörder ist.

Inspektor Jury spielt Domino
Roman
(rororo 5948)
Die Karnevalsstimmung im Fischerdörfchen Rackmoor ist feuchtfröhlich, bis eine auffällig kostümierte, schöne Unbekannte ermordet aufgefunden wird.

Inspektor Jury sucht den Kennington-Smaragd *Roman*
(rororo 12161)
Ein kostbares Halsband wird der ahnungslosen Katie zum Verhängnis – und nicht nur ihr...

Inspektor Jury bricht das Eis
Roman
(rororo 12257)
Zwei Frauen werden ermordet - ausgerechnet auf Spinney Abbey, wo Jurys vornehmer Freund im illustren Kreis von Adligen, Künstlern und Kritikern geruhsam Weihnachten feiern will.

Im Wunderlich Verlag sind außerdem erschienen:

Inspektor Jury besucht alte Damen
Roman
304 Seiten. Gebunden.

Inspektor Jury geht übers Moor
Roman
448 Seiten. Gebunden.

Inspektor Jury lichtet den Nebel
Roman
224 Seiten. Gebunden

«Es ist das reinste Vergnügen, diese Kriminalgeschichten vom klassischen Anfang bis zu ihrem ebenso klassischen Ende zu lesen.»
The New Yorker

rororo Unterhaltung